國家社科基金重大項目《荆楚全書》編纂成果

湖北詩徵傳略（上）

〔清〕丁宿章 輯
陳于全 點校

荊楚文庫編纂出版委員會
華中科技大學出版社

湖北詩徵傳略
HUBEI SHIZHENG ZHUANLÜE

圖書在版編目（CIP）數據

湖北詩徵傳略/〔清〕丁宿章輯；陳于全點校.
—武漢：華中科技大學出版社，2020.12
ISBN 978-7-5680-5871-1

Ⅰ.①湖…
Ⅱ.①丁…　②陳…
Ⅲ.①古典詩歌-詩集-中國-清代
Ⅳ.①I222.749

中國版本圖書館 CIP 資料核字（2020）第 005477 號

項目編輯：袁　冲　周清濤
責任編輯：李東明　袁　冲　錢　坤
整體設計：范漢成　曾顯惠　思　蒙
責任校對：李　琴
責任印製：周治超
出版發行：華中科技大學出版社（中國·武漢）
地　　址：武漢市東湖新技術開發區華工科技園
電　　話：(027)81321913　郵政編碼：430223
錄　　排：華中科技大學惠友文印中心
印　　刷：湖北新華印務有限公司
開　　本：710 mm×1000 mm　1/16
印　　張：85.5　插頁：4
字　　數：1192 千字
版　　次：2020 年 12 月第 1 版　2021 年 3 月第 2 次印刷
定　　價：698.00 元（全二册）

《荆楚文庫》工作委員會

主　　任：王瑞連

副 主 任：王艷玲　許正中　梁偉年　肖菊華　尹漢寧
　　　　　郭生練

成　　員：韓進　陳亮　盧軍　陳樹林　龍正才
　　　　　雷文潔　趙凌雲　謝紅星　陳義國

辦公室

主　　任：陳樹林

副 主 任：張良成　陳明　李開壽　周百義

《荆楚文庫》編纂出版委員會

顧　　問：羅清泉

主　　任：王瑞連

副 主 任：王艷玲　許正中　梁偉年　肖菊華　尹漢寧
　　　　　郭生練

總 編 輯：章開沅　馮天瑜

副總編輯：熊召政　陳樹林

編委（以姓氏筆畫爲序）：朱英　邱久欽　何曉明
　　　　　周百義　周國林　周積明　宗福邦　郭齊勇
　　　　　陳偉　陳鋒　張良成　張建民　陽海清
　　　　　彭南生　湯旭巖　趙德馨　劉玉堂

《荆楚文庫》編輯部

主　　任：周百義

副 主 任：周鳳榮　周國林　胡磊

成　　員：李爾鋼　鄒華清　蔡夏初　王建懷　鄒典佐
　　　　　梁瑩雪　黃曉燕　朱金波

美術總監：王開元

出版説明

湖北乃九省通衢，北學南學交會融通之地，文明昌盛，歷代文獻豐厚。守望傳統，編纂荆楚文獻，湖北淵源有自。清同治年間設立官書局，以整理鄉邦文獻爲旨趣。光緒年間張之洞督鄂後，以崇文書局推進典籍集成，湖北鄉賢身體力行之，編纂《湖北文徵》，集元明清三代湖北先哲遺作，收兩千七百餘作者文八千餘篇，洋洋六百萬言。盧氏兄弟輯録湖北先賢之作而成《湖北先正遺書》。至當代，武漢多所大學、圖書館在鄉邦典籍整理方面亦多所用力。爲傳承和弘揚優秀傳統文化，湖北省委、省政府決定編纂大型歷史文獻叢書《荆楚文庫》。

《荆楚文庫》以"搶救、保護、整理、出版"湖北文獻爲宗旨，分三編集藏。

甲、文獻編。收録歷代鄂籍人士著述，長期寓居湖北人士著述，省外人士探究湖北著述。包括傳世文獻、出土文獻和民間文獻。

乙、方志編。收録歷代省志、府縣志等。

丙、研究編。收録今人研究評述荆楚人物、史地、風物的學術著作和工具書及圖册。

文獻編、方志編録籍以1949年爲下限。

研究編簡體横排，文獻編繁體横排，方志編影印或點校出版。

《荆楚文庫》編纂出版委員會
2015年11月

前　言

　　《湖北詩徵傳略》四十卷，其編纂者丁宿章去今不遠，相關史料却匱乏而雜亂。地方志有若干載錄。《〔光緒〕孝感縣志》卷十"選舉志·例選"云："丁宿章，字星海，中書科中書"，"丁奎章，江蘇巡檢"。卷十七"列女志"："丁紹雅妻侯，年二十于歸。生二子，長宿章，次奎章。奎章四歲，紹雅故。氏居貧守志，紡績爲生。二子稍長，令就傅，歸則督夕課，誦聲紡績相間也。洎宿章居幕，移居武昌，每歸省，必訓以敦品勵行。宿章嘗奉中丞檄，榷稅應城。氏誡曰：'榷稅濟餉，乃朝廷不得已之政爾。惟兢兢守定章，勿圖自潤也。'年六十餘卒。"卷二十三"藝文志·著述存目"："《湖北詩徵傳略》四十八卷，丁宿章撰，宿章字星海，中書科中書銜。"①民國六年刊《孝感文徵》"姓氏傳"中："丁宿章，字星海，官中書科中書，撰《湖北詩徵傳略》、《瓣香室詩鈔》等書，采文二首。"②《孝感文徵》卷六錄丁宿章《〈人鏡類纂〉序》、《〈棠谿文鈔〉跋》。

　　孝感沈用增（1810—?），1858年中舉，1884年尚在世，著有《棠谿文鈔》等，纂修《〔光緒〕孝感縣志》。江夏程之楨（1818—1872），1851年中舉，著有《維周詩鈔》、《人鏡類纂》等。此二人是丁宿章友人，他們的現存詩文集有較多涉及丁宿章的資料。通過這些資料，尤其是《湖北詩徵傳略》（後簡稱《詩徵》），我們可以約略梳理丁宿章生平事蹟。

---

　　① 清朱希白、沈用增等修纂，周桂清校注，《〔光緒〕孝感縣志》，武漢：湖北人民出版社，2013年，p234，p403，p606。
　　② 徐焕斗編，《孝感文徵》，徐氏聽竹廬叢書本，民國九年（1920）。

一、丁宿章家世

（一）祖籍孝感，詩書傳家。《湖北詩徵傳略》中有云"澴川丁宿章"，澴水屬長江支流，是孝感最重要河流。府河與澴河原本各分其流，府河流入汀汉湖，澴河流入長江。1959年的府澴改道工程，將府河撇出汀汉湖，澴河改入府河，從此府河、澴河成爲同一水系，由諶家磯流入長江。《湖北詩徵傳略》牌記題："孝感丁氏涇北草堂。"所謂"涇"，是舊澴水入江一段水域。孝感八景之一有"北涇漁歌"。今孝感市孝南區毛陳鎮及附近仍有北涇村、北涇咀、涇南村等地名。

程之楨《維周詩鈔》卷八《題丁星海中翰〈鴨魚湖莊圖〉，即步其先奉政公〈述祖德詩〉元韻》中，作者注曰"其始祖故明濟陽將軍"①。濟陽將軍，即丁普郎（？—1363），湖北黃陂人。從朱元璋征陳友諒，戰死，封濟陽郡公。黃陂、孝感相鄰，但自晚明以來，其後代支系有世居孝感者，詩書傳家，多爲當地下層讀書人。《詩徵》卷十二"丁之鴻"："字漸齋，號素石，崇禎舉人，有《漸齋遺書》《易經象義》。先八世祖鄉賢公，喜急難拯困，誘掖後學。其學以明道象山爲宗，躬行實踐，不以時運爲解。嘗曰：'世不可爲唐虞，必人不可爲堯舜。'識者以爲名言。與章煥然、左熙光、彭大壽、程怡孔諸子爲貞通學社。"這位丁之鴻，是丁宿章祖先中較爲有名的，奠定了其家族詩書傳家的風尚，頗受其後人尊重。《湖北文徵》卷六收錄有其子丁嗣恪《先考漸齋府君傳》②。《詩徵》卷十三"丁光偉"："字雄宙，康熙舉人。先伯高祖幼穎悟過人，十歲能屬文。淹貫經史，驚其長老。工古文詞，尤邃於詩。……早卒，稿多散佚。"也是下層讀書人。

在孝感，自明代以來，沈氏也是詩書之家，且與丁氏爲世交。《詩徵》卷

---

① 清程之楨撰，《維周詩鈔》，鄂城刻本，光緒四年（1878）。據1997年的一份《孝感北涇丁氏宗譜》，丁普郎第三子名璞，舉人，後人居黃陂鴨兒湖。

② 湖北省人民政府文史研究館、湖北省博物館整理，《湖北文徵》，武汉：湖北人民出版社，2014年，第六卷p564。

十二"沈宜":"大悟先生躬際陽九,養晦澗薖。與先八世祖鄉賢公結貞通學社,道義切劘,交誼至深,互見於兩家文集中,非誣也。余獲交先生裔孫棠谿孝廉,聯通家之好甚摯。棠谿工古文,有血性,篤行好學君子也。"棠谿孝廉,乃是丁宿章好友沈用增。其《棠谿文鈔》卷六有《丁太宜人墓表》①,這是研究丁宿章生平的重要資料,茲錄如下:

> 吾友丁子宿章,孝行著鄉里。咸豐中銓授黔南縣佐,以親老乞養不就,余已識而賢之。丁卯夏,遇於鄂渚,持其母太宜人行實,乞文以表墓。因揭其大凡曰:太宜人姓侯氏,年二十歸封翁紹雅公,生二子宿章奎章。奎章生四歲,封翁卒。丁氏雖以科第名吾邑,家世寒素,產無及中人者。太宜人飲冰茹蘖,日倚紡績作生活。宿章稍長,令就傅,歸則篝燈督夕課,誦聲機聲軋軋相間也。冬夜寒不得火,輒以胸貼兒背使溫,不任廢讀。故宿章雖不以科第顯,亦頗以才能著聲當世。洎宿章之居省幕,移家武昌,事無鉅細,理之秩如。宿章自館歸,惟以敦品勵行為訓,不及家常瑣事。宿章喜交遊,有過者厚款之,饋食豐潔,客不知其家之窘也。每於廳事後,察客言論舉止,以示去取,宿章所交是多道德之士。壬子鄂城陷,宿章兄弟將赴難,太宜人涕泣語之曰:"爾志誠嘉,未亡人視息偷生者,欲為丁氏宗歲時奠一盂麥飯耳!姑俟之,脫不得全,吾早自決,不令爾輩食不義粟也。"卒匿破屋承塵中獲免。旋出避黃陂山中,令宿章出,參制府軍,以功保縣佐。乙卯賊再熾,時宿章館光化,間關迎養。未幾,襄陽土匪又起,延擾鄖竹。宿章奉太宜人,輾轉奔避,幾一千里。審所止,每為賊蹤所不到,若有先見者。當其之竹山也,同舟有母女終夜泣,叩之不應。或謂其父負舟人金,已以女為償,詰朝將別故耳。太宜人惻然思所以援之,而資斧適之,乃盡撤所御簪珥,以代償,母女始獲全去。方宿章之辭

---

① 清沈用增撰,《棠谿文鈔》,鄂城刻本,光緒四年(1878)。

黔南，適奉中丞胡公教，權稅應城。太宜人誡之曰："權稅濟餉，爲朝廷不得已之政，寧寬勿刻，毋擾累桑梓。"宿章終其事惟謹，受中丞知，晉五品銜。奎章亦以佐軍幕授巡檢，需次吳門。均以器識爲時見重，蓋習於太宜人之教者深也。昔毛義捧檄色喜，張奉心鄙之，後以母卒不出，始歎賢者不可測。夫義誠賢矣，吾觀東漢名賢如崔實范滂輩，皆得之於母教，義之母獨無所見焉，何也？然則天下賢母湮没不傳於後者，蓋不少已。宿章之出處與義殊途，而江漢間無不稱其孝者，豈知太宜人之寓慈於嚴、訓誨保護如此之賢且哲耶？予故列其最者表於隧，以備他日《女憲》之續云。

《〔光緒〕孝感縣志》"丁紹雅妻侯"源自此文。結合程之楨《題丁星海中翰〈鴨魚湖莊圖〉，即步其先奉政公〈述祖德詩〉元韻》可知，丁宿章父親丁紹雅，在丁宿章少年時期即已亡故。後因宿章兄弟之功，被贈封"奉政大夫"，故稱之爲"封翁"。丁宿章《詩徵》中多次提及其父行事，如《詩徵》卷三"朱曰眉"、卷六"韓章"及"項翃"、卷七"熊之贇"、卷十"宋紹珖"、卷十三"劉之彬"、卷十四"劉泗道"所附"劉興樾"、卷十六"龔斗南"及"梅德音"、卷十九"梅茂南"、卷二十六"丁思敬"等條，都分別提及其父論詩及交遊資料。丁紹雅長期關注區域詩壇活動，交遊對象主要是下層文人或低級官員。如卷十三"劉之彬"："字藻泉，號樸民，道光舉人，官教諭，有《千金帚詩集》。樸民先生少有文名，砥礪廉隅，與先子爲石交。"也不乏當地詩壇名宿，如《詩徵》卷十四"劉泗道"之子"劉興樾"："余童時，先子曾攜謁丈於劉孝長先生座上。鶴髮癯顔，藹若春風。乞讀近著，即叩所引故實。見余援應無滯，喜語先子曰：'此子有俊才，勿令爲時文所誤也。'白頭故我，深用報然。雪窗輯詩及丈，因類誌之。"劉淳（1791—1849），字孝長，竟陵（今天門）人，與同縣胡鼎臣、張其英並稱"竟陵三詩人"。劉泗道字杏坨，有詩名，法式善《存素堂詩初集錄存》卷三載有《寄懷劉杏坨泗道》[①]。劉興樾，好遊歷，詩名更

---

① 清法式善撰，《存素堂詩初集錄存》，王埔刻本，清嘉慶十二年（1807）。

廣，今存有《梧孫行吟草》十二卷、《疊聚星堂韻詩》二卷。丁紹雅熱愛詩歌，關注區域文學，對丁宿章及其《詩徵》編纂，有很大影響。詩人們的風采，給少年丁宿章留下了深刻的印象。而如劉興樾那樣的評語，更是給他以極大的鼓勵。

父親去世後，丁宿章兄弟與母親相依爲命，侍母至孝。《詩徵》卷十一"任潤"條，載任潤爲丁宿章所作詩，其中憶及丁宿章少年讀書情景："及君生歧嶷，肯構足家克。識字讀父書，等身鍾愛極。所恃歐母賢，食貧志束帛。機聲和讀聲，畫荻師往則。不須折菱笞，怡怡養以色。"丁母頗具賢德，對社會事件的判斷也很有見地。她不僅督導二子讀書，引導他們追求德行，而且培養他們實務之才。如果說是父親熏陶了他的詩歌熱情，那麼丁宿章兄弟具備較好的"才能"、"器識"，則與母親的教育有很大關係。丁宿章藉此在亂世中得以生存，並完成《詩徵》編纂。

丁宿章有弟名奎章。《詩徵》卷十三"屠之連"條載，屠之連"爲家弟奎章受業師"。在胡林翼主政湖北時期，"奎章亦以佐軍幕授巡檢"（《丁太宜人墓表》）。

《詩徵》各卷卷首下端分別題"子彝校字"、"子溥校字"或"子璹校字"。因此，丁宿章至少有三子，分別名彝、溥、璹，而且此三人都參與了《詩徵》輯校。丁彝，《清人室名別稱字號索引（增補本）》收錄其名號①。據《孝感文徵》"姓氏傳"介紹，"彝字六舟，宿章子，諸生，採文二首"，卷六錄《孟子之學長於詩書說》、《續連珠》。1895年印行，甘鵬雲書麋、譚獻作敘的《經心書院續集》錄丁彝文三篇②，除上述兩篇，卷三收《讀〈金史·交聘表〉後》。據譚獻敘，此書乃是"裒集官師課作"。可見1895年前後，丁彝曾是書院教員。據《湖北文徵》卷十三介紹，"彝字六舟，孝感人，光緒諸生"。《湖北文

---

① 楊廷福、楊同甫編，《清人室名別稱字號索引（增補本）》，上海：上海古籍出版社，2001年，甲編p322。
② 甘鵬雲書麋、譚獻作敘，《經心書院續集》，湖北官書處刊，光緒二十一年（1895）。

徵》錄其文兩篇：《孟子之學長於詩書說》、《詩鄭箋大義述》》①。

《詩徵》卷八"劉慶餘"："……兒子彝垂髫侍讀，君愛妻以子，擬親教之。一行作吏，遽爲國殤。"這位劉慶餘是丁宿章兒女親家。劉慶餘殉難後，丁宿章收集刊刻其遺稿。《棠谿文鈔》卷一《劉神木集序》："漢陽劉君琪峰……丁子星海兒女姻也。哀遺詩將付剞劂，囑余序。"

（二）丁氏宗親支系。《詩徵》中，每及丁氏宗親，尤加致意。卷二十六"丁思敬"："字止安，號鶴皋，諸生。弟思賢。……先子嘗詔小子曰：'吾宗人才輩出於京，聞嘉慶時，有字裴峰者，力學工詩，留心邑中文獻，有《京山詩鈔》之選。小子其誌之。'余求之有年，今秋始從屈文學湘圃處獲借讀之。搜羅頗富，抉擇亦精，誠爲善本。其自序有云：'名家子弟多不肖，往往將祖父遺稿匿而不出。或怠忽而忘之，或就蝕於風雨而不知護惜。數年來幾如行僧募緣，窶人乞食，而世且竊笑之。'能道得選家甘苦出，因並錄之。"

其族人有號"春畬"者，其負米讀書故事被繪成圖。《詩徵》卷四"傅燮鼎"、卷八"丁耀南"及"葉名琛"、卷十三"劉定裕"等條，均有載錄。據《清人室名別稱字號索引（增補本）·乙編》②，丁澍，漢陽人，字燽叔，號春畬。《湖北文徵》錄有其子丁暘、丁燦之文及劉興樾所作《負米讀書圖序》③。這是漢陽丁氏比較活躍的一支。

孝感葉汝霖在光緒十五年撰有《丁雲陔傳》，《孝感文徵》卷六、《湖北文徵》卷十三有收。傳主丁世倬，字漢章，號雲陔，孝感白雲（今雲夢境內）人，有弟端林、禹門。《孝感文徵》卷六收錄丁鐸（字禹門，號畹香，諸生，官嘉魚訓導）《先兄端林君傳》、丁治（字右臺，鐸子，諸生）《先考禹門府君傳》。這是當時孝感丁氏另一比較活躍的支系。

---

① 湖北省人民政府文史研究館、湖北省博物館整理，《湖北文徵》，武漢：湖北人民出版社，2014年，第十三卷 p330。

② 楊廷福、楊同甫編，《清人室名別稱字號索引（增補本）》，上海：上海古籍出版社，2001年，甲編 p322、乙編 p7。

③ 湖北省人民政府文史研究館、湖北省博物館整理，《湖北文徵》，武漢：湖北人民出版社，2014年版。第十卷載丁暘文，p465；第十一卷載丁燦文，p685；第十卷載劉興樾序，p472。

民國時期王葆心《續漢口叢談》卷二云："漢上外籍僑商，一再傳後，以文學科顯者頗多。""丁苹原戶部鹿鳴，由進士官主事，原籍上虞，以其祖父仁靜商於漢，著籍。"①浙江上虞商人丁仁靜，在漢經商而落戶漢口，其孫丁鹿鳴，字苹原，咸豐二年恩科進士，以湖北漢陽府漢陽縣籍考取，官戶部主事②。《詩徵》卷八"丁耀南"："字心臣。心臣先生爲苹原比部封翁，以治法家言爲諸侯上客。性耽風雅，酬應雖紛，嘯歌不廢。廿年前得交比部，敘宗誼甚歡。曾誦封翁古詩數篇，取材《騷》、《辯》，風骨大似建安。比部旋故，遺稿不傳。僅鈔得《題負米圖》二律，節錄之，以爲片羽之珍。"這位丁耀南，即是丁仁靜之子、丁鹿鳴之父。這是晚清占籍漢陽而比較活躍的丁氏支系。

（三）生卒年。《詩徵》增訂本（詳見後文介紹）卷十八"蘄州"之"吳之驥"："字展其，優貢，有《林蘭堂詩文集》。展其舉優選，年甫逾冠。余時年十七，即以詩訂交。兵後同爲諸侯客，過從酬唱益歡。洎君遊竟門，音問遂梗。甲申（1884）令子儀臣茂才來訪，知歸道山已數年。宿草生感，愴悼曷勝。亟索全稿摘登其尤，以志腹慟。"從"展其舉優選，年甫逾冠。余時年十七，即以詩訂交"數句來看，吳之驥年紀輕輕就中舉，而與之相比，丁宿章自己身份也不低，而且更年輕。那麼，這句話意味着丁宿章當時已是諸生身份，對當時的他來說，中舉也就是早晚的事情。此一觀點雖屬推測，但在後文討論中，我們會發現這種推測是合理的。

據光緒《黃州府志》卷之十九："吳之驥字展其，道光丙午優貢，考取教習，改知縣，不就。喜著述，文宗《選》體，詩法劍南，書得羲獻筆意。著有《聞船草》、《伴星廎唱》，集《林蘭》。"③

道光丙午是道光二十六年（1846），那時吳之驥二十歲，丁宿章十七歲。那麼，丁宿章生於道光九年，即 1829 年。最晚十七歲時，已是諸生。此系

---

① 王葆心著，陳志平等點校，《續漢口叢談》，武漢：湖北教育出版社，2002 年，p47。
② 閻志、馮天瑜撰，《漢口商業史視閾下的〈續漢口叢談〉和〈再續漢口叢談〉》，《江漢論壇》，2018(06)p15。
③ 清英啟、鄧琛修纂，光緒《黃州府志》，清光緒十年（1884）刻本。

孤證，我們再看幾則資料。

前面提及丁宿章親家劉慶餘，我們再看看《詩徵》卷八"劉慶餘"："壬子亂作，流徙長沙，沔陽戚太守天保奇其才，妻以從女，年已三十矣。……君爲螺洲入室弟子，寓書介於劉冰如方伯，……召入幕。余先客方伯二年，與聯床對席，道義切劘，若有夙契。……兒子彝垂髫侍讀，君愛妻以子，擬親教之。"

丁宿章劉慶餘曾同時在劉冰如幕府，劉冰如咸豐四年選授湖北德安府知府，次年經胡林翼向朝廷推薦，委其兼漢、黃、德道，同治元年（1862）離開湖北。

劉慶餘於咸豐壬子年（1852）流徙長沙，方得成婚。丁宿章入劉冰如幕府早其二年，相識後，又交往多時。所以，劉慶餘最晚也要於1861年入幕。假如劉慶餘婚後次年生女，1861年時劉慶餘之女不過七八歲。垂髫，一般男童爲八歲左右，那麼丁彝當生於1853年。丁彝是丁宿章長子，如果丁宿章1829年生，那麼1853年生子時，年方二十四，所以驚歎劉慶餘成婚時"年已三十矣"。

《棠谿文鈔》卷六《程維周廣文墓表》："卒於里，年五十有四。"《棠谿文鈔》卷一《程維周廣文詩集序》後，丁宿章注曰："維周廣文，余卅年金石交也，壬申春疾革。"《詩徵》卷二"程之楨"："顧余與君患難訂交，以道義切劘者垂三十年"。程維周生於1818年，1872年病故，享年五十四歲。丁宿章與之"卅年金石交"、"以道義切劘者垂三十年"。如果丁宿章生於1829年，十七歲爲秀才（1846）的時候，與程之楨訂交（參看後文"八千卷書廬"部分）。那麼，到1872年時，是二十六年，約略三十年。

《丁太宜人墓表》："丁卯夏（1867），遇於鄂渚，持其母太宜人行實，乞文以表墓。"《〔光緒〕孝感縣志》記其母，"年六十餘卒"。假如丁母去世時僅僅六十歲，並且就是1867年亡故，那麼1807年生，1827年嫁，1829年生子，也勉強相合。

因此，1852年太平軍第一次攻打武漢地區時，丁宿章二十三歲。1881年《詩徵》刊刻時，五十二歲。《詩徵》增訂本卷十八"蘄州"之"吳之驥"："甲申(1884)令子儀臣茂才來訪,知歸道山已數年。"那麼,1884 年《詩徵》增訂時,丁宿章五十五歲。此後,就沒有關於他活動的資料了。

丁宿章室號雪窗。《詩徵》卷八"田鈞"條有"杏春六日雪窗燈下謹注",卷十四"劉泗道"條亦有"雪窗輯詩"云云。

(四)八千卷書廬(賜書廬)。王葆心《續漢口叢談》卷四"孝感丁湯銘":

> 孝感丁湯銘,以畫名於時。高宗南巡,應徵赴召於行在,進畫稱旨,隨扈入都。供奉內廷十四年,年八十七,放歸。賜帑金五百兩,固辭,乞賜《古今圖書集成》一部。上允所請,仍賫金如數。歸,卜居鄂城(作者原注:今武昌)①,築"八千卷賜書廬"藏之。其子析產時,以賜書與沃田一區,各爲一分,其孫願舍田就書。咸豐中,避寇氛,藏石陽山中湖莊。乙卯,尚無恙。戊午後,仍被毀。其從玄孫中書宿章,字星海,繪爲《八千卷賜書廬圖》徵題。毀後,又爲圖徵題紀之②。

丁湯銘雖是丁宿章從高祖,但據《維周詩鈔》卷六《八千卷賜書廬圖爲丁星海中翰題》"序",其中云"曾祖析產時",則早在丁宿章曾祖時,已繼承了此書廬。也就是說丁宿章早年雖然居住在孝感,但也常至省城居住、學習。所以《詩徵》卷十六"梅德音"條云:"先生歸田,僑寓鄂城,余童子時猶及見之。"

《丁太宜人墓表》載,壬子年太平軍亂起,丁宿章一家逃出省城後,"旋

---

① 清代的湖北省城是湖廣總督府、湖北巡撫、武昌府、江夏縣治所所在地,《詩徵》中稱之爲鄂渚、鄂州、鄂城、武昌等,時人又多稱武昌省城、省城或武昌城。而武昌府下轄之武昌縣,治所在今鄂州。

② 王葆心著,陳志平等點校,《續漢口叢談》,武漢:湖北教育出版社,2002 年,p110。

出避黃陂山中"。《維周詩鈔》卷六《八千卷賜書廬圖爲丁星海中翰題》提及"石陽山中"①。《維周詩鈔》卷八《題丁星海中翰〈鴨魚湖莊圖〉,即步其先奉政公〈述祖德詩〉元韻》中"避世好讀琅嬛書"句自注云:"家有賜書,壬子亂後,輦歸湖莊,今無恙。"也即丁宿章家在黃陂石陽山有田莊,名曰"鴨魚湖莊",書廬即遷藏於此,這是丁家另一處祖産。

不僅有朝廷的"賜書",丁宿章祖輩世代積累書籍也甚多。《詩徵》卷五"李郁文":"我友澴川丁伯子,千秋奮志窮經史。祖宋公雅上漢唐,不破萬卷誓不已。卓哉母氏賢,購書典釵珥。業重青氈輕黃金,百城坐擁貘金紫。"1852—1856年,太平軍與清軍在武漢一帶反復爭奪,給周邊地區帶來了深重的災難。此後數年,也是兵患、警訊不斷。丁家雖然努力保存書庫,可惜的是,1858年竟毁於火災,這令丁宿章痛惜不已。

書廬焚毁前後,丁宿章都曾爲書庫繪圖並徵題徵詩。如《詩徵》卷三"余宣"、卷十一"魯士俊"及"任潤"、卷十四"傅卓然"及"李皐"、卷二十九"胡德增"等條,都收錄有諸友爲其書廬所作之詩。另外,《維周詩鈔》卷六、卷八也有相關詩作。通過這些作品,我們可以約略知道這座書廬的價值、規模、火災時間、受災程度及災後重新收拾等情形。火災前,丁宿章與詩友在此讀書論詩,是其家族重大文化遺産,也是當地一處文化寶庫。火災後,書廬凋零殘破,令人傷感。茲錄一首内容較爲豐富詩作,卷十四"李皐":

> 子銘負才不羈,畢生困阨以死,亦可悲矣。憶壬子秋闈報罷,流走江漢,葛帔西風,無所投止。余邂逅蕭寺,即招住賜書廬數月,頗極文酒之歡。適粵氛戒嚴,飲之資始歸。亂後重逢,悲喜交集。余因書廬蕩然,作圖徵題,乃欣然成七古一章,瓌瑋離奇,極激昂沉痛之致,洵可爲是題杰作。云:劫火騰騰兇焰紫,蝌蚪焦枯盡魚死。楚國書林富收藏,煙化灰飛同雁殃。西家兒郎腹無墨,不愛奇書愛珠璧。萬卷標簽不記名,焚如棄如奚眐惜。唯有癡心

---

① 石陽,古縣名,建安十三年(208)置,治所在今武漢市黃陂區黄花澇。

人獨傷，夜深猶抱餘灰泣。淚痕血點垂胸臆，萬目何堪憶疇昔。疇昔之歲居吾廬，斜月半庭人讀書。展書卷卷皆朱墨，辨得先人舊手跡。謂當從茲至老時，能熟是書此生畢。雖然計卷不滿萬，傳子傳孫幸無佚。豈期一旦願成空，故址迷離榛莽中。蟲鶴飄零苦繫思，酒闌人散夢醒時。敝廬依稀在我眼，滿床充棟垂書帷。某書某卷曩所閱，起將往取重尋披。猛然痴立復省記，臨風惆悵不勝悲。可憐求書書不得，有志欲購無高資。縱使積累得金錢，此願果慰知何年。縱有奇遇得古本，傷心無復舊丹鉛。隱恨茫茫難語人，見君茲圖更愴神。同有堂上白髮親，相勖讀書期立身。我當效君作圖畫，披圖恍忽疑書在。書亡畫在復何益，亦寄我輩結想無聊之歎息。

丁宿章青少年時期，圍繞這書廬，已經展開了詩文交遊生涯。因此，丁氏書廬的存在，也促進了當地詩文發展。

在《詩徵》中，我們還可以更多地發現丁宿章年輕時期交遊情況。如《詩徵》卷二"汪以鋐"："字仲閎，諸生，有《鏡秋閣詩稿》。以鋐家不中資而任俠好客，力學嗜古，藏書滿屋，不甚攻制舉業。雅工詩古文詞，爲婁江姚徵君春木入室弟子。徵君稱其詩'如千頃之波，不可清濁'。其音節高亮，七子中雅近滄溟。余弱冠時因張君亨甫、吳君可三得交君，並交君友程君韻卿。清才絕艷，皆一時之俊。春秋佳日多盛游，琴尊雅集，好事者至摹爲圖畫。而敦槃牛耳，必以推君。一稿甫脫，不數日即已傳遍江城。"

《丁太宜人墓表》說丁宿章"所交是多道德之士"。綜合考察丁宿章所交之友，主要有兩類：一是完全傾心詩歌藝術的，一是兼具有實務之才者。當然，都是重孝道的君子。如《詩徵》卷二中汪以鋐、張昊等，皆是癡心於詩歌藝術的。而沈用增、吳之驥等人，雖非熱中仕途，但多兼具實務之才。如摯友程之楨,既富有詩才,积极著述,也頗"留意於經世之務"①。

《維周詩鈔》卷一《嘗辛集序》云:"道光中,余家居課徒,雨窗月夕,與二三密友,剪燭論文,興至爲小詩……歲戊申(1848),楚中巨浸,己酉(1849)益甚。漢黃沔鄂間,藍縷屬道路。會垣踞黃鵠磯,城不浸者三版,居民編蘆息其上。敝廬面胭脂山。"作爲江夏人的程之楨,住所在省城内東北區域,附近是有名的"胭脂山"。詩人陳沆(1785—1826)曾在此山中結社讀書②。

丁宿章籍貫是孝感縣,清代屬於漢陽府,府治在漢陽。然而《丁太宜人墓表》又說:"洎宿章之居省幕,移家武昌。"这里的武昌,是指省城。那麼丁宿章十七歲(1846)考中漢陽府秀才後,並沒有在孝感、漢陽讀書,而是舉家離開孝感,定居省城,在省城讀書、客幕。所以,才會有沈用增《程維周廣文墓表》"摯友丁星海中翰與先生居同井,作詩同社,避患難同行"(《棠谿文鈔》卷六)、沈用增《湖北詩徵傳略序》(初刻本)"余友丁星海中翰少即與程維周廣文稱詩江漢"、沈用增《湖北詩徵傳略序》(增訂本)"少與程維周廣文寓同閈、學同師、談詩同宗派"等說法。

二、丁宿章仕途與追求

咸豐壬子年底太平軍攻占武昌之前,丁宿章過著讀書、交遊、客幕的日子。和當時一般年輕士子一樣,等着科舉仕進。1852 年至 1856 年,太平軍三克武昌,四占漢口、漢陽。武漢地區是太平軍和清軍多次交兵的戰場,丁宿章的生活因此變得復雜而動蕩。

同時,太平軍的進攻,使得湖北士人階層受到極大的刺激。尤其是胡

---

① 湖北省人民政府文史研究館、湖北省博物館整理,《湖北文徵》,武漢:湖北人民出版社,2014 年,第十三卷 p199。丁宿章撰《〈人鏡類纂〉序》,原注云出自《人鏡類纂》,然湖北省圖藏《人鏡類纂》未收此序,今録自《湖北文徵》卷十三。

② 劉颿撰,《清代鄂東狀元陳沆與武昌胭脂山》,江漢大學學報(人文科學版),2011(8)。

林翼主政時期，大力提拔各類才俊，一時間湖北人才紛紛湧現。雖然不比湖南地區那麼熱鬧，情形也很喜人。正值出仕年紀的丁宿章，也開始了自己的仕途生涯。他曾爲應城司權兩年，後來主要靠經濟才幹在武漢一帶做幕僚。

（一）1852—1854年，保衛家園初立功。據《丁太宜人墓表》，省城武昌被太平軍攻破時，丁宿章一家藏匿於破屋，倖免於難。隨後，丁宿章匆忙把書庫移藏至黄陂山中田莊，便與弟弟一起加入省幕府事務。年輕的丁宿章弟兄不僅積極參與了保衛家園的行動，並且有着較爲突出的表現。丁宿章"參制府軍，以功保縣佐"，也即"咸豐中銓授黔南縣佐"，但丁宿章"以親老乞養不就"。當時湖廣總督府、湖北巡撫署混亂無序，在與太平軍作戰中屢遭慘敗。丁宿章看不到希望，一兩年後，便離開了武漢地區。

（二）1855—1857年，顛沛流離時期。當時太平軍在湖北發展迅猛，1854年上半年，除鄂北襄陽、鄂中荆州外，太平軍勢力遍及鄂東、鄂中和鄂南。所以武漢周邊的難民紛紛向湖北西北部逃亡。《丁太宜人墓表》："乙卯賊再熾，時宿章館光化，間關迎養。"奉母逃亡的時間大約是1855年秋，《維周詩鈔》卷七《漂萍集序》云：

> 乙卯秋，故人金樸亭以書來招予館鄖陽。時襄江梗塞，自舊口東下數百里，紅巾雲擾，金鼓沸天，土人皆散走。適匡君潤芝來，挈予母由二河取道竟陵。船頭望河，火光焱焱炎炎，綿亘如燭龍。閲三十六日，始達襄陽。西沂老河口，則樸亭已物故，而歲將暮矣。遇向子琴舫，作匝月留。丙辰正月，就周竹軒明府聘，移家鹿門。夏秋大旱，江漢賊氛愈熾，松滋、京山、隨州、均州等處皆騷動。九月，樊城土匪大肆焚掠，南攻襄陽。馬藝林方伯捐資募死士，晝夜戰，城獲全。時予在嚴城中，四閱旬，襄圍解。而老母以風霜暑濕，積久成痾病，幾殆。十一月買棹返漢川，喜聞武漢克復，還鄉有日。然痛定思痛，計襄江謀養西上千有餘里，浮家泛宅，如漂萍任風濤。所見流離疾苦呼號顛連之狀，處處助我悲吟。

飛鴻踏雪,尚堪回首與? 乙丑五月楨。

鄖陽是光化舊稱。1855年秋季,程之楨獲得去光化教書的機會。而丁宿章此前已在光化,並與程之楨在光化相會,《維周詩鈔》卷七有《鄖陽旅次贈丁星海中翰》。聘請程之楨的金樸亭不久去世,程之楨又轉去襄陽。此時,返鄉接母的丁宿章又與之在襄陽相遇,《維周詩鈔》卷九《星海藏書多熾繪圖索題數月未報秋夜挑燈展玩走筆得七古一章却寄》回憶昔日,有"襄陽一面"語。或許在丁母的建議下,丁宿章沒有留在襄陽,轉向鄖縣竹山一帶。果然1856年秋,襄陽陷入嚴重的战乱中,並且延擾至鄖竹。丁宿章奉母流離,"輾轉奔避,幾一千里"。襄陽圍解後,程之楨因爲母親病重,返回武漢地區。此時,胡林翼開始主政湖北,武漢地區形勢轉好,丁宿章也奉母大約於1856年底返回省城。這段歷程裏,丁宿章、程之楨兩家一度"避患難同行"(語出《棠谿文鈔》卷六《程維周廣文墓表》),備嘗艱辛。

(三)1857—1859年,主權應城,受胡林翼賞識。胡林翼1856年底開始主政湖北,積極進行財稅改革,重視延攬人才,頗具"才能"、"器識"的丁宿章再一次獲得了一些仕途機會。《丁太宜人墓表》:"奉中丞胡公教,權稅應城。"《詩徵》卷十一"任潤":"丁巳(1857)春主權應城,適丈司鐸其地,忘年論交,談詩講藝甚懽。"《詩徵》卷十六"方鏞":"不見笙甫二十年矣!憶操權算時,同學詩於李香雪先生之門,托契至深。"胡林翼此時在湖北推行"士人司權",即用士人代替胥吏理財,強化財稅管理,爲湘軍進攻太平軍提供堅實的經濟保障和穩定的後方。胡林翼考慮到丁宿章經濟才幹,便建議去"主權應城"。這份職務對丁宿章很重要,既適合其才具,又成爲他後來謀生的主要方向。

明清掌管稅課事務的衙門是稅課司局。府曰司,縣曰局。隸道、府者從九品,州、縣未入流。丁宿章即在應城縣掌主稅事,未入流。但在胡林翼改革財務的非常時期,丁宿章發揮了自己的作用,而且成績不俗。《丁太宜人墓表》:"宿章終其事惟謹,受中丞知,晉五品銜。奎章亦以佐軍幕授巡檢,需次吳門。均以器識爲時見重。"

當時正是用人之際，一些有實際能力、有特殊貢獻的人才，往往得到格外恩賞。如《胡文忠公遺集》卷三"整頓諸軍援師會剿請敕川省迅籌軍餉疏（九月初一日）"："上諭。胡林翼奏。在籍官紳籌餉出力，懇請鼓勵等語。此次賊匪迴竄武昌，水陸攻剿，需餉甚繁。該官紳等辦理捐輸，力籌接濟。或修造戰艦軍裝，或督帶鄉勇出力。均屬著有微勞，自應量予獎勵。湖北在籍主事胡大任、王家璧均著以員外郎用。故大任並著賞戴花翎。漢陽府教授賀青蓮著以内閣中書用、舉人傅卓然著以知縣，儘先選用。拔貢生張映芸，著以教諭選用。文生朱輝憲、湖南增生曾耀業，著以訓導選用。該部知道。欽此。九月二十二日奉。"①這裏一次推薦胡大任、王家璧、賀青蓮、傅卓然、張映芸、朱輝憲、曾耀業等數人，其中有些就是丁宿章師友，如賀青蓮、傅卓然。傅卓然與丁宿章交往密切，據《詩徵》卷四"賀青蓮"條，丁宿章亦稱賀為師。

又《胡文忠公遺集》卷十五"馬隊獨剿山賊，又會南勇合剿連獲大勝疏（三月十三日）"："石門縣教諭蔡用錫，可否以内閣中書儘先選用，並賞給五品頂戴。"②丁宿章資歷與蔡用錫相近，雖無軍功，但是在重視經濟的胡林翼那裏，同樣獲得了特殊的恩遇。不僅丁宿章本人，其父母也得到封贈。其母被稱為太宜人，那正是明清時五品官之母或祖母的封號。

《詩徵》卷十一"任潤"條，任潤為丁宿章所作詩中提及"澴川丁中翰"、卷二"戴毓瀛"條所引程之楨詩序裏有"丁星海内翰"。中翰，清時内閣中書的别稱，又稱内翰。清代於内閣置中書若干人，位階約為從七品。或由舉人考授，或由特賜。

任潤與丁宿章早年共事時，年歲已高。即便此詩是分手數年所作，也應該不會太晚。程之楨離世是同治十一年。這證明丁宿章中書之官是光緒之前獲得，大概也是胡林翼時期獲得的封賞。丁宿章的中書官職，應屬於不到職的特賜。晚清時局動蕩，官職濫封現象嚴重。丁宿章所獲官職，多是一些榮譽性的虚職。

---

① 清胡林翼著，曾國荃等輯，《胡文忠公遺集》，清同治六年(1867)刻本。
② 清胡林翼著，曾國荃等輯，《胡文忠公遺集》，清同治六年(1867)刻本。

《湖北文徵》，有丁宿章爲"光緒間貢生"之說①，《〔光緒〕孝感縣志》卷十"科舉志·例選"載有其名，詳情不明。

（四）1859年，楊岳斌安慶戎幕時期。應城的成功，激勵了丁宿章求仕之心。1859年初，鄂東戰事漸漸結束，湖北局勢趨向穩定，丁宿章以爲看到了希望，他從軍了。《詩徵》卷五"李郁文"："字蔚雲，道光拔貢。郁文富才藻，工書翰。同以詩受業於李香雪都轉門，性肫誠無欺，余雅重之，訂車笠約。己未（1859）偕從楊厚庵軍門安慶戎幕，軍臨前敵，炮子如雨下。書生胆怯，相與辭歸。虎口餘生，誓不復作封侯夢矣。洎軍門改制秦隴，蔚雲忽變計以從。蘭皋兵嘩，遂罹於難。悲夫！"

楊岳斌（1822—1890），字厚庵，湘軍水師統帥，先後官湖北提督、福建陸師和水師提督、陝甘總督。1855年楊岳斌出任湘軍外江水師統領，署湖北提督。1858年，楊岳斌水師配合陸上軍隊不斷取勝，1859年9月開始圍攻安慶。

李郁文是丁宿章同門，"訂車笠約"說明丁宿章地位不如李郁文，應該是指丁宿章不是貢生或舉人身份。1859年，李郁文與丁宿章都在楊厚庵戎幕，隨之攻打安慶。戰況激烈，二人驚懼萬分，倉皇脫離軍隊，返回武漢。在那個機遇與危險並存的年代，丁宿章急流勇退，放棄了軍功追逐。

同治三年，清廷授楊岳斌爲陝甘總督，同治四年到任。大約此時，李郁文隨之入甘陝作蘭州教諭。同治五年（1866）四月，蘭州發生兵變，李郁文與不少湖北籍官員遇難。《楊岳斌集》卷九"廻省日期並現在辦理情形折（同治五年六月初五日）"記載，楊岳斌因李郁文等"此數十人者，多系臣前在水師及江西各處延訪所得"，十分痛惜，請朝廷予以表彰。《甘肅忠義錄》卷之九《文武差次列傳》"崔學敏"條，提及"候選教諭李郁文"等遇難者得到優恤②。

---

① 湖北省人民政府文史研究館、湖北省博物館整理，《湖北文徵》，武漢：湖北人民出版社，2014年，第十三卷p199。

② 楊岳斌著，肖永明、曾小明校點，《楊岳斌集》，長沙：嶽麓書社，2012年，p283－285。清張同常編、楊昌濬序，《甘肅忠義錄》，光緒十六年（1890）刻本。

（五）1859—1861年，劉齊銜幕府時期。據《維周詩鈔》卷九《歸硯草序》，程之楨從襄陽返廻後，並沒有留在武漢，而是去了宜都、麻城、羅田、黃安、北京、蘄水等地。直到丁巳（1859）末，"爲劉冰如觀察招棲漢陽"。而丁宿章在離開楊岳斌後也一度漂泊不定，據《詩徵》卷十六"謝莢"條，曾客蘄水。又據《詩徵》卷二十"陳瑞球"條，"咸豐季年客應山"。

據《詩徵》卷八"劉慶餘"："字善堂，號琪峰，咸豐拔貢，官知縣，有《劉神木遺稿》。……君爲螺洲入室弟子，寓書介於劉冰如方伯，初未之奇也。一日投長排五十韻，乃大驚異，召入幕。余先客方伯二年，與聯牀對席，道義切劘，若有夙契。"丁宿章大約是1859年與程之楨同時入幕，兩年後，結識了1861年來做幕僚的劉慶餘。

劉齊銜（1815—1877），號冰如，閩縣（今福州）人。道光二十一年進士，咸豐四年選授湖北德安府知府，不久，移任襄陽、漢陽兩府。由於政績突出，1855年經胡林翼推薦，兼漢、黃、德道。同治元年（1862），劉齊銜擢陝西督糧道。同治二年，調任陝西布政使兼按察使①。

劉慶餘大約在劉齊銜幕府獲得拔貢資格，隨之去陝西，並獲得神木縣令職，不幸遇亂被害。

《神木鄉土志（全）》："劉慶餘，湖北漢陽人，官神木縣知縣。年三十餘，短小精悍，恩威並著，紳民悅服。六年正月卸任後，以道梗僑寓府谷。神木紳衆以其素嫻武略，且得民心，稟請來神督辦團防事宜。始至數日，未及設施。正月二十日，回酋馬致和陷城。慶餘手刃數賊，已逾城走出。既而自念雖無守土之責，然嘗爲斯地父母之官，豈忍偷生一時乎？乃復入城，縊於學宮大成殿之側。居民至今猶稱道不置云。"②劉慶餘遇難之事，《陝西通志·續通志》也有載錄③。《詩徵》則可以補充劉慶餘資料之不足。

---

① 來新夏編，《林則徐年譜長編》，上海：上海交通大學出版社，2011年。參考其中資料綜述而成。

② 姜政三、魏楚樵編，《神木鄉土志（全）》四卷，民國初年抄本，臺北：成文出版社有限公司影印，1970年，p50。

③ 沈青崖、吳廷錫等編，《陝西通志·續通志》，臺北：華文書局股份有限公司，1969年，p4137、p6052。

程之楨丁宿章同在劉齊銜幕府期間，曾經短暫地組織了漢陽詩社。王葆心《續漢口叢談》卷四"咸豐中，江夏程維周廣文、孝感丁宿章、漢陽劉可忱，曾結'漢陽詩社'，亂後廢去。"①所以，程之楨《維周詩鈔》卷九《歸硯草序》感歎："時皖逆屢覬楚，中丞胡公治軍英霍，節相曾公舟師扼長江，將軍多公攻潛太，中丞李公援商固。漢上軍諜日數十至，削牘草檄，夜以繼日，何暇爲詩？"

1862 年，劉慶餘隨劉齊銜遠去甘肅，程之楨去德安，後轉向宜昌（見《維周詩鈔》卷十三《墨池篇序》）。丁宿章則留在省城，客任道熔幕府。

（六）1862—1863 年，任道熔幕府時期。《詩徵》卷三十三"王柏心"："子壽先生諸子……長孝曾廣文家遇，次仲興文學家隆，信甫其季也。……余與孝曾同客任小沅中丞幕，道義切劘二十年如一日。"

這裏提到丁宿章與王柏心長子王孝曾一同在任道熔處做幕僚的情況。二人是從做幕僚時結識，"道義切劘二十年如一日"。本書是 1881 年刊刻，二十年前爲 1862 年左右。

任道熔（1822—1906），別字筱沅，江蘇宜興人。咸豐中在籍襄辦團練，以籌餉勞晉秩知縣，銓當陽。多善政，調江夏。同治二年（1863）擢知順德府。任道熔到江夏具體時間難定。但同治二年（1863）擢知順德府，那麼，1861 年左右，應該已在江夏任上。1881—1883 年間，任道熔任山東巡撫。《詩徵》刊刻時候，任道熔已在巡撫任上，故丁宿章稱之爲中丞②。

（七）兩位師長。胡林翼撫鄂時期，身邊也聚集了一批文學人才，比較突出的是李香雪、王柏心。此二人與丁宿章關係密切，是其師長。

《詩徵》卷五"李郁文"載"同以詩受業於李香雪都轉門"，卷十六"方鏞"云"同學詩於李香雪先生之門"，卷二"程之楨"作有《哭李香雪師》，亦是同門。

李映棻（1809—1863），字香雪，宜賓人，道光二十四年進士，曾官上元、

---

① 王葆心著，陳志平等點校，《續漢口叢談》，武漢：湖北教育出版社，2002 年，p120。
② 趙爾巽編，《清史稿》列傳二百三十七，民國十七年（1928），清史館本。參考其中資料綜述而成。

沛縣、贛榆知縣。胡林翼撫鄂時期，李映棻頗受胡林翼賞識，是胡林翼厘稅改革的主要負責者，"銜鹽運使銜，本任德安府知府"①。他不僅極具經濟之才，而且作詩高妙。著有《石琴詩鈔》，王柏心為之作序。李映棻在當時湖北政治與文學界都比較活躍，丁宿章等投其門下。據《維周詩鈔》卷十一《履荊棘吟》"識語"，時間大約在1860年。

1861年9月胡林翼去世，李映棻挽胡林翼："公是武侯一流，盡瘁鞠躬，死而後已；我侍文忠五載，感恩知己，生不能忘。"②《咸豐實錄》：咸豐十一年（1861）十二月，"所有湖北鄖陽府知府李宗燾、漢陽府知府劉齊衢、德安府知府李映棻，均著准以道員交軍機處記名。遇有湖北道員缺出，請旨簡放。"1861年，李映棻獲得道臺優選資格。可惜的是，與劉冰如同時仕進的李映棻，不久病故了。

王柏心（1799—1873），字子壽，又字冬壽，監利螺山（今洪湖螺山鎮）人。道光二十四年進士，官刑部廣西清吏司主事。無心仕途，辭官還鄉，主持荊南書院二十多年。對江河治理頗有研究，著有《導江三議》。

《詩徵》卷三十三"王柏心"："子壽先生諸子皆饒家學，工詩古文詞。長孝曾廣文家遇，次仲興文學家隆，信甫其季也。生而岐嶷，材大氣豪，清言屑玉，劇似六朝中人。摛詞古豔，亦兼徐庾之長，先生尤愛之。余與孝曾同客任小沅中丞幕，道義切劘二十年如一日。每鄉試來鄂，必延諸昆季說詩論藝，作竟日雅集。信甫麈柄獨揮，雄談驚座，人望之若神仙焉。乃信甫先朝露，仲興亦繼之，猶幸孝曾無恙。今試期又值而元方不至，詢其鄉人，詎孝曾舊春已赴修文詔矣。秋風永隔，腹痛曷勝。輯信甫詩，益不禁感舊傷逝老淚之琅琅。予於子壽先生有私淑之誼，而信甫平居論經史疑義，與予尤有針芥之合。每偶聚，輒流連而不忍別。初以為君固深於情者，遽今日竟踐身後定文之約耶？痛哉！"

---

① 清胡林翼著，曾國荃等輯，《胡文忠公遺集》，清同治六年（1867）刻本，卷四十二"遴保才勝道府各員疏（七月二十二日）"。
② 清梁章鉅等編，《楹聯叢話全編》，北京：北京出版社，1996年。《楹聯叢話》之《楹聯四話》卷四"挽聯"，p783。

丁宿章與王柏心三子家遇、家隆、信甫均交往密切,視王柏心爲師,這大大拓展了他在湖北詩壇的交往空間。如《詩徵》卷二"彭崧毓":"字漁帆,道光進士,官知府,有《求是齋詩文集》。崧毓敏慧性生,岸然自異,垂髫即有成人之度。先世本溧陽人,贈公以治法家言客江夏。初出應試,已陟復黜,明年始獲雋。家貧,館食南北,越十年,方成進士。領郡滇南,有能聲。歸田十餘載,仍讀書不輟。和光同塵,人樂與之遊,尤喜獎勵後進。余因王丈子壽得見公,謬荷傳人之許。羊鶴氄氄,吁滋愧矣。公詩古文詞,各體皆精,而益邃於詩。子壽丈稱其七古,'才情愈縱肆,步驟愈謹嚴,爲變境中老境'。他體因物賦形,變化從心。謂之詩豪,洵非阿好。今秋,公聞余《詩徵》將竣事,笑謂曰:'子獨不能留餘紙以相待耶?'未兩月,果歸道山。哲人其萎,吾將安從? 公功德文章,已足不朽。余敬錄三十餘首入選者,亦聊以踐息壤之約云。"又如《詩徵》卷三"余宣":"旬甫家貧,遊食公卿,爲李石梧尚書所知。刊其《越唫》、《吳欷》等集,頗風行江介。間兵戈流走,其困益甚。江漢初定,結緇陽詩社爲粥食計,聲名爲之少減,而螺山王冬壽先生獨盛稱之。介與余交,因得盡誦其所著詩。"由於王柏心的介紹,丁宿章結識了更多的區域詩壇人物,並被彭崧毓這樣的區域名家視爲"傳人"。

(八) 1864—1869年,鍾謙鈞幕府時期。《詩徵》卷十四"傅卓然":"丈不獨負經濟才,且善談名理。同客鍾雲卿都轉幕半年,掀髯縱論,至更闌燭炧而不已。"

傅卓然(1820—1883),字立齋,沔陽(今仙桃)人。道光二十六年舉人,爲沔陽教諭。1851年太平軍攻打武漢,傅率團勇積極抵抗。1856年初,胡林翼兵敗。傅卓然協助胡林翼籌措軍餉,受其信任,被擢爲同知,參預厘稅改革。

鍾謙鈞(1803—1874),字雲卿,巴陵(今湖南君山)人。道光二十四年捐資,以從九品分發湖北試用。同治元年授漢陽知府,調辦糧臺。同治三年,湖廣總督奏准賞給鹽運使。同治四年(1864)任武昌知府,同治八年升兩粵鹽運使①。

丁宿章轉入鍾雲卿幕府，這仍然與丁宿章長於籌算有關。此時，鍾謙鈞正主持武漢地區糧食及財務事務。此後，丁宿章追隨鍾謙鈞數年，並且與傅卓然一起爲幕半年。《棠豀詩鈔》卷一《丁星海詩集序》："同里丁星海中翰，弱冠擅文名，不樂仕進，爲岳陽鍾都轉記室者數年。"此序又說："及都轉來守郡，建城堡、通商旅、集流亡與夫寒畯之失所者，莫不量材位置。……抑有聞之，漁洋由蜀至南海詩語多奇絶，竹垞遊太原雁門後作文益豪，遊覽之益人如是。今都轉移節廣州，吾楚格於例，不能借寇。吾子盍往從之乎？他日道庾嶺登羅浮，攬滄海珠江之波瀾，以拓胸襟而添詩興，吾知論詩者必位子於漁洋竹垞間，不第與邵李兩先生爲蓮幕中佳話也。"

作此序時，正是同治八年鍾雲卿升爲兩粵鹽運使之時。在鍾雲卿幕府收入可觀，又不離開武漢，這種生活狀態很符合丁宿章養親與收集資料的需要。而此時丁母已亡故，鍾雲卿將去廣東爲官，所以，沈用增勸勉丁宿章隨行。序中認爲丁宿章漫遊不夠，導致其詩歌題材不夠豐富、境界不夠闊大。如能隨鍾雲卿遠遊，對其仕途與詩歌發展都會有利。丁宿章少年即有詩名，著有《丁星海中翰詩集》（已佚）。沈用增《湖北詩徵傳略序》（增訂本）云："余友丁星海中翰，楚中之工詩者也。"但是丁宿章爲了完成《詩徵》，不僅放棄了仕途發展，甚至犧牲了自己詩歌的發展。

此後，丁宿章主要居住在省城武昌，積極編纂《詩徵》，並和在黃州做教諭的程之楨等朋友常有交往（據沈用增《程維周廣文墓表》，時爲1865年）。實際上在咸豐後期，丁宿章就曾客幕黃州府黃岡縣。《維周詩鈔》卷十六《黃州秋夕答星海中翰見懷之作》："令威此地著英名（君曾館黎衡甫太守幕），五載鴻泥感昔盟。赤壁天開烽火劫，臨皋月瀉暮江聲。林逋放鶴還招客（林岱青明府招君遊，旋以奉諱不果），王粲依人又苦兵（謂雨丞司馬）。何日鷗羣尋舊約，晴川樓上話平生。"黎衡甫應是黎道鈞，號衡夫，安徽宿松

---

① 清曾國荃、郭嵩燾等纂，《湖南通志》，長沙：嶽麓書社，2009年，p698。參考其中資料綜述而成。

人。據清段光清《鏡湖自撰年譜》"道光二十四年甲辰(西元一八四四年)"："四月赴挑。……余列一等,吾邑同赴挑者,汪省吾二等,黎衡甫一等。越二日,又於一等中挑選河工人員數十名。""五月引見,分發浙江。衡甫先余兩科,故領憑赴湖北。"①黎道鈞咸豐七年、八年在黃岡知縣任,咸豐十一年在漢陽知縣任,同治元年(1862)得授順德知府,以年老未就。此詩以後來職務稱之。《詩徵》卷十六"龔斗南"條云丁宿章曾在"兵亂未靖"時"客齊安"。齊安在黃岡境內,大約就是丁宿章"館黎衡甫太守幕"之事。程之楨《星海藏書多燬繪圖索題數月未報秋夜挑燈展玩走筆得七古一章却寄》有"值君僑寓黃州漬"句,據其《歸硯草》"識語",正是 1859 年。林讓昆,字岱青,廣東平遠縣人。道光二十九年拔貢,曾官湖北竹山、保康知縣,同治四年(1865)任黃岡縣知縣。卸職南歸時,失足落長江而死。著有《補齋詩集》。"奉諱不果",丁宿章母親去世,所以沒有應約。雨丞司馬,事蹟不詳。《維周詩鈔》有數首詩歌提及"雨丞",如卷十六《接張叔平比部金陵舊書即次王雨丞司馬元韻却寄》。這幾位也是丁宿章曾經依託和交遊的地方官員。故友凋零,年事漸高,丁宿章減少了客幕生活,居住省城,集中精力完成《詩徵》。

(九) 1870—1884 年,編纂刊刻《詩徵》時期。《詩徵》的編纂,是丁氏數代人的夙願,也是丁宿章一生主要努力目標。在丁宿章身邊,有一羣志趣相投的師友互相激勵,特別是王柏心、程維周等,他們不樂仕進,傾心著述,更加堅定了丁宿章完成《詩徵》的決心。

從《詩徵》中,可以發現丁宿章積極徵集詩稿的艱難情形。雖然各地詩友紛紛贊助,或者拿出詩稿,或者推薦詩稿,但丁宿章經常因搜集不到精華或者由於篇幅限制錄用較少而遺憾。《詩徵》卷八"沈烜"："余重惜君詩未刊行,稿本叢殘,將就湮沒。……遺其古體長篇,已覺負咎泉壤。"也有被拒絕的沮喪、被誤解的痛苦。如卷二"褚文亮"："遺稿爲其戚杜觀察小舫所

---

① 清段光清著,《鏡湖自撰年譜》,近代中國史料叢刊第 79 輯,臺北:文海出版社,1984 年,p7。

藏,屢浼刊行,不果,又秘不示人。茲於王君硯雲《拙園詩腴》中摘錄數首,以志不忘。"但丁宿章始終抱着極大的熱情對待《詩徵》編纂,最終以較高的品質完成了這部著作。

湖北省博物館所藏王葆心資料中有一部殘稿,題曰《湖北詩徵傳略》,歷來疑惑紛紜。陽海清先生《現存湖北著作總錄》指出,此殘卷即是丁宿章手稿①。筆者曾去湖北省博物館查閱复印本,共存 7 袋,編號及內容分別爲:128(3-3)漢陽、79 漢陽、80 江夏、129(4-1)嘉魚、129(4-4)咸寧、129(4-3)武昌、129(4-4)蒲圻。各部分均不完整。手稿中部分內容是先以隸書抄錄,後以行書刪補。一般都是先定作者姓氏,再徵詩,復品評。以 128(3-3)漢陽"唐·鄭錫"爲起始,有封面,題《湖北詩徵傳略》,有雷楚材《漢南詩約自序》,然後是目錄,在序後、目錄前後分別有鈐印。經湖北省圖書館馬志立先生辨析,分別爲:孝感黃氏漁莊珍藏、曾在漁莊鑄石廎、鳳港漁莊、士冕冠儒、冠儒眼福、敢道真身是彥威、黃士冕字冠儒一號南州澴鳳港漁人也。這些都是黃士冕印章。黃士冕字冠儒號南州,孝感人,《湖北文徵》十三卷錄其《洪樂集書後》。文曰:

> 案先生詩凡數刻。江夏夏秋丞太守、天門劉孝長學博序而行者曰《一缽詩鈔》,大約未返初服以前所作,即熊兩溟徵君《荊湖知舊詩鈔》所選。是長沙張伯興合己作,並刻曰《張徐詩選》,吾鄉丁星海中翰《湖北詩徵傳略》據錄之。是二本皆未之見。此本爲句容石布衣晴帆所刻,傳流不廣。辛亥秋仲,友人夏愓生從沙頭尋得,錄以遺余。癸丑夏,晤潛園梁丈於鄂中,譚次輒稱先生詩,亦以嘗欲刊行未逮爲憾。余於是與愓生商之同里沈、胡諸君。並取潛園舊藏本,詳加讐校,重付攻木氏,以貽海內。噫,先生遘離旣患,苦鬱終身,可謂窮矣。而詩之僅存者又厄之,弗獲表襮於世,

---

① 陽海清、湯旭岩主編《現存湖北著作總錄》,北京:國家圖書館出版社,2016 年,P1181.

斯其不幸者耶！然殁且數十年，而得好事如余輩，共謀剞劂，使不盡至飄零散佚。余之力雖不足重先生於身後，而幸其詩之尚存，遭將來有力者重之，則先生不朽矣。校既藏事，因書數語於目次，識余快，且識余媿。癸丑秋九月黃士冕。

署曰"癸丑"年，即1913年。文中云："是長沙張伯興合己作，並刻曰《張徐詩選》，吾鄉丁星海中翰《湖北詩徵傳略》據錄之。是二本皆未之見。"也就是直到民國初年，黃士冕尚未接觸到手稿。至於此後黃氏何時閱覽《詩徵》手稿並鈐印識之，就不得而知了。而王葆心獲得這批資料，應該更在黃士冕之後。

湖北省博物館所藏資料中突兀出現的《漢南詩約自序》似乎說明，《詩徵》手稿有一部是直接錄自雷氏家藏抄本《漢陽詩約》。而《湖北詩徵傳略》部分最初稿件，就是在《漢南詩約》等基礎上進行刪補的。另據《詩徵》中部分文字以推測，此書開始籌劃時，體例未定，似乎計劃在編纂詩話的同時，另編一部詩總集。所以，徵選時力求作品豐富，再作刪選品評。如卷二"彭松毓"條云"余敬錄三十餘首入選"，實際上並未收錄。大概考慮到《詩徵》體例，最後只好刪去了。

《詩徵》（增訂本）沈用增序云："蓋自庚午（1870）至今十二年，征湖北詩，刊為四十卷。"《詩徵》凡例："茲編始於戊寅夏，迄於辛巳秋，再閱寒暑，粗具端倪。"因此，有明確規劃的整理大約始於同治九年（1870），大規模集中整理是1878年至1881年三年間，光緒七年（1881）開雕。在這期間一面向名家及友人求序，一面繼續徵集新的資料，不斷增補，1883年始得初刻成書。考察初刻本，有扉頁及牌記，題："湖北詩徵傳略四十卷"、"光緒辛巳孝感丁氏涇北草堂開雕"。所謂"光緒辛巳"（1881），是開雕時間。版式為半頁10行行24字，小字雙行，同黑口，四周雙邊，單魚尾。首卷卷端下題："孝感丁宿章星海輯，子彝校字"。校勘比較細緻，刊刻尤為精工。有俞樾、杜貴墀、沈用增序。俞杜二序稱"光緒九年"，沈序云"五寒暑而書始成"，自戊寅(1878)至癸未(1883),正是五年。

此后《诗徵》有一次较大规模的增訂重印。根據《詩徵》增訂本卷十八"蘄州"之新增"吳之驥"條"甲申令子儀臣茂才來訪"句,推測最早是1884年印行。此次增補了約八萬字的内容,也有少量刪改,其餘版式等均與初刻本相同。此增訂本晚出,但存世極少,甚至罕有知者,僅復旦大學圖書館存有一份完整本子,湖北省圖書館存一份殘本。大約爲節約成本,增訂本挖補較爲雜亂。增訂本中,沈序内容有較大改動。

光緒《孝感縣志》有"四十八卷"之説,徐世昌《書髓樓書目》著録爲"八卷",原因不明。孫殿起《販書偶記》卷六之"傳記類·總録"云:"《湖北詩徵傳略》四十卷,孝感丁宿章輯。光緒辛巳孝感丁氏涇北草堂刊。"卷十九則將《詩徵》置於"總集類·地方詩",云"光緒七年涇北草堂刊"。指的應是1883年初刻本。只是將牌記中"開雕"寫成"刊"。學術界關於《詩徵》性質及刊刻時間的認知,長期受此書影響。上海古籍出版社2002年出版《續修四庫全書》,其"集部·詩文評類"收録的也是初刻本。初刻本流傳最廣。

1867年由胡林翼最初動議、李瀚章促辦的湖北官書局終於開設,後收納"楚北崇文書局",更以胡丹鳳爲督校,實行"紳督官佐制",開啓了湖北近代出版事業。丁宿章在整理《詩徵》同時,也參與了武漢地區出版活動。比如《棠谿文鈔》、《劉神木詩集》、《程之楨詩集》等,都是丁宿章主持刊刻。陽海清先生編《中南、西南地區省、市圖書館館藏古籍稿本提要》"1165"條,收《王家璧詩文稿》不分卷,有丁宿章題識①。《孝感文徵》、《湖北文徵》提及丁宿章著有《瓣香室詩鈔》,但筆者未見此書,也未曾見其他文獻提及。《詩徵》中多次引用一部詩話,名爲《瓶隱齋筆記》,又名《瓶隱齋隨筆》,未署明作者。從論詩語氣來看,作者竟似丁宿章本人。

---

① 陽海清編,《中南、西南地區省、市圖書館館藏古籍稿本提要》,武汉:華中理工大學出版社,1998年,p323。

三、《湖北詩徵傳略》的價值

《湖北詩徵傳略》既收集了大量詩歌作品，又有豐富的詩論資料。從詩集角度來看，清代至民國時期，湖北區域文人在纂修《湖北通志》、《湖北文徵》、《湖北叢書》的同時，也關注湖北詩歌收集。王葆心《續漢口叢談》卷三談及歷史上專門收集湖北詩歌的情況①，在此基礎上，我們發現，涉及全省的詩集主要有康熙時期張旋均、王如埈輯《湖北先賢詩佩》，乾隆時期高士熙輯《湖北詩錄》，此二種今尚存。此外，有陳詩《湖北詩載》，張清標《楚詩選》、洪素人《湖北先賢詩錄》等，均已散佚。再者，殷雯輯《詩徵》、孫偕鹿輯《湖北詩鈔》，均未成書。清代湖北詩話資料也有若干種，但是無論規模與質量，丁宿章《詩徵》都是很突出的。

據《詩徵·凡例》，陶梁道光年間爲黃州觀察，曾招王柏心、王乃斌入幕，輯《湖北詩徵》，頗有聲勢。離任後，攜稿而去，最終散佚淨盡。因此，王葆心感歎道："此事苟非有大力者爲之援，不易着手也。"然而丁宿章却是靠着個人財力，父子協作，竭力完成的，十分難得。

但是，丁宿章《湖北詩徵傳略》成書後，貶責者甚多，經心書院的學者們就很不滿。《經心書院續集》卷十二收錄了雷以震、賀汝珩《擬重輯湖北詩徵序例》兩篇②，其內容一方面反映了當時武漢文化界對此類書籍的期望，一方面也表達了對丁宿章此書的不滿。賀汝珩道："近日丁中翰星海採錄史志，搜輯遺書，並爲《湖北詩徵傳略》。其次第以今郡縣標目，縣各十數人，通系爵里身世而間及其詩，如漁洋《五代詩話》之類。然乾嘉而上本諸志乘，其事詳。光咸以還，多憑口授，其事略。甚且官閥故實，十訛八九。故此書之不足徵信也，審矣。"今察《詩徵》，並非訛濫如斯。而錢鍾書先生《管錐編·毛詩正義六〇》"四六：隰有萇楚，無情不老"，提及賀汝珩的一則

---

① 王葆心著，陳志平等點校，《續漢口叢談》，武漢：湖北教育出版社，2002年，p92。
② 甘鵬雲書麑、譚獻作敘，《經心書院續集》，湖北官書處刊，光緒二十一年(1895)。

掌故①,却可窺見賀汝珩其人言辭往往有欺人之處。

宣統時期的《湖北藝文志》也批評道:"《湖北詩徵傳略》四十八卷,清丁宿章撰(《孝感志》)。宿章,字星海,孝感人。案:其書兼詩話、總集之體,然徵採不出各州、縣志,於先輩遺集,實未知盡見也。"②此評語與事實也有出入,丁宿章《詩徵》採集範圍還是很廣的,远非方志所限。

也有人力圖重編。據說王葆心就曾擬纂《湖北詩錄》(參見陽海清《現存湖北著作總錄·地方藝文之屬》),大概因此才收集了丁宿章手稿。另據王葆心《再續漢口叢談》卷三,漢川人學者徐澄宇,曾倡編《湖北詩徵》,作有《〈湖北詩徵〉徵詩啟》③,但並沒有實際展開。

《湖北詩徵傳略》收俞樾、杜貴墀、沈用增所撰之序,對《詩徵》多有讚譽。清俞樾《茶香室叢鈔》、清陳田《明詩紀事》、清陸心源《宋詩紀事補遺》、清羅正鈞《船山師友記》(該書中誤作《湖北詩人徵略》)、民國徐世昌《晚晴簃詩匯》、民國楊鐘羲《雪橋詩話》、民國王葆心《續漢口叢談》都曾引用《湖北詩徵傳略》資料。其中,王葆心與《詩徵》淵源最深。王葆心曾與丁宿章之子丁彝在經心書院共事,又收集有《詩徵》手稿,其《續漢口叢談》轉引《詩徵》資料很多,對《詩徵》評價也較中肯。

《湖北詩徵傳略》兼具詩話與詩總集性質,關於其體例,《詩徵·凡例》云:"詩人冠以傳略,用殷璠《河嶽英靈集》例。又仿朱竹垞《明詩綜》、《靜志居詩話》例,選載諸家評語,間采零句斷章,而於詩人之偉節畸行,必詳紀之。不僅備一代之文獻,且使讀其詩知其人。雖生不同時,庶幾《楚國先賢》、《襄陽耆舊》,時深景仰焉。"《詩徵》全書體量龐大,具體結構嚴密,内容包括詩人傳記、詩歌、詩論三部分,主要目標是載錄史料、精選作品、評論詩人詩作、梳理湖北詩歌發展流變等。

《詩徵》收集湖北詩人作品時,以行政區劃爲分卷依據。康熙三年,湖

---

① 錢鍾書著,《管錐編》,北京:中華書局,1986年,p128。
② 湖北通志局編纂,石洪運校注補遺,《湖北藝文志附補遺》,武汉:湖北教育出版社,2002年,p864。
③ 王葆心著,汪顯貴點校,《再續漢口叢談》,武汉:湖北教育出版社,2002年,p292。

廣分治。大體以洞庭湖爲界，北爲湖北布政使司，定爲湖北省，省會武昌。湖北省行政區劃後世多有變化，《詩徵》所依是雍正時期湖廣總督邁柱等所修之《湖廣通志》，兼顧乾隆以後的行政區劃調整。有十府（武昌、漢陽、黄州、德安、安陸、荆州、襄陽、宜昌、鄖陽、施南），一直隸州（荆門），共六十八縣（州）。列入目錄者兩千一百余人，附錄者三百四十余人，文中附論者五百余人，共論及湖北各地歷代詩人近三千人。

丁宿章彙集全鄂古今詩家詩，成《湖北詩徵傳略》四十卷，規模龐大。尤其珍貴的是，《湖北詩徵傳略》保存了大量明清兩代湖北詩人作品（當時在世者不錄），很多詩人作品當時只有稿本或者抄本，這些本子大部分已經散失，今人依靠此書可以窺見其面目。其次，《詩徵》採錄了很多罕見的詩論資料，也收集有編者自己對湖北詩歌的豐富評論，這些對湖北詩歌研究貢獻重大。其三，《詩徵》記錄了近三千名區域詩人的主要事蹟，展示了楚地詩人的風采，也爲地方文化研究提供了豐富的史料。當然，由於編者名聲不大，採集能力受到限制；收錄標準不一，作品良莠不齊；詩論的時代性不足，學術視野較窄。這些區域性文獻常見的缺陷，在《詩徵》中也是有的。此次整理，主要是校勘文字，疏通文意，至於其詩學思想及其所選詩作之價值等研究，敬待來者。

四、點校說明

這次整理使用藏本包括湖北省圖書館、復旦大學圖書館、南京圖書館藏本。點校時，以湖北省圖書館所藏 1883 年初刻本爲底本，以復旦大學圖書館所藏增訂本爲參校本。《湖北詩徵傳略》原有凡例，這裏再用點校說明介紹此次整理的主要情況。

（1）湖北建省以來，行政區劃變化不小，導致一部分詩人隸屬地，今天看來有爭議。這些因爲古今行政區劃差異導致的認知問題，除非特別情況，則不專作說明。

（2）原總目錄比較簡略，只在分卷目錄中詳細列出詩人姓名，今將總目錄與分目錄合並，便於讀者搜檢。

（3）原書中，單立名目的每位詩人姓名後一般有小傳簡介，以雙行小字處理。這次整理中，爲了便於閲讀，將單立名目每位詩人姓名視作條目，小傳則用小號字體排版。原書在主要人物之外，常附列其他人物。有的在目録及條目處列出附屬人物姓名，有的未在目録或者條目處列入。而且主要人物与附屬人物之关係，在目録、條目處時有差異。這種情況，原列入的，加以完善統一。附屬人物既没有列入目録也没有列入條目的，則遵循原書，保持原狀。條目中附屬人物與主要人物之間，用空格隔開。如有多個附屬人物，分别用頓號或者逗號隔開，視情況而定。

（4）原目録細節上有些錯誤，比如有的詩人名字，與正文不一致，則據具體情況加以統一，並在校記中説明。

（5）本書有些條目出現重複收録現象，如卷二十五"江曾沂"條，複見於卷三十。也有作品重複收録的現象，今仍兩存之，並在校記中具體説明。

（6）本書收録人物眾多，人物歷史次序時有錯誤。比如卷一唐代部分，李宗孟、李昇、李沆、李邕，時代順序恰好顛倒。這些如非特别需要，一般不作調整。

（7）編纂者資料收集的過程艱難而漫長，那些刊刻期間不斷收集到的資料，只能陸續補充。這導致原書在體例中出現"補"這一欄目。對於這一部分，這次整理遵循原書，保留原狀。也有事實是"補"，却未列"補"之欄目，將在校記中根據情況説明。至於由於正文不斷補充而造成原目録中一些缺失現象，則據正文補充。

（8）本書採集了大量詩話，比如明楊慎，清朱彝尊、王漁洋等詩話著述，以及《楚寶》、《楚詩紀》等湘鄂文獻。這些文獻本身也有一些錯誤，今據該文獻出處或通行資料加以校正並作校記。部分引文未注明出處，容易引起誤解，也儘量予以説明。

（9）書中採摘壓縮相關文獻資料的過程中，出現一些文辭粗疏、割裂文義現象，造成閲讀困難或意義表達不准確。這種情況，盡量疏通文義，並在校記中說明。如卷三十五"元淮":"元淮居常以經濟自許,而人顧稱其詩。詩不規規於聲律體裁,抒寫性情。善用意於無字句處,作者。七古尤爲擅場。"此處"作者"二字突兀,應是"可謂作者"。

(10) 書中摘引詩句,有時缺乏必要的介紹,容易引起誤會。如卷十三"喬遠炳":"佳句如:屋老多虛白,池深映蔚藍。《登泰岱》云:夾道松馳晴逐電,凌空岫湧陸觀潮。《夏日》云:眠攤蕉簟千紋滑,座接花陰一院香。《盆菊》云……"所引佳句,唯獨第一句無題目,顯得突兀。有時甚至連"佳句如"這類介紹都沒有,更不通順。整理中將根據需要,適當予以說明。

(11) 書中大量使用人物別號、齋號等,而小傳中却常未提及這些名號,導致閱讀困難,有必要編制一份詳細的索引。但目前時間精力有限,難以完成。這次整理,暫編制一份簡易人名索引,便於讀者查閱。另外,編制了一份引用書目表,主要收錄所引書目。單篇論文、間接引用、本傳、家乘、方志、引用而未注明出處者及相關條目中正在介紹的詩人著述,皆不列入。

(12) 原書中存在大量的異體字、俗體字、避諱字,也有一些訛字,而且字體使用常不統一。這裏主要依據《荆楚文庫》校勘體例,加以統一處理。除非一些特殊情況,均不再用校記說明。

(13) 關於增訂部分,增訂本各卷原來處置辦法不一,有的在卷尾增加,有的在卷中挖補加入。這次整理時,分別剔出增訂内容,置於各卷之後,根據需要,另加條目,並作校記說明校勘情況。

附記:《湖北詩徵傳略》點校,經五年而成。本人能力有限,缺憾甚多。整理期間,得多方協助,謹表謝意:荆楚文庫編委周國林教授數次與我約談,給我以鼓勵。荆楚文庫編輯鄒華清先生,華中師範大學高華平教授,華中科技大學出版社李東明、錢坤、袁沖、周清濤等老師,湖北省圖書館馬志立、范志毅、孫智龍、周嚴、王蓓等老師,湖北省博物館羅洽老師,復旦大學圖書館相關老師,虞揚、徐晶晶、張坤平、喻文、遷雪飛、高一諾、唐霖霖諸同學,都曾給我慷慨而專業的協助,在此一並致謝!

目　錄

序（俞　樾）……………… (1)
序（杜貴墀）……………… (2)
序（沈用增）……………… (5)
凡例 ………………………… (6)
湖北詩徵傳略卷一 ……… (9)
　江夏 ……………………… (9)
　　晉 ……………………… (9)
　　　李　充子顥 ………… (9)
　　梁 ……………………… (10)
　　　費　昶 ……………… (10)
　　唐 ……………………… (11)
　　　李　邕 ……………… (11)
　　　李　沇 ……………… (11)
　　　李　昇 ……………… (12)
　　　李宗孟 ……………… (12)
　　宋 ……………………… (12)
　　　馮　京 ……………… (12)
　　　李昌國子康年 ……… (13)
　　明 ……………………… (13)
　　　張　誠 ……………… (13)
　　　吳　徹 ……………… (13)
　　　曾　泰 ……………… (14)
　　　辜　皋 ……………… (14)

張天祐 ……………………… (14)
曹　閶 ……………………… (15)
王　竑 ……………………… (15)
李萃然 ……………………… (15)
劉　績 ……………………… (16)
吳　偉 ……………………… (16)
馮世雍 ……………………… (16)
常居敬 ……………………… (17)
郭正域 ……………………… (17)
劉敷仁 ……………………… (19)
張文光 ……………………… (19)
任家相 ……………………… (19)
熊廷弼 ……………………… (20)
賀逢聖 ……………………… (22)
游士任 ……………………… (23)
劉南呂 ……………………… (23)
朱華圉 ……………………… (24)
明　睿 ……………………… (25)
郭昭封 ……………………… (25)
釋如愚 ……………………… (25)
閨秀 ………………………… (26)
呼文如 ……………………… (26)
增訂 ………………………… (29)

晉 …………………………… (29)	任之奎 ………………… (38)
李　充從弟式 ………… (29)	崔應階 ………………… (38)
唐 …………………………… (29)	張世謙 ………………… (40)
李　邕 ………………… (29)	陳嘉説 ………………… (40)
明 …………………………… (30)	白鼎胤 ………………… (41)
吴　偉 ………………… (30)	黄與堅 ………………… (41)
郭正域 ………………… (30)	杜國柱 ………………… (41)
劉勇仁 ………………… (30)	祝希賢 ………………… (41)
朱盛溁 ………………… (31)	王一寧 ………………… (41)
釋蘊宏 ………………… (31)	吴元俊 ………………… (42)
呼文如姊舉 …………… (31)	劉崇文 ………………… (42)
湖北詩徵傳略卷二 ……… (33)	段　燦 ………………… (42)
江夏 ………………………… (33)	危映奎 ………………… (42)
國朝 …………………… (33)	陳正烈 ………………… (43)
程　封 ……………… (33)	秦文樸 ………………… (43)
楊兆傑 ……………… (34)	傅以成 ………………… (44)
潘永祚弟國祚、衍祚 …… (34)	明　通 ………………… (44)
沈　韻 ……………… (35)	明　保 ………………… (44)
劉宗賢 ……………… (36)	王德新 ………………… (45)
周之麟 ……………… (36)	韓　準 ………………… (45)
彭旋齡 ……………… (36)	張　本 ………………… (45)
胡　潤 ……………… (36)	潘　茂 ………………… (46)
吴　嶽 ……………… (37)	沈焕翔 ………………… (46)
胡作舟 ……………… (37)	彭崧毓 ………………… (46)
葉方蕙子存仁 ……… (37)	彭瑞毓 ………………… (47)
胡鳴皋 ……………… (37)	汪以鋐 ………………… (48)
王守正 ……………… (38)	趙南金 ………………… (49)
姚發祥 ……………… (38)	戴毓瀛弟毓瑞 ………… (49)

程之楨 …………（50）
　　張杲 ……………（55）
　　褚文亮 …………（55）
　閨秀 ……………（56）
　　張因 ……………（56）
　　葉俊傑 …………（56）
增訂 ………………（58）
　　胡潤 ……………（58）
　　潘衍祚 …………（58）
　　黃與堅 …………（59）
　　沈韻 ……………（59）
　　王曰琪 …………（60）
　　吳嶽 ……………（60）
　　韓準 ……………（60）
　　邵際然子希棠 …（61）
　　彭瑞毓 …………（61）
　　任寅 ……………（61）
　　張葆森 …………（62）
　　許紹沆 …………（62）
　　高華 ……………（62）
　　葉俊傑 …………（63）
　　周照 ……………（63）
　　張秀 ……………（64）
　　畹蘭 ……………（64）
湖北詩徵傳略卷三 …（65）
　武昌 ……………（65）
　　梁 ………………（65）
　　　顧揔 …………（65）
　唐 ………………（66）
　　孟雲卿 …………（66）
　閨秀 ……………（67）
　　武昌妓 …………（67）
　宋 ………………（67）
　　史辭 ……………（67）
　　梁棟 ……………（67）
　　釋無夢 …………（68）
　元 ………………（68）
　　丁鶴年 …………（68）
　　衛均執 …………（69）
　　嚴静山 …………（69）
　明 ………………（69）
　　唐音弟言,有章 …（69）
　　孟廷柯 …………（70）
　　周時舉 …………（70）
　　孟仿 ……………（70）
　　張鍾靈 …………（70）
　　熊桴 ……………（70）
　　呂大夔 …………（71）
　　孟登 ……………（71）
　　謝昊 ……………（72）
　　談必泰 …………（72）
　　孟習孔 …………（72）
　　孟紹甲子進 ……（73）
　　鄔昶 ……………（73）
　國朝 ……………（73）
　　夏琮 ……………（73）

張　謙 …………… （74）
柳如權 …………… （74）
王渭鼎弟鄭鼎，子涵 …… （74）
周士皇 …………… （75）
孟壽湄 …………… （75）
孟乾德 …………… （75）
王　游 …………… （75）
王起明 …………… （75）
周雲鳳 …………… （76）
夏克咸 …………… （76）
王植經 …………… （76）
饒探春 …………… （76）
余承柱 …………… （77）
釋二定 …………… （77）
釋性曇 …………… （77）
咸寧 …………… （78）
元 …………… （78）
　李鵬翔 …………… （78）
　明 …………… （78）
　　錢　珊 …………… （78）
　　王　煥 …………… （78）
　　孟養浩弟養蒙 …… （79）
　　王命選 …………… （79）
　　陳　瑞 …………… （80）
　國朝 …………… （80）
　　鄭之諶 …………… （80）
　　張宗嵓 …………… （80）
　　胡　章 …………… （81）

胡文健 …………… （81）
黃開昭 …………… （81）
釋印川 …………… （81）
嘉魚 …………… （82）
宋 …………… （82）
李大同 …………… （82）
元 …………… （82）
　程從龍弟元龍 …… （82）
明 …………… （83）
　程立中 …………… （83）
　李　滄 …………… （83）
　孔　儒 …………… （83）
　李爲臣 …………… （84）
　吳廷舉 …………… （84）
　李承芳弟承箕 …… （85）
　李承勛 …………… （86）
　方逢时 …………… （86）
　李　沂 …………… （87）
　任弘震子喬年 …… （87）
　尹民興 …………… （88）
　尹奇逢 …………… （88）
　金　聲 …………… （88）
　熊開元 …………… （90）
　李占解 …………… （91）
國朝 …………… （92）
　李懋泗 …………… （92）
　程　珏 …………… （92）
　周大鈞 …………… （92）

張瑮光	(93)	何槐孫	(109)
朱曰眉	(93)	宋　愿	(109)
陳敦詩	(93)	明	(109)
涂文鈞	(93)	魏　觀	(109)
蔡孔緒	(94)	李　弘	(110)
程　蓮	(94)	陳汝楫	(110)
李林芳	(95)	廖　俊	(111)
余　宣	(96)	廖道南	(111)
增訂	(98)	仵　瑜	(112)
武昌	(98)	魏　裳子樸如	(112)
余承柱	(98)	張東周	(114)
柯茂枝	(98)	胡堯元	(114)
咸寧	(100)	謝師啟	(114)
明	(100)	吳　童	(115)
李　玉	(100)	李　彙	(115)
胡　章	(100)	魏　說	(115)
雷以誠	(102)	燕遺民	(115)
嘉魚	(103)	王台彥弟鼎彥	(116)
余　宣	(103)	魏珩如	(116)
楊高椿弟高梓	(106)	黃圖昇	(116)
鄭明循	(106)	龔維三	(117)
湖北詩徵傳略卷四	(108)	朱良崑	(117)
蒲圻	(108)	龔逢祥弟逢烈	(117)
宋	(108)	李應泰	(117)
張　掖	(108)	國朝	(118)
元	(108)	馬之鵬	(118)
王廷揚	(108)	魏方振	(118)
江存禮	(108)	鄒應錫	(118)

馬淑昌 …………… (119)
邱今芳 …………… (119)
賀斐觀 …………… (119)
張奇勛 …………… (119)
張達仔 …………… (119)
張開東弟開懋,孫至曙 … (120)
李　標 …………… (123)
賀青蓮 …………… (124)
崇陽 ………………… (124)
　元 ………………… (124)
　　嚴士真 …………… (124)
　明 ………………… (125)
　　楊　昺 …………… (125)
　　王守貞子甸、疇 …… (125)
　　汪文盛子宗伊 …… (126)
　　汪必東 …………… (127)
　　汪宗元弟宗凱 …… (127)
　　劉景韶 …………… (128)
　　胡　定 …………… (129)
　　吳夢材 …………… (129)
　　熊則禎 …………… (129)
　　汪　桂子際烺 …… (130)
　　王應斗 …………… (130)
　　龔　湜 …………… (131)
　　蒙正發 …………… (131)
　　趙繼抃 …………… (132)
　　王道大 …………… (132)
　　釋願輝 …………… (132)

國朝 ………………… (133)
　　汪　樾 …………… (133)
　　傅在智 …………… (133)
　　吳　紀 …………… (133)
　　米調元 …………… (134)
　　譚登元 …………… (134)
　　劉鎮鼎 …………… (134)
　　李德一 …………… (135)
　　徐登元 …………… (135)
　　陳山秀 …………… (135)
　　陳夢瑗 …………… (135)
　　劉廷俊 …………… (136)
　　傅燮鼎 …………… (136)
　　楊鵬業 …………… (137)
　　楊熙業 …………… (137)
　　楊襄業 …………… (137)
增訂 ………………… (140)
蒲圻 ………………… (140)
　　張瑮光 …………… (140)
　　張開東 …………… (141)
　　張兆安 …………… (142)
崇陽 ………………… (143)
　元 ………………… (143)
　　嚴士真 …………… (143)
　明 ………………… (143)
　　傅　源 …………… (143)
　　王近敏弟近訥、近思 … (143)
　　汪如璧 …………… (144)

劉景韶 ……………(144)	李夢松作圻 …………(158)
汪　桂 ……………(145)	宋林繐 ………………(158)
王應斗 ……………(146)	楊洪士 ………………(159)
蒙發正 ……………(147)	劉樹鵬傳薪 …………(159)
汪　樾 ……………(148)	魏應昇 ………………(159)
米調元 ……………(149)	胡三台 ………………(159)
甘調陽 ……………(150)	王鈞萬鑑善 …………(159)
汪世綸 ……………(150)	傅燮鼎 ………………(160)
吳世雄 ……………(150)	楊襄業 ………………(163)
丁崇略 ……………(151)	李既昌文啟 …………(164)
王國洽納諫 …………(152)	釋宏度 ………………(164)
何祿芳 ……………(153)	釋律懲 ………………(164)
米　燦 ……………(153)	釋儀容 ………………(165)
孫鐘琇 ……………(153)	釋融旨 ………………(165)
雷　琦 ……………(153)	閨秀 …………………(165)
傅以忠從弟述鐘 ……(154)	李　氏 ………………(165)
陳之楫弟之杞,子炳雲 …(154)	補 ……………………(166)
王鎮新 ……………(154)	黃色中 ………………(166)
李德一 ……………(155)	吳夢材 ………………(166)
陳夢瑗 ……………(155)	陳　瓚 ………………(166)
熊世玉 ……………(155)	譚登元 ………………(166)
黃廷煜 ……………(156)	金如璧 ………………(167)
劉汝祺汝鶴、汝皋 ……(156)	徐登元 ………………(167)
全紹聞 ……………(156)	吳光瀚 ………………(167)
熊鍾祥 ……………(157)	**湖北詩徵傳略卷五** …(170)
沈際華世薰,定時 ……(157)	通城 …………………(170)
饒世則 ……………(157)	宋 ……………………(170)
余鴻緒啟立 …………(158)	楊起莘 ………………(170)

孔　拱 …………… （170）
　明 ………………… （170）
　　何　隆 …………… （170）
　　吳應鵬 …………… （171）
　國朝 ……………… （171）
　　劉世系 …………… （171）
　　徐　礦 …………… （171）
　　吳壽平 …………… （171）
興國 ………………… （174）
　宋 ………………… （174）
　　李　翔 …………… （174）
　　吳中復子立禮、則禮 … （174）
　　王　質 …………… （175）
　　桂如琥 …………… （175）
　明 ………………… （176）
　　吳國倫 …………… （176）
　　劉世斗 …………… （178）
　　馮之圖 …………… （178）
　國朝 ……………… （178）
　　李應熙 …………… （178）
　　陳治策 …………… （179）
　　譚曰爲 …………… （179）
　　邢世銘 …………… （180）
　　釋智端 …………… （180）
　補 ………………… （181）
　　馮瑞錦 …………… （181）
大冶 ………………… （181）
　明 ………………… （181）

　　胡應辰 …………… （181）
　　向日紅 …………… （182）
　　余玉節 …………… （182）
　　周寧爾 …………… （182）
　　向日丹 …………… （183）
　　劉子楨 …………… （183）
　　胡允同子繩祖、念祖 … （183）
　　周蓼邺 …………… （184）
　　尹　珩 …………… （184）
　　尹　煜 …………… （184）
　國朝 ……………… （185）
　　余國柱 …………… （185）
　　余國楷 …………… （185）
　　胡夢發 …………… （186）
　　柯　瑾 …………… （186）
　　劉　鼇 …………… （187）
　　柯光澍 …………… （187）
　　陳本先 …………… （187）
　　馬有綎 …………… （187）
　　胡鳴旭 …………… （188）
　　丁　節 …………… （188）
　　李郁文 …………… （188）
通山 ………………… （189）
　明 ………………… （189）
　　朱志先 …………… （189）
　　朱伯驥子廷立 …… （189）
　　舒弘緒 …………… （190）
　　葉　相 …………… （190）

陳宗夔 …………… (191)
國朝 ……………… (191)
　朱之楫子萬仰 ……… (191)
增訂 ……………… (193)
興國 ……………… (193)
　宋 ……………… (193)
　　王　質 ……… (193)
　　吳則禮 ……… (193)
　明 ……………… (193)
　　楊儒魯 ……… (193)
　　馮之圖 ……… (194)
　國朝 …………… (194)
　　盧　秀 ……… (194)
　　邢世銘弟世鏞 …… (194)
　　陳光亨 ……… (195)
　　石建點 ……… (195)
大冶 ……………… (197)
　　胡夢發 ……… (197)
　　余承柱 ……… (197)

湖北詩徵傳略卷六 …… (198)
漢陽 ……………… (198)
　唐 ……………… (198)
　　鄭　錫 ……… (198)
　後五代 ………… (198)
　　王仁裕 ……… (198)
　　王　周 ……… (198)
　宋 ……………… (199)
　　汪　涯 ……… (199)

　　張　燾 ……… (199)
　　辛　泌 ……… (199)
　　馮　杞 ……… (200)
　明 ……………… (200)
　　戴　金 ……… (200)
　　朱　衣 ……… (200)
　　李宗魯 ……… (200)
　　李若愚 ……… (201)
　　蕭良有弟良譽,子丁泰 … (201)
　　劉成美 ……… (202)
　　李世鰲 ……… (202)
　　孫世恪 ……… (202)
　　張　京 ……… (203)
　　蔡溶如 ……… (203)
　　王　袗 ……… (203)
　　許承欽 ……… (203)
　　魏晉封 ……… (204)
　　許上通 ……… (204)
　　李日生 ……… (204)
　　龔　臺 ……… (204)
　　李天根 ……… (205)
　　王士乾 ……… (205)
　　朱國俊子學孔、士曾 … (205)
　國朝 …………… (206)
　　李以篤弟以籍,子奕韓、
　　序韓 ………… (206)
　　熊伯龍子正笏,孫祖旆、
　　祖㫋 ………… (208)

張三異 子叔珽 …………（209）	蕭丁泰 ……………………（227）
王三登 ……………………（210）	許承欽 ……………………（227）
李昌祚 子必果 ……………（210）	李必畀 ……………………（227）
吳正治 弟開治，子宗豐 …（211）	王　戡 ……………………（228）
韓　章 ……………………（212）	許之豫 ……………………（228）
易兆義 子廷斌、廷望 …（212）	彭湘懷 ……………………（229）
盧乾元 ……………………（213）	**湖北詩徵傳略卷七** ………（230）
蕭廣昭 弟企昭 ……………（213）	漢陽 ……………………（230）
歐陽遑 ……………………（214）	國朝 …………………（230）
譚鳳祥 ……………………（214）	龔淳孚 ………………（230）
汪以淳 ……………………（214）	彭一楷 ………………（230）
李能哲 ……………………（214）	錢韓雲 ………………（231）
何操敬 ……………………（214）	王上训 ………………（231）
劉順昌 兄必昌 ……………（215）	孫爲鈴 ………………（231）
何詢之 ……………………（215）	王　寧 ………………（231）
王　戡 ……………………（215）	蔡爲都 ………………（231）
蔣魯傳 ……………………（217）	易　雍 ………………（232）
項　翮 ……………………（219）	李　顥 ………………（232）
項大德 ……………………（219）	胡如范 ………………（232）
曾　玥 ……………………（219）	羅世珍 ………………（232）
許之豫 ……………………（219）	楊　旦 ………………（232）
彭心錦 子湘懷、榮 ……（220）	張任湛 ………………（233）
文師汲 ……………………（222）	胡紹安 ………………（233）
汪　穎 ……………………（223）	汪特昌 ………………（233）
黃道開 ……………………（224）	蔣鳴奎 ………………（233）
何宗頤 ……………………（225）	王銘臣 弟銓臣 ………（234）
增訂 ………………………（227）	王鄩玉 ………………（234）
何宗頤 …………………（227）	羅　俊 ………………（234）

龔書宸 弟書田 …… （234）
方　燧 …………… （235）
段嘉梅 …………… （235）
石文德 …………… （236）
熊如岡 …………… （236）
王克敏 …………… （236）
朱子敬 …………… （236）
陳鴻基 …………… （236）
張志中 …………… （237）
雷　烈 …………… （237）
王本郃 …………… （237）
王承爵 …………… （237）
謝丹書 …………… （238）
李芳蕃 …………… （238）
高汝堂 …………… （238）
戴喻讓 …………… （238）
俞德懋 …………… （240）
張大海 …………… （240）
徐　聰 弟志 ……… （240）
朱在鎮 …………… （241）
汪必誠 …………… （242）
熊天植 弟天楷 …… （242）
徐佐廷 …………… （242）
胡志潔 …………… （242）
王彭澤 …………… （243）
傅大魁 …………… （243）
路　釗 弟錞 ……… （243）
衛天民 …………… （244）

蕭德樹 …………… （244）
江　湧 …………… （244）
雷　驤 …………… （244）
陳　蘇 …………… （245）
許立瓊 …………… （245）
許　俊 …………… （245）
汪　鍊 …………… （245）
熊之贇 …………… （245）
阮龍光 …………… （246）
孫　漢 弟潞 ……… （246）
雷坦任 弟坦健 …… （247）
熊　光炳 ………… （247）
陳　運 …………… （247）
張萬璧 …………… （247）
陳時懋 …………… （248）
吳廷詢 …………… （248）
江顯宗 …………… （249）
魏楚翹 …………… （249）
阮向葵 …………… （249）
胡　采 …………… （249）
黃鶴鳴 …………… （250）
徐　昭 …………… （250）
葉繼雯 …………… （250）
熊堉仁 …………… （251）
盧振新 …………… （251）
易寶善 …………… （252）
朱　惠 …………… （252）
熊　壎 …………… （252）

孫　煦 …………… （254）
王文寧 …………… （257）
吳仕潮 …………… （257）
夏之勛 …………… （257）
危煥樞 …………… （258）
熊　時 …………… （259）
劉秉銓 …………… （259）
增訂 …………… （260）
　羅世珍 …………… （260）
　段嘉梅 …………… （260）
　葉廷芳 …………… （260）
　孫　潞 …………… （261）
　葉繼雯 …………… （261）

湖北詩徵傳略卷八 …………… （263）
　漢陽 …………… （263）
　　國朝 …………… （263）
　　　趙　湘 …………… （263）
　　　關　橋 …………… （264）
　　　吳　佃 …………… （264）
　　　常道性 …………… （264）
　　　程　秉 …………… （265）
　　　曹　善 …………… （266）
　　　丁　濟 …………… （266）
　　　沈　烜 …………… （267）
　　　馮國恩 …………… （268）
　　　徐熊飛 …………… （269）
　　　胡遠秀 …………… （269）
　　　尚　絅 …………… （269）

徐寶賢 …………… （270）
王宜觀 …………… （270）
蕭履中 …………… （270）
丁耀南 …………… （271）
徐步周 …………… （271）
蕭德宣 …………… （271）
鄒詒詩子廷堯 …………… （273）
葉名琛弟名澧 …………… （274）
關　鈞 …………… （275）
姚文錦 …………… （276）
汪育馨 …………… （276）
劉傳瑩從子世仲 …………… （276）
田　鈞 …………… （277）
吳長庚 …………… （279）
袁希祖 …………… （280）
胡兆春 …………… （280）
王　鑾 …………… （284）
劉慶餘 …………… （285）
葉廷芳 …………… （286）
黃錫祖 …………… （286）
黃嗣翊 …………… （287）
鄭文藻 …………… （287）
鷗邊人 …………… （287）
釋圓炅 …………… （288）
釋廣志 …………… （289）
釋輯光 …………… （289）
釋蕙旦 …………… （289）
釋超乘 …………… （290）

釋寂恪 …………… （290）
　　釋德修廣純,餐霞 …… （290）
　閨秀 …………… （291）
　　江　蘭 …………… （291）
　　徐如蕙 …………… （291）
　　余　氏 …………… （291）
　　陳貞媛 …………… （292）
　　戴夢月 …………… （292）
　補 …………… （292）
　　徐溥文子光煜 …… （292）
增訂 …………… （294）
　　葉名澧 …………… （294）
　　黃文琛 …………… （294）
　　蕭　書 …………… （297）
　　汪　昶 …………… （298）
　　鄔　銓 …………… （299）
　　徐溥文 …………… （300）
　閨秀 …………… （300）
　　陸湘水 …………… （300）
　　江峯青 …………… （300）
　　紀　瓊 …………… （301）
　　李　瓊 …………… （301）
　　江　蘭 …………… （301）
　　陳貞媛 …………… （302）
湖北詩徵傳略卷九 …… （303）
　漢川 …………… （303）
　　明 …………… （303）
　　　周嘉謨 …………… （303）

　　王　諫 …………… （304）
　　尹賓商 …………… （304）
　　尹　迥 …………… （304）
　　魏　閥 …………… （305）
　國朝 …………… （305）
　　顧如華 …………… （305）
　　龍文玉 …………… （306）
　　歐陽暹 …………… （306）
　　林長蒿 …………… （307）
　　程廷材 …………… （307）
　　李祖材 …………… （307）
　　程廷棟 …………… （308）
　　林正紀子德仁 …… （308）
　　程廷栻子煜 …… （309）
　　汪特昌 …………… （309）
　　岳東瞻 …………… （310）
　　丁　松 …………… （310）
　　劉振智子象益 …… （310）
　　秦之炳子敦承 …… （311）
　　駱中渠 …………… （312）
　　周士望 …………… （312）
　　黃祖企 …………… （312）
　　聶大煐 …………… （312）
　　周　暹 …………… （313）
　　毛文鵬 …………… （313）
　　熊奇生 …………… （313）
　　陳孟青 …………… （314）
　　張清標 …………… （314）

方　陶	(316)	王文壇	(338)
周　蓉	(318)	陳　道	(338)
李先華	(318)	余世楠	(339)
傅　垣弟培、均	(319)	釋海聰	(339)

湖北詩徵傳略卷十 …………(322)　　釋彼岸 ………(339)

漢川 ……………………(322)　　**湖北詩徵傳略卷十一** (341)

國朝 ……………………(322)　　黃陂 ………………(341)

李　蟠	(322)	明	(341)
張廷蘭	(324)	張　濤	(341)
程　燾	(326)	黃彥士	(342)
周若鴻	(326)	陳其棟	(342)
秦敦原	(327)	鄭　佶	(342)
林祥䋮	(327)	陳　壽	(343)
林祥燾	(328)	方一鳳	(343)
林祥瀧	(328)	張世祜	(343)
宋德銘	(329)	林　盛	(344)
劉　珊	(329)	周　詵	(344)
方　塘	(333)	周　誠	(344)
萬方春	(333)	向在江	(344)
劉賢佑子崇斌	(333)	徐尚彝	(345)
張之沂	(334)	鄧雲和	(345)
林維昌	(334)	章煥然	(345)
吳吐鳳	(334)	王之梅	(345)
陳第聯	(335)	釋明照	(346)
王兆麟	(335)	釋道恒	(346)
張　鏗	(335)	國朝	(347)
秦篤輝弟篤新	(336)	程光寵	(347)
宋紹珖	(337)	姚繩虞	(347)

姚締虞孫之珣 ……… （347）
向　古 ……………… （347）
徐元英 ……………… （348）
綦成周 ……………… （350）
王之斌 ……………… （350）
楊兆昌 ……………… （350）
金光杰子國均 ……… （350）
任　潤 ……………… （351）
魯士俊 ……………… （352）
劉有勛 ……………… （352）
劉玉豐 ……………… （352）
何定漢 ……………… （352）
劉樹森 ……………… （353）
劉家柱 ……………… （353）
釋無爲 ……………… （354）

湖北詩徵傳略卷十二 ……… （355）

孝感 ………………… （355）

明 …………………… （355）

　張　瓚 …………… （355）
　嚴　璉 …………… （355）
　唐　烈 …………… （356）
　夏　鼎弟鼐 ……… （356）
　傅淑訓 …………… （356）
　張可大子遺 ……… （357）
　舒顯胤 …………… （358）
　沈維炳 …………… （358）
　楊金聲兄金通 …… （358）
　劉　禧弟祺 ……… （359）

劉　康 ……………… （359）
程良籌子正隆、正巽、
　正萃 ……………… （359）
李其先 ……………… （361）
夏　煒 ……………… （361）
楊洪才 ……………… （361）
黄文旦 ……………… （361）
程怡孔 ……………… （362）
丁之鴻 ……………… （362）
張日暹 ……………… （362）
彭大壽 ……………… （363）
沈會霖 ……………… （363）
沈　宜子岐昇 ……… （363）
釋真詮 ……………… （365）

國朝 ………………… （365）

　程正撰 …………… （365）
　嚴正矩 …………… （367）
　彭　焱 …………… （368）
　高　騫 …………… （370）
　胡　江 …………… （370）
　聶其浩 …………… （370）
　楊　坦 …………… （371）
　熊賜履從弟賜瓚 … （371）
　屠應守 …………… （372）
　涂天相 …………… （372）
　程正度 …………… （374）
　程大吕弟大皋 …… （374）
　夏嘉瑞 …………… （374）

張文峙 …………… (375)
屠　沂弟溶 …………… (375)
沈開第 …………… (376)
沈　寬 …………… (376)
李嗣泌 …………… (376)
夏熙臣 …………… (376)
增訂 …………… (380)
明 …………… (380)
殷海鶴 …………… (380)
沈維煌 …………… (380)
程正揆兄正隆 …………… (380)
屠　沂 …………… (381)
湖北詩徵傳略卷十三 …………… (382)
孝感 …………… (382)
國朝 …………… (382)
程光鉅 …………… (382)
黃映秋 …………… (382)
丁光偉 …………… (383)
夏力恕子扶英,孫端楡 …… (383)
夏光沅 …………… (386)
胡紹鼎 …………… (387)
沈明陞 …………… (388)
李孟皋 …………… (389)
喬遠炳弟遠瑛 …………… (389)
魏文徽 …………… (390)
胡志鵬 …………… (391)
蕭秉楷 …………… (391)
陳陞謨 …………… (391)

程明渤 …………… (392)
喬用遷 …………… (392)
陳運鎮 …………… (392)
嚴華祝 …………… (392)
蕭　鍊弟鎮 …………… (394)
鄒維魯 …………… (394)
王宗璟子佐臣 …………… (395)
王奉誥 …………… (395)
王鳴鳳 …………… (395)
王　瓚子國源、國浩 …… (396)
王佩杰 …………… (396)
王佩蘭 …………… (396)
王佩蓉弟佩蒲 …………… (397)
王崇灼 …………… (397)
王兆春 …………… (397)
王兆偉 …………… (397)
王嘉亨 …………… (397)
王嘉賓 …………… (398)
沈祥祖 …………… (398)
郭道闓 …………… (398)
李澄觀 …………… (399)
徐　韋 …………… (399)
劉定裕 …………… (401)
劉之彬 …………… (401)
程義莊 …………… (401)
陳紹治 …………… (401)
屠之連 …………… (402)
屠道昕 …………… (402)

釋續燈 …………… （402）	戴 儼弟俊 …………… （417）
釋曇章 …………… （403）	方宏履 …………… （418）
釋鐵橋 …………… （403）	戴隆支 …………… （418）
閨秀 …………… （403）	張泰來 …………… （418）
屠道珍 …………… （403）	姜宏紀 …………… （419）
王素雯 …………… （403）	劉揆 …………… （419）
傅紫璘 …………… （404）	張錫穀 …………… （419）
增訂 …………… （406）	李維紀 …………… （420）
陳運鎮子紹治,孫先瑜 …… （406）	胡曰發 …………… （420）
李曾馥 …………… （408）	李 堂 …………… （421）
湖北詩徵傳略卷十四 …… （409）	蕭祖蔭 …………… （421）
沔陽 …………… （409）	劉泗道子興樾 …………… （421）
宋 …………… （409）	劉興藻 …………… （424）
蕭海藻 …………… （409）	楊鳳章 …………… （424）
元 …………… （410）	汪祖敬 …………… （425）
徐勝祖 …………… （410）	王炳章 …………… （426）
明 …………… （410）	汪珩聲 …………… （426）
童承敘 …………… （410）	蕭炳甲 …………… （427）
陳柏 …………… （412）	彭 衡 …………… （428）
陳文燭 …………… （413）	傅卓然子梯 …………… （428）
張應斗 …………… （413）	李 皋 …………… （430）
錢 璜 …………… （414）	陶 甄 …………… （431）
費尚伊弟啟緒 …………… （414）	劉國香 …………… （432）
胡維宗 …………… （415）	閨秀 …………… （432）
國朝 …………… （415）	秦 氏 …………… （432）
李何煒 …………… （415）	增訂 …………… （435）
蕭貞明 …………… （416）	陳文燭 …………… （435）
方 來 …………… （416）	蕭雲澤 …………… （435）

周揆源	(436)	王一鳴	(447)
汪霖道	(436)	王一耈	(447)
周汝楫	(437)	王同軌	(449)
釋孚山	(437)	蔡馨明	(449)

湖北詩徵傳略卷十五 ……… (439)
  呂禧孫元音 ……… (449)
 黃岡 ……… (439)
  周之訓 ……… (450)
 唐 ……… (439)
  汪國濼 ……… (450)
  周墀 ……… (439)
  樊維甫 ……… (451)
 宋 ……… (439)
  陳師泰 ……… (451)
  潘大臨弟大觀 ……… (439)
  萬爾昌弟爾昇 ……… (451)
  孫賁 ……… (441)
  朱日濬 ……… (452)
  何頡之 ……… (441)
  何譔弟謙 ……… (453)
  何迂叟 ……… (441)
  鄧雲程子之愈 ……… (453)
 元 ……… (442)
  何履仕 ……… (453)
  龍仁夫 ……… (442)
  胡珙 ……… (454)
  潘子安 ……… (442)
  萬日吉 ……… (454)
  滕賓 ……… (442)
  馮雲路子永明 ……… (454)
 明 ……… (442)
  胡問仁 ……… (455)
  王廷陳 ……… (442)
  易道暹 ……… (455)
  郭慶 ……… (445)
  杜濬 ……… (455)
  曹珪 ……… (445)
  杜岕 ……… (460)
  王廷瞻 ……… (445)
  杜世農弟世捷 ……… (461)
  胡大順 ……… (445)
  熊霂 ……… (463)
  王如琮 ……… (446)
  鄭先慶 ……… (463)
  袁文伯 ……… (446)
  萬昌言弟燦 ……… (464)
  袁希燮 ……… (446)
  萬希槐 ……… (465)
  王追美追驥 ……… (446)
  王一才 ……… (465)
  何閎中 ……… (447)
  魏澤霖 ……… (465)

李之泌 ……(465)	杜　濬 ……(477)
易爲鼎 ……(465)	王　鑾 ……(477)
官應震子撫辰、撫極、	游　□ ……(478)
撫邦 ……(466)	閨秀 ……(478)
張光璧 ……(467)	王瓊瑤 ……(478)
孫朝宗 ……(467)	**湖北詩徵傳略卷十六** ……(479)
晏霱明 ……(467)	黄岡 ……(479)
樊維師 ……(468)	國朝 ……(479)
補 ……(468)	劉子壯 ……(479)
程鳳金 ……(468)	奚禄詒 ……(480)
洪周禄 ……(468)	葉　封子道復 ……(481)
王士龍 ……(469)	王澤弘 ……(483)
徐雲彰 ……(469)	韋成賢 ……(484)
蔡驥德 ……(469)	黄　倫 ……(484)
林之華 ……(469)	吴升東 ……(485)
張有孚 ……(470)	高思忠 ……(485)
王一鳴 ……(470)	曹大濩 ……(485)
陳師泰 ……(470)	王封淑封權 ……(485)
汪國瀠 ……(471)	陳之芬 ……(486)
杜　濬弟岕 ……(472)	桂　震 ……(486)
萬壽祖 ……(473)	程啓朱 ……(486)
高登雲 ……(473)	孫錫蕃 ……(487)
袁文煒 ……(474)	曹本榮 ……(488)
王一翥 ……(474)	徐子有 ……(488)
閨秀 ……(474)	陳肇昌子大華 ……(488)
陳氏 ……(474)	王遵度 ……(489)
增訂 ……(477)	汪基遠 ……(490)
王一翥 ……(477)	樊維域 ……(490)

王追騏 …………… （490）
詹大衝 弟大衢 …… （490）
宋敏求 敏道 ……… （491）
萬引年 …………… （491）
詹士懿 …………… （492）
李　藻 …………… （492）
龍　見 …………… （492）
王造周 …………… （492）
胡之太 …………… （492）
嚴承皋 …………… （493）
曹宜溥 …………… （493）
王道明 …………… （493）
楊秉萃 …………… （494）
王　鑾 …………… （494）
陳芳烈 …………… （495）
歐陽賢 …………… （495）
王材任 …………… （496）
汪士倫 …………… （498）
於斯和 子心匡 …… （498）
陳大章 …………… （498）
王材升 …………… （500）
王風徽 …………… （501）
宋如辰 …………… （501）
王如琰 …………… （501）
欽士佃 …………… （502）
張　楠 …………… （502）
靖道謨 …………… （502）
曾天仁 …………… （503）

王天翼 …………… （503）
孫承則 …………… （503）
周茂建 …………… （504）
李鈞簡 …………… （504）
陳廷鈞 …………… （505）
萬承宗 …………… （505）
龔斗南 …………… （506）
呂德芝 …………… （506）
梅見田 弟儒寶 …… （506）
謝　茭 …………… （509）
殷必達 …………… （509）
高沛霖 …………… （510）
劉錫麟 …………… （510）
廖志基 …………… （510）
汪引撫 …………… （510）
吳　榮 …………… （511）
方　鏞 …………… （512）
周振壽 …………… （513）
補 ………………… （513）
梅德音 …………… （513）
劉　浦 …………… （514）
桂嗣宜 …………… （514）
王封權 …………… （514）
王追騏 …………… （514）
喻　恕 …………… （515）
湖北詩徵傳略卷十七 …… （517）
黄安 ……………… （517）
明 ………………… （517）

詹　同 …………… (517)
吳　琳 …………… (518)
耿定向弟定力 …… (519)
吳　化子光龍 …… (520)
盧堯臣從子之懷 … (520)
耿　光啟屺 ……… (521)
方仲公 …………… (521)
國朝 ……………… (522)
　張伯程 ………… (522)
　吳之珍 ………… (522)
　耿宗塤 ………… (522)
　盧　經 ………… (523)
　盧　綖 ………… (523)
　王華平 ………… (523)
　李中杰 ………… (524)
　鍾　琇 ………… (524)
　耿應衡 ………… (524)
　王顯懿 ………… (525)
　張希良弟希聖 … (525)
　吳兆澧 ………… (526)
　吳應庚 ………… (526)
　吳宏初 ………… (526)
　張孝坦 ………… (526)
　吳　瑄 ………… (527)
　盧繪雲 ………… (527)
黃梅 ……………… (528)
　唐 ……………… (528)
　　李　玭 ……… (528)

宋 ………………… (528)
　王仲瑄 ………… (528)
明 ………………… (529)
　胡　官 ………… (529)
　瞿　甲 ………… (529)
　石崑玉 ………… (530)
　汪　美弟勳、灼 … (531)
　吳　卿 ………… (532)
　劉南金 ………… (532)
　蔣　文 ………… (532)
　金振遠 ………… (532)
　陳夢弼 ………… (533)
　石　礪 ………… (533)
　釋千仞岡 ……… (533)
國朝 ……………… (533)
　黃利通 ………… (533)
　余學益 ………… (534)
　石　燦 ………… (535)
　喻文鰲子元鴻 … (535)
　喻　鐘 ………… (539)
　余廷蘭弟錫椿 … (539)
　吳燦如 ………… (540)
　趙士泰 ………… (540)
　蔣恩瀲 ………… (540)
　吳　鈺弟鑠 …… (541)
　吳永述 ………… (541)
　余朝蓋 ………… (542)
　陳其雯 ………… (542)

梅　文子天鈞 ………（542）
石學洙 ………………（542）
帥遠燡 ………………（543）
汪　炳 ………………（543）
胡鎮鑠 ………………（544）
釋古淵 ………………（544）
閨秀 …………………（544）
　傅紫璘 ……………（544）
增訂 …………………（546）
黃安 …………………（546）
元 ……………………（546）
　盧　昇 ……………（546）
明 ……………………（546）
　盧永畿 ……………（546）
　盧堯臣子爾惇 ……（547）
　盧爾悌 ……………（547）
國朝 …………………（548）
　盧爾愷 ……………（548）
　盧　績 ……………（549）
　盧雲鳳 ……………（550）
　盧　洪 ……………（550）
　盧存惠 ……………（550）
　盧　鑑 ……………（551）
　盧　爌 ……………（551）
　盧　經 ……………（552）
　盧　洽 ……………（552）
閨秀 …………………（552）
　梅　氏 ……………（552）

韓繡雲 ………………（553）
張織雲 ………………（553）
補 ……………………（553）
　吳　化 ……………（553）
　吳士伸 ……………（554）
　張百程子希良 ……（554）
黃梅 …………………（554）
　黃利通 ……………（554）
　喻文鏊 ……………（555）
　趙士泰 ……………（557）
　李本植 ……………（558）
　喻典掖從孫同模 …（558）
　劉　繒 ……………（559）
　釋曙山 ……………（560）
閨秀 …………………（560）
　傅紫璘 ……………（560）

湖北詩徵傳略卷十八 ………（562）
蘄州 …………………（562）
唐 ……………………（562）
　釋白崖 ……………（562）
宋 ……………………（562）
　夏　倪 ……………（562）
　吳　億 ……………（563）
　林敏中弟敏功、敏修 …（563）
　吳　瑛 ……………（564）
　謝童子 ……………（565）
明 ……………………（565）
　康茂才 ……………（565）

陳溱 …………… (565)
顧問 弟闓 ………… (566)
郝守正 …………… (566)
王儼 ……………… (566)
陳仁近 …………… (567)
袁素亮 …………… (567)
顧天錫 …………… (567)
朱紳 ……………… (568)
李炳然 …………… (568)
王可象 …………… (568)
盧如鼎 子絃 ……… (569)
顧景星 子昌 ……… (569)
釋湛淳 …………… (576)
國朝 ……………… (577)
　龔柏 ……………… (577)
　李樸 ……………… (577)
　李永昇 …………… (577)
　熊楚荊 …………… (577)
　黃載華 弟載嶠 …… (578)
　郭從 ……………… (578)
　張畸 ……………… (578)
　張仕淑 弟仕渾 …… (579)
　顧咸泰 …………… (579)
　宋德輝 …………… (579)
　陳鼎元 …………… (579)
　駱思白 …………… (580)
　陳詩 ……………… (580)
　釋方澹 …………… (581)

閨秀 ……………… (581)
　顧永貞 …………… (581)
蘄水 ……………… (582)
元 ………………… (582)
　薛漢 ……………… (582)
明 ………………… (582)
　姚明恭 …………… (582)
　朱期至 …………… (582)
　周中 弟申 ………… (583)
　畢十臣 …………… (583)
　李見璧 …………… (583)
　謝天知 …………… (584)
　徐暹 ……………… (584)
　黃可久 子正色 …… (584)
　黃耳鼎 …………… (585)
　周壽明 …………… (585)
國朝 ……………… (586)
　楊繼經 …………… (586)
　陳璨 ……………… (586)
　畢紹昌 …………… (587)
　徐本傯 子立蘇 …… (587)
　南光發 子昌齡,孫心恭 … (588)
　程翼士 …………… (590)
　周起瓆 …………… (591)
　徐仕英 …………… (591)
　吳振起 …………… (591)
　張素臣 …………… (591)
　金振祖 …………… (592)

潘紹經 ……………… （592）
徐　躍 ……………… （592）
蔡紹江 ……………… （593）
陳　沆 ……………… （593）
徐陳謨 ……………… （594）
徐儒榮子崇文 ……… （595）
楊楚珍 ……………… （596）
陳紹瑞 ……………… （597）
徐儒模 ……………… （597）
朱景星 ……………… （597）
高士濂 ……………… （598）
釋道惺 ……………… （598）
釋大農 ……………… （598）
閨秀 ……………………… （599）
　潘　氏 ……………… （599）
補 ……………………… （599）
明 ……………………… （599）
　王之佐 ……………… （599）
　高自昇 ……………… （599）
　周延奇 ……………… （599）
　徐二南 ……………… （600）
　桂繩生 ……………… （600）
國朝 …………………… （600）
　楊繼經 ……………… （600）
增訂 …………………… （602）
蘄州 …………………… （602）
　陳　詩 ……………… （602）
　吳之驥 ……………… （603）
蘄水 …………………… （606）
　楊繼經 ……………… （606）
　南昌齡子心恭 ……… （606）
　王　雲 ……………… （607）
　徐儒榮弟儒楠 ……… （608）
　陳　沆 ……………… （608）
　胡璧華 ……………… （609）
　高錫恩 ……………… （611）
　徐肇峒 ……………… （611）

湖北詩徵傳略卷十九 ……… （613）
麻城 …………………… （613）
明 ……………………… （613）
　劉天和 ……………… （613）
　周思久 ……………… （613）
　鄧楚望 ……………… （614）
　李文祥 ……………… （614）
　董　樸 ……………… （614）
　邱齊雲 ……………… （615）
　劉　諧 ……………… （615）
　董應軫 ……………… （616）
　梅國楨 ……………… （616）
　梅之熉子鋨 ………… （617）
　梅國樓 ……………… （617）
　周宏禴 ……………… （617）
　李長庚子中黃 ……… （618）
　邱　坦 ……………… （618）
　梅之煥 ……………… （619）
　熊　吉 ……………… （619）

梅圻 …………… （620）	萬邦維 …………… （631）
梅念殷 …………… （620）	周禮 …………… （631）
陳楚產 …………… （620）	王承時 …………… （632）
劉鍾蓉 …………… （621）	黃素臣 …………… （632）
朱珍 …………… （621）	張應宿 …………… （632）
周世遴弟世進 …………… （621）	徐家麟 …………… （632）
喻修 …………… （622）	李佐 …………… （633）
周世建 …………… （622）	萬繩祜 …………… （633）
周損 …………… （622）	胡鉉子翔藹 …………… （633）
劉侗 …………… （623）	曾若洺 …………… （634）
周應曦 …………… （624）	楊構 …………… （634）
曹胤昌 …………… （624）	鄒茂林 …………… （634）
陳儒樸 …………… （625）	周錫晉 …………… （634）
陳雙泉 …………… （625）	周際聖 …………… （635）
周之甡 …………… （625）	江漢瑞 …………… （635）
釋明明 …………… （626）	梅茂南 …………… （635）
釋真常 …………… （626）	釋明宣 …………… （636）
釋一了 …………… （626）	補 …………… （636）
閨秀 …………… （627）	明 …………… （636）
劉氏 …………… （627）	陳以聞 …………… （636）
毛鈺龍 …………… （627）	曾震 …………… （636）
董少玉 …………… （628）	王言 …………… （636）
梅生 …………… （628）	李中孚 …………… （637）
國朝 …………… （628）	增訂 …………… （638）
項始震 …………… （628）	王兆雲 …………… （638）
李春江子中素 …………… （629）	梅國楨 …………… （638）
劉淑頤 …………… （630）	**湖北詩徵傳略卷二十** …………… （639）
黃倫 …………… （631）	羅田 …………… （639）

元 ……………………（639）

　余　闕 ……………………（639）

明 ……………………（640）

　張明道 ……………………（640）

　王　煜 ……………………（640）

　朱正振 ……………………（640）

國朝 ……………………（640）

　劉一煌 ……………………（640）

　王光運 ……………………（640）

　蕭光詠 ……………………（641）

　喩於義 ……………………（641）

　陳瑞球 ……………………（641）

　陳瑞琳子昌綸 ……………（642）

　熊五緯 ……………………（645）

　閆　海 ……………………（645）

　潘煥龍 ……………………（645）

閨秀 ……………………（647）

　潘煥嫺 ……………………（647）

　潘煥榮 ……………………（648）

　潘煥吉 ……………………（648）

補 ……………………（648）

　釋本晝 ……………………（648）

廣濟 ……………………（649）

宋 ……………………（649）

　梅應春 ……………………（649）

　梅國淳 ……………………（649）

元 ……………………（649）

　姚楚山 ……………………（649）

明 ……………………（650）

　張步雲皆然 ……………………（650）

　王大謨子逢年 ……………（650）

　吳亮嗣子敏功、敏含 …（650）

　吳亮思 ……………………（651）

　楊大鼇子晉 ……………（651）

　寇學海 ……………………（652）

　饒嘉元弟嘉繩 ……………（654）

　舒其志子默 ……………（655）

　陳文濤 ……………………（655）

　劉醇驥 ……………………（655）

　劉養微弟養吉 ……………（656）

　張仁熙子佳晟 ……………（657）

　張楚偉 ……………………（660）

　張亭然 ……………………（660）

　周宗颺 ……………………（660）

　王衍治 ……………………（661）

　胡篤生 ……………………（661）

　王三聘 ……………………（661）

　楊　勛 ……………………（662）

　劉子杜 ……………………（662）

閨秀 ……………………（662）

　徐元象 ……………………（662）

國朝 ……………………（663）

　張楚髦 ……………………（663）

　金德崇子啟江 ……………（663）

　金德嘉子啟汾 ……………（664）

　張惟金子禮源、溥源 …（666）

舒逢吉弟峻極 ……… （666）
舒芝生弟并生、觀生 … （667）
呂映珠 ………………（667）
張盤基瓊基 …………（668）
饒來中 ………………（668）
張秉鈞 ………………（668）
李　巖 ………………（668）
夏　正 ………………（669）
劉映丹子宗沅 ………（669）
饒　豐 ………………（670）
朱澤楠 ………………（670）
胡　醇 ………………（671）
饒雲鵬 ………………（673）
彭　琅 ………………（674）
朱　性 ………………（674）
增訂 …………………（675）
　金德嘉 ……………（675）

湖北詩徵傳略卷二十一 ……（677）
　安陸 ………………（677）
　　唐 …………………（677）
　　　許圉師 …………（677）
　　　許　渾 …………（677）
　　宋 …………………（678）
　　　張君房 …………（678）
　　　宋　庠 …………（679）
　　　宋　祁 …………（681）
　　　鄭　獬 …………（685）
　　　鄭　猶 …………（687）

朱元瑜 ………………（687）
令狐揆 ………………（688）
張　璹 ………………（688）
史　驤 ………………（688）
廖正一 ………………（689）
王得臣 ………………（690）
釋仲殊 ………………（690）
元 ……………………（691）
趙　復子月卿 ………（691）
明 ……………………（692）
何　遷子字度 ………（692）
高致中 ………………（695）
高　翀 ………………（696）
楊　芷 ………………（696）
劉伯生 ………………（697）
劉伯燮 ………………（697）
劉紹恤 ………………（697）
甘　籌 ………………（698）
劉康明 ………………（698）
沈光宇 ………………（698）
劉命赤 ………………（699）
國朝 …………………（699）
劉　皋 ………………（699）
潘　岭 ………………（699）
李　爔 ………………（699）
董　旦 ………………（700）
王　旇 ………………（700）
余慶長弟慶遠 ………（701）

陳中龍 …………… （702）	馮永裕 …………… （716）
董 緗 …………… （702）	田制祿 …………… （716）
涂 綱 …………… （703）	許文壯 …………… （716）
何天衢 …………… （703）	李元奮弟元獻,子莘 … （716）
寇 鑰鈁 …………… （704）	馮炳時 …………… （718）
陳中杰 …………… （704）	馮廷鋆 …………… （718）
劉光書 …………… （704）	程應璜弟應琪 …… （718）
劉 增 …………… （705）	楊耀瑚 …………… （719）
余肇錫 …………… （706）	彭維炯 …………… （719）
陳廷鈞 …………… （706）	張汝弼 …………… （719）
李廷錫 …………… （707）	蔡作桂弟作杞 …… （719）
李階平從弟道平 …… （707）	許兆桂子熙 ……… （720）
李守南 …………… （708）	許兆椿弟兆棠 …… （722）
王 蘭 …………… （709）	萬 昌 …………… （723）
劉大章 …………… （709）	萬法周 …………… （724）
增訂 ……………… （712）	汪 楫 …………… （725）
郭中孚 …………… （712）	李 蓀弟莽 ……… （725）
湖北詩徵傳略卷二十二 …… （713）	李 英 …………… （725）
雲夢 ……………… （713）	石璞玉 …………… （725）
明 ………………… （713）	汪若海 …………… （726）
鄒觀光 …………… （713）	萬化成子震 ……… （726）
安 北 …………… （714）	江源長 …………… （726）
程德良 …………… （714）	楊世英 …………… （727）
國朝 ……………… （714）	王 麟 …………… （727）
馮其世弟其昌 …… （714）	戴亨遠 …………… （727）
張奎華 …………… （715）	戴利和 …………… （727）
袁 巚 …………… （715）	郝師亶子謙 ……… （727）
柳維欽 …………… （715）	曾繼蘭 …………… （730）

戴利均弟利玉 …… （730）	陳式勳 …………… （744）
王公塤 …………… （731）	呂庭栩子其錦 …… （745）
左　源 …………… （731）	褚于杜 …………… （746）
程懷璟子齊訥 …… （731）	李　蕭弟矗 ……… （746）
程齊誥 …………… （733）	閔　新 …………… （750）
馮　瑄 …………… （733）	釋響山 …………… （751）
左長鎮 …………… （734）	閨秀 ……………… （751）
左　瑛 …………… （734）	周　氏 …………… （751）
安　照 …………… （735）	李昭敏 …………… （751）
馮德煌 …………… （735）	增訂 ……………… （753）
尹悟棠 …………… （736）	陳大中 …………… （753）
釋元祚 …………… （736）	孫　甡 …………… （753）
閨秀 ……………… （736）	閔　新 …………… （754）
李淑貞 …………… （736）	**湖北詩徵傳略卷二十四** …（756）
增訂 ……………… （738）	應山 ……………… （756）
王德滋 …………… （738）	宋 ………………… （756）
湖北詩徵傳略卷二十三 …（739）	連　庠兄庶 ……… （756）
應城 ……………… （739）	連南夫 …………… （757）
宋 ………………… （739）	明 ………………… （757）
張道清 …………… （739）	楊　漣 …………… （757）
明 ………………… （739）	陳　愚子仰可 …… （759）
華　清 …………… （739）	向　孜 …………… （759）
陳士元子階 ……… （740）	向光振 …………… （760）
國朝 ……………… （740）	吳翰嗣 …………… （760）
毛三代 …………… （740）	張　芷 …………… （760）
黃在瓚 …………… （741）	釋勝學 …………… （760）
程大中 …………… （741）	國朝 ……………… （761）
孫　甡 …………… （743）	陳聯璧 …………… （761）

朱孔照 …………… (761)　　何迎崇 …………… (772)
閔　衍 …………… (761)　　何操敬 …………… (772)
周　統 …………… (762)　　何夐尚 …………… (772)
魏恩有 …………… (762)　　羅世材 …………… (773)
洪成鼎 …………… (763)　　**湖北詩徵傳略卷二十五** …… (777)
隨州 ……………… (763)　　鍾祥 ……………… (777)
　宋 ……………… (763)　　　六朝·宋 ………… (777)
　　孟　琪 ………… (763)　　　　無名氏 ………… (777)
　　邊居誼 ………… (764)　　　宋 ……………… (777)
　明 ……………… (764)　　　　趙仁甫 ………… (777)
　　陳　壽 ………… (764)　　　元 ……………… (778)
　　宗　彝 ………… (765)　　　　東岡生 ………… (778)
　　顔　木 ………… (765)　　　明 ……………… (778)
　　何宗彦 ………… (765)　　　　劉　洪子槩 …… (778)
　　梁　木 ………… (766)　　　　戴　經 ………… (778)
　　陳占祥 ………… (766)　　　　曾　岳 ………… (779)
　國朝 …………… (766)　　　　曾省吾 ………… (779)
　　高　鈞弟銓 …… (766)　　　　高　鑾 ………… (780)
　　儲嘉珩 ………… (766)　　　　高　銓 ………… (780)
　　羅世材 ………… (767)　　　　吕　隆 ………… (780)
　　趙連城 ………… (768)　　　　曾發祥 ………… (780)
　　高福滂 ………… (769)　　　　李向中 ………… (780)
　　馮士淑 ………… (770)　　　　劉必選 ………… (781)
　　杜文炳 ………… (770)　　　　釋宗蓮 ………… (781)
　增訂 …………… (771)　　　國朝 …………… (781)
　　何宗彦子敦伯 …… (771)　　　　高登先 ………… (781)
　　顔　木 ………… (771)　　　　王泰生 ………… (781)
　　陳　愚 ………… (772)　　　　劉澤宏 ………… (782)

曾　明	（782）	高士熙	（791）
張聯元	（782）	李雲鴻	（791）
王全臣弟念臣	（783）	胡志章	（791）
衛良佐	（783）	劉霽堂	（792）
林　𪉂	（784）	聶合鼎	（792）
胡方峒	（784）	海　雲	（793）
楊亦溥	（784）	**湖北詩徵傳略卷二十六**	（795）
谷旦如	（785）	京山	（795）
魏繼宗	（785）	元	（795）
蔣仁昌	（785）	程鉅夫	（795）
李　巒	（786）	明	（796）
陳　顯	（786）	黎永明子奭	（796）
龔維翰	（786）	袁　佐	（797）
李　蘇弟蓮	（786）	王大本	（797）
江曾沂	（787）	夏　寵	（797）
蔣鳳騫	（787）	王宗載	（797）
張　鱗	（788）	王大韶子格、孫宗彦	（797）
胡其著	（788）	高　節子岱、啓、魯	（799）
胡　梓	（788）	李　淑	（801）
李如晟	（788）	劉　侃	（801）
李根仙	（788）	黎遵訓	（802）
楊　炳	（789）	李維楨	（802）
王宇樂	（789）	胡　偉	（803）
林　修	（789）	郝　敬	（804）
歐陽銓	（789）	魏象先	（805）
李兆錦弟兆鋐	（790）	魏實秀	（805）
李兆鈺子潢	（790）	王應翼	（805）
劉學池	（791）	王　制	（806）

王　頲子應鼎 ……… (806)	王起幹 …………… (815)
鄭友元 …………… (806)	王奎翰 …………… (816)
李作孚 …………… (807)	王　煒 …………… (816)
李景暘 …………… (807)	王心喬 …………… (816)
譚如絲弟如綸 ……… (807)	王化成 …………… (816)
胡其恪 …………… (808)	桂鴻烈 …………… (817)
楊文薦 …………… (808)	曾鼎亨 …………… (817)
楊鼎熙 …………… (808)	譚日晃弟日曙 ……… (817)
譚　渾 …………… (808)	吳家駒 …………… (818)
張良生 …………… (809)	易履泰 …………… (818)
李玉葉 …………… (809)	李　元 …………… (818)
國朝 ……………… (810)	孫　劦謐 ………… (818)
王吉人 …………… (810)	曾先烈 …………… (819)
王偶亶于亶 ……… (810)	譚應甲 …………… (819)
向登岸子聲 ……… (810)	丁思敬弟思賢 ……… (819)
鄭　直 …………… (811)	袁光宇 …………… (820)
胡銘鼎弟銘鼐 ……… (811)	吳之舉 …………… (820)
向兆麟平 ………… (811)	易鏡清 …………… (820)
劉　倖 …………… (812)	易本烺 …………… (820)
黎　屾藝,峻 ……… (813)	查文經 …………… (822)
鄒克昌 …………… (813)	遠　村 …………… (824)
黃國聖 …………… (813)	釋元惠 …………… (824)
丁自蘭 …………… (813)	補 ………………… (824)
王懋夏 …………… (814)	明 ………………… (824)
劉　懷 …………… (814)	李維楨 …………… (824)
劉　弈 …………… (814)	許琪標 …………… (824)
譚之琥 …………… (815)	增訂 ……………… (826)
丁先兆 …………… (815)	宋 ………………… (826)

郝　敬 子千秋、千石 …（826）
明 ……………………………（827）
　　王應符 弟應箕 ………（827）
　　王　格 子宗彥 ………（827）
　　胡其造 …………………（827）
　　楊鼎熙 …………………（828）
　　譚　渾 …………………（828）
　　王偶亶 …………………（828）
國朝 ………………………（829）
　　尚登岸 …………………（829）
　　鄭　直 …………………（829）
　　胡銘鼐 …………………（830）
　　向兆麟 …………………（830）
　　黎　峻 …………………（830）
　　王心喬 …………………（830）
　　黎敦簡 …………………（830）
　　易履泰 子鏡清 ………（831）
　　王希元 …………………（832）
　　涂　煜 …………………（832）
　　王鴻功 …………………（832）
　　李　元 …………………（832）
　　譚應甲 …………………（833）
　　釋遠山 …………………（833）
湖北詩徵傳略卷二十七 ……（834）
　潛江 ………………………（834）
　　宋 ………………………（834）
　　　畢　漸 ………………（834）
　　明 ………………………（834）

　　　李崇信 ………………（834）
　　　郭　嵩 子鋏 ………（835）
　　　初　言 ………………（835）
　　　歐陽東鳳 ……………（835）
　　　歐陽燇 ………………（836）
　　　張承宇 弟承寵 ……（836）
　　閨秀 ……………………（837）
　　　張　氏 ………………（837）
　　國朝 ……………………（837）
　　　劉肇國 弟信國 ……（837）
　　　李　眱 ………………（838）
　　　劉效曾 ………………（838）
　　　朱士尊 子載震 ……（839）
　　　向大觀 ………………（842）
　　　莫與先 ………………（842）
　　　李士儒 ………………（843）
　　　余　經 ………………（843）
　　　涂　銓 ………………（843）
　　　段陟雲 ………………（844）
　　　劉　珤 子遯俊 ……（845）
　　　歐陽沂 ………………（846）
　　　朱邦彥 ………………（846）
　　　劉用賚 ………………（846）
　　　余陽瑗 ………………（846）
　　　歐陽錫疇 ……………（847）
　　　寧熙朝 ………………（847）
　　　李九苞 ………………（849）
　　閨秀 ……………………（849）

劉之琪 …………… (849)
余芳瑶 …………… (850)
增訂 ……………… (851)
莫與先 …………… (851)
陳傑昌 …………… (852)
寧熙朝 …………… (852)
郭美彥 …………… (853)
張　氏 …………… (853)
湖北詩徵傳略卷二十八 …… (855)
天門 ……………… (855)
唐 ………………… (855)
劉虛白 …………… (855)
陸　羽 …………… (855)
宋 ………………… (856)
張　徽 …………… (856)
明 ………………… (857)
魯　鐸子彭嘉 …… (857)
鄒　穀 …………… (859)
徐成位 …………… (859)
吳文企 …………… (860)
熊　寅 …………… (860)
吳　贊 …………… (861)
吳邦彥 …………… (861)
鍾　惺弟恮、快 …… (861)
劉必達 …………… (867)
李　登 …………… (867)
譚元春子籥 ……… (867)
譚元聲弟元亮、元禮 … (870)

譚元方襄世 ……… (870)
陳　選 …………… (871)
胡承詔孫泌 ……… (871)
鄒法孔昌言 ……… (871)
熊　湄 …………… (871)
王鳴玉鳴琦 ……… (872)
黃　問子于麻 …… (872)
魏廣齡 …………… (875)
譚　學 …………… (875)
胡　恒 …………… (875)
胡承諾子褒 ……… (876)
謝奇舉 …………… (878)
陳大任 …………… (879)
周　璧 …………… (879)
鄢　韵 …………… (879)
鄒　枚子山 ……… (880)
吳　驥 …………… (880)
陳　鎧 …………… (881)
謝中恪 …………… (881)
鄒元芝 …………… (881)
閨秀 ……………… (882)
鄒　氏 …………… (882)
國朝 ……………… (882)
毛一駿 …………… (882)
劉渾孫弟魯孫 …… (883)
劉臨孫子洵 ……… (883)
戴　祁 …………… (883)
陳應善 …………… (884)

程鉉時 …………… (884)
鄒　約 …………… (884)
王　珵 …………… (885)
涂　始如曜 ………… (885)
沈　曜佺、倫 ……… (886)
陳光銘忭 …………… (886)
唐建中 …………… (887)
盧　佽 …………… (887)
龔松年子廷颺 ……… (887)
程　翅 …………… (888)
徐則論 …………… (888)
龔健颺子學海 ……… (888)
王价修遠 ………… (888)
劉兆元 …………… (889)
王文煥 …………… (889)
鄧　林 …………… (889)
增訂 ……………… (891)
　胡承諾 ………… (891)
湖北詩徵傳略卷二十九 …… (892)
　天門 …………… (892)
　　國朝 ………… (892)
　　　譚　篆從子之炎 … (892)
　　　黃　峴 ……… (893)
　　　胡　阮子同夏 … (893)
　　　陳寶玉 ……… (894)
　　　周道河 ……… (894)
　　　夏式前 ……… (894)
　　　劉顯恭寅恭 …… (894)

鄒曾輝 …………… (894)
胡必達 …………… (895)
曾元邁 …………… (895)
馬清亮 …………… (895)
熊文煥 …………… (896)
熊士偉士鳳 ………… (896)
熊士俠士修 ………… (896)
熊　蘭 …………… (897)
鄧何言 …………… (898)
周錫疆 …………… (898)
譚蔚齡孫邁 ………… (898)
魏正鈺 …………… (901)
劉本唐 …………… (901)
馬致遠達玠 ………… (902)
張祖騫 …………… (902)
熊士鵬 …………… (903)
蔣祥墀子立鏞 ……… (908)
別文樸 …………… (909)
劉　淳 …………… (910)
程德潤 …………… (913)
夏長青 …………… (914)
胡鼎臣 …………… (914)
余鳳墀 …………… (916)
熊　羲 …………… (916)
張其英 …………… (916)
陳賓選 …………… (917)
胡德增 …………… (918)
釋性慧 …………… (919)

閨秀 …………………… (919)
　吳義堃 ………………… (919)
湖北詩徵傳略卷三十 ……… (921)
　荆門 …………………… (921)
　　唐 …………………… (921)
　　　毛欽一 ……………… (921)
　　宋 …………………… (921)
　　　孫　何弟僅、侑 ……… (921)
　　　全　璧 ……………… (922)
　　　吳　簡妻盧氏 ……… (923)
　　元 …………………… (923)
　　　李士瞻 ……………… (923)
　　　劉　巽 ……………… (924)
　　明 …………………… (924)
　　　費思居 ……………… (924)
　　　許登明 ……………… (924)
　　　江　鶴 ……………… (925)
　　國朝 ………………… (925)
　　　周　昌 ……………… (925)
　　　楊輝斗 ……………… (926)
　　　楊佐國 ……………… (926)
　　　胡作柄作梅 ………… (926)
　　　胡作相 ……………… (927)
　　　鄧士璜 ……………… (927)
　　　張崇欽 ……………… (927)
　　　彭玉章 ……………… (928)
　　　張增健 ……………… (928)
　　　周玉衡子瀚 ………… (928)

　　　黎鳳誥 ……………… (929)
　　閨秀 …………………… (929)
　　　胡貞媛 ……………… (929)
　　　胡瓊萼 ……………… (930)
　　補 …………………… (930)
　　　明 …………………… (930)
　　　方有楨 ……………… (930)
　　　方鳳時弟麟時 ……… (930)
　　　郭占春 ……………… (931)
　　　胡克寬從弟克齊 …… (931)
　　　甘調元 ……………… (931)
　　　周克昌 ……………… (931)
　　　張　勛 ……………… (932)
　　　江曾沂 ……………… (932)
　　　王能任 ……………… (932)
　　閨秀 …………………… (932)
　　　胡秀蕙 ……………… (932)
　當陽 …………………… (933)
　　元 …………………… (933)
　　　衛應宸 ……………… (933)
　　　張　灝 ……………… (933)
　　明 …………………… (933)
　　　楊　志 ……………… (933)
　　　宋公玉 ……………… (934)
　　　釋正晦 ……………… (934)
　　國朝 ………………… (935)
　　　楊州彥 ……………… (935)
　　　楊州儒 ……………… (935)

聶子英 …………… (936)
郭之都 …………… (936)
趙 瑄 …………… (936)
補 …………… (936)
　釋正晦 …………… (936)
遠安 …………… (937)
明 …………… (937)
　簡而可 …………… (937)
　張斗樞 …………… (937)
　楊瑯樹 …………… (937)
國朝 …………… (938)
　傅青藜 …………… (938)
　周光祿 …………… (938)
　李林槙 子甲煊 …………… (938)
　周維翰 子汝玠 …………… (939)

湖北詩徵傳略卷三十一 …… (940)
江陵 …………… (940)
東漢 …………… (940)
　朱穆 …………… (940)
晉 …………… (940)
　宗羨 …………… (940)
宋 …………… (941)
　宗炳 …………… (941)
齊 …………… (941)
　蕭總 …………… (941)
梁 …………… (942)
　劉之遴 孫斌 …………… (942)
　宗央 …………… (942)

宗懍 …………… (943)
庾肩吾 …………… (943)
岑之敬 …………… (944)
庾仲容 …………… (944)
北周 …………… (944)
　庾信 …………… (944)
隋 …………… (947)
　庾抱 …………… (947)
唐 …………… (947)
　蔡允恭 …………… (947)
　劉孝孫 …………… (948)
　岑文本 孫義 …………… (948)
　岑參 …………… (949)
　劉洎 …………… (951)
　衛象 …………… (951)
　綦毋潛 …………… (952)
　薛據 …………… (953)
　崔道融 …………… (953)
　渚宮士子 …………… (955)
五代 …………… (956)
　高若拙 …………… (956)
宋 …………… (956)
　唐介 …………… (956)
　夏侯嘉正 …………… (957)
　崔遵度 …………… (957)
　高荷 …………… (958)
　項安世 …………… (958)
　揚冠卿 …………… (959)

朱　昂…………（959）
元………………（960）
　董　恢………（960）
明………………（960）
　劉　儁………（960）
　何　忠………（961）
　汪　穎………（961）
　張楚城………（961）
　司　鐄………（961）
　張汝濟子教……（962）
　劉楚先孫亨……（963）
　張居正子敬修……（964）
　張懋修弟允修、嗣修…（966）
　王端冕………（967）
　裴叔度………（967）
湖北詩徵傳略卷三十二……（969）
　江陵…………（969）
　明……………（969）
　　蘇維霖……（969）
　　曹　怀……（969）
　　錢　鐏……（970）
　　鄭天佑……（970）
　　雷叔聞……（971）
　　李開先……（971）
　　歐陽明……（972）
　　傅汝爲……（972）
　　胡克敬……（972）
　　朱憲㸅……（973）

朱憲爔…………（973）
魏士章…………（973）
田山雲…………（974）
金先聲…………（974）
朱術珣…………（974）
陳治紀子懋揆……（975）
朱儼鑲…………（975）
張同敞…………（976）
曹國樸弟國榘……（977）
蕭　榮…………（978）
王泰徵…………（978）
王文南…………（978）
劉國任…………（978）
釋崇端…………（979）
釋瀚著…………（979）
閨秀……………（980）
　陳　素………（980）
　故宮女………（980）
國朝……………（980）
　李世恪子震生……（980）
　胡在恪………（982）
　李懋緒………（982）
　徐一經………（983）
　嚴以立弟以方……（983）
　劉繼昌………（983）
　李一生………（984）
　洪之傑………（984）
　張可前子毓衡……（984）

劉愈修 …………… （985）
張旋均 …………… （985）
劉　昇 …………… （986）
任　鵬 …………… （987）
袁　向 …………… （987）
黃光業 …………… （987）
宗　湄 …………… （988）
王　釀 …………… （989）
鄧自松 …………… （989）
譚　暐 …………… （990）
張士樑 …………… （990）
鄭若檀 …………… （990）
張應宗 …………… （991）
陳　賛 …………… （991）
程　炌 …………… （992）
陳緒達 …………… （993）
陳　銓 …………… （993）
劉士璋 …………… （993）
鄧承宗 …………… （996）
鄧廷彥 …………… （996）
陳蔭慈 …………… （997）
釋智考 …………… （997）
釋惟梁 …………… （997）
閨秀 ……………… （998）
　許貞女 ………… （998）
增訂 ……………… （999）
　王樹滋子自仁 … （999）
　李　鏞 ………… （999）

李超羣 …………… （999）
李　珩 …………… （1000）
鄭　機 …………… （1000）
隗希璋 …………… （1001）
湖北詩徵傳略卷三十三 … （1002）
監利 ……………… （1002）
明 ………………… （1002）
　裴　璉子綸 …… （1002）
　劉　忠 ………… （1002）
　李先芳 ………… （1003）
　夏　茂 ………… （1004）
　李　蔚 ………… （1004）
　劉在朝弟在京 … （1004）
　張本豫 ………… （1005）
　謝　璉 ………… （1005）
　戴　羲 ………… （1005）
　謝　邁 ………… （1006）
國朝 ……………… （1006）
　劉懋彝弟懋夏 … （1006）
　楊自欽 ………… （1007）
　曾三壽 ………… （1007）
　劉鴻誥 ………… （1007）
　胡象鴻 ………… （1008）
　潘有鯤 ………… （1008）
　胡象龍 ………… （1009）
　程之洛 ………… （1009）
　朱昌時 ………… （1009）
　曾紀常 ………… （1010）

潘家驄 …………… (1010)
　　龔傳黻 …………… (1011)
　　蔡以倬 …………… (1011)
　　蔡以偁 …………… (1011)
　　郭　譜 …………… (1013)
　　龔潤森 …………… (1014)
　　龔經墀 …………… (1014)
　　潘學植 …………… (1015)
　　龔紹仁 …………… (1016)
　　龔縑緗 …………… (1017)
　　王柏心子家仕、家遇 … (1018)
增訂 …………………… (1026)
　　楊自欽 …………… (1026)
　　李　衢子戀莘 ……… (1027)
　　龔紹仁 …………… (1028)
　　李祥麟 …………… (1031)
　　王家遇 …………… (1032)
湖北詩徵傳略卷三十四 … (1033)
　公安 ……………… (1033)
　　宋 ……………… (1033)
　　　張　景 ………… (1033)
　　　金 …………… (1034)
　　　侯大中 ………… (1034)
　　明 ……………… (1034)
　　　王　恂 ………… (1034)
　　　王　軾 ………… (1034)
　　　何　珊 ………… (1034)
　　　鄒文盛 ………… (1035)

　　　成　己 ………… (1035)
　　　龔大器 ………… (1036)
　　　劉　珠 ………… (1036)
　　　李開美 ………… (1037)
　　　袁宗道子祈年 …… (1037)
　　　袁宏道子彭年 …… (1038)
　　　袁中道 ………… (1048)
　　　王　輅 ………… (1051)
　　　侯偉時 ………… (1051)
　　　毛壽登 ………… (1051)
　　　洪子彥 ………… (1051)
　　國朝 …………… (1052)
　　　馬　芝 ………… (1052)
　　　陳文燦 ………… (1052)
　　　鄒養赤 ………… (1052)
　　　侯家璋 ………… (1052)
　　　侯家光 ………… (1053)
　　　龔三捷 ………… (1053)
　　　李文清 ………… (1053)
　　　鄒美中子崇泗、崇漢 … (1053)
　　　沈賜鈞 ………… (1056)
　　　袁　照 ………… (1057)
　　　釋巨峰 ………… (1057)
湖北詩徵傳略卷三十五 … (1059)
　石首 ……………… (1059)
　　明 ……………… (1059)
　　　韓守益 ………… (1059)
　　　楊　溥 ………… (1060)

劉寓生 ……… (1061)	明 …………… (1074)
王　紝子喬吳、喬桂 … (1062)	伍文定 ……… (1074)
袁宗臬 ……… (1062)	田　紱 ……… (1075)
張　璧孫世戀 …… (1062)	謝　佑 ……… (1075)
秦維正 ……… (1063)	潘游龍 ……… (1075)
王啟京啟遵 …… (1064)	國朝 …………… (1076)
王啟茂弟啟棠、啟芬 … (1064)	李自郁 ……… (1076)
曾可前 ……… (1067)	龐世颺 ……… (1076)
夏雲鼎 ……… (1068)	陳昌言 ……… (1076)
國朝 …………… (1068)	龐　洵 ……… (1076)
袁　向 ……… (1068)	余宗曾 ……… (1077)
傅丕長 ……… (1069)	謝德超子元淮 …… (1077)
鄭家夔 ……… (1069)	黃士瀛 ……… (1080)
熊開楚 ……… (1069)	枝江 …………… (1081)
王　循 ……… (1070)	明 …………… (1081)
李樹瀛 ……… (1070)	楊一新 ……… (1081)
釋源曉 ……… (1071)	王　泮 ……… (1081)
釋浩乾 ……… (1071)	國朝 …………… (1082)
閨秀 …………… (1071)	曹廷鎬 ……… (1082)
曾素蓮 ……… (1071)	李世蔚 ……… (1082)
宜都 …………… (1072)	毛士鶯 ……… (1083)
明 …………… (1072)	**湖北詩徵傳略卷三十六** … (1085)
吳守約 ……… (1072)	襄陽 …………… (1085)
劉芳節 ……… (1072)	東漢 …………… (1085)
國朝 …………… (1073)	陰長生 ……… (1085)
李呈玉 ……… (1073)	龐德公 ……… (1085)
李　侃 ……… (1073)	晉 …………… (1086)
松滋 …………… (1074)	習鑿齒 ……… (1086)

杜　育 …………… (1086)
梁 　
　王臺卿 …………… (1086)
　柳　惲 …………… (1087)
閨秀 …………… (1088)
　王　氏 …………… (1088)
陳 …………… (1089)
　柳　莊 …………… (1089)
隋 …………… (1089)
　柳　䛒 …………… (1089)
唐 …………… (1090)
　席　豫 …………… (1090)
　杜易簡 …………… (1090)
　杜審言 …………… (1091)
　王　迥 …………… (1092)
　李　質 …………… (1092)
　張子容 …………… (1092)
　席　夔 …………… (1093)
　孟浩然 …………… (1093)
　杜　甫 …………… (1096)
　鮑　防 …………… (1104)
　朱　放 …………… (1104)
　劉言史 …………… (1105)
　張　繼 …………… (1106)
　章孝標子碣 …………… (1106)
　皮日休 …………… (1107)
　龐　蘊 …………… (1110)
　張柬之 …………… (1110)

　釋法常 …………… (1111)
　才　鬼 …………… (1111)
　襄陽妓 …………… (1111)
　無名氏 …………… (1112)
宋 …………… (1112)
　劉　過 …………… (1112)
　張　問 …………… (1113)
　魏　鵬 …………… (1113)
　趙汝州 …………… (1113)
　陳智夫 …………… (1114)
　師　嚴 …………… (1114)
　張　嵲 …………… (1115)
　魏　泰 …………… (1115)
　米　芾子友仁 ……… (1116)
元 …………… (1119)
　楊士弘 …………… (1119)
明 …………… (1119)
　蘭以權 …………… (1119)
　任亨泰 …………… (1120)
　諸葛鯨 …………… (1120)
　呂　昇 …………… (1120)
　王從善 …………… (1121)
　曹　璘 …………… (1121)
　何宗賢 …………… (1121)
　鄭繼之 …………… (1121)
　黃體元 …………… (1122)
　馮舜臣 …………… (1122)
　汪始亨 …………… (1122)

米雲卿 ……………(1123)
國朝 ………………(1123)
　　淩哲 ………………(1123)
　　陳聯璧 ……………(1123)
　　袁奐 ………………(1124)
　　黎嘉會 ……………(1125)
　　鄭師濂 ……………(1125)
　　王謹微 ……………(1126)
　　楊起雲 ……………(1126)
　　劉應霖 ……………(1127)
　　楊杰 ………………(1127)
　　顧夔璋 ……………(1127)
　　魏敏 ………………(1128)
　　張宏仁 ……………(1128)
　　黃虞世 ……………(1128)
　　劉滋生 ……………(1128)
　　張其舉 ……………(1128)
　　樊雄楚 ……………(1129)
　　單懋謙 ……………(1129)
　　崔佺 ………………(1130)
湖北詩徵傳略卷三十七 …(1134)
　宜城 ………………(1134)
　　周 …………………(1134)
　　　宋玉 ……………(1134)
　　東漢 ………………(1134)
　　　王逸子延壽 ……(1134)
　　唐 …………………(1135)
　　　柳識弟渾 ………(1135)

　　　王仕源 …………(1136)
　　明 …………………(1136)
　　　郭綏 ……………(1136)
　　　邱瑜子之陶 ……(1136)
　　國朝 ………………(1137)
　　　關寧 ……………(1137)
　　　易炳蔚 …………(1137)
　　　周輝先 …………(1137)
　　　張樹藩 …………(1137)
　南漳 ………………(1138)
　　明 …………………(1138)
　　　周夢煬 …………(1138)
　　　魯點 ……………(1138)
　　　方叔壯 …………(1139)
　　　魯憲學 …………(1139)
　　國朝 ………………(1139)
　　　鄭子恭 …………(1139)
　　　秦士鶴 …………(1140)
　　　張尚治 …………(1140)
　　　楊濯 ……………(1140)
　　　袁敏 ……………(1141)
　　　何玉田 …………(1141)
　棗陽 ………………(1141)
　　漢 …………………(1141)
　　　劉珍 ……………(1141)
　　明 …………………(1142)
　　　袁坦 ……………(1142)
　　　袁宗伯 …………(1142)

國朝 ………… (1142)
　　　　謝兆蘭 ………… (1142)
　　　　劉　峩 ………… (1143)
　　　　衛贍淇 ………… (1143)
　　　　史策先 ………… (1143)
　　　　史仲先 ………… (1146)
穀城 ………… (1147)
　　宋 ………… (1147)
　　　　王之望孫學可 ……… (1147)
　　明 ………… (1148)
　　　　楊　舟 ………… (1148)
　　　　方岳貢 ………… (1148)
　　　　劉夢桂 ………… (1149)
　　閨秀 ………… (1149)
　　　　劉　氏 ………… (1149)
　　國朝 ………… (1150)
　　　　李　洞 ………… (1150)
　　　　陳　浩 ………… (1150)
　　　　方曰璪 ………… (1150)
　　　　方其敬 ………… (1150)
光化 ………… (1151)
　　宋 ………… (1151)
　　　　石　溧 ………… (1151)
　　　　張士遜 ………… (1152)
　　國朝 ………… (1153)
　　　　盧正德 ………… (1153)
均州 ………… (1154)
　　明 ………… (1154)

　　　　鍾岳靈 ………… (1154)
　　國朝 ………… (1154)
　　　　王重彥 ………… (1154)
　　　　朱　琪 ………… (1154)
　　　　郭嘉屏 ………… (1154)
增訂 ………… (1157)
宜城 ………… (1157)
　　　　邱　瑜 ………… (1157)
湖北詩徵傳略卷三十八 … (1158)
東湖 ………… (1158)
　　南北朝 ………… (1158)
　　　　夷陵無名氏 ………… (1158)
　　唐 ………… (1158)
　　　　何　參 ………… (1158)
　　　　彝陵女子 ………… (1159)
　　明 ………… (1159)
　　　　陳禹謨子正言 ……… (1159)
　　　　劉一儒子戡之 ……… (1160)
　　　　劉　昇子廷僖 ……… (1161)
　　　　王維章 ………… (1162)
　　　　陳嵩極 ………… (1162)
　　　　雷思霈 ………… (1162)
　　　　郭維藩子鍵 ………… (1164)
　　　　文安之 ………… (1165)
　　　　李　雲 ………… (1166)
　　　　王永禩 ………… (1166)
　　　　王席民 ………… (1166)
　　　　楊　紘 ………… (1167)

龍爲紀 …………… (1167)
國朝 ……………… (1167)
  羅宏備子應箕 …… (1167)
  陳士望 …………… (1170)
  羅宏鑰 …………… (1170)
  毛一驄 …………… (1171)
  何毓秀 …………… (1171)
  戈保泰 …………… (1171)
  馬一德 …………… (1172)
  郭相業 …………… (1172)
  覃宏澤 …………… (1172)
  郭　江 …………… (1172)
  顧綸炳 …………… (1173)
  望世高 …………… (1173)
  劉祖敬 …………… (1173)
  閻大鏞 …………… (1173)
  楊可大 …………… (1174)
增訂 ……………… (1175)
  王又新 …………… (1175)
  王基鋐 …………… (1175)
  楊蔚春 …………… (1176)
  何毓秀 …………… (1176)

湖北詩徵傳略卷三十九 … (1179)
  歸州 ……………… (1179)
    西漢 …………… (1179)
      王　嬙 ………… (1179)
    唐 ……………… (1180)
      繁知一 ………… (1180)

      釋懷濬 ………… (1180)
    國朝 …………… (1181)
      向鴻燾 ………… (1181)
      向國庠 ………… (1181)
      王正笏 ………… (1181)
      王樹桐 ………… (1181)
  長陽 ……………… (1183)
    明 ……………… (1183)
      彭世璹 ………… (1183)
      劉正甲 ………… (1184)
    國朝 …………… (1184)
      饒世榘 ………… (1184)
      馮廷鎬 ………… (1184)
      劉　珏 ………… (1184)
      譚　楚 ………… (1185)
      彭　淑 ………… (1185)
      李宗瓚萬華 …… (1189)
      譚大勳 ………… (1189)
      彭人檀 ………… (1192)
      李鴻敏嗣濟 …… (1192)
      楊福煌 ………… (1192)
      關　福 ………… (1193)
      饒錫光 ………… (1193)
  興山 ……………… (1194)
    國朝 …………… (1194)
      彭光烈 ………… (1194)
      李　華 ………… (1194)
  巴東 ……………… (1194)

唐 …………………… (1194)
　巴佚民 …………… (1194)
明 …………………… (1195)
　楊遇春 …………… (1195)
　向九州維時 ……… (1195)
　朱　相登用 ……… (1195)
　司世教 …………… (1195)
　湯　相 …………… (1196)
　譚　祿 …………… (1196)
國朝 ………………… (1196)
　柳大蔭 …………… (1196)
長樂 ………………… (1196)
　明 ………………… (1196)
　　田九齡 ………… (1196)
　　張之綱 ………… (1197)
　　田　元子需霖、既霖 … (1197)
　　田　圭子商霖 … (1199)
　國朝 ……………… (1200)
　　田甘霖子舜年 … (1200)
　　田泰斗 ………… (1201)
鶴峯 ………………… (1201)
　國朝 ……………… (1201)
　　龔傳瑜 ………… (1201)
　　郚生檁 ………… (1201)
　　田福康士選 …… (1202)
　　李靜安 ………… (1202)
　　田玉疇 ………… (1202)
　　毛峻德 ………… (1202)
　　洪光燾 ………… (1203)
　增訂 ……………… (1204)
歸州 ………………… (1204)
　　向國庠 ………… (1204)
　　王正本 ………… (1204)
長陽 ………………… (1204)
　　彭世璹 ………… (1204)
　　劉正甲 ………… (1205)
　　饒世榘 ………… (1205)
　　馮廷鎬 ………… (1205)
　　譚啟垣 ………… (1205)
　　李宗偉 ………… (1208)
　補 ………………… (1208)
　　彭　淑 ………… (1208)
湖北詩徵傳略卷四十 …… (1209)
鄖縣 ………………… (1209)
　明 ………………… (1209)
　　劉　俊 ………… (1209)
　　曾得祿 ………… (1209)
　　鄒　浩 ………… (1209)
　　王思沉 ………… (1209)
　國朝 ……………… (1210)
　　楊應祚 ………… (1210)
　　張淩雲 ………… (1210)
　　張　澤 ………… (1210)
　　方信遠 ………… (1210)
房縣 ………………… (1211)
　宋 ………………… (1211)

三朵花 …………… （1211）
　　　明 ………………… （1211）
　　　　陳良公 …………… （1211）
　　　國朝 ……………… （1212）
　　　　徐兆奎 …………… （1212）
　竹山 ………………… （1212）
　　　明 ………………… （1212）
　　　　薛　緯 …………… （1212）
　　　　王　諍 …………… （1212）
　　　國朝 ……………… （1213）
　　　　杜世英理 ………… （1213）
　　　　張其達弟其慶 …… （1213）
　　　　張源浚 …………… （1213）
　　　　杜觀德弟光德 …… （1214）
　竹谿 ………………… （1215）
　　　國朝 ……………… （1215）
　　　　李昌平 …………… （1215）
　　　　謝思謙 …………… （1215）
　　　　李榮春 …………… （1215）
　　　　盧志道 …………… （1216）
　保康 ………………… （1216）
　　　明 ………………… （1216）
　　　　杜文寧 …………… （1216）
　　　國朝 ……………… （1216）
　　　　陳　策 …………… （1216）
　　　　王明善 …………… （1216）
　　　　汪文雄 …………… （1217）
　　　　吳聯祥樹棠 ……… （1217）

　　鄖西 ……………… （1217）
　　　明 ………………… （1217）
　　　　寇　玳 …………… （1217）
　　　　熊魁楚 …………… （1218）
　　　國朝 ……………… （1218）
　　　　溫秀儒 …………… （1218）
　　　　梁桂林 …………… （1218）
　　　　李成林 …………… （1218）
　　　　李玉蘭 …………… （1218）
　　　　吳步雲 …………… （1219）
　　　　許禮容 …………… （1219）
　　　　夏世槐 …………… （1220）
　　　　鄧秉忠 …………… （1220）
　　　　葉年菜 …………… （1220）
　　　　楊卿雲 …………… （1220）
　　　　陶煥甲 …………… （1221）
　　　　陳宏謨弟宏猷 …… （1221）
　　　　林正蕙 …………… （1221）
　　　　梁尚華 …………… （1221）
　　　　姚松齡 …………… （1222）
　恩施 ………………… （1222）
　　　宋 ………………… （1222）
　　　　詹　逸 …………… （1222）
　　　明 ………………… （1222）
　　　　童　昶 …………… （1222）
　　　　李一鳳 …………… （1223）
　　　　陳　止 …………… （1223）
　　　　張問禮 …………… （1224）

國朝 …………………… (1224)
　　　褚上林 …………………… (1224)
　　　王家篁 弟家筠 …………… (1224)
　　　尹其璋 …………………… (1225)
　　　周炳先 …………………… (1225)
　　　田岱雲 …………………… (1226)
　　　賴朝陽 …………………… (1226)
　　　張光杰 …………………… (1226)
　　　段延澤 …………………… (1227)
　　　胡正菜 …………………… (1227)
宣恩 ……………………………… (1227)
　　國朝 …………………… (1227)
　　　田文錦 …………………… (1227)
　　　胡惇詩 …………………… (1228)
來鳳 ……………………………… (1228)
　　國朝 …………………… (1228)
　　　王廷弼 子煜 ……………… (1228)
　　　張　峻 …………………… (1229)
　　　張　鈞 …………………… (1230)
　　　何盛矩 …………………… (1231)
　　　楊逢祥 …………………… (1232)
　　　黃宗器 …………………… (1232)
　　　張鴻範 …………………… (1232)
　　　何遠鑒 …………………… (1233)
　　　饒　琳 …………………… (1233)
咸豐 ……………………………… (1233)
　　國朝 …………………… (1233)
　　　蔣士槐 …………………… (1233)

利川 ……………………………… (1234)
　　國朝 …………………… (1234)
　　　牟承五 …………………… (1234)
　　　鄧賢才 …………………… (1234)
　　　李耀瑚 …………………… (1234)
建始 ……………………………… (1234)
　　國朝 …………………… (1234)
　　　秦應光 …………………… (1234)
　　　范述之 …………………… (1235)
　　　范佑正 …………………… (1235)
　　　范佑廉 …………………… (1235)
附錄一：丁宿章資料 ………… (1237)
　丁星海中翰詩集序 …… (1237)
　劉神木詩集序 ………… (1238)
　程維周廣文詩集序 …… (1238)
　程維周廣文墓表 ……… (1239)
　丁太宜人墓表 ………… (1241)
　棠谿文抄跋 …………… (1242)
　人鏡類纂序 …………… (1242)
　八千卷賜書廬圖爲丁星海
　　中翰題 ……………… (1243)
　鄖陽旅次贈丁星海中翰 … (1243)
　題丁星海中翰鴨魚湖莊園
　　即步其先奉政公述祖德詩
　　元韻 ………………… (1244)
　題戴仙舟遺詩後 ……… (1244)
　星海囑題《秋風歸夢圖》，
　　久不報，因書以還之 … (1244)

星海藏書多燬繪圖索題
　數月未報秋夜挑燈展玩
　走筆得七古一章却寄
　……………………（1245）
黃州秋夕答星海中翰見懷
　之作 …………………（1245）
以楚人輯楚詩者 ………（1246）

孝感丁湯銘 ……………（1247）
擬輯湖北詩徵序例 ……（1247）
擬輯湖北詩徵序例 ……（1250）
湖北詩徵傳略序 ………（1251）
附錄二:人名索引 …………（1253）
附錄三:引書書目 …………（1278）

序

孔子編詩，採列國之風者十有五，而楚獨無風。說者謂二南多江漢汝墳之詩，實即楚詩也。其後本三百篇旨而能別開一局，以寓忠君愛國之思者，厥惟楚辭。然則楚之詩歌實冠三百篇首，而繼三百篇後爲千古詩教津筏，尤非他國之風謠所得比者。魏晉以降，騷人名作，踵接代興。使歷朝不變周制，時遣輶使下採風詩，猶必以楚爲弁領無疑。乃世异法殊，士夫布衣往往工於詩而未必盡傳於世；即傳矣，亦未必廣而久，不獨於楚爲然。而楚實爲詩之淵藪也。丁君星海以楚北名宿，既喟鄉里先達，輩有可傳之作，而至湮沒散佚，且恐後之學者有數典忘祖之誚。因就大湖以北各郡縣之以詩名者，上溯旁搜，先敘其生平，復論其品格，歷五寒暑而成是書，題曰《湖北詩徵傳略》，而郵寄属序。受而讀之，不啻復覯二南九歌之風。即三百篇之宗緒，亦隱然猶存於世。其視我浙胡文學之《甬上耆舊集》、沈季友之《檇李詩繫》，僅徵一隅之詩以闡揚爲志者，分上下牀矣。謹贅數語以誌欽佩云。光緒九年癸未夏，德清俞樾力疾書于吳寓曲園。

序

吾友孝感丁君星海，青箱竹素，寶先世之藏書；綠水芙蓉，作諸侯之上客。鼓鐘倦響，鉛槧時操。於是遙結古歡，多聞軼事。合千狐之美，選上駟之良。祧屈子之騷經，溯從漢魏；續襄陽之耆舊，近逮明清。咸擷秀而擢華，遂連篇而累牘。編《湖北詩徵傳略》訖，若干卷。江夏王溥刊東陽聯句之吟，進士莫君衷漢上題襟之什，區區緝綴，萬不足方茲勤勞。宜廣流傳，爰爲敘述。原夫吳興絕唱，僅三代之篇章；宛陵羣英，特一方之文獻。若地則幅員遼闊，時則祀載綿延。先民有作，所謂《楚風補》者，已不無遺憾之留矣。夫識不足以兼一代者，不足以選一代；識不足以兼諸家者，不足以選諸家。人不數篇，篇或數句，欲使玩味者甫嘗臠而屬易牙之烹，賞音者不終曲而飫伶倫之奏，自古爲難。斯言豈妄？矧復斷代爲編，因人繫傳。效計有功之《紀事》，而去其俳諧；仿元好問之《中州》，而防其曲筆。至兼取古今評騭，則又《詩林廣記》，體製在總集詩話之間。難有數端，請畢吾說。自來方志陋習，強借名人。杜甫系出襄陽而或訛京兆，歐陽應舉隨州而實本廬陵。確有明徵，無煩博考。然或名標郡望，宅徙鄉間。孫可之自稱關東，地包函谷；牟獻之著籍湖郡，集署陵陽。常侍非渤海之高，翰林匪隴西之李。此里居之難辨也。楊花草色，偏同李益之名；寒食東風，別有韓翃之句。又如馬嵬濮上，作者無本而非即閬仙；巴陵岳陽，題以周賀而仍爲清塞。宋王宋玉點畫微爭，鮑照鮑昭音均誤叶。而東南孔雀、西北高樓，但著時人不知誰氏者，更類先生之烏有，非但郭公之闕文。此姓字之難稽也。帽落孟嘉，司馬登高於姑孰；亭懷叔子，太守陟峴於吳興。首陽不盡屬夷齊，洞庭豈兩歸皮陸。白雲明月，賦何處之東山；細雨斜風，非此間之西塞。此詩之係以地者，考據難核也。廣平佚梅花之賦，補自李綱；摩詰無書事之詩，擬從蘇軾。

凡本集之闌入，戒一字之濫登。否則庾信收楊炯之文，江淹冒陶潛之作；錢珝詩附錢起而以祖易孫，陸機詩贈陸雲而變兄爲弟。任情顛倒，騰笑簡編。此詩之係於人者，淆似難分也。璇宮答少昊之母，河梁增蘇武之妻，但嗜新奇，率多僞託。又若中央四角，誰序蘇蕙之圓圖；三墨八儒，僅見宋庠之舊本。江潮海日，或謂賓王；雀乳雞鳴，原非樂府。此詩之存於古者，真贗難審也。書綜異代，體近編年。彼採武平者，乃收入《唐詩鼓吹》；編山谷者，云錄自《文苑英華》。步兵作中散之碑，鑒湖歌柳枝之曲。躋僖不順，自鄶無譏。若夫旌題容州，稿名吾汝，無韓亡秦帝之奮，有黍苗麥秀之悲；則箕子本殷之仁人，陶令實晉之徵士。乃心當塗者，不宜厠諸典午；未仕蒙古者，仍須還彼金源。此詩之係以代者，斷制難定也。將論世以知人，必考信於載籍。然杜牧之紀薛，願事異《唐書》；班固之傳方朔，詞殊《史記》。野錄多誤，小說無稽。鄭都官主持風騷，史無列傳；韓昌黎追逐李杜，序有微詞。此敘傳之難於徵實也。蛾眉詎同貌而俱動於魄，芳草寧共氣而皆悅於魂？顧乃論甘忌辛，好丹非素。主宗派之說，專祖庭堅；挾門戶之私，盛推安石。修怨則抑居中品，感知則謂集大成。此議論之難於持平也。別雨淮風，不無蠹蝕；陶陰典與，原待雌黃。然"鳴葭"不作"鳴笳"，《晉書》宜考；"弱枝"讀爲"弱杖"，《顏訓》所嗤。日頭何與老僧，而改"白"爲"日"；天笑曾由玉女，而以"添"代"天"。堪誚"蹲鴟"，寧論"雌霓"。此校勘之難於精審也。夫惟大雅卓爾不羣爾，其收撮漂零，綱羅放佚，開表而百城坐擁，分章而十手疲供。鉅構宏規，彙極元之集；斷珪碎璧，入摘句之圖。良苦殊工，薰猶異器。月三讓以成魄，退然豐腹笥之儲；派匯萬以同歸，遂爾翕尾閭之會。審其詳略，則《河汾》薈諸老之詩；稀存專集，《谷音》聚逸民之作。錄及無名，劑其寬嚴。則沈約范雲不見遺於六代，佺期之問亦許列於三唐；至於公安竟陵，承太倉歷下之餘，矯優孟衣冠之習，弊流纖巧，意主清新。夫盧駱江河，尚不廢於天寶；楊劉風采，詎遭禁於祥符？星海懸照膽之明，屛吹毛之刻，冀存廬山之真面，籍救滄海之橫流，豈第以崇尚典型爲敬恭桑梓已哉？他如韋縠才調，不綴拾遺；蕭統選樓，未登水部。蓋恐蹈筆削之僭，亦謹避標榜之嫌。具有前規,非由創設。而徐陵之附己作,邱吉之書父名,炫才悖教,則無取焉。亦可謂博觀慎擇,不苟於作者矣。貴墀把觀過日,興歎望洋。方自懷巴曲之慚,曷從匡楚紀之謬。鍾毓盛梗楠,杞梓未喪斯文;照耀及衡嶽,湖湘願分餘勇。光緒九年季夏,巴陵杜貴墀謹序。

序

詩以理性情，無古今、無畛域也。然三百篇後，自漢魏六朝迄唐宋，論者已有升降焉。孔子刪詩，十五國並列。後世選其鄉人之詩者，黄梨洲有《姚江》，梁崇一有《廣東》，王慎人有《莆田》。清籟煌煌，鉅帙如日月之麗天。夫梨洲、崇一諸君之懷鉛握槧、矻矻不休者謂何？蓋憫夫鄉里薦紳先生、山林憔悴之士，終身抱膝撚髭，欲傳其詩而未必傳，即傳未必久，久亦未必能盡。因據其耳目之所近，都邑之所遺，無論爲漢魏爲六朝唐宋，但溫柔敦厚，不失聖人刪詩之旨者，彙入選録，以傳於世。迹雖涉於詩人標榜之習，實則純乎仁人君子之心。如五季即有創是舉者，則方雄飛輩已稱慰九京，尚何慕張文蔚身後及第之一請哉？吾楚夙稱詩人淵藪，洎鍾譚起竟陵，矯何李之弊，一變而爲幽深。海內談詩家遂指《詩歸》爲口實，楚風不競三百年矣。余友丁星海中翰少即與程維周廣文稱詩江漢，庚午辛未之際爲廣文論定其詩，付之梓。或有勸中翰並梓己詩者，中翰瞿然曰："吾詩果可傳乎哉？吾詩可傳，則湖北宜傳之詩不少矣。"溯自權輿騷雅，作者代興。由漢魏六朝唐宋元明以逮國朝，名作如林，殆不可以什百千萬計。而數典忘祖，傳誦寥寥。固楚人爲名之不善，亦楚人自謀之不臧也。中翰乃於大湖以北各郡縣之詩家，不憚僻壤偏陬，苦搜冥索，丹黃甲乙，竭五寒暑而書始成。且甄覈慎詳，不遺不濫。其於詩人出處，大略與公安竟陵說詩得失之故，皆連類并及，隱持春秋之義，以寓其知人論世之慨焉。吁，中翰於此可謂極桑梓之闡揚，操風雅之枋柄，而無愧者矣。昔閔景賢輯刊有明韋布之詩，曰"布衣權"。夫布衣何權？能以一卷詩與造化爭千秋之名，則無權而權實甚。吾是以讀《姚江》、《廣東》等集，而歎梨洲諸君之善用權也。使天下留心詩教者，聞風興起，各徵其邑人之詩，輯爲成書，以待輶軒使者之採。則寰宇無不發之幽潛，風騷有同聲之求應。豈尚復畛域之云分，而有古今不相及之感耶？能得斯旨者，始可與讀中翰之《詩徵》。同里沈用增。

凡　例

一　綜輯楚詩之最古者，莫如廖大隱之《楚風補》、《楚詩紀》，蒐羅詳富，曾收入《四庫全書》。第大隱爲長沙產，詳於湖以南。豈重湖間阻，採訪難周，如邁制府脩《通志》，詳於北而略於南歟？兹編劃湖以北爲限，非云自嚴體例，實因囿於見聞。

一　曩於天門劉孝長明經處，借讀江陵張旋均所輯《湖北詩佩》。於歷代鄉先生著作，採訪尚爲詳賅。而以郡縣次第詩人，例體尤見斟酌。第詩人籍貫有一人而隸籍數省者，有流寓歷世即以爲著姓者，《詩佩》斷自《通志》。《通志》既已列入，似未容臆爲去取。是編皆仿其例，不敢妄肆區別。

一　詩人冠以傳略，用殷璠《河嶽英靈集》例。又仿朱竹垞《明詩綜》、《靜志居詩話》例，選載諸家評語，間採零句斷章，而於詩人之偉節畸行，必詳紀之。不僅備一代之文獻，且使讀其詩知其人。雖生不同時，庶幾《楚國先賢》、《襄陽耆舊》，時深景仰焉。

一　徵詩與選詩，似相類而實不相侔。於尋章摘句之中，寓知人論世之義。以詩存人，亦以人存詩。凡忠孝節烈、理學文苑及方外閨秀、藝術童稺，莫非山川間氣所鍾。其人雖不盡以詩名，而一行足稱、一言足紀，即未容任其跡匿聲銷。兹編於此等處特加之意，或見諒於興觀之君子，而免冗濫之譏焉。

一　人必論定已往，始可徵信將來。故昭明選詩，不登何遜。兹編專列往哲，時賢概置不錄。既泯聲气之嫌，亦雪羔雁之恥。

一　作詩難，選詩亦不易。鍾退谷曰："選詩者必使其人之精神耳目，自我一新。"又曰："精於選者，選其所必可傳，使讀者疑其全者或不止此，真作者功臣也。"持論極爲允快。予學識兩疏，它山寡助，目眯珠遺，在所必有。知我罪我,夫復何辭?

一　湖北著作家何可僂指,從前留心風雅,纂爲閤省、閤府、閤縣之詩者,亦不下十餘種。至諸家文集中序、傳、誌、狀與筆記、詩話,及省志、郡縣志書所紀,搜羅難周,挂漏不免。尚望海内同心,慨假藏書,資我孤陋。幸天假我年,亦必隨在訪求,彙爲續編。以期幽隱咸周,草野無遺,是則區區之一片愚誠也夫。

一　兹編於國朝作家,網羅較富,初恐見非當世。及讀紀文達評《明詩綜》,謂於隆萬以後收採稍繁者,蓋世遠篇章易佚,時近部帙多存,當亦隨所見聞,不盡出之標榜。真足窺見選家苦心,予亦得藉以自解焉。

一　兹編始於戊寅夏,迄於辛巳秋,再閲寒暑,粗具端倪。偶閲《卧園詩話》,有云成廟時,吳門陶鳧薌侍郎梁觀察黄州,爲吾楚風雅主持。曾招王子壽比部、王香雪明經入幕,爲《湖北詩徵》之輯。未幾内遷,遂攜稿北去,近聞已散佚浄盡矣。始知三十餘年前,已有導吾先路者。兹編謂之續貂則可,若云竟前人之緒,吾又何敢?

一　搜採固宜富有,校讐尤貴精詳。錢塘張少南《全浙詩話刊誤序》,有"以上下數千年,徒恃一手指之力,爬羅抉别,求其完善無謬戾,難矣"、"爲之理其粗疎,補其缺憾,非好爲是掊擊,竊欲自託諍臣"等云。讀之不勝悚惕,掩卷自省,救過不遑。吁,安得當世有少南其人,爲吾諍臣,是則莫大之幸也,跂足俟之。

光緒辛巳季冬,孝感丁宿章謹識。

湖北詩徵傳略卷一

江　　夏

晉

李　充字弘度[1]　子顒

充祖康父矩,皆有美名。充初辟丞相王導掾、記室參軍[2],常歎不被遇接。殷揚州知其家貧,問:"君能屈志否?"曰:"北門之歎,久已上聞。窮猿奔林,豈暇擇木?"遂授剡縣令,後遷中書侍郎。時典籍混亂,充以類相從,仍分四部,極爲詳賅。《楚風補》

充善楷書,工詩。祖汝南太守康,子顒,均有文義,多著述。《晉書·文苑傳》

《七月七日》云:朗月垂玄景[3],洪漢截皓蒼。牽牛難牽牧,織女守空襄。河廣尚可越,怨此漢無梁。《送許從詩》云:來若迅風歡,逝如歸雲征。離合理之常,聚散安足驚。《嘲友人》云:同好齊歡愛,纏綿一何深。子既識我情,我亦知子心。燕婉歷年歲,和樂如瑟琴。良辰不我俱,中闊似商參。爾隔北山陽,我分南川陰。嘉會罔克從,積思安可任。目想妍麗姿,耳存清媚音。修書興永念,遙夜獨悲唫。逝將尋行役,言別泣沾襟。願爾降玉趾,一顧重千金。

顒,充子,郡舉孝廉。《涉湖》云:旋經義興境,弭棹石蘭渚。震澤爲何在,今唯太湖浦。圓徑縈五百,眇目面無覩。高天淼若岸,長津雜如縷。窈窈尋灣漪,迢遞望巒嶼。驚飆揚飛湍,浮霄薄懸岨。輕禽翔雲漢,游鱗憩中潣。黯藹天時陰[4],岩嶢舟航舞。憑河安可殉,靜觀戒征旅。又有《經渦路作》一首,並傳於世。

梁

費　昶 官秘書監

昶善樂府,嘗作《鼓吹曲》,武帝歎曰:"才意新拔,有足嘉異。昔邯鄲博物[5],卞蘭巧辭,束帛之賜,實爲勸善。可賜絹十匹。"當時稱"閭里才子"。《南史》

《巫山高》云:巫山光欲晚,陽臺色依依。彼美巖之曲,寧知心是非[6]。朝雲觸石起,暮雨潤羅衣。願解千金珮,請送大王歸。《芳樹》云:幸被夕風吹,屢得湖光照。枝低疑欲舞,花開似含笑。長夜路悠悠,所思不可召。行人早旋返,賤妾猶年少。《有所思》云:上林鳥欲棲,長門日行暮。所思欝不見,空想丹墀步。簾動意君來,雷聲似車度。北方佳麗子,窈窕能廻顧。夫君自迷惑,非爲妾心妒。《長門怨》云:向夕千愁起,自悔何嗟及。愁思且歸牀,羅襦方掩泣。絳樹搖風軟,黃鳥弄聲急。金屋貯嬌時,不言君不入。《採菱曲》云:妾家五湖口,采菱五湖側。玉面不關妝,雙眉本翠色。日斜天欲暮,風生浪未息。宛在水中央,空作兩相憶。《行路難》云:君不見長安客舍門,娼家少女名桃根。貧窮夜紡無燈燭,何言一朝奉至尊。至尊離宮百餘處,千門萬戶不知曙。繞門啞啞城上烏,玉欄金井牽轆轤。丹梁翠柱飛流蘇,香薪桂火炊雕胡。當年翻覆無常定,薄命爲女何必麤。《和蕭記室春旦有所思》云:芳樹發春輝,蔡子望青衣。水逐桃花去,春隨楊柳歸。楊柳何時歸,裊裊復依依。已蔭章臺陌,復掃長門扉。獨知離心者,坐惜春光違。洛陽遠如日,何由見宓妃。《詠入幌風》云:經房汎寶瑟,乘隙動浮埃。鏘金驅響至,舉袂送芳來。能使蘭膏滅,乍見珠簾開。輕裾試一舉,令子暫遲廻。

唐

李　邕[7] 字泰和，官北海太守

邕父善，字次遜，其先揚州，徙江夏，淹貫古今，雅擅文詞，號"書簏"，爲《文選注》，盛行於時。邕少讀書鍾臺山中，蚤有名，重義愛士，杜少陵嘗有《贈江夏李公邕詩》。既冠，見特進李嶠，自言讀書未遍，願一見秘書。嶠曰："秘閣萬卷，豈時日皆習耶？"邕固請。授直秘書，未幾辭去。嶠驚，試問奧篇隱帙，了辨如響。與張廷珪同薦，乃累起累蹶，後進不識，京洛聚觀以爲古人。或傳眉目有異，衣冠望風尋訪，中使臨問索爲文章。爲李林甫所忌，出爲北海太守，時稱李北海。又號"翰林六絶"，謂文章書翰過人，杜甫謂"碑板照四裔"是也。初，盧藏用謂邕曰："君才如干將莫邪，難與爭鋒，但虞缺折耳！"卒如其言。

《銅雀妓》云：西陵望何及，絃管徒在兹。誰言死者樂，但令生者悲。丈夫有餘志，兒女焉足私。擾擾多俗情，投迹互相師。直節豈感激，荒淫乃悽其。潁水有許由，西山有伯夷。頌聲何寥寥，唯聞銅雀詩。君舉良未易，永爲後代嗤。《登歷下古城員外孫新亭》云[8]：吾宗固神秀，體物寫謀長。形制開古跡，曾冰延樂方。泰山雄地里，巨壑渺雲莊。高興汩煩促，永懷清典常。含弘知四大，出入見三光。負郭喜梗稻，安時歌吉祥。《奉和初春幸太平公主南莊應制》云：傳聞銀漢石支機，復見金輿出紫微。織女橋邊烏雀起，仙人樓上鳳皇飛。流風入座飄歌扇，瀑水侵階濺舞衣。今日還同犯牛斗，乘槎共逐海潮歸。

李　沇 字東濟

沇，鄘之孫，磋之子，有俊才。《秋霖歌》云：西方龍兒口猶乳，初解驅雲學行雨。縱恣羣陰駕老虯[9]，勻水蹄涔盡奔注。葉破苔黃未休滴，膩光透長庭莎色。恨無長劍一千仞，割斷頑雲看晴碧。

李　昇 字雲舉

昇幼學煉氣養形之術，與元白善，年百餘歲卒。有《元白席上作》云：生在儒家遇太平，懸纓垂帶布衣輕。誰能世路趨名利，臣事玉皇歸上清。《全唐詩》

李宗孟 [10]

宗孟年十一，以茂才舉，召試舍人院。《全唐詩》錄《費禕洞詩》云：空遺費仙跡，不見庾公遊。草木有新色，江山餘故愁。

宋

馮　京 字當世，仁宗皇祐進士，官至觀文殿學士、太子少師，謚文簡，有《灊山集》[11]

京鄉廷試皆爲舉首，時年十八，姿容秀美，學問該洽。時張堯佐以京未娶，負宮掖勢欲娶以女，力辭。後娶富弼女，再娶晏殊女。人有言曰："兩娶宰相女，三魁天下元。"先是，試於鄉，主司已黜，綴榜末。時鄂倅南宮誠監試，當折封，不平，力主之，遂至魁選。明年廷試第一，除荊南倅，還直集賢院，判吏部南曹，同修起居注，試知制誥。避婦父富弼當國嫌，拜龍圖閣待制、知開封府，數月不詣丞相府。韓琦語弼，以京爲傲。弼使往見琦，京曰："公爲宰相，從官不妄造請，乃所以爲公重，非傲也。"王安石爲政，京論其更張失當，累數百言。安石指爲邪説，請黜之。帝以爲可用，進參知政事。數與安石論辨，又薦劉攽、蘇軾掌外制 [12]。紹聖元年薨。宋朝進士自鄉試至廷試皆第一者，纔三人，王曾、宋庠爲名宰相，京爲名執政，可謂不愧科名矣。未第時客餘杭，爲官逋拘窘，題詩於所寓寺壁。云："韓信棲遲項羽窮，手提長劍喝秋風。可憐四海蒼生眼,不識男兒未濟中。"一胥見之,爲白令,丐寬假。令疑,胥曰:"馮秀才甚貧,惟見其出語不凡耳。"因誦其句,令遽釋之。

《寄謝鄂倅南宫誠》云:當思鵬海隔飛翻[13],曾得天風送羽翰。恩比丘山何以報[14],心同金石欲移難。經年空歎音書絶,千里相思道義寬。每向江陵訪遺跡,人猶指點縣題看。《詔修兩朝國史賜筵史院和吳相公韻》云:天密叢雲曉,風清一雨餘。三長太史筆,二典帝王書。接武知何者[15],霑恩匪幸歟?吐茵平日事,何憚污公車。又句如:琴彈夜月龍魂冷,劍擊秋風鬼膽粗。塵埃掉臂離長陌,琴酒和雲入舊山。唫氣老懷長劍古,醉胸横得太行寬。豐年足酒容身易,世路無媒著腳難。《宋詩紀事》

李昌國　子康年

昌國有清修,善教子。長康侯,官河南守。次康年,官監丞,善古篆,與東坡、魯直游。次康直,官員外,休致歸里,自稱裕老,以詩酒自娱。《通志》[16]

康年字樂道,贍博好古,小篆尤精。山谷謂:"康年晚年悟篆籀,下筆自有可喜。秦丞相斯、唐少監陽冰,不知去康年遠近也。"

明

張　誠 字應元

誠元末舉孝廉,不仕。僻處靈泉,力學敦行。洪武時以康茂才薦,召賦《白燕詩》,官翰林。

吳　徹 字文通

徹家貧落魄,好奇節。元末天下亂,陳友諒訪得之,置諸親密,稱爲先生。友諒進攻豫章，遣偵太祖，爲所獲。釋縛問曰："聞汝能詩，爲我賦《天閑百馬圖》。"徹應曰："問渠何日渡江來，百騎如雲叠鼓催。九十九中皆汗血，當頭一個是龍媒。"太祖擊節而恨其爲友諒所用，刺"詭譎秀才"字於面，遣還，遂掉舟遁。友諒敗死，子理奔還武昌，堅城久不下，太祖將屠之。忽有稱詭譎秀才求見者，召入問曰："汝安得尚在此？"良久，復命題《西山夜雨詩》。徹復應曰："莫厭西山夜雨多，也應添起洞庭波。東風肯與周郎便，直上金陵奏凱歌。"太祖遂下令班師，還建康。後屢下詔物色之，曰："吾面目可憎。"竟辭不出。《通志》

曾　泰 以薦辟，官戶部尚書

泰，洪武初以秀才徵，學行允孚，上重之。每慷慨論事，言無不從，超拜大司農。以《白燕應制詩》得名，句云："別殿幾年開玉匣，舊人何處認烏衣。"無事刻鏤，自難移易。

辜　臯 官知縣

臯知德興，有善政，以詩鳴世。傳其《白燕應制》，句云："雙飛自託雲中鶴，一曲空彈陌上霜。"妙於取神。

張天祐 字仁一，號鶴山，洪武進士，官御史

天祐七歲能詩，日誦六千言，過目不忘。任詹事，輔導有方，太祖有忠良正直之旌。《靈泉山》云：春風來幽徑，古木生微香。虎跡帶雲動，亂峰迎夕陽。《石橋坊》云：繞岸雲如水，入門山滿堂。霏煙生牖闥，空翠上衣裳。石暝猿猶卧，松高鶴正翔。居然成野趣，那解錦衣鄉。清婉軼倫，雅近王孟。

曹 閶 字冀成,永樂進士,官御史

閶,或云黃巖人,而楚中《登科録》可考,乃謝方伯採其詩入《赤城集》中[17]。《期東里》一篇,情致纏綿,髣髴謝朓《南樓》風調。《靜志居詩話》

《期楊士奇不至》云:羈旅無友生,何以慰懷思。有客筮適我,芳辰以爲期。深褭鳥雀喧,窮巷牛羊歸。相候清路傍,冠佩來何遲。我肴既云具,我酒亦已持。雖無德與女,寫心良在茲。子寧不我即,佇望增歔欷。仰觀列宿行,羨此明月輝。令德衆所慕,彼留知爲誰?諒無好賢誠,空負《緇衣》詩。《明詩綜》

王 竑 字公度,正統進士,官兵部尚書

竑豪邁負氣節。英宗北狩,郕王攝朝午門。羣臣劾王振誤國罪,讀彈文未起,王使出待命。衆皆伏地哭,請族振。錦衣指揮馬順者,振黨也,厲聲叱言者去。竑時爲御史,奮臂起,捽順髮呼曰:"若曹奸黨,罪當誅,今尚敢爾!"且罵且齧其面,衆共擊之,立斃。朝班大亂。王恐,遽起入。竑率羣臣隨王後,王使中官問所欲言。曰:"内官毛貴、王隨,亦振黨,請置諸法。"王命出二人,衆又捶殺之,血漬廷陛。竑名震天下,王亦以是深重竑,累進兵部尚書。一年謝病者四月,人以未竟其用爲惜,中外薦章百十上,并報寢。初,竑號其室曰"戇庵",既歸,改曰"休菴"。詩二卷。《明史》

李萃然 字仁夫

仁夫工詩,精六書。故與大學士張治善,張雅欲用之。特造其門,覩壁間有句云:"自古文章有定價,用舍一時無定名。"張爲憮然。

劉　績 字用熙，弘治進士，官知府，有《禮記正訓》、《蘆泉詩文集》

績博洽經史，與李獻吉齊名，相友善。著述淹貫羣籍，根極理要。

吳　偉 號小仙

偉以畫名，詩亦遒峭。武宗時入畫苑，賜號"畫狀元"。童時鬻作豪家僕，入主人塾，便伸紙作小畫。畫竟題句曰："白頭一老子，騎驢去飲水。岸上蹄踏踏，水中嘴對嘴。"師大奇之，時年甫七歲也。《雪濤詩評》

小仙入供奉仁智殿，其畫人物出自吳道子。縱筆不甚經意，而奇逸瀟灑動人。山水樹石俱作斧劈皴，亦大遒勁，宜畫祠壁屏障間。《藝苑卮言》

小仙善丹青，尤工於人物，人皆以"吳道子"稱之。先是，其父吳老客金陵，與報恩寺僧相得。僧能畫，不甚善，性嗜酒。吳老無子。僧以酒狂卒，是夜，夢僧謂之曰："與汝相得[18]，不欲久離。"及醒，異之。未幾，果產子。三歲能舉筆圖寫，後畫名天下，亦以酒狂卒。《北窗瑣語》

馮世雍 字子和，號三石，嘉靖進士，官知府，有《三石文集》、《呂梁志》

世雍書法山谷，有奇氣，詩亦然。如《登雲龍山》云：山雲夭矯如游龍，蜿蜒幻出青芙蓉。天風吹衣躡危磴，白日對酒披芳蘘。黃茆岡上野煙合，戲馬臺邊春燒紅。我來題詩紀行色，一曲洞簫吹遠空。《喜雨》云：落日閉門山雨鳴，草堂坐覺寒泉傾。書卷向人意自靜，林花入夢魂俱清。曉看龜坼春漲沒，坐聽龍江秋浪生。莫嫌寂寞逢快事，洗研振衣雙眼明。不獨笙磬之同，且亦神髓之似。

俞憲盛《明百家詩》採其《春日遊江心寺》云：鷲峯移幻景，騎省愜清游。山隱隋唐樹，江吞楚越流。鐘魚千嶂寂，雲浪一鷗浮。便欲辭簪組，相將入貝洲。《赴滇南煙莊道中》云：碧嶂千峯合，黃茆一徑開。馬從危石渡，人自亂山來。暝樹青溪濕,寒雲白雁哀。漫停湘浦駕,遥望漢宫臺。

《楚風補》採其《登岳陽樓》云:澤國雲蒸水滿湖,茫茫煙浪混虛無。波心明月撼將墮,海上浮丘聞可呼。巴客錦帆飛鳥盡,湘靈瑶瑟暮峯孤。蘭汀蕙渚空相戀,恐有魚龍夜泣珠。皆清脆嘹喨,而不染叫囂之習。

常居敬 字惟一,萬曆進士,官浙江巡撫

居敬撫浙,值倭寇披猖,自募兵討之,復分將士助攻寧夏。上嘉其忠。

《補陀僧真語奉詔還山,謁余鄂渚兼致緯真屠儀部書,賦此爲贈》云[19]:緘書忽爾破愁顏,杖錫何由逗楚關。天語向爲龍藏譯,帝城應許鶴飛還。赤霞海色迎宫錦,白雪秋吟到鬢斑。乍覺寒濤江上發,丹楓吹遍落伽山。

郭正域 字美命,萬曆進士,官至禮部侍郎,謚文毅,有《黃離草》

正域生而卓犖,博通載籍,有經濟大略。自守介然,人望歸之。首輔沈一貫,初爲教習師,望其執弟子禮,正域不少屈附,銜之,會以議楚王華奎事力排之[20]。乞休去,甫去而妖書獄起。妖書者,即所謂《續憂危竑議》也[21]。一夕間,宫闈都市皆遍。上見憤懣,詔大索。一貫風臺臣康丕揚、錢夢皋等疏,稱出正域手,而沈鯉同謀。詔聽勘。發卒圍正域於揚村舟中,鈴柝達旦,逼令自裁。正域曰:"大臣有罪,安能自屏野外。"乃盡械其僕婢及傭書者,拷毒備至,竟無所得。先是,東廠捕得在京諸生皦生光,嘗以宿恨造妖詩書。鄭戚之門者必欲令引正域,生光仰視丕揚、夢皋,罵曰:"死則死耳,奈何誣郭侍郎?"光宗在東宫,語近侍曰:"何爲欲殺我好講官?"諸人始懼。又御史牛應元、沈裕,比部王述古皆力持之,獄乃解。正域歸十年乃卒,贈少保尚書,謚文毅。別著有《皇明典禮志》、武昌江夏府縣志[22]、《十三經補注》。

《明史·藝文志》"《黃離草》十卷",爲葉向高序,入後一段云:美命嘗

言，"文章不可學一家言，當如化工造物，包羅萬象，無所不有，無所不妙。故文則自六經、子、史，下至近代名家；詩則自三百篇、漢魏六朝，下至唐人。皆在胸中，皆在筆底，乃稱作者"。其志如此，而才又足以副之，故能傳後世而光儒林。

文毅坐妖書繫獄，九死不悔，可謂骨鯁之臣。其《論樂府》云："今人全用擬議而無變化，令人讀之如抉陳人口中珠。"殆爲于鱗輩發也。又言："文章不可學一家，詩必自三百篇、漢魏六朝，下至唐人，皆在胸中筆底，乃稱作家。"蓋有志而未造其詣者。《長安道》云：長安道，春無花，秋無草，何不歸來山中好？《遣祀景陵恭紀》云：宣皇陵廟天山裏，王氣蔥蔥鎖帝梧。只見丹臺餘寶鼎，不聞銀漢繞金鳧。千官露舄朝珠隴，五夜雲車下紫都。記得當年巡幸日，道旁駐輦問農夫。宣德十年事。《廬山五老峯》云：湖中五老峯，去天不盈尺。澗底白雲生，五老頭俱白。《靜志居詩話》

文毅爲有明一代偉人，其詩故具離奇慷壯之氣。《仙棗行》云：仙棗千年不肯實，一朝結果大如瓜。何來小吏偷啖之，須臾白日飛紫霞。我聞火棗不可得，無乃秦王海中黃布之舊花。不然安期所遺之故核，朱繒紅玉圍青紗。又聞王母降漢室，玉門仙棗紛如麻。蕊珠滿樹皺絳雪，金瓦綴葉團丹砂。神仙靈藥各有分，我欲剥棗手難拿。亭子高高催飛雨，鱗甍碧瓦搖風沙。至今巖畔多老棗，殘根剥落纏枯槎。蟠嚙古藤支綠蟻，蜂飛暗葉藏青蛇。那知不有神仙至，再看老枝生萌芽。安得纍纍撲滿地，飽食江城百萬家。而近體復工麗芊綿，擅唐人之長。《邱謙之自衡山來辱柱新詩，並遺萬年松三株、衡山石一片，報謝》云：五嶽壯遊遍，陽春大雅存。紅顏謝冕黼，白眼向琴尊。紫袖朱絃動，清歌玉露繁。雄心付兩屐，彩筆問三源。江漢風仍在，岣嶁碣可捫。玄夷迷曉夢，寶洞駐征轅。練景飛雙鶴，山巖聞夜猿。不知曾眺詠，何以逐孤騫。江介迴仙舫，光風到蓽門。三株披石秀，一片動雲根。麗藻來相訊，瑶華不足論。有懷操杖履，未暇效盤飱。似接芙蓉面，如聞金簡言。憂思慚阮籍，痛飲負平原。意氣誰投轄，文章已斫輪。索居吾豈敢，還擬賦高軒。它佳句如《黃鶴樓》云：依舊空中雲盡白，不聞市上鶴曾黃。《送熊芝岡督學南畿》云：範士肯教金躍冶，論文不使蛇爲神。

《表忠觀》云：漢廷不少攀龍客，周道仍堅叩馬心。《新築一枝巢》云：真似榆枋堪託宿，從他風雨不飄搖。《木蘭寺》云：南瞻鄂渚通王氣，北顧中原鎖帝鄉。

劉敷仁 字濟甫，有《添學齋》、《桐柏軒》等集

敷仁與竟陵譚友夏，以詩文相砥礪。凌給諫茗柯、林太史可任嘗過訪，預屏騶從，戒曰："劉先生門無雜賓，勿以僕御溷高士廬。"崇禎壬午，以曲臺魁京闈。甲申，聞國變，築室"餘荷塘"，學《易》著書，隱居終老。邑志

張文光 字公覲，萬曆進士，官檢討

文光以論楚藩事忤沈相，遷尚寶丞。詩宗謝客兒，瀟散閒遠，自臻妙境。《雜詠》云：放舟行湘中，注目衡山上。舟移景亦移，千里各異狀。奔峭湧逝波，層巒開疊嶂。疑塞忽開通，一背復一向。巍峩插青冥，幽深極遼曠。林木色翁蔚，流泉瀉蕩漾。猿猱嘯夜月，虎豹浮雲抗。他嶽或奔屺，茲山獨無恙。鄴侯曾隱居，旋拜真宰相。高僧習禪關，屢得法眼藏。興雲洩霧雨，沛澤何流宕。舜廟可瞻依，禹碑擬搜訪。婚嫁了世緣，巖棲托微尚。名嶽嶔崎離落况，狀寫得出，自非易才。

任家相 字白甫，號心葵，萬曆舉人，官司務，有《雲龍閣集》

家相爲諸生時，與郭美命齊名。由婺源諭遷翰林待詔，充福王講官。上《勸學箴》，朝論韙焉。

詩有氣骨，《過恨者關》云：楚塞諸山盡，巀屼鳥道還。關頭停馭客，不畏路行難。《觀日》云：爲愛閒雲倦臥遲，新晴鐘鼓上方知。乍醒蘿月三更夢，已挂扶桑第一枝。海氣茫茫對霧霏，六鼇初捧火輪歸。漫傳金翅烏三足，實有神光燭九微。

熊廷弼_{字非百，號芝岡，萬曆進士，官遼東經略，諡襄愍}

廷弼少負逸才，自髫年捉筆爲詩歌，即有泣鬼神驚風雨之概。及長，軀長七尺餘，少髯，有膂力，能左右射，具文武材，卓然有大志。及成進士，由推官至兵侍，經略遼東，與羣小不合，廻籍聽勘。再起遼東，爲本兵張鶴鳴所傾陷，使撫臣王化貞分其權，兵敗同論斬，傳首九邊，天下冤之。適魏璫柄政，楊應山疏璫二十四罪，媢之者謂稿出廷弼手。以侵盜軍資追贓，籍其家産，姻族家皆破。子兆珪死獄中，摧辱妻孥，於應山爲加甚。廷弼文筆浩瀚，奏疏皆出手裁，詩尤排奡，忠義之氣時溢楮墨。《明史》本傳

廷弼已中武解，因事爲當道所責辱，折節爲帖括。遊庠，及鄉試，無錄科名。請於督學，鄒公不允。乃持其輿，力大，輿夫俱倒。鄒怒，立予呵責。出題命作文，文大佳。鄒爲霽威，送入闈，是科即領解。後廷弼督南畿學，見鄒，鄒跼蹐若悔。公曰："雷霆雨露，皆佩教誨。"懽然無復遺憾。《蓉汜集》

襄愍生時，長虹貫室，雷聲震地。周歲日，有相者曰："此天生豪傑，凡民中人龍也。當是岳武穆、文文山一流人物。"邑志

熊公宇奇爲學使，試江夏，得熊、賀兩公卷，甲乙久不定。或問之。曰："一將一相，未易軒輊。"其人曰："相在前。"公然之。臨大比，皆使餽以金且察其狀。賀端坐小室，徐起，對使者再拜受之，口授謝辭。至熊所，熊適自外來，遽納金懷中，偕使者叩轅謝。使者具以告，公掀髯大笑，顧幕僚曰："所爲將相者，信矣。"襄愍試常州，賞賚諸生。宜興首卷生周延儒進，公注目久之，曰："難道爾將來官職不高，恨爾心術不正。"杖之二十，復厲聲曰："急早囘頭！"如是者再。是夕公頗不樂，連飲數斗，拔劍起斫壁柱，大呼："宜興生惱人，宜興生惱人！"《嚴齋筆記》⁽²³⁾

襄愍善六法，嘗見吳以恬家藏小幅，有自題句云："山高入淡雲，石老盤喬木。何處覓幽人，幾間茅草屋。"大似石田翁。《瓶隱齋筆記》

流賊破潁州，前兵部尚書張鶴鳴年八十五，里居被執，倒懸於樹，射洞胸而死，子大同亦被殺。吉士論曰："鶴鳴構陷襄愍致死，而成之者丁相紹

軾也。紹軾於長安道上白日見襄愍,歸而腦裂死。鶴鳴年逾大耋,卒遇慘難。詎可以得正而斃,遂恕其生平哉?"《寄園寄所寄》

先生經略遼東,過黃粱祠,題句云:"謾道三綱與五常,從來個個説黃粱。只因遺下先生夢,誤盡人間瞌睡郎。"墨跡未乾而豐碑在望。黃陂吳伯陽御史[24],魏客黨也。其子惇寬,即碑陰題一絶云:"題詩勒石氣何雄,轉眼黃粱又夢中。兵尚未來關已入,這廻瞌睡正朦朧。"後陷先生者謂"楚狂言楚事",可證公罪。嗚呼!公果罪也哉?

游肩生侍御遣戍安慶,襄愍爲歌送之,有云:"惟我與君皆楚人,楚人送楚當楚歌。楚歌悲怨不可聞,我歌未出淚先沱。君即摇手勸我止,歌出徒令嘖者呵。天方禍楚豈人力,試看四面皆網羅。冥羽潛鱗一無遺,山空將盡搜正苛。我今脱身荷殳去,得間潛伏深山阿。侍我老親教我子,散髮披緇幸已多。獨公置身在凶禍,檻豕樊雞可奈何?啖公肉未厭其腹,澆公血徒染其戈。云何嘵嘵逢彼怒,還投沸海揚腥波。何不捔去其牙角,與物無競相隨和。三戸無人楚氣盡,順天者存理不訛。世事由來亦有極,無爲自取煩惱麽。宗社有靈必無事,聖明會鑒公無他。殷勤勸我語未畢,沉吟但把手挲摩。"襄愍禍機之伏,侍御早見及之,即襄愍亦早自道之。特以忠鯁性成,牢不可破,當大事臨大節,浩氣流行,有凛然不可遏止之勢。使其稍存希冀苟免之心,又安成其爲轟轟烈烈之大丈夫哉?

襄愍忠孝天生,發爲詩歌,能驚風雨而泣鬼神,不虚也。以詩人目之,淺矣。不以詩人目之,千古豈有不忠孝之詩人哉!《硯銘》云:自渡遼,惟汝伴。草軍書,常夜半。吾之心,汝所見。《夷齊廟》云:貪吏不可爲,先生已千古。貪吏不可爲,先生獨千古。何貪亦何廉,志士聽所取。如何風日下,儒紳而豎賈。揮霍謂無礙,貞士嗤迂腐。浣烏以爲白,金亦輕於羽。夫焉有所憚,而不貴阿堵。苞苴盈路衢,誰念徹桑土?文官只愛錢,武官只怕死。東方一發難,邊腹受毒苦。豈惟邊陲故,斯人招其侮。禍國禍生人,擢髮未足數。我欽先生風,盥沐登堂廡。率爾陳蕪詞,請作澄貪主。澄之亦何以,灤水清可覩。一濯貪夫腸,庶幾可少補。《春雨東園雜詠》云:東城細雨過園廬,高閣微風引珮琚。滿院花香侵几潤,隔簾樹色入窗虚。春禽初語僧持偈，宵鶴欲鳴人讀書。吾黨自饒真樂處，當年寧悔賦歸歟。春寒病肺怯登臺，溪午酣吟坐曲隈。避客却愁無客到，喜書便畏有書來。游鱗渾忘濠梁樂，狎羽空勞鷹隼猜。自是逐臣圖苟活，敢云明主棄非才。《新卜東園》云：爲愛池塘好避喧，新開別業向東園。梅山樹遶斜連谷，蓮渚橋通直到門。傳是舊時花柳巷，葛來漫作桔槔園。主人初領林皋事，鎮日經營不憚煩。《詠史》云：拍案疾聲呼賊檜，分明非與岳家仇。東窗計定金牌去，斷送南朝二百秋。《燒羊》云：十年射虎心猶壯，今日燒羊酒正釅。雪地何妨中夜飲，豎儒漫笑黨將軍。《采石磯》云：江心一片石，獨占風濤久。有時觸其怒，能作蛟龍吼。先生提學南畿時，過磯留題，至今碑碣巍然。吾鄉吳玉輅南遊歸，曾經目覩云。

賀逢聖 字克繇，號對揚，萬曆進士，官至大學士，謚文忠

逢聖與熊廷弼少同里，而不相能。同受知於學使熊尚文，并奇二生，曰："熊生干將莫邪，賀生夏瑚商璉。" 舉於鄉，官應城教諭。旋捷南宮，入翰林。時廷弼以廣寧之敗就逮，同鄉官將揭白之，意逢聖沮，乃作色曰："此國家大事，吾安敢介小嫌？" 即具草上。湖廣建魏忠賢生祠，忠賢聞上梁文出其手，喜詣謝。逢聖曰："誤，借銜陋習耳。" 忠賢怫然去，明日削逢聖籍。崇禎時復官，數年洊副相位。逢聖廉靜砥行，與周延儒同柄政，無所糾繩，亟求去。去日宴餞便殿，大哭伏地不能起。歸之明年，張逆陷江夏，闔門投墩子湖死。賊去求屍不得，大吏望衍而祭，有神夢於湖之人："我守賀相殊苦，汝受而視之，手有黑子是也。" 覺而異之，竢於湖，赫然而尸出，驗之果是。蓋百有七十日，面如生。先是大冶門人尹如翁，走三百里貽以僧衣帽。逢聖反之，曰："子第去，勿憂我。" 及賊破大冶，如翁亦死。《明史》本傳

公爲應城學官，每日晨起於聖殿，丹墀几筵龕座，必躬親拭掃，肅衣冠四叩，風雨寒暑無間。先是，山東老儒夢見至聖云："今秋享祭在湖廣應城學。" 公嘗兀坐明倫堂，見先聖於屏間。是日，有持聖肖至者，宛如所遇，驚異之。益淬厲勇進，以大儒自期。及入躋清要，每語人曰："吾平章軍國無

足以報,惟寒氈七載,實心實行,庶免素餐譏耳!"《説鈴》

陽亨先生時泰,逢聖父也。父廷秀,少爲諸生,砥礪廉隅,不苟嚬笑。惟與同里郭正域、大冶尹惠州相劘切。力貧,課子教授生徒。著《思聰錄》、《人模樣》等書。歲祲,除夕斷炊,以一伏雌易米豆五升,始具三宿食。洎逢聖貴,先生手書堂聯曰:"當年雞豆未忘念,此日兒孫莫妄思。"又爲詩曰:"清苦丈夫志,風霜善自持。陽和非不愛,義命貴安之。"平日所以訓子者,惟"餓死事小"四字。故逢聖之恭謹清約,皆秉之庭訓,非偶然也。《瓶隱齋筆記》

《哭芝岡司馬》云:抗直忠孤與性成,殺之徒廢黨人名。金錢乞命言殊幻,斧鑕當辜憾未平。就市夏侯寧改色,歸元先軫尚如生。漢江輿櫬乘風渡,似逐胥濤怒作聲。《同陸岷源飲劉夫子山莊》云:漸覺紅稀綠滿前,偕朋取次涉平川。聲慵繞樹鶯如訴,翅軟隨風燕可憐。清澗一泓堪把釣,碧峯千疊任藏煙。攜尊潦倒溪頭飲,醉摘山花帶笑旋。兼有沉鬱清婉之致,出自偉人,尤可寶貴。

游士任字肩生,萬曆進士,官御史

士任先世嘉魚,徙江夏。初宰長興,有政聲,擢御史。熹宗初,魏璫附客氏以蠱上心,慨然曰:"此亂本也。"具疏劾之,自是台省交章彈擊,皆士任啟之也。及璫矯旨殺楊漣,並逮士任,下錦衣獄,拷掠不死,謫戍安慶。崇禎改元,釋還原官。《湧月臺》云:登臺一長嘯,鶴驚雲欲徙。極目盡太虛,太虛正如洗。光浮石骨寒,沫噴金沙起。蕭然見短碣,錐畫逼籀史。蒼蘚蝕斷紋,古香從荒屺。依稀聞鐵笛,梅花落其裏。北下谺幽洞,可有青泥髓。饒有風騷遺韻,矧吉光片羽出自名臣者耶?

劉南呂字師尚,號文慎,諸生,有《友牧堂詩集》

南呂性疏放,持觴喝月,談笑風生。刻意七言,取法少陵。自癸未之變，怵緯念亂，舊典凌夷，乃於未死前數月，自定其生平詩刻之。嘗笑謂："夏振叔異時當於我葬所題云：'嗚呼，此有明飲者劉子文慎之墓！'"又聞之鄉先輩，稱南昌本孝感人，而僑寓鄂城者。《野嘆》云：一夢勞勞強欲真，臨風佶曲愧清晨。揚波不肯從漁父，瀕泣寧辭近婦人。湖叟舊聞先世臘，鳴鐘猶考漢家春。東陵子弟青門老，鬵領如今學負薪。憂來君父同聲哭，直覺草廬日月昏。擲劍已消千里夢，著書難了一家恩。先人差不披緇殮，封樹猶驚華髮存。西土好音無計就，六時蟬響在松門。白馬盟寒氣已撓，儒生蹈海欲焉逃。閒心遇物悲新故，束縛逢人失笑號。可不作書先誓墓，偶然讀曆似披騷。姬公著作委荒草，不及當年五嶽高。苦竹聲殘入夜多，不眠簾外走湘娥。昔年曾擬《平淮頌》，此日親聽《敕勒歌》。似病似狂良有故，勿顛勿醉欲如何。昏鴉帶雨歸林急，那省南山有罻羅。孤憤填胸，魯戈難挽，清商變徵，似哭似歌。非血性男子，何能作此千古傷心語？固不獨悲禾黍者生故國之感已也。

朱華圉 字仲叔，號淮仙

華圉，楚昭六世輔國中尉公照之仲子。性敏好學，六歲就外傅，即舉"大學"二字問師曰："此何等學也。"師奇之。十四通古今，不屑就試。二十好新建之學及周程朱陸諸書、會通一貫之旨。尤喜著述，有《滙書》、《宋元詩選》、《梅湖》、《桃溪》諸集。晚著《聖賢寶鑑》，論列聖賢，發揚忠佞，五十萬言。崇禎癸未三月，夢遊石壁，見有詩云："飛泉如白鶴，隱見度平林。暗壁流花瓣，漁郎何處尋。"隨告親友曰："時危矣，去之可也。"即棄家，遯入桃溪，置田學耕，與漁樵伍。易名陶范公，別號五湖長。及張李再犯武昌，憤極長嘯而逝。《楚風補》

淮仙以宗社丘墟之感，爲激昂慷慨之音，有不求工而自工者。《猛虎行》云：猛虎猛虎，咆哮閭伍。終日攫人腸吸人髓，謂言威猛當如此。一朝投足陷阱中，縮爪乞憐疇見弛。人亦食其肉寢其皮，此則足下自所爲。《莫惱翁》云：門有青山樽有酌，左圖右書致足樂。皋夔聿滿放勳廷，何必巢由在臺閣。兒曹勸仕意豈惡,其奈阿翁未優學。莫惱翁,翁心久矣白雲中。《贈周瑤光文學》云:周生辯口懸肉河,立取卿相其餘波。遁跡獨處遠山寶,扣角夜疾商聲歌。窮愁著書識特妙,慷慨對酒情何多。所恨不值范叔世,坐令老喙空長哦。諸作俯讀一過,覺靈光異彩,在目光離合之間。

明　睿 諸生

睿讀書負氣節,苦唫成癖。獻忠陷武昌,賊獨不入其門。睿曰:"安有父母之邦覆,而偷生苟活者?"驅家人入井死,乃從容榜諸門,亦投入焉。時人號爲"明井"。《明史》

郭昭封 字無傷

王元倬以親老不上公車,賦贈有句云:"毛義視親何太薄,陶潛乞食豈辭貧。"

釋如愚 字韞璞,有《空華》、《飲河》、《石頭》、《止啼》等集

如愚少爲書生,跅弛負俗,後落髮居衡山石頭庵。至金陵,居石頭城南碧雲寺,遂號石頭和尚。自負才藻,思冠巾入俗。已復,爲雪浪受法弟子。入燕京,居七指庵,卒。曹能始敘其詩。

如愚祝髮後,行腳四方。尋居金陵碧峯寺,從詩僧洪恩學。周汝登、曹學佺、袁宗道兄弟皆與之游。《四庫全書提要》

如愚詩格清純,不雜偈語,宜爲曹能始輩所稱許。《冬日潯陽道中》云:殘冬人在路,朔氣重愁顏。落日下寒郭,亂雲生晚山。短松懸獵網,高岸護漁關。試問同行客,匡廬何處還?《春日龍潭庵對雨》云:苔蘚空門外,煙蘿夾徑陰。春流一澗急,寒雨數峯深。鳥倦還山翼,雲遲過客心。望中燈火起,人語出遥岑。《盧僧孺辟穀靈隱山賦寄》云:不飯凡僧飯聖僧,苦爲辟穀

碧山層。洞雲溪水皆相食，却道人間飽愛憎。

閨秀

呼文如 小字祖，江夏營妓，有《遙集編》

文如善琴，能寫蘭，與其姊舉齊名。歲丙子，西陵有邱生謙之者，以民部郎出守粵，過黃州，遇文如於客座，將攜之以東。生父不許，乃爲書謝之。文如刺血寫詩以報，云：長門當日歎浮沉，一賦翻令帝寵深。豈是黃金能買客，相如曾見《白頭唫》。後生需次赴京，訪文如於武昌，相見甚喜。《飲安石榴下賦詩呈生》云：安石孤根託謝庭，合歡枝上日青青。懸知雨露深如許，結子明朝似小星。視其圖識鐫曰："邱家文如，瀝酒樹下誓：不歸生者如此石。"將別，泣而請曰："觀君性氣非老於宦海者，君散髮我結髮，當不遠矣。"生調知閬州，罷歸。文如數貽書訂于歸之約，不果。壬午冬大雪，生登樓念文如，前期未決，傍徨凝望。俄聞櫓聲咿啞，一小艇抵樓下，推篷而起，則文如也。驚喜問之。曰："父利賈人金，將賣妾，事急矣。妾自陽邏以金釵市馬至亭州，易舟以行。稍遲，落賈人手。"相與持哭。明日，生以書報父，委禽成禮。生罷官，無長物，攜文如遍遊名山，彈琴賦詩終其身。追憶往事，附以贈言，次其編曰《遙集》。

【校記】

〔1〕弘，《詩徵》原文避清乾隆帝諱，"弘"或缺筆或作"宏"，今統一改之，後不再說明。

〔2〕室，原作"寶"，形近而訛。據《晉書》卷九十二本傳改。

〔3〕玄，《詩徵》原文避清康熙帝諱，"玄"或缺筆或作"元"，今統一改之，後不再說明。

〔4〕靄，原作"黮"。唐徐堅《初學記》卷七"地部下"作"靄"，"靄"通"靄"，即雲氣。"黮"，《說文》："青黑色也。"与前文"黯"字意義重复。故據《初學記》改。

〔5〕邯鄲，原作"柳惲"，引自《南史》。《南史》卷七十二作"郎惲"，或爲"柳惲"

之誤。然柳惲乃梁武帝時人，與曹魏時期的卞蘭年代不相符。《太平御覽》卷八百一十七"布帛部"四作"邯鄲"，乃曹魏邯鄲淳。《三國志》卷二十一裴注引《魏略》曰："淳一名竺，字子叔，博學有才章。"據改。

〔6〕寧，《詩徵》原文避清道光帝諱，"寧"或缺筆或作"甯"，今統一改之，後不再說明。

〔7〕"李邕"及其後"李沇"、"李昇"、"李宗孟"諸條，原次序爲"李宗孟"、"李昇"、"李沇"、"李邕"。據《新唐書》卷一百四十六，李廓，字建侯，江夏人，北海太守李邕之從孫。其子李磎昭宗時爲宰相，其孫李沇晚唐詩人。故而李沇應列於李邕之後，原文却置於李邕之前。原文此處四人時代順序恰好顛倒，故予更正。

〔8〕原文脫"孫"字，據《全唐詩》卷一百一十五改。天寶四年，李邕、杜甫、李之芳相會於濟南。員外即李之芳，亭之建造者，李邕從孫，故云。

〔9〕陰，原作"陰"，據《文苑英華》卷三百三十一（明刻本）改。

〔10〕"李宗孟"條，原置唐代，但《全唐詩》未收此詩。宋王之象《輿地紀勝》卷六十七（清影宋鈔本）"總鄂詩"收此詩，注云"李宗孟"。清陸心源《宋詩紀事補遺》卷十三（清光緒刻本）："李宗孟，武進人，皇祐進士，《費禕洞》云云（《江夏縣志》）。"均以爲宋代人。今爲不過度改變原著，仍列入唐代。

〔11〕瀉，原作"鷟"，據宋羅大經《鶴林玉露》卷十（明刻本）改。

〔12〕制，原作"科"，據《宋史》卷三百一十七、明廖道南《楚紀》卷九"徵獻·內紀前篇"改。

〔13〕隔，宋釋文瑩《湘山野錄》卷中作"隔"，清張豫章《四朝詩》"宋詩"卷四十六作"翮"。皆可通。

〔14〕丘，原作"邱"，《詩徵》原文避孔子諱，今統一改之，後不再說明。

〔15〕接，原作"按"，據宋王明清《揮麈錄》後錄卷之一（四部叢刊景宋鈔本）改。

〔16〕本書中不少内容摘引自《通志》，此乃雍正時期湖廣總督邁柱、湖北巡撫德齡、湖南巡撫趙弘恩所修之《湖廣通志》，《湖北詩徵傳略凡例（一）》（《湖北詩徵傳略》在以後校記中簡稱《詩徵》）有提及。

〔17〕原文此處稍顯雜亂，據清朱彝尊《靜志居詩話》卷六："曹閶字冀成，江夏人，一云黃巖人，永樂丙戌進士，官監察御史。侍御楚産，《登科錄》可考，而謝方石採其詩入《赤城集》中。"謝鐸，号方石，祖籍黃巖（今屬温嶺）。英宗天順甲申進士，

著有《赤城(今屬台州)新志》。《詩徵》採錄資料時,由於篇幅限制和校閲倉促,偶有過度壓縮以至内容不清,或者割裂文義、語句雜亂現象。

〔18〕原文脱"汝"字,據明徐永麟《北窗瑣語》補充。

〔19〕清許琰《普陀山志》卷十七作:"補陀僧真語,應詔入京,受賜還山,謁予鄂渚,兼致緯真儀部書,賦此爲贈。"屠隆字緯真。儀部,禮部主事、郎中之別稱。清高士熙輯《湖北詩録》"武昌"録此詩,題同《詩徵》。

〔20〕華,原作"革",據《明史》卷二十四改。

〔21〕續憂危竑議,原作"憂危竑議",錯誤。據《明史》卷二百二十六《郭正域傳》載,郭正域卷入的是第二次妖書案。該書是《國本攸關》,一般稱爲《續憂危竑議》。據改。

〔22〕武昌江夏府縣志,據清萬斯同《明史》卷一百三十四志一百八(清鈔本)"郭正域丁應泰《武昌府志》六卷"。據《江夏縣志》,明萬曆以前縣志無可考,萬曆十九年知縣顔文選延邑人郭正域始修,其志不傳。故郭正域曾參與編修《武昌府志》、《江夏縣志》。

〔23〕《嚴齋筆記》,《詩徵》卷七"王本邰"條,資料出自《嚴齋筆談》。王本邰也是乾隆時期人,或是同一本書。《詩徵》卷九"程廷材"條提及"蕭峴田"者,據清黄叔璥《國朝御史題名》(清光緒刻本)"乾隆五十七年":"蕭芝,字昆田,號嚴齋,湖北漢陽人,乾隆庚辰進士,由翰林院檢討考選山東道御史,官至吏科給事中。"據光緒《武昌县志》"卷末",蕭芝撰有《嚴齋筆談》二卷,應即是此書。又,《詩徵》卷二十九"曾元邁"條云:"字循逸,號嚴齋,嘉慶進士。"但未聞曾元邁有此類著述,應不是此書作者。另,熊廷弼惱恨周延儒事,又見載於清羅汝懷《綠漪草堂》"文集"卷十八《熊襄愍公廷弼東園十詠書後》(清光緒九年羅式常刻本)。

〔24〕原文此句首有"詎"字,或是衍文。清陳田《明詩紀事》"庚籤"卷十九"熊廷弼"條,引用《詩徵》,即刪去"詎"字。"吳伯陽",《明詩紀事》作"吳柏陽"。明戴君恩《剩言》卷九(明刻本)作"吳伯陽"。

增訂

晉

李　充（見前）　從弟式

充父矩，汝陰太守。母衛夫人，名鑠字茂漪。夫人隸書猶善規矩，鍾公云："碎玉壺之冰，爛瑤臺之月，婉然芳樹，穆若清風。"右軍少常師之。充得母教，亦工書，有詩名。式字景則，官侍中，充從弟，隸草入神，甚推其叔母善書。右軍云："式，平南之流，亦可比庾翼。"張懷瓘《書斷》

唐

李　邕（見前）

《唐六公詠》，李邕撰，文詞高古，一代佳作也。趙明誠《金石錄》

《翰林六絕》謂："義烈英邁、正直詞辨、文章書翰也。"

北海書始變右軍行法，頓挫起伏，李陽冰謂之"書中仙手"。《書法苑》

董元宰曰："長沙嶽麓寺有李邕碑。邕，江夏人，其爲楚書碑惟此。"又曰："邕在當時，特以文名，後乃爲書所掩。邕故宅在洪山西庵之東，即今之修靜寺。李白《題江夏修靜寺詩》中，有句云"我家北海宅，作寺南江濱"，是也。

明

吳　偉_{見前,一號次翁}

偉,性贛直,有氣岸而豪放。嘗遇龐老人擊石得髓,偉飲其半,遂以畫名,山水人物蒼勁入神品。憲宗召授錦衣鎮撫,待詔仁智殿。孝宗時,授錦衣衛百戶,賜畫狀元印,賞綵緞數端。命曰:"急持出,勿使酸子知道。"嘗遊杏花村,酒渴,從老嫗索茗。明年復過之,嫗已死,援筆追寫其象,其子見之大慟,乞而藏之。又嘗酒間戲取蓮房,濡墨印紙上數處,莫測其意,忽起縱筆揮灑,作《捕蟹圖》,最神妙。生於天順己卯,卒於正德戊辰年,年五十。
《無聲詩史》《楚會存書》《夷白齋詩話》

郭正域_{見前}

《黃鶴樓》云:樓閣重重上女牆,昔人曾此醉爲鄉。煙橫巫峽千山遠,雨過瀟湘一水長。依舊空中雲散白,不聞市上鶴仍黃。從教玉笛頻吹徹,只恐神仙亦渺茫。

劉勇仁_{見前}

《輓馮漸卿》云:高名驄馬疏,奇字蠹魚耕。久謝巾衫束,惟耽杖履輕。嘗逢三伏日,君愛九峯清。入坐山同靜,無言月更明。天童曾密約,黃蘗每孤行。衣履僧能共,妻兒菜可羹。貌癯容白髮,吟細閉朱櫺。制義衡文母,蕭齋屢石兄。幾番來噂沓,取次服精英。別我經年後,闈城一旦傾。遙聞方告警,建議在嚴偵。當日嫌多事,宵人得縱橫。不逃兵火劫,見爾梓桑情。定力除顛倒,初心恐憒盈。用書知不沒,諸籍豈隨坑。燕北思遺蔭,金陵問友生。素車前有范,今輩自推丁。七月無遮會,瓜蔬水一泓。《程式如邀泛洲渚》云：擇游如擇友，深隱淡湖光。穿荻山容出，停舟柳路長。楚謳接梵唄，吳語憶河梁。稽阮君家事，非資采拾香。

朱盛溁 字月巖，楚藩宗室，有《春歸草》

盛溁，懷宗時客沔陽，寓高子度筍香堂，一時坫壇奉爲牛耳。《首夏江行》云：雨歇溪初漲，洲平鷺劇饒。閑雲終日定，清暑入江消。有樹方知岸，無風亦廢橈。東南民力盡，河伯莫頻驕。

釋蘊宏 字寬夫

蘊宏，明楚藩宗室，太祖九世孫，國變後涸跡緇流。《書歎》云：君不見江城英俊自古無，出入常多車馬簇。富貴由來非等閑，誰知天運有反覆。我昔生長在潢門，十五頂冠食天祿。一朝干戈動地來，飄零何異鳳揚竹。於今年老始束歸，故宅已作他人屋。昔年今日事何殊，欲話對人舌已縮。爾曹電勉繼先賢，盛年無使空碌碌。別有《種花謠》，亦流利芊緜，篇長不能備錄。《詩佩》

呼文如 見前　　姊擧

祖或曰姓胡[1]，萬曆間江夏營妓，歸民部邱齊雲。能畫蘭，工詩詞，善琴。《送邱生還題寓樓》云：莫向天台落日愁，桃花片片水悠悠。寒窗一閉秦簫月，惹得人呼燕子樓。《詩人小傳》

擧字文淑，號素蟾，祖姊，歸孝廉王追美。畫蘭與妹齊名，詩文書棋，無不精擅。《圖繪寶鑒》

【校記】

〔1〕"祖或曰姓胡"及此後兩段，乃增訂本所增"呼文如"條内容，今别出並復

加條目。此兩段原在於"李充"條前。增訂本在增補時,一般先增訂卷末內容,再重新按照歷史順序補充。即如本卷,先補"呼文如"條,再增補晉代以來資料。今爲顯示時間順序,將"呼文如"條新增內容,重加條目後,置於卷末。此後同類資料均將如此處理。

湖北詩徵傳略卷二

江　夏

國朝

程　封 字伯建，號石門，國初拔貢，官雲南經歷，有《山雨堂集》

封幼自新安徙居江夏。性喜唫詠，遊歷山川幾遍。吳梅村、王阮亭、杜于皇諸先輩每樂與之游，集中多酬倡之作，阮亭嘗録其詩入《感舊録》。邑志《漁洋集》中《贈程伯建入覲畢返滇南詩》有"往來衡嶽三秋雁，迢遞昆明萬里雲。豈少通侯推祭酒，依然蠻府作參軍"之句，想見有才不遇而深惜之也。其五律高超，尤工發端，如《旦行》云：畏起頻驚曙，荒雞太不情。《病馬》云：平時忘汝力，因病始驚心。《秋夜》云：不信家仍在，兵戈滿大荒。《瓶隱齋筆記》

伯建詩工力深厚，氣清調響，一洗前明叫囂之習。瓌奇瑋麗，淵然盛世元音。張我楚軍，爲開山巨手。宗風迄今不墜者，實與有力焉。《涿州蚤起》云：城上鼕鼕譙鼓打，主人張燈照廚下。出地明星一丈高，僕人飽喂槽邊馬。膠膠角角唱雞鳴，欲睡不睡天不明。殘風蕭蕭殘月黑，牽馬出門分曙色。《王嬙》云：去國君恩絶，含愁馬上歌。渡關憐漢月，掩鏡泣銅駝。畫裏黄金少，墳邊青草多。和戎誠薄命，不嫁老宫娥。《鸚鵡洲吊禰處士》云：不死曹公手，其名自可傳。半黄洲上日，亂緑草邊天。獨我全無涕，兹人豈受憐。何須怨殺者，狂子或歸仙。《葦》云：遮斷青山色，寒生客子裾。晴天常帶雨，夜月好攤書。水近黿鼉入，林深鳥雀居。蘆中人語亂，疑是隔江漁。《露筋祠》云：何人更苦節，征騎費徘徊。粉黛能如此，鬚眉安在哉。野藤侵輦路，江雨濕碑苔。蚊蚋皆知己，偷生媿不才。《遊金山寺》云：遠近湖聲夾岸流，孤峯插入海天浮。當空鳥出雲邊樹，傍晚僧回驛口舟。鐘響帶煙青未了，月痕浸水綠微收。眼前興廢聊杯酒，不改長江與石頭。《登晴川閣》云：帆影高低過石頭，看雲合上幾層樓。空江易作三春雨，古岸微同六代秋。大別山於窗牖入，武昌城向畫圖收。登臨不用傷懷抱，磯下何人著釣鉤。《詠史》云：夷齊骨已枯，首陽山不改。雖復生蕨薇，歲久無人採。

楊兆傑_{字又仁，順治舉人，官主事，有《日南紀事》、詩文集}

兆傑官駕部，值安南王黎維禧逐都統莫元清，廷議推兆傑偕侍讀李仙根往諭。比至，引律典切責，維禧出郭拜伏。還報，權淮關，未幾，卒。兆傑孝友天生，後母異弟無閒言。而還有夫之賸，歸何閎中、曹應昌兩櫬於萬里之外，急義若渴，尤難枚舉。詩純以神行，如《煙水亭》後四句云：綠草填低岸，白雲補破村。吾徒能自寓，隨處有崑崙。《瓶隱齋筆記》

潘永祚_{字太丘，順治拔貢，有《恕庵集》}　弟國祚、衍祚

永祚本上虞人，初奉母及幼弟四人避亂黔中，貧無以爲生，賴弟國祚賣字給朝夕。嗣永祚以拔貢除官雲南，知吳藩將變，乞養歸。僑寓鄂城，卜居高觀山麓，遂爲江夏著姓。兄弟詩文擅一時，至今子孫猶世守一經焉。

江夏潘太丘，詩人之奇者，尤長於歌行。《猛虎》、《黠鼠》、《青苗》、《巫醮》、《捉匠》、《馱夫》、《曉角》諸篇，弩蹶機張，發刺紙上。作者之鬚眉欲動，而讀者之笑哭橫生。顧黃公《白茅堂文》

《經岳陽戰場》云：繫艇巴陵日已斜，洞庭秋色老蒼葭。城經百戰增新壘，路轉千村少舊家。曠野碧燐吹凍火，中宵白骨語寒沙。精魂枉入春閨夢，酹酒誰來水一涯。《婕妤怨》云：一自居長信，宵宵近廣寒。昭陽雖有

月，不得盡情看。

國祚字燕丘，號東柳，有《燕丘集》。兄太丘、仲丘、介丘、再丘皆有詩名，太丘賣藥漢口市。燕丘詩爲顧黃公、張南村選定，未梓，今已散佚。《懷伯兄》云：漢陰賣藥處，蹤跡似韓康。此日宜高隱，何人識老狂。詩篇傳帝里，政績惠遐荒。稀古年將近，酬歌興更長。《次石城公過漢上訪家伯兄賣藥處》云：疏林茅屋壓嚴霜，忽枉高軒喜欲狂。自笑芙蓉彫故劍，空憐竹葉過鄰牆。千金肘後貧依舊，十畝城邊日就荒。肯賦閒居消歲月，餐霞物外事桃康。注：道書，丹田下神名桃康。《漢口叢談》

燕丘兄弟五丈夫，皆以文名。太丘、燕丘詩尤工，予得二子藏本盡讀之。太丘奇兵不擊刁斗，或鉦進而鼓退。燕丘喜整，旂旗秩如。太丘廛諺野謠，收爲我用。燕丘高曾太白，佐以晚唐。門庭之內，塤倡箎和，叶同氣之懽；分路揚鑣，極競爽之雅。《白茅堂文集》

《短歌》云：飢欲食，寒欲衣，飢寒並至無光輝。寒至猶可，飢來驅我。驅我向斜陽，難上主人堂。丈夫有志，何慚犢鼻。彼自王孫，我自滌器。《襄江道中》云：畫舸搖搖逐曉寒，江雲飛盡亂峯攢。垂楊故作千行綠，楓樹誰知一夜丹。萬古風騷存澤國，五湖煙景問漁竿。好山過去休迴首，留取歸時對面看。《歲暮》云：書劍猶爲客，窮愁只泥人。《晚泊》云：煙火孤城閉，魚蝦晚市腥。《黃鶴樓》云：誰能畫壁招黃鶴，我欲乘風問白雲。皆絕空依傍、戛戛獨造之作。

衍祚字再丘。予既論太丘、燕丘詩，而再丘之詩最後見。句鑒字琢似燕丘，每下硬語則亦太丘之風骨也。尊人允隆先生宰崇義，勤事而死。太君挾五子避亂於楚，無以爲生，太丘設筆墨廣市賣字。時再丘方角卯也，太丘教以詩書。太丘嘗爲廣文、鹽井提舉，棄去。仲丘、介丘、再丘、燕丘皆知名士，仲丘、介丘之詩，吾尚未見。而三丘詩如予所稱，不誣也。《白茅堂文集》

沈　韻　字四聲，諸生

韻少孤，甫冠補弟子員，淡於進取。左轄南徐王公冀，偶閱韻《西湖詩》，雅好之，延至幕中。楚城陷，韻母弟家屬次第淪没。乃隨王公遨遊吳越，釣臺、虎丘、五湖、匡廬之勝，皆窮搜之，久乃歸楚。營葬母氏畢，即廢棄諸生業，隱梁湖之孤山，偕妻鉏圃賣藥自給。嘗採蔬於蕪，有土人奮臂相加[1]，笑謝之。樵於山，初不習運斤，傷左肘，卧數日不起，村人皆笑之。久咸敬愛，呼爲"沈秀才"。間持雞相造，請論古和歌。晝則分羹爲餐，夜則借村人之箕薄以蔽風露。因自號蓑菴處士，足不履市者二十年。工書畫，尤善詩，多散佚。邑人王一寧收其遺稿付梓。《瓶隱齋筆記》

劉宗賢 字次頤，雍正進士，官知縣

《九日偕崔拙圃李蒼巖登黄鶴樓》云：勝地秋光滿，良辰雅饌開。仙風瑩橘柚，江氣麗樓臺。花氣新醅動，松盤老鶴廻。達生多妙理，何用避桓災。尚清麗可誦。

周之麟 字紫芝，康熙進士

《與王肅公話別》云：江漢津頭訂歲寒，我方縫掖爾爲官。頻年頗怪音書杳，握手纔知宦轍難。萬里悲秋遊子意，一樽捧腹故人懽。朝來又泛煙波去，廻首吳山未忍看。性來情往，見前輩交道真摯處。

彭旋齡 字天來

《秦淮柬魯峯》云：何處尋羈思，河亭春水生。柳垂三月雨，鶯送六朝聲。無句憐桃葉，廻船過冶城。竹枝歌未罷，今古一關情。殊雅潔可誦。

胡　潤 字河九，一字京蒙，號艮園，康熙進士，官至春坊庶子

潤學問優長，以李光地薦，督學江南，多得知名之士。有《孝孫哀》樂

府,詩序云:"張蓬若侍御奏毀魏忠賢祠塚,塚碑列名數百,稱孝孫某某,皆一時貴近,因賦之。"題甚新奇,而詩不稱。潤頗著詩名,必別有過人之句,行當訪而錄之。

吳 嶽_{字符五,康熙舉人}

《訪二十四橋》云:當年小杜揚州夢,十里春風已寂寥。好句難忘明月夜,幽懷偏憶玉人簫。鶯花天遣成南國,歌舞人徒怨六朝。二十四橋何處是,竹西燈火亂漁樵。哀感頑艷,俯仰情深,雖吳兒心如木石,能不輒喚奈何!

胡作舟_{康熙舉人}

《頭陀寺中過夏》云:清風禪院滌塵襟,盡日匡牀偃息深。蠧豈知書偏愛字,蟬非有韻卻高唫。與僧久住形常懶,待客忽來快不禁。為語鍾情先洗耳,好將山水入鳴琴。不事雕繢,自是詩人吐屬。

葉方藹_{字青巖,官貴州通判,有《挹翠山房詩集》} 子存仁

青巖天姿聰穎,詩有家法。《寄懷潘燕村》云:冬晴常早起,不語繞疏籬。香夢閒能憶,高人老更奇。三杯隨草聖,五字是吾師。古嶺梅花發,無由寄一枝。存仁,字心一,號墨村,由貲郎仕至河道總督。性孝友,淡泊不苟取。有《贈人》句云:"月白風清夜半時,扁舟相送故遲遲。感君情重還君贈,不畏人知畏己知。"其自守如此。《瓶隱齋筆記》

胡鳴梟_{字雲耆,康熙進士,官知州}

鳴梟,父德園,潛心理學,為楚名儒。鳴梟受庭訓得成進士,官山東,有

能聲，以事罷。于清端公時爲巡撫，特疏復之。一時有循吏之稱。有《招鶴謠》爲鄉人傳誦，前路尚覺平平，入後云："吁嗟黃鶴胡不歸，黃鶴之樓復崔巍。下有浩渺不斷之江水，上有嶙峋涌月之高臺。鸚鵡迷離，鳳凰徘徊。吁嗟黃鶴，胡不歸來？"數語頗有兔起鶻落之勢。

王守正 字繩齋，官訓導

守正，以《黃鶴樓玩月歌》稱於時。全首似不相稱，唯結尾四句云：倚欄惟有清風生，當年長笛吹已歇。興酣搖筆飲且歌，凌虛一嘯神仙窟。是神來之筆。

姚發祥 字駿開，諸生

發祥詩不多見，《楚詩紀》錄五律《廢苑》，云：凋謝因人代，荒臺自古今。鳥歌仍度曲，松舞似長唫。蕙帶埋芳草，銀箏散遠林。六朝佳麗地，感此一追尋。俯仰今昔，不無華屋山丘之感。

任之奎 字次璧

之奎十歲擅文譽，壬戌廷試歸，小圃短徑，誅茅構宇作斗室。偃仰其中，自比安樂窩。吳升東侍御贈句云："文章垂老功偏篤，出處安貧道更堅。"蓋實錄也。

崔應階 字吉升，號拙圃，以父相國武功蔭，由通判官浙閩總督，進太保、刑部尚書，有《拙圃詩草》、《研露樓琴譜》

應階以任子受純廟特達之知，巡撫山東。值翠華南狩經其境，見河決後地靜民安，御製五律褒之。官安徽按察時，隨制府尹公讞羅田馬朝柱逆案。有《和尹公七律》盛傳於時,云:去國年華十七週,喜隨旄節到黃州。治安賴有明公在,老大渾忘伴食羞。赤壁夜涼江月細,青山家近旅人愁。筆花春草多生意,唫罷清風滿竹樓。

崔尚書應階督浙閩,自稱研露老人。《書扇贈歌者櫻桃》云:柳嚲花嬌已斷魂,春風空自與溫存。歌筵一曲當年事,猶識金環舊指痕。　拙圃雅工詞曲,少隨父廣東總戎任,善騎射。同知直隸西路,以捕劇盜,報最。擢汾州太守,歷官至中丞。客東京時,嘗作《煙花債傳奇》,盛行於時。嚴海珊題云:"蘸將紅粉飄零淚,彈出烏絲絕妙詞。"《隨園詩話》

拙圃詩巧心密搆,未易辭殫,亦未易盡錄,摘其五七字之佳者以備一臠之嘗。五言如:吾道敦金石,人情薄菜羹。平蕪煙雨淨,歸路月明多。風情多在柳,春恨半隨花。山開摩詰畫,酒散步兵愁。已無錢買鶴,幸有地栽花。疏樹啼寒鳥,流泉響夜琴。不愧門如水,惟愁雪滿梳。門掩孤峯靜,窗臨夕照多。閒情無奈雨,短鬢不經秋。疏雨點衣潤,寒山入望多。半榻松陰寂,一溪秋水寒。淡懷秋水冷,禪意暮煙沈。清聲來深夜,寒砧動晚秋。山月留寒色,松風吹古音。庾樓一片月,邊塞幾人愁。自憐孤影瘦,誰惜落花深。流水淡人意,松風生靜香。一榻梅花下,半窗明月虛。綠柳含煙淺,青山帶雪多。七言如:霜凌古戍砧聲急,月映寒沙雁影多。秋火淨流湘月迥,白雲寒抱楚山孤。乾坤易老天涯客,江漢空懷水上鷗。放眼青山寒對月,依人紅葉急催秋。伊祈雲散青峯出[2],堯母陵荒白草深。漫嗟人世難青眼,祇恐天涯易白頭。山色插雲寒帶雨,溪聲漱石夏疑秋。秋水碧流黃葉去,晚山青帶白雲開。霜澄瀑水寒波靜,雲斂燕山晚翠多。蒼松淨拂千峯月,碧澗寒生一榻風。塵思欲消蓮舍寂,疏鐘閒度石樓空。白雁秋深橫檻過,遠帆煙淨趁風開。萬里西風人北去,五更殘月雁南飛。雁字霜橫秋塞影,竹聲風碎夜窗枝。一江風雨誰同釣,二畝湖田獨荷鋤。滿目雲煙憐去雁,一天風雨阻歸舟。鳥不避人留好韻,花雖無語解知心。孤雲見性原無滯,明月澄心不染埃。梵語靜從青漢落,鐘聲遙度白雲來。窗開煙翠侵衣冷,門掩嵐光帶雪多。又"美人春恨落花多"七字,皆一字一如來,所當名花供養者也。五律如《秋齋感懷》云:寒空望不極,獨倚晚窗前。白雁橫秋色，青山起暮煙。草深思夢澤，水闊憶晴川。遥想衡門下，棲遲榻久懸。《秋日寄懷黃甥程雲》云：落日亭西望，秋風木葉疎。斯人在江漢，誰與共山居。菽水堪供母，書田勉荷鋤。爲余問白髮，清健近何如。七律如《登長沙城樓》云：獨上高樓首重囘，大江東下洞庭開。蒹葭霜冷鴻飛疾，砧杵聲寒客思哀。世事已隨流水去，雲山欲待故人來。頻年寥落無知己，空使含愁對酒杯。《雨窗秋興》云：寂寞情懷强共歡，滿庭煙雨撲朱闌。薊門鼓角愁中聽，故國雲山夢裏看。雁字那堪南去久，風霜祇覺北來寒。五湖秋淨如歸去，好買扁舟理釣竿。皆字字清脆，非徒貌似中郎者比也。七絶風神獨絶，如《題畫》云：古木蒼藤日欲曛，何人一棹破波紋。停橈不語囘頭處，幾點寒鴉入暮雲。《題扇頭荷花》云：淨質亭亭出水生，纖塵不染碧波輕。扁舟曾憶西湖上，人與荷花一樣清。《初春旅次白溝河》云：繡鞍愁壓馬行疲，春在天涯到覺遲。柳眼未青桃未笑，拂牆空寫斷腸詩。《惜别》云：半晴天氣是殘春，靜拂湘簾乳燕新。莫把雙眸頻悵望，綠楊遮斷倚樓人。十年歸夢繞江湖，未得持竿事已殊。眼底故人今散盡，蘆溝明月一輪孤。囘首雲山别路賒，孤踪仍復寄天涯。愁心落落誰堪訴，夜雨籬邊獨種花。一往情深，不媿才人吐屬。

張世謙 字山一，明經

《洞庭阻風》云：朦朧煙雨洞庭湖，一藐江東大小孤。雲氣亂流山自遠，封姨作惡客多虞。全空秋樹悲荒落，高掠冥鴻聽有無。已近長沙清絶地，不須重憶輞川圖。氣格清脆，不落恒蹊。

陳嘉説

《金山寺》云：突兀中流擁素秋，招提隱約暮雲收。南連淮水三江盡，北接湘波萬派流。塔影隨潮疑海市，櫓聲摇月出瓜州。茫茫煙雨情何限，擊楫空明惹客愁。是學中晚而能登其堂奧者。

白鼎胤[3] 字銘石,康熙舉人

鼎胤少年即以詩名,而不多見。《楚詩紀》錄其《望衡嶽》二首[4],云:七十有二峰,峯名不可辨。安知最著名,不在此當面。雨餘初夏氣,未減暮春時。放眼看山色,峯高雲更奇。尚有脫手彈丸之妙。

黃與堅 字庭表,康熙進士,己未試鴻博,賜編修

與堅試鴻博,列高等,才名震耀海內。後寄籍太倉,無從獲讀全稿。《楚詩紀》載五律數首,是從韋孟入手者。《寒食泊揚州》云:故壘辭新燕,輕舟背落花。《夜泊》云:鴈向寒沙落,山連野燒明。《堤行》云:戍旗殘郭外,賽火廢祠中。《送友歸吳門》云:關河應苦別,魑魅不憐才。《道中雜詠》云:昏沙黃裹日,岸柳綠搖風。

杜國柱 字石安,諸生

《子夜歌》云:悶倚闌干待,盼歡不見來。伸手剝蕉葉,蕉心剝不開。頗饒古意。

祝希賢 字高山,號楓溪老漁

希賢品誼高潔,工詩善畫。《寒月》云:冬月如逸士,高寒絕四鄰。角弓開勁氣,冰鑒拭無塵。鶴冷三更月,桐孤百尺身。笛聲吹未落,流轉楚江濱。句中"冰鑒無塵"四字,可盡此詩之妙。《題襟集》

王一寧 字元士,官訓導,有《太乙山房詩文集》

一寧才豐學贍,篤志力行,究心圖書之旨。司訓蘄州,集諸生講求實

踐。主勺庭講席,遵白鹿洞約,刊朱子《性理唫》,令學者日三復之,張石虹、金會公皆甚推服。所選《楚風兩朝詩》、《楚國人文寶善集》,東南靡然從之,稱去取之當焉。邑志

吳元俊 字千之,號鹿泉,乾隆副舉人,官教諭,有《香浮堂集》、《鹿泉集》

元俊篤內行,宅憂六載,泣血廬墓,一遵古禮。邃於掌故,著書十餘種,闡發經義,多先儒所未及。

劉崇文 字素先,官訓導

《苦雨》云:萬葉西風驚客夢,一江煙雨鎖愁心。句法清麗,亦復深穩。

段 燦 字以融,官訓導,有《陶谷詩文集》

陶谷讀書論古有卓識。家居金口,引淵明《夜行塗口詩》,金口即為塗口辨之,因以陶谷為號。

危映奎 字魯野,號嘯竹,乾隆進士

《客中酬友》云:落落悲秋客,茫茫對草亭。關河餘曉夢,天地總浮萍。雨意今兼舊,羈懷醉雜醒。蕭騷頭欲白,傾倒眼都青。旅況同千里,生涯共一經。冥搜窮曠奧,興會渺滄溟。腹內無鱗甲,胸中有渭涇。迂疏多任戇,坦率或忘形。美竹東南秀,幽蘭日夕馨。時投井檻轄,數泛山陰舲。應接俱名勝,觀摩切典型。積晨思悄悄,相晤意惺惺。過處履常滿,頻來戶不扃。道存歸目擊,氣愜入心聽。即事酬詩句,清言見性靈。丰神仙縹緲,音韻玉瓏玲。矯矯凌雲鶴,朗朗射月屏。豈容淹冷署,自足答明庭。處世非膠柱,乘時看建瓴。試觀天下士,冉冉上青冥。長排不難於工麗,而難於氣

機流動。此作所謂排比聲韻,律切精深,兼有其長者也。

陳正烈 字西峯,乾隆舉人,明通進士,官知府,有《韭菘吟》

正烈嗜學苦吟,擢守平陽,即乞歸,優游林下十餘年。猶子芝楣宮保,爲刊其《韭菘唫》。佳句如《山寺》云:雪肥山骨隱,樹瘦鳥聲寒。《送張白蒓》云:崴華江漢水,身世海天雲。《贈友》云:心思同雲密,親朋落葉疎。《誕日》云:葵心空向日,竹杖自挑雲。法帖求真本,名琴識斷文。水花知鷺浴,林葉愛蟲書。《論詩》云:罕存真面目,空襲舊衣冠。學杜空存肉,摹顔未著筋。《黄河岸上》云:日烘半嶺分寒暖,月界中流異晦明。《秋興》云:乘除雁過長天影,去住桐飄一葉心。《江行》云:露橈帆轉漁燈亂,煙樹人過鳥夢殘。吟殘輒道子姑去,釀熟不嫌鄰再來。《漢口晚渡》云:宗關日腳紅連樹,橋口煙容綠滿窗。皆可誦。兄正勛,字書竹,由進士官同知,有廉明之稱,亦工詩,惜未見。

秦文樸 字訥夫,布衣,有《堂圃詩鈔》

文樸家城東北隅,不求聞達而隱於詩。嘗游江南,訪杜茶村墓而夢與之言。精誠相通,古人可接,理固有之也,王菊門記其事於《變雅堂集》。余曾訪其故居,子孫以種花爲業,環堵蕭然,庭戶整潔,猶可想見隱君子之餘風。問其著作,則亂後散佚,惟遺詩一帙。樸而不雕,質而不里,栗里宗派,猶在人間。佳句如:斷雲收雨腳,空谷瀉秋聲。小橋村店酒,涼雨荳棚詩。境適心逾適,神清夢亦清。肯將非分想,無故累閒情。破屋梅花瘦,陰崖鶴夢清。雨晴鳩喚婦,秋老雁來賓。市廛情自遠,山水興方滋。野饌莫嫌寒士味,閑情共酌草堂燈。貧偏好客君猶爾,拙不干人我亦能。皆自抒胸臆,以真率見長,是謂善學劍南者。它如《對菊》云:疎雨浥寒英,清韻淡而潔。兼之窗几淨,相對兩幽絶。契我歲寒香,要我歲寒節。脉脉感心期,心期沁霜雪。《自笑》云:自笑一身雅俗兼,買山却用賣書錢。書中不得千鍾粟,收買荒山作命田。荒山作田常苦旱,老夫抱甕妻長嘆。因貧求富竟如斯,恐君誤讀《貨殖傳》。《飲興》云:今日看花不出門,呼童酤我過江村。典衣尚剩錢三百,親手新栽菊一盆。肯負秋光虛白晝,更防風雨坐黃昏。詰朝況有茱萸會,酒令詩牌要細溫。《秋柳》云:黯淡臨風意,瀟疎畫裏看。板橋流水外,煙雨夕陽殘。老幹卧空塘,薄暮漁歸釣。倒影帶棲鴉,搖落浸寒照。《促織》云:斷續鳴何苦,依人漸逼床。一身不暇暖,猶自爲人忙。《湖上》云:載酒尋秋浦外歸,夕陽深處荻花肥。平湖十里人煙少,白鳥一雙自在飛。

傅以成_{號星帆,嘉慶舉人,官教諭,有《太璞生集》}

以成詩古文詞,才名藉甚。與熊兩溟學博,齊主壇坫。過江漢者,以得一接風采爲榮。詩源騷雅,近體亦力爭唐賢。其"金陵前後詠古"七律,模山範水,前無古人。聊登數偶,以概其餘:儘教狎客親江孔,不省將軍到賀韓。百里風煙連北固,六朝割據又南唐。已知瓊樹銷歌舞,又見春燈恣冶游。沉麗愜適,大似王屋山人。

明　通_{字梅江}

《喜友過訪》云:握手驚相問,棲遲何處山。昔聞游白下,今喜住黃安。衣袖雲全染,鬢眉雪半殘。石羊湖上月,別後當君看。《荆湖知舊集》

明　保_{字子徵,號竹磵,貢生,有《竹磵初稿》}

保嗜學礪行,工詩善琴。客游,多文酒之會。敦槃牛耳,必以相屬,一時聲名藉甚。當塗羔雁爭投,而狷介自守,布衣芒屩,泊如也。子兆麒,字紫卿,工書。

《竹磵集》,古體撫韓規蘇,皆深入堂奧,非徒求之皮相者。近體尤多弦外之音。《夢中作》云：雪衣公子解相思，月影參橫怨別離。鶯脰虎丘歸未得，有人惆悵舊題詩。《大觀亭拜余忠宣公墓》云：輪囷大樹勢參天，廟貌陰森俎豆虔。消受一江風雪好，鷺鷥飛破夕陽煙。

王德新 字又新，號菊門，嘉慶舉人，官訓導，有《葆醇堂集》

德新少孤貧，力學，所遇多名師，以善病幾廢學。貢成均，時大司成為汪文端公，人才輻輳轂下，與莫公晉、劉公嗣綰有三鳳之目。邑志

菊門舉孝廉時，年已六十餘。丁亥春，予客周芸皋觀察署中，始及見之。鶴髮蒼顏，粹然儒者。有《葆醇堂詩稿》。佳句如：靈草兼雲採，春畦趁雨鋤。竹村臨水閉，溪鳥帶霜飛。初日南湖水，秋風白藕花。文章得力帆風利，富貴如花鼓雨催。曲肱引睡常侵晝，病眼妨書漸廢宵。打頭屋似舟低可，繫肘金如斗大難。皆近宋人風格。《臥園詩話》

韓 準 字二鶴

江夏韓二鶴、吾邑沈丹穀皆工唫詠[5]，而偃蹇不遇。一種耿介傲岸之氣，兩人正復相同。韓書畫有逸致，尤善寫真。為余作《深柳讀書圖》，題云：東風澹澹柳依依，深屋橫經掩翠微。拋卷忽隨鶯喚起，不知新綠已沾衣。它如：饒我世情休厭拙，感人風物不須多。天涯一鷺立芳草，帆際亂鴉飛夕陽。醉語怕驚鄰舫客，幽篁偏愛出牆枝。皆佳句也。《石樓詩話》

甲子春，二鶴山人再遊襄陽，歸以行草相示。警拔雄麗又進於前，知得助江山者不淺。記其數聯云：鷗侶盟堪尋隔歲，人間別最不宜秋。煙昏澤口欲沉紫，山斷荊門無可青。貧疑傲骨因詩瘦，壯愧塵顏藉酒紅。嘗以素箋為余寫《鹿門山圖》，筆墨亦不減於詩。《格齋詩話》

張 本

"生不並時憐我晚，死無它恨惜公遲。"查編修慎行《過拂水山莊作》

也[6]。近湖北張明經本有《題袁大令〈小倉山房集〉後》云："奄有衆長緣筆妙,未臻高格恨才多。"同一用意而各極其妙。《北江詩話》

潘　茂 字志華

茂丰儀韶秀,志大才高。以俊秀入都,屢困秋闈,竟鬱鬱抱病死。有《北固秋望詩》云:風高海遠雁啼聲,天末樓臺上晚晴。山合金焦三割據,江分吳楚兩縱橫。孤城立馬寒雲闊,絕浦收帆落日平。欲作江南秋望賦,少年誰是庾蘭成。秣陵煙樹廣陵花,入眼興亡逐海霞。故國臙脂空有井,中州鴻雁已無家。草深夾岸沉簫管,柳盡橫溝葬綺紗。南北莫言天塹險,長江一水洗繁華。秋色千家帶郭昏,英雄已矣霸圖存。赭衣舊厭秦皇氣,黃鶴空招宋玉魂。夜冷一燈懸佛閣,月明雙斾閃軍門。年來海國樓船靜,尚有如山鐵騎屯。潮落空沙起雪鷗,臨江橫笛唱瓜州。芙蓉紅怨佳人暮,楓葉心傷帝子秋。南渡煙波深臥病,西風天地老離愁。關河萬里寒霜露,人在蕭蕭木末樓。《花箋錄》

沈煥翔 字藻卿,道光舉人

《沔州院試束查哲生》云:鎖院清陰月上遲,老蘇分詠煮茶詩。人生暇日休教負,天外停雲屢繫思。無限秋心驚宋玉,自來友誼重袁絲。憐渠一樣翀霄翮,偏向風前惜羽儀。此詩情景兼賅,如初揭《蘭亭》。

彭崧毓 字漁帆,道光進士,官知府,有《求是齋詩文集》

崧毓敏慧性生,岸然自異,垂髫即有成人之度。先世本溧陽人,贈公以治法家言客江夏。初出應試,已陟復黜,明年始獲雋。家貧,館食南北,越十年,方成進士。領郡滇南,有能聲。歸田十餘載,仍讀書不輟。和光同塵,人樂與之游,尤喜獎勵後進。余因王丈子壽得見公,謬荷傳人之許。羊鶴氅毿毿,吁滋愧矣。公詩古文詞,各體皆精,而益邃於詩。子壽丈稱其七古,"才情愈縱肆,步驟愈謹嚴,爲變境中老境"。他體因物賦形,變化從心。謂之詩豪,洵非阿好。今秋,公聞余《詩徵》將竣事,笑謂曰:"子獨不能留餘紙以相待耶?"未兩月,果歸道山。哲人其萎,吾將安從?公功德文章,已足不朽。余敬錄三十餘首入選者[7],亦聊以踐息壤之約云。

公佳句如:雲陰銜日黯山氣,接天黃林稍日出。旌旗見谷口,風寒鼓角催。千峯曉色侵螺髻,百道寒流逐馬蹄。池少種蓮因讓水,亭多受月不遮風。《林聽孫歸自塞外》云:海外盡知蘇叔黨,洛中爭拜范純仁。《答王冬壽》云:江湖量闊忘魚鳥,郊藪形求擬鳳麟。《龍潭修禊》云:櫻筍正誇唐月令,蘭亭閑憶晉風流。《上督師張中丞》云:使節東來猶有待,聖人南顧已無憂。蜀中名士多諸葛,天下英雄獨使君。共推漢代二千石,若有秦廷一个臣。所謂變化從心,悉空依傍者也。又《筆銘》云:將軍亦畏毛錐子,生人殺人唯所使,刀劍雖銛不如此。此老胸中,真有甲兵十萬。

配施恭人德瑜,先公卒,有《寫韻樓詩》,中多佳句。如《柳岸》云:輕煙籠畫舫,弱影弄晴暉。《白蓮花》云:露洗芳姿淨,風揚翠袖偏。《菊籬》云:文章最愛天然好,富貴休同隱者誇。《菊舟》云:香生篷底時招蝶,影蘸波心誤賺魚。《懷姊》云:干戈滿地關山隔,風雨它鄉感舊疏。秀麗芊綿,不同凡響。恭人賢而有才,料事多奇中。公守永昌,頗資內助之力,故《悼亡詩》有"閨房相得如良友,巾幗從無此丈夫"之句。

彭瑞毓 字子嘉,咸豐進士,官山西學政,有《賜龍堂集》

瑞毓邃於詩學,才華既高,唫詠亦富,刊行者猶未及半。子壽比部序稱"髫齡已負英譽,詞章俊麗,以異才目之"。又謂"窺韓闖蘇,才不爲遇所掩"。洵篤論也。

子嘉七古排奡,《題黃太史沅江拾硯圖》後半云:天與此硯豈無意,要使承百歲懂任千秋責。雲亦不散波亦不竭,雲氣波光常奕奕。君不見人海紛紛名利客,長違定省遠行役。珊瑚木難載滿船,不及江頭一片石。離奇詭譎,真絶作也。它如:石亂湍逾急,山高月轉低。花氣迎秋爽,鐘聲動晚潮。竹動風生牖,雲開月入池。河漢低當戶,星辰遠掛城。鶯嶺曉開千丈霧,龍堂潮定五更風。十上有書仍季子,三年無刺到公卿。江山一戰開平力,詩酒千秋太白情。詩家史筆今工部,孝子忠臣古鄭侯[8]。名士每爲天下娠,先生原是古之儒。白魚紫蟹一樽酒,紅樹青山萬首詩。神仙入世心原淡,富貴登場鬢已絲。流水初無奔壑意,白雲只有近天心。皆自出機杼,不落窠臼。《言志詩輯》

汪以鋐 字仲閎,諸生,有《鏡秋閣詩稿》

以鋐家不中資而任俠好客,力學嗜古,藏書滿屋,不甚攻制舉業。雅工詩古文詞,爲婁江姚徵君春木入室弟子。徵君稱其詩"如千頃之波,不可清濁"。其音節高亮,七子中雅近滄溟。余弱冠時因張君亨甫、吳君可三得交君,并交君友程君韻卿。清才絶艶,皆一時之俊。春秋佳日多盛游,琴尊雅集,好事者至摹爲圖畫。而敦槃牛耳,必以推君。一稿甫脱,不數日即已傳遍江城。兵戈叠乘,舊遊如夢。及亂定生還,君已垂垂老矣。貧病交阨,遂以溘逝。無子,茂陵遺稿,搜訪無由,輒引爲大憾。徵江夏詩不得君作,尤覺浮屠無以合尖。偶憶老友昆泉明經爲君從子,必有所藏。叩之,出遺稿一帙。喜極伏讀,雅健沈雄而多哀楚之音。蓋經亂之作,寶馬雕弓無復三河年少之舊。謹摘三十餘篇入選,當亦可以傳君矣。吁,當夫徵歌選韻,裙屐風流,意氣抑何雄也!曾歷幾時,即叢殘之稿尚在若沉若浮之間,遑問其它哉?剩余空山一叟,爲守殘抱闕之敬禮。它日吾文誰定?誦東阿之言,益不勝身後寂寞之感云。

仲閎苦詣孤心,力追老杜。有酷得其神似者,固不僅虎賁之肖中郎也。略登數首,以質當世之知君者。《冬懷》云:戈甲仍天地,朔風江上催。劍花彫白羽,袍血照紅梅。野哭邊雲濕,飢魂塞月哀。誰爲蕭相國,飛輓漢皇臺。《孤鴈》云:北風吹白雪,孤鴈叫滄洲。故國何時達,長江終古流。影盤雲入海,秋抱月登樓。莫理平沙操,燈寒客在舟。《讀孫芝房漆室唫詩序》

云：華嶽衝天起，黃河倒海來。文章如此壯，家國亦同哀。寒燭滄江夜，春花洛下杯。吾儕何所慮，已有中興才。《七律感懷》前半云：杜陵野客悲凶歲，垂老干戈況又逢。白日雲蒸驕虎豹，晴天河竭涸蛟龍。《大別山》云：江吞雲夢晴雲濕，天倒峨眉古雪浮。《感事》云：秦嶺雪消韓信壘，蠻天瘴壓伏波營。歸唐回紇誰忠信，入漢單于本舅甥。環海至今衰草盡，中原從古戰場多。渭北弟昆唐節度，淮南將帥漢嫖姚。夢斷猶餘兒女淚，春殘苦憶故鄉書。明月也知留客意，大江何不洗人愁。

佳篇美不勝錄，摘句如：橫笛吹殘柳，裁詩剪破雲。雪殘金口戍，山入漢陽城。四方且多難，當世正需才。湖上暮雲斷，江邊春水多。凍蟻停唫盞，荒雞喚曙樓。人歸除夕夜，客臥茂陵秋。盤雲夜聽巴江雨，橫笛秋吹華嶽風。烏嚦古月秋無主，鶴去空山夜未回。皆憂憂獨造之作。

趙南金 字聘侯，後易名宗鼎，道光舉人，官教諭，有《賞心齋集》

集中少全璧，佳句如：洲環字水連江白，樹逼軍山隔岸青。江漢峯巒雙翠合，沅湘煙雨一樓環。寒山有韻梅千樹，流水無聲月一樓。山河魏國空殘照，金粉吳宮付碧流。沽酒囊空猶有鶴，烹鮮刀小不須牛。皆安石碎金也。

戴毓瀛 字仙舟，諸生，有《湘花館詩草》　弟毓瑞

仙舟，余師秀嵐先生子。負笈才，下筆輒數千言，有傾峽倒海之勢。詩探源《騷》《辨》，緣情體物，清麗綿邈，其味醰醰然。秉性嚴而介，履屐之間必得其任。廣平賦梅，有大不類其為人者。師子三，長雲浦，季西山。西山年十七卒[9]，嘗登黃鶴樓，有"大江不盡涌終古，明月如斯懸太清"之句。壬子之亂，仙舟隨父襄團防。城陷，追賊巷戰。及縣儒學，賊叢集，師戟手罵，賊攢以白刃。仙舟身翳父，手斫賊，力不支，父子並遇害。雲浦聞耗，自縊死。嗚呼，烈矣。仙舟遺詩原本燹於兵亂，後貽書丁星海內翰求之，得近

體、試帖各若干首。懼久復散佚，爰付剞劂。節程之楨撰詩序

摘五律之調高氣清者，錄之以慰幽魂。如《湖堤秋興》云：漢陽佳麗地，仙李宦游場。大雅幾時作，風流多我狂。涼飆吹木葉，孤夢落瀟湘。便買扁舟去，雲山迹未荒。風流賢宰去，湖上倍傷神。柳色悲秋士，桃花吊美人。沙堤寒浸月，香夢塢疑塵。更唱江南調，西風冷白蘋。昨與樵青計，烹茶載月遊。錦帆凉曳露，紅袖暗藏鈎。鶴夢清如水，蟲聲瘦入秋。羅裳寒漸襲，燈影話重樓。孤篷一夜雨，鴻雁滿滄洲。曉色過湖去，濕雲遮岸流。微風生杜若，晴日散沙鷗。好泛橋邊棹，新涼入酒樓。《嬉春》云：幾日東風好，晴雲滿碧潭。園中聞嫁杏，花下看祈蠶。紅豆門前樹，碧桃湖上庵。三生逢小杜，何必憶江南。清詞麗句，讀之齒頰生新。

毓瑞字西山，十四歲時，《和維周春柳詩》云：村邊欲隱高樓盡，陌上全欺芳草深。却憐帶雨含煙態，不似西風殘照時。舞罷素腰如此瘦，當時青眼為誰開。離亭酒盡空攀折，春水船輕任去留。數聯洵不愧才人吐屬。

程之楨 字維周，咸豐舉人，官黃岡教諭，有《維周詩鈔》

之楨清才絕艷，凌轢宋唐。見者謂其岐嶷本自天生，殊非深知君者。君少孤貧，授經養母。又不能抉擇，生徒常至數十，咕嗶少暇。購書乏資，展轉借鈔，窮膏繼晷。已得縣令，自乞改教。遂殫精會神，一致力於詩。沉搜冥索，孤詣獨造。平生之所學，亂離之所經，無所展施，悉於韻語間發之。雖無意求工，已自足不朽矣。遺稿叢殘，余因令子景熙之請，為編訂十六卷，刊行於世。海內素心，已有同聲相應之雅，固無俟捧土之贊，借人以傳。顧余與君患難訂交，以道義切劘者垂三十年。年不數聚，聚恒暱就余，相與究經史源流，辯論往復。至更闌燈灺，猶擁被叨叨而不能已。直諒多聞，名素交，實畏友也。哀逝增感，腹痛曷勝。佳篇不能盡錄，仿唐人為《摘句圖》，復捃摭集中音節渾成、足以啟淪性靈者十中一二，以概其餘云。

維周七古長篇，詞氣充暢，波瀾橫生，當時有王鐵槍之目。集中如《葉忠節公祠》、《題戴仙舟詩後》、《鄂門災》、《題韓熙載〈夜宴圖〉》、《哭李香雪

師》等作,皆工力悉敵、闖韓窺蘇、必傳無疑者。它若《鸚鵡洲懷古》中權云:黃祖惟解殺人耳,不殺奸臣殺國士。鴟梟摩空鵰鶚死,孤負孔融一知己。我道孔融非恩祖非仇,先生不死不千秋。方寸雖見五岳起,英風請聽長江流。"我道"一折,力穿七札矣。維周事母至孝,乞作冷官者,以便於迎養也。平日曲承親歡,無微不至。髮二色,猶時作孺子嬉,時人謂有老萊風。胡文忠公僅據題壁詩,欲以孝行入告,猶淺也。集中《理髮》一詩,字字從血性流出,讀之真可以起人孝弟之心。詩云:兒身一寸髮,母身一指血。髮經母手梳,母心寸寸結。繫我孩提時,垂髫未覆肩。貪嬉髮如猬,梳櫛盼兒旋。一呼兒意嘖,再呼母情牽。此景尚如昨,忽忽駒光遷。兒身昂昂長七尺,燈前看母母髮白。《瓶隱齋隨筆》[10]

《摘句圖》

琴聲流水澹,詩思入春長。

月夜同沽樊口酒,雪堂高接大蘇鄰。

午夢淡如水,好山青過牆。

空山赤壁彈流水,舊曲銅鞮冷暮雲。

野水翹閑鷺,春花媚早鶯。

寒催彭蠡千帆迥,秋老衡陽一雁高。

紅葉尋秋寺,斜陽夢綠蕪。

蕭蕭夜雨迷興邸,滾滾風濤下鄂州。

苔荒陶侃壘,鴉集楚王宮。

計臣籌餉爭充橐,債帥無臺可避邅。

青草遠無極,碧山殊有情。

選勝怕談兵劫險,偷閑都覺宦情疏。

拂袖白雲出,彈琴山月來。

只見烏江殘項羽,那容黑闥走饒陽。《陳友諒墓》

花放客攜酒,日長人讀書。

朱衣墓冷篝狐火,粉稅春消逐鹿場。

路荒狐乞火,月黑鬼吹簫。

寥天露下叫涼雁,曲港秋深流暗螢。
深竹出螢火,虛廊聞梵聲。
南國鶯聲留客住,太行山色上鞭遲。
平湖漲新水,薄暮蕩歸橈。
過河聲斷宗留守,率土民悲祖豫州。《胡文忠公》
雲影帶清磬,月華流素琴。
祭遵相士先儒術,陸贄論兵選將才。《輓詞》
柳塘散朝靄,花塢濕春雲。
墨吏痛褫心鑄鐵,簡書力疾令如雷。
田種紅鶯粟,樹鳴山鷓鴣。
人如孤鶴三秋老,我先荷花十日生。《自壽》
浪湧湖心月,船行夜半風。
好月不隨人散去,江空恐誤鶴歸來。《亂後返鄂》
窗晴烘嫩雪,爐小逼疏鐙。
兵氣尚橫威順塔,戰帆仍下禹功磯。
青山房子國,劫火朗陵城。
天釀輕寒嬌釀面,人逢流水暗消魂。《白桃花》
人煙稀到市,花氣暗通橋。
夢醒蓬島千峯月,春化天台一嶺雲。
愁心瀉江水,客夢壓春船。
仙裳縞玉秋無跡,羅襪凌波夜有霜。《白蓮》
夜雨足秧水,山花落澗泉。
才高鸚鵡原非福,宮冷桃花劇可哀。
青山倦送客,黃葉冷催詩。
神歸楚雨連江暗,夢捲湘雲壓檻孤。《黃陵廟》
好官原孝子,貧吏得清名。
樓臺暮雨連三月,楊柳東風怨六朝。《秦淮》
一水臥寒月,數峯生遠煙。

飄零梧葉渾如夢,管領桃花不要官。《唐六如墓》
白雲留我宿,紅葉逐人來。
生占西湖乾淨土,死宜配食水仙王。《林逋墓》
幽鳥破叢綠,一僧歸夕陽。
衣上雪消溟海白,馬頭山擁岱峯青。
偷閑還筆債,多病熟醫方。
戰血猶看衣袖染,邊沙都向馬蹄生。
春雨留啥屐,閒雲養異才。
智翰周勃殲諸呂,功造唐家冠五王。《張柬之祠》
流水杳然去,落花如許深。
樊口驚濤催暮雨,臨臯黃葉下深秋。
萍梗尚無定,稻粱安可謀。
古墳風落野棠細,戰地春歸湖草斑。
飢鷹垂健翮,倦馬齧殘萁。
愁生驛館聞軍諜,春逐東風入塞笳。
白鷺能迎客,青山都在家。
湖山笑我如征雁,萍水逢人半故鄉。
野竹綠如此,山桃紅可憐。
故國銅仙埋劫火,荒山石馬臥寒碑。
夢君似香草,歸棹載荷花。
蠹魚有福留仙蛻,黃鶴無家問夕陽。
雲光黏樹白,山色壓湖青。
四世天恩金簡貴,一燈夜雨杼絲寒。《題賜書圖》
斷碣石榴塔,斜陽梅子山。
綠雲侵客扇,紅雨壓僧樓。

五律工於入手,如《落葉》云:蕭蕭掃不盡,畫作一林秋。《樊口舟次》云:日夕挂帆去,暮天生遠愁。《贈顏達人》云:強說身無累,其如客太孤。其有氣清調響不能割愛者,再錄數首。《積雨》云:空山一月雨,寂寞掩柴扉。苔色緑黏几，潮痕青上衣。偶耽陶令卧，慣忍杜陵飢。令序匆匆過，倦言春事違。《藩湖月夜》云：一櫂唱歌去，老漁宵未眠。淺沙拳白鷺，明月墮紅蓮。樹影都如水，湖光欲化煙。笛聲在空際，繚繞暮雲邊。《山中訪劉筱石》云：山行不知遠，林壑愛幽棲。入徑吠寒犬，隔花聞午雞。炊煙初上屋，秧水漸平堤。欲訪潛夫宅，巖扉西復西。七律樸茂淵雅，氣足神完，當時有謂其力摹吳祭酒者。余獨以爲骨節靈通，祭酒似猶少遜。詠古諸作無不雄整稱題，尤非識力兼到者不能辦。《滋陽湖吊賀文忠公》云：鬼瞰蘄城白日驕，漢江人肉挾奔潮。官軍帑竭黃金椅，故府魂傷碧玉簫。魚腹孤忠存蛀齒，蟒衣再拜當登朝。荷花開遍滋陽溆，酹酒西風哭斷橋。雞豆高風話故鄉，髡緇不涴老臣裝。重泉有淚酬襄愍，大筆無文媚魏璫。湖作汨羅波浪闊，家沉止水姓名香。千秋衣鉢馮雲路，好共先生殉武昌。《武昌懷古》云：俯瞰潯陽氣不羣，上遊煙水望湘君。首開要郡通三戶，誰信名山只八分。射虎蠻兒能建國，飛鴉甘壘尚成軍。滔滔巨鎮稱南紀，欲起黃童證舊聞。江漢雙開畵本幽，晴川歷歷望中收。鳳凰山冷白雲合，鸚鵡洲荒春水流。鄶母無家住樊口，周郎有壁誤黃州。空餘老子胡牀夢，殘月凄凄庾亮樓。詞客無風補楚疆，畲丁溪子話興亡。磯投黃鵠神飄忽，水踏朱衣事渺茫。雲夢煙沙收北榭，郝城芳草接南岡。最憐一片吳宮瓦，耕出西山舊繚牆。梁子東西九曲灣，依稀建業飲潺潺。鯿魚聊佐武昌酒，蝴蝶時飛江夏斑。識曲鄂君空繡被，殺人黃祖剩青山。輸它野老閒攜杖，孟筍林中日往還。留雲飛閣倚山城，棗熟曾經幾戰爭。楚殿銅駝秋有淚，辛樓黃鶴去無聲。美人簫冷悲埋玉，才子詩高喜讓名。我自憑欄聽吹笛，落梅歌罷不勝情。楚尾吳頭筦要封，端宜奇傑靖邊烽。西門楊柳思陶侃，北海干將惜李邕。地近衡雲霄聽雁，江埋銅劍氣如龍。連山終古蟠雄秀，不羨巫陽十二峯。《赤壁懷古》云：漁燈楓葉亂秋濆，橫槊高歌不復聞。一戰天分三國局，阿瞞膽落兩家軍。寒聲烏鵲空號月，斷岸滄江欲化雲。我爲小喬羨夫壻，東風吐氣到釵裙。《訪杜於皇先生故居》云：城郭蕭條露草深，天涯迢遞愴人琴。雞鳴十廟餘荒宅，鳳去何年返故岑。陶令猶爲晉徵士，虞兮獨有楚知音。自從八口流離後，赤壁江聲空古今。《書梅村集後》云：片石詩人兩字香，六朝金粉吊斜陽。新詞血灑蝦蟆艷,野火墳悲螞蟻荒。憤世孤臣歌老妓,蓋棺一語慟僧裝。掃眉能解先生意,輸與秦淮卞女郎。靈光一卷出烽煙,畢竟才人尚值錢。彭澤倘能從靖節,揚州何止傲樊川。啥魂艷奪《桃花扇》,樂府羞彈《燕子牋》。我愛董狐垂大筆,不將紅粉恕圓圓。

張　杲_{字子曙,諸生,有《曇花遺稿》}

杲幼岐嶷,溺苦於學,材贍藻速,過於諸兄。顧生性恬逸,有泥途軒冕之志,居昇平之世而輒抱無窮之戚。余因甘子崧漁、程子湘碧得交君,譚文角藝,撝謙自下。一字未安,推敲再四,必毫髮無憾而後已。喜登臨,一丘一壑,流連不已。分韻拈題,有遺世獨立之概。甫冠,遽以瘵卒。固知君生有自來,抑何不少留人間?伯兄月卿尚書,重哀其死,作令粵西時,即搜遺詩刊行之。聞余輯《詩徵》,復囑入選。余人琴之慟方切於中,即無所囑亦烏忍任其湮沒耶?

五古鎔冶《騷》《選》,神理超然,晉賢雅近鮑謝。七古藻思飆發,如駕海上六鰲,神鬼出沒,令人不可捉摸,則又逼肖太白。良由身具仙骨,本自不落凡想。復能寢饋經史,足以供其驅策。天若假之壽年,所至詎可以程里計耶?略摘近體中格高氣清者數偶,以備一臠之嘗。《山居》云:地靜得天趣,心清無妄言。《詠蕉扇》云:世情殊冷暖,此老自圓融。入手惜殘綠,廻燈遲淡紅。《漫興》云:喜談因果慵供佛,不讀《離騷》怕惹愁。《黃鶴樓》云:樓閣倚天爭得勢,江山絕頂轉難詩。《閨情》云:顛倒艷情排七巧,玎璁細響解連環。

褚文亮_{字小寅}

文亮爲雲門丈令子,詩才力俱臻絕頂,余畏友也。消夏雅集,得"荷氣撩人消薄醉,簾波蕩地穩清眠"句,同人皆爲擱筆。中年酷嗜道籙,以魔死,惜哉。遺稿爲其戚杜觀察小舫所藏,屢浼刊行,不果,又秘不示人。兹於王君硯雲《拙園詩腴》中摘録數首，以志不忘。

小寅清才絕艷，冰雪聰明。近體專以神韻取勝，樂府、古體，嶔崎磊落，又雅如其人，洵不易才也。《古意》云：妾作合歡枕，上繡雙鴛鴦。鴛鴦早成對，遊子留它鄉。《子夜夏歌》云：月照夜合花，徘徊不忍折。却爲撲流螢，驚起雙蝴蝶。《即景》云：暮煙微斂日初殘，不下湘簾耐薄寒。新月似眉人似夢，松花和影壓闌干。《別春》云：落花風裏掩柴扉，春事闌珊蝶尚飛。春色自來還自去，笑儂猶自望春歸。

閨秀[11]

張　因 字淨因，一字淑華，江都舉人，黃文賜室，有《雙桐館詩鈔》

因工畫，精天文之學。與孔經樓、劉書之、王凝香三夫人，唐古霞女史，暨余妹愛蘭，唱酬最密。《羣雅集》

《清明》云：十里紅樓醉管絃，揚州春色最堪憐。逢人怕說晨炊斷，祇道明朝是禁煙。《國朝正雅集》

葉俊傑 字柏芳，吳橋知縣孔昭誠室，有《柏芳閣詩稿》

《消夏詞》云：蘋花幽澹藕花香，壺裏光陰特地長。高臥北窗書作枕，不知人世有炎涼。《國朝正雅集》

【校記】

〔1〕土，原作"士"，據文意改。

〔2〕祈，一般作"祁"。帝堯，《帝王世紀》云："堯伊祁姓也……或從母姓伊祁氏。"今河北順平縣、定州、唐縣、望都縣、隆堯縣的方志中，都有關於帝堯活動的記載，該地區亦有伊祁山、堯母洞等遺跡。

〔3〕胤，《詩徵》原文避清雍正帝諱，"胤"或缺筆或作"允"，今統一改之，後不再說明。

〔4〕"《楚詩紀》錄其《望衡嶽》二首"句,原作"《楚詩紀》錄其《望衡嶽》第二首"。據《楚詩紀》卷九"白鼎胤"條:《從衡山走衡陽舟中望岳四首》(錄二):"七十有二峯,峯名不可辨。安知最著名,不在此當面。""山餘初夏氣,未減暮春時。放眼看山色,峯高雲更奇。"前四句韻腳和後四句不同,分屬兩首詩,《詩徵》誤解。故改之。

〔5〕沈丹穀,《詩徵》卷八"沈烜"條、卷八"程秉"條、卷二十九"熊羕"條、卷三十二"鄧承宗"條,所提及之沈丹谷,即是其人。清彭藴璨《歷代畫史彙傳》卷五十:"沈烜字丹穀,漢州人,善山水兼工詞翰。"(《劍光樓筆記》)漢州應是漢陽或漢川之誤。故"穀"、"谷",兩從之。清代另有書畫家名"沈烜"者:"沈烜,字樹棠,江蘇吳縣人,工文翰善篆隸,與人交有真意,獨其書與畫不苟爲人作。"(清震鈞《國朝書人輯略》卷九)

〔6〕此段摘自清洪亮吉《北江詩話》卷二,然洪氏誤認此詩爲《過紅豆山莊作》。《詩徵》據清查慎行《敬業堂詩集》卷十六改。

〔7〕"余敬錄二十餘首者入選"句,後文"汪以鋐"條云"謹摘錄二十餘篇入選",實際均因篇幅所限,並未摘錄。

〔8〕侯,原作"候"。李泌,唐玄宗時爲皇太子供奉官,歷仕肅宗、代宗、德宗三朝,位至宰相,封鄴侯。據改。

〔9〕西山,戴毓瑞字西山,原文此兩處作"西三",後文作"西山"。從其兄弟名字關係來看,"西山"更合適,今據後文改。清胡林翼《胡文忠公遺集》卷四十四(清同治六年刻本)載錄有其父子事跡,與此稍異。

〔10〕《瓶隱齋隨筆》,《詩徵》多次引用《瓶隱齋筆記》材料,或是此書,惜已不知作者爲誰。綜合《詩徵》卷二"程之楨"、卷七"戴喻讓"、卷八"胡兆春"、卷三十三"王柏心"諸條資料,其作者聲氣口吻竟似是丁宿章本人。

〔11〕分類欄目,原缺"閨秀"二字。根據《詩徵》體例補充。

增訂

胡　潤 見前，有《懷蘇堂集》

《羹頡行》云：邱嫂怒，邱嫂怒，怒客藏羹轑其釜。金聲僫囂婦諄語，坐客聞之去其主。君不見王孫飢來遭懸簸，彼婦之慳可出走。爲德不竟小人行，百錢刱敝淮陰手。

潘衍祚 見前

《春日過故王孫朱達夫精舍》云：超然脫俗想，獨羨爾鬚眉。貧托千家鉢，狂吟一卷詩。灌花精舍日，離黍故宮時。歲歲王孫草，傷心春正遲。《雜興》云：萬里曾看立大功，冰霜歷歷涉關東。孤懷紅燭燒殘夜，九月清砧亂曉風。塞雁淒聲連戍遠，邊牆寒氣逼天空。可知獨宿征人婦，寶馬雕弓入夢中。

國祚東柳先生爲先鄉賢公弟子，人品高潔，吐詞雅雋，惜所著不多見。頃從友人處得先生自書詩冊，讀之覺有一種清曠高邁之氣繞其筆端，亟補錄入選。冊尾附手扎一通，語尤俊逸可喜云："稱詩者，談征伐羈旅、顛頓淒涼則佳，談王侯卿相、富貴繁華則俗。繪畫者，寫柴門野店、擁褐負薪則清，寫丹楹紺殿、層酒累肉則穢。然而世人急急去其清且佳者，而求其俗且穢者，則物蓋之矣。予又見繁華之子口清虛醇樸之談、富貴之家張山臞野老之畫，則彼之不勝者亦明矣。"《岳陽遲薪禪不至》云：舟小如騎鶴，乘風到岳陽。仙人多會此，君又去何方。雲起巫山暮，風生湘水長。芳洲有杜若，采采莫相忘。《題王白石斗室》云：一室牆東小，孤吟研北宜。家貧猶好客，性拙不干時。酒態憑人怪,詩肩聳獨奇。數竿修竹裏,肉眼漫相窺。《贈徐生》云:城西半畝宅,門外日喧闐。曠士如孤月,清光只自圓。殘書聊下酒,破硯且爲田。不必東湖隱,奇懷亦可傳。《九日二客見過》云:雨過雲猶濕,山空氣早涼。徑偏來二仲,天亦愛重陽。坐擁煙巒色,人沾松菊香。東籬陶處士,千古此壺觴。《廣陵贈友》云:嗟君湖海士,蹤跡尚菰蘆。天意高難問,吾徒調本孤。名傳應在酒,計拙誤爲儒。且學成都隱,垂簾日欲晡。《人日雪柬友》云:曉起寒光白,開門何所之。梅花春圃雪,人日草堂詩。沙鳥歸飛遠,江帆欲去遲。青尊倘可共,莫負早春時。《秋夜即事》云:亂竹陰環北,羣山翠繞東。月高松頂鶴,秋響砌邊蟲。櫪馬鳴何謂,蠻童語未工。誰憐湖海客,華髮已成翁。又"聽鳥如求友,看山勝讀書"句,亦佳。

黃與堅見前,有《忍庵詩集》

與堅童年穎悟,詩一目、文二三目即記憶。年十四,慨然有志於古學,欲遍讀周秦以下書,三年讀周末諸子及六朝以上者幾盡。《今世說》

庭表詩有《光氣》、《長安》、《金陵雜感》諸篇,頓挫鉤鎖,纏綿惻愴,風情骨格在堯元、裕之之間。吳梅村謂非虛美。

《功臣山》云:鬱盤松徑掩青蒼,甃石猶看廢苑牆。鴉噪斷橋騣裏絕,草埋甃井轆轤荒。王宮滅沒餘抔土,霸業銷沉付夕陽。爭似普光遺塔在,路人指點客徬徨。又句如:可憐今夜月,重搗去年衣。地懸淮海艱消息,人歷冰霜倍老成。太學古文看石鼓,故人佳句憶金鋪。

沈　韻見前

《自梁市還家》云:爲貪秋色在湖山,漁火樵風伴往還。却笑韓康特多事,避人又去落人間。《過寒谿湖上作》云:小艇輕篙古渡西,荷香柳影上秋衣。滿天明月還予照,一派溪聲帶不歸。《遊九峯》云:峯峯游遍日初斜,錯指茅簷認作家。山上不知山下徑,出門沿路掃松花。碎葉盈階不記層,此番偶過得幽深。山留客子月留榻,冷在梅花香在僧。

王曰琪 字玉樹

《送周學翁游南嶽》云:映映天末薰風起,欲別未別看江水。落日蒼茫下遠山,遠山未盡煙光紫。男兒抵死爲青山,孤舟高繫水雲灣。攜將七十二峯翠,留作歸來枕簟間。

吳 嶽 見前,有《淳發堂詩》

《過禪智寺》云:杉檜森森紺宇幽,竹西路沓野泉流。寒生古壁龍蛇夜,雨過荒台鳥鼠秋。僧定月高松子落,客歸衣冷石花浮。新詩讀罷空惆悵,得鐵壑上人新句"時出山不悟"。何日能從惠遠游。

韓 準 見前

二鶴詩僅見於《格齋詩話》,他求未獲,方以爲憾,忽有人以其書畫便面求售。畫平遠蘊藉,俊逸可人。書法苕秀,所錄舊作《襄陽雜詠》,尤音格清蒼,在中晚之際,尤稱傑出。云:江上桃花浪接天,襄州古月幾分圓。仙人樓閣辭春渚,大將旌旗擁曙煙。客路好風楊柳外,家園新夢薜蘿邊。半肩行李堪成笑,一劍消磨又十年。銀練衝開漢水長,峴山西望意蒼茫。天涯一鷺立芳草,帆際亂鴉飛夕陽。抗志幾年忘袒褐,濯纓今日有滄浪。美人千里思何極,滿地春風杜若香。老屋喬林別故丘,曳裾遙拜武鄉侯。日邊百雉誇雄鎮,袖裏雙魚愧遠游。雲葉白收歸岫雨,酒旗青颺過江樓。鹿門敢便尋高隱,新有功名屬虎頭。吳江越海共相思,脈脈疏懷任巧遲。醉語怕驚鄰舫客,幽篁偏愛出牆枝。書生吟得江山助,仙吏名皆草木知。借問前津春幾許,鳴鳩乳燕影參差。去年猶記枕雕戈,又把新弦托素波。饒我世情休厭拙,感人風物不須多。月明笑指珠還浦,塵淨真如虎渡河。微雨宵來殊耐賞,曉晴天氣正清和。側身天地一飄蓬,寥落生涯半雪鴻。雲勢漸隨山控北,春光不住水流東。菊欄人隔鶯花老,江堡煙消鼓角雄。昨夜小舟欲飛去,蘭台重賦大王風。

邵際然號石儂,嘉慶舉人,官教諭　子希棠

《黃鶴樓》云:仙人化鶴何年去,江水東流不復廻。萬古浮雲飛白去,一山隔岸送青來。名流到此皆攜酒,長笛於今尚落梅。莫道青蓮真擱筆,好詩留與鳳凰臺。《鸚鵡洲》云:不有才人筆,誰知此處洲。古來傳勝迹,大半借名流。芳草春三月,荒煙土一抔。斯文同厄運,雞肋憶楊修。

希棠字蔭園,性坦率,多隱德,積學未遇,喜吟詠。稿燬於兵,僅從令子楚白明府處求得《和弟》七律數章,謹錄其二。云:棣華昨夜繁霜墜,一樹四枝枝兩瘁。但願廻鄉樂硯田,莫嗟退後無餘地。三間茅屋賦新詩,十幅雲藍爲大被。試問如何洽素心,同向園林尋樂事。擾攘戈鋋各一天,風雲變幻感顛連。休言到處爲安宅,但願廻鄉樂硯田。骨肉幸能吳楚聚,亂離莫問漢秦年。老來灼艾能分痛,誰爲天涯手足憐。

彭瑞毓見前

賜龍堂五古《書雲槎扇上代柬》詩,一氣流走,合韓白爲一手。七古《過高家場遇風作》,信筆疾書,氣格老橫,得拾遺率沓之法。七絕尤妙在天然本色,《秦淮》云:傍曉河房面面開,清波微皺絕纖埃。粉香花氣笙歌韻,都是天風送得來。《白杜鵑花》云:陌頭柳絮太顛狂,門外梨花枉斷腸。爭似座中有仙客,縞衣新惹九天霜。《旬甫詩話》

任　寅字亮夫,道光舉人,官教諭

《琵琶》云:鳳尾成槽,霓裳入拍。調急跳珠,聲悽裂帛。關塞草青,潯

陽日白。中有人兮，呼之欲出。《舟過嘉魚》云：一路經行處，叢蘆夾岸繁。遠天疑近水，密樹總成村。鷺下衝波影，鴉歸帶夕痕。山城南望裏，炊火漸黃昏。《遊章華寺》云：台訪章華舊迹荒，千年軼事慨滄桑。石欄尚說沉香井，金殿惟開禮佛場。六代豪華隨逝水，一堤芳草剩斜陽。清歌妙舞歸何處，莫向空王問楚王。《客裏談詩》云：僕僕風塵類梗萍，天涯聚首倍忘形。有詩曾記連床話，得解何妨剪燭聽。別久儘多奇共賞，情深還約道重經。明朝更唱陽關曲，又隔河橋酒幔青。《七夕》云：離情繾綣說從頭，萬種相思一夕勾。可奈五更留不住，舊愁未了又新愁。不堪河鼓數更籌，其奈天光曙欲流。博得畫眉臨鏡側，遠山仍鎖一雙愁。

張葆森 字竹人，諸生

竹人詩如：濤聲搖素月，沙柳臥荒煙。大魚跋浪疑人立，小艇迴帆似燕飛。懷人望天末，秋水漲河梁。皆可誦也。《旬甫詩話》

許紹沆 字蓮峯，同治舉人

《苦寒行》云：寒冰壓腕手指墮，尖風刺骨皮肉破。此時玉門百萬兵，冒風踏冰草頭臥。君不見安陽赴救上將軍，張筵高據虎皮坐。《夜聞子規》云：故國猶烽火，荒村久滯留。雨憐花事老，春入客心愁。楊柳三邊戍，風沙二月秋。清宵聞杜宇，歸夢鄂王州。佳句如：人羈愁病裏，春老亂離中。愁多偏病酒，客久漸忘貧。《春感》。愁多詩轉積，秋到病先知。身世杯中累，才名難後奇。《秋懷》。范韓事業皆同德，郭李衷懷本至誠。妙策再清荊渚水，神威早蕩洞庭煙。量包宇宙須關識，力補乾坤不計功。《上官相國》

高　華 字子庶

《過江口》云：何日英雄息戰爭，夕陽影裏向西行。江山自古餘陳迹，月夜有誰敢論兵。一炬功名雙赤壁，三分霸業兩書生。永安宮外東流水，猶帶吞吳遺恨聲。《岳廟》云：天外風雲接地陰，徹宵鼓角助悲吟。三千甲已無餘鐵，十二牌真錯鑄金。五國城埋君父恨，中原鼎固老臣心。年來大有滄桑感，不獨英雄淚滿襟。

葉俊傑_{見前}

《題王子梅〈盜詩圖〉[1]，用昌黎〈人日城南詩〉韻》云：子梅倚馬才，珠玉豪端弄。茅店風雲寒，猶呵墨池凍。忽來穿窬客，盜詩何所用。剽竊道久行，此盜或爲從。何不吐豪懷，尊酒與君共。詩人運固窮，窮亦不必送。且作曠達觀，席捲任老莕。感慨補新聲，筆鋒更豪縱。詞壇執牛耳，詩兵驅倥傯。圖成韻事傳，海國聲名重。《孫婉細夫人五十壽詩》云：吳會英才地，蘭陵毓秀奇。一門名下士，千古女宗師。自擅生花筆，人傳詠絮詞。幽嫻遵姆教，秀闥仰風儀。宜家宜室日，之子賦于歸。德曜賢能著，班姬訓誡依。咸和聯衆姒，養志事重闈。大禮尊君舅，初終願不違。《題張淡菊女史詩》云：班左承家學，詩篇見典型。燕台今攬勝，岱麓舊趨庭。花月歸囊篋，山川助性靈。細參敦厚旨，直欲繼葩經。《柳絮集》

周　照_{漢陽李以篤側室，略見《以篤傳》}

《次林文貞韻，寄王玉英》云：夫子南歸後，永夜述名媛。生小貯金屋，弱齡弄玉硯。海桑失廬畝，竹素勞釵鈿。感爾瑤華贈，時時動紈扇。芰荷綴鴛翠，天真寫素絢。詠絮謝女匹，織錦蘇娘彥。儂是小家女，畏令仙人見。注目倚鏡閣，因風寄方便。所恃一片心，的的托澄練。《聞外君䌫香子將歸》云：茶花梅蕊自紛飛，小圃身如坐翠微。不定陰晴天欲倦，何方燕雀晚知歸。王孫崴崴懷芳草，侍女朝朝倚绣帷。見說畫眉人且近，湘山如黛未應稀。

張　秀

《登荆塗漫成》云：直上層巒雲氣低，滿巖花落草萋萋。春山杜宇千聲血，疑是荆人抱璞啼。峭壁登臨覓徑痕，白雲深閉老僧門。當年執玉人何在，形勝還如禹會村。

畹　蘭

《悼會稽女子》云：驛舍題詩今尚存，斷煙荒草瑣重門。多情況有千秋月，夜夜牆頭照墨痕。碎璧沉珠最可憐，牆頭題恨墨猶鮮。妖魂欲問歸何處，不化鴛鴦化杜鵑。

【校記】

〔1〕"《題王子梅〈盜詩圖〉》"段，乃增訂本所增"葉俊傑"條內容，今剔出並復加條目。此段與"周照"、"張秀"、"畹蘭"諸條，皆是增補"閨秀"欄目，原置於"胡潤"條之前，今皆置於卷末。

湖北詩徵傳略卷三

武　昌

梁

顧　揔 邑小吏

揔性昏憒不任事，數爲縣令鞭撲，常鬱鬱懷憤。因逃墟墓之間，彷徨惆悵，不知所適。忽有二黃衣見曰："劉君頗憶疇昔周旋否？"揔曰："敝宗乃顧氏，初未曾面清顏，何有周旋之問？"二人曰："僕二人王粲、徐幹也，足下前生是劉楨。爲坤明侍中，以納賕金謫爲小吏。公今當不知矣。然公言辭歷歷，猶有記室音旨。"因出袖中五軸書示揔曰："此君集也，當諦視之。"揔試省覽，乃了然明悟，便覺藻思泉涌。世傳其《死後詩二章》尤奇。爲天監元年事。《玄怪錄》[1]

《從駕遊幽厲宮》[2]，却憶平生西園文會，因寄修文府正郎蔡伯喈》云：在漢絶綱紀，溟瀆多騰湍。煌煌魏世祖，拯溺静波瀾。天紀已垂定，邦人亦保完。大開相公府，掇拾盡幽蘭。始從衆君子，日侍賢主歡。文皇在春宮，蒸孝踰問安。監撫多餘暇，園圃恣遊觀。末臣載簪筆，翊聖從和鑾。月出行殿凉，珍木清露團。天文信輝麗，鏗鏘振琅玕。披中仰微和，顧已誠所難。弱質不自持，危脆朽萎殘。豈意十餘年，陵寢梧楸寒。今來坤明國，再顧簪蟬冠。侍遊於離宮，高躡浮雲端。却憶西園時，生死暫悲酸。君昔漢公卿，未央冠羣賢。倘若念平生，覽此同愴然。

唐

孟雲卿

雲卿，第進士，官校書郎，與杜甫、元結善。《全唐詩》謂雲卿爲平昌人。按袁郊《甘澤謠》云："陶峴開元中與樊口進士孟雲卿奏清商曲於江湖，號水仙。"是雲卿爲楚産之明證矣。《通志》

《古別離》云：明月上高臺，離人怨秋草。但見萬里天，不見萬里道。君行本迢遠，苦樂良難保。夙昔夢同衾，憂心嘗顛倒。含酸欲誰訴，輾轉傷懷抱。結髮年已遲，征行去何早。寒暄有時謝，憔悴難再好。人皆算年壽，死者何曾老。少壯無見期，水深風浩浩。《今別離》云：結髮生別離，相思復相保。如何日已久，五變中庭草。渺渺大海途，悠悠吳江島。但恐不出門，出門無遠道。遠道既行難，家貧衣裳單。嚴風吹積雪，晨起鼻何酸。人生各有志，豈不懷所安。分明天上日，生死願同歡。《傷懷贈故人》云：稍稍晨鳥翔，淅淅草上霜。人生早罹苦，壽命恐不長。二十學已成，三十名不彰。豈無同門友，貴賤易中腸。驅馬行萬里，悠悠過帝鄉。幸因絃歌末，得上君子堂。衆樂互喧奏，獨子備笙簧。座中無知音，安得神揚揚。願因高風起，上感白日光。《汴河阻風》云：清晨自梁宋，挂席之楚荆。出浦風漸惡，傍谿舟欲橫。天河噴東注，羣動皆窅冥。白霧魚龍气，黑雲牛馬形。蒼茫迷所適，安危懼暫寧。信此天地内，孰爲身命輕。丈夫苟未達，所向須存誠。前途捨舟去，東南應曉晴。《新安江上寄處士》云：深潭與淺灘，萬轉出新安。人遠禽魚静，山空水木寒。嘯起青蘋末，噲矚白雲端。即事遂幽賞，何必挂儒冠。《寒食》云：二月江南花滿枝，佗鄉寒食遠堪悲。貧居往往無煙火，不獨明朝爲子推。《全唐詩》

閨秀

武昌妓

韋瞻去武昌,賓僚盛陳祖席。瞻首書《文選》句云:"悲莫悲兮生別離,登山臨水送將歸。"以授賓徒,請續其句。有妓起對曰:"某不才,不敢染翰,欲口占一聯。"瞻大驚異,令隨口寫之云:"武昌無限新栽柳,不及楊花撲面飛。"座客無不嘉羨。

宋

史　辭

《和醉翁亭》云:昔日歐公鎮永陽,構亭直在水雲鄉。醉翁嘯傲曾為記,賢宰風流別架梁。老筆健遒刊琬琰,晴嵐滴瀝照門牆。更唫新咏深堂秘,相伴崑山片玉光。《宋詩紀事》

梁　棟_{字隆吉,進士,官縣尉}

棟在南宋時有盛名,宋亡入茅山。以弟中砥為黃冠,受業三茅山。恃才藐眾,一黃冠與隙,訴棟《登大茅峯詩》謗訕朝廷,於句容縣繫獄。久乃釋,而名益著。詩沉厚穩愜,無晚季纖薄之習。近體意新辭雋,不在放翁下。品詣高超,為宋逸民之翹楚。

《白鷺亭》云:荻花蘆葉老風煙,獨上秋城思淼然。白鷺不知如許事,赤烏又隔幾何年。六朝往恨秦淮水,一笛晚風江浦船。我輩古今竟誰與,只堪漁艇夕陽邊。《雨花臺》云:孤雲落日倚西風,歷歷興亡望眼中。山入六朝青未了,江浮五馬恨無窮。客愁已付蒲萄綠,徑雨空餘瑪瑙紅。我亦欲談當時事,無人喚醒紫髯翁。《贈嘉興徐同年》云:憶昔青龍在戊辰,馬蹄同踏杏園春。歸田令尹空書晉,執戟郎君盡美新。萬事不醒中酒聖,一貧無奈訟錢神。相逢莫效窮途泣,自古求仁要得仁。《登鎮海樓聞角》云:聽徹哀唸獨倚樓,碧天無際思悠悠。誰知盡是中原恨,吹到東南第一州。《登大茅峯題壁》云:大龍上天寶劍化,小龍入海明珠沉。安得長松撐日月,華陽世界收層陰。

釋無夢

無夢嘗遊畿輔村落,手持木牌,書云:"身爲車兮心爲軾,車動軾隨何計息。交梨火棗是誰無,自是不除荆與棘。身爲客兮心爲主,主人平和客安堵。若還主客不安寧,精神管定辭君去。"二詩甚有解脫。後還鄉,坐化,鄉人建庵庇之。其髮每月生一二寸,人爲薙之,復生。病者就之乞藥,佗日於器中取之,輒有奇效。《說儲》《堅瓠集》

元

丁鶴年 以字行,有《海巢集》

鶴年先世西域人,父職馬禄丁,因以爲氏。博通經史,尤工詩。父官武昌,遂家焉。伯氏登進士者三,鶴年臺省交薦凡九上,皆不就。恬然布素,忘於仕進。元末兵起,避地定海。聞父墓爲賊發,生母亦病卒,朝夕憂悼,絕酒魚鹽酪以自貶,閱二十年。衢既通,乃告牒歸武昌,別竁地樊山窆父。喪事日迫而霖雨不止,鶴年拜雨中,願晴半日以終事。臨期密雲四塞,雨強不澍,事終傾瀉如故。訪生母墳,自秋徂冬,竟莫知所在。忽夢母坐高堂中,牽衣慟哭,驚寤而起。侵晨詢鄰老亦有同夢者,即於舊所居宅之西見土有陷下者,鶴年憶聞母葬時無棺,下藉土甄,上覆舟板,啟視果得屍。乃斂骨葬洪道鄉,時人以爲孝感所致。及卒,葬寒溪里。人傷其無後,樹梅花以識之。通判尹覺有《里社崇賢記》。

鶴年《題鳳浦方氏梧竹軒》云：鳴鳳當年此地過，至今梧竹滿山阿。曾聞剪素書青史，却恨翻枝入楚歌。金井月明秋影薄，玉壇風靜夜涼多。中郎去後知音少，空負奇才奈老何。時作者已滿卷，此詩一出皆爲斂袵。《瞿存齋詩話》

《寄武昌南山白雲老人衛均執》云：故人家住南山下，心與白雲共瀟灑。芝草遥賡黃綺歌，蓮花近入宗雷社。嗟予江海避風塵，白首歸來失所親。青眼相看如昔日，祇有南山與故人。《瀛奎律髓》所採尚有《隱居樊口》、《兵後還武昌》等七律，兹不備錄。

衛均執

均執隱居南山，自號白雲老人，足不入市者四十年。能詩，與鶴年先世有舊。鶴年歸武昌，時以詩往還。

嚴靜山 字紹安，號雲谷

靜山涉獵經史，工詩。與鶴年友善，同學於南湖書院。耿介不阿，隱而彌耀。所居山環水抱，極林壑之勝。贈鶴年有"幽居喜有好湖山"句。

明

唐 音 字仲節，洪武舉人，官同知　弟言，有章

音少著文譽，與丁鶴年友善，過從酬唱，詩多可傳。言，字方平，青年多才，交遊滿天下，詩名尤藉藉。國朝唐有章，字元明，亦其裔也。篤學積行，不矜名譽，工詩古文詞。搜求遺稿皆不可得。

孟廷柯 字培之，正德舉人，官按察

廷柯初官大理，以諫武宗南狩，謫照磨。嘉靖初擢四川僉事，多惠政，有詩名。

周時舉 字磻溪，嘉靖選貢，官同知，有《磻溪草》

時舉性穎慧，有異才。工詩古文詞，與文衡山、吳明卿相友善。判華州，有廉名。遷同知不赴，歸灌園自給。嘯歌瀟然，鄉里高之。

孟 仿 字思哲，號見庭，嘉靖舉人，官知州

《澄清樓》云：高樓百尺凌空起，誰其作者東陽李。月華清瀉月牆新，一望江山千萬里。慶雲籠日映飛甍，碧影沉沉照秋水。歐陽一記雖有情，坡公不獨擅前美。鳴珂佩玉凭欄檻，俛聽滄浪仰霄漢。衡岳天高鳳凰飛，洞庭春暖魚龍變。冰蘗聲名世所欽，北門鎖鑰人爭羨。揚清激濁際明時，坐使三江淨如練。雅似《弇州集》中極力經營之作。

張鍾靈 字白湖，弘治舉人，有《白湖詩文集》

鍾靈性倜儻，孝友慈惠，讀書以大儒自期，不屑屑以利祿干進。放浪山水，肆情歌詠，譚友夏爲序其稿。佳句如：樹晴鶯自樂，花盛蝶爭圍。對鳴長日花間鳥，小立春風柳外人。盛傳於時。

熊 桴 字元乘，嘉靖進士，官副使，巡撫廣東，贈侍郎

桴初出知太倉，有善政。倭寇猝至城，守五晝夜獲全。及撫粵剿海寇，

以瘵卒。

　　桴生平有三異事,同里張文光嘗爲之記。略曰:"公六歲時隨父丞南海,舟泊五羊渡,觀潮失足墮水,衆謂必不救。而潮忽遽退百餘尺,拯之,水僅没趾。稍長,讀書西山,每篝燈達旦。一夕窗月微明,起覘之,虎也,相去尺有咫。乃疾呼曰:'某鍾山川之靈,宜捐軀報國,寧餧虎口乎!'須臾帖耳曳尾而去。備兵太倉,時一玳瑁魚乘潮擱沙,爲卒擊獲,輿之天妃宮,總戎楊請觀。魚忽吁气若虹,冲破宮椽三,公神之,命昇縱之海峽。旬與倭寇戰,兵勢將潰,忽見神魚揚鬣噴沫,鼓浪推瀾以助,遂大捷。"此三事,以常人觀異矣,於公亦偶然耳。

　　《登蘇亭》云:五百年前蘇子遊,青山白水想風流。孤亭遥隔金蓮夜,兩賦爭傳赤壁秋。緑柳紅葉曾擊楫,沙汀漁火漫停舟。乾坤勝地容遷客,應笑浮雲自捲收。

吕大夔 字調三,號拙庵,諸生,有《焚餘草》、《讀書隨筆》

　　大夔生三月而孤,母姜誓死守志。夜讀書,輒掩卷自痛,以不能報母氏苦節爲憾。明年張逆陷鄂,調試諸生甚急。友人强之行,母置酒款曲,從容語曰:"吾兒業久荒,不敢萌異想。且老婦多病,未可少離。"友嘿然謝去。後與試者皆以從逆論,人莫不賢智其母。而大夔之介然不移,有足多者。母卒,哀毀逾禮。所居園柏有雙鶴巢其上,馴食階除,客至先鳴。楊大魯作《鶴巢》,唅述其孝行所感之由。大夔性亢直敏決,於經史無不讀。嘗撫柏歎曰:"時異而節不改,其吾師乎!"庭下别置竹、梅、蘭、菊、荷,爲五友。自署其門曰:"心仰光風霽月,志在流水高山。"

孟　登 字誕先,萬曆舉人,官知州,有《壯心草》、《詩經匡説》、《史綱》、《韻語》等集

　　登讀書强識,倜儻負奇气,工古文詞,與艾南英、劉侗、譚元春諸人才名相埒。初官知縣,有能聲。逆旅白下,值侗喪,傾囊歛之,並經紀使櫬得及

時歸葬。晚年罷外侮，家計冰消，閉戶著書，不爲境累。

《秋夜聽促織》云：號寒無力可醫窮，賣盡新絲祗急公。俯聽中宵吟絡緯，却疑徵斂及昆蟲。

謝　昊 貢生

《登黃鶴樓》云：厭見飛花動客愁，強將愁貯古來樓。肯隨鐵笛風吹去，便問仙人借鶴遊。歸歟吾欲賦槃薖，老去其如白髮何。終日晴川閣上望，游雲飛盡過帆多。俯仰自得，饒有化機。

談必泰 字子開，嘉靖舉人，官教授，有《謙齋文》、《焚餘詩》等集

必泰爲人亢爽簡直，不諧於俗。官靖州，值峒苗蠢動，時出劫殺。州牧王欲置戍，恐激變。必泰請往諭，王以書生難之。泰曰："苗習雖悍，性故均也。"竟往曉譬利害，苗遽羅拜請服。乃得置戍守，害頓除。乞歸，日事唫詠，工詩句，多可傳。如：雲歸山徑仄，蘚踞石臺荒。柳帶繫舟權勝纜，江魚換酒不須錢。是善學宋詩者。

孟習孔 字魯南，號古徒，萬曆進士，官太僕寺卿

習孔少爲諸生，名甚重，學博媢之，毀於督學，抑下考。習孔奮然投鍵不出，精心覃思，以指畫胸，衣爲穿。及成進士，笑曰："成我者媢廣文也。"初宰香山，吟"此鄉多寶玉，慎勿厭清貧"句以自警。能聲大著，卓異。徵主事，晉太僕，尋以論救楊應山爲璫所陷，謫官。璫敗，復官，不起。習孔風神散落，杯柈聲妓，寓情閒暑。好賓客，刺入屣出，無倦容。布衣灑然，問水尋山，老而益健。一日白晝見異僧容止，整潔拱立簾前，乃恍然悟曰："死如是足矣。"壽七十有六。節譚元春撰墓誌銘

孟紹甲字武夫,別號置兔翁,有《四經》《禪燈佛譚》《晨鐘》《倚竹唫》等集　　子進

紹甲生三歲不言笑,家人呼爲啞孩兒。忽一夕於燈下見其影,禿而無髻,乃大呼阿彌陀佛數聲,遂能言。及長,穎慧絶人。因祖諫武宗南巡,被笞幾死,遂焚衿不仕,隱居著書。愛畫山水,喜遊杯湖退谷。因結廬其中,種柳千株,蒔花數十種,自號花翁。常作草堂聯曰:"問多奇字貧猶醉,居未名山隱亦庸。"鍾伯敬詣訪不值,書句於案而去。其爲名流推尚如此。

進字功可,號淡庄。貢生,官訓導。幼承家學,善屬文,尤工詩。《陪黃刼庵學督遊寒溪西山》云"聞君如聞寒溪聲,對君如對西山林。寒溪溪聲寒洗耳,西山山色寒洗心。其間宜着君與琴,坐君溪山深樹陰"等句,是學蘇而能得其神似者。

鄔　昶字稚晋,布衣

昶工詩古文詞,好花木環堵,優遊歌聲,若出金石,不以貧輟。同孟先服遊雲蓋寺,有"路依古澗泉崩雪,竹匝寒雲翠掩扉"句,頗爲時傳誦。

國朝

夏　琮字方玉,順治舉人,官知縣

《與王子雲先生感舊》云:萬感相思夜,僧房哭暮秋。著書窮可異,洗墨醉爲愁。野曠棲黃鵠,江寒對白鷗。殘燈孤影瘦,霜露滿衣裘。邃遠清妙,舉止方家。又有"竹露翻珠網,花牀濕燕泥"、"小閣浮漚天自静,老僧幽磬夢方殘"等句,皆可誦。

張　謙 字子吉，號酉山，康熙進士，官巡撫

謙居官廉潔自持，撫黔卒於道，優詔拯恤，獲上方銀幣之賜。《客夜和南副弟韵》云：話舊眠難著，窺窗雨暗生。驚心聞鶴唳，促膝聽雞聲。今夕聊杯酒，何年遂耦耕。雁行中道判，有梦不分明。興來情往，想見友于之篤。

柳如權 字傳世，康熙舉人，官教諭

如權穎敏嗜學，性樸實，偉軀幹。入橫經，出負耜，頗具古莘野傅巖風。《退谷懷元次山》云：漫叟高名傳宇内，偶因世難避江津。雲山四面深藏屋，煙水千層喜結鄰。念切瘡痍真刺史，才超中晚老詩人。如今旅舍空遺跡，芳草斜陽幾度春。

王渭鼎 字呂倩，號殊亭，康熙舉人，官知州　　弟酆鼎，子涵

《西塞山懷古》云：水接洞庭春漲闊，山橫匡阜暮雲堆。英雄往事餘榛莽，漁父遺踪半草萊。語流利而不嫌空滑者，骨勝也。

酆鼎字文倩，雍正貢生。性孝友敦篤，幼擅文譽，溺苦於學。五夜矻矻不休，經籍貫通，試輒高等。詩古文詞，悉有所長，句如"山气埋斜照，江聲走百川"，語頗雄渾。

涵字安敬，號容齋，康熙舉人，官教諭。《樊口》云：樊湖九十九，一綫接江波。曉雨鴛鴦聚，斜陽舴艋多。蘆汀吹牧笛，柳岸挂漁簔。欲買潘生酒，青旗在水渦。《西門》云：官柳於今剩幾株，陶公當日此馳驅。譙樓畫角猶悲壯，別業書聲尚有無。一水寒時通雪嶺，前山佳處指蓬壺。高牙大纛今何在，城上空啼白項烏。流利出自性靈。

周士皇字偉臣,號静庵,康熙進士,官都御史

《西山懷古》云:月照殘崖鳥亂鳴,千年郛郭盡榛荆。寒流猶繞吳王壘,暮雨空催白帝城。古木有陰堪避暑,荒山無地可謀耕。逢人若道英雄事,唯有江流不斷聲。風光掩映,雅似許丁卯。

孟壽湄字秋水,有《捲雨樓詩文集》

秋水生而穎敏,髫齡,父代人作書,出聯曰:"墨妙籠羽客之鵝,戲掃黃庭一卷。"湄應聲曰:"道高乘老子之犢,秘傳紫气千函。"性嗜山水,樂簡編、作詩、飲酒。有《自題》云:捫腹空何有,詩腸與酒腸。詩成堪供佛,酒醉即爲鄉。又"最愛竹西茅舍裏,數聲雞犬破寒煙"句,亦堪入畫。

孟乾德字伯健

《贈宋既庭先生枉過》云:懶性耽幽僻,官齋對寂寥。閉門逢舊雨,開徑話今宵。名士乘春棹,輕帆帶晚潮。相思情誼重,未是水雲遥。語尚清婉。

王　游字安麒,號瑞園,康熙進士,官監司

《遊西山》句云:寒聲出谷碎,落葉入山深。溪上聞仙梵,松間聽野琴。清思逸韻,齒頰生香。又有名漢者,字雲岑,曾與修省志。工詩能文,聞多著述,惜未之見。

王起明字晉象,諸生

《怡亭》云:蒼文懸島嶼,江皋盤其根。日月遞動蕩,水石相噴吞。怡亭

冠巔頂，縹緲如飛翻。對此開生面，下筆眉軒軒。清音鳳凰叶，勁气蛟龍蹲。千年惡風雨，剥壁無磷痕。古蘚紅斑斑，奇字猶堪捫。山靈鬱奇氣，寂寞寒雲屯。古節古音，雅與題稱。

周雲鳳 字農村，乾隆舉人

《已春感事》云：禁煙著柳暮增寒，愁思逢春數倚欄。耗指饞如蠶食葉，名途鈍似鯤緣竿。莊周有夢招蝴蝶，茂叔何心妒牡丹。莫怪出門西望笑，賺人容易是長安。清越不失矩步。

夏克咸 字子衢，諸生

克咸制行清粹，善書，工詩古文詞，性至孝。《登西山》有"野鳥悲殘碣，孤松帶晚煙"句，傳於時。

王植經 諸生

《車湖》云：石頭橋畔問迷津，楓口祠前訪隱淪。竟舉東湖歸武子，可知勝地屬文人。斜陽舊業圍紅蓼，衰草遺封薦白蘋。兩岸流螢囊不盡，後生何敢說家貧。清婉可誦。

饒探春 字小坡

《采蓮曲》云：落日照蓮花，蓮花分外明。阿郎在何處，顧影不勝情。郎家蓮堰西，妾家蓮堰東。往來不見人，惆悵蓮花紅。秋風碧蓮黃，蓮子多空房。含情向誰語，拋擲問鴛鴦。風調似《子夜歌》，而清丽過之。

余承柱

粤逆之亂半天下，中興名將以次勘定，非偶然也。承柱以干將莫邪之筆，寫卜壼張巡之照，鬚髮森張，生气勃勃。良由忠憤气亘於中，故不覺其言足以驚風雨而泣鬼神也。《江岷樵中丞》云：誓掃欃槍憤此身，許張大節亘千春。也知疆場多良弼，終爲朝廷惜此人。力疾尚能殲虎兕，積功無復畫麒麟。英魂應與江山壯，風雨靈旗皖水濱。《吳甄甫制軍》云：堂堂制節秉中朝，鞏固金湯軍務勞。莫待大江橫鷁首，忍拚一死等鴻毛。黃泥嶵子收忠骨，白髮門生哭怒濤。箕尾中間神宛在，何年祠廟肅清高。《青墨卿中丞》云：危城堅守幾經時，不死封疆死法司。呼籲可憐庚癸迫，精誠終達聖明知。三軍涕淚生前感，萬姓悲歌歿後思。書罪書功青史在，孤忠耿耿自昭垂。《塔智廷軍門》云：嵎負渠魁尚待殲，俄驚上將殞星躔。徒教三楚吞聲哭，剩有頻年戰績傳。慘澹愁雲橫庾嶺，淒涼陰雨黯吳天。凱歌未唱餘遺憾，丹旍飄零到日邊。《羅羅山方伯》云：直將浩气薄雲端，爲國捐軀死亦安。身受重傷軍猶整，賊因奮擊膽俱寒。淋漓血暈千秋碧，惆款心完一寸丹。翹首赤虬公尚矣，艱危彌惜將才難。是人是詩，并足千古。

釋二定

《涵師遊峨嵋歸因贈》云：峨嵋西去似登天，見説親行到頂邊。古木千年都化石，衲衣六月總裝棉。陰風晝灑巖端雪，急雨宵聞洞口泉。袖得圖歸誇示我，芒鞋踏破意欣然。奇語却是真境，故人黃尊古住峨嵋半載，爲余言之。《國朝詩別裁集》

釋性曇

《癸丑秋同王秩公孟先服諸公尋元次山舊跡》云：于進何能泊岸頭，士元殊可作同遊。蓮蓮不入邯鄲夢，俯視河津欲斷流。

咸　　寧

元

李鵬翔 至正初官翰林學士

鵬翔世居梓山下，詩文德行，一時推重。

明

錢　珊 號鶴汀，弘治舉人，官知縣

珊少有詩名，出宰著廉明聲。兄瑜以明經同官四川，潛心理學，有《性道錄》。《西河暮興》云：一曲清流暮景宜，百年孤興渾稱奇。魚翻急水驚新罾，鴉帶殘陽返舊枝。明月照人宵舉盞，瘦筇扶我晚尋詩。悠悠誰與消岑寂，門對南山客到遲。尚是宋人家法。

王　煥 字午槐，號鍾白，弘治進士，官知縣

煥讀書攻苦過寒士，初選江南嘉定，藉藉有同名王奐之頌。淮撫姜公素慕風節，手書"趙清獻公旦夕所行必告天知，司馬溫公平生所爲可對人言"聯語贈之，可謂相期古人矣。性淡樸，不治生產。家居自養菲薄，褐衣蔬食田廬，封君所遺者悉讓昆季。不附勢不畏強，出江陵之門，避臺省不居。其寄封君有"賴有雙親庭訓久，平生溫飽豈爲謀"之句，志操自矢如是。季子培，嗜學工詩，與江漢名流旗鼓壇坫，刊有《漢上新言》。

孟養浩 字義甫,號五岑,萬曆進士,官侍郎　　弟養蒙

養浩性孝友,有文名,官給事中。時內寵專政,國本幾搖。閣臣累請冊立,則諭三王並封。繼交章請豫教,復推來歲。一時言者率獲重譴,不敢復諫。浩典閩試,首策明倫,蓋諷諫也。事竣,陛戶科左,毅然曰:"此吾報國時也。"急具疏切諫。神宗震怒,拔劍立閣中,敕內竪廷杖一百。杖十輒報,報輒劍斫閣柱,深寸許。浩大呼高皇帝者三,遂昏絕不復省,斃而後蘇,削籍為民,然東宮由是得冊立矣。比歸,過采石,舟將覆,榜人恐且泣。浩笑曰:"高皇不死吾於杖,寧死吾於水乎?"臥詠唐介《渡淮詩》。抵家杜門謝客,日與仲季觴詠,著《景行編》見志。尤好形家言,問山尋壑不倦。士大夫過咸者,競欲一見,輒引避。光宗立,起復官戶部侍郎,未任,卒。

《長湖煙雨》云:萬頃平湖駭浪奔,瀟瀟風雨濕唫魂。虛疑天外青山失,底是沙頭白鳥喧。縹緲歸帆迷遠浦,淒其斷雁落孤村。最憐小艇垂綸者,箬笠蓑衣對酒尊。

養蒙號湘嶷,性曠逸,工詩。初入太學,不第,即決志遠引,遍遊天下名山。歸與兄偕隱玉雞峯,自號方閑老人。

王命選 字萬青,諸生

命選詩工力深厚,與何大復輩遊,語意清遠,超出恒輩。《哭友》云:江海有不仁,一萍蕩千波。艷質有不重,荊布埋修娥。文字有不伸,屈才而網羅。耿耿逐風葉,將秋欲辭柯。豈不假須臾,時至當如何?《步韻贈大復》云:龍去金臺孰解憐,何郎應飯十千錢。荊山抵鵲玉皆碎,吳市藏身瓦尚全。蕙帶荷衣今日事,香車寶馬昔時年。微霜一著長髯裏,幾許榮枯大夢邊。《訪梅》云:布衫草屨酒初溫,一路扶筇踏雪痕。有似襄陽尋孟六,亂香堆裏著詩魂。佳句如:筍長將過母,樹老已生孫。忽忘家在夢,未擬累隨身。阮郎雙眼白,陸氏幾莊荒。玩世未能還忤世,避人無計且依人。《秋

柳》云：聽鶯已謝春初月，送客俄驚去後風。皆孤詣獨造，不拾人牙慧者。

陳　瑞 字五玉

瑞初補弟子員，旋薄制藝，謝去。放跡煙霞，狂歌自廢。副憲趙嗣芳欲延掌記室，笑曰："山鹿野麋，豈受人間羈勒耶？"崇禎末年，聞江水涸，乃作《涸江歎》以憂時。乙酉寇至，瑞曰："吾有從彭咸之故居而已。"載二女孫之紫潭，令先投入，徐浩歌一絕以從。

國朝

鄭之諶 字野謀，號鑒山，順治進士，官侍讀

之諶才智沉遠。幼失恃，為祖母汪所育。稍長授句讀，過目成誦，以神童補弟子員。益閉戶自勵，肆力丹鉛，通經史子集、詩賦古文詞。及通籍，名噪一時，官史院。有詩云：封事邊庭急，元臣旰食勞。幸襄機密地，劇願沛霖膏。又：捫蝨談時務，鳴珂擁乘輿。流連哀痛詔，歎息旱蝗書。國是民瘼經濟，蓋素裕也。與馬章民最相得，題詠尤多。其《哭馬公》云：半生遺稿千尋焰，五載交情一寸心。苟非其人，則不輕與投合。時同鄉太保余公，方秉政，屢致殷勤，拒不與通。太保敗，同鄉多株累，唯公獨全。

《贈羅紫蘿御史南歸》云：鋤奸志已遂，罷去亦君恩。毋必知天縱，多謀却衆言。一時牙可折，千載舌猶存。歸斷京華夢，桃源在爾門。具見風骨。

張宗崑 字素先，號異峯，乾隆進士，官知縣

《潞河舟中》云：碧空雲影淨如何，微與征帆泛遠波。柳澹風餘簾乍捲，萍開楫後鏡初磨。鳶魚到處從飛躍，朝野無心共嘯歌。奚必蓬萊峯頂客，始堪騎鯉上銀河。《湖北詩錄》

胡　章 字早立，號理齋，乾隆進士，官知府，有《扶雅堂集》、《合鯖錄》

章生而穎異，長以文名。一麾出守，所至有聲，治苗疆尤教養兼施。洪稚存督學贈句云："合郡人民頌王尹，一時禮樂繼文翁。"紀實也。

胡文健 號星門，貢生，有《存餘堂集》

文健嗜詩，存稿至二十四卷之多，江左王柳村《羣雅集》中採錄最富。
《贈印川和尚》云：天下奇男子，乃在空門中。鬥音泔海水，展圖起天風。方圓兼動靜，落紙非人工。鐵畫與銀鉤，兩兩姿態雄。是何釋老座，翻參孔孟宮。五經昭鼓吹，諸史噴笙鏞。往往得奇句，星斗驚蒼穹。掃室莓苔淨，騎鯨漢路通。佗年題五嶽，令我心無窮。

黄開昭

開昭初學詩，頗有清气。其家有園，花卉極盛，牡丹五色具備，開時輒邀賓友賞玩竟日。有句云：小園日日尋芳信，開到花王有大觀。真色只宜金屋貯，買春應挈玉壺看。飛來瓊島宵經雨，浴罷華清曉耐寒。那得夢中傳綵筆，孤伊片片映朱欄。通體描摹，差云不落迹象。使能深所造就，當必有可觀者。《格齋詩話》

釋印川

邑有寶月和尚，道行頗高，而工唫詠，著《拈花雪室詩》二卷。嗣有印川，卓錫金山寺。生有夙慧，一時名流皆樂與結方外交。詩古文詞卓然成家，工書畫，兼有鄭虔之長。

嘉　魚

宋

李大同咸淳中以《周禮》舉第一[3]，官學録

大同富學能文，品詣高潔，瀟灑略無凝滯。時人謂其意氣如晴天片雲，胸次猶紅爐點雪，器度若黄鍾大吕，節概似翠竹蒼松。度宗咸淳中《周禮》第一，授國子學録。未幾，歸隱不出。《却聘詩》僅傳其首二句，云："曾上蓬萊第一峯，夕陽留住且從容。"挺健不羣，已見一斑。

元

程從龍字登雲，號漢章，有《梅軒集》　弟元龍

從龍性敏，家貧嗜學，寒暑無間。元運初興，勸之仕，不應。教授鄉里，多所成就。舍旁植梅數十株，花時輒嘯歌其下，學者稱梅軒先生。

從龍自元末隱居教授，入明仍不仕以終。所撰《梅軒集》爲其孫鑑所編，前有其門人李德庸序及小傳，又有王進、王愷二序，皆永樂中所作。鑑跋謂著作散佚，所存唯此。詩清淺，故未能抗行於作者之前。《四庫全書提要》

梅軒詩多清淺，然亦有致。漫登一律，以概其餘。《雙洲》云：雙洲新歲月，五夜故園心。地狹茅廬小，雪消途潦深。詩情翻手探，酒意向梅斟。世事有同異，春風無古今。又《百匹山壽人》七古，有似子瞻處，而淺率究所不免。

元龍或謂從龍弟，詩律整嚴而俊逸，似出自晚唐人手。《赤壁》云：長江

天塹繫安危,江上帆檣曳夕暉。繞樹月明烏未宿,橫江梦覺鶴初飛。北兵劇潰三分定,西蜀中縣一綫微。乘興登臨增感慨,山川如故昔人非。

明

程立中

立中力學嗜詩,家貧。常役官府,後期,爲尹所辱。立中於庭朗吟以示諷,尹敬謝之,延上座。與語,益知所蓄。即以詩薦之朝,授縣丞。又以催科不力,下刑獄,一夕呈詩百首。太祖覽而善之,謂廷臣曰:"此子忠愛。"遂復官。

《謁孔子廟廷敬賦》云:自識書生禮數寬,妙香一瓣束琅玕。丹青殿古蒼苔合,科斗書香夜月寒。一統山河新社稷,千年禮樂舊衣冠。巍巍獨立乾坤表,萬古龍潭萬古看。

李 滄 字朝宗,宣德進士

滄初入翰林,應制獻詩輒稱旨。及官教授,石首楊文定公重惜之,曾寄《題墨竹詩》以勵其志。正統間典試滇粵,門下多知名士。致仕歸,日以讀書賦詩爲樂。

詩多信口成唫,句如:輕風半捲桃花暖,微甫初收柳葉柔。春日鶯調垂柳徑,漁村笛響白鷗洲。皆清脱可誦。

孔 儒 字宗學,景泰進士,官知府

儒會試,值闈中火起,奪門無路。儒升墻端,引手拯出者無數。事聞上,索牆端舉子姓名,不俟終闈,即賜進士第,異數也。居諫垣不避權貴,風節凛然。

《梅山》前半云：冷艷孤芳路易差，山南山北總梅花。境通鄧尉香成海，地近羅浮夢是家。尚雋逸不落恒蹊。

李爲臣 字用忠，成化舉人

爲臣幼即超邁不凡，五上春官不第，例銓同知，棄歸。與兄弟輩講學賦詩，習古文詞，不慕榮利，時人高之。

《遊湖寺》云：兩鬢蕭蕭雪幾莖，歸來攜杖恣遊行。漫將月下梅邊趣，遍寫胸中物外情。白簡飛霜閑舊業，蒼松巢鶴定新盟。壁間且自留鴻爪，不管山僧話廢興。又"幽階畫永饒春色，虛牖風閑碎鳥聲"句，皆雋永有致。

吳廷舉 字獻臣，成化進士，官尚書，諡清惠

廷舉初宰順德，即毀淫祠二百五十所。及官副使，復發總鎮中官潘忠二十四罪。劉瑾矯詔枷之十餘日，幾殆。戍雁門，楊一清薦其才，擢侍郎，巡撫應天。旋以白中官張志聰事改南工部尚書，不拜。疏中引白樂天、張詠語，多詼諧，復用"嗚呼"字。帝怒其無人臣禮，勒致仕。廷舉面如削瓜，衣敝履穿，不事修飾。在太學時，兄事羅玘。玘病痢，僕死。自煎藥飲之，負之如廁，一晝夜數十反。玘每語人曰："獻臣生我。"好薛瑄、胡居仁學，尊事陳獻章。居湫隘，無郭外田，有書萬卷。及卒，總督姚鏌庀其喪。弟廷彌舉於鄉，廷舉荷枷時，廷彌卧械下，主事宿進爲奏記張綵，乃得釋。《明史》

《登岳陽樓》云：廊廟江湖憂樂兼，岳陽形勝范公添。客逢好酒休辭醉，人取虛名忌過廉。澤國遺風思郢士，家宗事業愧吳潛。渚蘭汀芷唅邊滿，欲嗅幽香信手拈。《送李世卿還楚》云：文章伯仲歐陽子，道德平交李老君。歸去大崖了何事，坐分江月看山雲。又《黃公山懷李大崖》，有"餘生甘草木，長揖謝王公"句，最穩切。

李承芳字茂卿，弘治進士，官大理評事，有《東嶠集》　　弟承箕

承芳幼穎悟，生七月，以箸畫灰作"土地"二字。年十四有顯官過，世父指示之曰："兒有大志乎？"對曰："富貴不淫貧賤樂，兒志也。"既長，博涉經史，酷嗜唫詠。官評事，未幾即謝病歸。與弟承箕隱黃公山下，講學賦詩爲樂。

承芳，《明史·儒林傳》與其弟承箕同附《陳獻章傳》末。詩多俚俗，如《詠馮道》云：地獄剉燒舂磨具，定將此賊謝天人。《白頭唫》云：恨殺相如非正气，未曾焚卻白頭吟。皆墮入下劣詩魔，文亦拙澀。曾璵序，謂其"識類許魯齋，志類范叔子，睦族類范文正，而詩文則甚自類"，蓋譏其無所師法也。《四庫全書提要》

東嶠天才跌宕，詩多率意成篇，誠有如紀文達所論者，然亦未必盡若《詠長樂老》諸作之鄙夷。《憶弟大崖》七絶，頗蘊藉有致。云：搖搖天外劇心旌，鴻雁南飛又北征。五嶺三湘春草綠，東風疑有杜鵑聲。

承箕字世卿，成化舉人，有《大崖集》。幼有大志，不喜舉子業，好古文詞，非禮不言動。與兄承芳同登賢書，每定以元旦上公車。己酉除夕，侍親榻終夜。母歎曰："今夕有二子，明夕當若何？"先生泣下，促兄行，已留養。隨棄科名，不复言仕進。讀書大崖之峯，因以爲號。博綜典墳，倡明理學。訪陳白沙於粵者四，白沙與之遊甚歡，終不及爲學之方。即叩之，亦不過微啟其端。久之，先生曰："箕得之矣，凡學以言傳，非真傳也。其有目擊而道存者乎？"白沙驚曰："子真其人也，吾且從子後矣。"遂以理學名天下。晚年偕兄隱黃公山，更唱迭和，自相師友。家無宿舂，以告，則相視笑曰："吾道非耶？"

大崖少讀書大崖山，因以自號。嘗徒步至嶺南，從陳獻章遊。及歸，遂居黃公山，不复仕進。《明史·儒林傳》附載獻章傳末。此編乃其弟立卿所刻，入《明史·藝文志》。《四庫全書提要》

大崖研窮理學，所志甚大。於詩有所不屑專，故境地只此。《呈定山先

生》云:紛紛歧路竟何之,我且東行住少時。春好一年留酒國,花殘兩度見辛夷。夢隨莊叟迷蝴蝶,醉過山翁倒接䍦。何日杖藜期度嶺,江門無地不宜詩。

李承勋 字立卿,弘治進士,官尚書,諡康惠

承勛生姿英敏,器度弘遠,具文武才。初宰太湖,有善政。泊守南昌,屢平巨寇。洊掌兵部加太保,通達國體,曉暢軍機,當世稱名臣焉。

《憶黃公釣臺》云:兄住湖西弟瀼西,平分風月作詩題。黃公臺下春如舊,人去山空鳥自啼。又句如"寒月景篩窗外竹,清風雁度嶺頭雲",亦可誦。

方逢时 字行之,號金湖,又字樗野,嘉靖進士,官尚書,有《大隱樓集》

逢时弱冠登進士,三爲令尹,民甚思之。由惠州兵備道,屢平巨寇,猝任宣大總督。斟酌戰守,著奇功,加太保尚書。及致仕歸,御書"盡忠"二大字額及"丹心葵向日,勁節竹凌風"聯賜之。

李時遠云:"金湖古體擬曾陸,近體上下常侍,隨州且得之。倚輿橫槊間,尤稱絕俗。"

穆敬甫云:"方公詩氣勢雄豪,律法嚴整。如嫖姚出塞,萬馬橫嘶而部伍不亂。"

《過天津》云:城頭初日亂啼鴉,客子行歌上使槎。蜃气高連蓬島近,雁行遙度薊門斜。河聲過雨添新漲,草色和煙翳淺沙。聞道邊庭猶苦戰,九關南望動悲笳。《明詩綜》

樗野生七子之際,而能空絕依附者,氣勝也。《登城豪山》云:疏狂敢自謂人豪,聊向山靈賦解嘲。性懶已甘雲作伴,身閑欲借樹爲巢。連空暮靄橫千嶂,漾日春流漲一篙。漁父不來山寂寂,東風開遍水邊桃。《送楊憲使入蜀》云:鴈聲初動塞雲秋,有客西征去莫留。憂國頻年雙寶劍,還家萬里一貂裘。霜清蜀道褰幃度,雲滿巴山叱馭遊。時向元亭尋往跡,百花潭外

錦江流。《送曹僉憲赴成都》云：天寒碣石斷飛鴻，擊筑歌殘惜去踪。持節何須悲蜀道，剖符今复見文翁。江含落日金沙遠，山擁晴雲玉壘雄。訪古時過揚子宅，草玄亭上野花紅。《鄭中丞出塞還，邀宴於閱武堂，夜分別去，賦贈》云：明廷稽顙見呼韓，九塞無塵斥堠閒。按部龍沙秋欲盡，論兵虎帳夜將闌。干旌曉拂青山影，笳鼓晴翻白海瀾。千古金湯須上策，期君談笑築京觀。《江上春懷》云：漠漠春陰黯不開，江干獨上思徘徊。楚宮樓閣浮雲净，鄂渚煙波落日催。去國王孫空有賦，憂時遷客漫多才。閑情欲和滄浪曲，澧芷湘蘭盡可哀。五律波瀾闊、用意深、琢句雅，具此三長，故能皭然不淬，卓然成家也。

李　沂字景魯，號太清，萬曆進士，官給事中，有《中秘草》、《正氣集》

沂母夢虹飛庭中而生，幼敏邁，七歲能詩。及入翰林，以文學受知，晉給事中。以勘太監張鯨，受廷杖。鯨囑杖者斃之，公呼太祖高皇帝者三，大風作，晝晦，始釋歸。

《正气樓》云：正气錚錚海岳收，天開樓閣耀千秋。生逢明盛毫無補，身處江湖更有憂。請劍不聞天上語，飛雲空見日邊浮。何人共遣登臨興，高視雄談隘九州。气局雄偉，想見正色立朝之風概焉。《登紫霞觀》中二偶云：萬里江山聊縱目，百年天地幾開顏。重重綠蔭煙中樹，點點青來雨後山。清婉流利，又是一種吐屬。

任弘震字淡之，號雪柯，崇禎進士，官郎中，有《青鳳軒集》　子喬年

弘震八歲有《詠梅》句云"殘雪休競艷，看君和鼎時"。其父驚異之。家貧，勉令就學，卒成進士。與金正希、熊魚山皆爲葛屺瞻門下士。

喬年與父弘震同舉於鄉，旋成進士，詩遒健過於乃父。《訪祭風臺舊址》云：更欲龍爭起，呼天爲反風。如何吳舊壘，空付楚遺弓。會獵聲猶壯，占烏事靡同。英雄有餘恨，廻首大江東[4]。

尹民興字宣子,號洞庭,崇禎進士,官太僕卿,有《庵園》、《竹簡》等集

民興初宰寧國,有神明之稱。行取入都,上十四策。上嘉納,召對平臺,面陳機務。歷官郎署,清望凜然。晉太僕,風裁益峻。國變爲僧。詩以詭奇爲工,間失風人之旨則有之。朱竹垞乃謂"楚調變而至於尹宣子,正音爲之埽地",則未免過刻之論也。

尹奇逢字辰渚,崇禎進士,官監司

奇逢生而姿貌奇偉,閱覽博學。由拔貢舉於鄉,起家縣令,有神明之稱。備兵山東,未幾,去官。卜居嘉蒲之間,營別業以終老。國朝薦督兩廣軍,不赴,卒。

《偕江龍門遊魚嶽山遇雨》云:皇華萬里勸君駕,起乘長風正此時。怪雨翻盆雲擁笠,長江崩浪水臨岐。茭蘆鷗泛漁人渡,洲渚烏棲晚炤遲。父老牽衣歌有客,高燒銀燭丐題詩。

金 聲字正希,號子駿,崇禎進士,官僉都御史,諡文毅,有《燕詒堂》、《尚志堂》等集

聲生有異姿,兒時厚重寡言笑。四歲就外傅,問孔子何人。曰:"聖人。"曰:"今安在?當往拜之。"曰:"孔子山東人,歿已二千餘年。"遂大哭,至不能寢食。見者驚且笑,莫知所謂。父心識其非凡兒,母尤篤愛異諸子。時邑中理學經濟名臣輩出,而龍雲中公韜,實執牛耳。遂厚禮幣延課,至弱冠未嘗更師。龍公感主人意,又樂得公教育。比行文,嘗命一題,至六七作猶不更,曰:"才竭矣。"龍公先簡坊刻中佳者,藏以待,遽出示之,曰:"汝道無,此不勝乎?"公憮然,乃退而卒業。如是反復至三十作,始易題。葛屺瞻先生首拔公與熊魚山,兩人故莫逆,後皆取次登庸,並以文名著天下。時東師聲勢甚張,魚山赴禮部試不第,歸語公曰:"天下從此多故矣。"公曰:"經

邦戡亂,匪異人任。王文成公貴冑,生承平時,猶懷沙練步。我與汝何人,敢耽軟緩?"於是延武士講武,相與握拳磨門,粟中求糒。凡行間所應有,無不習焉。及選庶常讀秘書,人人皆以爲得志。公獨正襟危坐,若有所思。蜀人劉與鷗公之綸問故,公曰:"我儕既釋褐,有事君治民之責,方慮重負,何喜?"爲劉敬異,遂定交。相與窮古今治亂之源,竊竊然願任天下之重,聞者皆目爲狂。歸,講學還古書院,謂儒門重立志,猶佛門貴發心。來學者必先立爲聖人之志,然後發藥。已聞泰西氏教,則又率子弟從事泰西。一時學者咸詆公闌入異道,魚山獨信公求道急,暫行岐路,不久即當還也。弘光立,馬世英屬公團練鄉勇,而事已不可爲矣。聖安奔亡,徽人將納欵。獨公懸高皇帝像於明倫堂,率諸生父老痛哭三日。遂起兵,無何險失兵潰。魚山曰:"吾得行,子駿亦得行。但子駿爲是舉,無去志矣。"公曰:"徽人無欲起義者,吾強起。若舍之去,不貽害百姓?學道一生,惜未能坐脫去。直當往就縛,爲百姓請命。大兒已能行,不足念。惟小兒乳臭,介予懷。"魚山曰:"吾有一女,即以此子爲吾壻可乎?"公曰:"無憾矣。"翼日語將吏曰:"徽人本不知兵,吾所以爲此者,欲保境以待王師耳。今不濟,吾義當死。從我無益,盍早去?"然號泣不忍行者向數十百人。又翼日,公寬衣緩騎與兵衆相接,衆曰:"此必金翰林也。"擁之去,其將張天禄見公,羅拜曰:"素仰公名,不圖今日得見公面。"公曰:"徽人本欲降,爲吾強起。戮在一身一家,慎勿妄殺。"張曰:"某固願奉教,第恐徽人不相信。"公即手書告父老,於是一境晏然。公留營五日,張白公,洪内院即故督師洪承疇在南京欲見公。請往,厚防衛以行。公所過州縣,咸敬重。公驪從庭燎,一如上官儀。過蕪湖,鄉人在蕪者如見父母。公留與坐論若平生,因索筆書《過山溪詩》一章。鄉人江天一以名士出公門下,爲公治軍,至是揮之不去,亦次公韻賦詩。鄉人僉曰:"某等恭俟公旋。"公笑曰:"再來不值一文錢矣。"抵留都,洪迎見。公曰:"公亨九耶?聞亨九陣亡,訃至京,先帝素服臨郭,祭以九壇。豈有受恩如亨九而猶甘心者,吾竊疑其僞。"洪曰:"此老火氣未除,不能復見之。"是夕,公語其僕曰:"我來日當致命,汝疾去,毋爲人所窘。"黎明出通濟門,望孝陵再拜曰:"臣力竭矣。"遂端坐受刃,同死者江天一、吳國禎、佘元英、程有功。《魏叔子文集》作"陳遵選"。皆可以去而不去，怡然受戮。非公德教有以深入其心，能若是乎？死之日，親朋無得近者。僧慧源募得木，先貯公四體，然後購公元首合殮焉。時十月八日也。節錄熊開元撰本傳

聲成進士後，讀書中秘，旋參佐申甫，出關練兵防禦。庚午請使朝鮮，擢御史。晉山東驛傳，道病歸，卜居新安。國變殉節，追諡文毅。沈毅有為，好談兵，雖屏處萬山中，而常為當事者借箸。其生平著述甚富，今古文冠絕一時，出羅萸江先生門。

公出遊，遇絕壁，下臨無底，輒注目俯視，足三分出外，旁觀者股慄。公曰："吾鍊心耳。"《寄園寄所寄》

《送雪莊師至吳門》云：斯文未墜地，夫子獨棲遲。論易真傳在，從先與俗移。片雲常自遠，孤鶴竟何之。別後時相憶，雲山不可知。《明詩綜》

《金臺行》云：相馬不當考驪黃，惟曰其神良。買馬不暇問死生，亦曰其類貞骨亦駿。骨以駿收，不駿雖生吾何求？世人欲速見小利，但言凡馬堪銜轡。取而馭之任馳驅，馳驅前路立顛躓。夥大乾坤定多才，求之弗得致之來。騏驥不來駑駘隧，鞭撾轡首奚益哉？即今誰識良與駘，所願涓人眼早開。燕昭燕丹同發憤，先何得勢後何灾？

熊開元字元年，號魚山，天啟進士，由知縣官給事中，暮年為僧，號檗庵，有《華山紀勝集》

開元先世天門，在姙，母為嫡所逐，依外家嘉魚以生，遂籍嘉魚。初授崇明尹，移劇吳江，懷宗朝召入，為諫垣。爭中官王應期不應監關寧軍，又駁張應時論救王化貞至身請代死，皆由化貞賄買，宜即誅化貞，俾十萬無可通神。直聲振中外。以前在江南催科不力，罷臺省，貶一秩。調外，不赴。久之，補行人。會京師被兵，解嚴後，詔臣民言事者報名會極門，即日召對。開元奏事文昭閣，意攻周延儒，發其奸，語極譬激，上命之退。延儒於上前請令補牘，又使人陰沮之。比奏上，上震怒，下鎮撫逮治，訊其主使。備刑掠，受拷不承，而盡發延儒隱，被廷杖下獄。既延儒去，言官多救開元者，交章上，不報。刑部擬牘，不許。已而戍杭州。未幾京師陷，唐王在閩，起用

之，甚見信任。汀州破，投入靈巖寺爲僧，名正志。

　　魚山劾宜興受廷杖，思陵怒且不測。時皆疑思陵曲護宜興，獨尹樞部宣子謂思陵時已恚宜興，命魚山具疏者，度必列款，欲據之，便按問。及見疏乃曰："如此不痛不癢，思兩邊做好人耶？"蓋怒其不力參，而反以誹謗大臣爲罪，非思陵本意也。　　華山在吳西，偏相傳支道林銷夏所，劉宋時會稽守張裕舍宅爲寺。縣志稱，南渡乾道中，秘書監張廷傑占爲別墅。然范致能有《華山寺詩》，乾道中寺未嘗廢，張氏別墅乃占斷閑田耳。魚山《華山紀勝詩序》，仍沿縣志，故坿疏於此。魚山《華山鳥道卧獅石》云：從來入蜀歎崎嶇，九折何如此路迂。若是香林黑獅子，向前翻擲肯跾蹢。《穿雲棧》云：盡日凝雲谷口封，倦還飛鳥亦迷踪。何如近借齋厨鉢，鞭取耕煙白耳龍。《静志居詩話》

　　《吳門與金正希夜哭》云：碧血何曾灑，丹心不可砭。誰人呼馬角，與子泣龍髯。半壁留吳越，羣奸布網箝。吾將披髮去，長向海山潛。直可撼河嶽而泣鬼神矣。魚山本竟陵產而遷嘉魚者，鼎革後，唐王立杭州，起用，甚見倚任。及汀州失，入靈巖爲僧，旋返吳江。《竟陵詩選》

　　魚山爲僧，常住休寧仰山，僧俗禮謁，隨人提撕。或禪悦或經史或忠孝，率人人愜心去。康熙甲寅，閩警，曰："此地不可久留。"遂去姑蘇，數年卒於花山，返葬黄山。

　　《答周志》云：南山豹隱久無文，浩氣橫封萬里雲。振鐸剛留吾舌在，談經幸得石頭聞。相看入市魚成貫，幾見摩空鶴一群。近日錢塘江上望，銷魂不獨岳家墳。《楚風補》

李占解字雨蒼，崇禎舉人

"竭來祁連風，雁行吹忽斷。南北各天涯，驚魂落空彈。沙漠嚴寒難久客，遙望衡陽孤岫隔。洞庭秋水渺愁余，日落長汀蘆花白。欲往從之煙水迷，誰嚮深林送飛帛。開函讀之淚橫流，一別二十有八秋。鴻飛冥冥千仞外，稻粱滿野非所求。孤雁孤飛孤自哀，多君兄弟共裴回。獨我此心無可語,深秋梦逐雁峰來。"嘉魚李雨蒼占解己酉寄余此詩,云欲涉湖相訪,時年七十矣。閱兩歲,遂長逝,不果所至。雨蒼,大崖先生裔孫,國亡後不應公車。唐須竹爲余過其家省之,肅清戶庭,猶楚雲臺風味也。楚雲臺,白沙築於嶺南,以館大崖者。《王船山詩話》

《白雲山》中二偶云:渺渺孤帆浮遠樹,冥冥雙眼送飛鴻。气吞天地名何用,景寫江湖句易工。語尚輕圓,不染當時艱澀之習。

國朝

李懋泗 字魯膏,貢生,官教諭

懋泗秉姿卓越,博學能文。詩律精嚴,五七字音節極高。與崔尚書應階爲布衣交,稱詩江漢,輒主牛耳之盟焉。

《登望雲亭》云:秋老夫容獨自開,一聲長嘯又登臺。人如旅雁匆匆過,憾與江流汩汩來。三峽波濤從古險,九嶷面目至今猜。天高地迴情難盡,怕聽城頭畫角催。

程 珏 字錫五,號臨川,雍正進士,官教授

珏性孝友,天真自率,讀書目數行下,博通典墳,詩古文詞皆能自成家數。

《初夏偕友雨中泛湖》云:湖光瀲灩接天浮,一棹輕舟古渡頭。笑指暮雲歸遠岫,喜看時雨足先疇。故人漫索吳江句,有客欣爲楚水遊。麥浪松濤都入畫,可知得似輞川否?

周大鈞 字陶萬,號和亭,嘉慶舉人,官教諭

大鈞家貧力學,博極群書。生平以著述爲事,人世浮華一無所慕,稱篤

行君子焉。

《將去天門留別邵蓮溪明府四首》之次云：南嘉生佛千秋鑄，東魯靈光一柱尊。坐我春風曾地主，炤人冬日又天門。誼逾骨肉真難別，分隔雲泥兩不論。欲去仍留情耿耿，何當一飯報王孫。

張瑮光 字瞿庵，諸生，有《幽蘭山房集》

瑮光工詩古文詞，性嗜書，常購數十萬卷，作千里樓貯之。又工繢事，蕭疏蒼古，人競珍之。家有園林花木之勝，值滇逆叛，築室幽蘭山，自營兆域，以待終老。

《闢徑》云：一徑渾如綫，鄰家左右通。長林明暗裏，豐草有無中。早識岐多路，自然途不窮。足音空谷貴，誰慰漆園公。

朱曰眉 有《留雲堂詩集》

曰眉博學嗜古，澹於世情，唯以讀書唫詩爲務。先子云《留雲堂集》中頗多傑作，惜無從借抄。

陳敦詩 字正雅，號韵舫，道光舉人，官知縣

赤壁懷古詩多矣，未有歸重炎漢者。韵舫一結，實發前人所未發，通首亦雄偉相稱。云：隔江平渡萬牙檣，蘆葦深藏戰壘荒。顧曲開筵猶爾雅，賦詩橫槊也豪狂。林鳥驚起南飛迅，穴蟻燒殘北走忙。一炬高光應吐气，東風豈止便周郎？

涂文鈞 字平甫，道光進士，官布政使

文鈞幼慧，隨父開元至京師，鮑覺生侍郎奇之，留邸舍。出藏書，使枕

莅其中，益淹博，補宛平諸生。及擢御史，多所彈劾。穆彰阿、耆英二相皆因公罷職，一時直聲震朝埜。出守甘涼，多善政。洊任江寧藩司，粵逆陷城，死於難。

《送丁紫琳歸秦州》云：大江之外天東垂，海水冥茫山陸離。中有異人丁令威，騎驢款款來京畿。九門潭潭薦書稀，貿然披褐懷其瓌。今將去我相拒違，執子袪袂申言詞。屬者天兵西討夷，至今寇盜猶猖披。子不爲虎爲熊羆，拂衣而去行安歸？況乃河決東南疲，天子殷憂民咨痎。盍爲舟楫往濟之，執樞機者今其誰？肯以吾言叩天扉，吾力不能空爾爲。

蔡孔緒 字心樵，道光拔貢，官教諭，有《北上草》、《抒懷草》

孔緒幼穎敏，嗜詩，著述宏富，惜無力梓行。

《過孔子擊磬處》云：不聞當年磬，猶想當年音。不見當年聖，猶想當年心。

詠難民流徙，骨肉不能自保，有鄭俠圖畫所不能盡者，真元微之復生也。說到極沉痛處，令人酸鼻，循環處，令人生警。《流民歎》五古，入後數偶云：豈不念气節，貧苦竟何恃。豈不惜身家，其如遭凍餒。枵腹涕滂沱，中途各分徙。有妻被人留，有女聽人使。有子賣錢還，計迫乃出此。可憐同根生，不得同根死。貧者苦饔飧，富者厭甘旨。視彼貧富民，因悟窮通理。我願富貴人，常念貧賤始。

程 蓮 字友青，號魚溪，貢生，有《借止廬詩存》

蓮性敏嗜學，無書不讀。工詩古文詞，幼以《歌風臺詩》得名。僑寓沔陽之茅江，不慕榮利，飲酒賦詩終老。子以亭能嗣其業，詩亦工秀。

友青初肆力楚詞，《石榴花塔歌》鑄冶《騷》《辨》，雅與古會，惜篇長不能備錄。而近體出自性靈，短歌長唫，輒有一種清拔之气撲人眉宇。王丈冬壽稱爲後起之雋，自非虛譽。《烈婦詞》云：鏡破不可圓，竹枯猶有笋。嗚嘑笋亦枯,破鏡無雙景。殉死易,撫孤難,遺腹已墮翁且鰥。君死長已矣,妾生只一身。委身爲君婦,君死妾何生。凜凜秋霜團團月,妾盟不寒妾心熱,生同君室死同穴。《關山》云:關山一片月,孤客五更愁。豈不憐佳節,其如念故樓。萱堂親已老,膝下子還遊。眺首蟾宮桂,何時慰所求。《飲朱秉庵宅送少白歸華容》云:歸舟重過我,杯酒復觴君。白雨昏天末,紅爐暖夜分。來從茅口路,去臥洞庭雲。別後還相憶,翹望到日曛。《過易軒故居》云:黃昏獨自度深林,舊路依稀緩緩尋。不道門前雙桂樹,猶留新月照孤墳。《將歸茅江留別諸友》云:幾日相知話舊緣,不因風阻不歸船。壺中尚有三杯酒,又借茅庵一夜眠。

李林芳_{字蘭畦,諸生,有《養真詩草》}

林芳少與余旬甫稱詩嘉魚,旬甫誦其《對菊詩》云:荒徑無人到,閑情獨自芳。淡到無言處,孤懷相與清。詫爲絕調。又"蘭橈春水還江北,柳絮輕風別漢南",亦《丁卯橋》集中佳句。

蘭畦詩在友青伯仲間,而清圓渾脫似又過之。《雜詩》云:黃帝餌金丹,廣成爲戎首。後世感長生,死生紛難剖。不知元會盡,天地尚烏有。白日坐飛升,斯理信然否?我思功德言,古人三不朽。驚飆撼長空,江水激爲濤。嚴霜下叢薄,芳蘭一以凋。大造復何心,气類從所遭。烏兔東西馳,不礙蒼天高。有生固贅疣,年命孰遁逃。生寧關壽殀,死豈悷賢豪。不見可人墳,白首長蓬蒿。《飲酒》云:山人有真趣,得之杯酒間。掀髯時一笑,意與物俱閒。白雲在空中,獨往復獨還。《哭劉价臣》云:尚有高堂在,其如弱女何?慈烏須乞養,寡鵠忽聞歌。數世悲煢獨,餘生入網羅。蓋棺瞑目不,遺憾夜臺多。《畫意》云:夕照明幽草,孤雲返暮岑。秋風梧子落,惆悵美人心。《古別離》云:獨抱寒衣坐,淫淫淚滿腮。昨宵沙浦鴈,帶得早霜來。被冷不生春,烏啼天欲曙。魂逐月華歸,夢隨藁砧去。夜夜夢漁陽,與君數相見。日暮閉簾櫳,不看雙棲燕。《漁父詞》云:一泓淺瀨碧如油,澹蕩心期逐野鷗。清水魚兒不受餌,蘆花飛上釣竿頭。《涼意》云:天街洗淨暮雲收,淡淡銀河影不流。小院無人蟲自語，一棚明月豆花秋。《雜詠》云：王春作頌獻椒花，故實真堪數夢華。笑學孝侯《風土記》，爲編樂府入田家。《瀟湘煙雨圖》云：浪打蛟宮水气腥，汀洲不辨蕙蘭馨。江湖萬里身如葉，風雨瀟瀟過洞庭。《吊禰正平》云：平原處士已成塵，鸚鵡洲前草自春。采得蘋花當絮酒，夕陽江上吊才人。《問梅》云：曾於霜雪見精神，淡淡風懷不藉春。一種寒香清到骨，此身衹合伴詩人。斷橋流水住斜曛，獨立空山迥不羣。我是清江老漁父，何緣修到似林君。

余　宣字旬甫，布衣，有《層高堂集》

宣溺苦於學，諸書無所不窺。詩古歌行沉雄老健，頗能追踪韓杜。唯惜泥沙間下，且多叫囂之習。而其夭矯排奡，杰出儕行，自不能不以飛將目之也。

《題孟襄陽騎驢圖》云：風雪蒼蒼歲月深，還山孟浩且沉吟。小橋流水聲如咽[5]，似說明皇慢士心。不直斥明皇而托之流水，怨而不怒，風人之旨也。《言志詩輯》

旬甫家貧，遊食公卿，爲李石梧尙書所知。刊其《越唫》、《吳歔》等集，頗風行江介。間兵戈流走，其困益甚。江漢初定，結緇陽詩社爲粥食計，聲名爲之少減，而螺山王冬壽先生獨盛稱之。介與余交，因得盡誦其所著詩。倉皇戎馬，不暇鈔錄。身後無子，遺稿不知散歸何所。僅存題余八千卷藏書圖，七古長篇又非杰作，所錄唯七絕一首，冥冥中殊覺負此良友也。

【校記】

〔1〕《玄怪錄》，原作"本傳"，據唐牛僧孺《玄怪錄》卷二改。

〔2〕厲，唐牛僧孺《玄怪錄》卷二作"麗"，《太平廣記》卷三百二十七作"厲"。

〔3〕淳，《詩徵》原文避清同治帝諱，"淳"，作"湻"。今統一改之，後不再說明。

〔4〕"英雄有餘恨，廻首大江東"句，乾隆《嘉魚縣志》卷八錄此詩，作："老僧憑一咳，廻指大江東。"

〔5〕橋，原作"樵"，文義不通。唐朱景玄《唐朝名畫錄》：王維"嘗寫詩人襄陽

孟浩然馬上吟詩圖,見傳於世"。宋李復《潏水集》卷六《書郢州孟亭壁》:"孟亭,昔浩然亭也。世傳唐開元間,襄陽孟浩然有能詩聲,雪途策蹇,與王摩詰相遇於宜春之南,摩詰戲寫其寒峭苦吟之狀於兹亭,亭由是得名。而後人響搨摹传,摩詰所寫,迄今不絕。"唐唐彥謙《憶孟浩然》:"郊外凌竞西復东,雪晴驢背興無窮。句搜明月梨花内,趣入春風柳絮中。"五代孫光濱《北夢瑣言》載:"相國鄭綮善詩……或曰:相國近有新詩否?對曰:詩思在灞橋風雪驢子上,此處何以得之?"蘇軾《大雪青州道上有懷東武園亭寄交孔周翰》:"又不見襄陽孟浩然,長安道上騎驢吟雪詩。"宋方回有《孟浩然雪驢圖》。輾轉變化、錯綜演繹,"浩然驢"、"灞橋雪驢"遂成詩畫常見素材。

增訂

武　昌

余承柱 見前

漕通三輔粟[1]，官出五兵曹。待聽尚書履，能傳太保刀。鳴騶從此去，兩華插天高。《林文忠公輓詩》云：帝自青宮念藎臣，即家強起靖烽塵。共知方叔真元老，不愧汾陽此大人。四裔名原驚蜃鰐，三朝恩待畫麒麟。一腔心血酬明主，雪鬢臨危敢愛身。賊聞公起頓投戈，星隕南天可奈何。此後益廑宸慮遠，同時誰道將才多。紅崖列陣威猶在，公在雲南平回匪於彌渡，駐師紅崖。黑錯銘功字不磨，前在甘肅平番賊於黑錯寺。聖主聞聲思壯士，洗兵安得挽天河。寵辱身經默不言，生平事待蓋棺論。伏波去尚留銅柱，廣東生祠聯云：伏波銅柱無遺恨，少保金牌盡哭聲。定遠生能入玉門。還職兼圻知最久，成皇帝起公伊犁戍所。易名兩字道何尊。宣公但向忠州死，福備如公是國恩。《答子壽》云：十二年前京洛別，相逢亂後楚江濱。平生知己無多子，海內名流有數人。憂國文章都是淚，感時花柳不成春。漢皇何日重前席，賈誼猶存未老身。滇樹燕雲行路難，夢中相見勸加餐。年來蹤跡談何易，別後詩文寫與看。忠孝道孤君共信，悲歡境歷我猶酸。芝岡熊襄愍公太岳張文忠公風流在，江海誰迴東去瀾。

柯茂枝 字根臣，道光舉人，官教諭，有《求放心齋詩集》

根臣先生懷材未售，僅以校官終。其衷懷略見於自撰詩序，曰：嗚呼，此十一年中，粵賊走西陲，巢江皖，流毒方州，三淪楚鄂。加以羣寇交煽，島夷內訌。先皇帝宵旰憂勞，親蒙霜露。蓋中外臣民戮力之秋，士君子枕戈待旦之會也，豈得沾沾然抽毫弄墨哉？然迴憶歷年蹤跡，南北崎嶇，一載游吳，兩載於京；中間戢影蓬戶，挈家播遷；奉檄獻書，結團籌餉；暫者纔數月，久者或二三歲。凡所見雲變星異，兵火鬼神及游歷知交聚散升墜死生之故，糾紛儵幻無聊不平，輒於詩呼發之。譬猶風樹之響、秋蛩之吟，候至激觸，莫能自已。此固不可以言詩，況暇計其詩之工拙乎？士生斯世，上不能獻替闕廷，關天下大計，次不能屬槖鞬、磨盾鼻，奏績行間；下之又不能耕山漁水，翛然塵外以自潔；而徒偃仰湛浮，日挾其七尺倖存之軀，聊以空言鳴。歲月蹉跎，駸駸老大，蓋遂長爲無聞之人而已。既悲當時，亦行自悲，是則不肖耿耿之心，拙詩之所由存也。

《宅心》云：萬事枝葉，一心根本。界辨毫釐，幾爭俄頃。志之所立，如矢赴的。情之所移，如蠶引絲。宜存乃存，宜用乃用。月鏡澄瑩，海天空洞。其虛無著，其靈無窮。包羅衆有，與造化通。《積學》云：胡謂之儒，通天地人。經史子集，合乃成文。悟由疑入，樂由憤出。理無止境，功無盡日。事貴實獲，剽竊者賊。物貴藏器，暴露者棄。積粟如茨，歲飢勿飢。輪輿之良，可陟太行。《斗墟爲畫問天小影，復作西山覽古、漢江泛月二圖，長句報之》云：我生足迹半海內，西秦東吳朔幽燕。林巒川谷事搜剔，萬景過眼如雲煙。竭來歸向北窗臥，恨無妙繪齊詩篇。劉郎觸熱造吾館，劇談畫理追龍眠。立園江夏葉道本已死慎齋大冶董家言老，胸中丘壑君當傳。西山灌木夏翁鬱，漢江風月秋澄鮮。岧嶢樓閣縮尺幅，高堂白日飛巖泉。此中佳景隱著我，策杖攬勝還乘船。三峽海門君未見，會謀一一素壁懸。側身東南尚多事，畫裏江城皆腥羶。與君對酒起太息，所至今當戰骨填。丈夫蜷局守妻子，韝鷹斂翮騏腹騫。學書學劍兩無用，欲排閶闔叩青天。煩君爲我更貌此，意匠迥出拈毫先。離憂心情色顦顇，雖不逼肖僉曰然。安得清風灑六合，麟閣繪像妖氛湔。更臨洞庭上廬阜，訪古遺蹟圖高賢。不信試看麋鹿狀，芒鞋布襪安且便。《哭蕭朗峯大令》云：楚江同角藝，燕市復追歡。客久懷諸弟，時艱棄一官。兵戈中道阻，琴劍故人酸。魂返楓林外，懷君月正殘。《擬上青撫軍書，道梗不得達》云：秋中爲別忽徂夏，滿眼荊榛蔽道□。危日始膺□寄重，孤城曾得援軍無？側聞將士激忠義，苦望鄉閭解毒痛。懷□千言無自達，經時息影臥□廬。《贈賀雲甫侍御》云：七載前從京雒別，此來海內未休兵。鄉邦風景殊今昔，耆舊交游半死生。獨喜神羊增健骨，更聞雛鳳繼新聲。哲嗣已登賢書。補天畫日君侯職，好翊中興答聖明。《抱孫自紀兼賀孝鳳》云：萬事名難與君等，今年同作抱孫吟。亭間二柏餘新穎，堂上三槐滿舊陰。兒女催人添白髮，詩書傳後即黃金。論交四世古來少，奉杖將車或稱心。

咸　　寧

明

李　玉 字琢之，號醉白，天啟舉人

玉領鄉薦後，讀書潛山，不求仕進，以理學自任。懷宗初，峽山賊猖獗，守道袁繼咸等受方略於玉，乃克平焉。順治初，屢徵不起，抗節以終。《唐嶺行》云：三月前行苦竹嶺，刺客□交韓琦頸。三月後行大墓山，韓琦身在五雲間。大墓山與唐嶺連，唐嶺嶺傍桃花尖。吾家先達北海舍，猶有殘碣鎖寒煙。苦我山行月復月，不〔□〕。

胡　章 見前

章一字石川，所著《扶雅堂詩話》，間附己作，偶摘錄之，以備一臠之嘗。《瀼西杜工部祠》云：瀼東復瀼西，山山人面起。有山離山立，挺直6傍倚。山半工部祠，龕嵌絕壁裏。沿壁走羊腸，盤辟十餘里。入門不見住持僧，遺像儼雅閟金坨。古碣摩認字列星，鄉人祀自竇應始。范陽鼙鼓動地

來,弟妹拋棄室家燬。窮途各路阻干戈,苦奔行在陷賊壘。至德二年逃鳳翔,間關抵蜀隨鞭箠。天子蒙塵駕未歸,孤臣亡命欠一死。歌哭日灑憂時淚,老筆方嚴握綱紀。風流香艷李青蓮,忠愛君國語言無片紙。嗜詩尚論古人詩,惟讀公詩如讀史。光芒作作猶有聲,萬丈高瀉峽中水。《過朱仙鎮》云:欲抵黃龍府,此爲血戰場。肝腸塗壁壘,喉舌起欑槍。二帝生無着,孤臣死自當。但將賊檜問,千古事茫茫。《灩澦堆》云:瞿塘陡束萬峯齊,灩澦堆翻水勃豀。直砥中流爲鐵壘,更廂兩峽作金堤。媥孏石葉飛霜隼,瀝瀧濤花湧雪猊。逐日江聲流不住,聲聲又聽岸猿啼。《八陣圖》云:亂石洲前幾歲華,參差歷落瀉晴沙。猇亭不獲全師返,魚腹還將半壁遮。憶昔兵聲飛草木,只今陣勢走龍蛇。閒來坐聽磯頭水,齒磕猶疑競鼓笳。《白秋海棠》云:春光不鬥鬥秋光,迴首要無遲暮傷。半幅鮫綃紅暈雨,一簾粉黛白飛霜。低垂怯逗當風面,冷落甘枯飲露腸。試向碧雞坊裏望,輕陰漠漠護虛堂。《問字亭》云:問字亭猶剩數椽,芳名盡道以奇傳。誰知傳說先生者,不在亭邊在閣邊。漢祚中衰莽竊符,忍將醜語獻奸諛。美新文想多奇字,欲問疏經各漢儒。爲賦甘泉入內庭,枝詞曲解日離經。亦知醬瓿由人覆,覆醬嫌將醬味腥。半世身名問有無,嘔完心血總偏枯。口中白鳳飛何處,只剩人稱莽大夫。《渝城東山大士殿,元旦婦女燒香者,自五更走喧呼爭渡,渡累日不絕,竹枝詞》云:畫黛研脂拾翠忙,稱身新製出籠香。剛交元旦開門走,不走吉方走上方。籃輿夫子囑爭先,抬向河邊覓渡船。打槳郎休故散漫,儂身携有繡囊錢。過河迤邐兩三程,魚貫山前却步行。貼地弓鞋灣一寸,倩娘扶上綠沙坪。到山月尚掛荒闉,插得頭香早敬神。不是儂心偏着緊,趁天未曉避閒人。老祈福壽少祈男,斂袿端身念四參。就裏有人情脉脉,垂頭欲訴又羞慚。《香溪》云:竹樹幽深水滿堤,風光宛是若耶溪。春衫不上梨花影,著向溪頭洗碧黃。臨溪試與照新妝,屈指流光惹恨長。深意莫教人看破,故拋石子打鴛鴦。清同泉女泛蟬紗,嬌怯還愁石戟牙。那想纖纖冰雪腕,霜風塞上抱琵琶。鎮日深宮事粉朱,一時邊塞響都蘆。緣何大廈無支拄,欲倩佳人隻手扶。斷句五言如《霜嶺》云:苔衣肥宿雨,山骨瘦寒煙。《溪舟》云:幽窗延皓月,短掉撥寒星。《暮抵村店》云:影飛歸鳥疾,聲咽暮蟬幽。七言如《山行》云:茅屋崖陰厖吠日,麥畦嶺表犢耕雲。《磎硐》云:硐底無雲龍沫濕,磎邊有路虎蹤多。

雷以諴[3] 字春霆,號蘿郊,道光進士,官侍郎,有《雨香書屋詩文集》

《琴囊》云:太素不言色,太古不言音。耳目見聞外,寂然深復深。高山識我志,流水助我吟。囊琴成默坐,相賞在無心。《求己圖》云:人各有己,己各有求。求人多咎,求己何尤。己應厚責,己宜靜修。全己之性,渣滯無留。省己之躬,邪穢不收。片念偶失,後悔堪憂。一行或玷,衆指可羞。惟能慎己,作德日休。惟能善己,坦道任游。是非冰釋,富貴雲浮。無恩無怨,不剛不柔。人愛難助,人忌難讎。逍遙自在,己心悠悠。《感懷》云:亂離今若此,中土幾安全。立足真無地,捫心只問天。忍拋修月斧,慚說買山錢。萬里西羌路,燕台望黯然。《遣戍新疆》云:借箸逾三載,於今致悔尤。清寒看水月,責備凜春秋。論任他時定,情甘萬里遊。此行瞻華嶽,一想帝王州。《山寺羣鴉》云[4]:舊樹生猶密,寒鴉集更多。衆山皆似濯,孤寺尚堪窠。覓食侵晨出,聽經靜夜譌。却憐民蕩析,輸爾有栖柯。《江鷗》云:世路多機鏃,偷閑似爾難。天淵欣所托,俯仰亦何寬。遠岸空羅網,隨波刷羽翰。伊誰同浩蕩,休作有心看。《過月湖堤》云:日淡風恬綠蘸波,獨行無伴只輕過。匆匆不向湖邊立,怕照年來白髮多。黃鸝好語想煙中,萬里垂垂被暖風。誰把青絲都割斷,教人情緒也成空。飛絮曾經到小舟,清謳隨處好勾留。可憐紅紫半消歇,省得桃腮笑白頭。畫意吟情是一家,杏村酒後喚新茶。何人管領湖山勝,補種當年幾處花。他如:仁賢去就重,良將死生大。男兒萬古情,一灑乾坤淚。又:痛哭哀江南,一字一流涕。《哭向軍門榮》。君臣期際會,將相注安危。真精潛槖籥,大器費陶鎔。功成諸帥後,賞在衆軍先。任重危疑介,權高志慮深。《贈曾滌生相國》。事逐江潮退,恩留海日融。烽火羣生劫,雷霆大造恩。朗懷憑月照,殘夢挾塵奔。《感事》。雲消倍覺摩天淨,塔迥端緣得地高。性拙直言同箭急,心交容氣共塵蠲。雲銷海角秋無影,月蘸江心夜有聲。雲淡微風團薄絮,波平細雨點輕花。性定隨時皆樂地,心空到處有行窩。皆卓卓可傳之句也。

嘉　魚

余　宣見前

求旬甫詩於其鄉人[5],有茫然不識爲何許人者。吁,名士青山,美人黃土,身後寂寞,從古興嗟。亦未有物故廿年,遽至於聲消名歇,姓字幾莫見於里閈者,可慨也已。姻家楊師魯茂才,性嗜古,爲搜寄《粵吟》及雜稿數紙。讀之踔厲風發,天骨森張,其豪氣英光,仍覺躍躍於紙上。亟登廿餘篇,以廣其傳。因以嘆夫韋布縫掖之士,當其時,名賢鉅卿折節下之;及後世讀其書思其人,復不忍任其湮沒者,非有真造詣、真本領,僅盜一時之虛聲,使不與草木同朽也能耶?是以人貴自立,旬甫有知,亦可以少慰於地下矣。

《廣州秋懷》云:春風纔幾時,秋至淒以寒。百卉就枯槁,急水奔懸灘。海潮不可測,怒捲沙漫漫。隔江崖嶠壯,奮飛思羽翰。畫角聲蕭蕭,離憂來無端。河山阻幽尋,空懷平生歡。留滯天之涯,良覿如此難。《孤山》云:平石東下十五里,孤山孤絕插天起。舟行山麓見欹崟,靈光魯殿高巋巋。其旁有山紛龍嵸,對此只可稱附庸。小山圍繞無獨秀,勢如方城難爲雄。山尖綠樹蒙綠蘿,大年雨洗風刮磨。峭壁可望在天際,塵世無人施斧柯。山脚喬林如茵鋪,石泉瀺灂來紅魚。近岸沙篆蝌蚪字,隔水石陳宛委書。孤山山讓江西南,粵東無路難躋攀。憶昨英德泊舟夕,江上更有一孤山。《峽山寺》云:舟人指點峽山寺,一杵疏鍾青曉聞。峽水無波瀉寒碧,峽山秋樹綠如雲。《駿馬歌》云:野曠天清北城下,見此浴沙之駿馬。魯公烏騅渾在眼,異體殊相識者寡。昂昂此馬空馬羣,頭尾腹背皆龍紋。飛來有若一匹練,騎去應騰萬里雲。古人好馬真可憐,風鬃霧鬣凋幾年。不惜黃金買死骨,何如千金購生前。銅聲硁硁敲四蹄,骨沒筋少差近肥。嶺海寧靜罷戈甲,髀肉漸生馬莫悲。《詠懷》云：憂從中來不可刪,夫君久別何時還。妾思君兮不得閑,性剛才拙兼病孱。日暮望門朝叩關,歲歲年年生事艱。天壤偏君遭遇慳,賤妾思君涕潺湲。思君遠道難躋攀,昔日閑雲逐野鶴,今日池魚籠困鷴。君胡夢中又占夢,妾怨山上復有山。山長水遠嘗憂患,賤妾思君凋朱顏。粵山叢叢江接聯,颶起衝擊當風船。浮雲莽莽蔽四天,嗟我欲歸尚無緣。近日隨事生牽纏,宵夢常在故山邊。本非流竄到海壖,思人滋深更可憐。來時洞庭水拍天,羇魂栖栖浪傾顛。幽憤哀怨幾萬千,鑒觀往哲不一宣。畏途經過蛟龍淵,一跳萬里抱朱絃。如脂如韋肯周旋,時運菀枯命在天。文章豪宕渾如前,丈夫志氣無窮年。《颶風行》云：君不見廣州盤踞南溟高,颶風簸山撼海號。頓蕩萬物吁可怕,舉頭天上星搖搖。我行四方非一日,身爲物役心不撓。此地秋陽晒萬里,九月炎熱相煎熬。揭來海氣動薄暮,雷霆戰鬥俍城壕。蚩尤旗與黃帝遇,曹瞞軍盡赤壁鏖。衝如沙場發大炮,廻如滄江翻洪濤。樓閣掀揭燈火暗,乾坤擺砊熊羆嗥。我素有志泛渤澥,長竿驟雨釣六鼇。海風已搨大鵬翅,聞風起舞拔寶刀。徑欲闊帆窮高桅,肯闔雙扉如藏逃。手刃鯨鯢靜海水,坐待天明吞濁醪。《題杜文貞公畫像,即集杜句》云：有客有客字子美,今之畫圖無乃是。獨立蒼茫自咏詩,欲向何門跂珠履。濟南名士多,方駕曹劉不啻過。崩石欹山樹,亭深到芰荷。氣酣登吹臺,萬里風雲來。性豪業嗜酒,如何不飲令心哀。胡塵暗天道路長,天下盡化爲侯王。白頭拾遺徒步歸,此日飢寒趨路旁。小留同家窪,激烈思時康。山菓多瑣細,矯首望八荒。漂泊西南天地間,信有人間行路難。三步廻頭五步坐,愁看直北是長安。浣花溪裏花饒笑,生理只憑黃閣老。同學少年多不賤,但話夙昔傷懷抱。山雪河冰野蕭瑟,虎倒龍顛委荊棘。不虞一蹶終損傷,扶持自是神明力。魂返關塞黑,風送蛟龍匣。淚落強徘徊,如聞泣幽咽。感時撫事增惋傷,詩成吟咏轉淒涼。正憶往時嚴僕射,身欲奮飛病在牀。猛風中夜吹白屋,前飛禿鶖後鴻鵠。漫勞車馬駐江干,泛愛不救溝壑辱。厚祿故人書斷絕,草堂自此無顏色。年過半百不稱意,窮途反遭俗眼白。萬壑東逝無停留,老夫乘興欲東遊。扁舟欲往箭滿眼,春風廻首仲宣樓。樓上炎天冰雪生,老夫復欲東南征。喬口橘洲風浪促,江草日日喚愁生。楚天不斷四時雨,寂寞江天雲霧裏。舟中無日不沙塵,吾獨胡爲在泥滓。歲云暮矣多北風,飄然時危一老翁。鄉里小兒狐白裘,飛揚跋扈爲誰雄。山鬼陰幽雪霜逼,女病妻憂歸意急。有弟有弟在遠方,去住彼此無消息。有妹有妹在鍾離,十年戎馬暗南國。身老時危思會面,中夜起坐萬感集。山巔朱鳳聲嗷嗷,道路即今多壅隔。江湖遠適無前期,青楓隱映石逶迤。忽憶雨時秋井塌,舟人指點到今疑。故獨寫真傳世人,不露文章世已驚。更覺良工心獨苦,湖月林風相與清。平生性僻耽佳句,富貴何如草頭露。汝與山東李白好,江天漠漠鳥雙去。終日忍飢西復東,凡今誰是出羣雄。晚節漸於詩律細,意匠慘淡經營中。舉觴白眼望青天,觸忤愁人到酒邊。爾曹身與名俱滅,丈夫垂名動萬年。《上石梧尚書》云:筍自竹根出,風來松下清。公非慕蘿薜,一疏謝簪纓。匪畏儕高隱,藏鋒副盛名。南歸舟檝遠,不泊武昌城。《耒陽謁杜文貞公祠》云:故友夢中親白也,大名身後得微之。如何一代文章手,尚受羣愚酒肉嗤。巾幗舊居拾遺廟,雷霆今震杜公祠。入廟時,雷震落祠瓦三四。我來再拜陳椒酒,正是靴洲欲雨時。《白面石》云:韓瀧東指夕陽殷,十八灘頭意味閒。獨立危厓俯秋水,長留白面對青山。寒陵一片堪同語,嶽麓三生不是頑。何日移來嶺南路,與君聚首碧灣環。《羊城偶興》云:魂夢殷殷楚水潯,境非吾土早囊琴。馬嘶代草生長嘯,鵬到天池有退心。漫道丘愚原異路,須知苔石本同岑。北湖南海三千里,又變吳吟作粵吟。《粵山》云:嶺雲海日過炎州,飽看粵山天盡頭。勝地崎嶇終走險,芒鞋瀟灑獨尋幽。羣峯錯置無前後,一徑斜通此去留。最喜夜深燈燭暗,松明活火汲龍湫。嘈嘈仙樂想當然,詎必羅浮峻嶺巔。樹古隱君讀書屋,雲藏佛國淨名天。此間波伏埋銅鼓,何處龍呼耕石田。未到前峯青寨嶸,凌晨短策欲衝煙。雨餘衆壑懸飛瀑,高屋建瓴汹湧來。巖下數驚衝浪艇,海中應沒釣龍臺。磨圓石筍森森立,淘洗山容面面開。遮莫奇編探宛委,琅函玉簡桂林隈。《宜章子夜歌》云:郎住甘凉古塞邊,妾家楓嶺斷橋前。自從騾馬清宵別,暮雨聞鈴最可憐。《舊遊懷古》云:燈映樓臺似畫屏,清歌妙舞費吳綾。周融宅畔移秋桂,江令牆邊冒紫藤。吊古重來千里客,乘船猶見六朝僧。水西門外哀笳咽,半壁江聲助沸騰。蕭娘藁葬雷塘路，煬帝傷心淮上秋。寂寞二分好明月，咿啞柔櫓下揚州。雙堤阻水排牛角，一疏無臣凍馬頭。今日風情年少子，紗燈銀燭侈宵遊。細雨孤帆曾小住，東陽白紵亦堪聽。閶門落落韓娥曲，吳下栖栖處士星。金氣或從皋廡識，紅樓多伴女牆扃。扶風豪俠人千載，井上雙梧比德馨。石門洞闢極崔嵬，雨逕煙扉長綠苔。朝漢趙佗終戀闕，將船楊僕竟無才。雲開鎮海天如幄，風緊扶胥浪吼雷。五夜羅浮淩絕頂，一丸紅日劈空來。《杜陵坊》云：杜陵坊畔客莫愁，杜陵坊裏人千秋。讀遍殘碑日將暮，一河秋水浸靴洲。《曉發郴州》云：薄板肩人欲去時，蘇仙嶺外雨絲絲。郴州耆舊都凋謝，不見當年陳起詩。《曲江題張文獻公祠》云：文章大手筆如杠，風度稜稜諫受降。王衍始終知石勒，君王流涕祭韶江。《懷人》云：南荊自古風騷地，滄海洪濤蕩渚蘋。下筆千言掃陳腐，惟君差是眼中人。王仲仁文學。故人裘馬自輕肥，垂老攀躋心事違。閭里故多鴻漸翼，羽毛豐滿倦高飛。張竹人茂才。雪滿滄洲酒未醒，琅琊風格繫深情。扁舟臥誦寒蘆句，愛爾韶年近老成。王家遇秀才。山中大木幾人知，采盡蘭苕栝柏遺。太息東溟沉鐵網，珊瑚生蠹已多時。姚春木徵士

楊高椿字仙巖，貢生，官教諭　弟高梓

　　仙巖丈官漢陽，當喪亂後，以扶植倫紀為己任，慷爽好義嗜學，詩不多作，偶得句亦自警策。《悼林立夫》云：古戰場餘碧血痕，鯉澦河上月黃昏。殺身大義昭千古，埋骨孤忠慰九原。君相恩深難造命，友生誼篤未招魂。知君效死疆陲日，恥學文淵作達言。高梓字琴溪，砥品礪行，為鄉里所重，舉咸豐制科。詩工近體，句如：紫電曾傳新篋劍，青門尚種舊時瓜。《贈某軍門》。登堂琴韻消鞭撲，比戶書聲當管弦。案有奇書何慮治，門無私謁總憐才。《贈某明府》。皆佳。

鄭明循字南陔，貢生

　　南陔詩筆亮拔，書時事者最為傑出。《詠懷》云：但願申胥能復楚，何妨

王粲暫依劉。《書事》云:未必掃塵無李牧,誰能轉餉似蕭何。惟有馬嘶江上月,更無犢趁隴頭煙。《經戰地》云:長江日落魚龍靜,故壘煙深草木寒。極似元遺山學杜之作。《哭羅羅山方伯》七律前半云:慘淡煙塵掃不開,羅睺直向賊中來。敵人膽已聞風落,大將星偏半夜摧。亦崚崝可喜。《旬甫詩話》

【校記】

〔1〕"漕通三輔粟"段,乃增訂本所增"武昌"部分內容,置於"釋性曇"條後。但從文意來看,是補充"余承柱"條。今復加條目。

〔2〕"不"字後,文義殘缺,應有脫文。

〔3〕"雷以諴"條後,乃增訂本所增"咸寧"部分內容。原置於"李玉"之前,今置於"增訂"部分卷末。

〔4〕山寺,原作"山山寺",應衍"山"字。

〔5〕"求旬甫詩於其鄉人"、"《廣州秋懷》云"兩段,乃增訂本所增"余宣"條內容。今剔出並復加條目。

湖北詩徵傳略卷四

蒲圻

宋

張　掖 理宗時官主簿，有《短簿集》

掖官石門，與縣尹薛儀老、學正李洪，極一時之選。而緝文摘藻，必屬之掖焉。《通志》

元

王廷揚

廷揚舉鄉貢，與江存禮並以宏博薦。終元之世膺此選者，湖南北唯二人焉。

江存禮 泰定舉人

存禮泰定三年舉於鄉試，《大別山賦》爲考官偈奚斯、彭楚玉所賞評，云：「大別屹立江漢，是子奇崛與山爭雄。」

《赤松井》云：紫微峯畔赤松壇，路入仙源杳靄間。塵世不堪思往事，白雲長是繞孤山。炎陵幾度塵飛海,漢代何年客度關。欲掃蒼苔書歲月,高山千仞水潺潺。

何槐孫字德符,泰定進士

槐孫幼穎悟,日記數千言,而詩特工。尹宜黃,推官德安、雲夢,俱有政聲。著《書經義》。《太常賦》頗膾炙人口。

宋　愿字文齋,官學正

愿生而敏慧,力學不倦,崇尚經術至廢寢食。詩古文兼有所長,不屑以詞章顯,故不多傳。

明

魏　觀初名已孫,字杞山,洪武初就徵,官知府,有《蒲山牧唱》

明初循吏,政教兼行,稱蘇守魏公。其修府學,則宋景濂記之;舉鄉飲酒禮,則王常宗述之。乞言養老,賓饌有儀,三代以後不多見也。其五言古詩,念切民瘼,纏綿悱惻,不減元道州。近體亦清脫可誦。當日高皇遊觀上苑,召與危素、宋濂、詹同、吳琳同宴奉天門東紫閣,謂曰:"前日送卿還,今日與卿飲,何其樂也。"命各賦詩紀之,亦稱殊渥矣。乃緣誣善之人,一言坐以慘法。甚矣,君恩之不可恃也。《靜志居詩話》

初張士誠以蘇州舊治為宮,遷府治於都水行司。觀守蘇日,以其地湫隘,還治舊基。或譖觀興既滅之基,帝使張度廉其事,被誅。尋悔,命歸葬。高青丘季迪為觀作上梁文,亦坐腰斬。明祖可謂濫刑矣。

杞山元季隱居蒲山,太祖下武昌,授學正。三遷至翰林學士,侍皇太子讀。乞病,後旋起知蘇州府。宋景濂稱為孝敬人。乃以事坐誣死,天下冤之。杞山有詩才，五言如：鳥啼山翠裏，人語水聲中。茅屋連溪塢，松舟繫淺灣。野樹暮雲合，山溪春水平。竹徑歸黃犢，柴門度白鷗。一牛臨水立，雙鴨避舟廻。七言如《送鄭國公授經》云：宮花細浥研朱露，禁柳微濃灑墨雲。《寄李泰適安》云：楊柳春風官舍靜，桃花流水釣舟閑。風致不減中唐。《楚天樵話》

《夜宿江夏將往衡湘留贈親友》云：茅屋江聲合，松舟月色遲。把杯頻改席，剪燭共題詩。攬瑟清湘夜，聞簫赤壁時。美人千里外，迢遞寄相思。《明詩綜》

《都昌懷舊隱》云：江霧仍爲雨，山花故作容。秋風餘鼠雀，寒水落魚龍。慷慨心雖壯，羈棲力已慵。白雲萑浦上，悵望最高峯。《別裁集》

《次蒲察少府韻》云：白雲花景外，堂上一簾春。細雨溪橋路，孤煙古木村。有魚供醉客，無犬吠行人。把酒同遊處，梅花滿縣門。《午門闕上》云：旌旗旖旎集中衢，日下金橋劍佩趨。雙闕雲中開鳳扇，六王天上捧龍輿。成均被命仍敷教，大本承恩復說書。殊渥無涯嗟未報，幾回退食重踟躕。《大將軍徐丞相平定中原振旅還京，上御龍江亭命儒臣賦詩迎之，應制》云：白旄黃鉞兩京平，甘雨和風四海清。師出萬全非用武，將資三傑在推誠。蒼龍挾雨迎車騎，彩鳳穿雲送斾旌。獻頌偶蒙天一笑，行看作樂著功成。

李　弘 字德庸，洪武初官國子助教

《西良湖》云：蕩舟歸去月黃昏，湖上人家半掩門。漁笛數聲何處起，冷香一樹玉梅魂。

陳汝楫 字濟明，洪武初舉明經，官知府

《桃花泉》云：桃花流水合荊溪，夜雨春波拍斷堤。偶爾今朝出門望，平疇雉雛麥初齊。

廖　俊字文英,號竹巖,景泰舉人,官學正,有《芙蓉百詠》

竹崖爲漢川學正,一日過開元寺,聞諸僧誦經,音韵朗然,歎曰:"不愈於學生乎!"乃擇其年幼者四人趙杲、方璧、周冕、張敖,置之先賢堂中,朝夕課之。後杲成進士,璧、冕俱領鄉薦,而敖亦由貢生爲府通判。再調嘉定,手植海棠於學,賦詩云:曾於雨裏覓蒼苔,幽洞移來手自栽。枝幹已成人欲去,好花他日爲誰開。每賓興以花盛開爲驗云。《靜志居詩話》

《西良湖》云:南邦遺跡在西良,鳧雁依然滿石梁。我向浮州臺上立,不勝惆悵到斜陽。《明詩綜》

俊晚歸,結廬芙蓉山,翛然自得。著《芙蓉百詠》,聊登其二,云:我愛芙蓉好,青山飛白雲。湖光浮鶴夢,樹色落鷗羣。翠竹娟娟靜,丹荷的的芬。石梁坐終日,誰復共論文。我愛芙蓉好,秋山照水心。石門蘿月靜,沙圃菊煙深。洞有真仙錄,泉如太古琴。蕩舟歸去也,乘興度遙林。閑澹簡遠,饒有逸韻。

廖道南字鳴吾,正德進士,官侍講學士,有《玄素子集》

道南以文學擅名,所撰《泰神殿禮成感雪賦》、《圜丘載祀慶成九章》、《聖主光圖陽翠嶺賦》、《聖主南巡江漢賦》、《景雲徵烈四頌》,皆邀睿賞。又纂脩《明倫大典》,充會試同考官,唐順之出其門。所條上各事,頗關重大,皆爲桂萼、張孚敬輩阻隔不行。奏姚廣孝不宜配享太廟,尚書李時覆題"道南所奏可謂達於鬼神,而明於祭祀之禮",遂罷廣孝祀。本傳

道南詩望之若精選體,然其質鈍,轄句束字,易於滯澀。《靜志居詩話》

《楚紀》,道南歸田後爲世宗而作也。世宗以興王繼統,實受封於楚之安陸府。道南以爲太祖平陳理於武昌,實開定鼎之基。世宗復由安陸履帝位,更啟中興之業。故以楚地爲受命之符,天心所屬。博採古今,鋪張揚厲,爲紀十有五。凡一人一事與楚稍有所涉者,亦牽引以入焉。道南當時

頗負文名，此書亦殫十餘年心力。其末卷《景則紀》中有《原胄》、《敘宗》、《感遇》等篇，詳述己之世系、出處，仿《太史公自序》。蓋隱然以其書比於《史記》。《四庫全書提要》

　　鳴吾詩，竹垞謂其語多滯澀，良由才滿爲患。然亦有气機流暢，不可一概置之者。如《景陵》云：元丘聳佳丽，白日流光景。玉露秋已肅，金精夜猶耿。鳳翠瞻陽阿，龍韞惻陰井。霜垂萬木落，月出千崖靜。蘊藻真芬苾，環珮空淒泠。松壑聞幽泉，潸然淚如綆。《雙清亭》云：雙清亭枕邵陵阿，使節南來喜再過。白石沙陰雲影沒，青龍橋古雨聲多。百年世事空樓閣，三月春光長薜蘿。何處樵風送長笛，分明酬唱谷音歌。它若"江勢平吞閣，山形曲抱樓"一聯，語尤宏闊。《楚風補》

仵　瑜 字忠甫[1]，正德進士，官主事

　　瑜少有志操，內行純摯。甫釋褐，即謝病歸。起補禮部主事，陳十事。嘉靖初以議大禮忤旨，廷杖死。穆宗嗣，贈光祿卿。工詩，不傳。

魏　裳 字順甫，又曰潤甫，嘉靖進士，官按察副使，有《雲山堂集》　子樸如

　　裳居恆謂："生當以三尺素豪於古人間，安能吾伊學官語耶？"廖太史鳴吾，家居觴諸生。而太史雅自負博而辨，又貴倨也。所引說經史連柱，諸生中獨裳避席奏對不窮。又所請益，時時出其表。太史自失曰："何物少年，乃爾足三冬耶？"諸生亦大喜，謂："阿遊胡渠，使五鹿少府折角也。"及成進士，官刑部。始與王元美、李于鱗輩遊，而好爲古文詞。裳自以才不稱諸子，益自刻苦，最後爲濟南知府。時于鱗已里居謝客，裳三及門而不見。或謂曰："與若部民，胡倨也？"裳益往候之。于鱗不自得，乃出飲，談詩甚歡。裳性高簡，亡所過從，所過從必于鱗。即非于鱗，亦無他客也。以最滿，遷山西按察副使，丁外艱歸。時汪伯玉鎮楚，念欲搆《楚史》不就，亡能當之者，以聘裳。既服闋，乃即家開局，集諸郡邑博士掌故，手裁定之，而先上其

草伯玉。伯玉讀敘傳雜論而喜曰："班荀儔也。"所爲《楚史》凡七十六卷、數十萬言。而是時楚人何某亦爲《楚史》成，俱上之臺。或言二史可合者，裳意不懌，曰："五色有可合也者，而緇白不可合也。無已則寧篋吾史乎！"及疾作，謂次子彬如曰："數盡矣夫，吾詩與文孰傳哉？其屬之元美。"裳爲人溫厚長者，湛於濂洛之學，志在力行。而性特介於取予辨，毫髮不苟。所善如于鱗、明卿及吳興徐子與，裳皆兄事之，所最莊事于鱗。裳所習自經典性理子史、諸天官卜筮龜策地理家言，靡不精究。其詩最善近體，沉鬱勁壯，有河朔風。於文尤精刻削，法森森立，不以藻競。截王元美撰本傳

元美又曰："順甫詩如黃梅坐人，談上乘，縱未透汗，不失門宗。"

《雲山堂集》前三卷皆詩，後三卷爲雜文。當嘉靖之際，李攀龍、王世貞方負盛名，而裳與南昌余曰德德甫、銅梁張嘉允肖甫、新蔡張九一助甫實左右之，當時稱爲"四甫"。裳才地稍弱，尤爲墨守不變。集首嘉允序，謂其"文非左國兩司馬，詩非建安大曆，則不以寓目"。此即其力持王李餘論之證，故王世貞《藝苑卮言》亦稱其不失門宗云。《四庫全書提要》

順甫差勝德甫，尙非助甫、肖甫之倫。《雪霽同友登王子山》云：畏路誰能到，幽懷我獨偏。谷中初見日，樹杪忽聞泉。倚杖青山色，銜杯白雪篇。交遊仍舊俗，風景入新年。《題白雪樓》云：郢調淒涼思轉幽，卜居還倚鮑山丘。初疑海氣能成市，不道仙人獨有樓。乘興好看明月上，登高長嘯白雲秋。琴心自在誰堪識，且聽巴人下里謳。《靜志居詩話》

潤甫七言如《送萬章甫兵憲滇南》云：仙郎擁傳出燕關，門戶西南控百蠻。萬里煙濤青雀舫，千秋詞賦碧溪山。主恩題柱雲霄上，時難論兵天地間。春到昆明懷漢苑，幾回鳴玉共朝班。气格高亮，固宜與王李共登壇坫也。《吾同館雜錄》

《巫山》云：巫山倚天外，地險控荆門。鳥道青蘿暗，猿聲落日繁。陰晴千壑變，雲雨二儀昏。寂寞高唐夢，空傳宋玉言。《送高伯宗還楚》云：文園多病轉相親，搖落秋風白髮新。寂寞潘輿傷往賦，淒涼郢調倦遊人。雨聲萬壑懸江樹，暝色孤帆落漢濱。此去烽煙開北極，側身天地更沾襟。《夏夜于鱗山樓》云：濁酒高樓暑气清，凌雲詞筆意崢嶸。星辰倒挂青萍色，山水

凉生綠綺聲。賦入甘泉通御气，人傳河朔見交情。知君庾亮多幽興，長嘯胡牀坐月明。《寄元美》云：朱絃一絕少知音，白雪難酬國士心。腰下青萍君所贈，至今風雨作龍吟。數首格高調響，實大聲宏。詎得漫以"句摭字捃"、"興會索然"、"沿習七子而乏風人之致"者，爲先生病耶？

樸如字文可，嘉靖舉人，官同知，有《怡雲亭集》。《木蘭寺》云：古寺秋山裏，空林木葉疏。月明僧定後，鐘響客來初。峯影低簷樹，泉聲走石渠。翻經窮子夜，不盡載車書。清丽不減乃翁。

張東周_{字子用，嘉靖進士}

東周初官主事，以決獄受世宗知，書名屏左。遷員外，時分宜當國，以賄册富藩，力爭不得。出僉滇黔，旋謫潼州。有詩二卷，不傳。

胡堯元_{字廷獻，正德進士，官參政}

堯元爲戶部主事，督京倉。閹人谷大用以門客相屬，堯元沮辱之。司徒王瓊受大用指，責之。堯元曰："尙書以若爲冰山耶？"瓊大恚，摭他事中傷，謫官瑞州通判。運糧吳城，聞宸濠變，乃還。值瑞守已爲所擒，遂攝郡事，諭士民固守。及圍解，從督府攻南昌。濠平，論功擢參政。

《黃蓋湖》中四句云：暮煙淡草木，孤鶴自鳴秋。覆手成今古，是非空去留。尙清脫有致。

謝師啟_{字叔蒙，隆慶進士，官參政}

《泛蓴川》云：未暇乘桴去，依然抱甕歸。磻溪稱隱釣，泌水詠忘飢。華髮三湘客，青山一布衣。門前舊種柳，長大已成圍。

吳　童字求叔,有《大隱堂集》

童居霞落溪,工詩。與下雉吳明卿等狎主詩壇,邑薦紳多從之遊。

童負盛名,所著必有可採,惜全集不見,操選家亦不之及。僅於《楚風補》中得數首,殊不副所望。姑錄其一,以俟搜訪。

《丫髻山》云：雙峯羣壑外,孤日大荒西。去海江流渺,摩天雁景迷。仙人留廢井,雲屋有鳴雞。秋興逢搖落,良朋喜並攜。

李　彙字素民,有《藏編》、《迂編》、《深柳堂集》

彙形貌奇古,面赤如點丹砂,髯長過腹,癯然若不勝衣。稽古博學,騷狂嗜酒,尤長古文詞。著作二十餘年,比之犀愛其角象愛其齒,曰《藏編》。士大夫乞文者踵至,自以其文深沉博大,如深衣板襉之叟,不同時尚花樣,不得已而應其求,曰《迂編》。時而偃仰山亭,見夫垂絲舞絮,郁郁紛紛,即其中所得詩文,名曰《深柳堂集》。三書不下數十卷,俱行於世。平生所爲詩文多類長吉,而世不多傳。客曰："牛鬼蛇神,學者每難言之,世不多傳者,當亦不足以傳也。"《藝苑卮言》

魏　說字肖生,萬曆進士,官僉都御史,有《青山閣集》

說立朝風節凜然,初督學四川,入都,命僕歸作青山閣,遂有青山之志。比歸田,以畫自娛,暇唯與老僧圍棋、清客談詩而已。

《白龍寺》云：傳觴石室迥,選地白雲幽。酒爲聽鶯醉,人因看竹留。林嵐籠笑語,天籟答歌喉。興洽淹歸騎,山山夕照浮。《詩錄》[2]

燕遺民字逸德,別號雲谷老人

遺民累以賢良徵,高臥不起。詩頗蒼老,惜遺稿無存。僅從《通志》、

《總志》中錄得三首而已。《九日》云：細雨柴門靜，青山客路長。黃花應笑我，無酒過重陽。繆天目謂其"語不在深，悠然自遠"。《靜志居詩話》

《感興》云：寥落湖山曲，憑誰話起居。出門唯水石，相見但樵漁。酒熟還堪漉，園荒欲自鉏。久深泉谷想，早晚賦歸歟。泉谷煙花淨，林塘暑气清。幽花籬落見，好鳥竹間鳴。禾黍皆豐稔，桑麻自長成。還聞茅屋裏，鐙火讀書聲。《明詩綜》

王台彥 字明珍，萬曆舉人，官參政　弟鼎彥

台彥生有氣節，任信陽州時，應山楊漣以抗疏論權璫斃獄中。骸歸道經信陽，與漣友者畏璫，弗視。台彥獨慨然曰："楊公直臣，且同年友也，倘吾以楊得罪，不猶與有榮乎？"撫棺哭，復厚恤之。

鼎彥，字隨庵，萬曆舉人，官參議，有《正始堂集》。少敏慧能文，性不羈，其兄屢戒之。鼎彥曰："兄狷弟狂，不相悖也。"上公車後，遍遊吳越間，名山大川、妓館詩壇無不遍歷。由知縣仕至粵西參議，所至有惠政。

遊山諸作頗清脫，句如：絕巘聞清梵，寒螿助苦唫。鳥韻沉朝翠，泉流答午鐘。馴龍守戶人稀到，野鶴巢松僧自閒。皆不染纖塵。

魏珩如 字白叔，萬曆進士，官檢討

珩如少無宦情，方強仕，即謝病歸。築六友山房，日讀書鳴琴於其中。詩有家法，七子於大復爲近，惜稿多散失。

黃圖昇 字孟起，有《洗塵篇》、《濯纓館十刻》

圖昇負異才，遨遊吳越，登南嶽峇嶺，搜山水之奇勝。在官，日與名人討論經史。及歸，益以著述自娛。撰《孟起常談》。弟圖南，亦工詩文。

龔維三 字位中，號衡湘，別號昔莪，有《南遊草》

維三窮治經史，年二十五舉於鄉，益肆力於文，南雍司成方逢年、中臺程正揆皆器之。庚辰謁選，當除授，不就。曰："吾願乘下澤車徜徉閭里，不則坐弄煙雲竹樹間耳。"其爲文直抒胸臆，見子弟有藏《文選》者輒不懌，恐墮六朝靡麗習也。

朱良崑 字彥伯，舉人，有《浮湘草》

良崑未冠時，即從其父官滎陽。後作令河南，公餘輒遊意翰墨，詩饒風格，書類南宮，人多珍之。

先渠塘師曾誦其"嚴露不凋嘉樹葉，輕煙先抹好山妝"一聯，頗覺流利。及讀全首，殊不稱。

龔逢祥 字安治，一字孝緒，天啟舉人，官司理，有《法喜草》、《往山堂集》 弟逢烈

逢祥少穎異，曾借觀《黃帝·素問》，期三日還，如期詣送，叩之無不洞悉。工古文書法[3]，縱情詩酒，以官爲寄。一時碑銘序誌，皆出其手。 弟逢烈，字無競，亦有雋才，三中副車，以教授終。所著《西爽集》，爲熊魚山所稱。

李應泰 諸生

應泰明季諸生，讀書唯觀大略。娛情詩酒，酒盡數斗不醉。善詩古文詞，下筆兀傲，不可繩以法度。自撰《禿崑子傳》，亦可想見其放浪不羈之大概矣。

國朝

馬之鵬字文淵,康熙進士,官御史

之鵬起家縣令,即有神明之稱。及登諫垣,尤不避權貴。卒之日,家無宿儲。詩力深邃,卓然大家。《別毛陳》一首,歸愚先生稱其二君皆越人,已爲楚產,勗以化風气之偏而歸於中和。措詞溫厚。末望其策名清時,所見尤大。引重當時,可概見矣。

《別毛姬黃陳相宜》云:薄遊至西江,東南逢二妙。本是同門友,同心復同調。樂奏金玉聲,情深知仁樂。清風披素襟,明月朗餘照。已見投膠漆,無庸判紈綺。胡然忽分張,殊方理征棹。越俗斂文華,楚風戒輕剽。安驅越中和,研精歸道要。江湖暫分流,終焉合廊廟。矢心展大猷,毋爲戀蓬藋。《除夕得廬字》云:臘雪初消歲已除,爐灰徐撥定更餘。親闈此夜思遊子,客路經冬阻尺書。卷軸隨身成故友,乾坤何處是吾廬。添年便惜年華減,飲罷屠蘇轉欷歔。《國朝詩別裁集》

魏方振字宜爾,諸生,有《梅花草》、《涉園合編》、《世史大書》、《易象明書》

方振肆力經史,手不釋卷。讀書白龍寺,多著述。晚年習《易》,頗留心性命之旨。

鄒應錫字爾圭,號荆野,崇禎舉人,入國朝,官知縣,有《影娥池草》、《南歸唫》、《完鉢草》、《北遊草》、《皖唫》、《弋陽退食草》

應錫幼孤,事母以孝聞。宰太湖,有善政。積勞多疾,息心內典,以疏放被劾歸。著書甚富,皆行於世。

馬淑昌 別號雪峯,有《聽真軒集》

淑昌致仕歸,究心釋典。嘗夢操巨舟浮大海中,人稱雪峯和尚。所著《聽真軒詩》,其晚作也。

邱今芳 字蓮石,諸生,有《寒山集》

今芳性曠達,耽詩酒,肆力騷雅,頗著詩名。

賀斐觀

《謁睢陽祠》云:南八男兒喚未終,頭顱環射寶刀紅。殘兵倘撤江淮守,大將難言李郭功。馬革脂膏餘將帥,蛾眉鼎鑊報英雄。《漢書》雅信平生癖,每有遺忘欲叩公。運用史事如數家珍,有論斷之識,無堆垛之痕。音節清蒼,猶其餘事。

張奇勛 有《鶴岑留稿》

奇勛善屬文,工書。懷才未遇,恣情山水。稱詩與龔璋齊名,人號龔張。龔字玉特,康熙舉人,有《秘園集》。

張達仔 有《百合山房詩集》

達仔瀟灑嗜古,父藏書數千卷,寢食其中。愛丫髻雪峯山水之勝,讓田宅於弟,身居百合山。雖穨垣蔬食,而謳唫不廢。

張開東_{字賓暘,官訓導,有《海岳集》、《白莼詩集》} 弟開懋,孫至曙

　　賓暘少有雋才,性愛佳山水。嘗乘隻輪車遍覽名勝,車中大書一幟曰"五嶽遊人",見者異之。與弟開懋伯翹、李標蓼灘等,有四傑之目。《通志》

　　杜光德曰:"白莼性情纏惻,冲夷善感,隨所唫哦,灑然皆動。"

　　白莼別號海岳游人,嘗載數千卷書,行數萬里路,訪古蒐奇於人跡不到之地。車轍所經,名公卿爭相延攬。山川奇偉之气悉發於詩,有《白莼詩》、《海嶽文》等集行世。《湘中歌》云:長沙雲麓即衡山,七十二峯相連環。行人盡日渡湘水,不知身在衡山裏。我問舟子亦杳然,山靈不語生寒煙。有時蒼蒼搖我目,月明影照湘水綠。《玉女峯歌》云:東峯西峯蓮花萼,中有玉女何綽約。千廻百轉不得見,窈然合睇藏虛閣。山上朝雲日濛濛,欲雨不雨如輕幕。我爲拄杖洗頭盆,玉池香露銀河落。白馬一嘶青天空,萬古千秋想寂寞。當時不曉神靈意,龍衣鳳冠爭炫鑠。却向危巒倚石窗,天寒風吹翠袖薄。《石樓詩話》

　　吾楚近時稱詩者南樗野、彭棟塘、段寒香、程拳時、吳鶴關、李立夫、胡曉山、李蓼灘。至於才高調逸俊爽無前,最推張白莼。起句如《飛山鄧將軍詩碑歌》云:豐城劍气高青雲,其精化爲鄧將軍。《出殺虎口》云:殺虎口前風烈烈,忽然爲雨忽爲雪。《謁閔子祠墓》云:不仕季孫易,承歡後母難。《武帝茂陵》云:既能表六經,又好工騎射。既欲求神仙,亦復親艷冶。《偏髻山》云:凝眸窺一隅,移步失全勢。《渡河宿石渠北岸》云:側窗窺月色,倚枕納河聲。《代州演武場》云:并兒常挽月,代馬欲驚風。《登鴈門關戍樓》云:馬駐邊庭色,鴻飛故國心。地灑千年雪,天飛萬里雲。《將之大同郊外》云:日色三關遠,風聲萬里來。《白雲洞》云:一雨遍天下,千峰落海門。《大名即席與鄒筠溪》云:九河重渡日,五岳一歸人。《登嵩山頂夜歸》云:華蓋垂天張北斗,黃河劃地鎖中原。《早行太和山道中》云:但聞衆鳥春相語,不辨何花風自香。《太和宮》云:因知天上星辰近,却見雲中草木多。《考田詩話》

賓暘足跡遍五嶽，所交皆海內名流，有《白菼詩集》。《杜雲亭文輝明府召登蓬萊閣宴集》云：岳陽黃鶴兩仙樓，未若今朝此壯遊。故國天涯同一望，使君杯酒自千秋。金龜醉倒雲中客，紗帽閒隨海上鷗。廻首家鄉俱萬里，不知何處是歸舟。《潼關》云：雍州爭據帝王宮，萬仞巉崖一徑通。莽莽燕雲三塞北，瀟瀟風雨二陵東。黃河裂地蛟龍伏，華嶽攢天虎豹雄。幸際太平閒作客，唫詩自愛入關中。《卧園詩話》

《謁孟廟》中權佳聯云：望古二千載，由周七百餘。風塵談道德，說論本詩書。異學途能闢，荒經蔓欲除。嵣峐摩海嶽，排抉下龍魚。气比顏偏壯，功同禹并如。周行矜杖履，喬木感丘墟。抗節伸寰宇，高風儼故廬。《別方伯王公》云：秋風隨去馬，何日復登龍。海平齊野闊，天盡楚雲開。老樹依人立，天寒不著青。疏枝橫兩岸，落葉下孤亭。《途雨》云：雲擁兼天黑，風揉滿樹青。炊煙尋野店，驟雨到村亭。《發辰州》前四句云：客館散朝食，征帆轉日西。故人情浩浩，別路草萋萋。《湖中》云：天水涵清色，江湖多白雲。《小姑山》云：對景浮春夢，孤蹤托素波。《雨宿山寺》云：芙蓉生暮雨，古柏覆春陰。《過友人宅》云：湖平長見月，木落易爲霜。感此動歸興，空山結草堂。山川真愛客，花月可憐人。《冬夜乘月》云：山月如寒水，松風生晚濤。《小步》云：石瘦生春草，峯危下夕陽。《孔子巖》云：山淩天下小，廟奉一人尊。《黃蓬山》云：春江寂寂周瑜塞，古木蕭蕭魯肅城。《舟次長沙》云：曠代蕭條同屈賈，春舟風雨自湖山。《張江陵祠》云：往來宮府招尤地，成敗伊周濟難時。《登海鹽樓》云：雁飛不到愁天盡，山斷無峯入海來。《早發》云：主人情共長流水，孤客心如不繫舟。露花曉帶將殘月，霜葉初如半醉人。《滴水崖》云：喬松千尺無人憩，幽鳥羣棲時一鳴。《太和樓》云：重樓捲幕迎朝旭，隔澗吹笙度晚風。鵠嶺自生春草翠，仙臺時見落花紅。語皆奇警，唯意所如，是當以錦囊盛之也。

先生詩功力既深，遊踪又遍天下名山巨川，足以開拓胸襟，增長識力。嵌崎磊落，發爲詩歌，固宜獨冠當時，辟易千人，爲紀文達、畢弇山諸名公所推許也。集中古體尤爲專門，弔古懷人，清微婉逸，純乎風雅之遺。佳篇甚富，惜難備錄。近體出詞似淺，鍊格甚遒。淵穆淡遠，兼有其長，洵爲一代作手。《宿黃州見友人遺稿》云：野航橫赤壁，斜日下烏林。天地風雲靜，關河草木深。故人千里夢，文字百年心。岑寂江臯夜，悲歌雜醉唫。《登雁門關戍樓》云：天地分中外，關山自古今。高風寒漠影，落日暮雲陰。馬駐邊庭色，鴻飛故國心。巉崖橫絕處，獨踞一長唫。《望李陵臺》云：君嘗望故國，我復上高臺。今古一相吊，英雄空自哀。邊風何處立，漢月幾時廻。唯有天無盡，年年秋雁來。《溪行遇雨》云：雲橫野浦山全失，風過長堤雨復斜。何處停留沽好酒，令人清冷憶梅花。兩年春滯江南路，一渡寒驚海上槎。為謝市塵車馬跡，便將小艇欲為家。《答鄲中諸友》云：鄲上諸君真愛我，十千斗酒爭相沽。不愁白雪無人和，還作秋江送客圖。鄴下才多比七子，洛陽紙貴傾三都。却歎郡齋摩詰畫，落落尋梅空自孤。《謁太史公祠墓》云：文章西漢起龍門，左國莊騷一氣奔。百代縱橫歸大海，六經浩漫見真源。獨追典册長懷古，同覽山河始吊魂。瞻仰墓林悲壯切，昌黎去後有誰論？《山中樵語》云：花落有人憐，葉落無人惜。本同枝幹生，人心自不齊。果熟人爭食，花開人爭折。折者毋傷枝，食者毋棄核。健婦恒傷飽，弱夫恒苦飢。山中有落葉，聊與子為炊。《早登斗姥閣》云：朝閣來看江水流，白雲黃鶴共悠悠。梧桐葉上秋風急，吹落人間萬種愁。《楊大贈酒》云：鹿門香滿正開壇，便飲高亭晚日酣。不信樊城霜月冷，梅花春已渡江南。《虹山誤滯不入秋闈，雨夜悵然作》云：胭脂山下芙蓉雨，青石橋邊楊柳風。為恨陰雲吹不散，倚欄獨望月朦朧。《過潛沔》云：野花無數亂飄零，空屋都成水上萍。唯有堤邊楊柳色，秋風猶向路人青。《尋賈島墓不獲》云：小賈村前大賈村，夕陽岐路已黃昏。行人不解獨惆悵，唫對空山一斷魂。

開懋字伯翹，號環亭，嘉慶舉人，有《夢華樓詩稿》。君生而俊穎，過眼如夙讀。年十一列邑庠，十五舉於鄉，充咸安宮教習，任石首教諭，旋乞歸。隱居雲洞，築夢華樓，著書萬卷。所撰文稿，縋幽梯險，可傳可法。

張環亭開懋與其兄白荺開東齊名，一時有玉樹雙珠之目。《春日和諸子登山》有"谷日漸高風乍暖，林花欲放鳥初騰"之句，極清勁可誦。《漢口叢談》

至曙字晴舫，幼穎異，讀書目五行下。年十五縣試，冠一軍。恥吏抱牘呼其名，終身不復試。肆力爲詩，古文詞古雅典贍，絕去恒徑。遊踪半天下，名動公卿。晚歲益貧，流寓漢臯，藉賣賦金以供饘粥，壽六十四卒。其孫承萬死於粵逆之難，遺稿遭燹散佚殆盡，惜哉。

晴舫寓棲卻月城南，破屋三楹，不蔽風雨。筆牀茶竈，唫嘯自如。余與神交有年，一日見寄七律四首，其一云：鏽鋏枯琴載一藤，黃陵磯下泊舟曾。隔溪僧院初聞磬，近市人家漸有燈。高詠滄浪消永漏，醉呼明月作閒朋。那知秋水伊人在，悔不龍門載酒登。又：悲歌酒肆真無賴，跂履豪門尚未曾。落落古今誰健者，寥寥天壤幾唫朋。其《月夕坐香佛閣讀友人集》云：明月滿高閣，照人秋夜長。孤鶴橫江去，天風吹夢涼。把君瓊雪句，唫坐佛龕傍。鐘磬寂無響，悄然聞妙香。清空澹遠，須烹陶家凍茗讀之。其他佳聯如：風雨人眠早，江湖酒醒遲。亂蟲如雨響，孤月向人圓。水驛殘星外，人家曉夢中。雲樹極天勞遠夢，關河滿眼入羈愁。荒店閉門村酒惡，萬山窺夢雨聲多。河聲閱世自終古，湖气上天成白龍。晴舫爲白蓴先生孫，其詩清真峭拔，信家學之有淵源也。《石樓詩話》

潘子尙先生嘗稱誦《奉訊南村子尙》一律云：棲鴉落葉滿關河，惻惻西風嫋嫋波。酒伴幾人雲影散，江樓昨夜雁聲多。身從轆轤輪中老，秋在窮愁局裏過。書到章華如念我，也應斫地一悲歌。調高音朗，鍊格尤遒，已足概其全豹矣。

李　標_{字表南，號蓼灘，乾隆舉人，有《蓼灘詩鈔》}

標博學工詩，爲莊相國有恭記室，與張白蓴齊名。《咏楊花詩》盛傳於時。

《白蓴於〈楊花〉拙句若三致意者，賦此寄贈，並索近作》云：愁絕楊花冷遠天，長歌懊惱淚潺湲。相望賢人五百里，豈有才名三十年。山簡好遊休爛醉，邊韶老去只貪眠。更聞攬勝多佳句，何日重論一拍肩。望之似不甚經心而用意實深，想見才情飈發得意疾書時也。吉光孔翠，片羽足珍。

蓼灘才名藉甚，白蓴目無餘子，乃稱其詩高者近大曆十子，下者亦不失爲顧黃公、杜于皇，當必有以折服其心，而始推重如此其至也。不滿百年，求其稿竟不可得，名其可恃哉？寒畯單行之難，欲永其傳，非有留心選政者，薈而萃之不可也。

賀青蓮 字渠塘，一字芥掄，嘉慶舉人，官中書

先師以文章學術重一時，司訓施南，即主南郡書院。弟子常數百人，經指授作文，皆有法度。施南僻處萬山，前此鮮登甲乙榜者，自此又俊聯翩而起，彬彬然爲文學科第之鄉矣，一時稱爲盛事。遷漢陽教授，上臺多賓禮之。胡文忠撫鄂以中書薦，不赴。其《赴任漢陽留別施州詩》，今僅記其後四句云：舟載好花香作伴，庭留翠柏葉成陰。晴川異日高唫處，難忘山城月滿岑。

崇　　陽

元

嚴士真 字正卿，號寄庵，有《桃溪百詠》

士真淹貫經史，旁通仙釋，以詩鳴。深山絕壁，翛然獨往，感物寄懷，輒多名句。洪武初，棄家遊匡廬，不知所終。

元詩沿宋季纖靡之習，元遺山外求能思精筆銳，爲一代元音者，實不多見。士真生於元末，不仕於元亦不仕於明，高風亮節，等於鴻飛之冥冥。宜其詩旨高潔，不食人間煙火，別有一種邁往遺逸之致見於楮墨之外也。

先生詩沉著典雅，無蹈襲庸腐之語，要於其胸中所自出，誠不易才也。
截楊昺撰詩序

《華陂》云：源出西江一派遙，華陂如練白迢迢。殘霞映水光零亂，返照

穿林影動搖。釣叟求魚歸酒市,牧童騎犢過溪橋。青山有約吾當隱,不用幽人折柬招。《塵外亭》云:瞰郭千山列翠屏,朝霞如綺翳林肩。鈎簾靜看人間世,散策閒登物外亭。雨後長松時落子,風前孤鶴自梳翎。卻憐汩沒無知者,終日紛紛幾醉醒。佳句如《淨剎禪院》云:露地古碑封紫蘚,參天老樹蔓蒼藤。見說老禪無一事,猶披破衲讀傳燈。《春草亭》云:夜雨池塘生細草,春風亭館暗垂楊。王孫信斷家千里,楚客魂銷天一方。皆清越可誦。

明

楊　昺　字文昭,永樂進士,官按察,有《素庵詩文集》

昺居諫垣,彈劾不避權貴。官浙江僉事時,百丈山蘆弄洞賊分擾金衢,昺夜夢人誦詩曰:"影入菱花秋月裏,人如枯草洛陽邊。"乃識曰:"賊在吾目中矣。"明日捕之,全浙以安。正統中以少傅楊士奇、少保楊溥薦,對御操土音,不果大用,天下惜之。

《壺頭雪浪》云:山擁奇峯瑣太阿,一灣流水瀉銀河。層濤涌雪驚舟楫,峭壁參天挂薜蘿。雨霽嶺頭紅日近,寒凝澗底白雲多。似排三峽歸滄海,功比當年馬伏波。

王守貞　字乾亨,成化舉人,官知州　子甸、疇

守貞性剛直孝友,官蜀多善政。詩尚活脫,有"石橋茅屋依山靜,古剎禪房傍水幽"之句。

甸字易之,弘治舉人,官知縣,令大庾。清介自持,以能名著稱。詩工小品,《普惠院》云:雲開老鶴頻依杖,雨壓殘花易濕衣。荒徑繞林松葉滑,午風清坐鳥聲稀。句法亦自婉約。

疇字敘之,正德進士,官僉事,有《石洲集》。幼慧異常兒,長從楊月湖遊,所得益邃。官大理,深諳法律,多所平反。內殿災,上言過激,幾逆天

威，外陟四川副使，乞歸。手不釋卷，性方嚴，恥干謁，家無儋石，晏如也。工詩古文詞，作《廢鐘說》以見志，娓娓千餘言，人以比之《七發》。每謂文不必模擬，詩不必蹈襲，發吾蘊而不戾於古，斯可矣。性頗嗜飲，嘗仿古《田家苦樂詩》作《飲酒苦樂歌》云：飲酒苦，盛服登筵如束楚。獻酬揖讓聯儔伍，主人不嘩客偏僂。蛇影病疑壁間弩，金貂枉換黃公醑。尚書期誤丐莫許，灌夫罵座緣耳語。令嚴酒史雄貔虎，罰觥飛觚無敢拒。別腸已溢猶強貯，螯喉攪腹森刀斧。淹袖濡裳宵深吐，晨餐猶爲餘酲阻。狂藥傷神竟何補，那比盧仝入仙府。飲酒苦。其一。飲酒樂，清晝高堂集賢碩。青州白墮照鐺杓，嘉餚細核陳紛錯。主人能文客能作，談經述史珠璣落。疊鼓清聲振寥廓，長笛新腔遏雲腳。何須紅袖誇綽約，各教雍容恣歡謔。起坐不被衣冠縛，接䍦顛倒山翁著。閑愁浪惱俱銷鑠，個中真趣誰知覺？我似仙家餐大藥，世間何物能相角。飲酒樂。其二。它如《龍泉寺》云：狐兔未潛青野合，魚龍初靜碧潭深。又"一襟秋水共禪心"句，皆妙，無一字落恒蹊。

汪文盛_{字希周，正德進士，官巡撫、大理寺卿，有《白泉集》} 子宗伊

文盛幼穎異不凡，稍長，肆力經史。與兄文明友愛篤至，夙夜淬勵，而學以大成。初任饒州推官，以宗藩搆誣逮繫，日從犴狴中誦《春秋三傳》。卒賴廷論白其枉，釋還治。適桃源寇起，文盛規畫多中機宜，召擢武選主事。值錢寧江彬蠱惑毅皇南征，諫沮被廷杖，幾死。交趾兵起，公爲僉都御史，撫諭賊衆，上遣毛伯溫受其降。

文盛歷官事蹟附見《明史·毛伯溫傳》，伯溫官安南，文盛功居多，顧不得優敘，論者惜之。詩多虛響，不出北地、信陽門徑。《明詩綜》選"萬年枝上露華清"一首，題曰《西苑》。今考其集，實爲《擬古》，不知竹垞何以改其原題。《四庫全書提要》

《駕回早朝奉天殿》云：千里巡遊廻玉輦，九重闐闔御金鑾。掖垣花气春先動，閣道寒光雪正殘。樂合簫韶聞九奏，禮嚴郊社擁千官。委蛇朝罷歸南省，宮漏沉沉夜已闌。《歲暮供事奉天門》云：千里宸遊幸舊畿，金陵常

見五雲飛。隔年旌旆開玄武，永夜星辰動紫微。天苑塵隨司僕馭，御營花映後宮衣。荒村處處催夫役，悵望軍門消息稀。《擬古》云：萬年枝上露華清，百子池邊月色明。宮草經秋猶自碧，君王御輦不曾行。昭陽歌舞正淹留，羌女新來勝莫愁。曲盡胡笳十八拍，爭扶玉輦下瓊樓。

宗伊字子衝，嘉靖進士，官吏部尚書，諡恭惠，有《傳家錄》、《表忠錄》，文明三子。幼敏悟，文盛愛以爲己子。由邑令起家，陟武選郎，糾劾分宜，罷職閑居。隆慶四年起用，累官至尚書，致仕，有老成端亮之褒。

公勛業彪炳，詩非所務，一甔染指，未爲不知味也。《過白石港》云：青山長隱霧，白水自生波。魚戲灘沙亂，鶯啼野趣多。懸崖搴古蔓，驟雨濕輕蘿。日落鄉愁渺，淒風起暮歌。

汪必東 字希會，正德進士，官參政，有《南雋集》、《易問大旨》

必東華詞優贍，郊廟大典文移皆出其手。官禮曹，議大禮，廷杖瀕死。大參雲南，表楚莊蹻開滇功。蹻之歷久得祠，自必東始。《楚紀》云：大參詩爭盛唐，書法逼真羲獻，文筆雄富，以《望海賦》名聞天下。所著《南雋集》入《明史·藝文志》。《過洞庭登岳陽樓》有句云："廊廟近聞方有喜，江湖豈得獨無憂。"惓惓君國，蓋出天性云。

《過劉家隔》云：崛起劉家隔，周流漢水川。白連雲夢澤，青帶郢門煙。蜂蟻偏屯聚，魚鹽競貿遷。最憐貧土著，蒿裏剪桑田。《明詩綜》

汪宗元 字子允，嘉靖進士，官通政司，有《春谷集》　弟宗凱

宗元幼穎敏好學，祖使應客，則捧書出，目注書口酬客，客去書亦成誦。由行人洊至副憲，時分宜當國，嫌不附己，謫福建少參，多善政。復入爲通政司，時嚴氏方假滅倭議功，值警報來，世蕃欲遲其奏。宗元曰"天可欺乎"，即日封進，世蕃銜之，遂乞病歸。官太常，與楊繼盛考正音樂。宗陽明學，曰："良知之訓，傷末學之支離也。釋氏失傳，達摩起而救之，有取於迦

葉微笑之旨。陽明其吾儒之達摩乎？"當世以爲篤論。

宗凱字子才，由進士官尙寶卿，有《棠溪集》。性聰穎，博覽羣籍，辭官歸田，以著述爲業，嶔崎磊落，數百言立就。

《小巖》云：千仞巖高俯翠微，晴嵐裊裊靜朝暉。衡門皂帽何爲者，白首看山興不違。

劉景韶 字子成，嘉靖進士，官巡撫，有《燕臺秋蟲唫稿》、《大白原稿》

景韶嗜學工詩，始爲郎，即聲聞七子間。嘗同諸名流集李于鱗宅，賦《退朝望西山霽雪詩》云：禁漏曉分丹鳳闕，珮聲春散紫宸班。漢宮月墮金盤外，燕嶠風生玉樹間。萬壑晴光連上苑，千門寒色淨西山。招攜況有梁園客，並馬高唫踏雪還。雄邁超逸，爲時傳誦。晚益好學，以著述爲事。僉事貴州，撫諸苗有恩，擢參議。會倭犯淮陽，晉海防副使，卒成淮海之捷。淮人築京觀，立生祠，至今稱之。

嘉隆之間崛起騷盟，濟南、太倉實司桓耳。先生唱和其中，聲響旣宏，臭味滋合。一時品先生者，猶之選材於大曆，非伯仲錢郎，安所定位置哉？故謂並轍王李，此亦伸於知己之言也。然而屈於知己者，亦在是。元美曰："先生之詩由于鱗始，其文字琢句劇，靡所不于鱗。"明卿亦云："一言不五子不詩，不于鱗不文。"嗟嗟，祖元珍自出機杼，豈共人生活者耶？以余觀先生諸作，浩瀚泱漭，不失雄風。雖格律偶符當代，而觸景抒靈，時用我法。子綦之聽天籟，懷素之書空雲，庶幾似之。若必左于鱗而右元美，揣摩迎合，安在其爲先生哉？節王應斗撰詩序

景韶詩步武于鱗，王元美爲作序，頗有微言，而元音亮節自不可沒。如《贈熊子崇歸武昌》云：匹馬下并州，蕭然一敝裘。楚雲迷水國，煙樹隱江樓。世難誰青眼，愁深自白頭。山中有叢桂，誰共爾淹留？《九日同劉將軍迷閣登高》云：蓬萊閣上劍歌豪，縱酒聊舒百戰勞。漠北關河歸雁斷，塞南銅柱拂雲高。樽前霜菊浮隋苑，亂後秋碪雜海濤。卻笑牛山空墮淚，風塵天地屬吾曹。二律煉格遒而琢句雅。又句如"大地清秋色，遥天倦鳥還"，

皆不得妄加以"叫呶狂易"之名也。

胡　定字正叔,號二溪,嘉靖進士,官布政,有《二溪詩文集》

定少以古文名,督學閩晉,倡復古文詞,士習一變。參議山西,計擒巨盜,散礦聚之衆數千人,不煩一兵,關中以安。晉廣西布政,乞病歸。杜門著述,朝野式之。《九日》云:年年九日隔鄉關,把酒看花歎未還。多謝聖朝容放逸,登高猶得故園山。

二溪爲諸生時,文名藉甚。蔡汝楠官楚中,問楚材於提學三石喬公。三石曰:"以詩冠楚省者,必崇陽胡子也。"嘉靖己酉詩,本房初擬第一,後不果用。又三年,梅林胡公監臨楚試,汝楠仍掌卷。簾內外,閱有次矣。梅林謂汝楠曰:"薦士得如三石所舉,始不負茲役。"因授內外簾所上詩卷,俾翻閱之。汝楠以第一卷進賀,梅林色喜且曰:"寧能於數千人中決一士爲所素望?"及拆封,果然,梅林自慶不已。三石之先期,梅林汝楠之臨事,均可謂知人矣。《道聽錄》

吳夢材[4]字國賢,號仰止,隆慶舉人,官知縣,有《美合編》

夢材性嗜學,爲諸生時,文詞富贍,藉甚聲稱。計車至都,交唐順之、李攀龍、王世貞、吳國倫輩,日以詩文相切劇,爲海內知名士。所撰《強識略》四十卷,《四庫全書提要》譏其"剽剟類書,拿陋殊甚"。今此書已無傳本,即零句斷章,亦如廣陵絕響矣。噫!豪名其可恃哉?《古歡錄》

熊則禎字泰峎,萬曆進士,官按察

則禎少貧力學,以气節自勵。成進士,年已五十餘矣。居諫垣時,見閹豎弄權,楊左諸君相繼死詔獄,憤懣常不食。中夜起,具疏劾之,不報,再劾之。爲閹黨所持,外轉陝西按察,卒。公少有文名,詩亦逋峭稱其人。吳格齋云："曾謁公祠得讀其詩文集，河嶽鍾靈，著作必有可觀。"並其姓名不見於國史，安得有心人一一爲之表彰也哉？

《哭熊司馬詩》詞旨淒切，聞者感泣。云：死後生前事可嗟，名高翻使罪叢加。宵人共妒誰憂國，酷吏相遭立破家。豈有素車來范式，尚留玄塚待侯芭。東園幾樹江陵橘，日暮風凋白玉花。

汪　桂 字伯楨，號仙友，天啟進士，官知府，有《臥雪居士稿》、《梅村遺稿》　**子際烺**

桂性恬澹，不樂仕進，雅好山水。西窮箭括峨嵋，東南歷淮揚武夷諸勝。嘗野服一杖，登換骨巖絕頂，如行腳道人。其遊山有"洗卻塵土腸，醫得幽奇癖"句，謝客兒是真有煙霞痼疾矣。

臥雪居士，桂所自號也。工詩善畫，有所得，歸即叫笑，伸紙潑墨，淋漓滿幅。自言從匡廬僧室聽鼓琴後，輒翛然物外，神解自超。熊魚山曰："董思白嘗謂世有兩梅村，一詩一畫皆足冠絕當時。"蓋梅村性嗜山水，精神固結半在煙雲，名山大川足踪已遍。興到潑墨，故變幻離奇，迥出尋常規橅之外。

《題賀季真乞湖圖》云：身到江湖都是賜，君恩豈獨賀家私。暮年乞得歸湖骨，萬頃煙波任所之。又有《紅螺山詩》，見《帝京景物略》。

際烺字汝霖，貢生，多才不仕。性耽典籍，詩清越不落恒蹊。《崇陽洪》五古，淹有鮑謝之長，中數偶云：穿雲怒長蛟，落石如破盎。樵斧半天聲，漁篙地底響。山開萬古面，水尊百道長。巫峽具端倪，呂梁共惝惘。想見闢洪荒，亦借巨靈掌。子垂，字天翼，工詩，有《紺雪藏稿》。

王應斗 字天喉，號北垣，天啟進士，官御史中丞，有《湛輝閣集》、《凌滄草》、《怡雲草》

應斗在諫垣，抗疏直言，爲柄臣所惡，下於理，旋釋歸。甲申後杜門養親，著作甚富。文博大昌沛，過於詩。詩饒古致。板存龍坡庵，主僧不知護惜，漸就散失，可惜也。

郭些庵曰:"北垣神閑而韵迺,藏遙深於瀟灑。其中別有寄托,而情文赴之。騷壇未墜,楚風代興,不謂天壤間復有王郎?" 吳剛思曰:"原本山川,極命草木,寄意遠而法律嚴,真正始之音。"

公生當晚際,蒿目時艱,忠悃不能自達,形諸歌詠,故音淒調楚。《春日即事》云:春老寒林未作花,驚聞戰伐動千家。愁腸索句髭應斷,僄骨憂時鬢易華。帳下伏波方聚米,軍前道濟正量沙。嚴飆到處催行役,莫怪離鴻徹夜嘩。《登岳陽樓》云:破浪初寧魄,憑高一送眸。江聲淒獨況,天气老深秋。未必純陽酒,能消范氏憂。且隨風雨道,去去付沙鷗。

《落花詩》寄托遙深,清而能麗,綺而不靡,一種纏綿悱惻之致,有令讀者銷魂、聞者掩泣。云:香國有魂隨去馬,芳城無語泣離鴻。徒教蝶影迷隋苑,空比蛾眉老漢宮。千載枯榮成底事,莫將搖落怨春風。疊砌堆欄未忍除,自矜零落也相如。經殘夜雨相摧後,識破東風未嫁初。飄泊不逢西隴使,頹紅誰寫御溝書。返魂亦是人間樹,借問重芳事有諸?狂披錦浪鷗羣逐,細入香泥燕子尋。同作幻亡神女夢,獨驚搖落楚臣心。堪知勝會須乘早,莫厭紅亭載酒深。把酒自澆分手恨,放歌重寫斷腸篇。倘悟寒香終不死,招來一笑已通禪。郭些庵所謂窈娘之魂欲出、留仙之體特輕者,誠非溢美。

龔 湜 字茂揚,號少東,嘉靖進士,官知府,有《少東詩集》

湜官諫垣,直聲震當時。出守潮州,尤多惠政。慕先達劉東山之為人,因號少東。《送廖東之任廣安》云:連牀共飯逾三月,蠶國金臺各一方。西土祇今勞聖慮,好將膏澤洗痍瘡。

蒙正發 字聖功,永明舉人,官給事中,有《漆園放言》《龍壁唫》《蘆草》《欸乃聲》等集

正發母姙,夢月入懷而生。才氣豪放,文筆暢達,詩雄渾不事雕琢。喜游俠馳射,倜儻不羣。明季初擁邑令起義,事敗走長沙。何騰蛟授參軍,旋

舉孝廉。章曠以館職薦不應，仍隨騰蛟軍，多立勛績。入諫垣，與廷臣不和，分吳楚黨，下蒙發於獄，獄解，依瞿式耜於桂林。桂林陷，投身猺獞，得達衡陽。授童子讀，復爲仇家所挾。數年始得閉門屛跡以卒，王夫之爲誌其墓。

君詩大抵五言，體出漢魏風。似少陵詠懷諸作，若阮若陶。古風長短句，其奇峭神似太白。五律純乎子美，新逸清拔，儼然王孟。此真三百篇種子也。載潘駕槩撰詩序

《秋風鳥》小魚遇秋風而化，出惠州云：秋風催水族，應候起沉淪。漸有雲霄志，難忘湖海身。招呼仍戀舊，毛羽忽更新。微物猶騰化，何須歎隱淪。

趙繼抃字介臣，一字崖仙，諸生，有《香雪園詩》、《不須刪草》

繼抃於國初下武昌，與汪桂等擁明令李方曾起義，被獲，不屈死。詩多風情之作，而能爲國殤，是亦廣平之賦梅花也。工書，筆力遒勁，某姓藏最夥，用以燒灰治瘧，有奇效。

《感舊詞》云：眉語盈盈映遠山，含情無限是芳顏。幽閨一步傷心地，鸚鵡簷前清晝閑。

王道大字無懷，號人一，諸生，有《杏花天詩草》

道大宏通博雅，文行兼優。國初隱居教授，所著多靜觀自得之作。《中洲返照》前半云：坐擁南樓夕气佳，紅輪倒景散晴霞。光搖遠岸渾秋樹，色抹平蕪當晚花。

釋願輝字天樹，明經，戴堯天之子，有《訪遍詩集》

願輝詩格未高，而無蔬筍气。《上梓山》云：萬仞高如削，青光逼澗阿。客中塵夢少，雨後好山多。空谷唯猿嘯，縣崖獨鳥過。奇峯搜未了，著屐逐

煙螺。《說逫》

國朝

汪 樲 字中堃，官知縣，有《夢莊草》、《萊隱集》

樲以前明貢生就徵，官知縣，有能聲。母老乞歸，以萊隱名集。向於余旬甫架上讀之，氣格老蒼，不染明季纖靡之習。今求是集不可得，於《楚詩紀》中見《遊臺山》七古一篇，似未能盡作者之長，故不錄，待訪原集以俟續選。

樲幼即嗜詩，避亂山中，成《夢莊草》。王北垣曰："中野於白刃交前、刈人如草之際，爲能遺死生、捐利害，逃形萬衆之中，不失唫詠。"

傅在智 字巖隱

在智生有夙慧，讀書數行俱下。一試不遇即焚棄筆硯，結茅溪上取魚自給。水漲浮廬去，歎曰："人生寄耳，奚用此廬？"乃舍大樹下或棲止鄰巷中。破牆無扉，風雨瀟颯中，書聲不輟。夏裸卧溪水中，天寒大醉睡沙汀，以笠覆面，呼之不應。喜吟詠，和人詩疊韻至百，不存一稿。有人誦其一聯云："疏窗漏月心無礙，閑榻移雲夢不知。"想見翛然物外之風概焉。

吳 紀 字肇修

紀喜讀書，終年一編在手，試輒不利。性曠達，嘗作《浩歌》云：前十幾年小，後幾十年老。只有中間那一節好，又被貨財酒色纏住了。這世事紛紛擾擾，顛顛倒倒，看將來弄甚麼機巧？到不如省些子煩惱。春夢一場天忽曉，花開花落知多少。詞雖俚俗，足發深省。

米調元字和梅,號養石,康熙進士,官知縣

調元官吳中,有善政,工詩。分校鄉闈,查慎行初白實出其門。由此互相師友,筆力彌覺清剛,有"布衣四海士,寒樹古時山"之句。置之《敬業堂集》中,幾不能辨。

《過荒村有所憶》云:春野曠無際,興來惟獨行。偶經流水徑,時聽落花聲。草宿田廬换,雲浮身世輕。機心息已久,麋鹿不須驚。

譚登元字遠溪

登元年少能文,爲江漢間知名士。屢困鄉闈,棄而遊秦,窮谷深源無奇不搜。文筆幽峭奧衍,能盡山水之情狀。或潑墨法大米畫,頗饒奇趣。復爲初頤園學使攜之入關,歸,詩益老横,《雁字百首》尤爲學使所稱。

劉鎮鼎字辛畬,拔貢,有《學植堂詩草》

劉子蓄德邃學,寄情詩酒。此集清華雋永中,時复雄傑鉅丽,成一家之言。節王觀潮撰詩序

《雨夜上煙坪嶺》云:亂山層疊萬千重,山裏茅庵山外鐘。透漏禪燈遮不住,一星明滅碧雲峯。敞著柴扉夜不關,遙遙一犬吠雲間。分明招手如相問,又隔坡陁幾曲山。鵑叫猿啼悄不聞,喜逢微雨歇宵分。徵衫濕透渾無礙,半是煙嵐半是雲。

劉氏羣從多雋才,别有名鎮崧號松山著《種竹山房詩稿》,鎮新著《玉堂文稿》,鎮岐著《桐蔭山莊詩文稿》,鎮岱著《吾素堂詩鈔》,惜皆未見,誌之以待訪求。

李德一

《寶林山村居》云：古道無人跡，荒庵晝掩門。樹多山隱屋，橋轉水圍村。入穴魚龍遁，當關虎豹蹲[5]。如何彈劍客，驅馬向平原。《詠蝨》云：曾讀《阿房賦》，斯文竟若斯。我身關痛癢，汝腹飽膏脂。褌內鬮何事，縫中居亦宜。有人還善射，可怕貫心時。

徐登元 號复堂，副貢生

登元天資穎異，一目數行下。性豪善談，詩力深厚，爲時所稱。

《懷蒙聖功給諫》云：半壁南天草樹荒，出山小草气飛揚。千軍夜肅潼溪月，匹馬朝馳粵嶺霜。不恤讒言訾五虎，長懷忠悃吊三湘。石龍原上風雲壯，想見當年毅烈光。

陳山秀 號馥亭，嘉慶舉人

山秀學務簡要，性傲岸，不隨俗俯仰，文亦如之。

《虎巖洞》云：一徑浮雲護翠苔，洞門無鎖日常開。夜闌澗壑風生樹，知有仙人馭虎來。

陳夢瑗 字蘧卿[6]，諸生

夢瑗性落善病，壯歲即棄舉子業，以著述自娛，扃齋兀坐，泹如也。余在都門，雨夜雜懷，有云："名山一卷雨兼風，寫得離思付塞鴻。省識從來箏笛耳，文園著述爲誰工？"蓋爲蘧卿作也。有寄余都中，末章云："落落天涯憶故知，別來太瘦強唫詩。看君更奪驪珠去，不待雙鬟唱曲時。"其見許如此，數年來余浪跡無定，未獲把晤，不知所進當奚若也？《格齋詩話》

劉廷俊 字半山,號芸圃,諸生

廷俊工草書,嗜詩。嘗過蒲圻題壁,有句云:寒烏紅挂初凋樹,瘦馬黃停欲暮天。某學使過讀而愛之,而慮其不祿,方欲羅致,果亡。

《九日登高》云:幾間茅屋峯旁列,萬疊松林嶂外浮。老我詩無豪士韻,西風黃菊又深秋。

傅燮鼎 原名筆可,字鐵樣,有《我泉集》《崇質堂詩稿》《雪浪餘音》

鐵樣先生少負才名,家貧力學,先君子雅重之[7]。無從搜採,僅於家春畬先生《負米圖》中見七古一首[8],筆力雄放,神彩四映,驚爲杰作。方以篇長礙錄爲惜,適黃岡,劉學博芙裳寄來古近體詩十餘首,讀之格高調響,才思橫溢,自足傾倒一時豪杰!宜乎子壽先生於《題〈我泉集〉》句中,流連往復,而有籍湜之許也。《溪上懷人》云:清溪日夜流,客去幾時返。溪前萬疊山,相對柴門晚。棲鴉拂岸低,翔鷺依天遠。浩歌無人和,悵然念嵇阮。《登黃鶴樓》云:我有凌雲气,來登江上樓。尋仙下湘水,招鶴返滄洲。汀樹日云暮,煙波天又秋。憑欄寄遙想,何處美人舟。《杜鵑》云:杜宇荒淫帝,爲禽豈是冤。千年歸柱鶴,五夜挂枝猿。天地方流血,關山久斷魂。春寒聽不得,愁絕月明村。《賊退出山探家人消息》云:山前騰賊火,盡日斷人行。弟姪無消息,親鄰各死生。野風號戰鬼,林霧隱疑兵。聽說能重聚,心蘇淚更傾。《鄉兵大潰,姪茱苓輩幸不及難》云:月黑吳城渡,鳴鉦促負戈。兒曹兵是戲,戰守事如何。死國固其分,全家幸靡他。亂鴉成陣處,收骨哭聲多。《過鸚鵡洲懷禰處士》云:芳草寒煙一望平,江流如夢客心驚。可憐江夏當筵賦,猶作漁陽羯鼓聲。謾罵偶然罹毒手,文章終竟要狂名。世人欲殺清蓮在,嚴武雖驕杜甫生。《尋鳳巢不遇》云:塵暗荒城路易岐,思君惆悵菊仙祠。奇才豈合書生老,大事還須我輩爲。十載酬恩餘涕淚,一方倡義急瘡痍。暇時來把山林臂,看護梅花補竹籬。《江干送客》云:送客高亭上,春愁欲滿江。相隨不道遠,心似木蘭艭。《山村》云:蒙密松陰日未斜,旋聞犬吠得人家。西風滿路墮如雪,無數山村茶子花。

楊鵬業 字小滄,諸生

《擬秋懷》云:商飈動林木,策策悲作聲。蟋蟀咸悽惻,不敢恣意鳴。一燈耿虛室,愁人病相嬰。披衣強起坐,斂退歸平生。念彼朝華灼,得時莫與京。精英既銷鑠,剝復難爲情。春夏各俎謝,托處一朝傾。微寒奪顏色,憔悴非故榮。大哉造物盛,溫肅誠分明。淒淒屋上雨,切切屋中響。寂寂良夜清,脈脈孤客想。踟躕念已亡,追逐境忽怳。躡影亡尋踪,捫燭苦無象。地遠半庭空,窗近兩耳爽。驟寒收衆聲,默息成獨往。懷哉君子友,奇文不同賞。田疇各已穫,曠然秋遂空。村尨入夜吠,始覺孤行踪。高寒木葉脫,山鬼依長松。仰瞻白露下,星漢移橫縱。荊妻當窗織,軋軋和幽蛩。閉戶讀書史,斂气收長虹。删蕪就剪剔,寶此真實功。萬物被清肅,吾亦厲吾攻。精理倘不具,搖落將毋同。

楊熙業 字眉洲,貢生

過蒲縣,鄧獻之明府出讀《荻訓堂詩》,題詞云:蒲城自昔奔重耳,霸气銷沉只斷碑。風月且談吾輩事,河山都入使君詩。梨花寒食春村路,香草《離騷》故國思。八百年來論宦隱,東坡笠屐放衙時。漢庭有詔方求吏,楚客行唫正惜春。才大爭如知己少,官清還似布衣貧。頻年征戍窮輸挽,下邑農桑賴撫循。所要羣黎歌蟋蟀,不勞諸將畫麒麟。

楊襄業 字鳳巢,貢生

楊氏羣季競秀,人人有集,洵爲近今盛事。小滄茂才《擬秋懷詩》,冬壽先生謂其"冥心刻骨,追踪七子",非虛譽也。今秋晤黃岡鄧比部獻之,誦眉洲七律,筆力清剛,不愧才人吐屬。頃萬澍丞學博,復郵寄鳳巢古近詩數章,清蒼之气咄咄逼人,充其才力,各足名家。聞皆書劍飄零,偃蹇不遇,抑鬱牢愁以死,惜哉!澍丞曾司訓其地,與楊氏習,他日當再訪之。蒼蒼忌才,其果若斯之甚耶?

《代州弔孫白谷》云:七日愁雲雨不歇,灑盡中朝司馬血。羽檄紛紛促出關,誰憐矢盡糧先竭。司馬初起總戎行,一戰已戮高迎祥。司馬再起支殘局,九死乃遇楊嗣昌。舊營健兒猛如虎,用之可以收秦楚。司馬主戰廷主撫,應募新兵須訓練。養精蓄銳且觀變,司馬主守廷主戰。司馬既死明社屋,遺廟空留故山曲。魂歸莫賦陳濤斜,客行猶拜陳家谷。《邊感》云:慘淡窮邊殺气黃,西來烽火接甘涼。雲圍瀚海雕成陣,路斷冰山馬失行。平日駐師勞上將,一時空國徙名王。憑君莫話殊方苦,鼓角中原百戰場。闢土開疆二百年,建牙專閫屬親賢。敢輕沙漠無人地,自是中華以外天。莽莽草堆紛置戍,荒荒戈壁競屯田。入城絡繹輸軍實,久費司農大府錢。昔聞廟算決西征,聚米山川悉虜情。使者班超馳絕域,將軍李牧出長城。九龍大雪朝移帳,萬馬平沙夜踏營。北漠南庭同請吏,祁連草木寂無聲。敢議珠崖罷挽輸,山河尺寸總皇圖。聞聲尚有驚弦鴈,望气曾無集幕烏。地入安西屯鐵騎,天連直北控雕弧。囘軍合破點戎膽,橫海長鯨正伏誅。《日日》云:日日鄉愁被酒摧,悶天難得夕陽開。城圍萬壑盤江出,潮擁羣峯過海來。夜靜蛟龍行急雨,畫長烏鵲下空臺。管寧合共遼東隱,戎馬中原老將才。

【校記】

〔1〕忠甫,原爲闕文,明俞汝楫《禮部志稿》卷四十三云"仵瑜忠甫",明過庭訓《本朝分省人物考》卷七十六云"仵瑜字忠父",明凌迪知《萬姓統譜》卷七十八作"仵瑜字仲甫"。今據《禮部志稿》補。

〔2〕詩錄,《詩徵》多次引《詩錄》一書,即是高士熙輯《湖北詩錄》。

〔3〕文,原作"人",據文意改。

〔4〕吳夢材,原目錄、條目、正文皆作"吳楚材",錯誤。《四庫全書總目》卷一百三十七、清嵇璜《續文獻通考》卷一百八十七"經籍考"、清嵇璜《續通志》卷一百

六十一"藝文略",皆作"吳夢材"。吳乘權,字子興,號楚材,清紹興府山陰縣(今紹興)人,康熙時在世,並非此人。

〔5〕蹲,原作"尊",據文意改。

〔6〕蘧,原作"籧",疑作"蘧"。蘧,驚喜貌;或通"蕖"。春秋時衛國賢大夫蘧瑗字伯玉。陳夢瑗,字蘧卿,文義正合。籧,《詩》云"若簟如籧",乃用竹或葦所編之粗席。《詩徵》另有兩處也將"蘧"字誤作"籧"字,即卷七"許俊"條"一枕籧籧蝶與周"、卷三十"閨秀吳義堃字籧仙"。今径改之,不再說明。

〔7〕"先君子雅重之"句,諸刻本後均有約三十字的空白。

〔8〕家春畚,及"家春畚學博《負米圖》"、"春畚"等語,《詩徵》卷八"丁耀南"條"葉名琛"條、卷十三"劉定裕"條亦有提及。据《清代詩人室名別稱字號索(增訂本)·乙編》,丁澍,字燽叔,号春畚,漢陽人。其負米讀書故事,被繪成圖。《湖北文徵》卷十、卷十一錄其子丁晹、丁燦文各一篇。即是其人。姓丁氏,故丁宿章稱之爲"家春畚"。

增訂

蒲圻

张璪光[1]

璪光生當兵革,不樂仕,避隱居幽蘭山,胸中不可遏抑之才,盡發之於吟詠。唱酬綴葺撰述之中,詩境樸茂淵弘,雅近鮑謝。而精力專注在《話史》一書,翻案出奇,無一語雷同依傍,尤為高出退谷《史懷》之上。《常談》二卷,徐健庵尚書所謂布帛菽粟,生人不可一日缺者。其敷歷世情,淵源心性,大有裨於人心風俗。名曰《常談》,實關治術。集中五古如《西洲》《農人》《役夫》《役婦》諸詠。具《舂陵》《石壕》之遺。其沉摯處,又神似少陵。《飲馬長城窟》云:長城何連連,連連三千里。誰家有夫婿,懷中但弱子。邊城白葦黃,西風刮地起。處處寄寒衣,傷心淚落暮砧裏。遙託雙飛鴻,瀝血書滿紙。為道臨洮白骨遍城闉,那能歸家共苦辛。嬌妻別覓路,何用再逡巡。天下都如此,只恐更無買妻人。《常談》曰:"不從性分中流出者,無益於世道人心者,皆非詩也。"解此語方許讀先生之詩。《止吟》云:筆快有真笑,墨淚無假哭。樂天與委分,佳人甘幽獨。窗前過浮雲,于何勞耳目。彼既不我留,我亦不彼逐。詩在有意無意,方稱古拙。《題友美人影詩後》云:只畫美人影,只作美人詩。阮嗣宗日狎鄰女,而終無所私,死又哭之地。句如:煙水一灣足,秋風百病搖。層峰遠送翠,斷岸近維舟。隨地堪酬國,是官可立名。

《過菴園弔尹司馬洞庭》云:君死重於生,何為至今死。徘徊二十年,其中良有以。文山未時死,求歸為道士。疊山未死時,頑民逸民比。夫豈其惜身,不必深論矣。杵臼與程嬰,誰能分彼此。相距十五年,總得死所耳。我偶過君園,敗荷橫淺水。長松千萬株,黯黯陰風起。高閣坐世尊,公即老衲子。公歸今何所,磊落沅湘汭。公歸今何入,漢家樞密使。公歸復何為,夜臺擊盧杞。杳杳鼎湖龍,見公悲且喜。赫赫霹靂文,震公在青史。我生恨最晚,有失承風旨。去年看花約,空寄煙雲裏。四顧自酸辛,日暮徒徙倚。《吳雪屏過幽蘭》云:問石穿雲尋巢許,主人繩床方病暑。有客到門年八十,手放煙雲琴致語。咄哉力奪造化靈,得君山水失高深。揮弦潑墨連日夜,移我心脾醉而醒。吁嗟乎,菁華亦已竭,日月何轉新。囊中獨有長生訣,我欲扣君黃庭經。《金魚行》云:一泓秋水誰着色,玉綴金鋪點黛黑。吳宮小隊流蘇長,琉璃屏開遮不得。風漪月暈時相親,避人不堪腰肢折。《上方寺訪輝月和尚》云:不見上方月,於今已廿年。雲山常不改,鐘磬尚依然。破屋僵初起,主人夜未眠。低徊無限恨,攜手問流泉。《弔三閭大夫》云:懷沙苦節幾經秋,芳草王孫何處求。澤畔不隨漁父往,江心獨抱美人遊。天高難問千年恨,世遠空勞五月舟。寄語三湘憑弔客,誰能一釋賈生愁。《千里樓》云:小樓百尺四山陪,斗室如船墊水開。笑語高從銀漢落,襟懷近許白雲猜。疏鐘隔岸天昏曉,野渡三叉人去來。幾共諸君尋樂地,目窮千里一層纔。《懊惱歌》云:山頭草,植根非不固。狂風動顛倒,懊儂奈何許。不見彼鸚哥,猶然學郎語。

張開東

人每寬於論今,刻於論古,且喜指古人之疵,由俗不長厚故也。朱文正公珪謂白尊獨身閉關、載書數千卷、屈折走數萬里,其愛古惻惻出于至誠。表章幽逸,尚論忠厚,至謂明妃必不二節,足徵性情之摯。其《弔明妃墓》云:美人不可見,寥寥遂終古。昭質自無虧,所傷在何許。昔見篋中圖,又聞曲中譜。惆怊神欲即,佇望江南浦。遊魂竟何之,不得返故土。獨立盼邊城,飄零路脩阻。徹風本無迹,孤月空有影。念我漢宮人,憂心獨耿耿。

求媚素不工,抱恨將誰省。譬彼瓶中水,安得還故井。漠漠白雲飛,不到我故鄉。悠悠黑河水,不流漢宮牆。莽莽漢廷使,音書不我將。翩翩南征雁,不與我同行。生當長相思,死當永不忘。嘗坐隻輪車遍遊五嶽,北踰朔漠,東眺滄溟,宿蓬萊宮者四十日,客岱山之頂四越月而後下。畢秋帆中丞撫陝時題"海嶽遊人"四字贈之,因署一幟豎車上,夜度潼關,關吏窹詰,乃草詩答之。云:元日夜逢潼關吏,三車都署游人記。見者驚訝且停驂,我請詰朝為發笥。詩文心製五千篇,典籍手摹五萬字。岳瀆高墳皇輿圖,賢豪鉅州名家志。其餘仙釋並雜流,寸楮尺牘不可計。茶鐺酒醆多闖茸,箬笠芒鞋半凋敝。累代不工商販謀,隻身獨探山海異。願君搜檢莫辭勞,自喜太平一無事。挾書之律已久除,當今聖明重文儒。達官每賜華翰札,權使不徵青箱租。東涉蓬瀛北大漠,三關許我頻馳驅。若問姓氏敢藏匿,五嶽峰頭滄溟隅。《考田詩話》

張兆安 字仁齋,道光進士,官知州,有《對山詩鈔》

《秋夜》云:山城秋意滿,虛閣晚涼生。淡月高梧影,清風綠竹聲。客稀孤榻下,人靜一琴橫。忽憶蒓鱸味,蕭然冷官情。《板橋莊》云:幾家村落似江鄉,宅畔濚洄一水長。楊柳小橋青接岸,菖蒲新雨綠遮牆。到門雞黍留佳客,逐隊牛羊下夕陽。為愛山莊聊駐馬,好風吹送稻花香。《題項小園〈梁園感舊集〉》云:二三車笠訂同盟,半世飄蓬感友生。廢圃荒祠題句在,落花依草最多情。勝日吹台同載酒,清風梁苑亦談詩。平生白眼多違俗,今日逢人說項斯。佳句如:報國只完身內事,為官先計去時名。滿院奇花留客久,一年好景入秋多。花堪作友何嫌淡,春自留人不厭遲。數椽茅屋臨溪曲,一樹槐陰落院深。往事都成蕉鹿夢,此心合結海鷗盟。又七絕如:綠柳紅蓮三十里,一聲漁笛板橋西。自過馬橋三十里,紅螺山外月黃昏。格調雖同,而各極其妙。

崇　陽

元

嚴士真

村。山色遠攜秋色至[2]，灘聲低挾雨聲來。曉日一窗翻貝葉，春風滿院試松花。水氣引涼生竹榻，陰雲帶暝入松關。俱有作意，非徒以流連光景爲工者也。

明

傅　源[3] 字本清，號翠峯，貢生，官通判

源洪武初官福建，有《邵武秩滿赴京，別郡守葉仲賢》詩，中有"奏績近慚身佐郡，拜恩遙想步隨仙"句。

王近敏 字子修，嘉靖舉人，官知縣　　弟近訥、近思

《石梘寺》云：森松堆翠半山頭，百轉虛廊一刹幽。馴鹿曉眠苔畔草，野雲春隱竹邊樓。輪蹄不礙煙痕濕，澗谷深迴溪影流。禁住蛟龍憑佛力，寒陂十頃萬家秋。

近訥字子仁，舉人，官紹興同知。《登高》七律前半云：登高便說山猶小，一上凌空勢欲飛。怪石亂屯虎豹陣，篆煙斜掛蛟龍衣。

近思字子孝，舉人。一門羣從，皆有詩名。《長壽寺》云："紫翠山深無客到，巉巖石古有門通。"亦清逸可誦。

汪如璧字子白,嘉靖舉人,官知縣,有《入蜀》《出蜀》《雲南》諸稿

《蘇伊山招飲岳陽樓》云:岳陽樓上望湘君,風雨凭闌酒半醺。雀舫暮搖青草月,漁竿朝拂洞庭雲。思迷錦瑟孤峯小,目渺秋波落葉紛。慚愧江湖尚漂泊,登樓空憶范希文。

劉景韶見前

《湘夫人》云[4]:窈窕竢湘曲,遙睇入蒼梧。英靈渺不見,環珮月中孤。秋來湘水落,疑是淚痕枯。《解佩渚》云:我過解佩渚,訪古停蘭舟。江空曙色爽,瀨遠春波柔。湘妃渺何許,交甫安可求。一葦乘風去,江漢東悠悠。《贈蘇伯仁》云:與君平生交不薄,知君別來金滿橐。數年遠結南陽駟,今朝忽跨揚州鶴。揚州城南楊柳凋,與君相逢江月高。司馬山川行欲遍,元龍湖海氣真豪。人世百年幾開口,笑撚梅花把君手。贈以雞林白傳詩,酌以陽關右丞酒。我有蛟龍雙劍明,鯨鯢戮盡海波平。荓蕪不礙征人路,任爾飄飄萬里行。《送王元美南使》云:遷史浮湘日,相如使蜀年。江雲趨劍佩,秋色引樓船。賦歛三吳急,兵戈九塞連。遙知登眺處,北望重悽然。西曹初奉使,東步更趨庭。魯酒尊前白,蓬山海外青。風流瞻使節,光采動文星。奕葉傳金紫,中朝有典型。《贈胡亞仲》云:天上春卿署,山中隱士廬。周廷崇禮樂,漢室待嚴徐。棄置餘孤劍,交親絕尺書。多君有高義,時自枉軒居。《聞吳明卿左遷賦訊》云:絕域無知己,懷君歎索居。五湖雙劍在,萬事一舟虛。失路寧悲汝,浮名已誤予。休投湘水賦,早寄夜郎書。《暮春》云:病不偕春去,愁翻共酒來。檢方醫寡效,遣興句難裁。匣裏雙龍鏽,天邊一雁哀。交游喜漸少,養拙愧非才。《夜郎道上書懷》云:西南萬里嘆支離,巧宦無能合遠夷。塞上蟬鳴黃葉雨,天涯人負白雲期。歸心江漢懸秋月,征路牂牁動晚颸。刀弩茫茫投瘴癘[5],卜雞晴賽女郎祠。《送姪應文南歸,懷老親,時用兵淮海》云:天涯送汝淚沾衣,萬里勞歌獨未歸。兵甲身從

淮海寄,庭闈夢逐楚雲飛。逢人匕首黃塵路,倦客鄉心白板扉。誰解離魂堪斷處,廣陵城外落花稀。《蕪城遇舊識徐生》云:十載王門驚獻策,相逢猶著舊儒冠。世情但解黃金重,交態誰憐白髮殘。拍手嘯歌徐孺老,論心秋色廣陵寒。看君八斗才仍健,濩落何須歎路難。《九日攜具要鎦將軍迷閣登高》云:蓬萊閣上劍歌豪,縱酒聊紓百戰勞。漠北金河歸雁斷,塞南銅柱拂雲高。尊前霜菊浮隋苑,亂後秋砧雜海濤。却笑牛山空墮淚,風塵天地屬吾曹。《秋閨》云:日日江邊望,秋風浪蹴天。片帆收北渚,不是阿郎船。《坐夜》云:金縷飛聲細,銅龍滴露長。輕風忽卷幔,滿地月如霜。《別劉本正文學》云:黃花節是授衣辰,寒雨蕭蕭又送人。滿眼煙波君莫問,西風吹散楚江蘋。《平倭曲》云:萬騎驍騰鎧甲明,島夷破膽是天兵。團練從今須土著,莫憑徵調作長城。《白髮》云:白髮星星兩鬢垂,朱顏含笑漫相嗤。北邙無限纍纍冢,多是洛陽年少兒。《城東樓寓目》云:要賓時赴城東社,避暑偏宜雨後亭。四望濕雲飛欲盡,檻頭搖出數峯青。他如"楚雲迷水國,煙樹隱江樓"、"青霄懸事業,白髮負生平"、"草閣憑山起,柴門面水開"、"門掩黃花雨,愁深白雁時"、"月沉人獨坐,秋到客先知"、"城頭木落沅湘遠,雲外山連越寓多"、"金馬陸沉懷直北,銅標海晏極滇南"等句,皆音節清蒼,不同凡響。

汪 桂

《楊莊旅署元宵書懷》云[6]:繁華五都市,寂寞三家村。香塵馳駿足,霜角淒旅魂。綺筵叵羅酒,野店癭匏樽。世態紛趨舍,雲泥何足論。明月無炎冷,流光共此痕。《玉泉寺》云:入谷何淙淙,奔流齧白石。萬木匝地蒼,羣峭刺天碧。徑莎媚僧屐,樹苔列鳥迹。涼飈透疏櫺,山月似同席。洗却塵土腸,醫得幽奇癖。明宵更逆旅,念此倏成昔。《五峯阻雨夜泊》云:風靜江聲遠,風來江聲邇。靈籟自廻薄,宮商不可似。風亦不在江,聲亦不在耳。化作清涼散,冷然入心髓。《舟過蜀江絕險》云:放艇巴江秋,奔濤初注箭。遠山望即來,近山過如電。篷底南北窗,兩岸看難遍。跳波噴龍沫,怪石廻鰲面。盤渦開圓陷,勢欲舉舟噬。隨俗投牲米,長年猶色變。不知舵捩移,但覺青天轉。軀命寄一葉,孤注與江戰。寫危險之狀,筆端有舌。《嘉州江上聽峩僧彈琴》云:秋色高天淨,暮嵐江上陰。州城隨水曲,寺塔刺雲深。空碧想禪理,驚濤橫素琴。重來還有約,莫作渭城吟。《金山》云:似有巨靈手,移來蓬海邊。插根穿劫地,浮翠溼晴天。雲物崇朝異,風濤萬古煎。陰陽造怪供,想見未山前。《江行》云:好風如好友,臨水送將行。岸樹移無影,江雲飛有聲。客愁吹盡去,天籟引徐鳴。痛飲《離騷》酒,蘭臺賦自賡。蒹葭萬頃國,裛色夜來蒼。江靜偏宜月,沙明不辨霜。歸心歡雁序,清夢入鷗鄉。莫擊中流楫,閑眠書畫牀。《遣妾詩》云:事未傷心鬢未絲,偶然揮手謝蛾眉。誰能留得風飛絮,莫待闌干春盡時。

王應斗

心期亦莫酬[7],其餘萬事可知矣。昨朝得遇華州客,華山眼前上未得。始知缺陷無懸殊,況乃天地虧南北。稽首青天發宏願,來生獨與仙禪便。一笠一瓢恣所遊,五嶽靈峯都住遍。人生此願太崇隆,清福人間匪易逢。君看逍遙世間侶,豈真富貴浮雲同。不然化作凌空鶴,等閑一羽周寥廓。又恐千歲歸來時,俯視丘園淚交落。《池亭》云:萬事草亭外,孤懷煙水中。澹陰團午碧,疏蕊散春紅。樓北千竿雨,窗南一枕風。羲皇雖隔代,此意莫須同。《初入侍班》云:玉楯嚴趨仗,金河肅漸磬。慚無霜入簡,空擁鐵為冠。九域正多事,三緘非此官。誰能似蟬翼,先露怯秋寒。《枯樹》云:離離窗影外,矯矯望中奇。突忽翻疑畫,孤清欲入詩。骨因殘轉勁,形與拙相宜。霜雪非無意,春風故有期。《宿臨江驛》云:村煙湖氣釀秋霄,徙倚孤亭劇寂寥。隔浦寒砧和露切,傍河殘艫帶星搖。風高木末蟬聲急,雨過蘆花雁影迢。惟有洞庭三醉客,夜深飛笛欲相邀。《送傅堪輿之武陵》云:踏破千峯興未孤,扁舟一水問漁夫。桃源自是神仙窟,莫獻人間富貴圖。《賀澹餘使蜀還得書答賦》云:星軺初下錦官城,立馬緘書到友生。聞道峩眉在天半,可能高似故人情。又如《晚眺》云:落花辭樹緩,歸鳥帶雲輕。《送僧》

云：嶽色青懸帳，湖光冷在衣。《詠梅》云：白非防雪妬，清似畏人知。

蒙發正

　　《苦寒》云[8]：南方無朔雪，冬盡寒亦厲。枯枝鳴天風，敗葉走階砌。我有一敝裘，十年落毛毳。納手自知寒，獨坐歎所逝。秒忽有餘悲，雞豚爲食繫。披裘且負薪，高節孰可繼。方知君子心，志在千秋際。凍僵倘有骨，此骨宜愈礪。酌酒對梅花，耳熱發清嚏。《柳州城》云：柳州城，厲鬼橫，張牙露爪發猙獰。不聞人語聞鬼聲，舊鬼吞聲新鬼哭。老鴉啄人飛上屋，西風狂吹血霧腥。光天白日忽冥冥，太守乞書太乙符。將軍請咒蘇嚕酥，遙見青牛白象紛馳驅。無頭有臂爭奔趨，吁嗟乎，死者如麻生鳩鵠。布綱張羅猶未足，閶闔雖高頭可觸。請排帝座陳哀告，爲我拔盡幽湮鬱塞諸冤魂。魂既拔兮鬼不屬，鳩鵠餘生安菜粥。樂府遺音，歌行勝境。　《鏡問》浯溪有石徑尺，光瑩可鑑，因名鏡石。予繫舟其下，挹江水拭之，引喉拍手而問焉云：噫咄嗟哉，夫夫胡爲乎來乎？顏色憔悴形容枯，面目黧黑肝腸紓。不韣不巾靸草屨，長謳楚曲短吳歈。雙眸空矔矔，鬖鬖頗有鬚。行藏不自主，拂鏡試咨諏。爾其忍辱離垢，祇園是逋；而飲酒兼食肉，耳熱歌烏烏。捫虱談當世，不屑學虛無。爾其羽衣解脫，玄真爲徒；而氣常傲岸修煉非所娛。節取漆園之放，竊笑柱下之拘。既不能乘時早致青雲上，昂首奮翼翔天衢；又不能彈棋擊劍事遊俠，結交原嘗走上都。終朝擁圖籍，盡日專呻唔。籜冠菱荷服，見人多囁嚅。鏡中主人曰：爾行躩躩，爾貌于于。世之所謂儒者，非夫憶昔珥筆左掖梧，艱難幾度麻鞋趨。抗辭懇諫攖逆鱗，斧鑕不敢戀微軀。癡忠私慚無寸補，直聲欲滿東南隅。自經搖落干戈後，昔何勇銳今何愚。爾才則拙，爾術誠迂。請看今日雲臺上，人人手把金僕姑。三寸毛錐成何用？寧辭鱉蹩老泥塗。撫長劍，擊唾壺。勸爾一杯酒，何以慰區區。男兒出處無多地，不在廊廟即江湖。鼓瑟吹竽空投好，曳裾納履兩無須。詩卷不肯留人間，便掣釣竿拂珊瑚。五嶽頂上放聲嘯，嘯聲驚起雙鵷雛。手拍偓佺問丹訣，乾坤指顧一壺蘆。依荊入粵終偃蹇，一丘一壑是良圖。高吟梁甫超三季,箕瓢穎笠玩黃虞。鏡中自問還自讚,故態爾爾一狂奴。《龍江除夕》云:守歲歲不住,更闌歲自除。浮沉同野馬,天地一蘧廬。有劍酬知己,無心托著書。漫漫將欲旦,風動五更初。《漫題》云:雙眸閑玩世,任運信行藏。不必矜肥遯,惟堪戀醉鄉。泉深龍臥穩,松古鶴聲涼。莫笑狂生老,狂生老更狂。《山莊》云:割據榛蕪地,分張雲水天。忝稱猿鳥主,深卜薜蘿年。是石皆含態,無松不掛煙。東皋纔百畝,半秋半秔田。《秋夜同友月下飲酒》云:古桂堪延坐,好懷風送開。一樽明月酒,千里故人杯。木客林端嘯,霜鴻嶺北來。頹然忘既醉,檻外更追陪。《將登舟》云:鄰翁聞我出,提榼傾壺觴。盡興飲春酒,及時還故鄉。瀼溪浪士里,谷口野人莊。拜手與春別,此情那可忘。《秋日過山寺》云:林裏疏鐘林外[9]。

汪 槐

際秋爲東一先生子[10],少承家學,多歷艱危,寄傲林泉,以布衣老。與同里王無懷、甘愧葛淡寧皆勝代逸民,隱梓木峯下。工詩善古文,不求聞達,著述故多湮沒。《雪浪餘音》

《擬古》云:有月上我樓,有花盈我砌。隱几未成眠,微涼生襟袂。寥闃知夜長,仰見疏星暳。念我寄一身,而乃多所繫。草木忽已長,歲月忽已逝。悠悠遲暮中。少年不復記、默坐晏形軀。冥心渺無際。《感別》云:樓上月何皎,樓下人未老。念彼露中人,月亦令人惱。臨歧難爲贈,送之以中道。中道復踟躕,贈之以自保。《池間看月》云:看月遇臨池,水明浸月冷。鴻歸渡此波,魚戲亂其影。雲淡有流時,天空無定境。不知秋色殘,獨愛秋山靜。《別後柬友》云:豈少來時快,尤多去後思。相逢春有色,臨別酒能知。依舊停雲望,從新落月疑。近詩貪好句,此病想同之。純以神行,五律勝境。《獨坐》云:開窗常獨坐,幽趣望中餘。曉日斜窺案,晴風代展書。浮家忘客氣,避世即山居。心境無絲掛,渾如天地初。晚唐,亦近自然。《折樹》云:中庭一樹折,景物趁情刪。夜砌多留月,晨扉易見山。風穿無掛礙,鳥度任迴環。薜荔何愁寄,他枝尚可攀。《夜坐》云:半涇苔間露,微涼竹下風。夜深諸籟息,人在月明中。《書所見》云:美人晨妝罷,獨步花深處。折損牡丹芽,一笑穿花去。《薄暮》云:凭闌薄暮望,茅屋隔煙村。日落遠山外,殘霞紅到門。《漫興》云:山齋厭形寂,忽然心在水。化作白鷗身,出沒煙波裏。《立夏前日》云:一蓋荷擎暑漸來,綠陰深處子規催。莫教風雨將春送,怕有山花未盡開。《采樵行》云:三日采樵一日炊,嗔儂懶惰怪儂嬉。山前山後多豺虎,阿母深房那得知。《柳枝詞》云:郎自乘船別柳陰,柳條漸老綠森森。妾心常繫溪邊柳,安得郎船似妾心。佳聯如:一枝然楚竹,萬葉冷吳楓。泉飛浸石冷,雲落補巖虛。山月分微碧,春雲落細紅。開扉迁徑蘚,繞屋逼煙蘿。病骨寒如水,名心死到灰。嵐飛松嶺翠,風入草堂清。樹老藏僧屋,花香醒客魂。家園旅舍都如寄,酒國愁城各自降。未諳世故謀生計,慣讀功名不取書。抱膝常披游俠傳,掉頭難作送窮文。梅花一部春王曆,杜宇千秋望帝魂。枝原易借鷦鷯一,窟不勞營狡兔三。又"泉飛欲浣山"、"不速山禽似客來"、"入閣泉聲枕欲流"等句,俱清朗可誦。

《山居》云:入山寧俟草堂移,石甑蒸雲作黍炊。曉日正晞疏竹外,寒煙斜度落花時。逢人獵鳥頻開網,與客觀魚漫理絲。淡泊已甘茅一把,此身隨處好棲遲。此作者工於寫景,如"峯缺早生蓬箔月,洞深時送草堂風。瀑水曲流將宅繞,槿籬斜插傍山橫。"又"鳥度千村尋樹落"七字,亦佳。

汪氏多才人,名垂字天翼者,康熙舉人,著《酣雪藏稿》。名塈字衍于者,貢生,著《清遠堂集》。名塾字半水、名墅字藍圃者,皆諸生,以詩名。

米調元

《旅次懷友》云[11]:何地鄉關是,燕城雪漸肥。青燈知己別,白髮故人稀。十載浮名累,三秋旅夢違。廻思聚首處,大半到今非。《病起寄陳于石》云:久雨深苔碧上階,備嘗清苦閉寒齋。百年長抱心如鐵,一病堪嗟骨似柴。高嘯幸同名士譜,閑愁未許俗人猜。莫言春色蹉跎去,天地蒼茫入曠懷。

《白峯稿》中頗多佳篇,《宿筍潭僧舍》云:夕陽容易落,下馬與僧逢。老樹閉春院,空潭出夜鐘。寒深棉尚著,齋散黍仍春。不寐窺斜月,遙銜天外峯。沉摯似常少尉。《雨後北崦晚眺》云:一徑通林外,雨餘花早閑。歸人渡遠水,斜日滿前山。秋翠侵衣溼,寒芳落鬢斑。今朝無限好,立盡暮鐘還。唐人勝境。《送子芳文樹之武寧兼寄中蘭》云:扁舟吾返里,朋舊別何忙。古縣前朝樹,長途昨夜霜。千峯驢背畫,一葉雁頭裝。爲報文章士,今冬在故鄉。《登蘄州城樓》云:九載重來駐葉舟,山仍圍繞水仍流。市分橋口斜通郭,寺出江心對倚樓。芳草鈿車遊女跡,夕陽銅馬故宮愁。登臨不敢高吟句,恐是元之牧此州。《寄徐茂生》云:一代文人早白頭,近聞掃迹臥林丘。眼光雖暗能書字,脚力新衰懶上樓。鄉社論年推老宿,生徒強半作名流。相思欲采黃花寄,蕭颯西風又隔秋。他如:署門辭客原非懶,買犢教兒且學耕。水流林下杳然去,日到山中分外長。當窗帆勢過沙口,隔岸雲陰認鄂州。皆佳句也。

甘調陽[12]_{字雨若}

《重九過青峯嶺》云:登高欲賦愧無才,匹馬穿雲洞戶開。菊色漸隨秋氣老,松聲怪作海濤猜。閑尋樵客過蘿徑,醉共山翁把酒杯。地好避秦人未識,桃花時節許重來。

汪世綸_{字海嶼}

《雨山》云:岧嶤秀色滿煙村,井里頻沾雨露恩。陰壑千尋藏霧暗,奇峯雙乳插天存。遙尊岱嶽爲東帝,俯瞰崇山若衆孫。我欲結廬居絕頂,終朝伸手摘雲根。

吳世雄_{字威南,號雨巒,諸生,著《龍潭一勺吟》}

《大雄庵秋夜》云:空山秋欲暝,涼風吹短衣。境寂清夜氣,心閑悟佛機。林靜鳥無喧,嶺高星欲稀。淡雲籠遠樹,新月上煙微。《登晴川樓》云:天地浮江漢,蒼茫入座流。朝宗終古意,風雨有行舟。《龍潭古意》云:漠漠寒煙起,潛潛空潭水。渺然煙飛淨,潭水清到底。《三山曉行》云:七里盤廻曲更低,三山路轉石磎西。林深曉步無人境,疏雨桐花幽鳥啼。

丁崇略_{字書三,武生,有《孔塘吟》}

《雨夜懷家園牡丹》云:爲客苦留滯,當春病欲侵。寒添一夜雨,愁滿五更心。夢蝶離高枕,然燈照夕陰。不知家圃樹,花放幾重深。書三武健能詩,與吳雨巒、劉芸圃、僧寶垂共結吟社。時夏翁陶齋罷官家居,相與唱答。花晨月夕,音滿山谷,亦一時之盛事[13]。公詩典雅工麗之中,具見風骨嶙峋。未第時《詠竹》云:道堅霜後節,虛見歲寒心。十字已概生平。《凱歌》云:七月獵長楊,殘春入建章。山連萬乘動,天轉五星光。中使調黃犬,前軍載白狼。周王親北伐,不是作禽荒。野暗朱旗出,雲開翠輦歸。龍文天子氣,獸錦侍臣衣。花暖春全動,塵香晝不飛。路傍齊下拜,咫尺覿皇威。《題彭濟物尚書林下一人卷》云:蓮岳開元氣,皋蘭出大賢。應期神已降,曠代道兼全。玉璞應懷楚,金臺正築燕。來儀雙鳳翼,出匣一龍泉。千載風雲會,三朝眷命偏。得君才不忝,治世俗皆湔。忠孝真堪許,文章未敢先。爲郎常應宿,建議或旋乾。仗鉞諸侯貴,維城刺史專。政成增霸壘,清極却劉錢。憲臬威聲著,華夷姓字傳。乘驄霜共肅,服豸錦彌鮮。寵授中朝職,崇分外閫權。總戎符李廣,奉使類張騫。號令雷霆迅,旌旗鳥獸聯。齊兵收獫狁,蜀寇斬藍鄢。懋賞周王錫,殊功漢鼎鐫。官階尊保傅,曹省屬衡銓。正色嚴廊重,英風豺虎悛。臺綱方整頓,仕路竟迍邅。直道人多忌,孤臣志可憐。平生惟仗義,誓死不磷堅。慷慨言逾厲,淒涼禍且延。鷹鸇翻寂寞,燕雀故翩翩。去就寧終日,行藏信有天。乞歸封草上,得許詔麻宣。迤度黃河曲,遙瞻白石巔。感恩辭魏闕,納履向秦川。漫著遺榮賦,咸歌好遯篇。都門疏傅帳,湖海范公船。躍馬心何有,盟鷗興渺然。逢萌原避世,梅福本登仙。茅屋貧能葺,藤牀醉穩眠。蒲車終再起,莫遣後陶甄。五律長篇,工力悉敵。如:秋颷吹白日,晴籟響青松。寒風吹落日,遠岫接歸雲。雨添村舍靜,雲塞亂山深。事繁愁訊影,業薄畏沽名。皆不同凡响。

王國洽 字合川,乾隆舉人,官教授,有《石泉集》　納諫

《早發》云:理舟戒早行,行行入煙霧。微聞城中雞,不辨岸上樹。隔浦人語喧,始知截江渡。搖艣起眠鷗,掛帆礙飛鷺。我如夢初醒,于役不遑住。猶枉故人杯,流連憶昨暮。山雲乍鮮新,海日正吞吐。翹首天宇空,望望彞陵路。《懷杜星齋》云:耽酒從吾好,年饑債欲逋。鹽梅非舊業,桂玉斷荒廚。寂寞揚雄宅,蕭條阮籍途。遙懷杜陵老,留得一錢無。《送趙生入秦》云:飢來無處避,憐汝亦移家。此去秦關路,相思楚水涯。朔風今夜雪,春雨舊時花。廻首平生事,扶桑日未斜。《晚涼》云:九畹香蘭日種耘,湘簾斜卷破塵氛。斷虹碧落新收雨,翠瓦紅深晚燒雲。近水人煙清北渚,滿樓山籟爽南薰。偷閑自枕蒲葵扇,月上東峯照篆紋。《歸州》云:詞賦千秋宗屈子,畫圖絕世艷昭君。湘南漢北歸無處,一種銜冤不忍聞。石泉詩已梓者未盡美善,今搜得未刻草,有格律較深穩者,更爲拈出。如《山中》云:奇花無舊譜,怪鳥有新名。《江村》云:魚肥人切玉,沙淺戶淘金。《懷人》云:冰霜添別況,簫鼓逐流年。《舟發》云:乍隔市塵心似水,纔臨江浦迹如鷗。《暮村》云:風外酒簾穿樹見,煙中漁笛隔江聞。《郊行》云:遠岫夕陽鴉背下,疏林落葉馬頭飛。《即事》云:授鉞只應資廟算,扶犁莫遣廢春耕。《夷陵》云:秦灰冷去猶哀郢,蜀梓浮來竟入吳。《春寒》云:千條柳散花如雪,萬頃溪高水似雲。《閑居》云:筍粘蝶翅輕翻粉,柳護鶯身軟著綿。《春暮》云:三月乍經三日後,一年又放一春廻。《晚涼》云:池塘月淨宜消夏,蘆葦風生欲作秋。又有"秋草到門深"五字,尤爲時人所傳誦云。

訥諫號直城,諸生《試後有感》云:莫笑儂家針線粗,舊時花樣與今殊。深閨十載無人問,一落鄰姑便得夫。妙有作意。

何祿芳 字爾康，嘉慶舉人，官知縣

《元日吟》云：舊臘辭將去，新春却又來。逢人無別問，尋得幾枝梅。《春宮怨》云：更盡耐春寒，春宮夢已闌。曉來鸚鵡語，階下落花殘。

米 燦 號湯泉，貢生，官訓導

《漁翁渡》云：日暝空山醉，暮煙青到船。牛穿巖上石，鷺立水中天。有酒常邀月，得魚羞賣錢。至今霜落後，蓼火對風然。他如"微風潛入夜，小雨暗生秋"，又與"風緊醉人斜"句，俱雋逸可人。

孫鐘琇 號半樓，嘉慶舉人，官教授，有《北游草》

《五里店》云：羅山盡處一河流，夾岸桃花映水浮。隔斷青山三百里，春風又到信陽州。《過東方朔故里》云：玩世詼諧醉復醒，姓名雖幻壽千齡。古牆猶有桃花樹，曉立東風問歲星。

雷 琦 字韓伯，有《沙溪詩草》

《過張家山》云：覆茅編竹幾人家，一水彎環略彴斜。行到雲煙空翠裏，春山無處不桃花。《晚過友人宅》云：茗椀香浮撲座清，蘭言歡罄悄微行。白蘋紅樹池塘靜，徐聽遊魚唼藻聲。又如《秋懷》云：客少談偏永，詩成夢始安。《歸途》云：沙渚人撐艇，茅簷犬吠門。《小軒》云：蝸牆紋綴篆，珠網戶垂簾。《司馬相如》云：海內憐才漢武帝，閨中知己卓文君。及"人與月同牀，青山避故人"句，皆不落恒谿。

傅以忠號葵圃　從弟述鐘

《階竹》云：莫笑老人住土屋，階前點綴數竿竹。風葉中含蘭氣馨，雨枝下拂苔痕綠。柴門半隱客到熟，相扶相遮留客宿。如佳子弟我意足，春筍當階慎勿觸。《遣悶》云：近屋有禽禽翼子，當門多竹竹生孫。老夫偏抱衰年憾，愁絕鴉啼枯樹根。

述鐘字紹先，號直庭。幼多疾，而性嗜學。詩愛白香山，爲近體，多佳聯。如《和世父得曾孫》云：黃口笑啼娛老子，白頭康健訓曾孫。《五十自壽》云：傳家耕讀千秋業，偕老夫妻百歲人。又有：寄興惟書好，消寒覺茗宜。不眠喜夜靜，多病畏春寒。《九日游山寺》七絕起聯云：聞說高僧未可逢，白雲深鎖妙高峯。尤超拔可喜。

陳之楫號德川　弟之杞，子炳雲

《如舟書屋爲葵圃題》云：便是安居即樂窩，寬閑何必賦槃阿。簷低碧宇蕉重卷，徑覆青雲竹萬科。夜半灘聲清蝶夢，曉來花韻葉禽歌。一庭蘭玉森如許，到底詩書貽澤多。

之杞字荆山，貢生，亂後歸里，有"壘靜烏啼久，庭空鼠跡多"之句。炳雲字太書，號彤山，諸生，性坦率，詩多詼諧。《飲醋》云：百般無味不能餐，乞得醯來一飲乾。怪底病餘真相出，秀才風味故寒酸。頗有意趣。《久雨》云：斷岸侵晨羈宿雁，小窗入夜泣寒蟲。《羈館》云：白日無門三面閉，青雲有路一身羈。皆能率其性真。

王鎮新字至堂，嘉慶進士，官教授

《姚寄吾明十三經掌訣因贈》云：雲山踏遍東南地，一擔行囊一掌經。勞我卅年頭半白，逢君九月眼雙青。神仙字化原非蠹，龍馬圖披始覺靈。

此事不宜矜什襲,江峯曲罷水冷冷。又《巴陵有客精指篆贈七律》頷聯云:蘸毫不用三升墨,繞指真成百煉剛。結云:江湖到處留鴻爪,忘却家鄉是岳陽。惜不記其全首。

李德一 字潛庵

潛庵幼即沉靜[14],讀書能求閑,點勘丹黃,雖少年而持論有識。家武昌。壬子冬,在圍城中日賦一詩,城陷跳而得免。以布衣終。《早行》云:明月墮前溪,殘夢猶未寤。妻孥催我行,送我臨歧路。踽踽苦無聊,行行還疑誤。紆迴十餘里,雞聲始啼曙。蛙鼓噪春晴,蛛網涇曉露。忽遇荷鋤人,叱犢臨野渡。煙迷不見村,人語方知處。鄉思苦纏綿,前途買酒去。《踏雪過花溪小飲》云:出門天皓皓,冒冷就詩朋。高嶺積殘雪,小溪流斷冰。呼鄰杯共把,留客火頻增。話盡歸來晚,疏鐘野寺燈。《咏貧士》云:不將溫飽羨王曾,喫著於今反未能。煮茗鄰家乞餘火,讀書僧案共殘燈。妻因挑菜常多病,兒爲號寒屢受憎。慚愧昔年爲大語,千間廣廈庇良朋。皆能[15]。

陳夢瑗

君性狷介[16],不諧於俗,築室扃門,傲岸自異。李小松太史鈞簡致聲慰問,答詩有云:承訊幽人何所事,虞卿贏得一牀書。其自負如此。所著《知非集》中近體頗多佳篇,《漫興》云:一榻清幽繞夕曛,光流楮墨有餘芬。南山爽籟偏宜我,坐對青峯看白雲。《仙棗亭》云:爲除荊棘露仙查,閱遍風霜耐倒斜。黃鶴未曾留片羽,露根豈復浪開花。又《山行》有"亂石逐溪生"五字,狀石最工。

熊世玉 字步元

《中秋無月》云:輕雲漠漠滿空浮,鎖住清虛一色秋。天愛霜娥如處女,不教容易出瓊樓。

黄廷煜_{字致堂,道光舉人}

《留別梅村諸子》云：年來絕似西飛鶴，數借凌雲閣上枝。無患子猶名小草，可憐蟲竟屬男兒。隻身投止容張儉，千里推敲質退之。曾笑世人皆欲殺，那知此去復何爲。《題草亭圖》云：萬里冥冥，衆醉獨醒。乾坤許大，一個草亭。

公博覽自矜，睥睨一切，少負俠骨，見廢於時。恣爲豪放之論，以發洩不平之氣。作詩潔勁自喜，語必獨造。《題石龍》云：不去昂頭撑四極，而來掉尾掛雙峯。《丁奉廟》云：誰惜百年經百戰，營中野豕蹙江東。《贈李某畫羅漢》云：只緣未了天公債，故攝如來魂魄賣。晚年豪氣漸平，遭逢多亂，賫恨以没，遺稿多散失。《雪浪餘音》

劉汝祺_{號朮農,道光舉人,官訓導}　汝鶴、汝皋

《岳柏》云：此樹抑何緣，蟠根三座側。秉王之精靈，感王之忠烈。堪歎朝中檜，莫如廟内柏。一柏與一檜，相去何懸絕。皆使筆如劍。

汝鶴字松年，有《聞蟬詩》頸聯云：梧桐露冷荒村外，楊柳風疏古驛邊。亦不失漁洋家法。

汝皋字蘭溪，《鄂城秋興》云：淡煙微雨晚風清，吹送秋光滿鄂城。日落樓臺誰點染，天空雲樹自分明。啼猿楚峽千山静，歸雁湘江萬里平。却憶胡牀高踞處，夜闌鼓角助吟聲。

全紹聞_{字玉亭,貢生}

《贈長沙姚寄吾》云：休言易得是經師，有客臨門議論奇。星宿河源千古事，雨煙湘浦一囊詩。黄花綽約憐新會，白酒殷勤訂後期。海鶴翱翔無

定所，高梧殘夜最相思。

熊鍾祥 字曉山，貢生

《過明遺民甘愧葛隱居》云：仙嶠北山麓，古有潛龍居。峴首龐公宅，柴桑陶令廬。地惟泉與石，門無馬與車。至今蘭蕙芬，留人齒頰餘。坦履既已遠，高蹤誰與俱。遐哉愧葛翁，當明天命徂。袞袞軒冕族，甘受青史誅。公固一諸生，首陽慕義夫。手無三尺劍，胸儲萬卷書。寧學孤竹餓，寧伍燕市屠。風雨助歌泣，煙塵任馳驅。譬如處女寡，許字不忘初。海田有變遷，志念豈少渝。故老傳軼事，清風無時無。我來梓木下，光景今昔殊。不知屋幾許，蔓草成丘墟。流水依然曲，白雲空自舒。探奇躡峯頂，取徑不妨迂。倦懷忘歸晚，明月吐東隅。

沈際華 字鐵庵，貢生，官訓導，有《松蔭山房存稿》　世薰，定時

《登太和山》云：華衡一脈西南峙，江漢平分左右流。寫形勢最合。《春蘭》云：入室友朋同馥郁，當階子弟共聯翩。亦復典雅。

世薰字懋季，諸生，少以孝稱。《食貧奉母病中示內》云：我病猶卿病，難教老母知。其念念不置如此。年未四十，竟以沉疴先母沒。嗣迪齋明經昌教，誦遺草輒黯然神傷。《病劇》云：死生知有命，疾痛苦無端。欲奉高堂膳，誰遺太上丹。塵封千卷厚，秋對一燈寒。所幸心猶壯，時還拂劍看。《雪浪餘音》

定時字改亭，道光時拔貢生，喜爲近體詩，嘗爲予誦《賦得弄花香滿衣題》，有"蝶隨雙袖舞，蜂逐一身忙"之聯。又《日暮閑眺》得"遠煙一抹淡斜陽"七字，其清麗可想。

饒世則 字子言，諸生

《過小黃沙》云：隔岸林深鳥雀喧，湍流曲曲湧仙源。小橋疏柳巖前路，

水石參差別一村。又《金蓮庵》云：古殿斷碑微有字，荒壇枯桂半生枝。《聽泉寺》云：煙開鷺點新荷葉，雨過蟬鳴古樹陰。

余鴻緒 字少垣，貢生，有《蘭悝子存草》　啟立

嘗賦《雁陣詩》三十首，有"背向蘆花水一灣"之句，特爲超脫。

啟立字清廉，《醉起口占》云：昨日醉成泥，恨不醉成水。汲向酒家罎，長在酒罎裏。同時有王翁喚玉字金台，自題其室云：堂前天有眼，戶外我無心。簷低不礙風雲路，室小常涵天地心。《夜談》云：白首窮經未覺癡，青燈有味是兒時。名歸沒世稱纔好，書到來生讀已遲。於俗傳"今生讀遲"語更進一解。灌園自給，嘗有自得之容，鬚眉如雪，披吟不倦，沒前一日，猶招朋賞菊賦詩云。《雪浪餘音》

李夢松 字鶴齡，諸生，有《鶴亭詩鈔》　作圻

《秋夜雨》云：曲巷穿螢秋氣重，孤燈含雨暮煙深。神理從妙悟得之。《題補豎李綱寶陀巖碑》云：一身去就關君國，三字存亡重鼎圖。句意簡當。《秋日和宋秋樵》云：丹楓醉日思顏色，淡菊驕霜見性真。亦無腐俗氣。作圻字樹楮，諸生，天性友愛。嘗賦《去雁詩》，有云"來時兄弟相先後，別去星霜有異同"，語淺而寄慨殊深。

宋林縉 字秋樵，貢生

《楊柳詞》云：春風垂柳復垂楊，楊柳堤邊泊野航。向晚推窗坐船尾，隔江漁網晒斜陽。楊柳渡頭行客過，楊柳渡頭楊柳多。欲折一枝還住手，正愁無奈別離何。

楊洪士字東瀛,貢生,官訓導

《大風雨入峽》云:客路憑舟楫,其如此險何。風狂吹水立,雲暗擁山過。急浪疑奔馬,廻濤駭旋螺。詩魂終惝恍,危坐廢吟哦。

劉樹鵬字翼清,號月巖,有《罔殆齋詩草》　傳薪

《遣愁》云:夜話浮生事,妻兒識我悲。無家儘漂泊,何處可棲遲。豺虎紛當道,鶺鴒少寄枝。橫流滄海歎,豈獨有王尼。句如:徑微樵帶犬,山曲牧橫牛。小犬穿籬吠,孤僧隔渡歸。寒蟲號亂砌,斜月下深池。客醉春風酒,僧敲落日鐘。皆有唐韻。

傳薪字石樵,諸生,幼貧,父命學賈,則抱書泣。豐神秀逸,為試帖體詩,能細切。辛丑邑變,乘舟走武昌,有"半夜軍聲夢楚江"之句。

魏應昇號石庵,布衣

《山居》云:自我入山居,佳趣滿幽谷。插漢一雙峯,隔溪三五屋。犬穿石竇行,雞上茅簷宿。爽籟靜中生,瓦鼎煎茶熟。《月夜聞桂香》云:秋深庭院靜,風動木樨開。煎茗坐明月,清香天外來。

胡三台字芝岡

芝岡武庠能詩,《詠雪中白鷺》有"雪裏幾番看不見,飛空點破碧玻璃"之句,亦工於體物。

王鈞萬號登廷,諸生,有《嘯月山房詩草》　鑑善

《擬梁意娘〈紅葉歌〉》云:勁風一夜吹天地,落葉紛紛階前墜。早起悄

然步庭除，片片鮮紅照眼媚。欲掃呼童未忍呼，時來待把霜毫試。逡巡握管重逡巡，含情不寫相思字。天涯個個解相思，幾個真解相思意。豈惜廻旋幾陣風，憑空飄起隨所至。海天明月意悠悠，一點相思何處寄。《雨後》云：截天虹蜺近黃昏，一線斜暉射短垣。剩霧隨風歸遠壑，怒雷驅雨過前村。林篁漸露千竿影，澗水平添半尺痕。涼意料應今夜好，碧空如洗月如盆。《山徑偶行》云：幽蹊深杳絕知聞，翠蘚蒼松夾道分。大嘯一聲巖谷應，暮鴉飛破萬山雲。《荷池》云：小步荷池趁晚涼，荷花雨後媚新妝。輕風幾陣池邊起，一帶人家隔水香。《法源寺》云：半露紅牆半綠陰，鐘聲隱隱出松林。山門寂寞無人語，惟有閑雲萬壑深。佳句如《野望》云：野水拖秋色，昏鴉噪夕陽。《高井塘》云：屋破依山古，林深帶晚蒼。《村夜》云：晚風秋意爽，微雨夜眠清。《龍潭》云：山深雲氣重，夜靜水聲多。《春游》云：暮煙隔水迷深樹，倦馬沿途踏落花。《悶坐》云：幾日多因無酒病，一生只爲有情愁。《夜歸》云：野鳥作聲翻訝鬼，村燈有影尚疑螢。俱有思致。

鑑善號虛堂，諸生。《酬鐵樣山中暮歸見寄》云：客從秋山遊，不覺秋山晚。斜日滿蘼蕪，柴門望不遠。行行出深谷，去去度平坂。野農歌正酣，煙鳥棲未穩。廻首失山村，斷雲往復返。青靄橫陰崖，丹霞明絕巘。一川澄瀲灩，萬象涵偃蹇。旋風吹吟聲，餘音何繾綣。記君住溪南，灘流落石堰。何當造高齋，一笑門休楗。

傅爕鼎[17] 字鐵樣，號我泉，副貢，有《崇質堂詩集》《雪浪餘音》

螺山老人稱其詩導源樂府，宗主少陵，骨勁思沉，根柢盤深，爲近代詩人之傑出者。萬廣文裕澐曰：作者胎息漢魏，津梁三唐，古體勝近體，五言勝七言，淵穆沖雅，如其爲人。　陸城李公蓋曰：傅子詩原本性情，率其真樸，不貌爲何李，取悅當時。　集中佳篇美不勝收，五古如《生妻別》《棄婦怨》《詠古》《田園雜興》《流民七詠》《賣童子》《雜感》《雜詠》《偶詠》《紀水感遇》《詠史》《山頂看雲》；七古如：《熊都諫笏》《鹽船婦》《舟行》《看雲》《看月出》《墜樓》《貧女吟》《長歌行》《採茶謠》《大府火》《哀老牛》;五律《書感》,五排《屈左徒廟》、《杜子美祠》等作,皆氣老格堅,辟易千人。不能備錄,聊摘其目以質當世讀君詩者。七絕如《鄂渚雜詠》四十首,臚蹟熊繹以來遺事,凡名山勝水、古蹟村謠、無不搜採入之。滄桑後,故老凋零,亟當採列《通志》,當《開天遺話》讀也。它如:土牆延月色,竹壁漏秋聲。人間滄海事,燈下草堂詩。德高仲弓里,盜化彥方鄰。數鳥叫雲際,一星明水湄。船形居士屋,盆境小家詩。隔樹暝山色,遠村生野煙。衣溼帶蘿薜,履香聞茯苓。隨人問山水,別自有乾坤。夜燈孤館小,秋夢亂山多。夢隨流水亂,愁入落花多。春喜花爲屋,貧羞硯作田。書味甜於熟,文機妙在生。嵐翠開門入,花陰掃地移。蓼岸老秋色,蕉窗團曉陰。雙槳搖秋夢,載過滿湖月。燈影坐搖壁,灘聲來打門。《夜雨》。弱質羞他附,餘光識所依。根雖生下土,花總戀晴暉。《向日葵》。幽情夙與期,禪理靜可悟。叩關僧不應,笑折一枝去。《山寺尋桂》。善寫風雷奇險之狀,如:海湧雲沉樹,山鳴雷撼樓。雷聲欲破山,更挾狂颸入。雲壓蛟虬橫,天傾江海立。又:雄雷一聲雨忽止,東去行雲如流水。欻忽風輪電火中,不見龍頭見龍尾。皆非寢饋韓杜者,不能有此魄力。峭壁撐青石不墮,危簪飛白雲常封。芳草入門休掃地,綠陰圍屋不關門。紅顏不化鴛鴦樹,黃土仍開姊妹花。《二喬墓》。出岫期爲天下雨,倚欄吟對漢陽山。此老惟知讀書好,鄉人爭說買田多。高枕夢閑聊號隱,良方手寫不名醫。香草只爭時輩艷,名山難盡古人書。一字屢翻殘夜夢,千秋誰識此時心。已削真成殘夜夢,未編還似待裁衣。《刪詩》。萬幕烏飛春戍撤,一城魚葬暮潮哀。江潮亂送前朝去,黃鵠磯邊易感秋。《鄂城吊古》。其氣體風神於唐近岑嘉州,於明近徐昌穀,本朝近施愚山。至貌合神離,尤能自成其家,可以決其必傳。

《春山謠》云:欲雨不雨深谷冥,雲靄漠漠泉泠泠。微風吹空花氣馨,山在山人頭上青。朝上山雲晴,暮下山雲雨。山人出沒山翠中,山禽欲共山人語。《客到》云:林外晚歸人,帶月移花到。朋客隨之來,相顧同一笑。活泉分石盆,緩火候松黿。夜深茶熟時,雲木山禽叫。《晚秋》云:秋氣滿天地,人人心肺清。吟詩不自覺,落紙作秋聲。朝作晚秋吟,湘天魚雲生。暮作晚秋吟,楚岸鷗波平。使我一寸心,紛如雨點傾。我心本無物,集此無限情。蚯蚓僅微竅,嘈嘈竟夕鳴。安能如古人,哀樂得其平。《植蘭》云:南山有美人,生長在幽谷。人迹不到處,春風散芳馥。雨餘泉斷路,雲起山藏麓。相思期竟來,瘦影傍寒竹。《讀陶詩》云:拙與世途忤,扃門讀吾書。披吟豈必廣,一卷趣有餘。天真尚坦率,名理返太初。斯文屏雕飾,此道遂成孤。適己内取慊,悅世外求腴。所好難相通,要亦性情殊。澗水誰濯足,山月幾荷鋤。乃知高世士,舉世無其徒。輟卷三歎息,凉籟鳴清虛。《鹽商謠》云:淮船至,鹽價貴。鑄金人,壽大吏。金人之重,重於鹽。合鑄千家萬家錢。《送諸及門赴試》云:美人下江渚,身佩雙明珠。相逢鄭交甫,乞爲解羅襦。懷芳起羣慕,抱潔拒塵汙。所志在遐舉,慎勿狗區區。飛仙高出羣,跨鶴岑樓坐。鐵笛吹天風,世間少人和。記曲悟神妙,當共參一座。好音來竹林,醒我北窗臥。湖上芙蕖花,一一出清水。佳人劃蘭舟,舉手擷芳美。流波引迴盼,相契無言裏。斯文貴自然,寄語二三子。《晚興》云:遠山墮煙霧,縹緲倚西樓。漢樹忽已暮,江關無限秋。天低橫雁字,風緊斷漁謳。欲坐蘭橈穩,因之凌上游。《題板橋畫蘭》云:與可胸有竹,板橋胸無蘭。信手出春意,妙處從人看。或云折棄佳,或云盆石好。俱落第二層,墨痕離香草。就迹驗履形,見迹不見履。即蘭窺畫妙,妙處豈在是。湘江美人來,瓊珮迴幽姿。摘花笑插鬢,仿佛中遇之。《金瓜》云:瓜以金相重,投君一片心。不信剖瓜看,瓜子盡黃金。《楚宮篇》云:江上楚氛暗元季,黃蓬漁子稱漢帝。真龍出掃蛟蛇奔,降旛紛插漢陽門。一騎飛至天顏喜,隆準報生皇六子。片言遂定楚王封,禪院灰塵宮殿起。宮殿耽耽高觀陽,裏城深鎖雲樹蒼。右虎左龍峙岾岅峩,天窗月壁交輝煌。是時寰海清無事,東望金陵通御氣。謠無飛燕啄皇孫,卜有鳴鳳昌帝裔。宮梅含孕病王妃,懶狗神僧來作醫。富貴自然鍾美疢,未諳芣苢播風詩。金屋年年教歌舞,桃花如面雲如女。梳妝台上春日閑,畫眉齊對八分山。細腰侍兒膚白皙,絳唇點罷學吹笛。不見東湖湖水生,碧痕過雨長蘆荻。六月荷風暑氣消,楚王醉臥滋楊磧。夢入巫雲喚不醒,醒來江漢煙波冷。井梧落葉未知秋,延福宮前水不流。汾歌乍歇龍華寺,郢雪旋飄黃鶴樓。春來秋去紅顏老,仙樹不結長生棗。可憐松柏繞靈泉,送君頻來東門道。王孫錦裹美如玉,但解笙歌不解哭。大言罕副東平腰,奇禍竟生商臣目。廻思鑄印就藩年,玉座親陳洪範篇。瀋字蜀學堪同譽,安得生兒盡象賢。葛藟斧根野蔓長,篡宗興獄尤含枉。宮中重賄輦權門,宮後生祠拜閹像。樓臺亭榭故相當,江武崇通大冶王。盛時堂下賓客滿,衰日門前車馬涼。轉眼兵烽焚楚廟,賊來爭把朱鬣笑。滄桑依舊變浮屠,軌迹當階白石掃。蕭條池館盡成空,孱王骨腐魚腹中。蘚花莎草牧羊地,猶染宮娥血淚紅。《和友》云:壯懷懸宇宙,旅食負光陰。鬖鬖高堂髮,悽悽遊子吟。清猿驚我夢,烏鳥識君心。負米同歸去,山村霜雪深。《聞賊退》云:山前騰賊火,盡日斷人行。弟姪無消息,親鄰各死生。野風號戰鬼,林霧隱疑兵。聽說能重聚,心蘇淚更傾。《鄉兵大潰,姪棻苍荤幸不及難》云:月黑吳城渡,鳴鉦促負戈。兒曹兵是戲,戰守事如何。死國固其分,全家幸靡他。亂鴉成陣處,收骨哭聲多。《過鸚鵡洲懷禰處士》云:芳草寒煙一望平,江流如夢客心驚。可憐江夏當筵賦,猶作漁陽羯鼓聲。謾罵偶然罹毒手,文章終竟要狂名。世人欲殺清蓮在,嚴武雖驕杜甫生。《尋鳳巢不遇》云:塵暗荒城路易岐,思君惆悵菊仙祠。奇才豈合書生老,大事還須我輩爲。十載酬恩餘涕淚,一方倡義急瘡痍。暇時來把山林臂,看護梅花補竹籬。《江干送客》云:送客高亭上,春愁欲滿江。相隨不道遠,心似木蘭艭。《山村》云:蒙密松陰日未斜,旋聞犬吠得人家。西風滿路墮如雪,無數山村茶子花。

楊襄業_{見前}

《秋懷》三篇[18],獨標真諦,特爲詩家老境。卒以病廢,困甚,復丁亂離,遂委頓以死。詩人多窮,斯人其尤窮之窮者歟?近復於《雪浪餘音》選錄數首,附於花溪之後。《冬夜歎》云:十月猶揮白羽扇,蚊蚋交飛物不變。園林橘柚空自黃,可憐不見清霜面。山中猛雨連夜來,雷奔電掣陰霾開。階前潮蒸氣鬱勃,蟄龍驚起玄冥猜。犢馬紛紛蔓草延,中原震動近一年。時危空懷濟川志,世難乃使陰陽愆。爾室書生悄獨立,對此茫茫百憂集。學書學劍兩無成,開函獨抱遺編泣。《庚戌除夕即事》云:自攜鸜眼洗雲煙,自解鸞刀劈錦箋。儘有吟懷消不得，寫將詩意入春聯。

李既昌 號晴嵐　文啟

既昌性狂易，縱酒豪吟，早沒，無子。詩多散佚，僅傳其《山亭避暑》云：峻嶺懸崖絕俗塵，蕭森樹色晚涼新。茅亭更出青霄上，中有科頭避暑人。《春山寓目》云：綠楊一帶有人家，不斷歌聲聽采茶。鬢髮初齊嬌女伴，映山紅插滿頭花。

文啟字迪人，負才不祿。《短歌行》云：去日不可返，白雲長悠悠。魯陽力揮戈，能得幾時留。霜凝麻姑鬢，霧迷武陵舟。天地一逆旅，人生如蜉蝣。不見種瓜叟，昔號東陵侯。富貴叢憂患，遑遑欲何求。東風復無情，勸君秉燭遊。

釋宏度 金蓮寺僧

《冬日經崇洪》云：水潺潺處磷磷石，無復春流滾雪濤。兩岸人家煙隔斷，一泓清淺恰容舠。

釋律慇 號穎波，巖頭寺僧，有《鈍樵吟》

《茶蓮庵》云：茶烹石鼎鉢生蓮，幕阜雲深古洞天。路僻藤蘿扶客過，林幽鸂鶒抱雛眠。有僧不共人間熱，無事相關個裏玄。采藥仙翁何處去，空餘丹竈鎖寒煙。

律慇，邑余氏子，誕時墮地一笑，長深於禪理，兼通經生家言，為時流所重。凡主長慶、灌溪、巖頭三寺講席，一日索筆作偈，微笑而逝。佳聯如《謁老僧不遇》云：花知肅客迎階立，鳥故窺人入座來。《答南岳和尚》云：枯藤折處山猿墜，古木叢中野鶴依。《登雪峯》云：石磴頻經雙著屐，泉源久坐再添袍。《華嚴庵桂》云：僧歸鋤月香盈笠，客醉攀風玉滿杯。頗得塵外味。

釋儀容 號實垂，松庵僧，有《得得吟》

《館中無寐》云：舊館春寒兩度逢，此宵燈火碧雲封。坐攤殘卷空山雨，臥上層樓隔院鐘。竹榻有聲聽暗鼠，松窗無寐枕吟蛩。敲詩會夢尋良友，近覺心閑夢亦慵。《了髻銅鐘二山曉雪》云：昨宵咬齒臥衾鐵，凍定書窗燈未滅。畢竟風尤高處寒，曉堆了髻銅鐘雪。

儀容，茶坑山中魏氏子，能時文，授徒講學，如儒士訓。其弟嘉善貢明經。或勸爲賈島，弗肯也。性嗜靜耽吟，佳聯頗多。《山頂春雪》云：莫怪當春頭亦白，只緣太自置身高。《送客》云：壓徑花黃含涇意，依痕水碧定寒情。下句寫難狀之景，最工。《館中》云：窗慣撥紗飛醜扇，硯常留水飲蒲盧。《農忙》云：不閑偏覺諸緣息，無逸翻能百病除。又云：舊歲燈開新歲蕊，明年燈落隔年灰。《立秋夜》云：雙松已下三更月，一葉初飛半夜秋。《竹徑納涼》云：籬竹蔽天通一徑，井泉添翠入重陰。好句如：晚風依水送涼輕，野船爭渡晚歸人。書黑禪房曝日來，松寒靜送雨聲長。俱妙。《中秋無月》云：願伸仙掌擎長箒，淨掃浮雲出太空。亦復奇警可喜。

釋融旨

《山居》云：一椽移絕境，盡日敞吟窗。竹裏多邀客，花邊數吠厖。暮燈幽興極，春酒睡魔降。選石留題久，潺湲聽碧淙。《山行》云：隔岸幾家修竹裏，書聲遙帶紡車聲。頗饒逸致。

閨秀

李　氏 邑石門人

《送弟相璜》云：一望河梁踏月行，牽衣泣別水流聲。河東河西好楊柳，絮飛搖曳馬蹄輕。

補[19]

黃色中 字根心,萬曆舉人,官按察使,有《易經舉業》[20]、《管窺集》

《海康即事》云:嶺北鄉書斷,南來路幾千。雷聲晴殷地,海氣畫連天。宦況悲猶子,行蹤感昔賢。戍樓不可上,驛吏問防邊。《食荔支》云:作吏清貧慣樂飢,海南風味不相宜。惟餘一事稱佳絕,日向湖樓劈荔支。

吳夢材[21] 見前

《春闈報罷上家慈》云:結綬彈冠事已非,癡兒仍著布衣歸。自憐老大馳驅苦,還憶晨昏定省違。三策未能舒夙願,一氊何以報春暉。兒歸欲效焚舟計,所慮高堂又斷機。

陳 瓚 字石岸

瓚有詩名,僅傳其"貧同原憲羞稱隱,畫學雲林不寫人"一聯。又柳仲庭,亦以一聯傳,云:嘯上高峯風洗脚,醉歸平野月傳神。

譚登元 見前,乾隆副榜,有《遠溪全集》

先生能畫,喜爲詩,尤工古文。性愛山水,嘗扁舟溯江漢,遊秦中,深巖幽谷,靡不探討。所著秦中諸記傳,識者謂可頡頏柳州。又著《史論》,譚曉墀學師暐亟稱之。

《石門灘》云:江流劈斷山,削壁立如堵。舟行不可上,飛濤激箭弩。黯黯日沉壑,颼颼風嘯樹。一望翠嵐深,春煙沒山塢。《襄陽曲》云:東上襄陽道,西望桐柏溪。當年好煙月,沉醉使人迷。襄陽兒女輕裝束,壓酒當壚嘗未足。芳草垂楊連天綠,至今猶醉大堤曲。《倒口道中》云:翠竹孤村路,春江細麥坡。晴煙吹絮柳,曉露裛叢莎。落雁平汀少,維舟別澗多。襄陽好山色,林表出青螺。《發洪山磧》云:兩岸青山如畫裏,一江流水鎖紅橋。村墟問酒青帘近,野渡吹帆綠樹搖。飛鷺驚人凌遠漢,輕鷗隨水上寒潮。客情且莫愁孤賞,恰有青蛾捧玉簫。

金如璧 字墨沼,貢生,官訓導

《文昌觀》云:文昌高觀俯溪流,石磴煙雲幾曲幽。最是碧天新雨後,鐘聲清聽五更頭。

徐登元 見前,有《一峯集》

《李北海石室》云:干將懷北海,石室記咸寧。斗大藏天地,山空朗日星。花時香到字,鐘夜響傳經。碑版千秋擅,猶餘古蘚青。

復堂滑稽善談,率子弟讀書邑西南峨眉峯,著《雲溪詩話》,盛言冬夜書齋風味絕佳,有詩云:空山雪滿人歸後,寒夜雞號月落初。與翁森"地爐茶鼎烹活水"句,同一清致。

吳光瀚 字星海,號斗槎,貢生,有《蘭蕙芳園詩草》

《青山洞》云:石泉何其奇,溉瘠爲沃土。石洞何其靈,及時興甘雨。昔我拉伴遊,打槳探煙浦。誕登峭壁下,徑入神仙府。圓影月爲門,虛堂雲作柱。凌空構石棍,丈長五十五。左旋半壁天,蟻磨源出戶。一轉一幽深,怪石蹲如虎。古色浸苔痕,陰氣逼燈炷。時維盛暑月,寒戰栗生股。却步出巖前,山農酙清酤。問渠禱何爲,憂旱久成苦。云有新引泉,此地僅小補。頃刻龍氣腥,霧黯雷霆鼓。三田既優渥,萬家咸忭舞。奇哉奇且靈,歷歷吾目覩。者番續前游,陳迹成俯仰。雲樹蒼茫間,山月半吞吐。古致歷落,以大氣盤旋出之,已臻唐宋名家妙境,惜不可多得也。《秋興》云:斜月逗庭梧,微風響籬竹。棲烏顧影驚,夜闌秋風蕭。息心觀羣動,即此慎其獨。

【校記】

〔1〕增訂本在"張開東"條"白莼別號"句前,增補了若干的内容。從文意來看,一部分屬於"張開東"條,一部分屬於《詩徵》卷三"嘉魚"之"張瓅光"。然據《楚詩紀》卷十六,"張瓅光字瞿菴蒲圻明經"。今剔出並分别復列條目,置於卷四"增訂·蒲圻"部分。且"張瓅光"條居前。

〔2〕增訂本所增"崇陽"部分内容比較雜亂,對底本有較多改動,而且參差錯置,引出不少混亂,這些將在校記中陸續說明。"村山色遠攜秋色至"段,增訂本置於"崇陽"之"傅源"條之前,今查核,屬於"嚴士真"條詩句精選。"村"前應有脫文。

〔3〕"傅源"條及其後之"王近敏"、"汪霖道"、"王如璧"諸條,增訂本原置於"楊昺"條前,今移置於"增訂"部分。

〔4〕"《湘夫人》云"段,乃增訂本所增"劉景韶"條内容。今剔出並復列條目。

〔5〕"瘴癘",原作"瘴瘐癘",其中有衍文。此三字皆是仄聲,詞意相關,删去任何一個皆可。一般作"瘴癘"。

〔6〕"《楊莊旅署元宵書懷》云"段,乃增訂本所增"汪桂"條内容,且置於其子"際烺"之前。今剔出並復列條目。

〔7〕"心期亦莫酬"段,乃增訂本所增"王應斗"條内容,且置於"《落花詩》寄託遙深"段之前。今剔出並復列條目。從文意來看,"心期亦莫酬"前,應有脫文。

〔8〕"《苦寒》云"段,乃增訂本所增"蒙發正"條内容,且置於"君詩大抵五言"段之後、"秋風鳥"段之前。今剔出並復列條目。

〔9〕"林裏疏鐘林外"後,當有脫文。

〔10〕"際秋爲東一先生子"、"《擬古》云"兩段,乃是增訂本在"汪樾"條前,重增一條目"汪樾"之内容。增訂本又在後一"汪樾"條中增加"《山居》云"、"汪氏多才人"兩段,皆在"樾以前"段之前。今將新增内容移置於一處。

〔11〕"《旅次懷友》云"段,乃是增訂本在"米調元"條前,重增一條目"米調元"之内容。增訂本又在後一"米調元"條中增加"《白峯稿》中頗多佳篇"段,且在"調之官吳"段之前。今將新增内容移置於一處。

〔12〕"甘調陽"條,及此後之"汪世綸"、"吳世雄"、"丁崇略"、"王國洽"、"何祿芳"、"米燦"、"孫鐘琇"、"雷琦"、"傅以忠"、"陳之楫"、"王鎮新"諸條,及"李德一"條增訂内容,增訂本皆置於"劉鎮鼎"條後、"李德一"條前。今皆移置於"增訂"部分。

〔13〕"亦一時之盛事",原文"事"後衍"句"字。

〔14〕"潛庵幼即沉靜"段,乃增訂本在"李德一"條前,重增一條目"李德一"之内容。

〔15〕從文意看,"皆能"後,應有脱文。

〔16〕"君性狷介"段,乃增訂本所增"陳夢瑗"條内容。今剔出並復列條目。此後增訂内容爲:"熊世玉"、"黄廷煜"、"劉汝祺"、"全紹聞"、"熊鍾祥"、"沈際華"、"饒世則"、"余鴻緒"、"李夢松"、"宋林緟"、"楊洪土"、"劉樹鵬"、"魏應昇"、"胡三臺"、"王鈞萬"諸條,皆置於"陳夢瑗"條之後、"劉廷俊"之前。今皆移置於"增訂"部分。

〔17〕增訂本所增"傅燮鼎"條内容中,"山村霜雪深"後,内容與底本同。另,"傅燮鼎",增訂部分誤作"傅鼎燮"。

〔18〕"秋懷三篇"段及此後諸條,爲增訂内容。其中"秋懷三篇"段,爲增訂本所補"楊襄業"條内容,今剔出並復列條目。

〔19〕增訂部分,原文中常有"補"字,即增訂之意。此次整理時一般刪去,納入"增訂"部分。但此處是增訂之後又補充,故予保留。

〔20〕"易經舉業",據宣統《湖北藝文志》卷一,爲《易經舉業注》。

〔21〕吳夢材,增訂原文依然作"吳楚材",錯。詳見前之校記。

湖北詩徵傳略卷五

通　　城

宋

楊起莘 理宗寶祐進士

起莘登寶祐四年丙辰科進士，與文天祥同榜第二，考官王應麟奏賀得人。一甲十名，皆賜狀元及第。官終九江倅。《通志》"莘"作"萃"。《宋錄》

《金雞石》云：千年古石號金雞，化雨霏霏長羽儀。豈爲稻粱謀飲啄，且將天地作籠棲。祥雲架上非孤立，入曉聲中豈亂啼。過客休同凡鳥視，等閒飛到鳳皇池。

孔　拱 字執謙

拱，孔璲子，端植三世孫。少孤，好學習經，工詩，著《錫山草堂集》五卷[1]、《村居雜興詩》三卷。《闕里志》

明

何　隆 景泰舉人

隆嗜學工詩，唫詠自適，不樂仕進，著有《雋溪映月詩鈔》。

吳應鵬字圖南，萬曆舉人，官司李，有《劍吼集》、《燕臺焚稿》

應鵬挾策十上公車，兩中會副。善詩古文詞，精易理，著《補朱易義》，頗行於世。

國朝

劉世系 諸生

《南市夜泊》云：獨泛孤舟去，愁心夜可憐。湖平鷗掠水，岸曲柳藏煙。野哭亂唫角，漁歌聞扣舷。星星雙鬢短，飄泊尚依然。詞意清婉，不失矩矱。

徐 礪 字雨岑，諸生

《與杜虹山共飲書感》云：秋風吹得客懷孤，怕過黃公舊酒爐。今夕飯牛歌短布，何人老馬問長途。少陵有淚哭知己，孺子無成悔故吾。莫怪鳳皇飢欲死，高桐已作斷琴枯。慷當以慨，頗有激昂天外之致。

吳壽平 字格齋[2]，嘉慶舉人，有《漱六堂存稿》、《耕雲書屋詩話》

壽平幼穎異，五齡能詩，善書，讀書目數行下。垂髫應試，有神童之稱。格齋家貧，溺苦於學，書無所不窺。工詩古文詞，鎔鑄《騷》《選》，下筆千言立就。尤耽吟詠，意遠思深，掉頭天外，無一點塵俗之气縈其筆端。往來夏口，狎主詩盟，才名振一世，集中佳作甚富。就所著詩話中節錄數則，以其自道甘苦，勝於他人評別酸甜也。客漢既久，間亦流連聲色，撰《閑情麗品》，評騭羣豔，銖兩悉當。有《續琵琶行》，灑灑數百言，一時傳誦殆遍。

自題其後云:"余年來落拓無成,意气隤唐之甚。買酒聽歌借以自放,往往形諸筆墨。亦升庵所謂'老顛欲裂風景,聊以銷壯心耳',朋輩乃以爲訴。於戲,碧海青天,羈愁莫訴。美人香草,騒士寓言,又誰知之?"其傺佗無聊,可概見矣。

《涪翁》句云:與世浮沈唯酒可,隨時憂樂以詩鳴。意沉鬱而語勁健。余《寄二鶴》有"道屬艱難唯仗酒,天多風雨易成秋"之句,頗探其意。　癸亥秋,宗生雯沚,歸自河南。過余,話及山川勝跡,計余庚戌遊後十四載矣。感賦云:天外黃河影自流,白雲無際望中州。曾依北斗瞻佳气,獨對西風數勝遊。日月漸驚雙鬢改,山川都付一囊收。重吟舊句增惆悵,鴻雪參差十四秋。山林朋友之樂,造物信不輕以予人也。　甲子春暮,與友人飲於漢上劉氏酒樓。座有雛鬟能爲新聲,歌悔庵《讀離騷》、《吊琵琶》二曲,音調激楚。諸友樂之,浮白無算,漏下已三鼓矣。余即席賦云:銀燭光浮裊碧煙,高樓分送酒如泉。却憐此夕春歸去,猶有春情在四絃。荼蘼暗送晚來香,一刻千金夜許長。莫向樽前彈楚調,惹人幽怨到瀟湘。飲罷爲解繡巾書之。　笠翁論詞曲有高調低調,填譜者當知區別。蓋龍吟虎嘯不入管絃花柳之場,燕語鶯啼難登慷慨悲歌之席,所謂聲歌各有宜也。廣平鐵石心腸,而《梅花賦》嫵媚如許,相題爲之,才人固應爾爾。余《過五人墓》云:三尺孤墳身不死,五人千載恨難平。祇將一擊伸公道,豈以微軀市義名。光嶽但能留正气,扶持何必定儒生。從來都說吳兒軟,猶有英風在庶氓。語雖粗豪,庶幾與題相副。　往嘗與張墨田論詩,言須有清气,不貴塗澤。漁洋所云"五字'清晨登隴首',羌無故實"[3],使人思也。凡作詠物小題,尤貴點染生動,不滯色相。墨田因以菜花屬題,余立綴云:萬畝千畦別樣姿,黃金滿地最憐伊。恰逢春事穠華日,不待桃花淨盡時。和雨和泥憑燕啄,有香有色總蜂知。天公著意濃芳染,儘遣東風淡淡吹。自謂頗無沾滯,未知深識者以爲何如。　作詩有一氣單行,似偶非偶,脫去畦封者。太白往往有之,由其筆力之高也。余嘗極力追摹,殊不愜意,唯《久無劉崇山徐笠亭書至》一首,云:江上匆匆別,伊人隔草廬。如何經歲久,不見一行書。鄂渚花光淡,晴川樹景疏。近聞湖水長,應爲遣雙魚。又《鄂歸寄古憨上人》云:不見融公久，塵氛掃未開。秋風辭鄂渚，落月夢蒼苔。何日經巖下，重來謁辨才。雲箋先此寄，不待折寒梅。後篇曾爲月溪先生所許，終未敢爲滿志也。余《過虎爪石夜謁熊泰崍都諫祠詩》云：嗚呼！有明天啟當末造，國事紊裂乾維摧。委鬼執其威斗柄，撩亂滿地茄花開。偉哉應山掀髯起，欲排閶闔挽奔頹。惜乎擊之一不中，滿腔碧血點蒼苔。勳臣戮盡忠臣死，東林黨禍逮君子。百僚結舌拜璫門，唯有泰崍所爲極難耳。五夜諫疏撼天關，此身原不冀生還。帝曰貸汝以不死，薄宦迢遙謫荒山。悽惶遠竄萬里路，孤憤丹誠誰與訴？盈盈湘江唫《離騷》，忠魂隔世應相遇。乃知天意厚忠臣，殺之固以成其仁，全之亦以保其身。不然何以不爲應山續，而令遷客老埋輪？祠堂蒼鬱周槐柳，拜以瓣香薦清酒。燈下淋漓讀彈章，仰見寒光搖北斗。都諫名則禎，崇陽人，家貧力學，五十餘成進士，官御史。時閹豎弄權，楊左諸君相繼死，公再疏劾之，謫廣西縣尉，憂憤卒。崇禎初贈原官。公裔孫諸生某，以遺集及誥命相示，朱墨如新也。公事跡備於家譜邑乘，而《明史》、《楚志》皆失載。秉筆者闕略如是，可爲一歎。　余客秦淮，每過芷薇校書水閣，校書丰韵秀整，言詞溫雅。劇好翰墨，彩箋文具雜置妝臺間。過之索句，即贈句云：水閣臨風晚最涼，鬌雲不倚露華香。月明深夜爐煙細，一曲清歌似楚湘。分花拂柳漫相尋，自展雲箋細細吟。我亦飄零能作賦，問卿可值幾黃金。　徐蘭沚校書秀曼都雅，善筆札，手作小箋皆有思致。所居剪雲樓植觀音柳數株，高出簷牙，每憑欄凝望，瀟然作出塵想。予贈句有云：柳眉不是尋常樣，分得慈雲一段香。後棄家入道。予北上，路傍見觀音柳有感云：暗記昔年遊冶處，一枝斜拂剪雲樓。爲唏噓竟日。　棲真寺在臺山之麓，山水環抱隱秀沓匝，巖寄庵稱爲桃溪禪域第一所，今頹落甚矣。余過舅氏山莊，宿此，得詩云：佛燈明滅焰幢幢，欹枕微寒仗酒降。夜半月沉梟叫屋，山深風急虎窺窗。春廻客夢驚荒寺，水逗唫情響石矼。一夕棲雲來絕境，清心真喜跡俱雙。章蘋江謂爲出語幽奇，六一居士所云"石齒漱寒瀨"者。　余在西湖訪小青墓，詩云：芊緜碧草葬香痕，片片愁雲鎖墓門。配食水仙真不愧，莫將啼血怨芳魂。凄涼抔土映清波，薄命由天奈若何。儘遣梅花都變血，也應未抵淚痕多。皆用韻作也。　漢皋後湖向爲荒野，近年茶肆酒帘列置，上下亭館數十椽，間植花柳，湖光野色點綴可觀，豪竹哀絲夜分不斷。《壬戌暮春，余與沔陽余輝山及黃生戀之、紹之踏青》云：午景初長候，邀朋過大堤。煙痕湖水落，黛色柳條齊。酒醒茶宜瀹，歌闌鳥間啼。尋春興不極，未覺夕陽西。漸喜重三近，高城未斷煙。梨花寒食節，芳草暮春天。聽曲傷流水，多愁損少年。莫令幽興減，江景付歸船。又《晚遊後湖遇雨》云：柳岸淡斜暉，微涼上短衣。江帆隨日落，湖鳥背煙飛。煮茗香初發，眠琴興不違。莫愁歌未竟，軟語促人歸。月橫纔到樹，雲起倏迷天。幾點催詩雨，都廻送酒船。鞋香愁路滑，袂薄任風顛。忽喜長空淨，歸途趁晚煙。蓋亦未能免俗也。《格齋詩話》

《登岱嶽》云：秦松漢柏枝逾古，玉檢金泥跡浪傳。七十二君何處問，雲亭山上草如煙。《五指山限飛字韻》云：得得尋芳上翠微，懸巖斜插挂晴暉。山腰橫出仙人掌，拏住浮雲不敢飛。

興　國

宋

李　翔 字仲覽

翔元豐進士，博學工唫詠。東坡謫黃州，每訪之，作懷坡閣以寓思慕之意。《通志》

《鑑湖亭》云：古寺蕭蕭愁思濃，檻荷高下望秋風。一塵不到真幽處，萬象都含清景中。但見溪光來遠近，略無雲气礙虛空。誰知刺史標名意，一片靈臺事事通。在宋人詩中亦爲杰出。

吳中复 字仲庶，景祐進士，官龍圖閣直學士　子立禮、則禮

中复與兄幾复、嗣复同登第，孫扞薦爲御史，風節峻厲，屢劾宰執，世所

謂"不識面台官"是也,仁宗以飛白書"鐵御史"三字賜之。諫青苗,卒官。

立禮、則禮皆登科,有名譽。則禮尤工詩古文辭,有《北湖集》五卷。《四庫全書》謂原本久佚,今從《永樂大典》錄出。其詩格高力勁,務脫陳因。《詠海棠》云:靚妝濃淡蕊蒙茸,高下池臺細細風。却恨韶華偏蜀土,更無顏色似川紅。尋香秖恐三春暮,把酒欣逢一笑同。子美詩才猶擱筆,只今寂寞錦城中。

王 質 字景文,號雪齋,紹興進士,官太學正

質博學能文,撰《樸論》五十篇,言歷代君臣治亂。虞允文薦其勁節不廻,可爲正言,中貴阻之。遂奉祠山居,絕意仕進,放浪詩酒以終。

《雪山集》久佚,今從《永樂大典》錄出。《宋史》稱質博通經史,善屬文。王阮亭作序亦稱其論古如酈道元《水經注》,名山支川周匝貫穿,無有間斷,蓋學博而才贍者也。又《林泉結契》五卷,乃商丘宋犖摘質《紹陶錄》中《山友》、《水友》正續各辭,各爲一卷,謂其有玩物適情之趣,而改題斯名也。《四庫全書提要》

景文《雪山集》雋放豪逸,岳珂《桯史》載其《仿白香山〈何處難忘酒〉》云:何處難忘酒,荊蠻太不庭。有心扶白日,無力洗滄溟。豪傑將斑白,功名未汗青。此時無一盞,壯气激雷霆。何處難忘酒,奸邪太陸梁。腐儒空有酈,好漢總無張。曹趙扶開寶,王徐賣靖康。此時無一盞,淚與海茫茫。何處難忘酒,英雄太屈蟠。時違聊置畚,運至即登壇。梁父唫聲苦,干將寶气寒。此時無一盞,拍碎石闌干。何處難忘酒,生民太困窮。百無一人飽,十有九家空。人說天方解,時和歲自豐。此時無一盞,入地訴英雄。

桂如琥 進士,官郡丞

如琥作丞,尚饒風骨。《遊華陽巖》有句云:雲气有時迷洞口,塵埃飛不到胸中。頗清脫可誦。

明

吳國倫 字明卿，號川樓，嘉靖進士，有《甔甀洞稿》

國倫嘉靖進士，入李攀龍、王世貞詩社，爲七子之一。由中書舍人擢兵科給事中，楊繼盛之死，國倫倡徒賻送，忤嚴嵩，假它事謫江西按察司知事。嵩敗，起建寧同知，累遷河南參政，罷歸。國倫才氣橫放，好客輕財，歸田後聲名益著。《通志》

明卿在七子列，最爲眉壽。元美即世之後，與汪伯玉道昆、李本寧維楨狎主齊盟。王李既歿，海內不敢違言，劉子威、馮元成、屠緯真輩相與附和之。《甔甀》、《太函》、《大泌》等集，幾與四部爭富。而《由拳》、《白榆》，尤而效之。海內之爲真詩者，鮮矣。其《題生壙旁亭柱》云：陶元亮自祭之文知生知死，劉伯倫隨行之鍤且醉且醒。不失爲達生之語。《靜志居詩話》

國倫爲兵科給事中時，以倡衆賻楊繼盛忤嚴嵩，左遷，世稱其義。在後七子中最爲老壽，初與王世貞、李攀龍唱和，後與汪道昆、李維楨輩狎主詩盟。其著述頗富，然在當時胡元瑞作《詩藪》已譏其用句多同，一篇之外不耐多讀。朱竹垞亦謂海內傾風，爲真詩者益寡。則文章不逮其行誼矣。尚有續稿爲其子士良所校刊，《明史·藝文志》又載其詩稿十五卷，今未之見，意其散佚歟？《四庫書目提要》

王弇州云：楚於德靖間最多才子，以稚欽爲嚆矢，而顏廖童張孫氏父子翼焉。又云：明卿不揚而企，不抑而沉，縱不至泛溢，斂不致鬱塞。　王敬美云：明卿詩多實際語，不落于鱗網中，自可弟蓄子與。又云：它人詩多於高處失穩，明卿詩多於穩處藏高。　胡元瑞云：于鱗近體用字多同，明卿用句多同，故一篇而外不耐多讀。　陳臥子云：明卿雅煉流逸，情景相副。

竹垞、曉嵐諸君子皆謂明卿詩少真氣，等之自鄶以下，似非千叭公論。良繇在勝國時，海內傾風，爲王陳輩推崇太過，故思所以排擯之。遂假于鱗規字遺神之說，爲推倒一世豪傑之計。《甔甀集》具在，可覆而讀也。其去國憂時於感懷諸作中，輒流連往復而不能已，纏綿悱惻有風人遺旨。友朋別離遷謫之感，尤性往情還，多慷慨激楚之音。贈答元美、子與輩諸作，語重心長，無不字字從血性中出。至今誦者每油然生鄭重之心，謂非有真性情人語而能發異代之感如此耶？竹垞論詩最推陳臥子，云：臥子嗜《甗甀稿》，手自施鉛，至於數過。臥子論明卿詩亦有"雅煉流逸，情景相副"之襃，何獨同宗異說而倡此深刻之論乎？余固楚人，海內誦其詩論其人，自有難泯之是非，姑爲此說以待之。《送行父少參赴關內》云：咸陽天下險，洛邑天下中，潼關睥睨周西東。君自三川歷三輔，分陝經營王命同。登車慷慨千人雄，矯若八翼凌蒼穹。左馮翊右扶風，漢關秦畿指顧通。爲將匣裏雙龍劍，擲作天邊二華峯。《送姜太史節之使楚王》云：天子分桐葉，詞臣下柏梁。共憐星是使，況乃玉爲堂。江漢環宗國，風雲護帝鄉。居人思過沛，太史復浮湘。地險東南勝，藩盟帶礪長。晴山開絳節，高浪出牙檣。楊柳停旌艷，椒蘭設醴芳。樓臺招鶴馭，環珮憶鶩行。六博中原路，雙峯北斗傍。緘書如有意，歸鴈自衡陽。《寄遠曲》云：章臺楊柳綠如雲，憶折南枝早贈君。一夜東風人萬里，可憐飛絮已紛紛。《明詩別裁集》《明詩綜》

七律通體音節清蒼，如《登黃鶴樓》云：黃鶴仙人去不廻，海濱樓閣迥崔嵬。千帆雨色當窗過，萬里江聲動地來。雲夢天低湘女怨，洞庭葉下楚臣哀。當年玉笛今寥落，獨有梅花照客杯。《寄王元美塞上》云：王郎別我未銷魂，六傳飛揚出薊門。鼓角秋聲廻地軸，佩刀寒色照天閽。馬肥苜蓿黃金勒，客醉葡萄白玉樽。廻首中原風雨過，不知揮淚向誰論。《過鄴吊謝茂秦山人》云：幾渡漳河不見君，半生消息旅中聞。談詩夢老燕山月，鼓鋏歌寒雁塞雲。四壁琴書留慘淡，諸王恩禮罷殷勤。誰移一片韓陵石，爲汝重題處士墳。《南都篇》云：周家豐鎬漢長安，勝跡何如此地看。一自高皇留九鼎，至今蓬闕擁千官。江山險阻興圖壯，南北京分王气寬。不信武侯能攬勝，金陵千古說龍蟠。及《答鄭汝志見寄》前四句云：萬里秋空一雁過，美人消息竟如何。時平海國無烽燧，地迥江村有薜蘿。皆一字一菩提也。

五律如《秋日匡山》前半云：朵朵涉江去，夫容秋水寒。如何雜佩色，難共美人看。《感懷》云：將相交歡日，應分聖主憂。民勞過頰尾，客策下焦頭。及《登太白樓》云"岱色分齊魯,河流自古今"、《喜友見過》云"盜已中原滿,君還何處來"、《聞詔有感》云"聖人能罪己,逐客漫憂天"等句,皆經千錘百煉而出,又能天然泯去雕飾之跡,斯方無愧大家。

《堅瓠集》謂明卿二子并饒才致,體肥矬,喜諧謔。嘗謁汪伯玉道昆,索贈,因有"喘月水牯[4],拜風江豚"之嘲。

劉世斗_{字大祈,號恥人,崇禎進士}

《聞警出姑溪》云:風雨淒歸路,干戈滯小舟。同時羣盜起,一夜大荒流。气覺中原蹙,春當白草柔。江南乾淨地,今日可無愁。此地嚴溝壑,應知帝略深。邑猶王在鎬,陣有士如林。積弱難驅戰,生離易感心。仗誰營采石,一振鼓鼙音。氣局雄渾,頗極沉鬱悲壯之致,五律中聖手也。

馮之圖_{字書先,號密庵,崇禎進士,官參議,有《易老堂集》}

之圖參議漳南,風節矯矯。及歸里講學,坐臥一小庵,丹鉛輯錄,几案牆壁皆滿。屢薦不起,自號鹿耳山老樵,尤邃於《易》。

《雨中湖望》云:積雨平湖萬綠渾,堤楊岸草欲銷魂。閒僧不管春歸去,亭午煙收出寺門。

國朝

李應熙_{字屯庵,乾隆進士,官翰林,有《鐵甕集》}

應熙文筆凌厲而性褊狹,交遊閒小不合輒形見於詩,文人亦以是少之。獨武寧盛于野兄弟愛其才,為序其集以傳,庶幾有始終者。同里葉修增,乾隆丁卯舉人,官黃梅教諭,亦工詩。《通志》

盛鏡云:屯庵之精神意气,涵蓄萬有而盤旋自固。其身雖死其英華當發越人間,與日星並著。而僅以詩文之傳爲務,豈不悲哉?

盛謨云:屯庵精於詩,深銳有大力。其出入壁壘,意甚盛。家故貧且好遊,所至多不可意,卒以自困。又數見黜於有司,齦齦無所適。其間窮愁覊苦,顛連萬狀,而睥睨物態、感傷抑鬱、無可如何者,一發於詩文。

《李子將北行,同學張二裔嘉飲之以酒,賦此見意》云:草草君父意,艱難營一官。投袂出家門,怯見關風酸。多君好情懷,念予行路難。世味淡如此,焉用強盤殽。各自傾意气,杯酒正未闌。《望亡兒墓》云:蜉蝣亦有命,彭儋亦有死。道逢秦與越,不辨誰家子。天屬綴人心,死別無生理。百感生一望,相待盡於此。我欲地上哭,高天若無耳。天無骨肉情,看人自悲喜。《楓林》云:一壑秋容瘦,霜天半欲紅。遠郊分野色,病葉怯高風。與影飄寒藻,將心托塞鴻。日斜頻俯首,生意感飛蓬。

陳治策 字耘蕙,號盤谷,嘉慶進士,官知縣

治策詩如大家閨秀,不藉裝飾,自爾體態妍然。佳句如:一聲候雁淩高嶽,九月寒林送夕陽。空江細雨歸舟少,野岸霜寒落木多。又《泛舟》云:昨夜桃花雨,一江春水香。皆奇警流暢、情韵兼賅之作。

七絕風調最佳,如《紅橋泛舟》云"曉風殘月滿煙蘿,觸客湖心載酒過。高詠何人欄倚遍,荷香吹上畫樓多"、《望鈐山書屋》云"蒼煙古木簇螺鬟,丞相書堂夕照間。不及容城一抔土,行人釃酒拜椒山"、《魚山》云"侵晨策馬東阿道,殘月曉風愁客顏。清徹梵音何處響,一叢古木是魚山"、《衢州舟中》云"烏巨山頭夕照殘,嵐光掩映俯奔湍。腥風一陣船頭起,白鳥銜魚飛上灘"等作,皆有一種清淑之气,撲人眉宇。

譚曰爲 號韋庵,官廣文

曰爲詩清才絕艷,冰雪聰明,《荆湖知舊集》所錄七絕皆此類也。《乘雪過洞庭湖》云:重湖森森接滄溟,惆悵君山一抹青。十二峯前雲气暗,却從

何處吊湘靈。《題〈鵠山小隱詩集〉後，即用其句》云[5]：西門柳綠大江灣，低拂桃花塢上斑。誰是樓高跨黃鶴，天教看盡武昌山。平生心膽與誰同，論劍談詩入酒中。俠氣奇情殊未減，相逢底事説官窮。此音古澹渺難猜，弄罷瑶琴上玉臺。最是高吟清到骨，梅花昨夜雪中開。蟋蟀一聲秋到門，幾回對面笑談温。半生最苦吟詩瘦，休説虞翻骨相屯。

邢世銘字子膺，號柳汀，官知州，有《南湖草堂詩存》

世銘生於廣陵，多才好學。咸豐中訂交胡文忠公戎幕，談詩常達旦，意氣甚豪也。及官皖南，猶寄詩就訂，未幾逝。位不稱才，士論惜之。子幼，無從得覓全集，僅於《正雅集》中録其音調諧暢者數首，以志黄爐之慟。求遺稿，如得再當補録之。

《送徐卉庵入都》云：獨攜琴劍向長安，水驛星程去路寬。篷底河聲流夜月，馬頭岱色擁春寒。才名自合傳京洛，典則由來重漢官。我欲臨風贈楊柳，青袍染出與人看。《召伯湖避寇》云：故鄉旅次遞烽煙，溝壑何須望苟全。可怪長江連鐵甕，幾煩内府擲金錢。荒城歸客纔三月，衰柳愁人又一年。薄暮湖天風色冷，合家攜上釣魚船。《懷兄子貞鹽城官舍》云：草堂如水夜將闌，曉鴈聲中夢未安。憶得孤篷殘醉客，秋風卧聽海潮寒。《國朝正雅集》

釋智端字旭雲

智端雅有詩名，爲一時公卿所器。《楚詩紀》所録二詩極圓韵妥貼，是亦緇衣中不數覯之才也。《送蘭皋徐太守赴闕》云：天肅關河冷，風高雁陣横。南山分别袂，北闕逐行旌。惠政存民社，文章冠帝京。攀龍遮五馬，一路送歌聲。《贈宋參戎》云：鄉心懸鄂渚，歸櫂出嚴灘。路遠峯先見，江深日易殘。迎春花影亂，破夢鳥聲寒。細柳威名在，圖麟事不難。

補

馮瑞錦[6] 字功甫，號梅農，貢生，參議之圖孫

瑞錦生而端凝，有志聖賢。壯益肆力性理諸書，一以窮理主敬爲宗，雖儇子佻夫必盡誠與語。每云："吾不欲以不肖自待，亦不忍以不肖待人。"鄉里翕然化之。好爲詩，遊行自得，無道學家气。《偶成》云：天地完吾性，身同大化遊。樂從閑裏得，功向苦中修。又云：空山春事了，騎馬度斜陽。菖葉和煙睡，桃花著水香。宿酒大都隨夢醒，殘燈疑是爲詩留。詩難解處方通偈，酒未醒時便是仙。樹老易聽蟬度曲，花殘猶夢蝶尋香。別有《集唐詩》，皆可傳。

大 冶

明

胡應辰 字汝拱，號對薇，萬曆進士，官副憲

應辰幼喪父，年十四，家貧，僅倚一老僕鬻薪自給。有《除夕詩》云：家家打鼓奏笙簧，漏徹三更夜未央。惟有我家貧到骨，白頭翁對讀書郎。其勵志如此。由主事轉餉蘭州，設兵退賊。受顯皇之知，備兵川東直指。平蠻七略，監軍進剿擒其前鋒。吳梅村曰："對薇生平懷經世撥亂之才，未試其萬一，惜哉！然在朝在野，無不以民物爲念，古之名臣不愧矣！"

備兵川東，嘗新杜拾遺祠，鑴《秋興詩》於壁。复自題一律云：杜子曾爲供奉侶，當年流落在夔多[7]。煙花不減青春憾，暮雨翻疑白帝過。千古雲霄歸雅賦，一生疏放任兵戈。我來祠上瞻遺像，剩水殘山隱薜蘿。大爲蜀

邸所稱獎，獲徵仲、松雪書畫之贈，且從受聲韵之學焉。

向日紅 字葵卿，號懷蓋，隆慶時薦舉，官僉事，有《白雲草》

日紅初官縣令，有聲，爲江陵相所知，行取御史。以劾馮保，外轉僉事。詩宗吳明卿，《白雉山》云：翠微深處白雲幽，曲徑紆廻到上頭。北望煙塵關塞月，西來風雨洞庭秋。星河曉傍疏鐘落，雁景斜連古塔浮。怪底仙人騎白雉，卻緣此地一丹丘。

余玉節 字振衡，萬曆進士，官巡撫

玉節十歲應童試，以答策見稱於有司。由刑曹出守吉州，講求馬驛漕艘之法，以蘇民困。時所在祠魏忠賢，且廢天下書院。吉有白鷺洲書院，節力庇之，而卻祠璫之請。又嘗設方略殱劇賊，尋撫南贛，以勞瘁卒。《三楚文獻錄》

詩意致疏宕，而功力深宏。《登沼山寺》云：仄徑扶筇破滑苔，層雲冉冉蕩胸來。周遭一水縈空翠，却略羣峯護古臺。鈴鐸風傳清籟響，松杉日轉法輪廻。登臨欲探千年勝，碑版寥寥猿鶴哀。

周寧爾 字無畏，天啟舉人

寧爾四歲就塾師，口讀己書，耳聽它弟子書。比長，蒼莽軒豁，文如潮怒海笑，不屑屑飾字句。與人交，牆壁盡撤，肝膽豁露。事母尤孝，鄉里重之。詩古歌行冲淡幽雋，爲譚竟陵所許。同時方孝廉晉才氣豪邁，詩歌援筆立成，尤善擘窠書。又老儒劉而樸，樓至能詩，每以草束詩卷叩門換酒，雅有晉人風。

向日丹字懷赤，天啟拔貢，官知縣，有《灌園亭詩集》

日丹少負才名，與郭美命結社講學，睥睨一世，聲名藉藉江漢間。及作令川中，多惠政。未幾奉母歸，築灌園以詩酒自娛。

詩道自開元大曆而後，如我嘉隆五七子者[8]，天際峨嵋大海迴瀾，猶各詣所至。仲子諸詩，峻潔似《天目》，風雅似《甌甈》，豪宕似《廣陵》，即置五七子間，有不能軒輊者。截郭正域撰詩序

《登西塞山》云：孤峯崒崪大江邊，萬仞芙蓉霄漢懸。雨過似移巫峽近，波廻疑與海門連。遠天帆影來秋色，幽壑鐘聲起暮煙。苦憶當年垂釣者，青簑穩傍白雲眠。又《集飲》云：十里湖光晴艷好，八窗雲氣晚涼賒。皆雋永可誦。

劉子楨字清源，貢生，有《北遊草》、《鐵峒吟》、《圭窗稿》

子楨少有才名，胡公對薇一見奇之，娶以兄子。詩各體皆遒勁，不染纖靡之習，惜不多傳。

胡允同字敬嗣，諸生，有《延清園詩集》　子繩祖、念祖

允同有逸才，雜儕伍中嶽嶽如鶴立。南本兵黃克纘扁舟訪之，時欲調興國大冶大姓從軍籍，允同曰："國家弭亂自有方略，獨奈何以卒予敵乎？"黃爽然謝曰："此非書生言，吾見弗及也。"事遂寢。別著《拜石亭詩草》，僅傳《避居山寺》二律，中有"眠鴉亂徑山無色，涼葉辭林樹少聲"句，頗有胎息。

繩祖字畏思，號剩崖，崇禎舉人，家貧嗜學，著述甚富。

《秋日召友遊文起閣》云：閣名昔號小瀛洲，裙屐仙山詡勝遊。疏杵幾家沙岸外，輕煙一片柳枝頭。人分野色渾依檻，月涌波聲共入樓。乘興不

知風露冷，夜深忘却在扁舟。

念祖字鶴心，號仁夫，順治舉人。博學工詩古文詞，有《詩瓢》、《慈衛閣稿》。季弟率祖，諸生，有《及晨草》。一門著述，爲時艷稱。

周蓼邺 字貞樓，明季遺民

蓼邺自號苦蟲，國變不仕，與王于一、杜于皇游。

《還里同友登青龍閣》五排，後數偶云：蔬水清貧供，賓朋笑語酬。遍開窗四面，宜種橘千頭。坐緩煙迷岫，晴空檻近鷗。廿年傷遠別，興盡一凭樓。

尹 珩 字右玉，崇禎舉人，有《懷仙閣詩文稿》

珩有奇節，爲葛屺瞻督學首拔士。方諸生時，與江夏賀文忠、熊襄愍遊，以志操相砥礪。袁中丞繼咸重其文章經濟，引爲布衣交。鄂陷，泛宅吳門，流寓十四載，無志榮祿。魏公澴溪薦於朝，以原銜司李，徵不就。子如翁、若翁，皆有志節。如翁爲賀文忠門下士，獻賊逼鄂時，走三百里持僧衣帽往貽。文忠卻之曰："子第去，毋憂我。"及冶城陷，如翁亦死。

尹 煜 字孟昭，號夢樵，貢生，有《語石齋集》

煜幼敏慧，經史過目通曉大意。工詩古文詞，諸才士皆莫能及。敦内行，以孝聞。入國朝，同學周靜庵太史、余佺廬尚書勸之仕，堅不赴，以著述終。《遊赤壁》云：五百年來續此遊，水光依舊接天浮。徘徊昨夜東山月，仿佛當年壬戌秋。有客得魚沽白墮，無人鼓楫向黄州。詩成一嘯四山靜，孤鶴横江掠我舟。《沼山靜坐》後四句云：峯路千迴緣澗得，湖光一勺俯林窺。桃花虛谷甘心久，開落從教靜者知。似晚唐人之杰出者。

國朝

余國柱 字兩石，號佺廬，順治進士，官戶部尚書、大學士

國柱生而穎異，九歲能屬文。溧陽陳公百史、東鄉艾公千子、竟陵譚公友夏，咸目以國器。凡古今興廢及兵刑錢穀、象緯輿圖，無不搜討，期濟於實用。初任開封暨兗州司李，所在叛民、黨案株連，動填犴戶。公多所平反，全活數千人。分校典試，所得率知名士。歷戶禮兩垣，籌糧餉、定樂章，諸所彈劾，不避嫌怨，由卿班擢副憲。巡撫江南，杜饋請，清刑獄，禁羨耗，興學校，戒士女遊觀，積俗爲之大變，吳人德之。晋都御史，遷司農，尋入閣辦事。凡《政治典訓》、《大清會典》、《一統志》諸書，大制作皆出其手。奉使陝西，同鄉有羈櫬，即挈與俱歸，數千里躬自護持，途人爲之感動。罷職歸寓武昌，杜門卻掃。日與兄弟賓友婆娑倚晴閣中，逍遙觴詠。其於人世勞悴之故，泪如也。

壬戌上元，宇内蕩平，欽賜升平嘉宴，公已擢南撫，例不得預。忽數騎至門急召公，則出特旨也。公入席，賜金叵羅酒者再。上見公力不勝，命内侍代其半。及上效柏梁體，首唱"丽日和風被萬方"，以次及公，成"奉宣仁風之吳疆"等句，極歡而罷。《熙朝新語》

余國楷 寧郇長，號雲樵，明經，官同知

國楷詩才力富贍，性嗜推敲，苦吟恬詠，日夕不輟。《詩紀》[9]、《詩錄》所採，極圓韻可稱。《夜坐》云：寂寞疏人境，捫心問所安。月高花魄瘦，夜闌竹聲寒。欲靜蛩先噪，得閒天自寬。寥寥爲顧影，龕上一燈殘。又《欒城懷古》云"戰馬不嘶霜月白，落楓猶帶野磷紅"、"千年鐘磬餘殘碣，一代勛名叫草蟲"二聯及"冷雨驚殘夢，秋聲亂曙禽"句，均有作意。

《雅集曲雲別業》五律，神似王右丞，云：村酒相爲酌，無猜笑語親。湖

山遲我熟，雞犬待人真。所得動焉趣，居然靜者身。松間幾片石，興至且留賓。遠市人聲絕，幾家雙樹西。看花同蝶過，怯暑逐風棲。景落庭空靜，心孤鴉自啼。晚樵林際出，相喚浴晴溪。肅肅寒斂霧，蒼蒼見遠山。曠觀天地迥，近得鳥魚閑。流水同懷抱，晴雲入笑顏。頹然舟上客，明月載將還。七律亦清麗芊綿，不失唐人家數。《赤壁懷古》中數偶云：龍吟吹徹三更笛，仙侶招攜一葉舟。豈必嘉魚徵往跡，但憑赤壁話奇謀。孫劉百戰圖分鼎，瑜亮同時展運籌。漫道火攻原下策，儘教伯業付東流。雄才蓋世煙塵盡，遷客遺文石碣留。適意風波偏愛鷺，忘機天地任盟鷗。

胡夢發_{字卜子，康熙舉人}

夢發少作《黃鶴樓賦》《衡山頌》，工麗隽兀，見者歎為奇才。鄉舉時年已七十餘矣，諸同年皆以前輩禮事之。喜論學，恥以道學自名，義利之辨甚微，及其門者多所成就。

《玉笛》云：風清露白江浩浩，羣籟寂寥青鳳叫。曉來地糝鹿胎斑，無人知是梅花調。湘妃嬴女啼且愁，孤雲海角懸清秋。天聲非竹亦非鐵，昭華吹瘦西樓月。《水中雁字》云：個個能書體勢奇，迴波雅制逐時宜。斜依月影蛇驚窟，巧映天心薤倒披。音信漫傳遼海上，題名長憶曲江池。不如三昧供遊戲，化翩風前慰所思。離奇頗似長吉。

柯　瑾_{字禹峯，晚號拙閑老人，乾隆進士，官御史}

瑾質性端凝，幼承庭訓，以古賢豪勉自樹立。及長，行詣卓然，文筆超邁，書臻神品。官學博數年，始成進士。入翰林，負臺閣重望。轉御史，尤侃侃敢言。詩清麗絕俗，古體雅近青蓮。

《醉歌》云：君不見陳孟公，一生愛酒稱豪雄。又不見揚子雲，三世執戟徒工文。得失於今兩何有，勸君相逢且相壽。試看六郎盡垂腰，何似一巵長在手。莫惜黃金醉青春，幾人不飲身亦貧。酒中有趣世不識，但慕富貴忘其真。便須吐車茵，莫畏丞相嗔。桃花滿溪口，笑煞醒遊人。綠玉缸，醸初熟，搖蕩春光若波綠。前無御史可盡歡，倒著錦袍舞鸒鴿。愛妾已去曲池平，此時欲飲焉能傾。地下應無酒爐處，何苦寂寞孤平生。一杯一曲，我歌君續。明月自來，不須秉燭。五嶽既遠，三山亦空。欲求神仙，在酒杯中。

劉　鼇 字希魯，有《杜門一盤話》

鼇布衣敦行，博學能文，肆志林泉，興至鼓琴賦詩，若所自有。　《徐庵和尚烹茗》云：名山不借王維筆，過客漫持遠公瓢。活水汲來連月煮，香藤攀得帶雲燒。

柯光澍 號青墅，乾隆舉人

光澍天資高邁，嗜學，寒暑無間。詩胎息六朝，哀艷濃丽，觸緒情生。
《哭姊》云：雲根爛盡尾閭枯，祇有堅貞死不渝。今日女嬃大事了，白楊原上夜烏啼。不爲孀姑老可憐，須臾豈緩向重泉。南陔回首秋蘭萎，已歷風霜五十年。歲稔家無儋石存，何須淡苦托空門。祇今唯有空山月，尚炤牽蘿補屋痕。雨瑣柴門鵬亂鳴，蟹筐蠶績任縱橫。應知泉路無長夜，一片冰心透地明。

陳本先 號春渠，嘉慶舉人，官訓導，有《寄家山房詩草》

本先少孤力學，事祖母以孝聞。性恬淡，唯以吟詠自適。
《掃墓》云：墓草含春恨，山花泣露晞。如聽巫峽猿啼，鮮民無不墮淚。

馬有紱 字來庵，嘉慶舉人，官知縣

有紱爲人豪爽不羈，篤於風義。宰曲阜頗有聲，以疾乞歸，未抵家而卒。其調任蘭山，有《留別士民詩》云"百里絃歌原古調，一庭詩禮有傳書"、"怕向債臺羅枳棘，勉從宦海學胡盧"等聯，爲時傳誦。《卧園詩話》

胡鳴旭 貢生

《杯湖懷元次山》云：買棹渡江潯，江天白影沉。路廻樊水曲，帆轉樊山陰。長天搖白浪，皓月浸湖心。邈然絕塵想，清風愜素襟。何人此結廬，寥寥空古今。呼之不即出，徒自仰高深。寫心銘異泉，寄興詩與琴。豈獨孟士源，千載相知音。

丁　節 字曉園，道光進士，官主事

節少負奇姿，博通載籍，工詩古文詞，有神童之稱。

《北上》五古深情悱惻，有古詩人之遺。云：不憂兒別離，但憂兒衣單。不願兒早歸，但願兒加飱。又云：水亦惜分流，樹亦戀孫枝。矧兹小兒女，婉孌長依依。又云：孤鴻天末飛，顧盼惜毛羽。京邑多風塵，願言慎寒暑。舟子理輕楫，忍淚別江渚。風飽帆不停，首廻心更苦。行者若有失，送者猶延佇。迢迢江水長，欲語不得語。

李郁文 字蔚雲，道光拔貢

郁文富才藻，工書翰。同以詩受業於李香雪都轉門，性肫誠無欺，余雅重之，訂車笠約。己未，偕從楊厚庵軍門安慶戎幕，軍臨前敵，炮子如雨下。書生胆怯，相與辭歸。虎口餘生，誓不復作封侯夢矣。洎軍門改制秦隴，蔚雲忽變計以從。蘭皋兵嘩，遂罹於難。悲夫！君詩雅工五律，典雅莊重，如其爲人。余丐題《八千卷書廬圖》，謂律句不稱，爲題七古，气勢雄渾，頗極排奡頓挫之致。才大者固無施不可也。遺稿既不可求，爲揮涕錄之，不覺腹爲之痛。句云：有子不讀書，百世師何俟。不以志養親，一經教已委。何况遺澤先芬數百年，八千廬空一朝燬。秦灰楚炬爾胡來，餘燼茫茫墮江水。我友澴川丁伯子，千秋奮志窮經史。祖宋公雅上漢唐，不破萬卷誓不已。卓哉母氏賢，購書典釵珥。業重青氈輕黄金，百城坐擁蔉金紫。昨從黄鵠磯上偕母來，一椽借作絃歌里。我聞黄鵠仙，遙住白雲裏，地老天荒無與比。起弄明月青天高，鶴應爲君招到此。上下古今幾千年，廻視碌碌章句何足齒？題詩崔，擱筆李，君名當與相終始。誰知佳士即佳兒，母成君名君日起。偉矣哉，丁伯子，二陸雙丁差可擬，我將對此巍巍他山而仰止。

通　山

明

朱志先_{字湄溪，洪武戊辰以薦辟賜進士，官布政}

《塞上歌》云：征人千萬里，不耐草青蒼。觀星近太白，雲气沒天黄。如何逢此地，關山獨杳茫。語頗奇特。

朱伯驥_{號溪南，成化進士，官推官}　子廷立

伯驥少爲學使薛之綱所器，與蒲圻忤紳、江師古、廖漢一時並稱。禮闈下第，築室溪南，臨水面山，窮精墳典，有終焉之志。起爲廣州推官，往從白沙陳獻章遊，浩然思歸，已而上書論古今人才不相及，白沙以爲知言。遂棄官返，日課其子，橫經講學，時放歌山谷，自適其適以卒。

廷立字子禮，號雨崖，嘉靖進士，官侍郎。初與徐曰仁、鄒守益、錢德洪，同受學於陽明先生。其爲學閎深奧衍，雄渾博大。性温醇，器度豁如。而進退可否，動以古道自律，不韋脂時好，人亦肅然敬畏之。閉門著述，日坐炯然亭中，吟詩論學不輟。炯然亭在翠屏山麓，廷立從陽明聞炯然良知

之說，乃於雨崖書院搆茲亭，朝夕賦詩談道其中。

廷立詩力厚於乃翁，《東鄰女》一篇節短音長，居然鮑謝之遺。《飢民謠》寫窮簷疾苦如展鄭俠之圖，古气磅礴似從白香山新樂府脫胎而出。乃近體語雜詼諧[10]，多率意之作，擇其較整肅者錄之。七絕風神亦妙。

《東鄰女》云：東鄰有女子，老大聘不至。家貧難自支，織機以爲食。機織成綵雯，縷縷見心事。受値入豪門，裁爲合歡被。《飢民謠》云：官倉穀少飢民多，張口嗷嗷將奈何。縣堂點名辨菜色，胥役從旁多怨訶。中有低垂羞不出，前年猶能作殷實。吁嗟爾曹尙如此，何況飢寒自平日。郡官揚鞭自西來，傳呼明日官倉開。老翁呼兒荷擔走，且攜舊釡揮塵埃。須臾都臺降定則，十夫向前九不得。吁嗟不得只須廻，號泣郊原盡匍匐。君不見公門使費何處補，豪家取息猛如虎。又不見向來呼兒攜釡翁，夜來已矣茅屋空。《雲屛邀飲多寶寺，送翟魯湖還江夏》云：出郭共留江夏騎，尋山偶借老僧節。路斜修竹籠虛閣，日落歸雲補斷峯。學士俸錢緣酒盡，郎官吟興爲花濃。相逢且向樽前醉，明發風煙知幾重。《言別》云：別君東入吳，西望愁不展。雙淚灑秋江，秋江何可轉。《村老》云：村隱先生手抱孫，衣冠從古靜無喧。閑身只在桑麻裏，垂老何曾識縣門。《縱橫》云：縱橫劇盜幾年餘，百戰艱難未破除。何事衣冠自攻擊，紛紛猶上定邊書。《楚風補》

舒弘緒

字崇孝，號悅齋，萬曆進士，官御史，有《行意草堂詩稿》

弘緒在諫垣，慷慨陳言，務盡其職。彈劾權貴，直聲震於中外。戊子典試粵中。後因光宗年長，猶未冊立東宮，抗疏力請，攖神宗怒，落籍歸。杜門謝客，放志詩酒山水之間。文章气節，武昌同登甲科者，與江夏郭正域、咸寧孟養浩、大冶胡允同一時齊名，稱爲盛事。

葉相

相父官山左，卒六年而櫬不能歸。相時猶童子，間關百狀，扶挈而行，卒歸葬故里，廬墓側三年。嗜古好學，從遊李大崖之門。《陳白沙集》中有《贈葉孝子詩》，即爲相作也。

陳宗夔 字惟一，號少岳，嘉靖進士，官副使

宗夔窮研理學，頗得性命之旨，學者翕然宗之。雖簿書旁午，有執經問難者，輒亹亹解説不倦。

《贈多寶寺僧》後四句云：坐深洗鉢延叢竹，經罷焚香對古松。自此上方思結社，未應清磬隔中峯。《詩錄》

國朝

朱之楫 字巨川，官同知　子萬仰

之楫工詩古文詞，子萬仰亦以詩名。

萬仰字野愚，拔貢生。《山居》云：板屋依山結，疏籬倩竹編。池浮雲裏月，澗瀉嶺頭泉。花氣蝶分去，松陰鶴借眠。武陵近可接，自署一頑仙。《襄陽歌》云：襄陽城外草萋萋，江上孤峯挂斷霓。風景不殊歌舞歇，無人再唱白銅鞮。《楚詩紀》

【校記】

〔1〕據明陳鎬《闕里志》卷二"世家"（明嘉靖刻本）、清穆彰阿《大清一統志》卷三百三十六（四部叢刊續編景舊鈔本）等資料，孔端植，字子固，北宋山東曲阜人。南宋建炎二年，金兵陷兗州，端植與父孔傳、兄孔端友南渡。高宗紹興八年，端植調任鄂州通城縣令。仕終承直郎、湖州武康縣丞，葬於通城縣南九宫山。孔端植爲通城孔姓之祖。顧祖禹《讀史方輿紀要》卷七十六"湖廣二"："錫山在县南七里，舊产銀，曰銀山。又产錫。《志》云：唐初置錫山鎮，後改爲通城云。"

〔2〕《詩徵》多次提及《格齋詩話》，卷四"熊則楨"條又提及"吳格齋"。本書提及之《格齋詩話》作者，正是吳格齋。

〔3〕"清晨登隴首,羌無故實",語出鍾嶸《詩品》卷中,此後論詩者多有引用。《詩徵》中評語,摘自清王士禛《帶經堂集》卷十四"漁洋詩十四",遂誤認爲王士禛之語。

〔4〕牡,公牛。原作"牧",應是訛字,據文意改。

〔5〕民國徐世昌《晚晴簃詩匯》卷一百十八:"熊士鵬,字兩溟,竟陵人,嘉慶乙丑進士,官武昌教授,有《鵠山小隱集》。"《詩徵》卷九"劉振智"條有"鵠山小隱·文畧"、卷二十九"熊士鵬"條有"鵠山小隱·古詩選"。皆是同一部書籍。

〔6〕"補·馮瑞錦"條,增訂本刪去。

〔7〕多,或與"宜"異體字"㝛"形近而訛。從韻腳與文義看,均應是"宜"。"夔宜",即夔州宜昌。"夔宜"之說,清代詩文也常有。清盛宣懷《愚齋存稿》卷九十一"電報補遺"六十八《寄張香帥二月十六日》云"夔宜一帶,飢荒日甚"。

〔8〕嘉隆五七子者,原作"乾嘉五七子者",誤。明代前七子和吳中四子之後,在嘉靖、隆慶時期,出現了以唐順之、王慎中爲首的"唐宋派"與李攀龍、王世貞爲首的"後七子"以及《明史·王世貞傳》所謂之"前五子""後五子""廣五子""續五子""末五子"。《詩徵》或因前一個"我"字,隨而錯寫成了當時清代的乾嘉。

〔9〕此處《詩紀》,乃是《楚詩紀》。《楚詩紀》卷十五錄有其詩。

〔10〕乃,或爲衍文。

增訂

興　國

宋

王　質_{見前}

質遊太學,治《詩》有聲,嘗著《詩解》三十卷,未見。《書錄解題》

吳則禮_{字子副}

則禮知虢州,有政聲,晚居豫章,自號北湖居士,著《北湖集》,爲子坰所編。詩格峭拔,逸趣橫生;近體好爲生拗,筆力縱橫,愈臻逈上。所與倡和者,若唐庚、韓駒、曾紆、陳師道,皆一時名士。散體文法律嚴密,具有典型,如《歐陽永叔集跋》、《曾子固〈大般若經鈔〉序》,折矩周規,動符軌度,非渡江以後講學支離冗漫之體所可比擬。《四庫全書提要》

明

楊儒魯_{字得之,號平石,嘉靖進士}

"駐馬金泉寺,振衣祇樹林。霜天催野日,客思鬱秋陰。雲冥松棲鶴,山昏霧濕襟。故人能夜至,燈火坐談深"一律,具見底蘊。

馮之圖 見前

《春感》云:山居匪不幽,蟪蛄聲在耳。市居匪不喧,南郭方隱几。春氣隨風翔,晴陰無恒軌。蟲卉含性情,萌動殊嚬喜。所貴靈萬物,安得爲形使。芳蘭避當門,戲魚忘盆水。披帷日東旭,燦戶星北指。寢食媚幽獨,淵藏根厭美。況復聽風雷,弱羽駭鷗徙。整襟望古人,獲心室則邇。《懷吳明卿》云:雨過揚舲好,僧雛正解留。樵漁沙瀨路,虎豹石梁舟。履跡尊先輩,山情立末流。宵分纖月影,客夢有餘幽。

國朝

盧　秀 字子實,順治貢生

《花潭夜泊》云:出門身即客,事事若天涯。野水帆難定,初冬日易斜。疏鐘寒雁陣,遠火隔魚槎。何意辭家始,閑潭夢落花。《疊山祠》云:爲訊謫居日,何如賣卜年。左官猶有托,晦迹已難全。衣履尊先輩,文章軌後賢。野祠全寂寞,可幸在南天。

邢世銘 見前　弟世鏞

《登焦山松寥閣》云:溟濛水驛指瓜州,幾點吳船小似鷗。閑倚山窗無個事,拍天風浪替人愁。《盆魚》云:無風波處任浮沉,比似濠梁樂更深。幾點萍飄資勺水,三春空負五湖心。《北湖送別圖》云:書劍相隨作楚游,霜風吹上黑貂裘。人當亂世難爲別,畫入離情總帶秋。不覺流光如過客,何妨談笑覓封侯。北湖煙雨南塘月,閑煞滄浪一釣舟。《菊花》云:澹月清霜三徑夢,冷煙疏雨一籬秋。《白桃花》云:漁父冷沽寒食酒,美人春夢板橋雲。

《旅夜》云：愁人似月工消夜，好句如花易感秋。

世銘弟兄學，幼得資於母教最深，母爲秋門給諫姊，性淑慎，通經史，尤工詩，有"不翦殘荷聽夜雨，多栽修竹待秋聲"、"月從霜後淡，秋自雨中深"、"山無雲不活，柳近水生情"等句，皆有大方家數。子膺嘗誦其尊人開陽先生《賦燈詩》云：月明風細秋無影，渡口人歸夜有霜。《冬夜》云：懷人千里夢頻續，近曉一燈花不鮮。《登揚州南樓》云：古寺鐘魚雙鬢雪，浮雲身世五湖秋。均有神致。

弟世鏞字子貞，以孝聞，惜早卒，有"年華銷馬足，鄉夢到魚竿"句。

陳光亨[1] 字秋門，道光進士，官御史

秋門先生告養家居，詩不多見，有"寒花無俗態，倦翮有高心"句，頗爲寒畯吐氣。

石建點 字星坡，同治舉人，官訓導，有《紉蘭齋詩稿》

建點詩才清腴，學韋孟而能登其堂陛者。《詠諸葛菜》云：隆中舊業嗟零落，可有園丁說故侯。西州已作甘棠待，休問成都舊樹桑。入饌應傾名士酒，何人浪比故侯瓜。定軍石馬埋秋草，愁對寒芳日影斜。《病目》云：空餘舌在終何補，縱異心盲也自危。守黑也堪師柱史，草玄終是誤揚雄。《春寒》有"風警落花慵"句，《山居》有"雲低山過雨，日淡水含煙"、"清泉新竹引，古篆舊苔留"，皆雋永可誦。七古學岑嘉州，魄力亦足以舉之。《歲暮行》收數偶云：少年意氣傾江海，寂寞於今幾人在。安國死灰不復然，窮途寧無白眼待。日落西風動地來，敝裘無暖空相假。天心代作明朝計，定有梅花萬樹開。

《雜詩》云：儒生動希古，慕與古人居。大化迅推遷，往事已空虛。我欲見古人，舍書曷由與。朝讀古人書，暮讀古人書。古人不可作，翹首一長吁。蘭生幽谷中，不與眾草殊。時至花徐發，氣足香有餘。移之植金谷，俾

與桃李俱。芬芳雖不改，生趣豈相如。物性各有適，無爲違其初。古人有精意，不在文字間。世儒守章句，白首勤丹鉛。餔糟固亦醉，腹飽心茫然。況彼妄庸徒，束書從未觀。驅車墮荊棘，整轡何時還。有客抱瑤琴，徘徊五都市。開囊拂金徽，端坐調宮徵。自云羲農來，元音留太始。一彈玄鶴降，再鼓仙靈阡。風雨以和甘，四序無偏否。淡泊希賞音，無人肯停趾。酒樓方琵琶，四座圍羅綺。《山居》云：也自親茶竈，何曾廢酒樽。煙霞無客主，日月自朝昏。好道王摩詰，還山孟鹿門。賓朋如問我，一笑已忘言。《讀明卿先生集》云：雉水才名一代高，頻年去國攬征袍。瓊瑤枉結風人思，蘭芷依然楚客騷。西市孤臣憑涕淚，南天萬里擁弓刀。摩挲匣裏雙龍在，桂海悲秋指怒濤。詩豪落落幾空羣，張楚中原起異軍。戴笠神交連海岱，銜杯逸氣走風雲。歸來謦欬遙傾國，老去音書細論文。翹首北園風景隔，誰傳綵筆吊夫君。《著述》云：男兒何不博侯封，浪訝名山著述功。並索解人無謝傅，尚懸知己待揚雄。扶桑日曜千堆雪，華嶽秋高萬壑風。自有報君君莫問，茫茫消息古今同。《汴梁》云：上連伊雒下淮泗，控引中原舊帝畿。花石南來人北徙，金繒易盡敵難歸。荒碑暮雨蒼苔澀，野店秋風白屋非。留守最憐宗學士，迎鑾抗疏幾歔欷。《襄陽懷古》云：羊公遺愛滿江濱，虎豹當關見鳳麟。南北納交如此水，荊襄何福駐斯人。無多事業歸元凱，別有風流繼祭遵。峴首豐碑今在否，有誰洒淚薦溪蘋。《留侯》云：仙人風骨美人姿，天遣紆籌作帝師。秦楚雌雄都爾恨，韓彭操縱更誰知。聲先大澤威尤烈，幻到商山計亦奇。莫訝陰符黃石老，閑中一着最高棋。《垓下》云：衣繡歸來竟若何，蒼黃悵飲動悲歌。英雄無愧陰謀少，恩怨難裁失計多。宰割已分秦郡縣，憑陵終付漢山河。行人莫問鴻溝約，赤帝遺宮久薜蘿。《張中丞廟》云：中興財賦藉南方，獨保江淮護巨唐。就使論功不論節，汾陽猶自遜睢陽。

大　冶

胡夢發_{見前}

《同友人登青龍》云：偶出埃壒中，蕩漾空明裏。好友共扁舟，淡交如此水。岸曲移所閱，湖平淨可履。傑各鏡中生，反眺卑城市。前峯煙靄餘，後嶼風颷始。老樹作鬼形，時禽翻唄齒。神扶朽不摧，山靈待知己。題詠多古賢，今茲誰在爾。縹緲望瀛洲，脆質空桃李。幽鐘數聲暮，鳥沒遊人起。欲去更徘徊，凉月明川沚。《舟過西寒山》云：東方山阜連江起，直入長江飲江水。萬馬奔騰蹙地來，一騎獨前臨水駛。武昌下望此山橫，不知江流何處行。劃然山脚插水底，放開江面東南傾。盤渦沄沄不肯去，九淵疑是蛟龍踞。奇險何須說孟門，前人擲劍迴舟處。矯首巉巗詎可登，百仞一壁無階層。陣前奮槊立猛將，澤畔捩翅橫秋鷹。客行至此轉危懼，何有桃花飛白鷺。向非清淺到蓬萊，玄真釣台毋乃誤。

余承柱[2] _{字丹巗，初誤入武昌，詩仍之，而題名於此}

王孝鳳先生《續論詩》云：丹巗詩老，相門孫，能補亡書。至性根苦。《爲孤忠哭》、《碧血》、《寒谿片石》、《六哀詩》。君爲佇廬相國裔孫，性敏。安世默識，正平不忘，殆其近之。久困場屋，家故不貧，貧於好客。晚遭粤匪之難，多悲，死。綏諸賢之作，余刻其《六哀詩》於寒谿懷忠祠。

【校記】

〔1〕"陳光亨"、"石建點"兩條，增訂本原置於"王質"之前，今移卷末。
〔2〕"余承柱"條，增訂本原置於"胡夢發"之前，今移卷末。

湖北詩徵傳略卷六

漢　陽

唐

鄭　錫 字正則，大曆進士

錫先世滎陽人，季父官漢，遂家焉。詩在十子伯仲間，樂府五言尤工。邑志

後五代[1]

王仁裕 字德輦，官尚書，有《紫泥》、《西江》集、《十國春秋記》

仁裕少夢剖腸胃以西江水滌之，顧見江中砂石皆成篆文，由是文思日進，平生作詩曾逾萬首。初爲秦州判官，從王建留蜀，歷晉漢，官翰林承旨，一時制誥皆出其手。知貢舉，王溥、和凝、范質俱入選，得人在五代稱極盛焉。《五代史》

王　周

周以《志峽船具詩》著名，其《峽船詩序》引陸魯望《茶具詩》，蓋生魯望

之後。而自注籍"漢陽軍",其爲後五代時人無疑。有詩一卷,《文獻通考》載入"唐人集目"中,誤。

《船具詩》不備錄,錄《宿疏陂驛》七絶云:秋染棠梨葉半紅,荆州東望草平空。誰知孤臣天涯意,微雨瀟瀟古驛中。

宋

汪 涯字萬頃

涯事母至孝,宣撫賈似道請爲客,當作露布獻捷,瞋目曰:"啗人以利而退其師,又欲兒弄主上耶?"似道大怒,撾殺之。其母曰:"汝以直死,我則不辱,可以下報先君矣。"亦自沉。邑志

《宋詩紀事》選詩三首,其《江行》云:江陵白魚如斫玉,挂帆獨去風日寒。封題兩甕寄白髮,兒涯不是作魚官。亦可以見其孝而介矣。又《江帆》句云:掃空黃葉晚風定,飛盡碧烏青天囘。亦妙。

張 燾字景元,神宗進士,官龍圖閣直學士,知成都府

燾詩不多見,《宋詩紀事》錄《送老泉》一律,其腹聯云:一門歆向傳家學,二子機雲並雋遊。當時固已不勝其傾羨矣。

《耆英會》云:洛城今昔衣冠盛,韓國園林景物全。功在三朝尊二相,數逾九老萃羣賢。當時鄉社爲高會,此日居留款盛筵。多幸不才陪履舄,更慚七十是新年。

辛 泌字克清

泌善詩工詞,卜築滄浪之曲,頗參禪理,白石亟稱之。

馮 杞

《蔡侯純臣重建南紀門》云：豈忍輕離江漢州，去思日夜逐東流。可憐南紀樓前路，常與邦人憶蔡侯。

明

戴　金 字純夫，號龍山，正德進士，官尚書，有《三難軒集》

金爲御史，獨立敢言，與同官黃梅石金，表儀朝端，風采凝峻。時人謂楚有二金，臺中錚錚。歷官中外三十餘年，指陳擘畫，動關至計。正色不阿，卓然名臣。工詩古文詞，熟諳掌故，精星象堪輿之學。

朱　衣 字子宜，正德進士，官御史

衣生有雋才，與弟表、裏、襄、袤，擅名江漢。及官御史，時茶陵張文毅治、蒲圻廖學士道南，沔陽童庶子承敘皆以文章重於詞林。衣才名相埒一時，角逐詞場，私之者未易軒輊。以直言，與永嘉張相孚敬忤。罷職家居，沉淪泉石，搆亭北望。有"未老鬢眉淹日月，有時魂夢傍君王"句，識者悲焉。

李宗魯 字學仲，萬曆進士，官兵備道

宗魯少敦名節，爲政嚴明，民歌思之。僉浙時，兵變縛直指。宗魯曉以利害，亂遽定。調廣西，挂冠歸。以"京洛日高春至早，漢湘天遠雁來遲"一聯，爲時傳誦。

李若愚字愚公，萬曆進士，官參政

　　若愚初司李温州，卓異赴銓，媚璫者指爲楊漣至友，署下考。久之，授主事。因天旱陳言，請誅閹黨許顯純等以慰忠魂。比行誅，雨果大降。

蕭良有字以占，號漢冲，萬曆進士，官祭酒，有《玉堂遺稿》　**弟良譽，子丁泰**

　　良有生而穎異，以神童名。吳司馬文華督楚學，拔良有及京山李維楨、蘄水朱期至，列異等。語人曰："三少年皆奇才，可爲國家慶。"果於是科同中式。與其弟良譽益肆志讀書，焦修撰竑、鄒光禄觀光、劉主事廷蘭皆與納交，而兩蕭之名遂噪海内。萬曆庚辰，申文定時行主會試，得良有文爲第一。時江陵當國，大璫馮保欲以狀元私其子。時行爭之，不能得。殿試讀卷，置良有一甲二名，江陵子懋修竟元矣，愛良有才而心愧之。良有與同榜顧憲成、魏允中遊，以名節相砥礪，江陵亦不善也。江陵敗，言官猶時爭擊之。良有獨持之曰："江陵非奸相也，稍恃權而驕耳。今既反其秕政、收其廢賢足矣，奈何復令聖主有辱大臣老母孥子名哉？"[2]許文穆深是其言。良有天性孝友直諒，文章操筆立就。高風朗韻，大度卓識，爲一代偉人云。邑志

　　詩和平莊雅如其人，有《江行》七絶，云：江水悠悠江路長，孤鴻啼月有微霜。十年踪跡渾無定，莫更逢人問故鄉。灑脱可喜。

　　良譽字以孚，號漢穎，與良有同榜舉進士，官參政，有《過庭代對録》。生而端敏，受業於良有，一時有機雲之稱。操尚磊落，了無攀附。在官有大是非，排衆而定。進賢解難，朝野倚重如金玉焉。

　　丁泰字吉甫，萬曆進士，官參政。少從父讀書京師，爲顧憲成所賞。及官布政，值魏忠賢竊柄羅織清流，丁泰廉正無援，乃謝官歸。

　　丁泰初入貲爲上舍，其内子閱其文輒塗乙之。庚子偕行入都，沿途討論，至入試日，曰："第可綴榜尾耳。"果名籍將盡。因出都僻處，日夜課之。

及春，色稍喜，謂："子工力盡矣，奈天姿不超拔，技止此耳！但可望本房之首。"遂舉第八名。婦人能帖括，奇矣；且能預決科名，尤奇。《花箋錄》

劉成美 字大卿，萬曆舉人，官同知，有《閑閑草》

成美博覽多學，尤工詩。刻意三唐，多驚人之句。《明詩綜》錄其《南還道中》一律云：春去花齊落，人歸路轉賒。峯陰昏霧合，樹影夕陽斜。溪隔循迂徑，橋危度遠沙。停驂聊對酒，醉處即爲家。人傳固不在多也。

李世鰲 字于載，萬曆舉人

世鰲學本實用，不喜浮飾，江夏郭文毅雅推服之。知來安，以廉謹稱。署浚井得窖金，亟掩之曰："非貧吏所宜得。"擢守太倉，坐文毅門戶，罷職歸。時一道士附舟，從人不可，鰲納之。行數日，盜來劫。道士徐起，出兩鈹於袖，繫以銅索，迭爲收放，爛若電光，擊數人於水，餘乃散。鰲叩之，道士曰："吾公部民，感公廉，所以報也。"長揖徑去。

《秋日郡伯招飲朝宗樓》云：長江如帶繞城樓，遠近晴嵐入檻浮。黃鶴招來簷下舞，白雲飛向坐中收。波光不礙千帆影，堞色平分萬里秋。珍重使君能愛客，願留明月醉滄洲。

孫世恪 字貞白，萬曆舉人，官郎中

世恪究心理學，旁及天文、風角、兵律，無不淹貫。當楊漣劾魏閹疏甫上，祭酒蔡毅中與世恪并疏舉參，忠賢矯旨切責。世恪旋丁艱去。卒之日，飲水七晝夜，鼻垂玉筯，人以比朱文公云。《與友集飲》有"苛禮不爲設，閑情淡若忘"句，尚清脫。

張　京 字肖極，萬曆舉人

京父以無子禱於真武神，夢指侍將曰："以爲爾子。"乃生京。爲諸生，即以經濟節義自任。及官延安同知，洪文襄器之，薦擢洮岷兵備副使。張獻忠陷成都，京兵敗走入山。唐王授京巡撫，事權不一，不能有所爲。尋招集散亡，聯絡諸將，民漸復業，兵勢亦盛。文襄患之，繫長子邦憲、次子邦寧，致書招之，不從。及吳三桂至蜀，所部散降殆盡，三桂兵擁京去。遂賦《絕命詩》云：彌月悲歌待此時，成仁取義有誰知。衣冠不改生前志，名姓空留死後屍。破碎山河休葬骨，顛連君父未舒眉。魂兮莫認還鄉路，直到朱陵禮舊碑。數日不食，悒悒而死。

蔡溶如 字伯雪，一字元度，號蓼庵，貢生，官通判

溶如當神廟末，以古學自任，九試九黜。崇禎庚辰始貢入朝，由司訓晉別駕。華亭章公曠方屬以軍事，猝卒。著述無傳，惟存《歸田詩》數篇。

元度博雅能文，流離滇越，晚乃歸里。嘗大雪斷炊，作《四無詩》見志。性耿介不妄取與，境雖阨，晏如也。有《和李雲田薪米交盡詩》，腹聯云：因熱幾家分火去，拙言何處叩門旋。又《秋雨歎》云：濕薪煮漏釜，釜亦爲薪泣。嗟我涕無從，苦助薪太息。所謂愁苦之言易工者，非耶？

王　袗 字章甫，貢生，官同知

袗少英俊，從蕭良有、郭正域學爲詩文。搆水明樓，闢葵園，與李贄、謝三秀、潘之恒、袁宏道兄弟流連唱和。詩清麗，有晚唐風。

許承欽 字漱石，崇禎進士，官主事

承欽詩家法丁卯，擅長近體，句如"十里禽交語，千行樹繞門"、"土風兼

漢魏，河勢割燕齊"，皆得唐賢三昧。《黃鶴樓》一律，尤音節清蒼，工力悉敵。

《黃鶴樓望大江》云：大澤風高更倚闌，江山如畫帶愁看。西連庸蜀烽煙直，北枕滄溟海氣寒。廟社有時歸草昧，乾坤何處不波瀾。徘徊試取柯亭笛，吹落梅花滿玉壇。

魏晉封 字延賞，崇禎舉人，有《竹中記》

晉封工舉業，善詩歌。獻賊破武漢，作《戰城南》《哀江南詞》以寫憤。草檄計圖起義，以母老不果，旋夭死。邑志

《竹中記》紀獻忠亂武漢事甚詳，文筆亦簡賅，有董狐遺意。

許上通 明經，以縣丞徵，不仕

上通以勝國明經，能守夷齊之節，可謂貞白獨完者矣。詩亦雅潔，其《辭徵》二律，頗傳於時。言以人重，詎不信歟？

李日生 字恒齋

日生以《莫愁樂》詩見稱於時，句云：石城水如油，女子名莫愁。莫愁自解歌，石城水不流。催得莫愁來，艇子細如月。清歌水上發，湖光照顏色。饒有古樂府遺音。

龔　臺 字南閣，諸生，有《華黍堂集》

臺少與王來碩齊名相砥礪，善爲先輩大家之文，晚尤肆力於詩。《送萬資北上》云：歸復三年聚，行行此別真。君爲天下士，我尚澤中人。珍重雲山舊，馳驅歲月新。含情兩不易，脈脈在茲晨。

李天根字峻公

天根乘七子之弊，語多噍殺。唯"劍隱豐城悲夜雨，玉埋長樂泣秋風"、"看雲策馬臨空谷，折柳催鶯過別枝"等句，尚流麗可誦。

王士乾字懷人，崇禎舉人，官教授

士乾，陝州牧家賓子，嗜學，有大志。夜燃二香課讀，母憐之，暗截其半。士乾乃暗留香俟母寢，復燃以讀。及官長沙，令有以墨敗者，屬士乾為解脫，不聽，波及成獄。子戩徒步走京師，訴父冤事，得解。士乾潛心述作，名冠尋社，所至鉅公皆折節下之。官不償才，顛躓抑鬱以終。

朱國俊字甸芳，諸生，有《昨非園詩集》 子學孔、士曾

國俊，川東兵備副使祚宏子，崇禎補諸生，兩舉不第，遂棄去。性嗜詩好遊，因父殉難蜀中，益肆志遊覽滇、黔、蜀、晉、吳、越、豫章，所至輒成集。晚結茅真山，精研佛乘，詮釋玄奧，足跡不及城市。詩七律尤工，《惠陵》云：漢帝豐碑凝碧草，秋高落日拜山陵。百年弓劍藏丘壠，一代風雲仗股肱。迢遞關河難托足，崎嶇巴蜀望中興。偏安自昔成遺恨，寥落荒原感慨增。

學孔以《鴈陣詩》得名，句如：早趁西風獵海隅，天然兵法薄孫吳。哨殘水寨三秋月，吹徹關山一夜蘆。湘浦影廻歸壘未，衡陽聲斷到衣無。笑它鳥隊功成後，宮女如花唱鷓鴣。幕藉寒雲足作矛，平陽千里起鄉愁。二陵雨霽排斜日，三楚風高戰暮秋。鶴列謀疏擒衛懿，鳥官陣古殛蚩尤。應憐燕頷難歸漢，老去仍為塞外侯。皆落落突奇，不入纖巧。

士曾字唯庵，有《星帶堂集》，中多超脫流利之作。如《李白》云：舉世無知己，何人解愛才。乾坤容浪跡，身世付銜杯。正好昭陽賦，翻令帝子猜。此生真不偶，空負謫仙來。四十字足括青蓮一生，尤為傑出。

國朝

李以篤_{字雲田，別號老蕩子，有《菜根堂》《醉白堂》等集}　弟以籍，子奕韓、序韓[3]

以篤世居邑之官橋，性骯髒坦率，嗜讀書，九經三史諸子百氏縱橫案間，爲文多奇情異趣，不屑科舉法。郜公煥元督楚學，謂人曰："吾按視十五郡，無右漢陽李生者。"入成均，輦下諸名流爭招致，而意落落也。縱遊吳越，追歡買笑，罄橐不惜。納姬寶燈、婢掃鏡，相與詠詩鼓瑟，樂而忘返。

雲田高才淪落，龔尚書芝麓爲賦《老蕩子失意行》贈之。《漁洋感舊錄》

雲田爲人孝友忠信，骯髒坦率，讀書不求章句，取友不棄屠沽。窮交知己千里相思，白眼進賢掉頭不顧。故其爲詩也，陶冶性靈，天真爛發，無蕪穢之音，無噍殺之響。而於風懷，近體尤獨擅長。輕華婉麗，直駕西崐、香奩而上之。綠葉成陰，青樓未嫁。自名蕩子，旅病無聊。一往情深，十年夢覺。以消磨其雄心壯氣，豈非有托而逃焉者耶？《陳子壽序略》

雲田先生之爲詩，或放而風驟雨馳，或雄而天空海闊，或悲而鬼嘯蟲吟，隨手應心，惟情所適。笑啼歌哭，莫可捉摸。如鍾嶸評劉越石所云："善爲悽戾之詞，自有清拔之氣[4]。"乃其所獨得也。明天崇間，竟陵鍾譚之說行。幽微辟澀，天下向風。楚談藝家尤奉爲科律，無之敢違。先生獨超然謝去，自用我法。其不隨流俗俯仰，即此可知，惜乎僅以詩鳴也。《漢陽五家詩評》

七言長篇如《別離曲》，索酒放歌皆崛奇排奡，俯仰情深。近體五言長城，尤足頡頏劉李。當國朝人才輩出之日，布衣而博盛名，當非等虛聲之盜也。

雲田佳句如：雨意濃於酒，花光減却春。在世真成寄，無名不是浮。無策紓家計，相思畏月明。愛月藏鐙影，開窗減夜眠。普天都西莽，何地藪逋逃。名任千秋笑，貧爲百世師。天嫌人作達，鬼笑客多愁。白髮多欺我，黃金巧避人。愁來唯仰屋,興到不停杯。久賤甘人棄,長貧覺命輕。縱有舌存無可問,難將心苦望人傳。多生分與龍蛇歲,萬事催成犬馬年。酒味臨風吹不斷,愁心似草刈還生。曲徑竹搖風入夜,長廊花轉月移更。哀時宋玉將歸楚,變姓梁鴻尚在吳。天時如此太無序,客子出門胡不歸。自斷此生常作客,每逢多病倍思鄉。寫出一種羈旅無聊之況,慷慨悲歌,真欲唾壺擊碎。《漢口叢談》

雲田高才淪落,好遊狹邪。嘗眷延平蕭妓,欲娶已。又聘廬江女羅弱。其副室周寶燈,尼之未果。龔芝麓爲賦《老蕩子行》云:"自言平生有奇癖,楚宮微詞東山屐。修蛾曼鬌紛性情,羅袖玉釵遍蘅澤。"豈登徒好色之流亞歟?《續本事詩注》

《晚過龔孝升飲》云:入秋纔數日,蟲響覺依稀。野水兼天涌,寒雲帶月飛。君來元不速,我至竟如歸。浩蕩乾坤裹,長歌心事違。《毘陵留別黃序其參軍》云:依人非壯士,況乃涉荆蠻。爾學梅家尉,吾哀庾子山。青袍試白馬,綠字老朱顏。一笑搴帷入,花深臥閣閒。

《婦人集》曰:周照字寶燈,江夏女子,湘楚中人。傳其丰神纖媚,嬌好如佚女。性敏慧,知書,歸漢陽李生。生固慕照,既得當照,則益大喜過望也。然家先有大婦在,照眉黛間恒有楚色。李又好客遊,嘗攜照殘牋數幅,以示友,無不色飛者。生篋中又藏照自寫《坐月浣花圖》,雙鬟如霧,烘染欲絕。圖尾有小篆二文曰絡隱,或曰照又字絡隱云。　陳迦陵有送李雲田之吳門迎侍兒掃鏡《採桑子詞》,又有《題周寶燈少君坐月浣花圖》,多麗辭。毘陵董以寧曰:"照,江夏周某女也。某官山東按察司僉事,遇闖難,殉節死。照哀之,作悼懷之賦。略曰:'俯江流之浩浩兮,吊禰衡與屈平。彼塡江而不溢兮,何以抒其憤盈。草參差而并生兮,孰辨其爲杜蘅。鳥之嚶咿,亦各有所謂兮,而人孰知其情。'讀之如聽三閭大夫姊嫛唵也。"

以籍字聲叔,明經,亦有詩名。《述懷》云:女貞未字時,貴賤命所適。男兒不遇身,飄若風中翼。既無國士知,何勞豫讓漆。草木本無能,應爲君子疾。欲竊處士名,雷同羞顏色。其品之高潔可知矣。

弈韓字仍夢,句如:鳥飛寒入樹,山晚碧當樓。耕鑿懷先穡,蘋蘩愧老妻。虛閣江聲迥，柴門月色寬。溪淺分魚鬣，沙寒散虎蹄。

序韓字原漢，句如：茗熱從人設，枝閒任鳥來。荒徑牛羊夕，寒磯歲月秋。皆清越可誦，無慚家學。序韓復工作元人折枝花鳥。《漢口叢談》

熊伯龍 字次侯，順治進士，官侍讀學士，有《貽穀堂詩文集》 子正笏，孫祖旂、祖斾

伯龍幼穎悟，與江漢知名士建尋社，聲噪東南間。好汲引後進，精於藻鑒。典浙試，督學畿輔，皆稱得人。本傳

國朝制科以熊劉開風氣之先，垂今二百餘年，天下靡然從之，可謂不朽之業矣。顧熊公亦非漫得盛名也。幼承庭訓，六經子史朝夕磨礱，於學無所不通。在翰林日，制册詔誥多出其手，從無飲食交遊征逐之習。性孤介，唯以著述為業，砥礪名節為心。詩古文詞卓然成家，非獨以制藝專門衣被海內也。邑志

鍾陵古文較勝劉克猷，詩雖直抒胸臆，而五言古體時有淳古之音。《四庫全書提要》

鍾陵之文原本六經，出入於史遷班固，緯之以韓歐諸家，近則服膺震川、鹿門而逼似虞山，可謂得文家之正宗已。詩以《風》《騷》為鼻祖，而漢魏三唐皆能別裁偽體，形之篇什，要非無所深造而然也。節王清撰詩序

吾楚劉黃岡、熊漢陽以文章雄海內，膾炙人口數百載，而其詩或未之知。京山易眉川履泰教授為搜得古近體詩數百首，彙而刻曰：“熊劉詩魄力沉邁，與其文均足以傳。”《漢陽集》中《贈瑞州司理駱千高》云：粲粲英詞是駱丞，強從案牘著微能。郊行羸馬偏驅虎，庭有棲鶯不下鷹。文法何人容吏拙，乾坤吾黨易讒興。枯魚懸戶仍憐客，把袂樽前得未曾。它如：歲月詩為史，山川客似歸。襟期可指中天月，事業真如出岫雲。飛揚事過如秋老，拱揖人疏與病宜。皆妙。《臥園詩話》

集中如《重修晴川閣》云：雕欄玉柱入長空，檻外帆檣萬里通。春水遠來巴子國，雄風高壓楚王宮。鳳凰欲下簫誰引，鸚鵡無言賦獨工。直擬憑

虛馳八極,雲霄何日羽毛豐。《送宋牧仲下第歸商丘》云:祇爲秋風續楚歌,天將宋玉故蹉跎。承家不在科名早,落第真如噩夢過。懷有雙珠泣白日,囊餘一劍渡黃河。羞稱獻納空揮淚,皤鬢蕭蕭木葉多。二律魄力沉雄,頡頏韓杜,有非七子所能夢見者矣。

正笏,字元獻,有《擷蕊亭集》。懷胚家學,睥睨一世。與遊皆知名士,留連文酒,風流宏獎,不愧佳公子。

元獻身席華膴而性甘澹泊,詩尤樸茂如其人。《過舊村將移居》云:松竹依然覆短牆,疏籬土銼舊風光。時平莫問逃秦路,歲儉還餘辟穀方。萬卷詩書銷歲月,百年經濟付耕桑。隆中誰解吟《梁父》,秋水蒹葭正淼茫。

祖旂字魯觀,號松嵐,少通六經,子史百家無所不窺。詩才尤敏,嘗限杯酒作《玉蘭花》長律,稿脫而酒猶溫。《錢塘吊古》句云:山勢遠從天目下,潮聲直打海門廻。

祖斾字武安,《暮春感懷》句云:春深花落盡,日暮鳥歸遲。蔬水貧非病,行藏道總宜。

張三異 字魯如,號禹木,順治進士,官知府,有《來青園集》、《雪史編》、《癡龍集》[5] **子叔珽**

三異負氣節,敢言敢爲,而宅心坦易。文未嘗立稿,而經術湛深,與熊劉齊驅。成進士,初授延長知縣。歲旱蝗,施粥平糶,每夕露禱,蝗不爲災。擢南陽同知,舊有拐河響賊,負隅爲民害,率衆力剿之,一時稱快。家居豐樂鄉,在後湖之北柏泉寺。《縣志》"禹王栽柏通六十里之寒泉",即此。《漢口叢談》

詩雋永可誦[6],《美斯橋步月》云:秋盡寒砧急,溪光上客衣。人煙和露冷,野色襯霜輝。竹遠敲風細,林深逗月微。漁翁貪共話,忘卻掩荊扉。《夜泊危家渡》云:白露凝帆冷,鐘聲出寺南。月華穿曲徑,山翠落深潭。舟泊雲同臥,燈殘酒半酣。縱多愁緒在,不敢負幽探。《秋思》云:秋水隨潮長,芙蓉淡淡開。寒雲添寂寞,無力到妝臺。《漢南詩約》

叔珽爲名父之子，詩俊逸。五古如《赤壁》云：昔年讀兩賦，仙風衣帶襲。此日拜先生，餘徽尚洋溢。巉巖歷虎豹，江山不可識。道士歸何處，耿耿塡胸臆。四顧轉蒼凉，長懷到壬戌。所謂不著一字，盡得風流者也。

王三登 字來碩，諸生，有《敦宿堂詩集》

三登少孤力學，刻勵爲詩古文詞，能窺名家閫奧。晚參佛乘，頗有會心。無子，卒之夕顧吟曰：有兒固好，無兒奈何。唐陵漢寢，畢竟消磨。白雲堆裏，笑呵呵。打破面糊盆，王來碩，原不是我。詩宗中晚，《遠山》五律爲李雲田所稱，句云：遠山如霧裏，遙望每相疑。偶向雲邊見，微從樹杪窺。陰晴時隱現，煙雨幾迷離。孤立風塵外，嵯峨總不移。又《和雲田移居》云：乾坤勞短李，風雅托長才。亦天然獨造。

李昌祚 字文孫，一字來園，號過廬，順治進士，官至大理寺卿，有《真山人集》　子必果

昌祚掉鞅文壇，名動海内。官庶常時，楚省奇旱，與總憲趙開心連名入告，得免田租之半。出守河北、嘉湖二道，以清惠稱。任大理，解愚民聚衆之誣，伸孝子復讐之議。宋荔棠以于七案株連繫獄，禍且不測。昌祚細心研鞫，悉其蜚語所中，力請昭雪。蓋居官不立崖岸、獄獄不肯苟同者，類如此。

過廬詩名不在孟轂之下，《山居》云：農蓑千葉雨，樵笛一山風。《別雲田》云：問誰能共語，知我歎無家。《答王涓來》云：安危吾道在，出處寸心知。《漱雪釀泉》云：立馬聽泉日已斜，泉聲字字咽梅花。春寒不管遊人醉，流到城南賣酒家。《魯峯別王汾仲》云：搖落鄉心屬暮秋，王郎真合古人求。終宵對月燒茶竈，竟日臨江上酒樓。雁外山低黃葉路，日邊帆去白蘋洲。江流漠漠天如水，圖畫何曾別别愁。時蕭尺木畫送別圖爲贈。《石樓詩話》

必果字仁熟，貢生，有《穩帆集》。幼敏慧，十歲補弟子員，博學有智略，

詩不假雕飾而律格一新。《京邸與程石門話舊》云：猶是長安道，重逢淚滿襟。所嗟人事改，非爲客愁深。握手無多語，相期獨此心。詩名傳輦下，不用碎瑤琴。《重陽前四日喜蔣西章過訪》云：喜有高軒過，無嫌三徑荒。人如菊意淡，味似菜根香。肝膽原相許，形骸可兩忘。白駒難久縶，索莫近重陽。《哀巡海道陳公大來》云：許身只在太平時，臨難捐軀果是誰。一死乾坤留正氣，平生磊落見襟期。非緣小醜戈相向，肯信孤忠志不移。紅粉兩行都盡節，鬚眉何必是男兒。《離家》云：重遊不必事全非，旅館蕭條淚自揮。昨夜忽分姜氏被，一宵空夢老萊衣。風號木葉雞聲亂，月暗關山雁字稀。縱使長安多故舊，知予寧受麥舟歸。

吳正治 字當世，號賡庵，順治進士，官至禮部尚書、大學士，諡文僖　弟開治，子宗豐

正治由翰林揚歷中外，能持大體。生平孝友接物，不爲岸異之行。取士薦賢，一秉至公。舉博學弘詞，以彭孫遹名上，遂首選，實未識面也。

文僖身席華膴，而《種竹》五律云：退食少塵事，疏篁愜遠心。門無俗客到，時有暮蟬唫。密葉侵階綠，幽香入閣深。那知炎暑屆，移榻就清陰。詞旨澹永，其襟懷豁達具可概見。它如《雨中山行》前半云：山深兼雨積，徑曲又雲遮。望去疑無路，行來見落花。山中歲月身難老，眼底星辰手欲捫。流亡未是歸來少，丁壯其如戰後孤。筆曲而達，又兼韋許之長矣。

開治，字平輿，亦工詩。有《晴川閣落成》句云：英傑自來多感慨，江山猶可慰風流。

宗豐，字揆俞，康熙進士，官知縣。性慈祥，徒步問閭閻疾苦，不事鞭笞而民治。博雅好學，爲文有典則。初罷，謁上官唯懷出文稿請正，不及它語而出。詩尤清麗，歸田後廚無宿糧，猶唫詠不輟。《雪後夜坐》云：地爐貪夜坐，殘酌忽雞鳴。遠憶燕山雪，空思楚塞盟。鬢毛愁月白，老眼愛窗明。漫對瓶梅笑，行看歲又更。寫清寒之狀無郊島之習，以氣勝也。

韓　章字可貞，號桐庵，拔貢，官南寧知府，有《文起堂詩集》

南寧地雜猺獞，章赤保之，巨匪翕然向化，建生祠祀之，號爲佛子。

向聞諸先子云：詩有望之似不著議論，而論斷即在其中者，如昔人《過祭風臺》句云："吞吳雖有日，破魏豈因風。"至今猶愛誦之。今讀《文起堂集》，始知爲章作也。全首皆佳，云：盡瘁匡王業，山河指顧中。吞吳雖有日，破魏豈因風。欲借驅除力，期收鷸蚌功。全身謀早定，眼底小羣雄。它如《送人歸楚》前二偶云：望斷江南樹，愁登薊北山。暮雲依馬首，別夢繞鄉關。尤工入手，《懷人》云：凉風輕度響，一葉送秋聲。《寄懷》云：荒寺寒欺榻，愁人畏夜分。皆自出機杼，戞戞生新之作。

易兆羲 字畫初，諸生　　子廷斌、廷望

兆羲博學能文，書法逼近右軍，尤工詩。遨遊江左，題詠極多，惜皆散佚。僅傳《秦淮口號》云：十里秦淮紀勝遊，清歌檀板最風流。垂楊幾樹青溪出，不見珠簾捲玉鉤。桃葉渡頭春漲深，朝朝愁殺蕩舟人。更憐寂寞空階月，移照橫橋淺水濱。

廷斌字思成，號石農，諸生，有《玉峯詩草》。胚胎家學，書法精妙，人比之羲獻。《應人索書》句云：舊學空懷大令體，高名常記永和年。亦佳話也。

廷望字都人，順治舉人，官教諭，有《慧圓集》。博覽羣書，多所闡發。在官宏獎風流，多去後思。詩主性靈，如《送友人歸里》云：蕭疏楊柳暮江干，送別情殷話別難。吹笛關山羞短鬢，連牀風雨憶長安。巴陵月暗猿聲急，湘浦秋深雁影寒。我亦懷歸歸未得，故園松菊共誰看。《江行舟中》云：夜靜月光寒，孤舟下急灘。一聲蘆荻鴈，秋思滿江干。天籟自鳴，不同凡響。

盧乾元字萬資,號餘庵,順治進士,官員外,有《世清堂集》

乾元博學能詩,五律有長城之目,書得鍾王法。《江行雜詠》前半云:短棹辭黃鵠,輕風度小孤。寒潮不到楚,鐵鎖遠吞吳。頗爲時傳誦。

蕭廣昭字文遠,貢生　　弟企昭

廣昭自號沌口老漁,文章學術與弟企昭齊名。熊文端目爲二難,不虛也。詩以詠古擅長,如:公子登樓歎未歸,晴川極目掩芳菲。飄零楚客同煙樹,寂寞詩魂繞鵠磯。楊孔文章應共壽,曹劉豎子未堪依。遼東唯有孤棲鳳,不向人間炫綠衣。《鸚鵡洲》。屈平宋玉後人師,李白辭章晚更奇。放棄自埋江海骨,風流常作漢陽詩。英雄恥上劉琦墓,功業空傳胡奮碑。唯有郎官清絕地,至今秋月不勝思。《郎官湖》。長公鉤黨緣詩句,湯火魂飛命不猶。聖主憐才寬禁錮,羈臣流落向黃州。心隨赤壁孤飛鶴,目斷清江晚浴鷗。自此逃禪尋伴侶,一燈方丈影悠悠。寺有蘇東坡《方丈銘》。《興國寺》。梅山遠對武昌城,霜影迷離孝婦村。杜宇啼殘千點雪,薰風夢斷一枝魂。返香無藥刀環冷,落葉辭柯塔路昏。鸚鵡奇冤傳鼓吏,隻雞古恨愴同論。《石榴花塔》。範水模山,新奇典雅,嚴海珊不能稱獨步矣。

企昭字文超,順治副貢。少穎異,讀書十行俱下。時昆山顧亭林學蓋一世,與之往復討論於周易、河洛圖、性理諸書,頗有解悟。嘗作己說,以闡五子之奧。又以學莫先於辨志,作《定志說》。著有《闡修齋稿》,詩曠逸如其人。《晚晴》云:風過層雲開,恍惚明薄日。樹枝靜不號,遠山青漸出。漁唱登虛舟,歸牛去復寂。吾心亦以清,焚香坐茅室。浩然思古人,曠志誰爲匹。

企昭喜講性命之學,與熊賜履友善,有《送文超還楚序》[7]。賜履著書,常引其說。有《客窗隨筆》、《闡修日記》、《北遊雜詠》。卒後,兄廣昭哀爲一編,曰《蕭季子語錄》。《四庫全書提要》

歐陽暹[8]字子晉，官學博

暹詩不多作，偶成一篇，輒爲時傳誦。如：鬢眉慚我老，鷗鷺笑人忙。不盡乾坤憾，難支歲月窮。深夜幾寒溪外月，好春却負雨中山。少不如人頭已白，狂無過我眼誰青。皆空諸依傍而能自抒性靈者。

譚鳳祥 字韶武，順治舉人

鳳祥少孤，嘗割股以療母疾。生平刻勵於學，書法逼南宮，詩在蘇陸之間，惜不多傳。

汪以淳 字淥水，順治進士，官主事

《舟過金山》云"名山猶鎮蘇公帶，伯業難呼孫子魂"一偶，頗稱於時。

李能哲 字惠伯，號無隱，又號酒龍夢隱，仁熟孫，有《心遠堂詩集》

能哲才思俊逸，性情豪邁，不屑於科第。遨遊燕易，南至吳越，探禹穴登會稽，與賢士大夫縱酒賦詩，聲氣翕然。句如《感懷》云：孤城多雨氣，虛枕落江聲。看劍頻消酒，讀書悔近名。馬上故人雙眼白，天涯蕭寺一燈青。皆沉鬱可喜。而《嵇侍中墓》一律，尤通首音節清蒼，句云：慘澹城南落日垂，晚風衰柳使人悲。龍衣碧血埋沙漠，馬骨黃雲鎖墓祠。江左可憐無末路，竹林誰復有佳兒。清言霸業終何補，獨念孤忠致命時。

何操敬[9]字主洛，諸生

操敬五言特工，如"交情貧賤重，去國古今憐"、"白石堪爲枕，青山不費

錢"、"池清魚避影,地僻樹忘年"等句,晚唐名家不能多見。

劉順昌 字九來,一字雲將,順治進士,官知縣,有《宛念堂詩集》　　兄必昌

順昌有《聞張壁九壻丙闈獲雋詩》,起數偶造句奇崛似《檀弓》。云:爲爾也母者,爲爾婦也姑。爲爾也父者,爲我姊也夫。我姊還鞠爾,爾復坦於吾。三世締朱陳,良緣信不誣。它如《送陳孚尹還襄陽》云:神武雖懸弘景幘,襄陽仍重浩然詩。《不寐》云:木落天空萬籟寂,雨來寒入寸心傷。皆無慚作者。

必昌字文祉,有《山月》句云:池小能容月,林疏不漏煙。恣吾呼遣用,不費一銖錢。亦雋妙。《漢南詩約》

何詢之 字衣山,順治舉人,官知縣

詢之,聞先子言,其詩品極高潔,唯見《歲暮感懷》七律,腹聯云"捷徑聲多傳錦里,移文夢不到青山"句,可謂信而有徵矣。《漢南詩約》

王 戩 字孟轂,有《突星閣詩鈔》

戩少好學,自命不凡,十二補邑諸生,有名。遊長沙作《嶽麓詩》,新城王尚書士禎激賞之[10]。中康熙戊子副榜舉,山林隱逸未赴。生平鶩手爲活,足跡半天下。落筆千言,脫稿輒流傳。尤刻意詩歌,源流派別,瞭如指掌。士禎序其集謂:"根柢經史,傅以興會,銜華佩實,大放厥詞。其《沌陽山行》之作,馳騁筆力,突過歐公《廬山高》。"談藝家韙之。邑志

孟轂博學工詩文,新城王士禎劇稱之。《通志》

崇禎中,楚名士首漢陽二王。二王者,士乾懷人、世顯亦世[11]。懷人有才子曰戩,弱冠遊長沙,過嶽麓,題詩云:"不借直踏寒煙裏,麝香獨遊亭午時。"其《池陽山行》馳騁筆力,過歐公《廬山高》遠甚。客中州與吳雯唱

和，《風穴》、《白茅寺》諸篇，工力悉敵。楚才自顧景星、胡承諾而外，僅見此人。《漁洋詩話》

《突星閣詩序》：孟毂遊滇南歸留歷下，訪予西城別墅，流連累日，乃出前後詩，屬論敘之。幹以風骨，潤以丹青，諧以金石，故能銜華佩實，大放厥詞，自名一家。《漁洋文略》

孟毂，新城王士禛最稱其《池陽山行》長句，以為突過歐陽公《廬山高》。蓋士禛於歐詩不喜《廬山高》，是以見有長句崛奇者，即謂能過之，其實未能也。是集前有士禛序，云："出前後詩，屬予論序。"而毂自跋云："排纘續集，合前集共十卷。"其姪枘跋云："前五卷阮亭所鐫，後九卷朱愷仲董養齋付梓，末一卷則許謙次諸人所刻。"蓋此本合前後諸刻，彙輯成編也。《四庫書目》

先生嗜學好古，羣書秘籍無所不窺，少以贍博稱，落筆浩瀚無涯涘。父士乾教授長沙，為贓令誣扳罷官。先生徒步京師訴於司寇，事白。因執贄漁洋山人之門，得其談藝之奧，盡變少作，蓄才於法，一以氣韻為主。同時作家如湯少宰右曾、查編修嗣璉、吳徵士雯，咸以牛耳讓之。《漢陽五家詩評》

王漁洋謂孟毂《池陽山行》長句過歐公《廬山高》遠甚；而其詩却平直，故不及。錄《秋日遊白茅寺次少陵韻》云：天空靈籟發，入耳心逾靜。何許微風過，月林搖客影。人生五濁世，為歡苦不永。爭似羝觸藩，有如瓶墮井。及茲清夜遊，無辭燭共秉。佛香一院深，僧梵四山迴。身向依迦葉，足真踐箕潁。禪燈照宵夢，妄念未能屏。金篦開倦眼，慧目陟東嶺。它時禮白雲，應上最高頂。《讀〈放翁集〉》云：南渡四傑俱驚才，醉心尤在渭南伯。江翻海立富篇章，躍馬彎弓老梁益。一寸丹心常炯然，歸來垂釣鏡湖邊。却憐老死空家祭，不見王師北定年。略其詩集，表其忠義，立言識輕重處。《別裁集》

孟毂與戴小宋、潘東柳為詩友，詩宗溫李，一洗近調。人稱楚中二王，前山長後孟毂也。山長名岱，湘潭人。

先生自序謂："窘迫詰屈，於風雅之義微矣。"又謂："羈旅無聊登臨弔古，而感慨淒楚瑰怪之詞，往往震發於其間。"先生信於此道會心遠矣。大抵宗法初盛唐人，間入蘇陸。以才氣浩博師古無跡，故使事多而不傷於繁，用情深而不至於露。厚重典雅,其旨趣不能一覽驟得。是其天分人工,交臻絕頂,有非塵濁鈍漢、浮光掠影所能齊其項背者也。《突星閣詩選》

《寄呈新城太史公》云:我從江南到中土,兩河道里何逶迤。秋風蕭蕭飛雪下,天寒塞雁聲相過。周京無爲頌於穆,殷墟未得聆猗那。在昔李杜客梁宋,酒酣吊古同高歌。我今千禩後有作,言有大小寧殊科。誰其賞音太史公,不能就正公呷唔。今春看遍江東山,詩成破體藏雲蘿。此來偶寫寄公所,許我力大如夸娥。惠書還答富稱引,末更鄭重相礱磨。三湘七澤久凋耗,孰與屈宋揚其波?骨凡乞我飛霞珮,肉重食以玉山禾。吁嗟人才天地間,亦如美女何能多。不加愛惜便憔悴,異代相慕知誰何。公之文章真倬彼,要引潢潦歸天河。感極思深隔言笑,貧賤一別長蹉跎。梅花初開照汴水,遙憶館閣多陽和。《贈葉蒼巖使君》云:畫戟高江漢,霜旌擁上遊。紅蓮王儉府,青翰鄂君舟。墀下翻雙鶴,車前引八騶。武昌明月夜,清興滿南樓。《贈張采舒》云:灞橋驢子上,風雪動鄉愁。淚拭銅仙掌,身經鐵漢樓。昨過嶺遊粵東。管寧托遼海,許靖在交州。歌鳳何爲者,相逢成唱酬。《登嶽麓山》云:天垂翼軫雄南紀,地接荊巫俯上遊。故里寒煙猶萬戶,戰場白骨此高丘。榛蕪書院愁難問,橘柚前洲望欲浮。身賤敢稱能賦客,蒼筤谷口暫迴舟。《登嶽麓寄愚溪》云:不借直踏寒煙裏,麝香獨遊亭午時。萬木環周風瑟瑟,諸峯鱗次雲垂垂。羈士此中且自放,美人何處遙相思。九嶷九真無羽翼,同氣同聲嗟別離。《送大夏弟南還》云:十年曾泛洞庭波,憔悴江潭續九歌。一自烽煙消息斷,那堪蘭茝怨情多。燕山月夕驚聯轡,漳水春濤復渡河。極望天涯芳草綠,池塘無計得相過。《題畫》云:煙際林木微,石間徑路絕。奇峯插天半,中有太古雪。《漢南詩約》

蔣魯傳 字東衍,有《願學堂集》

魯傳性澹泊,不樂舉子業。究心詩古文詞及金石文字,出筆悲壯,多自得語。書法尤有師承,嘗言玩古鼎而字學益進。著《易經備義》,嘗攜遊江左,張中丞伯行見而善之。弟魯峯,字泰瞻,亦以詩名,有《祝其偶存稿》,惜未見。

　　布衣蔣東衍隱居沌上，工書善舞劍，詩有奇氣，無力付梓，遂多散佚。同治間始經邑賢集資刊行，誠義舉也。

　　東衍才逸氣豪，不可一世。幼薄制舉業，敝屣棄之。癖耽佳句，兼工書法。皆實有自得之趣，抒寫其天真，不屑屑焉規摹前賢。而餐霞吸露，染翰如雲。顧曲高和寡，遇合落落。凡其屯蹇轗軻、悲天憫人、憂思愉佚、感憤無聊之意，往往吐之於詩、筆之於書，欲以藏名山傳其人，以俟後世之子雲也。節劉鳳一撰詩序

　　東衍漢上布衣，自號六經日用居士。五七言佳句極多，可摘爲圖。如：孤燈禪夜肅，高月曉鐘清。鳥言花樹樹，煙隔雨村村。院涼花近水，樹古石成山。猿啼千樹雪，虎嘯萬山風。雪流殘澗水，樹挂遠泉聲。水靜魚龍臥，星搖殿閣懸。風聲危素壁，花影出孤燈。水光清古卷，山色暗孤燈。雲隨清磬出，鳥向暮鐘還。放懷三徑裏，長對一燈孤。帆從燈影落，水帶雁聲流。洞雲歸塔晚，流水出花深。石氣晴生雨，山根雪化泉。雲閑山亦淡，天闊鳥無疑。樓深圍古柏，鐘晚納寒雲。雨泣龍雷驚怪變，露眠鳥鵲惜瘡痕。吳宮夜月悲荒碣，楚水寒濤落暮鐘。學古幾時書可用，閉門莫厭酒難醒。雖安石碎金，得一奇一偶，亦足名家。

　　東衍詩劉序已論之詳矣，錄其通體遒勁者，以類其餘。《聽無無琴，無無欲以己詩譜琴》云：古調無人問，高懷托素琴。千秋白雪意，一片海濤心。風雨皆成韻，江山自有音。伯牙臺尚在，吾亦助君吟。《贈也顛》云：無風常落帽，短衲意還驕。花裏藏詩甕，雲邊挂酒瓢。江山隨點染，天地自逍遙。笑我孫登客，寒崖共寂寥。《宿翠微堂分賦》云：秋山木葉下，雲淨晚天開。月色寒冰簟，江聲落酒杯。共談高士傳，閑臥楚王臺。不盡三更話，幽鐘枕上來。

　　《寄王孟穀》云：王侯座中縱袒跣，舞女筵上歌新篇。春夜遠人恰相憶，燈花錦句更堪憐。蘭苕體艷朝暮景，碧海神遊千萬年。此意語人人未解，高山流水思悠然。寫孟穀，洵爲頰上添毫。

項 翽字西嗜,貢生,官至員外

翽倜儻有大志,爲光祿,夙夜寅恭,搜剔侵牟,上官頗賴之。詩不多見,而《過漢陽江》云"花氣虛無過眼生,波光風涌數篙聲。春江暖動魚龍夢,野霧寒屯草木兵。人語前溪爭喚渡,雁裝千里不羈程。何當擊楫中流去,劃斷長江浪不平"一律,余爲童子時,先子即口授之。音節清脆,名家集中亦不數覯。

項大德 有《梯雲集》

大德詩賦吐屬頗韶秀,而得年僅二十六。功候未深,故骨格未能成就焉。《四庫書目提要》

《題易徵君廬墓圖》腹聯云:春樹淒清猶有淚,秋風孤影尙聞歎。的是詩人吐屬。

曾 玥字一峯

漢口大觀音閣門傍"覺悟羣生"四大字,瘦勁有力,爲雍正乙卯九齡童子曾玥書。幼聰慧異常兒,逾冠而夭,以諸生終。有《爲劉明府題畫詩》云:幾點胭脂染作霞,遊蜂誤認夕陽斜。放衙罷後渾無事,好看栽來滿縣花。

許之豫字謙次,號嵩瞻,康熙副貢,官主事,有《補山園集》、《出岫詩鈔》

之豫博覽嗜學,刻意爲聲。詩古體規模韓蘇,語必生硬。時人或未之許,眞山王戢獨嗜之,以爲神肖云。邑志

集中《大樹歌》、《感忠歎》二詩,硬語盤空,險奇獨造。與《池陽山行》之作同一蹊徑,固應與孟穀有笙磬之合。究以生硬傷氣,不若《冬夜讀孟穀詩

集》云"白菊寒香淡,匏樽夜對時。已無塵爵悶,因誦突星詩。格變杜子美,家成韓退之。三唐到今日,大雅實唯茲"一律之疏宕足喜也。

彭心錦 字擬陶　　子湘懷、榮

心錦先世茶陵人,少孤,以神童受知於州守熊某,因冒其姓,籍漢陽。警敏好學,就傅僧舍,雞鳴即起,竊佛香照讀,盡通經史百家之言。及冠,貢入太學,爲黄岡王宗伯封溁所器。嘗爲編選《華實集》,商榷之益居多。康熙己卯已中京闈試,時孝感居政府,以舉其家子弟爲嫌,易去之。晚年秦蜀大僚延爲子師,未幾托疾歸。大僚旋敗,入幕者咸被株連,心錦獨免,識者比之唐子畏云。邑志

海寧查聲山曰:擬陶三至京師,前後廿餘年,詩學屢進而益上。新城王公接引後進如恐不及,擬陶客慎庵先生邸中,力可以邀其一顧以增聲價,不往也。然其詩不事雕繢,神韻獨絶,又未嘗不合於新城之説。其爲人恬澹自愛,真不可及,詩之超凡絶俗宜已。

常熟汪東山曰:余於友人壁間見擬陶所作,嗟哉,張君行以爲今之韓子也,異之。旋見於宗丞江公座上,因得全讀其詩。大抵律體在王孟錢劉間,古體馳騁雄肆,一本韓蘇,實足登作者之堂。顧其性恥於自炫,輦下諸公不輕投一刺,故名終未成,詩亦因之在騎驢旅食者之上。

先生原名令,後更今名,字慕庭。九歲鄉先生朱姓出偶句曰:"彭老者一身土氣。"應聲曰:"朱先生三個牛頭。"其穎類此。顧以少孤不能自存,雖時時爲人作嫁衣,口占手畫,彷徨餘晷,即操鉛槧,刻意爲舉子之文,五七字詩其緒餘也。然老卓精潔,神意澹遠,已得盛唐人家數。非天授之高、好學深思能知其故者,曷易幾歟?《漢陽五家詩評》

國初吾邑詩家孟穀、雲田外,即推擬陶。《爲東山和尚題畫》云:道人愛幽獨,長歲居山溪。溪雲無朝夕,常滿水田衣。屋角見煙火,林端横落暉。開門荷歸杖,晚飯石耳肥。句如:夕陽連雨腳,秋水到山根。羣山來浩浩,孤棹入濛濛。古城沿夜火,秋水入新涼。人煙沙際白,山色馬頭青。才卑

慚束縛,命薄易蹉跎。又《答人》前半云:鴻豈因人熱,爲生自有天。雲煙從過眼,冷暖且隨緣。敢從騷客稱同病,寧向漁人說獨醒。又《過祭風臺》云:曹魏餘魂逐草枯,荒臺何處望模糊。風雲陳在憐公苦,肝膽天知痛漢孤。江涌尚悲橫槊夜,月明誰歎繞枝烏。千秋遺恨荆州事,翻悔東風借助吳。《訪茶村先生不值》云:十廟門西野草新,客來何處有風塵。青山正好當斜照,白髮無從覓此人。家遠不聞江上鶴,書成徒泣夢中麟。陶公乞食將安往,應指雞籠墮淚頻。《瓜州》云:燈火瓜州鎮,蕭蕭夜景清。風霜侵晚節,砧杵閉空城。斷雁西津落,哀笳北固生。大觀樓可上,煙海不勝情。《寄懷故園諸同學》云:賦罷登樓感仲宣,吳頭楚尾望茫然。人留淮海書難得,鴈過衡陽信未傳。千里夢魂天似水,一窗燈火夜如年。可憐茅屋深山裏,幾樹寒梅抱雪眠。數律尤通體清蒼,聲情兼到,爲集中合作。《石樓詩話》

湘懷字楝塘[12],有《三山遊草》、《西湖紀遊》、《獨持》、《皋廡》等集,以讀書養母爲事。漢邑自熊伯龍以經義名天下,其後若李以篤雲田、王戩孟穀、戴喻讓景皋、段嘉梅孟和皆以文辭鳴於世。楝堂詩細膩慰貼,古文詞亦具有法,而内行尤篤,鄉里重之。

念堂詩古文外,復工山水,瓣香半千高士,推爲逸品,不殊也。又《風字硯銘》云:風水相遭,五嶽動搖。又銘云:筆落紙,風行水。《拂子銘》云:能不涅,安用拂。真能措詞於簡古。《漢口叢談》

念堂博聞多識,於邑中掌故尤究心,善詩古文詞。屢蹶棘闈,一時提衡鉅公比之蘇文忠之於李端叔,而念堂殊不介意。薄遊吳越,再至都門,出塞,歸,詩筆益高。《尋母謠爲李煌柱作》云:嬌兒墮地呱呱哭,哭聲未了遭母出。臨別含悽摩兒頂,十步五步屢廻矖。春花生樹頭,秋葉落樹根。兒長不見母,灑淚辭里門。東浮三江南七澤,十載悠悠空白雪。心煉鐵石衣裹冰,西陵乃獲慈親身。銅山圮,鐘聲起。母與兒,合千里。母既衰耄,兒已壯齒。負母歸家補兒嬉,母悦兒還淚如水。噫吁嘻,羊跪乳,烏反哺,人間乃有李孝子。事關倫紀,字字從血性流出,婉轉悽愴,讀之油然起孝悌之心。秩秩德音,洵有功名教之作也。五律《自靈隱至韜光》云:披草尋微徑,颯然修竹林。細泉縈屐齒,空翠滴衣襟。午静鳥聲寂,雲生山閣陰。入山已半里，孤磬杳何深。思清調響，是能得唐賢三昧者。

榮字亦堂，詩筆清絕，畫亦澹遠有致。性嗜酒，人以佳釀餽者，則大喜，走筆伸紙不倦。佳句如《納涼》云：夜鐘方落後，微露漸來時。《夢舊山》云：遣興搜書帙，開懷命酒樽。《移居漢城寄寬五》云：寂無知己如公叔，喜有賢鄰似伯通。與棟堂"門前穉子能迎客，階下紅葵正放花"句，皆不愧一"清"字。漢上稱二彭。《漢口叢談》

文師汲 字賓門，有《紡山草堂集》

賓門嗜讀書，負氣性。爲文疏爽峭動，詩亦沉鬱，五律尤可誦。生平喜揮霍，數十百金隨手輒盡。里有故家兒，偕妻子鬻身營親喪，賓門捐貲贖之。然遇人負義，必面斥，甚加以奇辱，不顧也。晚好談兵，奮袂低昂兩腕骨作琅琅鳴。乃走燕齊、秦晉、吳越、豫章，篷屐所至，述懷弔古悉發於詩。邑志

先生爲人性豪邁，不屑尺寸。既讀書能文章，謂此齷齪不足以展胸中之奇。乃就俠遊，學走馬擊劍。周四方覓知己，旅關中八年。欲馳驅萬里，外立張博望、傅介子之功，卒不能如意。之京師學趙壹賦窮鳥，幾幸一遇。值臺省厭客，無薦達者。偶謁大老，閽弗爲通。先生怒罵曰："乃公出身儒者，余方以士不遊於門爲訝，今知皆若輩所格。"舉拳連擊踣數人，聲聞於內，主人強爲溫語以謝。先生竟飄然去，弗之顧。由此知名，凡騎驢賣畚之輩，爭持羊酒交先生恐後。益爲諸貴人所忌，曰："狂生不可近。"不自聊，發憤於五七字，悲涼慷慨如飢鷹餓鷗，長鳴秋野，聞者色沮。隨境感發，非無病而呻吟者可比。　先生少遊金陵，受業於杜茶村先生之門，試以詩，驚曰："二十年後子當蔽吾名。然讀萬卷行萬里以開拓識見胸襟，吾不能測其所至。"因以其所作《京口三山詩》授之。第先生意在功名，不專於聲詩。今其集中有意作渾浩激楚語，猶有其師之跡象。瀬於此等，則非所亟取。蓋人各有真面，初不在聲音笑貌間也，不知識者以爲然否？《漢陽五家詩評》

《琴曲》云：不盡懷人意，空傷流水情。冥煙飛不散，孤月照偏明。寂寂

鴻音杳,娟娟鶴夢清。主人雙眼淚,獨坐猶三更。《早發鉅鹿》云:羣動衆星白,天荒月影孤。曉風林腳起,歸雁馬頭呼。客路憑誰問,鄉關入夢無。十年漂泊慣,不敢怨長途。《不寐》云:涼月篷窗滿,單衾逼曉霜。閑愁如海闊,寒夜比年長。靜極身知幻,情多道欲妨。牀頭無斗酒,難覓黑甜鄉。《周家口》云:直踏寒光待早暉,逶迤山色影微微。一聲清磬雲中落,滿地霜花頭上飛。流水但隨村路轉,林煙不與曉風違。心懸酒醒征衫薄,愁見爐頭燈火稀。《山行》云:王屋山人何處尋,洞邊唯有白雲浸。無人指點山頭路,枯木滿天黃葉深。

汪　穎 字鈍予,又字遯漁,有《東漪草堂詩集》

鈍予名穎,以字行。少貧,年二十折節向學,喜談經濟。康熙甲寅滇黔用兵,獻策軍門。後將敍功,固辭歸。遂殫力於詩,遍遊南北名勝。有《漪堂詩》,徐石城惺序之,謂在樊川、鄆州之間。邑志

先生數歲能吟詩,有孔李之譽。長而雅好韜略,講求經濟,思以功名自見。王師征滇黔,短衣負劍,慷慨走軍前,密畫老謀,有聲戎幕。至京師,鬱鬱不得志,遂謝去。究討四始六義,寢食唐宋大家,掇其精髓,詩學益進。因縱遊山水,所至與諸名宿唱和,出口流傳,聲稱一時。晚年歸隱漢之麻陽口,老屋數椽,蠟屐幾兩,悠然以之終身。方伯徐即山曰:"鈍予才雄志卓,磊落不羈。其爲詩蒼老峭拔,豪邁縱橫。酒酣耳熱,伸紙疾書,磅礴礌硞,不可遏抑。"昭陽王景州仲儒曰:"鈍予爲人與詩相似,磊落雄駿,若挾荊衡江漢之氣而來。然其傷懷感遇念舊懷人之作,殷殷懇懇,率皆深沉溫厚,使人讀之情移心惻。"江都郭商山彭齡曰:"汪子詩風格在盛唐杜孟間,而搴芳味腴,神韻淵秀,兼有中晚諸家之長。"諸先生皆壇坫宿老,其論當矣,潮復何言。顧其詩品之高,亦有所自。先生生平磊落,瀟灑不爲俗累。儋石無儲,浩然自得。即遊歷四方,不知者以爲飢之所驅,而先生之視阿堵物不翅糠粃。西塞相國開府吳門愛其才[13],延入署,甚相得也。瀕行,贈以金。謝曰:"公幸以某爲文字交,某豈敢累公清白耶?"卒不受。方伯徐公惺、李

公基和、廉使李公華之、郡伯郝公土錞皆推重先生,力可以洗濯其窮。而先生矯矯自好,絕無干請。其胸懷清空淡泊,無處著半點渣滓。宜其詩機趣洋溢,動與天會,卓然自成一家也歟!《漢陽五家詩評》

　　佳句五言如:客久翻云樂,家貧不易歸。夜色斜陽近,秋殘老樹知。淡月忽成水,疏梅已著花。但能躬稼穡,敢道誤詩書。世人空俯仰,吾道繫安危。疏桐葉落清砧夜,細雨人歸白雁秋。客似方子偏載酒,人如謝朓愛吟詩。階翻紅藥春燈濕,花壓青旗社酒香。避世管寧仍皂帽,歸田周黨戀荷衣。松石照殘千古月,溪山老伴六朝僧。五律如《上巳初度即事》云:避跡貪幽賞,高風自詠懷。偶尋修禊地,常試踏青鞋。草色春晴綠,貛雲日夕佳。南鄰邀酒伴,笑語上亭階。深山欹皂帽,猶是隱遼東。斷夢悲春草,閒愁倩塞鴻。楝花寒過雨,柳葉細乘風。跌坐芳茵晚,高林月似弓。已是耽泉石,何心慕鼎鐘。可知偕隱處,試上鹿門峯。帶雨閒鋤秋,披雲細種松。愛茲蒼翠色,端悔受秦封。六言如《即事》云:垂柳已扶殘醉,鄰鐘初報晚晴。紅板橋頭酒斾,白桃花裏書聲。老樹自臨遠水,江村消受斜陽。一卷《南華》讀罷,數聲漁唱《滄浪》。身棲肥遁之鄉,人在羲皇以上。本來骨帶煙霞,不是封侯皮相。七絕如《江行即事》云:江帆夜靜月如霜,剩水殘山尚渺茫。昨日蘄春城裏過,野風吹送菜花香。石抱雲寒浮玉磯,山連西塞鱗魚肥。春江正漲桃花水,細雨斜風一棹歸。《村居》云:遁世東澆學灌園,有時買酒大江村。歸來抱膝無聊甚,扁豆花開亦舉樽。寂寞江村長夏天,疏林雨後綠娟娟。蘆花艇子衝殘照,喚賣槎頭縮項鯿[14]。《江村》云:澹遠陂陀野水澄,閒臨一幅剡溪藤。斜陽茅屋秋風裏,愛絕詩人王右丞。皆不媿爲作家。

黃道開<small>字圮書,貢生</small>

　　道開少穎能文,與朱開子、李雲田、王來碩輩講求古藝。詩古文詞,皆安雅可誦。詩如:細火分前岸,寒星落大河。美人孤嶼外,春夢落花前。清麗似宋人。而《艾如張》云:艾蓼抽棘網彌深,陷禽者虞,陷虞者心,陷於虞猶可脫，陷於心不可活。饒有古意，似又是一種筆墨。

何宗頤 字洛庵，有《芥廊稿》

宗頤有誦其《放舟》句云：山長歸夢杳，江闊客心愁。爲擊賞不置，即求得《芥廊稿》，讀之似此者殊寥寥。古人有僅以一二句爲時傳誦，令人有未窺全豹之憾者，是反以不盡其傳爲大幸也。

【校記】

〔1〕原文將王仁裕列入"前五代"，將王周列入"後五代"。唐稱梁陳齊周隋爲五代，是爲前五代。宋以後稱梁唐晉漢周爲五代，是爲後五代。王仁裕、王周皆爲後五代人，原文此處分類錯誤。

〔2〕孱，原作"僝"，"僝"與"孱"，偶亦通用。明何喬新《椒丘文集》卷五《元昊更名曩霄上書講和》："譬若富室之僝子。"明沈國元《兩朝從信錄》卷三十"五月·旌表常州吳氏一門雙節"："卒教僝子以成名。"

〔3〕序韓，原目錄、條目皆作"敘韓"，正文作"序韓"。"敘"、"序"通。今依《漢口叢談》卷三及正文，改爲"序韓"。

〔4〕"如鍾嶸評劉越石所云"，原作"如劉越石所云"，誤。文中所引内容乃是鍾嶸《詩品》卷中評劉琨"善爲凄戾之詞，自有清拔之氣"，並非劉琨之語。

〔5〕《癡龍集》，"癡龍"或即"癡龍"。語出宋劉義慶《幽明錄》。傳說洛中有大穴，人誤墜穴中，見有大羊，取髯下珠而食之。出而問張華。華謂："羊爲癡龍。其初一珠食之，與天地等壽；次者延年，後者充饑而已。"五代韓定辭《答馬彧》詩："崇霞臺上神仙客，學辨癡龍藝最多。"

〔6〕儁，原作"倩"，據文意改。

〔7〕揣測文義，應是說熊賜履作有《送文超還楚序》。民國楊鍾羲《雪橋詩話·續集》卷二："蕭文超明經企昭，嘗從顧亭林遊，與兄文遠齊名。熊文端稱爲二難。文端有《送文超還楚序》，所著書，嘗引其說。"

〔8〕"歐陽暹"條，復見於《詩徵》卷九"漢川"。《楚詩紀》卷二十二作"漢陽人"。光緒《湖南通志》卷一百二十八作"漢川人"。據乾隆《漢陽府志》卷三十七，

指其爲康熙八年漢陽府舉人，未說明縣籍。

〔9〕何操敬，原籍應爲隨州，參見《詩徵》卷二十四增訂部分校記。

〔10〕禛，此節兩處及下一節中"禛"，原皆作"正"。王士禛，因避清雍正諱，又稱王士禎、王士正、王士楨，字子真，貽上、豫孫，號阮亭，又號漁洋山人。《詩徵》常摘引其論詩材料，卷六、卷十二、卷三十六等處，出現其不同的稱謂，今統一作"禛"。

〔11〕世顯，《詩徵》卷四十九"曹胤昌"條，有"漢陽王亦世士顯"者，即是其人。

〔12〕楝塘，彭湘懷，漢陽人，監生。博聞多識，善詩古文詞。《詩徵》中多處出現其人，或作"楝堂"，或作"楝塘"，或作"念堂"，或稱"彭湘懷"。民國徐世昌《晚晴簃詩匯》卷六十四："彭湘懷，字念堂，號楝塘，漢陽人，監生。有《三山遊草》、《西湖紀遊》、《獨持》、《皐廡》諸集。"據《湖北文徵》卷七，又作"字楝堂"。

〔13〕西塞，宋犖號西陂，康熙中官江蘇巡撫。"西塞"或爲"西陂"之誤。

〔14〕縮項鯿，也作"縮頸鯿"。《詩徵》常用"項"字代替"頸"字，卷十三"夏力恕"條也作"縮項魚"。此外如卷十六"徐子有"條、卷二十一"宋庠"條，律詩"頸聯"，都作"項聯"。但《詩徵》並不避諱"頸"字，只是喜好使用生僻字詞而已。

增訂

何宗頤

《鷓鴣天》[1]:浮沉漫問人間世,廻首西風獨扣舷。

蕭丁泰

丁泰《江城夜泊》云[2]:舍楫傍高城,殘燈欲二更。深杯不成醉,獨坐有餘清。水落魚龍沒,沙寒雁鶖鶩。隔江何處寺,隱隱度鐘聲。

許承欽

《關眺》云:沙陽雨過四山青,萬壑雲煙蕩杳冥。禾黍苗生眠鹿砦,波濤聲撼畫烏亭。太行草木孤村擁,遼水魚龍大澤腥。徙倚津干迷野望,自憐身世似飄萍。《錢塘觀潮》云:驚濤直上海門西,欲捲青冥裂會稽。銀漢倒流烏鵲迥,雪山飛壓鳳凰低。靈旗百萬驅雷鼓,強弩三千試水犀。霸氣至今消不盡,素車白馬駕虹蜺。

李必昪 字臣简

《秋雨》云:野色來窗曙,何人憶草堂。狂風侵客坐,細雨斷山光。松老濤聲壯,花多隔岸香。柴門有逸興,即此見羲皇。

王　戩 見前

楚中三王謂衡陽王敔虎子、船山先生子邵陽王允復能愚、漢陽王戩伯穀也。《先正事略》

伯穀工詩，未冠集即行世，盛爲漁洋山人所稱許。溯自明季公安竟陵之派盛行，如走醋甕，如乘車入鼠穴，如聽幽獨君冥語；三湘七澤間，暖暖姝姝，奉一先生之言，如齊人之知管晏，蓋楚風不競久矣。嗣一二鉅公，昌言正聲，彼都人士，乃稍稍旋其面目。伯穀生稍晚，雅不爲風土所囿。迨壯遊京都，既得廣大教主爲之師，又與吳天章、湯西厓諸君同聲響答；和郢中之曲，而題漢上之襟，固宜頓挫瀏灕，別張壁壘也。惟獨抱一經，長年旅食，髮種種尚踏鎖闈，曾一應薦舉之召，然卒無所遇。其自序，深致牢落之歎，僅有存者遺集二寸許耳。昌黎固云："可憐無益費精神，有似黃金擲虛牝。"覽《突星閣集》者，能無感於斯言。鄭荔鄉《詩人小傳》

許之豫

之豫詩樸茂深醇[3]，與漢川龍文玉齊名，稿皆經其點訂，爲同邑王孟穀所稱。《客過》云：金盡睞鄰我何惜，天寒落日客誰來。《寄弟》云：鶺鴒傍櫓隨江漲，鴻雁依帆上楚天。《白髭》云：爾盡漫勞新婦助，加多常畏老親知。《過洞庭》云：濤從湖口壯，舟過岳陽孤。《湖多秋蚊，泊舟，夜不得眠》云：湖畔多秋蚊，入夜食人血。其大類青蠅，簧鼓恣饕餮。舟人苦其惡，火攻迄不絕。繁星耿中宵，起視天皎潔。何不小忍之，坐令計較拙。涼風西北來，時已過炎熱。而況旭旦升，踪跡頓磨滅。涼風九月到，掃不見踪跡。《冬日有懷星瀼》云：亦有魚書杳，秋空六六鱗。茫茫古今事，雄辯向何人。峽水流奔漢，冬晴暖入春。經年猶隔面，惆悵此江濱。莊惠濠上觀魚，稽呂千里命駕，其交情豈過此哉。《水漲》云：一春天是雨，着處匯江流。白盡沙無岸，青餘荻有洲。地憐三楚下，人歎雨閒浮。近水還堪念，飄飄不自謀。十畝雙湖邃，園林占一丘。綠分溝洫水，白上往來鷗。泛月移魚艇，開窗入櫂謳。村居此堪樂,直欲阪田收。少陵《江漲詩》:"轉驚波作惡,即恐岸隨流",或云偽作。二首斟酌,工妙固為過之。《聞鶯有感》云:黃鶯飛上枇杷樹,枇杷初熟黃無數。毛色相憐盡日啼,啼聲四野清風度。行雲飛鳥兩無心,一時聽之皆欲住。嗟嗟引商刻羽人,世上賞音曾幾遇。溫李張王一詩兼之。《雪霽留星瀼不得》云:郊原瀧瀧繞融雪,公子筍輿強欲歸。日脫層雲促朝發,飲期十日悵今違。量緣合龠留春釀,棣為分攜減萼輝。底事陂塘失投轄,荒村牽挽計全非。百遍相過意未闌,高情古誼類爾。

彭湘懷 見前

棟塘詩境靜穆,李客山果所謂"緒密而思深,辭微婉而不激"者也。《同稚升夜坐湖干》云:平湖微風發,疏林纖月墮。解襟待涼颸,掃石事團坐。柳陰拂簪低,槐露滴衣大。水明出孤燈,魚響發夜課。亭外櫓聲來,煙中人語過。尊罍還可開,塵氛誰能浣。談深景逾幽,神清興彌作。莫問南屏鐘,厭說今宵臥。《覆舟蕉石山房》云:柳外出翠螺,遙指覆舟山。披荷維孤艇,仄徑登迴環。何人洗山骨,構屋當高巒。亂石團蕉葉,一泓俯潺湲。飛鳥過窗低,流水浮松間。六橋繁麗外,忽得此幽閒。倚闌動遐思,俯首生長歎。誰言白蘇後,高風不可攀。《夏夜王溯山、姚玉亭、屈思齊、朱草衣過寓菴,用韋公〈乘月渡西郊〉韻》云:深林生微涼,羣蟬逐日暮。野色紛蒼茫,遙聞吟聲度。剝啄啟山扉,意外驚相遇。良夜事幽尋,清談領玄悟。鐘聲清道心,松陰引閑步。碧華上層城,斜影移高樹。送君下煙閣,幽然敞懷愫。念堂事母孝,詩清和潤澤,古文亦有家法,漢陽詩人自王孟穀後,無有與之齊軌者。《考田詩話》

【校記】

〔1〕"鷓鴣天"段,當是對"何宗頤"條的補充,今復列條目。

〔2〕"丁泰《江城夜泊》云"段,本卷有"蕭良有"條,附"子丁泰",當是對此人作品的補充。今單列條目。

〔3〕"之豫詩樸茂深醇"段乃增訂本所增"許之豫"條內容,今剔出並復列條目,且置於"增訂·彭湘懷"條前。

湖北詩徵傳略卷七

漢　陽

國朝

龔淳孚 字葛初，康熙舉人，官學正，有《長嘯集》

《下灘》云：黃雲昏洞壑，白日走雷霆。《客夜》云：村醪人易醉，秋色客難勝。《送劉心齋司訓滇川》云：豈只思微祿，還憐有老親。世人珍紱冕，吾道愛清貧。真率語，亦自可傳。

彭一楷 字端樹，一字秋堂，貢生，有《耕雲堂集》

一楷驚才絕艷，於書無所不窺，古文詞奇麗宗徐庾[1]，詩出入樊川丁卯間。南海陳元孝、吳門蔡方炳曾序其集。足跡遍天下，所交皆勝流遺老。其《衡嶽記》最工，曾輯《天海奇觀》，足補景純所未備。

《龍門灘聞鷓鴣》云：世路曲如此，中流石復多。鳥言行不得，人在險中過。樹色籠深霧，山根沸亂波。扁舟歸興切，未許問煙蘿。《遊伏波崖》云：青山無復遶樓船，瘴海波恬後漢年。桂嶺霧迷銅柱雨，灘江春老木棉煙。從教大夢飛蝴蝶，莫爲傷情聽杜鵑。撒手崖頭思往事，夜深鐘磬一鐙懸。又"千里鶯聲懷故國，十年詩草夢它鄉"句，皆氣足神完，爲杜許集中不多見之作。

錢韓雲字景琦，貢生

韓雲積學能文，詩甚清俊，惜多散佚。《易簀唫》云：烈火湯中走一場，爲誰辛苦爲誰忙。道人了却黃粱夢，一枕松風入夜涼。擲筆而逝。《皋廡文集》

王上訓字勇言

《宿翠巖寺》云：萬山連夜雨，獨客五更心。十字抵人千百。

孫爲鈴字璜書，有《芥舟集》

爲鈴有《上灘謠》云：虎踞復龍盤，前灘又後灘。廻瞻小婦頻呼舵，打向灘頭轉步難。《下灘謠》云：下流疾如鶩，倩郎牢把住。前途舟胡傾，多緣快意誤。詞雖近俚，可以諷世。

王　寧字子安，諸生，有《雲在樓全集》

寧詩文清麗如美玉精金，書法出入洛神。《喜晤漢川陶房山》云"神醉非關酒，情移不在琴"一聯，亦性靈中語。

蔡爲都字孟侯

爲都有《秋望》五律云：簾捲秋煙暗，憑空一雁飛。日光寒井淡，樹影亂峯微。遠水流山澗，悲風響石磯。故人音問少，獨立見雲歸。妙近自然。

易　雍字邵子,諸生,有《邵子詩鈔》

雍性甘淡泊,嗜古工詩。《擬古》後數偶云:地偏寡所營,如水滌腸胃。既忘菀與枯,亦渾涇與渭。乃知山林樂,全是淡中味。樸直如其人。又以"水連大別寺,山抱漢陽城"句,傳誦於時。

李　顥字松腹,諸生

顥以"水涵平野微分綠,山貼遙天不辨青"一聯得名,它詩雖不多見,亦足以傳。

胡如范字幼廉

《胥門懷古》中二聯云:但使申胥能殉國,縱無西子亦傾城。荒臺花落年年色,廢苑烏啼夜夜聲。詠古得此,不愧才人吐屬。

羅世珍字以獻,號魯峯,貢生,官訓導,有《鏡堂集》

世珍以《秦淮竹枝詞》得名,錄二首云:獵騎城南魚服弓,彈丸飛去畫樓中。疏簾掛在垂楊裏,慣自開門掃落紅。翠幌青槐面面風,涼篷艇子碧波中。當年長樂煙花盡,猶剩城南半夜鐘。《楚詩紀》

楊　旦字旭方,明經

《即事》云:零雨催春種,山田急早農。麥花翻細浪,水草浸高塍。響答鄰人杵,香開野碓舂。但求徵斂息,即此樂堯封。寫村農風景,愈樸野愈可喜。

張任湛 字錫白，貢生

《月湖閒詠》云：鞭絲寶馬醉顏酡，急管繁絃薄暮過。一樣春風無拘束，不知何處賺春多。

胡紹安 明經，官訓導

紹安《冬夜》一篇，有靜觀自得氣象，蓋非深於道者不能。句云：颼飀盈四壁，明燈一蕭索。欲眠苦夜長，欲坐苦衣薄。出戶仰星光，衰葉隨風落。緬思艷陽會，無端入寂寞。孰知此元化，榮枯互復剝。去歲雪霏霏，今春花灼灼。美人隔天上，寸心何由度。拋書枕其肱，覺來飽藜藿。《沽酒》云：無計酬明月，前村問美酒。殷勤謀一醉，醉裏復何有。《過灘》云：波狂鷗鷺狎，石瘦虎狼蹲。筆力健舉，似又出一蹊徑。《楚詩紀》

汪特昌[2] 字于岡，康熙舉人

特昌詩以《詠史》五古得名，而近體亦多警句，如：萬柳青垂朝霽遠，千山碧抱晚雲孤。《玉鈎斜》一絕尤沉痛可誦，云：千騎西苑舊承恩，一旦繁華逐水村。欲覓綺羅無可再，獨留煙月鎖寒原。

蔣鳴奎 字西章，諸生

鳴奎幼通《孝經》、小學，十歲陷賊中四十餘日，以計獲脫。因凍餒得羸疾，家人不使就學，嘗竊燈夜讀。長益肆力六經、性理、子史諸書，所坐一室，顏曰"思過"。間有感發，隨注於冊，皆身心性命要旨。書法南宮，得者珍若球璧。詩不多作，於友人處見《題畫詩》，有"山深何處聞絲竹，坐聽飛泉送晚凉"句，亦可以一臠知全味矣。

王銘臣字於常，貢生，有《耕雲詩草》　**弟銓臣**

銘臣畫蘭，蕭疏澹遠，得者珍之。詩學少陵，《秋懷》云：世序真如駛，誰將天意違。潛魚猶識夜，客燕自知歸。歲月它鄉易，詩書吾道非。只宜偕野老，藜杖掘秋薇。七言如"歷境易過前是幻，有情未破老還痴"句，頗有胎息，非徒以聲調侈稱者。

銓臣號寮洲，詩與兄齊名，以"秋水澄詩思，梅花味道腴"一聯稱於時。

王郢玉字五懷，貢生，有《思貽堂詩集》

五懷學博，隱沌上之樵山，學問賅博。著《四書繹》四十卷，以《朱子集注》爲主，參以先儒之說及古注疏，間附己意，最爲醇正。詩斂才就範，蘊釀功深。如《讀朱子詩偶賦》云：瓣香原不在陶韋，太古元音聲自希。想像寒潭秋月映，碧天夜夜滿清輝。朱子《感興詩》"秋月照寒水"。又《夢中乘舟訪謝玉山阻風而還》云"夢廻孤枕月，心折一帆風"、"白雪添雙鬢，青山見素心"句，亦佳。

羅　俊字西叔，號蓼翁，康熙進士，官知縣

俊詩學昌黎，《遊嶽麓》七古，硬語盤空，前無古人，洵杰作也，惜篇長不能備錄。《詠懷》句云：亭臺宵擁月，城郭午炊煙。亦清麗可喜。

龔書宸字雲來，號紫峯，諸生，有《蔗味集》　**弟書田**

書宸生平寢食少陵，所注《杜詩問津》，能於拂水、德水外別具一解。詩亦蒼涼壯健，如《答潘東柳》七律中二聯云：詩成眼底無黃鶴，書罷胸中有白鵝。冠蓋論交融氣味，河山懷古入悲歌。皆淵源有自。而五古《感懷》云：

患貧非奇士,憐貧豈知己。千古有心人,不惜爲才死。鍾期識伯牙,至死琴在耳。高風不復作,孤月照煙水。又以淡永制勝。才大者固不可以一格求也。

書田字玉圃,亦以詩名。有《閑泄齋稿》,中多雋句。如《重之洛陽》云:翻失雲山險,渾忘煙水長。馬蹄熟道路,人面飽風霜。道拙一身賤,鄉遙百感愴。應知清淚苦,深夜下高堂。《吳門送別》云:姑蘇城外柳毿毿,駐馬嘶風別緒含。煙樹莫從廻首望,銷人魂處是江南。皆超脫可喜。

方　燧_{字玉山,號懷堂,別號深柳道人,雍正副榜,官教諭,有《南遊草》、《懷堂詠物詩集》}

燧於書無不窺,出語妙天下,名山之業,幾與身等。詩厚氣老力,蘊以風流瀟灑,響逸調遠,不可湊泊。杜茶村《三山草》、王新城《過江集》後,乃復得此,成鼎足焉。《棟堂文集》

近體多佳句,如:推篷見山色,倚檻聽江聲。野渡生春水,遙峯戀夕陽。寒鴉帶雨啼斑竹,春燕依人過洞庭。鶯啼花落當三月,流水夕陽問六朝。已分浮名同泡影,何妨生計澗漁樵。岐途原可隨南北,春夢何須較假真。沉鬱超脫,各極所長,勿怪棟塘之極力推援也。

段嘉梅_{字寒香,諸生,有《寶笏堂集》}

嘉梅號夢鶴,工吟賦,幕遊滇南,與蘄水徐佑倫酬倡極歡,有《舟中述恨》聯句詩,盛傳於時。《元日風雪黃梅石見過》云:圍罏儘可頻談舊,坐榻何須更賀春。如此太平風雪裏,漢陽剛得兩閒人。《漢口叢談》

夢鶴詩清空流利,得自然之致。句如:諱言富貴交人少,翻喜飢寒涉世深。無數王孫正垂釣,誰將一飯易千金。紙上談兵無頗牧,圖中索駿失驊騮。乃以遂行先脫穎,請從隗始便登臺。書傳黃犬生前至,客是青蠅死後來。雍齒且封吾不患,劉蕡下第我終慚。皆能推陳出新,不假雕繢。

石文德

文德詩筆秀膩,如《江橋春泛》云:禁煙時節雨廉纖,翠瀲如油水乍添。喚取輕篙沿郭去,小紅橋外出青簾。餳香杏白好風和,十里長堤畫舫多。簾子四垂窗不閉,衣香人影在春波。直似二八女郎,按紅牙檀板,唱曉風殘月。

熊如岡_{字嶠嶙,諸生}

如岡學問淹通,與同里朱相、裴梓、王郢玉輩結謙林社,以文章義道相高。

《夜過薛公禪院》中二偶云:良宵羣動息,皓月此心空。貝葉微滋露,天香不著風。尚復空靈不落恆徑。

王克敏_{字遜長,號秋莊,諸生}

克敏著《六朝宮詞》,頗傳於時。唯《陳宮》云:結綺臨春對麗華,新詞還唱《後庭花》。錦牋詩句長留在,猶憶江南是舊家。稱爲此題絕唱。

朱子敬_{字寬五,號蘭皋}

《友人書齋留飲》云:靜坐仰太清,悠悠消百慮。莫與動者言,自有個中趣。營營尚趨競,富貴何時遇。而我樂溪山,撫事增反覆。冥棲臥白雲,菊花伴幽獨。詩品高潔,雅近柴桑。

陳鴻基_{字龍崖,有《羣芳園集》}

鴻基性癖山水,隱居蔡家嶺,聚羣芳爲園,手一編不輟。

《山居》云:醉裏權當身是主,還邀明月作嘉賓。《別羣芳園》云:花落花開人自老,空留斜月照寒煙。亦明秀可誦。

張志中_{字雲房,乾隆舉人}

志中少孤貧,性穎異,經史過目成誦,著述有凌雲氣。赴禮部試,相國張公奇其文,欲招爲同宗,毅然辭曰:"寒族無官宰相者。"遂下第。後學道入峨嵋,不知所終。《宿田家有感》云:桃花李花村復村,東溪西溪柳插門。烏犍臥地鷄叫屋,少婦抱子翁弄孫。始知玉箸金盤好,不及田家老瓦盆。《贈芝村》云:蓬萊春信我先聞,三夢梅花五夢君。鶴背雪輕天不夜,天風吹捲海中雲。神解超然,已帶仙氣。

雷　烈_{字顯武,號漪亭,別號泉若,諸生,有《聽月軒集》}

烈攻五子書,其《述懷》云:幽蘭生空谷,不采而自芳。高歌振白雪,勿以寡和傷。所以古哲士,憂道獨彷徨。我生天壤間,稊米在太倉。分形具理氣,何忍負邈躬。叶。卓犖仰前修,終古遙相望。亦淵淵乎有道之言。

王本郃_{字寔原,號東谷老人}

本郃工詩善畫蘭,而性癖端石。一日至市見佳品,心好之。顧空囊無以償,旁睨架上軸題東谷,詢其值,倍於硯。乃曰:"吾即畫蘭者也,以蘭易石,可乎?"主人喜,延入,就硯磨墨,一揮而成。其家方治酒核,以它纸進。東谷滌硯納懷中,拂衣而去。《嚴齋筆談》[3]

王承爵_{字惟五,有《吳越遊草》}

承爵詩宗晚唐,五律能入韋孟之室。《秋日》云:地僻柴門靜,籬疏秋雨侵。凉風時一至，落葉不知深。難遂彈冠思，將爲抱膝吟。幽居能許我，詎敢碎瑤琴。

謝丹書_{字洛源}

《過三江口》云：遠山浮斷岸，埜水抱孤村。十字入畫。

李芳蕃_{字丹崖，乾隆進士，官知縣，有《夢阮餘鈔》}

芳蕃詩有奇氣，《送人》五律前半云：官冷情都淡，無端意黯然。俠懷通肺腑，古道繞山川。亦自遒峭。

高汝堂_{字惔庭，有《壽庵詩草》}

《赴吳門留別漢江同好》云：沅湘忽不去，倉卒向吳門。人事誠難定，窮通豈易言。晚潮浮海月，夜雨入江村。天地誰青眼，孤篷與酒樽。一氣捲舒，音節高亮。《尋梅》云：江北江南去路遙，碧雲綠草恨難消。參差隔水兩三樹，幾度踟蹰過野橋。亦蘊藉可人。

戴喻讓_{字思任，號景皋，乾隆舉人，官知縣，有《聽鸝堂》、《春草吟》、《春聲堂》等集}

喻讓弱冠即以詩古文鳴於漢上，踐名場執牛耳者十餘年。泊官山東，益肆力於學。上下古今，穿貫史籍，著作甚富。

喻讓詩有奇氣，出吾鄉陳星齋先生之門。其《臨漳曲》云：暮雲深，英雄逝。水天橫，歌臺廢。玉龍金鳳已千年，古瓦還鐫銅雀字。賣履分香兒女情，讀書射獵書生氣。看君橫槊對東風，老年欲作喬家壻。末二句，老瞞在九泉亦當笑倒。又《詠雪》云："未添庾嶺三分白，預借章臺二月花。"唐以前未有不熟精《文選》理者，不獨杜少陵也。韓柳兩家文字，其濃厚處俱從此出。宋人以八代爲衰，遂一筆抹摋，而詩文从此平弱矣。故思任《題文選樓》云："七步以來誰抗手，六經而外此傳書。"《勸人知足者》云："天地猶憾堯舜病，人生何必爲其盡。"足以醒世。屢赴禮闈不第，歸，顏其室曰："佳士軒"。人問："君自命爲佳士乎？"曰："非也。佳字不成進字，爲欠一走耳。"又有句云"夜氣壓山低一尺"，周蓉有句云"山影壓船春夢重"，皆妙在可解不可解之間。《隨園詩話》

憶八歲時，先子即口授先生《仗劍謠》，并爲講說史事。對客琅琅成誦，老人輒爲開顏。背庭訓者四十餘年矣，垂髫依依，膝下習誦光景，夢寐中猶或遇之。展錄是編，輒不禁涙浪浪下也。并先子評語附之。《仗劍謠》云：黃沙白骨英雄涙，化作太平花鳥瑞。我來仗劍吊河山，古今斬盡不平事。荊卿袖匕入秦宮，繞柱不能避其鋒。左手執袂右揕胸，喋血咸陽萬里紅，故人仰面看寒風。韓信敬聽蒯生囑，三齊自王成鼎足。漢之馬，楚之猴，仍作秦之鹿，呂雉烹爲高俎肉。李陵返漢玉門開，得便立功單于臺，遂犁王庭唱凱廻。史公出蠶室，軍侯懸藁街，功大如海罪如灰，前視衛霍皆駑駘。伏龍談笑出奇兵，手挽金刀曆數新，曹鬼吳狗敢居南面尊？銅雀瓦，石頭城，一戰再戰已爲塵，羽扇歸來《梁甫吟》。武穆不爲權奸縛，壺漿拜道歡聲沸。金牌難返泰山軍，馬角能遮天子辱。十年報最飲黃龍，半壁開疆吞鴨綠，張秦同就風波獄。文山支手扶崑崙，白麻重拜日光新。南人氣壓海水腥，海神力護孤兒生。混同翻波使倒流，中外重知天子尊。君不見，天道茫茫成古今。得鹿失馬無定形，二十一史徒紛紜。我今洗憾酒盈樽，方寸之間五嶽平。筆勢奔放，如良驥追風，高下疾徐，惟意所欲，雖掉鞅千里而無銜蹶之虞。自非識力過人，史事爛熟，安能層濤疊浪、莽莽滔滔、可喜可愕如此耶？平二千餘年未平之憤，直如匹夫平地作天子，衰翁忽變爲少年，滿意快心無可比倫，詎獨消芒角於方寸間耶？《瓶隱齋筆記》

《春聲堂集》中名作實多，既登《仗劍謠》長篇，它作則不能不概從割愛，姑再錄三首。《登金山》云：天空容一嘯，高眺躡雲根。鐵甕懸京口，金壇壓海門。江聲限南北，潮氣定朝昏。借得蓬壺影，蛟龍踏不翻。《赤壁》云：未必功成後，山痕便劫灰。千年無戰伐，此地有樓臺。夢醒人俱古，天空鶴自廻。深情吟兩賦,江上幾人來。《讀史》云:直抵黃龍志未伸,山河半壁黯愁雲。君臣豈有中原志,父老空迎報國軍。士氣盡銷三字獄,忠魂長歎十年勳。可憐南向松枝晚,徒悵冰天馬角殷。

俞德懋[4] 字晉卿,貢生,有《雲卿詩存》

《魯仲連》云:莊生曾有言,名者實之賓。魯連天下士,於此見獨真。六國計誠拙,救火仍抱薪。新垣乘其間,高談欲帝秦。中流一砥柱,蹈海甘逸民。偉哉魯連子,千載仰芳塵。

張大海 字容川,乾隆舉人,官同知

《和慶將軍枕上作》云:裘帶翩翩客,風流古未曾。照人惟白月,知己一青燈。倚枕筆花燦,聞雞劍氣騰。郢歌誰嗣響,巴里漫相應。亦雅與題稱。

徐 聰 字潛溪,貢生,有《古槎遺稿》　弟志

聰博學善詩,與弟志有二徐之目。
《送項布五之大同》云:海內東山老謝安,賢良應詔為親歡。荒雞驛路聞淶水,疲馬蠻鄉走賀蘭。公子如君豪邁少,故人覺我別離難。雁門關外垂楊柳,愁絕春風出塞寒。《古意送棟塘之吳》云:歡喜勸郎行,顰蹙送郎去。一夜山鷓鴣,聲聲啼到曙。三日逆風作,打頭波千尋。江風解妾意,江波愁妾心。織就合歡襦,裁減稱腰領。誰與郎浣衣,莫汲胭脂井。郎歌能五噫,妾力能三春。有家不得攜,世無皋伯通。

志字鵠庭,諸生,有《肖情草》。詞賦清麗,兼工繪事,性放誕不羈。宋中丞為學使,愛其才,命繕所作,代授之梓,且約計偕入都,皆辭不應。時兩賢之,方之山陰田水月云。邑志
鵠庭詩才力俱過於兄,諸作不雕不琢,符采奕然,其音格流麗處在王孟

之間，洵不易才也。佳句如：垂楊影裏日初落，流水聲中花亂開。黃花滿地人沽酒，紅樹當窗客倚樓。燕苦巢空春又老，鶴愁料減歲還饑。綠鬢客歸微雨後，青衫人立夕陽中。又《題畫》云：無人解識溪山意，却畫溪山贈與人。娟秀之氣溢於紙上。《夜坐》云：鶴唳夢初斷，月落宵已深。寒風颯然至，梧葉鳴空林。感我意中事，彈我几上琴。七弦發幽響，十指生秋心。美人杳不遇，墮淚霑衣襟。《送榮緒》云：多此一相見，翻令孤客愁。送君才把袂，辭我竟登舟。綠水春無岸，青山莫倚樓。寸心淒欲動，落日下城頭。

朱在鎮 字定山，號蘭田布衣

在鎮工詩善書，遊金陵，與諸名士限韻賦《鳥夢詩》，詩先就，皆爲擱筆。有"喜無風夜穩，將有月時宜"一聯，真妙於取神，一時傳誦江左殆遍。又有《詠繡毬花二絕》云：冰壺擊碎砌玲瓏，辛苦東皇費盡功。折向玉盤盛不穩，水晶簾外月朦朧。十八花飛穀雨收，何曾一破素秋愁。從今嫁與東風去，個個團團到白頭。措詞新穎，大解人頤。

蘭田流寓漢上，性耽歌詠，意遠思深，掉頭天外，無一點塵腐氣入於筆端。所著力難付梓，遂多散佚。舊藏手書鈔本，歷久半經蟫蝕。亟爲錄之，而無可補綴者尚十數首，能不悵恨？《送春》云：芳草綠婆娑，輕風蕩綺羅。雲車廻太乙，又送一春過。送春過，奈若何。來日苦短，去日苦多。高堂明鏡雙鬢皤，黃金難買朱顏酡。一樽酒盡歌復歌，吾將歸隱南山阿。《送楊大已軍》云：握手班荊日，朱樓大道邊。竹西歌吹起，同上泛湖船。吳楚分歧後，幽燕匹馬旋。壯夫頭白盡，相對各潸然。《初度》云：老年艱禮數，避客上高樓。歲歲當茲日，梅花笑白頭。一樽聊獨酌，吾道自千秋。世事浮雲耳，人生戒遠謀。我家隔江水，遙望鳳凰山。兒女應相念，老夫猶未還。何當今日事，莫謂此時閒。明發煙波去，生涯合閉關。《歲暮燕集》云：會聚良非偶，天涯且歲時。嚼梅蘇病骨，吹雪冷唫髭。故態狂奴作，高情野鶴知。平生一樽酒，慎勿負前期。《送戴斗瞻還浙西》云：一湖花岸西，高唱白銅鞮。風雅共三載，送君心苦悽。冷唫斑竹淚，同聽鷓鴣啼。何日山陰棹，相尋過剡溪。《過杜少陵祠》云：平生多少淚，痛哭少陵祠。到此應憐我，千秋更向誰。皇天高不問，湘水怨何知。且把黃藤酒，深深酹一卮。《歸日作》云：幾年歸未得，此日遂歸情。芳草門前路，黃鸝不住聲。《竹西》云：東風腸斷玉鉤斜，十里春鐙隔絳紗。亞字牆高三丈六，紫簫吹出水紅花。句如《送人之金陵》云：我亦金陵舊遊客，船頭明月坐吹簫。《寄家書》云：傷心五尺烏綾帕，隻字全無淚萬行。《客至》云：風雪打門來遠客，躊躇晚飯一雙魚。《山塘》云：十五女郎雙蕩槳，青錢拋去買紅菱。《漢口叢談》

汪必誠字立修，號樣林，官郎中

《殘梅》句云：香多經暮雨，色老耐春寒。恰到好處。

熊天植字培之，號芝山，有《竹潤山房遺詩》　弟天楷

《泛宗三湖》云：大澤生秋氣，高雲斂夕霏。水紅千片接，魚翠一行飛。自署湖中長，甘忘世外機。煙波釣徒在，吾與爾同歸。

天楷字憲揆，號芥圃，乾隆進士，官知縣，有廉能聲。《盤山》云"陰崖春雨溜，峭壁古苔封"句，尚警策。

徐佐廷字寅勳

《種竹》云：何處引薰風，新栽數竿竹。唯愛此君姿，頗愜幽人目。個個報平安，清籟響簣谷。

胡志潔字玗亭，號雪方，乾隆進士，官知縣

《過徐州懷燕子樓》云：垂楊裊裊水悠悠，誰記當年燕子樓。依舊江南春盡後，行人一棹過徐州。差有韻致。《題襟集》

王彭澤 字五柳,有《尺木堂詩集》

五柳幼穎悟,善畫精醫,能起沈疴。性豪放,懸壺漢上,不論貧富皆赴貰藥,不責償。嘗東走邗江,西游滇粵,故人贈遺累千金,歸招朋舊酣飲竟月,生產不計也。貲盡仍寓蕭寺,黃虀白粥,與苦行頭陀同飲食,其豪如故。邑志

彭澤詩冰雪聰明,不食人間煙火。良由植品高潔,故語絕塵氛,集中《飲酒》、《典衣》各詩皆是也。《飲酒》云:賣文錢買酒,薄酒勝華筵。今日復明日,添年是減年。波濤江浩淼,風雨夜連綿。不飲欲何事,清霜點鬢邊。《典衣》云:木落雁南飛,西風吹夕暉。砧聲催雨急,帆影趁湖歸。多病一身懶,長貧萬事違。如何已九月,我尙典寒衣。《九江口號》云:上水張帆下水同,潯陽江上兩來風。郎情莫與風相似,一片西來一片東。其《捕虎行》一篇,崛強突兀,又是一副手筆。言而多風,當與元道州《舂陵行》一例讀。句云:黑雲壓雨風淒淒,倀鬼一聲天低迷。棘門高插白日閉,嫗捫兒口禁兒啼。長官請牒來捕虎,遍向人家索酒脯。東鄰賣牛西典衣,小拂其意加捶楚。猛虎雖猛有時沒,明日移家傍虎窟。長官聞之心怒嗔,不請捕虎請捕人。

傅大魁 字蓉齋,諸生,有《蠡勺集》

《送弟》句云:不灑丈夫淚,其如兄弟情。筆能達意自是好詩。《秋詞》云:寄語謝涼飈,莫再來西岸。昨宵着意吹,歸夢已驚散。小詩尙饒古意。

路 釗 字景康,號東勉,乾隆舉人,官知縣　弟錞

釗性孝友,弱冠以五經補茂才。及官豫閩,所至有聲。以賠墊軍需罷官,民爲代繳,不受,罄橐而歸。娛情詩酒,饔飧不濟,晏如也。《遷居》云:

連朝囊竟澀，翻覺愛清貧。盂麥堪爲飽，園蔬好奉親。一窗寒雨靜，四壁候蟲新。澹泊空齋裏，艱難勵此身。口頭語自耐人尋索。

錞字鳴于，號墨莊，官浙江同知。佐其兄釗官閩中，嫻吏治，工六法，能詩。

《重九前日榴樹忽花》云：纔點花鬚幾縷丹，輕煙浮處破霜寒。且將萬綠叢中色，留伴黃花帶醉看。雖不經意，却是詩人吐屬。

衛天民 字予先，號伯耕，乾隆舉人，官知縣

《紀夢》云：昨夜夢兒女，呼來執其手。手中自繡鞋，可憐幼無母。至性語，原無事塗澤。

蕭德樹 字滋齋，號豆村

德樹嘗遊錢塘，有《觀潮》句云：銀濤高捲秋風白，雪煉斜拖夕照黃。又《春日寄友》云：窗開碧落山橫翠，簾捲香濃酒借花。詞調俱極清越。

江 湧 字月江，貢生

《胡蘇門見過兼寄阮燕侯》云：故人讀我詩，詫我多傷悲。春風去未遠，園林乏華滋。黃鳥舞林出，玄鳥將鶵稀。舊歡不可得，新情生鬢絲。肝腸況非石，消得幾別離。遘茲接膝談，更以遺相知。纏綿悱惻，蘇李之遺。

雷 驤 字雲衢，諸生，有《聽鶯堂詩草》

驤詩不多見，率清穩不失矩矱。《夜坐聽鶯堂》云：春雨苦不歇，春夜何獨長。愁多夢難穩，旋起坐虛堂。秉燭展書讀，倚案更傍徨。古人著述心，蘊奧寄篇章。上下幾千載，孰能窺微茫。俯仰宇宙間，孤懷長相望。

陳　蘇 字眉仲，號東溪，諸生，有《秋山堂集》

蘇詩尚真率，《擬陶》諸作，妙有一種樸茂之氣溢於行間，非徒以範模爲工者也。《飲酒》云：山禽鳴春晝，園林轉幽寂。此時忘世人，淡宕嬉春色。縕袍露兩肘，偃仰自坦適。居貧雖寡歡，身閒無所戚。百蟲相翔遊，各戴天地德。有酒不暢飲，春風良可惜。

許立瓊 字鷺亭，號漱雲，一字文木，乾隆舉人，有《溉餘》、《北遊》等集

文木有"酒能驅悶終須醒，夢可尋家不當還"句，雖清脫，尚不出前人窠臼。《道士洑》一律，不事鍛煉而矩度自合，詩云：插天峯勢千尋直，拍水嵐光一帶浮。世上原多幽隱處，人生誰復等閒遊。斜風細雨懷漁父，落日輕帆過客舟。廻首山前山更好，白雲匝樹晚悠悠。

許　俊 字宣甫，乾隆舉人，官知縣，有《慎餘軒詩集》

《秋夜》云：四壁蛩聲起暮秋，西風吹月下簾鈎。香焚青篆盈書幌，茗煮銀籌泛雪甌。花榭簷低蘭被露，雞窗燈暗酒銷愁。南華抛却人初倦，一枕蘧蘧蝶與周。

汪　鍊 字心冶，號篔壑

《過潤州》云：鱘魚出網酌新醅，鐵甕城邊醉幾回。三日雨聲春欲盡，落花時節渡江來。丰神絕世。

熊之贇 字右文，有《讀易處稿》

先子昔稱右文詩如劍俠仙翁，隨口語皆足驚人，今讀之果然。《雨酌送

春》云：雨打北窗北，風吹東閣東。酒醒雙眼白，人散一燈紅。餘興詩敲玉，促宵漏轉銅。放它春自去，高枕夢飛熊。《諸葛城》後四句云：故壘蒼煙暗，秋山暮雨涼。躬耕原自樂，何必起南陽。又：貧賤驕人曾有幾，文章無命復何論。

阮龍光 字見亭，號元侯，諸生，有《錦江吟》、《珠江吟》、《紅藥齋詩稿》

龍光富於縹緗，嚴於素履。遊吳越蜀豫，與諸名士倡酬，鉛山蔣心餘太史以國士目之。邑志

見亭詩取材《騷》、《選》，出筆輒饒古意。《明蜀宮樂府》四首，悽愴婉麗，工力悉敵，足繼西堂以傳。近體以《襄陽懷古》諸作稱，而究不免拾人牙慧。唯《偶成》一絕，風調最勝，云：日午庭柯倒影垂，茶煙銷歇客疏時。乍回一枕清涼夢，簾捲輕風叫畫眉。

孫　漢 字楚池，乾隆進士，官主事，有《春生閣》、《讀易軒》詩文集　弟潞

漢壯歲由翰林改官部曹，解組歸，閉戶讀書三十年，不交當路，以著述終。

太史少年即嗜詩，才情飆發，下筆千言而紀律森然，雖得意疾書，不失尺寸。古體長篇美不勝採，近體尤多清微簡遠之句。《郊眺》云：大別東收三澨水，夢河西抱九真煙。丹楓楚橘逍遙地，布袴羊裘六七年。故舊朝端幾人在，詩書家學一經傳。爲耽野景娛閒眺，鬢灑霜風雪滿巔。

佳句如《渡河》云：關門開泰華，河浪隱中条。《閨怨》云：關山宵後夢，楊柳曲中愁。《送友》云：以我江鄉感，生君關塞心。《贈蘭》云：淡爾色聲杳，浩然風露忘。皆渾脫矜奇、力爭上游之作。

潞字北池，年未四十遽捐館，張秋崖比於明之何仲默、高子業。有才不祿，千古同恨。有句云：白沙杳杳沿江路，翠竹娟娟向水村。名不可居爲國士，天偏吝與是閒人。詩格在劍南、石湖之間。

雷坦任 字建中，號遜齋，諸生　弟坦健

坦任《秋日雜詠·秋鐙》云：影落銜蘆雁，光深照字螢。漁舠燃冷浦，驛館淡疏櫺。《秋帆》云：涼風生古渡，片席破江煙。《秋竹》云：煙荒三徑外，月淡一林初。皆雋妙可誦。

坦健字履中，號乾齋，有《喜兄見過，因寄南翹弟》，中二聯頗圓潤，云：年到老來情倍切，會當客舍意彌親。陣鴻時繞江天月，尺素偏遲漢水鱗。

熊　光 字然石，貢生　炳

光《效顰草》中佳句，如《對菊》云"何人載酒臨荒徑，有客題詩笑落英"外，無過"年來煮字貧難療，別後澆愁膽欲嘗"一偶者。又《詠婕妤》七絕後聯云："可憐一首《長門賦》，那及五字《白頭唫》。"亦妙。子培仁，字子才，乾隆中舉孝廉，亦有詩名。

炳字調庵，《題五柳圖》云：先生原是葛天民，流水桃花托避秦。一自編詩書甲子，柳條常帶晉時春。別有逸趣。同時有名翱者，字羽臬，亦工詩，有《百拙道人頭書歌》最佳。

陳　運 字席門，有《春山堂詩》

《湘妃曲》云：月耿耿風洌洌，蘭芬淒清銷靈瑟，古魂暮出傷離別。生離不可居，死別肝腸裂。倚竹長太息，是昔眼中血。眼中血，碧於油。湘水秋，湘妃愁。古致磊落，如聞淒楚之音。

張萬璧 字符五，號柳塘，諸生，有《于斯堂詩草》

柳塘博覽羣書，善詩古文詞，於《春秋》譜系穿貫分晰，作《春秋世系通

考》。易石坪太史，其高足弟子也。邑志

柳塘詩多佳句，如《晚眺》云：茂樹先歸鳥，斜陽遠在山。《懷嶼沙》云：直以官如水，因之債似山。《月夜登大別山》云：樹影遠連天際暗，波聲直到海門廻。《夜坐》云：酒惡并無書可下，更長徒有鼓相催。皆可誦。

《悼亡》云：銀牀冰簟畫簾垂，鏡掩塵埃久未窺。一曲離鸞彈不得，瀟瀟風雨鬢成絲。碧海青天恨不窮，重泉豈有路相通。牀頭怕共癡兒說，夢汝分明到眼中。慈親哭汝淚如珠，哭到無聲淚亦枯。堂上一燈風共雨，不愁身老念兒孤。堂上塤篪久未鳴，冰絃乍斷更傷神。人間縱有鸞膠續，不信新聲似故聲。《吳樗原以悼亡作見示，奉答》云：讀罷新詩欲和難，秋風秋雨倚闌干。不堪舊恨重提起，心與秋聲一樣寒。《柳塘自序》中有"休云愛起夫色，或謂文生於情"句，即可為此詩貼切注腳。

陳時懋 字敬齋，號耕原，別號真山耕者，有《哀餘集》

《夢還家》云：古驛何年廢，雞鳴客夢時。分明見慈母，辛苦慰孤兒。道路心同碎，風霜鬢欲絲。醒來天正曉，南望淚雙垂。《蘭陽渡河》云：艇子沿洄我獨登，濁流東下勢奔騰。三秋白鴈爭傳信，十月黃河尚未冰。逆水船如戀棧馬，歸家人似脫韝鷹。寒煙落日夷門路，恨不同時弔信陵。氣局尚遒。

吳廷詢 字東美，號樗原，別號藕花居士，文僖公正治孫

廷詢幼擅家學，詩冲澹，有王儲遺韻。《擬古》云：妾有青銅鏡，藏之久不試。祇解照歡顏，不解照憔悴。送郎古渡頭，目注郎行跡。春水没前灘，妾心正如石。南鄰花氣深，北舍夭草嫵。遲郎郎不歸，閑却樽前舞。庭前合歡樹，是郎手自栽。春風留不住，空教幾回開。芊芊原上草，風來自舒捲。誰遣柳條青，有眉不得展。

江顯宗 字超海,貢生

超海詩多塗澤,惟《飲梅花下》一首,天然去雕飾。云:嫩日弄晴色,餘香泛酒樽。別來足芳思,徙倚繫吟魂。雙鬢繁霜染,空林一鳥翻。所思終不見,無語立黃昏。弟韶宗,字瀛海,亦工詩。

魏楚翹 字及亭,號松芸,諸生,有《人文堂詩鈔》

楚翹性敏學博,品格清癯,操履篤實。中年棄舉子業,習岐黃。詩直抒胸臆,能不墨守唐派。雷南翹《漢南詩約》以之爲殿,洵無慚後勁。

《沈振鵬送眷屬西行省覲賦寄》云:握手送君去,居然萬里人。關河兼十口,風雪度三秦。想見趨庭日,應當落帽辰。天涯仍聚首,黃菊映杯新。《得家書》云:我父手書至,書言及早歸。夜燈憐老母,秋雨制寒衣。苦憶青山外,驚看黃葉飛。況兼長病婦,累月罷鳴機。《江頭春夜有憶》云:江水去不已,年華亦暗流。東風吹客夢,楊柳作春愁。此夕故園月,何人獨倚樓。歸來攜素手,須及捲簾秋。一氣捲舒,各極其妙。

阮向葵 字晴初,諸生,有《午園詩草》

《大別山曉眺》云:兩水滙清江,雙城夾明鏡。中有往來帆,婀娜楚天映。春聲動沙鳥,風情蕩幽磬。炊煙百萬家,並入江山勝。

胡 采 字素橡,乾隆舉人

《聞笛》云:無以慰愁寂,登樓聽遠音。依稀何處笛,寥落此時心。入耳邊聲雜,關情別夢深。故園雲樹隔,遙爲一沾襟。

黃鶴鳴 字淩江，乾隆進士，官教授

范白舫謂教授工時文，詩不多作。而《答蘭田》一絕，風神絕世，似非於此道三折肱者不辨。《漢南詩約》所錄《九日登郡樓》一律，亦極圓韻。蓋詩之能傳，在工不在多耳。

《九日登郡樓》云：塵鬢年來半已花，登臨忽更怨天涯。峽雲不省當時夢，岸菊還開此日花。富貴幾人曾跨鶴，江山在處好爲家。莫因旅病愁佳節，西日黃陵又暮鴉。《答朱藍田招入綠梅花詩社不赴》云：雪月橫塘見一枝，春風吹縐碧玻璃。湘花湘草休相妬，不借幽芳入楚詞。

徐　昭 字筠江，乾隆舉人，官知縣

昭詩多輕快之句，《三仁祠》云：三仁猶有廟，殷社盡成墟。《懷人》云：幾回鬭茗還連夜，一路看花直到秋。

葉繼雯 字雲素，乾隆進士，官戶部給事中，有《弢林館詩集》

雲素早歲名噪江漢間，余於丁酉秋，與蘄水南豆塍造訪焉。後余客漢上，陳虞部愚谷假歸就雲素，爲教授其子；余過從甚密，麗澤之益良多，往來漢上者無不知余三人之交最篤。厥後雲素次子爲余季女委禽，愚谷媒焉。雲素續學嗜古，守禮行義，不徒以文藝擅長。《考田詩話》

余與葉潤臣閣讀訂交京師，丙辰夏出其先大父雲素先生詩，讀之，才氣縱橫，詞華跌宕，與當時名公槃敦交懽[5]，無非大呂黃鍾之響。其《集選》、《集杜》、《集蘇》諸作，尤極才人能事。《寄心庵詩話》

雲素先生由中翰洊膺給諫，詩不輕作而氣息獨爲醇古。《送潘瑤圃歸杭州》五古四首之一云：落日見關河，客心生白雲。豈不惜離別，子有高堂親。高堂心惻惻，念子行遒迆。萬里共痌癏，百年爲晨昏。嗷嗷雲間鴻，浩

浩波中鱗。今日故人酒，明日故園春。竭力事菽水，天涯多苦辛。不見負米圖，卓行齊古人。風格直造漢魏。《臥園詩話》

《寒城》五章胎息極為淳古，已採《吊襄愍詩》，不能再錄，未免割愛。吊襄愍詩者多矣，說不平處多叫呶騰張，傷烈士之心，失風人之旨，殊不足稱合作。此篇以溫厚和平之筆，寫慷慨激昂之事。氣醇而音雅，色古而骨堅。且俯仰今昔，題無剩意。於十餘偶之中，簡括尤為難得句。云：本兵曉曉封疆裂，英雄身為門戶磔。借題網連楊大洪，有口誰訴熊飛伯。熊公江漢之英靈，隻手欲扶九天傾。遼陽全局在心目，朝議乃主王化貞。大凌河邊靦面目，麟閣奇勳付一哭。徒手經略五千人，坐此踉蹌就三木。李代桃僵何其柱，東園迴首真夢想。平生不屑阿東林，就死安能乞西廠。丈夫裹尸馬革焉足悲，奈何獄詞周內飛邊陲。我聞九節度師同日潰，扼河陽橋乃有郭子儀。前人見功後人罪，朋黨流毒徒爾為。高陽一疏請下理，議能惟見伯欽耳。魂兮歸來天日昏，怒挾胥濤激江水。豈知異代蒙褒旌，煌煌天語昭精誠。覆盆之冤乃得雪，性氣凜凜鬚眉生。不見當年樞部張鶴鳴，垂死猶誤穎州城。

熊塏仁 號腴村，嘉慶拔貢，官訓導

腴村詩矜奇灑落，名重一時。近體五律尤妥貼清圓。《同黃丹吉話舊》云：一第誠何事，艱難廿八秋。西風燕市酒，明月漢江樓。天意惜疏放，予情懷舊遊。名場頓今昔，又聽說瀛洲。《舟發武昌》云：竟欲之官去，艱難上水船。全家拚苜蓿，一櫂入雲煙。往事金臺幻，新詩楚客傳。飢驅吾已慣，帆影落樽前。《九日風雨有懷》云：幾日風兼雨，黃花又送秋。亂雲堆屋角，落葉打牆頭。歲月一何晚，我心空復悠。天涯有鴻雁，應切稻粱謀。

盧振新 字漢卿，號瀣春，嘉慶進士，官翰林，改知縣

《望莫愁湖》云：心醉平湖鏡裏秋，一分情種一分愁。晚風落葉三行雁，

斜日寒泉數點鷗。峯遠猶堪思翠黛，煙深何處訪紅樓。六朝剩有閑山水，贏得芳名此日留。次句非深於情者不能發。

易寶善 號桐雨，嘉慶舉人，官知縣

桐雨小詩頗有逸致，《題蝴蝶落花圖》云：花開何爛熳，花落何寂寞。只有蝶雙雙，關心開且落。名花多薄命，黃蝶亦薄倖。夕陽芳草中，徘徊屢顧影。《題畫美人》云：蛾眉那復耀珠鈿，小立蒼苔我亦憐。花露滿身渾不覺，西風人瘦晚涼天。又"楚水三千餘里月，黃山三十六峯霞"句，亦奇崛。

朱　惠 字柳衣，嘉慶進士，官翰林

《隆中訪武侯故宅》云：人生知己重，名士古今尊。天定三分鼎，功成五丈原。赤精終應運，白水剩空村。寂寞隆中路，蒼松日色昏。筆氣老橫。

熊　壎 字夢華，諸生，有《蘭陔堂集》

夢華生長頓丘，少失所怙。秉王父芥圃先生名天楷，乾隆進士，官直隸知縣，有賢能之稱教，爲儒家良子弟。癸卯歸里，始與余爲詩文忘年交。時髮雖未燥，著集已斐然成帙。比長，輒僕僕南北，泛黃河之浩蕩，覽帝京之壯麗，放乎鄒魯，極於吳越。詩旨高妙，益造自然。浣花翁之碧海鯨魚，昌谷生之時花姹女，蓋莫不得其三昧焉。顧其獨處望雲思母憶弟時，有幽憂抑鬱之音。此蘭陔所以名集，而熊子之性情亦可概見矣。截魏楚翹序言

余甫與夢華結鄰沌上，旋有武林之行。及辛卯冬歸，夢華已先一月下世。從哲嗣小華素得《蘭陔堂遺稿》，朝夕披閱，不忍釋手。其七言長古沉鬱頓挫，在信陽、北地之間。小樂府亦佳，如《襄陽樂》云：走馬銅鞮坊，停橈弄珠渚。白蓮劫已消，與郎相爾汝。其一。大堤諸女兒，相見即相憶。踏歌大堤南，定情大堤北。其二。漢水鴨頭綠，春風媚遠天。樽中宜城酒，盤內

槎頭鯿。其三。羊公峴首碑,山公習家池。不知銅雀妓,何似并州兒。其四。又詠物小詩云:奇草樹之背,能應則百休。獨是兒女花,不解壯士憂。《萱》。螬徵井上廉,兒識道傍苦。其下不整冠,聞諸古樂府。《李》。遽集中書瓜,誤點屏風墨。可怪虞仲翔,以汝爲吊客。《蠅》。攻寡而兼弱,兩敵戰河內。勿曰僅慕羶,可使金堤潰。《蟻》。首推固神物,乞憐流俗欣。幾人如汲黯,長揖大將軍。《叩頭蟲》。雖遊戲三昧,亦如西樵《蟲豸》諸作,漁洋謂非才人不能道也。《石樓詩話》

夢華生有至性,雅敦倫紀,事親孝而待友誠,發而爲詩,多溫厚和平,渾然天成。雖極意鍛煉,而無雕琢藻繪之跡。固宜掉鞅詞壇,凌厲無前也。集中佳篇,目迷五色,錄什一於千百,知不免遺珠之憾。《雜詩》云:結習頗好道,即之玄又玄。妙持空空手,想入非非天。已謝遊戲場,當掃文字緣。靜坐齊萬類,有時揮五絃。會心豈必遠,喜惱悉棄捐。得兔者忘蹄,得魚者忘筌。拈花一微笑,不墮野狐禪。

七古哀感頑艷,讀之魂銷,非長篇不足以盡其風起泉涌、水流花放之致,未能備錄,殊有餘憾。

五律在作者尤爲擅長,《夜坐》云:悄然此深夜,涼氣小庭空。筠簞清滋露,羅衣軟受風。暗香聞茉莉,秋意到梧桐。漏箭無情極,丁丁逼夜終。《久雨》云:餘寒消未盡,半臂晚來加。春懶多關雨,人愁却爲花。囊籠琴軫潤,硯暈墨痕斜。只好披蓑去,磯邊捲釣車。《後湖》云:一鎮消金窟,風流奈爾何。路隨芳草遠,人向夕陽多。曲樹沉絲竹,輕衫鬥綺羅。那堪追往事,獨訪廢襄河。《板橋舊遊》云:客有悲秋者,偏來舊板橋。夕陽非昨夢,流水又今朝。履跡吹都失,衣香染未消。巫雲迷處所,剪紙斷魂招。《將之袁浦,鏻兒侍行,感賦》云:不知古樂府,何曲最傷心。一奏《孤兒引》,再爲《遊子吟》。松楸違丙舍,風雨共寒衾。直是無家別,客愁江水深。《望淮信不至》云:雨洗碧空淨,霽輝明紙窗。晚馨萸泛酒,秋影雁橫江。茅屋破欲葺,縕袍寒頓降。平安書兩字,盻斷鯉魚雙。皆格高調雅,機神遊暢,丰度在王韋之間。其它斷句如《早行》起二聯云:旅枕全無夢,荒雞喚客醒。馬頭懸曉月,樹杪落春星。《五日》云:命也如容續,傾家願買絲。榴花空自艷，紅似去年時。《寄人》云：匪貧寧見品，唯恕可全交。夢隨孤雁遠，愁比亂山多。白雲親舍遠，明月客心孤。字字脆，字字新。又"花落損春心"五字，尤神來之句，無強對也。

七律穠縟有大謝才多之患，鮮通首靈警者，而佳句自不可没。《菜花》云：千畦雨澤寧憂饉，一種風光別占春。《鳴蟲》云：六州鐵鑄羅威錯，《九辯》秋悲宋玉魂。《柳花》云：三分春色歸流水，一道流萍認化身。《讀袁中郎集》云：前生合是王摩詰，後世寧無揚子雲。《渡江》云：江上煙波漢陽渡，夜深燈火武昌城。霧雨微滋瓜皁樹，歸雲深瑣蒜山鐘。千樹曉霜鴉舅寂，一田秋水稻孫宜。短榻橫燈今夕夢，殘篇搜篋故人詩。峨眉亭下吟詩艇，鶯脰湖邊賣酒家。一斗春醪傾玉海，半牀秋夢落桃笙。似吳祭酒慘淡經營之作。七絕神韻尤絕，《即事》云：探囊揀取小龍團，活水還須活火煎。低揭湘簾風乍緊，落花片片打琴絃。《寒食日作》云：春寒如水袷衫輕，小擔蠻簫喚賣餳。落盡海棠風又雨，傷心明日是清明。《蘇小墳》云：油車驄馬事全非，水珮風裳怨落暉。行到西冷松栢下，鴛鴦驚起一雙飛。《月湖納涼》云：桃花祠畔柳風微，梅子山前明月輝。貪聽采蓮最新曲，不知涼露濕秋衣。《雨中即事》云：誦了《楞嚴》啜苦茶，瓶南硯北冷生涯。一庭霪雨秋無賴，開遍疏籬扁豆花。

孫　煦 字育萬，號石樓，有《石樓詩鈔》、《石樓詩話》

石樓舊居白嶽，寄籍漢陽。詩本家傳，性尤酷嗜，風流宏長，有草市山人之風。古體尚冲澹自然，近制主纖穠飄逸。司空表聖所謂"空潭瀉春，古鏡照神"、"霧餘水畔，紅杏在林"者，舉似雷溪恰當[6]。其品尊甫松坪先生艾香閣詩，美不勝收。句如：樹暗疑無院，溪廻忽有山。天青低遠樹，草綠帶平沙。玉簫催案酒，紅樹引江船。爐香茗碗支禪榻，蘚石萍花隱釣舟。簷鳥護雛移遠樹，溪雲曳雨過前岡。獨戍江寒吹角早，孤村市遠閉門多。搏象搏兔，可覘全力。黃心庵《㯉山詩話》

石樓五律有絕佳者，如《秋渡》句云：有人呼斷岸，相待立寒煙。櫓聲初帶雨，水氣忽疑秋。《秋鐘》云：野寺僧初飯，江船夜有霜。《秋蝶》云：夢裏芳菲過，愁邊粉黛空。《過彭澤》云：高人不可見，客路自迢迢。山雨忽移樹，溪煙淡過橋。《秋笛》云：江月已如此，客懷難重聽。《懷人》云：亦有別離感，兼之湖海情。《遠眺》云：高樓一以眺，落日小倉山。《薄暮》云：芳草日以遠，浮雲去不還。《寒月》云：河漢寒無影，關山雪倍明。《寒江》云：夕陽明遠岫，孤棹響寒江。《詠蘭》云：客懷澹無着，空谷若相忘。此類數十句，語脫區中，神超局外，可作摘句圖也。

　　石樓工愁善恨，下語如九曲明珠，耐人尋味。清微婉逸，庶幾風騷之遺。集中如《春雲》句云：梅柳渡江春寂寂，管絃隔座意遲遲。《雨霽》云：一池新水魚初上，幾日春愁草又生。訪舊記過春水渡，懷人又上夕陽亭。關山曉夢生殘月，砧杵秋風別故園。懷人夢繞芙蓉幕，遠信愁開荳蔻封。帆開紅樹漢陽渡，家近青山短簿祠。蘼蕪細雨堤邊路，蛺蝶春風畫裏樓。東晉風流懷白下，故人才調似黃初。

　　曾賓谷先生謂石樓五言發端絕妙，誠爲論詩巨眼。如："疏鐘度林莽，白雲滿前山"、"草際露先泫，夜涼人未眠"、"何處疏鐘動，夕陽嵐翠沉"、"流雲度疏檻，燈暗草蟲悲"、"水村涼雨歇，風亂白蘋花"等句，孤懷冷艷，悄然逼人。況以"空山無人，古木蕭蕭"，似爲近之。

　　雷溪靜氣幽襟，塵氛自遠。《泊黃州》云：寒鴉亂噪黃泥坂，野火微明赤壁磯。善寫荒寒，如披舊畫。釋竹軒。《山行》一篇似儲太祝，"微涼浮麥氣"五字尤逼肖。顧伴檠。石樓佳處無它，衹在運思靈敏。汪均之

　　石樓爲詩不喜神通，字著紙上饒有蕭閒容與之致，於國初諸家最近愚山。流水板橋，梅花數點，可以想見其詩品矣。程耕雲《書〈嘯石小稿〉後》

　　育萬風流自賞，疏放不拘，詩亦清麗冲融，似其爲人。著《繭園詩》，黃心庵曾以琴入，今詩所見集選。庚辰作吳越遊，壬午春始返漢上。客邸相晤，出示近作《漚邊集》一帙。吳中花月，越地江山，供其吟眺。而一種綺思遙情，又不禁動余鄉夢矣。句如：亭空花自落，江月爲誰明。遠煙京口樹，殘笛秣陵舟。新漲綠平岸，夕陽紅半樓。高柳岸傍渡，晚鐘雲外龕。幾日鶯花消綺夢，一帆風雨送殘春。白門舊恨餘山色，南國多情是柳條。《漢口

叢談》

　　辛巳歸自武林，卜宅縣南檽山之麓。闢小園半畝，種竹蒔花以娛暮景。每花朝月夕與同人擘牋選韻，射覆圍棋，極宴遊之樂。山館落成，梧孫有句云：偶蒔疏花簪短鬢，戲栽新竹作遊笻。又：半丸古墨三升酒，一角閑亭四壁詩。彭可齋云：屋小宛如書畫舫，門閑時有漁樵人。實藝圃宗惠云：雨餘移竹穿新徑，風定扶花上短籬。王賓于宜觀云：天末懷人曾北顧，花間賭野又東山。　　黃心庵《月湖雜詩》有"一瓣桃花一美人"之句，余題《九九消寒圖》云：一瓣梅花一首詩。《石樓詩話》

　　《舟中柬故園諸子》云：茫茫江上水，何處寄相思。自與故人別，孤帆東下遲。風高童子渡，花落小姑祠。知否沙邊鳥，無由借一枝。《澴川逢張秋崖丈自蜀歸》云：它鄉頻見雁，旅夜忽逢君。鬢染峨眉雪，衣霑劍閣雲。風塵誰息駕，井邑尙從軍。迢遞澴川路，秋聲不可聞。《秋夜》云：獨坐百憂集，披衣步前庭。美人隔河漢，一夕秋風生。石牀月初上，芳樹露已盈。草根蟲語滿，如聞鄰機聲。《江村晚歸》云：水鄉正搖落，煙景易朝昏。一夜空江雨，殘潮直到門。《夜步湖上作》云：晚凉散煩襟，步出湖上路。習習荷風吹，聞香不知處。水亭明夕煙，竹塢滴清露。今夜西溪月，應照漢陽樹。《月夜舟行即事》云：挂帆乘夕霽，帆勢隨川曲。金波澹不流，滉漾林間屋。暝色赴歸鴻，寒聲動疏竹。不知今夜月，何處扁舟宿。《湖上醉歸》云：湖色淡如染，竹光晴有煙。醉扶黃葉路，吟遶白鷗天。《金陵懷古寄心庵》云：誰向天涯慰素居，秋風江上又尊鱸。寫將白丁新詩稿，寄與黃公舊酒爐。千里望鄉登北固，一年作客近西湖。晴川好友如相問，釣艇吟瓢興未孤。《題亡友韓二鶴秋柳小幀》云：不關搖落亦銷魂，幾縷殘煙是墨痕。剩有冷唫閒醉處，暮鴉零亂夕陽村。《蘋花曲》云：金粉零星委碧波，秋江渺渺奈愁何。藕花落後菱花落，欲采蘋花風雨多。《漢關曉發》云：帆影欹斜樹影圓，遠山一角點蒼煙。關河曉月涼如水，無數蓼花香到船。《伏日雨》云：細雨濛濛入伏初，一庭凉吹襲輕裾。門前新漲半篙水，已有小舠來賣魚。《夜至湖上》云：斷岸垂楊繫釣槎，一湖新漲月初斜。不知何處吹橫笛，風露冷冷落藕花。

王文寧字山客,號櫟門,有《挹露軒詩鈔》

文寧磊落好交遊,复耽唫詠,嘗手《王右丞集》,尋繹不倦,故所作多清矯淡遠之致。句如:菊貴違兒願,家貧仗婦支。頗爲人傳誦。兼工八分書,尤惓惓於友朋。黃心庵謂其"唱酬贈答之詩,多纏緜悱惻之音",是也。《九日集琴臺》云:故態仍然在,非關藉酒狂。良時愜幽賞,高望空斜陽。斷雁寒偏急,遙山晚更蒼。興酣忘竟日,扶醉摘萸房。《月湖》云:沙禽拍拍如相引,芳草都無迹可迷。昨夜西風散疎柳,一痕低露郭公堤。風調絕佳。《秋日過朝陽庵》,有"湖水漸如冬日涸,山峯猶作夏雲看"之句。《李嘯村重來漢口》云:相逢真意外,猶作夢中猜。不畏狂瀾險,多因舊雨來。別家臨老慣,異地見花開。莫擬山陰櫂,春江自溯洄。《酒樓觀傀儡》前半云:乘閒意不在壺觴,傀儡看它亦上場。色相不堪窮假借,提攜儼自列冠裳。《葉碧田留飲小樓》句云:隔岸山如人蘊藉,遠江樓對水空明。皆卓卓可傳之作。《漢口叢談》

吳仕潮字韓若,號鳳浦,又號秋齋,諸生,有《滌器軒文集》、《埜餘閣詩草》

仕潮篤友愛,嗜學不倦,工詩古文詞,尤喜激揚善類。同邑李以篤、王戩、彭心錦、文師汲、汪穎先後以詩名,因輯所著爲《漢陽五家詩》。又有彭湘懷者,詩集散佚,亦爲付梓。其與人爲善之心亦盛矣。邑志

韓若工詩,尤長於五言。性好客,吟朋常滿座也。作懷人詩數十首以紀交遊,亦可謂篤於故舊者矣。《送笠洲北上》云:歲儉居非易,家貧遊更難。縱無行色壯,勿使客心寒。別緒縈衰柳,雄圖倚老鞍。北征詩寄我,刮目與重看。尚有氣骨。

夏之勳字旌銘,號芳原,有《載酒園詩話》、《律韵》

之勳澹泊端飭,性嗜金石文字。博綜淹雅,能詩工隸,士林推重。汪制

軍志伊聘書"耕織圖"，進呈御覽。其大父石癯，原籍江西，好吟詠，愛交遊，一時名士皆與唱酬。晚至楚，愛晴川山水之勝，遂家焉。著有《煙鬟閣詩草》。邑志

芳原善篆隸書及設色花卉，所居煙鬟閣藏弃碑板、書畫、鼎彝之玩甚多。與余交二十餘年，或聚或散，相見如一，從無濃淡之色。詩不輕作，筆饒逸致。如《題畫秋柳》云：曲江風度異當年，葉葉絲絲劇可憐。最是夕陽蕭寺外，悄無人處咽寒蟬。《湖陰閒步》云：尋秋信步踏湖沙，活火閒看試煮茶。記得去年過此地，西風又放豆棚花。《漢口叢談》

石癯名永，號松期老人。《湘簾》云：湘簾懸傑閣，疏薄勝輕紗。捲處通新燕，垂時礙落花。風生波影亂，月映縠紋斜。向夕雙鈎控，爐煙濕露花。

危煥樞 字子政，號白門，有《嶺雲集》

煥樞少有文名，試輒不售。客有以危姓爲嫌者，因改氏曰元。工詩畫，綜覽羣籍，勤於考證。余於夏芳原齋頭見其手校《隸釋》、《隸續》及所作《梅花詩》，甚佳。句云：一簾細雨雁初去，滿地繁霜人未行。紅妝綠鬢它生夢，白雪青春此一時。犀簾壓地寒無主，銀燭搖窗淚有痕。配食應同林處士，買絲終繡謝夫人。半生冷淡香方實，千古清高數獨奇。晨雞未叫夜將曙，明月欲來山已空。屋低有客衝風出，雀冷無聲晚噪空。不爲寒多終日坐，絕無人處繞簷行。多前人所未道者。

或云白門其先避讎改氏危，後始復姓。淹雅多能，爲楚材冠冕。授經於巴蓮舫寓齋，以詩文書畫相雄長。予《贈白門》句云："微之廊廟功名晚，漫搜文章山水多。"十年已往，白門墓木已拱，蓮舫旋亦淹逝，壇坫亦空，遂使山川減色。而白門遺集，世少元中郎，恐等付雲煙過眼耳。嘗題余《豆花秋柳幀子》，句云："涼雨半窗村店酒，夕陽三徑野人家。"清幽似畫。《漢口叢談》

《春遊曲》云：春在前村第幾家，小橋流水玉環斜。高樓日暮笙歌合，遙望牆東一樹花。《國朝正雅集》

熊　時 字汝及,諸生,有《義質堂詩存》

《讀家襄愍公傳》中四句云:疏抗萬言伸正氣,獄同三字枉忠魂。孤身只作東林的,異代能邀北闕恩。尙包括得住。

劉秉銓 字鑒塘,諸生

《懷邱南屛》云:盈盈月上紫微枝,悵好春宵繫遠思。每過昔年分手處,海棠花下立多時。

【校記】

〔1〕《詩徵》中,一般"詩古文詞"或者"古文詞"連用,"詞"有时也作"辭",二者義通,是辭賦的意思。

〔2〕"汪特昌"條,《詩徵》卷九復收錄。乾隆《漢陽府志》卷三十七作:"漢陽貫,漢川人。"宣統《湖北藝文志》"三四八二"條載:"定昌,字易園,漢川人,特昌兄。"

〔3〕嚴齋筆談,見《詩徵》卷一校記。文中"以它紙進"句前,似脫"復"字。

〔4〕俞,目錄原作"喻",條目作"俞",今依條目。

〔5〕"懽",原作"權",文意不通,疑爲"懽"之誤。

〔6〕雷溪,前云"舊居白嶽",白嶽,即安徽休寧。雷溪,在休寧鏡内,明清時稱"草市",在今黃山市屯溪區屯光鎮。清代有大量徽籍人士由於經商遷籍武漢一帶,並通過科舉進入士林,孫熙即是如此。

增訂

羅世珍 見前

羅子以獻家漢陽,既以山川清淑之氣,又當帆檣四集之衝,賢豪知名之士往來交錯,耳濡目染,其胸中固已浩然矣。今春來雲間,一時能詩者無不樂與之游。余讀其詩,閎深壯闊,竊疑其爲專家老宿之所爲。既而挹其丰采,又何翩翩少年也。夫習尚移人,中材不免;而以獻乃能孤立行意,踽踽於波靡之際,非士之卓然自立者乎?節宋荔裳撰《紀行詩序》

《別王汾仲》云:搖落鄉心屬暮秋,王郎真合古人求。終宵對月燒茶竈,竟日臨江上酒樓。雁外山低黃葉路,日邊帆去白蘋洲。漢江漠漠天如水,圖畫何曾盡別愁。《秦淮後竹枝詞》云:一代風流嘆絕蹤,留賓無復舊司農。半生明月秦淮夢,付與西州一慟中。櫟園先生爲《秦淮竹枝詞》,嘗題一冊[1],有"半生明月秦淮夢"之句

段嘉梅 見前

嘉梅詩才富贍,其《無題百首》、《梅花百詠》爲世傳誦,未刻稿一巨簏,余訪其孫,秘不肯示。 客陳文恭公幕最久,交最深,文恭大著作半出其手。倦游歸,就王章甫水明樓遺趾,築室以居。《考田詩話》

葉廷芳 字松亭

廷芳爲雲素尊人,工詩,清真微婉,有唐人遺韻。稿多散佚,惟見胡牧

亭所書五絕。云：何處問泉源，飛花落亂石。似雪復有聲，仰面足千尺。
《考田詩話》

孫　潞見前，字北池

《飲村店》云：桑柘陰陰一畝塘，柴門風過棗花香。主人勸盡尊中酒，歸路遙山已夕陽。風格不減遺山。

葉繼雯

多歧路[2]，勿忘初別時。守身如衛疾，力學如赴歸。榮名古所寶，富貴安足期。兔絲附樸樕，嘉樹生朝陽。與子有成言，白日何堂堂。長風東南來，吹我如參商。黯澹咽不語，攜手登高岡。下有萬里流，九折奔回腸。上有團團月，清淨浮天光。神州照聚散，各各鳴中藏。於我為遠道，於子為故鄉。風格直逼漢魏。《贈喻石農》云：我生恨晚不及周旋李杜高岑之詞場，安得追隨五雲上天閽，親見古來作者一二相頡頏。作者亦代謝，元氣何渾茫。在天為雲漢，在地為陵岡。於時為寒暑，於律為宮商。造物聚以五色筆，丈夫落筆關陰陽。吾友石農萬夫傑，權奇天骨身開張。十一詠銅雀，十七賦阿房。只今冉冉三十九，猶守鉛槧從諸郎。有時擲筆離座起，化為千尺百尺長虹屈鐵沒石仍繞指，騰躍故楮開新光。風霆鬱律蛟龍藏，招呼萬象來君傍。大敵小敵無不當，長槍大戟何堂堂。萬古心胸費開拓，偏師那得相測量。麟山一傑遙相望，天馬德驥古所方。譽人不中甚於毀，非我孰能語其詳。我獨何為濫笙簧，刻脂鏤冰恍自失，導余前路驂雁行。縱橫上下彌彷徨，詩外有詩君毋忘。"長槍大戟"語，蓋時有為論詩絕句云：獨立蒼茫萬仞峰，直教雲海蕩心胸。長槍大戟誰能敵，除是黃州喻石農。麟山謂陳愚谷。雲素楷法精妙，一時無兩。乾隆庚戌，會試中程，殿試策淹通該洽，負鼎元望。乃以小誤見抑，僅用中書，時論惜之。《臥園詩話》

【校記】

〔1〕"一",原作"一一",今據清廖元度《楚詩紀》卷十四刪。

〔2〕"多歧路"段,乃增訂本所增"葉繼雯"條內容,今剔出並重列條目,且置於"增訂·孫潞"條後。

湖北詩徵傳略卷八

漢　陽

國朝

趙　湘 字秋平，有《揖青堂稿》

秋平初學詩於彭棟塘，癸酉春，年甫冠，余與論古人詩，輒悟其本末得失之故。越八年，復見於漢陽，出其所作各體數百首，多得唐人氣格，而又能自發其性情之靈異，飄然物外無所碍。棟塘没，漢上之能爲詩者，共推秋平。乙酉秋，秋平死，其婦自經以殉。秋平少孤，甘貧勵節，嗜讀書，夜分不輟。婦善持家，體夫志以事姑。方其貧窶荒寒，室家和輯，聞者皆以爲幸。才人之命，烈婦之心，遽至此耶？節胡牧亭撰詩序

湘詩多俊逸，如《詠秋蟲》云：亂催寒夜雨，急趁晚花風。《客南郡》云：杯酌茆柴酒，園開豆莢花。《對菊》云：風雨門雙掩，蕭騷影一籬。《秋懷》云：蟲吟山館露，月滿豆花秋。道從貧病入，人似雪霜清。《即事》云：林屋坐清曉，老梅初著花。皆耐吟諷。《漢口叢談》

秋平詩清微澹遠，是其所長。才情飈舉，多得意疾書。而紀律謹嚴，森然有度。《春夜首若見過》云：晚晴芳野潤，心跡一蕭疏。月色澄新柳，春風落敝廬。且收溪上釣，不問架邊書。客至留斟酌，高談望起予。《束子毂》云：大事飢寒迫，十年眼淚枯。干人因有母，失計愧爲儒。蟲語何多怨，琴心不厭孤。茅齋歸去好，霜月在高梧。《別汪丈北上》云：我歌君起舞，留戀

此更深。歲暮多荒意,燈寒有別情。相期於遠到,夫豈在浮名。好趁前途去,關山雨雪晴。《寄盛二》云:百感紛來不自禁,江樓鼓角晚沉沉。鐙花靜結愁邊蕊,秋氣涼生指上琴。流水聲中懷往事,碧雲天際共離心。驚魂最憶分襟地,亂柳孤村野霧深。《陳處士隱居》云:小隱溪塘水半圍,出灘鷗鳥帶雛飛。閑中歲月憑藜杖,天下文章在布衣。繞澗香生松子熟,垂籬雨過豆花稀。新詩吟罷誰相和,一磬茅庵隔翠微。

關　橋字翼山

《生日感懷》云:愧我龍鍾久,知非又五年。那能山比壽,但願酒如泉。歲月堪長醉,兒孫不易賢。悠悠成底事,髮白對花前。口頭語出自真摯,亦不可廢。有楊紹武字鎬亭,同時稱詩里中。有《遣興》一律,音調迥同[1],似出一人之手,錄之以待訪。句云:微雨潤秋色,輕風送稻香。披襟休早沐,散髮臥新涼。瓦缶紅秔飯,匏樽綠蟻漿。山居殊不惡,木石野人鄉。

吳　佃字書山

《散步書感》云:漢城江岸雨冥冥,緩步尋詩過遠汀。下水船如千里馬,老年朋是五更星。離多會少書常絕,花落臺空酒易醒。祇此數行雲樹在,斜陽相對晚峯青。調近華而意實真。

常道性號芝仙

道性繇蕪湖遷漢上已歷三世,少岐嶷,博學能文,兼工書畫。詩專抒性靈,不加修飾,而自饒意趣,有鄭虔三絕之稱。人復瀟灑絕塵,不事生產。邑志

芝仙少英敏,耽情文史。長工書畫,晉唐宋元諸大家之法,無不神領意造。精於賞鑑,能歷指其疵瑕以定真贗,即古人復起亦應解頤。作詩專寫

性靈,一片天籟。閉戶閒唫,不妄交接。雖處塵海中,無一點纖塵可緇其素。余嘗謂客邸朋遊若陸秀三之驚才恣肆、常芝仙之矯立不阿,學問品詣皆當兼爲師友。　芝仙少與儀徵許鐵耕嵩、江右張素舸潯、湖南僧寄塵衡麓遊,鐵耕善畫,素舸工文,寄塵擅書法,又皆能詩者也。戊辰己巳間,余始獲交芝仙。時穀原贅漢,以是三人談論詩畫,往來甚密。庚午中元,偕步郭公堤上。夕陽在山,雲彩絢縵,呼舟泛湖,叩舷互倡。復登卉木林僧舍,涼月浮空,秋聲出樹,頓覺胸次超然,二鼓始返。翌日余賦詩紀事,芝仙作《卉木林納涼圖》橫卷。筆力遒勁,煙雲欲飛,而佛屋燈青,階級參錯,荒山蟠木,夜景微茫。一老衲子陪三客坐於林月下,啜茗清談之狀,一一畢具。穀原爲之擱筆。芝仙嘗云:"端莊雜流麗,剛健含婀娜。"坡公論書盡於斯矣。此殆以書法作畫也。复題句云:何處停橈好,湖西古木稠。殘霞橫水面,圓月涌山頭。地僻涼偏早,夜深人與幽。露蟬聲不斷,催起一林秋。此又詩中有畫矣。《漢口叢談》

《雨後偕白舫緩步堤上》云:湖堤同散步,煙靄望漫漫。雨過迷離色,風來料峭寒。雛鵝浮碧水,軟柳覆朱欄。此景堪圖畫,題詩有范寬。《幽蘭作花,白舫香泉留飲》云:孤館幽花剩一枝,蘊香含露畏人知。知心別有蕭騷客,愛向樽前讀楚詞。

程　秉 字耕雲,諸生

耕雲早慧好學,工帖括,兼善詩賦,下筆千言立就,皆斐然可觀。而雄姿英發,議論風生,不屑隨俗俯仰。與余交,垂二十年,真畏友也。《泣花吟》云:雨散雲收十七齡,芳魂何處悵零丁。春風燕子憐關盼,夜月桃花弔小青。香粉猶存人已遠,畫樓依舊日長扃。防它架上紅鸚鵡,喚到琵琶不可聽。又《訪舊》云:溫風開遍女兒花,香徑無人問狹邪。記得第三橋畔路,枇杷門是泰娘家。風調絕佳,皆爲漢上歌妓陳翠作也。《漢口叢談》

《和沈丹谷見懷》云:冉冉歲將暮,迢迢君未歸。焦桐嗟獨抱,長鋏更誰依。驛路梅遲放,江天雪亂飛。也無雙鯉到,耽我候柴扉。《夏日題白園壁上》云：踏遍芒鞋破蘚痕，茶煙吹出白家園。半窗疏竹斜通徑，一路垂楊直到門。性好登臨寧倦足，秋非別離也銷魂。湖光眺盡平如掌，何處青旗認酒村。《夜泛後湖》云：送盡殘陽咽斷蟬，半篙新漲水清漣。紅燈照市人沽酒，明月吹簫夜放船。楊柳風飄衣上露，樓臺影落鏡中煙。秋期近矣雙星渡，悵望銀河萬里天。《郎官湖》云：馬頭西望是長安，觸詠當年興未闌。明月祇今憐逐客，清風依舊屬郎官。空聞仙侶舟同泛，欲起斯人世更難。湖上我來頻酹酒，青山無恙路漫漫。《月湖隄題壁并序》云：綠楊三月，到處皆春。紅粉兩行，滿腔是淚。豈少花開並蒂，嬌貯房櫳。詎知果不同心，感深天壤。問碧桃於花下，肯令根葉俱香。妒烏鵲於橋邊，偏易神仙同夢。縱浮大白，難消浸骨之愁。欲比小青，別有傷心之淚。嗟乎，已成泥絮，又作波萍飄去。江南浮來漢渚，繫孤舟於大別，憶舊遊於烏衣。鄉夢難圓，旅愁欲吐。今日人歌長恨，倩誰倚笛相酹？明朝花放將離，看我揚帆而去。綠楊芳草正天涯，廻首秦淮夢裏家。枕畔淚痕啼不住，一齊彈上杜鵑花。姊妹花兒並蒂開，夕陽閒煞好樓臺。流鶯知負春多少，一任東風喚不廻。輕舟小泊漢江潯，且把長愁付短吟。洞口桃花原薄命，山頭梅子也酸心。慢向蒲團頂禮優，前身今世兩悠悠。菩提若灑楊枝水，願化蓮花也并頭。羞抱琵琶出漢關，六朝金粉舊家山。伴函屢用湘妃竹，要遣阿郎見淚斑。

曹　善 字復堂，別號大多山人[2]

善少孤力學，工詩古文詞。《登黃鶴樓》有"水落樓千尺，江空笛一聲"之句，畢制軍沅聞而傾倒，與訂忘分交。精篆隸，工鐵筆，翁學士方綱雅稱許之。

丁　濟 字虛舟，諸生

虛舟學詩熊兩溟先生，輒能得其冲澹，宜先生逢人道之也。
《題秋林讀書圖》云：秋色淨高空，秋林露疏影。寥寥幽人居，汲古操修綆。霜肅几席清，露濕芭蕉冷。會心邈誰同，鳴泉和方永。

沈　烜_{號丹谷，貢生，有《小八詠樓詩鈔》}

烜少孤貧嗜學，衣奔食走所至，名公哲匠咸傾倒盡懽。而坎壈終身，卒窮老以死。遺稿未梓，幸爲漢川宋漢麓先生收藏，得以假錄入《詩徵》。憶少時獲於許鐵珊畫士座間見先生，清癯鶴立，手書詩幅見貽，至今猶什襲之。

丹谷足跡遍天下，著作富有，書畫兼工，詩入晚唐諸公之室。《遊山》等作有似宣城，得力於江山之助者爲多。佳句如：風小廻舟易，湖寬受月多。斷岸無人語，高天有雁聲。青山如笑客，黃葉獨關情。一亭立煙水，滿眼落匡山。一江橫赤壁，萬樹擁青山。鬢眉入山綠，綺霞穿樹紅。漁笛來前浦，秋雲媚遠山。四面水環水，千重山抱山。青山隨棹轉，黃葉隔溪飛。山色如湖綠，落風生午香。衆山環客棹，叢樹護春城。風勁飛黃葉，灘高響亂流。《客歸》云：白雪積成鬢，青山迎到家。又五律前半如《懷寧途次》云：雲樹縈鄉思，鱗鴻滯早秋。千山當夏口，一劍走熙州。《過隨園》云：名園如好句，出筆便高超。室邇人何遠，詩成魂莫招。《雨夜》云：欲睡偏難著，凄涼萬慮乘。禪房誰載酒，雨夜自挑燈。《北蘭寺》云：爲訪北蘭寺，閑行江上村。春深水自綠，畫好山當門。《石樓詩話》

余重惜君詩未刊行，稿本叢殘，將就湮沒。《詩徵》中採取較寬，茲編遺其古體長篇，已覺負咎泉壤。七律爲君專門，尤美不勝收。雖選錄數首而雋句猶多，未忍概從割捨。復仿摘句圖例存數十聯，非獨出自私好，實劍氣珠光有不容磨滅者：木葉未黃秋尚淺，襟懷可白水同清。一行作吏原非俗，百里栽花總是春。過眼風波方信險，閱人溫飽始知難。滿地江湖鴻雁少，十年風雨鬢毛蒼。重酌公瑾當時酒，早瘦休文舊日腰。歲共雪消猶戀戀，春隨客至亦珊珊。青史功名紗罩眼，紅塵春夢路當門。峯如戀客爭相送，月却看人徒自忙。《渡海之潮陽》云：鯨鱷遠遷波尚涌，水天渾合月生寒。望裏關山應有夢，愁中雲水渺無痕。一簾花雨紅成陣，三月波光綠上衣。

簾因得月鈎慵下,燈已成花手不挑。長風吹立千層浪,晴翠飛來幾疊山。君應荷芰裁騷服,我欲參苓備藥籠。瘦竹精神詩裏見,仙梅骨格畫中看。引人詩思雲千里,滌我塵襟雨一亭。一卷消磨才子氣,百年遲暮美人愁。詞客底須俱嗜酒,錢神原不解憐才。忙處衹將詩度日,歡場慣是醉談天。半生未入黃粱夢,何日能安落葉根。碧水橋梁孤月白,綠楊村店一燈紅。歸雲幾度飛還住,流水何知送復迎。東風吹綠一江水,春氣逼青千里山。得好友朋如性命,遇佳山水便勾留。江山有待情方洽,鷗鷺忘機意自深。能續清遊唯我輩,休論往事弔伊誰。隔岸垂楊村十里,孤舟明月夜三更。《客金陵》有"六朝花月不醫貧"句,語尤蘊藉可人。

《答陳蔚林贈別韻》云:吾親老矣思兒切,況是良朋勸我歸。把袂未乾遊子淚,臨岐又灑故人衣。山來舊國孤鴻遠,木落空江一艇飛。迴首孟公留客處,暮雲無際蔽荆扉。《贈心庵》云:雅量汪洋千頃波,若論才筆更無過。古今書卷供驅使,天下江山助嘯歌。客裏青燈名士老,夢中白嶽故人多。謁來漢上題襟處,爭倒騷壇曳落河。《對雨寫愁》云:九十春光已過半,新晴不放百花前。囊空怕聽閑居賦,親老常吟乞食篇。十載奔馳天地窄,一生兀傲性情偏。可堪孤坐愁城裏,顧影自慚還自憐。《楓橋》云:日暮楓橋動客思,當年張繼此題詩。今宵我亦孤舟泊,正是烏啼月落時。七絕每多進一層說,亦自新穎。《歸山圖》云:廿年前便說歸山,畫裏家山好閉關。底事閑雲閑不得,又隨野鶴到人間。《富春》云:人生苦被利名牽,有誰高節能自全。我是漁翁遊當隱,看山重過釣臺前。《鐵翁見過》云:何不奚囊住此間,一聲長嘯出塵寰。辛家藏有仙翁酒,借酒好看江上山。

馮國恩 字芝軒

《怡園十二景畫冊》,題者甚衆,余最愛漢陽馮芝軒諸作,流麗可誦。《曲磴古梅》云:不合時宜不傲時,年年老樹發新枝。此花幾世能修到,明月前身未可知。磴側多栽松竹伴,春來獨具雪霜姿。古心古貌憑誰寫,應乞華光作導師。《平臺歌舞》云:平臺罨畫隱林巒,選舞徵歌興未闌。紅粉兩行花影亂,霓裳一曲月華寒。君能顧誤同公瑾,人羨風流比謝安。指點東山尋樂地,心隨魚鳥共盤桓。芝軒少時酷嗜吟詠,曩余館吳氏攬芭山房,曾以詩卷商榷。近與江都胡子安元、儀徵許墨卿源淦同下榻怡園,酒邊花下啖興甚豪,亦一不易才也。《漢口叢談》

徐熊飛 字冲之,有《晴翠山房稿》

熊飛好學能詩,年八十餘,手不釋卷,與范白舫鍇、洪旃林旛、王古靈應祥、吳克齊廷讓爲五老會,頗有香山洛社之風。《晤臨湘張明府》云:相逢一笑楚王家,禪榻茶煙兩鬢華。聞道武陵仙吏好,不將徵稅及桃花。《阻雨》云:雎陽磯畔雨初歇,綠草新泥沾屐痕。滿岸蘆芽溪水長,漁家正好賣河豚。

胡遠秀 字薌潊,諸生

香潊性曠達,豪於飲,自號酒蕩子。每宴客,杯盤狼藉,議論風生。研究經史,工制藝。詩其餘事,然頗多性靈語。有句云:皎如玉樹風前立,清比梅花竹外斜。蝸角功名求不易,雞窗燈火枉徒勞。《枉贈》云:人生七十古來稀,小隱多年住釣磯。出岫可知雲意懶,閉門不覺世情非。心懸令子呈三策,手種名花坐四圍。劈得蠻箋題好句,行間流露是天機。《石樓詩話》

尚 絅 字錦堂,號香雪,諸生,有《南遊草》

香雪先生書畫奇古,非時下名流所及。性孤介,一貧徹骨,不屑受人餽遺。復嗜飲,興酣則唫嘯自賞。《攬芭山房漫記》

絅少即工詩,書畫尤奇崛可喜。家貧甚,不以介懷,飲酒賦詩自若也。性不苟同,所訂交終身不二。詩本自性靈出,詞雖覺淺率,煉格自爾遒勁。《秋日雜詩》十首,多清微簡遠之音。近體清而能麗,綺而不靡。《正雅集》

採其《再遊金山》云：久客真無賴，山遊得好情。塔高從步緩，天近覺身輕。一綫延詩思，孤雲結旅情。酣眠看老衲，安穩待鐘鳴。《漢口叢談》採其《野橋》云：村落人家少，平沙野水遙。垂楊三折板，斷港一橫橋。夕照紅看背，苔痕綠上腰。尋詩何處客，拄杖影蕭蕭。謂其詩中有畫，真如對一幅絕妙荊關也。又《題畫梅》云：短籬破甕古牆根，雪壓霜欺處士門。半點俗情將不得，只宜靜對美人魂。清才絕艷，得未曾有。

徐寶賢 字晉臣，號雲門，有《杏雨樓詩草》

《看梅》云：晴雪霏霏滿翠苔，已拚蠟屐踏香埃。多情林外低含笑，忍盡春寒待客來。筆致娟秀，風度亦佳。

王宜觀 字賓于，五懷五世孫

賓于茂才，工舉子業，耽吟詠。家有園亭竹石之勝，與余衡宇相望，朝夕過從。及亦陶來，觸詠更無虛日。《贈亦陶》云：欣逢樸被此經過，掃榻荒齋帶薜蘿。落月停雲情自遠，漢碑晉帖手重摩。惜無繭紙供揮灑，幸有蘇門共嘯歌。不信青袍似春草，墨痕更比酒痕多。《同亦陶枉過次韻》云：同訪孫莘老，清言喜共聞。水光當戶映，秋色隔簾分。細雨侵桐帽，新詩寫練裙。淹留文字飲，籬角已斜曛。《湖上柳枝》云：桃花水淺蕩輕橈，夾岸垂楊似六橋。細雨斜風寒尚峭，不關離別也魂銷。《石樓詩話》

蕭履中 字坦夫，貢生

坦夫有名詞場，而詩不多見。《除夕》後半云：摩挲長劍愁華髮，冷落遺經負聖朝。顧影不堪徒老大，少年裘馬幾雲霄。

丁耀南 字心臣

心臣先生爲苹原比部封翁，以治法家言爲諸侯上客。性耽風雅，酬應雖紛，嘯歌不廢。廿年前得交比部，敍宗誼甚歡。曾誦封翁古詩數篇，取材《騷》《辯》，風骨大似建安。比部旋故，遺稿不傳。僅鈔得《題負米圖》二律，節錄之，以爲片羽之珍。聞比部太夫人亦工詩，年逾大耄猶能於燈下觀書云。

《題家春畬負米讀書圖》前半云：書聲帆影共翏飛，欲報春暉夕照微。不負生平登上舍，詎求升斗遂初衣。又後半云：十載爲添烏哺感，一經能續鳳毛賢。青雲有路幽光闡，錫類還應說肇牽。

徐步周 字理堂，貢生

《梅子山對月》云：一片冰輪湖上浮，數峯凉影動潛虬。何妨滅燭留真意，展我澄懷對素秋。頗有興會。

蕭德宣 字春田，嘉慶進士，官知縣，有《蟲鳥吟》

德宣少不羈，年十二忽有悟，援筆爲文，輒驚其長老。初令秦中，稱良吏。丁母憂，起復改官直隸，所在有聲。善因俗以爲治，嘗曰："喪元氣者，能吏也，培元氣者，循吏也。"當世以爲名言。性灑落豪放，銜觴高詠，寵辱皆忘。

明府詩才氣高華，不矜修飾，清微簡遠，是其所長。雖雄渾不足，實冲淡有餘。去膚存液，自是熊孫後一作家。

佳句《漂母故里》云：蓼花圍故井，一水泛清渠。人意憐才甚，天心欲漢扶。《初度》云：已無親可養，猶以食爲謀。《鸚鵡洲》云：寒潮夜打江城白，芳草魂留漢代青。《魯肅墓》云：贈粟心真同白日，破曹力不讓東風。《舞陽侯墓》云：霸主逢君呼壯士，呂翁得壻又英雄。《蘆花帚》云：慈母手中疑畫荻，才人筆底又生花。《手爐》云：冷袖攜歸花外月，寒燈耐坐紙窗風。歡顏忽動雙眉際，春氣全廻十指中。《竹夫人》云：一夜相思留艷骨，十年懷抱證虛心。結實憐伊曾引鳳，人懷笑我亦乘龍。今夕何夕涼如此，欲眠且眠某在斯。空谷本來佳麗有，芳心祇許夢婆知。小閣未曾殘暑退，良宵何可此君無。何妨白足常加腹，不用青螺巧畫眉。悟到世情圓轉好，買堅郎意緊相持。作者於詠史、詠物二者，莫不遺體取神，觸類生新。而又卓犖大方，不落纖巧。謂之絕技，當非溢美。

　　《月湖晚泛》云：秋水淡將夕，遠山青若沐。輕舟一泛泛，迎人鷗鷺熟。微風瑟瑟來，細浪魚鱗蹙。長堤曳暮蟬，柳色欲褪綠。片月上層臺，涼煙護古屋。美人去已遙，誰其繼芳躅。我欲攜瑤琴，爲奏山水曲。《石榴花塔》云：榴花死，妾罪是。榴花生，妾罪明。罪明頭已斷，如花骨逐春泥爛。君不見五月城西花一叢，盡是孝婦血染紅。《湖上》云：平湖秋瑟瑟，一色水連天。夕照千家網，西風萬柳蟬。遠山鱉瘦影，飛鳥上輕煙。入夜情懷好，還乘載月船。《同鄉諸尹陝中夜話》云：旅況艱如此，鄉音幸不孤。材唯誇楚有，人敢笑秦無。舊雨憐今我，清風尚故吾。季鷹歸思切，不是爲蓴鱸。《初夏雜感》云：天意何如此，人情竟至斯。家貧兒女賤，國難弟兄離。目斷雙親墓，心傷八口飢。米鹽原細務，老病力難支。《汾陽王祠》云：勛名福澤一身臻，華嶽鍾靈特降神。大力能廻唐氣運，善終高過漢功臣。門多將相如奴隸，室有兒孫遍搢紳。更羨窮危逢李白，千秋知己是詩人。《淮陰侯》云：金麾一指走重瞳，執戟郎官蓋世雄。胯下何能羞國士，臺前爭看拜元戎。八千子弟亡江上，百二山河入漢中。若使生逢光武世，不教血濺未央宮。《集古效香山體》云：盲者行道中，左右隨人使。遇正得其平，遇邪陷於死。債少者易償，職寡者易守。與其高而危，不若卑而久。十圍木持屋，五寸鍵闔門。所居在要地，勿以巨細論。獵衆則魚擾，鷹衆則鳥散。設官日以多，誅求易致亂。強令笑不樂，強令哭不悲。化民貴自然，何用驅廹爲。識馬須伯樂，鑄劍須歐冶。拓地能千里，不如一賢者。香餌非不美，只可欺魚鳥。龍鳳自高翔，安能售其巧。桃李夏成陰，蒺藜秋得刺。樹人如樹木，美惡不一致。《月湖竹枝詞》云：楊柳陰中發棹歌，輕舟喚渡漾湖波。儂家近日愁千斛，一葉如何載許多。桃花幾歷楚宮春，遺像還留廣漢濱。不解息亡緣底事，紅裙爭拜息夫人。

鄒詒詩 字愚齋，號石泉，由四庫館謄錄歷官知府，有《浮槎詩稿》　　子廷堯

石泉以佐貳洊至郡守，林蔡二逆之變，凡三渡臺辦理軍務，大府多資其才。其軍中諸作最近唐人，《過鐵線橋》云：暮鳥啼寒色，村花落野紅。寫亂後景色如見。又《軍中秋興》云：一卷陰符弓兩石，莫言奇計是招安。真切中時弊。

《短兵行》云：長戈催，短兵接，畫角一聲心斷絕。迅剽疾擊若流星，左顧右刺目眥裂。歸來夜火照坑壕，脫却征袍洗戰血。長河耿耿挂城頭，時聞髑髏號夜月。《楊柳》云：隔水千楊柳，秋來一半垂。颯然微雨至，記得別離時。風滿寒蟬急，沙平返照遲。年來腸斷處，不必楚江湄。《早發三江口》云：人語雜江聲，江帆挂曉晴。雲開巴水渡，日上黃州城。飢鶻當窗落，炊煙隔水深。如何方九月，猶自葛衣輕。《旅宦》云：旅宦艱難遍，三春百戰餘。野荒新鬼哭，天遠故人疏。琴劍淒行色，鶯花伴素居。少年棄繻者，飛動意何如。《春望》云：東海膏腴地，今年劇戰侵。弭兵諸將責，寬賦聖人心。魚戲春雲濕，鼉鳴海氣深。裹瘡憐戰馬，躑躅亦哀吟。《同熊午橋喻蘭坡周蓮塘夜話》云：剪燭空堂夜漸分，夜寒霜角不堪聞。燕鴻去後人猶客，風雪聲多酒再醺。故國山川愁入夢，天涯兄弟話離羣。何時返棹湘江上，重與攜樽細論文。《國朝正雅集》

七律多佳句可採，如：驛路風花春度馬，長橋細雨夜懷人。丹楓黃葉來時路，細雨孤煙別一村。九月關河秋易感，半生落拓淚全消。《黃鶴樓》云：百代江山仙去後，千家風雨鶴歸來。高捲疏簾邀素月，小移紅燭寫烏絲。水鄉別後逢秋雨，孤棹開時起暮鴉。風平古木連天響，雨後長河竟夜奔。寒菊初花人作客，秋霜有信雁橫空。五律格調亦高渾可誦，如《贈別》前半云：徘徊不忍別，暮色起庭陰。落日送君去，秋光照我心。《固安九日》云：

秋風木葉下,秋气渺愁予。鴻鴈又南度,江鄉未寄書。《芳草》云:芳草復芳草,客思難自裁。三秋從北望,一片自南來。《聞雁》云:野店燈初爇,蕭蕭聞雁行。一天秋似水,半夜月如霜。《促織》云:促織聲何急,客中秋又歸。一宵愁聽雨,九月未成衣。《望月》云:正值微霜後,黃昏人倚樓。如何一片月,散作滿城秋。

《小姑山》云:江介雨初霽,煙中明翠鬟。樓臺儼天上,鐘磬落人間。我欲凌風去,雲邊逐鳥還。祇愁流水逝,縹緲不容攀。《舟中檢韋詩題尾》云:五字蘇州韋左司,陶家門戶獨支持。扁舟一棹秋風裏,記得秋風落葉詩。

廷堯字松友,道光進士,官知縣,有《留耕草堂稿》。《至建昌》云:鼓棹乘新霽,春流綠上衣。日隨孤鳥沒,風挾片雲飛。小市人煙聚,山村水竹圍。女牆天外見,指點是耶非。《夜行》云:向晚客心急,鳴柝徹夜行。村燈臨水亂,江月向人清。汀雁千行落,遙山一抹橫。篷窗淡無寐,坐待日華生。語意清圓,具見家法。

葉名琛 字崑臣,道光進士,官總督、大學士　弟名澧

《題家春畬負米讀書圖》前半云:天涯歲云暮,有客返鄉關。江水幾千里,孤舟風雪間。筆致清圓,無達官氣。

名澧字潤臣,道光舉人,繇中書官監司,有《敦夙好齋詩集》、《溯洄集》。家藏書籍甲東南,自天文、經學、百家著錄無不究覽。詩最工,識者重其風骨,比之徐昌穀、高蘇門。久居日下,所識多海內才俊,然擇交慎,其賢者終身敬禮之。因邵武張亨父得識山陽潘四農,執弟子禮。風義最重,有東漢人節概焉。邑志

潤臣為今漢陽相國貴介弟,官內閣。有位於朝而樸儉若寒畯,休沐之暇時,與二三賢士作山水遊,歸則鍵戶讀書,苦吟不輟。意度蕭遠,令人作塵介想。今年余來京師,辱君雅契,一日出全稿相示。其為詩體素儲潔,冲漠夷曠,肆而不流,廉而不劌,高情遠韻,翛然筆墨之外,庶幾風人之遺意者,君其是歟?君世承苞蔭,無單寒噍殺之音,故其聲清越以長,誠之不可

掩也。《如是集》中紀行述遇，俯仰身世，搜抉奇異，而出以靜深。其眷戀庭闈，愴懷師友，孝友之純篤，懷抱之高迥，猶掩卷有餘思焉。所造已蘄至於古之立言者[3]，求之今人可多得耶？節劉存仁撰詩序[4]

潤臣北至雁門，南遊黔中，江漢吳越，靡不躡足。窮歷景物之變態，而性情則愈深摯。或謂潤臣詩托體陶韋，然潤臣自有真詩，乃與古人暗合耳。尋章繢句之流，自當早爲避舍。即求諸聲律格調間者，亦去潤臣遠甚。讀者似宜同有此見也。《寄心庵詩話》

潘四梅論詩曰：瀟灑丰神磊落才，冰清玉潤世交推。君爲秋舫翰撰之婿。就中五字尤超絕，胎息都從漢魏來。

《送戴存莊歸桐城》云：涕洟不敢下，爾有高堂親。離腸輪千轉，矧我羈旅人。人事偶屯蹇，身外皆浮塵。百年重戴履，所事休因循。故鄉一老叟，方植之翁東樹。高臥山中雲。爾歸詎孤陋，覃思風雨勤。有聞願相告，皓首崇先民。《懷潘四農丈》云：寄書何日達，我夢在淮陰。聽到征鴻唳，方知獨夜心。秋風響寒杵，霜月落幽林。極望滄流遠，思君孰淺深。《九日雨途中懷崐臣伯兄》云：弟兄離緒苦，忍淚寫家書。九日清樽在，孤舟客感餘。南天鴻雁斷，中澤鯉魚疏。廻憶兒時趣，青燈尚敝廬。《舟夜聞雨夢姚梅伯》云：欲覺聞殘雨，傷心夜夢非。波濤吾不死，烽火汝誰依。患難憐岐路，悲歌仗布衣。風塵何日息，相見有漁磯。《入長沙境》云：扁舟日日逐西風，倦客空嗟似轉蓬。漢渚鄉心飛鳥外，楚天秋色亂流中。道鄉臺冷寒雲暮，賈傅居荒夕照空。惆悵江山易陳跡，不堪搖落對青楓。又句如"浦樹含煙重，灘流帶雨渾"，皆不同凡響。《國朝正雅集》

關　鈞 字月生，舉人

月生負才不壽，秋舫翰撰爲序其詩以行。《秋蟲》云：畢竟蟲何事，年年抱不平。都將無限恨，並作此時鳴。天地有微意，山林多應聲。眼前風月好，吟苦亦癡生。《悼亡》十四首如：賫將心事人難喻，數到年華鬼替愁。世情淺涉偏能淡，天性工愁本不祥。兩載別離三載病，百分恩愛十分窮。皆

從至情中流出。月生好苦思，而語多幽致，宜其年不永也。《卧園詩話》

姚文錦 字芝樓，道光舉人，官知州

《丁巳改官出都》云：敢謂生非百里才，試將美錦學新裁。憶從金闕騰身下，曾向冰壺煉骨來。地近南山容市隱，天高北斗望星迴。明知宦海風波險，爭奈閒雲被雨催。語尙輕圓。

汪育馨 字滌齋，諸生，有《葆善堂詩文稿》

育馨窮年嗜學，邃於說經，頗得桐城方氏之緒論。

丈窮經之餘，間亦爲詩。令子韻和出讀數篇，皆鎔冶《騷》、《選》而能自抒胸臆者。七古氣充骨勁，《題修竹圖》一篇爲杰作，《詠古》五七律亦具識力，絕句超脫新穎，尤兼各體之長。

《蜀後主》云：蜀道無如一死難，故君故妓共盤桓。兩京火滅身猶在，五丈星沉骨未寒。北地謀能殲鄧艾，西川亡莫罪曹瞞。英雄子竟多豚犬，遺詔諄諄慟永安。《黃鶴樓題壁》云：詩非崔李盡消沉，料得神仙笑不禁。月夜似聞弄長笛，和風吹散好名心。《月湖雜詩》云：香沿一棹芙蓉水，涼納滿堤楊柳風。東寺鐘聲西寺磬，有人領取月明中。

劉傳瑩 字椒雲，道光舉人，官學正，有詩文集三卷，《覺書日記》、《漢魏石經考》各數卷　從子世仲

傳瑩姿慧絕人，四歲能爲詩，補弟子員猶髫齡也，一時有奇童之目。及官京師，於德清胡渭、太原閻若璩之書，篤嗜若渴，治之三反。旣與當時多聞長者遊，益得盡窺國朝諸鉅儒之緒。所謂方輿六書九數之學，及古稱能文詩者之法，皆得要領。采名人之長義與己所考證，雜載於書册之眉旁，求秘本鉤校，朱墨并下，達旦不休，因成羸疾。乃痛革故，常取濂洛以下切己

之說，以意時其離合而反復之。湘陰曾文正公雅重之，與論學，尤有針芥之投云。

世仲字殿塤，有經世才，爲曾文正公所知，未竟用而卒。詩稿多散佚，韻和爲誦七律一章，音節清蒼，具有家法。

《亂後即事》云：開樽那得玉顏酡，春色無如淚眼何。赤子愁看三戶盡，青山恨比六朝多。風高使節懷陶侃，月滿秋江憶法和。眼底雲霄鵰鶚少，烏鴉繞樹起哀歌。

田　鈞 字秉之，有《鳴籟集》

先生少治法家言，而嚴於去就，子壽丈稱其廉直而篤風義，有烈士風。嗜學苦吟，疾痛顛連不少輟。宿章聞而慕之，蓋十有餘年矣。去春與哲嗣春舟訂交，乃出全集囑爲刪定，云將付之剞劂，而意甚胐誠。未敢重負其請，謹據管見所及，爲刪存三百餘首，錄其尤者入《詩徵》。先生老於名場，屢經患難，身之所歷與口之所道，皆宿章所已歷所擬道、才拙思澀欲吐猶茹者。故讀先生詩如過曾遊之境，如溫已讀之書，覺字字打入心坎倍親切有味；啼笑怒罵直身親之，有不禁唾壺擊碎之慨。先生詩之感人如是，先生詩之佳可知矣。杏春六日雪窗燈下謹注。

佳句如：亂鴉爭晚樹，孤雁落寒汀。晚蟬村上路，歸燕水邊樓。雪消山態活，風利水聲懂。孤鐙人影瘦，深院月明多。貧覺世緣淺，閑嘗詩味深。癡雲低壓樹，驟雨暗移舟。花下櫓搖春水漫，渡頭人立夕陽多。滄江漠漠羣鷗散，古木陰陰獨鶴歸。清水池塘人跡少，綠陰庭院鳥聲多。《曉發》云：船動燈將滅，窗昏月已無。夢中人語雜，天際櫓聲孤。《古硯》云：老守數升墨，勤耕方寸田。《秋海棠》起聯云：別淚染紅袖，西風生暮涼。《過韓侯嶺》云：一飯區區何足報，感渠末路識王孫。《弔徐仲韋》云：庾信江邊曾寄食，方干身後始成名。《即事》云：招得東鄰小兒女，隔牆來剪夜香花。一曲大堤風調好，隔船唱與女郎聽。《寄內》云：懶向朱門賣詞賦，落花時節獨登樓。《無題》云：曲房歲暮拋團扇，欹枕天寒怯曉鐘。六朝金粉成漂泊，三月鶯花雜笑啼。月不常圓終慘淡，天多離恨易黃昏。踏青屢上貞娘墓，消夏猶過西子灣。再到巫山終是夢，縱登閬苑恐非仙。塵封暗壁蛛縈網，雨打空梁燕失巢。妙香縱得心源契，妄念難禁背癢搔。《玉鈎斜》云：詞客空山魂已餒，美人芳冢骨猶香。《送別竹夫人》云：此去平安誰報信，可憐消瘦不禁秋。《客中上巳》云：三月鶯花逢上巳，一船書畫過襄陽。山店酒香人釀飲，野橋雲過雁橫秋。《秦皇》云：焚書自種阿房火，聚鐵難消博浪椎。先生風塵作客，傺佗無聊之感，皆發於詩，而出之以溫厚和平，故言者無過而聞者易感。五律七絕寄托猶深，《秋夜懷友》云：井梧初落後，清簟乍涼時。明月照孤影，亂荷香滿池。美人隔秋水，遙夜起相思。黃鶴歸何晚，江天一笛吹。《鬥蟋蟀》云：雖是逢場戲，良材遇亦難。羽毛人愛惜，風露夜闌珊。一鼓气無敵，羣兒膽已寒。錦標連奪後，談笑罷登壇。《大雪舟中作》云：欲訪梅花去，崖高不可攀。皓然天地寂，寒重水雲閒。煨芋撥殘火，推篷失遠山。破帘風亂掣，村酒認柴關。《秋思》云：笑指大江水，浮生殊未閑。青春能幾日，黃葉又空山。掃徑無人過，乘槎有客還。銀河如可挽，爲我洗愁顏。《不寐和少白韻》云：睡鄉稱樂國，憂患忽相侵。蛩語徹虛壁，桂香來遠林。殘燈明夜色，落葉碎秋心。只有枕邊月，知人愁思深。《壬子除夕》云：封圻一淪陷，戎馬自紛紜。飛將何時起，哀鴻徹夜聞。寧爲討賊檄，不作送窮文。誰把屠蘇酒，江邊哭暮雲。《暮春懷友》云：春色隨流水，歸心逐斷鴻。人愁今日老，花比去年紅。身世浮雲外，輪蹄大道中。後遊期不爽，湖上共支筇。《夜過友人別墅》云：寒犬吠松徑，到來雪壓門。梅花凍欲笑，新月下孤村。之子懷高尚，幽情寄小園。爐香焚待我，相對竟忘言。《登梅子山感事》云：昔年樓閣枕山河，人事蕭條可奈何。惆悵招魂一杯酒，禁煙時節落花多。《月湖夜》云：漢皋燈火萬星屯，更鼓遙傳北岸村。楊柳橋邊歸棹晚，月明人叩酒家門。《揚州話舊》云：璧月珠簾憶舊遊，紛紛絲管竹西樓。二分月照紅橋水，殘笛吳郎鬢已秋。《襄陽懷古》云：銅雀香消餘片瓦，野鷹歌罷剩荒臺。祇今無限登臨客，猶對河山感賦才。《仲宣樓》。紛紛名士幕中來，千載猶稱八及才。天外野鷹呼不至，西風殘照獨登壇。《呼鷹臺》。生有高名死有祠，布衣碩望重當時。身逢明主偏遭放，遇合難憑五字詩。《孟處士祠》。途窮偶遇嚴開府,世亂常思李謫仙。身老江湖心戀闕,一腔忠愛借詩傳。《杜子美故里》。《過故人居》云:麈尾飄然舊榻存,淒涼何處賦招魂。子規聲裏瀟瀟雨,花落禪堂晝掩門。《山居即事》云:月浸池塘竹影斜,深宵蟲語透窗紗。夢廻冰簟涼如水,風過疏籬落豆花。《題友人詩》云:鹿門歸去鬢雙皤,門對青山掩薜蘿。除却風流孟夫子,此中埋沒布衣多。《風箏》云:雲路仰憑一線通,絕無依傍且隨風。凌虛欲借吹噓力,總在它人掌握中。《讀隱逸傳》云:檢點山中隱士名,西湖風月不勝情。孤高誰似林和靖,守着梅花過一生。《老女吟》云:蓬門歲月易蹉跎,擬托良媒奈老何。針線年年忙不了,替人作得嫁衣多。《除夕口占》云:瓶插梅花滿座春,捲簾掃地淨無塵。感時莫作牢騷語,窗外妨它聽卜人。《舟中見秋燕》云:迢迢歸路急孤舲,浪卷菰蘆雨乍停。腸斷秋風江上客,比它燕子更飄零。

吳長庚 字少白,道光舉人,官訓導,有《樸園遺草》

長庚屢上春官不第,舉明通進士,例銓縣令,仍以冷官自安。生平讀書以宋學爲宗,旁及漢人。考據著述皆自抒見解,不落前人窠臼。精楷法,出入歐虞。喜填詞,有酷似姜白石者。尤嗜苦吟,合王孟岑許爲一手。少時愛作樂府,於香山放翁爲近。殉節後,稿多散失,惜哉!

少白官武昌,壬子城陷死難,甚烈。詩以骨勝,振奇瓌瑋,凌厲無前,信有德者必有言也。雖寥寥數首,亦足與節並傳。

《魯子敬墓》詩云:眼識周公瑾,心盟漢武侯。紫髯終附魏,遺恨魯山秋。足與子瞻《詠太白》、茶村《詠子瞻》詩稱鼎足。

《織錦曲》云:春衣搖亂春花影,遊女如花花下飲。美人清晝掩蓬門,身上布衣手中錦。手中一尺錦,美人一寸心。寸心托十指,遙以待知音。上有祥雲曼,下有仙禽棲。願獻靈修佐黼黻,肯作尋常遊女衣。月上東牆清露襲,停梭欲卧雞聲急。挑燈重展意何爲,歲歲深閨自珍惜。《采蘭曲》云:終朝采蘭芷,日暮不盈簪。蘭芷亦何芳,芳心與之深。殷勤鼓枻瀟湘去,欲遺湘君慰遲暮。江風瑟瑟江波寒,月明何處君山路。《短歌行》云:度退始謀進,度報始受恩。輕進躓之階,輕受猜之嫌。我有三尺劍,光芒射斗牛。一舞犀象斷,再舞風霆吼。撫函未識主人心,函中夜夜蒼龍吟。施恩望報報終薄,望報施恩恩更惡。東風一夕山中來,開遍羣花花不覺。平原孟嘗皆梟雄,紛紛烈士歸牢籠,嗚呼魯連真高風。《刻木谷》云:刻木谷,孝子屋。子死母,形刻木。母生我,恩刻骨。報恩養母母死速,孝子哀哀抱木哭。哭不應,孝子毀。哭不生,孝子死。母死悲,身死喜,重到母前侍甘旨。君不見刻木谷下溪潺潺,至今嗚咽霜風酸,溪流不下狼子灘。《貧女織》云:霜稜稜,風獵獵。寒燈焰縮紙窗裂,車聲軋軋指流血。不辭指痛摧心肝,但願織成輸縣官。織爭一寸輸累匹,那得餘棉暖姑膝。《之襄陽夜泊宗關》云:老母含悲日,征人遠別秋。一春孤雁淚,千里大河流。骨肉依殘夢,風塵感舊遊。故鄉回首近,朝發且遲留。《國朝正雅集》

袁希祖 字筠陔,道光進士,官侍郎

筠陔家貧學富,困記室者十年。風順鴻毛,不數載驟躋卿貳,可謂極遭逢之盛矣。鼎台甫陟,蘭芷遽摧,未廿季姓名已不聞於鄉里。茂陵遺稿,行當與朽骨同腐矣。華屋山丘,可勝悲哉?同里王硯雲與有舊姻,爲誦二律,亦未遇時作也。

《送王小巖之潛江》云:鴻爪初經地,烏衣最著名。萍逢剛百里,絮語每三更。詩律緣家學,文章重老成。瑣窗同聽雨,澴水定新生。又向沱潛去,驪駒動短歌。雖歸如客樣,欲別奈君何。冷署趨庭慣,名山考業多。鰣生等鉋繫,旅食感蹉跎。

胡兆春 字東谷,道光舉人,官湖南同知,有《尊聞堂》詩文各集

先生品詣高潔,學識宏通,少有用天下之志,中年以軍諮得湖南司馬,不赴。五十居山,壽逾八十。寢饋經史,著作等身,足不履城市者十餘年。今秋忽捐館舍,余聞而悲之甚,非私也。憶己卯春與賀君展如見先生於漢

皋，因叩作詩之法。先生詔以"師今不如師古，風騷尙矣，若漢魏、若六朝、若三唐詩，皆師也。毋貌襲古、毋苟悅人，神而明之，思過半矣"。又曰："詩情之發也，無關於理，然而根柢於是在矣。詩興之寄也，無藉於讀書，然而蘊蓄於是在矣。此吾奉吾先子之教也。"其磬欬指畫，誘掖拳拳之誼，一追憶輒在目前。慨我大湖以北詩教中衰，賴螺山王先生與先生共起而持之，後生小子庶猶得聞風雅緒論；或冀振興有日，而今皆已矣，其能勿爲斯道悲哉？《瓶隱齋筆記》

先生自序謂："抑塞磊落之奇氣、無所控告發洩者，悉舉而見之於詩。"故先生詩，句中有意，句外有味。全篇不能盡登，摘句以饜侯鯖之嗜云。如：竹風送淸響，荷露瀉涼痕。急雨鳴高樹，斜陽在遠山。斯文誰負荷，吾道適艱難。高論難儕俗，多才轉畏人。江河如此阻，風雨亦吾欺。蟬因暑退多吟興，燕爲秋來起別愁。文章傳世非天幸，富貴逼人亦數奇。名世之生關運會，吾儕不幸老詞章。縱使淸心多妙理，可憐虛牝費精神。晉代衣冠雜戎虜，漢家旄節付輿臺。消耗壯心涼洗馬，搜尋樂意暖觀魚。媕婐未工休仕宦，著書宜蚤趁窮愁。阮籍何嘗眞善醉，安仁可惜不能閒。但論時輩無多讓，唯對古人輒自慚。芳草斜陽悲漢口，杏花春雨惜江南。南下河淮隨地轉，西來江漢接天流。所讀何書秦漢上，偶臨小楷晉唐間。昌黎自作獲麟解，杜老頻題畫馬詩。過卽不留明鏡影，呼之欲應焦桐聲。人爲熱中輕性命，天將冷眼看英雄。管樂何嘗矜意氣，龔黃祇在撫瘡痍。不知何故老將至，未免有情身後名。不敢妄求知分定，未能無累患才多。吾曹所恥非貧賤，豪傑自知多闊疏。漢後英雄王景略，周時循吏鄭公孫。皆淸越遒勁，相題而行，而又氣識深穩，字字從錘煉蘊釀而出。良由天分學力俱足，超軼恒輩，是所以掉鞅詞壇，爲一大作家也。

《尊聞堂》五古淵雅樸茂，如《種菜》、《村居》、《感懷》諸作，學陶謝而能深入堂奧，不獨虎賁之似中郎也。七古譎奇瓌瑋，凌厲無前，巨制尤美不勝收。《鸚鵡洲懷古》豪健爽勁，氣足神全，先生自謂極經心結撰，爲此題合作，非夸也。它若《海客來行》、《短歌行》、《君不見》等篇，寄慨遙深，長歌代哭，在國朝唯吳梅村有此本領。《海客來行》以董狐陽秋之筆，燭魑魅窮醜之奸，真開闢來未有之奇作。幅長礙錄，未免割愛。爲登《短歌行》一篇，表漆室憂國之忱，且以備一代詩史云：深入一截全軍覆，公然萬里據我腹。據我腹心飽我肉，臥榻之側鼾睡熟。窄袖短衫髪曲局，指揮華人如奴僕。江漢水腥不可掬，眼看喬木没幽谷。於戲，漢廷乃無一男子，誰爲武皇刷斯恥。

《村居》云：村居謝人事，爲與城市隔。門無剥啄聲，豈有車馬客。赤米與紫葵，藉供幽人食。俗塵屏喧卑，深趣耽幽寂。惟有雙鸚鴝，飛鳴檐前集。暫居非主人，數至如相識。抱膝吟《梁父》，嘯歌在一室。嘯歌忽傷懷，干戈猶未息。《劉明府冲召藹園看木犀不赴》云：遥天雁南度，秋色滿亭臺。老桂三十樹，西風一夜開。看花誰插帽，得句定傳杯。今日淮南客，八公未盡來。《暮砧》云：蒼梧雲不斷，戈戟立森森。聞道諸軍集，何時一戰擒。策勳明主意，持重老臣心。檢點征衣寄，秋風急暮砧。《有感》云：遠戍歸來日，兩朝知遇深。威名寒賊膽，忠藎固人心。聖主恩宜答，孤臣病已侵。英雄齊下淚，五丈大星沉。潢池弄兵者，毋乃太披猖。據邑騰蛇豕，乘城走虎狼。軍威振韓范，民命托龔黄。我后勤宵旰，何難定鬼方。昔聞唐獝賊，不敢過睢陽。慷慨誓師語，倉皇告急章。諸君仗旄節，爲國固金湯。矍鑠翁猶在，高談將略長。又告郴州變，萑苻亦可虞。犬牙聯地勢，梟首速天誅。腹背東西粤，咽喉南北湖。督師承廟算，夜半發軍符。《詩成》云：相隨若形影，一卷手中持。春水杜韓筆，秋花韋柳詞。積書出奇氣，瀹性得清思。戈甲滿天地，詩成將寄誰。《聞金陵賊平》云：鼓聲地中出，風掃陣雲開。運盡凶渠殄，功成福將來。金銀銷夜气，臺榭剩寒灰。法立知恩重，奇哉管樂才。《鄂渚雜詠》云：此錯誰爲鑄，殘棋不可收。棄軍寬馬謖，堅壁誤條侯。大敵須能勇，奇功在好謀。新安好山水，黯黯暮雲愁。帝城蒙厴气，古塞直狼煙。矛戟何時作，鑾輿猶未還。郘公唯坐鎮，天子自行邊。搜索黄金盡，荒臺莫問燕。山海神京壯，車書帝宅尊。遥聞燕父老，泣望國都門。三輔憑河北，六飛駐太原。長安歌舞地，先爲距鯨奔。箭激輪波轉，長驅腹地深。合流此江漢，雜處有人禽。薄蝕妨儒術，包藏稔禍心。白頭灌園叟，長嘯入煙岑。《幕夜》云：浣花草堂客，何時入幕來。縱談更短燭，索句撥寒灰。郡邑誰儒吏，江山幾霸才。眼中人老矣，夜坐且銜杯。《旅懷》云：誰爲蒼生起，蒼生望竟虛。未諳桑孔術，空上賈晁書。人重白頭豕，余憐赬尾魚。無田歸亦得，頻問故山廬。《夜》云：羣動夜深息，山村戶盡扃。圓冰生古硯，缺月入疏櫺。酒意擁衾覺，書聲欹枕聽。鄰翁望豐歲，時出看農星。《同喬司馬遊赤壁》云：當年一戰走曹公，唱到銅琶气吐虹。蘇子如何爲小吏，周郎畢竟是英雄。漫論烏鵲繞枝外，且喜鱸魚得網中。斗酒與君期共醉，不須橫槊向東風。《胡文忠公祠感懷》云：肅肅宗臣遺像留，雲旗飄緲楚江頭。十年籌策吞吳會，百世烝嘗戀鄂州。誰似信陵能下士，人憐李廣不封侯。畫船簫鼓爭南去，幾輩停橈問鶴樓。《納涼》云：納涼無事遠招尋，枕簟隨宜向碧陰。美女便娟幽竹徑，大臣揖讓古松林。官卑一任詩名折，學老方知書味深。唯有清風肯來往，貧交不必藉黃金。《遣懷》云：風前競秀林花發，雨過相呼山鳥晴。老輩文章皆自力，暮年親友最關情。幾人能道腹中語，羣貴無裨身後名。但得小園共棲托，滄江閒卧庾蘭成。《哀逝》爲吳廣文長庚作也云：杜宇聲悲春夢殘，烏啼花落晚風寒。一門眷屬冬青樹，十載師儒首蓿盤。何事建牙多大帥，可憐糜頂到微官。生成華屋唯燐火，腸斷東廂不忍看。《湯陰謁岳武穆王祠》云：古柏蕭森翠滿庭，祠前下馬拜王靈。誓還二聖有宗澤，勇冠三軍無狄青。何事自鋤良將帥，可憐長作小朝廷。趙家天子非英主，祇合歸遊湖上亭。《北河謁楊忠愍公祠》云：隻手扶天叩九閽，香生枷鎖至今存。一身自有忠臣膽，兩奏能褫國賊魂。但使精誠感帝聽，何辭頂踵答君恩。二楊摧折三楊用，前代興亡事可論。《鄴中懷古》云：相州城上野烏啼，漳水橋邊征馬嘶。女子怕爲河伯婦，丈夫羞對樂羊妻。居然漢賊先王魏，又見胡奴自帝齊。欲問史渠遺跡渺，平原斜日草萋萋。銅雀臺高倚碧天，鄴京簪笏集朝賢。郎爲粉面皆名士，兒有黃鬚尙少年。七子聲華何鼎鼎，二曹才調亦翩翩。漢藩文雅今銷歇，誰念登樓王仲宣。《粵盜》云：長圍壯士尙橫戈，定策誰爲馬伏波。陸賈橐中金已盡，尉佗臺畔鼓無多。驚風振厲猿啼樹，落日昏黃象渡河。泣憶往時荷飯飽，窄襟吹笛唱蠻歌。斗米炷香釀禍基，可憐萬姓罹瘡痍。蟲沙盡化誰貽誤，虎穴能探在用奇。豈慮朱三真劇盜，但求南八好男兒。赤眉歸命黃巢馘，何况熙朝全盛時。《偶成》云：笑著林宗折角巾，家無擔石不言貧。經綸老去空搔首，著述年來漸等身。豈易壯心銷烈士，不妨餘事作詩人。爲耽佳句多唫興，却恐高歌動鬼神。《讀書》云：鑽研故紙昔黃口，窺竊陳編今白頭。無酒空思澆趙土，有書何必借荆州。恬吟也占三分福，快讀能銷萬古愁。結習未忘聊爾爾，儒生豈敢傲王侯。《消遣》云：字必穩成如斷獄，思常力索似追逋。古人歷歷捫胸在，餘子紛紛到眼無。未許效顰來里婦，最宜搔癢得麻姑。壯心好借詩消遣，處仲何須擊唾壺。《望隆中》云：世無水鏡公，誰能識諸葛。遙望卧龍岡，雲气尚磅礴。天挺王佐才，霸圖非所望。吾爲公也惜，不生三代上。《雜詠》云：天既生鳳麟，天又生梟獍。毓美功所歸，鍾惡過宜任。玄豹隱南山，不屑與虎耦。寧爲雞也口，毋爲牛也後。棄之良可惜，食之覺無味。老鼠搬生薑，徒自气力費。聞鴉出惡聲，聞鵲有喜色。豈知鵲善諛，不如鴉忠直。鞠通穴琴中，豈能諳琴理。蟫魚巢書中，豈能窺書旨。人於物爲靈，物於人異體。老猿戴髑髏，學作人樣子。知止乃不殆，好進必取辱。畫龍不點睛，畫蛇何添足。物溺於所安，便謂此間樂。羣蝨處褌中，別自有丘壑。主人愛飼貓，職在捕鼠子。貓乃與之眠，何不撲殺此。螢火雖小光，自耀非因它。飛蛾性附炎，自焚可奈何。伐蛟於未成，殺之如屠狗。迨至飛騰時，魚鼈我黔首。狐裘雖已腐，勿以狗皮補。貂冠雖不足，勿以狗尾續。難致始爲珍，易獲非所惜。君看羊皮千，不若狐腋一。鳴不必驚人，人疑汝不平。飛不必冲天，天忌汝滿盈。無用之用大，不才之才全。匠石去不顧，社櫟保天年。管鑰兩相待，焉用自棄捐。柄鑿不相入，何必強周旋。欹器我所師，兩平無傾覆。漏卮亦我師，涓滴不私蓄。秦松高百尺，漢柏廣數畝。非惟培植深，良由根柢厚。

王　鑾[5]　字西園，由諸生官縣丞

　　與西園交三十年，甚狎也。初不知其能詩，殁後友人出稿見示，始悔里有顏回而知之不早，亟錄數首以補吾過。詩以天分勝，雖口頭禪亦不易才也。

《秋眺》云：四望春無際，村花撲鼻芬。樹低枝作蓋，路狹草爲裙。遠浦餘落日，空山補暮雲。柴門水如抱，秋色與天分。佳句云：水光當晚好，山色入晴多。灘淺忙提舵，沙輕遠壓舟。路生尋伴走，水隔待舟來。篷遮疑有雨，帆落識無風。誰謂文章皆顯達，未聞學問外倫常。學到彌深方見歉，理經細索倍生新。山深天氣晴疑雨，水近人家夏亦秋。南來客病如花瘦，東去江寒入夢涼。

劉慶餘_{字善堂，號琪峰，咸豐拔貢，官知縣，有《劉神木遺稿》}

慶餘生而俊穎，少孤力學，才速而藻贍，貧甚以傭書自給。某甲豪於財，無子有女，欲贅之，力却不應。壬子亂作，流徙長沙，沔陽戚太守天保奇其才，妻以從女，年已三十矣。以拔貢授知縣，入秦，權神木，洋洋有政聲。甫受代而寇至，士民遮留，爲襄守禦事，城陷死之。慶餘事後母孝，與弟慶篤友愛甚摯。爲人短小精悍，有吏材。詩歌豪宕有奇氣，居恒論時事，忠義勃發，見於眉宇，臨危卒踐其言。_{本傳}

君爲螺洲入室弟子，寓書介於劉冰如方伯，初未之奇也。一日投長排五十韻，乃大驚異，召入幕。余先客方伯二年，與聯床對席，道義切劘，若有夙契。方伯諸公子皆能詩，春秋佳日，頗多文酒之宴。君詩先成，座客每多擱筆。兒子彝垂髫侍讀，君愛妻以子，擬親教之。一行作吏，遽爲國殤。悲夫！於哲嗣求觀遺稿，多叢殘斷爛。悉心持擇，爲刪存百有餘首，題曰《劉神木遺詩》而歸之。君詩取材宏富，咀嚼瓊英，剪剔綺繡，輒覺粲然驚目。五古擬《選》，未泯摹仿之痕，反失廬山真面，竊爲不取。七古才思藻麗，風發泉涌，凌厲無前，洵爲吟壇飛將。近體音亮思沉，慷當以慨，是能得螺洲衣鉢者。《軍次聽雨》云：梵宇深沉靜不嘩，敗亡賓主共咨嗟。孤燈永夜聽春雨，野院東風打落花。白眼途窮懷故劍，青山何處是吾家。班生悔抱封侯志，腸斷滄江遠戍笳。《周郎》云：醇醪公自足千秋，絃管消餘戰鼓愁。夫壻君臣隆遇合，英雄兒女劇風流。能將吳火燒曹賊，到底東風借武侯。壽殀獨疏王霸略，幾番辛苦索荆州。《臨江秋眺》云：年來生聚起荒蕪，迢遞登臨感伯圖。中幹青山西入楚，大江黃水遠吞吳。雄城十面秋風健，殘笛一聲落日孤。跌宕吟成杯酒在，仙人明月醉中呼。《元日漢皋漫興》云：長沙傳檄起援軍，苦戰殲除犬豕羣。吹角不寒全楚氣，張帆直捲九江雲。重瞻漢室官儀在，怕看天邊太白文。更報東南嚴鎖鑰，金湯門戶屬殊勳。《和贈星海》云：天迥霜高西北秋，側身曾倚最高樓。河山不禁登臨感，今古難消羈旅愁。未斬長蛟存短劍，苦爭腐鼠入扁舟。相逢定下英雄淚，越石剛爲繞指柔。《亂後歸里》云：萬家井邑盡凋殘，茂草荒雲與共間。不信當時舊明月，夜來猶照鳳凰山。《望太華》云：雨餘雲气積千里，黛色平看已蕩胸。我有奇詩吟不得，明朝擬上最高峯。

佳句如：春燈枯坐淚，夜雨苦吟魂。星河秋萬里，刁斗夜三更。湖山平入抱，風月總宜秋。離人江岸北，歸棹短橋西。扁舟春渺渺，孤劍意遲遲。遠山隨我轉，野樹背人行。戀雲壓嶺青成障，芳草連天綠進城。倚山築屋低於樹，傍水開門近接航。早歲雄心悲落瓠，年來身世托孤舟。舊時況味渾如夢，異地風光不是家。天下於今多白眼，窮儒獨自念蒼生。功名得早原非福，意氣稍疏不是狂。西來岱色參天黛，東走河聲帶雨寒。皆矯矯軼倫，明七子中，惟王李差許爭長。

葉廷芳 字松亭

《送白蕘先生遊華山》云：我行無定跡，我居無定宅。江漢久棲遲，所遇多佳客。釀酒敢自斟，清夜常虛席。先生杖策來，相逢話疇昔。屈指二十年，悵望江南陌。丙寅丁卯間，先生晤先君於白下。明日檢奚囊，又訪華陰跡。一葉入秋旻，江上蘆花白。尙覺清空一氣[6]。

黃錫祖 字香甫，有《香甫詩集》

香甫久客粵西，爲人掌書記，年三十餘卒，所作詩皆散失。王少鶴樞部示以黃香圃詩[7]，詞旨淒切，有未哀已歎之情。其懷人詩不減謝客兒。《春晚雜興》中一首云：一別元亭再見難，平生恩義重丘山。忍看賣宅淒涼字，馬策搧扉慟哭還。讀之令人增情誼之深。《寄心庵詩話》

《秋懷》云：漢家都尉罷防邊，海內承平二百年。散馬驕嘶沙草地，獵鷹盤沒嶺門煙。鐵船月白中流見，銅柱秋高大漠懸。千古馨香崇廟食，將軍誰似馬文淵。《江上和少竹》云：取醉深杯百不辭，生涯輸與榜人知。鱸魚切玉菘浮碧，正是篷窗賭酒時。

黃嗣翊 字心畬，同治優貢

嗣翊生而歧嶷，嗜學工詩，為南皮張孝達學使所知。《擬李白〈湖上別張謂〉》一首，即送學使佃也，頗為所擊賞。有才不祿，士論惜之。詩云：黃鶴來東北，招我天一涯。我欲往從之，飄然凌紫霞。人生如泛梗，四海誰為家。勝遊知無幾，會須美酒賒。與君拚一醉，湖上日易斜。日斜花正落，有酒君共酌。我醉已酩酊，夢魂逐南北。夢裏與君別，攜手長安陌。倚馬慘持杯，芳草啼鵑血。鵑啼驚我夢，湖上曉鶯弄。離筵白雲飛，起引青絲鞚。

鄭文藻 字采章

文藻工六法，能詩，兼通相墓之術，著《地理要訣》一卷。

《哭劉殿堉孝廉》云：夜臺寂寞著書淫，未了平生經世心。西漢文從身後貴，南豐知在死前深。曾文正謂其散行文有西漢氣。文場不意淪名士，宦海何由覓賞音。辜負廿年甘石學，君兼通天文算術。茫茫遺緒愴難尋。氣格老橫，似李空同。

鷗邊人

汪丈簡庵村居教授，書來云：近於友人殘書堆中得書板二片，剔塵把讀，乃《鷗邊集》詩數首，皆清脫可誦。因摹以見示，且囑入選。板出村之胡氏，而不敢臆定爲何人作，姑題曰"鷗邊人"以待訪可也。余俯讀，詩筆秀潔而氣味雋永，在漢南雅近孫石樓，誠爲不可湮沒。汪丈於無意得之，似亦有數存其間耶？

《聞鄰舟吹笛》云：帆影挂晴嵐，金山一鏡涵。鄰船吹玉笛，離恨滿江南。高柳岸傍渡，晚鐘雲外龕。鄉關應有夢，新月破初三。《桐涇夜泛》云：爲貪風色利，夜靜溯波行。新月沿船出，流螢近水明。好山愁裏過，芳杜客中生。一枕秦淮夢，猶聞玉笛聲。《京口駕小舟將登金山遇風而返》云：夕陽金碧絢崔巍，泉憶中泠一水廻。艇小纔過京口渡，風狂難上妙高臺。江潭未可輕窮薄，萍梗依然任去來。舴艋爲家剛匝月，看山聊覆掌中杯。《片帆》云：片帆東下水迢迢，朝攬雲煙暮看潮。獨樹臨江橫雁字，野航招客買魚苗。白門舊恨餘山色，南國多情是柳條。一聽鷓鴣腸欲斷，金閶亭外又移橈。《石門晨渡》云：小艔侵晨渡石門，兩岸濃陰桑柘村。炊煙近水散還結，曨曨曙色開朝暾。步擔橋南趁墟去，鴨欄魚網迷汀霧。雲開欲看石帆山，舵轉波廻不知處。

《吳門雜詠》云：十里山塘爭渡喧，行人解纜正黃昏。過堤楊柳煙初墮，疑是貞娘月下魂。梅子初黃細雨天，百花洲畔暗浮煙。一竿坐釣香溪水，不上吳娘六柱船。

釋圓炅 字旦庵，號辰山，住西庵，有《口頭語詩集》

旦和尚詩多率意塗寫，不事剪裁，而亦自多合格處。《月老遊白下歸住黃安，今來漢過訪》云：握手驚相問，棲遲何處山。昔聞遊白下，今喜住黃安。衣袖雲全染，鬢眉雪半殘。石洋湖上月，別後作君看。它如：月孤常伴石，雲老不辭松。月落山形瘦，冰凝水面肥。煙籠疏樹合，雲挾遠山飛。竹瘦含煙少，園空受月多。貪看好山成獨往，愛臨流水竟忘歸。愛種名花因佐酒，忍芟碧樹爲憐山。均有佳致。

釋廣志 號隱耕，住大別山寺，有《停雲吟》

《和彭亦堂〈秋懷〉》云：貝葉閒房靜，幽花別院開。泛舟隨水往，招鶴逐雲來。徒有悲秋興，而無作賦才。山山搖落甚，相對故徘徊。《寄戴禮堂》云：結廬住幽僻，四顧煙霞深。山月照清思，江雲見遠心。買田播秫子，培土護桃林。亦有求閒意，相期寄好音。《夜登江樓》云：夜靜天空萬里悠，敲殘清磬上高樓。此心寥落何從說，兩岸無聲一水樓。

釋輯光 號仁山，別號半衲道人

輯光詩筆清蒼，《孝婦歌》云：忠孝赫赫稱大節，天地正氣所凝結，女子得之尤奇絕。七十老姑病莫支，紛紛盧扁亦奚為，有婦愚能捨膚肌。靈藥何事入山尋，一臂焉敢自愛深。姑食如死無定理，姑食不死妾何心。血肉狼籍驚神鬼，抽刀遽止桃花水。桃花一片姑食甘，衰病頓看扶杖起。於戲此婦何胗誠，大孝格天姑再生。鬚眉不少奇男子，彤管獨傳巾幗名。以緇衣而重彝倫，是從古無不忠孝之神仙也。

釋蕙旦 字東白，住栳栳山寺，有《栳栳集》

蕙旦本儒家龔氏子，髫年薙髮，初不知書，後忽徹悟，凡五燈三乘之奧，悉能意會。駐錫鄂城靈湖寺，大倡宗風。晚年善詩歌，《尋梅》云：清晚帶殘夢，尋梅獨往還。風聲橫北雁，日腳下南山。古木蒼煙外，孤亭峭壁間。明明不是雪，猶隔水潺潺。句如：囊空詩思苦，村暮旅魂消。花從今日見，春自舊年催。客路孤村晚，僧鐘落日斜。村春飛木葉，漁笛散江煙。鳥依廚寄食，雲傍石生衣。隨水桃花終不返，黏泥柳絮更難飛。好雨過門催膡去，和風入幕報春還。皆可誦也。《漢口叢談》

《春日雜興》云：雨去竹樓靜，晴窗四望開。東風著意處，芳草過山來。

鶴唳青松頂，雲翻碧澗隈。偶因尋釣叟，途遇早春梅。《雨中》云：簷花不向雨中開，屐齒無人破綠苔。贏得一池春水碧，倚門閒看白鷗來。《石樓詩話》

釋超乘字蒼閬，一字月堂

《登黃鶴樓》云：極目江城上，高歌興未休。白雲猶在袖，黃鶴尚餘樓。天際秦峯迥，簾前楚樹秋。遙思前劫事，浩浩付寒流。《遊天童寺》云：一徑行無盡，千年古樹深。忽聞清磬響，更向亂雲尋。寒色雪封澗，幽香花滿林。可憐峯畔月，常照此禪心。

釋寂恪號石田，有《辨滴園詩》

《登黃石山》云：鴈堂真寂歷，攜友漫登臨。菊放廻廊靜，雲眠古道深。寒林生野意，蒼竹動禪心。抱膝高吟久，尋盟日已沉。《和黃屺翁讀書西庵韻》云：抱書頻過此，朝夕尚高吟。藜藿無兼味，山花獨稱心。忘機窺鳥入，步月愛雲深。習靜禪堂裏，香風動客襟。詩格清圓，與月堂同一機杼，皆衲子中雋才也。

釋德修字韻禪　廣純字常淨，餐霞字赤城

德修自南海歸，攜其遊草過訪，江風颯颯，不遠數十里波浪而來，其眷戀舊雨如此。廣純精於弈，韻語頗雋。《德修見贈》云：坐臥儲峯下，翛然遠世情。開軒黃葉墮，掃徑碧雲橫。茶罷聞山雨，詩成掣海鯨。八年重得見，懷抱一時傾。廣純警句云：千花明斷塔，一鳥下寒塘。江帆秋共遠，巖樹雨先昏。餐霞有句云：滿塢茶煙孫竹綠，一龕蕉雨祖燈紅。皆吾邑近時詩僧，坡公所謂"無蔬筍氣"者也。《石樓詩話》

閨秀

江　蘭字貞洙，九江道殷道女，徽州同知張叔珽室，有《倚雲樓詩鈔》

蘭詩盡洗鉛華，歸於質直，《勖夫》一首辭嚴義正，洵閨中畏友也。五律格老氣逸，無脂粉纖庸之習。

《夫子讀書九峯賦寄》云：吾聞學問道，紡績同其業。積絲以成寸，積寸以成尺。君今下董帷，妾喜安能說。勿謂學既優，經史真堪繹。勿謂年正少，分陰真堪惜。勿謂才華高，斂氣心方愜。高堂有舅姑，勿須君切切。家事雖紛紜，勿勞君籌畫。君讀萬卷書，妾織七襄帛。妾盡爲婦道，君當令親悅。轉盼秋風廻，丹桂必攀折。姮娥有俊眼，勿令笑巾幗。勉旃夫子兮，莫憂室人讁。

徐如蕙字瑤草，叔珽側室，有《厂樓詩鈔》

《雨中梨花》云：雨打梨花不忍看，却教長袖倚闌干。玉容慘淡冰肌冷，啼向春風透骨寒。《柳花曲》云：柳花如雪點征衣，不住紛紛撲面飛。此去遼西千萬里，有人樓上恨春歸。娟秀有林下風。

余　氏雲南按察使江芑室，有《瑣窗閑韵》

《五華山》云：五華高與白雲齊，煙霧空濛望轉迷。綠樹參差迷古寺，夕陽無限鳥飛啼。《寒夜》云：雲擁寒山入夜清，凝霜凍月傍簷生。碧紗窗下挑燈坐，耐聽征鴻斷續聲。《三月晦日》云：雨洗風簷入夜頻，曉來花色減精神。枝頭猶有殘紅在，除却今朝不是春。《奉別常夫人》云：幾年宦海竟如何，贏得星星兩鬢多。琴鶴不愁無載處，滿船明月一江波。清華流利兼有其長，得自閨閣，殊非易易。

陳貞媛名涵，號無波居士，布衣陳龍崖女，幼許字宋正學，未婚而寡，矢志依母家，吟詠自遣，有《無波詩草》

《白石》云：白石粼粼瑩澗底，分明秋月映秋水。昨宵風雨拍天來，此石不隨風浪起。《筠雪軒枯竹復榮，詩以識之》云：舊是仙人種，摧殘歲月深。冰霜原自矢，榮落亦何心。勁節無如此，清風欲滿林。從茲同我老，一日一長唫。《玉蘭花》云：枝上鶴從何處來，爭將雪影覆瓊臺。芳心只解憐貞白，一任夭桃爛熳開。《暮春》云：草滿池塘花亂飛，門前楊柳正依依。閒庭日暮簾空捲，不見孤棲燕子歸。

戴夢月字清曜，布衣劉光室，有《水明樓遺集》

《有孀婦受它室聘，未改適而病卒，詩以悼之》云：由來白璧貴無瑕，不合迴頭一念差。舊事憶來猶有恨，夜臺歸去已無家。巫峯寂寞行雲冷，玉宇淒涼落月斜。弱魄依然悲早寡，簾前羞殺杜鵑花。

補

徐溥文字雲樵，官同知，有《味塵軒詩草》　子光煜

溥文以資郎入官，初令陸豐，即以循良著聲，擢同知，卒。

詩主性靈，多雋句，如：短棹人隨流水去，遠山僧帶暮雲歸。好酒每留當月飲，新詩多半對花吟。濟世才歎天下少，同心事覺古人多。從無狂士能諧俗，未有庸人解好名。家無宿粟貪藏酒，囊有餘錢愛買書。《唐花》云：知否寒梅生性傲，同時羞與鬥芬芳。留待三春開最好，如何都愛眼前紅。《從軍》云：男兒有志事功名，身赴沙場是壯行。自信赤心能報國，非關白面好談兵。出門預已訣妻子，臨陣原難知死生。惟有高堂書一紙，躊躇不敢

說從征。光煜字子厚,《春晴》云:今朝風定落花少,昨夜雨餘芳草生。

【校記】

〔1〕迥同,此說法罕見,或爲生造之詞。

〔2〕大多山人,漢陽有爹山,遂有爹山文人將"爹"字拆開,成"大多山",自取名號曰"大多山人"。卷七"孫漢"條,又有"爹河"一詞。

〔3〕者,原無"者"字,據文義補。

〔4〕劉存仁,"仁"原爲墨點。光緒十六年刻《敦宿好齋詩全集》有劉存仁序,據補。劉存仁,字炯甫,福建閩縣人,道光二十九年舉人,著有《屺雲樓集》。

〔5〕王鑾,《詩徵》卷十六另有"王鑾"條,並非一人。

〔6〕此段文字未注明出處,但從内容看,並非丁宿章作自撰,或取自蒲圻張開東後人所撰資料。

〔7〕香甫,此條或作"香圃"或作"香圃",《湖北藝文志》卷五集部二別集二,作"香圃"。

增訂

葉名澧 見前

《泝灘集》宗法老杜自秦州入蜀諸篇，寫難狀之景，極沉雄飛動。《雷洞灘》云：拖師輕風浪，簸揚人如丸。《橫石灘》云：危舟不可上，長年聲欲暗。憑舷屬輕篙，逆流爭尺尋。《顫鶂灘》云：斜睨獰毒目，怒立森老拳。張吻欲攫人，充彼魴鯉餐。《高果洞》云：船尾如曳龜，舡頭如飲犢。篙槳苦難施，左右相迫蹙。邪許集舟人，環環縛在腹。《藤夢漢》云：繁霜凋臥柳，疊嶂倒垂藤。《文德關》云：地可丸泥閉，人憐磨蟻旋。《舟夜聞角》云：寒霧連空客夢迷，數星臨水戍樓低。秋風何處吹哀角，一夜飛霜下武溪。格調高迥，在高蜀州、岑嘉州之間。《旬甫詩話》

黃文琛 字海華，道光舉人，官知府，有《思貽堂全集》

文琛守寶慶，有善政。初官太學，即以詩名京師。善化鄧丈湘皋稱其詩，"清空澹遠，不假雕飾，天真絕俗，挹之無盡"，讀之信然。

《睡起》云：西牆桐四株，東牆竹萬個。微風生午涼，滿地綠陰大。睡味有餘清，起就繩牀坐。羣影動簾鈎，孤煙裊藥銼。閒情只自知，欲吟誰與和。《訪朱道士不值》云：居囂厭俗襟，愛寂趨淨境。藥房閉秋綠，階竹落風影。童子示手語，老鶴睡未醒。門前古苔深，煙外涼波永。欲歸心轉留，何處覓孤艇。《橫塘曲》云：妾家橫塘上，門前蓮花開。昨日郎始去，今日郎復來。郎來花更好，見郎羞問郎。郎亦無他語，要妾向橫塘。去去橫塘路，采采橫塘裏。郎自采蓮花，妾獨采蓮子。蓮子似妾心，蓮花似妾面。妾面郎常看,妾心妾自見。《春夜王大承楓過飲,即乞畫山水障子歌》云:王生善畫今絕倫,醉後潑墨尤可珍。技能雖異誰復識,落拓與我心相親。軟風噴霧天已曛,遲遲禿尾駄雙輪。入門索酒大歡笑,快逢好友忘官貧。臘味未罄山豬美,生菜共嘗畦韭新。縱談世事及遊覽,興酣轉覺凄心神。大別山下草香勻,月湖鴨綠波鱗鱗。紅欄九曲遮柳堤,寶馬一路惜花茵。對江樓閣高入雲,雙流東去驅嶓岷。黃鵠不飛鳳凰住,吹笛解佩來仙人。兒童生長舊遊厭,丘壑頗負胸中真。十年飢走歸無因,迢迢鄉夢迷黃塵。君宜解衣般礴贏,呼兒更酌梨花春。使我掛壁慰寂聊,搜篋鋪几不辭頻。高燒脂炬夜留賓,喧呶不顧驚四鄰。未許五日復十日,促迫能事君勿瞋。《夜雪同友飲慶員外宅醉歌》云:引壺莫辭醉,對雪莫辭寒。人生會合大不易,如此良夜難復難。燭花亂落堆銅盤,地爐騰焰窗紙乾。老兵貪睡更鼓闌,更誰問夜催歸鞍。歌呼縱樂共豪俊,忽使憂思來無端。君不見伈伈睍睍潮州守,強弓毒矢今何有?千歲老蛟作雷吼,捲空銀海不宜走。令我拔劍沉吟久,玉戲滿天杯在手,吾曹只合痛飲酒。《舟過德山》云:今日何日飽看山,山色落我船窗間。定知山靈獨笑我,閒官何事身不閒。舟子催促莫久住,此間未是收帆處。涼波疊碧天已風,沙禽突破秋煙去。《湖上》云:容易東風去,晨遊暮未還。畫船不礙水,僧剎半依山。《醒邯鄲》:豈是炊無米,居然煉有丹。典雅適題。又:狂吟詩起草,小酌酒堆花。幸有湖山容我輩,敢將勳業薄羣雄。亂世能窮原是福,名山可老不妨痴。小人得志滿盈慣,大將成功僥倖多。姓名容易污青史,富貴原難到白頭。《擬古》:儂心如車輪,日日隨車轉。車輛夜夜有停時,儂心輾轉朝復晚。《閨情》云:報到泥金帖,深閨喜更愁。長安花好看,夫婿本風流。又:仗劍從軍去,男兒志不佺。昨宵邊信至,聞說已封侯。《偶成》云:一編橫老屋,坐聽紡車聲。人自同山靜,燈猶伴月明。心清緣事少,肩聳覺寒生。誓擊中流楫,錚錚劍亦鳴。《有得》云:既落形氣中,紛紜日萬變。變亦有時窮,不聞復不見。陰陽如晝夜,天地亦乾坤。一氣互消長,動靜是其根。造物生萬物,形質各不同。並育不相害,所以成化工。《漫興》云:兒能立志即孝,婦解持家必賢。白日兩餐軟飽,良宵一枕安眠。《雜感》云:身安由於心逸,富游不及貧歸。貴老何如賤少,家給先願國肥。百歲光陰轉瞬,行年早過知非。清流不憚惠風,明鏡何妨屢照。風來水波不興,照處形神畢肖。人能成見不參,因物付物自妙。修德理無不報,須知遲速有時。宜援成事作鑑,當取古人為師。勿以善小不為,勿以惡小為之。盛名最難副實,虛譽更易招尤。文王曾蒙大難,尼山亦抱隱憂。卓哉鋒芒不露,乃與造化同游。《月湖晚歸》云:清渠如帶鎖長堤,遠望平橋路不迷。楊柳枝頭鴉睡穩,一輪殘月亂山西[1]。又:《竹枝》云:森森江波去,□□□不還[2]。春事花花續,酒懷日日閑。何時副虛願,結屋兩三間。《過彭澤》云:菊花好天氣,而我此經過。涉險向吳會,臨風聽楚歌。山城危堞迥,水驛去帆多。悵望斯人遠,塵勞愧若何。《寄胡中丞同年》云:西風昨夜到庭柯,盛會名園憶屢過。厚福如公能有幾,暮年同輩本無多。畫蛇一足我堪笑,射鼠千鈞人謂何。勝踐已虛消夏約,歸來聽雨看秋荷。《酒旗》云:丈竹高桃尺布裁,爐風吹送好香來。鶯啼野店日初出,水繞山橋花正開。賺我舉頭看細字,替人招手勸揮杯。詩家萬古無窮境,畫壁當年可費才。《寄子》云:默數行期定卸舟,水程風信可淹留。而曹婚嫁粗能了,歲事凶飢正可憂。已長應知鄉黨敬,不才毋作父兄羞。我勞于役差安健,一路看山到永州。《題秋海棠畫扇》云:蘸紅拈碧寫秋心,七字詩成不費尋。是有情人應解讀,墨痕直比淚痕深。《清明》云:淡淡湖風弄雨絲,紙灰飛上綠楊枝。三年不過歸元寺,腸斷清明上塚時。《題鄧學博〈雪堂聽雨圖〉》云:八年前與湘翁見,為說山房聽雨時。今日披圖重太息,感君家世忍題詩。一樣情懷君更深,黃州斷夢尚堪尋。嗟余永負閑居約,淒絕寒燈此夜心。乃翁湘皋已下世。《苔級》云:為愛登臨苔級修,蕉衫團扇每勾留。涼煙一碧日西下,遠樹風來山已秋。五古入手如:驚禽落海雪,千里寒雲昏。飢飛不得哺,哀哀鳴向人。《送人》。水流愁不去,人與秋俱來。登高撫勝跡,思古有餘哀。《登晴川閣》。皆雅近康樂。不忍孤花事,春風數往還。人無閑歲月,天與好湖山。《春遊湖上》。窗開山入座,門對水為屏。桃樹一千本,花時我慣經。《崇福寺》。殘柳帶秋色,遙天生暮雲。夢與去帆杳,愁隨芳草生。酒懷秋後減,蟲語夜深多。體瘦披衣覺,顏衰引鏡看。老樹根穿石,高峯影障天。別淚雨中酒,春愁江上程。無營心自省,有節體能強。雨蓬燈伴客,風枕水驚眠。秋花孤館艷,瘴雨百蠻消。小桃滿樹不禁雨,嬌燕尋巢深避人。春流活活谿橋斷,曉霧濛濛野店開。澄江落影臥高塔,老樹空心開野花。不忍思量惟去日,最難消受是凉宵。勝著要從殘局得,沉疴須檢古方看。雅游盡日客無事,好景四時門不關。黃葉不曾苔徑掃,朱欄正對水亭開。□夜霜華寒意重[3],四圍山色縣門深。均清婉流利,不名一家。

蕭　書 字雲史,同治進士,官知府,有《法我堂吟草》

雲史少即留心經世之學,身歷烽燧,坎壈萬端。投筆從軍,多齟齬,僅以簿尉薦。乃年逾翁子,再戰皆捷。初令諸暨,有能聲,薦擢知府,旋晉監司。高適晚達,詩力亦因之以進。

詩本天籟,何古何今。但能了然於心口間,得乎性情之正者,皆詩也。故不肯舍己從人,亦不必強人就我。遂以法我自名。自撰詩序。《臘八粥》五排中數偶云:諸天勞供奉,大地免飢寒。普濟羣倫遂,同登我佛歡。求真如水火,爇更借檀旃。味向波羅得,音從自在觀。梅羹誠待用,蔬食此相安。淡泊明心易,肥甘適口難。粒中包世界,身外樂瓢簞。也類瓜期及,何須菜色歎。經仍宣揭諦,夢早才空□[4]。庾信文章老筆健,枚生氣象秋□□[5]。衰柳斜陽天欲暮,長安何處使人愁。誰言無地起樓臺,早見紛紛海市開。巨腹賈胡推上座,成名孺子號通才。縱誇光怪容華盛,惜染腥羶氣味來。漫信秋風金翅鳥,慣能扇翼禍龍胎。用梵夾語。痴風蠻霧鎖江城,一雨秋光海國生。動地風濤笳語咽,接天煙水客心驚。朱顏憔悴羞中婦,白髮蕭條老戍兵。安得陰霾全掃蕩,教人有志遂澄清。秋士悲秋喚奈何,堂堂白日易蹉跎。量推大海包容廣,人到中秋感慨多。茅屋風摧傷杜老,蘭閨月冷怨湘娥。成連如許移情甚,請乘輕舟掛席過。《哭友》云:果然辣手是閻羅,奪到詩人命奈何。焚稿死猶防俗累,消魂生恐誤情魔。蓋棺議論從今定,傳世文章不在多。忍道仙山歸去早,只疑海上說東坡。《西冷柳枝詞》云:轉眼湖邊又餞春,不工顰處也工顰。非關心事眉長鎖,從古愁多屬美人。佳句如：芳心同我冷，狂態惹人猜。春茗嫩如此，杜鵑紅可憐。人世升沉潮長落，文心曲折水迴環。世味深嘗甘守拙，書香能繼何憂貧。士如不用何妨殺，道到難行只可狂。膏雨但知隨地潤，亂雲偏要壓山來。皆戛戛獨造，不落恒谿。又《遊山》五古，入手云："來從何處來，去從何處去。四面皆青山，妙真不可語。"尤稱天籟。

汪 昶 字韵和，諸生，有《柏井集》

韵和嗜古力學，嶢然思有以自立。受詩於螺山老人，能得其指授。中年所刊《柏井集》，頗爲時傳誦。晚境益困，率多頹唐應酬之作。今就集中選登數首，以不沒其孤詣苦吟之素，亦後死者之責也，敢云敬禮能定子建之文哉？

韵和《讀漆室吟》七律前半云：誰追正始溯曹劉，宗派紛紛訟未休。蚍樹羣兒傷大雅，螺山一柱砥中流。雖推重之極，亦非得其心傳者不能道。螺山序韵和之詩，有云："詩要有三：曰宗主、曰變化、曰獨至。不得宗主，終要駕也。不解變化，猶役隸也。從事於宗主變化矣，而無獨至之境，是偶人寓車，索索無真氣者也。"是非得詩家三昧者，不能出；亦非得真解人，不肯授也。 君七古奇掘矯悍，頗多獨至之境，洵能不負師教。如《畫鷹》、《畫馬》、《傷亂》、《桃花行》、《有酒篇》、《下挾行》、《題海客琴尊圖》、《鐵城歌》等篇，無不雄快趫捷，足令讀者目張口呿、毛髮浙浙動也。君詩亦有音調和諧，以骨韵聲響勝者，如《春望懷人曲》，居然玉溪生再世，是又能講求變化者也。

《鶴樓秋眺》云：樓存鶴已渺，放眼隘八極。不見題詩人，六幕橫秋色。《江行曉發》云：雲山臥江底，江心如我靜。人起呼白雲，雲夢清而永。嵐翠和露滴，巢鶴時相警。水面一篙鳴，觸亂雲山影。《春望懷人曲》云：東風搖曳春無邊，千山一碧水含煙。煙嵐晴空朝雨過，水鋪素練明霞鮮。霞光間白鳥，微風吹嫋嫋。樹影雲影帶雨淫，一片嵐光黛如掃。雲茫茫天渺渺，相思只有平蕪草。草色依晴川，閣下水灣灣。封侯夫婿離鄉久，厭聽人稱大別山。人生難得是知音,流水高山一曲琴。妾有殊姿猶未嫁,伯牙台下自沉吟。繫得藕絲恨轉長,北城舊日芰荷香。阿儂欲訴心先苦,曾記蓮塘是戰場。誰憐碧血染黃沙,孝婦當年事可嗟。行到石榴花塔下,教人怕看石榴花。

鄔　銓 字梅仙,官巡檢,有《傅紅寫翠軒賸稿》

梅仙少從宦浙西,家赤貧力學,浮沉簿尉,鬱不得志,年未三十,卒。善詩古文,工填詞,德清俞太史嘗稱之。尤精九數之學,著《勾股問津》、《得其環中》等書。

《香草》云:靈均去不返,誰爲賦《大招》。幽情托荃杜,清芬憶江茗。顧茲小草耳,遐想方迢迢。美人隔秋水,珮聲空瓊瑤。湘雲久無夢,令我魂暗鎖。《離騷》痛飲讀,瑟瑟來涼飆。《游葛嶺》云:棹破半湖碧,來爲葛嶺游。泉寒春尚嫩,山轉徑多幽。海氣收雙目,嵐光聚一樓。仙人不知處,丹竈冷誰修。《上張舒林太守》云:秋禊方修曲水灣,西湖容我放舟還。誰言青眼憐才少,如此黃眉愛士難。術許秋窗參冪積,時方著《勾股問津》等算書。圖慚春樹訪荆關。自憐太覺耽吟苦,未放堂堂白日閑。《海塘秋感》云:許我同爲入幕賓,情深潭水感汪倫。儘教放眼來觀海,聊免低頭學事人。秋正二分拖雁背,塘連百里擁魚鱗。芙蓉池館蕭閑甚,几淨窗明不染塵。觀潮王粲又登樓,疊雪翻銀好景收。但見江河趨日下,誰能砥柱作中流。□□依似柳青[6],人生聚散如浮萍。可憶月明三五夜,可知人送短長亭。借問送人歌何曲,別筵正對籬邊菊。借問思人恰何時,春鳥啼花楚水綠。喬松犯雪不知寒,古劍斷金不畏堅。相交倘以心相許,安問時移勢運遷。睹此春光同悵望[7],獨對紅芳立小園。兩心相知兩相憐,兩相憐處兩無言。《明惠帝》云:其祖僧爲帝,其孫帝作僧。河山餘錫杖,風雨慟金縢。燕過城非小,龍行語竟徵。救時惟智士,程濟負斯稱。《懷人》云:花韵迎風細,鶯聲過雨聞。故人對明月,同我賦停雲。公幹才誰敵,真長氣不羣。那當聆塵辨,入室挹蘭芬。《舟過赤壁》云:已橫塞北長驅槊,又作江南對酒歌。才子新詞留賦稿,奸雄舊恨滿滄波。一千餘載爭赤壁,八十萬人呼奈何。廻首昆陽飛屋瓦,風神功在漢家多。《庾元規》云:樊湖湖水碧如油,倒映闌干夕照收。秋色能添詩境淡,風光偏爲雅人留。興邦何必非清議,制勝終須賴運籌。欲覓庾公觴詠地,無言明月滿南樓。《懷劉殿壎》云:漢南又見柳條青,欲買春山入畫屏。夢裏關河成短會,別來花鳥滿長亭。幾年期許雲霄遠,兩地相思風雨冥。莫爲離羣太惆悵,可當痛飲倒銀瓶。《答余旬甫》云:髫年低首雲中集,孝長。壯歲販心漆室吟。螺山。余闕更能搖五嶽,天涯誰肯諾千金。楚風後勁推江漢,斗室層高《層高堂》,旬甫集名納古今。善悟兩言該萬派,鰤生新得度人針。《寄友》云:好把音書付雁兒,雁兒汝會故人時。故人倘問予消息,門掩梅花自詠詩。

徐溥文見前

作《絕命詞三章》[8],衰絰投繯而死。《絕命詞》有"我命豈同風絮落,矢從泉路更相隨"、"兒是西原陌上草,雪凌霜妬幾聲吞"、"寧甘地下同埋玉,不逐啼鵑怨五更"等句,聞者哀之。《詩佩》

閨秀

陸湘水字秋濤,李文煥室,有《林下吟》

《煮茗》云:晝長寂寂蓬門靜,石盌香生午夢高。桑苧只今惟有陸,羲皇隨地不因陶。煙廻小苑驚栖鶴,風送遙山響暮濤。會見清陰來拂幌,悠然相對獨由敖。

江峯青字半嵐,號梅谷

《楊柳枝詞》云:游絲香暖麴塵天,陌上花開似去年。殘月曉風人未起,棲鴉啼破一溪煙。君從蘇小門前住,我昔真娘墓上行。若過酒旗檀板地,誰家不解唱新聲。上馬空折楊柳枝,出門但唱楊柳詞。出門上馬兩行淚,直到河橋渡水時。《西施泛舸圖》云:曾將歌舞媚春游,月擁蓮花夜泛舟。誰似若耶溪畔好,五湖煙水總銜愁。《虞兮》云:天將烈女配英雄,意氣相從見始終。子弟八千同日死,香魂肯復過江東。

紀　瓊 字蘊玉,錢塘陳淞室,有《繡餘稿》

《示媳》云:我聞仁厚,齊家之樞。小人多怨,其可深誅。昔賢有言,水清無魚。松柏之下,可以息陰。察察為明,福豈來臨。告我新婦,勿替仁心。《秋夜》云:雨洗秋容暑氣藏,暫拋團扇坐藤床。柳邊月上飛輕藹,竹裏風清送小涼。螢火暗流閑院靜,水禽雙泛露荷香。七絃鼓罷更闌寂,桐樹移陰過北堂。《竹》云:風來笑有聲,雨過淨如洗。有時明月來,弄影高窗裏。

李　瓊 字素華,楊璟庵室

《舟次琵琶亭》云:琵琶江上音聲歇,琵琶亭上多游客。游客都深吊古情,可憐大半泥形跡。一曲鵾絃妙幾何,那能感激淚偏多。勞臣思婦千秋恨,好與詩人細詠歌。

江　蘭 見前

《春日呈姑》云:斜日明春態,家貧色養難。改詩消晝永,遣病借花看。白髮隨年短,青山繞舍寒。閑居觀物化,千萬強加餐。工集唐,對偶天然,雅合處有突過《香屑集》者。如:寒山落葉空殘壟,夾道疏槐出古根。四面常時對屏障,諸峯羅列似兒孫。川分遠嶽秋光近,樹帶寒潮曉色昏。巖響遠聞樵客語,坐多惟覺鳥聲喧。客路最能消歲月,榮枯安敢問乾坤。尊中美酒常須滿,身外浮雲何足論。浮世本來多聚散,故人相去隔雲泥。心同客舍驚秋早,畫掩山齋厭日長。故國杳無千里信,江流曲似九迴腸。時清曾惡桓溫盛,才薄虛同郭隗尊。臺下鴛鴦爭送遠,蹊成桃李豈忘言。比之無縫天衣,夫豈溢美。

陳貞媛 名涵,號無波居士,布衣陳龍崖女,幼許字宋正學,未婚而寡,矢志依母家,吟咏自遣,有《無波詩草》

《白石》云:白石粼粼瑩澗底,分明秋月映秋水。昨宵風雨拍天來,此石不隨風浪起。《筠雪軒枯竹復榮,詩以識之》云:舊是仙人種[9]。

【校記】
〔1〕"西"後,原文衍"月"字。
〔2〕從文意與韻腳看,"不還"前,脫三字。白框爲今補,後數條皆是。
〔3〕"夜"前,有闕文。
〔4〕從文意與韻腳看,"夢早才空"後,脫一字。
〔5〕從文意與韻腳看,"枚生氣象秋"後,脫二字。
〔6〕從文意與韻腳看,"依似柳青"前,脫二字。
〔7〕"睹此春光同悵望"句後,文意與前不同,當是另一首詩。
〔8〕"作《絕命詞三章》"段,增訂本所增"徐溥文"條內容。今剔出並重列條目,且置於"增訂・鄔銓"條後。
〔9〕"舊是仙人種"後,有脫文。

湖北詩徵傳略卷九

漢　　川

明

周嘉謨字明卿，號敬松，隆慶進士，官南京吏部尚書，贈少保，有《滄浪草》、《墨池清紀》、《餘清圖年譜》

少保丰采嚴毅，文章樸茂典重，世傳十五奏議，讀者猶想見立朝風節。出守韶州、備兵瀘州、累司藩臬、尋撫滇督粵，所至弭叛盜、減礦稅、戢璫威。轉南司農、北司空，晉掌銓衡。光宗崩，與楊漣等受顧命。當選侍移宮議起，逆璫誣陷善良，幾及於禍。懷宗立，誅羣奸，起公南冢宰，旋請老歸。

少保本竟陵產，祖岳仕漢川廣文，因著籍焉。嘉靖甲子，少保入試，邑人有議阻者。知縣吳文華奇其文，曰："國器也。"拔第一，羣議遂寢。《竟陵詩選》雖錄其詩，究以列入漢川爲是。

公詩氣度雍容如其人，生當七子之際，而無騰囂叫呶之習。其立朝錚錚、中立不倚之風概，猶可於五七字中徵之。言爲心聲，不信然哉？《表忠觀歌》七古[1]，娓娓數百言，波瀾橫溢，奮迅馳突，有辟易千人之勢。七律尤所擅長，意匠深秀，雅近中唐。《答胡公占》云：幽興從來愛薜蘿，名園高崎帶江沱。竹間有客攜琴入，花裏容人載酒過。百里星原因德聚，一宵話勝讀書多。只今春色郊原滿，何日相期臥綠莎。《送陳志寰司徒還朝》云：三晉歸來逸興翩，蹉跎故事幾經年。人間歲月飄蓬轉，天上星辰曳履旋。松石乍違心膂伴,楓宸常賴股肱賢。老夫滌耳滄浪曲,新綍傳宣自日邊。《和費侶鶴韻》云:性命何須用蔡耆,鵷行逐隊首堦墀。幾年瀚海生波日,此際危檣到岸時。詎謂求賢勞汲引,祇因藏拙老棲遲。灌園把釣無多事,廻首猶歌天保詩。《陛辭出朝口占》云:連章得請賦來歸,丹陛陳情淚濕衣。自信心長緣髮短,敢云昨是覺今非。兼驅猛獸無長策,閑伴浮鷗有息機。獨使至尊勞旰食,難將寸草答春暉。

王　諫 字藎臣,有《青陽集》

張清標曰:邑先達王藎臣,在明時亟負詩名。有《過伏龍山》云:駟馬高車輕且都,歸來耕釣傍江湖。勝收彭澤千畦秫,不羨松江一尺鱸。東郭每懷獨載酒,王門應笑舊吹竽。閑時倚枕西窗下,休問從前九折途。

尹賓商 字亦庚,號於皇,別號白毫子,官知縣,有《小書簏集》、《艾衲阿藏稿》、《焦螟子》、《兵雷記》等書

賓商有雋才,喜談兵,爲知縣,忤上官,免歸,杜門著書以終。《登朝宗樓》云:翬飛千尺勢崔嵬,見闢乾坤雙眼開。共擬蛟宮淩睥睨,詫傳蜃氣結樓臺。雲來暝奪千家曉,風急晴喧萬壑雷。何必乘槎浮海去,江干亦自有蓬萊。又句:坐邀烏鵲枝頭月,飽看青山畫裏詩。皆氣和音雅,琅然可誦。

尹　迥 字長吉,號子長,萬曆舉人,官國子監助教,有《棲白集》、《元對齋集》、《空囊草》、《翼望樓室野談》、《鏡裏子別集》

迥學問淵博,與天門鍾惺相往還。工爲古文詞,前輩張甑山比於空同、滄溟。其它著作多放誕不經之談,蓋亦好奇諔詭之士也。《通志》

魏　閱字明閱，明季諸生，有《清風處士詩古文集》

閱鼎革後高卧不起，潛心理學，巡撫張朝珍建清風書院居之。所著《周易講義》、詩文集，皆未見，清門零落。《楚詩紀》載其《比類》一篇云：蘭生雜棘莽，樵蘇斧以斯。木非惡木質，能勿爨下資。移植申椒叢，貞節適所宜。零落吐蕊遠，風來香與馳。美人氣相若，婉出斷金詞。叮嚀紉佩者，木難間玉芝。慎哉幽芳物，莫使棄如遺。每誦一過，輒想其天爵自尊、蟬蛻風舉之概。邑志

《重建黃鶴樓》後四句云：乘雲羽客名常在，賣酒人家姓不同。此日登臨舒醉眼，白雲吞入酒杯中。《送友》云：竿拂珊瑚馬拂雲，送君此去淚紛紛。秋來風起無相憶，釣得鱸魚便寄君。

國朝

顧如華字質夫，號西巘，順治進士，官浙江參議，有《質思齋詩文集》、《六是堂》、《涉園》等集，《讀莊一呋》、《病中移心集》

如華由知縣擢御史，龔鼎孳稱爲"真御史"者也。巡按四川，還，出爲浙江參議。未赴，疾作，明年卒。如華與華亭沈麟布衣交，當巡江浙鹽政，下車先造其門。遂與麟及學士吳偉業飲月虎丘，歌詠爲樂，吳人繪圖以記。如華卒，麟敝衣裹糧，奔二千里哭盡哀，不告而去。

西巘先生之才如泉源萬斛，隨地涌出。讀先生《五烈篇》詩，然後知爲風雅之功臣。諸體俱臻其勝，五古尤爲絶塵而上。己亥秋[2]，余與先生唱和甚盛。一夕，分韻詠馬，先生則有"昂首千山失，輕蹄萬里雄"之句，余爲退避三舍。節沈友聖撰詩序

集中有"青山抱晚雲"句，當以古錦囊貯之。《守瓶齋筆記》

西巘與友聖爲布衣交，使吳，深自折節。友聖長揖就坐，箕踞狂嘯，無

所不敢當。所居田坳蓬蔚，衡門兩板。侍御出郊往訪，停車話舊，一郡皆驚。西巘亡，友聖徒步三千里哭之，糧盡道寒，直前不顧。余與友聖交厚，侍御亦以友聖之故厚余。嘗三人虎丘夜飲，其鄭重之意形諸圖畫、見於詩歌。漢川之行，惜余不能從也。吳梅村《送沈友聖漢川哭友詩序》

沈友聖謂公詩"得性情之正，五古尤絕塵而上"，讀之果然。《雜興》云：著作皆未遑，名山一腐灰。虞卿空發憤，文字已沉埋。敬對古人書，不敢自言才。《申鳧盟貽自訂詩選》云：應費十年功，纔漉此秋爽。孤情不諧俗，冷然標輕響。斯人豈空谷，即境多幽賞。街頭市魚美，莫問初結網。《五月晚眺》云：長夏多幽賞，悠然對日曛。蟬從聽裏歇，鴉在宿時紛。白月生空樹，青山抱晚雲。池塘隨處好，野綠上衣熏。

龍文玉 字人如，一字星漢，明經，官知縣，有《睫巢正續集》

文玉少年即以詩名，與許民部嵩瞻縱談風雅，其別派亦同，時稱龍許。王孟毅嘗贈詩曰："阿龍早著江南錄，大許曾聞月旦評。"其見推如此。《舟行》云：鼓枻中流興漫乘，風帆六月少炎蒸。桑麻兩岸多浮宅，蝦蟹盈川定放罾。竹樹籠煙屯水氣，遠雲接地起山層。棹歌不聽黃頭發，客緒紛拏未可勝。邑志

《望泰安寺偶憶語雷和尚》云：雷聲久已歸淵嘿，禪理真何在語言。遙想語雷雷共語，西天貝葉更應繁。

歐陽暹[3] 字子晉，號晴湄，康熙舉人，官訓導，有《柏悅軒集》《華笈草詩餘》

選負詩名，求遺稿不得，即零縑碎玉亦搜訪無從，節錄詩序以誌向往。

嘗論詩之為道，本於性情而歸於學問。惟有真性情而詩始不詭，有真學問而詩始不浮。子晉至性人也，而又充之以學，沖然穆然有遠神焉。故其為詩，含和而吐，則古取材，師心運法。以大雅之筆，寫煙壑之姿。意之所在，言亦因之矣。言不另評，而意則可論也。讀子晉詩者，先識其沖然穆

然之神,而其人亦隨以定。余非能序子晉之詩也,亦以是定子晉之人而已矣。節季麒光撰詩序

林長蒿 字中一,號盟鷗,由貢生官訓導,有《續潁羹詩集》

長蒿幼穎異,承其從父叢成指授,學問淵雅。及長,志期大成,廣購圖書,與唐赤子、魏庚伯輩遞相切劇,談文講藝,以故聞見日擴,詩古文詞俱有典型。少夢至一室,榜曰"盟鷗",遂以爲號。越二十年官彬州,檢地志,有宋御史雷萬春所築盟鷗亭,蓋前定也。邑志

按:叢成字韶九,康熙貢生,博通經史,尤長於《春秋》,晚更精研理窟。天門魏運昌獨得其傳,魏故叢成館甥,世所稱庚伯先生是也。

程廷材 字維楚,諸生

維楚性曠達,詩文書法擅名一時。余客遊鹿湖,見主人故紙中有維楚詩五言,如《午日集飲》云:杯迎花在手,蟲逼雨依人。《登陽臺山》云:雲衣垂夢澤,水氣接滄浪。《秋雁》云:影斜中夜月,聲落一天秋。《登黃鶴樓》云:絕頂盤孤鶴,歸帆下急湍。《集飲》云:秋惟菊花素,月向酒人明。七言如:鶯花陌上三春夢,風雨窗前一卷詩。園閑小草青無賴,窗宿團雲白有情。客歸霽雪揚帆日,秋老空山落葉聲。皆非苟作者。生平與蕭崐田、彭棟堂、徐潛溪兄弟友善,負奇不遇,竟苾鬱以死。然其詩亦竟得力於窮中,非膚淺者所能望其津涘也。《楚天樵話》

李祖材 字仲三,號古愚,自號煙波居士,乾隆進士,官知縣,有《二益山房詩瘤》

祖材生而穎異,好讀書。宰福山,潔己愛民,循聲著海上,乞歸,囊橐蕭然。家居,誘進後學,以孝弟相勖。性恬靜,寡言笑,以詩古文自娛。善書,得鍾王法,人爭寶之,足不入城市者三十年。《詩瘤自序》略曰:"古詩三千,孔子刪之存十一焉。則三百篇以外皆瘤也,又何有於蘇李以下之甕盎而

癭者乎？雖然，瘤亦何可少也，昔有瘤破而鳥飛者，有瘤破而蛇出者，瘤非盡塊然不靈也。"此可見其大旨矣。

程廷棟_{號松溪，乾隆進士，由翰林官御史，有《墨池紀事》、《居敬堂集》}

廷棟少好學，晚益進，嘗謂古人仕不廢學，即片刻餘暇當勿虛度，當世以爲名言。

先生詩力追唐宋大家，其《紀平定準夷》則雄健類劉賓客，其《消夏》則雋永類錢湘靈，其《和北征》則沉鬱頓挫出入少陵，餘或間以大蘇之豪放。詩至此，衆體悉備，爲可傳矣。紀文達公撰詩序

《消夏》云：亭亭落午陰，時有微風度。何似山中居，松毛團曉露。《涼棚》。玉碗堆寒光，清涼吸肺腑。平生一片心，夏蟲詎可語。《冰碗》。臥看北窗書，悠然成午寢。自是羲皇人，不借邯鄲枕。《藤枕》。蕱葉青如染，湘紋淨欲流。不知微雨過，紙帳忽生秋。《蘄簟》。《平定準噶爾恭紀》云：逆獯天方厭，貪狼衆已離。萬全欽睿略，一舉破羣疑。肅肅軒轅駕，堂堂大將旗。兩朝遺烈在，皇矣正昭茲。款塞爭先附，披歡感至誠。戎藩分閫寄，部曲即牙兵。一氣孚魚鳥，包荒是渤瀛。王師原不戰，赫濯自聲靈。共切雲霓望，誰非血氣倫。止戈真是武，斯怒總爲仁。露布驚三捷，朱干未七旬。從來歌撻伐，無此肅威神。揮策龍沙度，垂橐蔥嶺過。祥雲吹畫角，時雨洗雕戈。烽火連營靜，壺漿夾道多。何曾煩一石，壯士已長歌。塞霧連旗捲，邊霜拂劍銷。旬宣還召虎，淑問合皋陶。庶馬榮三錫，彤弓賦一朝。應看麟閣上，不數霍嫖姚。

林正紀_{字耐閑，號協五，有《耐閑詩草》} **子德仁**

耐閑酷嗜吟詠，陶寫性靈，與天門魯西庵爲金石契。

德仁字胹伯，有《景山詩稿》、《自識》、《倚廬》等集。長身鶴立，襟懷遠大。於世味無所嗜，獨好漁獵典籍。家藏異書名帖，手自校讎。古文奧衍

曲折，詩出入劍南，根柢深厚，著作甚富，惜多散佚。

程廷栻 字敬叔，乾隆進士，官知縣，有《南仿詩鈔》 子煜

栻官閩有善政，學問淹博，工詩古文詞。

南仿以名孝廉出宰閩南，歷任連江、福清二邑，皆閩中佳山水處。所至以文學飾吏治，政成事理，循績日彰。又於治事之暇，涉水登山以豁耳目而暢襟懷。昌黎有云："出宰山水縣，讀書松桂林。"誠令尹高致也。今讀其詩，優柔合《易》，紆徐而不迫，如水之安流者。不必驚濤怒噴，駭水迸集。而微風生於水面，如紋如縠，時結淪漪，此亦天下自然之趣也。沈廷芳撰詩序

佳句如：穿林驚犬吠，隔水辨人聲。洚河波靜煙光碧，大陸秋深野色蒼。仙峯曉日當軒出，槎水晴波繞郭流。隔岸青連川上樹，一江碧繞鄂州城。匹馬衝塵來冀北，孤帆帶雨出襄陽。愧乏明珠投白日，空餘一劍渡黃河。潮水遠浮天影碧，估帆歸帶夕陽紅。皆饒有唐音。

煜字暘川，號旭亭，貢生，官貴州知府，有《種榕堂集》。旭亭篤厚天倫，所作多至性語。《彰德旅次晤雙峯四弟》云：十載蓬門別，歧途一夕親。重逢無限意，未語早傷神。錯雜交相問，倉皇聽不真。慘懷惟伯氏，已作九泉人。《東山望海山》在昌黎之東云：絕頂登臨覽大荒，長天壓海海茫茫。濤奔萬里飛陰雪，嵐鎖千峯帶夕陽。島嶼塵沙秦歲月，文章斗嶽宋津梁。盧龍自古邊關地，作障東藩拱帝鄉。

汪特昌[4] 字于岡，舉人，官教授，有《鶴陰亭集》

于岡稱詩江漢間數十年，而遺稿零落，片羽珍若球璧。其《吊葉忠節》七古長篇，先子嘗為小子誦之，今已不復記憶，惜哉。

漢上汪子于岡負雋才，早慧，聲譽藉甚武漢間，與難兄易園接踵登賢書。余嘗讀于岡史論數十篇，如大將登壇，旌旗壁壘，嶄然一新；而步伐止齊之法，不泥古而暗與古合甚矣，于岡之深於史也。已而讀其詩，抑揚微

婉,有節有序,又低徊諷詠,不能釋云。金會公撰詩文集序

岳東瞻 字起霞

《春眺》云:信步尋春去,環郊綠一圍。花香涵雨潤,柳絮逐風飛。舞蝶留疏影,歌鶯弄落暉。徘徊溪路轉,攜手送雲歸。調極清越。

丁 松 字喬山

喬山襟懷超逸,風神清映,不喜接俗客,以風雅自命。談論詩文,於唐慕白樂天,於宋宗蘇子瞻。篇章雜出,皆刻意清俊,論者謂不減公安三袁。歿未三十年,遺稿漂沒無傳。竹樵《楚天樵話》頗有採錄,率清婉可誦。邑志

喬山稱詩灘湖,與成吟齋、家白庵諸君唱和。嘗於友人鈔本中見其《漫興》一絕云:安得何曾一食錢,買花買酒買魚船。花邊酌酒溪邊釣,不是神仙也半仙。黃書村記其七言有"橋通港水連湖水,人上芝山望瓿山"、五言有"浣溪春釀酒,燃月夜談天"之句。《楚天樵話》

劉振智 字虛谷,有《荊南堂詩》 子象益

顧牧園觀察荊楚,驛程記評吾楚詩人。於喻石農曰雄渾,於劉虛谷曰雅健,於譚白畦曰清麗,皆可追蹤《變雅》、《白茆》。虛谷祖居漢川桃樹灣,性恬雅,嗜學能文,工吟詠。由成均入南闈,薦不售。遂縱詩酒,往來荊襄間。所著《襄遊集》外,有《邯鄲》、《荊南》諸什。無所合,困而歸,竟懷才早逝。其子損齋方十歲,而遺稿散佚。損齋稍長,亦嗜詩。常攜所作就正於孫林庵,追尋其父荊襄舊遊,遍搜零章斷句付之梓。《鵠山小隱·文略》

《贈陸少府東隅》云:秋風謖謖楚江寒,路界通衢作尉難。四十年來雙短鬢,三千里外一微官。飲中佳客邀籬菊,畫裏新詩托畹蘭。廻首高堂雲水杳,好將清愼報平安。《襄遊道中》云:望望荊門路,征車晚更艱。風高羊

角墓,秋老虎牙關。清磬不知寺,夕陽無限山。宜城多美釀,憑杖一開顏。

象益字損齋,諸生,有《頑石山房集》。損齋以諸生屢困場屋,余客龍岡時得與之遊。酒酣情暢,談及先人著作散佚殆盡,輒爲唏噓。余謂之曰:"古人傳誦之句不在多也。崐山片玉,桂林一枝,古色幽香,自有難爲磨滅者。如"楓落吳江"、"滿城風雨"五七字,猶膾炙人口。"今觀虛谷詩如"清磬不知寺,夕陽無限山",置之韋柳集中幾無以辨。損齋詩如"紅霞浸遠水,漁艇橫中流",不雕琢而太璞自全。《梁湖文略》

《讀程是庵先生遺稿》云:王李悲歌後,窮愁又見茲。應深吾道慮,所惜我生遲。蒲邑新秋夜,黃州暮雨時。生平無限意,零落有遺詩。《桃澥吟》云:儂家桃深處,桃花知幾許。年年春水綠,時蕩落花去。《蛩聲》云:蛩聲何唧唧,秋月在林杪。高樓對月人,坐聽達清曉。

秦之炳字謙伯,號漢陸,乾隆進士,官知縣,有《延曜堂詩文集》　子敦承

之炳少穎悟,從其贈君讀,如源滋大,好學深思。嘗暑夜鈔書,蚊針盈背,或拂拭之,掌爲赤。讀書必襲其氣,每作文則以一己之精神,期與聖賢吻合。官壺關,與民相習如家人。大興朱文正贈句云:"前輩典型書卷氣,秀才風味菜根香。"時以爲知言。歸田號遂農老人,優遊林下二十有餘年。

敦承字任宣,號曉山,官湖南同知,有《湘遊詩鈔》。敦承清贏,平居恂恂無以勝於人,臨大事決大疑奮發無前,具兼人概。遭同列忌,不得伸其志,然謳思至今不絕。詩筆超特,其《詠史》二首云:望梅期止渴,不如飲清渠。駐足憚修途,不如求安車。心腹病不治,靦面將何如[5]。耳目方自蔽,持肱安所舒。謀愆亂況削,序爵無乃誣。眷言披昔史,掩卷一長吁。盛夏斯有葛,隆冬斯有裘。桂林多瘴氣,檳榔產其丘。乃知造化心,補救暗相酬。但恐鶴在林,翻使梁有鶩。殷湯莘野聘,武丁傅巖搜。令彼循資格,賢聖安所求。錄此以見一斑。

駱中渠字心則

中渠性詼諧，善清談，工書能詩。《詠舊劍》有"恩仇當酒後，關塞即燈前"之句。

周士望號斗樞

士望神明内蘊，治詩古文，皆能孤行己意，深思窮力，不肯輕下一字。

黄祖企字書村，有《蓼湖詩草》

祖企隱居蓼湖，清修勤學，不隨俗俯仰，有詩名。張竹樵謂其神似黄山谷，嘗題其稿云："涪翁宗派高千古，僞體流傳總失真。今日兒孫繩祖武，蓼湖灣畔有詩人。"其推服如此。

聶大煐字芝山，號技一，有《倚雲樓詩》

大煐靜穆淳古，讀書外無它嗜。學無所不邃，詩其餘事耳。所居安河，爲水雲最佳處。問詩於吕梁湖先生，授以漁洋《古夫于亭問答》。杜門研究，豁然有悟。故所著以漁洋爲宗，澄心獨往，不懈而及於古。惜稿佚波臣，爲不多見耳。

《懊惱曲》云：君不見，山嵐作雲雲作雨，醉抱琵琶傍花舞。手擁寶髻淚闌干，欲彈不彈秋風寒。秋風寒花已折，憶行人心斷絕。《客夜藕塘閑詠》云：一潭秋水碧，一灣秋月白。野徑暗風煙，吟蟲聲未寂。時見遊魚跳，妙境無人識。《花朝》云：春江望眼綠楊遮，兩兩鸂鶒浴浪花。隔渚小舠青笠影，一帆細雨打魚蝦。《映山紅》云：豔豔花開剪剪風，越花開遍楚山中。可憐杜宇啼成血，開處亦如啼處紅。

周　暹字海城

暹精篆學，長於鐵筆。摩勒印文，古逸直造秦漢。與邑中陶宗白、曹東安後先齊名。工吟詠，攬吳山越水，徜徉光黃歧亭、雪堂間，與詩人相往來。蠟屐破額山，其詩中所云"破額山前鶴一聲"是也。然幾以黃梅石氏詩獄被株連，脫難後，《登黃鶴樓》云：危樓高峙武昌城，此日登臨感倍生。兩岸寒煙秋欲老，一江風靜浪初平。無才擱筆慚崔灝，有恨擎杯吊禰衡。就裏休嗟今古事，憑欄且聽落梅聲。《贈友》云：青青疊疊渺難分，内有名花便不羣。浮黛樓頭荷蓑客，今年種得幾多雲。人爭傳誦云。

毛文鵬號雲衢，貢生，有《鏡湖堂詩集》

雲衢雅有時名，頗以詩古文詞馳騁壇坫。詩雅馴清澈，不落纖佻。雖未能卓然成家，亦如盆魚池藻，具有幽致。

《夜步》云：夜靜敞柴關，前村引幽步。一片波光來，月上湖東樹。棲鳥時偶鳴，漁歌隔溪度。徘徊竟忘歸，衣裾寒盈露。《憶母病》云：悔作秋江客，慈親幾日違。信從燈下卜，家在夢中歸。夜雨沉山郭，風濤撼石磯。明將買舟去，望望淚沾衣。《憩茅亭》云：一徑寒煙洞口幽，松間茅屋抱泉流。秋生黃葉孤村冷，客戀青山十日留。不見神仙驂鶴去，空聞道士採芝遊。西風三度我來此，長嘯絕峯雲滿頭。

熊奇生字遠度，康熙舉人，官衡州教諭，有《檢心堂詩古文集》、《西江偶吟》

奇生性肫摯，詩古文詞以自然爲宗。官衡州諭，未至，諸生聞熊西江來，慶爲指南。

陳孟青 一名第楨，字子敬，諸生，有《子敬詩鈔》

子敬才贍學富，坦率無城府。性善飲，恒把酒淋漓，縱讀天文、地理、水利、算數，決古今成敗，人物臧否，觥觥然若決江河。詩文雄放俊逸，論者謂不在徐文長、魏和公下。

《過竹樵南湖草堂》云：雙槳落花度，南湖水拍門。白煙孤鶩影，青草遠天痕。犬吠垂楊岸，人過紅豆村。草堂來幾度，待月又開樽。《秋行詩》有"板橋一水碧，斜日半林黃"一聯，自然之趣，得未曾有。《楚天樵話》

張清標 字令上，號竹樵，諸生，有《詠史詩》、《劍俠吟》、《樵唱軒集》、《竹樵詩集》、《楚天樵話》

竹樵少負異姿，讀書十行俱下，刻苦無寒暑間。所爲古文詞，使筆如飛，長嘯高歌，人莫能測其底蘊。好訂證古今人物故實，於楚中文獻尤留心考輯。自弱冠爲諸生，名噪藝林二十年。卒。父慟其才命不偶，取生平著作焚之，存者數種而已。邑志

周道河《讀竹樵詩集》曰：搖筆花生錦繡鋪，飄然仙子謫南湖。芝山秀氣留餘未，七百年來敵大蘇。

塵霧經心，知慧不再度此事者數年。廻思苕發穎豎時，如塵如夢。而朋輩間約爲詩課，由是佳晨對客，夜雨懷人，拈掃殘毫，覺興態不甚懨。因歎頻年枯落，癖猶在是，豈亦有支那結習耶？宋比玉有言："檢一年詩稿，冬餘之樂。"僕自知非詩，而花春月秋借以排釋轖結，是詹詹者殆有微助。展曝稍暇，撮而存之，亦禽魚鱗羽之愛也。《樵唱集自敘》

神靈臺在南湖，相傳魏武破荊州時下東吳，一夕而成，地志不載此事。余經此有詩曰：層臺屹岬晚煙寒，倚盡西風興未闌。疏樹萬家秋色老，平沙十里水痕寬。蠻爭觸鬥終蝸角，廢壘荒榛記老瞞。遙望巴西丞相寺，威儀猶見漢衣冠。　竟陵七十二垸有鵝湖，多菱芡，婦女每刺船采之。余賦《采

菱》二絕句云：湖頭風細燕雙飛，湖上女兒紅苧衣。采得青菱秋正晚，白蘋香裹棹船歸。大姑船尾慣撐篙，小姑船頭慣把橈。穿過紅橋秋草長，西風吹綠上裙腰。　沔城東紅蓮關有廢樓，榜曰"唐狄刺史問政處"。余同陳石溪㵎過之，有句云：委節金輪豈自由，一麾刺史澤南州。河山人物消沉盡，落日猶銜問政樓。　漢陽諸園亭推梅子山爲第一，它處多藻繪，此獨以澹瘦勝。同友人酌酒石几，有句云：暫憩勞薪到此來，萬竿煙雨旅懷開。石牀影靜秋花落，消受湖山酒一杯。　杜茶村以《燈船鼓吹歌》得名，沈歸愚詆是歌頰唐，則大不然。茶村於區區燈船瑣事，衡其盛，推原江陵之當國；考其衰，歸咎馬阮之秉政。一篇中理亂興亡三致意焉，是謂能見其大。余嘗題其後云：煞尾聲傳感逝波，南朝往事已銷磨。蒼涼一掬興衰淚，迸入漸漸《麥秀歌》。河山半壁滿斜陽，一載南都事可傷。地老天荒杜陵叟，新詞大好繼《連昌》。何處聞歌不可憐，秦淮絲竹委荒煙。傷心寄語阮司馬，慚愧《春燈》《燕子牋》。麗句新詞不可刪，當年一字重金鐶。酒酣唱徹江關賦，愁絕蘭城庾子山。彩筆吟成氣若雷，百金直與潑芳醅。白頭流落鍾山下，祇有紅妝解愛才。　川邑西赤壁街爲五赤壁之一，余作客新陽數過之。見垂楊數十株，搖曳西風落照間，作詩曰：街南街北幾停車，無數垂楊縮暮鴉。惟有夕陽消不盡，又隨秋水上蘆花。搖落新河欲上潮，西風吹浪打山椒。憑誰問取孫曹事，閑聽漁歌出葦蕭。　蒢林在南湖南，余嘗有句云：萬綠漲晴天，林斷溪光補。石徑不逢人，落日響秋雨。　書舍前小園半畝，蒔花種竹，偶植枯木兩株，斜豎修竹數竿，紅豆種其下。梅雨既過，紫莖碧葉，穿瑣竹樹中始遍，而紅芳牽綴之狀類屏。余首倡豆屏詩，一時同人皆有合作。《立秋微雨即事》一絕云：溪碧輕紅罨滿庭，詩眸合向此中青。西風忽送前村雨，又挾秋聲上豆屏。於此間得少佳趣也。　荷花渡勢狹長插水間，如梭煙波環之上，有棠梨一樹，蔓衍扶疏，青青如張蓋，鸂鶒鵁鶄之屬飛集柯葉間。每月夜扁舟過此，水天澹涵，全身在冰壺中。清嘯一聲，林間宿鳥皆拍驚起。已乃沿月棹歌而還，蓋天然一幅輞川圖也。　同冢在邑周陂鄉，相傳爲魏武疑冢，非也。詢之土人，實爲明藩邸叢葬宮人處。闖寇之亂被掘，收瘞兩窆而封之，遂以爲名。余偶過，題二絕句云：王氣江東已式微，香魂不返舊宮闈。空山馬鬣無窮恨，秋雨秋風泣楚妃。荒原秋草路層層，古跡蒼茫感廢興。腸斷楚宮金粉盡，何人錯認魏西陵。　杜巡按墓在南湖神靈臺南一里，佳城纍纍零落荊榛中，不復可辨。余過此有句云：蔓草荒煙紀廢興，當年意氣想嶒崚。銷魂幾曲寒塘水，終古涓涓繞杜陵。　天門白湖鄧東籬九菊性愛竹，舍前後遍植之。蒼雪娟娟，敲風碎月，入其室者如在渭川千畝中。余兩過其地，主人出酒飲竹間。今別來數載，有詩懷東籬云：鷗鳩鳴中寄遠心，茅軒憶住白湖陰。故人終日對寒碧，長嘯一聲秋滿林。松石湖七甲庵明陳司徒所學別業，京山李中翰維楨曾往來其地，今寺中"德星堂"三大字中翰筆也。余間過此，疏竹數千竿，與湖波映射，行客鬚眉襟袖為之綠。余嘗欲以大謝"白雲生幽石，綠篠媚清漣"十字署之。今卷中所云"早日松門契，一徑尋幽深。廻川含雨色，密竹聚春陰。鶴靜孤僧梵，雲知野客星。寂寥人境外，命意入森沉"者，謂此也。　張王城在田二河，相傳張桓侯屯兵處。南瀕小河，城頭荒冢纍纍，土人掘地每得斷鏃。余過遊有句云：塵埃何處放青眸，立馬西風吊故侯。曲岸水流唐日月，高城雲鎖漢春秋。三巴事業空殘壘，百戰勛名有斷頭。徙倚斜陽思將略，空村燕子去悠悠。城南有燕子灣。《楚天樵話》

竹樵佳篇散見於自著《樵話》中，《荆湖知舊集》所採《劍俠吟》十三首，事奇詩奇，高絕千古，在樂府中恐懷麓、鐵崖皆未足多讓。惜篇長未能備錄，錄《過東嶽寺詩》以備一臠之嘗。《過東嶽寺觀友夏兩足庵題額》云：落日澹青林，獨尋前朝寺。入室聞清鐘，征響此暫憩。毗盧面凝塵，霜葉紅滿地。遂造支公房，一覽前賢字。奇絕"兩足庵"，風霜透紙背。孤蓬與驚沙，標名識譚二。憶昔振詩壇，芳聲噪明季。並起有鍾公，力張楚人幟。濟南"五字城"，掀翻如兒戲。云何異代後，不免羣兒忌。紫色與蛙聲，餘分而閏位。咄咄耳食流，謗口肆騰沸。爾曹如蚍蜉，何與詩文事。"偏枯"理則然，"流毒"豈公意。撫此擘窠書，一下千秋淚。

方　陶 字柳村，諸生，有《醉菊亭詩鈔》

吾邑自鍾譚矯王李之失，失之僻澀，為虞山錢氏所攻，焰銷聲息者百有餘年,而友夏裔孫白畦頗復以詩名。余生晚,洎稍有知識,而白畦已下世,竊聞緒言於其中表李雪坪先生。雪坪先本漢川,流寓竟陵。余嘗與論陵川兩邑賢者,必舉靜峯、柳村兩先生。余訪族兄海樹於廬陽,獲與兩先生相見,歡然定忘年交。柳村詩中和平易,不失雅音,斟酌於明、國朝之間,而採其菁華。於雪坪,海樹固勁敵也。海樹之名方盛於皖江,奔走一時詞客若浙人查梅史、陳白雲,毗陵李申耆、陸祁孫,暨桐山劉孟塗、懷遠許叔翹之屬,朝夕麕至,柳村咸與之款密。節劉孝長撰詩序

　　柳村以詩索余刪定,以示畫水。爲指一聯云:"病中藥餌憑嬌女,身後文章托故人。"蓋哭友人之無子者,語絶沉痛。余竟未規墨其旁。然則讀古人書草草翻過處多矣。《陸祁孫札記》

　　柳村近體多佳句,可摘爲圖云:山暝秋雲合,江深夜雨寒。飢寒懸八口,書劍托孤征。談深涼月白,酒醒落花紅。還家貧亦好,作客老尤難。斜日風帆低漢口,連天雪浪下黃州。魚龍夜静湖天闊,蘆葦風生客夢寒。雙槳搖歸孤客夢,一帆飛渡五更煙。百歲難留惟少日,一年易過是春風。詩思白蘋江上老,秋聲黄葉雨中沉。一身作客如孤鴈,萬里投人況九秋。交因情至常違俗,詩到能工愈惜名。天涯人遠砧聲近,故國音疏雁影多。板橋舊夢尋秋月,石馬荒陵吊夕陽。瓜蔓夕陽花落晚,梧桐疏雨葉飛遲。《贈別劉海樹》云:請命不妨當事怒,却金非博好官名。

　　《月》云:片月如良友,相看不忍眠。況逢孤館夜,又是乍晴天。峯迥明殘照,霜清淨野煙。何人吹玉笛,聲落畫欄前。《送友歸省》云:寧親君自喜,而我獨傷神。皓首仍爲客,青山遠送人。雪寒江路淨,花發嶺梅新。有約東風在,揚帆及早春。《渡人庵遲友不至》云:楓葉平林滿,蘆花淺渚飛。秋風生浦口,落日在巖扉。坐待幽人語,寧知夙約違。徘徊明月出,獨送棹歌歸。《蕪城》云:廣陵城下水空波,開府當年恨若何。舉國爭聽江總曲,孤城獨奮魯陽戈。邗溝夜雨旌旗暗,淮水烽煙涕淚多。一代忠魂留勝地,夕陽憑眺起悲歌。

周　蓉 字芳村，諸生，有《霞思閣》、《焦鏡湖》詩稿、《蜀遊草》

蓉博洽經史，才藻俊茂，儕輩皆詘下之。好遊覽，不事訓詁之學，詩古文詞蘊藉淹雅，自有機杼。與張竹樵、李雪坪同稱江漢名士。晚流寓天沔間，多所論撰，雖幽憂疾痛，貸無三日計，弗少輟也。詩尤富，竹樵《論詩絕句》云：摁玉詩傳雁到時，芙蓉霜冷發華姿。鏡湖堂與秋雲杳，折得紅芳欲贈誰。

《懷李紅嶢》云：寒雨江樓度雁聲，疏燈遙夜惜離情。朱門別後青山在，公子歸來白髮生。驛路梅花吟倍健，孤帆漢水雪初晴。關心舊雨凋零盡，爲訪城南車笠盟。《送人之汾州》云：折柳江頭惜別歌，迢迢三晉出汾河。短衣匹馬中條路，太崋秋來風雨多。《寄友》云：暮雲浦樹暗津樓，月照巴江水北流。一路離心催髮白，啼猿聲裏宿渝州。《荊湖知舊集》

《讀熊雲亭〈憐香詞〉因贈歌者王香香》云：哀怨聲聲曲裏論，春風再到泣王孫。酒鈎歌扇渾拋卻，落盡溪花晝掩門。昔虞道園評楊曼碩詩，比之美如新婦，吾欲移以評芳村。《楚天樵話》

李先華 號梅垞

先華爲祖材孫，與兄先英 字芸閣 承其家學，詩文皆中程度。先英雍容和雅，先華孤峭自喜，儕偶少當意者。與人議論不合，輒掉臂負氣呶呶不已。好吟詠，與邑中劉海樹、李雪坪、秦榆村，天門甘禹門、鄒白民賡唱酬和，每一篇出，人輒傳誦。

《與海樹過沙臺廢寺》云：零落前朝寺，蕭疏古木林。殿荒白雲占，鐘臥綠苔侵。水止觀禪意，松高見鶴心。座中談往事，相與感歎深。《迎水寺小憩》云：屋小如舟曲港西，碧梧翠竹壓簷低。捲簾鎮日焚香坐，一榻濃陰聽鳥啼。

傅　垣 字野園，號星城　弟培、均

野園於漢唐名家無不究心，而於沈歸愚所選明詩尤愛玩之。乃自出手眼爲之補評，令人耳目一新。故五律似茂秦今種，七絕似于鱗、海叟，餘體亦皆明詩中之琤琤者，是真能爲其可者歟！吾邑詩人首推三傅，滋圃以古澹勝，南橋以沉雄勝，野園尤能參伍昆季，以蒼渾博大勝。毛文鵬撰詩序

野園詩歷落古峭，淡宕猶夷，又能字字雅煉，耐人尋味。五律七絕尤格高調響，《感遇》云：採蘭湘水潯，搴杜沅江浦。將以遺所思，洞庭渺煙雨。朱顏漸已衰，新妝日已古。歌喉停雅音，長袖謝妙舞。涼風滿空谷，含情獨延佇。《元宵寄懷春谷》云：瑤臺玉盤月，飛出碧山岑。朗照梅花樹，寒香散滿林。美人期不至，良夜托高吟。欲取清琴和，相思空好音。《聞笛》云：美人憑畫欄，玉笛弄高秋。一片中天月，清光若爲留。我情亦何遣，歸夢渺難求。消息經年斷，征途阻且修。《蟋蟀》云：蟋蟀依庭戶，長鳴若有知。誰令催我老，故作此聲悲。露冷風驚竹，更深月在帷。鳴機人已去，遙夜繫相思。《鶴樓同春谷作》云：黃鶴仙人鶴，高飛不可求。武昌城上酒，醉殺楚江秋。笑彼青蓮客，空爲此地遊。惟予多逸興，吟嘯幾登樓。《中秋登黃鶴樓》云：碧落清如洗，荊南一片秋。飛來滄海月，朗照大江流。羨彼武昌客，酣歌黃鶴樓。高朋吾不與，深負此豪遊。《太白樓》云：騷人謫去千年古，江上長傳太白樓。造物生才多不偶，登高有客又悲秋。雲邊雁影當窗出，天際濤聲抱郡流。惟愛郎官深夜月，清暉依舊似前遊。《重渡洞庭》云：老大飄零類轉蓬，頻年涉險悵途窮。重尋秋草湖南渡，又逐隨陽塞北鴻。一葉扁舟凌浩渺，九疑煙岫寫空濛。天涯多少傷心淚，遍灑湘雲夕照中。《題清風處士魏閱先生故里碑》云：開國文章盛楚荊，何知草野有先生。甘隨牧豎爲徒侶，從此煙波老姓名。人羨一窩存夜氣，自希五柳見深情。百年桑梓豐碑在，披拂高風夢亦清。《喜雨亭》云：寒月影荒荒，西風乾獵獵。廣庭寂無人，空階下黃葉。《汝墳橋》云：月明風瑟瑟，木落水瀟瀟。數聲南去雁，人渡汝墳橋。《閨詞》云：北堂樹萱草，花開清且幽。儂愛是宜男，郎說是忘

憂。《聽簫圖》云：綸巾羽扇妙英姿，會見周郎顧曲時。一種風流真絕世，玉簫親教美人吹。《舟中夢堂東甫》云：一棹西風動客愁，漢南廻首正高秋。雁聲遙落三湘遠，獨臥滄江古渡頭。《舟夜》云：沅陵灘上水淒淒，露重風寒月易低。一卷《離騷》吟未竟，空山無數夜猿啼。《馬嵬》云：妖兒應運亂皇唐，環子羅衣赴國殤。翻羨漢家真禍水，安歌赤鳳在昭陽。《秋柳》云：春風曾記舞纖腰，掩罨長橋復短橋。一自攀條人去後，白門煙雨共蕭蕭。《月夜藕湖口占》云：湖蓮搖曳舞凌波，夜色蒼茫認素娥。十里風來香不斷，滿身涼露月明多。

它如《觀海日》云：雞鳴萬方曉，潮抱一輪紅。《對雪》云：擬問梅花訊，開門雪滿林。《餞別》云：白社多情宜醉酒，清明有客欲離家。《蘆雁圖》云：鬼國秋風稀雁影，蘆花淺水憶湖鄉。《登黃鶴樓》云：天地多情吾獨老，古今同夢客空忙。奇警語妙，以揮灑出之。

培字臨川，號滋圃，有《玉森堂詩文鈔》。三傅皆有詩名，野園自首屈一指。求性情之真摯，則莫如滋圃《送野園之鎮遠》，云：黔東是我曾遊處，今日輕帆爾又過。垂老弟兄當遠別，臨歧涕淚各悲歌。水連湘北風濤壯，地接滇南瘴癘多。廻首天涯兒女小，官齋歲月易蹉跎。《懷南橋弟》云：羊腸鳥道費攀躋，萬仞青天望欲迷。五載歸期何日是，秋風秋雨劍門西。深知滋圃之詩者，當以余言爲然也。

均字成菽，號南橋，與兩兄垣、培俱以詩鳴，人比之張景陽昆季。幼善病工愁，可吹而僾也[6]。及與二三快友，登山臨水，慷慨賦詩，有擊唾壺舞鐵如意氣慨。詩喜崆峒，然其冲澹之作，意穆如也。《課姪》云：嚴霜被廣隰，簾櫳風蕭然。篝燈時隅坐，所服聖人篇。奔景無停息，時序易代遷。茲苟耽嬉樂，垂白奚所先。惟爾努修途，勿負綺華年。天際有黃鵠，高舉凌雲煙。《送華亭之吳下》云：西風送客雨連宵，江上孤舟正寂寥。曙色微分瓜步樹，寒聲秋擁海門潮。刀頭樂府悲歌裏，白首斑衣涕淚遙。越水吳山千萬里，憶君東望幾魂銷。《蛩聲》云：蛩聲何切切，不斷花深處。夜半寂無人，殘月在高樹。

【校記】

〔1〕《表忠觀歌》，從介紹看，即是表彰楊漣的《表忠歌》，見道光十三年刻《楊忠烈公文集》附錄。

〔2〕己亥，綜攷文獻可知，顧氏康熙二年九月任兩浙巡鹽御史，次年便離任。與沈友聖交往當在此時，但這兩年皆非己亥年，應誤。

〔3〕"歐陽遲"條，參見《詩徵》卷六校記。

〔4〕"汪特昌"條，參見《詩徵》卷七校記。

〔5〕靧，原作"䫃"，或"靦"、"覿"、"靧"之訛。靧，洗臉。從文義看，"靧"較爲恰切。

〔6〕"可吹而僥也"句，唐楊倞註《荀子》卷三："可立而待也，可炊而僥也。炊與吹同，僥當爲僵，言可以氣吹之而僵仆。"

湖北詩徵傳略卷十

漢　　川

國朝

李　蟠—名焦，字子根，號雪坪，自號滄浪客，有《雲帶樓詩》

蟠父詮，字登三，生蟠於軒轅故里，因名軒轅生。少聰穎，能發十七葉所藏笃。幼從父官，名噪吳越間，爲王白齋、錢坤一稼軒諸先達所稱賞。由上舍生同陳墉、管嵩兩應純廟南巡召試，列等，賜紈綺。放歸日，與長白佟樊圃、舂陵周薇垣、吳興孫在郊、毗陵趙斗南，守誠一之學，瓣香青田、餘姚。詩文取《左》《國》、《莊》《騷》、班馬、韓柳而已。性嗜遊涉，歷官幕，足跡半天下。借箸運籌，悉中機要。倦遊歸，率邑中周蓉、劉珊、傅垣培弟兄、李先華，天門譚蔚齡、熊士鵬、馬鈞光致遠昆季，相與鼓吹，大張楚軍。時隨園之焰方熾，學者競譚性靈，幾如公安之滑稽。蟠獨持大雅，不爲吳越波靡，論者韙之。晚僑寓天門之荻江，學詩者爭攜酒造之。劉淳、夏儀、胡鼎臣、張其英輩，藝爭上流，實蟠爲之倡。父官嘉松，著能聲，性耽風雅，以事謫德清主簿，自號九品漁官。嘗謂蟠曰："吾爲廉吏，貽爾以清白足矣。"蟠詩酒自高，窮而不悔者，皆乃父教也。嘗夢黃秫人以鏡撲胸曰："子前世峨眉老僧之居紅巇者，當守寂勿妄干塵累。"因又自名紅巇云。著作等身，多隨手散佚。其詩文尺牘外，有《吳越舊聞》、《蝶夢樓》、《麻源飲》、《勺餘談》、《灌園私語》、《日暇紀聞》、《雪坪讔語》、《一塊礬》、《鏡中人影》、《桂海新聞》、《茢江鼓吹志》、《三瀯困學錄》、《精衛口中石》凡十餘種,皆藏於其姪兆慶及弟子羅家穀家。雪坪《菊江竹枝》云:"北船莫下上三灣,南船莫上下三灣。三灣盡是廻流水,挽住郎船不放廻。"遊粤西,採其風土,創為《桂枝》、《橘枝》二詞,傳誦於時,風調不減老鐵。《石樓詩話》

　　佳篇不能割愛,摘錄之,古人選詩亦有此例。五律前半如《望湖樓》云:吟上望湖樓,輕波捲素漚。山雲欲沉暑,湖氣已更秋。《柳溪》云:草色沿溪岸,春風綠到門。小橋橫卧柳,流水抱斜村。《范蠡山看桃》云:越鳥高飛處,吳儂放棹歌。桃花開自好,西子艷如何。《釣臺》云:真王才用假,國士已無家。古釣一痕雪,荒臺數點鴉。《舟夜》云:黃葉散孤村,人家傍晚晴。菊從霜後艷,茶試雨前清。《靜坐》云:幽花團戶牖,野鳥蹴庭枝。雨密香煙細,風清几簟宜。《答壽山都統》云:漢渚舟維夜,秦關札到時。將軍原好武,治世且論詩。又最工起筆,如《楊花》云:作雪原無意,乘風豈有因。《春風》云:春風如故友,歲歲到貧家。《贈友》云:相逢但一笑,不必恨交遲。《山中尋梅》云:山冷泉聲寂,林疏月影黃。又野橋尋不見,茅屋半開時。《桐鄉晚泊》云:渡喧知市近,山聳覺城低。《江亭》云:日正無斜影,亭高壓衆流。又警句云:雪深聞犬吠,風急落飛鴉。黃葉西風路,故人前日歸。一官山水縣,終日翠微居。孤踪驚歲晚,百感集秋聲。七言云"竹樹交花迷午蝶,詩歌雜管鬥春鶯"、"秋風雁鶩催人過,落日黿鼉挾浪來"、"帆光遠趁江流出,鴉背斜翻日影廻"、"咄來怪事書空過,屬有名言繫我思"、"一年離緒生香草,二月春風送美人"等句,比之安石碎金,不勝拾取。

　　《襄陽陷》遠祖諱倫,守襄陽,屢戰,城破死之,時人鮮有表揚其事者云:襄陽陷,將軍死。白骨亂堆冠蓋里,真假何從辨人己。子孫求屍不得。千載孤忠恨未伸,英魂夜夜飛青磷。節短音促,雅近樂府。《㹀園詩話》

　　《踏青詞》云:梁褒城上草芊芊,梁褒城南春可憐。寒食清明看又到,紫簫吹散綠楊煙。叢臺巇嶪俯廻廊,早見遊人到上方。一簇紅裙開笑口,滿階風遞麝蘭香。駿馬高乘白鼻騧,春衫葉葉映朝霞。道逢伙伴踏青去,祇在橋西賣酒家。水酌山觴到處宜,筍輿春擁萬花枝。香濃日午陽臺路,樹樹珍禽叫畫眉。皆可云"無窮出清新"者。雪坪一號白鹿山樵,早歲足跡遍江南。近乃絕意仕進，築室城東隅。數椽蕭蕭，僅蔽風雨，過東城者時聞吟誦聲。性孤潔，年廿餘妻亡不娶，有朱桃椎、牧犢子之風。詩清婉，近中唐人。《楚天樵話》

《北固樓》云：踏閣攀林興未休，茫茫吳楚此登樓。微雲捲雨來京口，落日廻光見泰州。城郭對分南北限，江山合抱古今流。仲謀往事無人問，鐵甕笳聲起暮愁。《題畫》云：客去陵陽幾歲還，遙從畫裏認荊關。片帆斜日江流穩，閱盡南朝謝朓山。《秦淮雜詩》云：重訪笙歌事已遙，六朝遺跡暮蕭蕭。傷心最是秦淮柳，零落西風舊板橋。《邯鄲芙蓉詞》云：結縞同心死誓盟，琵琶聲斷淚頻傾。門前一種相思草，又向王孫去後生。《武昌雜感》云：蒼涼石磴路紆廻，孤塔臨風眼倦開。一種洪山山下草，青青青上楚王臺。《舟發隆中》云：書劍飄零感倦遊，有家不住住襄州。已甘壯志消塵壞，又向深山拜武侯。《將赴炎州與白畦別》云：擊劍高歌酒滿觥，嚴裝短後促登程。醉中不解親離別，策馬河橋聽鴈聲。

張廷蘭 字春皋，諸生，有《白梅山館詩集》

廷蘭夙根芳潔，學力深至，故其爲詩纏緜悱惻，得詩人忠厚之遺，東南名士多歸之。性好施與，周恤寒儒不少吝。生平繩經切傳，出風入雅，未冠補諸生。友愛昆仲，老而彌篤。中年失明，構白梅山館，論詩學盛衰，敘說古今傳人本末，無敢牴牾者。年七十餘，病起口占云："庭空餘落葉，客別似秋風。"遂卒。所著經法梧門、顧劍峯、熊兩溟、劉海樹諸名宿序行之。

二河有二張，訪石以道學鳴，春皋以詩學鳴，所學不同，而與余皆莫逆交。漢川自顧質夫後往往多詩人，然皆不如亡友傅野園。野園有清才而多窮愁，輒鬱鬱不得志。走隴蜀、泛沅湘、抵牂牁，長爲幕中客。所過名山川，尋古騷人遺跡，觸於懷發爲謳唫，類慷慨悲壯之音，以故春皋讀其詩而好之。詩不專名一體。應邑孫林庵、吾邑譚白畦，詩名噪一時，皆余切磋友。林庵以神韻勝，白畦以風骨勝，夫各有所當也。春皋天資高，人力亦至出入諸家，故能備其體而精其詣。且夙根清淨，喜遊山水，好結交海內詩士，詩

士多歸之。傾筐倒篋，卒無不如意而去，是以交益廣而學益富也。節熊兩溪先生撰詩序

《西巖》云：晨起敲禪關，汲泉寒可煮。昨夜西巖雲，散作前山雨。緩步出松林，溪橋逢僧語。煙中鶴驚飛，落葉響隔浦。《西巖與諸子訪圓桐道士不遇》云：西風捲黃葉，秋氣滿空山。廼與二三子，來遊雲水間。古松盤谷口，飛瀑繞禪關。問訊燒丹客，疏泉夜不還。《寄萬鶴峯》云：晨興蓬戶掩，涼意在庭柯。落葉前階滿，秋聲昨夜多。故人隔溪水，詩思寄煙蘿。曾有黃花約，西風策蹇過。《九日雨中李桂山至》云：飢寒驅客出，悵悵向天涯。老大誰堪此，飄零恨有家。秋風吹白髮，別淚灑黃花。相勸且歡飲，不妨吟興賒。《憶顧春田》云：昔年悲作客，今作客尤難。抱病辭江上，還鄉正歲寒。嬌兒商藥裹，老婦整衣冠。何日重過我，一樽追舊歡。《小別山憶故子》云：隔水幽人宅，依依碧翠間。白雲棲半嶺，黃葉響秋山。竹杖前年訪，柴扉鎮日關。何當共風雨，樽酒好追攀。《寄熊敘山山左》云：茲行豈君意，白髮別鄉關。記里三千外，驅車齊魯間。暮雲連海氣，旅雁斷秋山。兒女燈前卜，征人何日還。《還舊宅示內》云：一從秋水漲，八口寄輕舟。繫纜門前柳，移家郭外樓。時余客江漢，賴汝善綢繆。三載幾遷徙，安居今可謀。《晏起》云：晏起柴門敞，觀漁就石磯。前溪黃葉滿，昨夜故人歸。水漲魚蝦賤，秋高雁鶩肥。鄰翁招我醉，好訪竹邊扉。《陳三洲下第復之施南廣文任》云：一囊煙雨客初還，幾日又辭江漢間。我唱驪駒迎祖道，誰憐姓字落孫山。滿天飛雪孤帆去，薄宦飄蓬兩鬢斑。祇有雁聲啼不歇，相隨君度夜郎關。《題畫》云：白雲空谷飛，依約辨喬木。竹裏颺茶煙，人家住寒綠。《舟行》云：舟行夕照中，山氣墮湖水。昨夜雨濛濛，濕雲飛不起。《送吳子靜之洞庭》云：木葉蕭蕭下，西風萬里秋。雁聲啼欲破，客上洞庭舟。《訪陳梅村》云：之子幽居隔幾村，尋詩只在水邊園。平橋轉處溪光冷，一路梅花開到門。

《白梅山館集》俊逸超羣，美不勝收。如：雙袖西湖雨，一囊南海雲。山月浸衣濕，風泉入韻多。夢還兼鶴冷，詩自入山清。石湖足煙雨，秋水散鳬鷗。落日一揮手，西風萬里秋。野花紅到嶺，淡水綠於天。亂雲堆屋角，一

犬吠桃花。落葉響疏雨，荒臺生暮煙。鶴有歸山夢，雲無出岫心。皆名句也。

程　燾 字子燾，號普庵，太學生，有《燾培集》

海樹太守《題程普庵上舍》七律二章有"才華未盡逢奇數，歌泣無端出至情"，負才不偶可概見矣。

普庵詩曠逸疏宕，不懈而及於古。《寄野園》云：去歲歸家日，憐君憶獨深。難諧今世俗，長抱古人心。秋水一爲別，春風不可尋。清貧知更甚，惆悵寄高唫。《滎澤渡河》云：匹馬來滎澤，長懷易水歌。大風吹廣野，白日下黃河。氣勢三韓壯，煙雲兩晉多。乘槎天漢外，誰識客星過。《聽繆十彈琴》云：伯牙臺畔雨，去歲漢江陰。中散琴中月，今年湖水潯。悠然一再鼓，獨坐短長唫。露下高天淨，蕭蕭楓樹林。《書岳忠武王傳後》云：指日燕雲掌上收，英雄捍敵費深謀。可憐痛哭金牌日，猶是蒙塵玉輦秋。霜露空驚河北地，煙花無恙海南樓。飛禽未落良弓盡，三字冤成萬古愁。

周若鴻 字雲門，諸生，有《無無集》、《迂鳴詩鈔》、《詩柄題要》

若鴻詩文別出機軸，歌哭嘲笑，離奇恣肆，人或目爲癡，遂以自號。著作甚富，晚年多入禪悅。

癡翁學道有得，心地光明，所作似不甚著力，而思清理愜，自然沁人心脾。《醉後唫》諸作，輒覺有一種邁往高逸之致，溢於楮墨之間。

《醉後唫》云：醉而求其吟，胡取乎醉哉？醉而猶能唫，何以爲醉爲？醉前海水泊，醉後玉山頹。醉來天地闊，醉去日月微。劉伶酒中帝，伶非吾所歸。既醉而不死，不死其可追。《古意》云：虞仲翔有何罪，禰正平偏不悔。天公每待才人薄，禍福予奪失真宰。嗚呼！有才不遇不如死，化作雷霆走江海。《枕上口占》云：夜長愁不寐，人靜鬼無語。瞬息等百年，一夢隔今古。功名都在奈何天，衣食全憑小兒主。丈夫胸懷不得遂，彭祖之年終何補。《有感》云：淚盡從何哭，傷心歎白頭。文章憐少壯，兒女滿窮愁。好俠今翻悔，知人古所憂。平生多少恨，都付酒千甌。《秋夜》云：孤館青燈暗復燃，行唫坐起小堂前。年年唱盡秋風曲，不是寒螿便是蟬。《夏夜》云：愁海茫茫深，治愁安有藥。未到仙家境，詎知仙家樂。二億三萬里，安身恨無處。欲問去時境，莫覓來時路。《夜坐》云：上旬月在天，下旬月在海。何如衆星燦，夜夜光不改。它如"吾身哭巢許，舉世笑夷齊"、"無人肯餽祛愁酒，有客爭傳落第詩"等句，尤奇警可喜。

秦敦原

《汴宋故宮》云：道左荒蕪問故宮，故宮何處杏花紅。黃袍日月天庭上，白馬山河地勢中。南渡金陵無王氣，北來鐵甲有悲風。六師從古張皇策，能戰澶淵幾寇公。

林祥紱 字穆堂，號軒臣，嘉慶進士，官知縣，有《西谿詩文集》、《吳歈》

祥紱學有根柢，及官河南，勤敏廉幹，治績懋著。姚方伯祖同倚以爲重，書陳利弊，多見施行。方伯去，自知耿介不合於時，遽謝病歸。

穆堂秉姿古質，篤於孝友，處世無逢迎，不修邊幅，常落落寡合。遇知己歡，若平生事無不可對人言。自幼隨其尊人魯齋先生館於鄉塾，晝執炊，夜授讀。年三十補弟子員，旋舉於鄉，閱十八年成進士。其間僅兩上公車，率皆以館穀往來江漢間。課徒暇，肆力經史，窮年不倦，其學以醇。截蔣丹林撰詩序

摘存佳句如：人聲鳥語依天近，嶽色河聲動地來。白髮愁人逢九日，青衫誤我已三年。冬旱已枯連隴麥，春租猶索賣兒錢。却憑囊底生花筆，賺得床頭買酒錢。暮夜黃金揮手却，春風三載向人吹。綠酒堪娛遲暮日，黃金難到子孫時。大疑立決韓忠獻，讜論無阿陸敬輿。民命一肩增負荷，鴻材八面識精神。軍中有日驚韓范，天下無人識馬周。

作者詞高意遠，秀韻天成。七律有許丁卯之長，而沉鬱警策尤過之。《朱仙鎮謁岳忠武王廟》云：小朝廷勢竟難支，頑鐵應羞鑄太師。萬里長城原自壞，一家冤獄有誰知。壯懷欲遂黃龍飲，遺恨空餘白雁悲。廟外年年風雨後，似聞逐虜控弦馳。《留別孫蘭陔》云：誰於洗垢求瘢後，憐此飄蓬斷梗人。失路情懷知我拙，干雲意氣感君真。非關驥尾名先附，自愧猪肝累已頻。住久渾忘身是客，每逢南望怯風塵。《寄懷姚亮甫方伯》云：即論宏獎英才意，已是人間第一流。報國久欽師稷契，及門誰敢慕巢由。天連霄漢慈雲遠，地近江鄉野水秋。自念莊荒慚陸氏，朝朝引領伴閑鷗。《光武故里》云：三尺親提帝冑尊，赤眉銅馬盡紛奔。凉宵冰合知天授，多士雲從感主恩。遼豕稱奇嗤妄子，井蛙欲逞笑公孫。漢家王氣今雖盡，白水環流尚繞村。《金陵舟中夜雨》云：東風吹雨楚帆開，添得江濤欲鬥雷。雲鎖千峰漁火暗，煙深十里夜烏哀。巨魚空有凌波志，詞客曾無作楫才。挑盡寒燈更漏永，來朝起上鳳凰臺。《陰后故里》云：果然嫁得執金吾，艷福生來已自殊。況是真人親授册，昭陽新寵六宮無。漢臣猶自重糟糠，貴不易妻何慨慷。馮鄧惟知攻戰策，未聞故劍説宣皇。

林祥蓊 字冷江，有《秋萃閣詩集》

祥蓊風神清映，大似晉宋間人。中年流落不偶，乃自放於酒瓢歌扇間，一時忌才者幾欲操刀而剬之，而文章之氣不稍挫。余嘗見其《書懷》一詩云：柴門静掩長翁盧，麻苧瓜蔬半畝餘。小院老親常卧病，閑堂深夜自鈔書。水知人意來茶竈，花慰晴時閙索居。廻首從前啼笑處，竹風松月淪丘墟。坎坷潦倒，覺滿腔有一愁字。嗚呼，此何減"聞清歌喚奈何"也。《楚天樵話》

譚白畦曰："冷江流落不偶，詩酒自放酒鈎歌扇之間，而造詣益深。"

林祥瀧 字豈潘，有《晴水騷吟》

祥瀧自號染柳居士，隱邑之梅灄湖，蔬食閉關，與張竹樵、萬草簾輩長嘯高歌,無間晨夕。

染柳居士隱梅瀟湖中,高處築草屋兩楹,四圍帶水,略彴橫之。彴頭,蔬菜數畦,爲客至佐酒具。林深處草堂在焉,衆綠紛披,溪雲淰淰來几榻,炎日無滓暑氣。環岸植芙蓉,涼秋花發,望如荼林。嘯詠其中,略不問世上事。《楚天樵話》

宋德銘 字警堂,諸生,有《轉蓬吟》

《湖堤月》云:湖堤月,光皎潔。三五夜,圓又缺。圓如遠客初歸來,缺如遊子輕離別。我因賫酒醉高樓,對此明月涼新秋。不管月圓與月缺,金杯惟消無限愁。愁無限,光一片。殷勤問姮娥,一年幾回見。

劉 珊 字海樹,號介純,嘉慶進士,官至安徽知府,有《亦政堂詩集》、《委蛇雜俎》

珊穎異博學,幼讀《楚辭》、《文選》及六朝文,好爲齊梁駢儷之作。生平負才不羈,詩歌豪宕。居官十餘年,能以禮士愛民,興利除弊爲急。卒,年纔四十六。

先生《蓼花詩》出,海內詩人爭相酬和,既已成帙,復有以"白蓼花素"和者。先生謂此種題不宜多著墨,爲賦五律一首以見志,云:到眼西風醒,斜陽認有無。秋心濃不得,水國淡相須。破艇梢雲淺,寒鳧抱雪朧。更誰覓孤賞,淒絕對江湖。

唐人絕句首推太白、龍標,下及李庶子、劉賓客,皆跌宕風流,含蘊無盡。有明高袁李何諸子不減三唐,近唯海樹此體得唐賢三昧。如《折柳枝詞》云:青青堤上隔征塵,折取新枝贈遠人。亦解長條羈不住,要君知是故園春。《漢宮求仙謠》云:五柞深宮夜乞靈,冰函瑤笈費叮嚀。穆王池上西王母,又控青鸞下漢廷。前代遺音於茲未墜。符葆森《寄心庵詩話》

海樹詩清於雲伯,艷於梅史。嘗以迎候長官,一夕成《紅樓夢小說八韻詩》二十首。余惜其無可著錄,爲摘記數偶。《病中斷指甲》云:斷箏銀甲卸,殘線翠裘孤。筍折麻姑爪,桃香細骨朧。鸞靴搔不著,鴻雪印全誣。《東風壓西風》云:柳梢眼上下,帳底鬥雌雄。池水干卿綠,桃花爲底紅。我憐聊復爾,婢學可能工。不競南猶失,其凉北又同。《芙蓉女兒誄》云:碧落新碑樹,沉香小像薰。野棠寒食祭,春草玉人墳。徵引不及稗官,故非尤展成輩所及。　海樹一家婦女並耽吟詠,女弟二,歸蔣氏者名茝字絮庭,歸王氏者名蘭字紉秋。蔣夫人《贈五真詩》云:小閣春寒夜色分,傳來佳句澹如雲。梅花今見亭亭格,悔讀蘇家織錦文。賦茗簪花絶世姿,一門風雅並堪師。春官儻許蛾眉選,不櫛應看上第時。王夫人云:燈前倦繡漏聲長,梅影窗橫月色凉。那用鷫班重撥火,新詩讀罷有餘香。披卷終宵不忍拋,芳容未睹已神交。相逢若話瑤宮事,記看瓊花第幾遭。女公子三,韜字鸞符,韞字小絮,韍字霞裾,皆讀書臨帖,與兌貞善。陸祁孫《合肥札記》

《過香爐峯》云:萬山環蒼翠,兹峯獨秀挺。倒攝大江流,飛瀑挂松頂。懸知白雲深,林巒畫虛迥。中有仙人居,九天聞欸聲。空香自縹緲,天地無差等。不緣鐘磬清,塵夢那得醒。颯颯御長風,此心踔畦町。却顧翠微巔,逸興滿煙艇。《龔芝麓尚書故宅》云:十笏荒園水石枯,尚書門第有啼烏。東林已種清流禍,南國空將大雅扶。卧閣賓朋愁菡苕,眉樓夫婦愧蘼蕪。中閨代受鸞封日,曾憶當年錦褥無。《蕭后妝樓》云:遺簪斷甓奈愁何,誰問當年菩薩哥。秋草平原三百里,野花開遍曼陀羅。《荆湖知舊集》

海樹癸未入覲,余從扇頭讀其《和張紫峴白門衰柳》絶句三十首。及廻穎任,不數月病卒,未非機之先見者歟?爲節錄云:知是淮流是淚流,年年畫出白門秋。怪它一樹絲絲柳,綰盡西風六代愁。衰草斜陽問御溝,當時銅輦晝衾秋。胭脂井畔桃花水,尚向垂楊綠處流。桃葉江頭拂畫航,無情吹得碧天凉。南朝此是風流種,生近煙花又帝王。小玉楊家最瘦肢,簾櫳一望夕陽遲。琵琶聲斷黃昏月,嬌倚細牀學賦詩。紅牙紫玉罷仙謳,小字蘼蕪托俊流。莫向兒家重問姓,一枝空傍絳雲樓。靈修宛在夢初醒,百寶緘箱蠹粉零。暮更流鶯啼不住,桃花扇底有人聽。秋風重見鬢絲凋,打槳還來皂莢橋。多少愁心上樓角,江潮同至不同消。《卧園詩話》

五七古選聲作色,華艷動人。律詩使事典切,琢句渾成,而神韻又極高朗,氣調才力不減於唐。七絕,蘊藉含蓄,實稱絕調。其挫籠萬有,窮極工巧,而仍歸雅正,不落纖佻。是非有真才力、真境地,何能望其肩背?洵乾嘉以來吾楚稱詩之一大家也。古體長篇概不能錄,《朱孝子墓》樂府一篇尤兒時所習誦者,錄之以例其餘云。《朱孝子墓并序》:孝子名壽昌,宋司農少卿,七歲失母,棄官入秦中,得母於同州,迎歸終養。今孝子墓在天長秦欄里。云:兒有官,兒無母。兒無官,母有兒。兒無母,兒何有。一解。父守雍州,出兒母劉。行年五十斷酒肉,兒有涕兮不敢流。二解。父在母不歸,父歿母當返。蒼蒼者天,父兮母兮,兒罪莫逭。三解。棄官入秦,與家人訣。本傳。兒母不還,不歸兒骨。天遣之同州,黨家有母髮如雪。嗚呼昊天,忍教母與朱氏絕。四解。彼石嵯嵯,彼河湯湯。天驚地笑,兒今有娘。五解。養母判河中,侍母逮諸子。母歸終年,兒事畢矣。六解。鬱鬱松柏枝,孝感白烏集。嗚呼,烏頭白時母始歸,烏知返哺兒徒泣。七解。孝子居,秦欄里。慈母終,孝子死。熙寧初,太史紀。至今白烏啞啞飛,且鳴千載,如呼孝子起。八解

《病小愈漫成》云:北風吹雨過,枕簟落秋聲。小院桐陰合,涼雲滿地生。道心孤鶴立,病骨一蟬輕。誰遣幽棲客,終宵對短檠。《秋歸》云:秋色忽如此,門前落葉深。蹉跎遊子恨,慰藉老親心。新雨蟬聲足,斜陽雁影沈。不應怨遲暮,流水自鳴琴。《山海關》云:天險重關閉,將軍鼓角愁。萬山爭虎口,一線畫鴻溝。海日翻旗影,邊雲鎖戍樓。平生經此地,脉脉視吳鉤。《贈廖鐘隱大令大聞》云:與子復何計,論詩千載心。西風吹酒淺,涼月照潭深。秋色此天地,江流無古今。當時徒獻賦,不必慨升沉。《題王柳村豫詩集爲五十壽》云:之子慕高潔,無絃獨抱琴。泠泠大江水,千古空秋心。野鶴下天際,涼雲歸素襟。吾生有幽契,相賞結苔岑。《寄静峯柳村兩丈》云:累月不相見,淒其秋更深。殘陽影孤塢,片雨過疏林。何處一聲笛,吹來空外音。湖南煙水闊,莫是老龍吟。《梅影》云:未到空朦月上扉,已傳消息付斜暉。江風零落吹羌管,海色蒼茫罷玉徽。帝子波心離復合,夫人帳底是耶非。五更霜重殘燈落,囑與多情緩緩歸。尋來籬落又橋邊,記取銷魂只偶然。名士枕流長對語,美人臨鏡自相憐。祇應夢蝶能消受,賴有泥

鴻共渺綿。無限江南離別意,一封空寄隴頭煙。《孝陵》云:亭長還從泗上遊,布衣真見控神州。龍蟠一掃齊梁跡,狼跋初忘管蔡憂。葅醢威深諸將冷,糟糠恩重六宮秋。百年養士終收報,不爲滄桑總涕流。《揚州》云:垂柳深深綠滿城,依然涼月二分明。六宮秋雨繁華夢,一覺春風薄倖名。不信美人皆絕世,可憐天子最多情。竹西亭外銷魂處,夜半空聞玉笛聲。《吊故城陽穀贈張海樓孝廉慶瀾》云:淮浦秋風一棹過,寒冰九日渡黃河。蓮花幕底將軍揖,桃葉江頭大令歌。握手遂忘傾蓋久,題詩偏爲倚閭多。少年我亦悲孤露,忍共天涯誦《蓼莪》。《與金桐軒大令德榮》云:雙扉白板少人摳,簾影爐香冷畫叉。三月東風愁穀雨,一江春水夢桃花。新交愛是能詩客,故態微蒙顧曲家。芳草欄干閑倚遍,幾時重與拍紅牙。《蓼花詩》云:莫愁搖落老江鄉,生是多情戀夕陽。天遠未妨人寂寞,秋深不覺水淒涼。眄誰同夢惟沙雁,解共傷心是海棠。無限孤懷待閑訴,祇餘殘蝶瘦飛黃。又句云:人影浣紗秋欲語,笛聲吹雨水銷魂。秋教晴晝搖風露,天助斜陽媚水沙。背人鷗鷺招孤賞,特地蒹葭證畫禪。《暖炕》云:被池香暖小遊仙,不倚熏籠悵獨眠。枕畔黃粱真可熟,懷中碧玉定生煙。春廻慣戀將離夢,酒醒能溫欲曙天。如此臥薪計良得,越王寧爲美人憐。《沌陽寄內》云:沌陽春釀一江寒,白袷腰圍帶漸寬。一種東風楊柳色,可憐憔悴倚樓看。《重過虹橋雜詩》云:瓦堆誰識舊迷樓,便有東風祇似秋。綠漬寒冰溝水淺,可憐無地著涼鷗。頹雲薄日淡離披,添寫蕪城鮑照詩。腸斷揚州舊司李,祇今誰唱冶春詞。《偶題》云:柔桑春膩剪刀聲,黃土牆欹蜆殼明。煞是雨餘天更好,夕陽紅得可憐生。紙鳶風緊峭寒侵,細草如苔綠未深。畫雨畫晴都不是,最難著筆是春陰。《題孫秋田畫》云:岫雲疊疊水潺潺,黃葉蕭疏一徑間。著過詩人臞似我,料應不負畫中山。《白秋海棠》云:一簾秋雨破黃昏,冷艷深心泡淚痕。紅斷欄杆芳草歇,絕無人倚更銷魂。其它如:板橋春雨滑,野店杏花寒。月隨人影去,秋帶雁聲來。江山消短鬢,風雨罷長歌。《新柳》云:夜雨初歸如別久,春風無故覺情深。《落花》云:客初有夢愁寒食,春漸無心戀酒旗。流水送歸清淨域,春陰做盡別離天。《黃河》云:秋高星月無留影,春老風花有斷冰。《敝裘》云:幾度荒村權貰酒,十年孤館借爲衾。皆集中奇警之句。

方　塘字二山，初名新，有《漱玉軒詩鈔》

塘有俊才，倜儻不羈。過鄉先達，言訥訥若不能出諸口。昂藏磊落，不諧塵俗。冠後遊京師，涉伊洛，走長安，往來齊魯。歸補諸生，好爲韻語，不喜制藝，惟杜門恣情唫詠。與邑人劉海樹，宗人靜峯、柳村輩爲忘年交。徘徊江漢，覽黃鵠鸚鵡諸勝境，憑吊感慨賦詩益夥。天門熊士鵬，稱其格律風韻幾幾乎入唐賢之室。卒，無子，女歸天門胡氏，攜其遺稿藏之。妻程亦能詩，閨門燕婉間筆墨唱隨。其遇雖窮，其福實不淺矣。

萬方春字藹如，號碧山

方春爲人清謹和易，與物無忤。弱冠喪偶，不復娶。中年家益落，布衣蔬食晏如也。能詩，善八分書，工繪事。老而彌健，白髮朱履，望之若地行仙。預知死期，召故舊親知，共酌爲別，把杯一笑而逝。兄方青，名人敵，字草簾。嗜學能文，善諧謔，詩歌清逸。天門熊士鵬嘗稱之。

劉賢佑號自天，諸生，有《頑石山房稿》　子崇斌

賢佑工制藝，敦内行，詩不多見，樸茂如其爲人。

《枕上口占》云：擁衾瑟縮等棲鴉，風動碧窗竹印紗。一種寒香清透骨，古瓶新插凍梅花。《白桃花》云：風前有淚偏含媚，月下無言亦可人。《蕉》云：學書書未就，蕉已種盈千。一葉橫朱檻，餘陰滿綠天。不留斯世夢，祇了此心緣。半夜寒燈雨，那堪旅客眼。《花影》云：午夢喚廻風定後，香魂扶起日斜時。《柳絮》云：可憐放蕩如儜客，畢竟光陰屬暮天。《落花》云：往事一場春夢醒，玉顏幾見昔人非。

崇斌號春舫，諸生，有《桃澥集》，官訓導。性澹泊嗜學，以勞績得官，不

赴。卜居桃樹澥，栽花飲酒以自娛。詩俊逸，惜散佚不多存。

《對月》云：西窗燭剪詩纔就，北海樽開酒正濃。醉問銀蟾誰放入，雙鉤不待捲簾重。《雜興》云：青青園中柏，枝葉經冬茂。霜雪不敢欺，永保千年壽。君子處危時，如瓶口自守。節操苟云堅，榮非因袞繡。勿哭阮途窮，自樂顏巷陋。何以寫我心，瑤琴時一奏。

張之沂 字白庵，竹樵從弟

家白庵之沂，嶔崎磊落，陳同甫一流人也。癸酉辛亥兩上書京師，皆不就，以悲憤死，士林惜之。詩蒼莽如其爲人，惜遺稿散佚，無從搜輯。記其《山居》云：一百畝田堪飯飽，三千柯樹聽鶯鳴。門前蛙鼓三千部，壁裏蜂房十二樓。《感事》云：天有精靈誰善煉，時無英俊汝成名。《讀樂善集》云：千秋闡道風雷手，四海知心草澤臣。《哭玉鳳》云：青衫皂帽天難問，白骨秋風爾奈何。此例數十句，具有李崆峒秋笳曉角之音。《楚天樵話》

林維昌 字鹿濱，有《鹿濱詩草》

鹿濱精制舉業，有聲於時。長入華嚴魏氏詩社，聯吟唱酬，明經廣齡極推服之。

《赤壁懷古》云：危崖壁立大江頭，歷盡興亡供勝遊。孟德三軍傾一炬，坡公兩賦重千秋。子規啼血增山艷，烏鵲悲鳴帶月愁。戰罷焰銷成往事，愛尋遺跡得淹留。古直悲涼，雅近崆峒。《華嚴詩薈》

吳吐鳳 號東皋，有《東皋詩草》

吐鳳居瀕竹筒河，姿慧絕人。自經史子集，下逮九流百氏書，寓目略無所遺。爲長短歌詩，操觚立就，老師宿儒無敢與鬥捷者。其絕句尤有奚賈、張謂之風。晚以聾廢吟詠，年近九十，預知死期，卒。

東皋姿慧絕人，老而病，耳復善聾。詩工絕句，五言如《登高》云：置我孤峯上，雨雲生下頭。長天橫一雁，何處不驚秋。《曉起》云：晨倚竹窗前，靜中傳細響。濛濛煙霧生，一鳥夢枝上。七言如《登樓》云：柳衰桐敗滿林秋，鄰笛聲聲喚客愁。明月清風江上好，不堪人在異鄉樓。《贈山叟》云：閑採松花履石苔，雲煙長日鎖山隈。不緣花瓣隨流水，那得尋幽到此來。《楚天樵話》

陳第聯 號藻亭，有《芰餘詩草》

第聯善屬文，屢躓棘闈，蕭然自放，其抑塞磊落之氣恒發於詩，劉海樹、孫林庵、方柳村輩皆推服之。

《過甑山訪顧翠農居不得》云：十里陂陀路，四圍楓樹林。吾生自蓬轉，此日又秋深。野店開山塢，人家傍水潯。彥光宅何處，漢上憶題襟。《過令尹子文祠》云：霜林凋木葉，野水落寒陂。客訪郢中舊，人傳楚相祠。鹿裘瞻貌古，虎乳詫神奇。一字尼山定，烝嘗永不遺。

王兆麟 字業振

兆麟負才不遇，以疾卒。孤女文鑒六齡即能讀父書，後學爲詩，亦略成章。其《秋暮》云：鵲巢野煙碧，漁歌遠浦幽。夕陽疏柳外，一片斷腸秋。愚庵亟賞之。《楚天樵話》

張 鐄 字水南

鐄性雋敏，矯然不羣，詩文雄肆，與姪清標齊名，孫甡巫稱之。有句云：玉樹明珠相掩映，水南文字竹樵詩。又：張氏有名鵬翅者，字振亭，尚行誼，力學工詩，與李雪坪、傅野園輩相酬唱。

秦篤輝字山子,號榆村,貢生,有《墨緣館集》　弟篤新

　　篤輝風裁整峻,抱負宏深。幼孤,事母至孝。長年一氈坐讀,人罕識其面。學有心得,以愼獨爲宗。著《墨緣館集》三十二種,其《易象通義》、《經學質疑錄》、《警書》、《平書》等編,尤足輔翼經傳,有功聖學。引掖後進,多所成就。首以正心術爲教,自號信天翁,懷清履潔,無計功謀利之私。夏幹園太守爲梓其詩。

　　吳瀹齋學使《經學質疑錄序》[1]略曰:"秦子長詩古文辭,集已盈尺。於經學尤爲廣大精微,至平至允。萃漢宋諸儒之長,而去其所蔽者。"

　　《古意》云:晚食當肉肉尚輪,緩步當車車弗如。遊目縱觀天宇大,道途何事爭崎嶇。半林疏樹戞鳴玉,野馬參差投暮宿。世間剝啄靜不聞,幽人獨對寒溪綠。《示子》云:恒屬羣功本,謙居衆德門。謹身珍璞玉,守口愼兜鍵。詩自爲餘事,書當味義根。我慚無雅範,祖訓凜茲言。《書萬草簾方青詩集後》云:斯人懷雅抱,天地發眞聲。不以窮愁積,而令氣骨輕。百年消短髮,四始托長鳴。且有淵源在,譚白畦孫偕鹿舊列盟。《荆州懷古》云:無志勤王即下材,枉從八駿數追陪。坐談胸少英雄計,溺愛情深骨肉哀。上客誰憐孤鳳啄,高歌空負野鷹來。景升兒子尤豚犬,祇讓江東伯業開。《長相思》云:逢人祇說慣相思,世路相思未可知。唯有廣州紅豆子,相思紅到歲寒時。

　　篤新字鳳門,官知縣,有《歸田雜詠》,治中州有政聲。乞病後詩多眞率,不假雕飾。佳句如:清脾和胃雙弓米,益壽延年獨睡丸。難言此日當言事,補讀先年未讀書。添趣客因詩送酒,消閑天爲我留書。老愛讀書時悔晚,心求寡過效愁難。周召昔原論道德,皋陶今豈必科名。存心世事留餘地,具眼平生看冷人。局外儘能行好事,忙中偏許作閑人。人逢事敗難尤己,吏到才窮怕戀官。詩吟近事隨心得,飯吃家常努力飡。又:錢可生人可殺人,心存方便最宜人。日角風來雲自散,山頭雨過壑爭流。皆歷事多而有得之言也。

又《書嚴先生祠堂記後》云：世重嚴子陵，我欽漢光武。子陵不入仕，高行自莫伍。功言兩不見，德亦無從樹。若非漢天子，區區一牧豎。布衣引同臥，名遂成千古。今古子陵多，空與世仰俯。

宋紹珖 字賓麓，號翰樵，貢生，有《四香館詩集》

紹珖幼穎悟，年十三，鮑覺生學使奇其文，補諸生。學問贍博，工詩古文詞。善醫，求者無問遠近。兵燹後流寓孝感，受其成就者尤多。

翰樵先生，兒時先子即稱誦其文，心焉藏寫。至庚辰，獲交令子瀛生，求得《四香館稿》。俯讀一過，償景仰之願於四十餘年之後，緣亦奇矣。詩學深力厚，根於漢魏，浸淫於蘇陸。其才氣高贍，又足以俯納羣流、挫籠萬有。《饒烈婦》樂府、《效竹垞體八十韻》五古爲集中傑作，近體亦清越可誦，茲編略登一臠，以志快幸。

《饒烈婦歌》云：妾有夫，唯一德。汝何人，敢污妾。妾生清門歸夫家，世業圬人矢儉勤。荏苒三四載，屢爲避賊東西奔。夫逃妾居守，目極凶焰，自恨不能持梃碎賊首。俄焉一賊至，入室罄所有。人畏賊如虎，妾視賊如狗。餌以金帛脅以刃，大罵逆賊不絕口。賊曰從不從，婦曰死便死。伸頸就賊甘如飴，輾轉激怒拔刀起。其身冰玉潔，其志金石堅，轉借賊手全其天。咸豐時，歲維五。春二月，日戊午。嗚呼，血噴賊衣賊氣沮，頭顱一擲香萬古。寶華臺，孤雲峙。烈婦居，河之涘。夫家誰，饒氏子。母家誰，龍門李。節待旌，詩稱美。繫何人，村婦耳。《宛南書院感懷》云：十里山城路，三年幕府春。有情難作佛，無用且依人。世味閒中領，詩懷雨裏新。閉門還覓句，唫苦一燈青。《南陽懷古》云：大度劉文叔，純忠葛武侯。君臣聞兩漢，事業各千秋。臺上風雲合，隆中歲月遒。莫將三鼎峙，成敗論英流。《塞垣秋草》云：荒原狼藉撲秋塍，一帶平沙白似冰。塞外涼風嘶牧馬，城邊獵火逐韝鷹。玉關信遲書千里，畫角吹殘月半稜。莫向咸陽訪遊俠，寒蕪渺渺漢諸陵。《題畫蝴蝶》云：南朝金粉北胭脂，作隊成團五色奇。憑仗東風好抬舉,等閑飛上最高枝。它如《醉歌》入後數偶云:對花酌,陶然樂。醉不知月出,醒不知月落。非深得飲趣者不能道。又:老去雄心猶看劍,殘年苦累且攻詩。《蘆花》云:鷺立寒塘秋在水,雁飛遠浦夜生潮。皆清琅可誦。

王文壇 字雪村

文壇幼穎敏,七歲時,父作詩有待敲者,輒請下一字,父奇之。十五籍諸生,旋中副車,生平安貧樂善,教授鄉里。

《踏車謠》云:布穀飛飛桑柘晴,秋稏隴底白雲橫。水聲坌涌車聲惡,中間不着踏歌聲。翁鳴鉦,婦擊鼓,長腔曼調歌娛娛。自曉踏歌直到午,單衣濕透汗如雨。汗雨濕衣且莫惜,秋來懼有官稅逼。

陳 道 號覲秋,道光副榜,有《東岡草》

道少能文,工詩,嘗受知於沈鼎甫先生,詩直抒胸臆不加緣飾。丁粵逆之運,發憤上書,頗中時事,惜不見用,悒悒以終,惜哉。　君中年頗精《素問》之學,而不輕為人試。有《贈醫》句云:微利而殺人,愚者所不為。無辜而殺人,智者豈為之。所獲能幾何,輕言儒變醫。豈知活人術,每有殺人時。所貴有心得,勿徒居不疑。非不時弋獲,噬臍悔何追。休為無恆輩,欺人竟自欺。仁言危語,洵為操斯術者下頂門一針。

覲秋襟度瀟灑,善談名理。古詩俊逸超羣,律詩婉麗清切,意匠深秀,有三謝、韋柳之遺響。《遊醫漢皋》云:故國芝曾採,它山藥再鋤。壺懸初日上,峯看夕陽餘。願得瘡痍復,同為仁壽居。調元欣有術,造命果何如。《碧雲泉與李琴夫、鍾雲舫同飲》云:茶香清不斷,小憩碧雲泉。多少滄桑感,都非少壯年。河山橫落照,墟里上孤煙。鶴唳西江月,誰為奏凱還。《鸚鵡洲懷古》云:驚濤飛拍怒聲狂,恍聽三撾鼓激昂。亂世何堪輕出處,才人不朽是文章。連天芳草迷荒冢,夾岸桃花幾夕陽。弗向孫曹通一刺,至今廻首臥龍岡。《晴川閣》云：滔滔江漢日爭流，繞閣川光面面浮。風送濤聲來赤壁，雲飛帆影下黃州。晉碑苔護六朝墨，禹柏煙含百代秋。隔岸何人吹玉笛，夜深催月上峯頭。《讀心經》云：一絲都不挂，萬法總歸空。未死心先死，生天自此中。《憫燕》云：賊來焚其巢，人胡折其偶。可憐梁上雛，待哺嗷嗷久。《漢陽竹枝詞》云：桃花洞口桃花新，桃花曾照楚宮人。至今如花人尚在，桃花猶占舊時春。郎住漢陰妾漢陽，晴川閣上望歸航。大江不斷東流水，郎意妾情孰短長。《懷王讓生師》云：教到梳頭要入時，殷勤代爲理青絲。而今白髮雙蓬鬢，羞對菱花負母慈。

余世楠_{字香林，諸生}

世楠爲余友劉聘之文學受業師。哀安仁之早逝，憫伯道之無兒。恐其湮沒，爲出遺詩一帙，囑入選。聘之能執風義於師友之間，洵今之古人也。感其意，爲錄《和人題紅葉》句云：生憎一片葉，無故惹相思。望斷秋山影，幽人知未知？幽艷古峭，才人吐屬，惜楓落吳江，它皆未稱。然拾孔翠一毛，究勝凡鳥累百。即此二十字已足以傳，聘之可勿憾矣。

釋海聰_{字維楚，一字維懶}

海聰善詩文，嘗泛洞庭，歷衡嶽。有《過洞庭望君山》云：君山頂上布金沙，僧舍重開古梵家。我欲停帆無住著，竟將身世等浮槎。《楚詩紀》

釋彼岸_{有《石壁詩鈔》}

彼岸舊家子，少穎敏，有羸疾，遂就僧披薙。邑有歐陽氏，家塾與寺鄰，彼岸日往聽讀。久之通儒書，悟禪理，尤善作詩。嘗渡黃河，登泰山，遊山左北平，窮歷塞外而歸。

《題赤壁西峯寺》云：赤壁磯前敞碧流，風低鴉影夕陽樓。三冬霜冷趨樵客，一徑雲荒鎖釣舟。潮捲轆轤寒井咽，字迷蝌蚪斷碑愁。煙霞滿目堪題詠，倚檻踟躕吊古丘。

【校記】
〔1〕經學質疑錄序，原文脫"序"字，據四庫未收書輯刊本秦篤輝《經學質疑錄》所收吳其睿序補。

湖北詩徵傳略卷十一

黃陂

明

張　濤 字元裕，一字振海，號山是，萬曆進士，官遼東巡撫

濤初令富順，多政績，報最。擢御史，建言罷歸，家居著書十五年。儲位定，起歙令，巡撫遼東。所草奏疏，忠義溢於言表，不減李忠定、陸宣公。

濤少有學道濟世之志，師事先桂巖公。令歙時好奇喜士，福清布衣何璧投詩四章，延爲上客，立贈千金。巡撫遼東，上《籹邊五策》。晚年頗好釋氏，亦蓄聲妓。《黃陂志》不詳焉。《顧黃公詩注》

濤勛業彪炳，故不以詩傳。偶見《木蘭墳歌》，音亮思沉，極變化離合之妙，爲名家集中所不多見，始知鍾鼎掩文章之說爲不盡然。《木蘭將軍歌》云：木蘭山上青草發，將軍冢裏埋香骨。殺氣應隨艷魄消，真心不向貞魂歿。憶昔閨中聞鼓鼙，曾抛機杼逐旌旗。即戎非女子，市轎有男兒。誓把雄心赴金柝，鳴鞭直抵長城窟。寶劍磨殘黑水雲，雕弓彎破陰山月。英雄陣骨幾塵灰，十二年來百戰廻。故園砧杵無人怨，絕塞征衣好自裁。絕塞烽煙一朝掃，捷書飛出關山道。含羞蔡女拍中箛，掉臂明妃墳上草。邊草鳴箛別塞雲，征人誰識女將軍。願題彤管篇中字，不羨燕然石上勛。惆悵歸來啟故闈，空房猶閉舊支機。羅衣香冷鴛鴦死，蘭幕塵生燕子飛。燕子鴛鴦幾度春，還闈原是別闈人。臂上舊紗痕未脫，眉間新黛恨還顰。可憐

烈女腔中血，不死沙場死閨闈。百年心比匣中霜，數寸腸分衣上鐵。我賦《大招》招未還，墳頭杜宇泣空山。祠前明月朝朝鏡，壠上屯雲歲歲鬟。君不見漢寢唐陵臥鹿麋，故都何處欵離離。惟有木蘭墳不改，青山猶自屬蛾眉。

黃彥士 字抑美，號武臯，萬曆進士，官御史

彥士與仲氏武濱，弟兄師友，有二程風。官御史，直諫敢言，舉朝咋舌，一時鐵面之稱震於中外。卒以忤權要，左還，遂謝歸。里居十載，門徑蕭然，日事講學，屬纊時猶正襟危坐，以學問爲惓惓焉。詩稿燬於兵，僅傳二律。

《使事畢將歸甘露》云：簡命慚乘使者車，楚天北望見吾廬。驅馳異俗經三月，採摭方言著五書。匹馬背看棲越鳥，孤帆閒伴晚江漁。山中薜蘿還無恙，古寺清泉賦《遂初》。

《重過甘露訪友》云：郊原平起鬱嵯峨，匹馬重來訪薜蘿。城郭遠連流水出，林泉晴入翠微多。美人自愛匡廬社，野寺翻成安樂窩。深省不須清梵發，欲從絕頂一高歌。律格渾成警拔，少許勝人多許也。

陳其棟 字蕎南，貢生，有《近雲集》

其棟少嗜學，博通經史，以先儒存誠主敬之論，爲養心進學之本。結廬甲山，著書以終。

《送友歸赤壁》云：白頭話別黯如秋，哀樂中年苦未休。曉日晴雲猶悵恨，風風雨雨況孤舟。

鄭　佶 嘉靖進士，官知府

佶孝友篤行，剛正不阿，甘貧苦學，不事干謁。官大理時，給諫吳時來

等疏擊嚴嵩下獄。或諷令之死,佶曰:"殺直臣以媚權倖,奈天下後世何?"吳等卒獲全。初佶微時,有以巫蠱詛之者。其人挂誤殺人,論死。力爲白之,得免。工詩古文詞,與京山李太史維禎善。

陳　壽 字龍伯,貢生

壽生而穎悟,五歲能誦五經。稍長溺苦於學,嗜詩不屑帖括。年十五出試,輒受知於葛屺瞻學使,冠其曹,與劉同人、何綱卿齊名。父喪未葬,流賊猝至,疑有貨財,將斧其棺。壽跪泣曰:"寧刃余,勿驚先人。"賊義釋之。盧象升經略中原,聞而賢之,招入幕軍咨,多所贊畫。欲薦於朝,力辭不受,歸。

《西寺聞鐘》句云:門延朝爽蒼蛟起,響送晨風白鶴來。似王敬美集中佳句。《魯臺雙鳳》云:當年衰鳳狂歌楚,重看雙棲入楚關。吾道不緣今古異,斯文却在弟兄間。亦妙有作意。

方一鳳 字瑞甫,號丹山,有《丹山詩錄》

一鳳世居邑之道明山。弟與時,號湛一,少遇異人授秘籙,靜久生慧,唐應得、羅文恭皆聯舟過訪。文恭獨心契一鳳,乃受學於文恭。嘗貽書曰:"劍聚精神,精焉所業,推而至於服食交遊,一切檢束,此身便自樹立矣。"一鳳所學因之益粹。工詩,惜不傳[1]。

張世祜[2] 字公望,諸生

世祜生有至性,父國勳以廣文靖難應城。祜年十三,尋屍不得。斷左指血爲疏,詣闕陳父死節狀,得謚忠烈。

《登木蘭山》云:屹立雙峯接斗牛,驂鸞跨鶴擬仙遊。碧霄霧捲龍髯出,紫殿煙含豹尾收。瀑布朝飛千壑雨,嵐光夕照萬山秋。凌虛我欲尋丹訣,雞犬雲深不可求。

林　盛_{字大材,貢生,有《此觀堂集》}

盛學問賅博,爲文力追古。昔游京師,爲藩邸教授。歸,究心詩古文詞。步武漢唐,於楚詩三變之後,能自成一家言。《詩史》

周　詵_{字簡仲}

詵負異才,早卒。惟傳《雜詠》一詩,云:鳩逋其子,三年不歸。雨雲不食,望嶺疾飛。終日大海,亦類醯雞。磊落英多,如讀古歌謠。

周　諴_{字黍谷,諸生}

諴身短皙,早髯,淒音楚調,卒不永年。《避亂寄懷劉子師尚》云:入郭尋春日數期,三年風雨竟同之。河山有難憂門戶,烽火無端照子遺。一別儒冠親鬼域,百翻書卷老鷗夷。流離未敢荒初夢,念爾長歌《梁父唫》。《傷亂》云:門巷蕭然一徑寬,家藏握粟未全寒。百年岵屺延秦哭,上國威儀望漢官。纔有名山埋野骨,已無隙地下漁竿。朔風吹盡黃沙老,磷火黏天世路難。《雜詠》云:披裘鶴髮翁,垂釣坐孤嶼。水泛失長橋,隔岸向人語。

向在江_{字南宗,諸生}

在江善屬文工畫,詩蕭疏閒遠,妙在筆墨之外,士大夫雅重之。《久客得故園消息》云:歸心巫峽水,日日亂濤橫。春色憐三月,閒愁上五更。時危憂歲儉,客久笑囊輕。喜得朝來信,鄉關米價平。

徐尚彝

尚彝端莊敦篤，學宗二程。嘗遠遊，弟私鬻其產。比歸，弟恧怩不面。妻欲督弟過，彝曰："汝烹雞招來責之。"妻治具，聚飲歡甚，妻慍。曰："弟愧不敢面我，以友悌，故圖盡歡，全天性耳。"一日拾遺金，待其人還之。嘗有句云：償債賣田全信義，閉門教子忍饑寒。其人其品，殊足起景行之慕矣。

鄧雲和 號魯山樵隱

雲和敦篤醇謹，棲遲一室，手不釋卷。祝廣文世祿嘗詣廬語竟日，出謂人曰："古云獨行不愧影，獨寢不愧衾，鄧先生足當之矣。"

章煥然 字素夫

煥然幼穎異，稍長以竹條擊空有聲，不解。聲從條出、從空出？窮之，至廢寢食。請業於黃守拙先生，得探微奧。黃曰："吾道有人矣。"生平以良知為宗，以知行合一為學。值明季寇盜縱橫，歎曰："吾將入白雲深處矣。"與先八世祖漸齋公講學涇水，士林翕然宗之。國初應貢成均，或勸之行，乃微笑而言它。有詩一卷，惜不傳。

王之梅 字泰汝

之梅性穎悟，書無所不窺。喜唫詠，詩古而質直，入唐人之室。有《中秋無酒詩》云：山齋喜見月生華，有酒無錢不肯賒。試掩柴門推月出，請君去照五侯家。為名流傳誦。

釋明照字元鑒，一字別山，有《衡嶽唱和》、《櫟堂詩》等集

明照本阮氏子，少值亂離，薙髮爲僧。性高潔，工詩文，與襄陽袁奐稱方外交。

哀蟲怨鳥，酸楚成音，大是出世而難忘世者。《夜不寐》云：永夜不成寐，縈懷字字淒。亂離身易老，雲水杖空攜。林葉聽霜墜，窗禽待漏啼。漆園余有意，所恨物難齊。抱病遭時異，何當夜苦長。漏深蛩語切，鐙暗鼠牙張。斂重農頻困，霖愆圃告荒。老僧無五畝，亦自墮淒涼。《落葉》云：祇謂金風已墜梧，詎知林葉頓全屠。留連大有逋臣恨，狼藉驚同出塞孤。不謂梁鴻歌廡下，爭看阮籍哭窮途。煙霞若個飄零態，絕勝悲秋古畫圖。

釋道恒

《顧黃公詩注》曰：道恒名常真，黃陂鄔氏子。八歲爲僧，憨山暮年入門弟子。居廬山東林，戒律嚴密，有《獨庵詩》十卷，兵火遺失。七律如《秋遊雨湖》云：寺從落葉林中出，水去枯江石上鳴。煮酒爐支楓樹下，尋詩人立蓼溪邊。百艇皆漁橫檻小，衆山是樹潑樓青。五律如《秋日》云：屋大不勝笠，天昏爲變秋。七言如《王修微拈蓮子打鴛鴦》云：劈破蓮房取蓮子，枚枚打過鴛鴦頸。鴛鴦頸是睡時交，一枚待打鴛鴦醒。《謝人送蘭》云：昨宵花到白如蝶，貼雨黏風總不飛。師所至不攜杖拂，惟以詩辭作佛事。昔予錄所記憶爲一卷，丙午罹於火。崇禎辛巳，師病脹，自東林來，以書投先子云："欲得湖山片地，三生石上猶相見，斯已矣。"即日送至榕園。予問師病，有"病起靈光換"之句，師彈指曰："五字是余密咒也。"

國朝

程光寵 字羲臣，順治進士，官知府

光寵初任南陽推官，活冤獄七人，廉明著聲。改知平樂，值逆藩肇叛，率士民固守。會潰弁迎降，乘間奔大帥營。隨征有功，授梧州同知。

《姚岱麓過訪山莊》有句云：菰米鮦炊魚子飯，蓑衣静對鹿皮翁。林下清德可想。

姚繩虞 字孝升，康熙舉人，有《花蕚樓集》

繩虞性冲穆，恬於仕進。晚歲山居，杜門却掃，以詩酒自娛。詩功力甚深，七古雅學昌黎，硬語盤空，頗饒古意。《登木蘭山》云：木蘭峻削青天中，上依帝座呼吸通。南經灄水滙江漢，石蘿苔竹搖春風。破石撑空僅一綫，懸崖直下凌空同。紫梯翠嶂不可捫，丹煙寂歷寒雲東。淮南雞犬無蹤跡，行當赤腳踏鴻濛。

姚締虞 字岱麓，順治進士，官巡撫　孫之琟

中丞剛毅清介，禁絕苞苴，仕習爲之一變。《夜束王少參舟中》云[3]：薇省辭黃鶴，蘭橈伴白鷗。岸廻江月抱，天迥夕雲流。銀漢乘霄上，金陵逼歲流。田租聞復減，側識漢皇憂。邕容和暢，正始元音。

之琟號雪溪，貢生。天姿英邁，嗜古力學，經史百家無書不覽。性喜山水，遊蹤遍天下，題詠成帙。尤工書，胎息鍾王，得者寶之。

向古 字書友

五律格高調雅，不落恒蹊。《寄懷周汝陽罷官歸里》云：如子猶淪落，余

安望積薪。法雖寧用我，少且不如人。薄俗多尤悔，窮途減笑顰。老年兄弟隔，魂夢想相親。

徐元英字子千，乾隆舉人，有《懷文堂詩文集》

元英生有異材，十歲落筆千言。薦舉博學宏詞科，因和相當國不果。然因是名播京師，有南徐北薛之目。

子千詩鎔冶騷雅，出入漢魏，泯剪裁之跡，著錘鍊之深，弘長風流，力追正始，爲黃陂數百年來開山巨手。古體筆健意新，運古無痕。相傳君曾誤入權門，旋知悔自潔，遂爲屏棄終身。故《行路難》一詩，咨嗟反覆，言之不足，又長言之，幾有買盡六州鐵鑄錯不成之恨。君子哀其志，固當原其心也。近體雄渾清越，兼有其長，且紀律森嚴，倉卒不失尺寸。洵爲唫壇宿將，可以空絕前後矣。

五七古工於發端，《夢覺》云：夢覺山雨來，開門見明月。古樹號秋風，飄搖不可歇。《夜坐》云：秋鐙照無睡，道心生遠鐘。壁采蕩椒幃，清興誰與同。《秋夜懷人》云：秋風下庭柯，虛堂夜森冷。熒熒尺檠輝，飄飄弄孤影。《聽鶯曲》云：櫻桃亂落春如雨，護花鈴動流鶯語。洛陽女兒怨東風，碧窗相對啼殘紅。《送兄》云：鶺鴒鳴過我，鴻雁遠隨人。《漢上》云：大王風已歇，賈客日云多。人歸樊口雨，船載武昌魚。古渡人爭涉，長空鳥倦還。《行路難》云：安用撐腸拄腹文字五千卷，君不見相如臥病茂陵秋，《子虛》賦罷無人薦。好文天子願同時，楊意不逢空自炫。吁嗟乎，功名富貴不可期，君但從我飲此金屈卮。吾悲夫太行之騏驥，歷九折而服鹽車。奇材自顧豈不愛，輕試遂爲凡夫驅。君不見白於之山其上多柏，下根踞重泉，上枝走雲隙。一朝洛陽乏棟梁，銅榦橫天耀金碧，古來大器多晚成。君不見木槿花，朝開暮落徒爾榮。寒則思衣，飢則思饔，飽暖竊自知，焉用它人勘。它人哺糜不能使我不飢，它人曳紈不能使我不寒。高文尚獨娛，要道難衆諧。美物必先盡，華飾多疑猜。一身自餘皆長物，浮譽於我何有哉？與君駕輕舟，言釣瀟湘北。天寒魚在淵，淵深渺難測。魚我兩不知，被獲寧非食。莫猛於虎可飼而伏,莫神於龍可豢而畜。所以古達人,功成不受祿。抱膝吟蠖廬,清風灑林木。胡爲夸毗子,生死戀華屋。君不見咸陽市上,歎黃犬狡兔不復東門逐。人生諒所處,何必作倉中鼠。君雖有夜光之珠、明月之璐,投人暗中反遭怒。君雖有鳳皇之寶琴,上彈虞韶下湯護,古聲不合時人心,掩耳拂衣誰肯顧?胡爲乎脂車秣馬輕行路?君不見千金買燕石,萬人稱藉藉。百錢賣懸黎,轉被兒童嗤。由來輕重任顛倒,貧賤未免生羣疑。君調蘭柱瑟,我奏玉徽琴。吳歈楚歌且停唱,聽我爲歌行路吟。寧從猛虎食,莫憩曲木林。猛虎有甘乳,曲木無嘉陰。修綆可目測深井,咫尺不諒它人心。輕將意氣托親狎,一朝失足嗟何反。噫,欷歔乎!行路之難人當思,不逢失足安得知。西登太華車軸折,南浮滄海渺難越。冬苦嚴霜夏苦熱,魍魎伺人森見骨。我有金鋪玉扉之紺宇,又有紅蕤之枕鴛鴦衾。鋪衾薦枕置宇下,與君同眠共起無二心。君不見昔日桃李花,幾年成枯樹。紅妝玉面不長妍,可惜芳時君不顧。君不顧,可奈何。請君須臾立,聽我行路歌。家居傲妻子,自言不是蓬蒿人。一朝拂衣出門去,唾手可以成功勳。三年投刺無人揖,裘毛剝落囊羞澀。道逢故交莫肯留,歸來還共妻孥泣。丈夫立名亦有時,眼前齟齬何足道,此身未老當安之。《別嚴十九赫庵》云:且住爲佳耳,遲遲亦孔憂。病憐妻子瘦,貧累故人愁。日落江山靜,天明水木秋。鄉心與別意,對酒總難酬。《晴川閣》云:漢水此南注,長江正北流。雙濤東下合,孤閣晚來秋。禹殿龍蛇古,襄臺雲雨愁。踟躕獨臨眺,落日滿城頭。《雨止山寺歸途有作》云:谿流通曲折,薄暮涉灣澴。野寺幾點雨,夕陽一半山。坐看歸鳥盡,行逐斷雲還。却顧來時路,煙深未可扳。《漢上吟》云:湖有郎官勝,名從供奉標。我來當月夜,遺跡已蕭條。太息古人去,清風不可招。白鷗煙水外,時掠釣魚舠。江城新雨過,山寺夕陽微。古渡爭先涉,輕舟迅若飛。沙禽人外遠,煙樹望中稀。羨爾忘機客,臨流坐不歸。《題鸚鵡洲》云:却月城邊鸚鵡洲,前人作賦至今留。更無芳草萋萋綠,惟見煙波淼淼愁。春樹西連雲夢闊,大江東抱武昌流。春鋤日暮沙汀遠,羨汝知幾可自由。《東羅莖九》云:關心去住感飛蓬,澤國秋陰望不窮。半樹水痕存岸柳,一林霜信到江楓。天連夢渚遲歸鷁,地接瀟湘響暮鴻。惟有羅含能好客，淹留聊賦小山叢。《送劉養園歸都勻》云：高歌青眼望何人，良會匆匆祇一旬。海內共憐同調少，天涯莫厭舉杯頻。舟廻青草湖邊雨，家住梅花洞口春。它日小孤明月夜，清光何似漢江濱。《詠盆蘭》云：綺石黃磁灌溉勤，芳菲何止十年薰。誰知香性天然別，著意無聞無意聞。《送關密齋下揚州》云：一路江花送畫橈，到來瓜步恰新潮。《吳娘曲》裏瀟瀟雨，知在蕉城第幾橋。

綦成周 字予有，諸生

成周嗜學能詩，尤善懷素書。有持縑素來乞者，濡墨便書，僧房郵壁，揮灑殆遍。

王之斌 字粹珊，道光進士，官知府，有《知退軒詩文集》

之斌性篤摯，事親孝。初官給諫，多所彈劾。及守歸德，值兵燹之際，撫煦招徠，不遺餘力。生平敦古誼，重氣節，工詩古文詞，著述甚富。
《雙鳳亭》云：雙鳳夢投懷，金玉產茲土。不爭兩地名，高臺自千古。

楊兆昌 字春圃

《鹿門懷孟浩然》云：萬綠叢中着屐來，煙霞深處任徘徊。半生廣濟思舟楫，一代風騷寄酒杯。古調獨彈驢背上，清芬誰挹鹿門隈。多情剩有寒梅樹，長向江天雪裏開。

金光杰 字殿珊，嘉慶進士，官御史　子國均

臥園論詩曰：仡仡堅城抵長卿，一篇跳出衆皆驚。佳兒又向花磚步，庶子春華有盛名。謂令子可亭侍讀。

《道出洧川寄懷潘四梅》云：驛館行厨憶舊懽，又從朱曲憩征鞍。救時相業談何易，博物才名稱亦難。花種河陽曾滿縣，風清洧水不生瀾。殷勤寄語商丘宰，此地今猶頌好官。

《梅節母哀詞》云：殉夫易，撫孤難，血脉惟留一綫單。母子二人如共命，何時孤竹得團圞。盻得兒成立，阿娘心力殫。撫孤易，茹苦難，荼爲粥兮菫爲餐。椎髻鋤禾夏日熱，破窗紡績秋風寒。兒但知嬉戲，娘衣淚未乾。茹苦易，禦變難，賊兵咫尺無遮攔。挈兒交與夫兄手，投崖一死命爲拚。虎口雖云脫，驚魂總未安。禦變易，全貞難，没食含笑騎青鸞。良人相見夜臺下，二十餘年志節完。墓前女貞木，留與後人看。

可亭名國均，道光進士，穎異天生。嘗讀其七古長篇，筆利如干將莫邪，鋒芒所到，辟易千人，洵不易才也。以乞養歸，遽卒。

任　潤 字海瀾，道光舉人，官教諭

丁巳春主權應城，適丈司鐸其地，忘年論交，談詩講藝甚懽。丈家貧，溺苦於學，教授里門四十年，晚歲始得一官。性和易慈祥，不茹葷、不踐生。草階砌茸茸塞路，不以爲嫌。不問家人生產，唯以著書爲事。有《論史樂府》十二卷，古近詩各體皆精。子亡孫稚，遺稿散失。僅錄題余八千卷書廬五古，云：晨興理斷簡，感之增太息。自古百六災，動與聖賢阨。秦皇既始禍，梁元焰不熄。汲冢辨束晳，孔壁搜安國。蟲書鳥篆文，綿延古卷帙。尤賴嗜古人，精英收散軼。澴川丁中翰，勳臣舊燕翼。世傳八千卷，縹緗堆盈室。及君生歧嶷，肯構足家克。識字讀父書，等身鍾愛極。所恃歐母賢，食貧志束帛。機聲和讀聲，畫荻師往則。不須折葼笞，怡怡養以色。雖經劫火然，竟能天幸得。愧我少豫防，遠遜君先識。前人手澤遺，燼餘百存一。原知天降祥，厚薄不一律。書亦有前緣，擁城人相吉。況乃青雲士，高翔弗可即。白髮落花悲，長羨鳥飛疾。珍重展鴻圖，能勿匡廬式。

魯士俊 字灼三，諸生

士俊家無擔石，而任俠尚氣，有古烈士風。道光季年教授鄂城，與陳子宣、程韻笙、汪仲閎輩結社聯唫，頗極文酒之歡。屢躓場屋，遂得狂易之疾以歿，悲哉！工制藝，能詩古文詞，洋洋灑灑千言立就，洵不易才也。子不肖，遺稿蕩佚殆盡。僅記題余八千卷書廬圖七古，中權甚有興會，酒後一揮而就，爲仲閎所亟賞。云：昔年我亦造君廬，賭韻飛觴意氣舒。滿架琳琅欣觸目，遊仙真個到華胥。驚地軍書星火急，報到賊氛臨井邑。可憐萬卷付劫灰，迴首詒謀頻掩泣。且喜物非人尚是，不類焚身因象齒。負母出走刀戟中，善人免劫應如此。

劉有勛 字陶阜

《暮秋巴東感懷》云：野墅梅千樹，寒窗菊一枝。秋深巴子國，雨灑寇公祠。遊俠生前傳，河梁別後詩。家山縈夢裏，幾度數歸期。

劉玉豐 字瑞庵

《馬窟山吊歐陽文忠公》，中二偶尚不落恒徑，云：空將樽酒酬名宦，轉爲朝廷惜此人。門下蘇公曾入座，祠前蕭相亦堪鄰。

何定漢 字鼎臣

鼎臣清才絕艷，足繼千子，加之鍛煉，庶堪頡頏矣。《秋江夜雨》云：遠岸頻添秋水白，高樓半鎖夜燈紅。《悼亡》云：祇有兩情相感際，數行冷淚濕孤衾。酸心更有將雛鳳，待哺摳衣泣枕旁。又：明月前身恨未休，眼看破鏡倍生愁。早知人世有殘缺，依舊銀河效女牛。《中秋對月》云：白雲靜渚月橫天,貪看秋光遲夜眠。千里共知今夕樂,一宵分照幾人圓。《晚秋》云:萬千家住夕陽外,四五尺添秋水深。《菱湖竹枝詞》云:夜涼如水月明天,簾外笙歌送畫船。惟有相思流不去,化爲幽鳥伴花眠。夕陽滿樹水平堤,湖上人家隔岸低。最是依依小楊柳,引儂清夢到橋西。《江城別墅》云:鶴招高閣外,梅落大江東。《偶成》云:撥悶有方頻煮茗,消閒無事但焚香。《沙雁》云:倚欄遙望水之涯,無數冥鴻戲落霞。爭是思還飛倦後,少風波處便爲家。

劉樹森 字葆田,諸生

葆田爲余友璞齋孝廉介弟,與余交亦至深。多才不祿,讀遺詩不勝聞笛之痛。《亂後望鸚鵡洲》云:百戰曾經漢口西,郎官湖外草萋萋。江山寥落人煙暝,雲水蒼茫陣壘迷。鳥下碧蕪秋色暮,蟬鳴紅樹夕陽低。繁華轉瞬成春夢,愁聽漁歌唱大堤。

劉家柱 字卓然

石城有隱君子劉君卓然,家赤貧無立錐地。性嗜經史,喜臨池,窮極挐搴,二十餘年罔懈。不求苟合於時,不屈就有司繩墨,以是貧益甚,幾不能餬其口。憤然一切罷去,專攻力於醫。羅百家之説,冥搜窮索,閉門却掃者又數年[4],一旦出而能起人於沉疴。聞者始而疑,繼而駭,終而信,道遂大行。凡疾稱不治,爲羣醫束手者,刀圭下效立見,一時聲名藉甚。公卿大夫羔雁爭投,而君亦積勞不起矣,惜哉。君狷介而敦孝友,出季弟於危難之中,却千金於飢寒之際,皆余所目擊而歎愧弗如者。與交三十餘年,無間言,道義切劘受益良多。語涉非義不敢出,有小過必面折無隱。多聞直諒,友而兼師矣。吁,中散云亡,廣陵一曲尚可復聞耶?中年好道,參同玄默,識解超然。偶作小詩,大似康節翁《擊壤集》中興到之作。《贈巨川》云:修身立命足廻天,奚必悲傷聽自然。堂上養親承菽水,庭前訓子課書田。唐詩興至師元白，周易閒來體復乾。如此逍遙忘世累，反躬何處不神仙。《大風渡江》云：冷眼看人易，中流立腳難。敢憑忠與信，一葉涉波瀾。《題喜上梅稍圖》云：古幹橫撐耐歲寒，鼎羹未和少人看。枝頭有鳥如相識，爲說春光已露端。《紀夢》云：有客蓬山來，山境述難盡。約我蓬山遊，竟說蓬山近。有求仁得仁氣象，自是一貫豁然地位。

釋無爲 字隱璞

《望晴川閣》云：檻外輕帆逐浪過，漢陽樹色幾銷磨。平江日落人歸岸，古寺鐘殘月漾波。雨後青磷愁黯淡，老來白髮苦蹉跎。低廻往事悲無限，戍鼓風鈴聽奈何。

【校記】

〔1〕"一鳳所學"後數句，增訂本刪去。

〔2〕"張世祐"條，增訂本刪去。

〔3〕此詩出自明王廷陳《夢澤集》卷五。清廖元度《楚詩紀》卷八誤認是姚締虞之作，《詩徵》承其誤。

〔4〕閉，原作"開"。南朝梁江淹《恨賦》："至乃敬通見抵，罷歸田里，閉關却掃，塞門不仕。"即不再掃車跡，謝客。蘇轍《同李倅鈞訪趙嗣恭留飲南園晚衙先歸》："開門却掃如有待。"《詩徵》此處是謝客之義，與蘇轍詩義不同。

湖北詩徵傳略卷十二

孝　　感

明

張　瓚 字宗器，正統進士，官鳳陽巡撫，有《土苴內外集》

瓚初守寧波，綽有能聲，由布政擢都御史。巡撫四川，征諸蠻有功，拜戶部侍郎。辭弗就，乞養母。不允，移撫鳳陽，卒於官。太史廖道南論曰："嘗讀國史，謂瓚貪功起釁，張大鮮實，豈其然乎？昔李德裕經略維州，牛僧孺甚之，遂值朋黨，而德裕之氣不衰。今《蜀志》紀瓚功，不可誣也，豈可以寸朽訾連抱哉？"

《峻嶺絕句》云：峻嶺橫琴列畫屏，螺峯時露佛頭青。長官相對如賓主，翠色頻來治事廳。殊清脫可喜。

嚴　璉 字別碱，諸生，有《考槃集》、《懲羹集》

璉性豪宕，喜讀書，為文宏肆，倚馬立就。秋闈罷，歸舟次，值榷使者趣之稅。問所載物，曰："一船愁耳。"曰："鋤亦須稅。"璉走筆示以詩云："獻璞歸來泛上遊，忽聞榷使阻孤舟。囊中惟有悲秋賦，聞道君王不稅愁。"榷使謝焉。與竟陵鍾譚為石交，弟瑋亦擅才名。

唐　烈字仲駿,諸生,有《天馬山房集》、《滇南集》

烈穎悟過人,學極贍博,工詩古文詞。杜門授徒,教人先行誼後文章,弟子多所成就。同邑魯鑒,故高足也。督學雲南,迎與俱往。適黃岡何閎中亦官滇,日與酬倡。會兵起,僑滯貴州,旋卒。著述多散佚,惟傳《遊圓明寺詩》云:嵐光盡處官難通,舊是逃禪帝子宮。仄徑尚縈前代蘚,高臺猶敞大王風。琴停流水溪邊白,鐘送斜陽山外紅。入夢一燈青燜燜,牟尼珠映月明中。

夏　鼎字銘韋,萬曆武舉人,有《山水韻寶》、《山水佩觿》、《韻瑞補》等書　**弟鼐**

鼎高才不第,棄諸生,掇武科。病足,杜門讀書。喜《離騷》,晚年以沈約四聲部勒其書,爲《楚詞韻寶》。書成,笑曰:"人謂楚音欹舌,今歸宮商矣。"弟鼐,字仲龍,風規雋整,雖爲諸生,有盛名。富著述,早卒。嘗讀書九峻山,臨流持釣,終日不倦。好事者雅愛慕之,即其石刻曰"夏仲子釣臺"。寒溪風景不殊,高士遺踪,今猶仿佛可睹焉。

傅淑訓字啟昧,萬曆進士,官尚書,有《白雲山房集》

淑訓少穎異,負雋才。初官知府,能潔清自勵,舉卓異第一。及爲太僕,而應山楊忠烈之獄起,坐漣姻家,削籍。崇禎召補順天府尹,一時稱良京兆焉。

《玉泉山》云:湖上歸鴉去雁,湖中芙蓉朝霞。全畫瀟湘一幅,楚人錯認還家。平甸草鋪似繡,高峯石削如門。牛羊十里五里,雞犬前村後村。《明詩綜》

《了心庵》云:浮生泡幻亦何憑,彈指虛花一盞燈。却羨萬重山色裏,就中閒殺看雲僧。及:寒溪曲抱孤城轉,仄徑斜通小閣幽。《晴川閣》云:濤聲八月蛟龍吼,霸氣千秋草樹荒。雖入宋格,尚清婉可誦。

張可大[1]字觀甫,萬曆武進士,官都督,鎮登萊,崇禎壬申吳橋兵變,
　　　　自縊,謚壯節　　子遺

　　可大詩不多見,《明詩綜》惟收一律《書邊事》云:無端小草出登壇,壯士徒歌易水寒。枉把全師輕一擲,遂令宿將盡三韓。腐儒誤國由房琯,野老吞聲恨賀蘭。豈是彼蒼開殺運,祇因人事自摧殘。繹其詞,正爲瀋陽之敗而發。國步艱難,至此已極,雖有善者亦無如之何矣。

　　遺,原名鹿徵,字瑤星,號澹民。府學生,承蔭官錦衣衛正千戶,有《古鏡庵詩內外集》。遺幼窮經史,以蔭得官。重交遊,尚氣節,黨禍獄起,護持東林、復社諸君子甚力。國變入山爲道士,奉思宗御書"松風"二字,建松風閣,常率諸遺老泣拜其中,一時顯晦名流以不識面者爲恥。自號白雲先生,終隱棲霞山不出。

　　遺與孔東塘《桃花扇傳奇》中之錦衣張薇事同而名異,何耶?他傳奇中多更名易姓,惟《桃花扇》爲傳信之書獨不然。況東塘於瑤星攀附清流處,已用加倍寫法。方表暴不暇,尚何容其隱飾耶?味其字義,當是鼎革後自傷遺逸,漫爲更易之耳。《瓶隱齋筆記》

　　"遺"亦作"怡",甲申陷賊,不屈受刑,潔身歸。弘光立,補原官。南都事變,隱居攝山不出,自號白雲道者。山居抄書頗多,著述甚富。予所見者僅《玉光劍氣集》、《謏聞正續筆》數種而已。曩造其山居,見案頭有手抄宋張炎叔《夏詩》一卷。今其遺書不可復問,詩亦流傳者寡矣。《友人移居》云:居市厭市囂,入山苦山僻。非山非市間,卜茲五畝宅。到門水一灣,眠沙鶴一隻。遙望鍾阜巔,雲霞幻朝夕。乍見雨腳沉,忽焉晴絮襞。主人如冥鴻,高舉不可弋。丘壑蕩心胸,花竹恣夷懌。何時載酒過,爲君理雙屐。《雜詩》云:淺水平沙路,淪漣繞一村。夢廻天地老,亂後友朋存。芳草生幽澗,新鶯語小園。看山廣武後,久不望中原。《靜志居詩話》

　　遺痛定思痛,長歌代哭,仿少陵作《九歌》,盛傳于時,惜篇長不能備錄。

以豪邁奔放之筆寫悽愴酸楚之音，商聲變徵風雲異色，如白頭宮女奏天寶舊曲，不獨孤臣遺老聞而心傷也。

舒顯胤　字孟錫，號鶴臞，萬曆舉人，有《汲古齋》、《紅雪軒》等集

顯胤性耿介寡交，獨與齊年楊大洪友善。大洪之死詔獄也，顯胤哭而殮之。初令四川，有惠政，遷監司。罷歸，死癸未武昌之難。

沈維炳　字斗仲，號炎洲，萬曆進士，官侍郎

維炳居諫垣，侃侃敢言，多建白。孫慎行以紅丸、移宮二案追論去輔方從哲，而司馬黃克纘謀為李選侍翻案，維炳兩上疏力爭，其謀始息。諸黨人又借熊廷弼株連楚人，維炳再疏切言。時魏璫勢熾，許顯純狼狽為奸，邏卒遍京師，忤意者輒矯駕帖逮之，立枷大明門外。維炳疏論，其法始廢，旋以爭魏大忠、夏嘉遇事忤魏璫，調外。楊漣見逮，維炳跨一驢送。漣愕曰："炎洲獨不畏死耶？"漣死，維炳鬻產得數百金以膳其母，明年以黨邪害正削籍。弟維耀，字斗伯，以貢生官訓導。與維炳各策衛送楊漣於蘆溝，以四女字其子而別。漣死，維耀為具衣棺，覓二驢歸輀。人曰："公獨不自愛乎？"曰："我與大洪交數十年，重之以婚媾，何忍視為行路耶？"

《將任粵東登鳳凰臺》云：故園重過一登臺，風景依稀眼倦開。白骨戰場堪墮淚，黃花時節忍銜杯。烽煙蒼莽千山合，草木蕭條萬里哀。瑣尾秋光垂老別，幾時庾嶺夢歸來。局格老蒼，是非於此道三折肱者不辦。

楊金聲　兄金通

金聲官茶陵諭，才名藉藉，與兄金通塥。

《聞張曬石訃，追憶分袂漵口》云：廿年兄弟鬢毛催，君下晴川猶壯哉。別路幾回江口醉，相思約略布帆開。鈞天廣樂誰為夢，蝴蝶莊生不復來。

欲共故人寒夜語，可能洣水倩龍媒。《楚詩紀》所登數詩，惟此首尚清脫無滯，其一往情深，尤徵友道之篤。

金通字黃理，號濁亭，萬曆進士，官主事。初宰丹徒，有風力，卓異，入都。會黨禍起，有謬指爲應山同族者。御史潘士聞謂之曰："曷辨諸？"笑曰："大洪海内名臣，得附爲幸，何辨乎？"洵鐵中錚錚者。

劉　禧 字以穀，天啓舉人　弟祺

禧博學強記，工詩古文詞。嗜棋，窮晝夜不輟。弟禔病，刺胸出血，和參飲之。楊忠烈誣贓之役，禧爲疏募助，又爲疏吁于神，慷慨沉痛，讀者流涕。譚友夏見而續之，義聲振一時。工書長騈體文，擅名於世。弟祺，字以介，少慧能文，博學工詩。崇禎癸未抗賊白雲寨，授通判，旋棄去，號半隱。

劉　康 字瞿若，崇禎舉人，有《燕歸草》《崟山集》

康貌羸秀，若不勝衣，而内行甚修。善書畫，避亂武昌，死癸未獻逆之難。

廖大隱謂康才力高邁，所爲詩古文詞情兼雅怨，讀者流連。中年隱居匡山智林村，著有《智林稿》，與邑志所載迥異。未知大隱何本，姑並錄之。

《爲高處厚畫》云：吾觀羣象前，大地淨如紙。爲山爲雲煙，氣勢相遭爾。茲意良不歇，靈蠢聽驅使。以茲化工心，告我黃筌理。所以一毫端，元氣裹於裏。有時瞑雙目，象披鴻濛始。良懷相待發，動闞勞五指。不敢昧剛柔，深光從此起。斑斑者寒泉，渢渢者秋水。岸荻與陵柯，隨意受生死。瑟風掃黃茅，蒼涼動萬里。肅清筆墨功，不爲熱情喜。逢世道則拙，吾以養吾恥。氣味深沉，談畫理處尤中肯綮。

程良籌 字持卿，號雪窗，天啓進士，官員外，贈太常　子正隆、正巽、正萃

良籌父注爲太常卿，不附貂璫。御史王士英劾其爲趙南星、李三才私

黨，魏閹矯旨並除良籌名。未仕除名，前此未有也。崇禎初，起官員外。李自成犯承天，孝感亦陷。良籌以白雲山險峻，與同邑參政夏時亨築壘聚守，賊設長圍攻之，相持浹旬，解去。時武漢均淪陷，四面皆賊，獨白雲孤處其間，賊頗患之。已，武昌克復，良籌號召遠近諸寨犄角進兵，復孝感、雲夢，旋薄德安。兵敗退保白蓮寨，內變被執，誘降不屈。左良玉兵至，賊懼，擁良籌令止兵，不從。賊走，逼偕行，又不從，殺之。《明史》

《賊圍白雲月餘，請救不至》云：片地持全楚，危山扼重兵。魂銷烽滿壁，氣暗夜攻營。愁笛看明月，悲歌動短檠。賀蘭與叔翼，誰復念孤城。凜然忠義之氣溢於字裏行間，沉鬱不佻，雅近唐人。

正隆字石野，侍郎正揆兄也。行誼高潔，鼎革棄諸生。放浪詩酒，與侍郎仕隱分途，各行其志。《感遇》云：悠悠觀元始，來往如推轂。幸我生無才，但坐看逐鹿。而豈復有心，崎嶇走粱肉。茅屋臥雲間，抱影憐幽獨。竹梧不結實，天教鳳飢腹。願培北海風，寧同雞鶩宿。讀之可以徵其貞白之操矣。

正巽字風樵，程氏伯仲如瑯琊羣從，人人有集。風樵古體冶鑄《騷》《辯》，凌轢李韓，當時乃有優孟衣冠之誚。而近體尤清麗可誦，如：晚磬數聲驚冷客，閑書一卷戀殘燈。一榻人眠千日酒，半樓月照四愁詩。五言如《夜興》云"蛩聲生靜夕，清響滯匡牀。睡足三更漏，秋聲一夜涼"等句，安可任其湮沒？

正萃字除只，詩力沉厚。雖擬古歌行，未泯摹仿之跡。近體深穩婉麗，如《秋興》云：欲窮蕭瑟理，豈必樹間聲。枕菊香欺榻，煎橙綠滿鐺。偶來乘逸興，浪得愛山名。一夜聞蕉雨，溪泉不覺平。《休夏雲居寺，張沐九投詩見訊，依韻奉酬》云：孤雲出岫意何居，谷口遙傳載酒驢。寺廢纔成三徑路，人來先快半行書。高林鶯語鐘聲上，寒澗花妍落照初。已遣山林供妙思，不教囊錦笑空疏。《與王璞庵劉石帆夜話兼示別懷》云：三載風塵笑曳裾，秋燈濁酒夜窗虛。金臺擊筑人垂老，碣石談兵興已疏。爭誦鬱輪摩詰曲，還留藜火更生書。不堪久作春明夢，仍是青山舊接輿。皆宋人中之傑出者。

李其先號鐔庵，崇禎舉人

其先素以制藝名，不輕作詩。一日同人集唫，分題詠史，而不及其先。請賦得"樊於期"，有云"入門挾何以，有客奉吾頭"，自是人競與談詩。詩輒有警句，如"無書上相國，有句哭英雄"，頗在人口。

夏 煒字振叔，崇禎舉人

煒在明季負盛名，蒐訪全稿卒不可得，惟《楚風補》錄其十餘首[2]。古體長篇氣味深厚，近體五律最長。《秋興》云：山川烽燧外，歲月夢魂中。苔色侵碑綠，蓼花入照紅。壞簪吞落日，大谷倒晴空。莫放壺觴涸，中原仗數公。夜泣誰家月，人看何處濤。至今秦帝火，不斷楚臣騷。飢獺眠空澤，老漁伺暮舠。阮懷殊未達，灑淚向窮皋。《西湖竹枝詞》云：四面空波捲笑聲，湖容今日最分明。舟人莫定遊何處，只向鴛鴦睡處行。行觴次第到湖灣，不許鶯花半刻閒。眼看誰家金絡馬，日駞春色向孤山。尚逋峭不落恒蹊。

楊洪才字拙生，諸生，有《弋獲錄》、《正史法誡》

洪才穎異工詩，尤溺苦於宋五子之學。立貞通學社，與彭魯岡、程鐔齋、丁漸齋輩朝夕講論不輟。

黃文旦字敬渝，號虛雪，崇禎舉人，有《老峯集》

文旦十歲能文，讀書慷慨有大志，傷時之難，鬱鬱不自得。甲申、乙酉間，作《測時論》十篇、《蕘慮》二十四篇，危言讜論，論者比之賈長沙、陳同甫。順治戊子從豫章收遺書萬卷歸，不復有仕進意。壬辰大旱，挑野菜和羹炊之，又或啖麥飯剝剝有聲，意甚欣然適也。弟文星，字子威，與旦齊名。

嘗築怡園，讀書其中，積學砥行，兄弟自相師友。

程怡孔 字孟顧，號錞庵

怡孔少負大志，負笈訪道於麻城劉拙齋、黃陂鄧葆之、黃守拙三先生，所聞良知之學，歸而倡道郡邑。與丁之鴻諸子爲貞通學社。其學屢變而益醇，晚乃大悟。故其《絕筆語》云："入孝出悌，謹言愼行，擇交改過，此學譜也。常置身於堯舜周孔之堂，引己於江漢秋陽之內；則自愛其身，自敬其身；功不容已，機不容息，此學訣也。"其宗旨簡易如此。

丁之鴻 字漸齋，號素石，崇禎舉人，有《漸齋遺書》、《易經象義》

先八世祖鄉賢公，喜急難拯困，誘掖後學。其學以明道象山爲宗，躬行實踐，不以時運爲解。嘗曰："世不可爲唐虞，必人不可爲堯舜。"識者以爲名言。與章煥然、左熙光、彭大壽、程怡孔諸子爲貞通學社。

鄉賢公著作甚富，燬於兵者半。經陽侯之虐，所存者僅矣。惟散體文數篇，見於家乘中而已。句如：江亭浩渺空青接，詩壘摩挲大白浮。吳會音書隨去鴈，楚江煙雨滯歸舟。四壁名花留客徑，一枝仙桂讀書堂。燕臺舊夢秋風冷，鷗侶新盟春水長。又：老桂山中發古香，虛亭面面攬秋光。一枝折憶神仙客，半畝陰分刺史堂。枕倚江聲流夢遠，窗延月色引杯長。題詩寄語後來者，此是前朝召伯棠。得於蠹蝕之餘而皆失題，吉光片羽敬附於此。未敢妄贊一辭，以待當世之知詩者云。雲孫宿章謹注

張日暹 字方侯

《郊遊》云：一葉具秋聲，颯颯空庭下。山行鳥就人，低飛啄簷瓦。荒白三五村，古道無車馬。徐仲韋謂此詩純乎天籟，又似古歌行。

彭大壽 字松友,號魯岡,諸生

大壽先世江西撫州,再遷至孝感。順治初避地雲夢之金蓮陂,自號蓮陂居士。力學精進,闇然真修。著《易詩春秋三經合解》、《魯岡通禮》、《兩官錄》、《賢相集》、《高尚集》、《孝義錄》、《杜詩益》、《古文益》、《何李詩集》、《魯岡藏稿》、《自娛草》、《實學八要》、《三十箴》,共一百三十四卷。又有《魯岡或問》二十四卷,精言名言,有功實學,道光初年程廉使懷璟始爲之刊行。

大壽詩無講學家陳腐氣,筆尤老勁。《歲暮感懷》云:滿目凋殘且自娛,興懷往事漫長吁。求糧困指三千斛,遺表桑存八百株。赤壁煙銷銅雀冷,錦江星落碧雞孤。成功自古非容易,缺陷人間那得無。《貧歌》云:冬無屋,雪壓頭,昔年築地結高樓。冬無絮,風吹心,昔年厭浣嘗制新。淅有米,釜有肉,剝瓜烹韭心不足,全無半菽。有酒有酒,出門望。人入門,歡笑生。曾幾何時,夜夜聞哭聲。

沈會霖 字時沛,號茶庵[3],崇禎孝廉,官推官

會霖以《過土木》七律得名,句云:土木蕭蕭忍再過,孟婆風訊定如何。素心好友佳懷少,白首先民往說多。三月車塵收紫塞,五更鄉夢暗黃河。文姬空有思歸怨,何處南州可浩歌。情深吊古,慷慨悲歌,古調哀吟,真有不堪卒讀者也。

沈 宜 字大悟,維炳子,貢生,官推官,有《北轅閒吟》、《風楸偶嘯》、《青雲堂》、《稅古堂》、《卧紫山房》等集　子岐昇

宜性嗜學,博通載籍。自經史旁及內典,叩之娓娓不窮。工詩,善古文。

子岐昇《青雲堂詩序》略曰:先君子詩,潛江劉阮仙世丈爲一刻於燕臺,

恒文宗叔爲再刻於白下，是友朋之誼重，而我子若孫之世守反輕也。祖氏田廬止供飲博，先人筆墨，酷等焚坑。岐昇勉錄副本，意圖漸次成集，今且先出一臠。自顧家貧歲儉，萬難似當年梨棗之雄，庶幾零玉殘膏稍以慰先人作述之意耳。興言及此，腸寸寸斷矣。嗟我先子，著作富，等身之書已爲見仇者快意而去。收積得九丘之秘，又爲大力者負笈而趨。一生心血總屬徒勞，畢世辛勤盡歸烏有，何遇人之不淑也。嗚呼痛哉！

大悟先生躬際陽九，養晦潤邁。與先八世祖鄉賢公結貞通學社，道義切劘，交誼至深，互見於兩家文集中，非諛也。余獲交先生裔孫棠谿孝廉，聯通家之好甚摯。棠谿工古文，有血性，篤行好學君子也。

讀令子岐昇《青雲堂詩集序》，知先生著作甚富，爲仇家所奪，所存僅百一二云。先生蒿目滄桑，生逢憂亂，禾黍故國，多難言之隱。托興於秋以發之，哀吟苦調，千古同傷。錄《秋興》三首云：落日玄猿淚萬重，亂雲狼藉勢沉峯。安排萍梗無中策，領略林泉羨老農。楚岫嚴霜凋棣萼，秋江零雨怨芙蓉。不知世事更移後，大悟山頭剩幾松。八月長風吼碧霄，紫雲蒼耳畏途遙。海空精衛千秋石，山捲天吳一夜潮。唐代衣冠白馬渡，宋家社稷杜鵑橋。甘陵弟子年時夢，旗鼓於今未寂寥。白骨秋郊劫火零，鬼車啞啞泣冬青。雲松古榻前朝寺，風竹空廊半夜亭。三晉河山低晚照，兩年朋舊散晨星。方平杖自談千古，定鼎門西戰血腥。

洪伯駒《容齋隨筆》謂六言詩最難工，而先生此體尤爲擅長。《雜詠》云：彭澤柴門五柳，南陽茅舍一椽。指下數絃流水，杖頭幾箇青錢。讀書不求聞達，遣懷獨坐莓苔。但願門無俗駕，小園日有花開。《小像自贊》云：誓墓已同逸少，題橋笑煞相如。此子宜置丘壑，乃公安事詩書？處世愛憎者半，爲人可否之間。老至貪嗔漸少，生成拙直難刪。皆清絕可人。七絕《寄夏振叔白雲山居》云：浮煙出岫任風郵，坐失白雲碧嶺秋。夜半清猿千里目，夢騎黃鶴到高樓。格高調響，力爭上遊。

岐昇字石城，能讀父書，工詩古文詞，著《補山園集》。沈氏三世有集，亦盛事也。

石城詩學放翁，得其神韻。《送友下第》云：儒術真成誤，雄心難即灰。

那愁貧更甚,轉畏老將來。《漫興》云:爲延好月纔刪竹,愛捲晴濤自種松。濁酒客邀僧舍月,好風人散渡頭船。皆佳句也。

五律通體精湛者,《示諸兒》云:不獨多風雨,危巢有伯勞。長貧羞計拙,衆忌瞰門高。步武推龍種,文章識鳳毛。先君遺恨在,珍重付兒曹。《雨後園居》云:慣貧支道力,無競亦無猜。好夢醒還續,鳴禽去復來。晴煙囚老樹,怒筍破莓苔。曲徑香生細,林花著意開。是能善師劍南者。

釋真詮 字微密

真詮詩不多作,有"砧杵敲風連野動,秋林脫葉正寒飛"句,頗傳於時。

國朝

程正揆 字端伯,號青溪,良籌子,崇禎進士,官庶常,國朝起爲光祿卿,累官至工部侍郎,有《青溪遺稿》、《讀書偶然錄》等集

正揆少從董其昌遊,故工於畫,集中亦多題畫論畫之作。王士禎序稱其《江山臥遊圖》散在人間者有數百本[4],士禎亦藏其二。又有《題正揆畫詩》,蓋當時亦重其筆墨也。其詩文則不出其鄉公安竟陵之習。其《浮記》一篇殆類小說,《奇夢記》一卷益荒誕矣。《四庫全書提要》

公文章勳業皆有不可泯滅之處,詩畫其餘事也。擬古歌行,明健激昂,有建安七子之風。近體格高調響,其邃遠清妙處直入唐人之室,在國初實我楚一大家也。《中秋雨》云:客有悲秋意,無錢上酒樓。煙花六代盡,風雨一天愁。淚濕海棠瘦,懷縈竹葉讎。畫簾搖夜幌,多分負銀鈎。《贈百史》云:平生一腔血,曠世幾知音。向子欲傾蓋,何時始共斟。情因疏拙減,恩以亂離深。揮手盟心去,江濤自古今。《楊又人使安南復命過江寧賦贈》云:使臣還詔日南歸,虎賁龍船燕子磯。辭命四方原有體,天言一字不曾違。職方干羽圖王會,屬國昆蟲識漢威。賜勞大官分玉食,宴歌寧有賦《無

衣》。《王雄公遇諸河,貽我以鱠酒,約同西江之行》云:使君竟欲薄淮陽,抗疏文章可續匡。歸去買舟惟載鶴,再來岐路豈悲羊。屈平芳草《騷》堪讀,張翰秋風鱠已嘗。明月許同江上好,此行端不負滕王。《遊棲霞寺》云:君羨天臺路渺茫,遊山無計畫山強。何曾隱得仙人住,祇誤劉郎與阮郎。《寒梅圖》云:寒林落日亂鳴鴉,幾樹清香淡影斜。莫向孤山尋舊夢,全身今已是梅花。《雜詠》云:大笑千山俱振,揮毫五嶽能搖。僻境更無塵到,酒家時有旗招。世外白雲雞犬,人間綠野桑麻。消得洞天七日,奚勞惠子五車。又《山行紀事》云:懶人足睡兩三覺,秋水強添八九灣。往借鄰家新草笠,閒來雨後看青山。

公精"六法",題畫詩幾百餘首。蓋晚年邃於禪悅,有所得,藉畫理發之,故醰醰然如食橄欖《題畫贈石溪和尚》云:捲席洞庭去,長風一葉歸。禪心定落木,吟思動殘暉。故國人還老,荒城鬼亦稀。德山托鉢處,今昔是耶非。《題畫》云:山古萬籟空,流泉自浩浩。一聽一回新,可與知者道。山靜似太古,日長如小年。可與閒人道,勿為達者傳。生平不負人,獨有煙霞債。無處買青山,只寫青山賣。秋樹婆娑影自移,飯蔬飲水曲肱時。何分天地何分我,不盡煙波不盡詩。最高峯處是吾廬,枯樹清泉煮白魚。世代不知今有漢,向人猶問未焚書。淡山如客樹如禪,意到無聲各杳然。落筆不知誰是畫,和身都入水晶天。天外奇峯筆外神,細翻五岳入微塵。眼前不盡春風意,別有針鋒對古人。不斷青山夢,朝朝過碧篠。觸來皆畫意,到處覓詩題。雨霽一林澹,雲橫萬木齊。草堂深隱處,只在板橋西。

五言佳句如:自同牛馬走,長與蠹魚鄰。入世迕為崇,謀生懶是貧。睿以讀書聖,禪為忍辱師。閒憑詩債少,愁仗酒兵降。五峯堪作老,一谷可名愚。羲皇為舊主,屈宋作衙官。焚書平筆冢,坑字逐詩魔。降心惟拜石,解語只宜花。墨莊無瘠戶,酒國有勤王。天地買新宅,溫柔老故鄉。無腰能作吏,有骨不須侯。我寧行我法,人豈受人憐。到家仍是客,逢醉便為鄉。身為方外史,客盡醉鄉侯。風與月為主,人惟天是徒。《呈座師》云:世間知己少,林下一人多。藏史簪為筆,傳經舌可耕。五千今老子,七十此門生。《詠螢》云:幸有餘光借,翻宜白眼看。應憐秋色好,故向主人飛。意如爭日月,態不入炎凉。先生同水鏡,古佛一燃燈。剖心惟有赤,炙手不成炎。客興三秋老,浮生一夜看。《送弟之廣文任》云:半江南國夢,一夜北風寒。無雙天下士,五百一人師。《自壽》云:久客忘時節,餘生畏網羅。送客笑山鬼,留詩敵睡魔。《江行》云:殘碑撐赤壁,柔櫓過黃州。雨細半江静,雲盤萬木收。老人談舊事,故鬼哭新城。卿卿誰復我,好好一先生。杯中惟此物,山外更無人。水漲舟橫渡,雨來雲滿簑。有客問奇字,無人記放言。道心存遂古,世狀點雲浮。歲時原有記,人日可無詩。《題畫》云:禪心定流水,吟思動殘暉。平生一幅畫,天地幾何時。瀑飛千尺雪,風散一山香。泉聲通世外,春色落樽前。鴈寄將來信,山留不了青。《和人自壽》云:文章三變局,天地一殘燈。劍冷星雙鬢,秋高酒一酴。肝腸存世道,山水獨予私。《答禪客》云:世上豈無事,林間賴有人。《移居》云:疏林助明月,響谷達秋聲。醉鄉酣竹葉,夢境熟梅花。笑看遼海鶴,愛食武昌魚。七言如:睡鄉老友庵爲蝶,酒國諸侯食不蠲。嵇氏絕交寧止七,坡公邀月且來三。香住碧雲詩客料,山披紅葉老僧家。《贈某相公》云[5]:天上有君扶日月,人間捨我孰漁樵。霽色曉開十里霧,秋聲夜入幾人家。心同赤子眼還白,少似愚公老更頑。静坐一百四十歲,醉歌三萬六千觴。風月一錢無買處,山川幾輩肯來閑。《贈某太守》云:三十六峯山作主,二千石秩吏爲仙。自許清流惟我輩,但留白髮向人看。《題畫》云:不知文字棄如屣,猶有閑人讀古書。一聲長嘯山花落,笑指乾坤吾草廬。又《絕句》云:六朝佳麗歇春風,松石寒雲夕雨中。知己寥寥圖畫裏,合宜此地着詩翁。有客訪我山之巔,風雲指顧思茫然。請上廻廊看煙樹,許多慚愧對青天。曉嵐宗伯稱其詩有囿於鄉人之惜,如此等句法置之《瀟碧堂集》中,夫豈多讓?使孝感得與公安並立兩間,雖不免爲人訾議,未非鄉里之大幸也。公如有知,必韙吾言。《瓶隱齋筆記》

嚴正矩字絜庵,號方公,崇禎進士,國朝官侍郎,有《含暉堂集》

侍郎生歷滄桑,入盛朝雖名位日崇,究不無故宮禾黍之感。《含暉堂集》中多抑鬱哀楚之音，茲摘其用意綿邈淡遠者節錄之。如：前峯望不見，零落欲何歸。《孤雲》。依風體漸弱，到地意先闌。差可綴梅色，用當曉露看。《微雪》。飄落紅茵亂，花深屐齒泥。《夏初》起句。高見喬松色，遠聞孤鶴聲。《月夜》。楊柳穿雲濕，芙蕖滴雨嬌。《夜坐聽雨》。古臺高見月，喬木淡生煙。遊魚隨意樂，浴鳥自相喧。臨流哀網罟，望野羨桑麻。山薇連野徑，岸柳接河橋。野花隨地發，春水逐門生。《涉園雜詠》。又：扁舟常繫門，竟日有鷗來。皆可入畫圖。入望多殊色，徐觀無定容。《望廬山》。不敢嗟禾黍，徒然憶杜蘅。畏續《七哀詠》，閒吟《五噫歌》。《長安雜詩》。水泉終日碧，石蘚自生春。萍雨魚爭食，松風鶴共吟。樓臺如有待，風月欲留人。《過友人山園》。弓彎漢水月，旗捲峴山雲。《贈胡中丞》。宦況殊堪笑，羈情祇自憐。《寄弟》。旅夢懸姜被，孤悽念汝寒。又起句。鳴鶯懷舊侶，飛燕引新雛。疏星臨戶牖，纖月下闌干。《暑夜》。月照關山澹，雲移河漢低。《七夕》。奉使星隨棹，傳經雪點爐。《呈芝麓師》。一棹憑江海，寸心橫古今。雲浮島嶼遠，日落海天孤。《登城樓》。溪響泉聲千萬壑，松圍茅屋兩三間。碧通天柱星辰近，光映江濤日月明。《望玉甑峯》。楓江有月來孤照，桂海無波送遠煙。蟬隱高枝鳴有意，鴈銜木葉去何思。《秋懷》。匡時汲黯饒封事，去國虞卿祇著書。杖策崎嶇凌華嶽，刺船風雨渡河汾。興亡幾閱堂前燕，聚散驚如雪上鴻。《歸興》。皆空絕依傍，深得唐賢三昧者。

　　方公詩原自《騷》《選》，才力深厚，規模宏遠。近體清麗雅健，多可傳之作。《送風樵歸楚》云：南州三月榻，詩酒日相從。玉倚階前樹，青來江上峯。有臺聞唳鶴，何處響疏鐘。別後餘函席，花茵定幾重。《過韓信嶺》云：惱恨舍人語，英雄萬古冤。不忘漂母德，豈負漢王恩。百戰同波逝，孤墳倚石根。年年芳草綠，空復憶王孫。

彭　焱　字然石，自號圓觀子，明貢生，國朝官黃安訓導

　　焱髫齡補弟子員，好讀書，淹通經史，工書能詩。高學使彙旃創濂溪書院，聘主講席。明季流離兵戈，避地湘黔。妻胡遇賊不屈，與子女並受害。

同懷兄森,字若木,以諸生殉武昌之難。官黃安,值大旱,焱力請賑濟,並鬻產以助,黃人德之。一日與某廣文渡江,舟覆,操舟者皆溺。次日舟挂洲渚間,或曳之起,有手攀舟側而立者,則兩廣文也。

警句如《幽居》云:雲以石爲室,花將月作衣。月憐幽幌分餘照,鼠厭空廚走隔鄰。輞川是境皆堪畫,退谷有人多是愚。丙丁以後成行腳,苕雪之間憶釣簑。伍自後先羞絳灌,兒從大小喚融修。總是晨星留我輩,又從秋水賦伊人。呼吸有聲通碧落,乾坤何地設青氈。《獨往》云:三晉雲山歸五柳,一春花鳥付雙柑。《送人入山》云:樵漁入課都成史,出處非人獨用天。《分菊》云:爲爾擇交霜與月,因之命諡隱兼幽。《出門》云:聞夜半聲雞不惡,談當時務蝨先捫。《晚渡武昌》云:幾點亂鴉神禹廟,半山殘雪漢陽城。

焱入國朝,避地雲夢。一日攜家遠去,莫知所終。有詩百餘首。《登黃鶴樓》云:誰知地老天荒後,猶得重登黃鶴樓。浮世已隨塵劫換,空江仍入大荒流。楚王宮殿銅駝臥,唐代仙人鐵笛秋。極目蒼茫渺何處,一瓢高挂亂雲頭。而沈歸愚先生選入《別裁》,謂爲太倉僧戒顯作[6]。而戒顯去焱爲後,或焱遠走吳閶,易姓名而遁跡空門,未可知也。尚有樂府《君馬黃》一首,胸次手筆與律句相類,定爲一手所出,當非"一一鶴聲飛上天"比也。

《雲夢志餘》

詩饒奇氣,《古劍》一首,讀竟覺寒芒射人。句云:鸊鵜膏白鵬尾清,清光凝凝一溝水[7]。良工未有兒女情,冶鑄全玆英雄理。光芒不屑剚蛟螭,願擊小人衛君子。今我持爾久無功,不用還與沉埋同。白酒澆入古血腥,對爾慘淡臨西風。

語關至性,木石點頭[8]。《哭兄詩》四首,字字從心血流出,千載如聞痛哭之聲。其調高句響,猶爲餘事。句云:歎無身可贖,恨不我相隨。死去魂何地,天乎罪是誰。若敖寧不祀,伯道遂無兒。風雨雞鳴後,哀唫合見知。可死可無死,憖生何太寬。聰明招帝忌,歲月到君難。浪灑家人淚,寧關骨相寒。再來兄記取,端乞少癡頑。癸未武昌事,祇今尚愴情。通侯邀世券,開府擁專征。將去兵逃難,官空民守城。國恩十萬日,殉難是諸生。實學今兼古,多聞史與經。數千年在目,十四五知名。姜被何曾暖,芸窗每徹明。魂兮歸故宇，猶得聽書聲。若木先生以諸生而死武昌之難，奇人奇事固應有此奇句。《寄家仲》云：牂牁江上羽書催，裹血將軍夜半廻。異國驚魂豺虎路，天涯灑淚弟兄杯。那堪生死十年事，都付關河一使來。壯志消磨雙鬢短，幾回殘夢楚天隈。此章音節清蒼，工力悉敵，漁洋、臥子，未足多讓。

高　騫 字處厚，明經，黃鶴九老之一

騫詩文雅健，工書畫，寸縑尺素，人咸珍之。詩樸茂如其人，五言雅近自然。如《除日從三弟園移梅》云：及茲遷汝去，已是負初心。微雨上高格，危枝動夕陰。紫荆不礙冷，桐橘自爲深。眼看春風近，吹成花滿林。《還村》云：幾日去村巷，田園喜既霑。棗花香過牖，橘影綠齊簷。遠望山雲發，近看野水添。農人商歲事，瑣瑣未爲嫌。

胡　江 字山公，崇禎進士，官給事中，國朝起授揚州兵備道

山公在勝國已負重望，才贍學博，千言立就。詩自抒性靈，無所依附，惟局格稍卑，未能卓立成家，亦一恨也。句如：薜衣晚帶千山雨，蘭若晴堆一塢雲。絕交喜得君同廣，欲殺何須我見憐。買得青山貧到骨，賒纏白墮酪還貪。皆清麗可誦。

聶其浩 字知易

《秋日遊白雲山》云：羣峯雲靄靄，萬壑樹蒼蒼。路近寒山寺，人遊古戰場。英雄無限恨，草木有餘香。惆悵當年事，林霏澹夕陽。峻絕嵯峨地，猶傳古寨名。白雲依舊壘，黃葉繞孤城。草變寒山色，蟲吟石畔聲。斜陽歸路晚，廻首暮煙橫。通體清脆，求之中唐諸賢亦未易易。其詩力頗見深厚，他作必多可採，惜僅見此二律。名作湮沒，知不少矣。

楊　坦 字彝思，號素書

坦幼從族兄大悟攻舉子業，長聞良知之學，乃棄不復事。遍遊吳越、燕趙，至永豐見梁夫山，遂北面稱弟子，講誦不輟。及夫山誣死楚城，坦犯難白冤，卒葬孝邑，時人義之。按：夫山名汝元，嘉隆間遊楚講學，門下多魁傑不羈之士。與黃安耿定向善，遊京師主耿家。適張居正過定向所，汝元走避，居正疑問索見，汝元卒不出。定向問故，汝元曰："此人能操天下大柄，吾甚畏之。"定向不謂然。汝元曰："分宜欲滅道學而不能，華亭徐階欲興道學而不能，能興滅者此人也。子弟識之，此人終當殺我。"久之，居正果當國。曾光妖案起，與吉水羅巽皆坐妖黨論死，葬弘樂鄉。

汝元遊楚，更姓名爲心隱。

同時有顏山農者，亦楚人。心隱嘗師事之，皆以狠幻爲時所擯。《朝野異聞》

熊賜履 字敬修，號青嶽，順治進士，官大學士，謚文端，有《經義齋》、《澡修堂》等集　從弟賜瑒

賜履八歲時，父死於盜，母李苦節嚴課讀。置書案於紡績所，以荊條隨伺，懈即跪而擊之。述父蒙難慘毒狀，母子淚瑩瑩。甫冠即貢成均。

先生官翰林時，曾上萬言疏，極陳時政得失，道人所不敢道，力竭志殫。雖一身犯同人之忌，而益荷天子之知。日侍經筵，不數年卒登揆席。未期引退，僑寓金陵，閉戶著書，以道統自任。翠華南巡，御書"經義齋"額賜之，因以名集。

公勛業彪炳，經術湛深，本内聖外王之學，爲一代名臣。著述宏富，詩古歌行，詞旨淳雅。昔洪容齋謂武元衡、令狐楚皆以將相之重，聲蓋一時；其詩宏毅闊遠，與灞橋驢子所得者不同[9]。讀公詩，益信其言之非夸也。

《素園過訪留飲》云：三春過已半，此日覺風和。歷亂山花發，啁啾野鳥

歌。流雲歸曲岫，霽月漾清波。爲問江南客，尋芳事若何。《雨夜懷人》云：寒宵苦獨酌，憶汝復誰親。爲念詩情冷，應知道味真。殘煙籠野色，細雨暗江春。何日過桑牖，花間共飲醇。《飲茶村精舍》云：春陰吹不散，此日恰新晴。劇飲予非醉，狂歌子獨清。消袪塵俗慮，想見古人情。飽德寧虛語，如蘭句已成。《贈李仁熟》云：庸德惟明理，真修貴獨知。但能持志永，不厭讀書遲。庭草多生趣，山花亦解頤。濂溪風韻在，歸去有餘師。《景公祠》云：眦裂白虹暗，舌焦赤日沉。我讀英士傳，如見比干心。廟貌埋霜草，衣冠葬石岑。淒風何凜烈，一望一霑襟。《秋日送友》云：送秋秋似客，送客客如秋。客去秋隨去，秋愁客亦愁。與君同作客，君去我淹留。去去君先我，思君我上樓。

賜璵字宗玉，官國子監司業，與從兄賜履鄉會聯鑣同入詞館，海內有郊祁之目。

屠應守字蓼齋，一字軌大，順治舉人，官知縣，有《夒山樵唫草》、《式穀堂稿》

應守雅擅材名，世所傳"鳥擇樹中樹，雲流山外山"一聯，雖膾炙人口，終覺有所蹈襲。其它句如：午睡微嫌暑近酷，夜凉敢道月無功。題蕉經露濡新墨，理釣尋溪失舊灘。詞意尚較深穩。

涂天相字燮庵，號存齋，一號迂叟，康熙進士，官至工部尚書，有《静用堂全集》、《存齋詩話》

天相家世力田，贈公有隱德。生而岐嶷，凝重寡言笑。溺苦於學，日誦五子之書。跬步必以禮，以躬行實踐爲入德之門。所著論皆粹然儒者之言，書無所不窺。於詩獨嗜朱子，謂得風雅之正，亦性之所近然也。中年成進士，通籍華膴而不易其素。蓋中有所主，故能窮通一致云。

公於詩理研究極深，因摘《存齋詩話》中涉於公詩者節錄之，以爲現身說法云。　唐人句云，貧賤受恩多。宋人句云，貧多負恩人。好事者集其句而爲之説,曰:"貧賤有恩可受,猶是貧賤僥倖之事。以貧故而負恩,又是貧中隱忍之情。"余謂貧賤有恩可受,固是僥倖之事。然與人者常驕人,受人者常畏人。僥倖之中正多不幸之處。以貧故而負恩,固是隱忍之情。然敗名裂節以爲酬恩之地,其爲隱忍者更多,恐又非知己之所貴也。余因爲前句下轉語云:"寧甘貧與賤,莫作負恩人。"又爲後句下轉語云:"丈夫豈負恩,君子常懷德。" 年十五時,先伯祖蔚美公知余學詩,命賦天。應曰:"太虛其氣,一大其形。聖曰知我,勿索冥冥。"伯祖甚擊賞之。是夜露坐小園,有柳樹甚盛,新月初上。先君以月上柳梢命作七絶,余口占云:"柳染宮袍知已就,月來蟾窟尚嫌遲。清光何惜全身照,愛是凌霄第一枝。"蓋寒家自先伯祖什公先生殁後,書香中絶。當時蓋微窺先君暨美公意,深冀余早獲一第,以光門閭耳。 同年王樓村擅詩名,同人多以詩相質。余亦嘗錄一册屬定,王每於涉理處則斥爲迂腐。余詰曰:"詩以何爲祖?"王云:"三百篇。"余曰:"詩以三百篇爲祖,如《中庸》末章所引'上天之載,無聲無臭'及《孟子》所引'天生烝民,有物有則'等句何如?"王無以應。 樓村嘗作《詠菌》暨《走馬燈詩》,意蓋有所諷也。余《和菌》聯云:"方辭腐肉充清品,旋藉腥膻入大烹。"《和走馬燈》聯云:"粗成靦面殊無有,得借炎威便不閑。"王大擊賞,以謂正使他人極力摹寫,傳神逼肖,終須詞費,未若斯之言簡而意盡也。 魏三石擎,吾澴詩人也,與余倡和最夥。曾以短句寄題其別業云:澴東一草廬,絶勝輞川居。日午花陰密,風斜竹影疏。荷香晚度後,蕉葉獨吟餘。雨過勤培菊,秋涼應待余。越三十年,余以外艱歸,於魏壁間猶見之。雖蠹蝕大半,而墨跡宛然。 甲子客江城,友人索詩,余答斷句云:愁醉晴川夢未醒,漁歌樵唱不堪聽。囊中收得漢陽樹,爲報今年色更青。越癸未亦三十年矣。一友館內閣侍讀某公家,偶誦余此詩於其主人,而遺前二句。主人翌日單騎來訪,道其意,出箋索書全詩而去。《存齋詩話》

斷句如:亂經天寶詩人瘦,遁自元熙處士肥。悔生涼水驚澆脊,靜引和風暗拂襟。直撑孤艇親探海,莫似貧兒夢掘金。我皆固有弗思耳,人豈不勝爲患哉?堅苦未能到頭地,光明那復見心天。曲肱尚作周公夢,化蝶憑貪莊子眠。以風雅詮名理,與程子"水心雲影"、邵子"月到天心",皆淵然見道之言。

公論學詩，於《騷》、《選》外別闢一徑，字字皆明體達用、躬行實踐之言，不得以老生常談目之。《傲學》云：一輪月照萬川明，真切功夫在力行。前哲有誰非實踐，此中寧可著虛名。嚴霜赤日須經過，烈火紅爐始煉成。地老天荒何物在，消磨不盡是吾誠。《雜詩》云：孔棲道莫容，孟濡義未絕。那許熱中人，紛紛滕口說。蹶蹄多駿足，覆舟是飽帆。盈滿造物忌，從容得餘閒。誰鋤當門芽，要是自取辱。誠爲王者香，何妨老空谷。秋月澄近浦，春風散遠林。一點真趣味，還堪證道心。晝思乃夜夢，因想自有由。真不愧衾影，魂夢亦清修。惜陰論分寸，豈徒勞口耳。大道有根源，請自孝悌始。文過是柔奸，遂過是剛惡。補過乃无咎，忘憂斯至樂。人欺輒生怒，自欺便自恕。纔說毋自欺，便是欺人處。

程正度 字裴文

《望白兆山》云：西郭晴郊外，春風古渡頭。平沙低落日，曲水抱孤舟。雲擁碧霞寺，煙寒太白樓。桃花迷去路，咄咄對滄洲。

程大呂 字文載，號天臺，康熙進士　弟大皋

大呂於書無所不窺，爲文援筆立就。捷南宮歸，益鍵戶讀書，上下古今，手披口吟，一如諸生。時漢陽王戩方主盟騷壇，雅推服之。戊午薦宏博，方待試都門，卒。

《桃花巖》云：巖靜萬山古，桃花春水生。捫蘿坐清淺，慚愧濯吾纓。

大皋字鶴林，號韓洲，貢生，亦有詩名。

夏嘉瑞 字人淑，諸生，有《松雲詩草》

嘉瑞詩文奧衍雄深，陳溧陽名夏序其集，曰："太白仙才，少陵人才，長

吉鬼才,人淑殆兼之。"彭禹峯學使梓而傳之。弟章瑞,才與之埒,惜早卒。

五言極清婉可誦,如《山懷》云:采采春田樂,野步獵芳芷。搴衣不佩香,坐俟微風起。寒綠挂遠峯,鴈啼聲在水。我行厭清越,日夕南山紫。歸憶所懷人,道阻人非邇。躊躇室南偏,曉帳夢之子。

近體似從宋人入手,"新傳藏酒法,熟讀養生篇",類陸放翁。又《登黃鶴樓》句云:"白沙窟宅神鼉守,赤幟風騷我輩支。"意極宏闊,惜通首不稱。

張文峙 字紫淀

文峙身逢憂亂,故多酸楚之音。而筆致清婉,尚無郊島寒澀之氣。兵燹後三遷,始得賃春於宋其武之鷗天館。今又風雨飄搖,不可掩也。爰賦《無枝可棲篇》云:吾巢方屢奪,賦命不如鳩。天下無芳草,黃河有濁流。出疆難載贄,敵國實同舟。安得劉南坦,飛神贈一樓。莫認籧廬是,號咷火一區。黃金即天命,赤地總危途。肆泛如桃梗,中乾類瓠壺。毗毗彼有屋,余意獨瞻烏。正得兼旬食,仍煩數米炊。愛錢方命俠,擇木苦無枝。直釣驚河伯,無絃答子期。榛苓閒詠去,何日不西悲。倮蟲三百六,宛轉共其間。豺虎蹲南郭,鴟鴉叫北山。《離騷》如可注,《爾雅》不須刪。物理真難測,神人冀可攀。

屠　沂 字艾山,康熙進士,官浙江巡撫,有《雙峯詩集》　弟溶

《述懷》云:金風蕭瑟五湖秋,好趁煙波把釣舟。正憶往時司馬渴,至今還抱杞人憂。寸心漫許中流柱,一木寧支鎮海樓。南浦歸來萬里鴈,飛飛長寫一天愁。在集中最為傑出。

溶字潤九,康熙進士,官知縣。宰古田,值八閩之變,嬰守無援,城陷被執,以風疾免,賊平削籍。著《苦節錄》生卦文,以明志。

《苦節錄》無傳,僅記二絕云:"當年入海問三山,丹鼎原思指顧間。賺得武皇心力盡,安期到底不曾還。風蕭蕭兮劍光寒,萬里孤城三月官。竊

笑世人談地獄,我曾一一試艱難。"節雖苦,其如鑄錯不成何甚矣。死生之際,不可不慎也。

沈開第 字郁堂

沈氏多好學敦行之士,開第負才不仕,隱居窮谷,人罕見其面。詩品高潔如其人,《題從孫半橋居》云:山外青山處士廬,板橋去後半橋居。從無人跡閒來往,獨絕孤懷自釣漁。

沈　寬 字興門,貢生,官知縣

寬品潔才高,不諧於俗。《山居》云:雲飛巖接翠連天,結個茅庵不費錢。流水直通茶爐下,梅花開向臥床前。肥遯居貞之誼,即此可概見矣。

李嗣泌 字仲鄴,康熙舉人,官訓導

嗣泌詩工,近體典雅,固其能事。《魚峯山》中數偶云:花點苔衣薄,絲牽荔帶長。亭高雲臥穩,峯險鳥歸忙。虹映澄潭月,鵲橫銀漢霜。松杉和露冷,荇藻引泉香。不雨山仍潤,無風地亦涼。氣機尚覺流暢。

夏熙臣 字無易,貢生,官教授,有《瓠尊山人詩集》、《慕巖詩略》、《紫玉簫樂府》

熙臣少孤,七歲能文,有神童之稱。長益嗜學,嘗遊白雲山遇雨,寓舍無書,僅《字彙》一帙,取閱之,終身不問難字。爲文從不起草,尤耽詩,嘗與人限百韻,咄嗟立就。

熙臣爲參政時亨、當世所稱溳水先生之孫,少工文,竟不第。以明經仕爲施州衛學官,非所好也。旋掛吏落職,遂遍遊湖海,而肆力於詩。如:空梁來舊燕,疏壁聽寒蛩。詩從聽雨得,人爲著書忙。細柳風前綠,春山雨後

青。宦情因直少，豪氣得秋多。與天分爽氣，同月作閒人。詩到秋來瘦，貧因病裏真。涉世初聞道，空山自讀書。自然成小草，何必怨秋風。隨意功名存故我，稱心風月付閒人。野岸花開逢舊客，前村風細濕寒砧。到處臥遊勞筆墨，平生供養足煙雲。松徑幽花頻入夢，篷窗夜雨好裁詩。瑜亮當年真勁敵，融膺屢世舊通家。人從感慨心如醉，話到蒼涼筆欲花。皆能自攄胸臆，絕空依附，卓然成一家言。

熙臣七歲補諸生，才情富贍，往往疊韻至五六。又和阮籍《詠懷》、擬李東陽《樂府》殆遍，連篇累幅，瑕瑜不免互見，所謂武庫之兵利鈍交陳者矣。
《四庫全書提要》

無易詩澹雅閒靜，不追逐世好，以雕繢篆組爲工。而其逸情遠趣，橫流溢出。如餘霞在天，緒風薄岸，一葦容與，綠水澹澹，棹歌發而山瀑應也。《擬西涯樂府》，頡頏上下，如雙鵠摩空。他詩亦稱是。　無易爲青溪司空快壻，詩文學植，源流指授，固非世之白腹野戰、哆哆性靈者所能幾及。上海周然全撰詩序

《施州衛寄所親》云：環衛皆君長，東南盡笮卭。流官乘小駟，蠻婦織花賨。刀劍生睢眊，衣冠列附庸。不煩司馬檄，尺土亦王封。《別裁集》

公詩，周序論之，可謂語無溢美矣。五古《感懷》云：明月出高岑，照見古人心。古人不可見，徘徊感悲吟。幽泉生曲磴，涼露落疏林。瑟瑟園中綠，聲響發瑤琴。一鼓清商操，山水爲知音。薄遊向東皋，輕飈捲庭樹。野澤下牛羊，寒簷集煙霧。秋梧到晚陰，奮策尋幽步。華月耀當空，美人何遲暮。《子夜歌》云：昨日見花開，始信東風力。誰着歡與儂，少小便相識。《紫騮馬》：與歡同來去，不記儂門前，但記垂楊樹。歡令人喜亦令人疑，歡心不可知。歡來今又去，無計留歡住。處處柳如絲，更有留歡處。近體從家叔及大悟先生。《遊江夏明經艾木田萬木園，園距城東二里許，竹籬茅舍，四壁蕭然》木田足不履城市二十餘年，持一卷，曝背日中，吟詠自得。客至不問姓名，但微抗手而已。葛巾卉服，藤杖芒鞋，看子弟蒔花種竹，子弟輩亦安之。無復進取意，以賣花爲業，而衣食其資，故號木田云[10]：萬木羣爭秀，春光先到園。讀書多歲月，對客少寒暄。避世交遊絕，怡情松菊存。我來茅屋裏，疑是古桃源。小橋臨曲澗，茅舍足雲煙。道守庚申日，詩編甲子年。衆香吹竹屋，一水繞芝田。

老鶴無哀相,翩翩已欲仙。《高處厚先生信宿山中,賦此却寄》云:收拾看山眼,尋幽到敝廬。以君一日長,贈我十年書。天外孤雲合,雨中夜氣疏。村醪剛半熟,不醉復何如。愛此幽居好,留連未肯廻。高懷平物我,健筆擁風雷。《除夕》云:且放今宵醉,年除愁亦除。我將用我法,吾亦愛吾廬。《上巳宿生生林》云:飛來嵐氣滿晴川,龜嶺煙波似去年。一百八聲鐘未了,春光暗度月湖邊。《客談雜詠》云:駿馬驕嘶百寶鞍,金多季子復高官。歸來恭倨分前後,偏在家庭着眼看。汨羅江水欝沉冥,收拾江邊憔悴形。莫道問天天不語,至今天夢未曾醒。誰進王孫飯一盂,未央宮裏血模糊。死生不出婦人手,終愧鬚眉一丈夫。七里灘頭水氣青,羊裘猶覺未忘形。同時尚有牛牢在,不見當年奏客星。五丈秋原殺氣橫,出師未捷命先傾。茅廬錯鑄三分鼎,細雨猿啼白帝城。偏安江左鶴承軒,燕子雙飛王謝園。漫說風流誇兩晉,全將麈尾誤中原。月露風雲盛六朝,文章王氣亦全消。江流不盡興亡憾,空對文人送晚潮。清平絕調動君王,天上長庚是酒狂。唐室功臣推第一,醉中先識郭汾陽。扈蹕西行事若何,杜陵野哭淚痕多。空將遺墨傳千古,難博人間一制科。誰教老子號癡頑,鐵甲十重靦面顏。長樂不知人事改,逢人相贈是江山。帖括文章法亦新,腐儒章句竟終身。賺人頭白名場老,寧獨青苗始害人。七絕風調尤高,詠史每能推陳出新,固由才筆兩雋,亦緣識力俱超[11]。

【校記】

〔1〕《明史》卷一百五十八《張可大傳》云其爲應天人,《明詩綜》卷八十載張遺亦云應天人。"隱居攝山不出",攝山在今南京棲霞。《明詩紀事》"庚籤"卷二十四云"其先孝感人"。

〔2〕"蒐訪全稿"後兩句,增訂本作"隨父參政時亨避居白雲寨,穎異博工,詩"。

〔3〕荼庵,《楚詩紀》卷二(清乾隆十八年際恒堂刻本)作"荼庵"。

〔4〕此段兩處王士禛,原作"王士禎"。參看卷六校記。

〔5〕某,《詩徵》中"梅"字,多作異體字"某",故而類似此處,難辨其是"某"或是"梅"。

〔6〕戒顯,字願雲,別號晦山,隱於云居山,生平活動较沈德潛爲早。清嵇曾筠《(雍正)浙江通志》卷二百五十一(清文淵閣四庫全書本):"《鷲峯集》,雲隱釋戒顯願雲著。"清卓爾堪《遺民詩》卷十二"釋戒顯,願雲晦山,江南太倉人,《匡廬集》。"

〔7〕"鸕鷀膏白鷴尾清,清光凝凝一溝水"句,原文脱一"清"字,應是刊刻時忽視了重復符號。

〔8〕"語關至性,木石點頭"句,稍顯突兀,從文意看,乃就後文而言。

〔9〕"昔洪容齋謂"云云,今本《容齋隨筆》不見。元吳師道《吳禮部詩話》、明胡應麟《詩藪》"雜編"五"閏餘中南渡"有録。

〔10〕"本田足不履城市二十餘年"数句,原文刊爲正文,應爲注,今改之。

〔11〕"七絶風調"後數句,增訂本删除。

增訂

明

殷海鶴

海鶴當民季之亂,以僮僕妻子數人,來居邑西之岐峯山。自言江夏陳生,求爲鄉人訓蒙以自給。與之論文不應,亦不實言家世姓字。酒後吟咏極苦,而卒莫得其稿。一日忽不知所往,入其室,見壁間遺句,云:"閉戶不聞巖虎嘯,披衣常帶燭龍明。"墨跡淋漓,酷似顔魯公,有人知爲孝感殷海鶴云。《黄安縣志》

沈維煌 字美季,貢生,官知縣

《將任東粵,登鳳皇台》云:故園重過一登臺,風景依稀眼倦開。白骨戰場堪墮淚,黄花時節忍銜杯。烽煙蒼莽千山合,草木蕭條萬里哀。婺尾秋光垂老別,幾時庾嶺夢歸來。

程正揆 見前 兄正隆

初名正葵,入國朝,改今名。官工部侍郎,以繼祖母憂解任,遂老林下。僑寓白下之青谿,因以自號。漁洋謂其畫江山臥游圖多至數百本,每幀題語,論畫入妙,書法蒼渾如其畫。有第百八本,爲其從外孫胡友蓀聞若所藏,友蓀牧亭侍御子也。《考田詩話》

《邑東九十里,有青山口白雲鄉,吾廬在焉,風雨二山高十里許,峙列前後,遂顏曰風雨兩山堂》云:我有九嶷之故鄉,青山爲戶白雲堂。結廬林麓遠人境,風雨二山遙相望。深潭峻巖無測度,蛟龍虎豹交行藏。天地晝晦見混沌,峯巒吐月雷龍光。空明到處千人石,無名花發四時香。流潦噴雪奔長澗,寺鐘飛響越重岡。牛羊日下歸樵牧,父老卒歲皆羲皇。主公行住任真性。無人無我無商量。讀書不解飲不醉,古今上下同荒唐。兩間三界畫圖裏,一聲長嘯度桑滄。

正隆《潴湖晚眺》云:平湖落日鱗鱗起,飛篷過影長千咫。北望山陰峯可數,南山紺碧如浮水。去舟一一趣山裏,遠紅蕩漾生霞綺。空濛樹色有無間,斜倚枯筇想畫理。

屠　沂

《述懷》云:金風蕭瑟五湖秋,好趁煙波把釣舟。正憶往時司馬渴,至今還抱杞人憂。寸心漫許中流柱,一木寧支鎮海樓。南浦歸來萬里雁,飛飛長寫一天愁。

湖北詩徵傳略卷十三

孝　　感

國朝

程光鉅_{字蔚亭,康熙進士,官監司}

　　光鉅蔚亭先生,甲辰翰林,出爲杭州糧道。有《閨詞》云:東家姊妹與西鄰,聽說相招去踏青。料得今年花事好,晚歸都語畫眉人。青衫薄薄襯宮緋,上繡鴛鴦並翅飛。勉強著來都不稱,可身還是嫁時衣。余己未歸娶,先生留飲云:"老夫次首有不慣外任,仍思內用之意。"　善寫風水之險者,吾鄉糧道程公光鉅。有《華陽行》云:滔滔汨汨長江水,扁舟一葉天涯子。船頭船尾白浪高,片雲黑處狂風起。舟子喧呼語未終,布帆半拽浪澆篷。桅竿百尺橫斜立,欲臥未臥奔濤中。濤涌如山高莫比,青山頭落江心裏。一傾一仄強撐風,欲上船舷見船底。小兒無知同母嚨,大兒解事欲登堤。面面相看心膽折,男號女哭一聲歇。翻身掙立喚鄰舟,鄰舟早向潮頭沒。須臾岸迴風勢順,廻首驚魂纔一瞬。電掣雷轟萬馬驅,舉頭已到華陽鎮。華陽已到驚未平,老妻尚有念佛聲。《隨園詩話》

黃映秋_{字淡山}

　　映秋詩多率意塗寫,絕少精彩。《申陽道中》云:山光愛客引風長,勝日隨身花草香。天半雞聲殘月影,早行煙雨一溪涼。尚綽有風致。

丁光偉字雄宙,康熙舉人

先伯高祖幼穎悟過人,十歲能屬文。淹貫經史,驚其長老。工古文詞,尤邃於詩。唐宋名賢集無所不窺,偶有所作,輒合於古。早卒,稿多散佚。

《桃潭夜泊》云:汪倫何處是,一棹泛桃花。心印潭中月,人浮水上槎。疏鐘驚鴈陣,遠火聚漁叉。飄泊乾坤老,生涯未有涯。《次梁邑侯西湖課士詩韻》云:文翁講學湖西曲,道喻鳶魚許靜觀。疏柳鴉眠殘月小,落花鶯唱曉煙寒。論文謬托酸鹹契,略分渾忘禮數寬。坐久不知香在室,滿庭墨潤吐幽蘭。二詩,同里夏觀川先生嘗稱誦之。

《西塞山》云:山連西塞峯嵐峻,地控南都鎖鑰牢。雨過響分匡瀑雪,風廻勢挾海門濤。飢鴻秋至驚風冷,肥鱖春來踏浪高。欲訪釣徒何處是,戀光疊疊水滔滔。《碧溪訪定禪和尚》云:碧溪深處訪詩僧,酒後酣唵對佛燈。驚起老龍眠不得,一聲長嘯萬山應。

夏力恕字觀川,號澴農,康熙進士,官翰林,有《菜根堂詩文集》　子扶英,孫端檆

力恕與兄力中同舉進士,同入詞館。力中未幾卒,力恕以親老告歸。夏氏多多才子弟,先是夏嘉瑞人淑及其姪光沅、夏煒振叔、熙臣,皆以文知名,而熙臣詩尤工。力恕主江漢書院,以著述為務。

公溺苦於學,至老不衰。經術湛深,宏通博雅,偉然一代儒宗。氣度雍容,動必以禮,不苟言笑,不立崖岸。喜接引後進,士有一技之長,輒獎說不已。主江漢講席,多所成就。平生著述甚富,詩尤肆力工深。詞旨雅淳,波瀾宏闊,其筆力雄贍,綽有建安七子之長。《貞婦囊歌》婉轉數百言,纏綿悱惻,實小雅遺音,不獨雄踔詩壇,亦足以維持風化,惜篇長不能備錄。

《菜根堂集》中近體尤美不勝收,謹錄其佳聯作摘句圖。《送伯兄》云:

貧賤身爲累，孩提境未忘。路遠心魂絕，家貧骨肉輕。《漫興》云：人生自今古，天地此升沉。客況看雞肋，鄉心聽馬蹄。《送人》云：野館橫江鶴，秋帆縮項魚。《聽蛙》云：秧田風軟處，荷葉露團時。《夜起納涼》云：亂蟲秋意洩，殘月夜涼生。《江城雪霽》云：天影摩空出，江濤逐岸生。《苦雨》云：雨酣雲作地，天漏陸成波。《和友》云：老僧詩款客，高樹鳥依人。蕩胸雙槳月，抱膝一船詩。讀史看殘局，論文瀝舊醅。草唫詩裏綠，山酌酒中青。急水萍難聚，輕風柳易疏。《山遊》云：亂山蹲虎豹，交樹捷猿猴。老松殘照古，荒冢暮鴉寒。酒力浮孤夢，鐘聲破苦吟。江平漁火亂，天遠鴈聲孤。送別嫌歸路，懷人怕倚樓。《白菊》云：露濃深見月，風定軟堆雲。《讀昌黎詩》云：鑄古心爲範，含春氣作花。《舟中望金山》云：海氣生眉睫，江聲入夢魂。《贈人》云：好風春滿座，孤月夜澄心。交從求益寡，治不在言多。酒憐寒夜綠，燈想讀書青。《哭人》云：命壓人偏重，才高福不輕。古人誰不死，造物爾何愚。《泛舟》云：柳垂煙不定，風亂水交流。水從寒處潔，山自遠來青。《蚓鳴》云：茫茫天壤內，何處覓知音。《過天柱灘》云：四圍蹲虎豹，一徑轉蛟龍。《望虎門》云：一帆風不斷，百粵水交流。《晚步》云：晚炊煙着樹，歸鳥路依人。淺水星芒亂，橫橋夜火圍。《夜雨示牧亭》云：此間聊下榻，天際是高樓。《狂風》云：雨露難分勢，雷霆欲破空。此意夐乎遠，吾徒嘯也歌。《夏仲子釣臺》云：姓名臺上綠，風雨澗邊幽。《踏青》云：一氣散成金粟地，可知天上種花人。夕陽影裏歸鴻路，多少東西南北人。《題畫》云：正是小橋新雨後，杖藜扶我聽潺潺。《次韻》云：人生不比寒山雪，猶有東風變白頭。風號浪捲橫孤棹，正讀莊生《秋水篇》。《黃鶴樓》云：即今歌館能吹笛，不是仙人亦好樓。《岳陽秋望》云：俯仰關山詞客恨，後先憂樂老臣心。九派煙光滄海日，一湖星影蔚藍天。《湘江道中》云：著水煙蘿長不斷，傍巖花鳥更無名。《雪霽曉行》云：萬樹飛霜疑地老，一團月曉覺天寬。《次韻》云：蕩胸雲海春來夢，過眼風花昨夜詩。《哭友》云：神仙富貴俱長夜，生死彭殤莫細研。世上原無不死藥，閨中偏有未亡人。《送友乞休歸里》云：髮與簪長燕市雪，夢隨花落武陵春。借劍幾人稱辣手，操戈枉自欲甘心。《和通者》云：仙如可學從爲蠱，杖且能扶莫化龍。引手難翻杯底月，凝眸常隔鏡中天。畢竟孫陽能識馬,焉知老子更猶龍。疏鐘不打同牀夢,列炬難添坐井觀。毫端萬派愁江海,枕上千年夢古今。一犁好雨飛春夜,半塢寒雲出斷山。山自出雲雲出雨,草能含露露含天。低眉古佛橫遭侮,緘口高天最受誣。感事搔頭身漸懶,懷人無羽夢難飛。語不驚人空月旦,談何容易任雷同。轉瞬光陰真過客,會心花鳥亦吾師。《題人詩稿》云:金石聲流窗草外,宮商味滿菜根中。《聞鴈》云:三更夢裏驚聞汝,百鳥聲中最感人。《食藕》云:外潤始能容皎潔,中虛纔得貯馨香。冷淡生涯忘世味,泥塗地步掩真香。《漫興》云:吟將海面歸詩卷,醉把潮頭落酒杯。客久漸聞鄉語熟,情親始覺菜根香。舊衣長短看兒著,細事從容趁老傳。眼漸生花書未了,胸無成竹事難猜。《喜晤友人》云:眼看春水連天逝,人比秋蟲話夜長。《雲士出讀近作》云:盡掃鉛華金百煉,絶無藤蔓樹千尋。關山忽起樽前夢,詩句橫飛紙上秋。頭角許誰更月旦,肚皮無處著春秋。白殘老眼人休怪,赤損春心語帶秋。山光黯淡雲容傲,風勢廻旋雨力柔。草有枯榮隨地長,花無行列聽天生。

《雜詠》云:天地大父母,長兒號盤古。氣化動樞機,陰陽羅臟腑。氣化無停機,陰陽亦互長。杞梓與荊榛,同滋雨露養。蒼蒼一局棋,著數在星斗。終古不曾輸,人間無敵手。水中月亦光,能動不能靜。致用無停機,立體有恒性。堯舜德無名,問民民不識。禹功民最親,歸啟不歸益。至正亦至奇,至苦亦至樂。如此而聖人,應莫周公若。孔顏生魯地,孟亦魯之裔。周公一片心,醞釀在百世。稱公在乾侯,稱帝在房州。綱紀繫一語,日月懸千秋。奉母徐元直,全身管幼安。老瞞欺不得,落落兩儒冠。治亂常相倚,乘除聽自然。始知天更苦,不必學神仙。蠹魚眠卷中,中有神仙字。低徊不敢食,恐謝人間世。《漫興》云:一人一乾坤,一步一規矩。一覺一死生,一息一今古。去病勿以藥,去愁勿以酒。一卷一良方,一篇一大斗。振我眼中蠹,滌我心上塵。讀書以俟死,修身以事親。《菜根精舍》云:兒孫累世光陰,祖父當年瘖瘂。欲開萬古心胸,且煉一生脾胃。俗不礙坡公竹,隱不礙陶公菊。眠不礙邊生腹,園不礙董生目。幾許狂言高座,要熟須從此過。只今獨臥柴門,誰言百事可做。《讀書吟》云:外不見天之外,内不見身之内。勿通其所難通,而貴其所不貴。筆墨若生皇古,讀書須壽彭祖。螢光一點休貪,芝草千年不腐。《月夜同牧亭小酌,時歸自星沙》云:旅況消殘夜,荒園屬短歌。月歸雲夢澤,天接洞庭波。公等來何暮,余今鬢已皤。一杯鄉國酒,不醉忍蹉跎。《送佑倫赴滇南》云:莫薄官爲宰,須知國重民。萬家能穩臥,一路是陽春。天地存吾屬,山河惜此身。道旁相借問,辛苦讀書人。《得黃岡杜茶村未刻三種》云:江南遺稿竟凋殘,變雅堂從舊里看。十廟有家啼鳥喚,三江無火夜螢寒。野雲流破生前夢,滄海橫飛筆下瀾。況是楚風淪落盡,把君詩卷一加餐。曾倚金陵北郭看,草堂無路百花殘。女牆歷歷孤藤蔓,翁仲蕭蕭夾道寒。江水六朝人夢覺,秦淮雙槳月泛瀾。誰家樓閣能消受,猶供當年野客餐。

扶英字根晦,號雨山,雍正舉人,有《雨山詩草》,官知縣。少承家學,詩宗三李,爲時傳誦。官湖南,有善政,佳篇美不勝錄。斷句如《江行》云:可惜無能工水墨,饒他一路好山川。《歸里》云:橫江一棹冲寒入,幾日重陽送客歸。《懷人》云:愁裏伴惟明月好,客中詩是九秋多。《秋懷》云:晚蟬驚落葉,歸馬動寒煙。《秋曉》云:夜凉眠正好,清曉夢初分。海氣全吞日,秋光半入雲。柳疏蟬對語,沙軟燕呼羣。逝水他年夢,寒雲昨夜心。《客話》云:門掩詩將就,燈殘話未休。事難均束手,情至各搔頭。《贈人》云:自來好境無多日,如此良交得幾人。皆獨寫性靈之作。

端榆字醇木,乾隆舉人,有《千臺學詩底本》。《偶成》云:石氏園空金谷,盧生夢醒黃粱。莫訝幾家榮落,請看四序温凉。蘇子瞻不能棋,曾子固不能詩。要知非所長耳,奈何因以短之。偏説漁山樵水,忽稱漱石枕流。正自無心顛倒,遂成藉口嘈啾。月白雲青而雨,桃紅柳綠爲煙。識得此中幻化,可推三十三天。

夏光沅 字蘭谷,諸生

《旅次有懷彌嵩和尚》後四句云:那堪別後花爭發,更苦愁時月欲圓。輒誦茅亭分手句,三湘春水落寒煙。

胡紹鼎字雨方,號牧亭,乾隆甲戌會元,官御史,有《所存集》、《墨稼軒》等詩稿

紹鼎父德麟,舊爲徽人,祖世英鎮宜昌,即家焉。德麟以蔭積官至韶州協副將。歸,生紹鼎於邑之里第。紹鼎生而孤,隨母歸省其舅氏於孝感。夏太史力恕,於其母爲中表,遂教之讀書。補漢陽府諸生,捷南宮第一,猶歸省墓。東湖武舉人胡紹光,現官守備,即其同懷兄也。紹鼎舊與余友魚亭汪軔爲昵好,以詩文相唱和,故余得悉其略。豈左氏所云"自他有耀者"歟?《潛庵紀事》

《所存集自序》曰:《所存集》越六年,收輯散軼,未見有增,又汰其不必有者十之三。自是以往,發於志,協於音,慎研思微,否則去之。若是,則所存蓋無多矣。昔楊已軍將沒[1],自錄其詩,刊之石,纔數十首耳。餘盡焚之,不留於家。余未嘗不悲其志之恝然而邈爾也。凡人愛之所溺,藏垢斯多。無寧慎而汰之,不猶愈乎?故曰:"以約失之者鮮矣。"

牧亭先生詩稿,汾陽曹學閔代爲刊行。《襄樊道中》云:煙水蒼茫接遠村,由來名勝重襄樊。銅堤拍手歌新曲,石篆無情蝕舊痕。漢水中流分楚塞,秦山西護入荆門。此間耆舊今何似,往事搜羅或尚存。《卧園詩話》

先生通籍後,肆力於詩者十年,律法最爲細密,才力又足以充之,故卓然一時稱大家。佳篇不能盡錄,偶摘其膾炙人口者。如《紙鳶》云:風去難憑線,春歸莫上天。《雪梅》云:詩飛珠是唾,花憶雪爲肌。《輓人》云:顧余傷白髮,哭爾問蒼天。《下第》云:勒帛文章奴隸賤,張羅門戶友朋疏。《項王》云:百戰威名留鉅鹿,一時面目愧江東。《小集》云:樓收風景東西岸,帆載春光上下船。《病中》云:無妻遇病方知苦,有子離家更覺孤。《雪羅漢》云:面目縱然還潔白,心腸未必果慈悲。《感懷》云:半世生涯書債有,滿腔心事酒杯知。《雪中友人招飲》云:人情多向炎中附,吾樂空思冷處尋。《賞菊》云:耐久根能留傲節,晚成花獨吐寒香。《友人四十壽》云:我已無聞何足畏,君非見惡豈其終。《別友》云:雨伴孤篷生別恨,山餘衰草送歸人。我非趨夏炎如日,爾不逢秋薄似雲。深意應隨江共永,輕帆偏與鴈爭先。逝

水光陰來自去,浮雲富貴有還無。又"一帆冷雨濕歸船"句,可以入畫。

集中全篇意新理愜,無懈可擊。如《哭彭棟塘》云:著書竟何如,後世當師之。平生守道義,故人能知之。傷哉千古名,雖有復奚爲。《輓靖果園先生》云:大用窮經得,高言實事餘。哲人今已殁,論者復何如。若祭當於社,將傳信此書。顧瞻思往路,霜葉曉風初。十五年前別,三千里外遊。月明廬阜夜,木落洞庭秋。爾日遲相問,良辰遂不留。寄言懷孝子,後起見貽謀。《贈魏敬一》云:日邊已是三年別,嶺外何期萬里來。頗訝風塵筋力健,寧無霜雪鬢毛催。清貧容易曾知己,拙宦圖難遂見才。此會又思前路去,庾梅花早向南開。《赤壁口號》云:周郎一炬破曹公,如此勛勞亦自雄。赤壁不知何處是,年年江上費東風。《北涇曉泊》云:風平雪霽曉蒼蒼,忙挽長篙到夜航。水落人家移淺浦,蘆簪聚語飯初香。《邯鄲道中》云:路過邯鄲曉氣新,酒家邀我漫相親。從容自煮黃粱飯,莫便驚他夢裏人。皆千劫不磨之作也。

沈明陟 字熙三,貢生,有《八詠樓詩鈔》

明陟皓首窮經,名不出鄉里,其遇可謂蹇矣。鍾鼎文章炫赫當時,百餘年來有不能道其姓名者。《八詠樓》一卷尚在人間,寂寞之感不猶可少慰耶?詩工力甚深,故氣味沉厚,耐人尋思。

《早行》云:海色霞明月未落,喔喔鳴雞聲非惡。隔林燈火漸行人,板橋馬踏青霜薄。《寒食》云:鎖堤綠柳萬絲裊,紅杏短牆蝴蝶小。雲冷當空一片飛,梨花滿地春寒悄。《楊店》云:春暖桃花驛,人耕紅杏村。戍樓當寺靜,澗水過橋渾。雨歇鶯遷樹,煙消客斷魂。承平經百載,閒却幾烽墩。《登大別頂次施愚山韻》云:二客難從繼者稀,捫蘿千尺挹斜暉。禹王碑剝苔新長,息女祠荒花亂飛。繞郭人煙終日聚,沿江漁火夜深歸。漢陽樹色層層綠,我欲於中襲芰衣。《秋柳》云:斜日樓臺集暮蟬,漢宮憔悴不成眠。高低簾幕深通月,長短郵亭淡惹煙。蕭散宜陪陶晚歲,風流莫問緒當年。蓬飛荻亂俱無賴,客意摩挲獨惘然。《寓齋新秋》云:簟紋如水篆煙斜,百尺高梧散晚鴉。微雨一簾殘暑退,繞欄開遍鳳仙花。

李孟鼻 字問如,乾隆舉人,官知縣,有《改唸詩四種》

孟鼻少有才名,弱冠時,在稽古園塾中詠《秋燕如客》云:燕燕何如客,驚看遊子陌。年年里社前,來去分南北。依人簾幕親,到海關山別。幾輩賦河梁,瞻望同悲切。自注云:教小子誦古體詩,適值秋日巢燕將歸,故錄以示之。客有見而笑者曰:"君少壯奔馳,風塵甓甓,晚際歸來,猶獲登山臨水、不辭跋涉意。君興味一生多宜客,況此詩其殆早成讖語乎?"余應之曰:"良然。"

樵唱近歸人絡繹[2],鐘聲隔聽寺重遮。時節漸增搖落感,風塵歷阻壯遊心。花時衣袖人穿鏡,曲裏笙歌客載船。百粵山川遊遍後,六朝風景吊憑餘。瓠落煙霞隨草莽,飄零鸞鶴在塵埃。觀文在鄒魯,結客必幽燕。稷下應空炙輠士,生前合起釣鼇人。《詠竹杖》云:看雲疊嶂宜高處,步月長橋到盡時。意氣竟忘貧至此,襟懷還有脫如斯。字字清,句句響,是兼有白許之長者,不得以安石碎金薄之也。

喬遠炳 字黻文,嘉慶進士,由庶常改官郎中,有《續香齋詩賦文鈔》、《讀史存質集》　弟遠瑛

吾孝以兄弟通顯而壎篪壇坫者,熊文端、夏侍御外,惟喬黻文郎署、筆珊銀臺[3],稱繼武也。黻文學力深邃,詩尤淳古排奡,卓然成一家言。亦足方駕熊夏,稱鼎足焉。

佳句如:屋老多虛白,池深映蔚藍[4]。《登泰岱》云:夾道松馳晴逐電,凌空岫湧陸觀潮。《夏日》云:眠攤蒻簟千紋滑,座接花陰一院香。《盆菊》云:列座增高士,論心愜古懷。坐添青眼客,靜契素心人。烹茶同破夢,對酒足延年。《贈某侍御》云:臣心本自清如水,古道何妨直似弦。萬頃波澄黃叔度,豐年玉重庾文康。燕臺塵久緇衣化,郢客歌懷白雪深。《雪中漫

興》云：舞殊柳絮多顛態，格共梅花有暗香。整斜作勢隨高下，冷暖無心判富貧。三霄月皎常如晝，萬戶春生未覺寒。《贈嚴匡山方伯》云：一路人皆稱活佛，三臺座久仰文星。氣潤新增霜肅外，情懷靜契月明中。《梅花》云：本是天然真玉骨，塗描無事藉凡才。《勖書院諸生》云：目炯光然炬，心齋道集虛。白契虛生室，紅飄雪點爐。優孟衣冠假，廬山面目真。如求益智粽，自有鎮心瓜。劇待花盈篋，羞同劍刻舟。撰異精心結，神酣信手揮。翼展鯤堪化，心研蠹可仙。皆矻矻獨造之作。

《自勵》云：太倉分稀米，飢腸聊一充。茅屋八九椽，賃自皋伯通。捉襟慮見肘，徒行無玉驄。苟欲如所需，履厚還席豐。蟻蝨處褌內，營營數何窮。其實數前定，贏絀難強同。貨殖固珍積，陋巷非瓢空。與作負山蚊，不如信天翁。

遠瑛字賁山，嘉慶進士，官通政司。賁山詩筆婉麗，中年肆力蘇陸，近體尤雅近劍南。佳句《贈嚴石舫》云：人多梓里聯今雨，地是金臺吊古風。恨不能詩惟子固，欣逢知命得君平。《贈人由廣文官邑令》云：傲骨未忘氈座冷，雄心不礙鬢絲斑。循吏皆從儒吏出，學優更比仕優難。《遊友人別業》云：雨侵蘿帶無閒草，風過琴牀有落花。石罅通靈原磊落，藤陰引蔓更縱橫。古瓷鮮潤澆新淪，老樹陰寒著晚花。《漫興》云：鶴自摩空飛過我，燕仍巢壘語親人。

魏文徽

文徽以《禽言詩》得名，《姑惡》云：姑惡姑惡，姑我弱，姑我縛。姑我掠，姑我藥。我何罪，姑何虐。姑心何毒，我命何薄。鄰有郭嫂猶打婆，我甘為姑烹鼎鑊。小姑今已如我長，慎勿遇姑亦我若，姑惡姑惡。《得過且過》云：得過且過，涓滴勝於渴，粒米勝於餓。昔日錦纏裏，鳳凰不如我。豈意秋風生，此身如裎裸。人生那得無摧挫，纔履康莊又坎坷。鵩鳥止庭燕在梁，吊且勿吊賀勿賀，得過且過。《不如歸去》云：不如歸去，青春已暮，遙望鄉關隔煙樹。可憐夜夜夜深啼，啼到月明天又曙。山中多網羅，客裏難久住。

羨彼冥飛鴻,弋人何敢慕。綠楊城郭雲深處,依稀是我來時路,不如歸去。《擬關山月》云:月在關山寒,照愁不照歡。誰念深閨苦,但嗟行路難。妾看月如水,君看月如盤。請看盤中水,終古無波瀾。《偶作偈語寄幻寄和尚》云:昨夜紙窗鳴,窗前風力橫。今夜紙窗明,窗外月華清。本是紙糊窗,窗下列明璫。誰彈窗紙破,魑魅形畢彰。燈明恨有風,燈滅喜有月。我有心中燈,不明亦不滅。古調獨彈,不同凡響。説偈處尚能了當,不惟當頭一棒,足以發人深省也。

胡志鵬 字扶九,諸生

《榴花塔》云:古榴遺址西門側,斷碑三尺人爭説。金石可銷海可填,熒熒不化萇弘血。誰云草木冥無知,老幹孤荄感奇烈。桃花落後榴花開,漢南士女增顏色。詞旨溫厚,頗得風人之遺。

蕭秉楷 字士端,乾隆選拔,官知縣,有《陶園集》

《陶園集》搜求不獲,僅於王硯雲《詩腴》中採入數偶。《湖口阻風》云:詩思多端歸旅夢,人言漸次異鄉音。《春日同人小集》云:文園多病常疏客,蓮社攢眉屢避禪。《赴艾山飲》云:眼看榮悴難分面,説到文章自一心。《和艾山九日即事》云:百年歲月人誰健,萬里乾坤鴈幾行。醉去須知形假設,飢來始信飯真香。《寄懷寧國黃太守》云:楚吳一隔千餘里,雲樹相思幾度秋。皆自寫胸臆,不以塗澤爲工者。

陳陛謨 字淳洋,號雷池,有《世史淘金》、《五經四書淘金》、《事物異名錄》、《嚼矢集》各數十卷

陛謨讀書目數行下,閱念一史凡六過。諸子百家,道籙佛經,無不漁獵。詩賦制藝,無體不工。古近體詩,似不甚經意,而偶有所作,又專門家

所不逮。

程明渤 字北際,號竹坪,有《條麓草》、《柳向唫》、《西池偶憩集》

余少從竹坪先生遊,先生負才不遇,客遊秦晉二十餘年,歸已七十餘。白髮青燈,吟哦不輟。《石樓詩話》

喬用遷 字見齋,道光進士,官陝甘總督

見齋尙書躬際升平,風流宏獎,《商爵歌》一時傳播藝林,比之泗鼎、商盤,而五律尤有長城之目。《秋思》云:渺渺有所思,所思在故鄉。故鄉遠千里,中夜起徬徨。推窗望明月,明月照我牀。開門延佇久,風送隔谿涼。《夜坐》云:兀坐書齋寂,悠然對短檠。秋深風一夜,涼到月三更。瀹茗人無寐,敲棋子有聲。稍欣殘暑退,隱几聽雞鳴。清思逸韻,筆無纖塵,胸懷澹遠,於此可徵。

陳運鎭 號其山,嘉慶進士,官宗人府主事

其山近體詩多有可採,如:渚宮秋水白,巴峽亂雲青。曉風沙燕語,春草橐駝眠。白蘋似雪明沙岸,黃葉隨人過板橋。語頗清婉。又於友人扇頭見所書舊作二絕,格調亦極遒勁。《巴陵舟中》云:淼淼滄波遠,船窗客獨凭。夕陽與衰草,秋色滿巴陵。《塞原野望》云:秋水岸旁柳,夕陽沙外山。戰場人去盡,一鴈下楡關。

嚴華祝 字石舫,有《一房山》、《漢遊》等詩草

華祝負才不羈,詩文行楷悉臻能品。嘉慶丙辰經教匪之亂,一病十年,屢瀕於危重。《來漢上黃心庵贈句》有云:客過黃壚思舊雨,天留碩果僅

斯人。

　　漢口後湖茶社，以第五泉爲最著名，同人每於此聯詩。會石舫有《看梅》一聯云："美人舞罷歌喉潤，高士啖成舌本香。"用季廸詩，巧於關合。又《與同人雅集》云："高朋半是無雙士，勝地重來第五泉。"《格齋詩話》

　　詩清脫易涉空滑者，無氣故也。石舫筆力遒健，才氣清空，信手拈來，皆成妙諦。有水中着鹽、羚羊挂角之妙。佳句如《贈王石庵》云[5]：老我風霜千尺髮，輸君歲月一牀書。六朝松石歸澴水，一代風流繼輞川。百年風雨橫書榻，四壁雲煙展畫叉。黃葉秋山眞畫本，青鞋布襪老詩人。百年垂老無兄弟，半世飄零仗友朋。交緣久敬論肝膽，士以能貧煉性情。定知北海多佳客，爭羨東坡有主人。友天下士爲未足，得一人知便可傳。是能學放翁而得其神髓者。又如《贈友》云：兒曹皆玉立，詩畫有薪傳。性情吾輩重，面目本來眞。世雖稀白眼，我亦混紅塵。別後詩情增老境，晤時丰采有餘春。《歸舟雜興》云：老子風流何太劇，飽將詩畫載歸舟。《春夜聽雨》云：知他湖水添多少，明日挈舟趁晚晴。皆獨寫性靈之作。

　　《題長沙彭秀才竹林烹茗圖》云：君從湘江來，帶得湘波綠。萬竿煙雨中，茶香裛山屋。坡公曾有言，不可居無竹。勁節必凌霄，漫羨簀籊谷。《九日梅子山登高》云：日暮松煙冷，山荒酒價高。充飢誰畫餅，遣興敢題糕。車馬喧幽谷，茱萸餽爾曹。西風驚短鬢，廻望首空搔。《長夏教子圖》云：有子萬事足，況復能讀書。煮茗課佳兒，甘是苦之餘。《與張新甫夜酌》云：春秋五十載，骨肉兩三人。如此飄零客，誰知意氣眞。微名終累我，垂老更思親。旅夜一杯酒，狂歌寄水濱。《晴園秋意》云：名園多野趣，索句掩柴扉。紅葉少年老，白頭昨日非。捲簾秋色淡，廻首故山違。莫以雲羅密，橫空看鴈飛。《贈黃心庵》云：二千里外長征客，三十年來久別人。白嶽黃山鍾間氣，晴川大別老吟身。東坡住世常爲主，山谷題詩獨有神。折贈不須憑驛使，梅花已報楚江春。《隱居》云：卜築城西愛地偏，此間別有一山川。晴窗日暖無他事，獨對冰壺曬水仙。我愛山居樹作鄰，白雲如絮隔紅塵。年來誰訪幽棲客，祇有梅花是故人。《樂園過訪不值》云：小駐行旌看落花，并無鸚鵡喚燒茶。交情如此方云淡，門對平湖水一涯。《歸舟雜興》

云：不枉奔波五十年，剛剛落個小神仙。浮名江漢成何用，欲向天涯訪釣船。小坐低篷未覺寒，無端僵臥似袁安。生來一副如冰骨，清瘦何妨雪作肝。風流寧似米家顛，宛載滄江書畫船。鴨嘴橋邊銀滿樹，借他雪意寫天然。

蕭錬弟鎮[6]

錬性耽禪悅，語涉玄機，讀之可發深省。句如：思登法界求三昧，欲了塵緣礙九根。有覺從心悟，無腔信口歌。月明雲出岫，風定水停波。《贈雪亭》云"情田常帶潤，性海不揚波"等句，洵不啻夜半聞清鐘也。

鎮字石舟，嘉慶進士，官御史，詩筆清脫，如食哀家梨，可口稱心，惟恐易盡。《金陵雜詠》云：春日秦淮水碧流，莫愁湖上載船遊。香風滿路人扶醉，誰過荒祠拜故侯。何來棋子落丁丁，何處微聞打槳聲。剛被湖光收拾得，英雄意氣女兒情。佳句《赤壁》云：江上風還清向我，山間月更瘦於秋。《小孤山》云：南浦縅秋縈帶水，東風吹綠滿鞋山。《贈許香崖》云：千里雲山雙醉眼，六朝風月一吟身。夢隨南鴈催將去，愁似東風借又來。皆自寫性靈，不肯寄人籬下者。

鄒維魯 字鶴泉

鶴泉生有俊才，爲隨園詩弟子，以《月湖竹枝詞》得名。今玩其詞，清麗如話，是果能傳倉山衣鉢者。云：東風一路有精神，剪出繁華盡斬新。紅讓花枝青讓柳，不爭顏色只爭春。轎簾開處見雙鬟，結伴來從大別山。一路紙錢飛不斷，大家同是上墳還。纔邀蝶使與蜂媒，湖上尋芳日幾回。人道空門春最好，如來閣裏牡丹開。楚宮無語怨春華，悔煞當初一念差。若取貞心比顏色，桃花不及石榴花。難聽撾鼓一聲聲，碧草如煙吊正平。鸚鵡不言空有恨，誤人多半是聰明。願借江郎筆一枝，不能畫處且吟詩。吟成莫負春風信，笑對湖山某在斯。又《春柳》云：閨中望斷封侯信，陌上閒飄賣酒旗。《郎官湖》云：朝向郎官遊，暮向郎官宿。郎官今何在，湖水空搖綠。《七夕》云：人道天孫巧，我道天孫拙。只隔一銀河，年年贈離別。皆不失爲性靈語。

王宗璟_{字石庵，官知府}　子佐臣

宗璟多才嗜學，好獎借後進。一麾出守，有兩漢循吏風。工詩，佳句如《寶樹庵》云：誰把濃情歸淡泊，我從濁處得清娛。《渡江》云：兩岸人家圖畫裏，幾層臺榭水雲邊。《山曉》云：含愁花蕊防春去，如訴泉源帶雨喧。《山暮》云：閒雲出岫隨風散，倦鳥投林帶霧飛。《病感》云：皮骨僅存悲老大，鬚眉好在憶當初。《接福庵》云：養靜更從何處好，無緣漫向此間來。《雨後山行》云：短笛橫吹牛背晚，雲深不礙馬蹄肥。《客中贈人》云：處世無煩貪富貴，居山未必盡神仙。《沽酒》云：酒味濃於紅杏雨，詩魂瘦似白雲秋。活色生香，清婉可誦。全稿中傑作尤多，篇長惜難盡錄。

佐臣字印臺，雅以詩名噪邑中。惜近體少全璧，而佳句自不可掩。如：楊柳曉風紅板路，梅花晴雪白雲屏。驅犢人歸村遠近，提壺高唱樹高低。鳥啼綠樹消槐夏，人踏黃雲話麥秋。行路難於新雨後，看山好是淡雲中。紅火添來人點雪，白雲深去客騎驢。《漁燈》云：遠近煙分柔櫓外，兩三星出片帆中。五言如：飛來雲滿眼，過去鳥無心。竹徑清如水，蕉窗綠到天。

王奉誥

《鸚鵡洲懷古》云：曹瞞曹瞞，爾瞞爾黃祖，瞞不過千載忠臣義士口。大兒孔文舉，小兒楊德祖。金石聲，三撾鼓，可憐白骨埋黃土。畢竟能言是禍胎，不恨禰衡恨鸚鵡。嶔崎歷落，饒有古意。

王鳴鳳_{字子儀，雲騎尉世職，有《知白守黑齋詩稿》}

鳴鳳詩多佳句可採，如《佛手柑》云：參來妙諦三乘現，誤到拈花十指

深。《古帖》云：春風三月蘭亭禊，秋雨千年米舫燈。《古鐘》云：文垂商代銘千字，聲聽吳船寂萬緣。《古渡》云：隔岸濟人誰寶筏，當時繫我僅空匏。頗有作意。

王　瓚 號西圃　子國源、國浩

《訪熊澗齋不遇》云：西湖雲逐我，招隱水之涯。一徑披芳樹，千山踏落花。日邊飛鳥道，天際故人家。何處尋佳侶，匆匆歸暮鴉。

國源字蒙山，詩學太白，《讀太白集》云：夜讀太白集，倏如升洞天。空中聞笑語，綽約來飛仙。望之不可見，環珮定璆然。忽若巨蛟吼，驚破白石泉。雲夢吞八九，星宿迷萬年。落落長獨往，一去幾千年。徒使白虹氣，橫亙青蓮篇。讀書十萬卷，誰哉得所傳。朗吟過夜半，秋露下潭煙。尚清空一氣。

國浩字師孟，《三更》云：三更人中酒，獨唱酒狂歌。誰寫酕醄影[7]，天空有素娥。《雪》云：閉門一夜寒，開門滿天雪。雪重壓山低，半面枯梅折。不加雕飾，古致天然。

王佩杰 字古田

《詠菊》云：能甘澹泊真如我，耐得冰霜是此花。頗見身分。

王佩蘭 字秋亭

佩蘭嗜古力學，善詩，五古尤工。《雜感》云：孔孟生周時，棲遑以終老。馮道歷四朝，富貴終身保。薰蕕固不同，窮達何顛倒。謂天果足憑，此旨吾弗曉。問天天不言，中心怒如擣。

王佩蓉字采江,有《塤箎雅奏集》 弟佩蒲

佩蓉豐材嗜學,尤肆力於詩,與弟佩蒲一門酬唱。有《塤箎雅奏集》,以《澴城晚眺》"沽酒店寒懸暮雨,讀書臺冷剩孤煙"一聯得名。佩蒲字拙存,官秦中。歸築拙園,娛志林泉,以詩酒終老。《拙園雜詠》云:石上泉鳴日夜聲,出山仍是在山清。請看瀑布流雖急,澗下何曾有不平。學農學圃兩無成,野老常招話太平。却向臺亭最高處,百花香裏看春耕。屏却繁華老俗囂,衆芳盡後晚香饒。高風我慕陶彭澤,不折人間五斗腰。句尚超脫。

王崇灼字太蟾,有《月塘遺稿》

《早起》云:早起看白雲,雲根翠欲滴。山空人不來,鳴鳥一聲寂。摩詰勝境,具見家法。

王兆春字梅巖,號澴樵,嘉慶舉人,官教諭,有《汲古山房詩稿》

兆春詩不多作,佳句如:士惟有識論肝膽,詩到多窮見性情。好雨着花千樹綠,春風繞榻一燈青。文到醇時方入妙,詩從淡處始生新。片羽碎金,亦自可貴。

王兆偉字甫恬

"雛鷺白蓮花外立,老牛青草路邊來"一聯,饒有畫意。

王嘉亨字雲舫,諸生

《西湖漁父吟》云:朝沿西湖行,暮傍西湖宿。生長西湖間,不解城市

俗。澹巖搖秋波，參差結茅屋。破網曬斜陽，簑衣上寒綠。搴搴白藕肥，采采紅菱熟。隨意取魚蝦，攜歸飽菰粥。瀟灑無懷天，便覺此生足。安得王右丞於斯寫橫幅"清空如話，水中著鹽"？

王嘉賓_{字鹿苹，諸生}

《題畫》云：結茅泉石間，中有幽人住。山深人不知，白雲自來去。雅近於古。

沈祥祖_{字繩甫，號子彝，後更名嶽齡，道光舉人，官教諭}

祥祖詩，其秀在骨，《田家雜興》淹有儲光羲之長。句云：操得豚蹄祝滿車，綠肥黃綻盡桑麻。剛餘鴉嘴三弓土，又傍牆陰種菜花。田家彝訓事躬耕，白飯青芻藜藿羹。也有兒童期識字，獨留雞黍餽先生。《古澴雜詠》云：指點平湖萬個星，荻花仍隔蓼花汀。漁歌唱罷猶聞笛，一夜西風渡北涇。紙錢蝴蝶白紛紛，掃墓歸來日欲曛。至性亦關兒女事，清明爭拜董公墳。不獨道得俗情，而且風神絕世。

郭道闓_{字葵臣，嘉慶進士，官詹事，有《尋茫集》、《補過山房詩集》}

道闓入翰林，才名藉甚。詩主性靈，不假雕飾。句如：境曠不嫌花徑小，興酣翻惜酒錢無。貧賤交難期世俗，文章傳不盡公卿。羣空冀北非無馬，路到終南即是仙。肯使英雄累兒女，好憑忠信涉波濤。語最關心宜骨肉，交原得意屬文章。《留鬢》云：春至但如花木長，寒深休被雪霜欺。頗得脫手彈丸之妙。又"炎涼不定晚秋天"七字，寫乍寒乍暖景象，尤前人所未發。

葵臣與余同官校書五載，復爲乙酉同年。傲岸不羈，獨於余有嗜痂之好。癸未冬，喜予《冒雪過訪》四絕中有"寒天落日新豐市，不信無人識馬周”及“狂情欲唤深宵月，快起城頭一送君”之句。予嘗贈以七律，葵臣讀至“人生貴賤交彌篤，我輩窮愁氣不衰”之句，歎曰：“君詩畢竟有真性情。”《臥園詩話》

古體奇譎諧麗，似莊似騷，《澴川引》長篇，極才人之能事，集隘不能盡登。

李澄觀原名友，字樂卿

澄觀好讀書，不樂仕進。研朱程之學，兼通二氏。著有《讀易精舍吟草》、《雲癡子禪偈》、《樂社聯唫》、《澴西唫》百首，皆見道之言。

詩清婉流利，《澴上閒居》云：遠矣煙霞客，從無溷濁塵。衡門雙版靜，流水一谿新。松影留清境，蓮花識淨因。此中真活潑，歌嘯有誰鄰。《過山寺》云：青山紅樹亂雲堆，兩扇禪關繞澗開。行到經筵翻貝葉，一聲清磬鶴飛來。斷句如《春望》云：土地能蘇物，東風肯負吾。側身穿野樹，濯足聽流泉。亂山横鳥道，夕照繞龍潭。戛戛乎，不同凡響。

徐　韋字仲韋，初爲僧，名喻筏，有《一鉢詩鈔》、《洪樂集》

韋本徐氏子，成童後薙髮於頭陀寺。性敏穎，能讀孔氏書。嗜吟詠，間與鄂城士大夫遊，皆雅重之。江夏夏秋丞孝廉稱之於子壽王比部。孝長劉學博一見奇之，驚爲不易材。韋益自淬厲，經史百家之書，無所不窺。發爲詩，離奇排奡，幾入韓杜之室。薄遊荆州，鄧孝旃别駕引爲上客，勸令易初服，娶妻生子。兩至京師無所遇，老而彌窮。值粤逆之亂，流徙兵戈，妻子皆亡。孑然一身，飢寒不免，卒客死彝陵，惜哉。《一鉢詩鈔》孝長爲作序，刻於荆州。《洪樂集》，長沙張伯輿並己作，合刻爲《張徐詩選》。安福劉司馬愚爲作傳，比於昌黎之傳何蕃。韋皆生見之，亦可無憾於身後之寂寞矣。

《洪樂集自序》曰：余不幸少罹家難，零丁孤苦。其所遭巨寇猛獸，奇禍沉疴。崎嶇坎壈，荆棘火湯。飢寒貧困，艱辛險阻。風沙朔漠，瘴癘南荒。

指墮層冰,魂漂黑水。五窮纏骨,萬感燒胸。悼慄未已,慘痛何極。忽焉衰老,復值憂艱。黃塵漫野,青燐成羣。脫命豺狼,間關秦隴。木隕天寒,他鄉異域。一燈頭白,四海蓬枯。妻孥轉徙,親舊凋落。腸廻日月,夢隔生死。故其詩爲啼爲笑,爲呻爲歎,爲呼爲號。爲邊笳戍角,爲哀猿斷鴈。幽爲鬼泣,冷爲泉咽,悲爲劍嘯,憤爲刀鳴,纏綿爲蠱絲,瑣屑爲蠻語。其來無端,莫知所説。歲月既深,遂至成帙。刪爲兩卷,刊而存之。蓋欲世之君子覽其詩,憫其遇,而哀其志;勿責其義之激,詞之陋,則幸矣,非敢有望於傳也。

　　韋性至孝,視朋友如性命。嘗有事姊家,夢母掬懷中栗半與之,驚寤。以"栗""離"同音,"半"爲"分",疾歸省母,果以病卒,終身不食栗。人問之,愴然欲泣。兩撫亡友子成立,汴州逆旅,代人償負,全母子二命,不告姓名而去,又古之振奇人也。且工愁善恨,故詩多瓌瑋悽愴之氣。《長歌行》云:生離不如死別,長歌不如痛哭。飽鴉不如飢鳳,全瓦不如碎玉。悲風何來陟彼,高臺仰視青冥。俯臨曠野天地,悠悠誰知我者。《歎息吟》云:賤子歎息國帑窮,左藏終歲常虛空。度支無出愁司農,嗷嗷旱潦啼哀鴻。況復轉餉連西東,嗚呼經費信窘迫。官鑄大錢一當百,賤子歎息當平世。天下競誇毛錐利,盡銷戈鋌鑄農器。生兒恥作騎都尉,挽弓不若識丁字。嗚呼一朝禍亂生,百姓倉皇不知兵。《宿寒溪寺》云:積翠不成雨,涼風吹滿溪。偶來山寺宿,時有野禽啼。煙聽水聲遠,月吟松影低。黃州曾到處,鼓角夜淒淒。《山行》云:寒日挂煙蘿,晚風動禾黍。谷口不見人,一路山禽語。《荆湖知舊集》

　　佳句如:風急初聞鴈,江空欲墮星。秋草雨中綠,好山煙外青。乾坤雙赤腳,湖海一孤筇。遠水浮孤白,羣峯合一青。衆綠滴成雨,涼風吹上衣。中原天氣盤奇氣,故國山河對酒杯。銷愁恰遇妻藏酒,敗興偏聞友得官。烽塵垂老雙蓬鬢,天地悲歌一酒樓。春閨夢裏多枯骨,劫火灰中剩白頭。十月歸心催鼓角,一帆寒色挂瀟湘。孤城衰柳嗟魂斷,廢壘殘花帶血開。皆豪宕有奇氣。而《悼亡》有"百年恩愛出飢寒"句,《病中》有"偶寄世間原是客,除歸泉下更無家"句,語雖真質,抑何悽愴。及讀至"左徒祠時偏,衰季始生才"句,哀感沉痛,直欲聚今古不得志才人,爲同聲一哭也。

劉定裕 字谷仁,道光進士,官翰林

谷仁先生性端嚴,溺苦於學。家貧晚達,視學河南,有聲。文品清華,詩不多見。偶讀爲家春畬學博題《負米圖》七古,甚崛奇排奡,惜篇長礙登。

向於友人扇頭見先生手書七絕云:絕代銷魂絕代人,娉婷辜負可憐春。無端嫁與東風去,徒種他生未了因。句極苕秀,而未知所指。

劉之彬 字藻泉,號樸民,道光舉人,官教諭,有《千金帚詩集》

樸民先生少有文名,砥礪廉隅,與先子爲石交。兒時先子嘗誦其《寒鴉詩》,久亦漸忘。年來物色全稿,竟不可得,因追憶而錄之。句云:半天寒意透窗紗,屋角傳聲聽晚鴉。終古垂楊延暮色,中庭冷露戀誰家。夕陽淡處風無力,木葉飛時點白斜。盼到明年春氣暖,一枝爭噪上林花。

程義莊 官知縣

義莊少負詩名,向聞人誦其《對花吟》云"白首獨斟燕市酒,十年幾看故園花"一聯,擊賞不置。旋覓得全稿讀之,而似此類者卒鮮,何所見不逮所聞耶?然古人有以一二句傳者,得名固不在多也。

陳紹治

紹治詩筆工麗,雅宜近體。《柳絮》云:初沾華鬢偏驚老,未墮春泥肯定禪。霏雪關山誰悵別,因風庭院好題詩。《寒沙》云:大漠廻風人拂面,嚴更踏月馬無聲。

屠之連字雲洲

雲洲丈嗜古，好學不倦。品詣高潔，爲鄉里所稱。令子笙池明經道鏞，少有文名，工詩，能傳家學。爲家弟奎章受業師，因得讀丈所著《雪軒詩》。蓋肆力於韋孟，而能升堂入室者。佳篇不能盡錄，斷句如：閒山靜遠浦，獨鶴返沙洲。帆懸江夏口，山近武昌城。目隨飛鳥遠，心與暮山期。心隨流水遠，身共白雲還。地暝煙初起，林空月到遲。歸來仍故業，病後賦閒居。琴酒心期債，詩書道味關。雲平水闊鴈初過，花落月明人未歸。亭皋風雨愁佳節，漢國雲山擁帝鄉。五七絕閑遠古淡，格亦高超。《野望》云：落暉餘古渡，沙岸歸人稀。墟里淡將夕，孤煙生竹扉。《納涼》云：更闌河漢赴西流，習習風清月滿樓。冰簟生凉人不寐，碧天如水夜如秋。《桃花洞》云：桃花洞在漢江濱，故國千年草不春。休說看花常掩淚，望夫成石又何人。《赤壁懷古》云：燒餘赤壁訪嘉魚，擬向霜林展畫圖。廻首東吳風景異，濤聲猶繞楚江孤。

屠道昕字子如，道光舉人，官知縣，直隸總督之申子，編修仁守父

明府詩不恒見，《拙園雜詠》仿崔王小品，句云：紅塵熱似蒸，赤日汗如雨。置身風月中，清凉竟如許。《月到風來》。到此心便清，坐處影俱綠。我欲移家來，除盡平生俗。《留客處》。忘機鷗鷺盟，憑軒鷗鷺語。昨夜凉露中，白蓮開幾許。《鷗盟鷺狎軒》

釋續燈字彌嵩

《書所懷》前四句云：嫩綠晴光靄，廻風燕子斜。花開猶在客，春老未還家。極清越有致。《南嶽道中》云：一路春風踏落梅，蒼蒼嶽色望中來。沿途松蓋猶飛翠，雨後山泉忽送雷。幽趣又添洪覺紀，衡雲況有退之開。不

愁佳話千秋少,且向峯頭瀉露杯。

釋曇章

《探梅和韻》云:朔風凜凜雪淒迷,探得梅花一色齊。乘興騎驢橋上過,留些香跡襯春泥。

釋鐵橋

予所見才女頗多,而詩僧絕少。癸卯歲至鄂,寓護國寺,晤孝感之鐵橋上人,繪《蘭竹清娛圖》見贈。聞其能詩,惜匆匆未及索觀。《卧園詩話》

閨秀

屠道珍字雲卿,可如制軍女,太湖李少雲明府室

《讀紅樓夢》云:由來難補是情天,接木移花計太偏。斷送顰卿身去後,何曾金玉是良緣。《岳陽樓》云:南接洞庭千頃浪,西連巫峽萬重煙。歐公大筆空今古,杜老傳詩壓後先。尚無脂粉氣。

王素雯字雲仙,蕭道藻室,有《綠窗吟》

雲仙為石舟給諫子婦,博學多才,尤工小楷,能於樹葉上作蠅頭書。《梅盦筆記》

《塞上》云:萬里胡沙萬里程,舊從秦漢已交爭。霜肥苜蓿秋調馬,雪滿弓刀夜薄營。青冢草含依闕淚,遙天鴈載繫書情。男兒固有封侯志,那似安邊不用兵。《國朝正雅集》

《雜詠》云:撼屋風聲似怒濤,茜紗窗外月輪高。侍兒解得無言旨,勸我

聽郎讀楚騷。冤牽夙世若前期，一墮情癡百不宜。扼轉關頭歸淨域，不生歡喜不生悲。絕頂聰明絕頂癡，何年了此病相思。樓頭花影兼人影，花意人情兩不知。聚散渾如水上萍，惺惺誰復惜惺惺。生平一個真知己，日月光中影共形。《病愁歎》云：病因愁起愁仍病，難辨愁魔與病魔。身病未除心病作，新愁無奈舊愁何。半生孱弱愁中住，鎮日纏綿病裏過。不病不愁渾未得，祇緣有此一身多。斷句如：每爲興衰成感慨，一齊都付笑談中。《白牡丹》云：曾邀韻士垂青眼，幾見穠華到白頭。《邯鄲題壁》云：一枕自知無好夢，封侯事不到蛾眉[8]。《寄外》云：得來一紙平安信，先奉思兒淚眼看。思君儘有逢君夢，怕向樽前話遠人。欲寫形容寄憔悴，又愁憔悴損君顏。皆可誦。

傅紫璘字雲裳，魁西農部女，蕭仲蘇室，有《鵠吟樓稿》

紫璘以節稱，工吟詠，經蔡梅庵太史採入《國朝閨閣詩鈔》。五言云：窗小風生罅，簾疏月上鈎。多病常因懶，忘形莫笑癡。七言云：瘦影自憐花似我，秋風應許節同君。請看霜葉紅如許，都是離人淚染成。幽林有鳥啼黃葉，晚徑何人掃白雲？閒情欲訴邀明月，又恐姮娥笑我癡。珍重歸期須記準，梅花時節與君逢。文章豈是蛾眉福，造物由來也忌才。

【校記】

〔1〕楊已軍，康乾時期有書畫詩文名家楊已軍，與廣陵朱冕等有交往，應是其人。《湖北詩徵傳略》卷七"朱在鎮"條，收其《送楊大已軍》一詩，朱在鎮也是乾隆時期人。

〔2〕"樵唱近歸人絡繹"句前，文中缺失題目，亦無摘句提示"佳句如"等語。

〔3〕筆珊銀臺，此条下文有"遠瑛字賁山，嘉慶進士，官通政司"。據清法式善《清秘述聞》卷八："戶部主事喬遠煐字筆珊，湖北孝感人，庚戌進士。"則喬遠煐一字筆珊。銀臺，月亮別稱，亦是官職名。宋時有銀臺司，掌管天下奏狀案牘，因司署設在銀臺門內，故名。明清通政司職位和銀臺司相當，故稱通政司爲銀臺。

〔4〕"屋老多虛白,池深映蔚藍"句,文中未録其題目,稍顯突兀。
〔5〕從韻脚看,後文各句,除第一偶外,均非此詩題下内容。
〔6〕"弟",原目録作"兄",條目作"弟",今依條目。
〔7〕酕,原作"醲","酕"之讹字。酕醄,醉貌。
〔8〕"斷句如"至"蛾眉"數句,增訂本刪去。

增訂

陳運鎮見前，有《景士堂集》　子紹治，孫先瑜

運鎮家貧苦學，及官京師，猶不少懈。暇復肆力於詩，與潘少白、楊蓉裳、吳蘭雪諸君子游。又問詩於熊夢花，嘗詣南城曾賓谷方伯幕，以盡觀當時詩人。故其詩淵博醇厚，自成一家。

《送蔣潤堂任蓬州》云：九門風雪後，高傳渡桑乾。馬踏層冰滑，雕衝大漠寒。刀環憑一唱，劍鍔好重看。屈指巫夔路，知君向七盤。《贈張松山》云：縈覽湘春岸，翩然見故人。倦遊栖幕府，高隱變衣巾。福爲詩清減，家因宦久貧。孤懷殊落落，誰共賞風塵。《韓江曉發》云：大江潮滿獨揚舲，三載勞勞萬里經。高柳搖春蠻戶綠，亂山送客海門青。曾愁嶺樹逢瀧吏，便逐湘雲下洞庭。廻首舊游如夢裏，但看朱鳥是南溟。《上曾賓谷方伯》云：天教才子嶺南居，隋苑荒涼恐不如。穗石苔生春雨後，珠江月滿夜潮初。綠榕樹底無留牘，丹荔香中好著書。却怪詩名飛日下，迢遙蠻徼五千餘。《題弟秋巖匹馬從軍圖》云：戍鼓小團營，良家應募行。仲連能射敵，同甫愛談兵。寶劍搖花影，秋笳帶雁聲。入關年少客，獨爲請長纓。《題張春槎〈虎丘春泛圖〉》云：垂柳垂楊岸，紅樓映綠波。扁舟花影重，一水酒香多。芳草空麋鹿，高台掛苧蘿。使君懷古意，惆悵懊儂歌。《留別徐春帆明府》云：幾日韓江住，東風換客衣。有情芳草長，相送遠人歸。海燕鄉心逐，雲山屐齒違。依依南浦水，清似使君稀。《題嚴石舫〈垂釣圖〉》云：先生五十貢成均，盛名坎坷真纏身。詩篇墨妙動卿相，履穿不救東郭貧。苦憶江湖狎魚鳥，不願京洛隨風塵。天上故人留不住，蘆溝曉月薊門樹。懶上漢家時務書，漆琴布被還歸去。意氣真豈行路人，畫圖宛得滄洲趣。漢皋相逢

重攜手，大笑華顛成老醜。貌得扁舟簑笠身，彷彿董湖數株柳。披裘恐是桐江叟，題詩半屬金門友。斜陽野水西風來，蘆花瑟瑟蘋葉開。銀鱗出水尾潑剌，竹根須傾三百杯。東華車馬如海水，高冢麒麟安在哉。爲君短簑舞獨速，君有一官飯不足。何如結屋圖中居，我亦歸田賣黃犢。不然百年如轉燭，空負滄浪一竿竹。皆脫盡恒蹊，獨開生面，當與魚門、其年兩太史並峙不朽。

紹治字樸門，道光舉人，官教諭。性敏慧，博聞強識，家學淵源，才思橫溢，不愧名父之子。其詩排奡跌宕，不可端倪。如見陳九香參軍《明詩別裁後》五古一章内，有"三百年中楚人之入選者，僅十一人，蓋以詩名世之若是難也，而不以科第顯者尤難"。爰縱論國朝楚人之能詩者，得七古三十六韻。其詩云：茶陵一代明詩祖，明卿稺卿競旗鼓。三百年來殿楚風，吾欲于皇配杜甫。楚人之詩多楚音，小雅以後托哀吟。老或無家懷弟妹，少多傲世寫胸襟。豈知詩貴因乎遇，白水青山非愁具。若教無病發呻吟，何怪邯鄲嗤學步。吳儂從此肆譏評，今古文人每互傾。頹唐之尤攻變雅，簡齋至鄙爲楚傖。我笑吳人選詩論詩必三唐，此談徒落老生常。文章遷流隨風會，何期虎賁似中郎。吳人太薄宋元吾不服，宋元自有真面目。初中盛晚苦分明，可惜李唐社早屋。明人不過善規撫，乃謂唐音此繼武。孟禎起句爭五言，獻吉蒼茫工七古。趨步少陵與浩然，格調依稀按曲譜。我謂明人如姜僕，人歌亦歌哭亦哭。竟陵公安晚出矯其弊，語羞雷同夏造獨。吳人徒好葉公龍，羣起攻之如怪鵬。此時吳人視楚等陳鄭，楚亦無人爲後勁。朱王施宋狎齊盟，共說南風今不競。昊廬尚書乃嗣起，南下金陵執牛耳。宗風提唱張吾軍，兩地人皆斗山比。尚書有子亦寧馨，一卷同抄玉照亭。爾時黄岡二家稿，恰與鶴關、夢鶴鬥尹邢。雲田、鵠亭與孟穀，漢陽詩才鄧林木。就中吾愛彭棟堂，跫然足音在空谷。後來海嶽一遊人，芒鞋踏遍蜀燕秦。觥觥大集四十卷，正聲之雅推扶輪。而君落拓老諸生，龐眉皓首困窮經。吾人果抱真不朽，千載豈亦論枯榮。即如孝感相公《一品集》，開國燕許大手筆。《別裁》載錄吾澴人，惟收學博夏無易。我讀《紅蕉山館編》，龍鍾縣尹老考田。夢花況以布衣傳，菜花麗句艷南天。歸來楮山娛林泉，是皆不減楚先賢。嗚乎,考田夢花今已矣,漢上題襟無段李,青眼高歌望吾子。

　　文孫先瑜,字去瑕,諸生,早逝。著《成竹齋詩草》,亦能繩武家風。《古意》云:郎身如楊柳,妾心如芭蕉。芭蕉心常捲,楊柳任風飄。問郎何所傷,妾傷隔遠道。盼郎郎不歸,歸時妾已老。《哭李紫藩太守陣亡》云:籌畫誰參諸葛幕,英雄幾折呂虔刀。故侯精悍人爭述,下邑弦歌俗永敦。《題鈴山堂記》云:誰教威福恣行日,不記林泉寂寞初。《雜感》云:營行到處土田瘦,戰罷歸來囊橐肥。壁壘連雲鵝鸛肅,郊原如赭雁鴻多。《月下泛舟絕句》云:水光山色淡如煙,萬頃茫然月在天。一幅白描好圖畫,就中有個李龍眠。

　　李曾馥 字次香,號西峯,嘉慶進士,官知縣,有《亦草軒詩文集》

　　曾馥性穎敏,童時即喜讀史漢書。長與陽湖惲子居同官江西,折行輩下之。得探古文宗旨,所著《亦草軒》,足與大雲抗行。詩自抒胸臆,恥爲流連光景語。《苦雪》等作,似元魯山,其惠政在民,亦如之。《苦雪》云:獰風響木稼,萬竅淒以切。朔氣橫戈鋋,大地爲折裂。窮陰久不泮,積雪成白石。下洰三重泉,上膠天地闕。路有凍死軀,膚革堅如鐵。羣犬睨其旁,咋之乾無血。亦有殘肢體,不知[1]。

【校記】
〔1〕從文意看,"不知"二字後,應有脫文。

湖北詩徵傳略卷十四

沔　　陽

宋

蕭海藻[1] 字東夫，號千巖，官福建參政

海藻先世爲閩產，初與楊誠齋湖湘同官，誠齋盛稱其詩爲"尤蕭范陸"。止於福建帥參使，不久死難。誠齋詩格猶出其下。其詩苦硬頓挫，而極其工五六一聯，諸公并不能及。起句奇峭。姜堯章乃其壻，云"詩板舊在永州，傳者罕焉"。《次韻傅惟肖》云：竹根蟋蟀太多事，喚得秋來籬落間。又過暑天如許久，未償詩債若爲顏。肝腸與世苦相反，巇壑嗔人不早還。八月放船飛樣去，蘆花叢外數青山。《瀛奎律髓》

堯章同時詩人以溫潤推范石湖，痛快推楊誠齋，高古推蕭千巖，俊逸推陸放翁。《鹽尾文》

《瀛奎律髓》載范石湖《鄂州南樓詩》，方虛谷云："乾淳間詩巨擘，稱尤楊范陸，謂遂初、誠齋、放翁及公也。"查初白先生云："《誠齋集》中稱尤蕭范陸爲四詩將。蕭海藻字東夫，今失傳，遂以楊易蕭。"又蕭千巖《次傅唯肖詩》，初白先生云："南渡詩家初稱尤蕭范陸，今蕭詩罕傳，唯《後村詩話》中及兹集所載數篇而已。"[2]

姜夔字堯章，學詩於沔陽蕭千巖而善之，千巖以女妻之[3]。《宋史》

元

徐勝祖 至正時人

《溪居》云:曲曲松灣抱碧溪,帶花春水與橋齊。後山羣鹿相過飲,來往偏從屋角西。

明

童承敘 字士疇,別號內方,正德進士,官國子司業,有《內方先生集》

承敘生有異質,過目成誦。賦《行路難》,父太守公見曰:"兒能爲古文詞乎?"大梁才子李公濂守沔,遇以國士。成進士,官翰林。與茶陵李東陽、蒲圻廖道南號楚三才,而承敘尤俊逸不羣。時楊公廷和一清最雅重之,永嘉大拜,援引後進,附之如蟻,而承敘閉戶自守。擢司業,與呂公楠倡明正學,未幾乞省墓,病卒於家。承敘在翰林最久,任經筵,講《立政》諸篇,惓惓於用正人端國本,肅皇每嘉納之。以不能依附時宰浮沉,木天以老,論者惜之。所著詩文多不存稿,出入漢魏六朝,成一家言。字法秀雋,類趙文敏。

庶子與張文邦、廖鳴吾號楚中三才子,永陵以從龍侍臣遇之。詩篇比廖差優,論者擬之夏雲秋水,不可方物,失其倫矣。《靜志居詩話》

《內方集》爲令子光祿君守履彙編,門下士翁尚書大立序行之,猶手鈔本也。道光中年,鄉人陸立夫制軍始付諸梓以傳。中多佳句可錄,如:忽抱澧蘭思,坐乘秋水來。百越雄風渺,三湘秋水來。心閒富丘壑,地遠逼林塘。林皋停返照,樓閣動新涼。林煙環碧筱,溪雨帶芳漪。林薄生涼景,星河欲暮天。官階五馬並,行李一琴孤。衰晚饒詩意,清貧乏酒錢。《都中七夕》云:燕花憐此夕,湘水怨騷人。萬山閩越驚爲別,千里鶯花愁送君。尋幽遍訪乾坤勝,乘興還爲京洛遊。仲宣詞賦人爭誦,平叔風流自可憐。城連斷壁挂欹樹,門繞亂筠棲野禽。《元日》云:萬戸歌鐘都邑盛,五更鼓角壯心懸。湖村臨水晝長靜,夢月滿川秋更圓。門前自擬題凡鳥,天上寧知聚德星。坐愛蘋風生水閣,臥看林影落繩床。彭蠡倒涵廬阜影,馬當東接海門潮。首蓿盤空官獨冷,薜蘿衣在篋長貧。皆清峭拔俗,意味悠遠,冥心孤詣,直造古人之作。

均州太和山爲吾鄉名嶽,明成祖又窮天下財力而開拓之。巉嶫之險奇,樓觀之雄麗,畫手如吳道子恐亦有所不能到。公五古數章,狀人所難狀之境,直是康樂復生。然非曾窮此山之勝者,亦不能知此詩之妙也。詩云[4]:靈峯標奧區,周覽振遐跡。眷兹平生懷,結我同心客。理檝濟洪川,驅轂遵廣陌。豐林散蔥蒨,疊嶂排岉崱。幽禽出谷遙,穠華傍巖寂。修暑開清妍,麗景照顏色。相將愜勝遊,況乃諧良覿。面當挐藤蘿,一嘯楚雲碧。岧嶤望靈岫,逶迤度仙關。松蘿自虧蔽,澗壑相潺湲。石徑迷復通,出入蒼翠間。鸞鵠時翱翔,杳靄非人寰。雲霞迴霽色,羣蔿何斑斑。山祇豁朗照,爲我開心顏。瓊宇忽璀璨,結秀在攢峯。棱棱紫霄間,渺渺玄圃中。玉蘭透參差,瑤臺凌九重。雞犬喧上界,鐘磬鳴層空。雲窗連霧牖,曲曲藤蘿封。桃川豈不邃,兹境仍巃嵷。安得隨禦寇,清冷駕長風。天門何欝盤,石級懸萬丈。攀躋轉欹傾,憭慄不可上。攝衣既逡巡,躡屧復踉蹌。俯視培塿青,江河類杯盎。豈唯雲蕩胸,日月宛相向。凌競非所辭,庶用覽昭曠。陟險思乘危,慎矣履高元。太嶽標瓊峯,天柱擁金殿。香爐煙霏微,玉筍氣璀璨。巀嶭七十二,俯伏周八面。盤旋萬里餘,一一羅簪弁。中天蕩雲霞,下界激雷電。仰瞻玄極尊,仿佛靈光絢。列宿軫翼分,元精虛危煥。時維霽色新,森爽秋毫辨。西挹太華崇,南顧衡峯現。乾維接翼都,坤軸開楚甸。望秩往代嚴,丹至今獨冠。眇余幼冲襟,追遊躡層霰。夜臥翠微巔,不寐遲清旦。展禮乘初暾,環睇逼清漢。寥沉疑馭風,飄飄訝生翰。太和藉凝虛,靈禧丏垂眷。敷衽陳孤悰,宗社願終奠。

《客懷》云:豈是懷沙客,聊爲鼓枻遊。雨懸荆樹暗,雲抱楚江流。密篠弄幽色,寒蟲鳴素秋。遙憐草堂客,白髮釣玄洲。《明妃怨》云:落葉愁憐病,征衣瘦却春。強來胡井照,翻愧畫中身。堪惜黃金貴,媸妍無定形。曾將買辭賦，空悔薄丹青。《項羽祠》云：將軍劍烏闋荒丘，草木風悲落葉秋。解使王師披素縞，却令亭長艤孤舟。鴻門未厭三分業，虎旅空驚四面謳。王霸蕭條總塵土，海雲江樹迴生愁。《漢陽送友》云：江上清樽憐此夕，山城月色座中分。孤槎漫繫洞庭水，匹馬行看少室雲。千里平蕪勞惜別，百年勝地愧逢君。懸知明發應相憶，黃鶴樓前共落曛。《登岳陽樓》云：窗前明月千年主，檻外波濤萬古狂。始信空中有樓閣，也須范老此文章。湖山寂寞憑臨少，雲物依稀倚嘯長。更欲乘風向寥廓，滿天煙雨下瀟湘。《城上秋興》云：城堞層煙秋日沉，空江魚鳥漫同心。翻嫌楚客悲蕭瑟，冷蕊寒香晚翠深。《遊玄妙觀》云：閒攜歡友上春城，忽到瑤壇聽玉笙。門外綠蘿人跡少，一林斜日正啼鶯。《漢江歌》云：荊山郢樹炤南洲，江漢滔滔天際流。神女不來雲雨暮，騷人一去蕙蘭秋。

陳　柏

字子堅，一字憲卿，嘉靖進士，官兵備副使，有《蘇山集》

柏詩頗宕逸有姿，而失於薄弱。《千頃堂書目》別載《見南山集》八卷，不載此集[5]，殆偶未見歟？又別有莆田黃謙選定詩文七卷。《四庫書目提要》

柏以忤分宜左遷，歸，閉門著述。年六十修高年會，比諸香山洛社。

《送正卿弟之黎平》云[6]：匹馬迢迢渡五溪，雙旌遙指夜郎西。暮增遠道猶千里，隨處花開鳥更嗁。《明詩綜》

《贈廬陵黃生歌》云：莫悲雙足短，閉戶自休澣。扁舟曾向五湖遊，江上指點歸毫管。莫矜寸舌長，逢人輒雌黃。彭殤舜跖俱已歿，古今天地何茫茫。君不見漢之酈生空有舌，批逆龍鱗獨恣說。寬仁不逢隆準公，七尺之軀將車裂。又不見臏也聲流七國時，雙脛纍纍如病痿。羣雄驅使如走狗，至今兵法稱人師[7]。羽者兩其足，角者奪其齒。萬物盈虛已如此，黃生黃生俱休矣。

陳文燭 字玉叔，嘉靖進士，官南大理卿，有《二酉園詩集》

文燭詩分漢陰、廷中、淮上、嵩和、西蜀、東岱、金焦、黃篷八集，陳思育、王喬桂、皇甫汸、袁福徵、黃省曾、沈明臣、李先芳、孫斯億、任瀚、高啟愚、熊敦樸、陳宗虞、曾可耕、吳國倫、方沆、黃一正、李維楨、屠隆、周光鎬十九人序之。文曰《五嶽山人前後集》，王世貞、歸有光、汪道昆、茅坤序之。後總編爲《二酉園文集》，世貞、道昆又序之。《續集》，則文燭身後，其孫之蘧所輯，皆文無詩。亦無當時名士序，唯之蘧自序，及與文燭之壻龍膺各題一跋而已。斯亦生死之際，交遊盛衰之驗。而文壇標榜，其不足盡據可知矣。
《四庫全書提要》

胡元瑞云：玉叔詩清婉典飭，居然名家。時七子有盛名，意不可一世。玉叔雁行其間，不少讓。致政歸，築五嶽山房，日飲酒賦詩其中。

五律氣力健舉，足以頡頏七子。《送楊維喬侍御北上》云：驛路飛新雨，荒亭落晚風。賜環霄漢上，擊楫大江中。此地曾留犢，都人尙避驄。春華今已半，樽酒幾時同。《送陳仁甫太史使楚》云：玉署承天遣，桐圭錫帝封。浮湘即司馬，作賦是元龍。春盡寒江雨，潮廻故國鐘。禹碑如可辨，還上祝融峯。《席上贈張別駕》云：正有蓴鱸想，逢人是季膺。風塵雙短劍，樽酒一孤燈。浪跡曾三楚，豪華失五陵。不知關塞上，勳業許誰能。它如：君恩深似海，臣道直如弦。又《登滕王閣》云：星帶山光浮碧漢，月隨帆影倒清卮。又：春深草色同鸚鵡，江遠濤聲到鳳凰。爲七言中極警策之句。

張應斗 字北生

《感遇》云：我有三尺雪，燁燁青芙蓉。破壁走雷雨，入袖號蛟龍。世人等鉛刀，一割無銛鋒。豈無射霄漢，會與雷煥逢。神物固難寶，浮雲安得封。行當倚天外，寰宇蕩妖凶。嗣宗不求名，一醉六十日。昏默何所知，鍾會不能詰。太白有高才，永王廹之出。心迹雖自明，藏身幾無術。但見犧象榮,安知塞馬失。痛飲讀《離騷》,讀罷且鼓瑟。取材《騷》、《選》而能自見性靈,洵爲善師古人者。同時稱詩有劉曰璧字子轂,家貧,溺苦於學。遊士鳳字雲子[8],爲黃鶴九老之一。蕭雲澤字澹堂,工詩能文。而所著皆不多見,間有流傳一二首者,又實不稱名,聊存姓名以待蒐訪。

錢 璜 字伯夏,號蒼水,貢生

蒼水才華富贍,詩善歌行。雖窮老一衿,不肯作驢子背上語,惜未獲讀全稿。《戍婦怨》一篇剪裁綺繡,咀嚼瓊英。俯誦一過,輒覺霞帔雲裳,炫搖銀海。句云:年年夜織寄征衣,擣盡寒砧月影微。紅顏淚落螢猶照,錦字樓空雁不飛。壯士姓名隸騎將,蔥嶺城高蒲海浪。閏月長連萬里營,秋霜久冷同心帳。宛轉離憂未可降,龍鄉信息透紗窗。抱葉寒蟬有日歇,及瓜蕩子幾時雙。昨朝聞笛度玉關,破虜將軍裹革還。眼底龍城千片雪,夢中雞塞萬重山。不辭蓬首斷膏沐,常痛征鞍盡髀肉。一夕能消少婦顏,百錢已厭君平卜。明年陌上見垂楊,燕子交飛鳥並翔。自此風塵息太白,莫教涕淚染流黃。哀感頑艷,風人之遺。

費尚伊 字國聘,嘉靖進士　　弟啟緒 字雪艖

尚伊官漢南兵備副使,左遷韶州推官。歸,堅臥林泉者五十有餘年。

《雁字詩》起自吳下,吾楚袁中郎、李大泌、龍贊伯諸公作皆雅切,沔陽費國聘、雪艖詩尤佳。國聘詩云:爲愛奇文慣遠遊,平生湖海赫蹄留。星當疏處仍加點,月到纖時不假鈎。赤牘罷裁愁結夏,素紈初寫耐悲秋。何人欲拓《來禽帖》,只在沙頭與水頭。雪艖詩云:鷺翔鳳翥拂秋波,野曠蕭蕭幾度過。月白蘆花停綵筆,霜紅楓葉寫銀河。衡陽峯外遺文少,南浦沙頭古搨多。莫道倦飛書興盡,棱棱鋒骨任空摩。覺一時頓有二難。《楚天樵話》

《入郎懷何仁仲詹簿、陳還樸給事、鄒孚如文選》云:給舍名高得謗多,歸來文酒日婆娑。清尊百罰攜狂客,白馬雙馱擁素娥。別浦賞心猶郭外,

荒丘埋骨已山阿。從來遷客憐同病，不獨傷心哭逝波。問奇曾過子雲亭，墓草廻看幾度青。寶劍光銷埋夜壑，綵毫香歇黯春星。嵇生久絕門前札，考父空鐫鼎畔銘。棘院槐廳成底事，祇留遺草照秋螢。《采芳洲再懷仁仲》云：百花堂接藕花洲，爲爾曾停谷口騶。何氏園林人速朽，習家池館客重遊。酒罏真若河山逸，蠟屐空存島嶼幽。嘅殺杜鵑春欲老，不聽鄰笛也堪愁。右律奇警清峭，兼有其長，在唐唯許丁卯足以方之。至其情深一往，信爲有德之言，非獨《雁字詩》徒以巧思取勝也。若竹樵所稱，特餘技耳。

胡維宗 字之庵，諸生

益陽郭中丞都賢，國變爲僧，自號些庵。初居衡山，從嘉魚尹宣子，轉徙沔陽。築室玉沙湖，爲補山堂，沔人士亦樂與之遊。之庵素著詩名，相與酬倡尤多。些庵有《和之庵過訪歸山堂詩》，原作未見。之庵《夏日補山堂賞荷遇雨詩》第二首云：道州夫子領諸生，難得溪雲不放晴。時見明珠走花葉，未妨微雨濕柴荆。淹留竟日香同飯，珍重甘泉手自烹。蠟屐出林風送往，獨輸餘響聽深更。明季詩家如尹宣子輩多喜作艱澀語，亦運會使然。此律清脆超逸，自是鐵中錚錚。

國朝

李何煒 字緩山，順治進士

何煒初官黃巗令，直道見忤，謫廣西按察司經歷。生平和易近人，所與遊皆一時名士。詩古峭，操選家多採錄之。

擬樂府諸篇，雖未能一律雅醇，而振奇則古，自屬可稱。錄《將進酒》一篇云：將進酒，旨且多。壤可以擊，缶可以歌。五色本素，五味本和。一解。明眸皓齒，坐者常驕，立者常恥。男婚女嫁，老者以悲，幼者以喜。二解。嗟爾一君之臣，共驩何其慆，禹稷何其貞。嗟爾一父之子，管蔡何其愚，武周何其神？三解。亦莫匪春，亦莫匪秋。亦莫匪殤，亦莫匪夀。坤爲腹，兌爲口，酒入則甘言，出則訛。以麴糵有毒，奈何有死於婦人之手？四解。近體類之庵而險奇過之，附摘平正清脫者數聯，以不沒所長。《對鏡》云：老去不須驚齒髮，興來還與對謳唫。《與二友同寓》云：不是元龍牀上下，何妨二陸屋東西。《答胡之庵》云：可憐顧悅秋零日，正是蘇耽夜哭時。

蕭貞明 字用晦，順治進士

《雜怨》云：狂夫朝出門，角弓挂白雲。狂夫暮不歸，星月耿孤扉。夭桃貪著花，衹似人在家。抱琴閑理曲，一片山水綠。雖曼聲促節，然非嗜古至深者不辨。

方　來 字脫庵，順治進士，官中書，有《花悟堂集》

余讀脫庵詩賦古文詞，凌古鑄今，拔奇迥異，梟兀蚴蟉，孤騫絕蹤。嘗怖其言，作天際真人想，今不得不以此事推公矣。蓋脫庵窮經學古，好深湛思。所論撰多種，於經則有《三經筆記》，闡繹閎通。於史則有《二十一史補删》，鳩削精嚴。於諸子則有《叢書》，採摭粹鑿。於諸集則有《權言》，揚扢淹雅。此之精騖八極，元元本本。詞賦一席，又其緒餘。予把臂長安邸舍，相見恨晚。相與制詩緝頌，品跋今古。而脫庵又以尊公抱病，急乞旋里矣。然脫庵懷抱過人，瀟灑高寄，雅不樂以牛馬走奔趨風塵間。嘗與予言曰：“千秋之業藏在名山，吾其以翰墨爲勛績乎？”今所選所述，大言小言，踔三代而蔭萬古，取九州之庸蕪而陶冶。衣被之天下文章，莫大乎是矣。截王漁洋撰詩序

阮亭司寇一時人望所歸，雅不輕作諛詞，所撰詩序推重極矣，知其必有以大過人者。惜《花悟堂集》無從借讀，爲憾也。

《湖村雜紀》云：往者湖源涸，鄰鄰沙痕長。反於西潟地，而獲秔稻香。今兹春徂夏，樹澤潤天光。老農督課倦，曝背桃花岡。麥枯驚春曉，化爲布

穀翔。布穀荒荒啼,辛苦隴頭郎。三日娶新婦,五日餉黃粱。新婦不識路,小姑前提筐。笑指餔餐處,煙落野田蒼。灣頭浪花滿,復見一灣平。蒲雨亂菰風,能爲數點聲。漁子語煙霧,鷗鳧狎不驚。波間成聚落,寒螿遠近鳴。薄暮燒敗柳,磷光相滅明。野老向余言,湖藪繫民生。幸繁魚蝦族,可代水火耕。采菱菱芡衍,采蓮蓮實盈。湖亦有徵徭,較比田賦輕。霜林脫木容,谿頭聞擊榜。鳧雁合圍飛,罟師張罾網。鳧雁語罟師,高秋清光爽。念此波天身,置形遊蒼莽。何乃不能容,一翎與一掌。任汝羅高深,不與波上下。舍此逝它邦,鴻飛弋焉往。譬彼垓下軍,四面雖楚響。項王若東渡,豈困於亭長。罟師踏浪還,荻風夜半廣。菰米亦有香,菱葉亦綽約。浦邊諸女兒,競將敗荷掠。荷葉覆瓦瓿,荷條編虎落。鄰翁騎新犢,吹煙縮青箬。穉子拾蠃歸,中男緝曲薄。我自居此村,不驚泚水合。清曉泛湖光,光際滿寥廓。茫茫楓棗紅,沙灣飛乳雀。湖謳斷續聲,能使秋寂寞。此即瀼溪居,避世或可托。寫湖鄉風景,委宛盡致,頗有《豳風》之遺。章法高老,造語亦复精妙。近體調和音雅,一洗從前艱澁冷僻之習,自是楚風中興健將。爲名流引重,信非純藉虛聲也。

《同楊恂庵使君泛舟至太白湖》云:霜舟片影湖天晚,及爾幽懷意未闌。漢水滙江通夏汭,謫仙酹酒重郎官。煙寒漁艇浦歌澀,波亂鷗魂鳥夢殘。大別可能磨滅否,湖山相待一爲歡。《鑑心亭》云:撥盡鷗絃冷綘綃,佛廬蓮國葬雲翹。夜深祇恐寒泓水,怒作錢塘江上潮。擊縣女子沉清瀨,花蕊夫人入宋樓。孰是孰非君莫問,娟娟涼月照寒秋。《城南尋大小隱故址》云:芰裳解處宜盤礴,棲隱何須待買山。若有人焉煙雨內,魚村蟹郭釣潺潺。《滄浪舟夕》云:秋水灌河霜景孤,熒熒煙月滿菰蒲。一聲晚唱蘆花落,再有江潭漁父無?

戴　儼 字恪成,康熙進士,官教諭　弟俊

《秋夜獨坐》云:且复挑燈坐,秋高夜气侵。以茲詩外意,助我客中唫。舊雨別離夢,故鄉迢遞心。濁醪消漏永,殘月過疏林。

特洲廣文名俊,《枕流亭》云:何以洗吾耳,寒潭千尺泉。羲皇遊白日,巢許憶當年。帶解長松下,琴彈秋水邊。深山飛瀑布,不寐亦陶然。伯仲皆擅才名,一時有二戴之稱。詩筆圓韻,亦在兩到之間。

方宏履

宏履在國初頗負盛名,詩尚沉著,而涉於艱僻,學鍾譚不成者往往有此流弊。《秋日登青林寺》云:陟險尋迂徑,霜痕野屩欹。殘僧焚落葉,怪鳥踏寒枝。石冷依雲護,鐘荒度澗遲。杳然心境豁,剝蘚拂橫碑。《葉芝湖遇風雪》云:雁迷飛雪寒聲激,鴉折廻風濕翅低。是集中極清越可誦者。

戴隆支

《雜興》諸詩筆力健舉,詞旨雅醇,非規規於陶謝者所能致也。詩云:我羨林處士,清高誰與埒。老梅發當軒,皎皎淨冰雪。豈無華艷姿,素心曾不屑。稍息九衢塵,養晦全吾潔。《別業古梅》。平生志高山,村居對流水。廻步睹巉巘,煙嵐四映起。破霧聳重巒,攀躋從所止。痛哭華山巔,一笑昌黎子。《層巒疊翠》。山齋迥幽清,竹蔭成一碧。我自闢此村,耽情唯泉石。忽聞剝啄聲,且復樂晨夕。寄語王子猷,餘興勿自惜。《竹林集友》。何處簑笠翁,鋤煙復耕霧。努力事西疇,不知城市路。我欲從之遊,結伴隴頭住。了却官家租,斗酒娛朝暮。《北莊學稼》

張泰來

泰來家世服農,獨溺苦於學詩。古體學陶,《田家雜興》諸作,樸茂質直,有親切獨到處。

《田家雜興》云:野人如苦鴉,天寒亦早起。煙濃雪滿衣,晨炊出墟里。飯牛散雞豚,調燮得其理。客來亦何稀,于田樂舉趾。胼胝豈不疲,黍稻味誠旨。上以歡孝養，下以課妻子。《秋懷》云：夜永不成寐，起坐調素箏。手動心緒亂，慘愴不成聲。衆芳忽先歇，明月鶗鳩鳴。中庭彷徨走，河漢凄以清。孤雁何處來，憂思獨傷心。

姜宏紀 字子常，諸生

《讀史》云：學劍無能苦學書，空留白髮幾莖餘。兩朝閱歷秋江晚，半世蹉跎曉日初。趺坐縱談軒冕客，斜眠橫視水山居。畸行莫令污青史，食寢全交老蠹魚。《秋來》一首，純乎天籟，自是神到之作，不可以推敲求也。句云：秋來不可見，但聽有蟲鳴。及到蟲鳴後，秋在樹間生。《晚望》云：楊柳低垂剩日黃，牧童歸帶晚風涼。主人泉石粗消受，明月還來醉草堂。《出塞行》云：東方一去倚吳鉤，飲馬河邊水咽流。自許少年酬國士，那知白髮在涼州。有老馬伏櫪之歎。

劉　掞 字文白

掞少穎悟，過目成誦。比長，剛正不阿，能驅鬼怪。有某氏女爲怪所迷，自稱木相公。掞訪知，爲野廟木偶，執而枷之，怪遂絕。詩亦清老，錄其《新堤》云：鼓枻晨光裡，灣環一港通。林鳩欲喚雨，檣燕猶凌風。帆景江天外，人家水氣中。誰憐濃李樹，如雪吐晴空。它如《過白湖》云：微波不動處，新月自然生。《詠月》云：宿樹鴉聲定，侵窗花影移。俱妙。《隨園詩話》

張錫穀 號蓮濤，乾隆進士，官知縣，有《雀硯齋詩集》

錫穀嗜學工詩，名重一時。詩清微簡遠，不以奇警雄驚爲能。冥心孤詣，直造古人，盛爲兩溟熊先生所許。而《荆湖知舊集》所採，皆非獨造之作。余從友人處抄撮數篇，亦不足以盡作者之長。《菊隱圖》云：愛此花之逸，聽余嘯也歌。身宮既磨蝎，宦夢總槐柯。梗逐波間泛，駒從隙裏過。不如一尊酒，痛飲慰蹉跎。《黃蓬湖曲》云：朝打蓬湖魚，莫在蓬湖宿。夜半靈福鐘，驚起雙棲鵠。《汪制軍鳶飛魚躍圖》云：梅子生仁會意殊，福田心種滿江湖。須知後樂先憂志，祇在觀天察地圖。活潑潑皆關吃緊，色空空早謝虛無。鶴鳴聞野魚潛渚，言理言誠視此夫。佳句如：風塵忙裏倦，波浪靜中寬。《移菊》云：東家景色西家有，今日風光昨日無。又《贈某明府》云：政唯是水能興雨，心未焚香已達天。《示子》云：不妨兩字多妨事，能懼終身少懼時。詩書內有真君子，齏粥中求好秀才。又：堂上拙無識字婢，厨中閒煞畫棋妻。稱銜四度冬烘老，顧景一場春夢婆。皆不落窠臼。

李維紀 字月溪，諸生，有《江漢遊草》

月溪嘗作晴川黃鶴之遊，鄂中留別友人云：長亭把酒淚闌干，八月秋風特地寒。天上桂花消息遠，人間芳草別離難。江城今夜勞新夢，沔水何年續舊歡。野客姓名留在此，榜頭書否倩君看。句如：碪杵搗殘千戶月，漁歌喚起一湖秋。花裏罰依金谷酒，月中吹斷玉人簫。五言如：路軟沙含雨，波香水載花。綠殘官道柳，黃綴野籬橙。望火投官道，披星補客程。岸柳衫邊綠，江霞醉裏紅[9]。白波新漲水，紅樹夕陽山。遠水疏星亂，長天片月浮。梅景半窗畫，松聲一枕濤。酒醉傾尤易，詩工對較難。數偶皆不減唐人。《石樓詩話》

胡曰發 字中皆，號香谷，乾隆舉人

《柬傳春圃昆仲》云：無客來三徑，枯梧據自偏。冥心蹈滄浪，幽意入流泉。新月印清渚，微風香白蓮。求羊如可即，劇語豆棚前。春圃名調元，嘉慶間舉孝廉，亦有詩名。唯見"春風拂拂纔舒柳，燕子飛飛又落花"一聯，是有才人吐屬。

李　堂字肯庵，嘉慶進士，官知府

沔陽李肯庵堂、石坪基兄弟，皆負才名。肯庵修髯，號髯李，進士，守湖州。石坪長眉，號眉李，明經，訓江陵。譚曉墀數稱道之。余所見詩數首，皆應制之作，無大過人處。肯庵未有集，石坪有《江峯集》，亦未獲覩。曉墀不輕許可者，當必有絕佳之製，惜未之見也。《格齋詩話》

蕭祖蔭字小琴

祖蔭雅有詩名，所作惜不多見，唯友人誦其斷句。《送春》云：花訴離愁能解語，草牽別緒是當歸。又：高山無主自斜陽，離愁只共落花知。殊清越可誦。

劉泗道字杏坨，貢生　子興樾

泗道工"六法"，晚年左書尤得平原丰骨。詩筆雋永，《雜興》云：新城茂芳樹，古渡遍桃花。綠草鋪文錦，清談泛落霞。馬嘶村店外，風揚酒帘斜。一帶枲麻地，春遊興最賒。

興樾字梧孫，號蔭喬，別號海嶽行唫客，有《梧孫詩草》。

自童時入家塾，叔姪兄弟各言爾志，率以巍科顯官自期。至余則以為它日倖博一衿、食一餼，接吾家書香，便當學向禽作海嶽閑人。奚囊中積幾卷詩，法帖內臨幾種字，不至登牛山而流涕沾衣、上峴山而感歎澌滅，期亦可矣。洎二親見背，婚嫁始畢，慨然振策為萬里之行。風雪關河，肌膚起粟，雖呱呱之聲酸鼻震耳不顧也。所詩率成於車馬控送之間，詎免吾黨之訾議？況文人相輕，自古已然，吾第言吾之志而已。志在山水則恣其憑弔，志在友事則發其天懷。不泛愛古人，亦不菲薄今人。載先生自撰詩序

梧孫詩才敏捷，風發泉涌，七言律最近許丁卯。工行楷，儷語嘗受知於

楊介坪中丞。居沔之白湖，每遊江漢，道出樝湖，必過余晚香山館，賭酒角詩盡歡而去。和余《詠梅》云：同此愛梅癖，前身或姓林。山深微見雪，夜靜忽鳴琴。不辨古香處，時聞流水音。斷橋斜畔路，攜手一相尋。《石樓詩話》

成廟時，吾鄉稱詩繼白蓮而起者其爲丈乎！丈襟度瀟灑，善談名理。古詩波瀾橫溢，當其奮迅馳突，直欲辟易千人，如《陳橋驛》、《小西淮》、《牟將軍寶刀歌》諸作是也。近體尤工詠史，冥心獨造，語近情遙。至其筆鋒精銳，議論英爽，舉重若輕，聲出金石，實有突過前賢之處。丈所在，公卿倒屣，如陶雲汀、林少穆、李石梧、張詩舲諸大老，皆引爲布衣交。推襟送抱，文酒歡宴無虛日。余童時，先子曾攜謁丈於劉孝長先生座上。鶴髮癯顏，藹若春風。乞讀近著，即叩所引故實。見余援應無滯，喜語先子曰："此子有俊才，勿令爲時文所誤也。"白頭故我，深用赧然。雪窗輯詩及丈，因類誌之。又聞之先子曰："丈遊踪所至，即取閱其邑之志乘。凡名賢勝跡，無不入詠。舲唇馬背，擁鼻唫哦，苦索冥搜，至老不疲。有一詞一意落前人窠臼者，又必塗改至再至三而後已，是集中杰作最多。酷嗜不能盡登，僅摘佳句以當五侯之鯖云。《桓侯廟》云：身是燕人慷慨易，世無昭烈死生難。《赤壁》云：英雄難得誇年少，名士偏能殺賊多。《氾水》云：英雄成敗原天數，壁壘縱橫各霸王。《洛陽》云：山川雄踞中原勝，龍馬靈開萬古蒙。知除臥雪無高士，不信凌波有美人。又前四句云：杜鵑聲裏送殘春，緩步橋頭大有人。吾黨無端分閩蜀，當時未免愧安民。《朱仙鎮》云：中原廟寢心甘棄，南宋君臣意可知。《大梁懷古》云：望京樓上一徘徊，天上黃河落酒杯。盛气竟思吞牧澤，遺音何處覓繁臺。四首後半云：宣和書畫方成譜，花石君臣又有綱。一種汴河嗚咽水，至今流繞宋宮牆。《遊梁祠》云：气壓王侯原善養，力陳仁義本良能。不妨禹德爭高下，何必齊遊辨後先。俎豆儼陳梁禮幣，雲霓猶望晉山河。《包孝肅祠》云：賢守有心宜北面，黎民無事問南衙。又次首前四句云：思公一笑比黃河，此去黃河路幾何。盡見童蒙呼待制，信無關節到閻羅。又：肯教硯琢端溪石，幸免名鑴黨錮碑。《宗忠簡祠》云：南宋挽廻天半壁，東京涕淚渡三呼。《邵康節祠》云：與世無猜黃叔度，斯人有道郭林宗。《觀三殿陳設》云：《大禮賦》慚杜工部，《帝京篇》姤駱賓王。《丹陽懷古》前半首云：將軍生子竟何如，但覺阿瞞气已除。基業自開吳大帝，童謠空應武昌魚。《二程祠》云：指奸忍出大蘇氏，立異偏逢拗相公。我來恍入春風座，此去誰探立雪門。《明孝陵》云：前明太祖高皇帝，故國鍾山此墓門。《鞏縣》云：雞口河聲分鞏洛，馬頭山色識嵩高。《望西山》云：積雪噴飛翚壑去，西風吹送萬山來。《送王漢南偕姪雨嵐之荆州陶觀察幕》中四句云：知己爲依陶侃幕，開懷先上仲宣樓。艱難吳楚行千里，容易江湖共一舟。《雨夜渡河》云：雲景倒垂山壓艦，秋聲高擁浪鳴鼉。

《萬安橋對月懷江湘雲》云：客中安最好，言至萬安橋。橋上望明月，船頭生暮潮。一聲長笛起，四面碧雲飄。恍入江郎夢，黯然魂欲銷。《黃鶴延秋圖》云：自是謫仙子，放歌崔顥詩。樓頭有凉月，笛外吹輕颸。一我展君畫，千秋空爾期。聊爲采蕭詠，倚檻今何時。《滎陽》云：說到滎陽我亦豪，書生匹馬筆橫刀。气凌叱咤關河外，歌入風雲戰壘高。豈有杯羹分置俎，更無倉粟肯捐敖。可憐左纛兼黃屋，漫數區區汗馬勞。《昆陽懷古》云：天教漢業起舂陵，一戰昆陽殱莽新。光閃電雷廿八宿，气吞虎豹半千人。不逢大敵安能勇，似比高皇更有神。井底蛙空銅馬歇，夕陽猶照舊城闉。《關陵》云：一卷春秋大義彰，肯將生死負天王。建安故鼎原沉洛，東漢諸陵况在邙。抔土直淩嵩嶽上，寢宮還近解蒲鄉。恪恭謁廟虔瞻墓，國士風傾亦气揚。《黃天蕩》云：千里樓船百萬師，韓王曾此立兵威。金人膽落龍王廟，鐵甕帆連燕子磯。旦夜鼓鼙搥浪立，旌旗龍虎拍天飛。如何計敗書生語，湖上騎驢緩緩歸。《錢武肅王廟》云：英雄割據痛殘唐，袵席蒼生此一方。堪享千秋兩浙祀，最難三世四賢王。銀牌書下蛟龍泣，鐵券恩深日月光。潮汐至今猶勢怯，三千勁弩在弓囊。《長沙》云：漢家藩服楚南開，遷客騷人總費才。芳草亂生賈誼宅，落花愁上定王臺。畫中城郭瀟湘景，江面青蒼嶽麓苔。漫道古來卑濕地，高峯七二極天來。《岳陽樓》云：飄然大有神仙意，絕勝仙人控鶴來。天外芙蓉落襟袖，洞庭春色倒樽罍。更無憂樂希文想，孤負乾坤老杜才。西望但從岷嶓祝，奔流到此要飛廻。《鄴中》云：七子紛紛競擅場，一家樂府自宮商。建安忽變黃初局，知落騷人淚幾行。《蘄州》云：蘄陽江上雨瀟瀟，白浪掀天气更驕。解事舟人爭艤棹，好山新翠落詩瓢。《放鶴亭》云：矯矯雲中白羽衣，樊籠何苦窒天機。解人只有林和靖，一任青天廓處飛。《韓蘄王墓》云：滄浪亭畔吊林園，又向靈巖拜墓門。想見騎驢湖上去，殘棋一局最銷魂。

劉興藻 字少泉，貢生，官教諭，有《白醉山房詩草》

《銅陵早霧》云：解纜月初墮，白煙江上橫。遙聞柔櫓響，忽見估船迎。岸樹沉無著，江流遠有聲。隨風還變滅，突兀萬峯晴。《月夜》云：臨水月在水，登山月在山。山水澹相映，清光任往還。孤鶴歸何處，高松不可攀。清華朗潤，筆無纖塵，自是大方家數，惜僅見此二作。

楊鳳章 字端夫，有《十笏草堂詩鈔》

端夫思清才艷，發而爲詩，故多娟秀婉麗之音。又復格高調響，淩厲無前。與玉嶠、燮堂、東侯三君并駕齊驅，殊難定其軒輊也。有《岳廟銅爵詩》，結數語頗沉痛，劉瑤丞明經曾爲余誦之。句云："宋室河山無片土，此物屬王物有主。""吁嗟長城誰壞汝，恨不生將此爵痛飲黃龍府。"又"春愁無主壓楊花"句，可以動人心魄。

《三月六日雪》云：遠水江頭綠，漫天雪又飛。浩然連一色，萬籟入清微。春意復如此，羈人猶未歸。幽蘭誰儷曲，灑白上琴徽。《同徐莊圃遊同善堂》云：凉風吹蠟屐，覽勝出西城。一徑舒寒翠，池塘秋水清。此中宜小住，靜對起遙情。看取歸鴉噪，霏微暮靄橫。《題杜小湘近作》云：之子薄雕繢，清宵耐苦唫。冷冷抱瑤瑟，秋思與俱深。鸞鶴下空際，箏琶洗俗音。悠然兩相契，幽谷結苔岑。《省之陷賊歸》云：憐子攖塵網，凄凉各寡歡。孤身逢盜賊，萬死困飢寒。雨雪開尊醉，河山撫劍看。生還殊可憫，搔首暮雲端。《楊柳枝詞》云：妾心柳絲長，妾身柳絮弱。折腰作郎鞭，中途休棄却。送郎過灞橋，灞橋春水綠。羨殺野鴛鴦，猶得雙棲宿。別離值春初，歸期訂春暮。但願郎歸來，楊枝仍如故。《漢川雜詩》云：依然煙柳斜陽裏，白鼻騧經繡豸門。記取荒城風味好，紅欄碧豆飼雞豚。碧玉蓮花一瓣開，鐘聲隱隱出林隈。陽臺渡古野人間，猶自溪流繞寺來。西風垂柳白門道，和就新辭付六么。爲憶詩人劉海樹，曉星殘月助魂銷。海樹太守《和張紫峴白門殘柳》絕句，一時紙貴，中有"曉星殘月赤欄橋"之句。冷雨殘虹汗漫遊，割愁何處覓吳鉤。疲驢破帽青衫裏，獨上城東舊酒樓。《題唐伯虎小像》云：綺羅絃管醉春風，小歷華嚴夢已空。舊種桃花三百樹，春來齊向墓門紅。沉醉湖山酒一樽，曾經白眼對寧藩。零縑斷楮都珍重，絕代風流唐解元。

汪祖敬 字玉嶠，貢生，有《自在軒詩鈔》

玉嶠古詩有陳梁遺韻，《和杜詩》後半，頗極沉鬱頓挫之致，餘小詩皆見作意。其造語精當，意邇神遙，不肯稍落凡響，是能搏兔用全力者。

《古戰場》云：人家生男不生女，長得男兒戰場死。羈魂纍纍不得歸，夜夜青磷逐處起。吁嗟乎，漢唐邊功今已矣，山鬼猶哭風雨裏。《觀打魚歌，用少陵第二首韻》云：漁歌起處萬舟集，網落滄江爭渡急。生長船頭自成家，年年風波慣出入。嗟乎大魚小魚兮，禍福無常思難戢。藻花歷亂蒲葉寒，百里濤聲黑雲立。胡不飛騰薄海門，直視乾坤小如杯。滄溟跋浪經綸出，六丁叱咤走風雷。神龍掉尾蛟昂首，安見衆其爲魚哉。奈何臨淵垂羨者，終朝空作縱壑哀。《香爐》云：睡鴨何多情，煙向爐中鎖。莫道灰不然，暗送香到我。《撲滿》云：大器原無量，何堪斗筲算。却笑人爭撲，不知由自滿。《菊》云：栽菊滿東籬，欣賞獨幽絕。一自有黃花，人間重晚節。《蓮》云：太華峯頭蓮，十丈花如許。與我結同心，賴君能解語。《蘆花》云：蘆葦壓長天，花飛自矜寵。昨夜北風寒，半被人尙擁。《寄友》云：如何握手後，兩人轉默然。情極反無情，斯語古來傳。《采蓮曲》云：檀郎執橈妾執櫓，朝爲行雲暮行雨。郎情爭似水情深，妾心更比蓮心苦。《楊貴妃》云：芍藥亭中宴正娛，干戈一起故宮蕪。好將七夕長生淚，灑遍人間婦與夫。《蔡文姬》云：數載胡天悵別離，黃金能贖未嫌遲。古今不少奸雄輩，畢竟阿瞞是可兒。《禰處士》云：芳草萋萋滿古洲，楚天日落萬山頭。臨風一奠才人墓，鸚鵡無言水自流。《湯婆》云：誰與阿婆姓賜湯，依依足下慰淒涼。人間不少趨炎客，偏到寒時有熱腸。《四時吟》云：楊柳樓頭月艷，秋千院裏春多。芳草聲聲牧笛，夕陽處處漁歌。池塘荷綠生煙，亭榭榴紅噴火。薰風慍可解君，急雨詩應催我。紅葉鴈橫古塞，黃花人倚高樓。涼月深宵放艇，寒砧獨客驚秋。竹景橫窗聽雪，梅香入夢尋詩。溫酒一杯火活，冷棋三戰眠遲。

王炳章 字爕堂，有《味古堂詩草》

炳章詩專寫性靈，清空如話，而能味美於回，泂絕代清才也。唯功力少薄，未能盡翦榛蕪。雖乏完璧，實多名句。五言如：客懷清似水，風景冷如秋。泉喧疑雨到，樹擁覺雲來。露入重簷冷，霜侵布被寒。竹影連溪碧，山光隔水青。水竹鳴秋籟，山泉作雨聲。新晴山色媚，侵曉鳥聲懂。關山催遠客，風雨逼重陽。風聲隨雨到，雲景逐波來。又有可寫入畫圖者，如"蛩語答空階，隔岸閃風燈"、"風動萬山秋，一水不生波"、"僧歸暮雨時"、"一庭細雨濕梅花"等句，當以古錦囊貯之。

七言如：小占才華須福分，多看山水亦奇緣。老去漸諳禪悅味，學荒只喜性靈詩。境當逆處神偏暇，情到多時句更工。晚風門巷誰橫笛，落日人家盡起煙。文喜後生才跌宕，詩逢老輩律精嚴。雨過天猶饒爽气，花殘徑尚帶餘香。皆由心地空明自然流出，有苦吟窮索之士，畢生而不能得其一字者。

汪珩聲 字芾佩，諸生，有《白葭書屋詩鈔》

珩聲有《讀唐詩》五律，非深嘗此中甘苦者不能道。句云：三唐誰蘊釀，萬象盡包羅。看若不經意，來從苦處多。雄渾固無匹，冲淡更難摩。七子才原大，專求格調何。又《菜花》云：一片黃花照眼明，百花之外最關情。獨留春色饒香味，別有風光愛嫩晴。曉靄遠山青未了，夕陽流水淡無聲。羨它麥浪遙天碧，掩映郊原異樣清。刻劃處頗有大方家數。

蕭炳甲 字東侯，貢生

東侯詩不假雕飾，意味深長，流利芊綿，獨標神韻。自是詩中飛將，固宜掉鞅詞壇，所向披靡也。

《遣興》云：蕭相蚤知淮陰侯，李白願識韓荆州。劉巴不共兵子語，幼安恥與華歆遊。英雄結契有真賞，豈在聲譽相標榜。大兒孔文舉，小兒楊德祖。餘子皆碌碌，非吾儔與侶。何況世情反覆同雲雨，黃金不多交不深。君不見彥昇死後西華貧，寒冬猶衣葛練裙。《閒居感懷，戲用險韵》云：且學傳經向，終成不第贛。書還容我讀，田祇爲人芸。講《易》星垂象，鈔《詩》手欲龜。任它深巷裏，衆犬吠狺狺。更嫌茅屋裏，幽事一庭儲。久坐香添鴨，濃書墨似豬。窗虛宜月印，簾韠任風梳。倘有詩人至，猶堪剪韭蔬。《落花》云：瘦到紅時綠已肥，故園回首憶芳菲。不堪春與香俱杳，可惜開時我未歸。門掩只餘亭館靜，枝空不礙鷓鴣飛。呼童幾度殷勤埽，有客來敲白板扉。《睡起》云：金猊香爐午雞啼，簷景初斜日未西。解語鸚哥呼婢慣，學飛燕子趁人低。偶從筐笥尋詩草，愛揀圖章試印泥。靜裏閒情誰領略，拈毫重改舊時題。《美人風箏》云：阿嬌金屋許深藏，底事風前鬥麗粧。喜伴封姨昇上界，羞同處子隱東牆。時無紅葉傳消息，繫有朱絲作主張。看遍春城花落處，歸來猶帶滿身香。《〈桃花扇〉劇本題詞》云：愛唱琵琶絕妙詞，秦淮水榭晚春時。甘心願報侯公子，血染桃花扇上詩。南朝天子總無愁，妙選傾城一顧休。憶自宮門深鎖後，春風不到媚香樓。玉樹歌殘國便亡，南朝事已閱滄桑。都將三百年來恨，付與漁樵話夕陽。《古意》云：休從金谷惜芳菲，春未歸時客已歸。不怨郎心同落葉，但愁妾命似花飛。佳句如：鳥迎曾到客，蝶戀半殘花。一畦諸葛菜，卅載晏嬰裘。窮巷愁多雨，衰年怯晚殤。一生徒負負，衆口太囂囂。榻懸徐孺子，塵滿庾元規。途窮文字賤，世亂死生輕。草隨春雨長，麥雜菜花多。《落花》云：開到十分愁太艷，去無一語竟何之。前度尚呼童抱甕，昨宵才共客銜杯。竟將西子歸何處，翻怨東風爲早開。飛遍春城增美滿，聚來水面即文章。高閣再來人跡少，小樓昨夜雨聲催。似憐遊客黏烏帽，慣把餘香送馬蹄。春心着意唯芳草，深院無人正晚晴。它如：萬事已空蕉鹿夢，一鐙相伴草蟲吟。遠岸疏鐙明渡口，荒雞涼月夢家山。生當亂世毫無補，老見奇書手尚披。愛好頻翻《甌北集》，感懷且擬《劍南詩》。皆清空如話，一片性靈。

彭 衡 字南峯，有《彭布衣詩稿》

南峰詩如盆涵魚藻，小有幽致。七律尤清穩，《過六溪寺》云：環區流水出東源，一片溪聲側耳繁。野鳥空啼園外樹，好花閒放道邊村。江煙劃斷帆歸浦，山磬敲殘月到門。時與老僧長夕話，呼童剪燭盡芳樽。它如《舟中》云：旅夢身千里，鄉心月一船。《登黃鶴樓》云：絕代江山留過客，滿天風雨入高樓。皆妥貼有致。

傅卓然 字立齋，道光舉人，官同知，有《半溪草堂詩稿》 子梯

君居沔之新堤，粵寇躪楚，適值其衝，賊踪不絕。里人逃欲盡，君毅然止之，倡民團以拒賊。湘東義師起，逐賊過境，則榷市緡以餉軍，諸將帥嘉之。檄主市租，凡軍資皆取辦焉。時江漢未復，官軍頗有利鈍。隔江土寇充斥，烽火相望，市人惴惴仍欲走。君复苦相曉譬，激以大義，衆情始定，轉輸不絕，竟賴其力以清肅楚境。當事聞諸朝，擢郡丞。先是沔境數苦潦，君時時募衆為義舉，全活多人。視之恂恂書生也，初不意其處事變能鎮定不撓、措畫中機宜如此。雖有審知其才濟安危，未聞以能詩目君者。君亦絕口未嘗論詩，即柏心初不料君工詩竟若是也。節王子壽先生撰詩序

丈不獨負經濟才，且善談名理。同客鍾雲卿都轉幕半年，掀髯縱論，至更闌燭地而不已。見道有獨到處，聞者至忘寢食。其詩深醇而不輕作，偶得奇句輒突過古人。余屢以詩索和，輒笑謝曰："老年精神，安得與韻士爭長耶？"彭侍郎雪琴愛其詩，欲以剞劂之資，而不果刊行，惜哉。五古有極沈痛似少陵者，《從軍行》尾四句云：豈不被重創，志在報君父。莽莽邊月黃，

白骨無今古。《村晚》云：初月林中出，炤見幽窗碧。隔溪此何人，風送數聲笛。則又可亂右丞之真矣。它如《武侯》云：斯人出處蒼生繫，名士風流天下聞。《自贈》云：早向心田平駭浪，何嘗海市幻層樓。任人呼我爲牛馬，與世浮沉等鷺鷗。《楊花》云：慣祖歸途全是雨，但依春水便爲家。《新秋》云：草經宿水忽春色，客愛新涼尙夏衣。皆非率爾操觚者所能夢見。

《爲星海題八千卷書廬圖》云：昔日書廬煙雲起，讀盡父書阿母喜。今日閒關扶母歸，縹緗半隨劫灰飛。劫灰飛，天不惜，那禁一圖發精液。母髮白，兒心赤，不如長劍提三尺。八千卷化十萬兵，當掃攙槍洗天碧。《賈太傅祠》云：天下方身任，長沙竟左遷。猶蒙宣室詔，終見漢文賢。恩重人偏忌，才高命可憐。千秋祠宇在，古樹澹荒煙。《贈黃伴蓮》云：江峰青到檻，庭樹碧過鄰。此地數椽屋，今時一古人。論詩家有法，藏藥室生春。白首貧交久，閒來獨與親。《子陵釣臺》云：廟堂那似若耶寬，身著羊裘溪不寒。文叔當年重貧賤，客星終古照綸竿。誰能帝腹加雙足，爲有故人屈一官。漢族淮陰亦漁父，是非未許到嚴灘。《歲杪歸家》云：勞勞塵海歲頻更，歸笑兒孫作客迎。肯與閒鷗依浦漵，悔隨戎馬識公卿。一身似鐵磨將老，萬事如雲去又生。舊種梅花羞見汝，溪山何日遂躬耕。《大別山》云：大別峰高枕碧流，眼中江漢小如舟。飛來萬里一黃鶴，壓碎千波雙白鷗。鄂渚橫開金口驛，楚天低接海門秋。山前不斷朝宗水，古廟龍蛇禹跡留。《懷王孝鳳京卿》曾相國戎幕云：頻年草檄向轅門，誰似將軍揖客尊。鴻雁橫江秋雨冷，魚龍跋浪海潮奔。東山談笑新棋墅，西塞歸來舊釣村。別後與君分出處，初衣幸有芰荷存。《隆中武侯祠》云：地分西蜀留炎運，天向南陽起大儒。山下曾通司馬第，隆中誰似卧龍居。一生出處同伊呂，三國勳名蓋魏吳。終古高岡松頂月，夜來猶照舊茅廬。

梯字青階，青年多才，敏於文。下筆蒼蒼莽莽，千言立就。立丈掌珠視之。秋試，相見鄂城，議論縱橫，知富經世之略，益敬畏之。歸未久，即赴玉樓。蘭玉猝摧，哀動行路。立丈白頭喪明，其慟愴之深，自非用情之過。讀《哭子詩》，及"巍彼三公，何如父子"、"才不世用，不如無生"等句而不隕涕者，其天性必薄。立丈旋出遺詩三十餘首，屬爲點定。詩根柢盤深，出自

《騷》《辯》,才力又足以充之。清峭拔俗,五言尤甚,七絕亦語近情遙。使天假壽年,所至詎可道里計耶?既採其佳篇,又錄《書感》一詩者,哀君所志至大,所遭至慘,明所以深悼惜之,非獨欲傳其詩也。

《書感》云:我生嗟不辰,艱難思遠出。長抱魯女憂,鬱鬱困漆室。握髮徒懷三,懶病已增七。時作溪上遊,倦開案頭帙。對人每忘言,興盡如有失。雅愛渤海吏,化盜歸安謐。又慕宗慤風,有懷便投筆。丈夫無它志,君父憂是恤。富貴何足論,所重在名實。《望弟松階不至》云:埜風吹芰荷,夕陽橫西嶺。鳥歸平林暮,帆落滄江冷。時序亦已遷,漸入清涼境。徘徊此亭皋,露下猶延領。《雪後寄李漢城鄧希平》云:餘雪積空林,遙山勢如涌。風急溪澗喧,天寒魚龍竦。柴門今始開,新陽散郊隴。時見一片雲,飛上梅花重。故人期不來,遙望村樹擁。《秋夜》云:極浦生明月,長林淡夕煙。蕭疏此遙夜,離恨忽經年。魚躍蘋花動,蛩鳴豆葉鮮。陌頭幾楊柳,瘦景不成眠。《別友》云:臘盡春回雪未消,一溪煙水漲新潮。東風送我無窮恨,又過垂楊舊板橋。《讀史》云:不遣敖倉佐糗糧,旌旗徒自出滎陽。至今白馬津前水,風雨寒濤咽楚王。功人功狗何紛紛,拜爵剖符盡策勳。茅土只醇沙上語,忘身誰記紀將軍。

李　皐 字子銘,道光拔貢

子銘負才不羈,畢生困阨以死,亦可悲矣。憶壬子秋闈報罷,流走江漢,葛陂西風,無所投止。余邂逅蕭寺,即招住賜書廬數月,頗極文酒之歡。適粵氛戒嚴,俶之資始歸。亂後重逢,悲喜交集。余因書廬蕩然,作圖徵題,乃欣然成七古一章,瓌瑋離奇,極激昂沉痛之致,洵可為是題杰作。云:劫火騰騰兇焰紫,蝌蚪焦枯蠹魚死。楚國書林富收藏,煙化灰飛同罹殃。西家兒郎腹無墨,不愛奇書愛珠璧。萬卷標簽不記名,焚如棄如奚暇惜。唯有痴心人獨傷,夜深猶抱餘灰泣。淚痕血點垂胸臆,矯目何堪憶疇昔。疇昔之歲居吾廬,斜月半庭人讀書。展書卷卷皆朱墨,辨得先人舊手跡。謂當從玆至老時,能熟是書此生畢。雖然計卷不滿萬,傳子傳孫幸無佚。

豈期一旦願成空,故址迷離榛莽中。蟲鶴飄零苦縈思,酒闌人散夢醒時。敝廬依稀在我眼,滿床充棟垂書帷。某書某卷曩所閱,起將往取重尋披。猛然痴立復省記,臨風惆悵不勝悲。可憐求書書不得,有志欲購無高資。縱使積累得金錢,此願果慰知何年。縱有奇遇得古本,傷心無復舊丹鉛。隱恨茫茫難語人,見君茲圖更愴神。同有堂上白髮親,相勖讀書期立身。我當效君作圖畫,披圖恍悅疑書在。書亡畫在復何益,亦寄我輩結想無聊之歎息。

《中秋闈中明遠樓望月》四絕,高華名貴,不食人間煙火。自是玉皇仙吏,乃披席帽終身,異哉!句云:團團月滿鳳凰山,空際微聞鶴又還。世界如銀秋似海,桂花香已到人間。天宇茫茫四望開,渾身風露少塵埃。高樓此夕唫詩處,已是人生十五回。江南才子舊神仙,記在瑤池共綺筵。飛上九天高着眼,看人兒女拜嬋娟。<small>監臨李小荃制軍,以己酉選拔,同應保和殿覆試。</small>明遠樓高見遠無,塵中夜色似模糊。玉皇不用凡燈燭,要選光明大寶珠。

陶　甄 <small>字竹田,諸生</small>

竹田詩爲茅江李君漢臣所授,古意雜詩至二十餘首之多。鎔冶《騷》、《選》,穠縟紛陳,其孤詣苦心自有不可磨滅之處。而獨採清通流利者入選,以存廬山之真面云。

《禽言》云:行不得也哥哥,夕陽已下山之坡,江干如此風波惡,無楫無舟將奈何。將奈何,渡莫過,況復前途險更多,行不得也哥哥。脫却布袴,如今已無廉叔度,搉門日日吏催租,糶穀未足官倉數。官倉數,無所措,剜肉醫瘡寒不顧,脫却布袴。咄咄怪,咄咄怪,世事奕碁爭勝敗。昔年貴胄,今爲傭倩父。軒車文士拜,文士拜,真可慨,松柏爲薪蘭爲蒮,咄咄怪。春去了,春去了,勸君行樂須及早。等閒花事又闌珊,不信但聽枝上鳥。枝上鳥,催人老,啼斷東風君未曉,春去了。《落葉》云:故宮瑟瑟井梧乾,日埽庭階不忍看。雨露未能逃浩劫,風霜尚欲作奇觀。棲鴉古幹驚巢冷,眠鹿空山覺夢寒。我是當年窮賈島,苦吟落葉滿長安。《李香君小象》云:嗚咽秦淮水自流，春風不入媚香樓。画中若問南朝事，愁絶湖名是莫愁。

劉國香 字堯臣，咸豐拔貢

《九日游黃鵠初阜》案：大洪山即黃鵠初阜，宋荆湖制置使孟珙，隨人，奉大洪山靈濟慈忍師佛足於此，遂僑名焉，而黃鵠山僅屬高觀山一節。六百年來山靈叫屈矣。懵懂地師乃謂阜系大洪出脉，則尤不值一噱，詩以正之云：洱海來龍三萬里，北抵桃尖還迤邐。陂陀蜿蜒直西駛，八分靈泉隨鞭箠。陡跳雙峯入雪裏，勁气磅礴鵠磯嘴。江漢交并脉劃止，省垣三面中流砥。全楚形勢了可指，古今王霸據者幾。何物紅羊洪秀全楊秀清粵中起，嬰城營營紛蚤蟣。鼠牛虎兔龍躔尾，前攻曾塔後羅李。衆蹄其足文忠掎，禽獮草薙腥臊洗。是山寸寸皆壁壘，呀谷谽岈填萬鬼。佛力不救劫灰死，鼉鼓遁逃壁龍徙。紺宇珠宮委礙矢，宋碣元碑無完理。九日同人訪故址，碎礫斷鏃蕆榛杞。疏寮補葺猶可以，刹竿秃立風旛纚。衲裳鐃鼓佛前禮，梵唄駴空猶潮水。浮圖去天尺有咫，峭壁捫行石齒齒。著磴外垂二分趾，草樹冒顙蠓入耳。一上再上人重累，如木升猱磨附蟻。置身其巔心狂喜，俛視鶴樓翻在底。四山木葉飛紅紫，南湖水淺清且泚。鳧雁墨點沉菰米，囘頭破碎見梁子。奈何塞竇禁行旅，自崖而返曷能已。吁嗟乎，寶通寺名錫楚邸，崇寧萬壽古如此。大洪喧奪黃鵠恥，文人廓摧武無比。初阜肇橐書大纸，還山真面從此始。

閨秀

秦　氏 諸生朱凱室

道光辛卯湖北大水，有沔陽州士人朱凱攜妻秦氏就粟關中。秦氏固年少能詩，弱質纖纖，不堪其苦，流轉至南山。時郭蘭坡維遲爲寧陝司馬，詢訪得之。并素讀其稿，贈以資斧，送之囘籍。其詩多瑣尾流離之况，《小序》云：辛卯歲大水，家室蕩爲澤國。良人攜妾客遊秦關，以香閨葳蕤之質，歷窮途跋涉之艱。百恨纏緜,以歌代哭。非云風雅,聊志離愁旅况云:空山逆旅暫爲家,君自酣呼妾自嗟。借剪重裁新鳳履,乞湯始浣舊羅紗。漫將殘粉匀春面,懶畫愁眉戴野花。梳罷臨窗無玉鏡,雲鬟一挽任偏斜。《客感》云:千里飄零一葉輕,綺羅香盡祇釵荆。它鄉詩自愁中得,故國花從夢裏評。曲曲崎途腸共轉,寥寥客舍影同盟。滿腔憂思何時吐,唯有空山一放聲。愁淺愁深祇自知,難將利刃斷歸思。近來有句皆成哭,到處無言渾似癡。瘦怯唯餘殘息在,心神久共斷魂離。倘君飛旆還家日,恐是它鄉妾死時。其它佳句如:夜静誰憐人困憊,挑燈猶補鳳頭鞋。春風客路愁飄絮,夜雨孤窗泣杜鵑。翠袖唯添新漬淚,羅衣不復舊蘭薰。家在夢中翻似近,心無聊處轉如迷。谿月送歸千里夢,村鷄唱徹五更愁。幾尺漲添新雨後,一川波送落花時。皆可誦也。《花箋錄》

【校記】

〔1〕蕭海藻,一名德藻,字東夫,號千巖老人。元方回《瀛奎律髓》卷六"宦情類":"《次韻傅惟肖》,蕭海藻。"宋陳振孫《直齋書錄解題》卷十八(清武英殿聚珍版叢書本):"《千巖擇藁》七卷外編三卷續編四卷,知峽州三山蕭德藻東夫撰。嘗宰烏程,後遂家焉。楊誠齋序其集曰:'近世詩人若范石湖之清新、尤梁谿之平淡、陸放翁之敷腴、蕭千巖之工緻,皆余所畏也。'"清陸心源《宋史翼》卷二十八《姜夔傳》作"蕭魏"。

〔2〕文中所引"查初白"兩段,見清王士禎《帶經堂詩話》卷九(清乾隆二十七年刻本)"姜夔"條"宗柟附識"。

〔3〕元方回《瀛奎律髓》卷三十七"技藝類•姜夔":"千巖蕭公以其女妻之。"《詩徵》承其說。《宋史翼•姜夔傳》云"妻以兄子"。

〔4〕下列詩歌均見沔陽盧氏慎始基齋刊刻《内方先生集》卷一之《太嶽遊覽十首》,《詩徵》選錄其中四首。其中"面當挐藤蘿,一嘯楚雲碧",《内方先生集》作"緬當攬藤蘿,長嘯楚雲碧"。

〔5〕清黄虞稷《千頃堂書目》卷二十四(清文淵閣四庫全書本):"陳柏《見南山集》八卷(字憲卿,沔陽州人,按察司副使),又《蘇山集》五卷。"《四庫書目提要》失察。

〔6〕黎平,原作"犁平",應即貴州黎平,清代設有黎平府。

〔7〕"至今兵法稱人師"句,位置應該在前。即:"又不見臏也聲流七國時,至今兵法稱人師。雙脛纍纍如病痿,羣雄驅使如走狗。"這樣聲韻及文義才通暢。此詩又見於清彭孫貽《明詩鈔》"明詩七言古",然句子順序與《詩徵》相同,可見其錯誤由來已久。

〔8〕"遊士鳳字雲子"句,清張庚《國朝畫徵續錄》卷上云:"遊士鳳號雲子。"

〔9〕江霞,原作"紅霞",據道光十七年刊《石樓詩話》卷三"沔陽李月溪"改。

增訂

陳文燭

《遣兒歸省大人》云[1]：行行難重陳，兒女尚歧路。離別在須臾，何言去與住。陌上草青青，不知春已暮。十里碧油車，五月黃河渡。一望太行山，白雲渺晴樹。《別沈山人嘉則》云：河上柳青青，行人在遠道。海氣蜃樓成，東風吹野燒。傾蓋若平生，況在淮陰廟。矯矯萬戶侯，當年亦理釣。努力愛劍書，丈夫何可料。《行路難》云：君不見陌上塵，乘風飄蕩隨人身。從來將相弄權柄，賓客往往趨要津。片言座上有光寵，填街車馬何詵詵。一朝權去嘆零落，翟公之門可羅雀。多少悠悠行路心，不如窮交重然諾。君不見平地水東西北無定止，人生有命俱自天。富貴貧賤皆如此，男兒萬事可並驅。只愁歲月流如駛，我今遭際在盛年，何人意氣能相憐。吞聲躑躅且勿嘆，杖頭還有沽酒錢。《送邱謙之郎中守潮陽》云：長安客舍幾呼盧，別後鳴珂出帝都。南海晴空應下鳳，西川明月舊飛鳧。縱橫赤羽何時定，憔悴蒼生待爾蘇。一自韓山題賦後，風流文采至今無。

蕭雲澤[2] 字澹堂，有《泌樂園詩》

《漫歌》云：午雲歇盡晚風起，采蓮船裏掬菰米。意外之得人爭喜，何論知足與知止。南山映日空中見，朝青暮紫寔多變。登臨往往易生疲，惟有居人看不厭。

同時詩人歐陽謙字伯益，有《滄浪集》。《述懷》有"臣職幾何能報國，君恩萬一賜還家。滄洲鷗鷺盟猶在，綠野桑榆色正嘉"之句。

周揆源 字鐵臣，道光進士，官監司，有《聽春草堂詩鈔》

《登獅子嶺》云：姑蘇少山山更奇，骨棱峻削光陸離。聞經雲林畫師手，手不畫石石幻獅。自此錫名石獅寺，點綴盤紆關匠意。幽壑疑有蛟龍飛，巖穴時聞風雨至。我聞五嶽鎮寰中，磅礴渾淪無終窮。上有萬古棲霞客，九霄時時來仙風。視此結構拓半畝，何殊土壤一培塿。那有十八盤路達天門，七十二峯環座右，更何有玉女元君駕鶴八荒走。我遊一洞一迴環，漸覺滴翠溼衣斑。一洞斜穿數十洞，一山包含萬千山。或徙倚兮俯視，或蹁躚兮仰攀。縱不能神栖丹室、眼達仙關，亦疑有虎豹隱雲霧，猿鶴叫林巒，咫尺便作萬仞觀。吁嗟乎，須彌芥子幻形狀，神工小試狡獪相。待到嶽頂歸來時，也似振衣溟渤上。《登平山堂》云：廬陵公昔揚州守，花月在戶雲在手。大江以南聳千峯，到此偶得一陵阜。平地為山山為堂，三字翰墨搖星斗。我昔五度掉輕舟，孤負名山顏徒忸。主人導我曲榭行，不見瓊花但秋柳。搖落秋風年復年，送盡行人南北走。可憐葬盡玉鈎斜，紅粉千年一培塿。古井猶餘第五泉，摩挲鐵欄殘蝕久。玉乳不浮七碗茶，野草萋萋鋪半畝。君不見東山絲竹寄高蹤，牧之風雅稱詩叟。天教唐宋開騷壇，山川精神一抖擻。一自閣部羈忠魂，梅花無主空對酒。古月今月一樣明，二分明月今在否。且須呼友傾滿觴，一滴或可奠歐九。《清江登舟》云：淮陰畫舫架層樓，猶記江津幾度遊。飽繫一身南北路，蓬飄千里去來舟。黃河浪湧爭奔海，清浦天寒易感秋。不羨纏腰十萬貫，等閑我亦上揚州。他如：海鯨噴寒血，天馬試霜蹄。《寒硯》。廣寒寒不斷，萬古種愁多。《寒月》。皆沉鬱排奡，不愧作家。

汪霖道 字壽芝，有《覺迷軒詩草》

霖道學問淹博，工駢體文。詩筆健邁，瑕瑜互見，其佳處自不可沒。如：身老無如自在好，愁深反覺糊塗難。莫嫌門外人題鳳，却羨洲前客狎鷗。遣興惟賒中聖酒,開懷時撫無弦琴。塞翁遠識胸無馬,莊叟化機樂在魚。昨非今是放懷易,地老天荒著腳難。何堪爭食同雞鶩,惟有盟心對鷺鷗。王家飛燕今何壘,老子猶龍道不窮。皆涉世有得之言,其襟懷磊落,亦可於言下得之。

《春曉》云:雞啼當我臥,我臥怕雞啼。爾亦何好啼,我亦何好臥。時有清夢來,多被你催破。《湖上即事》云:蓮花脫盡又菱花,湖上風光引興賒。幾處菖蒲圍曲沼,一鉤新月下漁叉。柳村籬落藏茅屋,荻港橋橫住酒家。人世丹丘何處是,水雲深窟有煙霞。《登大別山》云:大江東去楚天空,鐵板歌殘鶴嘯風。烈火纔消秦地劫,寒碑又抗禹王功。絳雲高捲海門紫,秋水亂流楓葉紅。眼底旌旗飄落日,誰從絕塞聽征鴻。

汪氏又有名瑤聲字蘊山,乾隆時貢生,以詩名。《滄浪漁歌》有"最風波處無風波"句,頗耐想。

周汝楫_{字曉帆}

《方山寺懷友》云:朔風吹破寺,寒雨上荒亭。石吼松濤白,鐘鳴佛火青。羈身依僕馬,病骨託參苓。偶羨仙崖客,此時睡未醒。《懷劉青若》云:結契如兄弟,行藏亦與俱。共輕千里夢,各有百年憂。落葉涼歸塞,西風月滿樓。相思倍蕭索,中夜發清謳。《僕歸》云:欲寄家書下筆難,但將一語報平安。老親若問天涯事,莫說蕭蕭風雨寒。《漫興》云:格調過高難入俗,功名太小易欺人。《風扇》云:每向熱中生冷淡,慣從高處著風流。詩筆清超,不事雕琢。

釋孚山_{字小崖,有《心印詩草》}

孚山主廣長社,以詩名。昔於張覲堂明府座上見之,清癯鶴立,吐屬風雅,談詩頗有針芥之投。讀其近作,惟記"背著斜陽上古城"七字,今於友人處得翻全稿,爲錄數首,以志廿餘年前香火因緣。

有《秋亭》云:一水縈迴抱檻流,枌榆陰重雨初收。黄翻麥隴千畦浪,綠滿園林五月秋。作客莫辭將晉酒,吟詩還上最高樓。參禪倘許人相近,我是忘機海上鷗。《訪陳夢雲》云:特訪騷人陳子昂,籬門虛掩砌苔荒。却逢野徑兩三曲,自誦新詩五六章。老去情懷偏豁達,別來杖履尚安康。臨溪索我奚囊看,爲寫梅花紙半張。

【校記】

〔1〕"遣兒歸省大人"段,乃增訂本所增"陳文燭"條内容,今剔出並復列條目,且置於"增訂"部分之首。

〔2〕增訂本在"陳文燭"條後,增加了"蕭雲澤"條,今置於"增订·周揆源"條之前。

湖北詩徵傳略卷十五

黄　　岡

唐

周　墀 字德升

墀其先汝南人，自褒城侯靈超徙居黄岡，歷梁隋，皆顯仕。墀少孤，事母孝。舉進士，屬辭高古，文宗雅重之。累遷至義成節度使，封汝南縣男，以兵部侍郎召判度支，同中書門下平章事，遷中書侍郎。抑王宰平章之請，斥韋讓京兆之求。會議河湟，事不合旨，罷爲劍南東川節度使[1]。鄭顥言於帝曰："墀以直言相，亦以直言免。"帝悟，加檢校尚書右僕射。

《酬李常侍立秋日奉詔祭嶽見寄》云：秋祠靈嶽奉鱒罍，風過深林古柏開。蓮掌月星珪幣列，金天雨露鬼神陪。質明三獻雖終禮，祈壽千年列上杯。豈是瑣才能祀事，弘農太守主張來。《贈王僕射起》云：文場三化魯儒生，二十餘年振重名。曾忝木雞夸羽翼，又陪金馬入蓬瀛。雖欣月桂居先折，更羨春蘭最後榮。欲到龍門看風雨，關防不許暫離營。

宋

潘大臨 字邠老，有《柯山集》　弟大觀

大臨少警敏不羈，以詩名與蘇軾、黄庭堅、張耒相酬倡。弟大觀亦工

詩，傳者寥寥。《宋詩紀事》所採古體長篇如《風雨圖》、《柯山圖》、《浯溪中興頌》，外不多見。

邠老，唐太僕卿季荀之後，衢之曾孫，鯉之子。得句法於東坡，與洪駒父、徐師川洎予友善，山谷嘗稱邠老天下奇才。"白鳥沒飛烟，微風逆上船。江從樊口轉，山自武昌還。星日懸終古，乾坤別逝川。羅浮南斗外，黔府古河邊。西山連虎穴，赤壁隱龍宮。形勝三分國，波流萬世功。沙明拳宿鷺，天闊退飛鴻。最羨魚竿客，歸船雨打篷。"此邠老江間所賦也。詩文它皆稱是，惜年未五十卒。《潘子貞詩話》

邠老寓武昌之樊口，幼警敏不羈，家極貧，意泊如也。世善釀酒，以之托業於肆，而詩名藉一時。諸名士喜與之游，山谷、東坡輩以其釀善，每棹小舟徑造其市就飲，觴詠竟日始去。

臨川謝無逸嘗貽書邠老，詢近日新作詩否。曰："秋來景物，件件是佳句，恨爲俗氣所蔽翳耳。昨日清臥，聞攬林風雨聲，遂起題壁云'滿城風雨近重陽'。忽催租人至，遂敗興。祇此一句奉寄。"聞者莫不笑其迂闊。《冷齋夜話》

《春日書懷》云：舟楫臨漳水，風濤接蠡湖。龍媒成跬步，驪領脫微軀。樂土供遊戲，深文苦縶拘。胸中雖磈磊，墻外或歌呼。老去秔生懶，歸來谷子愚。千鍾真臭腐，十畝借膏腴。春雨何曾密，園花竟自都。小橋藏細柳，方沼出新蒲。酒熟拈巾漉，芹荒帶雨鋤。行盤隨所有，坐客幾時無。日轉槐陰暮，門通鳥逕迂。仰頭看哺鷇，引手亦將雛。撫事盆繅繭，勞生戶轉樞。形骸浮大塊，毛髮燎洪爐。世論幾膠柱，人心盡好竽。屠龍非至計，射雉屈良圖。借箸方隆漢，推枰已滅吳。從渠畫麟閣，吾自著《潛夫》。《王立之惠書答賦》云：歸自江南即定居，漫勞親舊問何如。剛腸肯爲藜羹轉，病骨聊憑竹杖扶。南圃土腴千樹橘，東湖春水百金魚。明年生計應堪說，待倩君侯買異書。佳句云：八字山頭雁，武昌江上魚。詩束牛腰藏舊稿，書訛馬尾辨新讎。

大觀字仲達，《江西詩派圖》首列其名，而詩罕傳於世。

孫　賁 字公素

賁雅負詩名，嘗客於韓魏公，爲教授書記，魏公甚器禮之。後官奉議郎，蘇軾嘗與之同摹魏公詩而刻之石。

何頡之 字斯舉

頡之篤學善屬文，自號樗叟。蘇軾在黃州時，常與論文體法。及黨禁開後，黃州重建雪堂，頡之作《上梁文》，一時傳誦。嘗爲《黃州雜詠》，陸游讀而和之。

何斯舉云："壬寅正月，雨雪連旬，忽爾開霽，閭里貧嫗相呼賀曰：'黃棉襖子出矣。'因作歌以紀之。此名甚新，更爲補作一絕云：范叔綈袍暖一身，大裘只蓋洛陽人。九州四海黃棉襖，誰是天公賜與均。"《鶴林玉露》

《觀李伯時題閻立本西域圖》云：窮荒未信子年欺，自笑山林老一枝。海上嘗思龜殼卷，天涯欲化鳥工窺。丹青閣令如曾到，風俗張騫舊獨知。公喜著書尤博雅，《山經》暇日補殘遺。斷句云：身到瀛洲須命好，官稱庾氏莫言卑。長安古碑用樂石，蠆尾銀鉤擅精密。缺謁橫道已足哀，況復鐫裁代甄甓。有如天吳及紫鳳，顛倒在衣吁可惜。《宋詩紀事》

何迂叟

《遊赤壁和答韓子蒼》云：兒時宗伯寄吾州，諷誦高文至白頭。二賦人間真吐鳳，五年溪上不驚鷗。蟹嘗見水人猶怒，鵲有危巢孰敢留。珍重使君尋故跡，西風悵望下城樓。《宋詩紀事》

《墨莊漫錄》謂靖康初蒼知黃州，頗訪東坡遺跡。嘗遊赤壁，而賦所謂"棲鵲之危巢"，不復存矣，因作詩示何斯舉云。《宋詩紀事》乃云"何迂叟"，《復齋漫錄》又云"何次仲"。未知其爲一人也，兩人也，今并存之。

元

龍仁夫 字觀復,有《周易集傳》

仁夫本永新產,官湖廣儒學提舉,徙居黃岡,今爲望族。生平以道自任,爲時矜式。詩古文詞無不奇麗,學者稱麟洲先生。

呂文焕遊潯陽,令仁夫賦詩,應云:"老大蛾眉負所天,忍將離怨付哀絃。江心正好看明月,忽抱琵琶過別船。"文焕大慚,蓋譏其負宋也。 過福建,憲府宴集,招官妓小玉帶佐觴。憲使請曰:"今日之歡皆玉帶爲也,願先生詩以酬之。"仁夫負海內重名,雅畏清議,然不敢違憲使令。因應曰:"菡萏池邊風滿衣,木樨亭下雨霏霏。老夫記得坡仙語,病體難禁玉帶圍。"

潘子安 官夔州,有《海天清嘯集》

子安工詩賦,所著頗傳於時,久遂湮没,選元詩者皆未之及。

滕 賓 字玉霄,至大間官翰林學士

賓有文名,一時朝廷著作皆出其手。詩亦工鍊,惜不傳。

明

王廷陳 字稚欽,正德進士,官給事中,有《夢澤集》

廷陳官庶吉士,適武宗南巡,與同館舒芬等七人疏諫。帝怒,罰跪五日,杖於廷,出知裕州。忤巡按御史喻茂堅,削籍歸。才氣高邁,以詩文著稱。《明史·文苑傳》

夢澤性放誕，官翰林時題詩館壁云：幾年不到梅山上，祇道梅山都是梅。今日梅山一回首，野花荆棘兩相隨。蓋譏同輩無才也。《堅瓠集》

稚欽逸藻波騰，雕文霞蔚，音高秋竹，色艷春蘭。樂府古詩既多精詣，五言近體亦是長城，固已邈後淩前，足稱才子。《楚眺》云：眺迥臨高閣，三湘萬里餘。草邊雲夢獵，花下武陵漁。白日山川氣，清秋水竹居。仙蹤同伯業，消歇總愁予。《生日有感柬同館》云：五十年來是，行藏往日非。因之念親舊，存者亦幾希。弧矢心猶壯，文章力已微。操觚從二子，衰薄謝餘暉。《靜志居詩話》

稚欽少年高第，以恃才傲物致放廢終身，其器量殊爲淺狹。至其詩意警語圓，軒然脫俗，則不得不稱爲一時之秀。王世貞《藝苑巵言》稱其如良馬走坂，美女舞竿，五言尤是長城。又稱王稚欽、吳明卿之五言律各集妙境，專至而有餘。朱彝尊《靜志居詩話》亦謂其音高秋竹，色艷春蘭，樂府古詩殊多精詣。蓋在正嘉之間，何景明最爲俊逸，廷陳之天骨雄秀，抑亦驂乘矣。《四庫書目提要》

皇甫子循云：樂府古詩齊軌潘陸，下擬陰何，五律並肩沈杜。　俞汝城云：清切不凡，瑩潤可愛。　王元美云：如良馬走坂，美女舞竿，五言尤自長城。　穆敬甫云：如阮嗣宗日坐步兵廚，醉態百出，而自無寒酸語。　顧立言云：調高趣新，頗多奇句。如深谷縣蠻，冷然幽響，殆與高岑方軌。　蔣春甫云：五言漸近自然，頗多佳境。　陳卧子云：爽俊，故意警而調圓。李舒章云：操筆不煩，軒然鵠舉。　宋轅文云：才情麗逸，倘加以沈思，當不減徐昌穀。

稚欽削秩免歸，屏居二十餘年，嗜酒縱倡樂，益自放廢。達官貴人相慕好請謁者延見之，多蓬髮跣足不具賓主禮。時衣紅紵窄衫，乘牛跨馬，嘯歌田野間。嘉靖初賜縑帛，老於家。《聞箏》云：花月可憐春，房櫳映玉人。思繁纖指亂，愁劇翠蛾顰。授色歌頻變，留賓態轉新。曲終仍自敘，家世本西秦。《續本事詩》

《矯志篇》云：蛟龍雖困，不資凡魚。鴛鷟雖孤，不匹鶩雛。雖有香車，易地則棄。蘭蕙不采，無異蓬蒿。干將不試，世比鉛刀。以驥捕鼠，曾不如貍。餓夫獲璧，不如得糜。郭生純臣，魯連高士。彼乃登臺，此乃蹈海。寧直見伐，無爲曲全。寧渴而死，不飲盜泉。其不可一世之概，亦可少見矣。
《別裁集》

　　稚欽當世惟皇甫汸材與相埒，汸亦傾倒之至。《夢澤集序》，汸所撰也，中有云："不以左遷爲憾，而以得繼蘇長公爲榮。不以赤壁爲樂，而以得見夢澤子爲幸。"又云："君胡白眼於衆，而傾蓋於余。余亦何爲在衆欲殺，而在君獨憐也。"又云："楚多材之邦，而賦詞之藪也。屈原見訑於上官，宋玉蒙訛於登徒，禰衡被害於曹瞞，然其志則爭光於日月，而其言震響於霄壤矣。君亦奚愧哉？所謂文敵左氏、《國語》，而兼騁班馬者也。"斯集斯序并垂不朽矣。

　　《放歌》云：竊鈎者誅，竊國者王。仁義資亂，道豈不藏。一解。代秦者呂，襲楚者黃。巍巍國君，大道在傍。二解。謂尺何短，謂寸則長。此不可度，彼何可量。三解。獸殪罝裂，鳥盡弓藏。智勇既殫，軀乃見殃。四解。讒巧爲忠，直夫稱狂。出門異趨，毀譽曷常。五解。樂不可極，憂來無方。游心冲虛，以保壽康。六解。《妾薄命》云：春風轉蕙披蘭，高臺曲榭中連。經堂入奧張筵，秦箏趙瑟俱前。鳴絃度曲雙妍，輕舉紈袖仙仙。宛若游龍翔鸞，翠盤金爵闌干。逞能角技爲歡，種種厭射更端。眼看陽景西馳，高張蘭燭承暉。車倦馬怠不辭，但歌不醉無歸。夜深坐促奠移，含悰送意向誰[2]。衆中色授君知，願言並蒂雙棲，惡聞易別輕離。佇立不勝傍徨，獨宿寤言難忘。何以報君明璫，起視銀河爛光。牛女咫尺相望，終夜不成報章。陳卧子云：調本子建，聲情極合。《行路難》云：北風蕭蕭雨雪滂，辭我親友之朔方。中閨少婦走彷徨，勸君斗酒牽衣裳。道路縱橫多虎狼，歲暮天寒百草黃。結髮本期不下堂，君獨何爲慕它鄉。東流之水不西歸，宛轉娥眉能幾時。人生富貴亦有命，辛苦奔馳空爾爲。縱令鼎食有別離，賤妾但願共餔糜。《張子魚過訪》云：故人天上至，清宴夜深開。澤畔微芳度，江皋暝色廻。楓林停翠幰，月岸擁金罍。正苦歡娛逼，無令候吏催。《訪童內方太史於漢口即席賦贈》云：漢廣來非偶，人遐會亦奇。獨趨金馬去，暫遣白鷗隨。泛舸疑牛渚，彈冠想鳳池。當憐澤畔侶，憔悴不勝悲。每憶朝端舊，寧期漢上逢。

舉杯酹鸚鵡,吹笛擁魚龍。天遠江俱盡,風囘渚自重。知君欲解纜,爲我且從容。《病後答友人》云:一畝居連鄿客鄉,三年愁隔漢川長。青山各有幽棲志,白雪遙傳寡和章。自傍雲霞開藥圃,不將塵土灑荷裳。洞庭雪後煙波闊,花底乘舟到草堂。《燕京元夕曲》云:香車一一渡星橋,翠袖雙雙引玉簫。但訝遊人爭辟易,不知夫壻漢嫖姚。《明詩綜》

郭　慶 字善甫,正德舉人,官知縣

慶聞王守仁講學,徒步往從三年,得其說。宰清平,以廉稱。家居儉約,爲人質直。好唫詠,著述甚多,後皆散佚。

曹　珪 字廷獻,正德進士,官巡案,有《南坡奏議》

珪立朝有風節,俸餘不置私產,奏議多見諸施行。裕經濟者不必定工於文章也,而《浯溪弔古》五排中有"古樹依懸壁,秋蟬度夕陽"一聯,吐屬固自不凡。

王廷瞻 字稚表,嘉靖進士,官尚書,贈少保

《爲園》云:負郭開三畝,耕鋤樂自真。敢云輕紱冕,聊以避風塵。門外無干謁,山中任屈伸。息機常抱甕,可是漢陰人。

胡大順

大順嘉靖中寓京師,以巫術召。請仙佛見幸,勅賜方外散人。詩文奇詭,一時傳誦。

王如琮字寶臣,明經

《山居遣興寄徐公》云:風定草痕香,斜暉挂短牆。桃花安命薄,燕子惜春忙。慣病非關肺,容愁倍轉腸。鄰家催社鼓,剩酒速余嘗。

袁文伯字綱齋,嘉靖舉人,官知縣

文伯性至孝,愛慕如孺子,解組歸,養親不懈者三十年。太守楊節高其行,登堂迓爲鄉飲大賓者五,號曰孺慕先生。宰潛山,有惠政。歲饑,院使者過境,供應不備。使者愠曰:"汝讀書不知柔遠人乎?"答曰:"當此凶歲,惟有子庶民而已。"

《赤壁磯漫興》云:赤壁水落石粼粼,我來石上投竿綸。渭濱之璜那可釣,白魚吹浪如相徇。衡門孤悰寄泌水,忘飢豈食河之鯉。罷釣浩歌懷美人,美人隔岸拾芳芷。會須散步孤鶴洲,問我何如壬戌秋。我思東坡月猶昨,清風江上同悠悠。顧我老非西蜀客,沉淪弗夢長安陌。醉餘枕石蝴蝶飛,覺來仰見東方白。

袁希巒字子理

希巒年十五,和李本寧《黃鶯》、《白燕詩》各十五章,本寧大器之。已而與三袁唱和,又與喻羨長、錢仲舉輩贈答於金陵。遊跡半天下,歸隱茅山,以著作老。子璜琮副榜,詩文敏捷,有稱於時。

王追美字輝之,嘉靖舉人,有《峋嶁山人集》 追驥

追美幼孤,祖廷儒教之。七歲舉郡神童,郡守疑其妄,試之,應聲而就,乃驚異之。補諸生,搜羅圖籍,恣力爲詩古文。會試不售,放情山水,以詩

酒自娛。

追驥字千里,《題美人秋夜聽笛》云:月暗磁響停,風肅蟲語悄。側耳空外聽,何處秋聲早。激徵與悲商,楚楚傷懷抱。未知吹者心,聽者情如槁。豈不纏綿思,思深人易老。如怨如訴,饒有古音。《楚詩紀》

何閎中字蓮伯,天啟進士,官副使

余不善棋,且厭之,長夏無事,勉與祝斯昌對局,感賦云:定裏關心戰守和,跼蹐真足爛山柯。從來當局誰遊刃,莫笑秦皇壁壘多。 時有王源昌,字紹貽,號蓄圃,由進士同官副使,亦工詩。

王一鳴字伯固,又字子聲[3],萬曆進士,官知縣,有《朱陵洞稿》

一鳴齠年能文,有神童之稱。官知縣,負才自放而所至有聲。會脩國史,大學士趙皋薦,方徵用,卒。詩工五律,佳句如:晚風涼入座,簾捲月親人。書淫長不治,藥裹近相寬。樹圍春堡碧,沙漲午風黃。洵不愧長城之目。

《便民倉爲漕米入江處,時方憂旱》云:修竹廻斜徑,高蟬噪夕陽。數行遷客淚,一灑便民倉。剜肉知何補,勞心或自傷。驕雷蟠赤日,念爾稼登場。

王一翥字子雲,崇禎舉人,有《智林村》《長跡園》《青蓮花樓》等集

一翥,夢澤尚書曾孫。父追皋靖難黔中,賜祭廕,不屑以任子進。生負異才,遊京師,魏瑒屬趙鳴陽延爲記室,乃潛跡歸里。旋舉於鄉,時科名仕籍糞壤充帷,遂拂衣隱廬山之吳鄀嶺。著書十餘年,一夕爲盜胠篋以去。還寓巴河,家益落,學益富。文宗西漢,詩本風騷,天下莫不知有王子雲也。與人寤笑,多危苦之言,君子知其忠孝憤懣。事庶母極誠孝,流寇犯境,妻

樊氏死之。

　　子雲忠臣裔，今窘急且不能自活，而餬其口於四方。四方人知其由，念子雲之大人，當時若弗堅意殉國，生死間稍稍能自謀，子雲亦何遽爾？恐自今以往，天下之棄子孫以從王事者，將寥寥也。子雲且休，其勿遊乎哉？雖然子雲不遊，子雲則端坐而餓。余拙，既不能爲子雲計，何以勸其勿遊也？子雲行矣，莫愁前路無知己，天下何人不識君。截金文毅公《送行文》

　　一翥，楚名士也，亂後隱廬山，講學五老峯下。一日與諸生同觀瀑布，忽發問曰："'逝者如斯夫'，汝等作何解？"諸生不能對，遂拂衣歸。素與虞山錢牧齋先生善，錢使東粵過黃州，相見賦詩極懽。或曰："上巳時佳，黃州地佳，子雲人佳，錢公詩焉得不佳？"《居易錄》。 《長迹園遺稿》，從子雪洲給諫，乞葉井叔先生序而行之。

　　一翥敏捷狂簡名於時，晚節甚高，詩文遂披放潦倒。顧黃公《張石虹集序》

　　予昔在黃州與諸老數聚飲赤壁，斫鱠賦詩，獨子雲曠達不羈，真有步兵佳興。其詩文清奇卓絶，適如其人。顧黃公《耳提錄》

　　顧黃公謂："子雲詩多頹然自放，集中整煉之作似不多見。其意匠深穩，犖犖可傳者亦复不少。"《猛虎行》云[4]：虎有牙爪，土可爲阱。虎有羽翼，絲可爲羅。莫阱莫羅，將奈虎何？《於忽操》云：於忽乎，不可以爲，其又奚爲？魚蝦離水澤兮安歸，蛟龍失雲氣兮安依？玉鵠列樹，黃雀盈畦。金丸不在手，利器已失時。毛髮容易變，那得待斯須。登高山，涉大溪，僕夫況瘁眼迷離。既望東，復向西。天涯寥闊，道路倭遲，美人隔絶寄書稀。晝苦短夜苦長，磨舊墨見新光，齊紈百尺寫清狂。勸君莫謀田宅謀美酒，待我歸時煮肥羊。《過西塞山》云：煙波釣叟北風吹，去國何遲媿子思。傳有七人皆避世，事乖六義莫吟詩。劉郎浦上騎牛笛，魯肅灣頭賣酒旗。日落亭山沙際泊，西歸斷腸小峨眉。《與王維周共舟夜話》云：同溯湘流素練高，蕭蕭王事賦賢勞。霜侵白月吹離思，十載鄉心換鬢毛。《過三沙磯塔懷寶藏》云：芥子須彌藏裏身，空將木石壓江湄。曾從阿育王家過，舍利雖多不救貧。

王同軌 字行甫,貢生,官南太僕寺主簿,有《蘭香集》

同軌高才博學,能詩古文。同呂元音修縣志,著《耳談》,吳明卿雅重之。

錢牧齋云:行甫作詩不多,自具風格,不欲寄人籬下。撰前後《耳談》,纂述異同,亦洪氏《夷堅》之流也。

《行白雲山中》云:雨餘林氣靜,山晚日光斜。野店依孤樹,村橋卧斷槎。馬嘶遥澗水,犬吠隔林花。白首鉏雲者,春風自一家。《赤壁樓上同弟綏父陪劉維芳雨集》云:登樓披秀色,尊酒暫從君。檻集千峰雨,窗流滿榻雲。魚龍寒自蟄,鴻雁暮爲群。共醉空明上,人間世界分。《赤壁》云:來遊赤壁山,不識鏖兵處。山南片片雲,飛落崖前樹。《宮怨》云:永巷葳蕤瑣,殘燈黯淡花。閒吹玉窈窕,送月過窗紗。調高音雅,卓自成家,宜其不肯寄人籬下也。

蔡馨明 字克明,號嶇陽,天啓舉人,官知州

馨明知眉州,值獻逆犯城。守禦力竭,題句大雅堂壁,闔門以殉。有"萬里羈魂歸不得,還爲明聖護峩眉"句,誦者輒爲酸鼻。

呂　禧 字本善,號丹棱,嘉靖舉人,官知縣　孫元音

禧少時嘗作《烈女》、《旨酒》等賦,奇字盈幅,時人莫識。王廷陳見而奇之,目爲國器。性簡靜,吏事清飭,暇則手一編,唫詠不輟。楊慎爲序其蜀稿,茅瑞徵謂其詩有彭澤風。斷帙殘編,無從搜訪,惜哉。子應端,諸生,以博學工詩稱,句亦不傳。

元音字節之,天啓舉人,有《後軒集》、《無懷詩集》。少負文名,及長,學益贍博。能繩祖武,詩法魏晉。淡宕猶夷,直逼古人。《春日赤壁晚眺效謝

康樂體》云：步出城西隅，翛然靈界敞。輕陰淡夕暉，涼風正飄蕩。雨初綠野秀，臺高白雲朗。疊巘刺中流，千帆落漭泱。林煙曳翠綃，湖霞披絳幌。既愜僻野性，復挾滄洲賞。振衣登前岡，徘徊命吾黨。愛此離埃氛，且得脫鞿靮。美酒滌煩囂，劇談發神爽。會須倚層樓，一嘯衆山響。纖月挂東林，羲和節西弭。遊目意末足，緩步信所履。逕轉石磴坼，溪漲漁梁毀。翠荇出水鮮，朱櫻然林紫。涓涓芳露潤，淡淡行雲止。野照光空明，泉溜響清泚。伊余丘壑姿，眷茲景物美。登眺豁幽襟，俯仰忘悲喜。憑高身以軒，臨流耳堪洗。泠泠御遠風，悠悠得真理。塵世事俱非，獨此逍遙是。預愁還市城，車馬紛如駛。

周之訓 字無逸，號日臺，萬曆進士，官按察司副使，諡忠烈

之訓工詩能文，按察濟南，城破望闕再拜，闔門死之。《送官賜谷赴江右按察》云：重陽風雨正沉沉，握別其如越嶠嶔。每悔出山成小草，還思退步有長林。憂時各灑英雄淚，異地相懸大隱心。廬阜高臨彭蠡上，何年三笑訪知音。

汪國瀠 字漪園，有《樵阜詩集》

國瀠明諸生，才敏贍，以詩名。晚隱并阜山麓，號阜山樵人。魏公韓稱爲"雲霄之上有其人，麋鹿之羣亦有其人"。

《冬日與魏篤臣登并阜山》云：山水與幽人，情事多寥廓。相對不苟懽，神理慎所托。與子登高峯，四顧生慚怍。暮壑棲賓鴻，昏鴉四鳴躍。何山不可登，冥賞恒虞略。翹首測幽邈，胸中具五嶽。《秋夜同叔餘話媿孝山莊》云：夜靜談初洽，露寒秋愈深。一庭明月影，千載故人心。時論忘追逐，孤懷任隱淪。更闌還剪燭，聊以托知音。

樊維甫字山圖,有《易數》未成緒,弟維城編續之,別有《紫崖老人集》

維甫世累簪纓,而溺苦嗜學。父玉衡爲御史時,以建言護持國本疏,激切忤旨,謫戍雷陽,二十年不得理。伯兄鼎遇以蜀令辭官贖父罪,不報,憂憤卒。季弟副使公維城字亢宗,生有異徵。由進士,初知海鹽,復踵伯兄志,陳情瀝請,始邀俞允,卒後得入祀雷陽旌忠名賢祠。維甫感賦四詩,至今雷陽人猶能誦之。其末章云:生竹何精忱,濘碑豈陟岵。承上章"生竹出公安,濘碑在峴首"。自有龍鸞奮,焉用牛馬走。大道已爲公,百神盡鼓舞。先義雖菲薄,於昭亦云補。儼然仰榱桷,頹不蔽風雨。衆正幸有托,廣廈固不朽。

維甫事蹟雜見於劉千里所撰《樊副使傳》,曰:公家世忠孝,而尤重學。伯兄德陽令,仲兄山圖先生,皆軼材博聞。家多秘書,文章最有師法。公與山圖先生同時去官,學益篤。經術舊史,神仙西竺之文,咸手抄唫誦。對客輒舉其詞,析疑問難,亹亹不止。嘗望郡城五色雲起,謂山圖先生曰:"此雲應賢人集其下,兄當之矣。"先生曰:"布衣足動天文?謂在位者耳。"其友愛相推重如此。

陳師泰字交甫,崇禎舉人

師泰守蘇州,有惠政,乞疾歸。鼎革後鍵戶謝客,屢徵不起。同時有韋克濟,字孝丑,以進士官知縣,挂冠歸,稱詩光黃間,爲明季逸民之最。

萬爾昌字師二,崇禎舉人,有《頤莊詩文集》　**弟爾昇**

爾昌少能文,好賢尚氣節。流寇亂,母陶遇執。爾昌號護求代,賊感其孝釋之。徙武昌,見楚藩,亟言防城不如防江,不聽。歸黃,杜門絕口不言事功。見樵夫牧子,輒坐對竟日,無倦容。

先生爲吳梅村祭酒所拔，士推詩文宗匠。顧値明季喪亂，淡然榮利，偃息田園。詩如遠岫興雲，蔚然深秀，無一語沿襲三唐及同里公安竟陵之習[5]。唯五古仿佛發源靖節，然偶爾托興，筆行腕止間，未始自命爲擬陶也。截毛際可撰詩序

《歸自黃州夜泊趙磯》云：斷岸沿江路，維舟信所安。風連葭影靜，月逼水光寒。杯冷呼猶數，更深語未闌。幾朝慚褦襪，贏得此宵寬。句如"密篠依巖靜，群蜂趁蕊貪"、"孤光涵靜夜，遠塔湧諸燈"等聯，皆峭逸可誦。

爾昇字退修，有《史求》、《秋水岑詩集》、《滋言集》。少豪華，爲諸生有聲。年三十棄舉子業，結茅而居。置一榻負牆坐，當肩牆凹至尺，探其袂，虱盈握也。四十餘年，未嘗至門内與家人接。

先生中年即絕意仕途，刻意爲詩以寓其歌泣。讀《偶然作寓言十九》，如云："前人網罟制，後人無遺利。物命方不堪，人乃自言智。智盡形亦勞，取稱妻子意。"譏在位之營私也。又云："小鳥學鸚鵡，遂受樊籠厄。啾唧似能言，聰明已爲累。飢來向人呼，何暇毛羽惜。"言文士寄人宇下，如班孟堅、蔡中郎之屬，身名俱喪。即少陵之於嚴武，亦幾不免也。又云："本以射虎始，而以射兔終。豈無搏擊策，酣飲已爭功。"譏古來邊將養寇以自封，千載一轍也。又云："桃花正欲謝，木香色始鮮。歡心猶昨日，相愛已相捐。桃花若寄語，前此亦爭妍。"即班姬《團扇》之歌，不是過也。又云："凡物各有情，強弱自爲生。蔦蘿附高柯，豈遂藉其榮。竊恐秋風起，高柯先自驚。"喻人之憑托權要，而不知冰山之不足恃也。至於指頭禪圓通解脫，亦作是觀。它若曰《柳眼》、曰《雁字》，皆多至數十首，以及《梅花》百韵，皆天巧人工，備臻其至。節毛鶴舫撰詩序

朱日濬 字道淵，又字菊廬，明經，官司訓

濬詩從王孟入手，《和韻答鄭肯崖》云：屈宋發楚聲，餘音動下里。一洗梁陳陋，洋洋自盈耳。驚濤繞茅屋，清風四座起。欲寫瓊琚意，悽愴媿名紙。感此倍綢繆，江東春樹裏。亦清脫可誦。

何　譔字韋長　弟謙字緘仲

譔謙兄弟皆博學，尚氣誼，人有一善必爲表揚。與廣濟劉養微交最善，養微病，譔謙家距三百里，器用服食奔走應需者絡繹不絕。歲餘養微殁，經紀其喪，爲刻《康谷子集》。其豁達好義類如此。譔子元方，篤行能文，劉千里爲序其集。

鄧雲程字扶風　子之愈

雲程嗜學工詩，有用世志，顧世亂不得施。明季以諸生起義，力保危城，賊帥一斗粟畏之，稱爲偉丈夫。事敗隱伊雉，國變自沈橫溪。

《桃花塢》云：漢上諸姬付流水，蛾眉誰許更千秋。但能一死堪全節，不至無言強事仇。石洞蒼煙迷舊國，桃花石雨泛新愁。詞義凛然，惜佚末偶。

之愈字識韓，號翁歸，諸生。嗜學敦行，痛父節不彰，走千里至白下，丐杜于皇作傳。孝思不匱，里人稱之。

《遵陽初度》云：年來負疢感衰羸，黃綺驅人服紫芝。顧影自憐蒲柳質，思親久廢《蓼莪》詩。烏飛豈爲嗟爰止，鴻漸能無慎羽儀。遙計南歸圖拜掃，故園菊已滿東籬。《返棹漁臺遇風泊白螺磯》云：挂席山陰歸興豪，鯨魚何苦蹙驚濤。煙波四顧渾無際，唯有中流一葉舠。

何履仕字叔鑒

履仕有俊才，與李之泌、晏清輩齊名，詩工秀婉丽。善擘窠書，徑尺尤佳。

《挽周烈婦詞》云：逸蠻風屯萬馬馳，俄驚飄瓦碎琉璃。柔腸猶擁孤雛泣，勁節先爲老母知。素厭紅樓賤燕子，從無青黛拂蛾眉。春風冬日愁無際，憶得貞孃絕命時。《楚詩紀》

胡 珙 字石崖,諸生

珙好學汲古,以詩名,近體不多見,古詩長篇尤佳。爲金正希、譚友夏所重,曾爲序其集。

萬曰吉 字允康,崇禎進士,官知縣,有《東有堂詩集》

曰吉與兄介眉齊名,官江南有聲。以憂歸,遽卒。王子雲、杜于皇甚悼惜之。

竹垞稱其五律雖不能盡脱鍾譚之習,亦夭矯可愛,於《明詩綜》選錄二首。《塔影園》云:半壁依青嶂,千峰落翠微。草堂冰雪路,山鬼薜蘿衣。斷塔仍棲鴿,荒岡亦采薇。中原方格鬥,坐卧掩柴扉。《哭艾千子》云:膚髮臣無恙,朝廷事已非。斯文將墜地,先死亦知機。遺業驚殊域,孤魂變故畿。酸風吹劍水,丹旐暮雲飛。它如《寒食》云:燕不巢新幕,蝶猶戀故枝。《旅感》云:澤中鴻未集,天下士多寒。《送僧歸廬山》云:潯陽潮自落,楚岸月孤明。皆沈著自然,不落纖靡。

馮雲路 字漸卿　子永明

雲路好學勵行,棄諸生,從賀逢聖講學,遂僑寓武昌,著書數百卷。巡案御史林鳴球薦其才,并上所著書,不用。及賊將渡江,雲路貽書逢聖曰:"在内以寧湖爲止水,在外以漢口爲汨羅。"寧湖者,雲路論學處也。城陷,乘桴入湖,賊遣人求之。遙應曰:"我平生但知讀忠孝書,未讀降賊書也。"遂投湖死。《明史》

《書憤》云:堪嘆危城尚管絃,杜鵑啼月血痕鮮。呼天不應空舌敝,拯溺無權愧手援。所賴聖明威德遠,莫教草野聽聞偏。處分諒有東山在,借箸何勞孺子前。語雖淺率,意極沈痛。

永明字清原,生有至性。痛父殉獻逆之亂,哀毀幾不欲生。鼎革後,足跡不履城市。《春思》云:一春常作客,連日苦多風。野樹淒迷綠,簷花黯淡紅。愁隨詩卷積,囊與酒杯空。巢燕如相識,頻來草舍中。句極清穩。

胡問仁 字顏目,原名珠,字山佃,諸生,有《無悶園》、《樂府詩》、《古文史類鏡》、《十五國風詩論》

問仁窮經史,有智略。崇禎癸未鄂城陷,御史黃仲霖來監五省軍,上書萬言謁之。黃疏請辟爲參軍,不就,率妻子耕釣梁湖濱。後更入鄂教授自給,垂二十年。潛心理學,肆力于詩古文詞。晚家湖南,滇吳之變,始返黃岡。時纂輯《通志》,聘撰安陸、鄖陽兩府《人物志》。

《柴門》云:楚客頻蕭瑟,騷魂那可招。百年渾醉日,萬古一詩瓢。舊是青山叟,新垂白髮嬌。乾坤烽燧隔,燈影夜寥寥。《無悶園早秋》前半云:北山雖未見移文,松菊多慚負舊耘。世上於今尊吏隱,人間何地覓徵君。

易道暹 字曦侯

道暹嗜學工詩,著聲江黃。居深山中,積書滿家。賊氛漸逼,惜所積書,又以己所著書多不忍棄。及賊至,長子爲瑚,急奉母走青峯巖。道暹攜幼子爲璉擔書以行,遇賊紿曰:"我書賈也。"賊曰:"女易曦侯,何紿我?"道暹曰:"君既知我,當聽我言。慎毋殺人,毋焚廬舍。"賊曰:"若身不保,尙爲它人言耶?"道暹厲色叱之,遂被害。二子請代,並殺之。《明史》

杜濬 原名詔先,字于皇,號茶村,副貢,有《變雅堂詩文集》

先生明季爲諸生,避流寇張獻忠之亂,流轉至金陵,遂久客焉。少倜儻,常欲赫然著奇節,既不得有所試,遂一意於詩,以此聞天下,然雅不欲以詩人自名也。於並時人獨重宣城沈眉生、吳中徐昭發,自愧不如。其在金陵與先君子善。客維揚，則主蔣前民。金陵爲四方冠蓋往來之衝，諸公貴人求詩名者湊至，先生謝不與通。唯故舊或守土吏迫欲見，徒步到門，亦偶接焉。門內爲竹關，先生午睡或治事，則外鍵之。關外設座，約客至，視鍵閉則坐以待，不得叩關，雖大府至亦然。及功令有排門之役，有司注籍優免[6]，先生曰："是吾所服也。"躬雜廝興，夜巡綽，衆莫能止。先生居北山，去先君子居五里而近。以詩相得，旦晚過從，非甚雨疾風無間。先君子構特室，縱橫不及尋丈，置牀衽几硯，先生至則嘯詠其中。苞與兄百川奉壺觴，常提攜，開以問學。先生偶致雞豚魚菽，必召先君子率苞兄弟往會食，其接如家人。丙寅春先生七十有七，攜樸被叩門，語先君子曰："吾老矣，將一視前民，歸而窀室蔣山之陽，死即葬焉。"是日渡江，數月竟死維揚。《方望溪先生文集》

啟禎之間楚風無不效法公安竟陵者，于皇獨以杜陵爲師，是亦豪杰之士，惜其阨窮以老。孟貞曜所云："好詩多抱山也。"《登金山塔》云：極目非無岸，滄波接大荒。人煙沙鳥白，春色嶺雲蒼。出世登初地，思家傍戰場。咄哉天咫尺，消息轉茫茫。薄暮難爲狀，空中別有聞。懸燈江海合，望月水天分。寥廓身何往，飄零興不羣。向來峰頂色，看作下方雲。《茭湄舟中偶成》云：一雨連三月，開帆趁晚晴。春風吹岸草，知是石頭城。《臘盡還冶城口號》云：淮水凍仍綠，鍾山燒更青。一椽來復去，祇是短長亭。妻孥誤見嗔，我信如潮汐。出門必上元，還家必除夕。《静志居詩話》

茶村僑居金陵，貧甚，屢客廣陵。甲辰人日大雪，時鎖印無事，余造訪之，清言竟日。乙巳七夕余北上京師，諸人祖於禪智寺，即席賦五言，茶村有句云"記逢人日雪，造我吟窮愁"，謂此也。又于皇《詠蘇子瞻詩》："堂堂復堂堂，子瞻出峨嵋。幼讀范滂傳，晚和淵明詩。"龔瑞毅每誦之，以爲二十字說盡坡公一生。又茶村《送人入蜀》云："古意淮南葉，它鄉劍外舟。"不減古作。《漁洋詩話》

茶村與周櫟園諸名士觀燈舫於秦淮，櫟園出百金置席上爲采，賭鼓吹詞。茶村遽起攫之，曰："鮑叔知我貧也。"就吟席振筆直書，立成長歌一百七十四句，一座爲之傾倒。晚年貧益甚，往來淮揚間，客死金陵。陳滄洲鵬年作守，乃葬之於太平門之麓。生平論詩極嚴，於時人多所詆訶。有富於財者，重價購其集而焚之。鄉人某搜得其遺稿行於世，即《變雅堂集》，蓋不及十之三云。《漁洋感舊錄》

茶村長篇頗近頹唐，《又聞燈船鼓吹歌》[7]，以此得名，其實頹唐之尤者也，茲錄其整頓有骨格者。《嵇康》云：嵇康人中龍，義不可當世。視彼盜國臣，伎倆如兒戲。吐辭薄湯武，千載有生气。臨命索琴彈，聊示不屑意。《焦山》云：觸處迷人代，茲山尙姓焦。上頭仍棟宇，到眼忽雲霄。樹色南徐近，江聲北岸遙。衣冠留洞壑，不必訪松寮。出郭來差遠，憑高望獨深。江分神禹跡，海見魯連心。密竹藏金像，回流灌石林。擬尋幽絶處，却誦《白頭吟》。《明詩別裁集》

康熙三年，予與杜于皇、陳其年輩同在如皋，修禊於冒辟疆水繪園賦詩。或問杜阮亭詩何如，曰："興酣落筆搖五嶽，詩成嘯傲凌滄洲。"又問君詩何如，曰："但覺高歌有鬼神，誰知餓死填溝壑。"《池北偶談》

都是尋常眼面前語，它人却尋思不出，經茶村手便覺風致洋溢，其才高、其筆妙也。《詩觀》

于皇所制《同文十題》，崇尙風格則阮籍、子昂，談說事情則文昌、王建。而出之秀蘊，納以精華，調御古人，爲才實勝。故能韻空七澤，柱砥九江。《范仲闇集》

茶村詩一若幽以深，一若壯以丽，一若內無所不窺而外無所不際，蓋定乎情而饒乎分力者也。金壇《張公亮集》

于皇才若春華，鋒可截兕。拈余友范仲闇社題，一一傅以新意寫其韵，有"哀江頭"、"陳濤斜"之志焉。《薛諧孟集》

觀于皇詩固極天下之奇，而正自寓。乃詩家之真聲，騷人之逸響。將令人手胝足沫，而不能釋。《姜如須集》

杜子生平之所抱悉於詩。若文擴之，學必徵夫原本，論必首夫忠孝。文也，而行實著焉。《鄭肯崖文集》

先生葬時，或口占云："江南有客杜茶村，文采風流世所尊。不有滄州陳太守，誰爲營葬太平門。"蓋哀之也。朱少文直，又有句云："不合時宜癡太守，金錢不愛愛詩人。"則交美之矣。《變雅堂》詩思深力厚，每出一語，初若無奇，反覆吟誦，精味愈出。蓋胸中有書，筆下無塵故也。《抱節軒類記》

茶村五古氣韻沈鬱，得二謝神髓。五律渾灝精深，雅有不屑依傍唐人之意，尤自成家。唯七截稍乏蘊蓄妙諦，然思穎筆峭，令人解頤處，亦非淺根薄植所能夢見。《雲望堂集》

吳郡葉閣林屋曰："余嘗論作詩須直追古人，又不得取肖古人，故難。此意唯杜于皇能之，它人不但不能，恐未信也。"又曰："杜于皇《和潘某虎丘遊眺作》[8]，古人何曾到此？此詩出，可廢元四家畫，逸品神品盡在個中。"又曰："從來作虎丘詩者，無一似虎丘者。此詩出，實江山之幸。"

陳師晉曰："沈確士以《燈船歌》爲頹唐，其實茶村七古純以氣勝，間隨筆性，似於頹唐。然每篇精神結聚處如平原曠野，忽開靈境，奇花異鳥，觸目紛來，殊非人間所有。"

彭湘懷曰："歸愚寢食新城，一本韋柳冲澹之旨，故以《燈船歌》爲頹唐。其實《琵琶》、《長恨》，初何嘗字字錘鍊邪？"

于皇流寓白門，龔芝麓尙書招飲。演項王事，扮虞姬者固楚伶。坐客曰："楚伶演楚事，先生楚人，請賦之。"于皇振筆疾書曰："年少當場秋思深，座中楚客最知音。八千子弟封侯去，只有虞兮不負心。"語關名教，不得以罵座少之。《考田詩話》

往予爲茶村先生祠記，遠想慨然，殊有曠世相感之意。及讀諸君憑吊諸詩，獨契武昌王孝鳳《夢茶村先生》，而繫以"三綱將委地，此老獨扶天"之句。未幾孝鳳萬里省親，克敦內行，益嘆忠孝性成人，其符契也如是。家居多暇，客有談予硯友秦訥夫撤瑟事，則尤掩卷三歎，而知茶村先生之示夢非偶也。訥夫爲吾邑耆學，南游金陵，攜佳茶澆于皇墓，因想見其爲人，徘徊而不忍去。余素習訥夫與時俗落落寡合，閉戶著書，三禮皆有注釋。當日燈檠舊好、學著曲臺者，在訥夫，不悉黃直卿；在予，實宜仿楊信齋也[9]。憶予鄉舉，肩輿往拜，拒不見。翌日徒步訪之，雞黍之具，作竟日談。跡其耿介拔俗之高風，殆與廣漢蘇翁等近。又聞漢邑夏君斗南夢茶村約訥夫復爲蘇杭之遊，寤而寄聲訥夫，如欲赴約者，閱書甫畢而終。是豈淳甫之生前身，高密文山之歿再世道鄰邪？抑豈數十年前之澆墓，因茗惠而久要不忘邪？否則茶村業習禮經見《茶村送沈彤庵詩序》與訥夫有針芥之合邪？又或茶村氣凌顯貴，與訥夫有聲氣之同邪？予愧於茶村先生無能爲役，而又慮訥夫之操行卓卓不傳於世。爰紀其梗概於《變雅堂》"評"、"記"之後，以爲聞茶村之風、而神交於夢寐者。忠孝之心徵於孝鳳，道義之守著於訥夫。曠世相感之説，古之人信不我欺也。王菊門先生《葆醇堂文集》

《奉贈錢牧齋先生》云：古法所不傳，斯文及劍舞。非無雙龍精，入手但旁午。六籍俱在世，後生昧規矩。作者握靈蛇，徒令觀者苦。於戲古之人，餘輝照塵土。虞山信人杰，獨往實深睹。一揮厖雜門，力宗遷與愈。出入歐曾間，鏗然秉匠斧。余也嗜其文，孤懷莫由吐。何期虎丘月，一沃龍門雨。衷言不遑它，此意正千古。《送王阮亭北上》云：淮水揚洪波，中有沙棠舟。借問將焉之，北行到幽州。秋風何習習，秋雨何滮滮。眷彼舟中人，與我交綢繆。方當來作吏，余適過邗溝。官廉忍分俸，自笑余何求。干請誠則拙，談藝固其優。感君適野性，飲啄勤相周。送酒必醇醪，推食必精羞。勝境必我招，佳句必我投。燠時貽我葛，寒時貽我裘。記逢人日雪，造我吟窮愁。豈獨棄案牘，居然忘貴遊。人生意氣合，豈在千金酬。揮手送君去，此意今悠悠。《賦得烏啼白門柳》云：白門昔日全盛時，千門萬戶楊柳枝。楊柳多時覺烏少，紅樓熟睡春忘曉。斬伐於今稀復稀，自從去年無絮飛。唯見飢烏逐人肉，烏多一半城頭宿。儂家垂柳餘一株，啞啞嘗聚千百烏。儂愁儂倦耽春睡，其奈群烏繞樹呼。俯仰今昔，感慨無限。《聽軫石彈琴》云：入座含幽思，三山屐始歸。方將彈古調，迴复振金徽。子意尤耽此，此音知者稀。移時身不動，親叩海天扉。愁腸不厭愁，聽爾操離憂。忽到無聲處，何曾有淚流。晝長雙戶掩，風定一絲遊。心路冥冥接，人天詎可求。《別友》云：老我窺天意，歡常與戚謀。不知今夕聚，又得幾時愁。孝婦何關雨，騷人自怕秋。漁樵相枕處，心事獨悠悠。《金山》云：山從南北望，孤棹始登臨。坐覺春雲動，行看水國深。江流元自涌，天地亦何心。獨拜蘄王廟，英風爽客襟。《登金山塔》云：虛空誰得住，萬頃塔前奔。孤日沿波轉，遙天入海吞。端倪應楚越，氣候豈寒溫。赤縣神州意，悠悠何可論。《焦山》云：遠跡滄江曲，山情實澹然。石根爭插水，樹杪欲浮天。莫起蒼虬卧，端如處士賢。再來應酹鶴，把酒坐高煙。《王嬙故里》云：亦復當時戚里新，花枝偏老漢宮春。莫仇延壽仇婁敬，渠是和戎作俑人。《聞友談水東之勝》云[10]：魚愛深池鳥愛藪，君談句句合幽踪。憑將骨與青山誓，老號詩人杜水東。

　　吳梅村一代鉅手，猶曰："吾自見茶村金焦諸詩，始知爲五律。"其折服如此。茶村亦自云："以少陵五古之法，用之於五律，故能獨闢境界，然非神明於詩者不能也。"五律美不勝録，謹摘佳偶，如《贈陳侍御》云：帝稱真御史，客揖大將軍。譚侵深夜月，坐入素秋天。騷怨終歸楚，高歌往和燕。《送人歸楚》前半云：不是君來别，余幾忘故鄉。一時心共去，千里夢相將。《古杏村訪友》云：野夫不識路，逐步問君家。但見新荆棘，曾無古杏花。《登金山塔》前半云：長天頻失險，孤塔自中流。虎踞闕京邑，烏棲俯戍樓。《焦山》云：不向山中住，寧知幽趣多。七律筆致尤尤矯軼倫，亦五律運古體之法，特不可以字句對偶求之。前半如《與友論詩》云：吾徒絶口塵中事，相聚焉能不及詩。敢慕匡衡能結主，誰知蘇武是吾師。《吊死難將帥》云：杏山師潰國無門，憤切戎衣點淚痕。自是挺戈無反顧，羞同坐甲有成言。《病足喜友顧飲》云：吾道危如一木支，誰憐雙足數還奇。呻吟轉側今何地，跋扈飛揚彼一時。《經年》云：經年踪跡渾無定，憶在南徐秋興多。

杜 岕 原名紹凱，字蒼略，濬弟，諸生，有《些山集》

　　先生明季爲諸生，與兄濬避亂居金陵，即世所稱茶村先生也。兩先生行身略同，而趣各異。茶村先生峻廉隅，孤特自遂。遇名貴人必以氣折之，於衆人未嘗接語言，用此藂忌嫉。然名在天下，詩每出，遠近爭傳誦之。先生則退然一同於衆人，所著詩歌古文，雖子弟弗示也。方壯喪妻，遂不復娶。所居室漏且穿，木榻敝帷，數十年未嘗易，室中終歲不掃除。有子，教授里巷間，寠艱，每至日中不得食，兒女啼號，客至無水漿，意色閒雅，無幾微不自適者。閒過戚友坐，遇有盛衣冠者，即默默去之。行於途，嘗避人，不中道。與人語,雖兒童廝輿唯恐有傷也。初,余大父與先生善,先君子嗣從遊,苞與兄百川亦獲侍焉。先生中歲道仆,遂跛,而好遊,非雨雪常獨行徘徊墟莽間。先君子及苞兄弟暇則追隨,尋花蒔,玩景光,藉草而坐,相視而嘻;冲然若有以自得,而忘身世之有係牽也。卒年七十有七,後茶村先生凡七年,而得年同。《方望溪先生文集》

不見蒼略於今五年矣,遇阨而氣益昌,家貧而學益富。才老心易,趾高視下,宜其所撰著宏肆兀奡,富有日新也。少陵之詩曰:"文章千古事,得失寸心知。"蒼略詩既自評定,則所謂千古寸心者,必自知之矣。若其靈心潛發,神者告之,蒼略固不能自知也,而余顧能知之也邪？錢牧齋《有學集》

辛亥暮春,余與徐子同客雲間。徐子示余《皖江遊草》,未展卷,爲三歎焉。余嘗遊金陵,自皖至采石上遊,江始束,石益嶮,常開平戰功在焉。溯而哪嗾板子磯[11],弔侍中之捐軀,悵靖南之遺烈,得毋慨然而賦乎？若灊,南嶽也,漢武射蛟作歌處,宋元設制置屯兵重地,皆不可無詩。《電發雜感》曰:"南朝狎客無人見,腸斷聲聲《燕子箋》。"夫知其興,孰若知其亂。嗟乎,《電發》之詩,何其風流而蘊藉哉。蒼略《皖江遊草自序》

《寒食同枕江作》云:暮田春草色[12],花信落梅風。倚檻今朝立,憐君客況同。炊煙微覺冷,酒盞不妨紅。莫作焚林嘆,荒蕪舊絳宮。《秦淮竹枝詞》云:五柳居前夕照寒,早潮落盡暮潮寬。春宮小說紅氍上,儂愛鍾山雨後看。莫嫌兒家鈔庫街,十年舉案只荊釵。貧身那向秦淮去,浪子爭誇馬弔牌。峨峨冠佩侍中妻,嘔血夫人片石題。昨與鄰姑談往事,燒香今夜拜青溪。桃葉桃根恥得名,南詞南曲舊陪京。儂家十五逢辰晚,怕聽春燈燕子聲。《楚詩紀》

杜世農 字湘民,濬子,有《斷鴈吟》　弟世捷

老友杜茶村才情妙天下,初不知其有令子也。甲辰冬,始識其長君湘民,與論古今,人品詩格瞭然不疑。問所爲詩,出《斷雁吟》十八首,哭其弟柏梁作也。颯然如飄風,如奏枯桐破筑,如聽泉三峽,如荒雞遠號。桓山之

禽流沫折翅,逐子之猿三擲三躍。始讀而悲,繼之唏噓於邑,不知其所致也。湘民言其弟穎悟工詩,十餘齡即有"雨蘭多向夜,秋氣晚歸燈"之句。又"聽蟲入幾層,天淨雁微痕",皆近日《竟陵集》中佳句。弱冠喪母,哀毀過甚,嘔血斗許。輾轉床褥,苦吟有云"風前黃葉夏能飛",果以夏月卒。以余觀柏梁詩,慧則慧矣,焉能壽?湘民哭之,目欲眢,可謂至性過人矣。夫文章者性情之至也,性情之至能使薄者厚,婪者廉,奸臣逆子油然忠孝之心生。舍是皆"落秄"、"墜蕊"、"朝華"、"暮蕊",不足道也矣。湘民性孝友,岸然貧約。多膂力,騾騎八尺駃,弓六七石左右彀,決拾審固,旋搯罄控,盡其妙。而以之爲詩,忠厚惻怛,伉爽俊偉如其人。顧黃公《斷鴈吟序》

靖州,天柱縣邊苗地也,有一徑,方四十里可達黔中,郵遞甚便。而薪菁荊杞,彌亘山谷,諸苗穴之,以肆剽掠。有行僧杜和尚者,能詩歌,談天下事如指掌,大抵明末高人爲僧者也。武勇絶倫,熟遊其地,欲闢此徑。募積多資,具鋤斧,雇健夫百餘人,力事斬伐。月餘,成坦道十餘里。諸苗羣阻之,杜持鐵杖重五六十斤獨戰,斃苗三酋,餘皆披靡散。凡三月竟成康莊,當事者擬旌之,笑却去。遂於中途結庵獨居,以衛往來行人,如是數年。一日晌後,有異僧負裝木械大刀入庵。釋任,呼杜具湯沐,其聲甚厲。杜訝之,方事水火,俯首竈前。僧至厨房,睨地有鐵火叉,一足躓之,即一足踏杜頸。杜一手起僧,并擲牆上,額破。僧起奪火叉,拔木函刀來砍。杜急取木片方八寸許,左右格避,應削且盡,遂奪門出奔。僧急追走二三里,時已暮,杜望山走,渡小木橋,因猿挂橋下。僧追至橋上,杜從下曳其足,僧墮泪泇中。杜下奪其刀,問來意不答,舉刀欲殺亦不答。固詰之,乃曰:"知爾武勇,欲降爾相幹一事。今不諧,殺耳,復何問。"杜歎曰:"吾老矣,天下大事亦久灰心,況它勾當邪?然爾敢忤我,亦有膽勇者。"攜手歸庵,具湯沐飲食,詰朝辭去。杜後語人:"吾黃岡籍,先人墳墓在黃,今暮年思歸正首丘。"言之輒歎息流涕。後不知所終。吳德芝《書杜和尚事》

《新安道中》云:澗水同奔馬,千年石有痕。結茅隨地勢,到嶺近天門。俯視雲如海,遥看雨過村。未須遊五岳,只此已難言。《從容庵落梅》云:新晴同緩步,蘭若號從容。梅是何年樹,香隨出院鐘。江城吹笛苦,夜雨入春濃。尚可今宵看,吾將茗椀從。

世捷字武功,《宴黃天濤杜來閣分韻》云:茲樓如有約,高坐近秋光。月亦愛良夜,人今當故鄉。酒酣休聽鴈,衣冷忽經霜。暗覺重陽近,登臨興最長。《友人園病鶴》云:竭力留春住,招攜得晚情。頻來花有約,偶與鶴相迎。病翮猶能舞,孤懷不肯鳴。臨池還照影,予汝最關情。《楚天樵唱》曰:"孤懷"句,寫病鶴有身分。

熊 霂[13] 字渭公

壬午初秋,黃岡王又沂源曾、熊渭公霂會同人於黃鶴樓,與者百人,各拈韻賦詩。渭公作四言,末章云:"試望木末,好花翩翩。清明佳气,勃發楹前。"渭公以禫制不與秋試,爲同人祝也,命意不落凡近。清明者,豈科名足以當之?渭公篤志正學,有《與李文孫論致知書》,破姚江之僻。爲予序詩,以眉山、淮海爲戒。著《緯恤》一帙,皆四言也。有云:"帝命元老,黃屋左纛。黃屋右纛,命之莫保。"以追刺武陵相荆襄債事而死也。《王船山詩話》

鄭先慶 字亦懷,一字公懷,號肯崖,諸生,有《書帶草堂集》

先慶性至孝友,博學多才,放情塵表。于清端公成龍所稱肯崖老人也,與交最久,嘗爲跋《漁舟詩》,又序其集而梓之。欲使讀書學道者,知江漢間有張子同、陸鴻漸其人也。

先慶制行甚高,吾鄉熊文端亟稱之。跋《人日》及《七賢詩》後,有云:齊安鄭子公懷,乃前輩曹厚庵、孫棐臣之故友也。讀所著《人日》及七言詩,名言静理,直與康節《觀物》同一深造自得之妙,非淺學所能幾及。制府于公,生平少所許可,獨推重公懷,則公懷之爲人可知矣。又《和朱子九曲櫂歌》、《漁父吟》,文端皆有跋。先慶自號臨皋漁人,有自著小傳。

《南行吟》風味不減柴桑,此可爲知者道也。《輓于公詩》讀之可以下淚,千古哭聲相同,惟其真者能感人耳。《熊文端公尺牘》

《槎上吟》云：天地此流水，誰與奏絲桐。日落滄浪遠，鴉翻林樹空。市沈百賈寂，途盡故人窮。欲刺舟何往，天涯總亂蓬。《與友人胡石江》云：白頭仍道路，難向故人言。每擬收孤策，終無折毀轅。河山偕去雁，歲月一奔猿。抱甕葫蘆裏，空云學灌園。《孤竹山堂》云：讓國已千古，西山且餓夫。只知臣節大，不計野薇無。攜手乾坤小，同心骨肉孤。故丘寧靳粟，慨獨在黃虞。《和滄洲漁父》云：釣竿不別富春灘，但要溪光七里寒。陋矣孟嘗門下客，老饕長使鋏來彈。

肯崖品詣清高，詩筆超脫。句如：世情看水能無險，吾道尤人自可羞。秋雨君應看木葉，西風我更聽商歌。又，"靠着蘆花便卜居"七字亦奇。

萬昌言_{字元方}　弟燦

《亂後登城》云：三戶僅存荒蔓合，六朝如夢大江流。《與僧戒顯登黃鶴樓》云：浮世已隨塵劫換，空江仍入大荒流。二語遠不易軒輊。《楚天樵話》

七律格高調逸，變化從心，且身歷滄桑，故國丘墟，尤不勝其憑弔悽愴之感。《賦得城春草木深》云：春霧依然郡郭浮，風煙何似舊神州。鼎湖細雨悲龍去，茂苑繁華看鹿游。三戶僅存荒蔓合，六朝如夢大江流。伯鸞宮闕長經眼，不及文山一小樓。《入閩》云：策蹇徘徊未忍行，離離禾黍故宮情。三山雨雪殘雙闕，五嶺荊榛蔽兩京。估客暮雲排鳥道，縶臣落日聽猿聲。共知險隘難方軌，猶向天南望故旌。

燦字季方，《寄欽人田》云：洌彼清溪水，素鱗托蘋藻。風日豈不殊，縈情惟夙好。河鼓已宵移，織機傷顏老。天漢望容舠，所恨秋□早。攜手上河梁，金玉傾懷抱。兩翼忽驚飛，抗志凌雲表。興酣搖五岳，榮名以爲寶。隻影誰與同，止水空潦倒。落葉滿階庭，寒蟬泣秋昊。新芳及殘芷，臭味分菀槁。楚山接燕雲，行行寄長道。帶緩日以遠[14]，珍重思絟縞。意匠深秀，爲三謝、韋柳之遺響。

萬希槐字蔚亭，貢生，有《惜分陰齋詩文集》、《十三經證異》

希槐九歲能屬文，博通經史百家言。族子門生承指授者，多取科第去。乃卒老明經，雖屯塞不以措懷。杜門著述，聞藏書家，雖數百里，不憚汗牛走致。撰《困學紀聞集證》[15]，錢塘陳蒿慶、同郡陳詩謂爲王氏之功臣、閻何之錚友。

王一才字遠屆

一才弱冠補諸生，以文名。襟度蕭散，善談名理。詩俊逸超羣，不食人間煙火。人或勸其用世，輒唯唯然性不可强也。著《後絕交論》，爲時所傳。而詩文散佚，屢求弗獲。

魏澤霖字鶴山

澤霖家貧嗜學，讀書於湖山之一葦庵。厭舉子業，怡情山水。少交遊，人多不識其面。著《紅雪齋詩集》。從孫希聖亦工詩，不傳。

李之泌字鄴仙，有《夙知錄》、《松鱗集》、《悦泉詩集》

之泌窮性理，發程朱之旨。明季隱白雲山劍峯下，歲薦及徵聘皆不就。爲人嚴氣正性，非其友不交一言。居常閉目袖手而坐，有財則以與故舊貧乏者。卒前二日，猶與同學論顏子四勿、中庸、西銘天人之蘊。子孝廸、孝秭皆淳篤力學，孝秭工詩，善書法。

易爲鼎字用王

爲鼎有文在手曰"汪"，因號汪來子，以文章氣節著。明季學使高世泰修《三楚文獻錄》，爲鼎、汪三奇、龍壿、劉醇驥皆與焉。晚年築室白雲山，教授生徒。著《經說》、《四書》、《尚書》、《毛詩》、《周易說》、《雪香亭詩草》。龍壿字梦先，邑貢生，官應城訓導。江西文德翼《雅似堂集》云"壿以文名海内者三十年，蓋高士也。"

官應震[16] 字暘谷，萬曆進士，官太常卿　子撫辰、撫極、撫邦

《過齊昌登浮玉磯》云：萬頃茫茫片石浮，孤亭獨障大江流。月明有影鯨鯢慴，風吼無聲鸛鶴愁。吳楚兩分天塹在，衡廬一望帝鄉收。斜陽不盡登臨興，遲我重來作賦秋。

撫辰字凝之，以選貢官知縣。少穎異博學，工詩古文，精天文兵法。上《治河需兵議》，當事不能用，丁母艱歸。總督舉爲真保監軍，擢徐州知府，皆不赴。及閩粵諸藩遣使徵聘，慨然曰："天道不可違也，臣節不可變也。"祝髮維揚，名德是，號知劍道人。雲遊名山，晚歲歸黃，居維摩堂，人猶呼爲劍叟云。

《貴山》云：何以見山深，白雲路千曲。何以謂高蹈，瀑布濯吾足。石頭半空垂，開口如相告。見謂斯世人，名美即鴆毒。含章自高貴，何事明如玉。聆此如蘭言，嗒然驚幽獨。如盆涵魚藻，小有幽致，高潔處亦如其人。

撫極字建之，號用庵，萬曆拔貢，官太僕。少有文名，詩不多作，出語輒覺可人。

《懷李筠城廣文》筠城名庚，潛江人。司蘄訓，值會匪犯境，設伏浠水，賊驚遁。台司將大用，竟拂衣歸云：不泝流光便擊空，烏紗時在釣船中。東方大隱堪游戲，何必冥飛天外鴻。鞿鞚曾將儒服刪，幺魔泣遁笑談間。而今玉匣藏霜刃，忍聽頭顱積滿山。

撫邦字綏之，明經，官訓導，有《滁放居》、《天聲閣》等集。善書法，工詩文，卓然名家。司訓大冶，披荆立學，學者宗之，遷梓潼令未赴。山居二十五年，布衣蔬食，晏如也。

詩質樸茂，間多幽雋之句。如：徑閑雲自舉，息定穗初香。葉墜全疑

蝶，風香不是花。曉插嶺雲天落落，暮懸溪色露蒼蒼。七古風神遒舉，多崛奇排奡之句。《同人泛舟紅樹下，醉歌》起二偶云：一湖明瑟雙楓底，搖搖空碧鳴簫起。簫聲逼樹淒复綺，片霞映日爭林紫。《重登西塞山》入手數偶云：楚江淡淡來千里，峭壁攔天江腹起。流水無心忽若驚，觸石怒作轟雷馳。巖頂微嵐吹日紅，巖邊亂草生陰風。群鸛老鴉欣所托，藤懸壁綴如浮空。子純仍負異才，早逝。所著詩草中有"竹影遮窗寒透月，松陰匝地夏如秋"之句。

張光璧 字斗符，諸生，有《誠正堂詩文集》

光璧生四齡，日誦數千言，七齡善屬文，稱神童，六合徐學士致覺囑以千秋之業[17]。十八應試作《涵輝樓賦》，筆不加點，郡守何應珏深異之。博綜圖書，參貫義蘊，能發前賢所未發。

《夜泛赤壁》云：磯上西蜀人，磯下西蜀水。蜀水三峽來，蜀人不再矣。小艇放漁歌，擊節中流馳。此夕非壬戌，淼淼煙波裏。

孫朝宗 字有山，諸生，有《岱庵詩集》

朝宗博極羣書，精於詩。客江南十餘年，所交多知名士，相與唱和，一時推爲雋才，《梅花百詠》尤稱於時。

晏霱明 字雲章，官太常

太傅山陰嚴公，于端州行宮閣內書芭蕉葉云："臣節惟知懷一冷，王言不敢褻雙溫。"於時有卿貳蒙溫旨者，但得一襃語，因觝公不知典故，票擬失辭，云"九卿例得雙溫"，蓋競躁之妄言耳。故公書此以見意。黃岡晏雲章奉常霱明作排律二十韵，以《內閣芭蕉》爲題，余和之，今皆忘矣。唯記晏作一偶云："天情垂湛露，海氣避嚴霜。"《王船山詩話》

樊維師 字尚文,有《雪庵吟草》

維師少負逸才,詩文下筆立就。弘光時由附貢任淮安司李,一時名士多與之游。旋歸,結廬寒溪,嘯歌以老。詩不多見,唯傳《長春寺五絕》云:香火僧何在,牛羊日又昏。當時親禮佛,猶見楚王孫。

補

程鳳金 嘉靖舉人,官知縣

鳳金宰彭澤,有政聲,士民戴如父母。直指案部,鳳金上謁獨後。直指諷曰:"相度不當如是邪?"鳳金出曰:"人畏御史者,以其權能去人官也。吾官自去,御史何畏。"乃挂冠歸。《題句縣門》云:"一生唯拙天知我,三載無能我愧官。今日銓衡方論定,好歸舊隱理漁竿。"直指讀之大慚,急使人追之,已無及矣。《楚風補》

洪周祿 字半石,天啟進士,官知府

周祿能詩工書,行草尤妙絕一時,董元宰自謂不如其恣肆。《烟水亭歌》云:澄湖如鏡秋痕淡,雀舫聲移驚瀲灩。淺苔雲靚漲疏霜,堤柳歸鴉飛片片。禪天龍護走奔虹,仙徑煙霏盤紫電。江帆日落星浦流,夕陽小橋人景亂。匡峯亘面削夫容,時有白雲層鎖斷。山姿湖貌足幽尋,晴好雨奇恣汗漫。野燐忽復劃漁燈,曙影長空抱素練。把酒誰堪問主賓,寶月芳汀花雨散。笙歌玄草醉宗風,千年事業湖山半。《題雲水圖》云:劍氣散瓊華,朗然知海曙。不隨孤鶩飛,時與禪心住。

王士龍 字水濂，明經，官教諭

《賦得山中有春草》云：雲光綺陌岫華妍，薜蘿深深翠幕連。一片露肥麋鹿徑，萬叢雨濕鷓鴣煙。行撩野思青抒眼，坐嘯春風綠到天。莫只萋萋芳怨切，王孫歸路已年年。

徐雲彰 字天孫，明經

《漫興》云：廿載風塵一布袍，今春又對草蕭蕭。貧如好友難爲別，病似新姬不厭嬌。三窟偏能輸狡兔，一枝還自笑棲鷦。湘花湘水魂消盡，有賦何人不用招。

蔡驥德 字鶴舫

《同杜肇餘望烟雨樓》云：烟雨樓何處，東南一望平。湖頭流月碎，日腳瞰霞明。遠樹連雲綠，遙山入檻青。忘機鷗鳥靜，波浪不曾驚。《井陘懷古》云：韓侯往事已烟迷，剩有黃塵沒馬蹄。漢戍尚餘殘照裏，長安遙隔數峰西。已無畫角催刁斗，剩有波聲似鼓鼙。可惜淮陰祠畔月，寒宵獨伴嶺猿啼。

林之華 字伯滋，一字果存，貢生，有《鎖夢堂詩文草》

之華工詩古文，通經術，著述宏富，與王子雲、林茂之才名相埒。詩鎚險探幽，橫空盤硬，亦自辟易千人。

《於忽操》云：於忽乎，不可以爲，其又奚爲？魚鰕離水澤兮安歸，蛟龍失雲雨兮安依。玉鵠列樹，黃雀盈畦。金丸不在手，利器已失時。毛髮容易變，那得待斯須。登高山，涉大溪，僕夫況瘁眼迷離。既東望，復向西。

天涯寥闊，道路倭遲，美人隔絶寄書稀。晝苦短夜苦長，磨舊墨見新光，齊紈百尺寫清狂。勸君莫謀田宅謀美酒，待我歸時煮肥羊。《猛虎行》云：虎有牙爪，土可爲阱。虎有羽翼，絲可爲羅。莫阱莫羅，將奈虎何？《再登采石吊太白》云：千年共泛此扁舟，游子懷深正早秋。落葉兩番催客賦，層雲百尺護仙樓。君歌以後孤明月，人想從前拜綺裘。牛渚佳期難再得，愁無犀火截江流。

張有孚字澄庵，有《南游草》

《江夏阻雨遇鄭方南遺南遊詩》云：黃鶴樓邊酒，詩情更复燦。興酣搖五岳，句雅推江漢。年少五龍吟，才成白虎觀。異鄉雖信美，無那客懷歎。

王一鳴見前

《皖中作》云：細細生青靄，娟娟動綠筠。晚涼風入座，簾捲月隨人。天寶唐中葉，長沙漢遠臣。雙龍空在匣，何地出風塵。《白蓮峯再別阮太乙張若愚》云：草澤悲將隱，蓮峯慰獨留。因君三日住，贈我萬山秋。羊栗供僧飯，滄浪憶釣舟。諸天念離別，鐘磬晚悠悠。《十載》云：十載猶遷客，孤蹤愧俗人。長緘存後舌，乍保夢餘身[18]。楚澤雲千里，春城月半輪。潛夫潛未得，飄泊損天真。《固鎮驛感舊》云：憶昔朝天同憩此，湍青沙白殢春陰。已拌車馬兼程苦，更劇干戈死戰心。羣盜就平悲放逐，五年重到感登臨。桃花最似曾相識，嫩蕊繁枝伴獨吟。

陳師泰

《雜詩》云：嚴冬氣凜冽，貞幹凝奇姿。所性終不改，非時獨何施。望望春載陽，百卉欣榮滋。矧負干霄具，而值楨國期。奈何繁霜夜，一木卒難支。違天知不免，化碧復奚辭。松柏本貞直，蘭茝亦幽清。臭味苟不合，草木寧孤生。君子闢高齋,恥以蓬蒿盈。旁求倚冢宰,類聚惟羣英。表端影自正,權定衡自平。鹽山偏易老,誰使應同聲。鹽山,王忠肅翱也。辱臺唐有罰,宋尤重諫官。人必第一流,風采乃可觀。疇咨本公憤,清要任良難。一從苞苴行,遂使徑竇寬。觸邪非獬廌,華國非鵷鸞。先民有遺議,晚近更奚歎。進退決存亡,幾乃動之微。小人戀雞肋,遂以蹈危機。豈不知其難,欲遁不可飛。觸藩良自苦,解組僅能歸。吳門邀手誨,隻字垂珠璣。立雪更何年,一念一沾衣。古人重成事,莫重藏身固。周防一以疏,鄙夫笑我度。而況國之紀,所衷屬天賦。貞元苟未交,六宇方窮路。跼蹐隱與見,敢不慎所措。吁嗟問三子,何處哀墟墓。公安、館陶、武進。《陳溧陽入夢》云:驚看面目事全虛,早是蒙莊化蝶餘。故國崢嶸班玉笋,新粧搖曳異華琚。千秋共矢原何事,一是寧忘舊讀書。友德君恩君自問,游魂何以涉吾廬。

汪國瀠

國瀠材敏贍,以詩名。晚遭時變,隱并阜山,號阜山樵人。而以樂志名齋,蓋以祖父皆仕于明,兄姪復殉國難,一身孑立,不肯捐氣節而希寵榮;惟徜徉山水,爲詩以樂其志。其旨深遠,其意纏綿,其氣激昂,其詩悲壯。求之國初逸老中正,宜與于皇《變雅》并垂兩間。《野田黃雀行》云:不敢羨雕籠繡幕之白鷴,不敢羨碧荷清沼之文鴛。一飲一啄適所天,十步百步歸野田。野田粟如坻,飛飛無妄思。山農不時至,雖有矰繳將安施?《長相思》云:長相思,河之濱,寒雲一片擁迷津。悲風瑟瑟暗飛塵,萋萋芳草冬復春。駕呂梁兮渡龍門,望汨羅兮從隱淪。相見安能再年少,頓令天涯爲比鄰。《江上》云:朝來挾彈擊江水,江上鴛鴦驚彈起。漁人岸下忙舉罾,浪平躍波有尺鯉。鴛鴦飛去鯉浮游,彈無所得罾空收。忘機江上行吟客,閒看沙汀立白鷗。《山中踏月歌》云:山鳥夜啼春山空,明月照溪溪融融。清磬出林穿溪水,不遇幽人聲不止。幽人依磬植杖立,綠畦亂蛙鳴復急。耳中聞磬不聞蛙,磬聲欲歇已還家。《春日過王涓來》云:幾日耽幽寂,春光若在門。長堤縈古柳,一水抱孤村。交貴知非晚,時違道益尊。共懷囊內劍,不爲報私恩。《秋夜同王叔餘話愧孝山庄》云：夜靜談初洽，露寒秋愈深。一庭明月影，千載故人心。時論忘追逐，孤懷任隱沈。晚紅隨意墮，聊以托知音。《午日集友人次韻》云：相期俱不淺，舉袂揚清塵。論道寬流俗，悲時重故人。江波非往昔，蒲柳尚兹晨。生事浮鷗外，虛舟隱釣綸。《過亡弟愧孝書屋》云：秋氣生湖水，伊人去綺羅。苔餘三徑寂，書擁一床多。恍惚生殘夢，依稀聽苦哦。孝誠難遠別，冥路更如何。《月夜湖上有懷》云：獨夜看明月，孤懷倍凜然。波生深樹杪，人隔一江天。仿佛見紅葉，淒凉聽暮蟬。離居凡幾載，滯此復經年。《遷居初度懷子雲廬山》云：餘生何事向天涯，破壁空燈照影斜。一夜雨能添客淚，十年春不見梅花。全留野壑容樵牧，未許浮名誤歲華。遙憶匡廬松徑裏，聽殘清磬共無家。《除夕同王叔餘分韻》云：天涯與子爲知己，何事飄零復比鄰。罏火自寒腸自熱，萍踪非主復非賓。乘除歲序同衰鬢，偃蹇行藏愧老親。是處辛盤浮絳蠟，青燈流影到孤臣。

杜　濬　弟岕

《感遇》云：吾求古賢意，冥如隔羅縠。往往得譬喻，坐覺意言足。莊周喻解牛，驦軻譬治玉[19]。各秉天機裁，不遭人事辱。世間肉食兒，可以喻食肉。值書四面看，豈分中與角。桃李著處栽，蘭茝並日薰。所以楚中橘，遂爲天下聞。在遠既難訪，越鄉竟無鄰。常恐化爲枳，枝葉非我眞。《夏夜聽公允彈洞庭秋思》云：楚國有君山，君山在湖裏[20]。西風凋山葉，葉下洞庭水。落葉還在湖，詎若遠游子。十年離故鄉，悲從朱絲起。《贈黃甫及》云：杜陵寂寞將欲死，劉郎贈我《淮南子》。淮南爲人卓且眞，磊落不染半點塵。讀書一目數行下，說劍凜凜如有神。雲霄不垂韓信釣，徐泗正與黃公鄰。橋邊墮履臭味合，臺上落帽風致親。如此之人恨不相逢早，吳宮未埋幽徑草。京都繁華未銷歇，健兒身手各未老。於今萬事皆雨散，才士相看惟有歎。我曹變化誰能知，學仙學佛猶可爲。《雨後集含露堂言別》云：桐柘交陰遍，蕭然雨後秋。過從含別緒，言笑隔時流。古意淮南葉，他鄉劍外州。十年對知己，今日更淹留。《寄胡孝緒太史》云：野客天邊抱膝窮，却瞻蔾閣憶名公。詩成晉代衣冠後,別在秦淮簫鼓中。想見雪兒歌折柳,莫辭春酒學郫筒。劉郎到日應相問,虎氣龍身注草蟲。《元夕江樓看月》云:星火夢瓜洲,燈時得勝游。難逢今夕月,復此大江流。碧浸三山影,煙含萬古愁。夜深誰擊楫,吾道在漁舟。《真州雨泊因傷亡友金沙于子秬》云:江路逢秋雨,客衣增暮寒。真州山不斷,瓜渚酒猶殘。歸雁寧辭濕,蘆花覺自乾。故人今宿草,囘首憶交歡。《冬夜宣城梅杓司過訪留宿寓齋》云:北風今夜急,吹月已成霜。愛月嫌風色,開樽閉草堂。故人宛陵秀,樸被況相將。經歲纔同夢,寧知更漏長。《佛殿》云:大樹風多葉盡飄,莊嚴猶自見前朝。黑頭江令殘碑在,不記君王舊姓蕭。《磵邊》云:紅葉無風猶著樹,青松媚日自生煙。鐘聲出塢清如水,早有幽人立磵邊。《白鹿泉》云:萬壑枯時獨此泉,支筇能不愛涓涓。夜深一綫流孤月,落石穿林去杳然。《夕陽》云:憑高恰遇夕陽還,盡見山前山後山。身在山中能幾日,轉憐飛鳥向人間。《漁洋感舊錄》

芥《獨鶴亭》云:嵯峨華嶠孤,一徑下雲甸。荒草蔓荊榛,五嶽誰能辨。有鳥從東來,大翮異鄉縣。武功雖尺五,仰視目不眩。圓吭裂層霄,丹項甚平善。應惜青城游,見困如句踐。

萬壽祖_{字念五,雍正舉人}

《水中雁字》云:刷羽秋江陣陣過,諧聲會意總無訛。銜蘆欲借蛇龍勢,染翰全憑江漢波。鄭重莫教魚作蠹,低昂幾訝影爲鵝。長沙舊有招魂賦,寫向瀟湘吊汨羅。

高登雲_{字丹壑,貢生,官知縣}

《小孤山》云:萬派朝宗水,孤山砥上遊。直撐吳會脈,橫截楚江流。幽壑潛虬蟄,危巢俊鶻愁。疏鐘飄兩岸,分送往來舟。

袁文煒 釋名死心

文煒才富遇蹇，祝髮京師崇國寺。公安袁宏道弟兄招之作吳越游，已而歸奉其母以居。《聞警》云：烽火城邊百將營，萬家鈴鐸動悲聲。中原子弟花千朵，絕塞將軍草一莖。膏血已枯仍列陣，文章無補漫談兵。閉門不管人間事，領略禪房夜味清。

王一翥[21]

鄧湘皋曰："一翥與同里杜于皇、劉克猷皆復社翹楚，以文章風議相砥厲。"克猷登第，南歸阻雪，泊舟荒渚。見對岸一人青蓑篛笠，拄杖徘徊，意態閑適。克猷曰："此必王子雲也。"使人邀之上船，一笑就坐，傾飲極歡而去，絕不問北來事。

一翥妻樊氏，當流寇陷黃岡時，被掠至三江口。賊逼之，罵曰："我天下名士妻，爾敢辱我。"賊笑曰："名士係何官職？"氏曰："不作賊耳。"乘間躍江死。《楚寶》

閨秀

陳　氏 明經陳少松女，林廷室

氏幼嫻詩禮，適廷，未逾年，廷病劇，制木主授氏而卒。氏自縊，家人破戶救之仆地。年五十卒，預制棺自題曰復主廬，遺命與主俱瘞。篋中有《橫江詞》云：日落孤帆盡，江流片石微。千秋盟白水，不逐海風吹。

【校記】

〔1〕劍，原作"歆"，據《新唐書·列傳一百七》改。

〔2〕送，原作"寫"。清朱彝尊《明詩綜》卷四十一作"寫"，《詩徵》承其誤。據明王廷陳《夢澤集》卷三改。

〔3〕"字伯固，又字子聲"句，原作"號子聲字伯固"。明過庭訓《本朝分省人物考》卷七十八："王一鳴字子聲，又字伯固，號石廩，又號參上，黃岡人也。"據改。

〔4〕此詩及下首《於忽操》復見本卷"林之華"條。清廖元度《楚詩紀》卷十五"林之華"條亦錄有此二詩。

〔5〕及，原作"即"，不合文義。

〔6〕"及功令有排門之役，有司注籍優免"句，《清史稿》列傳二百八十八《杜濬傳》："及功令有挑門之役，有司按籍欲優免。"注籍，指登記入冊。按籍，按照簿籍或典籍。意有先後之別，亦有可通用之處。排門，即推門，挨家逐戶。元拜柱《通制條格》卷十八（明鈔本）："及經過村坊店戶之家，排門粉壁，無得寄頓糴買官物。"挑門，或為"排門"之誤，但習用亦不少見。元佚名《元典章》戶部卷六典章二十（元刻本）"挑門粉壁，使民知懼"。

〔7〕清沈德潛《歸愚詩鈔》卷二十七言"絕句""秦淮雜詠"條注曰："合肥龔尚書芝麓續燈船鼓吹之勝，命客賦《再聞燈船鼓吹歌》。楚人杜于皇長句擅場，合肥顧夫人以百金贈之。"清卓爾堪《遺民詩》卷二（清康熙本）作"初聞燈船鼓吹歌"。

〔8〕杜于皇，原作"杜于"，脫"皇"字。或"于"為"子"之誤，作"杜子"，亦通。杜濬《變雅堂遺集》中多有"杜子"之稱。"潘某"，清杜濬《變雅堂遺集》詩集卷一（清光緒二十年黃岡沈氏刻本）有《同張醒公楊無補金孝章丘令和潘麟長虎丘遊眺作》一詩，或是此篇。潘遊龍字鱗長，參看《詩徵》卷三十五。

〔9〕楊信齋，原作"揚信齋"，與黃直卿（名榦）同為南宋理學家。明戴銑《朱子實紀》卷八（明正德八年鮑德刻本）："楊復，字志仁，號信齋，福寧州長溪人。所著有《祭禮圖》十四卷、《儀禮圖解》十七卷、《家禮雜附註》二卷。"

〔10〕聞友，清王士禎《感舊集》卷六、清錢林《文獻徵存錄》卷十、清陳田《明詩紀事》辛籤卷十五上作"閔君"，民國徐世昌《晚晴簃詩匯》卷十八作"閔友"。杜濬《變雅堂遺集》詩集卷九，作"聞友"。

〔11〕"溯而哪嗦板子磯"句，清徐釚《南州草堂集·卷首》"舊序"云"溯而哪板子磯，弔侍中之捐軀"，無"嗦"字。此外，哪嗦板子磯，又稱羅剎磯，或稱板子磯，在安徽貴池一帶。此語與下文"峨峨冠佩侍中妻，嘔血夫人片石題"，乃是黃觀夫妻事跡。詳見清張廷玉《明史》列傳第三十一。

〔12〕民國徐世昌《晚晴簃詩匯》卷十八作"墓田春草色"。

〔13〕萬斯同《明史·忠義傳六》、張廷玉《明史》卷二百九十四,均作"熊霱"。

〔14〕帶緩日以遠,原作"帶日以遠"。《古詩十九首》云"相去日已遠,衣帶日以緩",句意當由此出,據補。

〔15〕原文無"撰"字,據民國趙爾巽《清史稿》列傳二百七十三改。

〔16〕"官應震"條,《詩徵》此處有些混亂,"官應震"爲萬曆時人物,却與明清之交人物混置一處。

〔17〕六合,原作"皋城"。皋城是六安古稱。徐致覺,清初江南六合縣人,非六安人,故改。

〔18〕"乍保夢餘身"句,清錢謙益《列朝詩集》"丁集"卷十五、清陳田《明詩紀事》"庚籤"卷十五,亦作"乍保纍餘身"。

〔19〕騶軻,"鄒軻",即孟子。"騶"、"鄒"通。《孟子·梁惠王下》載孟子曰:"今有璞玉於此,雖萬鎰,必使玉人雕琢之。"

〔20〕在,原作"有",據《變雅堂遺集》"詩集"卷一改。

〔21〕"王一翥"條,原置於"閨秀·陳氏"條後,爲避免混亂,今移置於其前。

增訂

王一翥 見前

先生"萬事險惟官"句[1]，五字中有千百言。《聽松廬詩話》

斷句如：有書不會讀，讀者苦無書。大道宜適用，孤絕非衆賞。昔亦有何韻，今人坐相因。況乃限其聲，何以發高論。皆能自抒所見。《詩人征略》

杜 濬

茶村《送歸元恭還吳》云：別離三十年，相見各皤然。尚有論文興，而無買酒錢。客中吾送汝，江上水連天。世路多荆棘，行行必慎旃。又句如：夕陽江色異，甘露寺門秋。雪消江始白，春至草初青。海氣昏南北，鐘聲變古今。夜雨傳杯靜，秋燈說鬼青。皆前人所賞。《春暉餘話》

王 鑾[2]

鑾自稱白洋山人，嘉慶丁卯卒，葬於自擇之乳坡阡。自撰《白洋山人墓表》，銘曰："嗚呼，生既不達，死必不傳。無名之骨，瘞於此阡。"自云："四書文法徐思曠、儲禮執，古文仿歐曾及近代之汪鈍翁、魏叔子，詩祖少陵、襧漁洋山人。"

仲子雪生源羲亦未易才，嘗見其《落花賦》及《感興》諸詩，皆情深而文麗，惜早卒。　徒洲十三齡能詩文，負早慧之譽，坎坷不遇。年四十餘，乾隆丙午秋試，始中副榜。嘗於場屋中誦余"明月一林霜"一首，聲琅琅動人，鄰號諸生亦爲之擊節起舞。題余詩卷云：王朱宗派各紛然，北秀南能幾輩傳。橫出一枝偏得髓，黃梅終是大乘禪。推敲五字作長城，不比芙蓉太俊生。大海紫潤天半雪，就中尤數放歌行。鄂城香雨素秋時，賭遍黃河遠上辭。試與詞人索冠冕，何人解讀喻鳧詩。一日謂余曰："君詩遠宗漢魏，近亦在盛唐，坦之詩恐非所樂。"余曰："坦之自謂其詩無綺羅脂粉，泂吾老宗子也，吾何能爲役？"徒洲生平遊跡在閩越、黔南、廣東諸處，晚乃生二子，卜居高士莊。索余詩"高士不知何人"，余詩所謂"高士無名，士亦高也"。《考田詩話》

游　□字月坪，有《紅葉囊詩》

疊石便移山到眼，坐花常愛月當頭。《怡園》。一拱竟生青冢樹，十年空憶白眉人。《哭弟》。偎深五夜花無主，見慣羣芳色是空。《有贈》。一燈餘味在，十載別情多。引入竹深處，相憐花放時。俊逸芊緜，雅自可人。

閨秀

王瓊瑤　材任孫女[3]，有《紉餘草》

《早秋雜興》云：庭前已見掛舒黃，漠漠連村稻蕙香。紈扇尚搖三伏暑，羅衣漸怯五更涼。草根淒切蟲鳴露，竹影扶疏月過牆。貧素家風惟紡績，可能東壁借餘光。

【校記】

〔1〕"先生萬事險惟官句"、"斷句如"兩段，增訂本所增"王一翥"條內容。今剔出並復列條目。

〔2〕"王鑾"條，底本在卷十六"黃岡"中有收錄。增訂本將所有"黃岡"部分增加內容，都置於卷十五後。

〔3〕材任，底本在卷十六"黃岡"部分收錄有"王材任"條。

湖北詩徵傳略卷十六

黄　岡

國朝

劉子壯字克猷，號稚川，順治進士，官修撰，有《屺思堂詩文集》

子壯世居團風鎮，少慧穎，讀書一目數行下，屬文奇肆。弱冠登崇禎庚午鄉薦，旋梦神語之曰："爾須朱之弼作房考，方中春榜。"及至京，偶出散步，見數童攜書包過其門，一童尤秀。執手與談，見書上署名朱之弼也，驚異之。隨至其家，見其父，因與款曲而別。遭流寇之亂，屢阻計車。乃順治六年己丑會試，之弼已爲禮垣分校，得首卷即子壯也。先是廷對策問俱用四六，自子壯始用散體。順治初開科，傅以漸首魁，天下亦仍其習。六年己丑，世祖臨軒親策，方有不用四六之諭。子壯制策慷慨直陳，世祖大説，親定一甲第一，海内榮之。《淡墨録》

子壯制藝與熊伯龍齊名，雄厚排奡，淩轢一時。其詩古文亦以氣勝，然精華果鋭，已消耗於八比之中。又年僅四十四而卒，未能於登第之後復殫心於古學。純以天姿用事，往往或失之粗豪。《四庫全書提要》

稚川七齡喪母，每念及輒泣下，故以屺思名堂。鴻才碩德，未竟其用。而孝友尤出自性生，初出嗣叔父，叔置媵舉子，乃歸[1]。嘗遊吳門，有小吏坐法繫獄，言於令，得脱。吏鬻女得金爲壽，急諭止之。同鄉有難婦流落長安者，捐百金贖之，令與夫完。少時嘗夢有人呼"劉狀元，官不過五品，壽不及五十",卒如其言。

熊劉不獨文名相抗,詩亦頡頏。熊詩豪壯,劉詩秀逸,究各有佳處不同。稚川先生有《送別次侯學士》云:風靜天高落木悲,輕車羸馬望南馳。魄深玉署曾聯轡,夕炤師門憶共卮。近日文章誰與語,別來期許慎相思。經過倘遇真英俊,莫惜音書報我知。二公同鄉同年,自不禁其一往情深也。《卧園詩話》

《答詹柔尊》云:醉君江上閣,風雨闇然春。忽作十年別,幾成異世人。得書如面見,贈句以情申。遙羨湖煙裏,能於魚鳥親。《秋懷》云:大河以北近京畿,昨歲荒凉客解衣。疲騎穿城白晝靜,春林巢鳥路人稀。黃沙古道吹風雪,蔓草寒廬閉棘扉。漢帝於今尊卜式,柏梁應笑露臺非。《喜周汝登表弟至》云:良朋聚合猶興感,何況天涯得弟兄。兵火十年驚汝在,風煙數月滯吾行。僅將離亂鐙前憶,細點詩歌別後情。好月未來當自醉,寒光歷歷倚窗生。《送黃廣文》云:欲雪欲風天未分,蕭蕭裘馬趁春雲。一人有道方興學,四海無虞正右文。西漢生徒兼作述,初唐將相半河汾。宮前茂草休嫌寂,堂上三鱣會報君。《漂母祠》云:淮陰未遇日,窮坐釣江濱。却笑蕭丞相,先輸一婦人。長日卧垂綸,爲謀不及身。可憐溝壑畔,將相許多人。《富池口》吳甘寧祠在焉云:初日滄江宿雨醒,亂山無數一峯青。錦帆宫館灰飛盡,幾點寒鴉送客舲。它如:風過花欲至,雨定樹餘涼。高風原野闊,寒日水雲陰。近南日氣斜沉水,向晚笳聲早帶秋。又"萬事險惟官"五字,敵人千百。

奚祿詒 字蘇嶺,號克生,順治進士,官同知,有《知津堂集》

祿詒博覽群籍,爲文力摹西漢。官江蘇課士,有知人鑒,歸時家無長物。與杜于皇爲中表,詩歌酬唱,誼若弟昆,詩境亦復相近。于皇見訪,書扇與之云:不以行藏異,來探久別人。艱難如隔世,涕淚共相親。笛裏梅花落,江頭燕子新。相看在逆旅,豈是故園春。松柏先人地,文章弱冠時。只今春作夢,可惜鬢成絲。產破關河在,憂深笑傲危。莫貪建業好,忘却武昌思。《三江口》云:衆水會夏汭,三江趨海門。煙寒邾子郭,雨暗呂蒙墩。避地行舟少,防關舊址存。烏啼深樹裏,秋色正銷魂。《寄王錦州龍師》云:宦遊直到海東頭,念爾棲遲兩度秋。幾處蘆笳秦塞月,一天風雪漢臣裘。側身燕市青春老,悵眼龍堆白鴈愁。若見李郎知客興,寒梅香落滿幽州。《梁溪邸中同杜于皇夜坐》云:歸程樂土總難尋,眼見連營過武林。不信能消青海箭,祇今坐困白頭唫。酒添長夜三分暑,月伏中宵一片陰。江上重逢今昔異,晚風雖好不開襟。《冶春詞,約于皇不至》云[2]:杜陵老叟窮可憐,猶能斗酒詩百篇。今朝何處鑪頭醉,知有人家送酒錢。其它句如:詩律當秋警,鄉心入夜深。朔風爭繫纜,荒戍不棲鴉。皆振奇則古,造語精妙。

葉　封 字井叔,號慕廬,順治進士,官知縣,有《慕廬草》　子道復

封初授延平推官,冰蘗自矢,平反甚衆。改知登封,一以經術治之,創嵩陽書院,講學置田,多所成就。輯《嵩山志》二十卷,又搜漢唐來金石文字,別爲集記,辨證精博,論者謂在劉原父、薛尚功之間。執友皆當代名流,結社都門,鼓吹風雅,與王幼華又旦、宋牧仲犖、顏修來光敏、田子綸雯、曹頌嘉禾、林蕘伯堯英、曹升六貞吉、汪季用懋麟、謝方山重輝號十才子。王士禎有《長安十子詩略》之刻。晚歸樊上,稱退翁,桐帽椶鞋,流連杯湖退谷間,泊如也。士禎既序其詩,復誌其墓。

黃岡葉井叔家武昌之樊湖,以漁釣自娛,長嘯賦詩,翛然自適。既官登封數載,詩益清深雅健,纚纚可誦。比來京都,予獨取嵩山諸詩別次爲集而序之。再井叔嵩山諸詩,格高調絕,不減古人。嘗寄已庚及鄴中懷古詩二十篇,屬爲論次,風格益遒上。凡予所不可,君應手改竄,或竟刲削不自愛惜。虛懷善下,交遊中罕見其比。《蠹尾文》

井叔先世本嘉興人,寄籍黃州,篤實君子也。其族弟訒庵方藹介於余,以詩來質。余盡刪其舊作,獨取《嵩山詩》五六十篇爲《嵩遊集》,序而刻之。又選其己未、庚申詩刻之,列其詩於十子中。康熙己未,以博學宏詞徵,罷歸。及銓授虞衡司,井叔已前卒,年六十餘矣。井叔精《爾雅》、《說文》,學

有根柢。所輯《嵩山志》《嵩山石刻集記》，皆可傳。《居易錄》

丙辰遇井叔於京師，誦其詩，清而婉，麗而不靡，戌削而無刻劃之跡。至於友朋山水之好，流連歌唱而不已。庶幾發乎情止於禮義，可以化下而風上者與？井叔前知登封，入為指揮。與一時士大夫善詩者九人，合刻其集以行。若金錫之各異，其齊不同。夫琴瑟之專一，可謂善變古人者矣。
節朱竹垞撰詩序

井叔未第時，家酷貧，嗜讀書。寓樊口湖，王宗伯昊廬常扁舟訪之。值湖漲不辨涯涘，日已暮，猶未達。遙聞書聲出蘆荻間，先悲哀而後愉樂，曰："此必井叔也。"迹之果然。

《宛尊石》即杯尊石，宋邑令朱薿刻"宛尊"二字於石。元結《杯樽銘序》云：郎亭西乳有藥石，石臨樊水。漫翁構石巔以為亭，石有宛巔者，因修之以貯酒，士源愛之，命為杯尊，乃為士源作《杯尊銘》云：袁山迤東郎亭下，磊砢疑如象與馬。驚波帶雨刷崩沙，亂擘夫容醉堪把。有如截竹劂雲根，空中直上名宛尊。北維坼裂頂豁軒，八分鐫字今猶存。形雖如尊不可以藏酒，東偏之顛有坳復如臼。即非玉女洗頭盆，宛如青田核半剖。漫翁所修諒在茲，其器天全可濡首。澄江就釀葡萄醅，挹注何窮傾百斗。春風秋月頻舉杯，莫待懷襄徒袖手。我思元孟真高風，杯飲欲遣尊罍空。唯亭與湖名並同，共守淳樸追鴻濛。苟非蟬蛻埃壒中，焉能痛飲師遺蹤。於戲，誰其繼之吾請從。先生官刑曹時，與王黃湄、謝方山輩結十子社。漁洋稱其《鄴中懷古詩》無一字不佳，此詩尤表表者也。

《北上次李坪驛，別家兄暨怡西昆季》云：行行此揮手，能不作銷魂。相送只垂淚，孤征寧可論。江聲趨故里，客夢待荒村。尚藉壺觴立，銜杯未忍吞。行色誰云壯，羈愁獨自經。已難辭骨肉，況復去零丁。沙氣蒸燕路，寒雲暗楚汀。江楓祇數葉，霑淚下離亭。《保定道中九日》云：十年三徑草全荒，九日長途菊乍黃。京洛交遊纔把別，故園兄弟久相望。送鴻皆決愁同遠，騎馬筋疲老自傷。欲指滄江定何處，白雲紅樹滿斜陽。

道復寄籍武昌，詩有淵源，如"竹日千竿淨，荷風五月涼"一聯，看似平淺，寔渾然天成。

王澤弘字涓來，順治進士，官尚書，有《鶴嶺山人集》、《昊廬詩古文集》

澤弘受聖祖之知，荷御書"夙夜惟寅"、"尊道堂"兩額之賜。尤工詩，福清魏憲稱其五言則鄴下、彭澤，七古則浣花、徂徠，近體則絳州、鹿門，飄飄乎若蟬蛻之遇秋風。歸愚尚書謂公辭官後，移家金陵，矻矻風雅，遠近奉爲總持。

昊廬《題吳聖符畫册》云："世間凡事當略存畫意。"此語殊覺有味。《筠廊偶筆》

宗伯喜與諸名士遊，王士禛、姜宸英、洪昉思等皆嘗點定其詩，所作類皆和平安雅，不失臺閣氣象。而骨體未堅，醞釀未厚，尚不能凌轢一時。《鶴嶺集》爲其子材振所編，曾經魏憲輯入《石倉詩選》者也。《四庫全書提要》

尚書父用予公，崇禎翰林，殉節廬山，故以昊廬自號。未第時，過廬山宿蓮花宮，甫就枕，夢身坐殿上，面供齋果，下有袈裟，百輩環拜誦佛。因取供棗啖數枚，遂寤，口中有餘味。見住房外燈光，出視宛然夢境。問之，是日乃已故方丈淨月忌辰也，爲之驚唶不已。《新齊諧》

宗伯由運河赴都，水涸，篙師入袪[3]，覺有石隱亘舟底。探取之，石縱橫二尺有奇，厚三寸許。舁至舟，摩挲漸露字跡，告諸宗伯。見石質瑩澤，拂拭審視，乃唐太宗命褚河南所摹蘭亭，宋米友仁跋，爲小板蘭亭第一碑。驚喜過望，珍而藏之。抵都，有索觀者輒飾謝，久漸播揚。乃裹置輿中，命嫗載之歸，藏於家。解組歸，建繩武堂，嵌石於壁，非親密不得視。宗伯歿，家中落，乃拆堂而售其材。前夕隱有悲泣聲，即之，聲出石間。久之，爲一老明經持十斛麥易去，其後人亦不知珍惜。乾隆間武昌吳明府世雯購得之，攜歸，今不知尚存否？吳，霑化人也。《秋燈叢話》

《送陳心簡之遼東》云：驅車獨旅向三韓，九月秋風已漸寒。纔道玉門生入穩，誰知鐵嶺放歸難。長天積雪家何在，絶塞嚴冰路幾盤。鴨緑江深終古恨，南來鴻雁報平安。《留侯祠》云：穀城山下草離離，追憶高風繫所思。漫道留侯如女子，每看楚帝只嬰兒。報韓志切逢黃石，翼漢功成賴紫芝。身退拂衣還辟穀，神仙原是帝王師。《易州使院咏松》云：去年手植新松樹，碧葉青枝取次陰。幹長凌雲應有日，後人誰識歲寒心。果抱歲寒心，後人自有識者。《買花》云：賣花擔上露纔乾，野老移來滿药欄。抛却故山花事盛，翻來燕市買花看。《國朝詩別裁集》

《贈周櫟園》云：虛堂披豁久，靜契若山深。家剩千秋史，身存百折心。著書忘歲月，積畫當登臨。舊恨渾無憶，怡然托素琴。《秋夕》云：空林當晚景，異地對蕭晨。楚客能無怨，秋聲倍覺親。葉疏風抱樹，雲破月窺人。獨步思前事，無言悔恨頻。《秦淮溪上和王阮亭》云：宮草迷離二十秋，莫愁湖上幾人遊。可憐天地愁如許，苦勸人間且莫愁。《楚詩紀》

韋成賢 字念我，順治進士，官通政，有《問鄉亭詩集》

《問鄉亭詩》詞高意遠，語重心長，有淡宕猶夷之風，無跅馳窘蹙之失。元音正始，足以繼往開先，洵一代作手也。

《前有車馬行》云：君不見車中父，錦衣繡帶輕揮塵。又不見馬上郎，挽弓彈劍鏤冰霜。丈夫得志安可及，兩足憑虛雲路濕。道旁心醉貧時交，敢冀金蘭下車揖。吁嗟，原有桐，隰有梓。桐梓堪爲琴，交道感終始。不若燕趙之聲寒且靡，竹枯鐵冷侵人齒。故令深山綠綺翁，抱琴獨泣長安市。長安市上車馬徒，乘者無言御者呼。試語老翁休太息，此回得見古人無？《題友人別業》云：幕府參軍杜少陵，卜居西瀼泛秋磴。雲依澗鶴巢嘉木，月對江猿嘯古藤。花徑但遲囊藥叟，野堂初定入禪僧。聞君近癖空山籟，一息清凉半曲肱。

黃　倫 字念蔚，順治舉人，有《鴻雪詩草》

《青山雪夜用韋蘇州韻》云：積素清心魄，懶爲高臥客。撥雪探梅歸，屐聲響危石。虛室生白雲，深山陰易夕。沙寒鳥或飛，萬徑絕人跡。清微澹遠，雅近古昔。

吳升東字巢薇,順治進士,官御史,有《玉磬齋》、《瑞芝堂集》

升東家貧,飯牛,常一編坐柳下讀,窮究經史,遂爲宏通淵雅之彥。"詩長城"三字,洵名不負實。《雪夜宿翁氏書樓贈別》云:主人雖好客,轄亦豈輕投。爲有三生約,來依百尺樓。芝蘭同砌長,水乳共杯浮。此後頻相顧,澄懷淡若秋。《清明前日暮投青山寺》云:偶息青山寺,驚逢寒食天。春陰將欲雨,野火已無煙。座上同僧話,江邊到客船。鐘聲殘夜發,側耳竟忘眠。

高思忠字孝移,順治副車

思忠佐前督學毘陵高公修《三楚文獻錄》,蒐討之力爲多。
《舟過江寧不及晤韋念莪》次首云:老大乾坤裹,馳驅共此身。一官嘗潦落,萬卷總艱辛。客久家如泊,時危仕亦貧。依依猶署閣,魂夢數相親。有少尉家法。

曹大濩字尚白

尚白雅負時名,尤工詩。《悔人移寓浣花草堂》云:天地一蘧廬,眼出蘧廬外。闢戶見天機,闔戶聞天籟。不少古今人,晨夕結高會。隨筆畫滄洲,因垣植松檜。環堵雖少安,廣厦不爲泰。五岳如彈丸,四海若襟帶。庇覆天下心,與身終未艾。曠邈疏宕,不僇而及於古。又有名大聲者,字子先,亦能詩。性篤孝,父病不解帶者累月。鄰家火發,負父突煙出避,身遭糜爛,父子俱死。

王封淑字克倫,諸生　封權

《季秋坐桂恐修園林》云:名花種得四時開,近市園林水一隈。別有襟期尋鶴夢，長餘清潤護珠胎。琴書列坐存先澤，風雨留賓暢古懷。今計重陽堪幾日，可無攜手共登臺。

封櫂字鈞石，亦以詩鳴。王氏自夢澤開風雅之運，代有聞人。如玉書侍郎封溁順治進士勛業文章，上邀御書"尊德"堂額之賜。曾幾何時，其所著《蒙春園集》已不可復見矣。

陳之芬 字凌萬，諸生

《雜詩》云：東家許宿，西家借衾。一夕之歡，樂於千金。疑言不談，疑事不卜。疑喜不歡，疑憂不哭。縱步所如，出此幽谷。遇人慰藉，亂我心曲。《憶鄧二》云：落雁朝隨水，孤鴻夜犯霜。此時思好友，終日在他鄉。本不貪名利，何堪缺稻粱。自憐吾道拙，對酒亦神傷。

桂　震 字恐修，號省庵

《以蠖屈二字顔齋》云：蠖屈數椽裏，天涯感索居。浪遊人事盡，久客道心虛。補拙存乾惕，耽慵類放疎。平生貴適意，未及問名譽。小品殊自穩愜，味其辭亦闇然自修之士也。桂氏又有名嗣宜者，字扶重，亦以詩名。僅見《太原郊遊》一首，難稱合作，當另訪求。

程啟朱 字念伊，順治進士，官副使

啟朱博物洽聞，有經濟才。初宰神木，即以慈惠稱。

《贈梅溪》云：中原昔板蕩，弘濟賴斯人。老去辭榮祿，歸來慕隱淪。梅香滿院落，月色印溪濱。唫詠希康節，高風迥絕塵。《百名家詩選》

孫錫蕃字萊臣，貢生，官知縣，有《复庵詩文集》

　　復庵在勝國時即名稱東南，掉鞅詞壇，著作等身。詩尤擅長，沉鬱哀壯，悽惻動人。秋谷謂風雨助其悲嘯，雷電佐其砰擊。洵非溢美。五古雅潔清超，如食橄欖輒覺味外有味，耐人尋思。《山中同王涓來述懷》云：禽鳴林逾寂，泉響山更深。風塵歷顯晦，巖壑少浮沉。策杖過大灘，長驅逐寸陰。清旦聞見靜，乃格天地心。雲物生懷抱，山水托素琴。斂情息群動，箕踞以長唫。《李雲築先生詠蘭有"我韵在君懷，君言在我鼻"句，令子劍峯續成四詩，出以屬和》云：美人懷湘沅，性情山水寄。空谷發遺音，氣候所自至。同心感之子，聲臭達寤寐。我韵在君懷，君言在我鼻。視彼寒江蘺，芳洲道旁棄。嵐路與菊英，餐飲亦偶嗜。茲乃幽且默，靜對韜神智。以此究其根，均之造物閟。處為王者香，出亦或遠志。各誦祖德詩，仰見霜露墜。朝發泰岱雲，暮疊回雁翠。關河豈間之，萬里將所思。願為化春草，連理庭階植。生意滿幽林，草木同天地。《春遊有感》云：茅亭三五隱湖東，辟世寥寥北海同。萬馬中原凋壯髮，孤峯天外臥山翁。江聲夜夜流明月，柳色青青冷漢宮。雨長石苔春漸老，傷心人在落花中。《東古寺次楊伯祥兵部韵，寄金子駿先生》云：天末孤臣走間關，芭蕉一葉已輕閒。身存湖泛鷗夷子，親老人傳謝疊山。讀史英雄成敗論，立孤難易死生間。肩頭霜雪平生事，夜半悲風逐鬢斑。它如：百代史懸金鏡夜，萬山人臥漢宮秋。返炤平浮臨去雁，倦雲歸繫欲棲鴉。遊子風塵三尺劍，仙人湖海一詩瓢。《遊寒溪》云：白帝城餘烏鵲影，東風聲送杜鵑來。《送僧》云：影散澄波千月滿，色空法界一鐙微。皆警策不落恒蹊。又"歸佛英雄一卷經"，寫勝國逸老，尤覺沈痛。

　　萊臣詩細膩熨貼，尤工五律。《赤壁秋汎》云：桐疎識露重，柳拂礙波回。巖墮孤雲度，山灣小月來。《晚過九峰》云：秋老白蘋渚，僧回紅葉橋。皆妙于造語。《楚天樵話》

曹本榮 字木欣，號厚庵，順治進士，官司業

本榮誕日，母梦神送陸雲於室。幼讀新建書，有聖賢必可爲之志，尤重風義。同年漢陽譚鳳禎卒於京，爲經紀其喪，乳其子，魏環溪爲賦《結交行》以美之。遵化周體觀《過漢陽》有句云："漢陽得見譚公子，舉止恂恂文學深。却憶黃岡曹厚老，果然不負托孤心。"蓋紀實也。《通志》

本榮爲庶常時，聞學士胡統虞論學，豁然曰："天之所以與我者在是矣，此外何求哉？"自是銳於求道。上一日讀《孟子》"人知之亦囂囂"，顧本榮曰："自得無欲，汝足當之。"其眷注如此。所著《五大儒書語要》、《格物致知說》、《古文纂略》、《奏議稽詢》數百卷，學者稱爲文靖先生。

《雜詠》云：盧橘新傳罷漢中，尚衣聞道減花羢。諸州節使休蠲助，聖主清心在合宫。《楚詩紀》

徐子有 順治舉人

子有《過左徒廟》七律頸聯云[4]："遺廟荒殘巢野鵲，空潭深寂泣潛虬。"同時高登雲，字丹壑，邑名諸生，《登小孤山》五律中聯云："幽壑潛虬蟄，危巢俊鶻愁。"句法相似，皆以幽險取勝。又程副使啟朱，有《陶貞女》詩，蹊徑亦同，而婉丽過之。均一時詞人之雋也。

陳肇昌 字扶昇，號省齋，順治進士，官府尹，有《秋蓬詩文》、《南湖居士》等集　子大華

肇昌初由江夏徙黃岡，遂占籍焉。始爲寶雞令，即著賢聲。入爲僉都御史，授順天府尹。凡廷議、會推、秋讞諸大政条，上輒報可。好讀書，雖在倥偬，不廢鉛槧。晚尤精於《易》，作《易潛》數十篇，自號南湖居士。季弟肇熙，字若舟，以歲貢補平江諭。常與諸生講習先孝弟、次文章，嘗自顔其齋

曰"三耐"，蓋耐貧耐辱耐久也。左箴曰"恕"，右銘曰"謙"。著《天岳集》、《湖南草》各數卷。邑志

省齋官廣東提學道，弘獎人倫，以提倡風雅爲己任。諸子多知名，四子大羣、五子大華同舉于鄉，大華又解元也。長子大年亦中順天副榜，官知州。季子大轟丙戌進士，孫五皆孝廉。貽謀燕翼，罕有其比。所著《三楚文獻錄》八十卷，蒐採甚富。戊辰夏，逆陷武昌，稿燬於兵，惜哉。

《望是故鄉行，次韵送毛子霞隱君歸郢》云：八尺昂藏一老子，短棹蒼江弄煙水。占盡風流賣盡痴，手挽頹波追正始。倚馬曾飛羽檄文，英雄原上悲殘壘。千載遭逢吏隱間，轉瞬浮雲皆敝屣。蘭芷由來楚澤多，朝朝採擷行還止。海內聲華久識君，相逢却在武昌市。晴川黃鶴幾招邀，載月傳牋興無比。相如善病復多情，白頭紅粉同懽倚。四壁蕭然不厭貧，千金散去渾閑事。朝來束書忽告歸，吳頭楚尾知何處。笑指郢中是故鄉，十幅蒲帆去若咫。聽雪樓中景物清，錦瑟湘簾如畫裏。只今赤日拂江長，芳草王孫行未已。勸君緩棹待秋風，一片青山何彼此。

大華字西岳，康熙舉人，著《書法緒言》、《石髓詩集》。年十四，與諸友泛舟鸚鵡洲，賦詩曰：漢祚日已非，志士憤不已。褊心固其常，英氣抑何偉。不見大小兒，捐生同一理。長嘯俯大江，日暮酸風起。衆爲擱筆。後舉孝廉，不仕，以孝聞。

王遵度 字鐵岸，順治進士，官知縣，有《聽湘吟》

鐵岸古體胎息魏晉，淹有韓杜之長，各錄一首以例其餘。

《南湖夕望》云：苦寒山氣靜，林壑悉窈窕。澹泊落長江，孤光自奇峭。久客厭舟居，湖皋聊登眺。天澹江無聲，風吟似客嘯。身世託湖山，心事羨萍漂。所歷非一途，日月皆虛炤。寂寂雲氣深，哀猿喜夜叫。萬籟皆退聽，奇音遙相吊。頗覺造化勞，鑿空頻引竅。聲靈自感通，神理仍居要。《前溪歌贈曹文學魯南》云：天風吹海作五嶽，雲氣相聯總一握。神人山居俯狂瀾，曲繞林端射屋角。愛君久客如等閑，誅茆築堂前溪間。洗雲溪頭長罷

釣,送鳥天邊入遠巒。有時著書求好友,策杖東皋過谷口。山鬼泣開石室函,藜叟愁搜大小酉。宛如大海生層崖,又如空天添星斗。千載虛傳不朽名,奧靈泄盡君知否?

汪基遠字星伯,順治進士,官知縣

《題桃源圖》云:我若遇秦人,豈肯復廻首。拙哉老漁翁,枉向仙源走。饒有風致。

樊維城字念庵,順治進士,官教授

《春日遊白兆山》長排中多佳句,如:綠水新鶯調,蒼苔野鹿眠。孤峯人獨立,萬壑樹相連。珠泉留曲徑,石室罩山巓。甲子渾無曆,桃花別有天。買剡云難隱,躬耕豈乏田。如何邀夜月,可以醉春煙。數偶皆圓潤妥貼。

王追騏字雪洲,號錦之,順治進士,官御史,有《居俟樓集》

追騏官給事中,多所建白,以終養歸,閉戶窮經,二十年不入城市。徵宏博不赴,晚好易象,多所發明。詩學中唐,而魄力少遜。然能不失王孟矩步,自是俊材,有"人向花前老,春從客裏歸"之句。《雪後偕友登西山》云:偶有招尋興,衝寒強自禁。層冰環九曲,薄霰隱雙林。老衲山中夢,幽人雪後心。泠然懷抱遠,世外惜知音。《晤杜于皇》云:隋堤佳勝竟誰傳,秋月春花盡可憐。兩度邗溝尋樂事,一年一見杜樊川。

詹大衝字圖先,貢生　弟大衢

大衝窮研經史,至老不懈。詩古文詞,卓然成家。性尤嗜詩,長歌短唫,顛連困苦而不少輟。雅鍊精深,一字不安,寢食爲廢。故所作多詞清理愜，無懈可擊。《秋日訪高孝移》云：之子仍函丈，天將老此身。等閒翻柱史，甘苦向風塵。學易功元早，知非道自珍。莫徒書劍惜，白首博平津。它如《壽人》云：美人薄朱紱，芝草長青春。十年兄以事，百歲醉爲鄉。《別李雲田》云：知子多才原屈宋，憐余三徑少羊求。皆名句也。

大衢字麗門，康熙副貢，有《舫遊嚴台》、《沈樓閑咏》、《環溪草堂》、《白燕堂》等集。性至孝，居母喪，有白燕來巢之異。穎敏力學，著作甚富。詩工古體，卓然漢魏之遺。

《禽言》云：泥滑滑，行路難，何人一梦到邯鄲。欲前且却關山險，進步何如退步寬。泥滑滑，行路難。行不得也哥哥，左畏張機，右畏張羅。改途避之渡水去，眼前一望皆洪波，行不得也哥哥。

宋敏求 字谷懷，康熙進士，官庶常　　敏道

《送程棐三南旋》云：曉天玉露未曾晞，此際輕寒上客衣。魏闕獻將三策去，征鞍帶得五雲歸。風高薊北砧聲急，木落湖南雁影稀。爲問故人分袂後，可無清夢到金扉。又如"滄江水落秋聲寂，赤壁舟廻夜色蒼"句，尤渾成。

敏道字白山，康熙舉人。《辰溪道中》云：叢篠牽危磴，枯木挂女蘿。鳥言行不得，客意竟如何。澗道陰靈合，海門煙霧多。望中天近遠，斜日暮山阿。《孤燈》云：詩未能工窮已驗，酒因多病醉無緣。風致皆極妍然。

萬引年 字考叔

引年詩清越可誦，惜不多見。《曉發富春》云：雞噪村原曙，人行雜棹聲。疎星懸野白，遠樹出江明。羣盜悲前日，孤舟戒早行。喜予囊篋少，開眼過荒城。

詹士懿[5] 字屺望，號文夏，康熙舉人

《同友山中踏月歌》云：山鳥夜啼春山空，明月照溪溪瀜瀜。清磬出林穿溪水，不遇幽人聲不止。幽人依磬植杖立，緣畦亂蛙啼复急。耳中聞磬不聞蛙，磬聲欲歇已還家。思清味永，韋孟之遺。

李　藻 字文甫，有《橫鶴老人詩草》

藻能詩，有气節。畫筆清遠，得營丘家法。好遊，不治生產，數百金脫手立盡。嘗自題畫云："一幅輞川無着處，夜深猶自月中看。"人多傳誦。

龍　見 字在田

見詩有逸致，《和郭些庵先生歸山韵》云：飽蠹殘篆剩幾篇，巢傾枝覆已三遷。頻驚羽檄因藏鶴，爲憶鱗書數捕鮮。有酒在樽權送臘，無金買曆莫拘年。從今解識春婆梦，付與寒江一釣船。

王造周[6] 字邵石，自號識字山翁，諸生，有《浣繡山》、《眈月堂》等集

《雜詠》云：山雞刷羽毛，獨愛臨水照。豈識鳳皇姿，九苞不自耀。《離塵想》云：釣船遙憶沙汀外，秋水投竿我未能。纔說有家仍是梦，亦知短髮不如僧。小品亦有思致。

胡之太 字康臣，號聽崖，康熙舉人，官知縣，有《萃古名言》、《卦餘集》、《聽崖集》

之太性敏慧，有文名。乞歸團江，以著作自娛，尤肆力於詩。集中多清超淡遠之作。

《秋雨有懷顏目二兄入九峰》云：風樹連暮雨，蕭瑟成一秋。深酌敵肅殺，席間見颼飀。寂寞萬古心，乃在雲水遊。君今九峰去，應與靜者儔。濤聲萬松動，臥石泉暗流。溪壑蕩精魄，梵音助清幽。氣象此不殊，所欣住峰頭。策蹇倘一過，爲話今夕愁。《哭司理王夫子》云：雲暗九疑樹，雪橫八桂林。蓬萊去不返，江漢怨何深。灑血迎丹旐，開幃展玉琴。吾師難再覿，遲暮孰知音。《和石翁見寄》云：小齋閴寂聽鳴琴，風雨偏驚靜裏心。無限春光都錯過，落花飛絮總難尋。

嚴承皋_{字六愷，號樂村，諸生}

承皋工詩能文，精反切韵學。性樸直，落落寡交。唯與漢川周若鴻、同里王鑾遊，詩歌雅詠往復，流連不輟。

《席前看畫虎圖》云：畫虎跳層巒，席前放膽看。忽地秋風起，驚人四座寒。《詠雪》云：空際雪花飛，平地生銀浪。四野淨無塵，人在白雲上。《夜訪觀音崖僧》云：松風繞屋數聲雁，竹月穿窗一個僧。霜壓綠苔寒古瓦，水流翠壁引孤燈。《鄂城懷古》云：輕離建業笑孫吳，蘆荻江城擁畫圖。漢水東流魚味美，天生不作帝王都。江流拂檻冷銀筝，籠面沉江府第更。玳瑁筵前歌舞散，刺毬花發楚王城。諸作皆極淡宕猶夷之致。

曹宜溥_{字子仁，號鳳岡，舉宏博，官檢討}

宜溥試博學宏詞二等，授檢討，未幾告歸。朱竹垞有《同諸君聖安寺送曹檢討詩》，所著惜未見。

王道明_{字熙載，號雙崎，貢生，官教諭，有《雙崎詩文集》}

道明家世儒素，少孤，母陳拮据助讀，夜斲松脂爲燭，寒掃楓葉爲薪。道明感母訓，益發憤。通經史諸子，詩文詭譎浩瀚，名重當時。屢主江漢、勺庭兩書院講席，貢生主講省書院，金壇王汝驤外，唯道明而已。

《構小樓成，以石素畫〈卷阿〉之九章，賦此奉酬》云：舊宅兩峙南，新規讀書屋。址基倚坡陀，締構思古樸。礎甃鍛頑石，梁櫨輦崖木。無瓦且縛茅，有垣唯編竹。最喜四山環，崢嶸而崒崥。牖卑不能納，佳氣勞瞻矚。汲版駕作樓，勢敵諸峯矗。豈曰壯吾居，聊以暢幽獨。感君寫生手，遺我雙鷟鸞。九苞奇彩鷟，對舞神襟淑。初日上碧梧，如聞鳴足足。德輝胡覽焉，來下此林麓。盛世太和翔，四靈以為畜。凡稱藹吉多，許聽雌雄六。附翼雖未期，題門詎貽辱。憑欄展圖看，孤情結遙目。願言偕素交，豐羽文章勖。謝朝華而啟夕秀，取材結體，雅近鮑陸。

楊秉萃 字癯仙

《贈歐陽敬亭》云：敬亭先生六一後，和藹飲人等醇酒。汝南琴劍賦歸來，江漢借枝棲八口。習靜不耐塵囂喧，儲書課子常閉門。壽世究心效盧扁，處身適可顏齋軒。即今眉壽已八十，手自抄詩成巨集。叩門相示索商榷，惶汗不禁面沾濕。顧我問學殊自憐，如蠡測海管窺天。固辭不敏輒不可，臨窗拭几施丹鉛。一字推敲乃云善，文章千古匪專擅。余醫自歷肱三折，君詩亦如鋼百鍊。雒誦一過意自如，雋永直入香山廬。歸君之稿附以句，為志吾妄君心虛。癯仙雅負詩名，僅於《適可齋集》中附見此篇，錄以為搜訪券。

王 鑾[7] 字伯聲，晚號白洋山人，有《徙洲詩文集》

鑾髫年弄翰，即驚其長老。文章出入經史，才贍藻逸。數奇，僅中副車。遠遊粵黔，放情物外，嘯詠酣嬉。歸，徙居古高士庄，因以自名其間。

《和歐陽敬亭近作見寄》云：岫雲江水共襟期，鴻鯉飛來得近詩。人在一方雙眼注，事關千古寸心知。獅王搏兔君餘勇，牧豎亡羊我懼歧。留得老年高興在，松陵皮陸是良師。

陳芳烈 字仲紀,有《周天易數》、《觀心堂集》

芳烈少穎異,博學能詩。古文究極根柢,排兀奧衍,名重一時。有"寒汀秋唳雁,遠寺夜沉鐘"句,最沉著。

歐陽賢 字敬亭,明經,有《適可齋詩集》

賢耆壽精醫,流寓漢皋。性真率無欺,年逾八十猶能作蠅頭書。輒席帽逐少年,觀塲屋,雖屢困有司,泊如也。嗜詩苦唫,在唐宋之間,雅近白陸。故雖口頭語,一經點染,自然入妙。同時王徒洲、楊癯仙皆推重之,評其詩"語樸情真,純乎天籟"。又曰"愈真愈厚,愈樸愈老"。當世以爲篤論。

古體筆勢奔放,推瀾生姿。如《高士庄歌》後半云:"高士即今有姓字,林泉從此生輝光。驥子總角樓文房,庭軒插架皆縹緗。但聞雛誦聲琅琅,爲君歌,君勿忘。君不第,亦何傷。君今自有田園樂,曳杖日夕以徜徉。願爾佳兒與翁異,博取簪笏堆繩床。徒洲顧視囅然笑,莫謂纍纍之物汙吾莊。"又《適可齋歌》,亦磊落自喜。入後云:"君不見歌舞地,糟邱臺,金谷辟疆安在哉?名怨階,利怨府,勞勞亭子亦奚取?"

《醫隱》云:大人勞一心,小人勞四肢。我生愧不才,所勞者何爲?非仕斯爲隱,所隱亦奚宜?隱山甘肥遁,隱海與世辭。何如成半隱,半隱乃在醫。生人多夭札,古聖心傷悲。著有仁民術,留作後人師。筆底燮陰陽,肘後妙神奇。針砭中肺腑,藥石治痺痿。旨哉至道該,豈复庸夫知。我肱經三折,捫心信無欺。行年雖已老,力行尚未遲。但得活人多,不辭心力疲。膏粱與藜藿,一體而視之。在國非是仕,在野非是遺。學得陶宏景,經綸全在兹。《黃鶴樓晚眺》云:身世浮沉不繫舟,江城斜月漫登樓。煙迷夏口橫青障,水接銀河落素秋。漁唱一聲燈影出,烏飛幾點布帆收。莫隨賓雁生鄉思,檻外長江滾滾流。《適意示子》云:世事十年得看穿,素行由我命由天。馬能識路無嫌老,鶴慣凌霄不媿仙。梦裏形骸何住着,酒中賢聖且隨緣。詩從適意因成癖,語不驚人莫浪傳。《過高士莊》云:白洋山下敵修門,小阜平疇自一村。楓葉冷迷行客徑,菊花香入故人尊。兒雖晚得珠成串,集不多編雪有痕。我亦詠懷三百首,夜釭明處試重論。《贈楊癯仙移居》云:階前正長蟆衣草,花徑新編麂眼籬。問字玄亭人載酒,出牆紅杏燕翻枝。武陵洞口尋難得,洪益街頭靜亦宜[8]。閉戶苦唫形太瘦,夜深少讀少陵詩。《羨腳夫吳大》云:樂得清貧願不賒,一條扁擔作生涯。興來也買開壇酒,客至還烹蓋碗茶。赤腳么兒賣豆餅,蓬頭老婦紡棉紗。公然糓得三飧飽,說甚尋常百姓家。

王材任字澹人[9],號西澗,澤弘子,康熙進士,官僉都御史,有《尊道堂集》

材任官給諫,清介持平,糾劾有聲。罷歸,寓居常熟之虞山。少與同里陳太史大章契,稱詩海內,聲望頡頏。太史嗣君道川,裒二公遺詩,爲《王陳合稿》,梓以行世。

西澗康熙己未進士,至乾隆己未,年八十七,與趙贊善秋谷執信同赴瓊林宴,爲一時盛事。雖西澗重聽,秋谷失明,而皆不廢唫詠。《寄園寄所寄》

詠物詩刻劃太過,每涉纖巧,求典喬大雅兼長者實不多見。集中《詠藍菊》七律,洵稱合作,云:青帝曾授栽老圃,青帝授藍染江水,唐無名氏句。子衿遙映正相宜。借來西塞山前水,西塞山前水似藍,韋莊句[10]。染出東籬側畔枝。佳色移從生玉地,藍田。盈襜采向落英時。終朝采藍,不盈一襜。詩成獨與寒相對,煙罩兼葭天四垂。兼葭煙盡島如藍,胡曾句。

《魯港夜泊》云:沙岸維舟近柳條,坐看淺水忽生潮。江湖夜靜逾空闊,星斗風來欲動搖。月下望鄉雙淚落,天涯多病一身遙。雞豚社飲應難與,獨倚船窗盡酒瓢。沈歸愚先生評之曰:"星隨野闊,月涌江流,寫盡江天夜景,此固善於脫胎。而星斗風搖,則又老杜未經道者。"《二鶴山莊叢錄》

《送素公往三峯》云:寒日淡無暉,西風吹我衣。高僧從此去,送客黯然歸。一徑白雲合,滿天黃葉飛。讀書臺畔路,漸恐往來稀。《懷素風上人》云:獨眠苦夜寒,輾轉將達曙。因念山中人,蒲團正箕踞。晨鐘隔城來,不知落何處。方欲側耳聽，又被風吹去。《寄西山樂公本師和尚》云：武昌城外西山寺，舊是孫權避暑宮。花密鳥窺清澗底，竹寒人在綠陰中。層崖六月留殘雪，虛閣三更到好風。寄語高僧開靜室，願分高榻息微躬。《東青門》云：買宅曾尋幽絕處，圖書填塞屋三間。耆英社裏千場醉，安樂窩中一味閑。倚杖飽看青簇簇，憑軒靜聽綠潺潺。無端移向臨街住，賣却牆頭最好山。《南昌即事》云：章江依舊抱城流，楓葉蘆花瑟瑟秋。南浦閑雲遮過客，西山暮雨送孤舟。一千里外新蓬鬢，四十年前舊酒樓。余十五即有南昌之遊。莫上滕王高閣望，不堪楚尾與吳頭。《癸丑生日》云：清時在位多君子，許我摳衣奉起居。得事汾陽于少保，更親蔚水魏尚書。早年受教言猶在，此日酬知事已虛。擬賦《七哀》還駐筆，老來問學倍荒疏。《愁》云：遣興憑詩句未成，煙波江上不勝情。綠珠墜後高樓在，青冢春來宿草平。折柳長亭人送別，看花上苑榜無名。北齊天子徒誇大，消去惟將百盞傾。《秋日感懷》云：落葉漸看苔砌沒，故鄉空有鹿門期。百年將半雙親老，五岳難遊兩鬢絲。孤枕酒醒秋雨夜，小樓病退菊花時。平生知己今何在，況復蘭枯柳又衰。《東青門子鶴》云：續事無如楊子鶴，詩家最數邵青門。一筇試覓城西路，二老同居水竹村。《秋熱》云：驕陽灼地氣如焚，六甲靈符孰肯分。我欲彎弓秋老虎，憑誰喚起李將軍。

　　近體有難全錄者，摘其雋句。五言如《贈秋谷》云：有詩爭造化，將壽補蹉跎。晝靜書連屋，門深草沒階。賦因懷舊作，聲是讀書佳。鶯花娛耳目，土木作形骸。裝被棉花好，鋪床稻草宜。《諸葛故壘》云：大星秋夜落，名士敵人呼。七言如：夕陽村外聞驅犢，流水聲中課讀書。須霑巴雪新添白，鬢點吳霜失舊青。南楚春歸花盡落，北書天遠雁難通。漁火微茫經雨濕，燈花寂寞向人開。身從春草秋風老，路自吳山楚水來。村店荒涼蘆葉暗，夕陽隱見蓼花開。舊遊歷歷羊腸險，世事紛紛馬耳風。漫云有策堪經世，實恐無聞漸廢時。萬轉清江通北固，一帆細雨過南皮。水門逆風搖艇急，日兼暑氣射江深。柴門人靜月初上，藕蕩風微花正開。黑水關前秋瑟瑟，青衣江上雨紛紛。江上寒欺雙袖短，天涯痛對一燈昏。舊國應知秋後到，名山多向雨中看。人比少陵居錦里，客如邠老自黃岡。醉尉灞陵悲李廣，封侯博望讓張騫。林靜每看新笋出，門閑自掃落花開。但願詩隨年共長，須知春與老俱來。又《贈人》云：夾輔世推周太保，化民人賴蜀文翁。過客口皆傳鄧雪，憂民鬢早點吳霜。皆精心結撰，準雅抉幽，百劫不磨之作。

汪士倫 字彝仲，貢生

士倫少以孝稱，性嗜學，博通經史，教人以朱子小學爲宗。尤長於徵文考獻，凡全楚人物，罔不論列時代，搜輯遺文。重修杜茶村祠，刻《變雅堂集》。大雅扶輪，尤爲有功桑梓。詩雋永，不多見。

於斯和 字爾節　子心匡

斯和弱冠爲諸生，應制科不第。肆志詩古文，好遊名山大川。著《周易假我編》、《老狂唫》、《复園還來草詩集》，曹本榮、王一翥、張洸爲之序。洸字素先，工書法，善詩文。子心匡，字鼎來，志行高潔，嗜讀書，工詩文，千言立就，不加點竄。著《綱鑑簡正編》、《振巴音詩集》。詩筆清圓，優于乃父。《秋夕湖上》云：長嘯柴門外，行居影自從。晚風來爽氣，野水度疎鐘。壁古蟲因穴，沙寒雁少容。宵闌人未臥，殘月尚臨峯。

陳大章 字雨山，號仲夔，康熙進士，官翰林，有《玉照亭詩鈔》、《軥輖》、《敝帚》等集

大章館選後即乞歸養母，肆力詩古文辭，才贍藻速，成一家言，與同里王材任齊名。所著《詩傳名物集覽》，多漢儒所未發。

向讀先生《遊廬嶽詩題句》云：入骨清思未有涯，襄陽摩詰各成家。小窗日午披唫了，閑看寒梅自放花。其宗仰如此。及讀其全集，奧博淵宏，冲遠和平，洎大家名家兼而有之，然後嘆前詩之作猶是夏蟲之見也。當勝國時，楚詩盛甲天下，然未久而訾議起。雖吹毛者不免過情，要亦作者溫柔敦厚之思、主文譎諫之道，有未極其至耳。自漁洋提倡詩教，以風雅、楚騷、漢

魏樂府、九經三史諸子爲根柢,而傅以跡象俱融之會,詩道爲之一振。先生少入承明,與漁洋往復議論。又退居林下,讀書求道四十餘年。遂以賅博宏偉之學,一發其簡遠超卓之思。銜華佩實,孤詣獨造,而騷雅之幟復歸於吾楚。非先生問學兼綜百家,其能卓然大成、不予吹毛者之訾議,有如是哉?《彭湘懷文集》

楚風舊染鍾譚餘習,後又變爲凌厲,芒角多而性情隱矣。作者矜平躁釋,一歸恬和,可以覘其所養。五古《九江夜泊》云:解帆及夕陽,繫舟傍枯柳。天低九派流,浪抱孤城走。奇峰插斗南,雄勢壓江右。雲中五老人,見我時招手。靜夜冷魚龍,古戍沉刁斗。欹枕不成眠,且飲潯陽酒。舟中望見五老,轉云"五老招人",如此用筆便覺靈活。《甕山拜耶律文正公墓》云:林轉河陰長,遙峰粲可數。迤邐得甕山,嶔嵌若覆釜。劫火土一抔,英靈耿萬古。元祖昔龍興,戎馬日旁午。微公濟世心,斯人盡豺虎。荒祠香火微,斷碣聚鼯鼠。漠漠望秋雲,含情空激楚。耶律楚材,遼之裔也,輔元祖有濟世功。予遊西山,曾往謁其墓。七古《登小姑山》云:蜀江萬里浮鴻濛,洞庭勢挾彭蠡雄。小姑突起插天半,百川砥柱爲之東。磴道虛無動寒色,漁舟一葉傍絕壁。蛟鼉正晝吼風霾,泱漭孤雲天地白。參差樓觀麗朝霞,繡甍珠箔顏如花。陰巖咫尺蓄雷雨,怪樹千歲盤龍蛇。吳楚雄關此第一,折戟沉沙莽蕭瑟。憑欄決眥倚半酣,盡捲乾坤入詩筆。隔江清靄有彭郎,銀河帶水遙相望。舟師招手聞絕叫,急趁南風過馬當。小姑嫁彭郎,東坡偶然戲筆。後人輒以此相謔,殊可笑也。此出以莊重之筆,能脱窠臼。七律《送胡卜子南歸》云:春光叫徹杜鵑音,贈別何堪折柳唫。空說高臺收駿骨,祇應敝帚享千金。五更風雨窮交淚,驛馬鶯花故國心。白雉岡頭荒圃在,未妨述作老雲林。《國朝詩別裁集》

《束車雙亭、余右弓訪茶村集》云:茶村不羈人,遯跡來江外。聲價沸三吳,絕學窺六藝。簡傲或寡諧,經奇亦可貴。身死訖不耀,遺文恐遂墜。世傳變雅堂,十百纔一二。頗聞石室藏,心精未茫昧。文章與世運,實用參否泰。丽正日星芒,耿介河岳氣。碧海掣鯤鵬,幽潛出光怪。作者豈必同,道在無小大。乾坤萬萬古,此理終不易。兩君篤嗜學,搜羅包巨細。一字苟見珍,心風甚抓疥。廣川無逆流,靈琥不辭芥。知音世識稀,賤目昔所戒。

誰爲定吾文，應雪桓譚涕。《登白雲山》云：雨餘秋色佳，遙山翠可掃。振策指郊坰，縱目極天表。飛流界空青，石磴屹回抱。潮生島嶼微，日旰明霞遠。炎州地勢偏，割據幾雲擾。虛傳朝漢臺，尚想呼鸞道。故跡久沉埋，輦路荒煙草。向夕招提遊，列坐蒲團悄。清梵響鐘魚，幽林狎猿鳥。澄觀且須臾，一洗萬緣了。《熊襄愍公墓》云：鈎黨何荼酷，危關迄戰爭。有誰支一木，空自壞長城。萬古萇弘血，深山董相塋。攬衣頻下拜，無淚灑荒荊。罷閫歸田後，囊頭對獄辭。孤忠傳異代，野史記當時。事與水雲逝，名同日月垂。夕陽孤照外，猶樹大明碑。《崖門大忠祠》云：慈元舊殿知何處，炎嶠荒祠尚此門。滄海不填精衛恨，蜀山空叫杜鵑魂。難回氣數心逾赤，未墜綱常死後存。一盞椒漿頻拭淚，靈旗高捲怒潮翻。《新春同張石虹、蔣玉淵、家兄子山集柳塘，呈方伯徐公》云：自是耽幽能好客，豈云投老欲依閒。獨巢雲水成高卧，偶爲鶯花一啟關。種柳逃名陶處士，圍棋折屐謝東山。青春白髮誰賓主，時有騷人共往還。《文信國公祠堂》云：百生不挫匡扶志，萬死寧知時勢難。精衛有心填瀚海，故鄉無地著黃冠。山河慘淡英靈壯，松檜陰森白晝寒。見說燕山諸父老，歲時瞻拜涕汍瀾。《夜過仲達》云：隔岸見漁燈，入林驚犬吠。落葉響空階，幽人寢猶未。

其它尤多名句可採，如《贈王蒲衣》云：國風非好色，陶令自閑情。《山齋》云：好山排闥入，新筍過牆生。浮天松翠滴，夾澗柳陰長。《雜感》云：伯鸞本不因人熱，中散徒知與世疎。《送人》云：長亭背雁楓初落，孤劍辭家月幾圓。《初夏》云：遠市頻爲賒葯計，一家同作曬書忙。《赤壁》云：殘雲抹樹兼天遠，孤鶴橫空帶月來。市井慣談公瑾事，江山曾費大蘇才。《漫興》云：人因懶慢猜高節，天與窮愁不著書。關心只爲花開謝，多事猶存燕往還。隍中有客工藏鹿，杯底何人誤認蛇。貯之古錦囊中，必有奇光發於中夜也。

王材升 字子允

《秋夜烹茶》云：不待寒冬掃雪烹，小窗秋月照茶鐺。輕身便擬爲仙客，破悶何須賴麴生。三沸調來文武火，數甌忘却短長更。露芽日鑄無窮妙，絕似真詩未易評。確切精當，非深味於《茶經》者不能道。

王風徽

《枕浠閣辟暑》云：斜枕溪流一閣荒，山雲帶雨入窗凉。鐘搖暮藹僧歸後，隔岸新荷送晚香。極有風調。

宋如辰 字斗凝，號震懷，康熙進士，官中允

如辰性穎敏，少以文名。家貧力學，在詞林恬淡伉直，一時推重。致仕歸，教授自給。閉户著書，炊煙常絕，泊如也。

《泊臨皋》云：薄暮臨皋驛，蕭疏客鬢斑。雲端迷夏口，煙際認樊山。噴壑聞黿吼，投林羨鳥閑。龍湖有茅舍，松月應常關。《送袁密山還桂林》云：鏡湖歸去水漪漪，舊是中朝獻納司。白首最憐蘇屬國，青衫空老杜拾遺。棲霞洞口滄洲約，獨秀山頭聚桂枝。自昔延之多好詠，憑君取次一題詩。"寒能欺我老，夢亦證吾衰"，亦妙。

王如琰 字二思，舉賢良方正，官教諭，有《瀛洲小草》、《三沙小式》諸集

如琰傲岸寡言笑，嘗與江陵張旋均輯《湖北詩佩》，頗行於世。二思詩力沉厚，古體尤有胎息。《前有尊酒行》云：前有尊酒，太息難持。人生憂樂，各逢其時。長思隻手扶天敧，煉石五色裹雲霓。裹雲霓，鬢已絲，衆人皆醉爾胡爲。有酒不飲徒自苦，翹望九關蹲雕虎。範金琢玉漱雲雨，造化無權真宰怒。徒倚藤牀意惘然，起據糟丘吸洪川。沉酣袖手發清嘯，九衢漏靜霜滿天。《秋夜》云：昏暮重門靜，青燈兩鬢皤。玉繩低夜未，竹柝帶秋多。選伴留窮鬼，全身鑒火蛾。鳴蛩真會意，齊和旅人歌。《五日小飲，時適失馬》云：羈緒年年楚澤東，驚心節物又天中。池邊苟小翻風碧，籬畔葵新過雨紅。續命絲仍從俗佩，讀騷杯肯放今空。不須吊古愁蘭蕙，且樂團

園說塞翁。

欽士佃 字文思，號人田，康熙進士，官翰林，有《瀛洲集》

士佃少孤貧，汲水負薪以養母。癸酉舉鄉試第一，同舉萬燦、袁豐、程有年、丁光偉，皆一時名士。性恬澹，臨事不苟，磊落無城府。工詩歌古文，掌院韓菼雅重之，謂其文爲尹師魯、梅聖俞之亞。《雨宿王邰石山房》云：信宿十年地，重來路不岐。山川高士傳，風雨故人詩。酒熟秋前秫，交盟鬢上絲。蕭蕭窗外竹，況味此君知。

張　楠 字耕石，康熙舉人

楠好古博涉，過目成誦。爲詩刻削清丽，敏捷異常。

耕石多才嗜奇，集東坡二賦字成詩，剪裁無痕，頗具良工心苦。云：予過黃泥坂，相從二客閒。孤舟凌萬頃，明月出東山。舉網魚曾得，危巢鶻可攀。劃然發長嘯，人影斗牛間。有客苦無酒，如茲良夜何。直將橫槊气，都付扣舷歌。窈窕美人遠，蹁躚道士過。清風江上起，無水不興波。行歌互相答，直上履巉崖。幽壑潛蛟舞，橫江孤鶴來。山川俱寥寂，天地此徘徊。疇昔旌旗影，而今安在哉？感此蜉蝣寄，不知何所終。漁樵於渚上，枕藉乎舟中。造物藏無盡，長江羨莫窮。飛仙難驟得，遺響托悲風。《題燕巢園》云：曾愛仙人煮石方，至今常有好容光。愛君風味真瀟灑，巖壑中間置不妨。修竹團團閒老梅，瓦爐活火養寒灰。明年春韭休輕剪，待我閑時冒雨來。

靖道謨 字果園，一字誠合，康熙進士，官知州，有《過庭編》、《中庸注釋》、《果園詩文鈔》

道謨文筆簡潔，《雲貴通志》皆出其手，當時重之。歸田後，仿范文正義田法，置田七十畝。以志敬老尊賢，矜孤恤寡，助婚哀逝之意。《通志》

果園才識英練，學求實用，文名擅三楚。乞歸後，益沉意典籍，博綜遐討，皆心得也。曾遊王徵君心敬、楊文定名時之門，故學極純粹。乾隆間以博學宏詞徵，巡撫唐綏祖复以經學舉，皆以老病辭不赴。

《自黔中歸果園》云：于役頻經歲，林鴉報客回。別當楓葉落，歸及桃花開。對鏡添蒼鬢，循階長綠苔。籬邊舊時菊，雨過更須栽。筆致亦殊清婉。

曾天仁

天仁家貧，性仁孝，嗜吟，著《拙齋詩稿》。子世儀，孫錫齡，俱守法其詩教。《江行》云：樹過橫波綠，山移隔岸青。春江無限景，一艇入空冥。《晚泊》云：岸喧村酒店，燈認故鄉船。一櫓搖來晚，漁歌起遠天。《桑湖》云：桑湖湖上遠飛霞，葉葉秋帆夕照斜。鴻雁欲棲舟欲起，一齊衝破浪中花。《鷺鷥湖》云：東風吹暖綠楊堤，一片波光映樹低。飛破夕陽煙數點，鷺鷥湖上鷺鷥啼。《荊湖知舊集》

王天翼 字星南

天翼詩筆清越，古體尤冲澹可誦，茲錄近體格調之較高亮者。《冶山道中》云：蕭晨歷長阪，白草鳴秋風。亂岫隔雲碧，一楓臨水紅。花繫茅屋小，泉響暮山空。歸路鄰樵渡，微吟落日中。《村居坐雨》云：孤村煙草起黃昏，風雨平居早閉門。豈使殘書煩角挂，自無多蠧向人捫。銅駝莫更悲榛棘，翠竹俄看長子孫。獨有雙龍閒倚壁，時時清吼一棲魂。《過體如上人院》云：乘興來從霽後天，山花澗草媚春煙。青峰不蔽當門路，閒傍溪流到寺前。《楚詩紀》

孫承則 字定法，號南溪，有《春泉亭詩集》

承則少負膂力，不羈，中年始折節讀書，尤究心經世之學。策防江治河、察吏安民、選將練兵諸要政，多發人所未發，惜當世不能用。又屢困場屋，遂頹然自放，嘯傲山水以終。嗜鄉人杜茶村集，手爲注釋，積數十年乃成，頗爲時稱許。

《登龍山頂》云：穿雲又幾重，到此豁心胸。徑絕嘶風馬，潭遊致雨龍。神罍紛駭矚，仙境罕追蹤。黃葉難通徑，唯聞隔嶺鐘。《春初送家省齋菊苗數本》云：林薄春風動舊根，呼童移蒔向中園。今朝遺爾花三本，它日呼朋酒一罇。瘦影不須誇艷質，晚香端合入清門。重陽細雨東籬曉，指點幽叢仔細論。《漢口鎮》云：看它汲汲爭名客，笑爾紛紛逐利人。以財以勢以權力，無年無月無昏晨。《楚故宮》云：楚王不見見王宮，背枕湖山氣象雄。封殖黃金今在不，荒凉樓閣夕陽中。

周茂建 字展野，明經

《贈家宗魯》云：君以儒爲俠，山海皆能涉。富貴若浮雲，詩書存本色。昔赴蒲輪徵，要路得肩息。長揖無將軍，不來有豪客。如彼西來馬，未受金玉勒。如彼陸漸鴻，偏使羽毛匿。千金既已散，斗酒無所得。故人招之飲，狂態不能默。人皆惡其言，我獨飲其德。清泉白石間，位置當爾特。《遊清泉寺》云：浠川居士何勞勞，指點頑石飛雲霄。我欲圖繢仙風飄，黑雲影落西江蛟。摩天古刹揮冰綃，涎沫已化流脂膏。鬼神呵護走猿猱，潺湲滴瀝來顏瓢。洗滌五臟除煩嚣，纖纖盥手羞溪芼。季卿伯芻齒牙聱，知味辨色非吾曹。山林無復符來要，富貴致物何矜驕。

李鈞簡 字小松，號秉和，乾隆進士，官侍郎，有《融齋日錄》

鈞簡幼端敏，三歲侍祖母食，盤匙或參差，輒取正之，祖母奇其有成人度。初入詞垣，有權要聞其才，欲私之，不與通，故蔽之十年。聖駕東巡，獻一束全韻九言詩，稱旨。立朝恥詭隨，喜獎掖後進，請業者無虛日。詩文雅健，晚更冲和。本傳小松先生屢主文衡，鮑覺生侍郎、吳蘭雪中翰皆出其門下。《寄彭秋潭大令》云：白雲西望鶴南飛，江漢題襟舊紵衣。每憶故人爲吏去，深知詞客似君稀。石顏峭處平開徑，花气和時靜掩扉。漢代循良多輔相，莫教容易賦山薇。又：貢水源流能會合，匡山面目本分明。皆不同凡響。
　　《送趙修撰出使琉球》云：封襲恩流海國春，儒臣萬里捧絲綸。扶桑東望經三島，折柳南來傍七閩。紙到雞林原有價，槎回牛渚豈無津。琉球此日爭先覩，天子元年第一人。典喬堂皇，雅與題稱。

陳廷鈞 字松山

　　松山爲雨山太史玄孫，家貧嗜學。《壬申秋仲，白蕋重來玉炤亭，盤桓旬日，臨別賦此爲贈》云：清秋何處可爲別，一別愁人再別難。此去青山天月遠，松湖秋水炤人寒。調高音雅，頗具家法。

萬承宗 字梓崖，嘉慶進士，官知縣

　　承宗爲南泉太史年茂子，少承家學，性穎異，書無所不讀。出守黔西，未幾罷歸。主江漢講席十餘年，日以著述爲事，詩古文詞皆卓犖不群。
　　《書示子勸》云：一官等羈旅，十載違故園。聞汝既抱子，喜我得添孫。幾時見新婦，榛贄典重敦。庭中有嘉樹，所長或蘭蓀。而我數千里，人事難具論。一葉涉滄海，波濤隨簸掀。歲昨百感集，得書心顏溫。況備子衿選，要知名教存。綿綿葛藟蔭，慎勿忘本源。《小孤山》云：隔岸青山多，別秀出江渚。正似高棲人，獨立一無侶。咄咄新婦磯，世人妄爾汝。有如巫山峯，絕頂祀神女。重關鎮海門，中流峙鐵柱。欲即不可攀，濛濛蕩煙雨。《臨漳》云：金仙辭漢日，銅雀已荒蕪。奏伎人何在，分香事太愚。英雄同白骨，疑冢亦黃壚。太息漳河水，年年繞故都。《登芙蓉樓》云：青山長送客，白首一登樓。寒雨江聲共，高風木末留。落花憑友寄，香草入詩愁。社火精靈地，從人話潤州。《天津》云：豆子亢前天色蒼，夜來風雨入秋凉。氣收蜃市魚鱗閎，路近烏衣燕子忙。地勢北廻依去郭，潮聲東上見歸航。江河歷盡還溟渤，滿目煙波鬢已霜。

龔斗南 字小梁，貢生，官訓導

小梁先生與先子爲石交，兒時恆誦先生佳句，以爲模範。客齊安，曾與令子夢生敘孔李誼甚懽，并道先子之教，夢生亦甚感也。索讀全稿，以兵亂未靖，藏之山中未出。夢生旋歿，竟無由求遺稿而選錄之，引爲大憾。

《潘貞女》云：郎命絕，淚如血。女性烈，心如鐵。未到郎家與郎訣，郎死亦死死不得。郎父郎母肝腸裂，賴女如兒長在側。九京郎正慰，三年女忽亡。彼蒼者天何茫茫，道途聞之爲悲傷。吁嗟乎，潘貞女，有女如此能不死，世間誰是奇男子。此作得之抄寫，片羽之珍，何敢棄也。

呂德芝 字時素，貢生，有《晉起堂集》

德芝詩筆清脆，可口稱心，如啖哀家之梨。

《暮歸》云：秋山二十里，夕炤帽檐紅。野寺一聲磬，歸驢兩耳風。衰年幸小健，晚稻喜重豐。鐙火衡門近，飛還倦鳥同。《重陽喜二友見過》云：二子清無敵，同過黃葉齋。既因尋菊到，何不抱琴來。風淡茶香遠，簾空野色開。前山可登眺，相與計尊罍。餘桂猶堪折，殘荷尙可卮。一年計好景，老友托清時。酒許衰顏壯，秋憐瘦骨知。赤龍與白鶴，笑爾學仙癡。先時周佛仔維曇有《遊山》句云：暮遊消短句，冷夢起寒泉。輕雋雅與相類。

梅見田 字利五，號菊階，道光拔貢，有《見山樓詩集》 弟儒寶

先生少岐嶷，讀書過目成誦。詩古文詞胎息秦漢，尤邃於經學。受知學使鮑覺生侍郎，以古人期之。顧闊於邊幅而湛於典墳，土木形骸，任天而動，世多目以太憨生。而先生萬有胸羅，固已土苴人世之軒冕矣。亂後田

廬蕩然,著述散佚殆盡。經介弟玉峰多方搜求,亦不過存千百於什一云。齊安多究心經學之士,乾嘉間爲極盛。先生嘗稱林伯滋明經之華所著《周易義補》、《洪範說》、《卦鎖鑰》、《易、四書費日箋》及《土音會讀》諸書,皆發前哲所未發,惜世鮮傳。　江夏彭漁叟嘗稱先生鎔鑄經史以成文,於揚波導沸之中,傑然以古作者自命,詩其餘事耳。而七古澎湃奇肆,《和昌黎石鼓》、《黃鵠磯》兩歌行,百餘年來無此作也。

《擬陶淵明〈咏貧士〉》云:蕭然一畝宮,獨立期不朽。盤桓古松陰,眷念歲寒友。植杖詠良苗,停觴歌止酒。豈不饒苦辛,烟霞落吾手。賴有琴書樂,肯與聲華偶。求古有吾儕,得天亦已厚。高天杳無際,卷舒任孤雲。真意不可辨,遐心醉三墳。蓬蒿自蕭索,車馬絶紛紜。榮華詎不好,諧俗難其群。田園苟不蕪,食力籤在勤。胡爲乎弗樂,物態皆欣欣。《書黄仲則太白墓詩後》云:太白與君同有死,此後何人吊江水。仙才都自劫灰餘,剩馥殘膏丐餘子。塵世茫茫巨眼難,論人以遇嘲飢寒。生前抑鬱固其所,公論何曾定蓋棺。江山生色輸君手,詩骨酒腸兩不朽。澆愁我亦善千杯,安得春江化爲酒。《樓夜》云:秋心無遠近,迸入小樓中。江影橫飛鶴,霜華暗度鴻。窗虚能受月,池淨不驚風。精鶩知何極,歸來見太空。

儒寶字瑞石,警敏嗜學,少與仲兄玉峯暨余同受業於陳雲村先生之門。瑞石髫年耽吟咏,出語輒奪同人之席。壬子亂作,以資郎筮仕山左,骯髒不得志,以致於死,惜哉。賴同里鄧獻之比部歸其柩,梓其遺稿以傳。於戲,瑞石爲不死矣。　梅氏伯仲多才,有三鳳之稱。菊階學博,邃於經學,而詩尤樸茂。瑞石則逸藻風飛,情文綺合。天才既爲富有,又流離兵戈,遠走太行雁門,山川雄闊,得以開拓其胸襟。且復抑之下位,迫以飢寒,窮愁孤憤,有不發之於詩而不得者。呵壁問天,憔悴摧折以死。文人遭際之窮,于瑞石可謂極矣。彼蒼蒼者,亦獨何心哉。或謂瑞石非困阨儚佗至於如此,其詩必不能工、工不能決其必傳。其信然邪? 否邪? 《瓶隱齋筆記》

瑞石幼負雋才,其伯兄菊階選貢,博學能文章,有聲士大夫間,幼即課其爲詩。嘗題《黃鶴樓》句云:"江夏何人鸚鵡賦,金陵有客鳳凰臺。"爲其伯兄所欣賞,所謂開口詠鳳凰也。余與瑞石同官山右,以道義相切劘。暇則分箋倡和，商榷古今詩文。瑞石嘗抱其骯髒兀傲之氣，杜門謝客。時手一編，務追古人不傳之秘於高遐曠邈之區。以此詩益進，名益高，而境乃益困。乙丑冬，凶問忽來，爲之悲悼不已。前一夕猶聞以竹崖上人《貝多册詩》與同人質正，是其殫精畢慮，求抗衡古作者之林。不瘁其力，不止於此，亦可見矣。截鄧琛撰詩序

《短歌贈別菊階兄》云：匪狐之赤，而烏之黑。孤城白晝吹觱篥，我時去楚適齊國。草滿地，月當門。聞君橐筆走梁園，五載相思千里魂。爰採芙蓉，載賦棠棣。契闊亂離，纏綿昆季。巴山夜雨悵歸期，彭城遠梦驚身世。太息復太息，相逢同是客。門外即天涯，斯須立君側。隴頭流水，嗚咽難聞。天寒日暮，仰視浮雲。浮雲來往空悠悠，阿弟行矣君莫留。恐君惜別易傷懷，吞聲有淚不敢流。對此茫茫，悲歌四顧。寸心幾何，如怨如訴。一行鳴雁前途住，匹馬蕭蕭出門去。《後唐莊宗》云：鴉兒老去傷雌伏，有子如龍萬事足。江東少年孫伯符，昆陽大勇劉文叔。朱五經兒魄早亡，何況區區王鐵槍。手剪仇讎奉三矢，英雄快意有如此。中興王氣屬晉陽，故事太原出公子。龍興未幾復唐社，龍作魚服困漁者。優人獨愛敬新磨，樂府高唱李天下。《蒹葭思友圖》云：葭水杳無際，伊人何處尋。烟波縈別夢，鴻雁唳秋心。敗葉倏沉岸，輕寒濺入林。憑君莫吹笛，飛雪已情深。《山行》云：山晚雨初歇，客來樵不逢。林間隱古寺，石縫吐奇松。好鳥不知處，夕陽猶在峰。忽聞飛瀑響，隔斷嶺重重。《讀桃花扇傳奇》云：玉樹歌殘迹已遙，鐘山回首尚魂銷。白門柳色悲風雨，玄武湖波感寂寥。祇有多情留舊事，可憐短夢促南朝。美人名士偏安局，一例新詞付碧簫。舊院相逢第一流，奄兒迎合到纏頭。倘非佳俠含犟拒，幾誤才人沒齒羞。林藪從教贈繳遍，黨碑重賴姓名留。夷門公子天涯去，煙雨秦淮掩畫樓。中興舉國盡若狂，元老憂時意獨傷。四鎮全軍邀板渚，空營千里置淮揚。梨園雅奏無愁曲，水遞星馳告急章。金粉從來行樂地，銅駝何事泣斜陽。《赤壁懷古》云：羽衣孤鶴今何在，一去空山八百年。絕代英雄無魏武，千秋才子有坡仙。大江不盡碧流涌，終古如斯明月懸。我欲吹簫邀客聽，問誰能賦第三篇。《黃鶴樓送友之岳陽》云：雨餘三面空青落，招手晴天下黃鶴。濛濛煙水片帆開，

夾岸霜林葉微脫。涉江何處采紅菱，斑竹清猿思不勝。聞道洞庭秋色好，橫吹玉笛向巴陵。《答贈獻之》云：綠鬢驚從鏡裏凋，感時衰邁各無聊。朔方戎馬新爭戰，南國鶯花久寂寥。相聚適逢鴻又至，高談每盡燭三条。茫茫前路知何處，難把愁懷借酒澆。《有贈》云：今日狂奴未敢狂，簾痕清淺簟紋涼。楊枝秋瘦池中影，桃葉春生夢裏香。似此胭脂空北地，爲它風露立西厢。宿醒睡起嬌無力，笑倩檀郎替整妝。《明湖晚步》云：水天一碧淨無塵，司李風流二百春。獨有湖干楊柳色，秋來憔悴似懷人。《早渡鴈門》云：昔同屠狗遊燕市，今獨騎驢出雁門。畫角吹殘邊月曉，茫茫銷盡古離魂。

謝 荍 原名道愷，號惕夫，嘉慶拔貢，有《移春舫詩文稿》

惕夫雅負才名，咸豐間，曾同客蘄水，談詩竟晨夕，意甚愜也。著述盈尺，頗有泥沙並下之憾。茲錄其清峭拔俗而不失步趨者，比漁洋《感舊》之集云。

《大風偕紫庭同年登黃鶴樓望江》云：白浪排半空，勢欲挾江走。一葉忽飛來，起伏波中久。傾側時見底，篷槳更何有。性命等鴻毛，鴻毛尚輕否？旁觀坐歎息，欲語還緘口。地以上皆水，水以上皆天。天水渾一色，微微劃蒼煙。鳥從煙雲出，飛渡何翛然。人生無羽翼，心往足不前。風從長空來，遇物物皆損。孤塔矗江邊，微蕩波中景。塔如啞然笑，客容何太猛。靜以鎮羣動，於焉發深省。廻首望同遊，危坐衣冠整。《和周芸臯雪後登黃鶴樓》云：大江蕩胸臆，殘雪煮茶紅。幻影尚摹鵠，新詩還印鴻。神仙霄漢近，懷抱古今同。欲擬梁園賦，含豪矚遠空。

殷必達 號石田，諸生

必達家貧溺學，晚年手抄《全唐詩》以訓子。詩不多作，落筆輒合矩度。
《書感》云：自攜尊酒問青天，獨對殘陽一惘然。同皂功名卑驥足，封侯骨相媿鳶肩。練裙清苦誰相恤，爐火光陰絕可憐。書劍飄零吟榻在，教兒且拂舊青氈。烽火重重逼講帷，羅平妖鳥正横飛。酒邊琅鐸朝間警，梦裏桑乾夜合圍。浩劫屢經猿鶴化，餘生敢托鳳凰飢。獨慚家國均無補，惆悵滄江老布衣。

高沛霖 字雨村，諸生

沛霖性敏嗜詩，而多游戲之作。早卒無子，詩多散佚。有傳其《讀莊子》五古數章，深得漆園神解，惜未録其稿。

《黄岡謡》云：甘癡呆，作秀才。急酒食，充衙役。衙役門前車馬集，秀才家中水潑壁。具有古歌謡遺韻，未可以涉遊戲非之。

劉錫麟 字荆翹，別字香雪海人，諸生，有《香雪海詩》

錫麟嗜古好學，晚益肆力於詩，而稿多散佚。

《七夕》云：此地足烟波，波長離別多。誰憐古離別，攜石補天河。《客中聞絡緯》句云：晚風入庭樹，絡緯已驚秋。山館月初上，豆棚花正稠。亦知無一梦，其奈有鄉愁。是夕秦川女，機聲夜不休。

廖志基 字萊城，道光舉人

志基少縈貧，酷嗜《騷》、《選》之學，工詩。爲周芸皋觀察所知，愛其《夏日夜雨詩》，逢人輒誦之。云：疾風初破屋，雨點大如拳。亂瓦墮秋葉，飛簷鳴瀑泉。怕有蛟龍過，吹燈不敢然。末二尤突奇，然已可以覘其氣概矣。《詠雁》云：西風吹落木，念爾獨南翔。塞外書難到，雲中字數行。蘆花湘水闊，落日楚天長。我亦江湖上，年年來去忙。

汪引撫 字蘭屏，有《養雲山館詩鈔》

引撫布衣蔬食，不求仕進，而嗜詩成癖，苦吟半世，名不出於鄉里。求得遺稿數紙,即摘而錄之。

《過禰正平墓》云:年年芳草依然綠,吊古何人上塚來。山水有靈鍾間氣,乾坤無地著奇才。揮毫席上辭空麗,撾鼓階前禍已胎。鸚鵡不言名士死,千秋知己劇堪哀。《送李勤圃入蜀》云:萬里橋西萬里行,河梁送客不勝情。心縈游子孤舟夢,耳亂啼猿兩岸聲。秋雨雲埋神女廟,春風花簇錦官城。不堪芳草年年綠,偏向王孫別後生。《擬子夜歌》云:東風不知愁,綠遍階前草。願將憶歡情,吹入歡懷抱。《銷夏詞》云:嵐翠深藏屋幾間,炎氛隔斷水灣環。閑身自笑如猿鶴,鎮日遊山不出山。清溪畫舫水爲家,雪藕調冰興倍賒。十五雛鬟一雙槳,夜涼搖過白蓮花。《讀紅樓夢》云:珊珊瘦骨黯魂銷,淚雨頻生滿鏡潮。一寸柔腸千種恨,不堪長度可憐宵。回首紅樓一夢中,者番長謝綺羅叢。憑誰一喝當頭棒,打破疑團色是空。其它句如:月華波蕩碎,客夢櫓揉消。谷暗鳩呼雨,山空鶴夢雲。檻前山色忽墮地,竹外水痕飛上樓。事難如願須安命,學豈能優要惜陰。材原樗櫟非關懶,室有琴書不算貧。皆絕空依傍,自寫性靈,如披九畹蘭華,輒有清芬撲人眉宇。

吳　榮 字又桓,咸豐進士,官主事,有《誦芬堂詩集》

吳君又桓,下榻鳧薌先生宅中,贈先生詩云:"三朝優眷尊裴郭,四海人才識俊厨。"惟先生足以當之。又桓詩以氣骨勝,家淪烽火,憂患頻仍,憤激之懷,時見篇什。余亦再世人,讀之不勝有同慨也。《寄心庵詩話》

《對雨》云:竟欲憂天墜,蒼茫百慮侵。登樓王粲淚,蹈海魯連心。事過唯耽酒,悲來轉廢吟。誅茅向何處,愁對碧山深。《聞帥逸齋太史南歸,未以爲信》云[11]:莽莽風塵裏,君從何處歸。豺狼猶北竄,烏鵲漫南飛。舊侶荆高在,清時頗牧稀。如聞有封事,早晚進彤扉。《答葉潤臣同年二首》云:三年不見帝城春,重看車前十丈塵。排日笙歌多酒客,九門簪紱幾詩人。閒雲黔晉饒遊興,舊雨潘陳識勝因。廿載傾心今聚首,好教嘯詠日相親。清切蓬萊隔上方,漢陽雲樹總蒼茫。不辭簪筆趨薇省,何處題詩寄草堂。

遠道思親愁似海，世臣憂國鬢如霜。北來我亦無家別，先壟松楸足斷腸。
《國朝正雅集》

方　鏞 字笙甫，道光優貢，有《笙甫詩鈔》

不見笙甫二十年矣！憶操權算時，同學詩於李香雪先生之門，托契至深。頃由傅雨卿明經出讀所刊詩，如歷曾遊之境，不勝感慨今昔。笙甫詩，余最愛其五律，朱小西序中亦推此種爲擅場。如：落日下疏柳，西風吹斷篷。徑荒唯鳥到，水隔有橋通。《月下看菊》云：花看冒雨潜，月正破雲來。客意淡如許，秋心晚更開。尤妙於入手。《樓居》云：紅塵不慣住，門戶倚天開。月小邀先到，雲高近逼來。《村居》云：多少濃煙隔，人家深復深。半溪新柳外，一路野花陰。《旅次》云：天空一雁度，秋色上征衣。老樹驚寒露，遙山淡夕暉。皆冲微淡遠，有韋孟之長。七言亦格老神怡，如：日下看花空有淚，風簷落葉不宜秋。地僻客疏新舊雨，夜寒人怯淺深秋。兩年秋水驚爲客，一路春山看到家。又似許丁卯。

《早起》云：鄰雞聲亂喧，旅夢倏驚醒。落月在波心，殘星猶樹頂。孤村人語出，秋思故鄉迥。遙見趁魚翁，破煙飛小艇。《旅館不寐》云：涼風起日暮，木葉莽蕭蕭。高館一燈悄，故鄉千里遙。蟲聲寒古壁，蝶夢醒殘宵。明月不知處，離愁空酒澆。《早渡漢江》云：關河忙客子，琴劍壓扁舟。人坐五更漏，天寒九月秋。烟濃迷岫頂，雨急助潮頭。何處晴川樹，停橈問野鷗。《靄園》云：江城如畫處，山隱讀書堂。峭石鎖寒碧，流泉飛古香。無風松亦韵，不雨竹生涼。濠上魚知樂，澄波湛一方。《舟居》云：何地容萍梗，妻孥共一船。鳥穿波外樹，人卧水中天。麥飯斜陽後，蘆花古渡前。有時挂席去，滿載月華圓。《秋螢》云：一葉度何處，新涼竟夕生。分星光幾點，流露夜三更。壁古涵煙淡，階空映月明。疏簾看巧入，小扇撲羅輕。《滋陽湖》云：大星湖上落，城陷表孤忠。一勺此清水，千秋說相公。池荷翻夜月，歌笛咽秋風。太息長江浪，奔流不復東。《冬日自應陽旋鄂》云：朔風凜凜撼江頭，驚起鄉愁又別愁。老我星霜常作客，看人夫壻早封侯。華峰夜雨三生梦,京國浮雲幾度秋。笛裏梅花吹一曲,好憑明月上高樓。《聞雁》云:一天霜信五更殘,染出楓林無數丹。正是西風秋瑟瑟,蘆花深處不勝寒。《乳燕》云:花正濃時筍正肥,風初斜處雨初稀。羽毛莫漫矜豐健,且向低檐緩緩飛。《暮春》云:曾經小住碧山阿,叱犢聲中布穀多。浪跡不堪回首處,六年未聽插秧歌。和風送暖試單衣,拾翠新從紫陌歸。憐取檐牙小蛺蝶,解開珠網任它飛。《題畫》云:山外別有山,山泉無定處。幽鳥逐人忙,白雲自來去。

周振壽 幼童,無字

振壽髫齡隨父避寇難之蜀中,七歲信口成詩,驚其座客。岐嶷出自天生,惜未幾以痘殤。

《題壁》云:茸茸鳳尾草,習習風吹動。宮牆一丈高,蝴蝶偏來弄。《古風》云:主人延客開畫堂,風吹林花滿座香。珠簾不捲晝初長,若有人兮御明璫。吹笙鼓瑟引鳳凰,鯨鯢百丈隨翱翔。巨靈跋浪天開張,一日聲名動四方。恣肆離奇,洵所謂自鳴天籟者也。

補

梅德音 字仲谿,嘉慶舉人,官知縣

先生歸田,僑寓鄂城,余童子時猶及見之,道氣盎然,想見前輩典型。令子玉峰文學,出讀二詩,辭氣清蒼,唐賢勝境。雖一鶚之僅見,自片羽之足珍。

《過蘆溝橋題壁》云:蘆溝千萬樹,樹樹曉光催。宦跡雲飄過,詩情雨送來。風塵誰駿骨,形勝自燕臺。帝德原知報,慚非柱石材。《蓬萊閣觀海》云:崢嶸傑閣倚山巔,眼界憑臨四望穿。砥柱東盤趨泰岱,湯池北護爲幽燕。五更雪涌波心日,萬里雲連海角天。欲向蒼茫求濟渡,好從此處問神仙。

劉　浦 字荻江，克猷先生從子

《揚州感舊》云：紅橋煙冷平山路，畫船尙記曾遊處。廿四簫聲過竹西，玉鈎斜近雷塘墓。花深柳暗酒旗招，朱簾驀捲香風度。揮金作達黃公壚，吳歙楚舞邯鄲步。濃眉朔客觱篥歌，江國詞人秦箏賦。少年場中意氣增，留連那惜時光暮。座上分題弔古詩，詩成能使人驚慕。青林耆舊宗匠多，白髮論交若平素。鱸魚張翰忽思歸，鶯花滿眼留不住。一別揚州二十年，江山如舊人非故。山陽笛裏淚沾衣，秋草墳頭泠泣露。不堪重聽廣陵潮，茫茫離恨迷江樹。扁舟十日泊邗關，惆悵臨關不肯渡。新相知兮期未來，舊雨飄零復誰顧。隔船商女弄琵琶，旅懷觸緒愁無數。空憐夢醒杜司勳，慘似別人白太傅。

桂嗣宜 字扶重，諸生，有《懷新堂集》

《涇原郊遊有感》云：晉陽城闕我重遊，眺遠須憑戍角樓。紅影散餘霜葉寺，翠煙飄泊藕花洲。溪冰委宛風增力，土雨迷漫障未收。客思那堪頻悵望，典衣歸作一尊謀。

王封權 有《眺雲山房詩》，見前

《對月》云：好秋幽意愜，向晚坐招提。野曠風旋過，林疏月受棲。一杯深遠想，二子共新題。寂寂無言處，何知冷露淒。《山寺》云：萬緣老去懶關情，鴻爪頻留在化城。豈爲蒲團堪證果，料因山水莫寒盟。析薪有子肩初卸，戰角無才夢不驚。蠟屐那須尋五岳，澄溪聊可濯吾纓。

王追騏

《送甥杜湘民南旋》云：汝歸仍是客，故國似無情。涼月纔今夕，秋風已半生。相期他日夢,共愛盛時名。別意難持贈,江流不斷聲。《蕪湖雨中憶九弟往姑孰》云:細雨繫輕舟,銜杯誰共酬。人隨孤鶩遠,春逐大江流。寒食他鄉夢,綈袍此日遊。明知聊暫別,黯黯切離憂。《孟秋客中》云:秋飛一葉後,人在萬山中。遠笛荒村月,孤衾野店風。樹衰容自老,蟲細語偏雄。知我今宵夢,蕭蕭北地鴻。《癸丑秋獨客》云:饑驅何所息,長夜自悠悠。雁滯南樓夢,碪先北地秋。讀騷呼屈宋,掃徑失羊求。不信杯中物,能銷千歲憂。《雨後早起登卧龍山》云:瞞却天邊日,偷看雨後山。煙浮諸岫隱,風逐片雲還。踞石瞻高閣,緣藤讓小孌。舉頭驚赤影,不敢再躋扳。《將別武陵譚青臣留酌萬字樓》云:凍雲凝旅色,得句喜登樓。醉裏千層目,空中一葉舟。懷人書雁字,送客問鶤裘。吳楚天涯別,同聲寄遠愁。《柬檗庵熊和尚》云:二十年前早識君,兒童曾聽說雄文。待窺瀛海潮頭月,猶隔華山頂上雲。此日傳燈寧自照,當年諫草爲誰焚。好留半席遲來客,莫學希夷不肯分。儒禪樹幟覺誰真,月散千峯共一輪。曾笑坡公原衲子,還疑佛印本詩人。梵鐘直破三更夢,史筆能留萬古春。門外何從分世界,如君與我後先身。《過椒山楊公祠》云:負嵎翼虎適當關,一鳳長鳴霄漢間。正性但知酬聖主,孤蹤寧識避權姦。焚餘諫草留忠骨,讀罷遺編隱淚斑。征客自詢曾有膽,方容下馬拜椒山。

喻　　恕 字一銘,諸生,有《陸莊詩鈔》

恕家貧,溺苦于學。少以《詠雪詩》受知邑宰陸笛村炯,才名噪一時,而遇多不偶。己酉下第,僵寒蕭寺,與故友姜玉臣培德、王吉儕丙、汪仲閌以鉉,聯高觀詩社,極一時酬唱之盛。壬子亂作,風流雲散,卅年不通音耗。近蹤跡其子,求所著《陸莊詩》不可得。僅錄寄數章,皆少年不經意之作。嵇康夭死,廣陵中絕,冥冥中負此良友矣吁。《及第好》云:人道及第好,我道及第還須早。君不見賈黃中,七歲稱神童。竹馬不騎騎金馬,愧殺多少黃髮翁。《徐一士以其尊人壽逾九十徵詩》云:開闢前之甲子無人斷,開闢後之甲子我能算。五百年來聖人生,十二萬年盤古換。要與盤古同不朽,其人乃可以言壽。要能立德立功言,其人乃可與盤古同住一十二萬年。君不見光黃之間徐孺子,父兮父兮長不死。《詠雪》云:梅花如主人,白雪如賓客。風送客子來,日照客離別。又《旅感》句云:酒從逆旅賒非易,書到窮愁著亦難。皆夭矯不落凡想。

【校記】

〔1〕歸,原爲墨釘,據清法式善《槐廳載筆》卷十四改。

〔2〕此詩所屬,清李斗《揚州畫舫錄》卷十:"杜濬初名詔字于皇,號茶村,湖廣黃岡人,工詩。僑居江寧鷄鳴山之右,往來揚州,與文簡友善。修禊時,濬後至,文簡詩云:'杜陵老叟窮可憐,猶能斗酒詩百篇。今朝何處爐頭醉,知有人家送酒錢。'"文簡为王渔洋諡号。清王士禎《帶經堂集》卷十五"漁洋詩十五"之"冶春絶句二十首"(同林茂之前輩、杜于皇、孫豹人、張祖望、程穆倩、孫無言、許力臣、師六修禊紅橋,酒間賦冶春詩)中亦收有此首。

〔3〕"篙師入袪"句,清王椷《秋燈叢話》卷十四作"篙師入水袪淤"。

〔4〕項聯,一般作"頸"聯,參看《詩徵》卷六校記。

〔5〕"詹士懿"條,增訂本刪去。

〔6〕"王造周",原目錄作"王造周",正文作"追周"。《湖北通志》"藝文志·集"作"造周字西垣"。據改。

〔7〕《詩徵》卷八亦有"王鑾"條,並非一人。

〔8〕洪益街頭靜亦宜,本卷"楊秉萃"條:"《贈歐陽敬亭》云:敬亭先生六一後,和藹飲人等醇酒。汝南琴劍賦歸來,江漢借枝棲八口。習靜不耐塵囂喧,雠書課子常閉門。"可與此詩相印證。今漢口有"洪益巷",應是詩中"洪益街"。

〔9〕澹,底本不清,似"澹"字。李調元《劇說》卷五、徐世昌《晚晴簃詩匯》卷四十七作"澹"。乾隆《黃岡縣志》卷八"文苑"小傳作"擔"。

〔10〕莊,原作"章",誤。詩見唐韋莊《浣花集》卷八。

〔11〕逸齋,原作"抑齋"。《詩徵》卷十七"帥遠燡"條:"帥遠燡,字逸齋,一字仲謙,道光進士,官翰林,諡文毅。"即是其人。據改。

湖北詩徵傳略卷十七

黄 安

明

詹 同 字同文,洪武初授博士,官尚書,謚文憲,有《天衢唫嘯》、《海涓》等集

同先世婺源人,生穎異,獨抱奇氣。元學士虞集以弟槃子妻之。至正中舉茂才,授柳州路學正,遇亂道梗,因家黄州。太祖平陳,召爲國子博士,遷直學士。劉基疏請加禮大臣,公因取戴記及賈誼疏以進。與宋濂等修日曆,更輯聖政,名《皇明寶訓》。與劉基宋濂侍宴便殿,公被酒還,揮毫賦詩贈黃昶,字大如芋。會傳宣公,餘醒未解。上謂曰:"卿醉未醒邪?"對曰:"臣雖醉,猶能賦詩贈黃秀才。"上命宋濂取觀,笑曰:"朕即和同詩,卿當爲朕書之。"尋以翰林學士致仕,未幾復起爲學士承旨。公操行耿介,終始清白。

宋景濂云:同文襟期瀟灑,濟雄博之學。故體物瀏亮,鏗鏘作金石聲。

徐子元云:同文赤色精金,與鍮鉐自別。又云:同文與吳潛仲、樂致和、宋景濂齊名,號中朝四學士。吳樂韵語寥寥,宋亦非其本色,於四子中遂爲翹楚。

《出獵圖》云:朔風凜凜吹龍沙,年年馬上長爲家。陰山大漠百草死,獵遍青海瀕天涯。旌旗裂盡霜華濕,萬騎貔貅似雲集。蒼鷹欻起若飛電,四尺神獒作人立。什圍五攻兵法存,發縱指示知何人。豈無詭遇獲禽者,誰

能爲爾梟鸞分。直將勇氣飽所欲,寢虎之皮食虎肉。生擒下山九青兕,射殺巖前雙白鹿。日暮歸來雪洗箭,血灑腥風滿河曲。窮廬散野如繁星,涼月蕭蕭照平陸。酪漿跪進瑪瑙盤,黃面奚奴眼睛綠。明朝滿馬駄斑斕,蕃王喜生紅玉顏。焉知祝網三驅意,但能羆羆紫塞間。君不見暴殄天物焚咸丘,畫師之筆學春秋。還君此圖三太息,使我忽憶北蒲蒐。《送黎蘭谷遊永川》云:舟子開帆日,天風吹雪時。關河歲將晏,荊楚客何之。水接三苗國,雲迷二女祠。經過逢北鴈,應有寄來詩。《題雲林丹房爲葛元德賦》云:盤龍庵前翠可食,道人鑿雲開竹房。丹光出林如月白,石髓滿山連水香。每聞向此采芝术,欲往从君愁虎狼。展圖使我空嘆息,三十六峰青梦長。《題山陰草堂》云:草堂正在匡廬山,山陰綠玉相對間。雲從雙劍峰前下,潮到小孤江上還。茶煙滿室寫墨竹,花雨一簾觀白鵰。誰似南宮能篆古,爲君高置軒窗間。《明詩綜》

吳　琳_{字朝陽,洪武博士,官尚書}

琳,西山先生子也。公性資純篤,力於問學,通《毛詩》《小戴記》。平陳之歲,太祖徵荊楚名儒,用詹同薦召爲國子博士,與同並教冑子。公才藻不及同,至商榷經義亹亹不倦,同自謂不及公遠甚。上每聽政暇,召公咨時事,輒進嘉言。京闈鄉試,上曰:"琳經學優,令與司業宋濂典試事。"洪武三年,改吏部尚書,尋以老乞致仕。既家居,上嘗遣使察之。使者潛至公舍旁,見一農人坐小几拔秧布田,貌甚端肅。使者問曰:"有吳尚書家何在,其人尚存否?"農人斂手對曰:"琳是也。"使者還白狀,上益重之。

《煙波亭》云:漢水連天闊,江雲護曉寒。青青峯數點,正好倚欄看。《開化道中》云:重岡狹路倦登臨,喜見溪流華步深。楊柳樹邊舟小小,海棠花上雨沉沉。一春王事過三月,千里家書繫寸心。無補盛時慙好爵,不才端合老雲林。《明詩綜》

耿定向字在倫，嘉靖進士，官尚書，贈少保，諡恭簡，有《碩輔寶鑒》、《先進遺風》、《庸言》各集　**弟定力**

定向三歲時，有公卿過門。問其祖曰："更有上者否？"曰："獨有聖賢耳。"曰："兒當爲聖賢矣。"由是潛心理學。爲御史，疏劾太宰吳鵬六事，語侵嚴嵩。嵩爲營救，事竟寢。出按甘肅，尋改南中督學，開崇正書院，以明道彰教爲己任。撫閩時，廣寇林道乾訌海上，公設計擒之。晋戶部尚書總督倉場，九疏請罷，予告歸。家居七年，講明理學，一時从遊者甚衆。

《重遊天台》云：解紱歸來苦病侵，愛山時复強登臨。蒼崖不改千年色，古檜猶垂十畝陰。風谷坐驚饑虎嘯，霜林卧聽曉猿唫。舊遊朋輩今何在，手把茱萸泪滿襟。《題天臺別意圖》云：層巖崒嵂與雲平，一望關門紫氣橫。地坼東西分汝漢，天連南北見嵩衡。丹丘幾度虛遊子，白髮孤征念友生。此去秣陵江萬里，臨流應憶濯長纓。

定力字子健，號叔台[1]，恭簡季弟。隆慶進士，官侍郎。學以求仁爲真修寔詣，超然自得。仲兄定理隱居不仕，兄弟相與講學不倦，學者稱八先生。羅近溪贊曰："儒者之高蹈，醒世之逸民，理學宗工，公其人乎？"

公初誕，母秦淑人病，欲弗舉。時仲子定理方七歲，哭曰："兄有我，我奈何無弟？"母曰："無衣。"仲子解衣覆之，乃舉。少從恭簡稟業，恭簡督學南畿，公復從之金陵。師事史公桂芳，友楊公希淳、焦公竑、吳公自新，皆以學問相砥礪。辛未及第，出江陵相國門，見其勢權日盛，深自隱避。及除守成都，恭簡泣語公曰："吾先世隱約，澤未及人，弟能爲三十城造命，乃可慰逝者。"公頓首受教，抵任即爲檄盟諸僚屬，謂吾輩精神通，則宵小遠而下民受福。蜀民賴以得全者甚夥。公赤心任事，凡揚歷中外者二十年。截葉向高撰本傳

《天台》云：誰壘層臺亘古今，洪濛天造費搜尋。盤懸仙掌朝承露，泉注瑤池旱作霖。雪立中天成玉柱，風廻石籟振金鈴。到來絕頂援琴瑟，萬壑千巖得我心。

吳　化 字敦之,號曲蘿,萬曆進士,官主事　　子光龍

化有吏材,初官鎮江推官,號神明。家有槿園,歸里後益樹植之,自署萬槿侯。文社酒舟,舞衫歌扇,與諸名士日觴詠其中。子光龍,能世家學。

化早慧,兒時常閉目跏趺坐空困中,家人跡得之,不知其所從習。余乙未分較南宮得化論,大奇之,謂必天下士。所著詩文,李先生贊評曰:"骨力沉雄,氣韻生動。旁睨橫絕,變化無方。"人以爲篤論。始疑化爲李氏之學,詢及雅非所歸。化任真似達,氣義似俠,嗇取似狷,生死去來之間似禪。截董元宰撰《曲蘿生傳》

《九日團江館遲盧蕭二孝廉不至》云:悲憤聊伸澤畔歌,浮生何寄任蹉跎。黃花對酒三江外,白露伊人一水多。深夜月星飛烏鵲,高秋風雨起黿鼉。汀蘭岸芷渾無際,何處新詩到汨羅。

光龍字荀長,以拔貢官知縣,有《金斗唫》、《西山詠》、《支硎》[2]、《西湖》各紀。十歲能文,爲學使董思白所知。父子皆出其門,亦一奇也。令廬江,有政聲。忤上官,挂冠歸。性喜遊覽,善詩工書,尤長徑尺扁書。凡商周彝鼎、晉唐書畫、官哥窯器,鑒別真贗,不差累黍。思白謂其俊爽有父風。

盧堯臣 字贊勳,號欽父,萬曆進士,官知縣,有《三不朽集》　　從子之懍

堯臣幼聰敏,通五經。八歲能文,性至孝。官山東,有能聲。致仕隱居,與其徒賦詩講學以自娛。詩斐惻芊緜,有《李節孝詩》一百六十八韵。工力悉敵,爲時所稱。

之懍字敬生,號鈍翁,明經,官學博,有《春雪回文詩》。赴秋闈,聞賊陷邑城,母以罵賊死,繭足哭奔歸。避山寨,人爭攜財物,之懍獨載縹緗以隨。平生著作等身,兼工詞曲,有《玉梨緣》、《秋千會》、《福堂旗》、《仙草婚》、《玉馬墜》諸傳奇。與先達結社赤壁,艾千子、譚友夏呼爲小友。孫爌字鏡亭,幼穎異。之懍即以所藏書畀之,後果以著作稱。

詩不多見，偶讀其七言長篇，痛陳病苦，似香山今樂府，惜不能備錄。《運木丁夫歌》起數聯云："人不似舟船，可以因風行千里。人不似騾駝，可以鞭策馳都鄙。"又："窮民貪利充運夫，重繭龜策不顧趾。募夫之錢從何來，賣田貼婦並鬻子。一家哭聲不見悲，一路哭兮哀如此。"又《庚辰奇荒歌》，酸楚尤不忍卒讀。

耿　光官教諭　啟屺

光年十九始發憤爲舉子業，治《胡氏春秋》，茹苦刻厲而學以成。性篤孝，每念養親不逮，居嘗悲愴。有詩曰："父母人皆有，如何我獨無。茫茫天地内，自覺此身孤。"誦者感焉。

後百餘年，耿氏復有孝子名啟屺者。崇禎季年，流賊侵擾其里，父母走避山寨。屺方九齡，不及隨，爲賊所得。屺了無懼色，賊異之，得免於禍。寨旋破，父歸而母失，因大慟，奔覓亂屍中，莫可辨識，呼搶欲絕。國朝定鼎，宇内蕩平，屺年已十四矣。或言其母流落異域，又見鄉中被擄婦女，久之有自遠方歸者，竊憶母尚在人間。乃攜一僕，編古二十四孝及夫婦子母亂離事爲俚曲，行乞於外，且歌且泣，音感路人。又時作狂易狀，誘婦女出觀，冀幸母氏之或遇也。所歷郡縣不下數十，寒燠凡三易。至于聲嘶踵裂，艱辛萬狀。蓬門朱戶，靡不畢歷，竟無音耗。復還故里，形容憔悴，家人驚駭，見聞者蓋莫不流涕焉。屺既隱痛於心，每一經山必徘徊瞻眺，潸然曰："是其屺乎，母安在？"遂更名屺。而作詩以自傷曰：嗟嗟我九歲，罹亂賊擾門。逃竄家人在，母也杳無音。尋遍天涯路，空留淚滿襟。安得一幻化，可以徑入冥。安得一久夢，可以得其真。溶溶孤夜月，漠漠黯愁雲。啁唽山畔鳥，蕭瑟樹間聲。蓼莪王哀痛，陟屺當自名。情摯語真，何耿氏之多庸行歟？

方仲公

仲公以字行，好讀書，工詩賦。喜賓客，篤友誼。與耿子家、僧天則善，子家嘗遠遊，傳聞已死。仲公徒步千里往尋之，遇諸塗，攜以歸。天則病漢上，仲公往問，凡飲食藥餌必身親之。及歿，復經理喪葬事，畢乃返。生平無蕉葉之量而好客，飲客至典衣盡歡。山居苦無書，從人借讀，手自抄錄殆千卷。詩多散佚，僅傳其《遊石壁冲》一絕云：百千鳥道蒼煙裏，一二行人黃葉中。何處暗泉通細響，偶當落日映殘紅。又《遊山詩》有"寒煙斷樹腰，知是人家近"、《重九》詩有"破帽久隨殘葉去，夕陽影遞一僧歸"句，皆不減晚唐。

國朝

張伯程 字樸園

《遊萬槿園》云：放杯當落日，物色漸希微。曲渚通漁火，殘霞上釣磯。波光衝槳出，山影鬥林飛。好友經年集，尊空興未稀。《嚴子陵釣臺》云：片帆日暮子陵湍，樹老臺荒歲月殘。白水絕流王氣盡，春潮猶帶客星寒。乾坤不剗雙趺石，風雨無愁一釣竿。千古交情窮達異，先生尚作布衣看。"詠釣臺詩"前人七絕多高唱，律句則罕有杰作。作者通首氣格老蒼，詞意雅雋，收處寫得高士身分出，尤前人所未道。

吳之珍 字貞吉，號西灈，順治進士，官知縣

之珍少好擊劍，及長始折節讀書，官東武，有善政。
《果老石晚眺》後四句云：孤雲帶雨將西去，返照凝霞入晚來。十畝桑田閒野叟，羣隨飛鳥莫驚猜。

耿宗塤 字篪伯，明經，官知縣

宗塤少負才名，以"薄福難消文字名"句爲時所稱。五言氣局老蒼，筆

亦遒勁。《送李召林御史謫知信宜》云：去國臣心苦，離亭客思微。豺狼當道怯，麟鳳一時稀。柳映新黃綬，塵堆舊繡衣。艱難書可上，壯志莫相違。

盧　經 字叔向，順治進士，官推官

《秋日憶故園》中二偶云：草木風前出塞曲，雁鴻天半望鄉臺。每逢紅葉經秋落，誰見黃華載酒來。

盧　綖 字昭度，康熙進士，官知縣

《遊天台》云：攀藤窮絕頂，睥睨小乾坤。列嶂排空立，嵯岈勢怒奔。臺高難仞計，鳥雀礙飛屯。繞壁徑如螻，欹巖俯若門。峰峰留蘚篆，樹樹挂秋猿。松老虬龍舞，巒奇虎豹蹲。嵐光翠欲滴，石乳膩堪吞。邃谷發幽響，泉聲珠雪噴。空青蕩胸次，俯仰暢吟魂。枕漱忘神倦，登臨任日昏。披襟領清趣，幽爽莫能言。帝座知不遠，長吟通九閽。雲霞已滿掬，日月誠可捫。下瞰彼城市，青煙微幾痕。群山相拱向，羅拜如兒孫。《登五雲山》云：苔徑石嶙嶙，山行屢盡折。十步五步停，人疲徑逾窄。山重林莽深，多言為虎宅。時聞腥風來，人人皆布虢。予獨致從容，大笑以向客。射石昔誰雄，一談便落魄。行行問答間，客子心稍釋。未幾履層巔，四顧心目闢。峻嶺蓋天青，群峰礙雲碧。涼陰落我衣，謖謖松千尺。望遠衆山低，立久境彌賾。天晴日色黃，空江一綫白。置身霄漢間，萬里供驅役。深歎古人愚，卧遊曾何益。憑空一放歌，劃然迸雲隙。山鳴與谷應，下界自驚嘖。薰風吹未休，倏爾人煙夕。與客詠而歸，路傍多虎跡。遊山詩能寫得奇峻出，便是絕妙荊關。

王華平 字春植，一字蕢軒，副貢

先生少失怙，就傅後，行坐必端，不妄言苟笑。長厭市囂，遷舊林別墅。

舉子甫數月，婢抱之墜火殤。婢惶恐無人色，先生曰："數也。"不之咎。有山與鄰近，鄰冒爲己有，先生書契贈焉。其度量卓越類如此。以專嚴訓子弟，多所成就。居恒以善教人，間有牙角，片言而解。屋後種竹千百竿，春食其筍，夏憩其陰，悠然作淇澳間想。庭前植梅數株，牡丹十餘本，花時暢詠其下。醉輒絲竹自娛，興有所托，見之詩歌。如：林泉茹飲貧無辱，花木栽培靜有權。及：數竿綠竹一愚叟，萬古青山幾牧童。皆自寫胸臆，不飾雕繢之句也。截盧爌撰本傳

李中杰[3]

中杰詩學劍南，《杏花村》云：茅店依村面市塵，杏花落盡酒旗懸。樹多《爾雅》無名鳥，山有《茶經》未品泉。古驛昔時稱巨鎮，繁林宋代隱高賢。宜人風景都如畫，一片秧針綠滿田。

鍾 琇 字秀玉，號青巖，順治進士，官知府，有《心遠堂詩文集》

琇爲諸生，即慷慨有大志。司理袁州，頗多平反。尋升民部，出守漢中，一意與民休息。以耿介忤時，去官歸里。與兄龍沙白髮連牀，世目爲陸地神仙。子應遜能傳家學，《散里歌》陳小民疾苦，如讀《石壕吏》。

《仰天窩》入手云：高鳥不可即，空濛煙水寒。又《寄弟》句云：入夢憶唵池畔草，對牀憶剪雨中蔬。皆不落恆谿。

耿應衡 字玉齊

應衡由徵辟授遵化司理，入國朝累官鄖州兵備道、寧紹臺副使。熟知利病，凡所因革，悉協時宜。

《花朝自得園賞花》有"客愛登山攜酒至，花知覓句送香來"之句，盛傳於時。

王顯懿 字彝叔

顯懿有夙慧，八歲讀史能明大義，作文援筆立就。嘗夢泛洞庭聞笛，賦絕句云：水滿洞庭氣正秋，數聲短笛入孤舟。曉陰隱罩關山月，天地長空碧水流。自是詩學益進。

張希良 字石虹，康熙進士，官學士，有《春秋大義》、《宋史删》、《文章宿海》、《格物内外編》 弟希聖

希良學問贍博，擅承明著作之才。官學士，與修《三朝國史》、《一統志》、《明史》、《春秋講義》、《類函》等書，稱旨，曾蒙御書《白羽扇賦》之賜。撰著等身，議論宏偉，學者宗之。

石虹負盛名，所撰《石虹集》，顧黄公爲之序，甚推重之，惜未見。僅於《楚詩紀》中得讀《懷李供奉》詩，有"青山留故宅，明月見詩人"之句，及近體數篇。雖非絕調，而詞贍氣勁，亦足以掉鞅一時之壇坫矣。

《寄贈悔人浣花寓居》云：瀼西今是南塘路，爲訪高賢向水涯。話到凌雲雙翼舉，坐移明月一橋斜。知希已任嘲玄草，吏隱能無笑浣花。不惜青芻頻繫馬，廣文官冷興偏賒。《春池》云：春池平更緑，芳徑落逾紅。雁帶桃花雪，魚吹柳絮風。《萬槿園》云：園林非我有，魂夢每相關。問訊先叢桂，探幽得小山。漁樵何處老，兵甲此中閒。萬事惟杯酒，開樽且破顏。《雷馬二將戰死處》云：絕壑巉崿盤老鷹，戰場回曲陣雲層。空山叱馬聞雙劍，夜雨驚鴟慘一燈。時有覆軍猶勝氣，將無降卒亦材能。何人起塚陰山際，風雪年年泣二陵。

希聖字亞石，諸生。學品純正，博通經史。客安陸，有異鳥見，希聖曰："明紀萬曆十六年，此鳥見於秀水鄉。人面鳥身，頷下白髭長三尺。其年大水。"舉座歎其淹洽。

《重午同石虹兄登雄楚樓看雨》云：不避天中雨，還登郡北樓。煙光浮

鶴渚，水气暗龍舟。神女乘雲過，湘靈鼓瑟遊。汨羅江水隔，有客起騷愁。

吳兆澧 字稼軒，貢生，官訓導，有《刻鵠山房全集》

兆澧孝友剛方，邃深理學。

《雲峨寺》云：水抱山環竹樹窩，禪房有客夜經過。雲煙起處揮毫疾，詩料投來野色多。《上方寺》云：巉屼躐盡歷村西，橘刺藤稍路不迷。到得上方塵境隔，五更清磬曉雞啼。安石小品，亦自清婉。

吳應庚 字屺瞻，康熙進士，官知縣，內遷員外，
有《水鑒堂全集》、《蜀史備遺》、《三楚文獻錄》

《月湖泛舟》云：相看秋漸老，野鳥倦欲飛。湖漲山容瘦，波平樹景稀。扣舷思舊跡，振袂戀斜暉。明月生林薄，宵寒待客歸。

吳宏初 字慎旃，康熙舉人

宏初始以明經官訓導，及登賢書，益肆力經史，能詩古文詞。子文鳳字闇齋，亦工詩。

《冬日同客遊天窩》云：朔風淨木葉，晴日暖林丘。一共高人往，從知佳致幽。

張孝坦 號蘭谷，諸生

孝坦，邑志不爲立傳，又有名忠坦、智坦者，與孝坦爲伯仲，皆以文章品詣爲時推重，豈以金榜無名而遂佚之歟？安邑稱詩者，當時恐未有能出其右者也。

《重修邑志》歌行，鎔《騷》鑄《選》，刻骨鏤腎，肆其橫縱，極妥貼排奡之

致。節奏短長，隨臆所造，自然合轍順軌，不失尺寸。由其才力雄贍，氣識深穩，故能六轡在手，一絲不濫。娓娓數百言，讀者猶恐易盡。真數百年來杰作也。《瓶隱齋筆記》

《詠懷》云：嵩高不言高，瀚深不言深。我觀山水性，自有無窮心。物舊奇在昔，文新賤唯今。揚夸恣諧笑，靜理淵明琴。《早秋》云：夢遙不可續，中庭起延佇。剩雨散高枝，輕風破煩暑。池鳥飛有聲，井梧落無語。忽然驚白鷗，有人響碪杵。骨重神寒，愜心貴當，非於此道三折肱者，不能道亦不能解。

吳　瑄 字元恪，號易巒，乾隆舉人，有《醉月樓詩鈔》、《五行塵譚》

瑄幼穎異，博覽群書。一試春官即絕進取。奉母曲盡其孝，暇時惟事唫咏。與同邑吳稼軒、耿平宇、盧鏡亭諸君相酬唱。

《天台風洞歌》云：我來天台春已暮，探奇亂踏天台路。山腰怪石聳嶙峋，虎豹虬龍僅容步。側身更向絕頂行，歷盡崎嶇漸坦平。危橋盡處有奇窟，耳畔號呼風作聲。山中老人爲余說，是名風洞殊奇絕。吹噓四序嶺頭雲，解釋三伏懷中熱。邀我攀藤入洞中，蒼松幾樹影摩空。洞前芳草芊芊綠，洞口山花故故紅。乘間偶坐松陰下，一枕羲皇正瀟灑。倏忽風吹夢漸回，千層碧澗潺湲瀉。長嘯一聲天地清，洞門人去白雲生。何時重與山人約，不負松風夢裏情。

盧繪雲

《擬陶潛詠貧士》云：有鳳羽五采，翱翔在東方。羣鳥爲飢驅，志獨運八荒。濁酒自斟酌，琴絃時一張。豈不慕富貴，欲語言已忘。尚質樸可喜。

黃　梅

唐

李　玭

宋臨川守王阮《錄奇事實》曰：唐開元中，明皇夢神人稱廬山使者，求立廟。詔刺史獨孤正營建，下諸州令所在學士制使者廟碑詞，作者凡六百八十一人，獨黃梅李玭制稱上意入用，詔召不赴。詞云：道秘重冥，神幽福庭。三景運極，五嶽棲靈。其真有物，厥妙無形。理則恍惚，功惟泰寧。於赫皇極，照融亭造。睿握玄珠，祥丕大寶。蒼垠集覜，紫雲宗道。致享百神，探因五老。乃眷崇山嶽靈之秘，三衆浮精，十華仙使，威渝雲雨，神存天地。法象昭凝，真圖炳粹。幸明德之嘉運，降幽祠之寵章。扈仙儀兮肅肅，曄瑞彩兮煌煌。爍琳宮之夕照，拂琪木之神光。雕輝兮翠輦，玉釜兮調香。擷五芝於秀嶼，搴八桂於飛梁。龍吟鳳舞天路長，青雲衣兮白霓裳。節空歌於瑤磬，臻羽斾於瓊漿。冥激兮福宇，影眇兮神極。牽匹水之布流，睨煙爐之奇色，留鶴語於千載，翥鸑裝兮一息。絳河真母將易逢，碧海仙姑淼難測。恭至道於三五，奉休符兮萬億。紀真石於名山，壯洪規於帝力。《楚風補》

宋

王仲瑄_{崇寧進士，官翰林學士}

仲瑄生有敏才，博極羣書，一目十行下。爲詩歌詞賦，千言立就。邑志

明

胡 官 字仰成，諸生，有《觀瀾集》、《耳聞錄》

官學問閎博，文不屬草，頃刻盈數紙。出入六經子史，學者稱南村先生。

《遊福盆山有感》云：形勢蜿蜒氣磅礴，一粟天地吹槖籥。塊然突起示崢嶸，四面畫屏若城郭。城郭相去十里賒，太白西望夕陽斜。夕陽隱隱帶叢薄，倏起倏伏走龍蛇。起伏無端繞大河，長途絡繹車馬多。羈旅勞人催送日，陌頭楊柳動悲歌。君不見景運車書萬國通，春綻皇華雨露中。山色蒼蒼凝曉碧，月明獨照戍樓東。

瞿 甲[4] 字太初，有《與善草》、《赫蹄編》

甲父九思枉罪流塞下，時甲年甫十三，爲書數千言，歷抵公卿訟父冤。甲弟牢，亦屢伏闕上書求宥。屠赤水作《訟瞿生書》遍告中外，馮夢禎亦白於楚當事。而張居正故才九思，乃獲釋歸。一時孝聲播東南。年十九領鄉薦，未幾病卒，士林惜之。中丞郭公維賢表其廬曰"孝子才人"。其《西園種竹歌》相傳爲十二歲所作，云：芳園窈窕廻溪澳，千箇琳琅栽翠竹。竹徑儵儵宛轉通，雕窗彩戶開書屋。屋下藏書萬卷奇，書中奇字子雲知。問奇每載風前酒，醉後頻題月下詩。題詩醉月無昏旦，竹裏還窺花燦爛。嫋嫋花開敞碧亭，玲瓏洞達牽雲幔。亭中虛白映幽人，亭下春臺錦繡茵。拂座頓教塵慮盡，縱觀轉覺物華新。新篁繞砌當朱夏，鳳尾龍孫同綺榭。朝來急雨洗榴花，綠陰翻見紅泉瀉。飄紅搖綠自春秋，秋月亭亭照夜遊。遊散不知宵漏永，霜天已見曙光浮。光浮翠崿何清冽，素艷澄霜霜轉潔。曉起披襟竹下看，却疑箇箇封寒雪。雪中看竹竹森森，玉樹千珠映素心。何處寒泉清朔氣，梅花初放短牆陰。梅花香盡春花發，春色仍歸亭上席。亭外花

禽勸酒啼,亭中日醉探花客。客醉閑亭豈獨春,四時花竹盡娛人。知君只愛花間竹,可化神龍霈九垠。時曹卿在座,書以贈之

石崑玉 字汝重,號楚陽,萬曆進士,官侍郎,有《齡山堂稿》、《石居士詩集》、《石蘇州稿》

　　崑玉歷郎署,出守蘇州,以清廉稱,有石蘇州之目。洊擢侍郎,爲忌者所尼,告歸,自號無著居士。所著詩文稿,湯若士、董思白皆有序。

　　公結髮稱詩,以唐爲範。其論本朝詩,以高楊張徐爲正始。雖與七子同世,未嘗有所附麗。今讀其古風、近體五七言諸什,氣骨蒼勁,格律沈雄,往往觀摹少陵。即溢爲變體,亦在昌黎樊川之間。截董其昌撰詩序

　　石居士詩,董宗伯序論之詳矣。合觀集中,五言近體最爲擅長,長排尤典雅清通,工力悉敵。《孤雁》云:欲結雲爲侶,翻驚影自呼。風轉孤蓬散,秋飄一葉零。刻劃"孤"字,輒淒楚酸鼻,以新失偶故也。《悼亡詩》亦情生於文,如:自結絲蘿日,遂成連理枝。一生貧病侶,半世影形隨。落葉敲窗夜,殘燈倦枕時。不知人去遠,猶作下堂疑。備嘗甘苦味,遍歷險夷塗。家逢牢落後,身老拮据中。已乖天外翼,並失夢中身。人猶譚鳳侶,老自妬娥眉。爾去空遺我,吾衰欲寄誰。皆一字一淚也。《讀秦良玉疏》云:幾憐鏊恤緯,遽學將搴旗。號令傳蠻語,符繡用漢儀。在邊當展草,居室正憂葵。迹類晨鳴牝,心嫌夜伏雌。部中八百媳,營裏五千師。冒險趨銅鼓,聯行袖鐵椎。祇將威克愛,忽以正生奇。迅決機攻守,陰覘黨合離。專誅首唱虜,特恕脅從夷。凱即持纓獻,歸仍斂袀辭。策勳貽父賞,陳悃告神知。念過三旬婦,攜餘十歲兒。此回辜馬革,那去事蛾眉。盡解清油幕,猶張素縂幨。尋遊花蕊里,閑誦《木蘭詩》。士女交相問,何人是虎貔。《讀張太嶽傳》云:江漢英豪客,巖瞻起掖垣。精誠期日捧,膽氣逐雷奔。粵帝承乾運,惟公當艮閫。政從源拔本,蠹自葉批根。疾惡如芟草,程材若樹蓀。土均高下貢,郵戢去來轅。民富藏山藪,兵強戢谷渾。微扶鰲極奠,欲戀鳳池蹲。天際中台貴,人間上衮尊。幾權能水火,嚬喜便寒溫。讜議遭搥楚,忠良困覆盆。庭闈拋墨絰,閥閱概朱轓。那得身長在,仍將舌遍捫。流盈傾

渤海，勢重倒崑崙。一夕賢奸變，三朝寵辱翻。削銜齊衆庶，没產剩鷄豚。搖落宗祧主，淒涼旅寓魂。但曾勤社稷，尚可宥家門。有秩司心膂，無居駐腳跟。即非功抵罪，亦是法浮恩。謀略祛神鬼，威名累子孫。蹈瑕寧碎璧，勝似突梯存。皆气足神完，無懈可擊。

《姜參知再謫粤西尉，感賦》云：聞道南州尉，銜丹度嶺遲。誰憐分手遠，自覺折腰宜。母爲三言動，官因再削卑。尚堪興化理，未可說居夷。《曉行》云：主初呼馬秣，童反厭雞鳴。稍減中宵寐，能兼半日程。月斜顛嶽影，風逆小鐘聲。快哉朱門子，含醒鼾到明。《赤壁》云：危岑如叠嶂，今古控奔流。細礫輕移岸，荒葭淺礙舟。江渾龍鬬日，山靜鶴橫秋。匪地相摩蕩，遊人自白頭。《答張凌虛孝廉著書不仕》云：公府頻年斷履綦，疑君懷玉負明時。曾將文賣資尊罍，竟使詩成走裔夷。居喜室卑憑鬼瞰，隱嫌山小被人知。千秋青史儒林傳，不讓勛勞在鼎彝。《贈荆藩靈秀宗侯》云：南荆分社爵通侯，帝子洲連北渚秋。鶴聽吹笙來漢口，魚供設醴出槎頭。小山草遍蒼梧野，高閣欄臨赤壁流。夢寐不忘河間禮，閑雲巫峽任油油。《青塚》云：久無封樹杳難憑，草色依稀翠黛凝。如此蛾眉終朔漠，何人堪附漢元陵。

汪　美 號勉齋　弟勛、灼

美、勛昆仲孝友，皆負奇氣，試輒高等。歲薦，勛名先美，勛曰："不可先兄。"美膺薦亦不仕。兄弟偕隱，倡予和汝，有《東山雙隱集》。

《遊馮茂山》云：一別東山已十年，重來風景更翛然。野煙叠翠依巉竹，晴瀑飛聲落澗田。借榻偶分玄鶴夢，談經應識野狐禪。會心人去憑誰話，幸有山僧一飯緣。

勛號逸齋，《登紫雲山》云：載酒尋山寺，穿雲杖履輕。路從奇岫轉，人在半空行。怪石虬龍卧，飛泉風雨驚。徘徊足幽賞，直欲學無生。

灼字竹庵，美季弟。幼不能詩，中年究心禪學，構抱一亭於竹林深處，日吟内典，十餘年不接世事。久之，不假思索輒成韻語。後勛子可受貴，勛乃迎其兄與弟於樂志亭，年皆七十餘，更相倡和，有《怡怡堂詩集》。

吳　卿 字更生，崇禎舉人

卿當明季，任善化教諭。時流賊四起，官軍不能敵，俘民獻功。及應選赴京，上書痛言其狀，詞極懇至。《四祖傳法洞》云：一派清虛萬壑溶，風傳貝葉度林空。半莖草色千身現，夜月同歸一照中。又聽松居士余金者，《題五祖山》云：消息傳燈久不聞，宗南宗北說紛紛。曹溪十里西流水，獨接東山一段雲。格調亦與相似。余氏心極，復有《訪北山娑羅樹》句云：入谷日未晡，聞鐘寺已暮。深山月正孤，惆悵池邊樹。頗饒古意。

劉南金

《靈潤橋雜詠》云：水氣何氳氲，星蟾夜相薄。西風似有情，散作霜花落。時呼洗藥僧，共臥清湍背。那知禪夢中，誤道天花墜。

蔣　文 字素公，崇禎舉人

文遭世亂不仕，寓煙波深處。每得一魚，即欣然賦詩。嘗曰："昔人飲水投錢，吾以詩易魚，亦不薄其值矣。"

金振遠 字宣臣，有《安溪集》

振遠德器深沈，明季屏跡深山，以詩酒自娛。

《卜居》云：卜居三十載，選勝入天台。繞屋諸峰秀，臨流一鏡開。籬疏將竹護，窗啟待雲回。未了詩書債，花前補讀來。

陳夢弼 字帝侯，貢生，有《團山文集》、《北遊詩草》

夢弼少靜默，研心古學。以歲貢貢春官，與蘄州顧景星、廣濟劉醇驥才名相垺，著述不多傳。同時石球公鎮國《栩栩軒詩》有錢牧齋序，亦未之見。

石 礦 字用之

《落花唫》三十首節錄其二云：爛熳春歸減翠叢，紛紛紅紫各西東。繁英遍挾千林羽，艷質高乘一夜風。故國夢廻驚晚節，深閨愁轉怨飄蓬。憐芳自是騷人事，開落何由問化工。春光無奈捲簾看，老去青皇興已殘。憔悴漸依歌扇薄，飄零頓使酒杯寒。祇因花密成香易，不似沾泥辨色難。解識東風何處是，教人空倚玉欄杆。

釋千仞岡[5] 一號尼徒子

千仞岡本舊家王氏子，少爲諸生。暮年無嗣，祝髮爲僧，隱匡廬絕頂，遂更今名。顧黃公雅重其才，時與往還酬唱。

《楚風補》載《滕王閣》七律云：咫尺江山憶舊題，多年帝子下雞棲。劈空選料憑雲雨，駕海成梁振鼓鼙。畫裏龍雷疑破壁，門前桃李早成蹊。從今不必重興感，高閣鴻文一色齊。詩不必大佳，名不必大顯。高逸之士不求傳而自傳者，此類是也。

國朝

黃利通 字曉夫，一字梧岡，康熙進士，官主事，有《石亭文集》、《懷亭詩前後集》

利通與朱文正軾爲同門友，道義文章互相推重。爲序其《懷亭詩》有曰：懷亭詩似岑嘉州，文追宋景濂。明白正大，人人易曉。余稱爲一代作手，當不必疑。後有揚子雲，始知子雲也。時謂其語無溢美。

陳滄溟鵬年曰：先生爲人弱不勝衣，木訥不能出口。而異敏好學，詩文千言立就。爲虞郎，甫一載即告歸。茶陵彭石源集句贈行，有曰："孺子亦知名下士，詩人例作水曹郎。"金會公德嘉曰：梧岡既成進士以歸，僻處太白湖上，長吏莫識其面。斗室蕭然，歌聲若出金石。出遊不輿不蓋，一蒼頭擔簦踵其武，蕘兒釣叟往往指目爲措大。過親戚故舊所，黍臞藜羹，累晨夕不忍言別。興到灑灑千言，伸紙疾書，紙亦不擇佳惡。書已，出戶外長嘯。踰阡陌巖壑，阻絕乃返。

《遊紫雲山》云：老不自珍重，賈勇攀絕壁。層雲入袖來，危石依人立。虬松接吾趾，高者千百尺。晴天何處雷，飛泉鳴不息。思欲跨風雨，慚無仙佛力。山僧吾左肩，鳩箳吾右臂。三嘆負薪人，毋乃生羽翼。《題惜字閣》云：僧樓題惜字，俯仰一長嘆。故紙蜂攢透，神仙蠹蝕殘。火輪三世劫，木佛一般看。莫下秦灰淚，文章激底寒。《遊多雲庵》云：碧岫頗憎僧占去，白雲合導我前來。龍潭水濺晴天雪，鹿苑鐘鳴下界雷。幾處村煙藏竹塢，一林霽色落蒼苔。故人款款催歸去，辜負詩狂到一回。《遊東永福寺》云：佛來亦竭山川力，欲放蘆花故故遲。尙有寒雲解招客，更教晴鳥喚題詩。塵消官路長林外，煙渡殘橋晚照時。清磬一聲雲影淨，春風消息幾人知。《讀熊襄愍公絕命詞》云：萬里長城空破壞，乾坤末路兩茫茫。可憐一具英雄骨，不死疆場死法場。遼城匹馬嘆蹉跎，絕筆依稀正氣歌。鐵骨空留歸骨恨，名場禍比戰場多。英雄不了君親事，天地其如運數何。唯有大江流碧血，年年怒涌不風波。

余學益 字勝友，康熙武舉人，有《半山藏稿》、《年譜圖詠》

學益天姿卓絕，幼孤，家貧而不廢學，湛深經術。年六十中武舉，上司馬不第。歸築望雲草堂，編今輯古，嘯歌自娛。

余子毅庵爲三楚英豪，驚才逸藻，名噪當時，推爲諸生祭酒者已數十年。壬子,余筮仕潛江,與黃梅曹君紫麓分廉武闈。值試卷初啟時,紫麓自詡得佳士入彀,津津道余子弗置。予疑之。事竣,余子以通門誼請見。襟期宏朗,有儒者風。及叩其所學,曾討論於子史百家、詩古文辭,不屑屑以韜鈐見知。予心儀之,過從時若有夙契。及上司馬門不售,乃以其牢落骯髒幽憂佗傺之氣,抒情於水木清華烟鬟窈渺間。其學殖益富,其逸興相引而愈長。截朱軾撰詩序

《遊多雲山》云:雲中樵斧聲,偶雜樵夫語。撥雲尋徑曲,邈焉少伴侶。登高一俛視,離離蕩禾黍。白雲無定時,青山自千古。《遊北山》云:東山纔踏遍,復向北山遊。不盡登臨興,能窮林壑幽。烏厓烟火接,古木嶺雲收。曾見娑羅影,池邊月色秋。

石　燦字若木,號敬齋,康熙舉人,有《松菊齋詩集》

《晚渡》中二偶云:斷續漁歌隨岸轉,清閑鷗鳥聚沙圓。淡煙斜抹依城柳,夕照頻催出港船。

喻文鼇字冶存,號石農,乾隆貢生,有《紅蕉山館詩文集》　子元鴻

文鼇以恩貢注竹谿教諭,不赴。年三十,以詩名。本篤行爲文章,性通介絕俗,弗矜岸異。古文出入韓杜,詩法昌黎。已乃爐冶百家,學與才副。嘗遊梁宋齊隴間,山川靈奇,奔躍腕下,詩遂以成。又著《考田詩話》、《湖北先正學行略》行世。邑志

君自少即喜爲韵語,既長力學,洞悉古今理亂。往往於登覽古跡、評騭法書名畫,一發其蘊蓄,而縱橫變化不可方物,令讀者皆沁入心脾。截陳詩撰墓誌

府君客漢陽時,客有題其友某詩集者,末聯云:"長槍大戟誰能敵,除是黃州喻石農。"一時以爲確論,然其人未嘗與府君一面也。行述

石農詩,小峴侍郎所謂"源祖太白,上薄風騷"。俯讀全編,洵爲語無溢

美。宜乎掉鞅詞壇，爲嘉道時光黃間一大家也。

入手處飄忽奇突，令人不可捉摩。如《訪晦山禪院》云：掉頭去作人天師，姓名不肯令人知。黃鶴樓中一吟眺，筆力欲無崔灝詩。師《黃鶴樓詩》最佳[6]。《流民歎》云：攜妻挈子一路哭，狗聲猙猙雞升屋。千村萬落遮道來，去者未已來者續。《史閣部像》云：揚州巨炮天閶開，龍虎王氣鍾山摧。倉皇一木撐半壁，無愁天子何爲哉？《吊熊襄愍公》云：江陵死，幾人相？江夏誅，幾人將？錦袍花躄銀麒麟，白牌封劍真將軍。《登金山》云：金山看江天下絕，天風吹上江天閣。《蘄簟》云：冰姿緶織鮫人宮，雙文卷送青泥封。觸手凌兢瘦蛟蹄，炎曦六月含霜風。《江上》云：春雨一江活，乘潮漾晚晴。《題畫菊》云：豈無香色在，要識性情真。《懷友》云：白露清遙夜，銀河挂一村。滄江人臥靜，流水東南奔。《夕陽》云：門掩落花中，寂歷古苔色。《題訪舊圖》云：葉落半江飛，帆挂疾於鳥。《永濟寺》云：大江碻欲東，失勢千丈落。《宿松寥閣》云：海氣肅遙夜，江飈吹靈宮。《海門》云：岷水聲如萬馬奔，浸淫大宅撼雲根。長江東去疑無地，滄海橫流要此門。皆有龍跳天門，虎躍鳳闕之勢。

佳句如：霜風嚴度樹，雲氣夜歸村。寒堞一江暝，西風萬木哀。坐攬湖亭勝，偶聞菡萏香。《送友之河東》云：人煙盤上黨，樹色挂中條。河山開晉壘，雷雨颯虞祠。三河誰最少，六郡古稱雄。《題李陽冰怡亭石刻》中數偶云：蚊蛇不敢捫，趦趄蘚苔嚙。仿佛釵頭痕，忽詫金電掣。李莒工八分，神清體嚴密。固應六一翁，集古擬三絕。七言如：春滿樓臺雨滿山，吳歌聲動楚歌殘。荒城三月鶯花老，茅屋一間天地寬。二仲巾裾非俗物，九歌詞賦本騷人。莫怪禰衡鸚鵡賦，可憐杜甫鳳皇飢。天連吳楚孤城閉，地坼江淮百戰荒。帳前無復栽鸚鵡，目下寧勞問鬼神。茶臼筆床追白社，簫聲鶴影夢黃州。流水亂鴉翻夕照，淡煙疏影是黃州。一夜西風驚客夢，滿林黃葉別詩人。《余忠宣祠》云：危素祇緣欠一死，先生豈是不能軍。《赤壁》云：江上不妨兩赤壁，人間那有百東坡。《郭林宗宅》云：曾爲半菽憐孝子，何須一誄重先生。清奇瓌麗，無不琅然可誦。

《書彭棟堂所輯杜茶村詩後六絕句》可作杜老家傳讀，云：江南淪落義熙人,真覺高歌有鬼神。壇坫一時諸老去,姓名留得冠遺民。二袁歿後鍾譚起,輕薄文人詆讕工。但使少陵家法在,依然江漢振雄風。秦淮勝事集英多,鼓吹燈船百韵歌。當日憐才誰最是,江南巾幗數横波。白下豐碑費俸金,復看採輯舊謳吟。梓詩埋骨千秋事,並是崔巍一片心。淡月梅花自一村,蔣山山畔與招魂。可憐令子先朝露,解詠潮歸萬古痕。令弟些山志行同,飄然塵海緬高風。遺詩更是流傳少,落落江湖小集中。

《蓴蒿》云:艾艾將無似,洲前翠已滋。雖然一小草,不忘二南詩。春水纔添日,河豚欲上時。朱門厭梁肉,此味總相宜。《采石磯》云:停杯問明月,月在最高樓。太息騎鯨去,仙人紫綺裘。江山如此日,天地一孤舟。倚棹高歌裏,茫茫萬古愁。《金山大風》云:萬里風聲壯,三山海氣連。飛流灑絕壁,長嘯倚青天。健翮雲間鶻,夕陽江上船。自知抛世事,不必問枯禪。《聞思谷輯〈湖北舊聞〉成》云:木葉霜皋下,秋風夕雁沉。襄陽耆舊杳,荆楚歲時深。俛仰成陳跡,蹉跎愧此心。名山有盛事,爲爾短長吟。《灊山道中》云:溪水鳴環珮,雲山寫黛眉。喬公有快壻,肯數黃鬚兒。娟竹添新籜,文鴛汎碧漪。夕陽幽磬歇,煙寺近桐陂。《登太行山》云:半天青未了,五嶽外稱尊。嵐氣通壺口,雄風撼孟門。崢嶸開倦眼,穠秀對清樽。陡絕羊腸險,能驚客子魂。《樊城》云:堂前贏蟋蟀,闉外失樊襄。風月千金價,山川百戰場。空聞江上捷,早兆蔡州亡。蜀魏鏖兵後,悲歌激慨慷。《大別山謁禹廟》云:星宿俯南紀,滔滔江漢心。洪荒誰涕淚,大別此登臨。草昧冠裳古,龍蛇窟宅深。豐碑遺跡在,落日未消沉。《晴川閣聽琴》云:萬古伯牙跡,高風不可求。來兹一以眺,極目大江頭。今遂道林約,蘋花開晚秋。遙思清簟外,紗帽對輕鷗。《秋懷》云:颼颼松濤鳴,澹澹夕陽暝。孤館蔓牽牛,涼月散清景。幽蟲泣空階,秋風颯修綆。夜静一凭欄,孤懷渺獨逞。涼意疏長薄,高齋思渺然。瀟瀟一夜雨,散入大荒煙。別渚岷峨水,西風夏汭船。小山叢桂影,招手白雲邊。《將之漢陽有作》云:空階一鳥下,白石理清琴。昨夜霜風至,始知秋又深。矧兹將遠邁,誰與慰幽吟。漢上題襟古,瀟瀟暮雨心。《九日夜飲秋興亭》云:漠漠露初下,此亭黃葉多。客心當九日,永夜意如何。月落雁空響,風清江自波。茱萸新壓酒,聊索醉顏酡。《素心蘭》云：並是無言契，暗香何處尋。能留太古色，真見故人心。月出露微下，花開山更深。幾時成獨往，复此鼓清琴。《潤州》云：直送長江到潤州，蕭公北顧有高樓。三山影撼黿鼉動，大海潮迴日月浮。薄靄濛濛瓜步樹，峭帆葉葉秣陵舟。南徐戰壘佛狸帳[7]，白浪青燐我亦愁。《大梁》云：放眼中原萬里平，夷門誰不問侯生。屠沽莫識公卿貴，將相空高戰伐名。客走齊梁羞伯業，河來天地變秋聲。短衣爛醉吹臺晚，縹緲仙風傍古城。《潞州懷古》云：鴉兒軍付鬪雞兒，倒海囬山十萬師。聞道負囊攻夾寨，何如釃酒置三垂。風生上黨方酣戰，運轉同光劇可悲。空誤老奴唐特進，飛龍荒殿雨絲絲。《延安拜范文正公祠》云：五路貔貅月照營，直令西夏膽先驚。秀才天下爲憂樂，老子胸中有甲兵。經術大儒光宇宙，河山四塞讓勳名。粉饘饘粥尋常事，俎豆千秋薦寸虀。《題〈鈐山堂集〉》云：休問鈐岡舊結廬，山川含憤一欷歔。生兒但使猱升木，有婦難同鹿挽車。七子壎箎交已絕，十條斧鉞罪猶餘。奸人自古多才藻，惆悵文章孔雀如。《蟂磯》云：大耳公真隆準孫，當塗玩睨神器尊。江東伯業不足數，天下英雄獨使君。孫劉合親匪倉猝，明珠步幛貯金屋。雄城白帝莽榛蕪，西風夜聽蟂磯哭。

元鴻字太冲，號鐵仙，幼構思苦遲鈍。十七八歲時，閉戶瞑坐，三閱月，忽灑然悟，下筆成篇，一空前人壁壘。經義外，尤善詩歌古文，著述甚多。間以餘力從事篆隸鐫刻，金石真贗一見立辨。性廉靜，一門昆季取青紫者纍纍，獨絕意進取，敝衣糲食。當承平之時，常若有無窮隱慮。於考田山中築菟裘，老焉。未幾粵逆犯境，城市爲墟，而山中藏書無恙。有時藝、古文詩集若干卷。

上高李祖陶曰：匏園文和雅似歐，石農文奇崛似韓，鐵仙文敷暢似蘇。祖孫父子一脈相承而面目各異，文之所以真也。匏園名化鵠，先世由麻城遷黃梅，皆以種德積文爲務。而化鵠猶能世其業，與同里黃之琪、熊恢、李枚、蔡洲號黃梅五子。是時桐城方望溪以古文爲天下倡，因與往還辯論，遙相應和，以進於古作者。有《素業堂集》行世。

《六祖墜腰石》云：姬鼎嬴璽都沉没，何人更數佛子骨。奇哉區區石一卷，傳之千載爲神物。辛苦粒粒血汗留，直教頑石也點頭。試看東禪一片月,照得潯陽九派流。《登文昌閣》云:誰將閶闔九霄排,摘盡星辰莫浪猜。蘇子本來監玉局,李生況自號如來。此間不著凌雲句,何處堪容拔地才?呼吸倘能通帝座,准攜謝朓一徘徊。廿年潦倒守空隈,寂寞無人掃舊苔。銷耗精神唯卷帙,折除時命是詩才。此生愧不乘風去,它日休勞問月來。幾次欲歌歌未了,更須惆悵妙高臺。

喻 鐘 字公升,乾隆拔貢官,教諭

鐘性耿介,落落寡合。工吟詠,尤善詞曲。從兄文鏊贈詩曰:卯君逸興頗能饒,樂府新詞案玉簫。鐘,己卯生也。

《俊逸亭懷古》中二偶頗沉鬱有致,云:六代煙花銷王氣,半生戎馬老詩人。草埋荒塚留殘照,碑勒參軍發古春。

余廷蘭 字臨江,號晴皋,增生,有《齊瑟齋稿》　弟錫椿

廷蘭篤於內行,父卒,撫異母弟錫椿。自五歲抱置膝上識之,無迄於成立,為名孝廉,可謂今之古人矣。有"雨添新潤水,雲掩故山秋"之句,為時傳誦。

錫椿字殿采,道光舉人,有《培園詩文集》。幼聰穎而孤,受業伯兄廷蘭,即務為詩歌古文。比長,益饒名譽。與黃岡汪彝仲、廣濟徐吉裳為石交,辨論商榷,古道相期。詩筆雋永,無鋪砌陳腐積習。《東禪寺》云:步盡城西隅,行行見古寺。寺門額東禪,當年求福地。老僧獨獠群,似識西來意。南宗暨北宗,向客言所自。我聞諸佛理,妙不關文字。雙偈書壁間,有語總沾滯。我聞諸佛言,空空本妙諦。豈必借衣缽,方能定法嗣。受者竟何用,傳者亦多事。失者胡相爭,得者胡遠辟。遂令愛憎殊,紛紛起行刺。天下有正道,傳之不待器。天下有正學,得之不相忌。一貫紬尼山,前參而後賜。不漫作鬭佛語,說理處自明白了當。

吳燦如字杏墅

燦如累葉清芬,自幼岐嶷,始受學,詩古文辭,饒有天籟。補諸生後,絕意進取。家故貧,斗室蕭然,著述自娛。所傳《兩山詩草》、《灌木樓》等集,皆瀟灑出塵。《梅湖里》樂府,奇麗絕倫。寫姚貞女事,如頰上添毫,以篇幅太長,佚之。

《鸞婦詞》云:妾不去,夫必死。妾便行,夫可恥。忍恥夫鸞妾,歲凶乃至此。《送家南甫之臺灣》云:獨闢町畦海樣寬,四千里外一征鞍。春風導我離懷寫,世事虧人故紙鑽。最誤年光唯帖括,能增膽力是飢寒。魚腸劍子拋前路,贛水奔波十八灘。

趙士泰字雪亭

士泰工詩,著《雪亭詩集》,喻化鵠爲之序,見《素業堂雜著》。

《靈潤橋》云:峰圍碧玉梅花水,雪浪雲流過石橋。遊客莫嫌昨夜雨,潯陽添得半江潮。

蔣恩濚原名效濂,字酉泉,道光舉人,有《竹林老屋詩鈔》、《毛詩廣義》

恩濚幼敏慧,從伯楚瑤兄弟憫其孤貧,招入家塾。遂刻意讀書,出意峭拔。鄉舉後不沾沾帖括,肆力詩古文詞。詩駘宕閑曠,詞亦秀膩。客許滇生尚書幕,碑板傳記多出其手。

《鐘鼓樓晚眺》云:危樓深樹出,晚照一憑窗。山勢全包縣,河流直入江。殘烟低遠市,片雨落魚矼。萬壑鐘聲動,塵心到此降。《丽人》云:海上紅珊瑚,化作絕世姝。金屋不稱意,委巷常泊如。秀色乃在骨,妝盛胡爲乎?《黃州送別朗峯兄安甫弟》云:又作黃州別,嗟余兩弟昆。歸裝何草草,細雨復昏昏。野色迷行館,江聲撼郭門。短檠孤驛外,今夕倍銷魂。《宿順德田家》云：下馬入茅屋，燈前饔具嘩。人都傳遠客，秋正在田家。愛月頻移座，乘涼一試瓜。祇因南味少，分贈六安茶。《送桂合合浦任安陸廣文》云：錯擬君才作鄭虔，桃花巖畔水清漣。於時有濟皆霖雨，受祿無多感俸錢。涉足敢忘庭訓在，相思還為故人牽。長安十載同風雪，今日廻思轉悵然。《汴宋故宮》云：東風不送浙潮回，弭楫人行汴水隈。夾馬營前初月上，牟駝岡畔晚鴉來。一匙社飯年年有，九曲河聲處處哀。莫灑冬青枝上泪，八陵圖畔有蒿萊。《雜詩》云：風雨怡園最可思，流年大半入霜髭。紫荊花樹紅如染，記得垂髫上學時。團扇紗衫納晚涼，中年學得牧之狂。課餘偶踏城南月，茅竹籬間茉莉香。酒濁香清飯似銀，中元自制賑孤文。故人幾度相嘲謔，不濟蒼生濟鬼神。不藉雕飾，自翛然拔俗。

吳 鈺 字式如，號寶山，道光舉人，有《聽桐軒詩文集》　弟鑠

鈺幼穎異，出語驚其長老。弱冠即知名，然狷潔自守，悉泯聲氣，閉戶研摩制義，出入熊劉，詩古文亦卓然名家。

《大水避兵》云：倒挽銀河待洗兵，彌天一白望盈盈。船從禾黍疇中出，人辟風波險處行。茅屋數椽低覆水，魚村十里眾成城。懷襄若抵干戈劫，甘作哀鴻集澤鳴。《謁岳廟有感》云：十二金牌阻北征，燕雲唾手竟無成。朱仙咫尺陳橋驛，一代興亡各罷兵。如此作議論，方見蘊藉。

鑠字衢尊，道光舉人，有《祛塵子集》。幼岐嶷，工制舉文。領鄉薦後，肆力詩古文詞，而於詩益粹。《鮑明遠墓》云：飄零書劍一參軍，魂斷南朝日暮雲。剩有名山埋骨駿，至今傳得寓公墳。遺恨蕪城重怊悵，俊逸亭下秋風颺。白楊幾樹何蕭蕭，夜來疑有幽魂唱。

吳永述 字六吉，有《六吉堂詩集》

永述學本經術，詩文橫絕一世。雅好搜藏鄉先達遺書。兵燹後，文獻不絕，實賴其力。《遊拳石洞》後半云：歸雲棲斷壑，纖月見遙天。何事巖扉

掩，門前絕俗緣。

余朝蓋 字觀成，貢生，有《管見山房集》

朝蓋端介樸實，酷嗜經學子史，過目即撮舉其要。

《鮑參軍墓》云：一抔黃土荒如此，六代風騷思渺然。爲語西池池畔月，清輝留照古墳邊。《過俊逸亭》云：數椽閑架郭西門，古道荒涼暝色昏。可是當年亭下路，六朝煙雨吊詩魂。句亦俊逸不群。

陳其雯 字儲士

《遊古角山》云：杳然巖障深，朦朦煙樹曉。遙望多修竹，入徑尋窈窕。棲鼯抱寒木，野客驚山鳥。飛泉走石罅，一綫覺天小。行行心轉悸，雷吼噴未了。方解寵辱情，邈焉托塵表。於平衍中露新警語，自是雋才。

梅　文 字二郁，諸生　子天鈞

《遊山》云：後山削如屏，前山伏如几。佳哉氣鬱葱，蜿蜒抱城市。著屐踏芳郊，行行聊復止。景物自鮮妍，吾亦適吾履。引領北望遙，平疇沃且美。方春事耕作，曠觀識至理。

天鈞字陟南，諸生，廉潔自守。日沉酣經史，尤嗜《曾子固集》，著《讀曾蠡測》四卷。有句如：曉雲迷海日，暮雨隔江天。是不徒奉南豐一瓣者。

石學洙 字近魯，貢生

《遊梅源寺》云：天半凌風迥，扶筇喜看山。龍潭清可掬，鳥道曲如環。憩竹衣浮綠，經苔屐點斑。太虛心與際，妙境幾回環。

帥遠燡 字逸齋，一字仲謙，道光進士，官翰林，謚文毅

遠燡生負異材，讀書慕古人，奇節偉行。以祖承瀛薨於浙江巡撫任，恩賜舉人。成進士，入翰林，旋以道員需次江南。時寇賊充斥，曾相國國藩督師贛南，走謁幕下，奮請自領一軍。與賊戰於東鄉，敗績，遂遇害。遠燡爲人倜儻任俠，麾斥千金不屑意。赴人之急，蹈水火弗辭。詩古文超邁有奇氣。截李元度撰本傳

文毅負經世才，未竟其用，遽以節死。其忠孝本自性生，故所作多慷慨奮厲之氣，與仰屋梁索句者不同。

《出都》次首云：楚粵峙賢哲，謂朱伯韓、王子壽。磊落負奇瑰。浩歌慨今昔，於俗少所諧。百壺張祖席，餞我香山隈。悲風挾雨至，吹暗黃金臺。平生謭肝膽，臨別忽爲哀。願言揚休令，手撥頑雲開。龍蠖在用舍，何辭歸去來。《王子壽比部爲余畫扇，兼勖以詩三首酬之》云：松菊雖云樂，梁棟誰其扶。生平何所願，匡救抱區區。洪水肆橫流，飛鴻鮮安居。妖氛瘴東南，聲教阻海隅。忠誠而贅疣，燕雀競工諛。袖手目滔滔，舉世誰掃除。騏驥將發軔，有時奮天衢。浩然易歸志，或負詩與書。《答內子》云：自我離家土，秋芳又著花。殷勤勖夫子，努力事年華。一片長安月，連宵夢裏家。雙魚傳尺素，珍重到天涯。

汪　炳 字黻丞，副貢生

炳詩不多作，偶得必工。幼與同里程梯青雲相研磨，心期詣極。俱不壽，無子。而程夭更早[8]，詩不多存。

《題桃葉渡江圖》云：秦淮流不住，紅袖搖舟去。蘭馥散春風，歌聲落何處。《病起送吳衢尊》云：流水飄然去，斯人不再留。湖東新月後，嶺北晚風秋。病眼送紅樹，愁懷釋白頭。蓮峰千仞秀，何日約同遊。《送梅古芳北上》其二云：苔生雖異總同岑，廿載交情利斷金。亂後那堪重作別，忙中可

許暫聯吟。前村烏桕凋秋色,驛路黃花淡客心。我有閒愁拋不得,更無人語話更深。

胡鎮鑠 字小唐,道光舉人

鎮鑠少穎異,詩尚性靈。如"愁多酒膽同杯小,興敗詩腸似井枯"、"阮我豈關生月午,逢人最怕問年庚"等語,頗風趣。顧屢上公車不第,傺佗終於京寓。無嗣,詩稿散佚。

《偶成》云:酒於醉後無多語,花到開時漫出遊。月滿宛如來故友,風微正好放扁舟。山圍翠崦湖心寺,樹鎖朱櫺城角樓。幸有高歌可相狎,清波容與漾沙鷗。

釋古淵 字慧深

《題松雪山水》云:雲後湖痕上釣磯,江南天水一絲微。萋萋芳草迷禾黍,何事王孫尚不歸?

閨秀

傅紫璘 原名榮芝,字雲裳,郎中家顯女,孝感蕭道墉室,有《鵠吟樓詩稿》

《別花綺雲姊》云:楓林兩岸葉飛丹,相對離人淚暗潸。雲影孤帆殘照裏,不堪回首望潯關。《國朝正雅集》

【校記】

〔1〕關於耿定力字與號,明杜應芳《補續全蜀藝文志》卷二十九"記類":"定力字子健,別號淑臺先生。"清董天工《武夷山志》卷十六:"耿定力字子健,號叔臺。"清章學誠嘉慶《湖北通志檢存稿》卷二:"定力字子健,一字叔臺。"

〔2〕支硎,原作"支型",從文意揣測,應是苏州西郊之"支硎山",以東晉高士支遁號支硎得名。

〔3〕"李中傑"條,增訂本刪去,換成"盧洽",詳見"增訂"。

〔4〕"瞿甲"、"石崐玉"條處,增訂本出現連續六個版頁錯置現象,應依底本。

〔5〕此處原設置有"釋"欄目,不符合《詩徵》體例,今刪之,且將"千仞岡"改爲"釋千仞岡"。

〔6〕稱其爲師,不清楚是否丁宿章語氣。

〔7〕貍,原作"霾",誤。此指北魏太武帝拓跋焘,字佛貍,或作佛狸。"埋"通"貍","埋"通"霾",但"霾""狸"無關。

〔8〕程夭,此用語罕見,大約是中途夭折之意。

增訂

黃　安

元

盧　昇 字又照，翰林院五經博士

《入山行》云：憶自留京華，感時望林麓。解組賦歸田，我心淡無欲。手攜博士書，時向樹根讀。遷地更爲良，汲湘燃楚竹。經營子若孫，山深草青綠。即此是瀛洲，登臨意常足。

明

盧永畿 字奠輔，諸生

《藤花港》云：山以仙名，水以龍靈。欲遂山水志，須知山水形。前代始遷楚，伯仲相儔侶。入山必欲深，輕車臨淺渚。有港號藤花，山高有水涯。白蘋紅蓼畔，隔岸是吾家。不知春幾許，藤花繞孤嶼。修禊趁深潭，樂事天倫敘。入夏景猶妍，花繞藤纏綿。游魚與飛鳥，忘機自留連。商颷有時起，花落藤俱紫。港口暮雲遮，醉染丹鳳似。隆冬節序變，六出花飛遍。玉雪壓藤花，水晶凝一片。港水澄且止，藤花擬沉芷。折軸憶停車，吾族發祥始。

盧堯臣見前　子爾惇

《擬朱子對雨》云：瞑目坐幽齋，涼風飄忽至。頃刻走電光，淋漓增雨氣。雷鼓奮神威，煙塵起林翳。秋水與長天，迷茫杳無際。故舊曷能來，空切懷人思。性真原澹定，對此渾忘意。

爾惇字以崇，號劻天，一號雪村。生有至性，少承父教，長與艾東鄉、梅惠連、譚寒河輩游，所著《皇明經世》、《頭頤篇》、《紅雪園簡存疑》、《仙館集》，皆刊行于世。崇禎末，舉賢良方正，官巴州，值獻逆之亂，還定安集，巴人德之。擢監軍副使，獻逆薄城，固守間出奇制勝。手燃火器擊獻，中之，城陷不屈死。子繩慈，令松陽，亦歿于王事。純慈徒步蜀中，求遺骸不獲，仰天長號，有"風雨徒存三峽淚，草茅空負一腔心"之句，聞者傷之。至孫雲鳳，始狀乞當事入祀名宦。節張希良撰本傳

《晚泊陽邏》云：黑風迷古岸，素月隱巖阿。釣室懸愁火，江神起怒波。淚隨心血盡，歸逐夢魂訛。仍是重來路，蕭蕭歇棹歌。《汪登之自梁過訪因送之歸》云：汪倫曾送我，我復送汪郎。未遂平原飲，徒歌空谷章。丹楓遊夢遠，黃菊別情長。昨夜閑庭日，何時更繞廊。《道中喜王明府見過時甚戒嚴》云：炎風吹古道，楚客喜南遊。有劍鳴長鋏，無錢繫短裘。紅塵千里暗，畫角一城愁。賓至如歸日，依依不自由。《白門留別》云：十五年如昨，翻爲南北飛。袂同吳地月，愁對楚人衣。別久情偏重，心長願更違。入出時有約，莫負去來歸。《寄李大理南都》云：春明廻首一黃梁，淪落空餘別恨長。世運已隨君子泰，天風偏向野人涼。情分南北思無既，路隔雲泥道豈忘。自愧盧前愁用老，龍門妄附楚歌狂。《白門喜遇梅幹木，復別》云：同作天涯逸客，喜逢故國心知。三更月明清夜，一日陽關楚辭。忽忽淨蹤莫定，悠悠世路如斯。銷魂輾轉分秋，攜手重遊幾時。

盧爾悌字子申，貢生

《答李孟白冢宰韻》云：蘭桂雖馨，煎之則毀其性；金玉雖貴，琢之則失

其真。勞勞登雲路，僕僕隨風塵。勢分縱榮盛，形神實苦辛。況復際世變，何容獻席珍。南陔有華黍，吳江樂鱸蓴。豈敢賦招隱，聊奉庭闈春。

國朝

盧爾愷 字未一，號衡麓，康熙舉人，有《蘆曲村詩文集》、《盧子新詩》、《歸途百韻》

爾愷有夙慧，襁褓即識字，八歲能文，慟母匡節孝之亡，易字仇慕。嗜詩古文詞，於漢魏唐宋諸名家，皆能窺其堂奧。生平多客游，感時憤俗，思歸懷人。所著《北上草》、《榜後詩》、《塞上吟》、《南遊小紀》，皆經付梓。節王一翥撰詩序

公八歲始爲詩，即驚其長老。句如：水清人渡月，夜靜鳥棲霜。荷衣將破水，柳絮已生煙。又《秋泛》入手云："秋氣來無限，孤舟載不多"，所謂天然去雕飾者也。至"病減餘糧供瘦鶴，愁防孤夢聽寒雞"、"思冷如簧誰共暖，愁多似繭不堪抽"，則又閱歷有得之言。他如《鄉望》云：阻絕兵戈日，鄉心一望間。寄愁貧與病，避世水兼山。孤枕懷人夢，清樽醉客筵。何時書畫舫，裝載太平還。《答山僧來韻》云：果有深山隱亦能，非關貪戀舊漁罾。地無可避方爲亂，心到能空即是僧。孤月半樓千樹雪，羣星浸水一江燈。黃花紅葉河西寺，時許人間處處登。《九日遊乳山不果》云：偶爾到來如太古，無花重九不成秋。文心縱巧終成拙，智慧雖多反種愁。十畝盡荒粗糊計，一編難濟稻梁謀。白衣此日無佳客，吹帽惟增短髮羞。皆樸茂淵穆，非流連光景之作。

《歸來詩自序》曰：詩曰歸來，曷歸乎其來也，出而歸曰歸來也。未出不可言歸，既出則不必懷歸也。胡爲乎其出、胡爲乎其歸、又胡爲乎其詩也？計余生平有曰山中篇，山中詩也。曰北上草、曰榜後詩、曰塞上吟、曰南遊雜韻，出山詩也。曰復南遊草、曰再入燕臺集，出而歸，歸而又出時詩也。今曰歸來詩，詩在再歸後也。噫嘻，出不成出，而歸不成歸也，吾烏乎出而烏乎歸也？難言也，安得而不付之詩也，選錄四首以例其餘。詩云：歸去青

山也不惡，黃花紅葉冷催诗。一溪秋水堪垂釣，數畝春田可試犁。閣職豈
容桑懌乞，腹心或有老奴知。疲車羸馬津梁倦，琴碎於今衹笑癡。歸去青
山也不惡，馬卿方不愧貲郎。囊空莫問干時策，袖短難工待嫁妝。萬里關
河擔雪雨，十年燈火誤文章。懷中漫滅投人刺，白首提壺笑楚狂。歸去青
山也不惡，漫將枉道盜虛聲。雖無白晝驕人勢，猶有清流待賈名。寒士命
難邀相造，真儒學豈爲官成。舊林空返非無意，流落長安自不平。歸去青
山也不惡，遙知稚子候柴門。空庭樹古苔深屋，遠浦春歸水抱村。日月最
能催客老，雞豚猶喜逮親存。石牀丹竈胡麻飯，物外逍遙且細論。歸去青
山也不惡，可憐南北又東西。隨風落葉輕能舞，中雨殘花老更紅。世事飽
諳真嚼蠟，客身不繫久飄蓬。無聊擬賦牀前月，心繞關河句未工。歸去青
山也不惡，行藏何必閑人知。半牀重掃傳經帳，一勺新開洗墨池。進勿他
途師馬智，用仍我法釋狐疑。今朝始信從前誤，怪事書空咄咄奇。

盧　績字設叟，有《恬吟樓》、《浪游鳴集》

《謁呂祖祠》云：盧生不是古盧生，也向邯鄲道上行。殿閣崔巍藏劍履，香煙繚繞拜公卿。一縧斜結黃衫古，三醉飛吟碧落輕。過客揮毫題四壁，挑燈遍聽步虛聲。《韓侯廟》云：白舫青簾霜氣寒，韓侯遺跡在江干。竿頭魚餌謀生拙，垓下龍韜立業難。汜水何如淮水冽，將臺却較釣臺寬。篙工遙指荒凉處，倦眼朦朧仔細看。《廿四橋》云：赤壁江干處士寒，觀瀾夢到廣陵湍。有情莫制黃金屋，無奈時憑紅藥欄。題柱尚存司馬志，抱橋休作尾生看。瓊花不吝天香洩，移種姑蘇行路難。《過范巨卿墓》入後數偶云：華表多少沒荒煙，范張佳城傳寒暑。寄語覆雨翻雲人，過此惡焉如腐鼠。足以廉頑立懦，是爲有關世道人心之作。

石勒無知思逐鹿，耿純挾策得攀龍。《光武廟》。碧霞古刹呼天近，紅日高峯看海空。《登泰山》。愁多總屬情爲累，交寡皆緣性率真。笑言有況兼清濁，來往無時略主賓。《懷友》。嘉客移情聽白苧，詩人得意唱黃河。《觀劇》。遠游始覺甘貧好，久客方知處世難。《漫興》

盧雲鳳 字輝下，有《巴游草》

《忠州陸宣公墓》云：學不負天子，上下咸賴之。痛快驚人語，千古敬輿奇。每讀公奏議，凜凜沁心脾。德宗不猜忌，當今舍我誰。不爲朝陽鳳，而乃荆棘披。一斥不再復，藁葬天一涯。孤忠每如此，先生早已知。執鞭所欣慕，庶幾吾黨師。

盧 洪 字抑人

《憶巴感懷》云：緬想三巴地，長懷忠烈悲。風濤山海動，民社死生隨。藏碧懸謨烈，啼紅寄黍離。至今腸斷處，墮淚孰題碑。

盧氏代有詩人，幾如玉樹森立，美不勝收。明諸生名大任字尹儔，《詠史》云：經籍歸灰燼，秦皇計亦愚。試觀劉項輩，字不識之無。貢生名維茲字二允，《讀離騷》云：青簡垂成日，丹心朗照時。湘川終古在，此水是相知。又諸生名纁字高垣，云：不把窮愁怨，難忘忠愛心。無情湘水在，終古托知音。進士名綖字菽浦，《孔明廟前古柏》云：遺廟森森柏，參天影不移。兩間留一木，大廈儘能支。貢生名綰字景陽，《黃鶴樓》云：鶴引仙人去，人仙鶴亦仙。登樓吟眺者，忘却李青蓮。諸生名統慈字道存，《宮詞》云：舊寵移新愛，明妃尚有村。秋風原不熱，棄篋亦君恩。《閔子祠》云：閔子祠堂官路西，蘆花滿地冷淒淒。門前多少垂楊柳，不是慈烏不許棲。名繹慈字昭德，《從軍行》云：萬里征人路，邊風透甲涼。更憐關外月，靜夜白如霜。

盧存惠 字從寬，有《貽穀堂詩文集》

《招隱》云：臥龍出出時，便定入山計。疏廣爲太傅，乞骸遂初志。自古達觀人，功成即引避。勇退當急流，收帆趁風利。從古宦海中，浮沉杳無際。權勢雖炙手，酖毒在交臂。奉此先人䪨，畏途敢輕試。從此賦歸田，勿被山靈戲。《江口阻風》云：江頭煙霧方漠漠，江上風帆時隱約。江東行舟若星錯，江邊山色青如削。無何驟雨漫空作，千丈波濤倍險惡。豈是鯨鯢吸川躍，未必蛟龍夾舟搏。不能斫水試劍鍔，或沉或浮疑無著。舟人估客魂欲落，予亦顧之相驚愕，風伯風伯何肆虐。他如：閉戶不知秋已至，夜深添得薄寒多。《立秋》。月意也隨人意淡，中宵依戀草堂秋。《見月》。《試茶》有"幽夢破梅花"句，皆超逸可誦。

盧　鑑 字朗齋，貢生

《獨坐有感》云：忽忽不知春已半，世事浮塵良足嘆。古今潦倒幾英雄，庸碌安然無缺陷。莫解其情問彼蒼，彼蒼千載徒茫茫。豈真天眼疏且漏，惡轉得福善反殃。我欲行權變所學，終覺天良難昧却。富貴從來未可求，陋巷簞瓢有真樂。平陂往復理之常，守分安貧罔不臧。濁酒孤斟懷頓釋，陶然醉臥傲羲皇。

盧　熿 字鏡亭，貢生，有《保安集》、《秦游草》

每怪方干偏下第，深憐羅隱獨無名。《登雁塔》過嶺斷雲遮魏壘，壓河殘雪護風陵。《潼關》"華陰古道車初至，海內名山屐半登。才難適用甘藏拙，性癖行吟浪得名。山含雨意花爭放，樹帶風聲鳥亂啼。小睡不嫌春夢短，閑情還比夏雲多。金鼎樓臺歸畫譜，洛川煙雨入詩囊。綠樹幾家今縣小，黃雲半嶺古城秋。鳥舍故枝依別樹，花留餘艷媚新人"等句，皆安石碎金，錄之以備一臠之嘗。《立秋登城樓》云：城中一夜雨，郭外萬山秋。北雁先人去，寒溪帶月流。烽煙殘塞堞，客夢杳江樓。應笑張平子，新添望遠愁。《登保安城樓》云：攬轡秦川興未闌，旋依上郡駐征鞭。山深人在壺中住，縣矮天如井內觀。翟國風高家益遠，邊牆雨歇夏猶寒。興歌飲馬長城曲，塞上功名羨范韓。《拓拔氏冢》云：誰凌絕巘築佳城，野老猶傳拓拔名。日落荒祠餘鬼火，雲封古穴有狐鳴。金魚出後藏書盡，白鶴歸時斷碣橫。遺蹟未能三不朽,鐘鏞何處問生平。《得前梓潼令張桐齋和女除夕詩》云:時名不負老張顛,除夕詩成句更妍。杜曲近稱狂是癖,錦江曾說吏如仙。辭家燕市三千里,賣藥青門二十年。從此吟箋兼四姓,品題非獨在盧前。《上臺》云:干雲直上亦豪哉,覽勝三臺第一臺。峭壁定經仙掌削,諸天知假蜀丁開。千尋孤柱撐空立,萬點邊山拱翠來。雨後長河濤似海,還疑此島是蓬萊。《接筠圃書,知里中人來見,老父康健如常,喜賦》云:夢中昨夜到庭闈,老父攜孫倚竹扉。侍仗正慚長在客,聞鐘翻恨不成歸。何期戶外雙魚至,恰值簷前喜鵲飛。數字直踰金萬鎰,蕭然四壁有光輝。

盧 經 字惠浦,順治進士

《秋日憶故園》云:離亭柳色隴頭梅,送盡歸車旅思灰。草木風前出塞曲,雁鴻天半望鄉臺。每逢紅葉經秋落,誰見黃花載酒來。裘馬遍看年少客,何人不是五陵廻。

盧 洽[1] 字在陽

《由采石磯下金陵》云:微雲曉日淡南天,隴麥汀花次第妍。斥堠旌旗猶鼓角,香臺鐘磬自風煙。鳳凰山鎖孤陵路,龍虎城消百戰船。日沒江淮誰砥柱,旅懷常在六朝前。

閨秀

梅 氏 安慶通判盧爾恒室,麻城林之煥從女

氏母夢仙姬冠蓮花冠道裝,攜水仙一本置盦次而生,幼即不茹葷。氏性潔,嗜書史,工吟詠。中年謝絕家政,禮佛誦經,人罕見其面,號孤峯和尚。年八十預營石塔,吟四絕而逝。有"等閑識破羅浮夢,瓶鉢生涯供白

頭"、"萼華仙子兒家伴，留得前身姓字香"等句，著作甚富，今傳者惟《梅花百詠》耳。

《宮梅》云：虛傳海外訪三神，珠箔銀屏擁太真。鵁鶄樓前琪作樹，鳳凰台下玉爲人。圖空骨格難描畫，朝罷眉梢淡掃塵。帶笑偶然來一看，鉛華賽盡六宮春。《寒梅》云：雪欺霜壓漫愴神，傲質從天矢性真。骨不耐寒難作士，腸雖易熱恨因人。溫柔鄉外存真品，冷落場中避俗塵。到得清香能撲鼻，方知黍谷已迴春。它句：興到南樓惟老子，夢廻東閣待伊人。《月梅》。但覺案頭新有韻，不須林下更招人。《盆梅》。深藏籬角窺游客，故匿牆陰學避人。《矮梅》。重來好友迎新歲，偶至他鄉遇故人。《新梅》。何地不宜留逸客，此花只合伴幽人。《孤山梅》。含態多情將放笑，斂容無語怯窺人。《半開梅》。皆清婉可誦。

韓繡雲

《七夕》云：莫勸天孫酒，天巧人間有。願乞老人星，高堂奉父母。

張織雲

《醉司令》云：臘月二十四，家家司命醉。我家有善事，醉後休忘記。

補

吳　化[2]見前

《山居》云：山寺不聞鐘，春寒坐翠茸。野雲來萬里，朝雨失羣峯。天地一飛鳥，江湖起蟄龍。懸知小衡嶽，七十二芙蓉。

吳士伸 字季舒，貢生，有《雉山詩草》

《登果老石》云：造化何其巧，亭亭矗一峯。恐隨流水去，長使白雲封。未駐吹笙鶴，曾迎扶老笻。雜花春爛漫，樵客欲迷蹤。

張百程 字日閶，有《樸園集》　子希良

百程就試郡，時賊出沒山谷間，先生射其赭袍白馬者，引避去。婦女數百人迫於賊，不敢渡，先生張弓引滿衛之，悉賴以濟。

《答王子雲》云：燕去烏衣後，佯狂不記年。著書千嶂裹，乞食九江邊。白首悲黃鵠，青山拜杜鵑。相逢拚一哭，湖海各茫然。

希良《陌上桑》云：吳地桑蠶遲，四月未成絲。今朝見少女，提筐採葉光離離。髮短蓬飛脚不襪，倚樹淚交頤。一解。問女何所悲，女亦無所悲。官家蠶苦早，田家蠶苦遲。採桑不盈掬，已從二月賣新絲。二解。爲女謂蠶勿食桑，願復化爲高辛之帝馬，悲鳴奮躍吞蠻方，催科不煩征戰息，捲女上樹樂洋洋。三解

黃　　梅

黃利通 見前

《定月初明》[3]：天連青嶂繞，水受夕陽匀。草含春意淺，煙護柳枝嬌。帆輕雲逐影，風定水無聲。渡江風定後，停棹月明時。鐘聲山寺月，燈火郭門船。煙隨殘岸轉，鳥傍夕陽還。月明漁火歇，山靜佛燈高。爨煙漁艇集，燈火酒家明。雨聲寒客路，木葉下秋山。雲歸千嶂暮，月寫一江秋。沿鳧依斷岸，飢雁下平沙。樹斜連澗合，石怒觸濤飛。帶濕村煙瘦，含香野稻

肥。林環無暑到,山近有雲來。煙樹涵秋影,天風送海濤。井煙低暮影,風葉作秋聲。秋容隨樹老,雲影入江深。岸曲風無準,江平雲自閑。星靜無雲夜,煙生欲曙天。風清山更碧,雨過豆初花。花陰垂地淺,夜氣洗天青。鳴蟬喧岸柳,立鶴戀沙汀。日中春睡足,雨後竹萌肥。石臨泉水碧,人與落花遲。風清移竹影,泉響落漁磯。野水瀟瀟碧,堤楊淡淡黃。雨中煙樹綠,花下水泉香。朝煙升屋淺,夜月印階深。名場羞雨集,世事厭雷同。煙浮野水白,霞襯夕陽肥。野水青含樹,村煙白湊雲。濃煙薰岸草,細雨寵林花。浴雲虹影亂,著石水聲寒。　南城曾賓谷方伯燠之兄以鄉試被落,至不得其死。見賓谷《賞雨茅屋集》哭兄詩,科名之繫人生死如此。懷亭《送下第老友》云:"君歸抱璞拭啼痕,一第升沉那足論。定要狀元名不朽,昌黎只合愧兒孫。""昌黎"、"于晃"、"孫槃",皆狀元諧語,亦莊論也,所以進之者深矣。　懷亭康熙甲戌進士,與朱文端公軾同年,交最契。文端稱其詩似岑嘉州、文似宋景濂,明白正大,人人易曉。與先伯祖匏園公有舊,歸田後日相過從,尊酒論文甚洽。其題先伯祖書屋云:匏園新築擁書城,襛襋無勞客款門。雉堞青飄深柳色,燕泥香染落花痕。臨池似舞公孫劍,作賦能爲大小言。北馬南舟有歧路,好從西洛問真源。先伯祖工草書,故並及之。

《考田詩話》

喻文鏊

石農耄年好學[4],所著《考田詩話》頗能自抒所見,集中"明月一林霜,西風薜荔牆。何人調玉笛,流韻滿銀床"一律,爲人傳誦。其實空調耳。余愛其《登太行》云:太行天下脊,一髮走中原。忽向遼東折,因爲冀北藩。岡巒互聯絡,面背割寒暄。下有流如帶,黃河萬里源。五律至此,無愧傑作。又《詠坡公》云:青蓮久不見,退之今則無。兩作赤壁賦,三上神宗書。較"飽喫惠州飯,細和淵明詩"尤警拔。　釣必用直鉤,毋乃太矯情。事事要異人,此心先不平。苟有利物心,不論官崇卑。所職活萬民,不惟一己陳。高談遺世務,必無經世功。人身如月魄,顯晦任其常。塢雲藏鳥語,春色到田家。大江流霽月，一雁正新霜。論古仍須識時務，讀書原不爲科名。秋士銷魂如落木，楚人托興在幽蘭。一夜西風驚客夢，滿林黄葉別詩人。客喜座來今舊雨，詩如梅瘦兩三花。《松心日録》

張魏公是非千古自有定論，余《宿州懷古》云：一敗符離淚暗吞，枉談心學重朝論。相公曾與高皇約，要到東京做上元。隆興鋭氣截虹霓，朝列乘機羅鼓鞶。空對宸章元佑脚，高宗书法先学山谷。大書裴度定淮西。淮西戰骨幾人收，三十餘年志未酬。無復軍中張曲幟，至今遺恨白符鳩。愚谷嫌與考亭異議，語予刪之。非衵魏公，不欲訛考亭耳。東坡《與孫巨源詩》云：我褊似中散，子通真巨源。謂其人與名稱。予《過陳仲弓祠》云：身在桓靈際，名真德行科。即謂奪胎於蘇可也。《考田詩話》

石農詩如萬斛泉源，不擇地而湧出。又如四山風下，九天雲垂，百變萬怪，使觀者惴慄戰掉而不自止。及夫風日清夷，波恬浪息，天容水色，駘宕容與，又使人樂而忘倦。而要其歸於性情之正。《愚谷評語》

考田說詩八則。　詩能感人，愈淺愈深，愈澹愈腴，愈質愈雅，愈近愈遠。脱口自然，不可湊泊。故能標舉興會，發引性靈。所謂文章本天成，妙手偶得之者。　余於唐人詩，李杜外最愛元道州、韋左司、白太傅。謂其性真語摯，不愧古人立言。陶詩所以獨有千古，非三謝所能及。在此。韋詩猶從陶出，道州、太傅則自辟畦徑。　方言諺語非不可入詩，總在命意超卓，一經爐錘，自爾風雅。若類於俳優，打諢取辦，閱者發笑而已，烏足爲詩？或以爲活法，或以爲風趣。"雲山經用始鮮明"，用之者能使之鮮明，而雲山猶是也。　香奩豔體未必盡當棄置，亦顧其命意何如耳。果能寄託遙深，皆詩人興比之義。義山《無題》，不礙爲出入老杜，同一忠君愛國之心也。　詩真則新，真外無新也。詩中有人在，又有作詩之時與其地，總之其人也。無不真矣，即無不新。人心不同如其面，子肖其父，甥似其舅，審視之則各有其面目，無一同者，便已出奇無窮。有意求新，吾恐其墮入鬼趣矣。彼陳陳相因如富家子乞人諛墓，裝裱匠貨行樂圖，雇衣店借萬民衣傘，只因未嘗真耳。　詩以立教，不外日用倫常之理。發之於喜怒哀樂之情，托之於風雲月露之詞，傍花隨柳，雲影天光。道學語未嘗無風致，特不可如太極圈兒大、先生帽子高。即《明妃曲》必曰"畫師休盡殺,夢弼要人圖",亦是詩魔。至於陽明、白沙詩,非不並佳也,豈得以說理則近於腐而棄之?"天生烝民,有物有則。民之秉彝,好是懿德"、"不顯亦臨,無射亦保"、"不聞亦式,不諫亦入"、"維天之命,於穆不已"、"聖敬日躋"、"學有緝熙於光明",理語也。"服之無斁"、"仲氏任只,其心塞淵。終溫且惠,淑慎其身"、"不忮不求,何用不臧",以至"秉心塞淵,騋牝三千",皆理語也。衛武之《淇澳》、《賓筵》、《抑戒》,無論矣。不戒綺語而戒理語,其近來求新者之所爲,吾不信其然也。詞章不足爲道學病,道學又豈足爲詞章病哉。 漁洋提唱神韻,而以藻麗之才行之。篇篇愛好,其弊至於千首雷同,行役之作尤甚。初讀之無不擊節嗟賞,覆閱之,頗令人厭。歸愚別裁僞體,弘闡正音,老於場屋,至晚乃昌其身以昌其詩。選詩獨具隻眼,而自著未脫時文習氣。近來諸賢務炫新奇,非不新奇也,恐流弊滋甚耳。 古人論學書者,不恨己無二王法,但恨二王無己法。詩古文亦然。蓋必各有心得,而不規規於古。有心得者爲真詩,易古人而爲我,亦如是云也。若一意炫異矜奇,務爲悅人駭人,自謂已無二王法,不知二王亦無己法矣。善學者必先恨己無二王法,而後恨二王無己法。

趙士泰_{見前}

丈稱詩於康雍間,字烹句煉,頗學明七子。在國初諸家,則橅仿梅村、櫟園而得其似,故無懦響。第其才氣橫溢,一篇之中利鈍互見,求其渾然天成者少矣。黃懷亭先生、余從祖匏園公皆爲之序。句如:狎鷗隨野水,飯犢習春山。花棚微雨上,柳岸暮風吹。午榻蟬風緩,秋田螢露香。松隨月色灣成路,竹引泉聲直到厨。單衾午夜生成鐵,短劍千年鏽作花。《蘇台吊古》云:鶴市煙沙埋伍相,琴台花鳥夢西施。吳王父子圖金虎,越國君臣練水師。《吳城吊古》云:武宗事事因人誤,不表婁妃更不平。皆佳句,不徒以用豪語構壯字自高者也。《考田詩話》

李本植字義民,號冶人

先生予婦翁也,家貧,教授生徒所得修俸,悉以買書,且讀且飲,飲已輒長嘯。與人終日怡然,甚樂也。善詩喜寫墨菊,題自畫墨菊云:畫菊不畫香,香空詎堪掬。畫菊不畫色,色似便已俗。都無香色在,焉用此爲菊。登堂見孤標,入手疑可觸。自非識菊者,但看桃李足。古色今不如,世人空有目。《考田詩話》

喻典掖字鸞坡,乾隆舉人,官知縣　從孫同模

季弟典掖以大挑分發直隸[5],初至保陽,感賦云:九上公車志已灰,翻持手版應官來。名山空負千秋業,仕路終慚百里才。鴻爪當年留雪迹,黃金此處有高臺。平生卅載長安道,也算皇州得意迴。大府沉沉列戟居,轅門守候聽傳呼。調羹新婦厨初下,入學村童禮尚粗。薄宦心情渾似夢,書生習氣本來迂。從兹愧儡登場後,難說今吾是故吾。觀此詩可以悲其志矣。　典掖詩不求奇崛,時露新警。五古《將去青縣留別》云:讀書慕前哲,筮仕談循良。道旁去思碑,顛僕委風霜。所貴名與實,寸心自評量。我昔來兹邑,牽絲百里疆。及瓜行當去,臨去轉徬徨。謂我爲貪吏,無物充官航。謂我爲廉吏,安得祀桐鄉。貪廉兩無據,自笑行自傷。公論憑人口,決川安能防。設官以養民,官朘民脂膏。設官以教民,民愚官怒號。百姓視官輕,官不卹民勞。所以毛摯治,民風日以澆。憶予下車始,煢煢困差徭。豈不資民力,儉以養清操。豈能免吏猾,毋令恣闞虓。催科甘下考,鞫獄戒刑招。愚民以我故,悻悻頗自豪。殷勤告我民,守分慎毋驕。須防後之人,鞭撲將安逃。二詩尚有次山《舂陵》之遺。《寓齋小集》云:小閣夜初涼,木葉蕭蕭下。緬彼素心人,幽思托遙夜。我亦淡客情,天懷時自瀉。白日在高梧,臨風相慰藉。七古《登岱頂放歌》云:泰山七十有二峯,峯峯盡被白雲封。捫蘿歷磴躋絕頂,一峯一峯日曈曨,俯視白雲截山腹。淹靄糺縵羣峯

伏,上界晴明下界陰,人在天上雲在足。須臾天風浩蕩來,無邊離奇變滅、化作齊州九點煙。羽衣道人揖我前,指示日觀、越觀、秦觀相鈎連。遙望迷離一條白,劃破世界分南北。東指滄溟海一杯,青蒼疑是島間國。嵩恒衡華岱尤尊,其餘宇內名山盡兒孫。我來一覽氣愈振,慚愧人間絕頂人。乃知孔子小天下,信是聖人之中集大成也者。七言如《瑤亭子宮門侍班》云:洞開雙闕千官肅,首列西天一佛尊。《薊州曉行》云:一角雲山微有樹,千家村落半臨溪。《哭沈醫》云:老爲謀生遭客死,身因多病痛醫亡。《初秋》云:謝病偶然容我懶,借書時復畏人嫌。《即事》云:得句待鈔思已斷,買書無力眼偏饞。《買書》云:快意比求田宅好,癡心還望子孫賢。《望海樓》云:屬國遠環諸島外。日華高擁五雲頭。

同模字農孫,貢生,官教諭,石農先生孫也。《中秋夜不寐》云:寒蟲兼落葉,竟夕作秋聲。高館不成寐,幽人此夜情。雁鴻來水國,鼓角起江城。杳杳還家夢,挑燈對短檠。《過竺庵暴雨》云:人耳驚濤起,銀河欲倒傾。雨從前嶺至,雷在半山鳴。燈下看雲氣,牀頭聽水聲。明朝溪上路,新漲沒人行。《游西山寒溪寺》云:東風吹我武昌行,穩送春帆葉葉輕。好景却愁三月暮,嵐光近對一江清。僧能詩畫猶嫌俗,山有樓台不壓平。爲語遊人休吊古,陸公泉畔月空明。《秋夜讀書》云:白紙窗櫺一扇開,朦朧夜色影書台。竹聲似雨延風入,花影如潮湧月來。讀書須知嚴大義,論人難得是全才。寸心千載如相印,手把陳篇日幾廻。《落花》云:辭枝莫譜無家別,帶雨如逢中酒人。惺忪客醉游仙夢,搖落人如下第時。《贖衣》云:束去似裝貧女嫁,贖廻如見旅人歸。襟似王嬙顏色改,裘如蘇武節毛稀。《白桃花》云:仙子送行情斷後,夫人新寡息亡時。《梅雨》云:枝頭到處餘殘滴,葉底無端送夕陽。《鮑參軍墓》云:野田寒食春三月,古墓詩人土一抔。《竹》云:立世層層都有節,與人個個總無心。《岳廟》云:兩宮君后須還我,一寸山河不讓人。

劉　縉_{自號匏寄子}

縉善寫蘭,老無所遇,苦吟,稿多散佚。句如:貧難好客摧豪氣,老愛吟香吊美人。握手共嗟家盡破,隨身且喜舌猶存。逆風繫艇遲游子,白髮垂肩誤故人。家貧自爾甘藜藿,國難誰能定死生。皆沉鬱可誦,而語多愁苦,亦境使之然也。

釋曙山

曙山乾隆初稱詩里中,工書,筆法得歐虞之遺。有詩數百首,竟散佚不傳。《考田詩話》

閨秀

傅紫璘 見前

紫璘以節稱[6],詩清和婉麗,復經蔡梅庵太史、黃立生通守採入《國朝閨閣》《柳絮》等集。《遊仙吟》云:珠樹玲瓏日初上,五雲樓閣排十丈。玉籤十萬擁仙書,朱篆丹文映羅幌。雙童導我登層樓,捲簾坐看滄海秋。忽聽擫笛月明處,飄落梅花滿十洲。《寄癯仙》云:一行書札寫萍蹤,幾度緘封又啟封。珍重歸期須記準,梅花時節與君逢。《和姊寄懷》云:脈脈離情強自支,開軒怕誦採蕭詩。空階雨過逢新月,對月懷君只月知。《琵琶亭》云:荻花楓葉使人愁,商婦當年古渡頭。得遇江州白司馬,宦情離恨各千秋。其他句如:窗小風生罅,簾疏月上鈎。多病常因懶,忘形莫笑痴。瘦影自憐花似我,秋風應許節同君。請看霜葉紅如許,都是離人淚染成。幽林有鳥啼黃葉,晚徑何人掃白雲。閑情欲訴邀明月,又恐姮娥笑我痴。文章豈是蛾眉福,造物由來也忌才。皆戛戛生新,無兒女子氣。

【校記】

〔1〕"盧洽"條,增訂本以此置換"李中傑"條,今移置於"增訂·盧經"條後。

〔2〕"吳化"、"吳士伸"、"張百程"三條,增訂本原置於"盧昇"之前,今移置於

"黃安"部分後部。

〔3〕"《定月初明》"段,增訂本置於"紫璘以節稱"段之後。但其內容是補充"黃利通"條,故復列條目,且置於"黃梅"部分之首。

〔4〕"石農耄年好學"及此後四段,增訂本所增"喻文鰲"條內容。今復列條目,且置於"增訂·趙士泰"條之前。"喻文鰲",增訂本原作"俞文鼇",據初刻本改。

〔5〕"季弟"段,此條專述喻典掖,"季弟"云云,當是節錄其他資料之痕跡。《詩徵》本卷"黃梅"中有"喻文鰲"條:"字冶存,號石農,乾隆貢生,有《紅蕉山館詩文集》,子元鴻。"而增補兩段,先云"喻典掖,字鷺坡,乾隆舉人,官知縣,從孫同模",後云"同模字農孫,貢生,官教諭,石農先生孫也",那麼,"季弟"云云,當是承接底本"喻文鰲"條而來,即喻典掖是喻文鰲季弟。

〔6〕自"紫璘以節稱"段,乃增訂本所增"傅紫璘"條內容。原置於"黃利通"條之前,今剔出並復列條目,且移置於"黃梅"部分之末。

湖北詩徵傳略卷十八

蘄　　州

唐

釋白崖

白崖初入高谿寺，求主僧，願從其教。僧曰："汝凡胎也。"引入山澗，刳滌五臟。途人驚，往視惟見石齒刺山麓，儼然白崖也。有《題山石》句云：金殿重重鈴動風，有龍飛入碧雲中。晚來落盡前山雨，人借僧房鶴借松。自非脫去凡胎者不能道。

宋

夏　倪字均父，官太守，有《遠遊堂集》

倪自曹府左官祈陽監酒，文詞富贍，儕輩莫及。赴九江太守日，張彥寔贈行，有"未覺朝廷疏汲黯，極知州郡要文翁"之句。其服官之勤可知也。詩文一卷，呂紫陽爲之序。《江西詩社宗派圖錄》。有《遠遊堂集》二卷，見《文獻通考》。竦之諸孫。集中如《擬陶韋》五言，亹亹逼真。律詩用事琢句，超出繩墨，言近旨遠，可以諷詠。《後村詩序》

《次韵漢陽蔡守題陽關圖》云：君不見，季子敝盡黑貂裘，一生車轍環九州。使之負郭有二頃,未必肯相六國侯。東風夾道羅供帳,倚馬欲行那得上。陰雲漠漠天四垂,行子多著短後衣。漁舟微茫出浦漵,遠山無數迎修眉。長安春色濃如酒,乃向斯時別親友。濁醪百榼胸崔嵬,暮色慘慘羈鴻哀。羊腸鳥道天尺五,爾獨胡爲來此哉?水有蛟鼉獰口眼,陸有兕虎潜崖限。嗟爾遊子不顧返,富貴有時終自來。《題宗室永年畫犬圖》云:公子朝回玉宸裏,戲弄丹青歌扇底。興來貌寫到穊毫,拳尾如搖欲投骱。豐顱闊腋偉骨相,縱逸未饒盧鵲駛。庭除花開春尚寒,屈藏短喙眠朝暾。其一猙猙口若吠,欲前却立客在門。俗言犬馬最難畫,衆所共識誰面謾。非如鬼物隱幽渺,反覆醜好懸毫端。紛紛衆史坐歎息,筆仗突兀不可扳。乃知心匠本神授,以心運手不作難。我家敗屋依破垣,偷兒踏瓦驚夜眠。四壁雖如長卿第,舊物猶存子敬氈。就君乞取挂牆壁,端能警我窺窬客。《跋聚蟻圖》云:紛然蟲臂蟻爭環,爭與高人一解顔。不待南柯婚宦畢,始知身倚大槐間。《題漢陽郎官湖》云:太白當年夜郎謫,一尊聊與故人留。南湖乞得郎官號,從此名傳五百秋。佳句云:猶喜平生蟹螯手,尚能半幅寫行書。《宋詩紀事》

吳 億_{字大年,官靜江倅}

億父擇仁爲尚書,億官靜江[1]。居餘干,有溪園佳勝。世傳其《樓雪初消詞》,爲建康帥晁謙作,《書錄題解》。有《溪園自怡集》。見《宋史·藝文志》。《磨巖中興頌》云:借問江頭人釣魚,爲言靈武事何如。磨巖豈是當時意,兩字噫嘻金鏡書。《宋詩紀事》

林敏中_{字子敬}　弟敏功、敏修

敏中注蘇詩,見《東坡集注》。年十六領鄉薦,下第歸,嘆曰:"軒冕富貴

非吾願也。"杜門不出者三十年。有詩文百卷,曰《蒙山集》,兵火後無存。《湖北詩載》。弟敏功、敏修俱以詩文相高,元符末蔡元度薦之,屢詔不起。至和中,賜號高隱處士。《江西詩社宗派圖錄》。有《無思集》四卷,兄弟世稱二林。二林詩極少,曾端伯作《高隱小傳》云:有詩文百二十卷,今存十無一二。兄弟皆隱君子,不獨以詩重。《後村詩序》

敏功字子政,元符中以春秋鄉薦不第,有《高隱集》。《書吳熙老醉杜甫圖》云:清晨出尋酒家門,蹇驢破帽衣縣鶉。年年碧雞坊下路,野梅宮柳慣尋春。酒錢有無皆醉倒,改罷新詩留腹稿。兒童拍手遮路衢,拾遺笑倩旁人扶。百年風雅前無古,沈宋曹劉安足數。後來一字人難補,君莫笑渠作詩苦。《子瞻畫扇》云:夫子江湖客,毫端託渺茫。攢峰埋暮雨,古樹困天霜。逼側餘僧舍,冥濛失雁行。死生隨化盡,此意獨難忘。《春日有懷》云:風高收雨急,日暮過窗微。梅蕊初迎臘,春溪欲染衣。形容今日是,遊衍昔人非。節物關愁緒,歸鴻正北飛。《絕句》云:君心恨不走天涯,不比衰翁祇戀家。最是橫塘黃葉路,今年無伴折梅花。又《寄夏均夫》云:嘗憶它年接緒餘,先生落魄我迂疎。溪橋幾換風前柳,僧壁猶餘醉後書。《呂紫薇詩話》

敏修字子仁,有《松坡集》。《詠張牧之竹溪》云:幽閒古城陰,結屋清溪曲。溪流湛廻映,上有青青竹。漫郎欣得之,綠髮詠空谷。高風及前修,勝趣隨遠矚。惡客徒擾人,立談非我欲。麾去寧汝嗔,真意聊自足。或言不當耳,往往相謗讟。答云豈吾私,恐作林泉辱。源流別涇渭,臭味同草木。肯當百事勝,容此一物俗。獨餘嵇阮輩,放蕩戒臣僕。濁醪澆古胸,日暮還秉燭。僕忝瓜葛後,意氣頗相屬。平生幾兩屐,共老三徑菊。行年事無定,此計諾已宿。徑須買牛衣,間亦荷書簏。從子竹間遊,溪魚剡寒玉。《宋詩紀事》

吳　瑛 字德仁,官員外郎

瑛襟情高遠,遵路子、淑孫也,未五十致仕歸隱。元祐間,朝廷聞其高,聘之不起。"稽山不是無賀老,我自興盡廻酒船。恨我不識元魯山,恨君不

識顏平原。銅駝陌上會相見,握手一笑三十年。"皆東坡爲德仁作也。《潘子貞詩話》

瑛以父遵路蔭任補官員外,尋請休歸。臨溪築室,蒔花釀酒,家事悉付子弟。賓至必飲,飲輒醉。有臧不人物者,默不酬一語。門生爲治田事,歷歲餘,忽謝去,曰:"聞有言某簿書爲欺者,義不可留。"瑛命取前後書札示之,蓋未嘗發封也。嘗有盜入室,覺而弗言。及取被,乃曰:"它物惟君所欲,夜正寒幸舍此被。"其直率曠達類如此。《宋史·隱逸傳》

謝童子

童子少懯懦,十歲不能言,父母怪之。令牧牛,一日忽歌云:可若何遠遠,騎牛下淺坡。長笛一聲鳴也,清歌一曲無多。《楚風補》

明

康茂才 字壽卿,元季進士,從明祖征伐,封蘄春侯,謚武義

茂才生有雋材,善詩歌。值寇陷州城,結義旅捍禦,有"茫茫江滸皆魚鼇,何處堪容魯仲連"之句。尋从明祖渡江,太祖欲速陳友諒來寇,以分其勢,密諭茂才誘致之,友諒敗走。嗣破蘄黃,戰鄱陽,圍武昌,收湖南,伐吳逼蘇。從征齊魯秦隴,節制太原,再征漢中,所向有功。截《明史》本傳

陳 溱 字濟寬,正統舉人,官主事,有《獨醉稿》

溱官工部,有澤梁之任,分督濟寧河閘。值中貴樓船冒禁,繩以法。銜之,媒蘖其短。下詔獄,謫戍貴州。溱慷慨就道,發諸歌詠,怨而不怒,清麗流動,雅重于時。

《蘄城值雨》云:天意含愁不放晴,鴻洲煙雨暗蘄城。江邊薏苡忠臣憤,

湖上松楸孝子情。龜鶴何年開壽域，鳳鱗千古應文明。傷心龍眼磯頭水，也爲英雄帶恨聲。

顧 問字子承，嘉靖進士，官參政，有《日崖詩文集》 弟闕

問幼即有志聖賢，年十六偶疾，父母以爲憂問。曰："疾不足慮，第恐因此廢學，不至聖賢爲大罪，可懼也。"官浙江僉事，蔬食清謹，民間號爲茹菜顧公。起參政，九疏乞歸。講學不倦，羅洪先嘗曰："子承真聖人之徒也。"《山中唫》云：山中名器一簑衣，帶月和雲著得歸。借問先生何品秩，上農夫也是邪非？

闕字子良，方六齡，類焚祝天，爲道德性命之學，以報劬勞。及舉進士，官副使。年未四十即告歸，里居四十餘年。一日忽召子孫曰："吾夜梦見聯云：'津吏報增三尺水，山人歸卧幾重雲。'是歲大水，吾將逝矣。"已而果然。闕治經尤精《詩》、《易》，學者稱爲桂巖先生。《煙霏樓》云：濃濃澹澹起天涯，縹緲眼前原作"來親"橫复斜。雲母屏風低映戶，青絲步帳漫籠花。絪緼造化凭誰判，早晚陰晴恐認差。分付豐隆收拾起，好教日月吐光華。

郝守正字中夫，號湘東，嘉靖進士，官知府

守正工詩能文，當時碑版之製多出其手。《仙人臺》云：每到山中訪二仙，仙童仙洞尚依然。巖隈靈药應千種，石罅喬松已萬年。苔蘚厓前留幻跡，藤蘿雲外隱諸天。兩丸日月移朝暮，陵谷由來幾變遷。

王 儼字望之，正德舉人，官知府

《四節祠》云：百年正氣激飛湍，醉眼難消血淚乾。一艦煙埋骸骨冷，八溟風灑鬢毛寒。心存社稷應難死，梦擾魚龍苦未安。酹酒臨江頻觸目，征雲猶鎖樹光團。

陳仁近字元复,號孟角,嘉靖舉人,官知州,有《應叩鳴詩集》

仁近博學好古,寒暑一燈不輟。同時同里講學稱極盛,如王翰字廷舉,景泰進士,官知府。乞歸不與當時事,植松萬株爲萬松窩。日講學其中,操行與仁近同。

《竹塘》云:不將長策射楓宸,閒向池邊種綠筠。風捲銀花縈百盝,日篩金屑走羣鱗。蒲攢紫筍雲橫塔,籜閣青萍錦壓茵。共約明朝參玉版,何須煮簀怪吳人。

袁素亮字公寧,貢生

素亮負才磊落不羈,詩古文詞,援筆數千言。錢牧齋、譚友夏多所唱和,晚與艾千子、陳大士結天下文社。值寇亂,遇賊不屈死。《題壁柬友夏》云:騎馬擁懵眠,遂有專儂意。粗知好浮名,向儂求姓字。姓字却不言,但與譚郎好。遣人問譚郎,悟儂非草草。《贈錢受之》云:招我皮冠意已疏,須君床上廣何如。自存天素非忘物,聊爲中原苦讀書。世界蓮花共履屐,工夫楮葉著樵漁。智雖不用何能腐,留待浮雲竟有餘。

顧天錫字重光,貢生,有《石室詩集》、《易林》、《說史》

天錫博通經史,受知于督學董華亭。爲諸生,有聲。改北雍,對策及閹寺,主司乙之。以積分選中牟令,不赴。召行徵辟,又辭。講學於海淀天津,歸陳先世遺書,蒐探辨究。教子景星,無間寒暑,卒成通儒。

《癸未挈家避地鴻宿洲旋上西塞作》云:鬢班乏鏡自羞鬖,摸破青衫已上藍。人竄萬山誰告語,燕巢春樹枉呢喃。孤城師旅烽加劇,盛饌將軍酒正酣。河上逍遙渾故事,先機媿我未逋南。

朱　紳 字懋孚，號竹坡

紳居田野，自食其力。牛背夕陽，卷冊相隨。悲今弔古，慷慨激烈，人莫能窺其際。

《鴻洲煙雨》云：一片平沙二水通，幾翻煙雨亂長空。樹籠野色千林暗，山隱嵐光兩岸同。沙鳥飛翔濃淡裏，風帆搖揚有無中。待看海上金烏出，一掃層陰萬境融。

同時曠達有兩山人，一余庭自號三槐山人，耕耨自食，長歌田野，有"阿兒莫作飢啼狀，貽爾清貧樂自多"之句。一二楚山人翟文英，風流諧謔，目無餘子。工詩，脫口成篇，多不存稿，畫人物雅似吳小仙。

李炳然 字人虎，號東皋，崇禎副進士，官知縣，有《江麓堂集》

炳然甫宰萬安，即乞歸。杜門著述，所言皆窮極理要，以經爲質。其爲人不苟言笑，沉潛疏義，老而彌篤。

余讀東皋之詩，嘆其有品。其爲詩也，若奇山遠岫，窈窕杳冥，魅嘯猩啼，龍跳蛟舞。使人畏而不敢入，入而莫能窮其蘊。蓋其嗜古獨深，故能本事成篇，因心造語以成其品。截顧黃公撰詩序

《上巳步湖村》云：久不到南湖，彎環僻在此。艷艷花匝樹，碌碌石淬齒。逶迤凡幾曲，屋隱茆茨裏。莫是武陵人，依舊桃花水。石林高復下，坐客箕或倚。穉耄少扳援，貴賤一我爾。問我來何所，大笑稱上巳。雞犬與爲鄰，丘壑趣猶美。得魚即易酒，臨淵寧洗耳。直待菡萏香，還來劈蓮子。

王可象

《西塞讀書》云：爐香椀茗罷殘編，獨曳藤溪任往還。龍窟寺前新漲急，玉虛殿後碧峯圓。气連古木千稍冷，市接東陵一帶煙。山裏志和今在不，

斜風渡口亂歸船。

盧如鼎 字呂侯,諸生　　子紘

如鼎生而奇穎,丱角即能屬文。及長,不問家人生產,一意修學著書,以造就人材爲己任。及子紘成進士,益撞弦息機,不事榮進。癸未之難,以先人廬墓不可棄,率里中少年爲堅守計。屢爲賊所襲,遂及於難,一門從殉者百口。節吳梅村撰墓誌

《結茅山中》云:身閒成野癖,地遠絶囂氛。池靜生寒月,山空卧白雲。栽花聊作伴,近鹿喜爲羣。幸少浮名利,荷衣可不焚。

紘字澹崖,號元度,順治進士,官參議,有《古今樂府》、《四照堂詩文集》。歷官多善政,雖簿書旁午,未嘗廢學。錢牧叟比之申叔左史。晚居鳳山,與諸名宿講學,道義切劘,窮究根流,所詣益醇。而鑒別書畫,評騭尤不失黍粒。

《望遠曲》云:明知人不歸,日日樓頭望。人尚在天涯,只疑行陌上。紅塵逐日飛,何曾塵裏見人歸。經春歷夏無消息,檢點秋風又寄衣。《國朝詩別裁集》

《風入松歌》云:空山聲震如濤狂,老松似龍鱗甲張。幽人空卧石間聽,塵懷滌盡生清涼。時援素琴發幽響,超然疑出雲霄上。同是塵勞痴夢人,陡聞應作林泉想。

顧景星 字赤方,號黃公,有《白茅堂全集》　　子昌

景星生有夙慧,六歲賦《黿山鐙》,時稱神童。比長,博極羣書,詩文爲海内所宗。與錢謙益、龔鼎彝、王士禎相唱和。尤工樂府,兼善書法。崇禎末廷試貢士第一,授福州推官。以不坿權貴,隱居崑山。國朝兵下,命以原職隨征,辭養歸里。沈潛經史,精研六書,以獎進來學。康熙詔試宏博,辭疾,弗允。入覲保和殿,再以病懇放還,杜門著述以終。景星爲崑山金粟

道人十二世孫，嘗自稱後玉山金粟居士云。截李炳然撰本傳

赤方明貢生，曾祖闕、祖大訓、父天錫皆以文章气節高自標揭。赤方少穎敏，得外祖馮天馭遺編讀之，下筆纚纚，縱橫奧衍，名動天下。康熙己未舉宏博，放歸，後進慕效之。若秦京、熊楚荆結唫社，號雨湖七子[2]。然才學遠不逮名，亦不出鄉里。後有李易生者，詩文頗振厲。《通志》

景星著述宏富，初有《童子集》三卷，《願學集》八卷、《書目》十卷，皆崇禎壬午以前作，明末燬於寇。《顧氏列傳》十五卷、《阮嗣宗咏懷詩注》二卷、《李長吉詩注》四卷、《讀史集論》九卷、《賻池錄》一百十八卷、《南渡集》《來耕集》共七十三卷，皆崇禎癸未以後作，康熙丙午燬於火。僅《南渡》、《來耕》二集存十之三四。乙酉、丙戌之間，又有《登樓集》、《辟地泖澱集》，經其子暢昌編次音釋之。凡《賦騷》一卷，《樂府》一卷，詩二十二卷，文二十卷。景星記誦淹博，才氣尤縱橫不羈。詩文雄贍，亦一時之霸才。而細大不捐，榛楛不剪，其後人收拾遺稿，又不甚別裁。傅毅之不能自止，陸機之才多為患，殆俱有焉。《四庫全書提要》

陳迦陵曰：" 黃公諸詩力厚而氣完，筆健而法密，五百年來無此作手。"佳句如：風雲旦暮占牛斗，烟雨湖山屬使君。殘月遠从林屋出，寒潮夜打石城還。不補庭除因種竹，故留牆缺為看山。送雨春雷過檻外，逐風流水到門前。君來瀹茗泉稱慧，我自逃名谷已愚。歷代山川亡國夢，六朝鶯燕返魂花。攀條幾下江潭泣，斷雁長憐楚塞秋。皆憂憂獨造，不依韓邨杜者。鄧秦舒曰：吾鄉琴張謂張公亮以文章自命，予不然之。及見黃公，稱為一代宗盟，固知大巫之見，安得有不服者？　程二非曰：今人排擊袁鍾，各指其習气是矣。楚後勁如黃公，一種杰潔之氣，安得不霸。　董蒼水曰：黃公才高力大，其氣若祖龍之吞六雄。宜其傲睨百代，自成一家也。

予考勝國遺老以詩名世者，黃有兩人焉，一杜茶村，一顧黃公。然茶村詩頗唐褊急，麗服亂頭，往往不足觀。而名振公卿，所至虛左待之，如恐不及。揆厥所由，殆諸貳臣內媿，獎借曲成之耳。而黃公湛深經術，兼精書法，有志著述，成一家言。發為文詞，縱橫排奡，光焰萬丈。少更喪亂，語多感激。暮年蒔花種竹，以文章自娛，優遊恬愉，有足多者。故于皇非黃公匹

也。節胡齊崙撰詩序

明季士大夫學問空疎，見解迂淺，而好名特甚。今所傳三大案，惟移宮署有關係。然擁護天啟，童昏瞀亂，遂致亡國，殊覺無謂。楊慎大禮一議，國朝毛西河、程棉莊兩先生引經據古，駁之甚詳。挺擊一事，則漢晋《五行志》中，此類狂人不一而足。焉有一妄男子，白日持棍入宮，便可打殺太子之理？顧黃公詩云："天倫關至性，張桂未全非。"又曰："深文論宮闈，習氣惱書生。"議論深得大體。黃公與杜茶村齊名，而今人知有茶村不知有黃公。因《白茅堂詩集》貪多稍近於雜，閱者寥寥。然較之《變雅堂集》，已高倍蓰矣。　黃公蒙聖祖召見，寵任優渥，以老病乞歸。再舉宏詞，亦不赴試，有楊鐵崖白衣宣至白衣還之風。《憶內》云：靜夜停金剪，含情對玉釭。數聲風起處，花雨上紗窗。《觀姬人睡》云：玉腕明香簟，羅帷奈汝何。不知夢何事，微笑啟腮窩。風韵獨絕。余嘗見小兒睡中往往啟顏而笑，訝其不知緣何事而喜。今讀先生詩，方知眼前事總被才人說過也。　余在廣東新會見憨山大法塔院，聞其弟子道恆爲人作佛事，誦詩不誦經。《和王修微女子樂府》云："剝去蓮房蓮子冷，一顆打過鴛鴦頸。鴛鴦頸是睡時交，一顆留待鴛鴦醒。"殊有古趣。圓寂，赤方哭之云："已沉千日罄，猶滿一牀書。"赤方見吳小仙《畫騎驢圖自題》有"白頭一老子，騎驢去飲水。岸上蹄踏蹄，水中嘴對嘴"句，因題云："張果倒騎驢，不知是何故。惟恐向前差，忘却來時路。"別有意趣。　說書人柳敬亭，歌者王紫稼，皆見名人歌詠。王以黯昧事爲李御史杖死，有焚琴煮鶴之慘。赤方哭之云："崑山腔管三弦鼓，誰唱新翻赤鳳兒。說着蘇州王紫稼，勾欄紅粉淚齊垂。"王送公卿出塞必唱《驪歌》，聽者不忍即上馬去。又云："廣柳紛紛出盛京，一聲嗚咽最傷情。行人怕聽《陽關曲》，先拍冰輪上馬行。"悼王郎詩只宜如此，便與題稱。乃龔尚書竟用墜樓賦鵬之典，擬比失倫悖矣。　芝麓尚書失節，本朝又娶顧横波夫人，物論輕之。赤方爲昭雪云："天壽還陵寢，龍輴葬大行。義聲歸御史，疏稿出先生。曾代臺臣草疏。浮議千秋白，餘生七尺輕。當年溝瀆死，苦志竟誰明。憐才到紅粉，此意不難知。禮法憎多口，君恩許畫眉。王戎終死孝，江令苦先衰。名教原瀟灑，迂儒莫浪訾。"文士筆墨能爲人補過飾

非,往往如是。《隨園詩話》

《白茅堂集》中有《秋闈即事》云:鳥蠻新樣撲雛鴉,竹檻凉生潑乳茶。漫道秋來芳事歇,十分春在海棠花。風韻欲絕,爲集中僅見之作。《楚天樵話》

《白茅堂集》沉博絕麗,當與牧仲、初白諸公並驅中原。乃十家詩布滿海内,黄公名不出蘄黄數百里,茶村謂楚人不善爲名。信夫!《格齋詩話》

周屺公曰:黄公樂府上下八千年,縱横一萬里,讀之知其胸中原本正大。凡詠古人及擬古人,未有不寓己意者。徒然摹擬,無自家見解,不可作也。惟黄公諸作,最得之。能不爲古人所縛,方能搏挽古人,而蘊藉亦前人所無。湯次曾曰:吾和西涯樂府多矣,不敢自謂過前人,亦庶幾近之。及見顧君作,不覺失其步履。談長益曰:黄公樂府是千餘年來第一手,望而知其光焰萬丈。商丘練石林詩曰:顧侯才似海,樂府妙無雙。信如諸家言,黄公於樂府當赤幟獨樹,直接漢唐矣。爲録數篇,以例其餘。《來日苦短》云:來日苦短,去日苦長。泰山嵔嵔,河水湯湯。一解。逝不可追,來不可逮。千聖同悲,百家瑣細。二解。斗衡既設,何用不爭。陶刑高伐,憂我仁人。三解。蝍蛆多足,行以一氣。蝸蠃雖醜,自視斌媚。四解。寒暑推移,治亂何常。是非靡定,立賢無方。五解。平仲善交,久而愈敬。周公吐握,謹言是聽。六解。災不及井,泉不溢竈。瑣瑣百憂,不干年少。七解。蛇出轊下,恙在草中。考祥視履,屏誕淑躬。八解。學者好奇,不可爲訓。書不三證,不可爲信。九解。糞壤變化,哀此蜉蝣。真人澹蕩,抑又何求。十解。《唧唧詞》云:長唧唧,短唧唧,莫遣孤兒赤膊睡。短唧唧,長唧唧,滴盡西窗女兒涙。唧唧長,唧唧短,唱歇征人五更轉。唧唧短,唧唧長,門外征人欲斷腸。《破陣樂》云:邊風四面來,飛蓬去却廻。開疆不慮遠,戰士徒矜能。叶。漢家火旗陰山北,旗脚焰轉煙光黑。山頭大纛高插雲,韶韒夜宴飛將軍。銅角龍吟聞地底,單于敗軍渡遼水。繡額舞兒雙翟尾,假面娥眉齧纖指。君不見燕然山下百草秋,鳴髇駤馬聲啾啾[3]。論功一勝何足道,至今難洗燕然羞。《静女春曙曲》李賀題,爲十四歲作云:華燈吐輝通九枝,寶釵鬖髻雙燕垂。蘭堂露絕曉鐘動,緑蟬罥玉光參差。美人裹粉對明燭,天秋月白芙蓉浴。何處烏啼梦不甘,一道菱歌楚江曲。《西泠橋女郎》云:女兒辟月如避日,月色炤人顏色黑。女兒愛月不辟月,素羅衣裳白如雪。十五女兒太嬌嬈,西泠橋畔可憐宵。《塞上四時曲》云:苜蓿春深野馬肥,沙場行樂少人知。中原一片絃歌地,不數盧龍關塞兒。邊荒六月斷人行,山海關頭大閱兵。帳下兜鍪如火熱,垓心塵起似風生。防秋漢將點軍回,畫角平明馬上催。騎到城門更廻首,幾多鐙火出樓臺。朔雪銜枚度賀蘭,馬群聲動陣雲寬。鐵衣不是防寒物,爲護沙場刀箭瘢。《塞上賜衣曲》云:天子深恩賜錦袍,金瘡裂後瘀痕高。由來七尺輕生死,著向風前看寶刀。賜出猩猩一片紅,上陽宮女剪裁工。含情未著先思報,誓取燕支奉漢宮。《少年行》云:愛弟諸郎各少年,五侯七貴正蟬聯。問君通籍那能此,家本南山舊種田。嫣孺青春入建章,馮顏白首尚爲郎。豈知更有王門客,七十窮經返故鄉。

　　古樂府音節久亡,不可摹擬。王世貞、李攀龍、陳子龍、李雯諸子數十年墮入雲霧,如禹碑石鼓,妄欲執筆效之,良可軒渠。楊鐵崖詠史,音節頗具頓挫,李西涯仿之,便劣。要當作古詩讀,勿煩規規學步也。亡友顧赤方擅長此體,尤能絕空依傍,所著余最愛之。宋牧仲《說詩》

　　先生雖生於前朝,寔開我朝一代之文運。余竊謂皇朝之有先生,猶前明之有高青丘。蓋其才思橫溢,學問淵博,開口便有博大昌明氣象。洵能上窺建安,下逮開元,斷爲皇朝湖北開山第一巨手。以質海內善讀《白茅堂詩》者,當必有異地同聲之應矣。

　　《妾》云:買妾當買俠,買僕當買愚。緩急同一心,生死必與俱。君看西家施,不若東家嫫。榮華何足貴,所貴丹忱輸。《雜感》云:乾坤幾萬里,一夕三四周。形骸類土木,心志如獼猴。讀書未聞道,觸物恆隱憂。自撫七尺軀,鍾此萬古愁。出門視天地,天地何悠悠。彈琴桓魋墓,挂劍徐君丘。白骨無妍媸,青史或沉浮。哀哉世上客,何道能千秋。莊周與陶潛,千古號達生。或乞監河食,或叩富兒門。鄙夫羞細節,智士安蒙屯。區區市井兒,詆諆何足論。《答歸宗幢公》云:易泐者金石,不朽者竹帛。壽世者精神,長逝者魂魄。天地爲傳郵,日月爲過客。經書爲化城,諸史爲漏澤。談云:似贊似銘,五言創體。《素琴》云:風從牖中入,琴在壁上鳴。七絃流一韵,莫辨宮商聲。至音屬天籟,彷彿通神明。高山與流水,久矣人間情。《歲寒葺草廬》云:賜貂當冀北,汗馬正黔南。轉粟尤深入,懸車更遠探。鎖橋危易斷,銅鼓聚何堪。已識開叢道,真愁折武擔。邊隅紛順逆,覆載本宏含。降叛全無殺,恩威用固覃。來歸皆將相,列爵即朝參。治亂原天意,存亡敢浪談。有儒唫澤畔,多病老江潭。雨雪年時急,呼兒且結菴。邵子湘云:只結句一語著題,詩格自老。昌云:看結句一"且"字,詩意自遠。《花落》云:月月有花開,月月有花落。何事獨傷春,多情自愁著。若使花開長不落,蒼梧雲結英媓活。君不見,昨日之日非今朝,今世之世非前朝。興亡自古有遞代,繁華不久成蕭條。金烏玉兔日西逝,東流之水長滔滔。物故還見新,有新必有故。隧道漸泉臺沼開,驪山宮殿牛羊路。勸君花下日進觴,仙人示我不死方,團團九野鞭三光。六鰲跋足立清淺,麻姑綠髮如秋霜。《虞海元夕澹崖惠〈鐙舟中燭下作〉》云:我生不得御前撤送金蓮燭,又不得太乙揚光校天祿。還鄉暗拾蓬中螢,經史縱橫徒滿腹。中原昔日繁華同,長邊處處無煙烽。魚龍角技來西域,鳳蠟傳方自漢宮。傳方角技誇奇妙,豪門戚里爭光耀。放禁何曾司隸呵,展期不待官家詔。諸藩邸第列九州,九州世族疑王侯。狹邪競度留歡曲,公子潛登明月樓。吏廉過小棄弗錄,稅薄年豐歡不足。農家苴火炤田疇,綺陌華燈夾車轂。廣陵南去接吳閶,建業由來屬帝鄉。閣上歌聲酣玉樹,殿前山起爇沉香。百年幾度滄桑改,三吳冶俗依稀在。墮珥朝來賺蚤蜂,綵樓薄暮迷煙海。巡漕使者獨好奇,孤缸坐詠上元詩。于蔦欲奏長安遠,苦調纔翻遊子知。天涯遊子意如何,風雨殘簹舊恨多。竟能分我然藜火,持炤山齋老薜蘿。《聞鶴》云:寒月冷山骨,棲禽多不聲。胎仙獨警露,空谷響三更。葉落風無礙,舟聽夢亦清。知君志霄漢,引吭更長鳴。《步月》云:斂聽步禪磬,遠香開夕扉。天空月自舉,雲過性無依。碧草夜猶見,新花風不飛。維摩無廣地,於此足忘機。《穀雨》云:江湖上春水,歸雁感秋心。村隴望不見,浦雲深復深。瀟瀟來穀雨,漠漠過前林。十畝仍須課,山中報候禽。《雨後得月》云:昨夕照何處,今宵臨酒杯。清輝閱萬古,與我暫徘徊。歸鳥景中度,孤雲江外來。懷人對江漢,悵望楚王臺。《志感》云:龍飛新數中興年,虎拜瑤階拱御筵。隔代遽傷京雒舊,兩朝不遂澗瀍遷。戍垣鼓角悲中夜，城闕荆榛起暮煙。過眼繁華如夢幻，中原成敗本騷然。鐵面虬髯黃太保，精誠勇略實無雙。定知冠狗能傾國，誰料茅羊早出降。夜半金輿開壁壘，通宵火鼓戰長江。力微運去終難挽，腸斷轅門建白幢。江右棟梁聞阮馬，中朝心服倚劉刁。門旗信節當方面，墨敕金章總掛腰。灞上將軍真百戲，幕中女子更千嬌。蒜山敗後兵聲死，誰射錢塘八月潮。鍾山舊日英靈地，伐木扢薪劇可憐。鐵鳳銅駝春草好，金笳畫角亂雲邊。列朝寢廟無神主，前代王孫失墓田。臺諫犵陳三恪義，天書乞降守陵員。《謁太昊陵》云：殷薦炮燔非太古，先天制作本包義。衣冠未有橋山葬，陵寢徒因後代爲。蒼柏露臺巢野鶴，青雲蓍草伏靈龜。行人解到前朝事，高閣猶存御制碑。《荆南》荆州建將軍府云：荆南形勝宜開府，綱領中原鎖百蠻。昔日玉環爭要地，更誰金劍獨登壇。三分割據吞吳國，四達河山擁漢關。桑土綢繆欽廟算，即今江表晏安瀾。江上孤城聚八旗，殿前日夜羽書馳。簫笳舊旅初旋凱，龍虎新軍再駐師。阻嶮公孫兵不守，屯田諸葛計何遲。山河一統尊王貢，聖主圖經午夜披。《閨怨》云：春愁如醉少人知，略攏香鬟不黛眉。爲看銜泥雙燕子，海棠花下立多時。春來處處鬥芳菲，鏡裏春山分外奇。薄命那如山色好，臨妝不忍上愁眉。《射雁》云：山中老饕如餓鴟，夜靜忽聞秋雁飛。彎弓欲射不忍射，吾與汝曹俱苦飢。《文君》云：文君未賦《白頭唫》，司馬居然一賞音。賺得臨卭諸寡婦，春來嘗抱聽琴心。

　　先生詩固不可以字句求之，而五言長城，無不精湛奪目。其入手處每每有突過前人者，如《詠蟬》云：與物曾無競，孤清劇可憐。疏唫殘露下，亂響夕陽邊。《贈馬》云：仗爾齊心膂，風塵肯憚勞。《春早》云：夜雨起群綠，朝陽懽鳥聲。《蜀鵑》云：星月淡在水，蜀鵑聲更哀。都將亡國恨，啼向楚江來。《哭友》云：後死哭前死，於戲毋乃愚。鍾情唯我輩，論友到君孤。《客路》云：秋容全在水，九月蓼花天。豈敢憚行路，所思經歲年。皆由一題到手，不肯平易落筆，想入非非，輒不覺其如飛將之從空而下也。

　　昌字文饒，號培山，康熙舉人，有《耳提錄》、《栗陰軒詩文》、《西軒倡和詩集》。美儀表，風神雋逸。善作古文，工詩賦。父景星著作甚富，遍謁名公交好，卒得曹荔軒爲編輯《白茅堂詩文集》行世。

《曹荔軒寅梓白茅堂集將竟，感賦》云：和璧不世出，剖璞須其人。珊瑚結海底，網取非柔紉。力大用不壯，鑒別識乃真。明公賦至性，挺特空羣倫。束髮事高步，老大能親仁。生鍾燕吳秀，氣壓京華春。時維先君子，旅卧越焉呻。公也獨慨慕，意洽如飲醇。走馬出殿直，攬轡來城闉。晏語或達暮，夜懷難及晨。豈惟骨肉愛，竟以膠漆論。身今致通顯，揚扤據要津。金閨總羣彥，雅志獲見申。古人不可沒，後哲寧隱淪。庀工市棗梨，鍥鏤崑穎新。驪珠燦煤墨，玉版開瑜璘。陳思慟敬禮，護惜猶苦辛。矧困珙璧視，忍終榛莽湮。《春雪呈大人兼答舒康伯先生》云：長年不合身爲客，眼底離奇換春色。去年旋食江夏雲，今年遠對燕山雪。燕山雪花大如手，長安紛紛勸春酒。朱門艷舞不得停，紅爐暖炙金盤走。我來長安高閉門，雪風不厭清心魄。杞中老人慮天墜，憂時兀兀窮朝昏。門前剝啄提壺使，虯鼻蒼頭問誰是。手開絲絡疑酒瓶，發緘乃是舒君字。舒君雅意特好奇，有酒不問問我詩。墨膠筆凍指欲直，天寒索我枯腸爲。只今可喜書中語，昨夜籠童擊天鼓。黃門泣訴鄭俠圖，詔書軫恤流民苦。吁嗟黃門真古處，此中更有病袁安。曷不求恩放歸去，吁嗟黃門真古處。《贈魏以賢》云：我愛詩人逢魏舒，更欣名士有君謨。內弟蔡自珍。相期曾笑疏籬菊，持贈親咀九節蒲。座有文章來客話，家藏瓶盎待君需。明年重溯桃花水，會見堂前數燕雛。

釋湛淳 字若弱

《詠落花》有"雨過離愁堆楚岫，春歸好夢斷吳山"一偶，頗得題外之神。

國朝

龔 柏 字百子,號餘庵,貢生,有《半畝園詩集》

柏少篤志好學,至老不倦。暮年作詩冠絕當時,顧黃公盛稱之,而序其集。

《宿福勝菴》云:不待身安久,虛空靜裏生。各言心所受,共識理無爭。一榻禪初定,千秋月正明。鐘音隨谷起,桐葉落三更。

李 樸 字質甫,副貢,有《存笥稿》

樸篤內行,事親以孝聞。好施與,工詩能文。又有同名姓字淳夫者,由正德舉人官知州,退居林下,頗豪于詩,惜未見。

《春日元舉君留宴雨湖館》前半云:齋居無伴憶停雲,忽漫相過笑語聞。花事半殘春欲暮,壺漿頻促酒初釃。尚清新無滯。

李永昇 字志南,號青郊,康熙舉人,有《若凫村詩集》

永昇性豪放英敏,與同里顧昌、張士渾、馮以觀相友善。每燕集賦詩,清越忼慨,聞者尚之。

《遊東山寺》云:數里招提路,崎嶇不易行。山隨黃葉亂,寺共白雲深。世界煙霞外,諸天鐘磬沈。何因登寶地,信宿戀株林。

熊楚荊 字漢南,號玉山,諸生,有《玉山詩稿》

楚荊爲詩有聲,與同里秦永畿京、張子駿畤、郭層崖從、李谷友生槃、黃砥南載華、丹崖載嶠及釋鳴庵稱雨湖八子。詩燬於兵,僅傳《雨湖秋集》一偶,云:塵梦清湖水,秋風冷釣竿。殊清越可誦。雨湖八子首推永畿,名京,雍正拔貢,著有《愚圃詩鈔》。次即稱谷友,名生槃,字雨峯,雍正舉人,著有《楚江唫》。

黄載華字砥南,號鹿亭,有《梧岡詩文》及《詠史》、《百花唫》等集　**弟載嶠**

載華性恬靜,喜讀書。日手一編,兄弟相磨礪,善詩古文詞。

《東山寺》云:蕭然東郭外,寂歷古禪關。綠隱一湖水,青圍四面山。鐘聲空際出,客气靜中刪。消受蓮花淨,方知身世閑。

載嶠字丹崖,號晉軍,諸生,有《雙筆齋詩文集》、《北遊草》。工詩,尠傳。

郭　從字層崖,有《蒼屏詩文集》

從讀書目十行下,性嗜酒不羈。工詩古文辭,善書畫,尤精古篆。中鋒運腕,流傳人間,如韓山片石不可多得。詩見《雨湖唫社集》。《虎入城》云:虎入城,城民驚。有衆逐虎,虎負鳳麓之隅,莫敢攖。專城都護,州牧神明,以正止邪虎無生。吁嗟乎,勢大者,小不敢與之敵。力强者,弱不敢與之爭。青天白日,公然橫行。虎乎虎乎,今入城,城民驚,以正止邪虎無生。風而多諷,有于蔿之遺。

張　畸字子駿,有《落葉唫》

畸年十三爲諸生,詩情酒趣,傾倒一時,晚歲益刻意爲學。

畸以《七懷詩》著名,序謂:"郡中師友寥落殆盡,撰詩懷人感往增愴。"七人中如汪仇懷,名蘅,字蘭友,順治進士;鄭邰冑,名裔周。文章气誼皆一時表率。

《宮井》云:禾黍悲故宮,荊棘生宮井。不屑綺羅人,空拽寒泉綆。秋來梧已落,冬至桃還冷。過此獨潛然,興亡良可省。

張仕淑字耳醒,號蓬庵,有《秦餘草》、《雲溪雜著》　弟仕渾

仕淑初司訓黃梅,當事知有吏才,使權縣事,乞養歸。屏絕人事,刻意爲詩古文詞。

《同生公卜過柳塘故居》云:昔時遊冶處,池館遍荊榛。白髮悲前事,青山憶故人。鳥呼如識面,樹老不知春。爲問荒堤柳,長條幾暮晨。

仕渾字近愚,號鹿樵,康熙進士,官知州。《遊靜明山》後半云:湖出千林杪,鐘生萬壑中。晚來山吐月,遙指斷巖東。又同時張作楫有"遠樹連山郭,遙嵐擁驛樓"之句,亦可誦。

顧咸泰字斌素,號思庵,順治舉人,官知縣,有《石蒼詩集》

咸泰作宰有聲,好古工書,偉然一時之望。

《山居》云:別自爲清晝,晝閒意轉清。香烟縈古篆,竹韻走溪聲。村斷煙光接,湖遙雲氣生。農歌隨岸曲,雅俗共怡情。

宋德輝字玉山

《出唐家山》云:在山聞泉響,出山聞人聲。人聲與泉響,孰濁孰輕清。此道非天闢,五丁開榛荊。諸峯屹相對,一路傍崖行。緩步無側足,路險心自平。倏經奧折處,往往清風生。下有溪源水,流出萬古情。雖無蒸蔚氣,頗得謝煩營。吁嗟山中人,回首白雲橫。脫口渾成,五古勝境。

陳鼎元字節九,號澴溪,諸生,有《半畝園集》

鼎元工詩文,河干築半畝園,藏書甚富,名士往來考正無虛日。《嘯月

軒》云：昏鴉棲已定，幽人忘夜永。仰見千尋竹，搖動疎星景。少焉東山上，金盤光如炯。頓覺塵土中，燦若琉璃鏡。緬懷步兵狂，思與蘇門等。雖非鸞鳳音，或不類黿鼉。劃然草木震，直上此君頂。空翠靄林間，悠然快獨領。

駱思白 字緇守，貢生

《山居秋懷》云：東皋凉葉下，遠岫亂雲生。嫋嫋秋風夜，淒淒楚客情。空庭留月色，虛壁響蟲聲。展轉難成寐，晨鐘不肯鳴。

陳　詩 字愚谷，號觀民，乾隆進士，官主事，有《大桴山人集》

詩甫授主事，即以母老乞歸。歷主江漢書院講席，出其門者多名士，聲譽震一時。晚隱蘄州之草堂，以著述爲業。平生于經史子集金石皆有撰著，《湖北金石存佚考》尤有功文獻。嗜奇愛古，繼跡洪歐，洵非虛美也。

愚谷先生每於平衍處露新警語，人既貞不絕俗，詩亦華而不媚，雖不賴詩以傳，而已艷在人口矣。

黃雲鵠云：愚谷先生觀政工部，旋歸養不出。主楚北書院數十年，學問醇博，士咸宗之。喻石農、葉雲素尤爲推服。生平著作極富，藏於弟子陳秋舫家。

石農以《元祐黨籍碑》搨本見示，喟然有感云：太白晝見光歷歷，崇寧御書奸黨籍。彗星在天光離披，黃門偷搥端禮碑。此碑可毀名不滅，父老傳觀眼流血。五國城中頭白烏，一錯悔鑄六州鐵。誰傳此本五百年，汴京城闕隨飛煙。眼底終迷五色日，宮中空結二聖環。朋黨殺人三字獄，蒼頡書成鬼夜哭。君不見甘陵部名王府書[4]，又不見天啟年中《點將錄》。《即事懷葉雲素水月庵》云：楚國天難問，崑岡玉竟焚。可憐三日哭，誰寄一囊雲。曉譬誠非策，焦勞孰與分。如何垂唁者，猶借柳州文。怪事誠難說，軒然起丈波。尚疑金有穴，那惜手牽蘿。耿耿孤塋泪，錚錚眾口磨。青蠅殊罔極，

斫地一哀歌。《荆湖知舊集》

《送饒三試吏江西兼寄彭秋潭》云：長楊溪水流涓涓，千曲百折奔長川。東滙清江复東注，彭蠡大澤吞江天。江天茫茫幾千里，十載高歌寄燕市。未奉長安一囊粟，且吸西江一口水。章貢交流春水長，雙姑昨已嫁彭郎。停船爲問江州客，聽罷琵琶淚幾行。《張文忠故第》云：捧日功高少主疑，連雲甲第草離披。宮中柱自求金寶，塞上何人聽鼓鼙。霍氏禍從驂乘始，漢家恩許訴冤遲。衹餘澤畔行唫者，蘋藻西風弔廢祠。《送羅肯堂同年歸九江》云：汈口經年住，潯陽一望通。薄田無樂歲，瘦骨易秋風。有客如張祿，何人似孔融。片帆歸去好，蕭瑟對江楓。《國朝正雅集》

釋方澹

方澹卓錫大坪山，與顧黃公相友善。

《雨坐》云：青門僻處構閒居，領取清幽不願餘。香菡苕中良夜月，綠筼筜裏古人書。堂空一任禽爲客，夢好何妨蝶是余。檐溜偶驚還起坐，滿天風雨几窗虛。

閨秀

顧永貞　同里劉鉞室

永貞赤方先生姑，《白茅堂集》中所稱貞姑是也。歸劉生鉞，甫十八日而鉞被溺，苦節四十年。有司疏聞，旌其閭。獻賊破蘄，觸石流血。賊欽其節，釋之。有噩書壁詩云：崑山產良璧，瑤池集瓊璣。鄙德比貞玉，形神同所歸。

蘄　水

元

薛　漢 舉孝廉,官博士

漢詩清圓朗潤,不染宋季纖弱之習。《湖上》云:一舸泛霜晴,湖波寒更清。平堤連野色,遠市合春聲。塵土浪終日,山林負半生。回首夕陽外,煙渚白鷗輕。《寄余希聲》云:寄語中林友,相思又幾朝。書雖爲路阻,梦不怕山遙。風定落花漫,雨餘青草驕。人情諒難必,不似往來潮。《效義山無題》云:良人執戟侍明光,誰與金爐共夕香。妝鏡曉寒疑蝶粉,舞衣春暖卸鶯黃。渡江桃葉應憐我,炤水荷花似見郎。太息蹇修無復理,空思摻手爲縫裳。

明

姚明恭 字崑斗,萬曆進士,官大學士

公負才名,工詩古文詞,及陟鼎台入政府,未免以勳業掩文章,僅傳《太乙閣》七古一篇,它不多見。

朱期至 字子得,萬曆進士,官知府,有《王屋山人集》

期至弱冠即與漢陽蕭良有、京山李維楨同登第,才名相亞,以詩古歌行聞於時。一麾出守,惟與吳中布衣胡之驥相酬唱。卒後,之驥詮次其詩,爲《王屋山人稿》。

《明詩綜》稱其詩工近體,《送蔣太守之瓊州》絕句云:五羊南去客心孤,銅柱遙分使者符。爲語越裳諸屬國,清時不用貢珊瑚。從張謂戲杜侍御送貢物詩翻出,能尊國體。《明詩別裁集》

《送胡之驥歸里》云:雨雪千村暮,江城一騎還。故人疎白髮,吾意卜青山。遊俠羞看舌,憂愁強破顏。乾坤詩句在,那惜路間關。去楚仍殘臘,遊燕又隔春。佗鄉惟我共,故國傍誰親。野署江天遠,柴門鳥雀馴。相看俱老大,見訪莫辭頻。汝去詩應減,何人爲破愁。客邊惟一僕,江上有孤舟。對酒歌殘雪,還家話遠遊。卜居吾倘定,踪跡肯它留。又"高松歸暝鶴,荒砌啄寒禽"句,皆工練。

周　中 字雞峯,貢生　弟申

《九日過清泉寺》云:九日登高侶,扶筇破野煙。欲酬黃菊酒,漸入白蓮禪。望遠雲依樹,歸遲月過川。疎鐘兼暮角,同到客愁邊。

申字霽野,亦工詩,隆慶貢生。《登雞公山》句云:絕巘晴雲生屐齒,萬家煙火起城堙。日移林影鴉頻噪,水落灘聲雁忽飛。尚清遒可誦。

畢十臣 字協公,崇禎進士,官御史

給諫負時名,而詩不多見。先子嘗誦七律,極警策,僅記前半云:幽棲無夢伴京華,佩芷紉蘭獨種花。漢苑銅駝迷宿草,吳宮金粉落山家。

李見璧 字元瑩,崇禎舉人,有《宏圖詩文集》

見璧家世藏書,博綜富有,咨掌故者每倚爲"行秘厨"。工詩古文詞,往來名流相酬倡,以牛耳推之。詩尤卓然成家,同里黃美中稱其詩有立乎詩之先者,默然深思,其於道也不厭,奢取而緩出之。其推許也如此,所作必有可觀,蒐訪無從,惜哉。

謝天知 崇禎舉人

《五義士祠》云：千古無死士，君父復何恩。軹井易水上，缺月叫哀猿。戎馬躪我郊，五士爲之藩。一旦爭赴義，唱和如筦塤。用士用其死，不屑恤寒暄。忠烈夙成性，感激奚足論。英風綿俎豆，五士爰一軒。武侯廟前柏，至今霜雪根。

徐　暹 字公石

暹幼敏悟過人，能文喜吟詠。不摹襲古人，自抒胸臆。母邑名士周延濂女，父兄姊妹俱有才。母名蕙映，閨閣間頗多詩詞倡和。暹濡染母教，故其所作性往情來，不事浮聲細響。《竹林秋遊》云：飢來迫我走，欻然值初秋。曉雲淡遠岫，飄飄忘所求。此行猶在伏，亭午仍汗流。少憩投所契，竹杪殘陽浮。開門相顧笑，子亦爲食謀。浣巾拭其簟，汲井滌其甌。坐我修竹下，竹暗風颼颼。歸鳥四面落，鳥喧竹更幽。如碎萬竿玉，雜之以歆謳。萬音響若一，不辨鶯與鳩。驟聽覺聒耳，久坐心悠悠。又《山館》句云：幽原不擇地，清豈必茹薇。

黃可久 字柳溪，諸生　　子正色

可久甘貧力學，與妻偕隱胭脂山。嗜內典，自號出塵道人。工詩，五七字中頗多解脫語。

正色字美中，崇禎舉人，官知縣，有能聲。顧性冲澹，未幾即告歸。愛林麓之勝，結茅橫經，蕭然遠引。時詔求山澤之士，有司將列其名，閉戶讀書若弗聞也。與熊公魚山遊，頗多酬唱之作。詩冲逸如其爲人。子祥遠、孫戀皆工詩，能清苦自立，不墜家聲。

《王將軍園居》云：往見林塘處，三年百務修。病將高隱藥，才借水雲收。靈境常招月，方牀易受秋。異書排甲乙，坐與古人遊。不病何能靜，高人善自將。舞留雙鶴影，坐繞百花香。往事辭宵夢，新情納晝長。叩門千里客，分得小池涼。《如是庵雜詠》云：席簟攜持趁夕暉，帶煙和月晚還扉。傍人笑問君何事，石上菖蒲自采歸。《送魚山給諫偕問和尚掩關南岳》云：屨齒斑斑印岳巔，萬重雲裏共高賢。也知拋却孤筇處，不是松邊即鶴邊。

黃耳鼎字淡崖，崇禎進士，官御史，順治初起原官，不就

耳鼎才贍興豪，與竟陵譚友夏相友善。詩離奇排奡，一時少偶。七古《園鶴行》，紀大堤女剪剪从友夏事，瑰瑋恣肆，字字由六朝樂府中來。頗爲當時豔稱，餘作寥寥鮮傳。

周壽明字天格，崇禎進士，官知縣，有《敦和堂詩集》

壽明官臨海令，有文武材，報最。入對，思陵奇之，欲大用。值鼎革，乞丐南歸。奉二親入山，篛笠麻履，十餘年不入城市。更字柏心以明志。章皇帝詔舉遺佚，有司以壽明對。壽明呈稱"禍亂餘生，伶俜孑立，因戀雙親，遂欠一死"等詞哀謝，竟得免。崇禎末，流賊屠蘄水，賊知臨海賢令，二親得免於難。顧景星撰《周氏世傳》

公器識深穩，詩如其人。妥貼疎宕，雅近劍南。《聞徵》云：駑駘曾出櫪，圉吏复持銜。漫示青絲絡，偏宜紫芝衫。撫心能化石，避詔豈須巖。知我惟潭水，無勞挂遠帆。《客中春思》云：山城初擊柝，明月上東阿。窺樹遙分綠，盟香暗結蘿。閩人鄉樂雜，楚客嘆聲多。我亦故園夢，杉關不可過。《亂後還山答官綏之》云：幾年原火爇荒扉，松徑參差是與非。失木哀猿驚落葉，離棲孤鳥悵秋暉。仙源有窟留君老，山魅無情妬我歸。努力支撐餘歲月，飽飱尚有故丘薇。

國朝

楊繼經 字傳人，順治進士，官員外，有《菊廬詩文集》

傳人篤學工韵語，材贍藻速。新城王士禛嘗錄其詩入《感舊集》。詩清和圓潤，傳人，信傳人哉。《江上柳唫》擬岑嘉州云：江上柳色春可憐，江上行人春欲眠。行人柳色滿江路，日日江行看江樹。一朝北走燕山道，柳綠江空春亦老。江空柳綠無歸人，柳色春光爲誰好？《憶玉臺山春曉亭》云：玉臺芝老狼煙盡，三十年前山盡禿。玉臺花發春雨深，又向巖邊結茅屋。屋前寂歷春曉亭，春花爛熳春山青。清泉欲斷不复斷，春鳥未聽時可聽。三年此別意長往，石門苔磴隔塵壤。昨夜鐙前梦落花，依稀似到山亭上。《宿智印禪師道場》云：翠壁蒼崖接沆瀣，參差黛巘倚雲霄。夜寒玄豹啼林密，春暖驪龍聽法遙。金鐸寶幢傳佛偈，石梯殘字見南朝。偶來欲脫荷衣去，慚愧無因挂一瓢。《憶蘄上舊居》云：五柳思歸不得歸，桃花開後鱖魚肥。幾時爲棹輕舟去，自到湖邊放鶴飛。

陳　瑊 字九石，號溁庵，順治舉人，官知縣

瑊穎雋嗜學，工詩古文詞。《渡淇水》云：渡淇水，鴻雁飛。淇水北來何所出，鴻雁南去何時歸。飄飄蓬棘路，寒露浸人衣。頹垣揚沙礫，戍鬼啼陰暉。聞是古戰場，至今日暮行人稀。倦馬不能言，殘梦語江妃。渡淇水，鴻雁飛。《送倪石帆之任京口》云：天縱奇觀北固山，江聲海色待君還。同船客醉桃花水，入幕春深燕子斑。京尹名賢傳晉代，龍驤舊將老吳關。西華我獨隨朝晚，虛憶冰銜養白鷴。又《劍南除夕》句云：依嶺樓臺浮霧近，沈潭燈火落星多。皆音節清蒼，琅然可誦。

畢紹昌 字丹生，順治貢生，官知縣

《策山吳大帝廟》云：江東偉烈闢蒿萊，尺土中興氣壯哉。三國英雄瑜亮並，六朝王業弟兄開。雲生舊壘旌旗動，濤响橫溪車馬來。徙倚夕陽清磬冷，西陵銅瓦久成灰。

徐本僊 字佑倫，康熙舉人，官監司，有《曲辰堂詩選》　　子立蘇

本僊乾隆初元，曾膺鴻博之薦。才大負氣，好爲人間極難之事。而於學無所不窺，尤寢饋於詩。上薄莊騷，下逮盛唐，古體雅近昌黎，平生所著不下萬首。官滇，由邑令至監司，多惠政，滇人至今頌之。

吾觀佑倫之文，根本性情，參以閱歷，印諸四子六經。故其詩精思獨運，上窮漢魏，下及唐宋，而又出入左國莊騷，泛濫於諸子百家。既似昌黎，又似昌黎之所不似。斯真善師古人，善似古人者矣。_{截夏觀川撰詩序}

《雜詠》云：何以貴貴，何以畏畏。畏之貴之，貴之畏之。障近無小，權遠益重。豈繫異人，惟其所用。鳥起波心，形高影深，愈浮愈沈。《寄果園》前半云：晨星遠失歸途望，碩果頻懸故國秋。自喜陳荀堪共里，何時李郭得同舟。《對酒》云：桑間兩個黃鸝鳥，語實勸君君未曉。丁嚀仔細聽云何，有酒莫拋春去了。《送友》云：草蟲入戶西風冷，鴻雁南飛木葉秋。欲作一行無半字，惟將兩眼送孤舟。

立蘇字醒古，諸生。少多夙慧，七歲能文，古詩歌賦，千言立就。楊文定公名時雅器之，曰："此子當爲一代文學宗。"有《醒古閣集》。

方紫山，名雒邑，高才士也。學賅博，文詞卓犖，孝感夏觀川、同里張東野皆師事之。醒古常贈以詩云：古稱鄉國多善士，眼中誰哉奇男子。結交之道重金蘭，與其爲醴寧爲水。我有懷人姓曰方，家居小巷城東裏。檻外橫塘清泬心，門前雉闕森如齒。蕭疎楊柳自生風，淡蕩閑雲眠不起。興來安道輒相過，到門欲扣還自止。徘徊躑躅久不去，戶内書聲常徹耳。我感

此意良太息，城市杜門乃如此。丈夫生不下堂階，囊括四海唯經史。爲想酣歌嘯詠情，胸中當復無餘事。勞人日夕薄言歸，歸馬斜陽墜如矢。願言假寐托通誠，未到神山風輒駛。晨起披衣坐未安，叩門云有青鸞使。啟函上言會晤難，下言屬我書箋紙。君心如紙紙逾潔，何爲點染生渣滓？願垂令德揚休風，一洗鉛華淨糠粃。何時竹榻掃松陰，揮翰清譚發妙旨。却愁此身似飛蓬，計日將復行萬里。聚散風雲難遽量，各期無負於知己。

南光發 字璞予，康熙拔貢，官中書，有《亦吾廬》、《助蟲唫》等詩集　子昌齡，孫心恭

光發敏慧博洽，從父宦遊四方，通達時務。長沙陳恪勤公被逮，過淮安，遇于夜月寒霜中。投敗葦舍，坐折腳櫈，商榷古今，達旦不休。恪勤以國士目之，及再制河上，將欲薦於朝，而光發已歿。光發嗜詩苦唫，興到幾忘寢食。鍛煉組織，必求合古調而後已。以視白草黃茅紛蕪靡曼者，相去豈止徑庭哉？子昌齡，孫心恭，皆能承其薪傳，有名於世。邑志

《過洞庭》云：細雨乘風疾，揚舲過洞庭。煙光千頃合，斜炤一帆停。鷺起波同白，峰遙眼共青。芳洲春泊處，身世總浮萍。《過祭風臺》云：峭壁臨江渚，荒臺蔓草牽。東風來此日，南國想當年。伯業三分盡，江山萬古懸。夕陽如有意，偏炤遠人船。《過西平縣城》云：彈丸當孔道，小邑號西平。堞古牽荒蔓，門閑卧老兵。蕭條虛案牘，質樸見民情。借問誰爲政，因傳杜母名。《西平道中》云：平波豁遠望，煙樹數家村。斷蘚荒碑合，鳴蟬古寺喧。四圍山色遠，一望暮雲昏。懷古多惆悵，分金空自論。《渡巴河》云：巴河南枕大江流，立馬秋風古渡頭。驛路廻看疎樹碧，楚天遙指暮雲浮。衝霄壯氣雙長劍，擊楫雄心一葉舟。半世升沈殊未定，忘機翻欲羨沙鷗。《鄴城懷古》云：陰陰宮柳鄴城限，想像當塗霸業恢。疑塚料非真骨在，荒臺賸有暗香來。景升生子原豚犬，司馬佳兒亦俊才。往事銷沈漳水綠，西陵牧笛數聲哀。《彭城弔古》云：劉項功名盡可哀，彭城猶剩伯王臺。却憐夜月魂應在，爲吊秋風骨已灰。寒谷雲光銷赤焰，鴻門劍影拂蒼苔。沐猴莫使相嘲

笑,故國誰能衣錦來。《謁禹廟》云:荒山古寺畫龍蛇,客子探奇思轉賒。王氣千秋留窆石,空梁深夜落梅花。天迴遠勢青山繞,水抱孤城綠樹遮。金簡玉書明德遠,蒼茫獨立夕陽斜。

昌齡字念貽,監生,舉鴻博,有《樗野集》。生有雋才,祁陽陳大受見而異之。乾隆丙辰舉博學鴻詞,罷歸,益肆力於詩。嘗自謂其詩少愛松陵唱和,中年鉤深探索、寢饋俱廢者,厥唯李杜韓蘇。要其瓣香,寔在少陵。

《聞唐雲翁將遊西湖》云:年少喧傳西子湖,至今垂老向踟躕。人間佳境皆虛過,海上神仙枉自圖。吟嘯好持青竹杖,風流穩趁白髭須。紅桃綠柳紛紛去,只問梅花似昔無。佳句如《春日遣懷》云:博涉似遊千載上,老懷不減廿年初。《望江》云:偶爾扶筇舒老眼,何妨牽衻共兒頑。皆興到之作。

心恭字伯容,號訥齋,諸生,昌齡子,有《豆䑓集》。幼穎悟,有神童之目,詩歌雄奇瑰麗。乃蹭蹬落魄,奔走衣食以死。

乾隆丁亥,漢川傅友軒先生分教蘄州,以校藝爲先務。一時名下如諸生劉憩亭、蘄水南訥齋、黃梅喻石農,數相酬唱[5]。憩亭中道夭,所存稿無由見。訥齋詩,其友王根石曾許爲刻之,亦未知其果無諾責也。《陳愚谷太史文集》

豆䑓客秦,從學使者幕,踰關隴走銀夏,所歷山川奇偉,關塞險要,悉見於詩。繼再入京師之山左,浪遊者二十餘年,至是始歸。誦其所爲詩,踔厲風生,嶔崎拔俗,卓然成家。聲琅琅,驚戶牗,震林木。拙於書法,促之寫,則掉頭不顧。既卒之踰年,同里王子根石網羅百餘首示余。因慨夫魁奇特出之士不得遇於時,風塵偃蹇甚至放蕩於歌樓酒榭。其精神無所發越,僅見於詩,詩又多散佚。所存者不必盡可傳,而可傳者尚不能什一存,是可嘆也。截喻石農撰詩序

豆䑓羈旅京師無所遇,日就酒鑪飲,久而益困。一夕驟寒思飲,肆主靳不與,渴甚。見壁燈繪赤壁圖,因題句云:圖中赤壁吾家在,梦裏黃州舊釣磯。北轍十年成老馬,不如烏鵲向南飛。冢宰托公見而異之,物色入幕,數日名振都下。蘄邑詩書貽謀,以南氏爲最。三代有集,亦它族莫比。《瓶隱齋筆記》

《春暮根石餞予之荆南》云:歲盤辛菜脆,鐙市月輪高。遠綠歸黃柳,殷

紅入小桃。鄉園憐斷梗，湖海戀同袍。難得丹顏駐，它時惜鬢毛。海棠花下檻，未醉黯銷魂。畢竟黃梅雨，思歸白苎村。空明流遠棹，逼側掩橫門。破竈燒漁葦，新詩更細論。《贈別引山，時出宰懷遠》云：長年都作客，儉歲況無田。蓬轉寧知地，鴻飛亦在天。冷官愁桂玉，官廣文六載。名士老風煙。謂令兄石農。留得驚人句，狂吟莫浪傳。夫君生是佛，偶現宰官身。願矢同心語，行爲有腳春。苞梅迎早歲，黃柳送人歸。一第吾何恨，引山有"一第困斯人"之語。餘生萬事屯。《夜雨感懷贈根石》云：小徑頻開竹，虛堂鎮掩扉。百年今舊雨，兩世賤貧交。文獻君存古，風騷我解嘲。西鄰如卜築，先借一枝巢。《臨泉亭》云：峨嵋山雪三千仞，倒入空江萬里流。絕壁忽開林壑景，孤亭長占水雲秋。啼殘紫竹鵜鶘暮，唱罷紅蘭鷓鴣愁。最是古今文藻地，不堪回首晚煙稠。《武勝關》云：短衣長劍上城頭，楚豫中分廣水流。萬壑北奔蟠少室，大荒南下控荊州。雲霾深塹鸇鳶怒，日射層關虎豹愁。盛世幅員聲教訖，不須刁斗奠金甌。《何大復故里》云：嵩嶽天高極紫穹，信陽文筆駕空峒。別裁勝代誰公論，大雅中原有正風。廢宅鶯啼申伯國，孤墳草沒梵王宮。肅衣恰乎飄零客，誰遣詩人一例窮。《華山》云：半生五嶽崚嶒志，杖策先登太華山。十指擘河飛積石，一丸擲地走潼關。上方烏兔誰羈絆，下界魚龍任往還。咫尺天梯躋不到，青蓮花在白雲間。

程翼士

《暮秋歸自漢上夜泊三泉感賦》云：疎鐙黯淡炧無眠，望斷銀河悵遠天。月暗青燐餘野哭，霜侵玄髮感流年。催人歸夢吟芳草，攪我鄉愁聽杜鵑。夜色淒清秋似水，棹歌聲裏落寒煙。殘雲漠漠隱浮槎，酒熟鄰村入夜賒。潦倒湖山身是贅，蒼茫燈火夢還家。春光背客年年去，霜葉侵人處處花。爲訪香山老居士，白頭我亦倦煙霞。又程正翔有"荒村野渡漁歌遠，古寺寒林佛咒清"，亦可誦。

周起璸 字玉臺

起璸潔癖性成，簡於應對。喜獨坐讀書，興至輒飲。好名畫法書，尤嗜古硯。嘗曰："我非硯無以守其黑，硯非我無以知其白。"作《百磨硯銘》。工書能詩，詩類徐文長而幽冷峻潔猶或過之。《贈徐淡山》有"根盤梅萼香含早，春入桃花信有期"之句。

徐仕英

《閑雲樓與友話別》云：日落河樓晚，遊人思故鄉。秋深歸興切，醉劇別言長。豈不懷高義，而難羈遠航。洞庭紛木下，浙瀝助淒涼。意致澹永，格調亦高。它如鄭文先之"風流散水石，瀟灑見天真"，梅舒之"到門人似玉，默坐意如禪"，李根之"村煙依夕照，江籟渡新秋"，皆清婉可誦，洵一時之雋才也。

吳振起 字卿雲，有《梧齋集》

振起博極羣書，過目成誦。耽詩古文詞，尤愛遊名山水。遇斷碑殘碣，剔蘚掃苔，務求源委。嘗夢得蔡襄書《郭君錫墓誌銘》，次日尋至其地，悉與夢符。

《清泉寺訪朱山人》云：磴轉荒城入翠微，鐘聲引我到禪扉。松蟠古殿和雲住，花落疏簾帶鳥飛。有榻常隨衲子共，多詩頻向故人揮。溪山此日惟君癖，泌水清清自樂飢。

張素臣 字東野，乾隆進士，官教諭，有《東野草堂詩文集》

素臣負才傲物，嗜酒工詩，有徐天池之風。

《綠楊橋》云：名勝久荒蕪，蘄陽有遺址。春曉亭畔橋，綠楊三五里。清泉蕩芳蘅，墨沼滋蘭芷。一片杜鵑聲，淒淒沁入耳。自昔坡公來，明月爲知己。醉倚綠楊根，欹枕臥不起。綠楊橋上人，綠楊橋下水[6]。迷離煙草間，莽難尋前趾。

金振祖 字文起

振祖幼孤爲僧，師農隱，喜其慧語，以詩輒解。金太史德嘉憐出自族姓，作《歸儒說》貽之，遂反初服。工詩，尤善近體。仰屋高唫，卓然可觀。《遊鳳棲石》有"披殘苔篆秋初老，覽遍雲根日未昏"之句。同時布衣程林字集木，精六法，工唫詠，解音律。少即豪放，棄舉子業，遍遊名山。多至性，與人無妄語，不以死生異志。以《題琵琶亭詩》爲九江摧使唐英所知[7]，將梓行其集，未果遽卒。

潘紹經 字濟常，號箬舟，乾隆進士，官御史

紹經學問淵雅，以給諫告歸。家居十餘載，著作甚富，如《春秋兵志校異》、《黃赤道經緯圖》、《天學理數》、《蓋輿圖說》、《比事剴言》、《樂府宷言》、古文詩賦、內外集，共七十卷，兵燹後唯存《二芸堂》詩稿而已。從弟紹觀由舉人官監司，亦有才名，著《巽山詩》二卷。

《喜聞官軍殲擒回逆》云：烽燧連山暗，將軍立馬看。賀蘭臨敵怯，元濟御兵寬。從賊逃烏海，勞師出白檀。斧焦方待沃，何以更求安。六郡良家子，期門備將材。彎弓張掖郡，教戰李陵臺。牝牡兵書密，天人陣法開。一朝辭幕府，歸臥北山萊。又：番漢多殊種，山川界百蠻。皆雅與題稱。

徐 躍 字南墅，嘉慶舉人，官教諭，有《十悟書屋詩文稿》

南墅少即溺苦於學，著述甚富。識解頗超，詩清高深穩，特其餘事。

《寄兩兄》云：中宵風雨聽微闌，春草西堂夢未安。狂葉半山雲欲臥，斷鴻前浦月初寒。衣當久客驚秋早，文到成家售世難。剩有桑君青鐵硯，蛟螭重泛老波瀾。《送傅星帆北上》云：機杼成家不度針，何曾趺宕脫華簪？十年慣聽逢時說，今日方堅學道心。關塞極天旌影壯，風雲捲地酒痕深[8]。南宮丰格矜寰海，霓羽唯彈古調琴。

蔡紹江_{字曉沙，嘉慶進士，官員外}

《楊忠烈公畫像》云：鬍子官，真忠臣，我讀明史懷其人。懷其人，不得見，文孫示我書一卷。爇香讀之為校讐，日星雷電豁雙眸。既讀公文拜公像，千載英風森紙上。文存像存即公存，浩然正氣塞乾坤。

陳　沆_{字秋舫，一字太初，嘉慶進士，官修撰，有《簡學齋詩賦全集》}

沆初名學濂，母夢月入懷而生。負夙慧，書目過成誦，為文灑灑千言立就。通籍後，肆力二程之學，寔事求是，欿然不以自足。主敬窮理，體用純備。世以詩文名天下而詞人重之，是猶蠡測之見也。惜年僅四十遽卒。

秋舫長於五古，余愛其《過采石磯吊太白》五言絕句云：公竟不我待，大江吾獨東。却看山月色，相送水聲中。《寒谿寺》云：靈泉秋在朝，寒谿秋在暮。寺門開夕陽，落葉閉斜路。却聽流水聲，寒色上衣屨。霸圖歇千載，亭館化丘墓。獨憐僧與佛，終日坐深樹。空山一鐘響，曳杖吾亦去。《登舟》云：揮手謝送者，浩遊從此始。北風生暮寒，落日大紅紫。嶽色西南高，蒼翠半在水。回望長沙城，門巷深綠裏。白雲何處飛，親舍違尺咫。《讀寸心樓詩，題贈顧劍峯》云：忽然春風扇陽和，忽然朔雪生懍慄。忽然白雨沍陰寒，忽然青天行杲日。萬變都從筆頭出，世間那有如此筆。唐之李太白，宋之蘇東坡。併兩才人窮搜力索不到處，劍峯居士乃能一筆挽起萬古不竭滔滔波。古人拘拘繩墨守，劍峯詩膽大如斗。天難為巧地不奇，一氣驅將日月走。有時心細如遊絲，春雲一縷出岫時。少焉變幻無端倪，卷之舒之靡不宜。江城落葉山滿屋,把君詩向秋林讀。恍如坐我匡廬峯,吸取屏風九面綠。恍如載我南海船,手抱明星波底浴。恍如醉我洞庭酒,水仙歌罷山鬼哭。讀君詩,爲君唫,君有源頭我細尋。非仙亦非鬼,非古亦非今。從來傳真不傳僞,區區恃此,冰不能寒,火不能爇,一片詩中心。賤子爲詩頗不少,南披衡雲北海島。興來氣欲吞庾鮑,今見先生行若遺精神飛出八極表。眼中但有天之青,高視翻嫌五嶽小。又聞劍峯劍入神,一条紫氣長繞身。何時爲我回旋舞,劍邪詩邪兩莫分。《洞庭秋舫圖自題》云:一夜客無睡,秋湖風不波。船從漁父借,月到洞庭多。鼓瑟湘妃怨,鳴舷屈子歌。樽前含萬古,不飲奈愁何。一白浩無際,夜中天地清。却看孤魄滿,分作兩湖明。帆遠猶無影,酒香何處城。醉時閑看畫,猶認是前生。《到湘陰哭張一峯姊丈》云:到此心先痛,湘雲慘不開。是君魂斷處,逢我歲寒來。往事如春夢,殘燈忽夜臺。言尋綦履迹,四壁滿塵埃。莽莽離騷國,西風萬古愁。可憐同作客,偏汝不禁秋。因憶去年病,共登湖上樓。沉吟山月落,尚約再來遊。《吊屈左徒》云:一掬靈均淚,沅湘不盡流。水仙朝踏月,山鬼夜鳴秋。卜肯從詹尹,言難結蹇修。西風吹木葉,日暮使人愁。《蘭陽守風》云:晚來天影變黃埃,天外驚風捲地來。隔岸似兼飛雨勢,橫流難倚濟川才。蛟龍影裏孤城動,鴻雁聲中萬鬼哀。身世蒼茫雙眼淚,沙頭忍凍立徘徊。《濮州道中》云:父老車前說戰場,可憐不是舊春光。桃花破屋開殘雪,燕子空墳語夕陽。偶有人言驚鬼答,翻從寇盡見兵忙。流亡遍地須安集,莫使田園盡意荒。《揚州城樓》云:濤聲寒泊一城孤,萬瓦霜中聽雁呼。曾是綠楊千樹好,只今明月一分無。窮商日夜荒歌舞,樂歲東南困轉輸。道詘既輕功利重,臨風還憶董江都。

徐陳謨 字廸皋,嘉慶進士,官知州

徐廸皋先生《詠雪》云:能將清白色,變盡衆山顏。可想見其作吏風采。
《臥園詩話》

徐儒棨 字戟門,道光副榜,有《玉臺山館詩鈔》　子崇文

戟門少負雋才,長益肆力於詩古文詞。陶鳧薌先生觀察黃州,戟門受知最深,觀察每首稱之,與幕中王香雪酬倡極懽。年甫四十,遽卒。觀察悼惜之,甚索其遺稿,屬王子壽比部擇其尤雅者刊行之。

"玉臺詩逸藻敏贍,葩華富豔,師長慶之流利、梅村之穠縟。七言律體尤工,精鍊穩切,往往逼似玉溪、劍南。"鳧薌觀察評已盡其蘊,不复能置詞矣。就集中精華鈔存之,爲知味者五侯鯖云。

《讀吳祭酒集》云:白頭祭酒工詞賦,天不憐公厄公遇。遺稿能邀聖主知,故園誰拜詩人墓。詩人墓上景荒涼,朝代遷延事渺茫。白楊枝老成終古,青史書成剩幾行。幾行青史分明在,地老天荒萬事改。出處愁逢道衍題,死生總爲夷門悔。江湖征戰閱千艱,鄉井飄零去五載。五載飄零仗此身,全家避難南湖濱。亂世懷才聊复爾,浮生偷活爲何人。何人此際燔妻子,過眼滄桑如逝水。不信詩多總爲愁,只緣親在何能死。無端罷采西山薇,杜鵑聲斷不如歸。上林舊苑人先去,合肥龔尚書。拙政名園花亂飛。朝埜興亡天地換,永和宮裏貴妃嬌。建業城中宮監散,賽賽歌成百慮銷。《圓圓曲》肯千金賣,酒酣屢唱《望江南》,到處頻歌《行路難》。兒女也知家國恨,悲歌未盡風雨酸。廻頭心事斜陽裏,欲言不言公老矣。傷心不見短歌行,憔悴而今至如此。如此幽懷料少知,鹿蕉一夢醒何時。不須更覩《夢華錄》,怕聽當年《絕命辭》。《蚤起》云:早起如早貴,事事皆適意。所以少年子,得遂英雄志。晨興舉百廢,一日足抵二。大夢如黃粱,幾人方渴睡。《顧黃公墓》云:名士呼難起,猶傳顧赤方。斷碑青草路,遺集白茅堂。避地干戈滿,還山歲月長。生平關大節,不獨論文章。《贈梅庚村中翰》云:宦遊不得志,乃上瀋陽城。落日關前瘦,秋風塞外生。征鴻憑斷續,匹馬自縱橫。醉尉休相問,狂歌老將行。歸計隨秋起,真如燕子忙。別離宜夜雨,晴晚愛斜陽。槖載新詩本,棋枰舊宦場。重來春有信,未合戀光黃。《赤壁》云:折戟沈沙列炬紅,北船飛不渡江東。武昌西望周郎在,烏鵲南飛漢賊

空。無復中原紛割據,有誰年少是英雄。隔江宮殿吳王冷,濤卷松林夜夜風。女王城外舊亭臺,寥廓江天畫角哀。南郡本爲爭戰地,東坡偏被謫居來。無邊風月銷殘壘,如此江山助賦才。道士不歸千載恨,幾時能放鶴飛回。《左崐山墓》云:江南傳檄久消磨,功過千秋聚訟多。哀怨西堂新樂府,破殘南渡舊山河。前驅已負將軍令,末路誰揮壯士戈。若向梅花孤嶺望,不知遺恨更如何。《贈王香雪明經兼送還仁和》云:江頭顧曲周公瑾,芸皋夫子。海內論詩王子衡。入幕幾回相唱和,憐才從古屬公卿。文章各領江山氣,師友尤關故舊情。記得絳帷曾說項,與君遙憶五羊城。南山夫子。《禰衡廟》云:無端北海薦書申,三弄漁陽事總論。若使平原終處士,何由江夏妒才人。大兒標榜空如許,絕世詞華悔自陳。破廟荒墳千載後,夕陽芳草滿江濱。《讀張魏公傳》云:門戶難將信史乖,晦翁下筆費徘徊。魏公行狀稱如許,宋室銷磨事可哀。殿上誰將秦檜薦,軍中空憶曲端來。不應左袒無公論,爲有南軒幹蠱才。《漢陽雜興》云:斜陽流水抱江濱,名蹟千秋盡隱淪。芳草不聞尋處士,桃花偏自吊夫人。淫祠今遇梁公毀,時王霞九夫子毀桃花夫人廟。古洞長封怨女春。寂寞青溪妖運替,歲時不祀小姑神。《文姬歸漢圖》云:舊曲愁歌陌上桑,無端夫壻左賢王。漢家城闕胡煙斷,塞外風霜秋夜長。宇宙播遷逢董卓,史書淪落哭中郎。劇憐不及班姬命,無福蘭臺畫曉妝。

崇文字郁甫,明經,官訓導。《舟中偶成》云:漢江西望水浮空,到處垂楊繫釣篷。兩岸山光雲影裏,一春花事雨聲中。清波蕩漾拖新綠,芳草迷離襯落紅。此去迢迢千里路,扁舟借得滿帆風。《赴司訓任賦感》云:崎嶇世路歷艱辛,虛度光陰二十春。小試宛如初嫁女,相逢莫道宦遊人。銜杯有酒渾忘醉,坐客無氈不礙貧。慚愧楡才甘守拙,輕裝惟稱苦唫身。

楊楚珍

楚珍少貧,棄儒業醫,頗諳唫詠。《夜行》云:晚霞收盡已黃昏,吠犬棲烏鬧遠村。幾點疎星半輪月,相邀送我到柴門。蕭疎澹遠,其隱於醫者歟?

陳紹瑞 字菊人

《仿古讀書箴》云：斯世獨無我，權憑造化操。聖人不著書，終古任寂寥。有書更有我，長日肯坐消。不把此心死，如澆鴨背水。不養此心活，拘牽守故紙。我愛鄭康成，馬帳目不睞。我惜王荊公，青苗誤周禮。我身處平地，仰面見天高。更上一層山，仍不低分毫。瀟瀟武夷頂，超然勢岧嶤。崑崙泰華巔，群疑接九霄。試一登其麓，依然首可翹。自下而觀上，層層境若招。自上而觀下，無限路迢迢。可知自足人，終身井中嚚。歐公畏後生，劉郎怯題餻。想見古人心，不吝尤不驕。天地祇一理，生出古今人。仁義禮智信，一一付性真。斯人祇一生，肩挑古今事。忠孝廉節烈，致命以遂志。胡爲能如斯，唯恃此心定。松寒色轉新，竹瘦節彌勁。誰敢擬聖賢，求與聖賢近。設身立門牆，必不遭斥擯。世人喜讀書，意重求名令。富貴等浮雲，窮達聽天命。大本能無虧，焉往非傑俊。願常守此心，賢關當漸進。

徐儒模 道光舉人，官知縣

《擬陶淵明〈詠貧士〉》次首云：立志苟不貞，金石亦何補。知命苟不貞，榮華奚足數。桃李艷春風，蓉桂華秋圃。春秋自有時，造化自有主。卓絕窮巷士，讀書歲月古。不賴固窮節，憂樂徒自苦。具此樸茂之氣，方許學陶。又香石文學名儒楠，亦工詩，惜不多見。

朱景星 字半如，道光進士，官教授

《問月樓》云：謫仙騎鶴去，太白尚名樓。今古一輪月，江山萬里秋。天空搔首問，雲杳蕩胸收。杯酒當年事，遙情憶此遊。《東門關題壁》云：巨石起雄關，城東第一山。目窮紅日落，胸蕩白雲還。疎磬空林外，飛泉絕壁間。危樓人宿處，星斗手能攀。《珠山雜詠》云：城北保民山，上有呂仙寺。

晚來百八鐘，敲破千林翠。

高士濂 字玉山，道光進士，官御史，有《養拙堂詩鈔》

《紀亂》五律語真切沉痛，有杜老之長。其四云：城破官仍在，村墟寇屢焚。舊交多故鬼，枯骨積新墳。賊勢風聲厲，冤魂夜語聞。何當收殺運，寰海靖妖氛。

釋道惺 字等觀，有《秋影樓詩》

道惺精禪理，尤耽皎然、靈一之嗜。所著詩，顧黄公爲之序，行四明，周斯盛复選梓二百六十餘篇，誠詩僧中之傑出者也。

《小憩浴蓮庵》云：池上樓閑夜不扃，晴峯遙對小窗青。暝生細草蟲先覺，凉到空磴杵欲停。星炤露光多在竹，月憐人靜細移櫺。蓮花香遍情如浴，何處繁華肯獨醒。

釋大農 字農隱

大農道行極高，而能詩善畫。詩不輕作，故流傳者稀。

《立秋雨後懷密翁》云：微雨迎秋凉在樹，濤聲半與雲霞遇。入座如聞太古音，起行月炤山邊路。山邊水邊待誰語，月共幽人自來去。《晚步龍岡》云：一日春山裏，龍岡兩度遊。石頑差共語，松老若爲儔。曲徑苔紋細，江村夜气浮。會心誠可賦，坐待月臨頭。《謝茶心贈竹杖》云：竹龍持贈遠勞君，渡水登山老尙勤。合伴芒鞋絕巘裏，一枝撥破隴頭雲。

閨秀

潘　氏

氏幼慧能詩，嘗梦人呼爲墨裏侯。與楊氏女唱和成帙，以所適非人，憤而自焚其稿。僅得佳聯云：蟲聲千里梦，雁景一天秋。又有"奇峯瘦聳暮煙青"句，殊不類巾幗人語。

補

明

王之佐 字元勛，諸生

《題松山精舍》云：翠到茲山欲盡收，一窩松竹野雲留。老僧披衲捶鐘磬，聽斷無聲與鶴幽。

高自昇 字彥陵，諸生

《感時》云：寂寞魚龍怪，翱翔雕鶚橫。蕭蕭星鬢短，悲壯欲吞聲。

周延奇 字海尉，諸生

《蘭溪江晚》云：西日赤烘天，晴江匹練懸。歸舟紛打岸，野寺暝生煙。鳥迅棲巢樹，漁辭別浦川。如何行道客，征騎尙翩翩。

徐二南 號葍易，貢生

《賦得明月忽來天上客》云：連床浮蟻話初新，煙露浸簾入坐頻。明月忽來天上客，好花如對意中人。醫饒良藥難鍼俗，士到孤行不畏貧。心膽世間原自一，我非徐也子非陳。

桂繩生 字繩繩，諸生

《蘭溪訪隱者》云：五柳先生宅，臨江一釣竿。癖書時篆隸，任放不衣冠。妻子歌攀桂，諸侯操猗蘭。只容狂阮籍，得訪臥袁安。

國朝

楊繼經 見前

《登石門山尋陳匪石、何小凫子雋諸同學》云：杖策遵修垌，紆嶺尚陵緬。嶇嶔巖徑仄，澹瀲露光泫。羣峯既我從，曲折勢難辨。殊響忽鏗鞳，亂流正清沔。白日丽原隟，倒景翳陘峴。嘗懷丹丘生，自結青霞撰。羽駕不可從，遂使術阡淺。拊茲由獨往，乘月謝偃蹇。雲際暝當還，落木下苔蘚。《酬微密上人見寄，並示刪坡》云：中峯蘭若舊，猶與草堂依。名岳有書到，空山引夢歸。凍泉苔石古，晴雪藥苗肥。惆悵清暉遠，含淒向翠微。《憶廬山》云：殘月疎煙起暮愁，滄洲忽憶五峯遊。寒生石壁雲當閣，青繞斜陽樹滿樓。匹馬獨嘶花外去，香泉終向寺前流。當年獨覺時多暇，三嘯唫詩得自由。《秋夜》云：桐葉新飄感暮蛩，夜凉還起看秋容。雲从破處見明月，山自斷時聞碧鐘。白帢草堂湖上路，紅泉石磴雨中峯。何當徑躡丹梯去，布襪莓苔踏幾重。《感舊集》

【校記】

〔1〕"億官至静江倅",原作"億官静江",易致文意錯誤,據《宋詩紀事》卷五十六補。

〔2〕"雨湖七子",原作"雨湖十子"。蘄州雨湖,清代李生盤與秦京、熊楚荊、張琦、郭從、黄載華、黄載嶠結詩社,時稱"雨湖七子",後東山寺僧重珂加入,改稱"雨湖八子",各有詩集。據改。

〔3〕舁,原作"舡",應是訛字,據《白茅堂集》卷四(清康熙刻本)改。

〔4〕王府書,司馬光《資治通鑒考異》卷第二:"書名三府……又故書三府爲王府,劉攽曰:當爲三府。"

〔5〕數,原作"數數",應衍一"數"字。

〔6〕後一"橋"字,原爲墨釘,據文意補充。

〔7〕唐英,清代雍正乾隆年間兼任督陶官三十餘年,自稱爲榷陶使者。清袁翼《邃懷堂全集》"詩集後編"卷二"龍缸歌"序云"乾隆間唐雋公觀察爲榷陶使"。"榷"同"榷"。

〔8〕酒,原作"洒",從文意看,乃是邊塞與深閨相對,故應爲"酒"字之誤。

增訂

蘄　州

陳　詩

——考其原委而以詩文附之[1]。又有《姓氏書》，以姓爲經，氏爲緯，每種皆以數十卷計其小小。記録如紀元韻譜，兼及中外名物類編，先事後文。《科舉考》、《陶詩鈔》、《老逸集》、《道聽録》。近又有《宋韻合鈔》，取《廣韻》《集韻》合爲一編，而以三十六字母次第之。前歲贈余詩云："山林竟許詩人老，歲月還教我輩長。"蓋相勗之意深矣。余前於聚首漢上時，有所作必是正，得其許可，始覺怡然渙然。　書院盛於南宋，聚同志以爲學，師弟子皆以道德相淬勵。《荆湘近事》，五代蔣維東隱居衡岳，受業者號爲山長。宋元書院各設有山長，宋何基婺州教授兼麗澤書院山長、徐璣建寧教授兼建安書院山長。元仁宗賜會試下第舉人七十以上，從七流官致仕；六十以上，府州教授、學正、山長，後勿援例。則山長亦同官授。今山長不命於朝，而書院不廢掌教者稱山長，如故小者屬府州縣主之，大者屬行臺省大吏主之。其掌教，例得延鄉先輩之會官京外而致仕者，束修豐約，皆可資供養，論者調笑比於祠禄。　愚谷假歸後，屢掌楚省府州縣書院，至是掌省垣江漢書院有年所。遇當事皆賢，故得久於此從容閑暇以著述自娛。　母袁孕數月而父亡，遺腹生愚谷，荻訓綦嚴。與予季弟同舉於鄉，因來拜先子，方與訂交。曰："僕識君久矣，君今始識僕耳。"晨夕商確古今，手把一卷，飲食坐卧不輟，客至不罷，嗔之如故。成進士，歸養母不復出。　容美土司田舜年嫻文墨,好接引勝流,所著《廿一史纂》頗爲時賢所賞。愚谷題四絕句云:風流競說長官司,戀德承恩載筆隨。非道非僧非俗吏,其所自署章也唱經樓上續彈詞。有《廿一史彈詞》竹林堂共藕花居,藉草拈花樂未如。南面百城殊不假,圖書船內擁圖書。張村細柳步從容,走馬屏山八九峯。却怪茅簷讀書客,輸他文史足三冬。紀年癸亥到壬申,十五丹鉛墨瀋新。舊曲桃花零落盡,嘗出家妓演《桃花扇傳奇》宴客雒陽何處覓陽春。《考田詩話》

吳之驥 字展其,優貢,有《林蘭堂詩文集》

展其舉優選,年甫逾冠。余時年十七,即以詩訂交。兵後同爲諸侯客,過從酬唱益歡。洎君遊竟門,音問遂梗。甲申令子儀臣茂才來訪,知歸道山已數年。宿草生感,愴悼曷勝。亟索全稿摘登其尤,以志腹慟。 君詩本之性靈,不假雕飾,中年兼力蘇黃,氣局遒上,音調和諧,是亦一時之雋也。

《峽中雜詩》云:灘平利在帆,灘陡利在縴。辛苦上水船,萬蟻背一線。拌以千鈞力,爭此尺寸濼。人聲叫未絕,轉舵頭欲眩。杯盤如走丸,篷頂雪浪濺。一縱乃不測,呼吸付奔電。入世憂患多,出鄉身命賤。不見下灘舟,勢疾離弦箭。江從何處來,日與人爲難。匹練飛白龍,一道掛天半。波搖蜀戶開,力撼楚山斷。還從九地底,伏以白石爛。橫亙巨鼇脊,蹴起浪花燦。舟行偶不慎,人鮓一甕釀。吾將訴真宰,陰陽借爐炭。盡泐礚石頑,復占風水渙。大澤生龍蛇,深山伏豺虎。豪客有綠林,詩人亦白弩。沉此山水窟,嘯聚易三五。磨牙而吮血,金帛瞰商賈。縱不肝人肉,亦必恣所取。昨聞劫長官,魁盜膏鑕斧。邇來幸無事,司牧治良苦。入峽夜不驚,雞鳴數聲鼓。幾轉近青灘,一壁峭難削。懸崖三石芝,疑是仙人藥。誰歟呼馬肺,欲洗此名惡。癡想猿猱攀,歘忽風浪作。鼓蕩不可前,力窮生錯愕。難廻天地慳,況敢混沌鑿。掉頭喚舟子,火急一篙著。幾朶青芙蓉,打頭恐吹落。兵書鬼神護,寶劍霜雪皎。何人之所留,高出喬木杪。欲訪風雨來,咫尺隔縹緲。同舟磊落人,擲筆向天表。發洩古靈秘,游龍遂奇矯。誓欲攜詩往,鼓棹去如鳥。破浪志固豪,臨淵戒應曉。君欲學英雄,此膽不可小。君欲學聖賢,此心不可少。夜山圍幾重,坐甑苦無奈。一川水橫飛,沸起成怒籟。初爲峽雨鳴,漸鼓雷霆大。更深益震蕩,怖人無乃太。呼僮急啟窗,披衣未及帶。石氣撲燈青,一峯立艙外。地多楚遺民,古姓聚村落。歸州萬山中,自有一城郭。城東屈子祠,蘭荃香漠漠。巴東接夔施,萬劍抽青崿。杜陵稷契身,終將瀼西托。民安山水靜,不解市廛樂。東南邇多事,此間未蕭索。豈無經世才,高隱臥雲壑。恥作出山草,負此救時藥。欲賦招隱篇,恐驚猿與鶴。《俞襲芸學使饋筆》云:幾年帶甲滿天地,呫嗟遠物那能致。公從何處得麋毫,助我淋漓書得意。憶昔長安不易居,費紙強學書家書。車如雞棲馬如狗,不惜購筆傾囊儲。自別春明備筆硯,江城三度滄桑變。傷心惟讀《戰場文》,知己誰看《毛穎傳》。丈夫不能珥筆掌絲綸,又不能軍中草檄靖煙塵。虞卿著書亦安用,元瑜書記空依人。曉起江光落窗几,煎茶試院清如水。請公持此賦梅花,遍種春城桃與李。《南里渡》云:南里渡頭峯接天,伏流暗與清江連。一篙深入綠無際,石子觸處聲鏗然。登山廻頭望雲水,船在層層翠濤裏。塵襟未濯旋出山,未免山靈笑遊子。《與王敬五廣文對月小飲》云:秉燭不能寐,把杯還自吟。天涯明月夜,客子故鄉心。烽火連雲戍,關河滿地碪。高堂念行役,知否更情深。捧檄君還蜀,兼能奉板輿。吾生獨無母,秋思渺愁予。新月堪謀醉,蘄陽昨寄書。萬方豺虎亂,歸興近何如。《黃鶴樓遺址同楊峻峯作》云:仙棗亭邊路,三更有客留。碧天初上月,玉笛正吟秋。山與人爭渡,江疑夜不流。莫招黃鶴返,無復古時樓。《題丁星海八千卷書廬詩卷,即以志別》云:秉燭未終卷,江城風雨來。可憐逢亂世,難得是奇才。杜老吟詩苦,王郎斫地哀。愁時兼感舊,鬱鬱幾銜杯。南樓重把袂,廻首話桑田。別後却愁絕,見時翻黯然。代飛疑雁燕,相勗佩韋弦。倘憶齊安道,因風遠寄箋。《答黎碧珊太守》云:章江門外水如天,五馬來游吏是仙。東閣梅花開雪後,西山晴翠落樽前。城頭畫角寒吹月,浦口紅燈夜泊船。知否使君情不淺,儘收風景入詩篇。《酬聶陶齋直刺惠題〈紀游〉各詩》云:報國無長策,依人得遠遊。掛帆巫峽雨,歸棹石城秋。合眼千峯繞兒箱。[2]笑他冬夜湯婆子,不解冰心但熱腸。執柯前度費搜尋,有句催妝到竹林。姬妾妬卿緣奪寵,夫君愛汝爲虛心。幾人繡閣眠香穩,獨我紅閨倚翠深。領略個中滋味好,秋風忍聽《白頭吟》。天寒翠袖是耶非,一品榮封願不違。瘦骨玲瓏分月姊,前身縹渺悟湘妃。定情頗訝卿懷冷,倚玉方慚我貌肥。若向妝臺加九錫,蘆簾紙閣芰荷衣。便結炎天未了因,冰清猶是女郎身。非卿無可消長夏,不御還防負好春。筍味從頭參玉版,瓜期屈指待霜晨。如賓每夜留虛席,傲彼趨炎世上人。《鴻漸生日書此示之》云:京華記接弄璋筵,忽忽髫齡已十年。久客風塵吾老矣,驚人頭角汝翩然。有堪琢玉湏千礱,無可遺金只一編。知否兩兄都廢學,望誰雲路着先鞭。《喜晤周培祿廣文》云:記得江頭話夕曛,書生匹馬敢從軍。可憐人海同爲客,不料天涯又遇君。無路請纓還入幕,有錢沽酒更論文。蒼茫廻首情何限,莫怪狂談坐夜分。《贈徐次夔》云:東坡謫宦君爲客,一樣浮舟儋耳廻。海外文章清有骨,幕中賓客老多才。平安家耗兵聲遠,蕭瑟年光鼓臘催。聞道朝天舊星使,時時走馬送詩來。《遲友不至》云:春江高浪走風雷,春夜嚴城鼓角催。聽雨不知窗欲曙,懷人多在夢初廻。《馬當守風》云:太子廟前風打舟,覊心先共水東流。浪花如雪客頭白,日日小姑相對愁。

　　探囊一卷留[3]。感君期許切,何日壯心酬。《別雲里,時待聘省門,將旋蘄度歲》云:風雪上扁舟,君歸我遠遊。臨行莫吹笛,相憶且登樓。不信尋巢燕,賢於逐浪鷗。蘄春春酒綠,待唱大刀頭。《題〈三湖遊燕集〉》云:誰知兵燹摧殘後,一卷猶存湖上村。梨棗竟添新稿本,竹蓮未掃舊巢痕。靈山香火前因在,名世文章夙好敦。太息椿凋兼蕙折,幾番紙上替招魂。《住葉家洲》云:東南何處得安閑,峽繞雙流彎復彎。鮭菜賤於豐歲稻,帆檣高似隔江山。月明溪友自來去,酒熟鄰翁時往還。赤壁戰塵飛不到,桃源畢竟在人間。《馬當阻風懷滌生師相》云:干戈何處謁南豐,皖水孤城夜氣中。高詠欲呼牛渚月,扁舟仍滯馬當風。羣材想像金石滿,百戰艱難玉壘空。籌筆有人居幕下,謂海航樓船急爲取江東。《補裘》云:不作蘇秦六國遊,居然敝到黑貂裘。更新未免客囊澀,補綻重煩女手柔。萬里雲山寒徹骨,卅年襟袖綴從頭。當時鄭重千金買,一度彌縫一度秋。《烹雪》云:安排石鼎煮瓊英，風味吾家特地清。六出飛花天上賜，一團和月夜來烹。山泉閑煞煎茶品，土竃時聞裂竹聲。笑我詩腸苦乾澀，可能冰雪淨聰明。《竹夫人》云：小眠忽覺謝炎氛，林下風清到十分。瀟灑有緣成眷屬，平安每夕報殷勤。妾身受寵偏長夏，我輩鍾情是此君。居士室中無長物，枉勞熱客妒紛紜。曾引薰風一味凉，織成還受寵專房。銀牀宛轉宵無語，玉體橫陳汗亦香。却暑最宜高士榻，伴盦慣打女[4]。

蘄　水

楊繼經

琮工詩畫[5]，精六書之學，著《古文篆韻》五卷。負氣節，好遊覽，陳滄洲鵬年客之。詩規盛唐，不多作。畫撫小米，參以大痴染法，而魄力沉雄，蒼渾獨勝，大幅尤佳。顧世罕知之者，實不出石谷諸人下也。夏觀川太史有《題顛客〈蘄水縣圖〉歌》。康熙中夏，逆叛武昌，蘄土賊乘亂窮發。琮率壯士火其寨，鄉人至今德之。《考田詩話》

南昌齡見前　子心恭

樗野徵君自謂其詩少學松陵唱和，繼學義山，晚嗜昌黎。然自幼育於外家黃岡王氏，與聞昊廬、西礀之學，故所造自深。如《新年》云：新年無一事，日誦六一詩。瓦盆傾淡酒，膝上著小兒。小兒初學語，向我學唔咿。山妻指之笑，汝效此奚爲。汝父近五十，窮年誇居稽。雖有萬卷書，不充一日飢。不如三尺鋤，稼穡飽羹藜。我聞此語笑，婦言近太癡。還當務經訓，力作爲畬菑。《細女》云：細女最堪憐，牽衣繞膝前。潤喉烹碧碎，暖足撥紅然。曉起即來問，宵深猶不眠。有兒俱似此，歡喜過餘年。《有感》云：誰經百歲只區區，過眼榮枯孰有無。人在夢中都未覺，我於身外更何需。圍場老馬心常悸,側翅飢鷹勢欲呼。莫道近年多病廢,病中心境不模糊。《憩綠楊橋亭》云:綠楊橋久付荒塵,怪道尋春不見春。賴有此亭聊一憩,菜黃麥綠正宜人。其真質處不可及。　杭堇浦《詞科掌錄》:蘄水南昌齡,爲湖北巡撫吳應棻所薦。萬柘坡讀其《晉唐軼事詩》,以李益比之,其所傾倒可謂至矣。《考田詩話》

心恭以"不如烏鵲向南飛"語得名,人謂"南烏鵲"。余《對酒行》云:"憶初定交時,我年甫十七。汝更少于我,氣力堪比匹。"訒齋己巳生,年十四即有能詩名。

心恭以七律擅場,其所作新樂府,音調亦佳。時粵西廠徒逃出安南者千餘人,朝廷貸其死,徙之塞上、關中。方伯富公人給一裘,作《粵兒裘》云:阿耨池頭柳葉黑,粵兒臘月苦炎熱。炎天銅柱劃天閫,粵兒跳梁爾自絕。長安古道草色枯,黃河風勁冰上鬚。大府姬人坐氈車,羔裘豹袖貂襜褕。蒲桃酒酌琉璃壺,粵兒流涕向城隅。城隅野老喧傳說,方伯恩深暨縲絏。前途便賜粵兒裘,披裘不怕天山雪。又《同州羊》云:沙苑蒺藜黏天黃,牧兒晝驅同州羊。同州羊尾大如纛,同州羊毛白如玉。縣吏催皮下空村,兒女喧呼驚打門。明朝索辦官皮去,燈下織皮天未曙。當年誰叱石成羊,至今不遣羊還石。石田犖確庾馬耕,羊裘剝落行人惜。又詠史樂府《癡頑老子》云:劉參軍李書記,唐中書同平章事。晉司徒封魯國公,周太師兼山陵使,追封瀛王諡文懿。無城無兵敢不來,無才無德誰能似。長樂老書數百言,壽同孔子七十歲。五代七姓十一君,癡頑老子真兒戲。同上

王　雲 字根石

雲書法入晉賢之室,詩不多作。憶余與愚谷、雲素往返論詩,未嘗不在坐,唯唯而已。然間出一二小詩,清婉有致。今老矣,又數年不得一面。余偶於音函內詢及近詩,云有唐人風調,屬勿遺棄。答云:"拍肩未許聳吟肩,投老曾無一字傳。珍重故人能愛我,小詩豔說似唐賢。"根石於去冬小除日不戒於火,灰燼之餘,得舊作數十首,輒以寄余,蓋經患難而漸知愛惜也。

五律如《留別新安諸友》云：信美非吾土，秋風又戒寒。已嗟行役久，共惜別離難。短笛吹楊柳，歸心戀釣竿。最憐明月夜，只解照征鞍。自注：時八月十四日。復雪春纔半，農人望麥秋。啼飢嗟稚子，畏冷說耕牛。遠道苦行役，他鄉困旅愁。移來將作計，消息望杭州。七律如《新秋曉起即事》云：蟋蟀聲多秋草肥。寒螢無力曉還飛。銀河射角月初落，白露橫江客早歸。籬菊瘦依堆蘚石，柴門遠對打魚磯。平生不愛修奇服，闊領新裁越布衣。數詩不矜才不使氣，其一種清曠之致溢於楮墨。《考田詩話》

徐儒榮　弟儒楠

佳句如《過陳勝衣冠冢》云：六國未移秦社稷，一夫呼出漢高皇。《讀張魏公傳》云：殿上誰將秦檜薦，軍中空憶曲端來。《白溝河》云：前軍空倚种經略，鄉導翻勞郭藥師。《趙北口》云：三分漢統公孫拙，一畫遼疆趙宋屠。皆議論獨闢，具有史識。《漢上》云：筍輿春出如雲護，蘭槳秋深隔水望。《悼亡》云：錯自我成容鑄鐵，魂期君返竟無香。《巴河》云：月影半隨更漏下，江聲都挾夜潮來。均有開寶神韵。

儒楠字香石，諸生，有《望雲閣詩集》。詩名爲兩兄所掩，故句不甚流傳，及讀《避暑宫》一律，始知僧彌原是俊材。句云：碧眼孫郎霸業空，武昌城外有行宫。樓臺六月涼如水，枕簟三更靜待風。讐國稱臣真寡恥，同盟歸妹竟凶終。雖然事業開江左，豚犬難爲一世雄。又少時詠竹有"未生先立節直上"亦無心句，頗見襟懷。

陳　沆

孝長先生嘗謂秋舫殿撰詩"如干將莫邪，惜時有缺折"。而殿撰送先生詩有云："秋氣消途惟有酒，竟陵死後豈無詩。歸帆倘過鍾祥縣，孟浩亭邊與子期。"虛懷雅誼，其傾倒亦云至矣。殿撰《簡學齋詩删》中所存山立海捲之作，實足壓倒一時之豪傑。

胡璧華字崑白,道光舉人,官知縣,有《求可齋詩文集》

璧華有吏材,以校官擢知昌黎,頗著能聲,詩本性靈,而少遒煉,其流利超脫,實能自抒胸臆,強如依韓抱杜者之失本來真面也。集中佳句頗多,可錄如:"行色皆春色,茲游信遠游。依人羞燕雀,開道任騑驪。《計偕北上》。帝詢楊震後,人識魏徵孫。《贈帥逸齋》。人意懶如雲,客情疏似竹。所思期不來,風雨滿空谷。《秋懷》。野渡橫孤舟,江干日已夕。秋水生寒芒,蘆花人影白。《過伍員贈劍處》。淡宕容與,雅近韋孟。《短歌行送小謝》云:交滿天下,背劍傍徨。男兒墮地,志在四方。一日之知,矢以千古。杯酒殷勤,不如舊雨。相彼鳴鶴,亦求其鄰。君才盈斗,寧我獨貧。好龍當真,畫虎當成。頭角或似,毋張其名。霜葉雖紅,不如春早。遊子未歸,高堂漸老。飯牛自歌,須遇齊桓。瑟不如竽,知音獨難。同林有鳥,阿閣翱翔。驚心我爾,尚戀故鄉。故鄉不戀,河梁已遠。今者不醉,來朝恨晚。《次韻合張桐卿》云:長才不善使,撫劍同匹夫。弱胆不能狂,挾書亦小儒。如君磊落胸,世味除酸迂。何以報瓊瑤,搜我中腸枯。又:君遊漢水南,我向黃河北。黃河萬里濤,詩境待君闢。匹馬贈長鞭,健筆誰當敵。發聲莫慨慷,一掃風塵色。積雨生夏涼,永夜思追歡。坐令松樹上,遲此白玉盤。樽酒且復盡,知心良獨難。但看蘭溪水,西流廻素瀾。《送李蓮橋移居》云:征鳥西北翔,旅巢須借枝。況有同林友,歲寒以為期。長安居不易,與君相棲遲。連床倏兩月,風雨交支持。君今更爽塏,門對西山陲。琴書富藏篋,已與家具移。訪君豈云遠,思君如舊時。望遠欲當歸,雲山隔衡宇。相思夢故鄉,不如逢舊雨。關心在三徑,松菊荒未補。握手淡無言,各有思家苦。君登郭隗臺,我話樊遲圃。策蹇時招尋,便作家園聚。《題外舅李瑩壺先生垂釣圖即以志輓》云:先生家近西塞前,先生別我雲臺山。神仙之蹤不可覓,塏鄉悵望空茫然。一束生芻聊酹酒,淒絕影堂一釣叟。叟戴篛笠披簑衣,塵世勞勞幾廻首。廻首孝廉船,黃河春水寬。廻首苴蓿盤,楚江秋風寒。慈烏聲裏慘不歡,不如歸去持漁竿。垂綸豈釣名,忘筌豈釣譽。興寄兩湖廣,當年讀書處。讀書且莫窮陰符，磻溪舊跡堪追摹。釣亦不得得不賣，鼓枻而去何求乎。在昔聞嚴陵，羊裘隱富春。婦翁亦高士，九江梅子真。愧我鮎魚偶上竹，學舍如舟打頭屋。蒓鱸風味思家鄉，擬製蒲帆掛一幅。先生嘯傲真漁師，鶴髮斜暉羽化速。招魂一曲煙波中，茲圖寫出冰霜容。願向溪邊拜石丈，暮雲繚繞青城峯。《龔潔田天台游蹤圖》云：裙屐空塵迹，桃源有洞天。依然在人境，何必非神仙。領略看花意，追尋采藥緣。此翁真健者，幾度躡雲巔。　既有胡麻飯，何嫌首蓿盤。吟成孫綽賦，老此鄭虔官。好借玄霜杵，頻還絳雪丹。歸蹤異劉阮，且作畫圖看。　《九日偕友登高》云：重陽蠟屐雨初乾，郭外探秋漸戒寒。孤塔向人如傲士，一山不俗近閑官。徑荒松菊將詩覓，谿鎖煙雲當畫看。海上兵戈河上淚，林泉幸與竹平安。《清聖祠》云：茫茫殷土忽干戈，叩馬人來涕淚多。故國久傳孤竹節，新朝仍誦采薇歌。空山落日尋遺跡，大海清風挽逝波。欲證史篇求軼事，祠堂碑版幾摩挲。《紅樓》云：紅樓無復舊鉛華，臥對殘燈映碧紗。不種桑麻種鶯粟，可憐綺陌盡煙花。他如：雜樹經風聞葉落，疏燈對影待花生。論道肯分朱陸界，讀書多在漢秦前。故里齊名何大復，詩人作郡李滄溟。名重汝南黃叔度，老甘洛下白香山。故人聚首盈樽酒，游子歸心下水船。孤山鶴影林和靖，一樹詩魂陸放翁。《祭梅》。冷眼勿妨閒處着，冰心果否熱中無。《圍爐》。銅瓶伴我原高品，金屋憐渠是淡妝。《供梅》。一椽竹屋宜高士，千尺桃潭憶故人。奇書屬對劉幾子，好句抄從李賀奴。《哭友》。《和友》前半云：忽到雲凉露白時，銷愁無計強裁詩。因君客舍延秋意，感我家山入夢思。又《攜友雨後登樓》云：意氣元龍百尺樓，長吟減盡客邊愁。濡毫經欲爭千古，放眼還疑隘九州。《津門舟中》云：送春煙雨濕孤篷，遙指津門小艇通。開口徐添三版水，橋頭好借一帆風。《感事》云：孫恩入海又盧循，炮火聲來辨未真。馳諭已無書到粵，招降肯信諜非秦。助餉人多軒擁鶴，解危兵少紙飛鳶。《書懷》云：頻年採藥誤當歸，箬笠空抛舊釣磯。秋後蒓鱸情眷眷，夢中蕉鹿想非非。皆雋永可誦。

高錫恩 字簡臣

《東坡赤壁懷古》云：漢火蕭條半刼灰，東吳王業少年開。石頭城上三分寄，夏口江中萬炬來。烏鵲笑人多壁壘，蛇龍拼爾走風雷。柴桑若解同袍意，焦土何須恕雀台。一縷簫聲響夜舟，客懷湧出大江秋。網魚容易增鄉思，橫鶴無端作夢遊。風月十年賢主對，友朋千里好詩投。莫嫌蘆葦荒涼甚，道是先生筆底留。

徐肇峒 字蜀畦

《元宵感懷》云：出門西圭逐征鞍，金盡床頭道路難。太史自宜書貨殖，香山何易住長安。神洲慣受廻風引，日劍空餘寶氣寒[6]。一樣鳳城天上月，幾人高傍五雲看。也將鳴樫感良時，千載傷心魏武詩。有筆漫應投燕領，無金空自畫蛾眉。貂裘酒豔紅燈借，鐵笛歌情綠鬢知。天子文明重科舉，似聞恩詔下丹墀。

【校記】

〔1〕"一一考其原委而以詩文附之"段，增訂本原置於"釋方澹"、"顧永貞"條之後，但其内容却是增補本卷"蘄州"部分"陳詩"條内容。今復列條目。"一一考其原委而以詩文附之"句前，應有闕文。

〔2〕從"合眼千峯繞兒箱"句始，詩意與前不同，應是另一首詩。從韻脚看，此句前有脱文。

〔3〕"探囊一卷留"段之前，空出數行，重新分頁。因此，不清楚此段是否仍是"吳之驥"條内容。另外，"探囊一卷留"前，應有脱文。

〔4〕從文意與韻脚看，"伴奩慣打女"後，至少脱二字。

〔5〕"琮工詩畫"段，乃增訂本所增本卷"蘄水"部分"楊繼經"條内容。今剔出並復列條目。但"琮"與楊繼經關係不明。

〔6〕"日劍空餘寶氣寒"，"日劍"辭義難解，或者是"越劍"。"越劍吳鈎"為名

劍代表。明刻本《文苑英華》卷五百四十載"好鈎判"之"對":"齊顗承榮梓闕,作鎮桐廬。化洽循良,行聞榮戟。情惟奇古,方欲好鈎。未宣邵伯之風,且效吳王之躅。錢本雕鐫擅美,冶鑄標能。盡思侔於宋弓,窮神等於越劍。纖形孕玉,疑懸秦女之樓。曲影分鈎,不若任公之釣。"其中"秦女之樓",出自漢劉向《列仙傳·蕭史》:"蕭史善吹簫,作鳳鳴。秦穆公以女弄玉妻之,作鳳樓,教弄玉吹簫,感鳳來集。弄玉乘鳳、蕭史乘龍,夫婦同仙去。"徐肇峒《元宵感懷》中,有"一樣鳳城天上月"句,說明徐詩此部分內容,正出自《對好鈎判》。

〔清〕丁宿章 輯
陳于全 點校

湖北詩徵傳略
（下）

荊楚文庫編纂出版委員會
華中科技大學出版社

湖北詩徵傳略卷十九

麻　　城

明

劉天和字養和，正德進士，官尚書少保，謚莊襄，有《太安遺稿》

天和以御史出案陝西，忤中官，被逮錮繫，久不釋。楊一清疏救，謫縣丞。由知府總理河道，改兵侍。總制三邊，屢破吉囊等寇，論功加太保、兵部尚書。初舉進士，劉瑾欲敘宗誼，謝不往。晚，內召陶仲文以刺迎稱戚屬，反其刺曰："誤矣，吾中外姻連無是人。"戇直之風始終不渝，亦可概其生平矣。詩清華流利，不類其爲人。《遊韋公寺》云：古寺尋詩過，霞光戀夕暉。遊魚吹月起，水鳥帶雲飛。鐘韵寒依岫，荷香冷浸衣。佛頭青不斷，一路送人歸。

周思久字子徵，號柳塘，嘉靖進士，官知府，有《石潭詩鈔》

思久工詩善書，抗志希古，與黃安耿定向相友善。甫官瓊州，即乞歸。建輔仁書院於鄉，以誨學者，多所成就。石潭詩穠麗婉至，丰度妍然。《止止洞》云：歷磴攀蘿入紫霄，披雲趺坐慮全消。花間喚出仙童子，閑倚洞門吹玉簫。

鄧楚望字震卿,號東里,嘉靖進士,官副使,有《詩刪續稿》

楚望鄉舉時年最少,家貧欲仕。廷試時,內閣夏言惜之,命撤席歸,久始登第。《歸思》云:獻楚傷難遇,在陳不可留。停雲生夢遠,聽雨亂鄉愁。芳草客中路,春風江上樓。無端羈旅思,白髮對滄洲。

李文祥字天瑞,成化進士,有《儉齋遺稿》

文祥幼俊異,初登第,萬安當國,重其才。以孫弘璧與同榜,將廷對,乃款文祥於家,以弘璧屬之,因許及第。文祥弗慊也,《命題畫鳩詩》有"春來風雨尋常事,莫把天恩作己恩"句。安意阻孝宗嗣位,即上封事,極言時政,語侵權閹。萬安、劉吉、尹直咸惡之,謫咸寧丞。旋以王恕薦,召爲兵部主事。未逾月,復貶貴州興隆衛經歷,經商城渡河陷冰死。前此李西涯贈詩有"戒酒不從花底醉,愛舟多在水中居"之句,人以爲讖。

公爲詩文咸明婉有致,於奏疏文札,剴切中事機。雖再遷貶,鄰鬼魅,雜缺庥,無幾微不平之氣。亦罔以遷客自高,曠伕於職。乃其直節素志,隱隱溢毫楮間,亦自不容掩也。截王世貞撰詩序。《登岳陽樓》云:萬家煙火擁孤城,一上高樓百感生。檻外雲山鰲足重,坐中仙客羽衣輕。長空欲灑思鄉淚,見日終含獻曝情。往事悠悠東下水,夜船燈火枕江聲。

董樸字汝淳,成化進士,官參政

樸守重慶,潔己愛民,尤勤講學。轉參政,歸,一貧如故。董氏有名紱者,同時舉進士,知湖口,有善政,亦工詩。參政詩自寫胸臆,不事規橅,正如繁音迭奏,忽聞幽鳥一聲,凡響皆寂。其清淡簡遠,尤韋孟之遺。

《送屯田張僉憲之任福建》云:同鄉且同官,相愛自相親。別我雲千里,留君酒數巡。黃花香驛路,紅樹麗江津。屯戍防邊策,殷勤輔聖明。《易庵》云：笑傲白雲窩，生涯一笠簑。引泉憑竹筧，補屋借藤蘿。溪暖魚同活，林深鳥共歌。釣舟如葉小，從不識風波。《漫興》云：已斷塵中夢，頻看鏡裏顏。心同秋水靜，身共暮雲閒。謝客仍思客，離山更愛山。溪亭無一事，坐看飛鳥還。它如"宦情垂老薄，禪榻借眠安。勸酒憑山鳥，題詩借佛燈"，皆口頭語，而斐然有致。

邱齊雲_{字謙之，隆慶進士，官知府，有《吾兼亭集》、《國雅中選集》}

齊雲宦情甚淡，由潮州致政，年僅三十餘。惟寄興詩酒，耽遊覽，所撰著多可採。詩婉麗清超，兼有其長。初眷江夏營妓呼文如，一見即矢白頭，多往來酬答之詞。一日文如自至，遂訂終身。其離合始末詳載文如詩集。

《遊赤壁》云：移樽尋往蹟，鼓棹破江煙。感此浮雲事，焉知赤壁年。渚風吹水立，山月入窗懸。一片淒涼色，相看劇可憐。《暮行西山道中》云：出郭尋蕭寺，偏緣芳草行。溪深雲欲雨，山遠樹為城。一徑一花色，無時無鳥聲。不知湖上月，飛向馬頭明。《夏宴赤壁》云：移樽五月大江亭，柳外蟬聲不可聽。雷雨驟翻波浪白，峯巒遙入酒杯青。狂呼鷗鷺忘為客，醉倚蘼蕪轉畏醒。不向人間論二賦，風塵何以慰沉冥。《文如館中賦別》云：回思往事怨蹉跎，復有新愁奈若何。清夢不緣神女苦，小詞難得雪兒歌。隔窗雨逐流蘇墮，落葉飛隨翠簟多。若問此時留別意，雙星七夕在銀河。

劉　諧_{號宏源，隆慶進士，官僉事}

諧喜獎寒士，居鄉折節後進。年未冠，作《西湖詩》百韵，人爭傳誦。《湖中春望》前半首云：峭寒初放草痕齊，依約來時路不迷。月落曉雲猶繞岫，泉飛春雨欲平堤。

董應軫 字崇南,宣德舉人,官參議

《龜峯山》云:名山雄峙邑城東,天落蓬萊第一峯。拔地曉巒堆翡翠,倚空晴嶂削芙蓉。秋高葉脫嵐光瘦,春暖花添黛色濃。應有神靈產申甫,詩人寧獨美喬松。句法亦自清穩。

梅國楨 字克生,萬曆進士,官右都御史

國楨少雄杰自喜,善騎射。由知縣擢御史,會哱拜反,魏學曾督師久無功;國楨疏保寧遠伯李成梁往將其軍,即以國楨監之。事平,遷右都御史。

都憲詩才華富贍,氣局深沈,看似平淡無奇,含蓄渾厚,淵然一代元音,誠不易才也。

《送邱謙之守保寧》云:一夕涼風生,吹斷都門柳。送君不能別,惆悵對樽酒。記得讀書城西邊,我正垂髫君少年。奇毛健翮俱神駿,可以萬里同翩翩。豈意風雲隔榆枋,我爲鷦晏君鳳凰。浮沉遠近隨所向,一別千里永相望。我來上書不得意,君亦遠自潮陽至。燕市同爲慷慨歌,巴江又攬澄清轡。濃陰滿覆巴江路,是君手種甘棠樹。父老來看舊使君,重聽兒童歌五袴。人生事業須及時,四十專城亦不遲。功名到手好自愛,予髮種種何能爲。《劉子大惠吳酒》云:滿貯吳江色,開樽手自斟。多君明月下,慰我朔雲深。半醉減鄉夢,停杯見客心。依然狂態在,不受二毛侵。《歐楨伯過會心堂觀所藏法帖》云:不信幽棲地,能廻長者車。晚風疏徑竹,細雨出園蔬。自是憐同好,非關得異書。韓山猶有石,與語定何如。《感懷》云:薄俗不可問,吾將還舊廬。誰知肝胆在,但覺鬢毛疏。野老從爭席,王門莫曳裾。由來彈鋏意,不是歎無魚。《送六京從册封周藩》云:詞臣銜詔下螭頭,擁傳中原愜壯遊。兔苑抽毫迎帝子,馬前負弩走諸侯。雲連玄嶽吟邊繞,天斷黃河掌上流。芸閣廻看霄漢裏,周南雖好莫淹留。《秦秘授王官歸》云:西風吹雁雁行疏,誰信王門可曳裾。燕市未須論駿骨,秋江原自足鱸魚。徑當

黃菊時攜酒，家在青山好著書。寂寞釣磯湘水上，卻因君去憶吾廬。《寄謙之》云：幾經謫宦意如何，我亦天涯阻笑歌。但有縕袍償酒債，絕勝朱紱照鳴珂。夢廻細雨青山遠，門掩斜陽白髮多。欲向五湖垂釣去，不知何處少風波。《謙之園亭》云：小苑斜連驛道傍，酒旗歌吹繞垂楊。科頭盡日無迎送，醉踏飛花溪水長。

梅之熉[1]字惠連，蔭主事　子鈨

之熉博涉羣書，於海內名宿頡頏主盟。國變，披緇爲僧，號槁木，入山不復出。

鈨，初名鉥，字淡克。《落日》云：落日挂帆處，荆門水正寬。歸人指遠寺，問路識前灘。秋覺客中好，山皆船上看。更攜殘卷去，墻後守漁竿。《曉渡》云：石路千山裏，危橋練老藤。寒驢寒不渡，蹴亂一溪冰。《宿白呆寺樓》云：樓上風來吹客衣，亂峯秋落野煙微。鐘聲到處月皆炤，松景一山僧獨歸。

梅國樓 字瓊宇，號公岑，萬曆進士，官按察副使

國樓爲川南道督兵，協討永寧蠻有功，遷布政使參議。

《遊太和山》云：鰲極何年駕地靈，洞門寒雨晝冥冥。雲開菡萏三千里，天列芙蓉十二屏。玉柱半懸雙闕紫，金宮遙插萬峯青。層霄咫尺瞻依近，指點仙槎問客星。

周宏禴 字元孚，萬曆進士，官尚寶司卿，三黜爲澄海典史，有《同卿詩集》

宏禴倜儻負奇，好射獵。初官順天通判，上疏指斥朝貴，謫判官。尋召爲尚寶丞，以妄保將材黜典史。下筆千言，鄉試五策，雙行密書，王世貞嘉賞之。詩文著作頗富。

《壬辰再貶澄海,重宿高碑店》云:風塵何處問銜杯,南海浮槎更可哀。古道垂楊應笑客,逐臣何事又重來。

李長庚 字西卿,萬曆進士,官尚書　子中黃

長庚由主事歷布政,所在勵清操。入尹京兆,遷都御史,多所匡正。崇禎時以諫用中官監政府,忤旨削籍歸。嗣子有雋才,鳴鶴在陰,至樂不易,固不以罷黜而改其彝倫之素也。

《蒙赦歸田作》云:津門廻首意如何,報國虛愁肉食多。短髮尚餘關外雪,驚魂初定海中波。殘軀自顧驚生柳,初服唯宜學製荷。但得普天征戰息,靜邀涼月到煙蘿。忠藎之懷溢於言表。

中黃字子石,本公楫廣文子,出嗣冢宰公,有《逸樓四論》。詩如水精淨域,盡掃遊塵。子鵠詩如王謝子弟,毋論風流文采,即裙屐之間亦迥不同人。古體音節宛轉,皆從六朝樂府中來。近體淘洗鉏治,條理可觀。淵雅出自同懷,尤為一時盛事。《李氏詩評》

《秋感》云:手持蕙蘭花,濯於清溪水。願水流花去,東入大江沚。美人食江魚,剖腹取其子。或見蕙蘭花,在魚之腹裏。《失題》云:春夢片片如斷雲,東風吹從枕畔分。前雲後雲不相及,遺前懷後失其羣。怨它蝴蝶虛無著,晚來自覺衣裳薄。惜別池邊芳草生,銷魂橋上楊花落。

邱　坦 號長孺,萬曆武進士,官參將,有《度遼集》《楚丘集》《南北遊草》

坦少博通典墳,譜緯略,社中屢為辟席。忽投筆用射策奪解,旋成進士,充朝鮮副使。還出鎮遼左,領偏師奏捷。事平歸,放情詩酒,一時名士樂與之遊。

前明將帥多嫻文事,不獨折衝樽俎,雅歌投壺;而且徵歌選韵,觸詠風流。如戚少保《止止堂集》中《盤山》一律,感激悲壯,實大聲宏,王李望而卻步,又豈可概以桓桓糾糾而外之邪?長孺雅興豪情,不亞元敬。而《無題》

一絕,風神婉麗,似能突過前賢。句云:亂山深處且停驂,村酒雖渾亦共酣。日落棠梨花樹下,一聲布穀似江南。《初度》後二偶云:棲棲爲佞吾何敢,碌碌因人志已違。何日雄心化冰雪,可憐原不爲輕肥。其胸襟識度,固非等之碌碌者矣。

梅之煥字彬父,號長公,萬曆進士,官巡撫

之煥少孤,從母日課書盈寸。倜儻雄俊,異凡兒。與楊漣同舉於鄉,以功名節義相期許。官翰林,同館孫承宗獨推重之。改御史,扼腕時政,上疏極論。天啟初巡撫南贛,魏璫指爲楊漣黨,誣以贓私,削籍遣戍。懷宗召復原官,巡撫甘肅,威服邊疆,其功最著。復爲溫體仁劾,歸時流賊已起。之煥以軍法部勒鄉人,賊不敢犯麻城者八年。性和平,喜獎掖後進。少時值御史行部閱武,騎馬突教場。御史怒,命與材官角射,九發九中,長揖上馬去。故雖文士尤負材武云。

鈕玉樵《觚賸》載公鳴鉦薦士事,雖不無裝點,而周水心輩十七人繇公書入雋,爲確有其事。固見公冒嫌愛士之篤,亦見明時林下薦紳之重矣。

《秋日山居》云:秋風何時來,吹我庭前樹。樹樹冷如秋,莫放秋歸去。空山幽獨心,秋冷無窮碧。忽動桂花枝,山風吹月出。《過問津河》云:每過問津處,無愁魂自銷。門閒蟬語寂,路古馬塵囂。細雨昏殘碣,輕煙罨斷橋。耦耕人咫尺,來往慰蕭條。

熊 吉字柏舉,貢生,官訓導

吉詩蘊蓄頗深,聲氣亦殊洪正。其音節宛轉,皆從六朝樂府中來。五律不事雕繪,自饒真意。《茅簷歎》云:北有汾陽地,列區如屯雲。東有猗頓宅,樓高堪摘星。投轄延賓客,連房佇娉婷。燈火通重院,笙歌隔畫屏。一朝主人去,散逸如漂萍。燕泥落空梁,流螢度閒庭。朱門晝常掩,綠窗晴亦暝。盛衰固物理,推移若轉軿。謙盈鬼所伺,淵默而雷霆。哲人戒盛滿,君

子畏幽冥。茅簷曝旭日，感慨長不停。荆婦具卯酒，霜菊有餘馨。陶然醉一覺，吾已忘吾形。《茅亭新成用梅篤齋韵》云：靜坐與天遊，乾坤真若浮。功名雙敝履，富貴兩虛舟。三徑淵明宅，元龍百尺樓。平生湖海氣，都付釣磯頭。

梅　圻 有《資僻堂詩選》

《資僻堂集·讀書》一篇深得由博反約之旨，春容雅韻，自是可傳。《讀書》云：深山藏龍蛇，聲音震遠邇。懶作微小唫，難工雕蟲技。古人何所心，而爲經與史。湮滅幾千年，誰能竟其旨。眼光所及處，精義不相比。微茫出紙中，探之隱紙裏。尼父不可見，未獲問其理。因思有約方，見彼或於此。譬之大海深，無非一杯水。撥爐月西斜，暗香中夜起。《雪夜舟泊》云：開帆浪千里，飛雪滿蘆花。漁火呼相近，孤舟繫欲斜。寒思茅店酒，歸厭野田鴉。一夜伊人淚，輕航載到家。

梅念殷 字瘦橫，崇禎舉人

念殷少負才，工唫詠。晚年失意，遯跡緇流。爲怨家羅織，死獄中。《梅花歎》云：桃花三月盛，二月梅花老。同住春風中，胡爲零落早。屋角壓高枝，使汝傍芍藥。花開會有時，安得相輕薄。

陳楚產 號五不，進士，官知府

楚產家貧，苦志向學，齒踰知非，始補弟子員。連捷兩闈，筮仕萊陽令。值歲除，欲覘萊俗與楚風異同，徒步出郭，見烘爐戲鼓爆竹粘符，比戶皆是。行至郊墟，忽聞書聲自茅屋出。潛窺之，見士人與一婦坐擁敗絮，一唫一紡，青燈熒然，色甚凄瘁。夜向午矣，歎異還署，即命役舁酒麵肉米相餉。且系以詩云：破竈無煙火，寒門蛛結絲。斯人今日事，似我少年時。元旦士子來謝,則童生觀光也。立遷其家於署内,飲食教誨如子者數年。觀光成進士,官粵東臬司。楚產累官知府,適爲其屬。觀光猶執弟子禮,如在萊日,當時人並美之。《通志》

劉鍾蓉 字集裳,崇禎舉人,有《何處溪詩集》

鍾蓉才思高搴,性行淳至,死癸未之亂。《哭劉同人》有"空潭雁度身千仞,野繭蛾成命一絲"之句,亦可謂愁苦之音矣。

朱　珍 字孟浦,舉賢良方正,有《溪山草》

《贈朱伯靡》云:別調豈難投,交從片語收。君能清似鶴,我却淡於鷗。舊事寒蕉夢,高風老樹秋。苜齋與市隱,兩意共悠悠。句極清越。

周世遴 字伯譽,有《詩選》　弟世進

世遴工制藝,臨川陳際泰以時文雄海内,甚折節事之。詩古文亦卓然成家。

詩惟真故妙,以其字字從性情中流出耳!誰云時文有妨於韵語邪?《月夜山中》云:拋書常懶讀,得月便高歌。野徑雲俱淡,寒塘水自波。文章朋友少,城邑是非多。牛渚行看渡,雙星天上過。《贈劉同人》云:古調方今俱未彈,擬將秋氣比儒酸。忘情似我貧何病,知己如君死不難。事到文章千古在,天留明月兩人看。世間多少悠悠者,寂寞孤舟江水寒。《秋日訪子雲》云:相思千里買孤舟,欲訴樽前萬斛愁。公子於今不好士,古人何必盡封侯。倩充行李風煙色,代寫時情寂歷秋。借問聰明誰得似,依然無計爲貧謀。如食橄欖,味美迂廻而又出之醖釀,是真無一字從假借中來者。

世進《般若庵》云:不出此林際,石橋幽路通。殘流生夜籟,遠樹淡秋容。幾度分新綠,頻來看落紅。翛然遺世外,青暝一丘中。《唐文尹居士》

云:恕我煙霞癖,知君物外情。山分新樹綠,人共遠江清。學道多慚古,無心問耦耕。閑依芳草坐,松下聽流鶯。《雙峯除夕》云:碧流高瀉亂峯前,竟日溪橋獨往旋。幾許青山消白髮,又驚殘臘入新年。半林疏影侵寒榻,一帶晴巒鎖暮煙。却憶舊遊深隱處,夜來清夢到匡巔。《客夜》云:匡牀石枕夜生凉,幾度山房共曉霜。秋色滿江收不盡,載將清夢到潯陽。

喻 修_{字無美}

《望龜峯》云:䍐徑龜峯未克捫,萬山孫立可言尊。壁龕仿佛神仙蛻,石鬣青冥日月痕。林獸吹寒成暮靄,居人經午驗朝暾。虬松怪石留雲處,委曲風泉自吐吞。

周世建

世建詩本家傳,字裏行間皆有一種樸茂之氣。不以雕繢為工,不以鍛鍊為能,自具一副本來面目,是能的得真字之三昧者。《初夏寄公裳》云:丈夫志四海,出世豈徒然?所貴在聞道,寧復辭艱難。日月如流水,逝者何由還?浮沉波浪中,能免世網牽。孔顏有真樂,賢者審其端。君看百年後,榮達竟誰傳。

周 損_{字遠害,號迂叟,崇禎舉人}

損博學,善詩文。少與劉侗共硯席者十餘年。侗入北雍,損從之遊,共著《帝京景物略》。官饒州推官,饒俗多盜,下車捕數十人,盜為斂跡。鼎革,薙髮為僧。

損詩近體尤工,律格極細。如:松存支岸骨,竹養出籬胎。雜花低結屋,一水細穿林。寒僧不語磬千墼,古佛無鄰鐙一樓。良朋先失生何仗,老母猶存死不能。灰心不畏滿頭雪,善病堪看四面山。皆雅近島佛。

《寄李大山中》云：江夏無苛政，陂湖恒宴如。有人乘野艇，許我訪秋蕖。減慮親加飯，開顏兒誦書。報君山上月，南望莫欷歔。《魏華齋看耿子維篆石》云[2]：齋冷酒無力，對床通曉風。新桐支瓦綠，小杏立牆紅。胸不到冰炭，手能爲鳥蟲。從君覓古法，一月住城中。《幽窗》云：白雪紅蘭春露清，也無人見倚闌情。東風不敢吹花落，多事鸚哥喚小名。

劉 侗 字同人，崇禎進士，官知縣

侗以文體矜奇，爲學使置下等，憤懣。入太學，連舉鄉、會試。留都亭日，與于司直奕正共輯《帝京景物略》。文章詭異，蓋亦服習竟陵流派者。《曹潔躬筆記》

余官黃時，求同人所著《帝京景物略》遺稿不可得。或曰："爲好事者竊去。"葉慕廬曰："王敬齋宗伯撰《于奕正傳》：于生南行，將著《南京景物略》，竟以友夏不果，惜哉！"《帝京景物略》奕正《略例》述云："帝京編成，適與劉子同人薄遊白下，朝遊暮述。不揆固陋，將續著《南京景物略》，已屬草矣。"則此稿當在于氏處。宋牧仲《筠廊偶筆》。 侗少與譚元春、何閎中齊名，以千秋自命，不苟同於世。故詩文幽古奇奧，無一字拾人殘瀋。

《賽社詞》云：春社典春衣，秋社鬻粱肉。婦子且莫嬉，場熟廩不熟。遼陽方警邊，農助官家穀。遼租十增三，官租三增六。里長登門催，斛半量一斛。益以鼠耗除，倍數準完數。賽社謝年豐，社神聽我祝。但願遼患平，強於倉滿蓄。神保太息言，遼平爾何福。糧隨遼餉加，不隨遼餉复。播州幾月兵，至今農啖粥。《鄂城得家書將別黃宗之》云：出門未暑秋仍滯，十度曾登送別舟。久客畏聞家有信，逢人俱道邑無收。衣糧不恥因良友，童僕多言怨漫遊。夜夜酒同鄉夢醒，舍邊雞與渚邊鷗。《明詩綜》

《過周子竹莊》云：長年官道輪蹄側，結得園林向此藏。歲儉不妨收橡栗，客來偶爾著冠裳。竹光太邃苔升屋，花緒無端蔓過牆。門外況臨沙十里，暮應疑月曉疑霜。《雁字》云：數行斜入嶺雲舒，人倚危欄二月初。久客江南鄉思亂，寄來多是不全書。

周應曦

《麻姑洞》云：繫馬攀崖尋洞口，野花叢竹亦荒涼。潺湲玉液下幽壑，迢遞藤蘿穿石床。煙繞翠微疑羽服，風敲黃葉想鳴璫。可憐書信寂寥久，空有玉壺仙醞香。

曹胤昌 字石霞，崇禎進士，有《蔬堂集》

石霞爲嘉定令，罷官，自放縱酒佯狂，客死滇中。少時與漢陽王亦世士顯齊名。《計改亭東懷舊詩》云：顛狂每伴曹嘉定，謹厚常稱王永嘉。一樣無聊同末路，不如浪蕩送生涯。《納姬廣陵時有樊樓七律》云：遠山眉試曲闌邊，鬒髮當年正可憐。茶嫩有香經玉腕，燭紅將影暈柔肩。敢知絡秀才支戶，爲愛朝雲慧有禪。莫以黃金求粉本，丹青難寫淡平天。頗傳于時。《本事詩》

胤昌父卒官順寧，順治十七年始扶病奔喪。甫入境，有文氏生兒七歲不言，一日忽迎呼胤昌名，誦其闈牘。曰："我，汝師也。己卯主試章格庵正宸，我是也。一念之誤，三墮輪廻，始在豫，繼在粵，復在此。候汝數年矣，今可從我乎？"曹歎訝，以父柩未返葬，請俟異日。兒默然久之曰："然則吾先行，待汝耳。"至家而卒。曹賦詩紀之，未幾竟卒於昆明。其子以櫬歸至某郡，忽重不可舉。視其壁，有曹入滇時弔洪半石天祿詩。洪，黃人，藁葬於此。乃啟許同歸葬，始行。楊職方鄂州說[3] 《隴蜀餘聞》

石霞左遷福建炤磨，轉入雲南，順治八年潛歸里。內院洪檄致軍中，佯狂謾語，醉吐污洪茵，又以詩誚之，遣歸。益放浪，託於佛仙。《白茅堂文集》

胤昌文宗徐庾，有名於世。奔父喪永昌，並挈前督學同郡何闊中櫬以歸。至昆明，胤昌遽卒，家人欲舁何柩，胤昌柩重不發。弟祝曰："將非爲何先生乎？當偕行耳！"柩發甫數步又止，弟曰："兄爲何公先輩，且客也。"前何柩，乃發。胤昌與何實昧生平也，聞者高之。其《別墅詩》有"蘆花兩岸雁

初到，楓葉一林人未歸"之句，風致殆不減曹石倉。《楚天樵話》

《爲毛子霞題雲水圖》云：鵝溪爲絹綵爲毫，玉塵風生拂素袍。不似幼輿藏一壑，寧須叔則益三毛。倦遊自覺青山好，朗咏無如夜月高。此去行踪何處所，翛翛清夢滿江皋。《感時》云：夜雨名山禮少微，泉香石齒即來歸。教兒學劍甯操耒，與客謀生但採薇。百里虎訛天上至，三江濤隔嶺頭飛。鹿門自笑非真隱，十口勞勞制薜衣。

陳儒樸_{崇禎進士，官行人}

《客白下弔劉同人》云：驕蹇人情豈得知，獨憐鴻雁影迷離。青山疊陣人多幻，紅葉搖風雨欲絲。礙眼功名真脫屣，送窮文字可違時。昨朝歌舞嘈嘈語，喧寂何途試問岐。《雨中乏薪寄喻無功》云：門外泥深一尺強，有人高臥古匡牀。階前斸桂曾何惜，甑上堆塵故不妨。舊劍拍時非寂寞，殘書焚去亦清狂。夜來擁鼻長唫後，偷眼潦雲休借將。《移居龍湖寺有感上巳舊遊》云：不出桃花桃葉渡，風風雨雨夢前期。江干直作易名叟，柳際重吟古別詩。蒼塢白沙一醉後，孤雲殘月未眠時。今朝禊事誰同舉，水檻停觴獨下帷。

陳雙泉_{佚其名}

麻城陳雙泉以詩名，偶見其《詠柳》七古，穠麗古艷，想見京兆當年。詩云：古道誰栽兩行柳，故老爭傳從古有。柳傍餘地長桑麻，柳下人家鬧雞狗。似與東風大有情，江梅白後眼先青。孏向章臺舞明月，喜同青瑣轉流鶯。君不見淵明彭澤歸來早，愛種五株醉扶老。花萼長街抱恨多，漢將營荒空綠繞。《堅瓠集》

周之甦_{字更生，有《倦遊草》}

《寶界寺看坡翁壁間畫竹》云：偶來寶界寺，鑒賞坡翁竹。峻節凌霄漢，孤根同結綠。縱令塵土封，香粉猶馥馥。壁間有此君，清風響春谷。一閲洗俗腸，再閲清心目。安得江南酒，痛賞三千斛。《石磯遇雨》云：纔到江邊醉石磯，怪來山雨點征衣。蕭蕭落木寒流細，人在天涯怨未歸。

釋明明 字道一，號金牛小子，居白杲山，有《燕臺集》

明明周氏子，少穎悟超異，初名之首。應童子試，拔第一。赴鄉試，及河，見爭渡者，感棄巾衫，遯跡武夷山。迨歸里，遇李卓吾於龍湖，遂祝髮爲僧。信口成詩，語皆清妙。

道一學主慈悲，視殺魚蟲與殺人等。意所不屬，雖久聚處不問姓名。獨與同邑梅之煥契，往來唱和，不以爲嫌。

《山房散步》云：散步長廊下，閒吟獨袒肩。有時爲范蠡，無事學陶潛。山色開圖畫，溪聲奏管絃。竹林人六七，桃李客三千。酒放劉伶量，詩歌李白篇。好風動疏樹，暖水蕩溫泉。涸俗原無礙，入山宿有緣。虎溪如許社，三笑似當年。《春日廻文》云：郊前牧子一牛青，綠草芳洲幾客行。桃樹錦翻醒夢蝶，柳枝金擲暗梭鶯。高風落院松釵古，暖水流山石骨清。橋小度僧詩興漫，茅亭竹翠鎖煙林。

釋真常 字道恆

《尋謝玄暉故宅》云：忽立白雲中，忽履白雲上。谷口問樵人，寒衣絆榛莽。樵人不讀書，安知謝公宅。偶逢下山僧，拱手亦默默。又《登曠山絶頂》有"老石皆松變，飛流是雪崩"之句，亦創奇。

釋一了 字幼文

一了姓曾氏，名若渭，邑名諸生也，罹奇禍，脫而爲僧。

《夜坐》云：空庭黃葉落盈階，今古關情積滿懷。秦焰不能燔魯史，宋儒苦未讀齊諧。城中自信堪持鉢，簾外何妨有墮釵。纏縛到頭囂亦老，羅衣伴送白楊埋。

閨秀

劉　氏_{尚書天和女孫，邱長孺室，有《集唐詩》一卷}

《悼亡》云：江流曲似九廻腸，愁思非春亦自傷。明月不知人世變，夜來依舊下西廂。鶯聲不散柳含煙，寒食家家送紙錢。心折此時無一寸，杏花零落寺門前。《追懷亡兄金吾延伯歌姬散盡》云：殘花惆悵近人開，南國佳人去不廻。廻首可憐歌舞地，年年春色爲誰來。誰家玉笛暗飛聲，總是鄉關離別情。妾夢不離江上水，夜來還到洛陽城。

毛鈺龍_{僉事鳳翔女}

鈺龍歸少保劉天和孫守蒙，夫沒，誓不踰閾，鄉人私諡曰"文貞夫人"。過目輒誦，詩老而益工。抽心裂肝，不忍卒讀。年八十，目不見字，猶使甥輩讀書卧聽之。

明中葉麻邑人材輩出，即閨閣亦極一時之盛。如董毛之流，才尤傑出，一洗鉛華之習，格老氣逸，力追正始，洵足生色玉臺、流輝彤管矣。《竹垞詩話》載《節婦》句云：詩句怕題新節序，淚痕多染舊衣裳。讀之足以哀動頑艷。邑志又錄有"桃花暮雨煙中閣，燕子春風月下樓"之句，尤奇麗可誦。

友人邱長孺爲余談麻城毛貞婦事，令人鼻酸津涌。至舉其詩，復鮮秀奇警，誦之，意爽神暢，異哉！此媼鐵肝石腸，錦心繡口，異日楚乘烈女志中添一段佳話也。_{截袁宗道撰詩序}

《詠鏡》云：樣出秦宮制，團團寶月廻。虛空開物象，心跡遠塵埃。影覆香羅帕，光生碧玉臺。繡囊鴛鳥並，珍重嫁時裁。《明詩綜》

《冬夜》云：玉井無聲戶已扃，一庭霜月冷如凝。誰憐寂寞書窗下，凍影梅花伴夜燈。

董少玉 宏裔繼室，有詩一卷，見《明史·藝文志》

戚雲雁云：少玉詩居然唐調。 王元美云：少玉詩清潤婉秀，一發於情而止於義，有不盡爲閨閣所束者。 方維義云：夫人詩詞均有韵致。

《憶別》云：憶別河橋柳，青青送馬蹄。妾心與羌笛，無日不遼西。驛路花將發，離亭柳漫垂。憑檻無一事，日日數歸期。《明詩綜》

《采蓮曲》云：看山望湖南，乘風望湖北。綽約蕩輕舟，荷花減顏色。楊柳遮大堤，遊女經行處。濃陰不見人，鴛鴦時飛去。《子夜歌》云：曉風吹北窗，涼意池邊送。帶露摘荷花，驚散鴛鴦夢。《送別》云：飛盡楊花別，相看不自由。征人望絕塞，少婦倚空樓。易換春前色，難聽角裏愁。無情江上水，日日送行舟。《裁衣》云：芙蓉江北雁飛飛，燕子磯邊人未歸。只怕沈郎腰已瘦，遲廻難寄舊時衣。

梅生 姓梅氏，諸生，周世遴室

生有逸才，工詩古文詞，南昌王于一向余稱之。其夫周伯玉赴省闈，生賦《落葉》小詩寄之，云：落葉滿庭階，秋風吹復起。遙憶別離人，寂寞何堪此。伯玉省詩悽愴，不入鎖院而反足，以見伉儷之篤矣。《靜志居詩話》

國朝

項始震 字方中，順治進士，官知府

《送彭鴻叟還梁谿》云：落落論交古道宜，翩然躧屐竟何之。別餘盡我臨歧酒，愁到尋君滿案詩。楓落好谿縐雲水名寒水在，梅開惠嶺夕陽期。應知匹馬蕭蕭路，正是盤峯夜雨時。《楚詩紀》

李春江字公楫,貢生,官教諭　　子中素

　　春江少聰穎,以神童名。嗜古力學,才名與鮑子知、譚友夏、劉同人、艾千子輩相頡頏,著作甚富。又《白醉瑣言》載麻城汪衍慶與江陵張居正同時以奇童稱,江陵勛業彪炳,而衍慶名不出鄉里。求其著述,即隻字亦不可得。何幸不幸之判若斯邪？又李氏有名春晟者,亦工詩,恐并湮没,因附於此。

　　公楫詩語真率,而醰醰有餘味。《示中素》云:我生不逢辰,弱冠喪兄伯。兩弟相繼亡,隻身鍛羽翮。撫汝弟若兄,歷盡艱屯厄。汝兄纔十齡,阿父即易簀。外憂患難來,内教典墳籍。身作灩澦堆,姪得安枕席。十載學業就,憂患稍得釋。汝生纔學語,祖母復疾革。抱汝置膝上,哭聲頻哽嗌。愛汝掌上珠,珍汝連城璧。儋汝千金憂,任汝一身責。汝今十齡餘,急須窮簡策。我笑杜工部,賢愚渾不擇。翻笑陶淵明,懷抱胡不釋？吾今病且衰,生事日蕭索。四十已成翁,視身若過客。獨念汝未成,耿耿徹晨夕。汝當善自愛,長將寸陰惜。

　　《山居》云:參透浮生竟日閒,更無俗事可相關。貧猶受用詩中畫,懶得便宜枕上山。風送新寒因酒破,雨淹午夢倩鶯刪。菊殘荷盡催秋急,野老高吟興未慳。《過邯鄲》云:何分奴隸與侯王,撇却屠刀便下場。我到邯鄲應不夢,眼前何事不黄粱。又云:我輩若逢當日夢,黄粱飯熟也徒然。乍進一層尤妙。它如:成我寒酸眉似戟,輸它富貴骨如棉。浮華無分非關達,清福難捐未解禪。口頭語說來亦自雋永。

　　中素字子鵠,明經,由廣文擢閩中知縣,有政聲,與從兄子石才名相埒。

　　麻邑明季多逸材,若劉同人、曹石霞、梅惠年、李子鵠,其表表者並。時人往往以經義取科第,子鵠獨治詩古文,尤工書善畫。其後先應和者曹大濩尚白、李佐良哉、劉振鐸省吾,皆有三絶稱。《登日觀》起四句云:海日夜半開,得气始五嶽。齋宿承景光,遂先天下覺。可謂一覽衆山小矣。

　　《登少陵臺望魯宫作》云:宫門無路草蕭蕭,泗水依然過柳橋。何處靈

光餘劫火，幾家凝碧落寒潮。城邊菜甲挑還長，池上楊花踏更飄。蹕道不堪頻走馬，朔風清淚滿鳴鑣。《漢上送梅十七舅家四弟有事荊州》云：荊南漢北一帆開，別酒難禁曉角催。岸草亂時風欲起，江雲低處雨初來。頻年浪跡驚鴻爪，千里緘書託雉媒。近日郢中無白雪，莫將詞賦擬蘭臺。《楚詩紀》

《自渝城入蓬萊別黃二振宗》云：風起夕陰霽，鐙光遙夜閒。那堪千里客，復入萬重山。秋色行將老，孤身殊未還。天涯有兄弟，且爲慰離顏。《雪晴同笠庵坐茶樓》云：新晴慰孤客，尤愛竹樓前。紅出當窗寺，青開隔岸天。人煙餘潤裏，山水夕陽邊。莫訝寒猶峭，梅花意已妍。《遙贈閻古古先生》十律之二云：江南無地豈堪來，樹記冬青尚一丘。俎豆已知王氏臘，文章私哭茂陵秋。當前踪跡人爭訝，此後行藏史自搜。參得佛圖澄妙解，虛舟容易狎浮鷗。三旬生計漸蹉跎，挑盡殘燈却放歌。文士性情雞肋重，故家聲氣鹿門多。梁園賓客今誰主，宣室功名近若何。世少茂先吳鐵鏽，爲君新作十年磨。《攝山白雲山房訪張隱士瑤星》云：萬疊危峯拂水灣，偶因僧徑扣柴關。欲收刹海無邊浪，只翦樓霞一片山。甲子只今存外史，滄桑從古變人閒。黃昏下界客歸去，惟有孤雲任往還。《水寺》云：深牆古屋老青苔，一罅平窗向水開。夜靜藕花香气入，夢中知是北風來。《寄淡克》云：莫怨年來夢未明，電光影裏縱鞭行。從前歲月留何處，不及寒鐘戀五更。

劉淑頤 字百年

百年雅善集唐，贈余詩云：曾入甘泉侍武皇，李郢。暫隨紅旆佐藩方，韋莊。長承密旨歸家少，王建。出使星軺滿路光。錢起。謀略久參花府盛，韋渠牟。風流三接令公香。李頎。共言東閣招賢地，孫逖。肯爲詩篇向楚狂。周賀。又句如：靜時疑水近，許渾。高處見山多。元稹。怪石盡含千古秀，羅鄴。異花長占四時天。沈傳師。萬事無成空過日，戎昱。百年多病獨登臺。杜甫。千回消息千回夢，趙象。一度相思一度唸。戎昱。蒲生岸腳青刀利，韋莊。雲鎖峯頭玉葉寒。劉兼。高杉自欲生龍腦，陸龜蒙。淺草纔能沒馬

蹄。白居易。此類甚多，其四時詞尤妙。宋牧仲《筠廊偶筆》

淑頤雅善集唐，音節悠揚，無集句痕跡。與周青士七歌集句，可謂異曲同工。《四時辭》云：雲母空窗曉煙薄，溫庭筠。池邊雨過飄帷幕。許渾。日長風暖柳青青，賈至。銀線千條度虛閣。韓偓。捲簾巢燕羨雙飛，羅隱。芳草王孫歸不歸。韋莊。曾寄錦書無限意，劉兼。篋香消盡別時衣。錢珝。午睡醒來愁未醒，張子野。煩襟乍觸冰壺冷。韓偓。白蓮池畔送清香，皮日休。樓角漸移當路影。白居易。臨風興歎落花頻，魚玄機。又喜幽亭蕙草新。杜牧。永日迢迢無一事，韋莊。雙雙鬥雀動階塵。元稹。水映輕苔猶隱綠，馬懷素。夜窗颯颯搖寒竹。劉惠。井邊疏景落高梧，羅隱。鳥啄風箏碎珠玉。元稹。覺來紅樹背銀屏，韋莊。露濕叢蘭月滿庭。孫氏。扃閉朱門人不到，魚玄機。輕羅小扇撲流螢。杜牧。城上暮雲凝鼓角，許渾。狐裘不暖錦衾薄。岑參。樓寒院冷接平明，李商隱。簾外霜花染羅幕。陸龜蒙。煙生密竹早歸鴉，郎士元。向鏡輕勻襯臉霞。韓偓。遲日未能消野雪，皇甫冉。故穿庭樹乍飛花。韓愈。《國朝詩別裁集》

黃　倫 字念蔚，順治舉人

《遇雪》云：舞雪點征衣，寒深酒力微。樹冰連忽斷，鳥凍住還飛。去驛多迷路，荒村半掩扉。江南春信杳，凝望雁聲稀。

萬邦維 順治進士，官主事

《正月杪便有燕至》云：何事翩躚便繞欄，聲聲猶是去年歡。雙飛海外憐同氣，共話蓬門正早寒。風雨未曾侵舊壘，徘徊且自息輕翰。綢繆須趁經營力，莫便蹉跎春易殘。

周　禮 字在魯，順治進士

禮守高州，遇事果斷，不畏強禦，忤上官罷歸。以詩酒文章自娛，家無儋石，晏如也。與黃岡奚祿詒齊名。

《空山明月夜》云：空山明月夜，獨坐意何禁。落葉兼霜重，寒蛩向壁生。猿聲渡斷澗，河影入疏林。偶此成孤寂，誰知抱遠心。空山明月夜，萬古一孤清。老樹禽初定，荒原豹有聲。曠懷虛勁敵，高步挾長城。祇覺詩心細，狂瀾詎可爭。

王承時 字象先，明經，官知縣

《舞劍曲》云：拔劍爲君舞，舞罷淚如雨。非爲試劍難，却緣按劍苦。《題楚姬畫》云：一幅鵝溪別洞天，含煙老樹不知年。故山圖出腸應斷，妒殺漁翁上釣船。

黄素臣 康熙貢生，有《詩裁》

《欸乃歌》云：焚香祝木蘭，造舟記儂語。只載行人歸，莫載行人去。《秋閨古意》云：秋雁傳書信，聞之未見之。金微多少客，豈盡薄情兒？《蠟燭》云：續日月之明，開乾坤之暗。淚盡心亦灰，多所不忍見。《喜世鼎南歸因懷亭亭》云：滿天風雨亂，何處一鴻歸。夢破分明是，心搖尙恐非。相時惟稼圃，存道莫輕肥。安得棠花萼，同枝發翠微。

張應宿 字子垣

《秋日登祝融峯》云：長揖天門問去艎，俄驚雷雨下湘江。凌霄嶽色經秋朗，望古詩懷入酒降。日擁蒼龍朝出海，月驚玄鶴夜窺窗。年來識得煙霞路，幾欲拋家禮法幢。

徐家麟 字遠眸，康熙舉人，官學正，有《坳堂夜話》

家麟嗜學喜施，樂引後進。工詩古文辭，惜多散佚。《聞友遊麻姑洞因寄》云：白雲深處麻姑洞，二十年前一振衣。塵事相牽仙夢杳，素心雖在舊遊違。山中太古誠何似，眼底殘春逐漸非。多少攜觴遊賞客，無緣攀附到林扉。

李　佐字良哉，號螺峯，諸生，有《坡鄰堂詩集》

佐好讀書，不修邊幅，工唫詠，精書法。《贈周省吾》云：好友關情切，團圞盡故鄉。休憐吾鬢短，儘破客愁長。高調唫成雪，新磨劍有霜。風流逾我輩，閒稱物情忙。《過岐東訪友》云：鐙火明沙渡，牛羊過水西。亂流千澗落，高樹萬峯低。客路偏宜月，人家盡向溪。計程應不遠，細聽度關雞。

萬繩祜康熙進士，官翰林

《白杲值雨》云：小市煙寒槐火新，一樽相對送殘春。地因白杲山留客，時近黃梅雨困人。燕得新泥沾濕好，蜂含宿蕊帶漿勻。歸途愁聽歌泥滑，不信村醪醉轉醇。

胡　鋐字勛鉅，號震軒，諸生，有《端池詩文稿》　子翔藹

《雪霽入青山》云：峭壁霜封螣，雲壓蒼巖倒。西風送暮寒，昨夜青山老。俄聞天新晴，日炤羊腸道。嵐气冷浸衣，清光淡如掃。濕煙冒平林，踏破橫溪縞。碧澗瀉金波，石溜摧瑤草。勿令俗子隨，恐觸梅花惱。披氅相因依，曠絕凌瑤島。《晚步禪堂》云：碧梧翠竹覆庭陰，繞徑秋花閟苑深。吸露寒蟬唫遠樹，出山新月上平林。風煙萬里橫宵雁，城郭千家起暮砧。共話老僧殊不惡，長留半偈定禪心。

翔藹字裔雲，號晴沙，乾隆舉人，官通判，有《武林遊草》。《勸學篇·勖弟》云：為學無它奇，所貴得主要。去膚液乃存，窮神始入妙。獺祭亦何愚，書淫古所誚。細大罔棄捐，誰闢混沌竅。至言本不繁，精義入玄奧。疏越

叩朱絃，喬皇推典誥。胡爲飣餖苦，坐令精力耗。清虛汩汩來，用克規遠到。簡中語逼真，庶作予季告。《齋心》云：欹枕耽新睡，無營夢自安。寸心齊物我，每向靜中觀。

曾若洺 字漱石

《客舍》云：詩僧有字清江者，浪跡清江我亦僧。夕鳥似憐予作伴，啾啾寒影入窗楞。《上元見桃花》云：簫鼓聲聲簇上元，桃花趁暖著花繁。獨斟花下深深酒，聽取枝頭百舌喧。

楊　構 字雲工

《阮寨》云：千山始過鄢陵道，舊俗猶高阮籍風。一望川原皆坦道，不知何事泣途窮。

鄒茂林

茂林頗以才名自負，而詩不多見。或誦其《秋日遊五華峯七律》中有"雲移閶闔千峯出，樹隱旌旗百道來"之句，尚有氣骨。又同時有魯晟、王琬，皆著詩名，惜鮮傳。

周錫晉

錫晉近體具有家法，《秋日同友人遊龍湖》七律云：十年曾坐釣魚磯，別後星霜夢亦稀。流水聲隨鷗夢遠，夕陽影逐雁行歸。當時祇覺逃名是，此日翻疑學道非。醉捻唫髭頻欲斷，輸君詩律得精微。

周際聖

際聖性坦率,詩亦樸質似劍南。《憶友》云:閑情消獨酌,舊雨買新愁。交從淡處永,情以樸爲真。惜別常歡少,憐才不厭貧。皆不事塗澤,自饒餘味。

江漢瑞

詩有看似平衍而氣味深醇,如飫太羹,初覺味淡聲稀,最易滑口讀過,是辨之不可不微也,江君之作近之。《冬夜》云:擁衾酣欲寐,百慮趁心飛。老近催詩細,窮堅入算微。鄰碪寒搗壁,窗月冷侵幃。好夢尋常事,三更竟不歸。《歲暮示諸子》云:味以淡斯永,志隨窮益堅。炊經餬儉歲,煮字餉殘年。夢穩青氈足,居安白屋仙。眼前松柏在,毋艷百花妍。又《陳發祥詠龜峯中秋月》五律云:夜色淡如此,乘高興不迷。登山忘著屐,取月漫勞梯。地接龜峯迥,天連漢水低。冰壺吾欲濯,清絕與誰齊。情韵亦復相似。

梅茂南 字庾村,嘉慶進士,官知縣

庾村少負文名,官豫中,有神明稱。分校多知名士,周芝臺相國實出其門。兒時先子曾手示所刊詩幅,僅憶係五古數章,而杳乎莫追其隻字矣。嗣于《卧園詩話》中見《題潘四梅梅花第七圖》二絕,雖應酬文字,自是才人吐屬,云:君是河陽仙吏身,案頭時看嶺頭春。於今官閣閒鋤月,第七圖成又寫真。我亦生來姓字香,也曾唫句貯詩囊。仙花祇許仙才種,終媿君家玉照堂。一日偶與執友梅玉峯談及先生,乃曰:"余從父行也。"誦其《感懷》七律,中有"要知矮屋遭風少,莫羨高樓得月多"句,余初不解其妙。玉峯曰:"先生少年頗恃才傲物,在京邸公讌,有新貴執禮甚恭,以其新進也,不甚酬答,銜之。未幾,爲其上官,齟齬罷歸。故有此作。"余方豁然。

釋明宣 字憩陰，邑李氏子

《登嶽麓講經臺》云：昔日談經處，依然山幾重。臺蕪黃葉積，磴曲紫苔封。片石疑禪觀，孤雲想化踪。夕陽無限思，忽聽隔林鐘。《落花》云：片片旋枝下翠叢，爲誰輕送武溪風。子規啼徹南柯月，狼藉香塵蝶夢空。

補

明

陳以聞 字無異[4]，萬曆進士，官侍郎

以聞初官尚寶時，與楊大洪相友善。當魏奄興大獄，遂削籍歸。《立春日飲集漫園》云：此地無塵事，寒光接遠空。柳如先草碧，花欲借鐙紅。冰渡爭迎岸，雨絲細驗風。霏霏歸騎晚，心與御河東。

曾 震 字非白

《不寐》云：秋月入窗明，微凉枕簟生。砌蟲吟不斷，水鳥宿還驚。身世閒宵夢，乾坤逆旅情。勞勞厭城市，何日買山耕。

王 言 字無擇

《秋日過黃葉村故居》云：劫火留紅點宿灰，居人三四翳蒿萊。到來魚鳥還相識，歸去溪山信可哀。桐葉欲疎秋後雨，竹孫多迸雨前雷。可憐一榻經行處，薜荔牆崩冷不開。

李中孚

《高梁橋看走馬》云：桃花珠勒散花裝，柳折塵生百鳥藏。爲祝健兒身手好，燕支夜月賀蘭霜。

【校記】

〔1〕焗，原目錄作"塤"，條目及正文作"焗"。清陸世儀《復社紀略》卷一"麻城"中有"梅之塤"，而萬斯同《明史》卷一百三十四等作"焗"。據《明史》改。

〔2〕魏，原作"擶"，據清陳田《明詩紀事》"辛籤"卷二十一改。

〔3〕楊職方鄂州說，此六字在原文中被視爲正文，從文義看，應是注釋内容。清王士禛《池北偶談》卷二十"章格庵"："楊職方鄂州（兆傑）說。"楊兆傑，《詩徵》卷二有錄。清廖元度《楚詩紀》卷七"國朝"："楊兆傑字又仁號鄂州，江夏人，舉順治丁酉科，授雲南大理推官，推兵部職方主事。"清王士禛《漁洋詩集》卷五《送楊鄂州職方奉詔安南》，清惠棟注云："楊兆傑，字穎川，一字鄂州，湖廣黃陂人。"康熙《黃陂縣誌》卷七、同治《黃陂縣志》卷八有傳。

〔4〕無異，原爲墨釘。清馮桂芬同治《蘇州府志》卷七十一（清光緒九年刊本）："陳以聞字無異，麻城人，萬曆三十六年以進士知吳縣。"據補。

增訂

王兆雲 字元楨,有《揮麈詩話》

甲申夏余至姑蘇,時明卿先生已從弇山園返棹,泊金閶門外,一見甚歡。覩余所撰先大夫行狀,獎詡不容口,曰:"尊公人品無論其大者,即微處亦不苟。如爲武庫散俸時,較前人所散者,輒溢其數。初以爲偶然耳,屢試之皆然。即此以驗人品可知已。"與談詩文甚洽,繾綣數旬。臨別贈句云:怪爾文游廣,由來著作工。論詩原鄴上,佳麗且江東。貰酒歡相藉,歸舟悵未同。蘭蕙滿湘澤,慎勿委秋風。《揮麈詩話》

兆雲所著《揮麈詩話》,僅十餘紙,多錄元明人詩句,其評隲亦無甚緊要處,惟敘其與吳明卿、都南濠相友善,而他無可考。

梅國楨 見前

國貞少俊朗有大志,能詩文,善騎射。既鄉舉,遂家長安,鏟采埋光,無復圭角。嘗曰:"人生自適耳,依憑軌跡,外張名教,轉非所屑。"與海內文人詞客,花月晨夕,分題賦詠,爲騷壇主盟。游金吾戚里間,歌鍾酒宄,非公不歡,筆札脣舌,爲世所榮。孟公驚座,樓緩分鯖。下至三河年少,五陵公子,走馬章台,校射平原。酒酣耳熱,相與爲裙簪之游。調笑青樓,醉歌酒肆。布衣楚製,出入市廛。摩挲鐘鼎,賞評書畫。大鼻長髯,有若劍客。識者固知公愛憐光景,耗磨壯心,浮沉流俗,不用繩檢。而外夷內朗,宏量沉機,真謝安石、張齊賢之流。文詞典腴,詩有奇氣。《楚寶》

湖北詩徵傳略卷二十

羅田

元

余　闕 字廷心，至順進士，官總管，諡忠宣

闕先世由河西武威徙廬州，避金人，再遷羅田。初任淮西宣慰使，歷安慶路總管，議屯田，嚴守備，號令嚴而信，與下同甘苦。寇騎環布四外，闕出兵屢却之，屹然爲江淮保障。陳友諒大會兵攻之，凡三月。決水灌城，城始陷。闕力竭，赴清水塘死，闔門皆殉。《龍丘莨唫贈程子正》云：龍戰起新室，羣鳥亦翽翽。偉哉龍丘生，抱琴歸故山。仰視天際鴻，俯弄席上絃。清音發疏越，逸響遺澗泉。悠悠鳳翔漢，婉婉蛇媚川。清風自千古，何用能草《玄》？《送李伯寔下第還江西》云：之子不得意，南行無怨辭。官河人杳杳，客路雨絲絲。古木淮陰市，春城孺子祠。悽然千里別，爲賦小星詩。《登太平寺》云：蕭寺行遊望下方，城中雲物變淒凉。野人籬落通潛口，賈客帆檣出漢陽。多難漸平堪對酒，一罇未盡更焚香。憑將使者陽春曲，銷却征人鬢上霜。《南歸》云：二月不歸三月歸，已將行篋換征衣。殷勤爲報家園樹，緩緩開花緩緩飛。《贈澄上人》云：壞色衣裳護七條，手持經卷意蕭蕭。頭陀寺裡相逢後，又向天涯訪石橋。《楚風補》

明

張明道 字希程，嘉靖進士，官監司

《郊遊見採木棉》云：采采西風雪滿籃，人人賴得勝冬寒。世間多少名花草，無補民生空自看。說得煞有關係，自是此題絕唱，操選家皆甄錄之。

王 煜 字東白，萬曆舉人

煜少孤力學，博洽經史。詩以五律勝，有"破月挑鐙補，病花倩雨醫"之句，頗傳於時。

朱正振 字敍九，諸生，有《一山詩草》

正振博覽羣籍，有聲庠序。值明季多難，不求仕進，以著述終。《落花》云：不落不成花，一任風來埽。轉盼又明年，期上南枝早。

國朝

劉一煌

《山關》云：秋高落葉掩山關，山路岩嶢斷往還。唯有樵歌天半落，聲隨流水到人間。

王光運 字乾行，貢生

《莽巖庵》云：一綫纔通路，千尋黛色饒。鐘聲風自度，鶴影月爲招。境

僻道心寂，松高天籟遙。仰攀何所極，蒼翠正岩嶢。

蕭光詠字芳崖，乾隆舉人，官知縣

光詠宰寧鄉有惠政，詩不多見。僅傳其《登大悟山》一偶云：環吳山點千螺小，塹楚江橫一帶寬。頗清峭。

喻於義字達士，乾隆拔貢

《夜泊長河》云：長河淩峭壁，落葉助秋聲。月挂千峯小，潭空一水清。高天橫鶴影，短夢耐蛩鳴。漁火星星亂，江潮半夜生。

陳瑞球字韵石，嘉慶進士，官庶常，有《玉屏草堂詩集》

韵石、九香兩先生，幼時皆及瞻謁，清癯道貌，猶存先輩典型。咸豐季年客應山，獲交先生季弟兩玉學博，瑞琚。選韵徵詩，極一時觴詠之歡。因求得《玉屏》、《食古硯》各集，以備今日之選，於兩玉詩反失之。兩玉詩宗長公，頗饒氣骨。爾時草已盈寸，歸道山後不知已付手民不？問訊無從，引爲深憾。

韵石五古胎源漢魏七古，以韓杜爲宗，秀樸渾老，而風韻絕似香山。律絕深入唐人閫奧，兼涉宋元，時賢中出入於漁洋、梅村諸子。根柢盤深，體格大備，當推變雅、玉照後一作家。韻石少年入詞館，慷慨自負，有當世之志。使彼蒼者早豐其遇，更永以年，勷猷事業，必有以過人者。何至名山終老，僅留此身後寂寞之名也。節麟見亭撰詩序

中翰詩筆老氣蒼，自是一時作手。明經繼起，清脫婉潤，譬諸畫手絕無鉛粉之飾。塡篪迭奏，笙磬同音，相與馳騁。詞壇知者，未易定其高下。

韻石中翰己巳庶常，後以樂平令入補中書。《重過邯鄲絕句》云：青磁拋去念全灰，十載升沉已自猜。恰好黃粱炊正熟，緣何又向夢中來。《懷

弟九香》云：崎嶇江右日，寂寞兩相看。作宦風波險，移家道路難。晤時方漢水，別後又長安。聽得還鄉里，蹉跎歲已闌。累汝拋書卷，連年簿領中。俗塵今已撲，生計又全空。畫策知良苦，研詩可益工。相期勤舊業，努力在秋風。《臥園詩話》

《舟行永興道中》云：峭石壁江立，如劈巨靈掌。連崖遞殊狀，猙獰出非想。舟穿地底來，岸逼不容槳。坐井渺昏黑，觀天首頻仰。叢篠翳修壑，怪禽時咔響。茅茨山之巔，炊煙雜雲上。水宿倦風潮，探幽愜奇賞。《山中秋夜》云：天意促搖落，風威夜不禁。遙知西澗路，落葉萬重深。遠巷吠寒犬，空林驚宿禽。刀砧何處急，淒切歲寒心。《晚泊采石登謫仙樓》云：遠破橫江浪，言乘牛渚遊。林陰森峭壁，帆影落危樓。薄暝一遐眺，蒼煙萬里浮。長風蕩孤月，高詠可能留。《出都道中》云：宦情如墨逐人磨，十載升沈付浩歌。帆去章門塵夢遠，衣經燕市酒痕多。倦思乞米終依闕，貧怯攜家再渡河。記不棲遲舊芸署，莫教駒隙又輕過。《登越王臺懷古》云：識時觀變特英雄，掉舌徒誇陸賈功。保土靜能開世業，稱臣遠自託蠻風。可憐汴邸珠鞍謬，只有錢江鐵券同。落日登臺緬遺烈，魚龍蟠舞暮濤中。《舟夜》云：月落沙汀早刺船，蘆花擁被尚安眠。喧聞雪浪重灘上，夢繞煙鐘古寺邊。半載鳴雞疏問寢，五更騎馬憶朝天。江湖濡跡增頹放，一聽烏啼倍憬然。《雨泊金陵》云：菰蒲淅淅雨聲粗，畫出江天潑墨圖。幾度推篷望牛首，六朝金粉已模糊。《國朝正雅集》

陳瑞琳 字九香，貢生，官知縣，有《食古硯齋集》　子昌綸

吳蘭雪云：體格高妙，氣勢沈雄。一種清悟獨到處，尤作者之不可及。張錫穀云：九香具嶔崎磊落之才，得燕趙慷慨悲歌之氣。而又能斂才就範，行氣於空。　朱伯韓云：九香詩愈淡愈古，愈真愈樸，寄沉痛於蕭曠，寓清妙於典實。　元遺山云："咀嚼有真味，百過良未足。"吾於九香之詩亦云。

九香明經與余爲總角交，又俱喜唫詠，致相得也。後九香往來父兄官署，予亦以營祿出山。丙戌歸里，始得把晤，唱和甚歡。訪城南宋時古柏二

株,九香詩有云:"香葉君爲鸞鳳棲,散材我已工師棄。得地雖同得氣殊,蒼茫誰更知天意。"蓋托以自傷也。其《食古硯齋詩》,善於學蘇。猶記其《鸚鵡洲》云:漢陽城外走江聲,夕照荒荒弔禰衡。一碧最憐芳草老,千秋難得此才生。能言鸚鵡終非福,撾鼓漁陽太不平。何處曹黃一抔土,濁醪沾向暮洲傾。　余由山左改官大梁,時九香亦就參軍。寄予詩云:天教潘岳栽花手,葉縣今爲飛鳧遊。名士得官先歷下,詩人乞養領中州。古來詞賦梁園盛,此地絃歌溱洧稠。料得下車新政美,板輿隨到聽輿謳。天下親民是此官,漢廷循吏得人難。如君合繼龔黃起,憐我應同屈宋看。行爲髯參勞馬足,恐教安邑累豬肝。大河南北蒼茫地,古帝王州一縱觀。《臥園詩話》

《舟中望廬山》云:懷抱向誰展,招手匡廬君。亂山橫夕照,高峯生白雲。青蓮讀書臺,書聲寂不聞。白蓮種花池,花气衣尚熏。九十九峯勝,五老當平分。《中秋夜定香亭吹笛》云:雨止月初出,水亭人影閒。攜來一枝笛,吹向萬荷間。我酒半醒醉,天風誰珮環。夜涼鄉夢遠,先到鳳凰山。《海外》云:海外軍書急,江邊羽檄傳。不知經略使,何以靖烽煙。諸將曾飛渡,孤城合解懸。蕩平期早晚,鐃吹動南天。《過嚴子陵釣臺》云:客星懸石壁,終古照江湄。小泊水雲裏,山空叫畫眉。諸峯明霽雪,細雨灑清祠。安得茅茨屋,灘邊理釣絲。《國朝正雅集》

《止水亭弔江文忠公》云:四鎮不可爲,樊襄驚失守。公歸先有社稷憂,止水名亭公斂手。嗟公慘入馮夷宮,以歸視死誰能同。全家殉國亦此水,陰靈落日生悲風。於戲,此亭猶是趙家土,七百年來亭已古。我來憑弔泣斜陽,一路紙錢寒食雨。《過元孝子丁鶴年墓》云:寒溪寺後生暝煙,松林昏黑山蒼然。我尋墓碣剔苔蘚,乃元孝子丁鶴年。五百年來餘此土,幽冥中侍晨昏久。陶侃書堂鬼火青,酹爾靈魂一杯酒。墓傍陶士行讀書堂。《上巳禊飲仙棗亭,集者凡六人》云:斯亭禊飲即蘭亭,六逸風流醉不醒。斜日一樓浮大白,長江三面露空青。湖山是處皆陳跡,今古無多數酒星。我借仙人蒼玉笛,憑欄吹與老龍聽。《荊湖知舊集》

《對鏡》云:頭白竟如此,童心猶奈何。百年原瞬息,六十總蹉跎。漸覺春光貴,迴思去日多。玉蘭開爛漫,對酒且高歌。《荊楚有狂士》云:荊楚有狂士,光黄多異人。讀書無遠志,涉世患長貧。歲月間能耐,風塵傲是真。出門頻四顧,落落與誰親。《藏書示舍弟》云:藏書五千卷,經營四十年。更有先人制,尤期手澤傳。亂離兢自守,寒餓肯相捐。購此誠非易,多由質庫錢。常典衣買書。買書誠善矣,子孫能讀無。坐我米家舫,垂涎鄴氏厨。窮途常不飽,善價敢言沽。故國樓猶在,秋聲夜夢俱。余家書樓以杜工部句書"歸故國樓"顏之。《待月不出》云:明月竟不出,酒杯其奈何。前宵十分滿,俗客忽來過。失此須臾景,翻爲懊惱歌。因思古賢達,佳興每蹉跎。《白秋海棠》云:更有紅全洗,天然白益佳。嬌尤嗤俗艷,淡最愜余懷。不借春陰護,時宜香草偕。美人消瘦意,醉欲拔金釵。《次韵答竹坪三弟》云:弟今六十我加三,千里來遊快聚談。老去情懷遭若此,兒時啼笑憶難堪。秀才風味孟東野,薄宦詩名陸劍南。輸爾多孫樂幽寂,村居一味每分甘。《生日即事與鄰里同飲》云:燕子將雛竹有孫,綠陰遶屋鳥聲喧。此間大可安唵榻,幾輩能來共酒樽。槐市秋高望羣彥,麥天晨潤見連村。同庚况有三壬子,潁上將營獨樂園。羲經讀遍遂吾初,教子貽孫願半虛。詞客商量招隱賦,酒人斟酌絕交書。一生事業空詩卷,千里烽煙念敝廬。天下承平猶可待,自甘箕潁老樵漁。《嘲小僕》云:每張燈後垂頭睡,慣送詩箋掉臂行。最好歐公讀書夜,開門樹上看秋聲。《聞賊又過黃州》云:四方騷動難歸日,八口飢寒交迫之。聞說吾黄又戎馬,生憎遭際杜陵時。《夜起》云:案頭終日無留牘,枕上成詩不記題。得句疾書中夜起,燈窗微雨草堂西。《重陽前作》云:抽身簿領忽經年,又到重陽風雨前。大似情懷中酒日,最無聊賴作詩天。佳句如《秋夜長》云:細雨獨於醒後覺,秋風先到枕邊凉。不寐愁如人望赦,誰云睡是黑甜鄉?《食粥》云:人世飢驅非得已,我生真飽究何曾。《秋晚》云:園蔬苦乏黑白菜,花事尤思老少年。盆養活魚真自在,籬開叢菊却天然。《有感》云:國帑虛縻經歲久,重臣多咎見才難。樓船白下歸羣盜,草木淮南誤八公。節度人需唐九道,嗣皇德邁漢中興。太平福讓庸人享,離亂時偏我輩生。《讀杜詩》云"解處渾難解,能人所不能"十字,爲從來詠杜者所未及。

　　昌綸字凝甫,道光舉人,官中書,有《量齋詩鈔》。一別四年,都門過從,

數日必一見,屢於酒酣耳熱時,發長唫。余贈凝甫詩,有"手把詩篇悲近事,還揩雙眼看吳鈎"之句。《寄心盦詩話》

《確山》云:喧傳組練籌申國,見說萑苻擾確山。三匝渾同烏繞樹,一嵎誰放虎當關。野田落落戎猶伏,驛路勞勞客未還。立馬高原攬形勝,不羨西望幾峯環。《別王笛生明府寶田》云:十年京國花前酒,萬里黔陽衣上塵。有句旗亭還記否,亂山殘月馬頭人。《國朝正雅集》

《偶成》云:崎嶇世路歷危坡,豪氣而今盡刮磨。四十文章英氣少,萬千人事疢心多。飢寒且作諸侯客,富貴何如春夢婆。聞說鄉關稀麥種,楚雲南望指黃河。《壽陽相國惠題拙集,和原韵》云:此來歎世復傷離,魯殿靈光慰所思。十友澄懷曾作記,千秋坡研荷題詩。書生志業那堪說,元老心情祇自知。日日城南望甘雨,料應愁絕午眠時。

熊五緯 字臥雪,道光舉人

五緯有文武材,粵寇陷黃州,領鄉兵助官軍克蘄水城,賊憚之。並力來犯,以衆寡不敵死於陣。有《紀事詩》云:金陵城黯陣雲鋪,慘目沙場萬骨枯。烏合縱然無久計,鴻嗷何以慰來蘇。曾聞曹沫收三北,遽說公孫負一隅。不惜封侯懸重賞,將軍何日起菰蘆。風檣如陣馬如翰,此去長江路渺漫。總制坐持千里節,封疆寧用一泥丸。寇深敢信殲除易,民困方憂轉運難。金粉凋殘冤鬼哭,石頭城畔月荒寒。

閻 海 字晴臯,道光舉人,官教諭

《感懷》云:頻年老病夢魂驚,怪底腰肢太瘦生。若信駐顏真有訣,廬陵何事感星星。

潘煥龍 字臥園,號四梅,道光舉人,官知縣,有《四梅花屋詩鈔》、《臥園詩話》

臥園少受知於鮑覺生侍郎,道光初年與陳殿撰秋舫、劉學博孝長稱詩江漢間。侍郎論殿撰詩,超妙如空中鶴唳,令人塵慮一清。孝長詩縱橫馳騁,不可羈勒,充之學力,楚先輩若公安竟陵視之培塿矣。然二子一時俊才,恐福不稱其文。卧園英年嗜學,醇懿肫誠,抑抑然約己卑思,不自夸伐,獲福當過之。既秋舫以奇疾終,孝長抑塞坎壈老而彌甚,悲侘無聊以死。卧園官中州,有能聲,擢刺史,乞病歸,享林泉之福者又十餘年。伉儷父子弟妹更唱迭酬,莫不斐然成章。一門清福,尤從古詩人所罕見。侍郎決三子於數十年以前,抑何神邪？卧園詩各體皆有所長,唯詠史、小樂府,論斷精當而氣格老橫,直奪鐵崖之席,於作者各體中亦尤爲擅場云。

  趙雲松觀察、吳穀人《祭酒集》中皆有《詠美人風箏詩》,余亦得數律。云:白日翩翩竟上升,御風漫說古難憑。天衣裁就眞無縫,月老牽來幸有繩。妝淡好將眉嫵畫,軀輕那許綺羅勝。不言底事空含笑,可許雙飛得未曾。鳳泊鸞飄任所之,命如紙薄莫相嗤。輕盈掌上偏能舞,顛倒風前不自持。半面幾番廻笑靨,柔腸一縷綰情絲。九霞裙幅工裁剪,待我題將幼婦詞。湘妃細骨已無倫,粉白脂紅況色勻。飛去卿差同燕燕,畫來我欲喚眞眞。奔雲宛乞姮娥藥,問渡休迷織女津。此種神仙宜上界,如何容易墮紅塵。蘭雪諸子見而歎曰:"巧思綺合,吾輩當擱筆矣。" 賦物詩不能無寄興,而超脫爲難。予有《夏蟲十四絕》,《螢》云:小草前身且莫嗤,能從朽腐化神奇。光明閃閃胸中出,幾輩如君暗不欺。《蝸》云:日傍牆陰屈曲遊,森森雙角任呼牛。蠻爭觸鬥渾閒事,篆壁成文死不休。《蟲》云:也知黑白守斷斷,垢膩相叢爾便親。我是善談王景略,捫時休笑目無人。金殿珊太史讀至此詩,笑曰:"蘊藉人亦復作睥睨態邪？"《卧園詩話》

  明府長於詠史,《大梁懷古》云:竊符奇計出紅裙,頓掃函關一片氛。全仗監門識屠者,遠隨公子縶將軍。正名羞戴秦爲帝,制勝能教趙解紛。狗盜雞鳴徒自保,客多翻笑孟嘗君。共把秦人失鹿追,鴻溝楚漢兩相持。筵前舞劍謀何濟,壁上諸軍怯可嗤。厚報千金酬漂母,歌聲四面泣名姬。頡羹封與杯羹語,畢竟天倫義太虧。唐家帝業忽沉淪,芒碭山中氣又新。鄭五不妨居宰相,朱三忘却是平民。紇干雀欲飛何處,供奉孫猶識大倫。太息清流爲禍烈,司空甘作品詩人。兩宮北狩寄穹廬,雪窖龍髯涕淚餘。媼相安能知國計，道君猶自愛天書。淒涼南渡乘泥馬，感慨西湖跨蹇驢。艮嶽復從何處認，殘花亂石剩荒墟。《許昌懷古》云：伯圖消歇劇堪哀，漳水東流去不迴。明月啼烏空繞樹，東風銅雀已無臺。孫劉地劃三分鼎，瑜亮天生一代才。禪位殘碑遺臭在，漢家宮殿久成灰。它如"關河愁落日，風雪逼殘年"。《詠團扇》云：入懷明月滿，到手好風清。《輓何丹溪觀察》云：石勒未經夷甫戮，費禕誤受郭循降。爲降捻李兆受所戕。《題家書後》云：圓影生憎宵月白，尺書緘對夜鐙紅。夜色無如秋最好，愁懷唯有酒能銷。天下才人原有數，古來知己最難逢。《贈陸立夫中丞》云：才子官尊優展布，名臣心細妙施爲。《憩園雅集》云：詩思清如流水活，花香暗逐晚風來。性懶却思來客訪，官閑翻爲和詩忙。滿地干戈增客感，一池鵝鴨浴春晴。《寄內》云：枕上鴛鴦應倦繡，客中風雨最愁人。《詠米》云：傷心記向長安索，妙手難爲巧婦炊。《和楊介坪中丞》云：承恩官比遷喬速，執法心原似秤平。伊川穆肅真夫子，君實安詳古大臣。天涯作客無窮感，海內論才有數人。皆戞戞獨造之作。

閨秀

潘煥嫺 字伴霞，四梅先生女兒，有《漱芳閣詩鈔》

予鮮兄弟，有姊妹三，皆工唫詠。女兄伴霞《上巳小雨》云：山光潑翠水拖藍，此日人家話養蠶。柳絮桃花春九十，雨絲風片節重三。鶯藏葉底黃都濕，蘭采崖中綠正酣。天氣醸寒微送冷，庇身猶覺薄棉堪。《遊仙詩二十首》錄其四云：散髮垂腰晤上元，霓旌芝蓋擁朱軒。神仙畢竟須尊貴，一品宮衣繡彩鸞。女向機中勤織錦，郎於河畔日牽牛。人無一事閒堪惜，便作神仙豈自繇。頻染紅塵集髮根，人間遊戲幾朝昏。紫蘭宮返頭思洗，去借明皇女玉盆。朝擁青雲暮紫雲，風前披出九霞裙。女兒亦有修真分，得受仙家十賚文。皆寓意深遠，一時閨秀題詞甚多。《卧園詩話》

潘煥榮 字仲華，四梅先生季妹，有《佩芳閣唫草》

《盆蘭》云：蘭性本孤高，托根巖谷畔。柔莖帶露抽，幽馥隨風散。慕此雅澹姿，栽盆貯几案。十步襲芬芳，三春供賞玩。清極轉無言，臭味不相判。我家住瀟湘，香草綠盈岸。別後歲月更，對花發長歎。《鵝鴨池》云：黑雲壓城城欲低，鵝鴨聲亂征馬嘶。將軍冒雪自天下，疾馳一夜平淮西。濡染大筆頌主德，紀功時則韓昌黎。元氣淋漓接盤鼎，段文昌輩安能躋。我欲訪碑讀萬遍，途長日暮不可稽。鵝鴨遊泳自得所，一池春水清無泥。《夏日書懷》云：妝臺塵事少，把卷靜焚香。睡穩知宵短，身閑覺日長。殘紅花亂舞，濃綠鳥深藏。雲樹迷離隔，何由辨故鄉。彈指辭鄉國，匆匆兩月餘。但教民有豕，敢歎食無魚。刺繡銷長晝，偷閑理舊書。官齋清暇富，幽靜勝家居。《春曉》云：春日景殊佳，曉起步芳徑。昨夜雨聲多，花殘積一寸。

潘煥吉 字幼暉，號香畹，煥榮妹，有《浣芳閣唫草》

《許州懷古》云：死後猶留冢可疑，阿瞞譎智信難窺。三分竟肇黃初業，兩漢偏隳赤帝基。父子文章高一代，君臣名義惜全虧。奸雄末路儕兒女，賣履分香意太癡。《詠史》云：孝綽家風迥絕倫，蘭閨女弟盡能文。鏡臺點筆詞清拔，合數三娘更出羣。《劉孝綽三妹》。閨中八法冠鬚眉，格是簪花落紙奇。怪底右軍書絕世，絳帷曾拜女宗師。《衛夫人》

補

釋本晝 字天嶽，牧石翁

《山禽》云：山禽禽尾似翦刀，臨溪翦水心不勞。吳宮樹冷王孫驕，不求其身求羽毛。又《讀瓣香庵詩》有"杯酒不知浮世事，道心只了未生時。老有詩名心若水,高無時樣語如春"之句。

廣　　濟

宋

梅應春 號雪樵,寶祐進士,官尚書,有《寓瀘遺稿》

應春由縣令起家,遷瀘州安撫使,當國事多艱之際,盡忠竭智,不貳其心。《宋史》

《復瀘凱歌》云:重壁山前瑞色開,浮環夜渡捷騎來。一旗金鼓轅門曉,喚得滿城生意廻。休訝朝家奏報遲,平生忠孝鬼神知。但留一片丹心在,會有天廻地轉時。

梅國淳 號作所

國淳工詩賦,宋亡,武昌程平章屢薦不起。《却聘》云:野人不慣服冠裳,散髮披襟興味長。他日麒麟應有愧,願留蘇武牧羝羊。

元

姚楚山 布衣

楚山明爽有智略,屏跡山林,日事唫詠,過其廬者皆稱爲白雪處士家。詩清逸有致,唯《詠石牛》七律盛傳於時,句云:一卷怪石老山巔,頭角崢嶸幾百年。毛長蒼苔春夜雨,首昂芳草夕陽天。終宵見月何曾喘,竟日和煙自在眠。惱殺牧童鞭不起,一聲長笛思悠然。《詩錄》

明

張步雲字子龍，嘉靖舉人，有《苾蒭庋閣集》　**皆然**

《劉使君四高樓》云：側身遙望四高樓，樓上仙人五色裘。繞檻水分千派遠，開簾山送六朝秋。登臨鳥影懸霄漢，披拂琴聲入斗牛。愧煞白頭人獨老，難將病骨一從遊。

皆然字匪譽，諸生，有《兩易子集》。張氏自子龍太守以詩文鳴江漢間，家學沿洑，代有才人，至皆然而益著。山居治圃不與人事，興至即景成詩。客踵門，不受刺，小奚應門，客遽退，曰："張先生隱矣。"其高致如此。

王大謨字唯允，萬曆進士，官參議，有《名山閣詩》、《環翠樓詩文集》、《五華書院問答》等書　**子逢年**

《涌泉寺》云：倚閣衹林步屧幽，一時樽俎見名流。清淙晝涌諸天雨，飛瀑寒生萬木秋。蓮社可容蕲淨土，客星應擬泛牽牛。吾曹莫遣微官縛，何處風塵不壯遊。

逢年字長孺，官鴻臚寺丞，善行草書法，工唫詠，有《雨湖漫興詩》。《送寇二餘南旋》云：君自雄風擊大荒，高歌常在酒人傍。昨來見面驚離合，歲暮還家帶雪霜。堤柳欲舒渾到眼，江梅纔放幾迴腸。爲憐薄宦逢搖落，何處清樽共酒狂。又佳句如"天地容吾輩，江山護草堂"，亦渾奇可誦。

吳亮嗣字明仲，萬曆進士，官給事中，有《師白齋詩集》　**子敏功、敏含**

亮嗣官諫垣，有直聲。曾抗疏論熊廷弼之冤。《讀劉敬伯見寄詩》云：顏謝既已往，體物何其難。斯人薄時尚，清響屬雲端。曉露凝春草，海風生暮瀾。無人事幽採，葛屨履霜寒。《懷饒十一公車》云：故人貧且病，老不問生涯。一卷消清晝，孤唫對落花。灌園思內助，貰酒望鄰家。憔悴山村暮，長爲抱璞嗟。

敏功字膚公，貢生，著有《梅圃詩鈔》。敏含字辨可，崇禎舉人，著有《自牧軒詩集》。

吳亮思_{字幼睿，貢生，有《石崖子集》}

亮思少學詩於劉敬伯，詩力宏贍，與同郡黃美中、王子雲輩齊名。以歲貢薦試輦下，爲權貴所屏，遂發憤上疏，一時名振京師。《聞劉千里自京都歸》云：欲上韓公宰相書，黑貂裘敝鬢毛疏。歸來好作煙雲侶，共向清江學釣魚。《羅山寺》云：寺倚青山密樹連，小橋流水尚依然。松風夜半廻清夢，又聽鐘聲到枕邊。

楊大鼇_{字用極，萬曆舉人，有《榛苓遺草》}　子晉

《遊劉正叔白石山房寄題》云：芳園領平岡，倒景瞰城郭。躋攀仄徑昏，曲折傾崖削。隨步有清佳，從心得揮霍。竹塢嵌重陰，桃蹊揖飛閣。天圖花石晴，地折松雲錯。幸不少巖巒，憾無移海岳。沉唫池洗耳，駭詫軒飼鶴。寒刮雨蔬乾，泥封霜果落。結構凝陰陽，周遭引維絡。盡歷反成迷，冥思隨有獲。清談雜曩今，款語連莊謔。喈喈獨鳥聞，潑潑潛魚樂。事憶往多歡，詩慚今負約。人壽亦幾何，端居感離索。願言申昔遊，騁望心胸豁。《山居》云：江漢有狂客，蕭蕭獨掩關。風雲翻失路，天地此空山。興豈裁詩發，機因抱甕閒。到來當自取，時俗薄朱顏。空山時伏枕，仲夏日登臺。大壑層陰合，雄風萬里來。詩名猶偃蹇，世路況塵埃。何物堪相慰，藤花舉數杯。

晉字子馬，諸生，著《漁磯集》。詩有家法，七古《悲高山》，奇譎排奡，極沉鬱頓挫之致，惜篇長礙錄。《湖晚》云：煙際動寒影，波光淡何極。王孫久不歸，芳草空凝碧。《過外祖徐大夫墓》云：吳中詩賦舊登臺，海上樓船建節

廻。細草墓門狐兔老，青天寒食雨風來。魂歸未覺桐鄉好，淚墮遙同峴首哀。我復壯年悲屺岵，片雲樽酒重徘徊。气格清蒼，雅近唐賢。

楊氏雅多詩人，而晋與复最知名，爲大鳌後起之冠。复字伯陽，貢生，官知縣。有《襄州漫草》、《河上草》。

寇學海 字巨源，布衣，有《二餘堂詩稿》，一名《寇山人遺稿》

學海先世素封，乃盡散於兄弟親友，妻孥至饘粥不給。少讀書，工文詞。髫齡即爲博士弟子，不適意輒棄之。以布衣遊京師，豐頰長髯，風流倜儻。當世王公貴人、墨卿詞客，爭願結歡，以是名動上國。裘馬翩翩，致足樂也。以二餘名所著詩，謂無祿而有餘富，無官而有餘貴。詩不作大曆以後語，戞戞獨造，雅近孟山人。郁水朱秉器震孟，刻之汾上。

蕭以占太史良曰："巨源《送伍刑部移疾詩》有'主恩不淺君求去，客路無媒我未歸'句，膾炙人口，一日而聲動上國。嘗戲謂之曰："昔人稱張三影、袁白燕，夫夫不可稱無媒氏邪？"[1]其爲詞壇所賞鑒如此。

赤嵉迤東可三百里，古鴻腦洲地，一曰龍坑，今龍坪也。當明嘉靖時，有寇山人以詩鳴，漢陽蕭太史、京山李宗伯、沔陽陳廷尉皆爲之敘。山人遍遊名士，執牛耳。蜀人張肖甫、蘇以時，越朱秉器、余君房，梁張助甫、劉子玄、李襲美，金陵李惟寅、柳陳甫、李汝瀋，晋王明甫、朱惟襄，燕張叔廣、趙夢白、李仲仁、郭華伯、梁見心、金衡卿、秦康子秀、南子興，閩袁景從，楚吳明卿、邱謙之、周元孚、梅客生、伍子謙，同縣張子龍、湯惟允、劉寬伯，皆山人昆仲歡也。晋慶成王使人抵山人寓曰："不穀願交懂先生。"山人辭使者三，至乃往南向坐，其敬禮山人殊於它客。卒，停柩淺土。萬曆中，桐城劉侯清水令廣濟，爲扦遷縣東郭畢四嶺，伐石表墓，蒐其詩而刻焉。戴金會公撰詩序

寇山人詩才雄格高，尤長近體。如《懷村居》則：溪雲侵座冷，山雨入簾疏。《感懷》則：貧久交遊見，時違笑語非。《題山居》有"藜杖濕扶花外雨，竹籬寒抱石邊流"。《懷謙之》有"從來詞賦人多忌，莫怪江湖我獨醒"。《送

肖甫》有"帝自非熊先得兆,士雖屠狗亦啣恩"。《送惟允》有"皖城月炤湖山靜,熙水風生海樹寒"。《送惟寅》有"蓮花波色幃前靜,桃葉晴光掌上明"。《至淮陰》一首,人人誦之,所謂百戰堪憐,千金自重,憾不起韓侯而擊節焉。

《二酉堂集》

《江邊懷王將軍》云:故人在江南,盈盈隔一水。堤柳生秋風,山月炤江鯉。不見尺素書,涼颷吹羅綺。何處玉樓人,歌聲悲欲死。相看笥中歡,咫尺亦萬里。《二餘齋初成漫賦》云:卜居無定業,小築似蝸廬。日夕散鄰牧,水澄窺澗魚。落花人醉後,種竹雨來初。未敢追前躅,貧哉常晏如。一室僅容膝,逢人誇二餘。移花乘雨過,種藥帶雲鋤。多僻塵緣盡,無才世念疏。臨風憶朋好,醉草八行書。《過固關寄懷朱秉器大參》云:勞生何日了,匹馬復關河。谷口嗁鶯亂,峯頭歸雁多。辟人宜獨往,作客恥重過。爲問朱家俠,逢迎意若何。《雨中再過鄧震卿池亭》云:名園秋日好,沾濕過論文。野鹿迷煙去,鄰雞隔樹聞。池邊行聽雨,竹外坐停雲。無奈蕭蕭色,前山翳夕曛。《長安秋日移居》云:羈懷不可道,秋至日堪哀。問舍鄉仍遠,登樓賦懶裁。黃金與交盡,白髮共年來。多少飛揚意,寥寥落酒杯。漂泊還如此,歸家知幾時。傭書人易狎,抱樸世翻疑。暮雨半窗寂,秋風四壁吹。敝裘如可典,且作酒家資。《病居》云:盜息民猶亂,年饑病更沉。罷炊塵甑冷,添火藥爐深。自達還存骨,唯期不負心。明朝風雨過,牽犬入東林。《移紫荊花追憶兩亡兄》云:弔影悲鴻雁,逢春惜紫荊。可憐培植處,翻觸歲時情。老幹辭霜落,新條帶雨榮。花開紅似血,莫聽子規聲。《懷梅客生進士》云:相思不可道,北望但徘徊。眾口真銷骨,君心獨愛才。升沉交匪易,去住老相催。今爾無勞問,垂綸任水隈。《夏夜李君結、李端甫、田太初三將軍過訪》云:籬落蕭蕭戶半扃,忽聞車馬集郊坰。閭閻爭識龍爲友,太史應占客是星。蛙閣水田新月白,鳥驚煙樹晚鐙青。鄰家有酒堪乘興,不必人間羨獨醒。《舟中風雨懷張子龍》云:落木蕭蕭動客哀,高天孤雁帶沙來。波濤晴涌三巴雪,風雨遙驅七澤雷。夢裏驚魂疑市虎,望中信使滯江梅。於今雅道同東逝,誰向頹波一挽廻。《過黃山渡》云:山河風蹴浪花飛,寒色相將上客衣。石涌亂流舟楫少,天低橫嶺雁鴻稀。難銷傲骨凌霜雪,不盡雄心托翠微。廻首故園何處是，四山叠嶂掩斜暉。《秋日》云：生事於今不可言，西風瑟瑟滿平原。腰間匕首明如雪，欲向何門說報恩。《冬夜懷人》云：畫角聲中更漏殘，病軀孤坐地鑪寒。可憐今夜霜天月，何處愁人馬上看。《過青山》云：天末長風吹落日，滿江煙雨萬峯平。可憐白髮三千丈，都向青山一夜生。《客中制布簾》云：蕭蕭曲巷少追隨，葦布裁簾盡日垂。唯有西風最相惜，夜吹寒月向人窺。佳句如：爲憐知己去，轉覺客心悲。人向飢寒老，春從雨雪深。危橋斷春水，古岸没寒煙。藉草溪雲暖，披衣簷月清。放歌忘白髮，帶雨看青山。走馬雪初霽，西風萬木號。清磬分宵籟，寒鐘落澗泉。長貧疏骨月，垂老戀關河。草深蹊不辨，樹響雨初過。秋風搖落劇，何物不堪悲。風雨空懸徐孺榻，關河重載鄭虔氈。豈是故人忘白髮，多應遊子負青山。薏苡難分明主謗，椒蘭不諒直臣心。暮雨獨憐琴是伴，春風空對草忘憂。黃河春雪揮毫盡，嵩少晴雲攬轡餘。鶯花故媚初來客，風雨偏嫌久住人。今古幾人當雅頌，乾坤何處託高深。驚雁衝風斜作字，凍雲銜雨半催詩。跋扈詞場心尚在，卑棲林壑鬢先衰。

饒嘉元 字仁倩，號鈍庵，天啟舉人，有《夢謝草堂詩》　弟嘉繩

嘉元初爲詩不善，劉養微目攝之，遂止不爲。讀書大藏寺，遍覽古今人詩，後竟與養微齊名。性嗜花，構河上草堂，階列時卉，嘯詠其中。有句云：自供菹蓙飯，常辦買花錢。紀寔也。

《弔寇山人》云：巨源崛起士，夙齡懷著書。抗志邁流俗，研精於古初。駕言遊京邑，結交羅華裾。幽意眷江村，還顧念居諸。操觚甘寂寞，冠盖照里閭。娛樂未終極，白日忽已徂。《度杯亭》云：亭雲悠悠雲气清，亭石叠叠石泉平。控壓天空海鯨伏，移來夜半山鬼驚。霜鐘應律十月至，寒葉墮樹長風生。把酒賦詩獻時哲，虎從驪附慚楚傖。

嘉繩字木倩，有《山中稿》。治詩古文詞，下筆千言。明季寇亂，隱居不仕，肆力著述。《山中花發劉幼凝過訪》云：短鋏悲流落，長鋤遂灌園。君來春色裏，廻看百花繁。藝菊驚秋气，芟篁減淚痕。墜英如有意，飛舞到清

樽。又從弟嘉軌,字叔度,有《觚光草》。詩喜創闢,師劉敬伯,而兀傲過之。

舒其志 字元者,萬曆進士,官布政　子默

《白水寺》云:古寺春來晚,山深未見花。客來憑短竹,僧飯出胡麻。白水澄空界,青蓮問法華。夜深寒月上,鐘磬出恆沙。

默字貞亭,諸生,倜儻有大志,尤工詩古文詞。

陳文濤 字濤生,有《徵古堂類稿》

《徵古堂書目》及詩文稿自序,列生平著述凡七十五卷。謂諸書編輯成帙,貲貧務謬,不能悉以問世。(《四庫全書提要》)

劉醇驥 字千里,有《芝在堂集》、《古本大學解》

千里一字廓庵[2],力學不倦。詩雄深雅健,文生獰奡兀,幾不可句。壯悔雕篆,始勵志講學,然頗雜儒釋。崇禎季年預修《四朝文獻錄》,國朝入都,與魏象樞論學至密。性簡默,介然高岸,語無貴賤不可狎。不善治生業,貧寠以終。

《芝在堂集自敘》曰:奉嘉隆間二三名人集,要去其襲跡,以近古為是,不能作宋元下廉纖支析語。又作《鍾譚傳》,謂學王李未至,襲風格備鏗鏘,猶俟諸三餘。儉儒苦古帙浩繁,便援公安竟陵而以其竅鳴也。觀其所論,可知其所宗法矣。《四庫全書提要》

千里《吊何大復》一聯云:名齊北地空同子,家近南陽淮蔡碑。佳句也。《筠廊偶筆》

《初冬張邑侯野心枉過山居》云:東山起天際,盤鬱九龍奔。灝氣長蒼茫,煙雲無朝昏。桂樹森佳色,蕙草含香魂。古跡歲月饒,頗有名勝存。豈違諸葛宅,敢擬謝公墩。君子攜光風,來遊式翩翩。雍容金玉度,爽朗鍾呂

言。拚席具蘊藻，搴袂指丘園。愧非主人禮，粗率性可原。道儀慰樵牧，山景飽輴軒。鳳凰集梧桐，不聞羣鳥喧。《甌甄洞遺址》云：亂石陰洞生，山气鑿空冥。前湖荷花放，香風滄浪亭。人在水雲出，人去野草青。夕陽卧樵客，猶說舊戶庭。《贈張長人避賊卜居湖上》云：避兵天地窄，倉卒已春過。坐得五湖色，栽成幾處荷。聽蛙山月小，窺燕野風多。命駕當何日，挑燈對楚歌。《湖中》云：混跡忽無定，狂歌到白蘋。扣舷如有約，曝網未嫌貧。雲滿僧居隔，鷗寒釣侶新。前村紅葉裏，多少看秋人。《江夏城樓雨後眺月》云：列筵廣宴人初散，緬邈城頭避暑過。雨裏漢陽風浪遠，雲中楚國暮鐘多。高低訪古廻烏帽，南北懷人坐綠莎。涌月臺前江月滿，洞庭何處不笙歌。《爲張侯祀土大明山龍王》云：人間亦有真龍種，古殿陰森翠作欄。風雨半山鐘鼓暮，天門萬里石林寒。常朝燕雀空青滿，欲傍鮫人海氣殘。舊許明禋編社稷，一時精爽動祠官。《贈黃岡何韋長》云：中年射策雲霄迥，介性逃時劍佩存。家散江湖書萬卷，道隨麋鹿月孤村。兵戈白帢雄談出，雨雪青燈老鬢尊。終望聖明蒐草澤，成編容易付兒孫。《黃州江上送督學向若水公》云：東南於越多賢達，水鑑時名動薦紳。自爲風塵生顧盼，敢云天地有才人。菊花寒盡紫騮馬，江色悠然白氎巾。鄭重離情隨彩筆，非矜下調擬陽春。《楚寇日熾，當事難其人，梅巡撫長公家居沈莊，寇望風畏之，而時未見用，麻城道中投詩致慨》云：中丞開府耀西秦，卷旆歸來家未貧。騎擁酒車春角射，伎圍香帳夜留賓。黃雲塢壁推盟主，大樹功名屬老臣。旰食朝廷須將略，幾時溫詔起綸巾。司馬名家啟後塵，英風楚士本嶙峋。天留白帢驅豺虎，人指青山數鳳麟。共信伏波能死國，誰云燭武不如人。烽煙畫角淒凉月，閒却荒雞起舞身。《秋扇》云：寶月團團撲絳塵，新凉妒殺竹夫人。秋風一夜彫寒葉，懷袖誰憐歎不辰。《倚欄》云：霜清荷葉桂花香，十二朱欄倚恨長。凉夜一山秋雨劇，錯教孤夢落瀟湘。

劉養微 字敬伯，有《康谷子集》 弟養吉

養微詩宗李夢陽，而才力薄弱，頗窘於邊幅。所著《說鈴》内極推夢陽，

謂古色過於子美,未免爲偏好之言。《康谷子集》坿其弟養吉詩文及遠祖天行、文煥等傳,又附劉秉鈐《石浪詩鈔》、劉醇駿《盟鷗集》、劉錕化《味閑軒稿》。數種皆寥寥無幾,姑備劉氏一家之書而已。《四庫全書提要》

康谷子貌清癯,性敏,工唫詠。家貧授生徒講經學,而詩益進。大率宗北地,而稍清逸自放,適不屑專比擬爲工。視七子殫技聲格,以爲未盡詩理。臨卒賦絶句云:辛苦人間百未休,今朝忽作反真遊。玉樓作記非吾事,一枕空山明月秋。黃岡何譔韋長弟謙緘仲,兄弟皆博學能詩,好交遊,見康谷子尤敬愛之,爲生死交。廣濟善詩者,其先有王參議大謨憲皋、張太守步雲子龍、寇山人學海巨源,吳明卿同時。及康谷子,而楊舉人大鼇亦與稱焉。要之以康谷子爲最。截劉千里撰本傳

《卧病懷何韋長》云:周道有奔頽,塵軫恣騰騖。鏤金理既譌,輟響念彌固。伊余秉拙訥,投足怯窘步。譽尤非考祥,雕飾慮違故。猥以孤暎姿,親蒙三益顧。傾蓋樊山賞,駢筵赤壁晤。敘離仍萬端,協歡匪一趣。已惡德鄰比,復慚文會與。蘭茝沐芬芳,琬琰霑温裕。洵美平生遊,胡寧離合遽。解纜乖雲雨,卧疴變朱素。余淹桑梓墟,子滯淮泲路。箕風振曠野,凉月丽高樹。翩翩南鴈翔,悄悄西舟泝。引領限河梁,躑躅不得渡。《龍蟠磯短歌》云:江心古石盤樓閣,二月水枯露石腳。突兀翻驚象馬騰,躋攀忽與虬龍搏。孤根倒插馮夷宮,奔濤觸石不敢東。波間毒龍啾啾語,出没無常挾風雨。老僧慎莫伐鐘鼓,震驚或恐攖其怒,公乎渡河公無渡。《遊龍廟》云:大樹晚陰陰,長歌入翠林。石連樓閣起,雲隱洞門深。澗水流開闢,山花雜古今。振衣登絶巘,潭底卧龍唫。

養吉字脩仲,性狷謹,有气岸,處内直方,而兄弟怡怡。

《秋日晚遊》云:出門沙草白,獨立向寒塘。落日銜孤嶼,西風起大荒。梧桐愁夕炤,橘柚老秋霜。節換驚駒隙,悲歌思渺茫。母弟叔夏、季含,皆振奇士,有詩名。

張仁熙字長人,貢生,有《藕灣集》 子佳晟

余弱冠與劉子千里爲弟兄交,知長人。千里、長人皆梅川人。

梅川,漢蘄春地,唐武德初置永寧縣,天寶改廣濟。自武德及今,千餘年不聞文士。嘉靖中有寇山人學海以詩名,從王元美、吳明卿遊,詩格大抵相類。王參議大謨、張太守步雲、劉秀才養微、楊舉人大鰲四子者,余聞之千里。王參議詩嘗見之,三子未之見也。截顧黃公撰詩序

仁熙少以孝聞,文有奇气,詩沉酣《騷》、《選》。工書,縱橫自得,在顏米之間。宋牧仲通守黃州,于雪堂築東齋,延致之,論詩談藝,學益進。詔舉隱逸,徐布政惺、吳文僖、王昊廬先後列名,均以疾辭。子佳勛蒼泉、佳晟毅齋、佳昂矩庵、環金持正,咸績學能文,淵雅有父風。《居業齋集》

長人生於明季,身經離亂,多悲楚之音。大旨宗尙北地、太倉、歷下諸人,未泯摹仿之跡。其論詩謂時弊雖深,愼勿相救。公安救歷下至於佻,竟陵救公安陷於屠。其《與王昊廬論文書》,謂歸太僕之文,秀善而衷於宋氏之理。秀善則易柔,衷於宋氏則理信而訕於氣。又謂瑯琊歷下與毘陵歸安兩家角立,毘陵歸安之流幾欲駕瑯琊歷下而上之,然徒以其秀善婉媚,杳迤千里。白葦、平疇者,又安能服瑯琊諸君子制作諸大篇哉？觀其持論,可知其生平宗旨矣。《四庫全書提要》

長人性嗜墨,在余齊安署中,每早盥洗罷,輒取古研,磨佳墨就而食之,口常黑。嘗爲余作《雪堂墨品》及《墨論》,皆佳。長人有《小硯銘》云:是其微哉,眇乎小也,而眼光爍破四天下。爲硯銘之最佳者。《筠廊偶筆》

譚白畦極稱廣濟張長人詩,五言如《小築》云:四壁餘天地,孤鐙聽雨風。《訪僧》云:白髮憐孤杖,疏鐘變暮霞。《悼舊》云:爲儒雙鬢老,懷古百憂多。日黃關塞色,沙白荻蘆花。山鬼棲蘿綠,人煙墮柳黃。故國書千卷,它鄉月萬家。《夜示最兒》云:月白新秋樹,雲黃舊隱山。《遣兒就室》云:少孤予欲老,多難爾成人。七言如《友人置新姬》云:冰簟自眠香雨後,羽觴偏醉落花時。《吳木倩過訪》云:世態豈能容老鬢,山光最易到漁蓑。《月梅》云:冰魂弄影先春瘦,蒼骨搖寒入座涼。《懷千里燕遊》云:天邊白雁知多少,臺上黃金近有無。楊柳不荒高士宅,蒹葭偏隱孝廉船。又"出林清梵夕陽中"七字幽深,在唐賢亦不多見。《楚天樵話》

長人爲人貞不絕俗,出語自翛然超出塵埃之外。沉渾雅淡,質不俚而

華不媚,譬之老樹寒梅,風骨凜然。當明季,於寇山人外巍然稱一巨手。故黃公論詩於千里、康谷皆有微詞,其於可傳、傳而可久者,獨許長人,殊非出自鄉里標榜之私也。《宛轉歌》云:蘭洲夜靜香雲捲,琴心抱月芙蓉翦。別鶴離鸞怨不休,中有一人歌宛轉。歌宛轉,淒以清。金釵遙裔筌篋裏,繡被牙籠空复情。君不見鳳凰一曲風輕嫋,漢宮萬戶生秋草。《送夏象武之京》云:好鶯啼不住,遊子忽天涯。古道酒堪賫,前村日未斜。匣中惟寶劍,馬首正桃華。最是關情地,薰風帝子家。《秋郊漫興》云:敝廬亦今古,春去復秋鄰。喬木猶存漢,家聲正避秦。浮雲消往憾,夕鳥悟歸人。錯向兒童說,山家歲月真。《賦得辛苦賊中來》云:避兵身欲老,此日更身輕。雨雪羈魂暗,風雲戰色屯。死生朝夕事,患難兩三人。寂寞寒山路,疏星炤暮燐。《七夕立秋有感》云:一葉湘江外,離亭暫夕陽。美人如不隔,遲暮正何傷。素月臨懷抱,明河共徜徉。尋常殊物候,寧復恨炎涼。《鄂渚》云:金華西北對芳湖,鳳宇龍樓夾漢扶。昔日授珪開赤社,萬年當璧拱皇都。殷勤玉燕春雲冷,寂寞銅駝夜雨孤。猶有昭王陵墓在,斜陽松柏亂啼烏。孤城碪杵厭仳偏,極目蒼凉望正悲。豈謂龍驤淹歲月,更煩虎旅助軍麾。襄陽耆舊看人老,巫峽風雲入陣遲。青史且憐文信國,未遑重數太平卮。《行路詞》云:二月江聲風雨垂,楊花隨雨到牀帷。大堤歌舞能留客,不肯停杯聽子規。

長人隱居著書自娛,與竟陵胡君信、吳既閑、蘄州顧黃公皆前代逸民,有名江漢間。長人庚午曾寄余書,年已八十矣。《居易錄》

《佛井謠》云:浴佛井中百尺水,出向縣門清若泚。斷綆沉沉曉月空,轆轤聲裏官人起。二月街頭喚賣絲,公家鞭撻無閒時。佛井浴佛不浴俗,明日公家更徵粟。《感舊集》

佳晟字晉夫,康熙舉人。《同汪秋浦千波河橋夜話》云:橋流何太急,偏帶晚來秋。坐見孤雲色,時添碧漢愁。市人傳夜柝,山月上城樓。莫負良宵話,旅懷殊未休。《晚渡淮水》云:晚風愁欲暮,流水自潺湲。渺渺孤城雨,蒼蒼野岸煙。平沙留宿雁,漁火報歸船。還憶王孫釣,能令漂母傳。律格高渾,具見家法。

張楚偉 天啟舉人

《過余玠墓》云：客從東南來，遙指菁蒿路。山氣鬱不舒，云是余公墓。夜雨啼寒螿，夕陽走狐兔。昏黑古樹陰，仿佛精魂聚。靈旗驟往來，悲風乍驚遻。音悞，遇也。先生信英杰，儒臣儼靺鞈[3]。西蜀賴庬麇，一抔費拱護。碑碣忽而湮，牛羊下無數。我生公同里，喪亂飽新故。揮手謝客言，蒼涼悲日暮。

張亭然 字翅若，號念川，有《永日小草》

《中秋對月》云：人分兩地飲，月共一天看。我已愁雙鬢，兒今繫一官。興隨雲景沒，心逐杵聲寒。此夕清光下，爲情知獨難。《湖北詩佩》

周宗颺 字文長，號坌崖，諸生，有《紫芝草堂詩》

《寄山中友人》云：煉藥山中相，披裘江上翁。文章驚老眼，時命哭秋風。樂志君何慕，閒情我未工。故人丘壑裡，想像意應同。《朱村暮歸》云：十年不到路漫漫，李白桃紅歲幾闌。日落烏啼千樹迥，風廻漁火一溪寒。人依金谷樽中盡，客散梁園夢裡看。遙憶昔時歡賞處，高樓繫馬柳陰殘。《秋興》云：依秦景略猶知晋，爛醉陶潛不姓劉。世亂幾人低皂帽，時危野客獨扁舟。烏衣巷曲黃雲合，夔子樓高白雁秋。擊楫至今歌士雅，大江龍門古今愁。《黃州感懷》云：幾年爲客向黃州，暮角悲笳聽不休。殘月照人霜鬢短，孤城作賦大江流。芙蓉水落寒溪冷，荻葦風生赤壁秋。白髮壯心慚狗監，懷人聊上木蘭舟。《送春》云：江漲新潮尺五生，麥苗風長釣船橫。漁郎醉醒知何處，春老桃花夢不成。《湖北詩佩》

王衍治字徇度，號侗庵，貢生，官訓導，有《柳舟藏稿》

衍治博學工詞翰，才名與張長人、顧黃公相頡頏。

《山寮答顧黃公》云：巖巖山谷邃，悠悠澗溪長。朝昏幸所集，青松蔭草堂。世態亦已易，人事胡倉皇。敢懷萬里心，孤眠月滿牀。莊士勗令德，毋爲岐路傷。登高一以矚，雲物正翱翔。頹然發長嘯，懷君感一方。好音來天際，周覽神飛揚。鶚表坐中遠，秋槐望裏黃。祇恐數北軍，難言收榆桑。

胡篤生字孟培，號入臾

篤生少負逸气，力學專事性命之旨。執贄管東溟之門，東溟極推重之，稱篤生。與同里楊認庵、韓南臯、江夏段煥然爲楚四君子。

篤生高士也，張仁熙、王衍治言於邑令王名世，即於燈夕走寒郊十里外訪之。劇談終宵，分韵聯句。云：雲深古洞訪春先，名世。谷口誰當載酒年。列宿光分化雨夜，衍治。高軒聲動竹溪煙。孤琴草閣迷清徑，仁熙。一衲寒林話遠天。總爲丘園添逸興，篤生。令人懷古思悠然。名世。士林傳爲佳話。

王三聘字莘野

三聘性好吟咏，善寫生，尤精草書。嘗云："怡情松菊酒，娛志漢唐詩。"又云："愛栽彭澤柳，學繢輞川圖。"後爲蜀黔江尉，黔江人咸愛其畫與詩。輒於馬上肆意揮灑，頃刻數十幅，得者寶之如珙璧。臨市有古梅一株，疏景橫斜。植墻外，三聘每吟哦其間。一日忽聞斧聲丁丁，詢知將摧爲薪，亟償其值。囑鄰叟爲梅主人，而題其間曰："閒傍虯梅敲好句，頻來騷客送清樽。"一時傳爲佳話，後人遂呼爲王公梅。《堅瓠集》

楊　勛 字介子,有《六新堂詩略》

勛明季諸生,甲申後蓄髮茹素,爲開士裝,耕鑿自力,隱居巖谷,人以得見其面爲幸。詩樸茂自喜,不規規古人,綽然柴桑之遺。《田家》云:幽眠不知曙,開門山日紅。悠然了無事,舉止常從容。雲去歸遠岫,鳥來巢孤松。此間有真趣,理弗易王公。老婦好殷勤,酌酒奉家翁。一酌祝翁健,再酌願年豐。世故渺無着,何事憂忡忡。《秋日過寇山人墓》云:少小未相識,看詩意欲親。一生唯用俠,到老不辭貧。月映溪流活,秋分山色匀。交遊遍海內,登拜自何人。《送張長人北上》云:三月桃花列道旁,行人馬上倍芬芳。臥雲廿載曾丘壑,攬轡今朝忽帝鄉。山到太行橫地軸,河分九派闢天荒。停車莫問當年跡,一代風流已渺茫。《寄吳幼睿先生》云:相逢猶憶廿年前,酒況詩情尚宛然。幾欲登山輸一醉,老僧期我杏花天。《同胡長者尋翠嶂山房》云:春日招邀放鹿翁,來尋翠嶂兩三峯。城中沽酒山中醉,一片微陽挂古松。又《孔監軍屯兵湖上》句云:落日悲風連幕掩,秋山寒气破窗生。亦妙。

劉子杜 字幼陵,諸生,有《浣花溪詩》

子杜少負經世之志,值明季喪亂,自比拾遺,故名號皆取則焉。《鴻腦洲歸尋眺繼坡泉》云:故園花鳥在,偶作舊時遊。古樹搖溪月,寒風繫釣舟。柳眠鶯喚暮,花落兔銜秋。似有桃源意,扳藤未肯休。《家龍友病起見過》云:人家寒食棠梨老,竹裏風光正未窮。豈有才高終濩落,不妨意外老英雄。雲歸日晚山來雨,春盡花殘蝶送風。自是阮家忘禮數,高吟未許俗相同。

閨秀

徐元象 字奇孺,張楚偉室

元象女士而詩文有雋才,其《京口寄父書》曰:"兒自襁褓未離掌膝,江頭道別意緒淒然。舟行風利遂達京口，江南佳麗過眼成陳。廣谷大川靡能記憶，舅氏出鮑明遠《大雷岸與妹書》與兒讀之，如賦如頌。蓬窗瑣瑣，恨不能竟所思。官舍清華，几案如滌，挑燈夜坐，日起奉甘旨，晨昏戀切切耳。阿耶阿母無恙。四時之序，成功者退。山林觴詠，幽情暢敘，何必紆拖青紫，乃爲貴乎？"又《送外》句云："送君入楚江，悠悠歸路長。一去隔千里，魂夢伴瀟湘。"《香祖筆記》

國朝

張楚毣字烝哉，諸生

楚毣幼歧嶷，十歲作詩自況云："上界神仙下界儒，天公謫我下蓬壺。古言李白真才子，我視青蓮遜也無。"十二歲舉茂才，一日忽以鏡自照，說偈曰："來於何來，往於何往。實處見形，空處見象。是我非我，嗔笑皆妄。"正襟端坐而逝。

金德崇字峻公，明經，有《草窗雜錄》 子啟江

《幽懷》云：獨坐思無極，幽懷何所之。尚友皆古人，與世不相爲。古人雖已往，展卷發幽思。下筆疑風雨，春江坐嘯時。三徑甘岑寂，何須賦《五噫》。願得素心人，與我訂幽期。《望湖亭》云：薄雨逢秋半，煙湖一海門。白雲橫野壑，黃葉滿江村。石古苔生滑，亭空雁過喧。旅遊頻悵望，樽酒與誰論。《訪友不遇留宿山齋》云：靈谷秋深爽氣存，故人舊業掩蓬門。風高瀑響懸幽壑，雨過蟲聲雜遠村。把筆無能書白練，援琴聊復對青樽。溪邊看竹誰爲侶，寂寂山齋聽夜猿。《西塞山》云：渡峽江聲撼嶽來，奔騰萬里此縈洄。飛雲俯接晴川樹，過鳥平臨涌月臺。半壁驚濤驅瀑轉，中流倒影壓帆開。摩崖舊有孼窠字，倚棹何人作賦才。《覽古》云：渺渺春光最可憐，陽春臺榭已當年。莫愁村裏人何在，煙水茫茫古渡前。

啟江字同九，康熙舉人。詩宗漢魏，有《讀同里鄉先達詩》五古七章，時人比之少陵《七哀》。

金德嘉 字會公，康熙進士，官檢討，有《居業齋集》　子啟汾

會公一號蔚齋，舉會試第一，授檢討，七年告歸。肆力於詩古文辭，卓然成一家言。《通志》

德嘉晚年鍵戶著書，時同郡顧景星、張仁熙、劉醇驥輩往往追摹秦漢，宗尚王李，訾歸有光爲秀善婉媚。德嘉獨不爲高論，力摹韓歐。雖其閎肆博贍遜於國初前輩，而先民矩矱仿佛猶存。《四庫書目提要》

蔚齋詩鎔鑄三唐，諸體兼擅。王漁洋、陳迦陵諸公極推服之。七言歌行馳騁筆力，踔厲風發中不失先民矩矱。如《聽雪樓歌》、《毛先生字卷歌》、《大梁行》、《黄六山人萍草歌》、《觴吳東曙四十》等篇，出入杜韓白蘇間，楚中未易才也。予尤愛其六言，《詠風》云：漢帝歌思猛士，襄王賦起詞臣。悠然松菊間趣，自謂羲皇上人。首句詠風博大雄駿矣，末妙以索寞幽渺之情，攝歸自小而靜躁軒輊，只於言外得之。二十四字，可抵莊生《齊物論》一篇。《楚天樵話》

廬江孫起山稱會公文爲本朝第一。會元詩力鑄三唐，而出之渾脱，陽羨陳其年尤推服之。今讀其古體歌行，老健蒼涼，洵爲一大作手。近體望之似覺清脱，而實大聲宏，殆能寓和婉於悲壯之中，譬諸畫手絶無鉛粉之飾。《聽雪樓歌》云：噫嘘戲，巍乎廓哉！鄴中聽雪樓，下有洞庭雲夢之潆沉，上有鈞天廣樂風颼颼。前有蒼松翠竹蟠桃枝柯之偃蹇，後有石城嵯峨崷崒如丹丘。居之者誰，毗陵毛叟。他年仗策氣如虹，今日揮毫字如斗。日星河岳光陸離，田車石鼓瞠乎後。黄金臺畔曾爲客，歸來買山鹿門宅。江聲嶽色滿皂囊，和煙和雨一朝捲向樓中積。我何人斯冒雪來，蘭臺往跡今塵埃，千古猶傳宋玉才。叟乎叟乎，歌莫哀。嘯傲長年棋局穩，登臨暇日酒杯開。浮雲於爾何有哉？《毛子霞先生字卷歌》云：毗陵毛叟遺我字，卷長四丈，使我滿堂賓客氣蕭爽。晴天恍惚雷雨來，矯若虬龍，蜿蜒樽前相摩

蕩。先生年紀六十餘，生來好遊兼好書。攀崖剔蘚無虛日，鬼斧神工鑱不如。岣嶁禹碑篆籀祖，移置大別山頭今可覩。日星河岳正气存，平陽高峙筆墨尊。報國古松鐫丈石，搨取往往懸國門。復有散騎千文字如斗，奔騰超忽渟蓄厚。是皆方寸五嶽、腕下抒摩挲，豈落俗子手。當年長安賣字一歌何淋漓，公卿以下倒屣爭仰之。顏筋柳骨不足數，師宜長史其庶幾。只今礐鑠無難事，臨池不知老將至。丈縑匹練指顧成，以臂使指身使臂。腐儒嗜古生已晚，眼底蒼茫失奇字。於戲，此卷稜稜光炤地，何須更舞公孫之劍器。《黃鵠磯歌呈姚陟山先生》云：黃鵠磯上鵂鶹呼，鄂王城頭鬼張弧。亂兵欻起撫軍徂，從容就義葉大夫。街北巷南坐狗屠，長官往往遭拘俘。蒼頭手挽金僕姑，乞兒腰懸玉鹿盧。丹書魚腸叢祠狐，亂階實始於僧雛。督學使者披戳甀，跟蹡出走城西隅。家世生長苕霅區，出門咫尺須人扶。一朝短衣竄榛蕪，雞鳴出郭午未餔。斜陽草店卧泥塗，荊棘刺體無完膚。此身乃脫黃巾汙，變故可憐起須臾。狗鼠偷竊依萑苻，惜哉中丞幕府粗。徙薪曲突一籌無，坐令閭左倒倉儲。豢養凶人同虎貙，扁舟汗漫太白湖。邂逅汭陽舊生徒，爇火燎衣水澆趺。坐定屈指算狂奴，三旬藁街懸頭顱。亡何將軍果援枹，脅從竄伏渠魁誅。澄清江漢息戎軥，澤宮無羔草生荓。先生就舍省畫厨，紅籤碧軸雨沾濡。白晝縱橫鼪與鼯，東望故里吳興乳。千尺古松千尋梧，窟樽亭子松雪圖。歸去招尋故人俱，菰城爲園且荷鋤。時清不用談兵符，有暇且泛前溪艫。不然采藥東海娛，金銀宮闕探蓬壺。《撥悶》云：靜觀知物理，沈飲過年華。春雪融無跡，寒梅淡著花。馬牛都可應，鵬燕各爲家。何必君平卜，浮生自有涯。《贈竟陵胡君信先生》云：對酒莫悲行路難，逃名自覺世途寬。巾車欲擬陶元亮，皁帽真同管幼安。大澤雲深千樹老，高亭月滿萬峯寒。吟成青玉知誰和，獨倚西風把釣竿。佳句如《采石磯懷李白》云：召來立奏《清平調》，放逐曾無寒乞聲。主眷何妨中貴恨，詩才竟使太真知。《何大復故里》云：萬里風騷齊北地，一朝文治逼西京。《楚詩紀》

《得張師石書却寄》云：杜門久與故人違，忽有音書到竹扉。過眼物華雙鳥翼，驚心風雨一牛衣。春雲江樹黃泥坂，秋水漁燈赤鼻磯。日暮狂歌

當濁酒,不禁西望思依依。《國朝詩別裁集》

啟汾字禹甸,號望崖,諸生。古文詞貫穿經史,浸淫諸子,法派一本震川,詩出入蘇陸。

張惟金字貢方,號一齋,康熙舉人,官教諭　子禮源、溥源

惟金,步雲曾孫,性敏好學,尤敦內行,為同里金會公所器。詩文雄奇磊落,不入恆蹊。

《讀胡敎庵先生語錄書後》云:丈夫不得志,立言期不朽。六籍揭中天,大文燦星斗。謷帨徒紛紛,支離如駢拇。伊人起江滸,窮經至皓首。蕭蕭涇塋居,環堵宮一畝。著論比《潛夫》,苞孕無不有。箴愚而砭頑,用以置座右。滄海雖遞更,殘缺良可守。

禮源字庸五,號念渠,有《浥鶴軒詩文集》。少穎異,詩有父風。以《黃鶴樓賦》知名當世。《登江心閣》云:今古濤聲合,乾坤水氣通。《鮑照讀書臺》云:摩娑一卷雲煙老,寂歷空山風雨寒。《過白茅堂謁顧赤方先生遺像感賦》云:大雅凋零後,園留仲蔚蒿。百城書擁榻,三峽水迎毫。海宇驚詩伯,蓬門哭楚騷。榛苓思彼美,憑吊气猶豪。白茅堂自古,三字額猶鮮。畫筆鬚眉見,鴻文日月懸。未登牀下拜,安得枕中傳。末學瞻山斗,空懷願執鞭。

又有名溥源者,佚其字。詩冲淡不在貢方下,附錄於此,以見張氏之多才人也。《自渴口歸陳芳薾伯仲送至舟中》云:天水共淒清,積雪覆洲渚。湖遊雙溪曲,遙向大江滸。敝廬待我歸,安能常羈旅。野闊雁聲疏,別離良太苦。長揖謝故人,脉脉兩無語。

舒逢吉字康伯,貢生,官教諭,有《綜雅集》　弟峻極

逢吉,其志曾孫,與弟峻極有二難之目。《九日飲王山長齋》云:雁聲嘹嚦過西樓,共客長安我獨愁。自薦羞懷丞相刺,仙登喜共故人舟。頻斟綠

螳凝雙眼,誰把黃花插滿頭。取醉莫嫌歸路晚,一鈎斜月正淩秋。

峻極字漸鴻,有《韋園集》。才過其兄,而所遇益蹇。詩畫皆妙絕一時,旁通金石,尤兼三橋、雪浼之長。

《入東衝》云:屐齒平苔蘚,鐘聲出上方。高松啼鸛鶴,白草瘦牛羊。泉瀉千溪雨,楓凋一夜霜。五峯峯頂月,清泠照衣裳。《寄懷伯兄瀏陽學博》云:懷古情深攬轡時,縱橫老筆自題詩。煙清茅屋昭王廟,雨暗荒郊賈誼祠。司命堂開飄蕙帶,湘君城閉掣雲旗。奚囊有賦青錢澀,多揭唐人二絕碑。不辭坐客少寒氈,經史蒐求載滿船。插架牙籤分甲乙,篝燈雪案細丹鉛。漢家實錄推司馬,柱下誰人繼鄭玄。計日書成天祿閣,青藜自向杖頭燃。《頭陀上寺》云:山根古寺矗晴暉,大比從前更數圍。此外更無僧一個,久行惆悵舊禪扉。《頭陀下寺》云:伐盡松篁剩古藤,支撐瘦骨碧雲層。日斜影落空階內,亂走龍虵見佛燈。又佳句如:分題草閣荷裳冷,入夜松門雨氣秋。皆可誦。

舒芝生字瑤草,副貢生,官教諭,有《十洲偶集》　**弟并生、觀生**

芝生,其志孫默子,以著述世其家。弟并生、觀生皆能以詩古文詞稱雄江黃間,有三鳳之目。并生字思兼,古詩尤逼近漢魏。《同王小資尋秋靈谷》云:一杖經行處,雲峯盡日閑。小橋傍竹塢,欹石亂松關。月色偏宜水,秋光常在山。黃花新釀熟,相共白衣還。觀生《江上閣》云:兩岸雲山淹日月,二林風雨壓江潮。頗有胎息。

呂映珠有《虛受堂遺草》

《天池夜雨》云:天池一夜雨,響動百川流。隱約蛟龍變,蒼涼僧寺幽。山高雲半鎖,樹密霧全收。四望迷雙眼,寒生洞裏秋。

張盤基字乘石,貢生,有《清音堂集》　瓊基

盤基喜讀書,嗜詩。五古尤所致力,張長人稱其如澄潭秋月,靜夜鐘聲。舒韋園謂冲淡閑雅,寢食柴桑。《月夜懷吳雲來》云:明月出東山,清光入我堂。隔窗落寒葉,懷人天一方。豈不同此月,相思悠且長。輾轉不成寐,愁聽夜未央。

瓊基《舟泊蘄州,追憶顧黃公》云:問孰張吾楚,伊人絕可嘆。龍旂刑白馬,牛耳誓朱槃。聲勁松風肅,韻流竹露寒。白茅猶似昔,寂歷夢魂殘。俊逸之致,足以伯仲清音。

饒來中字厥修,崇禎舉人,有《晚照堂詩集》

來中父嘉亮,富有藏書,博觀約取,賅洽貫串,詩名振一時。國變不仕,狎主詩酒之盟者廿餘年。《飲劉氏草堂》云:溪廻秀林陸,蜿蜒雜芳路。開軒坐幽攬,及茲春始暮。暖風散平疇,鳥歌度深樹。尋常樊圃間,各自成逸趣。酒酣西日頹,蒼茫隔煙霧。萬里江濤來,目送不得住。曠達寫心胸,我生空寐寤。

張秉鈞字世臣,有《青林湖墅詩鈔》

《江心閣》云:傑閣聳層霄,蒼茫入望遙。天橫關塞雁,江接海門潮。客路飛紅葉,風霜敝黑貂。故鄉何處是,日暮冷漁樵。又:鳥陪僧種麥,風勸客添衣。次句未經人道。

李　巖字默霞,有《滴沙廬詩鈔》

李布衣,性簡古,家貧嗜吟詠,工書,善畫竹。子洪駒,號雪驥,亦以詩

鳴。《冬齋閒興》云：黃獨霜天飯，丹楓晚照圖。月銜山影靜，雲帶雁聲孤。翦燭看秦篆，窮經祖漢儒。十年交道熟，閉戶學潛夫。又《春日即景》云：松篠媚幽徑，藤蘿開野花。

夏　正字寅齋，有《戀窩詩文草》

正生而敏異，目短視，然可數行下。所爲詩古文詞甚富，稿燬於兵，傳者寥寥。《九日鳳港晚渡》云：碧空渺無際，一棹任萍踪。柳岸漁家網，楓林野寺鐘。晚霞延夕照，黃菊淡秋容。還憶吾昆季，高登第幾峯。

劉映丹字慕韓，道光進士，官知縣，有《馬稷山房詩鈔》　子宗沅

映丹由詞垣改官山東，所至有聲。奉父諱歸，即不復出。闢今是軒，與兄雲眉相唱和，詩宗少陵。值寇亂，憤激時世，長歌當哭，尤多可傳之作。

《壬子除夕感事》時粵逆已陷武昌云：盛世何勞涕泗流，殘年偏抱杞人憂。將軍未見來天上，都督空聞駐石頭。他日雲連三大姓，祇今星動五諸侯。側身西望悲何及，猿化蟲聲萬古愁。聞說綢繆未雨前，何來楊太洞庭船。兵談紙上原無補，刀置鞘中亦可憐。豈有長城堪飲馬，竟教江水可投鞭。淒涼碧血長埋處，披髮應煩訴九天。南國頻年杼柚空，忍聞烽火對江紅。將軍酣戰嚴霜裏，新鬼繁冤暮雨中。獻策服心無馬謖，作文美賊有揚雄。金甌萬里金湯固，義憤還思薄海同。蒼茫天意覺難知，運厄紅羊值此時。莫說朱三非盜賊，須看南八是男兒。風前唳鶴驚鞞鼓，雪裏哀鴻惜別離。誰挽銀河洗兵甲，雲霓霖雨望王師。《詠史》云：雲氣飛揚起大風，由來駕馭必英雄。何因虎導皆倀子，難得龍驤是阿童。癸巳王書占吉日，丙辰天策記奇功。如何巾幗相遺後，又見蕭娘呂姥同。頻年坐甲緩師期，到處軍儲費度支。殿上有花迎狗子，帳前無血灑猪兒。絃開霹靂蠻姬舞，酒醉葡萄幼婦詞。何事元戎寶車騎，燕山返轡故遲遲。又句如：山頭蘇峻瞻廷尉，海上孫恩作水仙。范老甲兵驚賊膽，麻秋名姓止兒啼。八百虎賁周將略，五

千貂錦漢軍裝。鉤章棘句，劌目鉥心，極七律之勝境。故能遠闚拾遺，近駕北地。

宗沅，字芷汀，同治舉人。才思敏捷，詩宗韋孟。《觀西堤水漲有感》云：東注長江水，真源溯蔡蒙。我來江上立，尚戴禹王功。數載鯨波肆，千家兔窟空。憑誰司保障，集宅慰哀鴻。百八蒲牢吼，聲聲古寺來。利名塵內網，生死劫中灰。人盡求仙去，誰爲撥亂才。慈航雖普渡，吾道有春台。

饒　豐 字芑坪，號小魯，道光進士，官知縣，有《鋤月野廬詩文集》

《讀寇山人遺集》云：布衫羸馬走天衢，一擲千金膽氣粗。俠骨燕秦孤劍在，遺骸風雨一棺枯。白雲洞冷棲玄鶴，鴻腦洲荒長碧蒲。老向二餘齋外月，殘編猶照字模糊。

朱澤楠 字小酉，咸豐舉人，官教諭

澤楠幼穎異，值歲潦失怙恃，遊學黃岡。孟博范君奇其才，舍之，勉之學，益自刻苦。性通敏，工詩古文詞，精漢隸，豪於酒。與朋輩縱論古今，爭辯不少休。甫任武昌，遽卒。所著詩文，藏洪檢討良品家。

《同吳又桓江樓夜話》云：慷慨論時事，真堪大白浮。澄湖明月夜，高閣晚風秋。世路誰青眼，知心半白頭。酒闌江上別，鴻雁起汀洲。《曉發潤州望焦山》云：殘夢呀啞覺，推蓬面翠微。海門初日上，山色大江圍。樓影煙中出，鐘聲水上飛。泊舟風正利，徒此悵依依。《登靈山絕頂》云：嵌空浮度石，咫尺接青天。碧水通湖遠，青山抱寺圓。雲沉松徑底，碑老竹溪邊。樵唱在何許，歸途風灑然。《疑塚》云：結想到身後，奸雄膽亦寒。荒墳七十二，何處葬衣冠。鬼嘯漳臺廢，龍潛蜀道難。惠陵松柏在，終古鬱蟠蟠。《螺磯靈澤夫人祠》云：靈澤磯頭望永安，當年家國恨漫漫。湘妃竹淚臨風墮，宮女刀光逼座寒。按劍窗前遺畫在，啼鵑門外落花殘。隔江便是英雄廟，不遣魂歸蜀道難。《過馮唐墓》云：車聲轆轤馬郎當，三度春風氎毿場。

喪亂驚心鬢鬖改，白頭容易便爲郎。

胡 醇 字萬六，號雪舫，諸生，有《聽香閣詩草》

醇岐嶷嗜學，性豪工詩。如天馬驟裏，絶塵而奔。不屑屑分唐宋，空諸依傍，成一家言。敦交誼，朋友過失輒面斥，無少廻護，酒酣耳熱或至罵座。名不出里巷，以老諸生終。節何雪園撰詩序

朱小西曰：余嘗評雪舫詩，五言取裁王孟，七古兼有蘇之豪、杜之質，七律絶句亦不落中晚以下。雪舫頗以爲知言。雪舫貌寢而羸，又性疏率簡易，不工爲寒煖。每賓客闐堂，輒向隅坐，或拂袖徑去。與同邑呂鳳騫、彭苜舟、楊白溪、夏午庭、劉悔復、呂紫廬、饒笙舫少岳六七子，仿先正劉千里先生，續爲長風山詩社。援枹鼓爲主盟，日相唱歎於窮陬僻壤之區以死。少岳哀之，爲梓其《聽香閣詩》八卷以傳，亦古之人也哉！

蔣西泉曰：雪舫詩法律宗杜，而情味蕭散，篤摯處却又是蘇。五古遊眺，上規康樂，下括襄陽，頗與貽上初年作相近。

《謁蘇端明遺像》七古，從昌黎《登衡山》脫胎而出，氣骨遒勁，足以追踪古人。他如《歸舟看雪作》極有興會，入後尤警策動人。云：去年空山大風雪，驚聽櫪馬兼林鴉。夜半故人肯過我，相與險韻分尖叉。舊事茫茫那可憶，故園在眼今非遐。篙師爲我急捩舵，吟魂已入寒梅花。《展寇山人墓》，說到身後寂寞處，忽就本地風光，興其喟歎，自是大家舉止。云：君不見余公山上余玠墓，又不見東衡山上鮑照讀書臺。余公勳績委蒿萊，鮑子詞賦君王猜。可知古今才人傑士，坎壈阨塞例如此，不獨我公身後爲可哀。俯仰悽愴，實可以慰鬼雄而泣詩魄。近體最善入手，《雨後晚步》云：積雨不出戶，東風開晚晴。《過故友館》云：秋晚驚搖落，西風葉滿村。又佳句如：宿草漸荒張邵塚，枯桐猶剩蔡邕薪。一家多累愁慈母，十載無書上相公。芳草綠沿樵徑外，杏花紅到酒樓前。竹溪雨過影俱淨，荷沼風停花正香。事難如意真宜隱，交到忘年不獨詩。皆清越可誦。《宿青山林精舍》云：夕陽暝前山，迢遞出深谷。引領望青林，紆徑凡百曲。石盡泉聲小，秋高山氣

蕭。行行得古寺，歷歷見喬木。月出僧未歸，林深鳥先宿。山門不見人，涼露下修竹。《雨後渡江》云：雨歇風轉生，孤舟疾如鶩。濛濛煙靄中，望見漢陽樹。霽景滙中流，人聲沸古渡。不見晴川樓，疏鐘颭何處。《題文道人泰公竹房》云：一月不出戶，新篁已滿林。好風檻外來，滿室皆清音。約略玄鶴舞，寂歷蒼龍吟。道人晝隱几，淨綠生衣襟。寂喧雨無礙，玄旨誰當尋。《東衝夜吟》云：林木叢雜無人煙，饑鴞夜嘯枯桑顛。一鐙明滅天際懸，知有古寺依巖巔，心畏猛虎不敢前。《團風訪朱小酉不值，夜宿遊氏》云：舊雨不相見，高齋晚獨尋。林疏孤鳥托，石靜暗蛩吟。人向愁中老，秋從別後深。坪江今夜酒，振觸故園心。《追題西泉舊遺書冊，歸其令子祖謀》云：哲考不可見，遺書尚我廬。念子已弱冠，行當讀父書。經史吸精華，詞賦乃其餘。努力守先澤，勿徒飽蠹魚。《聽香閣禊飲》云：高閣瞰蒼翠，啼鶯時繞欄。酒從花裏出，山待醉中看。對竹思移席，臨流緬采蘭。永和遺墨在，今古一詞壇。《秋懷》云：懶慢稽中散，悲歌杜少陵。武湯猶見薄，稷契豈虛稱。才拙身應棄，名高累益增。秋風蕭瑟裏，懷古意難勝。《答呂紫廬見懷》云：結屋寒林杪，孤懷誰與同。美人隔秋水，古調托絲桐。風露淒其後，樓臺滅沒中。相望獨不見，含意送飛鴻。《登鮑明遠讀書臺》云：木落寒巖鸛雀哀，夕陽愁入鮑家臺。流空日月堂堂去，拍座雲煙故故來。骨肉至情空作別，帝王大度不容才。古今何限窮途淚，萬里江山一酒杯。《九日懷少岳京邸》云：蚤歲知交半淪落，彈琴說劍當向誰。空山盡日少人到，佳節登高方爾思。北去浮雲渺無極，南來飛雁聲胡悲。高臺擊筑待何日，目斷燕闕愁賦詩。《贈東衝山人》云：公是何年家此地，松篁手植都成林。一窗風日自昏曉，百卷圖書無古今。絕口不談世上事，何人爲識山中心。我來未忍即歸去，坐對澄潭鳴玉琴。《長風山懷朱小酉》云：吾鄉舊有騷壇在，耆彥淪亡久莫開。好事近諧新社約，起衰還仗故人才。疏鐘鏜鞳濂溪院，古樹參差鮑照臺。日暮相思不相見，松風竹籟遠含哀。《遣興》云：雨引苔痕綠上牆，清風一榻臥迴廊。當階花盡知春暮，問字人稀覺晝長。苔徑日高松帶影，竹爐湯沸荈生香。故人自向塵中老，款段憑誰問草堂。《歸舟雜興》云：江潮暮未平，繫纜荒洲島。坐愛武昌山，寒煙生樹杪。孤舟泊富池，言訪甘寧墓。不見錦帆人，神鴉自來去。《山寺避暑》云：僧門不受暑，盡日對雲林。流水澹斜照，孤峯生遠陰。《東禪寺夜坐》云：高閣闃無人，暝坐滅諸想。夜來風雨過，松竹互成響。《題友人書舍》云：射虎欲隨李廣，聞雞屢蹴劉琨。海內兵戈擾攘，依然泌水衡門。馬革裹屍足矣，虎頭食肉誰歟。枕上黃粱未熟，何如蝴蝶蘧蘧。《戲題錢謙益觀棋詩後》云：殘局分明一著難，公然袖手作旁觀。尚書自是忘情慣，當作河山一例看。

饒雲鵬 字少岳，號列辰，道光舉人，官知縣

《出都聞雪舫病没》云：詩老驚凋謝，長安客愴神。歌虞悲故里，吾道失斯人。憶自枌榆裏，相邀祓禊辰。長風同結社，勝日卜為鄰。招飲秋生月，論詩夜向晨。先生真健者，唐律證前身。賈島推敲細，王維畫本新。歌行規杜甫，塞曲擅盧綸。言逐千泉湧，談揮四座賓。辯才方炙輠，妙解識勞薪。靈運時攜屐，曹參日飲醇。銜杯稱樂聖，賣字莫醫貧。雨墊危巾角，風生破甑塵。名應高楚澤，詔不下蒲輪。白眼看時事，青山困隱淪。鶴丹殊自潔，龍性固難馴。猥以推交雅，偏於氣誼親。奇文欣指點，拙草藉陶甄。籬菊杯同把，階蘭佩共紉。騎驢尋野店，并馬入城闉。却愧豪遊慣，翻勞送別頻。高風淮水渡，落日大河濱。駿骨燕臺夕，鶯花上苑春。行踪看落落，贈話費諄諄。當代希褒鄂，雄文首漢秦。功名金騕裏，事業畫麒麟。厚意期紅杏，相思托白蘋。折梅煩陸凱，削牘重陳遵。方謂還鄉轍，長欽聘席珍。豈知成契闊，忽爾痛歸真。大雅嗟衰歇，浮生歎苦辛。未能親問藥，空使淚沾巾。華表題名士，銘旌署逸民。公歸何處所，我客抵河津。楊柳初飛絮，夭桃正結仁。傷心時屢換，囬首跡俱陳。已矣吾安仿，摧頹氣不伸。嘔肝思著述，傲骨想嶙峋。宿草行將長，遺文詎可泯。搜羅吾輩事，香火記前因。《內丘道中寄懷同社》云：馬蹄終日走風塵，趙北燕南寄此身。朝市數公渾大隱，亂離何處著詩人。交深白社懷鄉國，客老秋風憶膾蒓。幾度曰歸歸未得，濁醪誰與醉湖濱。

彭　琅 字莒舟

《寄題雪舫聽香閣詩》云:君家聽香閣,我家環翠樓。樓高閣迥兩相望,天光雲影長悠悠。安得夸娥二子負之走,移置崑崙同一丘。門開紫霞戶碧漢,不須重挽廻萬牛。仙媛神官錯雜處,喝倒日月行不留。黃麟翠鳳送歌舞,玉液金丹勞勸酬。胸次硨矶忽平坦,妙香一炷團成毬。不聽以耳聽以意,意幻合使天公愁。綿綿不絕刷如縷,焉知晦朔兼春秋。蝶不夢漆園吏,米不貸監河侯。文不點鸚鵡賦,酒不貰鷫鸘裘。凡火欲燒燒不得,腰笛控鶴時驂虯。胡爲我坐黃蒆君翠流,月眼下識沉與浮。三千雲笈窮羅搜,苦思元氣爲神舟。

朱　性

性失其名,或謂性即名,武穴之縫工也。喜吟詠,都人士引爲詩友,多與之酬唱。有《詠水鋼》,句云:"嘗見白雲沉水底,月明又是一重天。"使遇王司寇,又一李東白矣。

【校記】

〔1〕"夫夫不可稱無媒氏邪",夫夫,《莊子·田子方》:"於是旦而屬之夫夫曰。"郭象注云:"夫夫皆方於反。司馬云夫夫大夫也。一云夫夫古讀爲大夫。"或是《詩徵》刊刻有誤,乃是"夫子"、"大夫";或衍一"夫"字。

〔2〕一字廓庵,《四庫全書總目提要》卷三十七"經部"三十七:"《古本大學解》二卷,湖北巡撫採進本,國朝劉醇驥撰,醇驥字千里,號廓菴,廣濟人。"

〔3〕韎韐,原作"韎袪",或是"韎韍"、"韎韐"之讹。韍,弓衣也,《儀禮·士冠禮》"緇帶韎韐"。韎,赤黃色。韎韐,染成赤黃色的皮子,用作蔽膝护膝,《詩·小雅》"韎韐有奭"。二者皆爲戎裝,均符合此處文義。從韻脚看,應是"韐"。

增訂

金德嘉

先生五歲而孤[1],事母孝。端品勵行,當名場馳驟之會,泊焉自守。登朝未幾,即致仕以歸,二十年足跡不入城府。於主敬存誠之學,始終堅定,屹為儒林完人。《彭南畇文稿》

先生《朱陸異同考》謂:集群聖之大成者孔子,集群賢之大成者朱子。又謂姚江之徒,龍谿、緒山,假尊師煽羽翼,土苴傳注,糟粕前賢,末流乃有何心隱?李卓吾莽蕩潰決,此豈姚江逆料所及哉?又謂天下非無材之患,有材而不遜志於學則大患。皆持平守正之談,而先生生平宗旨亦於此可見矣。《松心日錄》

諛墓古有之而今尤甚,會公詩云:縑包帛裹致鴻文,萬善都歸顯者隧。委巷潤色多錢翁,其生也椎沒而賁。眉山妙喻示王郎,膏面飽腹須臾事。君子於言無所苟,俾死如生生不媿。蓋為人誌墓,核其實,當其人,無泛無浮,有體有要。即諛墓之金,曷嘗不可與劉叉共醉哉?《聽松廬詩話》

會公斷句如:天下豈乏才,有才視所用。千古下士人,終收士之力。學從艱苦入,慧自寂寥生。安貧勞自慣,干祿學原疏。山城一路黃梅雨,古寺雙峰碧玉流。侍從兩朝多諫草,世家三楚一衡門。酒邊歲月陶元亮,詩裏乾坤杜少陵。途窮阮籍狂呼飲,天放虞卿老著書。世澤儒林行有傳,家貧貨殖本無書。網羅後史譬前史,零碎旁書補正書。懷古每令愁似海,積書何補債如山。人惟學道甘貧賤,友到知心苦別離。皆有理趣。

【校記】

〔1〕"先生五歲而孤"及此後四段,乃增訂本所增"金德嘉"條內容,今剔出並復列條目。

湖北詩徵傳略卷二十一

安　　陸

唐

許圉師顯慶中官侍郎，同中書門下

圉師有器幹，擅文藝。高宗自書詔賜遼東諸將，謂許敬宗曰："圉師愛書，可示之。"累遷爲左相，坐事貶刺史。吏有犯贓者，即賜"清白吏"額以激之，遂改節爲廉士。其寬厚類如此。

《詠牛應制》云：逸足還同驥，奇毛自偶麟。欲知花跡遠，雲影入天津。《全唐詩》

許　渾字用晦，太和進士，官刺史

渾爲圉師嫡裔，嘗分司於朱方。丁卯間自編所著，因以爲名。一云丁卯者，其所居地之橋名也。　晁公武《讀書》記渾爲圉師後，則渾信爲安陸人。今作丹陽者，或避地寓居其間耳。大抵詩人爵里既不見尊於國史，而邑乘之紀載又皆承譌舊說。如此之類，未易枚舉。周聖楷《楚寶》

渾嘗以烏絲欄本手自鈔其詩一百篇爲集，字法極精妙。第一篇："湘潭雲影暮煙出，巴蜀雪銷春水來。"《書史》

詩至許渾，淺率極矣，而楊仲弘[1]、高棅、郝天挺之徒以爲警策。唯《秋晚雲陽驛西亭蓮池詩》云"爲憶蘭塘秉燭遊，葉殘花敗尙維舟。煙開翠扇清風曉，水汎紅衣白露秋。神女暫來雲易散，仙娥初去月難留。空懷遠道無持贈，醉倚闌干盡日愁"一律[2]，乃許丁卯集中第一，爲晚唐絕唱。楊愼《升庵詩話》[3]

　　《丁卯集》家有其書，無俟選錄。特其七律，極諸家之長，實無體不備。升庵謂其淺率[4]，恐非篤論。茲摘偶聯之佳者，以俟當時論定焉：山翠萬重當檻出，水光十里抱城來。井轉轆轤千樹曉，鎖開閶闔萬山秋。山齋留客掃紅葉，野艇送僧披綠莎。清露下時傷旅鬢，白雲歸處寄鄉心。孤帆夜別瀟湘雨，廣陌春期樗杜花。龍臥石潭聞夜雨，雁移沙渚見秋潮。楓浦客來煙未散，竹窗僧去月空明。寒雲曉散千峯雪，暖雨晴開一徑花。吳岫雨來虛檻冷，楚江風急遠帆多。貧後始知爲吏拙，病來還喜識人稀。簾前碧樹窮秋密，窗外青山薄暮多。晚收紅葉題詩遍，秋待黃花釀酒濃。一聲溪鳥暗雲散，萬片野花流水香。竹徑繞山松葉暗，柴門臨水稻花香。溪雲初起日沉閣，山雨欲來風滿樓。鳥下綠蕪秦苑夕，蟬鳴黃葉漢宮秋。水聲東去市朝變，山勢北來宮殿高。鴉噪暮雲歸古堞，雁迷寒雨下空濛。又通首清蒼，力爭初盛者，如《金陵懷古》云：玉樹歌殘王氣終，景陽兵合戍樓空。楸梧遠近千官冢，禾黍高低六代宮。石燕拂雲晴亦雨，江豚吹浪夜還風。英雄一去豪華盡，唯有青山似雒中。《朝臺送客》云：趙佗西拜已登壇，馬援南征土宇寬。越國舊無唐印綬，蠻鄉今有漢衣冠。江雲帶日秋偏熱，海雨隨風夏亦寒。嶺北歸人莫回首，蓼花楓葉萬重灘。《聽鷓鴣》云：金谷歌傳第一流，鷓鴣清怨碧雲愁。夜來省得曾聞處，萬里月明湘水流。《三十六灣》云：縹緲臨風思美人，荻花楓葉帶離聲。夜深吹笛移船去，三十六灣秋月明。

宋

張君房字允方，景德進士，官尙書員外郎，集賢院校理

　　君房壯始從學，遊場屋，甚有名，及第年逾四十。祥符中，日本入貢，蓋

因國東有祥光現。索傳中原天子聖明,則此光現。真宗敕本國建寺,賜額曰"神光",夷使乞令詞臣撰寺記。時值紫微閣者辭學不優,居常以君房代之。君房醉飲樊樓,遣人遍索不得,大窘。時种放以司諫歸華山。錢希白、楊大年玉堂暇日,改《閑忙令》,曰:"世上何人號最閑,司諫拂衣歸華山。世上何人號最忙,紫微失却張君房。"傳以爲笑。君房自御史臺坐謫官寧海,知錢塘縣。適真宗崇尚道教,盡以秘閣道書付杭州,俾戚綸、陳堯臣校正,綸與堯臣薦君房主其事。君房乃編次得四千五百六十五卷,進之,復攝其精要爲《雲笈七籤》一百二十二卷。餘如《乘異記》三編、《科名定分錄》七卷、《儆戒會最》五十事、《麗情集》十二卷、《潮說》《野語》各三篇,《脞説》二十卷之類甚多。歷知隨、郢、信陽三郡,年六十三分司歸安陸,六十九致仕,卒年八十餘。子百藥纂其詩賦雜文,爲《慶曆集》三十卷。《四庫全書提要》《麈史》《默記》《湘山野錄》

宋 庠 字公序,天聖進士,官參知政事樞密使,初封莒,徙封鄭,謚元獻

庠寶元中以右諫議大夫參知政事,與呂夷簡論議不合,出知揚州。慶曆中,代范仲淹還相位。以弟祁子與越國夫人客僞造敕牒論死,諫官包拯奏庠不戢子弟,乃以刑部尚書知河南府。入覲,充樞密使,封莒國公。自應舉時與弟祁以文章擅名天下,性儉約,不好聲色,讀書至老不倦。天資忠厚,嘗曰:"逆詐恃明,殘人矜才,終身弗爲也。"《宋史》

庠少與弟逢異僧,相曰:"小宋當大魁天下。"後十年僧見庠,驚問曰:"丰神頓異,似曾活億萬命者,亦當大魁。"蓋庠曾作筏渡蟻也。比與弟祁同舉進士,唱名祁第一,庠次之。章獻太后謂弟不先兄,擢庠第一,置祁第十。號曰二宋,以大小別之。

《歸田錄》云:宋元獻庠,初名郊,字伯庠,與弟祁自布衣時名動天下,稱二宋。其爲知制誥,仁宗驟加獎眷,便欲大用。李淑忌其先進,譖之,謂其"姓符國號,名應郊天"。又曰:"郊音交,交者,替代之名也,宋交,其言不祥。"仁宗遽命改之。公怏怏不獲已,乃改爲庠,字公序。公後更踐二府二

十餘年，以司空致仕，兼享福壽而終。淑竟不見用而歿，可爲小人之戒也。《靖康緗素雜記》

宋莒公殿試《德車結旌賦》，第二韵當押結字，偶忘之。考試官奏過，得旨，因得在數，以魁天下。其後謝主司文啟云：掀天波浪之中，舟人忘檝；動地鼓鼙之下，戰士遺弓。蓋敘此也。《台州府志》

元獻奉詔更名，移書葉道卿，乃呼同年。葉戲答公曰："清臣，宋郊榜第六中選。遍閱《小錄》，無宋庠者，不知何許人。"公因寄一絕自解云：紙尾勤勤問姓名，禁林依舊玷華纓。欲知《七略》稱臣向，便是當年劉更生。　許昌西湖與子城密邇相待，典環作鎮日，取土築城，導溪水潴之，中爲橫堤。初但有其半，西倍增而水不甚深。莒公爲守，因起黄河村夫浚治之，與西通。建展江亭，亭成因賦詩云：綠鴨東陂已可憐，更因雲竇注新泉。鑿開魚鳥忘情地，展盡江湖極目天。向夕舊泉都浸月，遏空新樹便留煙。使君直欲稱漁叟，願賜閒州不計年。《石清詩話》　莒公此詩項聯，當時謂開曠古之奇。然實本於五代馬殷幕客徐仲雅"鑿開青帝春風囿，移下嫦娥夜月樓"之句，見《西清詩話》。

庠初罷政事守亳社，一日營妓曰："劉蘇哥有終身約，而其母禁之至苦。方春物暄妍，馳馬郊外，長慟而卒。"庠云："士大夫受人盻睞[5]，隨燥濕變渝，如翻覆手，曾狂女子不若。"因序其事以詩吊之，云：蘇哥風味逼天真，恐是文君以上人。何日九原芳草綠，大家攜酒哭青春。《西清詩話》《苕溪漁隱叢話》謂此詩蓋指子京而言也。

《義井》云：風廻寂不波，無風性逾定。澂清太古泉，俯瞰寒人影。征途遏火雲，取汲藉修綆。《莊獻太后挽詞》云：寶慈垂母訓，一紀御璿除。地有占沙舊，天仍補石餘。軒星淪夕緯，雀轓去宸居。異日金縢啟，方知復辟書。旰昃身無憚，寒暄疾有加。災生織女奈，魂斷濯龍車。厭翠浮晨旭，邊簫咽暝霞。唯留長樂注，刊美在皇家。《落花》云：昨夜西風拂院牆，歸來何事臉凄涼。漢臯佩冷臨江失，金谷樓危到地香。淚臉補痕勞獺髓，舞臺收影費鸞腸。南朝樂府休廣曲，桃葉桃根盡可傷。《春陵懷古》云：鬱鬱春陵舊帝家，黍離千古易興嗟。蕭王此日爲天子，莫説金吾與麗華。上唐遺壤亘荒途，白水煙消拱木枯。陌上停驂聊借問，帝鄉今有舊親無。《宋詩紀事》

宋　祁 字子京，天聖進士，官龍圖閣直學士，贈尚書，諡景文

祁父玘，雍丘人，爲應山令，因家安州。夢人遺《文選》一部而生祁，故小名選郎。與歐陽修同修《唐書》，以羸疾，詔遇入直許一子主湯藥。皇祐中詔求直言，祁奏切中時病，惜不克用。嘗過御街，逢內家車忽有搴帷呼小宋者，祁因作《鷓鴣天曲》。落句有云：“劉郎已恨蓬山遠，更隔蓬山幾萬重。”其辭傳達禁中，仁宗訪知呼小宋者，與翰林語及小詞，祁惶恐。上曰：“蓬山不遠。”遂以前宮娥賜之，至今傳爲佳話。《宋史》本傳

子京《鷓鴣天》詞云：畫轂雕鞍狹路逢，一聲腸斷繡簾中。身無彩鳳雙飛翼，心有靈犀一點通。金作屋，玉爲籠，車如流水馬如龍。劉郎已恨蓬山遠，更隔蓬山幾萬重。王阮亭云：“蓬山不遠，小宋何幸得此奇遇。麗矍燃椽燭，遠山磨隃糜。此老一生享用，令人羨煞。”　又《玉樓春》詞云：東城微覺風光好，縠皺波紋迎客棹。綠楊煙外曉寒輕，紅杏枝頭春意鬧。浮生長恨歡娛少，肯愛千金輕一笑。爲君持酒向斜陽，且向花間留晚炤。稿出即爲當時艷傳，與張子野齊名。一日過子野齋，將命者曰：“尙書欲見‘雲破月來花弄影’郎中。”子野內應云：“得非‘紅杏枝頭春意鬧’尙書邪？”《詞林紀事》

子京修《唐書》，嘗一日大雪，添帟幕，燃椽燭，左右熾炭二巨爐，諸姬環侍。方研墨濡毫，以澄心堂紙草。一傳未成，顧諸姬曰：“汝輩俱曾到人家，頗見主人如此否？”皆曰：“無有。”其內一姬來自宗子家，子京曰：“汝太尉當此天氣，亦復何如？”對曰：“不過擁爐命歌舞，間以雜劇，痛飲至醉而已，如何比得內翰？”子京點頭曰：“亦頗不俗。”乃掩卷閣筆，遽命酒，飲之幾達旦。明日對賓客自言其事，後每宴集必舉以爲笑。《語林》

子京博學能文章，天資蘊藉，好遊宴，以矜持自喜。晚年知成都府，帶《唐書》於本任刊修。每宴罷盥漱畢，開寢門，垂簾，燃二椽燭，媵婢夾侍，和墨伸紙。遠近觀者，皆知尙書修《唐書》，望之若神仙焉。　子京多內寵，後庭曳羅綺者甚眾。嘗宴於錦江，偶微寒，命婢取半臂。諸婢各取一枚，凡十餘枚皆至。子京見之茫然，恐涉厚薄之嫌，竟不敢着，忍冷而歸。　嘉祐

中,翰苑諸公皆入政府。包拯爲三司使,祁守鄭州。二公久著人望,而未見用京師。諺曰:"撥隊爲參政,成羣作副使。"而以翰林承旨召景文,景文以詩寄梁丞相。略云:"梁園賦罷相如至,宣室釐殘賈誼歸。"蓋謂差除兩府足。方被召也,爲承旨,有《玉堂作》云:"粉署重來憶舊遊,蟠桃開盡海山秋。寧知不是神仙骨,上到鰲山更上頭。"《東軒筆記》

范蜀公少時與宋景文同賦《長嘯却邊騎》,蜀公先就。破題云:"制動以靜,善勝不爭。"景文見之,於是不復出其所作,潛於袖中毀之。因謂蜀公曰:"公賦甚善,更當添以二'者'字。"蜀公從其説,故謂之"制動者以靜,善勝者不爭"。然景文賦雖不逮於蜀公,它人亦不能及。《破題》云:"月滿邊塞,人登戍樓。"真奇語也。 三泉龍洞以山爲門,深數十步,復見天日。其山水之秀,蓋自然而成,非人力也。景文賦詩云:"虬洞聳雲峯,緣虛一綫通。雲披雙壁敞,樹補半巖空。槳竹森煙纛,飛泉曳玉虹。垂蘿不肯晝,陰壑自然風。嶺斷天斜碧,崖傾日倒紅。浮丘邈難遇,留恨翠微中。"曲盡龍洞之景。 《雲齋廣錄》云:"二宋以文章擅名天下,子京守蜀有詩云:'碧雲謾有三年信,明月空爲兩地愁。'其後卒不入兩府,人以爲讖。"予以子京用何遜《與胡興安夜別詩》:"念此一筵笑,分爲兩地愁。"《廣錄》之論不知所自也。 又《詠叔孫通詩》云:"馬上成功不喜文,叔孫緜蕝强經綸。諸君可笑貪君賜,便許當時作聖人。"王逢原《詠叔孫通》,亦用此意。云:"弟子由來一味純,異時得失亦頻頻。一官所買知多少,便議先生作聖人。"其用意正同。今《荆公集》亦載宋詩,非也。《能改齋漫錄》

二宋俱爲晏元獻門下士,兄弟雖甚貴顯,爲文必手鈔寄求雕潤。嘗見景文寄公書曰:莒公兄赴鎮圃田,同遊西池,作云:"長楊獵罷寒熊吼,太乙波閒瑞鵠飛。"語意驚絶,因作一聯云:"白雪久殘梁復道,黃頭閒守漢樓船。"仍注"空"字於"閒"字之旁,批云"二字未定,更望按示"。晏公書其尾曰:"'空'優於'閒',見雖有船不御之意,又字好語健。"蓋前輩務求博約,情實純至,蓋如此也。《西清詩話》

宋景文言:爲文是靜中一樂。《剡溪野語》

二宋微時僦舍錦標坊下,與吏鄭生者鄰,情跡頗熟。凡郡守所欲賤狀,皆二公爲之。夏英公竦守郡,怪問之:"若將學而自爲之邪?"吏以實對曰:"二宋秀才代之也。"因觀其所著作,益大驚異。命詠《落花賦》,成,英公曰:"大宋君詠落花而不言落字,必作狀元宰相。小宋君非所及,然亦登嚴近。"後皆如其言。《青箱雜記》

宋景文修唐史,好以艱深之詞文淺易之説。歐陽公思有以諷之,一日大書於壁云:"宵寐匪禎,札闥宏休。"景文見之曰:"非'夜夢不祥,題門大吉'邪?何必求異如此。"《山堂肆考》

晁以道家有宋子京手書《杜工部詩》一卷。《竹坡詩話》

天聖二年省試《采侯詩》,宋尚書祁最擅場。句云:"色映栅雲爛,聲迎羽月遲。"尤爲京城傳誦,當時舉子目公爲宋采侯。《六一詩話》

宋景文云:"左太冲詩'振衣千仞岡,濯足萬里流',使人飄飄有出塵之想,不減嵇康'目送飛鴻'語。"《世説補》

宋景文平生數詠落花詩,晚守圃田,又詠此題云:"香歸蜂蜜盡,紅入燕泥乾。"人謂景文與落花俱盡,未幾果卒。《稿束贅筆》

魏野字仲先,陝川人,好吟詠,不求仕進。真宗聞之,屢徵不起。子閑亦有父風。宋祁贈以詩云:"姓名高士傳,父子少微星。"蓋以隱德世其家者[6]。曹廷諫《宋百家詩存》

余少爲學,本無師友。家苦貧無書,習作詩賦,未始在志立名於當世也,願計粟米養親紹家閥耳。年二十有四,乃以文投故宰相夏公。公奇之,以爲必取甲科。吾亦不知果是歟[7]。天聖甲子從鄉貢試禮部,故龍圖學士劉公歟所試辭賦,大稱之朝,以爲諸生冠[8]。吾始重自淬礪,力於學,模寫有名士文章,諸儒頗稱以爲是。年過五十,被詔作《唐書》。精思十餘年,盡見前世諸著,乃悟文章之難也。雖悟於心,又求之古人,始得其涯略。因取試五十以前所爲文,赧然汗下。知未嘗得作者藩籬,而所效皆糟粕芻狗矣。夫文章必自名一家,然後可以傳不朽。若體規畫圓,準方作矩,終爲人之臣僕。古人譏屋下作屋,信然。陸機云:"謝朝華於已披,啟夕秀於未振。"韓愈曰:"惟陳言之務去。"此乃爲文之要。五經皆不同體,孔子既殁,百家奮興,類不相沿。是前人皆得此旨。嗚呼,吾亦悟之晚矣。雖然,若天假吾

年,猶冀老而成云。《筆記》

《中秋新霽,壕水初滿,自城東偶泛舟廻,謝公命賦》云:齋舫譚經後,官池載酒行。斜陽鳥外落,新月樹端生。演漾思江浦,夷猶繞郡城。東轅有遺恨,日日物華清。《寒食》云:九門煙樹蔽春塵,小雨初晴潑火前。草色引開盤馬地,簫聲吹暖賣餳天。縈絲早樹輕無著,弄袖和風細可憐。鰲署侍臣貪出沐,珉麋珠韜愧頒宣。《落花》云:墜素翻紅各自傷,青樓煙雨忍相忘。將飛更作廻風舞,已落猶成半面妝。滄海客歸珠迸淚,章臺人去骨遺香。可能無意傳雙蝶,盡付芳心與蜜房。《皇帝閣春帖子詞》云:望春臺下春先到,獵獵青旗倚漢宮。水自北涯生暖溜,花從東面受和風。《宋詩百一鈔》

《城隅晚意》云:寥寥天意晚,稍覺井閭閒。水落呈全嶼,雲生失半山。牛羊樵路暗,燈火客舟還。瞑思一鳧鵠,歸飛沆瀣間。《長安道中悵然作》云:三輔大風煙,征驂悵未前。山園蓬顆外,宮室黍離邊。樹老經唐日,碑殘刻漢年。便須真隕涕,不待雍門弦。《七月二十七日》云:客雁歸何處,寒螿鳴不休。兼之清夜永,副以長年愁。家令有移帶,中郎餘白頭。此懷誠自感,何賴怨高秋。《覽蜀宮故城作》云:國破江山老,人言岸谷摧。鴛飛今日屋,鹿聚向時臺。故苑猶飛雪,荒池但劫灰。頺遺糊處壤,閫記數殘枚。恨月窺林下,悲風覓隴來。依城狐獨速,失廈燕裴回。廢社纔存樹,陰垣自上苔。有情唯杜宇,長爲故王哀。《江瀆亭》云:一鼉掀翅壓溪隅,吏事初閒此燕居。斷岸有時通略約,輕風盡日戰栟櫚。雲鴻送目揮弦後,手板看山拄頰餘。茇碧蒲青來更數,江人多識使君旟。《把酒》云:歌管嘈嘈月露前,且將身世付酡然。漫誇鼷鼠機頭箭,不識醯雞甕外天。青史有人譏巧宦,黃金無術治流年。君看醉趣兼醒趣,始覺靈均更可憐。《送傅印臺先生之洮沔兵備》云:隴樹青青塞草黃,氈車迢遞過咸陽。鼓鼙夜渡秦關遠,旌節春臨渭水長。苜蓿營中屯宛馬,蒲桃月底擁胡牀。懸知麟閣題名日,萬里功成兩鬢蒼。《九日》云:颸館輕霜拂曙袍,糗餈花飲鬪分曹[9]。劉郎不敢題餻字,空負詩中一世豪。《過摩訶池》云:十頃隋家舊鑿池,池平樹盡但廻隄。清塵滿道君知否,半是當年渭水泥。池邊不見帛闌船,麥隴連雲樹繞天。百歲興衰已如此,爭教東海不爲田。佳句如:曉日侵簾押,春寒到被池。虺蔓相結盤,虯稍久廻曲。紛若未契繩,繁如已綸紓。誰言漢樸學,正是楚枝官。青帝廻風還習習,黃人捧日故遲遲。黃抹柳梢初遍後,紫黏花萼未開前。《宋詩紀事》

鄭 獬字毅夫,皇祐進士,官翰林學士,有《郎溪集》

獬少負俊材,詞章豪偉峭整,流輩莫及。初判陳州,入直集賢院,知制誥,言事多報可。神宗初,召夕對内東門,賜雙燭送歸舍人院,廷無知者。拜翰林學士,按問新法,爲王安石所惡,出知杭州。旋徙青州,方散青苗錢,上言但見其害,不忍民無罪而陷憲網。引疾乞閒,提舉鴻慶宫,卒。

王荆公素不樂滕元發、鄭毅夫,目爲滕屠鄭酤。然二公豪邁,殊不病其言。毅夫一日送客出郊,過朱亥冢,俗謂之屠兒原者,作詩云:"憑君莫笑金槌陋,却是屠酤解報恩。"《老學庵筆記》

鄭獬詩:夜來過嶺忽聞雨,今日滿溪都是花。《詩人玉屑》

田家汩汩流水渾,一樹高花明遠村。雲意不知殘照好,却將微雨送黃昏。鄭毅夫詩也。春陰花野草青青,時有幽花一樹明。晚泊孤舟古祠下,滿川風雨看潮生。蘇子美詩也。第二句相類,然皆清絕可愛。《能改齋漫錄》

仁宗重於選士,皇祐五年廷試,既考定,前一日[10],取首卷焚香祝曰:"願得忠孝狀元。"沠名乃鄭獬也。故獬謝啟曰:"何以副上心忠孝之求。"《麈史》

毅夫自負時名,國子監以第五人選[11],意頗不平。謝主司啟詞有"李廣事業自謂無雙,杜牧文章只得第五"之句。又云:"騏驥已老,甘駑馬以先之。巨鼇不靈,因頑石之在上。"主司深銜之。它日廷策,主司復爲考官,必欲黜落以報其不遜。有試業似獬者[12],枉遭斥逐。既而發考卷,則獬仍以第一人及第。沈括《夢溪筆談》

獬未達時,病疫甚困,夢至一處若宫闕,有吏迎謁甚恭。公曰:"吾病煩熱,思涼浴以清肌膚。"吏曰:"辦之久矣。"遂導至一室中,有方池,甃以明玉,水光灧灧,以手測之,清泠可愛。公座其上,引水沃身,俄頃兩臂皆生白鱗。顧水中影,則頭已角出。公驚,遽去。吏云:"玉龍池,惜乎公不入其水,入當大貴。但沾灑而已幸,而公是白龍翁,雖貴,不至一品。"乃覺,大汗而愈。公後登第一,乃戲爲詩云:文闈數載奪先鋒,變化須時自古同。霹靂一聲從地起,到頭元是白頭翁。《緯略》

毅夫晚年詩筆飄灑清放,幾不落筆墨畛畦間,入李杜深格。《守餘杭日送客西湖,艤舟文瑩舊居留詩壁上》云:春入蘿徑靜,浪花翻遠晴。又:東飛江雲北飛燕,同寄春風不相見。《餘杭郡閣》云:雨影橫殘虹,秋容陰映日。寒江帶暮流,晚角穿雲出。雲峯翠如織,宿鳥去無跡。封書寫所懷,聊托荊門翼。《行次南郡遇雨》云:雨聲飄斷忽南去,雲勢下生從北流。料得涼風消息好,蕭蕭已在柳梢頭。又:老火燒空未擬收,急驚快雨破新秋。晚雲濃淡落日下,只在楚江南岸頭。時頗訝其氣象不遠。後解杭麾,將赴青社,以病困泊舟楚州[13],遂卒。其語已兆於先。《玉壺清話》《澠水燕談》[14]

吳門蠡口瀕太湖,乃范蠡自此乘扁舟泛五湖也。鄭毅夫詩云:千重越甲夜城圍,戰罷君王醉不知。若論破吳功第一,黃金只合鑄西施。《唐溪詩話》

鄭獬《上翰林詩》曰:中使傳宣內翰家,君王令草侍中麻。紫泥金印封題了,銀燭纔燒一寸花。《淵鑑類函》

仁廟嘉祐中開賞花釣魚宴,介甫以知制誥預末座。帝出詩示羣臣,次第屬和。至介甫,日將夕矣,亟欲奏御,得"披香殿"字,未有對。時鄭毅夫獬接席,顧介甫曰:"宜對太液池。"故其詩有云:"披香殿上留朱輦,太液池邊送玉杯。"翌日都下盛傳王舍人竊柳詞"太液波翻,披香簾捲",介甫頗銜之。《西清詩話》

《采鳧茨》云:朝攜一筐出,暮攜一筐歸。十指欲流血,且急眼前飢。官倉豈無粟,粒粒藏珠璣。一粒不出倉,倉中羣鼠肥。《宋文鑑》

初,獬以進士試於廷,舍人劉敞得卷曰:"此文似皇甫湜。"獬嘗與敞書,亦言韓退之時以文章雄立一世者,獨李翱、皇甫湜、張籍耳。然翱之文尚質而少工,湜之文務實而不肆,張籍歌行乃勝於詩,至於它文不少見,計亦在歌詩下。使之質而工,奇而肆,則退之作也云云。觀其所言,知文章宗旨實源出韓門矣。王得臣《麈史》稱,鄭内翰久遊場屋,詞藻振時。唱名之日,同試進士皆歡曰"好狀元",仁宗爲之慰悦。本傳亦稱其詞華豪偉峭整,議論剴切,精練民事。今以所存諸作核之,殆非虚美。《四庫全書提要》

《省中畫屏蘆雁》云:高堂傾動長江流,黄蘆羣雁滿滄洲。掃開長安塵土窟,寫出江南煙水秋。兩雁斜飛入空闊,四雁顧慕横沙頭。高風拉折蒼玉幹,蘆花雪盡無人收。赤日飛光不敢近,但覺爽氣屏間浮。常聞畫龍入神變,坐馳雲雨天地遊。只恐此鴈亦飛去,瀟瀟萬里誰能留?《寄程公闢》云:念昔都門手一攜,春禽幾向苧蘿啼。夢廻金殿風光别,吟到銀河月影低。舞急錦腰迎十八,酒酣金盞照東西。何時得遂扁舟去,雪棹同君泛剡溪。《浮雲樓》云:樓在浮雲縹緲間,浮雲破處見朱欄。山光射入鄖城紫,溪影横飛夢澤寒。《代探花郎一絶》云:嫩綠輕紅相向開,一番走馬探春廻。青衫不管露痕濕,直入亂花深處來。《春詞》云:小池春破玉玲瓏,聲觸簾鈎漸好風。閑遶闌干掐花樹[15],春痕已著半梢紅。《雪晴》云:天外丹霞一抹紅,瓦溝已見雪花溶。前山未放曉寒散,猶鎖白雲三兩峯。《宋詩紀事》《青瑣集》有獬《題吳江長橋》,句云:插天蝃蝀玉腰闊,跨海鯨鯢金背高。殊雄闊。

鄭 獝 字獻嘉,獬弟

獝,風流文雅人物,秀俊翩翩佳公子也。幼隨獬守東南名郡,如錢塘之類。所閲佳麗,皆一時之選。喜讀書,詩章翰墨皆有聲。獬既殁,求監安州酒税,以近鄉里便養親也。《麈史》

《王子安應城新亭》云:一簪華髮一牀書,盡日新亭適意無。莫道長安天樣遠,長官自不厭江湖。前年諫獵出長楊,乞得新亭作醉鄉。好把青山貽酒媪,從教人識御爐香。

朱元瑜 官知縣

元瑜好爲詩,有"嚼梅香襲齒,攀柳緑藏巾"之句。《麈史》

令狐揆字子先

揆初仕齊安理掾，歲滿還里。嘗與二宋謁郡守，值守方歸，三人立戟門後。騶騎傳呼而來，二宋相顧歎慕。揆曰："此何羨邪？吾輩不出入將相，皆不足道。"後元憲爲丞相，景文終八座，揆止於推官。《麈史》

揆卜築溳溪之南，耕釣之外，著書彈琴而已。嘗雪中跨驢，入城詣張君房借書。令小童攜籠負琴，帛繒暖帽，委轡長唫曰："借書離近郭，冒雪渡寒溪。"時布衣林逸善繪，因作《令狐揆雪中渡溪圖》。《雲夢十書》

揆，安陸名儒，於書無所不窺。著《易疏精義》，余嘗從堂兄伯芑假觀。又《經義考佚》、《晉年統緯》、《世惣》、《默書》、《讒臘》、《琴譜》、《丘途轄要》，各著皆見《麈史》。《樂要》三卷[16]，見《宋史·藝文志》。

張璹字全翁

璹父君靖，官光祿卿，年六十六致仕。璹以京東轉運使，坐公事降通判太平州。葛洪爲提舉坑冶，取璹腳色，欲發薦狀。璹與詩云："提司坑冶是新差，職比催綱勝一階。若發薦章求腳色，下官踪跡久沉埋。"後以京東提刑致仕，年六十九。璹與蘇軾嘗至杭州，軾爲題名龍華寺，云"蘇軾、王瑜、楊杰、張璹同遊"。又同遊天竺過麥嶺，軾皆爲題名。又《題龍井》云："元祐庚午，辨才老師年始八十，道俗相慶。眉山蘇軾子瞻、洛陽王瑜中玉、安陸張璹全翁、九江周燾次元來餽薌茗。"璹又有遊餘杭大滌洞題名云。《麈史》《見聞雜錄》《西湖志》《洞霄續志》

史驤字思遠

驤幼孤，從學於令狐揆。揆卒，驤謁太子中允句諶信道銘其壙[17]。又求屯曹外郎阮逸天隱爲文以表之，天隱與揆同年。福唐林逸書，襄陽孟逸篆額,時號三逸碑。驤善詩,壽陽朱炎節判贈詩云:"古人不到處,吾子獨留心。"其《題朱氏園》云:"花分先後留春久,地盡東南得月多。"如此類者甚夥。《塵史》

廖正一 字明略,元豐進士,有《白雲集》

正一祖淳,本劍南人,徙居安陸,天禧三年中進士,第十人。父子孟,字獻卿,皇祐元年亦中進士,第十人。正一元豐二年進士,元祐中除秘書省正字,出知常州。初,正一召試館職,蘇軾在翰林見其所對策,大奇之。紹聖間入黨籍,貶監信州玉山稅,鬱鬱不得志,喪明而卒。自號竹林居士。《塵史》《讀書志》《宋詩紀事》

廖正一明略、李格非文叔、李禧膺仲、董榮武子號爲後四學士。明略有《竹林集》,文叔有《濟北集》,膺仲、武子集,未之見也。《澗泉日記》

秦黃張晁爲蘇門四學士,每來必命取蜜雲籠供茶,家人以此志之。明略晚登東坡之門,公大奇之。一日又命取蜜雲籠,家人以爲四學士,窺之則廖明略也。《古今詞話》

明略與唐州二營妓往來,情好甚篤,其一小字憐憐,其一名梅。時憐憐爲大賈所納,明略道過汝墳,有感作詩云:阿憐二十頗有餘,秀眉豐頰冰瓊膚。無端欲作商人婦,更枉方尋海畔夫。阿梅笄歲得同歡,懊惱情深解夢蘭。鶯語輕清花裏活,柳條弱嫩掌中看。"方尋海畔夫",用"海上有逐臭夫"譏之也。《墨莊漫錄》

明略《答張十八畫詩》云:玉人風采夙相親,骨法多奇巫峽神。何幸丹青煩右相,坐令虛室四時春。見《聲畫集》。《和補之梅花詩》云:蕙蘭芳草久暌離,偶洩春光此一枝。自許輕盈羞粉白,何人閒麗得鄰窺?寒欺薄酒魂銷夜,月入重簾夢破時。幸有暗香襟袖滿,江南歸信不應遲。見《梅花鼓吹》。《宋詩紀事》《瀛奎律髓》

王得臣 字彥輔，嘉祐進士，官司農卿，有《麈史》《和杜詩》《鳳臺集》、《江夏古今紀詠集》、《江夏辨疑》等書

得臣甫成童，父命從學京師。師事鄉人鄭獬，及泰州胡瑗，又與明道程子友問學，該博以文章名世。登嘉祐四年進士第，官至司農少卿。年八十餘，性嗜書史，至老不倦，號鳳臺子。

《四庫全書提要》曰：《麈史》，王得臣撰是書。前有政和乙未自序，稱時年八十，追爲之序。書中稱"予在大農忽得目疾，乞宫觀。已而掛冠，年六十二"。以政和五年乙未逆推，至其六十二時，爲紹聖四年丁丑，成書當在其後。是時紹述之説方盛，而書中於它人書字、書官、書謚，唯王安石獨書名，蓋亦耿介特立之士。考所自述[18]，初受學於鄭獬，又受學於胡瑗。其明義一條，復與明道程子問答，疑爲洛黨中人。然評詩論文無一字及蘇黄，亦無一字攻蘇黄。其論詩小序兩申蘇轍程子之説，而皆不出其名。蘇軾以杜甫《同谷歌》中"黄獨"爲"黄精"，爲《後山詩話》所駁者，得臣申軾之説，亦不出其名。知其無所偏附，故元祐黨碑獨不列其姓氏，亦可謂卓然不染者矣。所紀凡二百八十四事，分四十四門。凡朝廷掌故、耆舊遺聞，耳目所及，咸登編録。其間參稽經典，辨別異同，亦深資考證，非它家説部唯載瑣事者比，《朱子語録》亦稱王彥輔《麈史》載幞頭之説甚詳云。

《宋史·藝文志》載其《和杜詩》《鳳臺集》，二編中佳制甚多。《宋詩紀事》所采甚博，何竟不及，殊爲憾事。

釋仲殊 字師利，有《寶月庵集》

仲殊姓張氏，名揮。初舉進士，能文工詩詞，操筆立就。少遊蕩不羈，其妻投毒羹餕中，幾死，啖蜜而解。醫云："復食肉則毒發不可治。"遂棄家爲釋子，居蘇州承天、杭州吳山寶月諸寺。常啖蜜，號蜜殊。蘇東坡守杭日，與之厚。陸彥遠，務觀族伯也，一日偕友人過訪。設齋供，必漬蜜食之，

客多不能下箸。惟東坡能與共飽，因作《安州老人食蜜歌》贈之。嘗遊姑蘇臺，柱上倒書一絶云："天長地久任悠悠，你若無心我亦休。浪跡姑蘇人不管，春風吹笛酒家樓。"好作艷詞，僧浮以詞箴之，莫能改。崇寧中忽上堂辭衆，夜閉方丈門，自經死。及火，舍利不可勝計。《志林》《老學庵筆記》《侯鯖錄》《吴郡志》《施注蘇詩》

宋詩僧以仲殊爲最，其《潤州》云："北固樓前一笛風，斷雲飛出建昌宫。江南三月多芳草，春在濛濛細雨中。"風格似岑嘉州。

黄左丞安中守平江日，會客，仲殊亦與焉。以疲倦先起，熟寐堂中，及覺，日已瞳矓矣。黄因罰作詩云："瑞麟香暖玉芙蓉，晝燭凝輝到晚紅。數點漏移笳仗北，一番雨滴甲樓東。夢遊黄閣鸞巢外，身卧彤幨虎帳中。報道譙門初日上，起吟簾幕杏花風。"始放去。瑞麟香，安中家所造也。《能改齋漫錄》

元

趙　復 字仁甫，有《希賢錄》、《傳道圖》、《師友圖》、《伊洛發揮》等書　子月卿

元太宗乙未歲，命太子闊出帥師伐宋。德安以嘗逆戰，其民數十萬，俘戮無遺。時楊惟中行中書省，軍前姚樞奉詔，即軍中求儒道釋醫卜士。凡儒生掛俘籍者，輒脱之以歸。復在其中，樞與之言，信奇士。以九族俱殘不欲北，因與樞謀。樞恐其自裁，留帳中共宿。既覺，月色皓然，唯寢衣在。遽馳馬周號積屍間，無有也。行及水際，見復已披髮徒跣，仰天而號，欲投而未入。樞曉以"徒死無益，汝存則子孫或可以傳緒百世。隨吾而往，必可無它"。復強從之。先是南北道阻，載籍不通，復以所記程朱所著諸經傳注，盡錄以付樞。自復至燕，學徒從者百餘人。世祖在潛邸，嘗召見問曰："我欲取宋，卿可導之乎？"對曰："宋，吾父母國也。未有引它人而伐父母者。"世祖悦，不強之仕。惟中與樞謀建太極書院，立周子祠，以二程張楊游朱六君子配食。選取遺書八千餘卷，請復講授其中，使學者知所嚮慕。許衡、郝經、劉因，皆得其書而尊信之。北方知有程朱之學，自復始。復爲人，

樂易而耿介，雖居燕不忘故土。與人交，尤篤分誼。元好問文名擅一時，其南歸也，復贈之言，以"博溺心、末喪本"爲戒。以自修讀易，求文王孔子之用心爲勉。其愛人以德，類如此。復家江漢之上，以江漢自號，學者稱曰江漢先生。《元史》本傳

《覃懷春日》云：江南江北半浮生，踪跡居然水上萍。竹雞啼罷山雨黑，鹽子生時桑柘青。《錦瑟祠》云：歌珠檀板楚王宮，半醉花間拾落紅。鐵馬日來人事改，不知隨水定隨風。《薊門雜興》云：何物愁來白髮生，日高霜冷正參橫。一聲寒角城鴉起，吹盡梅花怨未平。《再渡白溝》云：瘦馬柴車出白溝，河山依舊繞神州。都將百萬生降戶，換得將軍定遠侯。《薊門聞笛》云：夢裏繁華醉裏遊，倚天青壁障危樓。梅花哀怨成何事，吹破中原二百州。《出峽圖》云：蕭蕭十二峯前路，月落猿啼霜外樹。半夜誰家上水船，竹枝歌入瞿塘去。顧嗣立《元百家詩選》

月卿，復子，克紹家學，與許衡、劉因友善。拜憲司，未久謝去，屢徵不起。

明

何 遷 字益之，號吉陽，嘉靖進士，官侍郎，有《吉陽山人全稿》 子宇度

遷記問淵博，喜談性命之學。嘗從湛甘泉若水學，若水初與王文成公講學，後各立宗旨。遷之言"知止"，大約出入王湛兩家之間，亦不專守師說，其學人不能窺其際。初與楊忠愍公善，忠愍劾權相被禍，遷思畫策救之，爲鄢懋卿、趙文華所阻。由南京刑部侍郎歸里，益講學不輟。爲文章恥剽竊，奧邃可傳，詩有中唐風。嘗創書院吉陽山下，人稱吉陽先生。

余慶長《讀楊忠愍致吉陽何公二札書後》曰：楊忠愍致何公二札，講求出處之道，詳陳三說，望賜指教，以爲行止依歸。語甚懇摯。一札稱"今年大事，南都士夫俱相慶得人。吾兄一生之道德功名，皆於此事定之，可不慎乎？"其致勤者正大，信於所友之忠臣者既篤，則黨於奸臣之論，可不辨而自

明矣。案《明史·儒林傳》，湛氏門人，最著者德安何遷。遷之言"知止"，大約與永豐李懷等出入王湛兩家之間，而別爲一義。又《嚴嵩傳》，時坐嚴氏黨被論者，南京刑部右侍郎何遷。吁，以講學之名儒，而又黨奸臣，何其舛也。史載嚴黨，卿列七八人，胡植以下皆與嵩有逢迎交結狀。遷與柏鄉魏謙吉僅載銜名，微特與鄢懋卿、趙文華、胡植、萬寀市權納賄、朋奸黷貨者，薰蕕遠別，即與同時被論之白啟常、王材、唐汝楫關通狎交有實蹟者，亦黑白區分。且遷撫江右，值嵩秉政，齟齬左遷，淹滯日久。黨嚴者方旦夕出入卧內，疏遨者乃置之南都，此見於古陽文集者甚詳。而坐以嚴黨之由，則以翱翔仕路，既有洟泣依違之跡，又鈐山以翰墨投贈，難於割愛。《堅瓠集》載高致中詩。此所以牽連得書，然究無一言實據。而耳食之徒，遂指遷爲嚴黨者，誣矣。是知其時朝廷既失政刑，澄敘亦鮮確覈，不判良奸而疑似罹於朝議，罔分等級而黜謫統載銜名，溷淆品流而污衊名節。讀史尚議，是不可以不辨。又《忠愍集》載，遺令子應箕、應尾乞遷銘墓[19]，且相信於死後矣。《啜薇閒談》[20]

王世貞稱其詩出少陵、文宗兩漢。陳士元稱其爲文章恥剽竊，奧邃可傳，詩有中唐風。朱彝尊選《明詩綜》，謂李时遂稱其詩冲淡典實，錄《送人守綏德》及《萬松庵》二首。然集中佳作實不止此，佳句如：寒山人跡少，夜雪小溪平。高樹含星動，平沙印月流。嵩陰遙入夜，河色欲經秋。簾開疏篠鳥窺戶，林薄翠微人倚樓。江天日上千峯出，沙徑雲廻一雁過。北嶠雁歸秋色迥，南朝雲斷古宫斜。涼雨不迷江浦夕，疏鐙又見秣陵秋。縣志

《送人守綏德》云：戎馬猶嚴警，旌旄復遠行。龍沙知上將，燕頷本書生。樹引秦川直，山連晉水清。因君思保障，萬里見長城。《夏日飲環碧亭次韵》云：十丈孤亭煙水中，菰蒲深處白鷗通。墨花香煖玻璃潤，竹葉杯浮琥珀濃。潦倒可堪金谷飲，風流還許習池同。謝家兄弟多才俊，瓊樹無勞紫玉籠。《明詩綜》

《哭容城楊夏卿椒山》云：黃霧結高木，大星殞寒陬。忠貞氣何烈，妖孽魂未幽。射隼古皆遂，獲狐今豈疏。胡然搏豺虎，翻爾摧騏騮。撫昔感志士，擊邪聞先憂。叫閽信自許，赴鼎良已酬。作傳驚遺札，持危憤秘謀。公

密屬作墓誌，予亟趨王司成請援，將濟，毒者沮之。些歌哀不極，人代有春秋。《趙州望漢臺有感》云：望望鄗臺暮，春風漢時遙。城隅斜抱水，沙市曲通橋。北睇燕關迥，西聞胡馬驕。廉頗誰在眼，推轂想雲霄。《賦嵩門逸調贈江山柴生》云：孤琴渺何許，乃在越山岑。鼓之一以悲，不鼓悲復深。豈無弦上音，千載空招尋。悠然向嵩野，自得丘中心。《五松爲龍游尹君賦》云：種松臨絕澗，歷歷冒層阿。凋翠謝衆草，孤清良已多。翛然托遐想，歲晏還相過。素心有如此，物色其奈何。《送僧可然還蓮華峯》云：廿年能五見，高義塞江湖。誰謂忘情極，翻令老病蘇。野人非好佛，釋子豈援儒？千載虎溪後，還知此意無。《送王君出使便道省覲》云：出使非王事，寧親聊勝遊。人傳司馬檄，天近仲宣樓。黃葉吳宮夕，青山晉苑秋。兩都應有賦，再見慰吾愁。《棲賢橋》云：攜手巖之際，危橋逗晚晴。於焉仰賢躅，悵矣悲王程。幽壑杳不極，白雲空有情。却憐車馬裏，聊作振衣行。《仲夏同省僚遊靈谷寺》云：可憐傲吏貪休澣，一入靈巖意已深。即有雲霞隨杖履，不妨纓冕在山林。石間流水窺元劫，松裏微風發太音。聞道蓮花能結社，年來予亦戒三心。《夏日省中諸君集清心亭論學》云：孤亭對汝不欲去，長日向人真可憐。坐裏林塘一鳥語，歌邊戶牖千花燃。雲霞觸徑心俱寂，琴瑟含風意已傳。塵世豈知仙侶近，官曹應得道情偏。《季夏敘滿省寺諸君出餞中和橋》云：苑邊濁酒今逢汝，江上秋風渺去予。三載濫陪東省闥，幾人同醉石城墟。疏狂實少山公鑑，衰晚虛馳孟博車。最是舊遊多古意，欲攀叢桂報離居。《秋日偕五臺徐使君登滕王閣》云：帝子宴遊不可見，南州孤閣底常開。鄱陽東斷雲陰合，廬嶽西懸風雨來。秋入碧城江欲暮，沙寒朱檻雁初廻。過從病起須成醉，漢水牛山空爾哀。《中秋月下有懷宇功清浪》云：常年對月頻依汝，此夜銜杯獨悵予。七澤樓臺留病履，九夷雲物護離居。仙槎望入明河杪，落雁驚聞秋雨餘。已信浮生那免別，不堪佳節倍躊躇。《別滇漢蒯子分教合州》云：與君吳楚定交期，少小論心兩不疑。講道王通曾獻策，趨朝孟浩本能詩。一官托隱此何意，三蜀傳經今有師。聞說文翁原化俗，好憑高義慰吾思。余與蒯先世皆吳人。《別李孟育還豐城》云：章江苦憶褰帷日，楚水俄驚問字船。舊國長留龔遂政，名家復數辟疆賢。詩書藉汝見三代,禮樂憑誰開百年。白首逢迎無那別,臨岐欲賦大鵬篇。《吉陽書院成志喜》云:青袍招隱風塵隔,白首移家木榻寬。野寺不妨穿徑入,大吉寺在書舍西。松楸常得捲簾看。院距先塋百步。荆河地迥三關出,雲夢天高七澤寒。南國物華誰攬結,濯纓應許老江干。《講堂寺》云:長日招尋病不休,美人遺我思悠悠。佛香出徑夜開閣,仙笛過林秋滿樓。雙牖故懸天地畫,孤琴欲盡古今愁。却憐野寺論心好,爲道城隅聊可留。《過橫山程氏莊對酒》云:西山西望日霏微,載酒驅車暮不歸。雲物可憐垂老對,風塵應恨賞心違。郝公釣石此悲憤,李白書臺誰是非。但使悠然能自適,眼前五嶽未云稀。甑山釣石、李白讀書臺,俱在白兆山中。《九日柴山登高》云:當年好逐登高侶,每在它鄉憶故鄉。野寺不迷還倚杖,菊花何意故含香。紫萸綴席秋將暮,皂帽隨風鬢已蒼。自笑歸來多逸興,只疑身世傍柴桑。登高忽復傍藤蘿,隔歲風煙奈爾何。古寺盤餐元有分,故鄉朋舊本無多。江天日上千峯出,沙徑雲廻一雁過。莫道野人都不染,也從黄菊到微酡。《湯陰過武穆祠》云:髑髏一去天王地,冠冕重來故國祠。宋主自移胡社稷,將軍猶建漢旌旗。臺邊草木干戈气,河上宮城父老悲。極目關門傷往事,漫看遺劍不勝思。《別賀參戎蓮湖還江陵》云:白首談經知我癖,青山求友似君稀。諸生幾夜褰衣至,老將它年仗劍歸。問道直疑千古近,忘言應識百家非。却憐李牧終興漢,不羨涓溪有釣磯。

宇度字仁仲,官通判,有《益部談資》、《卮言堂集》。風流爾雅,有王謝之風。宅左有甘露園,郭外有三洲碧霞臺、廣心堂諸勝。交遊嘯詠,殆無虛日。

《和敬叔》云:西望鬱蒼蒼,名山逸興長。知君攜蠟屐,先我醉斜陽。細草微含雨,幽林靜作香。桃花開未落,片片點匡牀。

高致中字南洲,正德諸生

致中性剛直,何司寇歸里,室懸嚴分宜詩軸。致中一日過之,何未及出,乃題句於上云:椒山已死洪塘謫,天下何人是介翁。今日登堂覽詩草,始知公度實能容。以示諷而去。邑志 《堅瓠集》所載與此少異。

高　翀 字允升，嘉靖進士，官都御史，有《玉華詩文稿》

翀誕時，母夢旭日墮懷。稍長能爲五七言詩，喜讀蔡虛齋書，謂爲學不根理道而襲陳言，雖華無當也。由縣令起家，至巡撫，有戰功。黔人至今尸祝之。《三楚文獻錄》

《金泉寺》云：曉尋江上寺，道出柳邊橋。出閣鐘聲渺，催耕鳥舌饒。林塘初積水，野竹漸於霄。僧在眠羊宕，人來問路遥。《紺珠泉》云：移席尋佳勝，珠泉寒且清。玉波翻蟹眼，銀海照蟬緌。洗盞醉還酌，臨流坐獨醒。蘇門何處是，一笑滄洲情。

楊　芷 字文植，嘉靖進士，官布政，有《碧玉草》、《澹泊養生說》、《碧社吟》

芷由縣令屢平巨寇，以功陞福建大參，遷江西布政。穆宗立，上陳十款，皆經國要務。性孤峭，不爲時俯仰，方艾引年，士論高之。林下三十年，篤宗誼，賑閒黨，敦古尚義，嘉與後進，自號白兆山人。母事嫂，終其身不怠。嘗誨子弟曰："學力既到，俗气自銷，金玉自賤，骨肉自親，横逆自化。"當世以爲名言。《三楚文獻錄》

芷少孤，爲嫂厮役，落拓無家。年二十五，楊觀察璋異之，試以聯曰："北斗七星，水内連天十四點。"對曰："南方孤鴈，月中帶影一雙飛。"又曰："燕去雁來，相逢路上説春秋。"對曰："兔走鳥飛，各向空中行日月。"觀察適爲女求壻，遂定盟焉。《沈志》

《遊白兆山同甘鳴陽廷諫》云：江國閒遊意已長，尋秋還宿遠公房。看山五嶽踪將遍，邀月三更醉不妨。半世勞薪滄海畔，一宵清榻白雲鄉。從今誰辦松花屐，踏遍祇林興未央。

劉伯生字性甫,號大鶴,嘉靖進士,官主事,有《素言》、《易屬》、《浣言》

伯生與弟伯燮同舉於鄉,弟領解,赴宴固辭首座,台使者令赴兄席一揖,時人榮之。母老乞歸,益向學,著作甚富。築賓物園,極水木之盛。自題聯曰:"乾坤有柄成荒忽,雲鳥無心自去來。"

《宿白兆山寺》云:巖草萋萋桃葉稀,仙人一笛何時歸?千載風塵重廻首,空山唯有白雲飛。

劉伯燮字小鶴,隆慶進士,有《焚餘草》、《鶴鳴集》

伯燮少就外傅,何司寇遷偶經塾館,皆惶遽避席,燮危坐自若。讓之,燮曰:"何公亦人耳,彼自出遊,吾自讀書,何憚爲?"遷異之,妻以弟女。爲給諫,有直聲。言故總督曾銑、胡宗憲皆有功之臣,竟以罪死,宜加恤錄,報可。歷官廣東按察,以母老不赴。《湖廣通志》

有"月挂高峯盤鶴影,風過曲澗渡鐘聲"之句,餘不多見。

劉紹恤字瀟湘,隆慶進士,官僉事,有《瀟湘集》

紹恤才名藉甚,少與二鶴共硯席,詩文唱和,旗鼓正相當也。故都人目爲安陸三劉。宦跡淹滯,家無長物,惟圖書萬卷,嘯傲丘園而已。

《白兆山房》云:平生抱微尙,終歲棲禪林。遠彼塵市喧,眷此山水清。鐘磬一以寂,有鳥嚶嚶鳴。乍聽似弦歌,興闌激哀音。出谷定何日,愴焉摧我心。琴書有餘暇,僧侶相因依。陟彼桃花巖,胡然歇芳菲。春花濃且灼,一往寧復歸。片石空嶙岣,日夕牛羊腓。陵谷不自保,浮榮安所希。涓涓萬珠泉,閒步行且至。憶彼滄浪兒,片言寓諷刺。長歌向山谷,胡用理繁吹。歌竟無復言,冥然有深契。飲水可樂飢,何必富與貴。猗猗谷中蘭,馥馥日以芬。亭亭山上松,鬱鬱日以青。高臺望何極,荒草相侵尋。雲卧人已往，獨留身後名。感茲長太息，陶陶自沉冥。《金泉寺》云：空林俯瞰大江流，河上風煙正暮秋。山色總憐蒼翠改，旅情旋被白雲留。孤帆遠浦櫻桃渡，落日寒潭蘆荻洲。所謂伊人獨不見，頓令歸思晚悠悠。

甘　簹 字大衡，萬曆舉人

簹少有神童之目，工唫詠，善懷素書，與楊忠烈從海祝韋遊。同時稱詩有柯守白名文，著《十泉唫》；雷羅峯名生，著《水竹居詩鈔》。皆以進士官京師，與楊忠烈友善。羅峯性尤耿介，以詩文聲振都下，而句皆佚傳。

《送楊掌院漣赴司敗》云：破帽青衫賦北征，一天風雨暗山城。得全忠孝原無死，漫比龍逄浪擲生。晉室清談忘國是，漢家黨錮坐虛名。傷心怕問同文獄，愴別孤臣泣五更。

劉康明 字坤寧，崇禎貢生，官訓導

康明作校武昌，適會城陷。乃肅衣冠，拜先聖，大書《絕命詞》於明倫堂。云：庸臣坐失舊雄疆，何幸書生作國殤。正氣不因苴蓿滅，風吹璧水劍花香。罵賊不屈死。

沈光宇 字斗垣，諸生，有《拳閣詩文集》、《大易駢枝集錄》

光宇少孤，倜儻好學。嗜讀書，朝夕研誦，逆旅無間。於宅傍築小閣，自顏曰拳，偃息以終。

《洞中得石刻志喜》云：碑沉千載霾蒼苔，古洞何人一問來。自是靈威藏不得，尚留寶笈待人開。《東巖》云：古洞蒼崖長杜蘅，昔人嘯詠自孤清。湞波觸岸過風急，猶帶書聲到五更。

劉命赤 字子嘗

《古意》云：擊碎白玉釵，怒殺紫騮馬。成敗與生死，在君安置下。擲我青銅鏡，還君合歡帶。兩心不可恃，此物焉足賴。《寄山中人》云：樂國詩書重，貧家孝友真。四方今有難，十室豈無人。日去山光寂，雨歸潭影清。君當從此起，莫負百年身。

國朝

劉　皋 皋一作臯，官郎中

《秦人洞》云：何物漁郎解問津，仙踪俄敞半千春。可憐海上求靈藥，不及當年避世人。

潘　岭 字石丈，順治拔貢，官知縣，有《撫淦紀略》

《桃花巖》有"桃開萬樹迎仙棹，月滿千峯送客樓"之句，為時傳誦。

李　熺 字晴沙，諸生，有《僅存詩》一卷

熺少任俠，有中表戍伊犁，老病難行。慨然同往，出關者九年，人咸以義士稱之。

晴沙先生詩存不多，頗有奇警語。如《登華山》：緣崖轉層磴，百折皆樹杪。又云：垂眸看雁背，低首咳虎穴。又云：諸峯露頂髻，如海浮鳧蓮。微茫一積氣，為秦晉豫燕。有筆搖五嶽、目隘九州之概。張維屏《聽松廬詩話》

不知所歷高，漸覺近山小。《登華山》。冠裳星斗氣，耳目海天風。《嶽廟》。閒身歸亦客，知己即為家。書卷蟲鄰里，苔痕兩化身。敢謂英雄多俠

氣，不教兒女累情腸。萬里飛來無肉食，隻身歸去有綈袍。《國朝詩人徵略》
《哭吳山甫》云：梁木一朝萎，風流尚宛然。空攜季子劍，欲絕伯牙弦。別去悲中路，憂來感逝川。可堪人代裏，長吉竟無年。長計忘年共論文，登壇真足張吾軍。遊揚風雅深慚我，零落人琴又哭君。堂北靈萱含宿雨，天南孤雁泣愁雲。招魂有賦魂知不，冷雨淒風不可聞。《留別李茶田昆季》云：鴻南雁北意如何，一揖還家媿伏波。海上風煙君未老，天邊悲憤我猶多。已無寸舌隨張祿，空請長纓對尉陀。爲囑它時車笠下，莫將金印狎漁蓑。《舟行書事》云：帆落縴搖船欲停，風生船底水堪聽。小孤遠立夕陽白，彭澤尙盤煙雨青。沙上定多江北雁，浪中難認武昌萍。漁罾寺磬皆消遣，何事勞人夢不醒。《長安懷古》云：宮門無路草蕭蕭，渭水依然過柳橋。何處靈光餘劫火，幾家凝碧落寒潮。城邊菜甲挑還長，池上楊花踏更飄。蹕道不堪頻走馬，朔風清淚滿鳴鑣。《定心泉》云：寒泉下石壁，衝破碧苔衣。非動亦非靜，斯爲逝者機。《談經石》云：談經已無人，石徑蒼苔掩。日落四山青，歸鴉飛點點。

董　旦 字夢錫，乾隆舉人，有《一指軒詩賸》

旦敏捷多才，好讀書。工制藝，試輒冠其儕。偶家居授徒，門下多知名士。詩亦俊爽，以文學著，與應城程大中、雲夢馮炳時、同邑王旒齊名。又並時有徐是庵名然，隱於市廛，握算之暇，則買酒自酌，繞榻苦唫，近體最工。所著《竹軒詩鈔》，與旦酬唱之作居多。一指詩清脫有致，《拳時登第歸，見過小飲》云：故人頻入夢，簷鵲噪紛紛。隔戶遙呼我，登堂喜識君。千言偏壓衆，一醉更離羣。執手秋江晚，前途滿白雲。《桃花崖懷李白》云：崖高懸百尺，人去隔千年。唫泣此山鬼，醉逃何處禪。桃花春暮矣，流水宵依然。待喚斯人出，白雲共往還。

王　旒 字練九，乾隆舉人，有《日格彙吟》、《七經鼓吹》

旒，父夢石門寺僧來謁而生。幼英敏，讀書過目不忘。生平力行篤學，經史多所疏通,詩亦時出新意。

《桃花巖》云:幾回立馬望清暉,纔得攀蘿入翠微。一代客隨流水去,三春夢逐落花飛。雲山西擁峯巒盡,煙壑東開草樹稀。我欲誅茅分片石,蹉跎不覺素心違。《金泉寺訪劉瀟湘小有洞天》云:古刹嵯峨古渡間,劉郎結宇近禪關。幾年花共瞿曇笑,一座香分老衲閒。鳥散支公猶有院,雲歸謝客已無山。風流異代悲搖落,空對寒城水一灣。

同時孫氏多才人,有名緒煌者,字懋壬,以進士官江右知縣,著能聲。謝歸不問生産,唯與諸生江廷楹相酬唱,集《松竹吟》刊行之。又有名純者,佚其字,記誦賅博,當時目爲書賈。詩奇麗雄瑋,雅近七子。叩之里人,鮮知之者。

余慶長 字元亭,乾隆舉人,官同知,有《壬癸詩稿》、《大樹山房稿》　弟慶遠

慶長著作甚富,如《十經攝提》、《易識五翼義階》、《易義初階》、《易義識疑》、《周書章段》、《春秋比事集訓》、《春秋大義》、《春秋傳辨》、《禮記通論》、《盤庚淺說》、《月令啓蒙》、《登仕一紀錄》、《未信存疑》、《緬古編略》、《墨池紺珠》、《德詒堂家訓》、《習園叢譚》等書行於世。　《國朝詩人徵略》稱元亭文名與許秋水鼎峙。

元亭生長楚中,獨嗜陳季立、顧亭林學。爲人淵靜閒止,薄宦川滇,非所好也。告歸後,益留心經術。古文亦清深簡潔,詩偶爲之。然如:牂柯名士推張叔,河北文章重魏收。躬耕養母旌江革,尚節懷人識范雲。知有小園屬開府,可能大樹號將軍。高情已欲舉黃鵠,中隱且從盟白鷗。兼工隸事,隨予雲南、江西幕中十餘年,極稱同志。又爲余撰《銅政考》八十卷,始終本末,釐然畢具,亦《食貨志》必採之書也。《蒲褐山房詩話》

《人日過莫浪坡》云:蛇盤青嶺竇,猿落白雲窠。人日常爲客,天涯復此過。春烟生石磴,孤夢逐江沱。行息庵前水,清泉倚薜蘿。《退思堂懷輿山太守》云:十笏頹椽薜荔牆,無端躑躅退思堂。子瞻詩和陶彭澤,漫叟歌招孟武昌。簿領閒時惟閉閣,賓僚散去自焚香。平生心跡真蕭瑟,落落高風

未可望。《寄楊虹孫李翼茲兩進士》云：關西清德傳楊震，北海詞林有李邕。一見又知旋遠別，兩年莫得問芳踪。文須久澤纔成豹，性不能馴未是龍。欲寄詩無阿買寫，最難療處病疏慵。《湖海詩傳》

慶遠字璟度，貢生。嘉慶時舉孝廉方正，精法家言。歷居大僚幕府，著《周易見意》、《維西見聞》、《紀南滙》。吳泉之侍郎省蘭曾采入《藝海珠塵》。工詩，王青浦《湖海詩傳》中選錄數首，而它不多見。

《箐口》云：我行久入雲，豈必愛澤藪。高風吹我衣，乘雲入箐口。乍臨深無底，黝窔漏清湫。徬徨不可陷，箕踞一搔首。日升射氤氳，循環窨如甋。箐外勢建瓴，箐口窗開牖。木棧俯鵲巢，高風等培塿。循壁下繩梯，狼狼攜僕手。側身辭岊㟪，盤辟轉層呦。人擬投渚鶴，馬同竄穴貁。得勢忽輕逸，如墜拂垂柳。飄搖到山陴，奇情得未有。惆悵亦何爲，此遊將不朽。《湖海詩傳》

陳中龍 字漢麓，乾隆進士，官翰林，有《竹塢詩文集》

漢麓以編修告歸，環堵蕭然，而聲出金石，所作詩頗類陸放翁。《遊白兆山》諸作，淵穆靜默，獨出冠時。

《遊山詩》錄其第四與末章，以備一臠之嘗。云：長嘯下雲根，振響雲生鳥。一泓何澄瑩，窪然貯山脉。豈有靈蛇蟠，亦非蛟人宅。脫手牟尼珠，纍纍浸寒碧。空中幻泡影，俯仰思往跡。無乃謫仙人，欬唾留精液。爲我濯塵纓，流連日將夕。《珠泉》。三日山中遊，衣襟濕風露。稱此丘壑心，契彼魚鳥慕。坐石參禪機，倚松得新句。偶爾躡屩行，但可移家住。胡麻自有種，桃源豈無路。相將出林屙，怡然見情素。載花重廻首，蒼茫但煙樹。《出山》。

董 緗 字翰文，諸生，有《襄圃詩稿》

緗嘗授徒鄰邑，負米養親。喜唫詠，胸有卷軸，鍛煉亦工。惜所遭不偶,坎壈終身。故孝養之情,窮愁之感,流露楮墨,讀之酸鼻。《登城望白兆山有懷》云:散步西城陰,好風吹我襟。倏與林嚻結,悠然瞻高岑。遙天展夕嶂,爽气宵轉深。桃花渺不見,流水幾時臨。遠浦下孤鶴,如送山人音。我欲生羽翼,神交商古今。飲君一斗酒,爲誦百篇吟。海客跨鰲去,碧峯思莫禁。謫仙自不死,風月千載心。湞水瀉江漢,梅花無處尋。《烏棲曲》云:大烏飛飛小烏啼,飛啼不離樹上棲。隴西不遠妾心遠,妾在隴西西復西。

涂 綱 字隅良,乾隆布衣,有《是我集》、《一曲園詩草》

陳中龍曰:"君幼習舉子業,不售,乃學爲詩。自云不欲依傍前人,而蒼涼激楚之音,時近於古。"

《夜歸聞犬吠》云:夜歸經荒落,村厖如豹吼。客縱無盜心,犬自有職守。雪殘霜月寒,衡茅何所有。報稱一片心,似羞得食苟。嗟彼持祿人,聽此狺狺狗。《漫興》云:不惜齒牙論,但求金玉全。有成必自我,無事更由天。毀譽今生障,褒譏後世緣。隨時一滴酒,洗盡百年愆。《夏夜》云:萬籟寂無音,清風吹我襟。舉頭欣見月,揮手試鳴琴。松響峯陰迥,泉流石上深。一彈還再鼓,幽趣足相尋。《雜興》云:同堂割席日,華子愧何深。風雨長年共,應知當日心。我自空谷芳,君與椒同爇。出處本分途,誰能齊得失?

何天衢 字雲會,乾隆進士,官安陸府教授,有《峒村詩草》、《宋元詩選》

天衢家貧溺學,文行俱高。經其教授,皆成名。彥茹古香太史出其門,太史督楚學,天衢適任宜昌,太史執弟子禮甚恭,士林傳爲佳話。

《曉霽山行》云:曉風吹宿雨,朝日射林扉。山翠晴仍滴,村烟濕不飛。殘流喧客耳,秋氣浸征衣。迢遞車塵裏,何當守敝幃。《途聞子規》云:隔葉囀黃鸝,高人酒已攜。征途聞杜宇,過客首同低。去住浮雲淡,徘徊曉月迷。故園花事好,偏爾盡情嗁。

寇　鑰　字仲渾，號石梁，優貢，有《北征草》、《名畫題跋》　鈁

鑰善畫山水，有秀逸蕭閑之致。與王華封、劉增相友善，互相觀摩詩畫，晚年益進。　劉增曰："仲渾留意于畫，詩亦間作，遇得意畫時有題句。擺落凡近，倜儻不羈，無帨骸嬝娜之態。"

《山居》云：澗水東西合，幽禽旦暮啼。剪蔬衝細雨，尋菌踏新泥。石竇看雲起，寒林待鳥棲。歸來每獨晚，秋逕暮煙迷。《題畫繡毯》云：庭前瞥見落花飛，春欲歸時客未歸。遙憶故園倍惆悵，繡毯如雪撲春衣。屈指春光已半酣，南園花事又將闌。誰家蝴蝶紛紛至，簇上枝頭粉一團。《題畫》云：垂楊夾岸弄輕颸，碧水粼粼下釣絲。我欲從之不可即，溪頭閒殺兩鸕鶿。《欒城道中》云：東風處處酒旗斜，水驛山城入望賒。行盡欒城三百里，路傍開遍馬陵花。

鈁字青棠，善篆隸，精漢學，博物工詩，名重一時。

《山莊初冬》云：啼罷寒雞天欲明，高原已有叱牛聲。霜花滿地薄於雪，凍雀一林喧曉晴。《熙春詞》云：柘枝風調舊無倫，鐵老髯公合一人。誰向落花好時節，琵琶丈八賦熙春。《題芷灣白兆探春圖》云：山頭雲散宿雨晴，山下飛泉流有聲。記得去年春二月，看君騎馬出西城。筆意頗近北宋名家。

陳中杰

友人陳中杰《初夏詩》云：江頭菖葉綠扶疏，江上人家半業漁。一點白鷗飛不去，月明常伴小芙蕖。風韵絶佳。《楚天樵話》

劉光書　字茗柯，貢生，有《春暉堂詩文集》

光書少敏悟，於書無所不窺。學問賅博，工制藝。詩古文詞清剛雅潔，

卓然成家。

《山居》云：榆樹未著莢，杏花香滿村。欣欣物自媚，吾亦營田園。舉趾整良耜，向野驅犁犍。山容淡如笑，鳥囀巧如言。縣蠻入幽耳，耕者忘其煩。歸來飯脫粟，山翠仍當門。今歲秋有秋，新釀看已熟。南村素心人，念之常惓惓。一朝惠然至，不暇敘寒燠。手攜未見書，展卷邀我讀。欣然具雞黍，羅列園中蔬。酬酢忘主賓，挽留到僮僕。吁嗟不可留，握手再三瀆。乘興當頻來，莫限重陽菊。《三韵三章》云：長鑱斸松根，繞松幾拳石。捐石取茯苓，久之得琥珀。鑽研同一途，淺深殊所獲。烏獲古力士，盛氣輕千鈞。試令自拔擢，不能舉其身。青雲高無際，望望潛悲辛。離婁目至明，暗室別朱紫。眉睫殊匪遥，曾不能自視。我師百世師，聞過以爲喜。《題友人畫石》云：丘壑之中堪位置，天然秀瘦遠塵埃。論交不愧真名士，可有元章再拜來。

劉　增 字益仲，號石磴，嘉慶舉人，官知縣，有《橫山草堂詩集》

增生而穎敏，十歲能詩文。十四補諸生，試輒高等。學政初彭齡奇其才，以國士目之。客京都，名流倒屣無虛日。詩才高秀，吐屬天成，不染塵氛。

《彭澤》云：層城緣曲岫，岫斷見城陰。高士去不返，雲山青至今。我來賫樽酒，坐對一囊琴。何處暮颸起，冷冷弦外音。《寒溪寺》云：客途貪晚憩，熟徑認微茫。幽翠落時遠，墊花開處香。雲飛千澗白，日落半山黃。小坐松陰下，鳴鐘出上方。《夜》云：雨後見涼月，好風吹我襟。言攜湘竹簟，小坐石蘿陰。秋色逼銀漢，美人橫素琴。清商彈一曲，山水有遺音。《丁鶴槳光玉隱居》云：墟煙澹將夕，木葉下柴關。松際月微吐，山中人未還。塵隨遠鐘靜，心與碧川閒。何處賦招隱，淮南雲外山。《泊宜城》云：漸覺南風駛，危檣逼漢皋。江空帆景小，潮落岸痕高。憶別驚楊柳，傷春感伯勞。宜城山郭近，誰爲賫香醪。《安慶阻雨》云：水宿依江郭，停杯佇夕曛。篷間吳岫雨，夢裏楚天雲。南國仍飛粟，西方久駐軍。野風吹畫角，淒絕不堪聞。

漸覺春衫薄，翻愁水驛長。客心悲道路，天意換炎凉。鎖斷波仍齧，臺空草自荒。皖城懷古處，風急夜茫茫。《夜過黃州不及謁東坡像》云：江頭赤壁高如許，樓上人誇二賦才。一夜好風吹過客，五年小住憶公來。生憑鍛煉稱詩獄，老荷遷除附黨魁。莫上空堂更懷古，怒濤驚起穴龍哀。

余肇錫字蕃皋，貢生，官通判，有《學舫初稿》

《山房讀書》云：結廬謝塵氛，周遭翳林木。布葉濃陰中，翠滴幽人屋。黃鳥鳴樹間，流水環徑綠。委懷在詩書，適我知不足。力學勤攻擊，遺編垂芳躅。豁悟生艱辛，意得棄簡牘。薰風澹夕煙，奇峰遙在目。《漁父詞》云：寒江靜無煙，楓葉披林麓。溪頭青山深，翠滴幽人屋。謂是桃花源，乘舟常往復。鸂鶒與鸕鷀，平沙翩飛宿。獨立把釣竿，欸乃聲斷續。一帆依蘆花，夕陽下崖谷。《赴武昌紀事》云：好風從東來，吹帆度洲沚。暝色斂秋林，人煙隔溪水。維舟磯岸高，南斗仰瞻視。遥聞犬吠聲，出自幽篁裏。清曠澹客懷，坐待蟾光起。《秋雨》云：天心作秋態，氣挾雨聲偕。竹亞鏗虛牖，桐飄響碧階。笙鏞滿清聽，雲海宕幽懷。屋漏還餘趣，痕斜學古釵。《南圲》云：欄風澹夕陰，流雲依山閣。竹林靜且深，飛燕入簾幕。

陳廷鈞字右臣，號大鴻，道光舉人，官知縣，有《青燈有味書屋詩稿》

右臣爲名孝廉，由廣文薦清豐令，有循吏稱。初不知爲詩人也，及讀古今各體，神韵翛然，於香山、放翁爲近。_{截史吟舟撰詩序}

《火判》云：皇州新景象，丞相舊衙衙。繩匠胡同，相傳爲嚴相府舊址。有判方泥塑，何人用火攻。燎原方焰焰，嚮邇更熊熊。形狀圖魑魅，聲靈假祝融。趨炎嗤鼠輩，煽惑逞梟雄。莫訝衣褫汝，誰知腹負公。猛威增夏畏，頭腦笑冬烘。竟亦然眉似，將毋爛胃同。心憐灰不了，災孰恤其躬。露頂能炎上，捫胸尚熱中。有誰冤不白，嗟爾面徒紅。自古多奸佞，何勞獨指嵩？《桃花巖懷古》云：桃花幾樹發華滋，絶世仙根絶世姿。洞口白雲誰作主，巉頭紅雨自成詩。心傾賀監真知己，眼識汾陽未遇時。所謂伊人在何處，春風春水總相思。《碧山訪太白讀書處》云：十年酒隱跨長鯨，人去山空一碧橫。烏帽錦袍誰寫照，桃花流水自含情。碑封古蘚蟲如篆，洞鎖白雲鳥不驚。惆悵鳴泉寒漱玉，宛然如聽讀書聲。《岳王祠》云：恢復忠心死未灰，枝枝南向有餘哀。祠前恨不多栽檜，一度秋風伐一回。它如《詠竹牀》云：迎風支枕秋先到，待月上階人臥看。爲有此君通瘴寐，管教好夢報平安。《詠蘆花》云"十里西風歸雁路，一篷涼雪釣魚船"句，亦渾脱可誦。

右臣一門昆季，皆工唫詠，兄藹臣秋曹廷吉《月湖雅集》云：垂楊流水綠圍寺，斜月藕花紅上船。名士當年飛棹處，風光依舊畫圖間。弟聘臣選拔廷儒，詩亦雋雅有致。

李廷錫字康侯，號碧山，道光進士，官糧道，有《碧山剩稿》

碧山詩諸體皆有作意，而七絶尤爲擅長。《吴臺遇鄉人口占》云：平原一望大河南，邂逅鄉人偶駐驂。客路正遥君漸近，到家不出月初三。鄉人爭望故鄉迴，利藪名場各往來。馬上憑君傳一語，二十六日過吴臺。不著一字，別饒風神。

李階平字春圃，號友松，貢生，有《自適其適齋詩剩》　從弟道平

階平性敏嗜學，寒暑一卷不釋。天文輿地諸子百家之説，無所不窺。詩格調高迥，力追盛唐。五十以後，專攻宋五子之學。詩偶然爲之，故存稿不多。其它著述甚富，皆有心得。子守磻，能世其業。邑志

丈學有根柢，故出語一軌於正。《勵志》諸篇，精純樸茂，名理湛深，信爲有德之言。五律清脱老健，對法流轉。七絶畫意詩情，悠然意遠。

《舟泊鄂城》云：黄鶴去何處，不聞玉笛腔。楚雲横大別，白日淡長江。一雁水邊郭，數帆天際艭。篷窗意蕭索，獨酌酒盈缸。《過萬氏廢園》云：白兆山之麓，名園煙景荒。綠牽蘿補屋，青借樹爲牆。燕子不歸去，庭花空自

芳。夕陽已西下，獨立累彷徨。《六十九歲生日立秋口占》云：年華七十近，於世復何求。鬢鬢漸成雪，梧桐先報秋。名場如戲儡，酒國等封侯。兒女團欒欒，銜杯心自悠。《雨中遊石門》云：十里五里林翠繁，前溪後溪流水喧。天然一幅元章畫，細雨騎驢入石門。《春日》云：如水濃陰浸綠苔，空庭兀坐酒盈杯。鳥聲啼破小園寂，滿架葛藤花亂開。《冬夜》云：皮裘壓背十斤重，料峭寒風侵酒顏。午夜月明人不睡，梅花一樹屋三間。

　　道平字遠山，貢生，官訓導，有《穫齋詩集》、《郾小紀》、易詩集解等書[21]。穎敏好學，受知於鮑覺生侍郎。居鄂城幕府時，適侍郎有楚南之行，同人公餞於黃鶴樓。侍郎賦詩留別，道平和韻先成，中有"萬里江聲吞大別，一天秋色落巴陵"句，為侍郎所擊賞。同時有黃燮周以詩名，著《知畏堂稿》，天門程德潤為序行之。與《穫齋詩集》惜均未見。

李守南 字冠風，貢生，官教諭，有《石壇山屋詩鈔》

　　《阿芙蓉曲》云：玻瓈張銀鐙，雕盤瑪瑙裝。瑋瑁飾瑤竹，嵌綺金玉相龍鬚，錦席鎮象牀。滲灑芳液傾瓊漿，呼吸煙縷縈中腸。一丸輕脫手，日費千金償。釜底無炊橐無糧，玉顏骨立形枯僵。白日膏自焚，暮伴青藜讀。帳韜九華明九光，不肯留照逃亡屋。吁嗟乎，九州尺土盡膏腴，不種稻梁種罌粟。此物傳播來外洋，浸淫中國遍流毒。豈惟此物遍流毒，鱗介冠裳溷處華夷同聚族。禍胎萌蘖事非細，杞人深憂終為累。《周以屏孝廉招飲滄浪榭，望白兆山懷李白》云：滄浪亭下路，流水去無心。有客臨高榭，懷人俯碧岑。桃花開似舊，明月照曾今。為問舉杯夕，相邀共一唫。《秋夜》云：連歲驚烽火，秋心壯皷鼙。愁雲高不落，宿雨自含淒。鄰鐸偕人語，殘螢入戶低。一杯聊自酌，惆悵聽鳴雞。《立秋偶成》云：長空木落雁南渡，一雨新收池館清。斗轉三時騰殺氣，蛩吟四壁助秋聲。兩岑排闥分青入，一澗隔畦環碧生。近住荒山少塵事，難禁豺虎勢縱橫。

王　蘭字香谷,諸生,有《香谷詩草》

蘭少負俊才,不屑爲制舉業,專肆力於詩古文辭。其《坐遊》一篇,擬騷體,滔滔數千言,沉博絕丽,有凌滄搖嶽之概。又《宜陽女兒花鼓歌》,詭譎離奇,是從《觀公孫大娘舞劍器歌》脫胎而出。

《宜陽女兒花鼓歌》云:猛風撼狂花,飄颻辭高樹。朝膩陽臺雲,暮滯巫山雨。爲雨爲雲到處飛,欲覓東皇已無主。傷哉三女郎,懷抱都曇鼓。自言宜陽人,避賊爲賊虜。全家屠戮一身活,辱身活身脫網罟。新聲學得答臘歌,歷盡風波不知苦。一女扮男粧[22],狹邪佻達子。岸幘籠花鬢,鴉翅垂雙耳。二女翩翩連臂歌,吐角含商雜流徵。掠髻齊蟠楚岫雲,凝眸同剪秋江水。反腰貼地柳枝垂,翻足廻空蓮瓣委。斂槌忽聽眾聲齊,眾聲闌出鼓聲裏。鼓聲喜真真,好好笑不已。鼓聲怒燕燕,鶯鶯語相鬥。怒忽哀淚盡,英皇湘岸頹。哀轉樂翡翠,茗蘭戲相謔。四聲歌與鼓聲串,高天一曲千人羨。願化鴛鴦貼舞裙,願爲蝴蝶隨風散。鴛鴦蝴蝶歡無那,詎知瑣尾傷離播。一自身隨白鵠翔,不但雷門鼓斫破。偷得餘生何日了,白骨堆中故鬼小。總由顏色誤娥眉,千古低頭人不少。丈夫只有禰正平,捐軀豈肯媚賊臣。摻撾嫚罵不敢殺,魏武真是奸雄人。感此沉唫長歎息,誰贖文姬歸故國。驚風一逝化行雲,落日寒山楚天碧。《洪山訪郝大洪作》云:咸池韶濩知者稀,箜篌筆篥聽忘疲。駏驉羸瘦駑馬肥,鷹鸇宿飽白鶴飢。嫫母寵貴珠翠圍,西施浣紗無與歸。咸里豪華今是非,柴桑籬菊長芳菲。欲往從之入翠微,樸棱一聲野雞飛,雲煙雜遝闔雙扉。

劉大章字章山,有《章山遺草》

大章幼岐嶷嗜學,中年益耽經史,工吟詠。居鄉里,好行其義。令子賓臣太守,寄讀遺草,信爲有德之言。

《黃鶴樓》云:管領江山勝,千秋重此樓。滄桑增感慨,天地任沈浮。浩氣吞雲夢，雄觀小岳州。長風如可借，破浪快中流。《集飲滄浪榭》云：坐對碧山碧，都生懷古心。青天橫畫障，白兆聳雲岑。搖筆渾忘我，論文不薄今。一聲漁笛起，疑是老龍吟。《客中和友》云：不向同鄉誇故鄉，東來詩稿富行裝。終南萬里供吟健，華岳三峯引興長。紫氣氤氳盈客袂，黃河曲折繞琴囊。入關曾過汾陽里，記得心焚一瓣香。《青山》云：青山隱隱水悠悠，與客乘舟畫裏遊。好是月明人靜夜，簫聲驚破一江秋。《道中雜詠》云：不向秋風喚奈何，不言行不得哥哥。曾從硤石山頭過，始信人間魄礧多。《硤石》。長安歸去正新秋，好趁天晴紀快遊。日日溪聲山色裏，看詩讀畫到商州。《商州》。尋詩讀畫思紛紛，走馬關西日易曛。飛翠滿身渾不覺，只因貪看華山雲。《華陰》。《白燕》云：烏衣巷口認全非，白板橋頭相對飛。生恐清谿留瘦影，唧泥好趁月明歸。《於菟山懷古》云：流水高山認古湣，綠楊城郭半斜曛。偶從虎子岩頭過，獨向春風吊子文。其他句如：寒山峭逼雲藏樹，小院涼生客倚樓。《秋陰》。春色忽教歸淡泊，東風未免費周旋。《楊花》。皆清逸可誦。

【校記】

〔1〕仲，原作"冲"。元代楊載字仲弘，有《詩法家數》。

〔2〕《全唐詩》卷五百三十三收許渾《秋晚雲陽驛西亭蓮池》，文字略有出入："心憶蓮池秉燭遊，葉殘花敗尚維舟。煙開翠扇清風曉，水泥紅衣白露秋。神女暫來雲易散，仙娥初去月難留。空懷遠道難持贈，醉倚西欄盡日愁。"

〔3〕楊慎《升庵詩話》，原作"楊慎庵《詩品》"，誤。明清號慎庵者甚多，但是"楊慎庵"未見。楊慎亦未曾號慎庵。這段評語散見於《升庵集》（文淵閣四庫全書補配文津閣四庫全書本）卷五十七、卷五十九等處。據改。

〔4〕升庵，原作"慎庵"，是承前文錯誤。據《升庵詩話》卷九改。

〔5〕盼，宋胡仔《苕溪漁隱叢話前集》卷二十六作"眒"。形近意近，可通用。

〔6〕隱德，原作"悳"，脫"隱"字，并將"德"的異體字"惪"錯寫成"悳"。據清曹庭棟《宋百家詩存》卷二改。

〔7〕原文脫"是"字，據宋祁《宋景文公筆記》卷上改。

〔8〕冠，原是墨釘，據宋祁《宋景文公筆記》卷上改。

〔9〕飲，原作"影"，據宋祁《景文集》卷二十四改。

〔10〕"既考定前一日"句，此語出自清知不足齋叢書本《麈史》。其他文獻一般不這樣表述，如四庫本宋謝維新《事類備要》"前集"卷三十七"科舉門"："皇祐五年廷試進士考定前一日取首選卷焚香祝之曰。"四庫本宋祝穆《事文類聚》"前集"卷二十六"仕進部"："皇祐五年廷試進士考定前一日。"明刻本明蔣一葵《堯山堂外紀》卷四十八"宋"："皇祐五年廷試前一日。"依宋代殿試程式，考定後，最佳者提交皇帝，皇帝確定前幾名之名次。

〔11〕選，或作"送"，如明陳耀文《天中記》卷三十八。

〔12〕試，原作"事"，據沈括《夢溪筆談》卷九改。

〔13〕州，原作"岸"，宋陳思《兩宋名賢小集》卷一百三十三《幻雲居詩稿》（清文淵閣四庫全書本）作"州"。宋釋文瑩《玉壺清話》卷第七（清知不足齋叢書本）作"岸"，《詩徵》承其誤。

〔14〕兩書名之間，原文是墨釘。這段文字見宋釋文瑩《玉壺清話》卷第七（清知不足齋叢書本）。宋王闢之《澠水燕談錄》卷第七（清知不足齋叢書本）所記較略："鄭毅夫詩格飄放，晚年爲《雨詩》曰：老火燒空未有休，忽驚快雨破新秋。晚雲濃淡白日下，只在楚江南岸頭。未幾自杭移青，道病，泊舟高郵亭下，乃卒。是何自識之明！"

〔15〕掐，原作"搯"。宋葛立方《韻語陽秋》（宋刻本）卷二作"掐"，據改。

〔16〕《麈史》卷中，亦載錄其《樂要注》。

〔17〕諶，原作"湛"，據清楊守敬《湖北金石志》卷七"令狐揆墓表"引《麈史》改。

〔18〕述，原作"書"，據《四庫全書總目》卷一百二十子部三十《麈史》三卷（兩江總督採進本）改。

〔19〕應尾應箕，原作"次箕次尾"，據明楊繼盛《楊忠湣公集》卷四改。

〔20〕《啜薇閑談》，原被刊刻成正文格式，從文義看，實是注。

〔21〕易詩集解，李道平有關於《周易》及《詩經》的著述多種。其《周易集解纂疏》，清王先謙爲之序，見王先謙《虛受堂文集》卷五"周易集解纂疏序"。未聞有"詩集解"，應該是籠統言之。

〔22〕扮，原作"辦"，一般作"扮"。

增訂

郭中孚 字信菴,貢生

中孚溺苦於學,所著多燹於兵,詩主性靈,亦少見。《詠十月菊》云:無限幽情嫌冒雨,生成傲骨慣經霜。香國因緣醒昨夢,疏籬况味話今朝。《雨中悼牡丹》云:富貴浮雲爭一瞬,有誰悟得到名花。

湖北詩徵傳略卷二十二

雲夢

明

鄒觀光 字孚如，萬曆進士，官太僕卿，有《孚如集》

觀光爲吏部郎時，公平廉正，門無私謁。性孝友，丁父憂，廬墓三年。藏書數千卷於學宮，勒石記之，俾士就讀。建尙行書院，又嘗講學東林，學者稱大澤先生。時道風甚暢，如周海門、鄒南皋、顧涇陽、高景逸、蕭漢冲諸先輩風動海內，相與切劘。在銓曹時，尤與南皋契，釐剔奸弊，時有二鄒之目，著《銓事記》十篇。

《三楚文獻錄》稱觀光與魏允中、顧憲成以文學經濟相砥礪。在吏部，發諸吏增減文書拜官事，抵罪者數百人，一洗部弊。因陳論不合，乞歸養，事親十餘年。起官甫擢太僕，即卒。是其平生建樹，固不徒以詞章見長矣。《四庫書目提要》

當世論才必曰楚京山、李維楨。齊安、王廷陳。下雉，吳國倫。皆翹然者，猶未足以折海內之心而奪之氣。至近日而雲杜、江夏二三君子，始張楚矣。孚如古詩深沉，近體流麗，蓋取韓杜於楮穎之上。節葉向高撰詩序

《九日偕書院諸士登萬古閣》云：茲閣名萬古，萬古儼在茲。今晨風日佳，相與一振衣。仰窺鴻濛前，俯溯塊圠時。茲地與茲日，高會良以稀。兩儀吐霽色，萬象逗晴暉。仿佛見泰岱，蒼翠臨窗扉。江漢指顧間，濯德以樂飢。吞之不芥蒂，納之成須彌。選勝何必廣，微尙幸不違。吾生信有涯，競

與無涯垂。堅白與同異,安知疇是非。斯人自吾徒,舍之將與誰。月明吹萬靜,吾與咏而歸。《欲卜居東隅》云:秋入園林澹,閒庭送晚陰。蕭疏成野景,徙倚稱幽心。草樹侵衣冷,蓬蒿落徑深。清宵鐙火靜,萬籟若爲音。倦仍投筆去,閒即載書來。已近黃花節,能無竹葉杯。江山千古色,詞賦一時才。試望晴絲捲,浮陰爲我開。談詩吾亦好,詩道未爲尊。幽意聊相寄,名山或可存。不堪下士笑,難與俗人論。流水悠然去,湯湯只自喧。《五日過程司理藏書樓小飲》云:三徑誰爲二仲流,羨君小構亦清幽。墨花亂綴芙蓉渚,帶草遙分薜荔洲。風送歸雲來樹杪,日垂返照出牆頭。山林自是能無競,不向波心鬭彩舟。

安　北 字陌山

北聰穎嗜學,善吟詠。《和鄒孚如元帝閣詩》有"曉殿嵐光浮日醉,隔溪柳眼應春開"句,爲孚如所稱獎。過訪其居,見環堵蕭然,益喟歎不置。

程德良 字凝之,號雲連,萬曆進士,官推官,有《不波館正續集》、《白蓮汧文集》、《代豆日抄》

德良博學嗜古,與鄒太僕觀光善,以道義相切劘。初任重慶推官,有神君之頌。謫官河南,巡撫器之,延主大梁書院。旋歸林下,築不波館,研精著述以終。

《九日危邑令招同鄒孚如讌集》云:四望層城意氣新,五年離別各風塵。筵開今雨仍重九,座聚賢星盡故人。濃綠舊餘南國蔭,疏紅似鬭上林春。相看未有登高賦,但引萸觴不厭貧。

國朝

馮其世 字際生,順治拔貢,官知縣　弟其昌

《思歸寄弟曉生》云:用舍無成局,安危聽此身。大都逢剝運,莫作好名

人。養正還天地,安貧謝友親。歸歟蓴橘好,何事久茹辛。

其昌字曉生,貢生,官司理,有《寤怡亭詩集》。詩宗陶韋,與兄其世友于甚篤。入仕後,相約以六十歸田。其世卒,歎曰:"吾兄逝矣,何以官爲?"即引疾歸,年甫五十也。築寤怡亭,日夕吟坐其中。

《夜泊》云:片月更初落,收帆泊野村。數聲空外犬,一帶水邊門。草露侵衾簟,江風冷夢魂。浪遊殊可笑,贏得鬢毛繁。《集飲湘閣》云:野酌原多趣,幽偏況此亭。草香隨屐遠,林色上衣青。日晚山如睡,春寒酒易醒。風燈高百尺,冉冉亂羣星。

張奎華 字密庵,貢生

《東郭吟》云:壞垣斷砌阿誰王,寶劍金鏃苔花蒼。珠墜釵橫泣鳳凰,鋃鐺禿尾古龍光。陰陰鬼雨洗泥漿,農鋤翻破隴雲黃。老夫稚子競筥箱,神物幽奇夜煌煌。纍纍千冢望石羊,冥宮秘殿秦阿房。鬼雄呵禁玉魚牀,風蕭雨黯時鳴鏘。年歷更代幾興亡,入郢奔隨何倉皇。郊壘野次辱宗祊,雪怨鞭屍恨過當,啟釁貪讒費與囊。

袁 巘 字陟在,拔貢,有《燕來吟》、《浪雪吟》

《雨後登城》云:雨後登城舒望眼,亂山飛翠落春衣。河流似帶環偏曲,樹遠如雲望却稀。竹外誰尋高士宅,沙邊舊有釣魚磯。閑愁萬種憑欄處,花落無言鳥自飛。

柳維欽 字俞若,貢生,官訓導

《泗洲寺次王陽明先生原韻》云:經年幽興寄禪扉,忽對梅花一笑微。池水綠雲龍穩睡,鐘樓送響鶴高飛。壁留陳跡悲殘劫,僧有同情慨採薇。方丈僧智舟喜誦"湯沸釜中魚亂沫"一聯,謂創鉅痛深,非先生不能道。我輩重遊餘勝概,山靈曾憶幾人非。

馮永裕 貢生

《行行復行行》云:行行復行行,漸入深林裏。時聞松子落,忽見麋鹿起。樵歌天半來,冷冷入吾耳。欲往從之遊,茫茫隔煙水。

田制祿 字石泉,武生

制祿能詩工書,同里馮瑄曰:"先子得筆法於田石泉先生,先生得之孝感淩統,統得之程青溪,程得之董華亭。"

《臨溪數家屋》云:臨溪數家屋,溪中魚可數。上有百尺松,下有幾株柳。漁舟時往來,停橈沽美酒。殷勤問漁人,有魚肯賣否?

許文壯 字斐亭,號拙庵,諸生,有《寄閑草》

《金陵懷古》前半云:王氣東南已黯然,孝陵原上草芊芊。山花寂寞泣春雨,野鶴淒涼唳晚煙。《觀潮》首二偶云:萬頃銀濤一色開,眼驚掣電耳驚雷。雲連四塞兼天湧,雪捲千山壓地來。

李元奮 字伯遠,號立夫,乾隆舉人,官知縣,有《賜蔓堂集》 弟元獻,子莘

許秋崖中丞《賜蔓堂詩序》謂含風茹雅,風骨遒然,空所附麗,侃侃自將。張白菂論湖北詩人,於賜蔓首屈一指,似非溢美。《姑蘇》云:閶闔城上暮雲堆[1],半壁河山付劫灰。采葛曲終吳運盡,浣紗人到越兵來。梧宮秋老飛黃葉,茂苑春深長碧苔。試向洞庭高處立,太湖西望不勝哀。何事臨風吊閶闔,平江一帶莽愁予。十年未了吳宮怨,七術先成越絕書。鶴市人烟真作沼,姑蘇臺榭竟爲墟。噬臍悔恨真何及,合采黃金鑄子胥。《琵琶

亭》云：溢浦西偏土一丘，琵琶亭峙最高頭。門迎楚塞千峯雨，背枕廬山萬壑秋。終古才人悲老大，幾家裙妓解離憂。莫彈楓葉蘆花調，九派江聲日夜流。《岳墳用子昂韻》云：中原王氣黍離離，南渡江山已阽危。丹鳳不頒還鄂詔，黃龍早卓受降旗。朝廷大獄三言决，神武全軍一木支。尚有銜冤曲統制，宋家故事更誰悲？《湯陰謁岳忠武祠》云：金沙江上鬱松楸，曾泛西湖拜冕旒。應識忠魂歸故土，可憐遺恨失神州。寒亭血染苔莎碧，古井香沉環珮秋。地下若逢檀道濟，那堪同聽《白符鳩》？《彰德府》云：滔滔漳水抱城流，鄴下遷都亦壯謀。千古知人惟子將，一生低首是亭侯。華林蕭摵黃花淡，銅雀蒼涼碧落秋。只有韓陵一片石，年年壁立北山頭。《半山亭小憩》云：獨坐半山亭，無人但秋色。杳靄長林間，山僧掃落葉。《揚州絕句》云：越羅吳縠照新晴，華蓋春旗夾岸生。盛世江山真錦繡，天孫織出廣陵城。傍城新開小河，東會邗溝，西南達紅橋，夾岸燈毯臺圍之屬，皆錦繡裝成。官舫銀鐙曲水隈，琅琊風調冶春才。只今上巳紅橋路，一樹海棠花亂開。水亭花榭夜初分，風度秦簫響遏雲。二十四橋明月裏，雙鬟低唱杜司勳。

賜蔓詩以七律擅長，頗多佳句可采。如：霸業尚存碑湧月，相傳"湧月"字為魏武書。仙蹤何處閣留雲。《登黃鶴樓》。臺高遠挾千峯雨，野闊平屯萬竈烟。《益州》。春回閣道思調馬，雪滿沙場聽射鴻。《西安》。瀛海東生紅日近，太行西望白雲多。《滹沱河》

元獻字修臣，號可亭，貢生，有《勉成齋詩集》。《聞鴈次澧川，夏觀川師韻》云：夜靜天空影逼真，一聲嘹唳覺移神。稻梁南北知何地，烟雨乾坤寄此身。到處來賓誰作主，無端逢我更愁人。荒村月出明於晝，可向汀洲定幾巡。

莘字耕崖，號雲樵，乾隆拔貢，官主事，有《卅六硯齋詩集》。詩書皆得自庭訓，而才力又足以充之。與伯兄南洲、韋坡一門倡和，在京師與許秋崖石泉兩太史、萬小莊、許滄浪先後聯吟，擅名當時，無媿名父之子。

《憶許石泉》云：人比蓮花不染泥，況兼青眼澈玻璃。文章此日應推許，識度當年早信宓[2]。宦海最憐心跡合，鄉評終愧姓名齊。十年苦憶安州道，風雨聯牀啜淡虀。王繢才名重五長，花甎聯步足徜徉。魂歸奎壁文章府,夢繞榆枌秔稻鄉。然諾如君推季布,頭銜似我老馮唐。晴空望斷離鴻影,第一風華誰擅場。石泉和詩有云:迴首天涯人共遠,晴空離鴈各成行。《題板橋殘照畫冊》云:一抹殘紅隔水遥,長林斜日晚蕭蕭。西風策杖行吟客,別有詩情在板橋。

馮炳時 字標宇,號默齋,有《松石山房詩草》

炳時精制藝,淵源史漢。書法尤精,喜作詩,不輕示人。

《夢中得鶴徑秋風連午夜句,晨起續成》云:到此兼旬雨未濃,今朝霧色喜重重。對看綠樹還迷眼,遥指層雲欲蕩胸。鶴徑秋風連午夜,梅窗新月照三冬。近來詩思知何許,擁被長吟也欠工。《過春陵》佳句云:文叔平生原謹厚,昆陽一戰見英雄。

馮廷鋆 字召和,號匀莊,乾隆進士,官知縣

《讀杜少陵詩》云:文武恬嬉日,蓬茅竊歎時。每愁天步窘,常恐不周危。辛苦趨行在,艱難哭路歧。不因天寶難,深慮有誰知。

程應璜 字渭符,號抑谷,乾隆舉人,官知縣　弟應琪

《霍州》云:白日忽西下,蒼煙滿碧岑。水光浮塔影,山翠落城陰。地接汾陽勝,天連太嶽深。風塵長僕僕,獨自一登臨。

應琪字其玉,號樹仙,貢生,官訓導。善書,得米襄陽法,年逾八十猶能寫蠅頭小楷。嗜詩,存稿不下千餘首。

《秋日晚眺》七絶云:秋風瑟瑟樹萋萋,近望分明遠望迷。穩步層樓高著眼,夕陽紅遍伍山西。

楊耀瑚 字殷六，貢生

《田家春暮》云：榆柳益青翠，黃鶯繞樹飛。桑疇微雨過，村午聽鳴鷄。策杖柴門外，童穉相扶攜。偶與鄰翁飲，陶然竟忘歸。

彭維炯 字式南，號梧齋，諸生

《魯城》云：東魯聖人國，儒風世所馴。奄奄二百年，禮教民愈淳。城郭經秦舊，干戈歷項新。倥傯圍城裏，猶聞弦誦聲。羽雖失天下，得此有餘榮。《建安七子》云：魏武尚文辭，鄴下英風煽。陳思蓄盛藻，八斗才獨擅。入室能幾人，升堂一公幹。於治究何有，丕也終篡漢。草廬長嘯人，高臥誰能見。《鉤黨》云：矯矯漢末儒，風節共推獎。一登李郭舟，望如隔霄壤。豈不志澄清，激揚惜太廣。顧廚俊及儔，胡爲自標榜。無端烈禍興，舉類入鉤黨。望風若獸竄，愛身欲何往。太丘雖屈節，誰開一面網。

張汝弼 字直卿，諸生

《登滕王閣》云：西江第一之高樓，縹緲層霄最上頭。彭蠡波濤迷大地，匡廬雲樹亘南州。湖山但藉才人筆，風物曾迎帝子旒。我有曠懷千古淚，若爲容易灑江流。

蔡作桂 字儲五，號綠野，貢生　弟作杞

作桂少工詩，與弟作杞倡詩教於邑之南湖。同邑王南亭公壎、郝洪伯師亶、隨州儲太璞嘉玠、高二洪鈞同以詩名於時。《夏夜懷馮默齋》云：屢向汉川賦索居，松寮夜坐最憐渠。三更笑語樽前笛，十載飄零月下書。北地才名爭慧福，南窗古紙注蟲魚。何時共買連牀醉，不吝鴻文惠起予。《蔡

陽館》云：我愛孟襄陽，歸思正耿耿。城荒不見人，夕陽淡秋影。

作杞字南有，乾隆副榜，官教諭。詩筆清脆，優於乃兄。《遊觀音巖》云：清露滌煩襟，茲遊悔不早。白雲招我來，尋源事幽討。初進不知疲，漸高山逾好。樹根巖頂穿，水聲檻外繞。始知百丈泉，奔流割昏曉。遂造羣峯巔，杖底見飛鳥。春靜瀑流喧，日斜人影小。歸路一沉吟，疏鐘出林杪。《同王湘雲遊滴水巖》云：疏林曉日含，黃葉微風送。攜手過溪橋，素心得求仲。天寒花細開，水落麥初種。雲霞應接煩，談笑鬢眉動。坐臥石室中，往復茶烟共。朔鴈忽南翔，羣峯俱北控。屈指良會難，歸路寒烟重。寄我瓊琚詞，焚香一再誦。趙璧偶入秦，郜鼎忽來宋。回首憶前期，游蹤渾如夢。《雨後望龍尾諸山》云：微雨過西山，斜陽在鳥背。龍尾突崢嶸，拔起一峯大[3]。層巒左右迎，遙與茲山會。仿佛真人興，羣英爭羅拜。出眾本無心，眾自莫能外。積翠變浮嵐，微風響松籟。倘謝區中緣，明當飛征蓋。《宿多寶寺懷熊東山先生》云：郭外寒烟酒滿卮，天涯夢冷繫遙思。懷人昨夜秋將老，病骨多年雨未宜。古寺僧歸紅葉裏，橫塘水落白蘋時。劇憐何遜揚州住，官閣梅花寄幾枝。《觀音巖訪李本寧先生故居》云：荒村買酒日初曛，萬里秋風鴈幾羣。人傍高臺懷往事，馬循落葉點寒雲。諸王題詠圖中在，先生有甫柏臺畫，勝朝宗室題詠頗多。七子才名輩下聞。大泌山房何處是，居人猶自說遺文。《寄家兄綠野》云：東風吹客夢，一夜過南湖。華髮高堂老，他鄉小弟孤。風塵銷歲月，兒女半憂虞。為問經春別，可能相憶無。《晚泊》云：春光應許到天涯，獨向河干訪釣槎。頗有閒情供嘯傲，更從何地寄幽遐。孤村夜雨棠梨樹，驛路東風燕子花。薄醉渾忘身是客，亂峯青處日初斜。《遊春雜詠》云：夾岸蒼茫落照餘，編籬插竹釣人居。白蘋水長春潮急，一樹垂楊喚賣魚。柳影長條復短條，雙鬟低唱雨瀟瀟。年來不聽《吳娘曲》，腸斷春風度畫橋。《訪孫偕鹿》云：開門一笑月初斜，榆柳溪橋共幾家。小坐題詩人未散，滿庭涼露滴殘花。

許兆桂 字香崖，貢生，有《夢雲樓詩集》　子熙

兆桂夙承家學，天資曠逸。與弟秋崖[4]、石泉，塤篪迭和，極一時之盛。

歷遊薊北、楚南、粵西,晚年僑寓金陵,吟詠自適,頗得山川靈秀之氣。

香崖僑寓白門西樓,爲李供奉觴月之所。江左勝流造訪無虛日,鳳臺笛步之間,一時稱韻事焉。《羣雅集》

香崖孝廉爲秋崖中丞兄,詩脫塵俗。《重陽風雨秦淮即事》云:桃葉桃根古渡頭,漫天風雨蕩輕舟。淪漣十里青溪水,低亞重陽白下樓。人在江南真入畫,菊盈花市可憐秋。轉思昨歲登臨好,衡嶽峯峯眼底收。《水仙花》云:柔姿相對影娟娟,姑射肌膚竟宛然。淨洗塵容全在水,消除俗累始稱仙。移情黍谷回春日,解語蓬池歷劫年。花裏真如曾識得,將疑小謫李青蓮。《卧園詩話》

《次黃梅縣》云:知與家山近,鄉音漸可通。水仍前度碧,花比昔年紅。小艇春江外,故人雲夢中。到家堪計日,恰趁楝花風。《深夜思》云:苔陰月色微,露浸花枝冷。香閨怯羅衣,小立憐秋影。《秋夜思》云:瓊樓月挂弓,蓮漏催銀箭。愁添玉笛聲,淚落白紈扇。《題朱生介齋琴鶴煙波圖》云:至性如止水,至潔雲中鶴。至和囊中琴,至幽乃丘壑。伊人水一方,蘭舟煙漠漠。琴寂未成響,巖峭空翠落。鶴唳時一聲,微波靜不作。望之渺無垠,我亦生淡泊。秋水寫秋心,天宇正清廓。《泊湘陰縣》云:巴陵南畔暮山青,亭向滄浪問獨醒。公子灃蘭悲楚些,使君明月弔湘靈。丹霞赤岸連城郭,細雨斜風出洞庭。一繫扁舟春浦綠,香蘅芳杜遍前汀。《答李滄雲還吳》云:扁舟三度訪吳趨,鶴市隨喁繼唱于。去日苦多成桂蠹,浮生未病學梅癯。洲尋綠樹藏鸚鵡,廟過黃陵聽鷓鴣。四十年來飄瞥甚,聲名早判馬牛呼。《夜泊聞笛》云:繫艇垂楊綠未成,微風拂水水紋生。阿誰玉笛傳清怨,吹向春江夜月明。

熙字繼顯,號烜之,甫冠舉茂才,遽卒[5]。香崖長子煒,字滄浪,優貢,亦不祿。在京師曰滄浪,才名藉甚,與李雲樵、程綏人唱和,稿均散失。曾於院試場中見其《春水舡如天上坐試帖》前兩行云:"三月桃花水,春江樹杪舡。波平宜小坐,帆遠欲連天。恰受人三兩,虛涵象萬千。"亦可想見其風韻也。

《夏日即事》云:鴛鴦池畔蕩輕艖,荷氣迎人暑氣降。最小一枝開並蒂,飛來蛺蝶也成雙。風透疏簾枕簟凉，北窗高卧似羲皇。幽蘭預置繩牀側，得伴名花夢亦香。一欄風細透香濃，惹我情懷意萬重。急起尋花香何處，隔牆飛過兩三蜂。紈扇新裁月一弓，簪花佳麗畫當中。輕搖欲向封姨笑，解愠還須少女風。

許兆椿 字茂堂，一字秋崖，乾隆進士，官漕督，有《秋水閣詩集》　弟兆棠

兆椿，官御史，以忤時相，鐫級。嗣由部郞外任府道，薦擢漕督，巡撫黔粵浙三省，所在有聲。著述宏通，皆傳於世。

秋崖與弟石泉兆棠先後入詞館，咸以才名。而石泉早卒，秋崖轉御史降刑部郞，由知府而至監司，蹭蹬仕途者幾三十年。嘗與予案事高郵，及長沙、應山、衛輝諸處，同羈旅者年餘。于思飄然，議論明達。工詩善書，尤精於吏牘。下筆千言，無不迎刃而解，蓋非獨以吟詠見長也。與其鄉余元亭同知、彭秋潭明府，文名鼎峙。予過雲夢造其廬，老屋數椽，蓬蒿掩戶，竊以爲元次山瀼溪之比云。《蒲褐山房詩話》

秋崖先生由粵西中丞改督淮漕，道經善化，承値者於官銜牌"漕"字，誤寫"糟"字。先生行後，寄詩云："平生不作醉鄉侯，況復星軺連置郵。豈有尚書兼麯部，漫勞明府續糟丘。讀書字要分魚豕，過客風原是馬牛。聞說頭銜已遷轉，武岡可是五䥫州？"時善化令某已擢牧武岡，故調之。《卧園詩話》

《題吳明府石門山圖冊子》云：荆山揚鍔爭摩天，欲斷不斷浮蒼烟。千盤萬疊石門出，峭巖一坼流奔泉。橫橋直架洞底墼，潄瓊鳴玉聲濺濺。溪風吹翠濕欲滴，老樹挂壁根空懸。梯山鑿石盤鳥道，古藤百尺愁攀援。茅檐一二負嶂立，夜半駕鶴來飛仙。如何造物不自惜，更於絶壁窮雕鐫。懸青萬仞門呀然，一步一使心迴旋。如鴉蝙蝠撲人面，似乳石髓滑不堅。天風掃斷塵塊跡，杳杳時有閒雲眠。使君青眼了不負，亂山堆裏居三年。拂衣一旦擲官去，綠陰處處啼春鵑。只留山色在畫圖，未妨羞澀囊無錢。驅車京洛塵滾滾，興劇一放黃州船。雪堂月好快把酒，時客羅太守旭莊所江天萬

里清而妍。此時披圖發長嘯，石門之山落眼前。要留面目對山色，豈可骷髏供人憐？我歌未已君忽笑，此語未足聞時賢。置圖一鼓瀟湘弦，眾山響笑空中傳。《漢江舟中和召村》云：五湖泛宅計猶賒，擊楫今登漢上槎。世味漸諳知老大，鄉園欲近問桑麻。隔村樹杪馳帆影，逼水堤根動浪花。無限心情同著眼，可憐倚棹聽慈鴉。《過萬小莊與同人小集》云：幔捲高軒夏日長，圍棋作畫任徜徉。風驅殘暑剛新霽，人戀窮交況異鄉。事到中年多感慨，語因小醉恕荒唐。劇憐子敬琴聲寂，冷落當前鬭酒場。小莊與石泉弟交至篤，石泉下世今半年矣。塞上雲多易作秋，垂楊何處起邊愁。羣山碧重煙初合，魄月明生火已流。小立森寒添半臂，大言論事愧長頭。無端搔首驚清聽，不斷飛鴻叫遠洲。羽書三捷奏甘泉，萬里行師總萬全。雨箐旗飛山奪險，雪林礮劈石摧堅。風雷直破蠻人胆，日月原臨化外天。髀肉未能空策馬，據鞍何處着先鞭。時方廓爾喀用兵。《上元日山海關即事》云：春月初圓第一宵，別離草草路迢迢。還家夢是今朝好，明日關城隔更遙。《小崖說詩》：秋崖"春月初圓"一絕，遠行人讀之，自覺難堪。　《湖海詩傳》

兆棠字石泉，乾隆進士，官編修，早卒。《襄陽雨泊》云：短劍馳驅久，孤篷尚客星。風吹一江黑，雨失數峯青。復道臨虛置，驚濤入夜聽。相看愁不語，榜火正熒熒。《江暝》云：泽洞全無岸，滔滔一氣奔。星芒沉水濕，天影幂江昏。帆檣爭途急，蛟龍據窟尊。夜闌看北斗，風定欲招魂。《黃州試院九日偶感》云：秋原木落古臨皋，鎖院沉沉肅節旄。三地離懷一樽酒，半生佳會幾登高。蘆花夜月長蕭瑟，蘭槳清歌更鬱陶。滾滾江聲聽不得，英雄消盡是波濤。《舟中呈家兄秋崖》云：楚塞秋高夜有霜，授衣時節尚殊方。弟兄不隔東西屋，童僕居然上下牀。曾把哀歌臨易水，難將愁思付斜陽。推篷共倚空蕭瑟，目斷天南鴈幾行。《磁州》云：水田漠漠稻梁秋，夾岸雙渠向北流。平屋寒煙收不起，綠楊陰裏過磁州。

萬　昌 字曉樓，貢生

《詠懷》云：裊裊空中雲，蒼蒼巖上柏。悠悠溪中水，磊磊水中石。雲或多變幻,柏終不改色。水石長清幽,卓哉君子德。

萬法周 字象濂,一字小莊,乾隆副貢,官教諭

小莊詩力深厚,足與賜蔓頡頏。

《薄暮》云:落日半銜山,淡煙遠在樹。千林黃葉深,一徑入樵路。中有采蓮塘,歸橈從此渡。停舟不見人,鳥鳴山色暮。《泊洞庭》云:七十二峯青,揚帆過洞庭。懷沙悲屈子,鼓瑟吊湘靈。天地容吾老,江湖滯客星。不堪離亂日,鼓角夜中聽。《晚眺》云:鴉背夕陽盡,林塘落晚霞。涼風生水岸,秋色上蒹葭。煙外歌初起,林端月欲斜。獨遊情未竭,歸路繞桑麻。《太白祠》云:把酒教愁去,登高問月來。如何今夕影,不照昔人杯。玉笛悲遷客,青雲負壯遊。杜陵有同調,濩落底須哀。《三河縣》云:羣山皆赴海,而我亦趨東。地入三河壯,天圍九塞雄。人煙寒聚浦,村樹遠浮空。廻首孤城驛,斜陽一抹紅。《金山》云:曉煙淮楚合,百里劃金焦。雲氣盤孤塔,江聲送六朝。琳宮風雨暗,佛國鬼神朝。鐵甕留形勝,千秋霸業銷。《晚次鄂州用盧綸韻》云:迢遞疏鐘出鄂城,木蘭舟泛晚潮平。夕陽鴈影雲邊下,客路春愁笛裏生。黃鶴樓臺凌水動,漢陽燈火隔江明。停橈待問當年事,鸚鵡洲前芳草橫。他如:南國秋何早,西風葉未彫。疏鐘林外寺,黃葉雨中村。陣雲連蜀暗,帆影入湘秋。野樹浮殘照,邊笳入陣雲。三湘明月浮秋水,一夜鄉思滿洞庭。《鄂城晚泊》云:莫上高樓望煙水,英雄淘盡是江聲。《塞上曉發》云:鴈帶寒雲橫碣石,鷄鳴曉色度關門。《憶弟》云:月出斷山人獨往,霜明秋水鴈呼羣。《沙市》云:蜀道帆檣天半落,荊門鼓角地中鳴。《祭風臺》云:臥龍一去臺仍古,夜鵲羣飛月上初。《浮湘》云:湘水有情終北向,塞鴻何事更南飛?《登岳陽樓》云:萬古湘靈悲帝子,夕陽秋水落霜鐘。《贈友》云:五湖放棹容高枕,北海論交有幾人。《登城樓》云:秋深飛燕仍爲客,風定流螢自上樓。《山海關》云:鷄鳴海色重關曙,霜落邊聲畫角雄。《永平》云:人入清風孤竹國,關臨漢月五花城。皆工力悉敵,警策必傳之句。

汪 楫 字紫坡，諸生

楫有孝行，工詩。以"白雲招我來幽寺，明月隨人度小橋"句，傳於時。

李 蓀 字南洲，號友石，貢生　弟䔲

《過赤壁》云：吳權魏操兩消磨，赤壁麋兵事若何。一自黃州留二賦，至今風月屬東坡。《連江署中即席示韋坡弟》云：開樽詢政治，宜猛更宜寬。不脫詩書氣，方稱父母官。車螯堪佐酒，龍眼亦供盤。席上有此二味。莫道清貧甚，儒生得此難。

弟䔲字韋坡，乾隆舉人，官知縣。《浮雲樓懷古》云：燕寢香清露未殘，當年隱約見朱闌。一樓烟雨存圖畫，七字風流憶長官。嵐翠遠迎衣袖濕，秋空時送鴈聲寒。莓苔滿地無人覺，指點浮雲拄笏看。《過洞庭》云：萬里長江入渺冥，半年蹤跡綠楊汀。無端更作瀟湘客，暮雨寒風過洞庭。

李 英 字彩六

《金泉寺》云：頹園倚落日，一一土花斑。雲際鳴鐘出，門前流水環。文章何者是，天地幾人閒？西望青蓮宅，神飛白兆山。又：牧唱遠峯落，書聲何處生。嶺雲穿牖過，山翠與堂平。

石璞玉 字琢其

璞玉勤學嗜古，究心秦漢篆法，鐵筆之工，一時無兩。詩古文詞，皆有所長。《夜興》云：秋氣如太古，淳從淡處生。簾疏天欲色，月上鳥無聲。一榻懸高士，百年心短檠。夜長愁引夢，清興坐書城。《暮春感懷》云：探奇肯讓愛山人，太息昂藏未老身。芳草遠天愁欲雨，桃花三月夢如塵。交遊金

石襟懷古,麴糵詩書氣味醇。門外竹林烟水隔,驚濤誤瀉一江春。

汪若海 字一谷,諸生,有《清華集》

《私蘭曲》云:秋蘭發幽香,香風來何處。尋香見秋蘭,幽人不能去。《送周海城還漢川》云:鐵筆沉酣古篆多,蒲騷幾度共高歌。即今話別江楓冷,愁滿孤舟田爾河。

萬化成 字秋田,乾隆副貢,官知縣　子震

化成詩不多作,而喜讀昌黎集。有"雲作奇峯山在天"句,頗掘奇。

子震初名鎮,字武山,諸生幼擅詩,與曾香溪角勝詞坫,爲一時瑜亮。《漢陽祇陀林讌集》云:眾鳥寂不喧,綠蓋圓午暈。飯了覆鉢盂,虛堂人習靜。微風從東來,時送一聲磬。簌簌落松花,吹滿碧苔徑。開襟談羲皇,人語水聲應。摩挲碑上文,吟賞壁間詠。念我故園交,此意可能並。坦臥看長天,白雲不可贈。黑雲欲壓山,眾山低一尺。長風捲炮車,雷掣雨聲急。百萬刀鎗鳴,天地迷轉側。各各投匕箸,天威敢無懾。須臾氣清爽,夕陽紅翻壁。微聞腥水腥,飛入濕雲濕。我時手一樽,涼意洽巾幘。清矣竹娟娟,風過翠猶滴。《臥柏》云:咄咄嚴子陵,不能共爲理。抱此歲寒心,蒙頭臥而已。繁華動春風,著意吹不起。《風雨渡江》云:獵獵紅旗捲,滔滔白浪堆。連篷推雨去,一柂渡江來。鐵笛仙人館,銅鉦大將臺。斬蛟懷利劍,誰是濟川才?《負笈》云:負笈復何如,春風二月初。遠隨雲夢雁,來食武昌魚。詩帶烟霞氣,人耽水竹居。寂寥揚子宅,消受一床書。佳句如:春光匝地花侵縣,爽氣澄空劍倚樓。書記生涯原作達,烟霞供養最宜詩。

江源長 字泉一,貢生

《登文昌樓》云:客有干霄氣,來登河上樓。窗開雲夢樹,門泊漢陽舟。

小市炊煙迥,平沙落照幽。十年曾到此,往事日悠悠。

楊世英字子千,號小澤,嘉慶進士,官御史

《郊遊》云:一徑落花春欲暮,半池香草水初生。《夜坐》云:蟲聲漸作知秋近,花氣微馨浥露多。官到閒時真是福,人逢醉後便當歌。《秋懷》云:久客無聊同鳥倦,良宵得意只蟲鳴。十分冷淡須回味,一半糊塗藉養生。句皆雋永可誦。

王　麟字春塢,諸生

《詠史》云:馬融設絳帳,驕貴以自侈。前既授生徒,後復列女妓。講授此何事,冶容安可邇。大都驕倨人,往往皆諂子。殺人以媚人,其所優為耳。乃復著忠經,笑之冷人齒。

戴亨遠字致庵,道光進士,官教授

廣文詩臻神品,記其《題桃源圖》云:"但願桃花皆作紙,憑他鈔出未焚書。"甚新奇。

戴利和字月三,貢生

《遊浮蠏亭》云:怪得冲泥行太急,同人早傍小亭立。淨綠依然生客衣,湖光不待捲簾入。記取五年初夏天,浮蠏之間此雅集。

郝師宣字洪伯,諸生,有《志古堂集》　子謙

師宣學邃才長,博通載籍。少有經世之志,而淪落不偶。晚僑隨之大

洪山，一意撰著，詩古文詞皆卓然成家。同族又有琢庵進士光鈺以詩名，惜僅見"明月一池心是水，香風時逗白蓮花"一聯。詩各體皆精，五古尤近漢魏。《雜詩》云：大道本不絀，至理亦不盈。中正繩萬態，自然得其情。梁園既寂寞，宏閎空經營。蓬蒿有深徑，釣臺存孤清。矯矯魯連子，排難扶世傾。其中有至意，物外得所成。神龍貴無欲，世網安足攖。春草去何長，玄蟬鳴古樹。偶遊青松間，漸有白雲駐。幽壑古無人，灑落淡百慮。我歌行且謠，遷延自來去。欲攀石磴過，時為看花誤。坐見麋鹿羣，一笑春風暮。林莽生春寒，山氣欲明霽。浮雲西南飛，高鳥孤何銳。晴日揚遠波，風影落天際。微軀何所營，百愚靡一慧。抱此空谷心，時時親蘭蕙。日月胡見欺，青陽倏飄逝。丈夫志未伸，一身猶足贅。世無管鮑交，安得免沉滯。尚恥終生纓，何論范公計？逝將挽強弓，終朝射麋雉。《客中雜詩》云：天霜沾衣裳，濃雲在襟袖。暗樹立如人，微茫森左右。石壁何嵯峨，升月漸娟秀。迴首煙雨朝，風景迅奔走。草木閱枯榮，溪水日新舊。心為百煉鋼，葛藟徒糾繆。焚膏待山月，開窗延遠暉。虛白如我心，照曜青羅幃。關河夜修阻，黃鵠何高飛？歲晚霜氣深，靈芝蔚芳菲。南山有琪樹，東海生珠璣。采之遺遠人，天風吹我衣。《有感》云：楚雲千里暮，春色上高原。樵客正歸路，空山且閉門。時違知己貴，身約素心尊。猶有酬恩願，蕭然一劍存。《晚望》云：地轉山猶翠，溪寒花漫開。晚天新霽雪，落日正登臺。去鳥兼雲盡，歸人趁月來。高原臨眺處，作客此徘徊。《雪夜》云：虛閣易成響，蕭蕭風雪聲。細侵芳徑濕，寒落畫樓輕。帶月催征雁，連雲上古城。此時憶江客，燈影一窗青。《止木齋宿》云：夕陽滿巖壑，秋風拂面吹。相看俱老大，惟我更嶔崎。鐘鼎勳非易，鶯花事可為。乾坤真浩蕩，止宿願勿辭。《山居偶感》云：一徑寒烟日易斜，芳叢暮色隱飛鴉。園無剩地全栽竹，事有關心只問花。市近卻因深柳隔，峯高不被短墻遮。無端感念魚鴻杳，獨立蒼茫望釣槎。《登黃鶴樓》云：我從二百承平歲，得上江城第一樓。鶴唳喚醒塵海夢，笛聲吹落漢陽秋。青山遠岸重重立，白浪晴空滾滾流。往古來今情不淺，蓼花楓葉滿汀洲。《贈王香谷》云：落筆驚風未可停，桂花叢裏坐傳經。高吟且自稱詩隱，小醉猶能酹酒星。窗外濃陰連水綠，卷中奇字對山青。楓林歸路蕭蕭馬,寒雁隨雲過遠汀。《寄贈伯衡丈》云:落日宜城酒尚醺,歸來萬事浩紛紛。愁生漢上吟紅葉,夢繞江南戀白雲。殘月和霜曾送客,夜燈共雨更論文。春來應有扁舟興,滕閣秋風對夕曛。《對月》云:花滿江城酒正闌,高樓橫笛雁飛寒。武昌無限鄉關月,一夜秋風醉裏看。《山中阻雨同友人話舊》云:二十年前暮雨昏,桃花窗外漲溪痕。只今一榻青山話,老樹寒雲共掩門。《舟夜》云:盡日扁舟送遠征,曉風斜颺柁樓輕。板橋村樹啼烏夜,自掩孤篷聽雨聲。先生以雄奇瑰瑋之才,充之以淹雅博洽之學。凡兵農禮樂河渠諸大政,陰陽星曆占射諸家之同異得失,皆考究其所以然,而求之於至當。蓋深有意於經世之務者也,乃竟以韋布老。其發爲詩文,無不有以露其本然之蘊,而非斤斤以著作爲工者。然以法求之,則又無一不合甚矣。學之貴有本也。節馮喧撰詩序[6]

亂峯殘照落,孤寺暮雲開。樹入新寒重,衣沾遠翠輕。一庭酣暮雨,三徑掩深春。春花游客換,暮雨閉門深。樹裏烟雲全作雨,石邊茅屋半依山。夢覺吳山生夜月,醉吟楚塞上高樓。長歌白雪花前曲,短髮青山醉後心。青山淡欲迎歸客,碧澗清能洗素心。無事相關纔免累,有書可讀未全貧。幾多世事催殘夢,無限秋懷對夕陽。客多清夢生春草,路入紅樓點杏花。佳句美不勝收,略摘一二,以概其餘。

子謙字益庵,有《述先堂學詩草》。詩古文詞,卓有父風。《學齊梁絕句二首》云:山與雲爲友,雲有來去時。願作南山石,終古無改移。郎作天上月,儂作月中樹。圓缺同光輝,無復分離處。《雨後對月》云:晚煙初散綠楊枝,桂樹團團對短籬。花氣好宜風定後,月明最愛雨晴時。遙空雁影催寒笛,四壁蛩聲勸酒卮。醉裏渾忘身老大,清光還許照鬚眉。《君子行》云:君子愛清名,不爲混濁行。口不道邪妄,動必履潔清。貪泉不敢飲,穢里不駐旌。當使丘隴上,邪蒿不敢生。《放歌行》云:天不可與道,地不可與謀。烈士何慨慷,行歎而坐愁。出門見平野,平野何悠悠。高山鬱然起,滄江日夜流。黃鵠一引頸,超然凌九州。徘徊不得志,乃與燕雀儔。客從南方來,駿馬狐白裘。入門無所道,舉手彈箜篌。人生樂復樂,何爲懷百憂。古來達觀者,惠施與莊周。《郡城南樓》云:樹裏河流野漲寬,春陰遠翠入城寒。南樓日暮無人賞，風雨瀟瀟百尺欄。《襄陽竹枝》云：襄陽風景使人迷，楊柳前溪繞後溪。沿巷小兒齊拍手，聲聲猶唱白銅鞮。《夜行溪上》云：我行中野，溪水盈盈。巨石怒列，幽篠叢生。涵空照影，濯藻遊鱗。激搏成韻，如鼓瑟琴。山風寥寥，吹月無聲。微香偶至，不辨花名。雲鴻唳天，與我同情。遊心於漠，何慮何營？四言一首，雅近《古琴銘》，故並錄之。

曾繼蘭 字漢臺，號香溪，官訓導，有《玉硯齋詩集》

《束瑤圃》云：長生不可學，願學長不死。東坡句。古人爭死生，惟在一片紙。所謂不朽三，言與德功媲。所謂屈不伸，請視無名指。坦率固其常，黽勉曷能已。倘覓不死藥，還向紙堆裏。《登黃鶴樓》云：繞郭岷濤滾滾來，高樓雄峙浪花堆。一簾風月留仙鏡，三楚江山屬霸才。詩筆曾教名士閣，酒家不是舊人開。天邊雲鶴茫無際，玉笛飄飄悵落梅。《答榆村營園遣懷諸作》云：十載交遊託素心，简中妙緒費研尋。才情入律方稱細，畫意參詩更覺深。鐵聚六州難鑄錯，石經一點即成金。楚人天性陽春曲，下里慚予只浪吟。論文從不落言詮，結構亭臺亦自然。境地清涼多水竹，天機活潑見魚鳶。情餘公子營盤谷，分合詩人住輞川。一覽平湖渺無際，吟聲遠送翠微烟。《詠古》云：買得侯嬴死，人前酒一樽。至今車馬客，掩淚過夷門。鴻溝不能分，烏江不可渡。亭長爾何人，一誤豈再誤。能忍胯下辱，羞與噲等伍。前後若兩人，成敗所由取。未見勤王旅，襄陽自築臺。野鷹方逐雀，呼恐不飛來。斗間瞻紫氣，博物到琅嬛。不及延津劍，成龍便入淵。金谷繁華夢，歡歌空復情。石崇財散盡，博得綠珠名。又《哀王烈婦》起筆突奇，云：悲莫悲於兒啼飢，哀莫哀於坐賣妻。妻在兒無食，有母或哺之。妻出兒無母，不死亦幾希。惜入後少遜。

戴利均 字秉堂，諸生　弟利玉

利均詩筆秀健，與弟利玉並推作手。《溪橋散步》云：晚飯餘閒了晝課，柳陰堤畔時一過。小橋無伴獨徘徊,芒鞋踏處綠苔破。有時倚杖發高歌,驚起黃鸝三五箇。《送別余履之旋里》云:北風吹雁下南天,客路重逢話舊緣。烏帽青衫仍我輩,落花飛絮又經年。殘星未許收棋局,家君司鐸荆州,欲歸未果。惡歲偏能到硯田。無限情懷知己共,者番相見兩相憐。《秋思》云:明月照庭階,涼風吹簾箔。獨立已多時,蟲聲滿籬落。《望春臺》云:探春直上望春臺,圖畫天然四面開。好是綠楊流水外,賣花人影過橋來。

弟利玉,字躋堂。《坐月》云:柴門納晚涼,萬籟耳根靜。微白東方升,明月出高嶺。雲時光瑩瑩,牆花弄疏影。薄露濕衣裾,人坐竹陰冷。《晚步》云:閒向沙隄行,吟詩倚喬木。落日滿前谿,小橋人影獨。

王公塤 字箋友,號南亭,乾隆舉人,有《綠蔭剩稿》

《踏青詞》云:踏踏歌來緩緩歸,一天風細紙鳶飛。幾人家傍長隄住,短竹疏籬白板扉。紅亭蠟屐踏青來,極目鄖城野色開。一片晴雲高不落,春風吹上楚王臺。

左　源 字漁溪,諸生

《夜泊獨樹灣》云:夜靜煙深隱約間,繫舟何處聽潺潺。一聲孤鶴三更月,淺水蘆花獨樹灣。

程懷璟 字玉農,嘉慶拔貢,官按察,有《不波山房詩》　子齊訥

廉訪謝病歸,卜居鄂城,得邱南屏侍郎別墅,葺而居之。有九桂軒、不波書舫諸勝,享林泉清平之福幾二十年。潘四梅論詩曰:簪纓早謝愛園林,別具幽閒一片心。領略清機天籟發,高山流水伯牙琴。蓋紀其實,而襟懷可見矣。

玉農觀察上洋,予寄詩有"梅花一路到江南"之句。觀察和云:知君風

趣得天僛，騎省才華閬苑流。小試何妨誇制錦，依然花縣近陳留。赭山晴霽淨烟嵐，爲和新詩興正酣。料得開緘君一笑，杏花春雨憶江南。殊有晚唐風韻。《臥園詩話》

　　余初謁公，即留飲不波書舫。命和題夏怡士觀察《從戎圖》，皆稱公旨，喜加拂拭。嗣有雅集，必先招致，因得備聞公之緒論。公樂引掖後進，一知半解，逢人稱說不置。公精聲韻之學，善養生之術，修髯鶴立，望如神仙。詩清和淡宕，不事雕繢，而雅韻天成。工行草，雅近鍾太傅。舊藏公手書詩稿數十紙，皆燹於兵，思之曷勝惋惜。《山行有懷雨農兼柬春卿》云：高山生白雲，山爲雲氣擁。天風一吹蕩，雲挾山欲動。下馬上山行，奇觀豁眼孔。無意入雲中，濕煙如海湧。古樹鬱蒼翠，危石露巃嵷。時聞鳴鶴聲，疑躡仙人踵。仰窺天近遠，一氣接澒洞。出雲復入雲，馬首雙耳聳。我欲袖雲歸，妙手莫能捧。靈境空周旋，勞塵歎倥傯。羨子山中人，著書得幾種。盡日看雲飛，心清絕俗冗。《江南春》云：江南草長鶯亂飛，邊城楊柳綠依依。妾思君，君不見，春風故故吹妾面。安得萬里走紅塵，與君細說江南春。《唐宮曲》云：楊妃貶髮可翦，梅妃貶珠可返，承恩亦自有深淺。黃金寵艷洗兒錢，紅綃冷濕芙蓉臉。風流三郎忒情多，金釵鈿盒誓星河。憐他閣道淋鈴曲，爭及珍珠一斛歌。《田家秋晚》云：紅日遙岑下，秋煙淡一痕。羊牛尋古道，鵝鴨認柴門。笑語茅簷聚，宵羹豆火溫。此中有真樂，吾欲買山村。《雨霽曉行》云：一雨慰羣望，曉行生薄寒。風光浮麥際，春氣溢林端。沙潤輪聲滑，塵清眼界寬。迴思新鄭尹，茹素禱靈壇。《木犀灣守風》云：地遠無叢桂，留人詠小山。風生秋水曲，舟泊木犀灣。波浪湖光闊，帆檣客話閒。連宵望竿影，紅燭冷雲間。《楊花》云：解識漫空汗漫遊，幾曾開落戀枝頭。雨中屐笠尋無跡，夕照樓臺舞未休。萬種風懷縈別緒，一簾晴雪散春愁。閒來檢點殘詩料，笑問兒童捉得否？《余忠宣公墓》云：阿那吹殘元運頹，天完逼近羽書催。雄藩難恃孤山險，儒吏誰經百戰來。午夜江聲悲畫角，六年軍令凜風雷。下邳按甲淮安陷，末造空生柱石材。《夏觀察怡士從戎圖》云：收復西陲舊版章，天兵曾記掃欃槍。文臣能壯三軍膽，元老先籌萬里糧。劍氣寒侵霜月白，馬蹄高踏塞雲黃。畫圖戴得君恩重，壓帽翎飄翡翠光。《遊俠曲》云：醉解千金貂，飛控五花馬。大雪滿天山，射虎天山下。《仙棗亭》云：棗花香放是何年，棗大如瓜事偶然。消受當時惟小吏，不乘黃鶴也登仙。《紀夢》云：望海樓高月正圓，潮痕隱約水生煙。山僧自課楞嚴卷，清磬一聲人未眠。

齊訥字敏仲，號近甫，詩有父風。《遊太白樓》云：訪古然犀渚，斜陽繫客舟。詩仙留勝跡，我輩復登樓。明月依然在，斯人何處遊。來朝挂帆去，惆悵大江頭。

程齊詥 字鶴階，號綏人，拔貢，有《夢雲居士詩草》

《七夕書懷》云：今夕是何夕，秋涼第七宵。人間蛛鬪巧，天上鵲塡橋。明月詩千里，高情酒一瓢。空懷蒼洱路，坐對暮雲遙。《柳陰垂釣圖》云：洞庭山下鱖魚肥，震澤湖邊柳絮飛。七十二峯青不斷，收綸好趁月明歸。

馮　瑄 字景薛，號鶴渠，有《鎭石齋詩文集》

瑄詩古文詞，意趣高遠。不求聞達，以著書自娛。《讀書》云：老去無一能，獨能畏義理。寡過而未能，乃爲聖心喜。此心敬肆分，即已判生死。古人貴聞道，老夫何能爾？獨有一寸心，兢兢念終始。甘爲人所愚，勿爲人所恥。庶幾幽獨中，可以對知己。《醉歌》云：生不願封萬戶侯，亦不願擁百萬之貔貅。不願稽拜隨皐禹，不願偕隱學巢由。不願耕田有莘野，不願垂釣渭水頭。不願扁舟五湖去，不願絕粒長從赤松遊。不願成都種桑樹，不願澤中披羊裘。但願太平千萬歲，日月光華春復秋。田中有黍甕有酒，醉臥茅檐百無憂。《蠹蛀木》云：蠹蛀木，勿蛀根。根斷樹枯將爲薪。《春夜偶成》云：荒城積雨歇，夜氣冷高空。老屋生寒月，微雲動晚風。鳥棲垂柳外，人醉落花中。夢覺衣裳薄，天邊唳遠鴻。《吊禰正平》云：正士方危行，姦雄尚索瘢。如何持介節，偏欲觸凶殘。鸚鵡賦纔就，漁陽摻未闌。語言深賈禍，勿獨罪曹瞞。漢室凌夷甚，先生一罵尊。其如齟直道，豈肯恕狂言。芳草埋餘恨，青山隱舊魂。才人終此遇，吾欲叫天閽。《秋夜憶德固德騏兩兒》云：入夜西風緊，秋聲萬樹同。明朝齋閣外，黄葉下梧桐。吳楚遥千里，音書久未通。汝曹長旅食，何以慰衰翁？《蘄州》云：傑閣憑虛控上遊，長年指點說蘄州。雲消楚塞千峯出，風冷吳江南岸秋。人賣白魚開細網，客收碧艾掉輕舟。無端霜角寒煙外，吹起鄉心一夜愁。《讀洪伯遺稿》云：無復人間聚首期，空餘幾卷寂寥詩。傷心屢下楊朱淚，感舊常懷向秀悲。突兀洪山封俊骨，蒼茫雲樹引歸思。高情勝概成陳跡，珍重誰題有道碑。《巴河》云：江上斜陽照白波，收帆古岸泊巴河。地鄰赤壁風煙壯，人近黄州騷雅多。茅店新醅開碧甕，筠籃脆藕載輕舸。誰家紅袖高樓上，閒倚雕闌自按歌。《黄州》云：收却蒲帆坐晚風，船頭高唱大江東。沙邊古鐵苔花紫，壁底寒磷戰血紅。城郭岷濤煙霧裏，人家西塞翠微中。孫曹霸業今何許，笑指沉波月影空。《皆山亭》云：山人方寸中，貯無數丘壑。小酌皆山亭，山色杯中落。《絶句》云：谷口松風吹，萬壑猿清嘯。空翠濕人衣，深林淡斜照。《春暮晨起》云：薜荔墻頭逗曙霞，松枝寫影上窗紗。披衣自起開三徑，靜掃閒雲待落花。

左長鎮 字定宇，貢生，有《陵雲軒詩稿》

丈幼即植品勵學，性敏穎。詩古文詞，下筆立就。年屆期頤，猶健飯，課諸孫讀。令子幼宇太史，得傳家學。《半舫》云：半安茶竈半詩筒，半老人棲半舫中。夜月樽開蘇玉局，春江書載米南宮。芳搴蓮渚煙迷棹，夢冷蘆汀雨打篷。移泊風波不到處，江湖閑煞信天翁。

左　瑛 字瑶圃，道光進士，官翰林，有《鶴棲室詩稿》

《歐陽文忠公墓在新鄭城外》云：吏部文章司馬筆，古今絶調竟誰傳。直從漢史唐賢後，遥溯熙寧慶曆前。名世必生五百歲，斯文未墜一千年。遺封馬鬣巍峨在，展拜猶疑潁水邊。公言吾卒當葬於潁。《陳留吊蔡中郎》云：寂寂楊雄宅，千秋莽大夫。中郎才絕代，亦自誤徵書。《聊城》云：燕王既已去，齊人空復來。聊城今夜月，還照魯連臺。《題劍南詩集》云：垂死猶聞發浩歌，臨安王氣竟銷磨。南來惟有宗留守，風雨同聲喚渡河。

安　照 字曉珊

照屢躓場屋，寄懷詩酒，以筆墨遨遊士大夫間。往返黔西，得江山之助，有《黔南雜詠》四十六首，寫苗疆風俗，宛如目睹，另爲一卷可以行世。《南將軍廟》云：秦廷痛哭陣雲愁，矢著浮圖志未酬。莫道睢陽人肉盡，將軍一指已千秋。《雜詩》云：一日不讀書，此身無一事。日日便讀書，所得無一字。愛博情不專，志雜神轉悴。數行閱未竟，心中鴻鵠至。採玉適寶山，求馬入唐肆。妙手仍空空，毋乃與此類。秀木聳千尋，風必摧其顛。匹夫懷白璧，眾必索其瑕。奇行招物忌，不材得天全。所以柱下訓，不爲天下先。淵明居栗里，欲留三徑資。及其令彭澤，反棄五斗歸。丈夫貴適意，豈有成見存？刻舟而求劍，所得恐非真。相如能文章，官由入貲得。釋之亦貲郎，折獄多平直。有用與無用，但視所建白。無謂秦無人，概加紅勒帛。唐人重科目，乃有奇章公。贊皇隆相業，不在五甲中。兩人各立黨，水火迭相攻。可歎蜉蝣輩，靡然如從風。畢竟千秋後，公論出唐史。牛黨多小人，李黨多君子。三代置井田，秦人阡陌施。二千餘年來，遵行無改移。元稹均田圖，英主空興悲。欲行古人法，惜非古人時。新莽與安石，徒爲後世嗤。加髀秦太后，抱背齊景公。此復何等語，置之簡冊中。盡信不如無，孟子真英雄。莫學村學究，泥古而鮮通。《買花》云：和靖手種梅，淵明身藝菊。濂溪性愛蓮，與可胸成竹。彼豈玩物人，托興及花木。惟其寄託高，所以不近俗。今無古人懷，詎有古人目。春風萬物生，何者爲吾欲。《觀音寺》云：石欄百尺枕江湄，猶是頭陀古寺基。城上籃輿波上棹，更無人問簡棲碑。

馮德煌[7] 字星垣，諸生

《病起》云：病起出西郭，欣欣向荒甸。落葉下寒空，山容倏一變。天遠水欲浮，烟深村未見。孤帆何處舟，林外時隱現。

尹悟棠 字聘三

《春遊》云：往聽黄鸝村外村，桃紅李白滿郊原。歸來踏遍芳塍路，人與花香共到門。

釋元祚 字木文，西洞庭山住持，有《鶴舟詩草》

元祚事無可考，此從《別裁集》錄出者，有"名恐落人間"句，或亦勝國遺老。《獨樹堂散懷》云：得失吾何有，榮枯事盡刪。神常遊物外，名恐落人間。流水一聲磬，夕陽數點山。閒身倚枯樹，仁看鳥飛還。櫻竹新添杖，扶來步步安。渾如得老友，從此共盤桓。天地孤身在，冰霜白髮寒。一編寫情性，只可自家看。《寄高澹遊》云：賣盡青山說買山，高年正好學偷閒。洞庭儘有梅花屋，何不攜家住此間。原注：澹遊工六法，故有起句。

閨秀

李淑貞 儒士彭維燔妻，有《柏窗集》

淑貞幼嫻詩禮，工吟詠。與兄元奮輩倡和，稱一門風雅。《早發函谷關》云：百二雄關百雉城，五更落月晃行旌。雲迷紫塞天無色，風度黄河鴈有聲。老子仙蹤何處是，田文舊事不勝情。太平魚鑰先時啟，愧爾金雞作意鳴。素練白襦作未亡，孤燈暗淚不成行。緩隨泉路緣雙女，強活餘生爲北堂。自古嫦娥憐竊藥，從今庭院罷焚香。三生石上盟猶在，寄語精靈莫渺茫。《春日吟》云：徙倚欄干春晝長，東風吹暖燕泥香。不愁日暮羣芳歇，銀燭高燒詠海棠。《哭姊》云：江上峯青曲未終，悠悠泉路渺無蹤。少年姊妹猶存我，血淚都成杜宇紅。夢裏江南水一隈，雙親容我去還來。思親更憶親思汝,應築招魂望女臺。

【校記】

〔1〕闔間,原作"闔廬"。這首詩後文有"何事臨風吊闔間"句。"間"、"廬",音近,皆通。據後文改。

〔2〕宓,與"伏"通假。此處用"宓",便於利用其音形成押韻。

〔3〕大,與"太"通假,此處兼用"大"之意、"太"之音。

〔4〕"李元奮"、"許兆桂"及"許兆椿"條中,"巖"或寫成"崖"、"岩",今統作"崖"。

〔5〕"許兆桂"條,條目只附"子熙"。但熙早夭,才華未顯,又非長子,按例不應列於首位,《詩徵》類似混亂情形頗有一些。

〔6〕馮暄,本卷有"馮瑄"條、本卷"田制祿"條又提及"馮瑄",不知是否即此馮暄。

〔7〕煌,原目錄作"璜",條目及正文作"煌"。此人字星垣,"煌"更恰切。據改。

增訂

王德滋字雨丞,諸生,官知州

　　雨丞性豪邁,喜交游。從事戎旃,身歷戰陣,不獲一掛,薦剡,李廣數奇,當世惜之。中年以資得縣佐,需次湘中,爲劉制府長佑調赴滇南,佐軍牘。三薦而至直刺,得花翎,將備除目,遽以疾終。人生得失,詎可料哉？余與交近三十年,人琴之感,時切於中,檢故簏得舊日唱和之作,選登二律,以志腹痛。

　　《見懷》其四之二云：煙霞管領寄黄州,吟得江天冷入秋。一葉扁舟西塞曲,數聲長笛月波樓。文章尚友添新賦,風雨懷人增古愁。如此山川容我住,好從良夜寫清游。《登岳陽樓》云：名樓作記慚遷客,漫舉當筵酒滿樽。山勢一螺浮欲去,潮聲萬馬吼如奔。乾坤眼底東南小,雲夢胸中八九吞。帝子靈妃何處是,朗吟蘭沚記湘沅。

湖北詩徵傳略卷二十三

應　　城

宋

張道清 字得一，號三峯

道清，郢之蒲騷里人。紹興元年，母感異夢而生。六歲徙居長森灣，今屬京山。即好道，常數日不食，或入山半旬不返家。人蹤跡之，則執卷坐卧一崖下，虎伏其側，馴服如家畜，由是里人異之。以道術濟人，禱雨治疾輒應，莫知其師授也。孝宗時，應召入京，資予甚厚。旋入崇陽九宮山開道場，年六十餘坐化。臨化說偈曰："幻質塵勞，方度六紀。憫一切情，如渴赴水。踏破鐵鞋，尋根索底。一刹那間，衆流截止。今日逃形，湛然脫屣。咦！分明記得來時路，乘彼白雲歸帝鄉。"至今遺蜕猶存。

《中都贈皇甫清虛》云：久戀帝鄉春，虛名空繫身。何如青嶂裏，認取自家真。

明

華　清 字廉卿，成化進士，官推官，有《西山集》、《東山集》

清穎慧博洽，遊南雍與陳獻章比舍居，朝夕講肄，而學益成。任蘇州推官,以直免。歸,杜門自適,文章爾雅,兼工書畫。

《伍家山》云:羣山毓地靈,厓壑閟深阻。中有伍氏居,蓬蒿翳環堵。逃名事不傳,此道亦自古。人亡世已非,茲山猶姓伍。石林蕨如拳,龍井泉流乳。何當在幽棲,搴蘿結茅宇。

陳士元 字心叔,號養吾,嘉靖進士,官知州,有《歸雲集》　子階

士元少蹶弛,負幹濟才。牧灤州,有能聲。旋棄官,遍遊五嶽,所至輒爲記述。及歸,閉門博考者垂四十年。所著有《歸雲集》、《論語類考》、《孟子雜記》、《古俗字略》、《韻苑考遺》、《五經異文》、《易象鈎解彙解》、《夢占逸旨》、《灤州志》、《姓觿》、《姓觿》、《名疑》、《象教皮編》、《釋氏源流》,書目載《明史·藝文志》。又《新宋史》、《新元史》、《楚故略》、《楚絶書》、《隄疾恆言》、《五嶽記》、《氏疑俚言解》、《江漢叢談》、《荒史》、《世曆》、《彝語音釋》共三百八十餘卷,皆已刊行。其他散佚不傳者,尚十餘種。有明一代撰著之富若升庵楊氏凡二百餘種,鬱儀朱氏凡百餘種,士元賅博,與兩家等而不苟同。則鄭仲漁所云"後十五略人未之聞"者,蓋兩家不如也。節《在山堂文集》

養吾子學問淵雅,經史子集各有撰著,共四百餘卷,收入《四庫》者六十餘種。詩不輕作,而《村居》六言頗有逸致。云:淡淡輕煙巷陌,暉暉晴日樓臺。入在管絃聲裏,踏花沉醉歸來。竹屋日長茶熟,水亭風細荷香。不用蒲葵小扇,自然心地清涼。金井梧飄一葉,楚天鴈唳三秋。何處數聲長笛,明月人倚高樓。古木寒鴉山徑,小橋流水人家。昨夜前村微雪,詩思欲問梅花。又著《百老歌》一卷,有天門蕭聲潤序,惜未見。

子階,字升也,號吉藪,貢生。能繼父志,好學,工詞章。有《日涉編》、《一名編》、《日新書》,賀文忠公序行之。

國朝

毛三代 字倩如,康熙舉人

三代少負詩名,薄遊西湖,見亭壁有趙沛宏恩句[1],愛而和之。云:湖

上最宜載酒瓢,況逢佳節倍逍遙。孤輪月滿三千頃,一葉舟橫十二橋。何處鐘聲浮水面,誰家笛韻落山腰。薄遊微醉清吟久,忘却身羈客詠迢。後趙巡撫湖北,三代時任均州學正,檄謁訂文,縉紳傳爲佳話。

黄在瓚 字瑟玉,康熙舉人,官知縣,有《存書樓詩文稿》

在瓚少有文名,官仁和,著能聲。善鑒別人倫,識金殿撰牲於微賤之中。罷官歸,不入城市。惟與繼室陳餘青相唱和。餘青工刺繡,善花卉翎毛,詩多佳句。如:餘地留栽君子竹,小窗近對美人蕉。《送外之官》云:太平天子文章重,清白家風夢寢安。皆莊雅可誦。所著《串香閣詩草》,惜未見。

程大中 字拳時,乾隆進士,官知縣,有《在山堂全集》

大中潛心學殖,經義以金壇王氏爲宗。細膩熨貼,獨出冠時。詩尤清雋,古文具有典則。始官蘄州學博,旋主河東書院,與蘄黄人士講切至密。《通志》

兒時塾中讀先生制藝,見其根底醇厚,已欽爲深於道者之言。及縱觀《在山堂集》,古詩效初唐,音格清蒼。近體沖淡,不減右丞。真有令才人、學人一齊俯首者,孰云帖括妨韻語哉?

《九日懷王蔭子》云:天高散餘籟,寒江咽深宵。落日淡秋陰,暮色出林表。幽野迥無極,對此孤飛鳥。所思不得見,息意待清曉。《題畫》云:幽泉咽怪石,獨鳥鳴深樹。中有抱琴翁,佇立雲生處。截空盤兩山,其中穿一水。小艇不見人,人在松濤裏。山靜飛煙直,庭空落葉繁。略無人跡到,或是古桃源。殘陽掛老楓,白雲起幽壑。漁翁晚不歸,投竿方獨酌。《感寓》云:歲晏多悲風,蕭蕭下庭樹。霜日照枯林,葳蕤難再遇。志士無懷抱,常恐時節暮。慷慨事遠征,力疾託高步。譬彼中流楫,長飆非所顧。安能空咨嗟,泫然向歧路。皚皚明月光,中夜皎虛碧。起坐臨前除,俯仰見陳迹。

歲華欻征遷，風景異疇昔。端坐懷遠心，奈此百憂積。三五乘化樞，盈虛理自適。即事一以欣，往日豈足惜。寥寥天宇空，可以永遙夕。窮愁能著書，依隱頗好道。古來澹蕩人，用此寄懷抱。虞卿與子雲，適志苦不早。說趙本倉皇，美新益潦倒。迴首事已非，感慨肆幽討。悠悠後世名，鬱鬱令人老。彌駕漢江陰，結茅但容膝。息心事灌園，抱甕興非一。行見岫雲飛，坐觀流泉泌。去者既不歸，來日豈遑恤。種秫五畝餘，歲晏常在室。得酒飲所親，抄書自成帙。逍遙與化遊，平生願已畢。晨風發高樹，虛寮流遠音。桐花亦已落，草蟲相與吟。私曲不能寫，獨坐彈鳴琴。拂拂指上絃，悠悠清我心。仰見山月白，便臨江水深。所期達幽意，此意誰相尋？《對月》云：山寺月初出，窅然秋氣深。空江明獨鳥，落葉響疏林。羣動有時息，故人同此心。何當共尊酒，乘興坐梧陰。《哭觀川先生》云：楚國先賢傳，安州謂趙氏復與道州。斯人難再得，夫子自千秋。山木悲無限，人琴寂不留。春風竟何處，江漢水悠悠。江漢風流盡，星霜隱少微。一從丹旐反，長此素心違。古道竟安放，吾儕誰與歸。中天看北斗，猶自照書幃。先生《送別詩》有"坐深頻視夜，北斗近中天"之句。《送別張白蕊》云：歲晏風沙急，寒江起暮愁。思親雙淚眼，送子一虛舟。計拙貧常在，時豐酒易謀。清尊聊共對，雪霽好登樓。《雨中憶弟》云：江閣對微雨，寒颸鳴遠林。白雲千澗落，黃葉四山深。薄宦已愁寂，蕭齋多苦吟。遙憐吾弟健，暇日酒頻斟。《留別蘄州同學》云：山館讎書日，天涯惜別心。開尊春草綠，執手野雲深。聚散自多感，徘徊時一吟。娟娟江上月，還與照清襟。《題寒江獨立圖》云：獨立寒江外，蒼涼抱影時。天風吹不定，客意欲何之。交已絕山簡，世應無子期。黃花秋正好，待爾坐東籬。《野泊》云：山盡見幽寺，鐘聲落水涯。斷煙橫小壑，返照入平沙。暮色楓初冷，荒村菊有花。茅檐沽酒處，最好是漁家。《鄂中得李雪堂書》云：美人下鄂渚，遺我綠玉琴。援琴向流水，一彈再三吟。幽樹散遺籟，可以清煩襟。思君不得見，悠悠江水深。《過應山留別楊映人》云：十載一相見，匆匆此夜心。月如前度好，情覺老來深。舊識無多在，新詩喜共吟。明朝谿路遠，不厭酒頻斟。《送邵鄭圃之漢上》云：極浦風初定，輕帆獨去時。還山吾有約，破浪爾能為。漢水半漁艇，江村多酒旗。興酣尋老友，好共賦新詩。《雨後遲菱湖曲》云：白蘋細細汀洲暖，小艇牽風香枻短。銀鱗刺促水禽飛，青荷交映湖光滿。漢南遊女江南客，暝色如煙人語隔。瀲灔空波照影歸，一天寒碧菱花白。《江陵愁思》云：高空漠漠轉晴沙，千里江陵落照斜。梁苑月明南去雁，渚宮秋冷暮歸鴉。詞人意氣輕劉表，野客風流老孟嘉。幾許關心成往事，旅亭惆悵對黃花。《長湖舟中》云：扁舟東下月清微，野水空濛獨鶩飛。一片寒光搖不定，黃梅村路客初歸。《黃州懷古》云：江城風雨夜蕭蕭，載酒題襟轉寂寥。落盡韓家花萬朵，更無人上海棠橋。赤壁何分贗與真，清秋水月最傷神。憑君莫放橫江鶴，恐是當年舊羽人。東坡西去是南坡，兩地傳聞載酒歌。惆悵雪堂高臥日，林邊修竹已無多。南坡見陸放翁《東坡記》。平生睡足在南州，燕寢堂開幾度遊。自去詞人無好夢，雨聲春打月波樓。

孫　牲 字偕鹿，乾隆舉人，有《林庵詩鈔》

余初於兩溟先生《荊湖知舊集》中得讀林庵詩，嘆爲清婉獨絕。繼於閔篆香扇頭見其自書絕句十餘首，益擊節不置。漢川劉聘之文學復搜得叢殘稿本見貽，摘其尤者錄之，庶無寶山空廻之憾云。《和宛溪梁瀚雜咏》云：客路入苔徑，鐘聲出霜堡。秋林落葉多，付與山僧埽。曲曲芹塘水，隨風碧流漾。我來鷗不驚，天地何清曠。《懷人》云：春風吹花開，旋復吹花落。時序感遷流，有懷將焉託。佇立望情人，夕陽在澗壑。《朱仙鎮岳廟》云：若遂黃龍痛飲心，東京早見翠華臨。誰教和議能愚宋，自取神州竟付金。古廟三春寒劍戟，忠魂千載傍徽欽。行人氣盡班師地，不獨英雄淚滿襟。《送人歸新安》云：三十六峯天際出，黃山日日待歸人。曾聞人海稱奇境，好與容成結比鄰。秋水舟過彭蠡岸，夕陽目斷漢江濱。他年東下揚帆席，會向硃砂一問津。《秋夜與蔡蔚南坐話，因約王紱角泛舟》云：高秋微雨後，搖落晚生愁。賴爾素心侶，談詩明月樓。因之見遠水，欲往問沙鷗。隔院王郎在，相邀蕩小舟。《寄喻石農引山兄弟》云：悔交爾兄弟，長此繫人思。前在武昌日，相逢都恨遲。大江一揮手，各贈篋中詩。不朽吾儕事，登壇慎自持。

《荆湖知舊集》

偕鹿詩尚性靈，勝人處在一真字，語重心長，使讀者油然興起。五言妙入化境，尤非它手所及。《讀莊子》云：援琴未及彈，秋風生十指。乃知善解牛，不在以目視。日讀古人書，古人寧在此。白首獵詞華，所得焉足恃。《夢故人》云：昨夢故人來，一笑慰相思。寸心言未已，各各出新詩。月落溪頭天欲曙，故人辭歸不肯住。同舟送過板橋西，廻首故人在何處。《過秦似山喜晤張春畹》云：自以不材老，違言知我稀。君心偏引重，人事任相違。一掃竹園徑，能忘鷗鳥機。況逢吾執友，把酒未應歸。《重過秦似山》云：稚子喜相報，前年詩客來。與君還執手，落日正平臺。風雨情何切，形容老漸催。挑燈一夕話，都付掌中杯。《尋范芝莊不遇值雨》云：道心時一動，動即向閒門。已見竹連屋，無端雲滿村。疏籬過雨氣，暮鳥啄苺痕。不識誰家酒，還留靜者論。《尋范芝莊適見同龔定庵郊行廻賞白菊》云：客中不自得，渡水問幽居。之子方同步，閒雲早識余。笑談歸圃後，高潔種花初。稍待名心澹，還來讀道書。《別鄧覺庵》云：忘作他鄉客，同來有故人。傳經各攜子，知己竟成鄰。葉聽一林雨，花憐三月春。請先從此去，能不歎勞薪。《到家》云：到家爭慰藉，行路苦艱辛。消息傳多失，平安見始真。衣無榜前淚，座對夢中人。莫道長安遠，樓頭是北辰。《喜鄰人送家書至》云：出門兒女病多端，半月棲遲強自寬。接得音書緘未啟，鄰人口已報平安。

陳式勳 字佑輔，號泗村，貢生，有《泗村詩稿》、《隨安說約》

式勳與其鄉人呂梁湖稱詩江漢，熊兩溟、詹湘亭二君稱其近體爲晚唐聖手。幽深淡遠，味美迂廻，信於此道稱三折肱手。《獨坐》云：獨坐黃昏後，霏微雨乍收。凉風生老樹，新月上層樓。笛韻頻催雁，虫聲又和秋。懷君終不見，千里意悠悠。《漫興懷王香雪》云：數椽茅屋泗湖濱，賺得逍遙物外身。白盡鬚眉年已老，綠生庭院草爭春。酒消世慮全忘我，詩寫天真不傍人。惟悵知音吳楚隔，難憑風雨話情親。《夜坐漫興》云：醉後狂歌一畝宫，芸窗獨坐萬緣空。西風冷露聞新雁，秋雨寒燈聽夜蛩。柏子香消人未睡,玉繩影落漏初終。呼童更撥爐頭火,覓句烹茶效放翁。《秋風曲》云:秋風太無情,掃落千林葉。何似春如刀,剪花成五色。《曉晴》云:昨宵雨過芳非地,鳥報新晴饒春意。晨起尋花露滿巾,客來剪韭苔霑屐。《晚望》云:秋風蕭瑟靜寒烟,看盡飛鴻斷復連。莫道西山日已晚,餘霞散綺滿遙天。

呂庭栩 字宛溪,嘉慶舉人,有《梁湖草》　子其錦

庭栩家富有藏書,喜吟詠,善繪事。性簡易,嗜山水,一丘一壑流連忘返。勤著述,詩草外,別有《成語聯珠》、《子史菁英》、《對語》、《餐花》、《列仙詩鈔》、《麗藻引機賦譜》、《五嶽志》、《集句詩》、《納凉偶對》、《梁湖文存》數十卷。

宛溪三歲即能誦唐詩百首,長益研精於風調格律。於唐人中最喜右丞、襄陽兩家,學焉而得其神髓。性嗜山水,對一松一石,緩步微吟,恆至夜分不眠。讀書務窮理趣,心摹筆記,如與古人相質証。以是發而爲詩,宜其心手超而會悟遠也。節胡月崖撰詩序

《同王亦園渭川尋劉秋潭別業》云:村墅雨初晴,遠山澹眉嫵。步屜乘微風,沿溪玩荷苧。故人讀書堂,乃在碧雲渚。茄花映疏籬,豆莢蔓荒圃。入門聆清譚,促膝並揮麈。滿懷縈別緒,片時難盡吐。芬馥斟醇醑,銀絲薦鮮鱮。脫巾坐石牀,披襟滌煩暑。水氣自生涼,開軒面南圃。垂髫與案齊,講誦羅三五。咿唔澗瀉泉,剖辨刀分縷。揖客出書幃,退立在兩廡。憶昔觀插禾,草堂共聚語。兒童方襁褓,總角弄雙瑚。茲來皆長成,邯鄲學步武。人事有代遷,荏苒成今古。感此引巨觴,遲徊未忍去。却顧來時蹊,斜陽在高樹。《題壁》云:耳不絕飛泉聲,目不斷眾山色。山色與泉聲,幽人心自得。《渡江待石曉亭不至》云:細雨孤蓬濕,長江鼓櫂廻。昨宵春水漲,一徑野梅開。風景猶如昔,懷人遲不來。抱琴誰與和,悵望白雲隈。《湞口晚泊》云:西風吹落葉,樹樹起秋聲。一棹煙中泊,三更夢裏情。蕭騷寒氣入,飄蕩客心驚。明日掛帆去,長江萬里行。《莫愁古渡》云:垂柳垂楊古渡頭,飛花飛絮漾中流。不知何處教歌舞,聞說盧家有莫愁。艇子搖搖打兩槳,

芳魂寂寂空千秋。可憐山色如眉黛，一任行人自去留。《憶李山人彈琴》云：憶子閒攜綠綺琴，一彈再鼓暮雲深。水流花放高人意，雁外鷗邊靜者心。落落丰姿越今古，悠悠別去隔山林。空齋夜雨秋蕭瑟，不見含愁空苦吟。《客中九日》云：鴻雁南飛木葉黃，茱萸欲佩覺神傷。客心滿醉重陽酒，忘却登高在異鄉。《暮歸》云：揚鞭歸去近黃昏，石徑蒼苔過雨痕。一路蟬鳴山下樹，豆花深處是柴門。《送友》云：蘋花香裏度殘春，此別知君最愴神。倚棹清吟誰是伴，滿湖烟雨一詩人。《天臺寺圖》云：寺在天臺第一峯，白雲深處萬株松。臥聞猛虎當窗吼，不遣山童出打鐘。《冷泉亭》云：峭壁孤峯萬仞青，淡烟斜月冷泉亭。老僧獨枕松根臥，夜半猿聲呼不醒。竹林深處起層臺，白叟攜鋤踏月來。蟋蟀草根吟不住，野田無數豆花開。《訪友》云：綠水紅蓮朵朵開，故人邀我渡江來。垂楊自是門前路，曾記看花上釣臺。《送曾舅甄庵》云：把盞頻辭酒力微，臨岐欲別轉依依。落霞紅照春山路，萬樹桃花一騎歸。

讀《梁湖草》尚有佳句可錄者，如：水明山吐月，風冷竹驚秋。別夢漢江水，相思衡嶽雲。雲失隔江樹，燈明何處船。隴烟秧馬濕，春雨桔橰閑。

其錦字蓮仲，性敏嗜學，詩有家法，著《水湄園詩話》、《合髻山房詩草》、《四裔竹枝詞》等書。

褚于杜 字蘭仲，號香畹，道光舉人，有《綠雲軒詩鈔》

于杜以名解元，工詩古文詞，爲詹湘亭明府所擊賞。詩雄渾骯髒，有青蓮之遺。所著《綠雲軒詩》有樂陵史譜序。同時有胡觀海號鶴泉，性豪邁，喜吟詠，尤工七律。與香畹、宛溪、泗村輩相唱酬，有《鶴泉集》六卷，惜均未見。

李鼒 字雪堂，有《葯村詩鈔》　弟鼐

有明一代吾邑稱博雅者，無踰養吾陳氏所著《歸雲集》各種。餉遺來

學,渥於仙廚。惟詩學鮮所津逮,論者嗛焉。我朝自乾隆中是庵程先生以古今文模楷藝林,謳吟所及,亦復卓然成家。詩筆之在人,固隨氣運爲美,備哉！與程先生同時,居同井,專以詩學相切劘者,則我外祖药村李先生也。先生於藝靡不嫻,詩尤夙慧。踰冠棄舉子業,遊漢上,曉市持籌,燈窗抱膝。地故楚北通衢,山水之秀杰甲於南中。又有徐潛溪、吳鶴關、彭棟堂諸耆舊爲之地主。先生以醇粹之資,鴻通之學,翱翔其間。磅礴乎性情之真,浸淫乎師友之益。如是數十年,而體日以備,詣日以超,信有如原序所云"入之深而得之難者"。節褚于杜撰詩序

程大中曰：雪堂五言古詩,有天授,非人力也。

雪堂才大心細,動與古會。七古沉雄踔厲,五古雋永幽深,各極其妙。五律律格氣味尤近王孟,長城壁立,允當拔弧先登。七絕情韻悠然,每多低徊不盡之意,入神妙處,當使漁洋避席。應城同時稱詩如拳時之功力[2],從學術中醞釀而出,自當首屈一指。論天分之高邁,詞意之宏通,執牛耳而主壇坫,則不能不以推雪堂。

《塞上曲》云：何處遊俠子,吐氣若層雲。朝來遼海上,暮過交河濱。凉飈一以發,萬馬悲其羣。黃沙白日短,何以報明君。《送雪湖之鄂城》云：落日淡歸雲,冉冉飛鳥渡。水店夜行船,送子霑微露。雙槳下空青,微茫辨前路。子有遠遊懷,踟躕不得吐。俯仰見長江,濤聲滿江樹。相望隔風煙,何時展積素。《秋懷柬程維楚》云：洞房含夕霽,幽意澄空明。髮短不堪梳,頓覺秋霜生。藹藹衆芳歇,歷歷候蟲鳴。端居有所思,玉宇何淒清。我心日惻惻,我志日悠悠。人事已如此,凉風吹不休。歎彼晨征鳥,早歲稻粱謀。望望鹿門山,空多鸞鶴儔。江閣明寒燈,歡情亦良苦。所苦乃所歡,此意在千古。落葉聚深根,餘芳含宿莽。晚歲多悲風,蕭寂望平蕪。令名固所先,崇得要足取。何以慰離思,宴宴匪堪詡。《寄酬吳橒原兼柬王櫟門》云：哀鴻無留響,清瑟有遺音。美人杳前路,明月生愁心。朝爲斗酒會,暮作白頭吟。旦夕不足恃,往歡安可尋。藹藹芳蘭歇,盈盈華髮侵。歘忽不得卧,魂夢飛遙岑。《過在山堂感賦》在山堂,程拳時別業也。落成時,索予詩,未即應而拳時忽没。今復過之,不勝腹痛之感云[3]：雲壑媚幽姿,林秋悵遠色。晚翠如可親,樓

鳥似相識。何意大化遷,徑路頓成寂。庭樹葉交飛,階草暗若悒。玉柱歇芳徽,冷冷掛虛壁。夙念薄浮雲,悠然斂梟鳥。遽爾謝塵寰,銜淚何時息。誰爲後來者,遙遙空佇立。黃鵠欻高飛,千里有返期。玄廬一以閉,音響何由追。昔去寒潭清,今來草露滋。虛壁蟲爭語,山空月攪思。眇眇予何極,冥冥君自茲。百年信有數,一身詎能持。顧念平生歡,愴懷旦暮時。澡德當不渝,且從世所嗤。《紡績娘》云:奈何紡績娘,夜夜啼達曙。空林月墮秋冷然,怨婦起坐倡婦眠。《朱省堂訪虛中上人》云:一室連秋水,扁舟直到門。偶同素心侶,來聽遠公論。琴韻松間落,苔痕石上存。蕭然人境外,可以澹心魂。《夜泊晴堤有懷吳樗原》云:衆峯爭向夕,野泊有孤舟。一葉林間落,行人易感秋。夜涼先到水,風定最宜鷗。何處思之子,蕭然獨對愁。《送汪丹宸還新安》云:暮雲歸欲盡,銀燭耿離筵。分手從今夕,相期在百年。秋飛孤雁影,月上旅人船。一望寒江渺,題襟各黯然。羨君歸去好,三十六峯深。峯際多鸞鶴,君歸拂素琴。時聞空翠滴,一發瑤華音。何日能相訪,暢予把臂心。《過曾學軒草堂見白梅》云:矮屋茅簷畔,冰姿鬱靜觀。春風吹不覺,予意眷高寒。有夢因明月,無人到夜闌。迴思風雪裏,江上跨驢看。丁丑冬客漢上同碧田尋梅《過訪易借園不值》云:秋花雜園圃,獨過一相尋。之子去何所,清風襲我襟。苔生人跡少,菊淡客情深。坐對堪娛悅,時聞好鳥音。《喜程拳時朱省堂過飲寓樓》云:歡飲愛初月,故人登我樓。念當逢歲暮,相對等虛舟。發興因良夜,深情在獻酬。漏殘寒不覺,孤柝起城頭。《懷友》云:秋林上涼月,高館橫鳴琴。單居無所念,中夜故人心。已悵衆芳歇,復茲清影沉。相望持堅白,庶以慰分襟。《月夜懷人》云:圓月當今夕,故人期未來。清光空抱影,相憶獨徘徊。涼露滋新柳,春燈照落梅。不成隱几臥,寂寞對深杯。《蛙聲》云:閣閣因何事,偏於靜夜滋。風檻燈影暗,花塢月痕遲。倚枕驚殘夢,懷人攪獨思。應知春水長,好近插秧時。《柬寄胡靜軒》云:風雪辭知己,經年未得書。我懷漢南柳,君戀武昌魚。草色粘天遠,山光入望虛。極知佳節近,蒲酒可同釃。《追悼程維楚》云:魂返知何所,夜臺幾許長。新愁託山鬼,舊恨寄斜陽。篋滿珠璣秀,囊空寶劍光。塗窮更地底,莫便倚清狂。《南園月夕,遲拳時不至》云:幽人乘月出,予自愛宵深。因見寂寥意,不知清影沉。微吟望來客,拂几動鳴琴。相憶門空掩,詛辭花露侵。《夜坐》云:暑退月華滿,露光星影流。中懷無所累,夜坐乃能幽。池藻躍清響,林風生遠秋。悠然忘物我,寂寂等虛舟。《舟中望雨》云:蕭瑟漢陽棹,離懷閣暮雲。遙峯隨岸轉,近雨入林聞。詩力依然健,村醪可得醺。漸看天影闊,沙雁不成羣。《夜坐懷纕蘭武昌》云:蕭寂引愁緒,思君月露深。大江秋水闊,今夜武昌吟。行憶歲華晚,坐聞更鼓沉。歸來家釀熟,相待好同斟。《郊原閒步懷邵鄭圃》云:四野風清頻極目,深林惟見燕雙飛。入山雲影變嵐氣,映水霞光開夕扉。宛彼丘園消夏好,憶他之子報書稀。天涯迢遞思明德,渡口虛隨騎犢歸。《留別諸同學》云:臨歧怕聽河梁曲,且共樽前慰寂寥。散後歡場都是夢,坐來心緒忽如潮。黃花有約秋應好,青鏡無私鬢欲銷。鐘鼎山林何所就,扁舟歸去雨瀟瀟。《尹公亭》云:山光鬱葎萬重青,水樹人家戶半扃。欲吊昔賢無以薦,疲驢獨過尹公亭。《題雲田先生〈老蕩子行〉冊後》云:買得名姬大小喬,當筵一曲儘風騷。只今惟有嬋娟影,曾照當年白板橋。楚浦秋殘鴻盡飛,憑欄無語吊斜暉。風帆葉葉寒江路,不見當年蕩子歸。剝蝕蟲紋拂古箋,縱橫真草見前賢。淒涼莫作驚秋客,此物傷心近百年。《茉莉》云:巧絡珠絲玉蕊斜,偏宜帳底與窗紗。風情最是漢南好,小巷紅燈夜賣花。《詠盆蘭》云:高館相思坐碧空,陌頭春盡棟花風。美人寂寞征鴻杳,愁對幽蘭一兩叢。《漢上雜題》云:湖波清似團團鏡,照見鴛鴦自往還。郎坐船頭儂船尾,中流莫羨女郎山。草色青青柳色霏,棟花風老送春歸。郎行莫過漢陽渡,恐逐鴛鴦作隊飛。《白水湖過范立齋故居》云:枳籬茅宇暮煙殘,杯酒當年憶結歡。記得板橋曾渡處,無多秋柳欲生寒。《野望》云:朝陽初出豁雙眸,信步郊原宿霧收。一帶溪流黃葉滿,門前都繫打魚舟。嶺上人家嶺後湖,湖鄉未覺客行孤。桃源圖裏分明見,只少桃花三兩株。《瓶梅》云:四野風寒欲閉門,棱棱篝火靜黃昏。一枝清淺憑誰寄,春在江南何處村。簾幕生寒玉露侵,短僮睡觸畫屏深。開門何處尋人跡,風起蕭蕭月滿林。其他佳句如:遠水客停棹,亂山僧閉門。風靜生幽籟,時清媿冷官。與時適無競,入山遂以深。孤館草深虛掩徑,大江春好一登樓。皆清脆不落凡響。

蕭字纕蘭，貢生，官訓導，有《愈愚齋詩文集》。博雅能文，詩學王孟。《曉發》云：照壁燈殘風暗吹，故園千里繫離思。那堪夢斷雞聲起，又是征人上路時。又聞閔篆香拔萃棻云：蕭有詩孫，名簡，字惇川，績學未遇，具有家法，著《鶴林詩稿》、《雨窗舊聞》、《蒲騷人物志》。

閔　新[4] 字茗香，嘉慶拔貢，官訓導，有《雙桂堂》、《海榴花集》

新少負才名，工制舉業。爲詹湘亭所器，授以詩法，始肆力於聲律，在唐賢頗窺中晚門徑。《巴東謁寇萊公祠》云：巴國遺風古，萊公廟貌新。未宏賢相度，先現宰官身。奐俟符移出，咸歌賦役均。裁花盈縣邑，歷棘副樞鈞。政事參知拜，朝廷利害陳。定儲安大本，論罰愧同寅。抗表心逾壯，牽衣帝不嗔。鵬程初展翼，鳳閣數批鱗。新授平章事，同欽簡畀臣。邊烽難遽靖，鑾輅勸時巡。勝算能先握，親征請更申。嚴明張號令，專決掌絲綸。已獲千餘乘，何須百萬緡？奉書盟有日，懽舞爽惟民。福將讒孤注，勳名祇浹旬。從來功不賞，況復譖尤頻。海嶠危南嶺，星雲遠北辰。澶淵空往事，鎖鑰更何人。竟向雷州謫，終稱宰相真。蒸羊消舊怨，走狗記清貧。帷幄無嫌敞，資財況不珍。有囊空貯劍，掛竹已生筠。巫峽鐫忠愛，青州念舊仁。巍巍存棟宇，奕奕具丰神。評事官雖薄，成安化未泯。秋風勞想像，孤月照沉淪。楚北瞻遺趾，荊南拜下塵。當年蒙毀謗，此日見忠純。瘴雨千秋樹，蠻烟幾度春。訪求欣有地，景仰豈無因。莫羨公常在，須知吏貴循。至今尸且祝，長此薦明禋。《記得》云：記得瓊枝久望時，當年冰雪證襟期。蓮花湖上風迎面，楊柳堤邊月上眉。妙法有因難意想，窮途何處感心知。祇今木葉蕭蕭日，誰識秋來宋玉悲。芝山遙望說神仙，夢澤陽臺事惘然。鳳到碧梧霄漢路，鷗尋白荻水雲緣。有情芳草春風馥，得意名花夜月圓。幾度人間天上思，歲華如水換流年。《落花》云：一夜東風可奈何，紅牆吹落已無多。飛來片片沾蛛網，惹得遊蜂誤入羅。

《丙子新正隨侍湘亭師，計車入都，王君懷豐士昌、褚君春長上林遠送江干，別後却寄》云：程門雪立萬山平，入耳絃歌隔歲聲。且喜雙鳧飛漢渚，要隨兩馬適周京。留傳衣鉢沿途託,料理琴書執御行。先著一鞭輸祖逖,枉教起舞聽雞鳴。那堪折柳到旗亭,我亦驅車去不停。從此分襟成別賦,豈真奪席羨明經。春風推轂征程暖,孤月橫窗旅夢醒。廻首漢江烟樹裏,夜堂誰伴一燈青。《彝陵遊臨江墅》云:臨江有墅枕江流,未上天梯暫舍舟。孤塔影遮帆出沒,曉鐘聲斷樹沉浮。松關尚閉知僧懶,行徑微吟破客愁。莫盼勝遊還入夢,招提雖好轍難留。《正雅集》

釋響山 有《二生詩稿》

響山和尚前世本邑中楊氏子,幼祝髮出遊,三十餘年不歸。其嫂有身,夜夢和尚歸,遂生。響山在妊,母不茹葷。及生,不食乳。長仍為僧,有慧性,能詩精梵行。久居京師,老歸里,築二生庵以居。又有妙空號着無,著《素林吟草》,均未見。

閨秀

周氏 諸生丁學周室

周氏幼嫻內則,工韻語。自哭夫成數絕,後終身不更作。云:夜台誰復勸加餐,獰鬼相逢覿面看。試把天翁施報理,從郎一一問冥官。九原渺渺憶家否,竟似百川東向流。略記生前猶惘惘,亂鴉夕照認歸舟。又:爭得兒夫似明月,清光缺後又團圓。檢點巾箱饒手澤,添愁怕見案頭書。皆哀惻動人。

李昭敏 國學王以圭室,有《雙桂閣詩鈔》

昭敏幼慧,能詩工書札。青年苦節,自課二子讀。園有雙桂,日吟詠其下。有《示子孤鶴吟》七古,尚璨奇可誦。中數偶云:罡風吹折團欒影,高梧葉黃墜金井。一鶴巳隨朝露沉，一鶴夜宿寒塘冷。死者難返生者哀，徘徊終夜引長頸。

【校記】

〔1〕"趙沛宏恩"，應是趙宏恩。趙宏恩，本作趙弘恩，避清乾隆諱改。清漢軍鑲紅旗人，字芸書，一作芸堂。初由歲貢捐納道員，康熙末任湖廣襄陽道，雍正中進湖南按察使、四川布政使、湖南巡撫、湖北巡撫、江南總督。"沛"字，或是其名，但未見其他文獻記載。

〔2〕拳時，原文作"拳石"，應即同時之程拳時。

〔3〕"在山堂……不勝腹痛之感"句，原文被刊刻成正文格式，從文義看，應是小序。

〔4〕增訂本"閔新"條位置出現連續兩個版頁重複現象。

增訂

陳大中

拳時先生殫心稽古,讀經讀史,俱有發明,所著《四書逸牋》,四庫已著錄。詩文集外,有《測言》二卷,尤多名論。詩非作者專長,然如"雲開欲見家"五字,寫出行客思家心事。又"花氣月中閑"句,亦極靜細。七言有似許丁卯者,"寒燈遠寺微聞梵,暮雨空江漸作潮"。《聽松廬詩話》

《測言》內如"患不生于所備而生于所不備,弊不生于所不防而生於所防","治不壞於變法而壞於用法者,膠其法;事不敗於庸才而敗於負才者,恃其才",皆名論也。

是庵先生余十三歲見之於黃州先七伯父座上,學有根柢,古文出入於歐曾,詩以清曠絕俗為工,如《雨中訪楊映人憩倚山亭》云:春雨花爭發,歸期竟若何。夢隨關路永,山倚故人多。息慮尋芳草,輸心引白波。會當晴月夜,乘興一來過。又如:岫邊雲漸懶,花底客初歸。黃花空復好,白酒不禁愁。野花開到嶺,春水靜於山。詩從歸路少,夢自入山清。事有千年在,官真一病休。亂山蹲古佛,急雨響晴天。思親雙淚眼,送子一虛舟。早春寒雨歇,孤艇大江行。皆能不墜王孟宗風。《考田詩話》

孫 牲

拳時先生謂偕鹿佳處在自然,五言尤勝。與野園為中表,得讀近作,極清絕。所謂平安之作,正自難及。《山居》云:我愛深山裏,青松和白石。結盧山水間,長此數晨夕。看雲便出門,忘却歸來路。山中有樵子,爲指門前渡。東月照西峯,流光滿林木。老猿時下來,就我茅簷宿。《月夜》云:興來每孤往,行行上釣臺。梧桐忽有影,凉月在扉柴。閣外鳥初靜,溪頭人漸稀。隔林見漁父,相對兩忘機。《答野園》云:前與故人相見時,篋中攜得惠連詩。曾憐異地兼愁病,更向高秋怨別離。千里傳書長未達,一年有夢只空隨。欣逢令弟歸帆便,得句還須報爾知。《考田詩話》

閔　新

《雙桂堂詩》經其師詹明府湘亭手訂,湘亭詩雖從晚唐入手,而沖夷樸茂,一袪卑靡蕪雜之習;茗香頗能宗其師法,風格遒上,清逸可人。五古如《夢游白兆山》,七古如《擣衣曲》、《題曉樓詩》,皆兼白蘇之長。近體芊緜斐測,情深於文。復登數首,以盡其長。

《安州喜晤王曉樓》云:果然天壤有王郎,纔得相逢我已狂。敢望碧山嗣妙手,曾將澴水浣詩腸。蘭言乍入心先折,萍跡難留夢更長。一見能傾肝膽盡,豈惟意氣共飛揚。匹馬曾從蜀道廻,當年把酒最高臺。問天客送青蓮去,題壁詩邀碧月來。我輩自應存傲骨,人間誰解愛狂才。如斯磊落真知己,斫地歌時且莫哀。《湘亭師命題扇底梅花》云:冰心鐵骨有誰知,寫出春風第一枝。我是河陽舊桃李,花前立到雪深時。《施州問月亭》云:依舊青天照古今,難憑俗手繪仙心。當年問月如何答,再請先生把酒吟。《清江棹歌》云:舵樓一角放秋晴,晚飯菰蘆欸乃聲。網得鮮鱗松石煮,腹中書寄夜郎城。簫鼓叢祠賽會忙,十分收穫上倉箱。平安兩字山家祝,不拜花王拜竹王。採虹天半落雙橋,江上人煙畫裏抽。聽得開元鐘出寺,推篷剪燭雨瀟瀟。《春日雜興》云:盼到春來幾日晴,無多時節又清明。羨他蛺蝶枝頭宿,倚著香風過一生。落花無語雨如絲,忍說東風太惡時。人自惜春春自老,此情千古竟同癡。剪燭西窗思有餘,紅光燒到隔簾疏。才人修德三生福,纔許名花伴讀書。一春心事起來遲,說與清風總不知。酒醒夢酣明月好,花添顏色我添詩。《秋感》云:客窗倦問夜何其,綠水新添已半池。萬斛閑愁三日雨,蟲吟不住豆花籬。隔院濃陰徹夜號,梧桐百尺挾山高。怕余不是驚秋客,故助風聲作怒濤。紅藕花中發棹歌,褪殘香氣付流波。西風莫更催愁急,雨後蟬聲傍晚多。

湖北詩徵傳略卷二十四

應　山

宋

連　庠_{字元禮，慶曆進士}　兄庶

庠與兄庶，少從學二宋，相繼登科。庶清修孤潔，當官人號爲連底清。庠靜肅，人號爲連底凍。父舜賓，字補之，處士，爲鄉里所敬。歲饑平穀價，惠及旁邑。有盜其牛者，官捕急窮，自歸處士媿謝，厚遺以遣之。歐陽永叔爲表其墓。《厚德錄》

《襄州守王侯復羊叔子祠》云：大江西來遶重城，猶如叢花匹練縈。左山右阜若開闢，曾是峴首當頭橫。江湍衝山山不動，滔滔雪浪東南傾。巍然巨勢壓漢境，萬楚不得專雄名。叔子當年樂山水，謂此風景魁南荆。荆人被化思不已，立祠山椒供祭牲。爾來綿亘幾千載，瓦飛棟撥誰經營。帝眷襄陽曰重鎮，敕從嶺上新虛亭。歲時遊憩備言詠，荆人愛之猶鉅平。羊公之政公之化，異時一致當同評。兩賢繼起何以况，山之永兮水之清。《宋詩紀事》

庶字君錫，慶曆進士第一，官郎中。史稱庶守道好修，非仁不交，非義不取。

連南夫_{建炎初知濠州，官轉運使}

南夫宣和六年以太常少卿使金，吊祭阿骨打。紹興初，以寶文閣學士知饒州，捍禦有功。高宗時累官廣東轉運使，後知廣州兵馬鈐轄。韓京受命領兵三千屯營廣州，恃恩不法，南夫委曲劑制，京遂革心爲善。及金人歸河南地，南夫賀表云：虞舜之十二州昔皆吾有，商於之六百里當念爾欺。秦檜惡其語，罷之。《粵文記》。紹興中知泉州，不坿和議，落職。《宋詩紀事》

《遊滴水巖》云：巖底飛泉日射紅，佩環聲響玉玲瓏。一天星斗墮青漢，萬斛珠璣瀉碧空。滄海竟歸朝夕會，曹溪不隔本源通。何妨凝貯石龕下，更沐如來灌頂功。

明

楊　漣_{字文孺，號大洪，萬曆進士，官都御史，贈太保，諡忠烈}

漣磊落負奇節，初宰常熟，多善政。舉清官第一，遷給事。歷仕三朝，軍國大計多所論定。當光廟不豫，疏明聖體違和之由，特鑒忠直，三蒙召見，親承顧命。時熹宗勢處孤危，公倡議先移宮後登極，值宿宮門，伺察非常，六日鬚髮盡白，宗社以安。羣小因而生忌，公復疏歸里。癸亥起用，除禮科。賀客踵至，子之易等有喜色。公謂曰："汝曹何癡，而以而父進賢冠爲而作牛馬者邪？今冲聖子立，所在伏莽，疆場宮庭，皆我死所也。憂且不暇，何喜之有？"聞者駭之。公每自笑曰："楊漣這番出山，不知歸路是如何也？"其矢志蓋非一日矣。赴闕歷陞都御史，目擊魏客專擅無忌，致有謀皇子弒貴妃等事，慨然曰："此時不言，迨至逆謀已成，請劍何及。勿使天下後世，笑舉朝無一人有男子氣。"遂有二十四罪之奏疏上，忠賢驚怖。累日謀以會推事譴漣，因借汪文言以興大獄。被逮，下鎮撫司。許顯純拷問，承璫意，異刑毒拷。時獄樹忽生黃芝，人皆以爲瑞。不虞至二十四日，片紙下獄，報公死矣。是日白虹亘天，黄芝墮地，天地爲之震動。而追贓之令猶急，公素貧，家産入官不及千金。母妻止宿城樓，三子至乞食以養。鄰邑鄉人無不捐貲助之，下至賣菜傭亦爲輸助，其節義感人如此。柩過碻山，有負薪老人撫之大哭，袖出一詞黏棺。云："先生之心，忠君之心。先生之口，嫉奸之口。忠言如鈇，奸魄已褫。先生雖死，萬古猶存。於戲哀哉，夫復何言。"叩姓名，不言而去。　魏黨鞫文言，引漣納熊廷弼賄，坐贓二萬兩，文言不肯承，顯純乃自爲獄詞。《明史》本傳

　　六君子被逮，周朝瑞、袁化中、顧三公以五月到北司，魏、楊、左三公以六月到北司。比較之日，六君子伏檐溜下。楊居中，左居楊之左，魏居楊之右，顧居魏之右，周居左之左，袁居周之左。許顯純初猶作爾汝稱，旋竟呼名叱咤。獄吏有稱犯官者，顯純怒罵曰："此等犯人爾，何官之有？"其刑具有械，有鐐，有棍，有桚，有夾棍，遇比較，血流滿地。楊左魏三公先斃，次袁，次周，次顧投繯而逝。是年六月詔獄，土地祠前樹下忽生黄芝。六君子至日，光彩焕然，環視適六瓣，見者詫爲吉兆。顧公歎曰："芝，瑞草也。產非其地，無乃妖乎？"未幾，六君子皆斃於獄。楊公之歸櫬也，負以二騾。其子及一二蒼頭徒跣道上，行路皆爲飲泣云。《静志居詩話》

　　萬曆進士王紹徽，陝人，爲忠賢義子。嘗造《點將録》傾陷東林，目公爲五虎將，天勇星，大刀手。《遣愁集》

　　公入獄時，度不免，嚙指血，草章千言，冀以屍諫。埋臥所，爲顯純所發，付之火。《吳次尾文集》

　　公《二十四罪疏》入後，忠賢日購死士刺公私第，皆至牆卻步，若有雲霧障護者。五城聞之，皆設兵防守。一夕有人飛簷而至，公見之曰："殺止殺我，勿傷我母。"其人曰："吾實奉委，感君忠孝，何敢加害。"竟不告姓名而去。《年譜》

　　《題柏子園青雲閣》云：官閣凌空汊水深，金颷初動客登臨。浮雲易改三山色，落葉先驚萬里心。江上美人遺雜佩，城南少婦拭清砧。繁臺兔苑今禾黍，日暮憑欄思不禁。《明詩綜》

　　《宿漢口廻龍寺》云：江上一拳石，環以數株樹。精舍隱老僧，問年不知

數。黃鶴舞對江,鸚洲水東注。清磬發閒情,風檣任流泝。試問在舟人,能得高眠足[1]。老僧笑不言,江月澹超悟。《被逮賦別崇智宗侯》云:命駕瑶池側,過息嬴女臺。長袖何靡靡,簫管清且哀。壁門凉月舉,珠殿秋風迴。青鳥騖高羽,王母停玉杯。揮袖暫爲別,千年得復來。《山居陳元樸見訪限香字》云:桐吟凉吹夜,促膝共元方。肝胆衝心壯,芝蘭入室香。淒清聽遠瑟,潦倒醉吟觴。匪石吾徒在,雌黃任短長。《送彭月潭還吳》云:彭仙世住清江浦,三十年來厲楚墟。此日歸帆別鸚鵡,到時家讌醉鱸魚。活心自爇肱非折,殘髮雖皤顏似初。若過匡山應大笑,杏林春意屬吾廬。《答魏兌岳贈畫鷹》云:點綴神鳩出海雲,信陵好客特頒分。風微尚斂雲霄翼,秋擊應消狐兔羣。横目一鳴沉氣韵,枝頭獨立絶塵氛。圖開蓬壁殊增色,不羨林禽萋菲文。《失題》云:山色無定姿,如煙復如黛。中有素心人,鳴琴應秋籟。閒逐趁春遊,翛然入深岨。不見響屧人,山花淡相笑。鬥草藉花茵,山花香撲鬢。尋香不辨人,嗅來蝶成陣。《寄老僧笻杖》云:渡蟻本無求,狀元亦偶爾。所貴君子心,愛物當如此。《遊北固望金焦》云:危亭平俯大江流,烟色維揚一片浮。眼底六朝人物盡,獨憐拳石自千秋。逢僧剛得話逃禪,候吏催人下遞船。怪底漁翁維柳下,三杯高枕石頭眠。巑岏古洞幾經春,穠李夭桃色自新。半壁老藤深抱月,却疑中有避秦人。

陳　愚字元樸,萬曆舉人　子仰可

愚性至孝,能強記,讀書十行並下。九上南宫不第,恥以它途進。味道居真,著書以老,學者私謚曰孝介先生。與楊忠烈友善,其《哭大洪詩》有"若教數定身無死,千古逢干亦不祥"之句[2]。

仰可學行極優,舉孝廉後,不樂仕進。詩宗晚唐,有"水曲溪環鏡,山深客閉門。白雲封谷口,紅樹雜烟村"之句。

向　孜正德時官都司

《遊寶林寺》云:僧牀佛閣隱藤蘿,白馬青衫埜興多。樹老只容猿鶴住,谷空疑有鬼神阿。音節極高,疑佚其半。同時張明府寬亦有句云:"止水原來無物擾,名山自是有神阿。"語義相似而各極其妙。

向光振 字伯羽,正德舉人,官知縣

光振性嚴整,工詩古文詞。令四川,有惠政。

《晚泊月口》云:十月江濤尚未平,可堪風雨喚愁生。孤鐙對酒詩仍澀,獨樹維舟夢屢驚。海内故人今幾在,眼前塵事已多更。田園別後應蕪没,猶自勞勞戀世榮。

吳翰嗣 字子修,嘉靖進士,官御史

翰嗣幼慧能詩,初作令,清約自矢,不阿權貴。召拜御史,風采凛然。歸憩山寺,里人罕見其面。自撰像贊云:"心事同青天白日,面目無和氣春風。訒訒乎仁而不佞,慥慥乎慎而有禮。"孔子曰:"狷者有所不為也。"其斯人之謂歟?

《遊寶林寺》云:塵事不可盡,深山偶獨遊。村墟隨處好,松竹坐來幽。踪跡依伽葉,因緣問比丘。無端棲息意,豈獨白雲留。

張　芷 嘉靖時通判杭州

《龍興寺》云:軒窗谽烟樹,誰寫畫中詩?潭淨龍眠穩,山空日上遲。鳴鈴酬鳥韵,飛絮挂蟲絲。春意惱禪夢,花飛蝶未知。煞聯尤蘊藉可人。

釋勝學 號無念

勝學幼不識字,往參玉泉無聞和尚,久之豁然有悟。洪武中昭藩迎至洪山,尋遷九峯,道行益高,召見優賜還山。《偶唫》云:數載東山昏霧濛,憑

欄終日待晴空。夜來忽覬霜天月,萬物全歸一鏡中。

國朝

陳聯璧_{字孚尹,號珏庵,前明主事,入國朝官副使,有《伊蘭畫舟》、《息廬》等集}

聯璧以叔父大道戶部尚書,蔭太常典簿祭酒,倪元璐雅重之。性澹泊,工唫詠。

《觀音坡別惶休上人》云:秋風蕭瑟寂禪關,老衲眠雲斷往還。夾潤魚遊修竹裏,層巖鶴翥亂松間。老知五嶽終難遍,貧覺孤身未易閒。隨處心安無苦樂,平生得力是痴頑。

朱孔照_{字浴曙,號雲臺,順治進士,官同知}

《遊天井潤寺》云:策馬趨天潤,雲開畫掩門。空山愁虎豹,旭日落鷄豚。樛木低迎水,盤溪曲抱村。隨車春意足,花鳥亦宜喧。攬轡蒼茫裏,東風曉日斜。香吹新草木,綠遍舊桑麻。山磑春流水,茶鐺煮落花。不知城市近,猶有此烟霞。佳句如:雲生遊子屐,鳥宿百花村。煙寒迷野鶴,霜落響疎鐘。落日一杯酒,曉山千片雲。皆清越可誦。

閔衍_{號印籙,康熙進士,官員外,有《楚音正訛》、《檢心集》、《印籙山房詩集》}

衍潛心經史諸子百家之書,初任孝義,有政聲。行取農部,即乞歸。刊有《印籙山房詩集》,門下孫毅山尚書爲之序。

《讀范滂傳》云:讀漢書,淚如雨,如對忠臣吭血語。兒請爲范滂,娘願爲范母,談笑殺身何不許。羣邪忌,臺獄繫,孤忠老置儋耳地。死後猶編元祐碑,生前不殺偶然遂。爲子死孝,爲臣死忠,節義當頭無迴避。徐庶歸,母也恥。卞壺亡,母也喜。不願爲忠願爲良,誤却人間臣與子,不是辭名是怕死。《朱子文畫雨中見訪》云：雁下湖光遠，鷹凌霜气高。此時見之子，物外挺人豪。幽意秋飛練，長唫硯涌濤。丈夫忘得失，豈復戀綈袍。《殷比干墓》云：丘首依然直國門，不離妹土戀君恩。三朝伏闕心先絕，一死廻天恨尚存。古柏繞祠皆亳樹，聖書題墓亦湯孫。羑里距此無多路，臣罪當誅可共論。又《岳王祠》句云：朱鎮長驅無鐵壘，岳軍易撼有金牌。《曹操疑冢》云：奸雄無寧晷，生死總彷徨。何怪李林甫，重闈夜徙牀。分香賣履處，衰草白楊坡。爲問畢原上，周文冢幾多。《嵇侍中祠堂》云：護蹕湯陰血雨飛，豫辭佳馬脫重圍。池邊春涌桃花漲，猶似安陽未澣衣。

周　　統 康熙進士，官主事

《登印臺山有感》後四句云：心印空潭千里月，夢搖落葉萬山秋。羈人離思知多少，獨對寒流數野鷗。

魏恩有 貢生

《印臺山懷古》云：光陰百代客，天地一逆旅。古人不可作，我生亦誰與。秋風吹我衣，振袂思遐舉。高立印臺巓，一覽眾山俛。客有懷古心，慷慨揖我語。疇昔全盛時，文教嗣東魯。巽宮儲菁英，篆印孕翹楚。浩然靈气鍾，維嶽降申甫。宋連賢仲昆，人文百世祖。李傅社稷臣，抗懷企伊呂。向陳諸縉紳，鄉賢祀廊廡。楊公秉忠烈，丹心照寰宇。有子能克家，忠肝而義腑。在昔多偉人，未易更僕數。丞相古祠堂，馨香薦樽俎。文苑羅英豪，仰天蠹山斗。哲人不再生，蕭瑟乃如許。璧月光銷沉，泉涸幾寒暑。汶水長悠悠，山雲自吞吐。挂鐘峯不鳴，幽咽蟲聲苦。渡蟻古有橋，友鳳今無圖。嗟哉今世人，岑寂不如古。語罷悲風生，涕泣淚如雨。我聞長咨嗟，曰唯唯否否。气數有循環，天缺石能補。盛衰何定論，努力步前武。況有典型在，一步一規矩。清風振懦頑，神奇化朽腐。繼起當有人，凌風會高騫。客聞破涕笑，精神亦抖擻。把酒笑問天，狂歌拔劍舞。俛仰今昔，頗覺气足神完,五古得此亦非易才。

洪成鼎 乾隆舉人,官知縣

《寶刀歌》先曾祖都督公諱起元,爲開國勳臣,其刀乃國家奏功之器,不但洪氏之宗寶已也云:豪士牀頭三尺鐵,號風嘯雨聲嗚咽。百道寒芒淒似霜,一條秋水明如雪。紫花繡蝕斑模糊,猶帶沙場髑髏血。將軍結髮古戰場,匹馬搴旗十蕩決。一呼辟易雷電馳,當先掃盡豺狼穴。誓將驅命奠河山,力爲君王除叛竊。西援束剿四十年,瘡痍遍體刀痕結。平定三藩奏廓清,獨立大樹忘誇揭。功成身退善而藏,爛爛新硎未曾缺。寶茲彝器垂千秋,斗牛夜夜寒光白。

隨　　州

宋

孟　珙 字璞玉

珙先世本絳州人,祖林從岳武穆至隨,遂家焉。父宗政,有將材。珙少豪偉,有膽略。身經數百戰,未嘗少挫,金人畏之,有孟爺爺之稱。生平忠君報國之念,可貫金石。在軍中與參佐部曲言事論人,人殊,徐以片語折衷,衆志皆愜。值襄蜀蕩析,士無所歸。乃作公安、南易兩書院,以沒入田廬隸之,使有所教養。謁客、遊士、老校、退卒,一以恩義撫接。建旗鼓,臨將吏,面色凜然,無敢涕唾者。退則焚香掃地,隱几危坐若儻然世外。遠聲色,絕滋味。其學邃於《易》,每卦繫以贊語,名《警心易贊》。

父宗政爲趙方將,援襄陽。臨敵,珙與父相失,遙望敵騎中有素袍白馬者,曰"吾父也"。麾騎突陣,遂脫。宗政嘗見上,問恢復,對以寬民力蓄人

才爲急。問和議,對曰:"臣介胄之士,當言戰不當言和。"《宋史》

珙作荆湖制帥,創書院以處流寓之士。每日見客,雖數十百人,一一接談。凡有投獻,並入袖中,客退,以所受令館客朗誦而諦聽之。可者付出,不則賝之,皆得滿意而去。自號無庵居士,嘗作贊曰:"老拙愛遊戲,忙裏放癡憨。正當任麼時,無處見無庵。混沌庵之基,太樸庵之梁。太始庵之柱,太極庵之房。四象庵之壁,八卦庵之窗。白雲庵之頂,清風庵之牆。誰人運斤斧,大匠曰羲皇。明月爲伴侶,萬古其如常。欲知吾富貴,秋水共天長。水雲不到處,一片玉壺光。"臨卒又說偈云:"有生必有滅,無庵無可說。踢倒玉崑崙,夜半紅日出。"《涌幢小品》

邊居誼

居誼初事李廷芝,積功至都統,善御丁,得士心。元伯顏侵襄陽,居誼夾江爲城,以禦元兵。主帥呂文煥至城下招之,居誼引弓射中其右肩。率所部死戰,皆殁。偕家孥赴火死,賦絕命詞曰:"孤城高倚漢江秋,血戰三年死未休。鐵石肝腸忠義膽,精靈常向峴山留。"

明

陳　壽_{洪武中以國子生官侍郎,贈尚書,謚敏肅}

壽永樂中遷員外,出爲山東參政。用夏原吉薦,召爲工部侍郎。皇太子監國南京,壽曰陳兵民交困,又言干恩澤者多,恐累明德。太子嘉納,嘗目送之出,顧侍臣曰:"侍郎中第一人也。"以高煦譖下獄,貧不能給。朝夕有餽之者,拒弗受。未幾,竟卒於獄。仁宗立,贈尚書。《明史》本傳

《遊洪山》云:佛足容人抱,靈踪尚艷傳。何年重面壁,此處可逃禪。梵寂澄潭月,鐘寒滯嶺烟。吾將終老此,不費買山錢。

宗　彝成化進士，官巡撫

彝初知建德，以卓異遷御史。屢疏以延訪儒臣而廣聖德爲請。巡撫福建，不汲汲以搏擊市直聲。首舉孝子劉閔，請授訓導，可勵末俗。凡事能知所本，類如此。詩工麗瓌奇，《仙城山歌》極跌宕排奡之致，因篇長礙錄。

顔　木字惟喬，正德進士，官知州，有《淮漢集》

惟喬居都下，與黃岡王廷陳號楚中二杰。出知亳州，免歸。性眈書史，文采爛然。居鄉益以名節自厲，學者稱曰淮漢先生。《通志》

湘潭王山長岱曰："漢東顔木與信陽同時，作詩最有風骨。而近時操選家不之及，何邪？"《浮槎集》

先生詩傳誦無多，志乘所登，殊非合作，姑摘其較警策者截錄之。句如：曙气暗浮仙掌動，海光寒浸玉壺清。東橫溟渤扶桑折，西出峨嵋鳥道開。三春錦浪搖篷底，八月銀潢落枕邊。黃犢眠雲誰弄笛，紫鱗斫鱠不論錢。數偶尚具有大家風範。

何宗彦字君美，萬曆進士，官大學士，謚文毅

宗彦當國敷陳侃侃，時望甚隆。值神宗朝政積弛之時，無所忤麗，以不安其位，旋乞假歸里。光宗踐祚，復起爲大學士，未幾卒。宗彦以臺閣耆舊主持文柄，《一品集》成，宜其豔稱當世。何三百年來聲華銷歇，僅以《遊洪山初發》一律傳邪？

《遊大洪山初發郊外》云：車馬凌朝發，芙蓉入望青。微風連日澹，野菊入秋馨。爽气興前落，塵心物外醒。何時解簪綬，長此對林坰。

梁　木 諸生

《子房廟》云：霸業千年盡，馨香尙爾祠。山河留正气，冠劍表風儀。心事終黃石，功名共紫芝。行藏殊自裕，無媿帝王師。

陳占祥 貢生

《訪梁錫伯錫仲兄弟山居》云：來訪梁鴻宅，因爲郭外遊。青山喜招隱，黃葉已成秋。但見雲來往，何知人去留。松聲與梵磬，一派入溪流。

國朝

高　鈞 字二洪，明經　弟銓

《春懷》云：輕寒輕暖夢難通，客裏相如病起慵。徑曲花飛流水外，晝長門閉雨聲中。頭顱漸改名心淡，傀儡能銷酒力窮。燕子不來春已暮，有人憑檻怨東風。

銓《過春陵有感》云：幾見銅駝多臥草，誰憐春燕半巢林。《光斗山懷古》云：率土終歸赤帝子，德星正耀紫微垣。句尙沉著。

儲嘉珩 字太璞，嘉慶進士，官教授，有《十瑞山房詩草》

太璞傲岸自喜，俯視一切。制藝力追先正，詩宗陶杜。書法渾健，有長江大河之槪。久遊江淮，廣交名流。自謂行萬里路，始能豁其眼界。《州志》

隨風開自孟無庵，而以勛業掩文章，夫文章又何足以重無庵哉？有明作家世推顏惟喬，王山長不輕許人，謂其詩有風骨。而志乘所登又名不稱實，重以見聞之隘，外此竟片羽難求。名士青山，吁可慨已。國朝錚錚者，其唯儲太璞乎？太璞詩入手甚高，故出語不落恆徑。意所欲到，筆亦如之，洵爲一時傑出。後此勍敵則爲羅菊農，菊農詩格調高渾，魄力深厚。盧後王前，未可漫操月旦也。《瓶隱齋隨筆》

《洪山》云：洪山高無極，屹然據三楚。白雲天際飛，健鶴亦輕舉。我欲登其巔，道路修且阻。年年蒼翠中，幽人渺何許。《擬陶》云：日出倏已高，雞聲上喬木。野徑無人行，平原春草綠。嘯傲北窗下，饔飧苦不足。且去乞鄰家，歸來抱琴宿。《熊兩溟招飲賦贈》云：我走江南笛三弄，知音曾逢凌次仲。我歸鄂渚酒千瓨，豪飲喜見熊兩溟。次仲涸跡宣州鐸，魏收魏史言鑿鑿。兩溟執耳武昌城，今日竹垞昔匡衡。江漢水闊天漠漠，登樓把酒招黃鶴。百歲光陰能幾時，唯有讀書貧亦樂。年來我亦趨襄陽，去謁隆中漢武鄉。昭明臺上秋月皎，少陵故里春風香。鴻軒鳳翥那能似，吳雲楚雨思茫茫。《登黃鶴樓》云：一覽江無際，浮青數點山。武昌好風景，都在此樓間。正值秋初到，欣忘日夕還。焚香對仙客，不辨是塵寰。《望太行山》云：迢遞來何處，嶄寄鎮此間。高雲生冀野，積雪照秦關。天勢分橫嶺，河聲下斷山。王公憑設險，三輔鎖煙鬟。《雨中渡河》云：誰將九曲崑崙水，灑作黃河萬古流。每到孟門思禹跡，重驅匹馬問扁舟。連天風雨三川暗，滿地波濤一葉愁。廻首漢東虛定省，君門遙在五雲頭。《浮纓河》云：萬壑千巖雨乍晴，兩河春漲挹浮纓。遙瞻馬首紅垂水，近泛鴨頭綠向城。細草長堤遊屐滿，斜陽古渡釣船橫。歸來有客思之學，人比蓬壺一樣清。《張文貞故園》云：狐媚工讒九廟灰，虞淵日夾五龍廻。封王不負賢良策，垂老猶堪宰相才。楚戍山川今俎豆，唐家松柏舊樓臺。三思不殺功終覆，悃恨中宗歎幾回。《隆中》云：魏殿吳宮野草秋，隆中祠廟漢江留。兩京氣數歸先主，三代英才得武侯。龍戰豈唸梁甫日，蠶叢非住帝王州。畫圖籌筆終難竟，巫峽猿聲自古愁。

羅世材 字菊農，嘉慶進士

菊農學問詳贍，晚年益篤。詩古文詞，冲澹靜穆，餘味曲包。州志。

《菊農下第贈妓》云："我如柳下遭三黜，卿向花前誤一生。"十上公車不遇，己未年五十餘矣。作《別號舍詩》云："年年棄甲笑于思，皂帽青衫客又來。三十三回燒樺燭，可知蠟淚已成堆。"李小松太史每爲人誦之，盛傳都下。是科成進士。《臥園詩話》

菊農《白登懷古》云：漢皇唱罷《大風歌》，尺劍躬提又渡河。六國叛王膏斧鑕，百年驕子弄干戈。小松太叟所常誦者，惜不能全記也。《格齋詩話》

《洪山道中》云：大洪天半落，空翠濕衣襟。徑入篔簹谷，溪廻楓樹林。白雲停霽色，黃葉抱秋心。慈忍宗風在，道場何處尋。《過夜光池寺僧留飲索詩》云：竹外紅泉繞徑長，名僧合住贊公房。略通畫意詩逾妙，能讀儒書釋何妨。經卷琴牀無俗物，豆羹麥飯有餘香。維摩丈室從師乞，底用天花作道場。《都門拜文文山祠》云：守命非難處死難，從容伏刃萬人看。至今市口存遺廟，何處軍門覓廢壇。棟宇有情藏碧血，乾坤無地着黃冠。北枝剩有梅花在，留伴多青耐歲寒。《十方庵即事》云：半千錢買半椽居，岸柳千株水一渠。竹雨欲來山閣潤，松風微動小窗虛。故山無恙春來早，旅榻空懸客到疏。唯有聯牀兄弟好，夜深燈火共翻書。《梅花嶺謁史閣部衣冠墓》云：王業偷安相業荒，出師拜表太倉皇。後宮賓客親江總，南渡君臣誤李綱。城上紅旗新壁壘，墓門碧血舊冠裳。熙朝別有旌忠典，萬樹梅花徹骨香。《赤壁懷古》云：上策居然出火攻，烏林一炬走艨艟。三分壁壘寒潮外，百戰山河夕照中。終古白波趨夏口，到今烏鵲避東風。清時無復憂烽燧，臥指漁鐙隔岸紅。《白水寺》云：白水村前白水流，西風瑟瑟逼清秋。漢家陵寢今何在，空見沙堤起白鷗。羣雄掃盡故鄉過，豐沛南陽較若何。諸母故人前置酒，不曾學唱《大風歌》。

趙連城 字完齋，號璧山，諸生，有《松雲谷詩集》

余少習制舉之文，於詩未遑也。比長，內顧多艱，筆墨遂廢。迨名心淡家累輕，而年已遲暮。山溪地僻，門無剝啄，城市喧囂，終歲無聞。長日閴寂，興有所托，輒形於歌詠。自抒性情，不假雕飾。如候蟲時鳥，自鳴自止

而已。截錄《自序》

璧山詩筆高潔,吐屬嫻雅,不事塗澤,稱心而出。其風韵遙深,尤爲善用性靈。太璞、菊農而還,此其嗣響。

《松雲谷閒居》云:種松松滿谷,撥雲雲滿路。松雲兩不分,日日濃陰護。四面圍青山,林深花無數。其中有方池,紆迴百餘步。微風蕩小波,日夕下鷗鷺。涓涓清泉流,入耳成佳趣。結茅居此間,棲遲朝復暮。或飲酒數盃,或吟詩數句。谷口樂優遊,城市亦慵去。過客愛吾廬,問是何人住。此是璧山翁,移居終老處。《送春》云:年年望春來,年年送春去。春來自何方,春歸到何處。往來成古今,總是春光度。如何古今人,不識春歸路。《懷李謙山》云:谷口嘉賓少,君來一啟扉。故人傷久別,清夜喜相依。髮短名心淡,鐙殘酒力微。重來須記取,屋角古松圍。《玩月》云:夜出人隨月,夜歸月送人。月宜憐人老,相見即相親。《對月》云:夜靜山更空,飛泉響茅屋。澗下濯清流,月在手中掬。《送秋》云:秋自西郊來,秋向西郊去。衰草夕陽邊,無計留秋住。《松雲谷雜詠》云:溪邊老梅樹,花發兩三枝。不怕寒侵手,折來寄所思。《梅花》。青青嶺上松,不畏風雪折。何遂能爾爾,所恃中不熱。《松樹》。春歸一夜雨,山水會前津。策馬橋頭過,溪聲亂喚人。《途中即景》。日日花間醉,花間醉若何。忽看風作帚,掃去落花多。《花下飲酒》。佳句如:故人今夜別,春水幾時銷?纔思新酒熟,喜見故人來。水面無風浮睡鴨,江干有客跨疲驢。濕雲抱樹驚棲鳥,細雨霑衣策蹇驢。兩押驢字皆妙。

高福滂 字育亭,諸生

《上巳同張鴻漸遊八萬山》云:自予客舂陵,林壑恣遊豫。言望八萬山,東南獨雄踞。遠岫鬱青蒼,重岡亙迴互。登臨夙有癖,俛仰神馳騖。張子素心人,宛在比鄰庽。良辰會相邀,爲我導先路。著屐從所如,涉目自成趣。春輝媚餘景,雜花生埜樹。惠風和且柔,好鳥啼不住。陰靄淡濕衣,流翠欲沾屨。昔聞赤帝子,甲兵此屯駐。陳跡久已湮,遺壘杳何處。感古愴幽懷,耽勝運行步。忽聽午鐘鳴,古寺林間露。滿徑苔衣凝,一縷香煙度。

靜境絕塵囂，久坐澄心慮。山僧知敬客，殷勤羅饌具。高談興轉豪，樂飲不知暮。下山日漸收，新月一鈎吐。《登棗陽邑城樓》云：七年書劍此淹留，望遠頻登百尺樓。天際山連隨郢出，城邊水接漢襄流。風搖紅葉明殘炤，露冷黃花送晚秋。庾信江關太蕭瑟，詞人底是獨工愁。

馮士淑

《往溠水夜宿官潭》云：誰家燈火暗前村，旅館空留一劍存。枕簟秋風眠未穩，疎鐘帶雨入黃昏。《訪陳澹軒不遇》云：水塘芙蕖映秋明，聽說山人採藥行。人在白雲灣幾曲，石牀上有素琴橫。

杜文炳 字虎臣，諸生

《札將軍戰隨陣亡，歌以悼之》云：霹靂轟天天欲曛，漢東滿地捲紅雲。鐵騎萬隊蹴不破，忽然天上下將軍。將軍本是從龍裔，兩載關中膚重寄。猿臂曾依日月光，虎頭早帶風雲氣。慨自髮逆三覆楚，楚人畏賊如畏虎。將軍奉詔自西來，誓掃賊氛憑一鼓。四月十五賊來攻，一戰再戰炮雨衝。立竿只待誅劉闢，拜井何期困耿恭。三日三夜賊不走，一矢橫貫將軍口。以帛拭血帛盡紅，猶發神鎗斃賊首。振臂一呼戰士起，國亂君恩無退理。營門傳箭月三更，無奈將軍創深矣。一慟騎箕竟上天，臣力已竭臣節全。气作珠臺光百丈，魂歸鐵嶺路三千。吁嗟乎，男兒生不麟閣圖，死當馬革裹。區區成敗論何左，請看桓桓札將軍，援筆愧煞書生我。

【校記】

〔1〕足，原作"固"，據明楊漣《楊忠烈公文集》卷三（清順治十七年刻本）、清張豫章《四朝詩》卷三十二改。

〔2〕祥，原作"羊"，《詩徵》中"祥"字，多用其異體字"羊"。甚至"鍾祥"地名，除條目外，多作"鍾羊"。如本卷"陳占祥"條，原亦作"羊"。但《詩徵》並不避諱"祥"字，只是喜好使用生僻字詞而已。

增訂

何宗彥　子敦伯

甲申得讀其七世孫闓著所刊《春曹疏草》,備悉公相業炳如,與葉向高齊名。被聖祖之褒崇,謂:"詘于黨人,不能有所匡救。忠貞直諒,遠邀睿鑑。"夫豈有所倖致者耶?

《自均川寺祇宿佛嶺》云:蕭瑟滿均川,臨風意惘然。驅車當絕嶠,遠野見孤煙。谷靜流泉響,林空落日懸。相攜投淨土,靜夜一燈傳。《遊洪山》云:秋雨連綿到上頭,風煙漠漠望中收。雲間指顧空全楚,海岱微茫接十洲。憶昔雙龍開大壑,何年三釜落高丘。應知此日登臨後,千載誰人說壯遊。

子敦伯官郎中,《朱仙鎮謁武穆祠》云:此地曾經久駐師,精英應許傍靈祠。累朝俎豆馨香遠,奕葉聲名草木知。三字奇冤沉獄底,萬年遺恨在邊陲。全軍未搗黃龍府,愁見中原尚鼓鼙。《大孤山》云:鄱陽巨浪兼天湧,砥柱中流有大孤。片石誰云浮水面,盤根深自插平湖。林間禽鳥頻來往,檻外煙雲乍有無。倘欲再窮千里目,好從極頂履浮屠。從子復崇,《詠籬菊》有"無限西風穿不透,有情秋月上偏遲"句,亦不粘不脫。

顔　木

少與黃岡王廷陳齊名,據《明史·廷陳傳》[1],木曾與廷陳同應詔修《承天府志》。

陳　愚 字元樸

愚少即與楊忠烈交，落拓自喜，嘗雪夜兩人行歌遍邑中，倚柱而嘯，畫地而書，狂呼痛哭，人莫測也。忠烈被禍，愚以女妻其子之易，傾身營救，邏者交跡於門。母張氏，賢婦人也，語愚曰："汝不記文孺升堂拜母時乎？文孺爲忠臣，汝不能爲死友，無用見我矣。"愚泣別母，匿忠烈幼子于廬山，携之易踵虞山錢氏之門，告曰："父母存，不許友以死。我兩人俱有母在，其若文孺何？"文孺，忠烈字也。時黨禍甚烈，相與屏人野哭，久之，撰次忠烈行狀。虞山志墓。虞山曰："忠烈令常熟時，語余曰：'子不可不識吾元樸。'"又曰："余爲此志不獨不負忠烈，抑不忍負元樸也。"《楚寶》

何迎崇 文毅孫，官知府

《漁家樂》云：名場利藪總風波，何似漁翁自在多。烏帽不貪晴戴笠，羊裘懶着夜披簑。呼朋沙浦銜杯醉，濯足清流鼓枻歌。飽飯黃昏情自適，蘆花明月任婆娑。

何操敬 字主洛[2]，貢生，文毅曾孫，官知州，有《是何詩》、《飲逸》、《觸政》

《峴山吊古》云：峴臯蒿目總榛荆，手拭殘碑百感生。滿地烽煙餘鳥跡，一江風雨斷舟行。仲宣秋思翻成劇，叔子才華未易爭。千古英雄誰竟是，只今惟聽鷓鴣聲。《儋耳載酒堂賦別》云：坡公三謫向儋州，我亦何緣作此遊。塵累已隨春夢去，澹交還爲子雲留。炎方少雪偏侵鬢，庾嶺多梅却寄愁。幸藉西風歸棹穩，不將蹤跡任沉浮。

何夐尚 字□□，十歲能詩，有《釣月齋詩文稿》

《揚州留別》云：繁華自古說邗城，攜得清風上帝京。無計開罇酬夜月，空勞策馬度春晴。征途剩有他鄉夢，客舍同牽此日情。最是郵亭楊柳色，不堪握別誤虛名。

羅世材見前

《守夜與友論詩》云：端居苦無悰，忽枉故人顧。攜尊爲談詩，尊空日成暮。蕭然微雨來，春禽滿庭駐。異響非爭鳴，各與清景遇。雨歇禽亦止，閑庭寂如故。起視明河空，殘月墮高樹。余倦思投牀，君歸且尋路。去去無復言，此旨當自悟。《北上志別》云：秋風一夕至，楚館生微凉。短檠掛高壁，游子起束裝。兄弟執手別，各言慎星霜。病妻起送我，兒女同扶床。故鄉多親故，此去天一方。一身集百憂，誰能飲離觴。但期宦小成，還我城南岡。舊歡得重聚，湖山客漫郎。《過淇水》云：日落秋氣凉，霜落暮蟬潔。石梁漱寒波，飛出有聲雪。古人快登臨，此地實幽絕。如何千畝竹，徒見暮山子。清景不可留，釣竿何處挈。且爲松舟遊，寒流愛清澈。《萬壽寺古松短歌》云：雷霆白日行虛空，六丁大索驅乘龍。風鬃霧鬣不得上，夜半墮地成長松。恒河沙數紛可慨，此樹高寒閱朝代。浮屠那肯三宿留，古寺猶殘七株在。六株離立根相通，皮骨脫盡枝未童。儼若奇士蘊深抱，心含秋氣身春風。霜皮裂破附枝出，黃花着樹香空濛。耳目曾經大父行，鬚眉如見商山翁。別有一株詭而異，枯枝半劈高不墜。偃蹇難同羣樹儕，半空突出挐雲臂。雪饕風虐寒氣侵，但有古瘦無凋零。堅貞自抱冰霜性，保護寧知造化心。人間陳物嫌衰醜，我來哦松重迴首。獨立蒼茫人豈知，年來我亦支離叟。《橋亭卜硯歌》云：宋家南渡氣蕭械，景炎以後更艱厄。誰傳故物重摩挲，似是韓陵一片石。當年拂拭想殷勤，曾伴義士提孤軍。恢復未成士卒散，石交零落同煙雲。臨安王氣總非故，內府圖球大都去。墨妙唯誇松雪齋，遺碑誰表冬青墓。此石居然磨不磷，重隨遺老渡關津。可憐草奏飛書客，老作成都賣卜人。忠魂淪落六百載，故紙禿毫復安在。惟餘一石落人間，鸂鶒寒晴閱滄海。石淚瓓斑辨不清，人問何物同哀情。西臺慟哭竹如意，南海飄零玉帶生。何時轉入中丞宅，惜我蒼茫忙未識。清時賣卜將何爲，好與研朱點周易。《淮水寄內》云：淮楚頻年別，舟車百感侵。牛衣他日淚，馬首故鄉心。永夜憐刀尺，經時望藥磁。浮雲同逝水，悽惻總難任。定省嗟吾缺，支持賴汝賢。能修人子職，最得老親憐。瀹濼勤供膳，衣裳緩脫綿。何時北堂下，雙拜寢門前。《七夕南樓》云：明河高不見，涼露下前檻。北斗星辰合，南樓風月清。神仙寧有恨，兒女自多情。離別吾生慣，停杯感欲生。《關陵恭賦》云：幽宅神靈閟，西風暮雨驕。長江流舊恨，老樹閱前朝。俎豆祠官備，雲雷畫壁遙。吳宮與銅鵲，秋草日蕭蕭。《送田秀峀歸析城》云：一樽不可盡，相對別愁生。葉下洞庭水，人歸王屋城。鄉心經老急，詩思入秋清。落日星軺驛，停車共此情。《冬暮》云：敝廬車馬少，終日閉柴關。流水自成響，暮雲相對閒。虛窗沉夕照，破屋露青山。長嘯情無盡，悠然天地間。《山行》云：尋山不厭深，一往窮幽徑。落葉覆清溪，疏雲隔殘磬。沉沉鼓欲發，冉冉煙初冥。遙想林中僧，此時方入定。《郊行》云：不厭村墟僻，行行入暝煙。夕陽橋畔寺，漁火渡頭船。葉落無人徑，山昏欲暮天。耦耕曾有約，何處買山錢。《過鸚鵡洲弔禰正平》云：大江西去碧波清，把酒遙呼禰正平。世俗誰當容我輩，文章從古屬先生。迷離亂草連荒冢，寂寞寒潮到古城。擬向芳洲歌鸚鵡，西風蕭瑟片帆橫。又云：年年疲馬燕山道，此日征人乍解鞍。病後未能傾卯酒，歸來猶及薦辛盤。蘭陔日永春初到，黍穀風廻雪未乾。廻首城南天尺五，五雲深護鳳樓寒。《讀〈小倉山房集〉》云：仙吏投簪鬢未皤，園林花月足高歌。文章洒落宗長慶，裙屐風流見永和。奄有衆長緣筆妙，未臻高格恨才多。蔣侯仙去袁絲老，壇坫茫茫奈爾何。《片帆過正夫兄弟故居》云：開窗見薇花，幽徑恍如昨。春風吹花開，秋風吹花落。《大風歌》云：前年殺韓信，今年繫蕭何。一杯故鄉酒，來唱大風歌。《輪臺》云：南浮桂水船，北奪陰山道。朝遊思子宮，暮下輪臺詔。《過漳水作銅雀臺曲》云：千秋土一抔，漳水流其下。西陵白項鳥，飛上銅雀瓦。魏武昔好義，文姬塞上廻。喬公亦故人，可憐銅雀臺。《燈花》云：熳爛自爭榮，一室春風滿。花落與花開，東風都不管。《夜坐》云：夜坐不知寒，開窗兼卷幔。月移花影來，風裊茶煙散。蟲吟四壁聞，霜上一燈小。簾外落葉多，簾中人不曉。枝間烏鵲飛，嘈切夜方半。徙倚出門看，月上梧桐幹。四鄰人語少，一枕鳥聲多。窗外花魂去，雲中雁子過。《春行》云：春從何處來，人往何方去。人行春澗中，春在人行處。《雨宿良鄉》云：聖水橋邊四渡過，年年作客太蹉跎。孤燈風雨天如墨，起聽幽州馬客歌。《鴻溝》云：關中輕擲懷王死，王業都輸第一籌。太息黃河衣帶水，當年辛苦劃鴻溝。《漢江晚送人有感》云：攜別曾經紅板橋，碧天無際晚煙消。鴨頭漢水螭頭舫，送盡行人是暮潮。《泊舟露筋祠下》云：皮囊脫盡剩香魂，冷廟蕭蕭水上村。環佩不歸簫鼓散，半湖涼月上祠門。《送王松年之齊省親》云：尊前誰唱渭城歌，暮雨蕭條滿薜蘿。惆悵送君惟我在，一時朋舊已無多。日觀峯頭舊大觀，秦松長共白雲寒。知君別有天倫樂，不爲看山到泰安。《到安陸》云：罨畫樓台落照前，春城如水水如煙。香消酒渴三年夢，重喚櫻桃渡口船。《憶趙靜軒》云：尊酒論文舊起予，無端風雨正離居。故園梅樹開如雪，憶汝山中跨白驢。它如：寺隨秋樹老，城壓暮沙低。《沙河縣》。山川濺血地，風雨渡河心。《湯陰縣》。死堪傍孤竹，生不愧皋陶。《范孟博》。黃流倒山嶽，白日走風雷。《渡黃河》。雷浪連壺口，風濤下雁門。《滹沱河》。白日流巴水，青山滿岳陽。《巴陵縣》。人煙歸晚市，水氣壓春城。塞雲低墮水，邊月冷粘霜。空山留夕照，老樹識前朝。世情今雨好，交道布衣長。亭收三峴色，樹識六朝年。美人隔河漢，殘夢落湘沅。寒塘多落葉，殘雨滿空山。松間殘照落，竹外亂煙生。琴韻出茅屋，茶煙滿豆棚。樵徑白雲合，漁家紅樹圍。英雄恨切三分局，老柏寒生四月秋。《謁關侯墓》。畫簾清晝時尋夢，高館疏梧幾憶君。叢桂初開愁暮雨，芙蓉欲贈隔江雲。《贈友》。香草美人三致意，舊君故國一招魂。《屈原》。帝子目空愁渺渺，吳公口已喚荷荷。《湘東王》。異代朝廷思李牧，同時賓客殉田橫。《余忠宣》。我同柳下悲三黜，卿向花間誤一生。《下第遇舊妓》。折節能容前進士，降牋甘比小諸侯。《荊南高氏》。周勃定能安社稷，霍光終不負朝廷。《張居正》。暮家舊水蓮花幕，新政春堤鮑子宮。《漳河贈友》。高士丰神偏妸媚，美人骨格本清寒。息妃若解存高節，終與淇泉一倒看。《夾竹桃》。春風小泊長千里，暮雨閒尋短簿祠。新詩漸入黃初格，舊雨重尋白下門。曾爲秋雨連牀客，共此春宵秉燭心。天涯鬢髮誰先白，夢裏家山各自青。三峯樹色晴方見，九曲河聲夢裏聞。秋水白連僧寺塔,夕陽紅上酒家簾。星霜客鬢侵秋短,風雨河聲入夜高。天爲讀書留種子,我言多病是詩家。窗外暮濤淮水渡,樹中秋色信陽關。夢中芷蕙含離思,江上芙蓉作淺寒。數家城郭寒潮外,百戰河山落照中。幾家村落生秋色,千古山河共夕陽。王孫草向湖心綠,帝子山橫雨後青。米鹽市近帆爭落,湞漢江分水亂流。點點白蘋湖上路,蕭蕭紅樹雨中船。

君科第晚成,風塵奔走,坎壈纏身者卅餘年。抑鬱牢愁,慨於詩發之,而無矜厲不平之氣。州志稱其冲澹靜穆,殊非溢美。儲太璞後得君爲嗣聲,是亦一時之傑出也。

【校記】

〔1〕原文無"據"字,依文意補。"《明史·廷陳傳》",增訂本原置於"少與黃岡王廷陳齊名"句後,但從文義來看,是注釋內容,今移置於後。

〔2〕"字主洛",原爲墨釘。清廖元度《楚詩紀》卷二十一,云"何操敬字主洛,漢陽人"。《詩徵》卷六"漢陽"有"何操敬"條,云"字主洛,諸生"。據改。然而,清同治八年刻《隨州志》:"何操敬字主洛,何宗彥冢孫。"應存在遷籍現象。

湖北詩徵傳略卷二十五

鍾　　祥

六朝·宋

無名氏 石城女子盧莫愁有《莫愁樂》二章

《唐書·樂志》曰：《莫愁樂》者，出於安陸石城西盧家。有女名莫愁，善歌舞，嘗召入楚宮。《石城樂》和中復有忘愁聲，因有此歌。歌曰：莫愁在何處，莫愁石城西。艇子打兩槳，催送莫愁來。聞歡下揚州，相送楚山頭。探手抱腰看，江水斷不流。又《古今樂錄》曰：《莫愁樂》亦云《蠻樂》。《樂府解》曰：古歌亦有莫愁，乃洛陽女，與此小異。《楚風補》

宋

趙仁甫[1]

仁甫，元初避兵草間，適伯顏南征，時姚樞以平章政事副之。嘗夜鼓琴軍中，仁甫因叩門求見，樞與語，大說，知其隱而有德。薦於朝，仁甫謝不受。有詩二卷，惜未見。

元

東岡生

生佚其姓字，東岡其自號也。幼喜讀孫吳書，事藩鎮有功。未幾棄歸，居郢十年。好登覽名勝，題詠殆遍。一日不樂忽去，賣藥都城市，市之人莫不識也。都中醫師或知之，得生之葯，輔其方，病良已。又不樂，復歸于郢。益不事事，唯酣飲長歌而已。嘗登陽春臺，下瞰漢江，北望襄樊諸山，慨然歎曰：「吾安得如龐德公者與之遊乎？」因泫然呼酒飲數升，復爲楚歌而逝。

明

劉　洪 字希範，成化進士，官巡撫　子槩

洪歷官僉都御史，巡撫貴州。值米番叛後，剪餘黨，城其險要，進都御史。移撫兩廣，所俘斬潮嘉諸郡劇賊，及郴桂流寇，皆有功。《石城懷古》云：滿城風雨菊花香，撫景悠然思渺茫。解珮無人亭已古，煉丹有井水猶芳。五禽寂寞餘頹壁，二石荒涼隱夕陽。唯有朱門前度月，夜深仍炤莫愁鄉。

槩字平甫，正德進士，官行人，以諫阻武宗南巡，卒於杖下。嘉靖初，贈御史。

《漫興》云：昔年曾作瀟湘客，憔悴東秦歸未得。西窗時現好溪山，長唫自把欄杆拍。

戴　經 字伯常，號楚望，嘉靖中官錦衣，有《楚望詩文集》

經以睿皇藩邸舊臣，得官錦衣。與經等比者，極人臣之寵。經淡然不

以爲意，且以直道，時與之忤。錦衣勳衞，皆金張許史之遊，而經閉戶讀書，入其室蕭然。　經官環衞兼領詔獄時，廷臣以爭禮被逮者，經親視飲食湯藥衣被，多方保護，少瘦斃者，其後往往更赦得出。如永豐聶文蔚以兵書被繫，經更從受書獄中。故中朝士大夫籍籍稱其賢。　經嗜學，尤喜《論》、《易》、《尙書》，風雅頌，皆究其旨。故其爲詩，不規摹世俗，而獨出於胸臆。　始經識增城湛元明，是時年甚少，已有志於求道。既而師事泰和歐陽崇一、聶文蔚至如。安成鄒謙之、吉水羅遠夫，未嘗識面而以書相答問。及其所交親者，則毗陵唐一德、太平周順之、富平楊子修，并一時海內有道高明之士。予讀其所往來書，大抵從陽明之學，至於論難往復，必期於自得，非苟爲名者。　予居京師，經數見過，示所爲詩。其論欲遠追漢魏，以近代爲不足爲，予異之。　經掌詔獄，多保全善類。予讀其《九哀詩》，嘉其存心有合於古詩人溫厚之旨，知國史必有採焉，故爲序而歸之。截歸太僕熙甫撰詩文序

案[2]：經詩文不槪見，邑志並其姓名而佚之，據震川文錄入。震川非漫言者，且言其子槪哀其所爲文百卷以乞序，當不等諸小言之詹詹，何竟一無可傳也？或亦搜羅之未至歟？

曾　岳 字泰衡，諸生

《送宗人歸江西》云：送君江上去，驛路雨初晴。日暮陽春樹，秋風彭澤盟。酒因今日醉，人是故鄕情。漫說王孫草，萋萋一夜生。

曾省吾 字恪庵，嘉靖進士，官尚書加少保

省吾初以江陵進，及撫蜀，值土司都蠻恃險屢叛，省吾素長將略，運籌決策，卒平其亂。拓地四百里，得武侯所遺銅鼓九十三面而還。

《平蠻用前韻》云：廿年四過此山中，景物新看漢土風。見說絲城尙遺孽，敢辭棘道任飄蓬。留詩迴首年方壯，草檄關心兒已翁。早得近郊無鬼哭，誰於絕頂浪操弓。

高鑾

《擬古》云：食何必膏梁，居何必大厦。衣何必輕裘，騎何必駿馬。艷艷金谷園，至今無片瓦。

高銓 字公樓

《月下鼓琴》云：清凉一片月，炤我膝上琴。落木蕭蕭下，空山多古音。古音誰其知，清風開我襟。寒碧發幽籟，悠然忘古今。

呂隆 字仲昌，萬曆進士

隆官戶部，身任煩劇。暇即涉獵經史，詩以性靈勝，亦不多見。《阻雨宿田家》有"茅檐不散暑，野水易爲秋"之句。又《送友還里》云：同爲羈客送君回，攬我鄉思不肯開。看遍新安山色好，輸君先醉故園杯。

曾發祥 字戩穀，號西坡，別號岣嶁山人，貢生，官知縣

發祥官富順，流賊圍城，堅守待援，城陷不屈死。有"行裝秋並冷，鄉思水俱東"之句。同時高士有熊叶夢者，篤行誼，善詩歌，與竟陵譚友夏相友善。遭時亂離，戢翼不出。西坡死節，曾賦詩哭之。

李向中 字豹韋，號立齋，崇禎進士，官主事

向中初任長興，弘光時備兵蘇松，唐王以爲尚寶卿。閩事敗，避海濱。魯王監國，召爲僉都御史，進尚書。至舟山衆破，大帥召向中，不赴。兵捕之，以衰絰見。大帥呵之曰："聘不至，捕即至，何邪？"從容曰："前則辭官，

今就戮耳。"遂死之。

《題旅店》云：雲外平林東郡，天邊落日西峯。悲涼今夕何夕，取義存仁此中。《明詩綜》

劉必選 字青錢

必選明季亂作不避，賊至猶端坐觀書。脅以刃不屈，傷其耳，猶娓娓講順逆大義。賊酋義之，懸旗於門而去。

《甲申書事》云：親友凋零盡，蓬茅幾尚存。野狼朝塞道，山鬼夜呼門。自錄忠臣傳，誰招戰士魂。老夫殊未死，血淚灑中原。

釋宗蓮 字達音

《留別龔芝麓奉常》云：何事此風雨，翻爲遠別離。一身同落葉，半世等遊絲。寂寞坐江水，蕭疏聽竹枝。廬陽明日路，魏武舊旌旗。

國朝

高登先 字子岸，順治進士

登先幼失怙，事母至孝。明季流寇充斥，母歿未殯。賊至欲掠之，登先環屍慟號，賊感而釋之。及令山陰，耿吳變作，向克忠在諸暨欲乘隙倡亂，登先單騎往諭，遂投戈而散。牧涿州，河有怪，頗爲民害。登先草疏詣水濱，焚之，竟已。有"閒銷白日空裁賦，欲買青山却少錢"之句，傳於時。

王泰生 字曉堂，康熙舉人

泰生天性孝友，事兄如父。持躬清介，避俗若仇，足不蹈守令之門，爲當世所推。詩清峭如其人,金太史會公爲序其集而行之。《石城》云:在昔蕭皇邸,高城俯急湍。奔流今已逝,曲磴舊猶蟠。落日奄王气,清風續古歡。山川成異代,牧唱引悲酸。

劉澤宏 字仁山,號西泉,貢生

《莫愁湖》宋臧質在竟陵作《石城樂》,指郢州石城也。梁武帝《河中之水》,自爲盧家少婦。至江南莫愁湖,則又因石頭城而附會之者。不可不辨云[3]:石城西畔莫愁湖,誰道當年女姓盧。嫁果東家應籍洛,歌非《子夜》豈歡吳?章華臺下腰肢瘦,瓊樹枝邊鬢髮枯。漫向詩人譚往事,滿村風月叫提壺。莫愁村裏莫愁歌,千載春風喚奈何。兩槳打來明月碎,雙鬟發處客思多。城中白雪浸芳草,石上青松挂女蘿。惆悵當時環珮夜,紛紛簫鼓漾湖波。遣愁愁向莫愁湖,愁向莫愁愁遣無。霧鬢雲鬟終寂寞,蘭舟桂楫久荒蕪。楚王樓上捐歌扇,宋玉宅邊挂酒匎。何事攀條獨下淚,六朝猶剩柳千株。

曾 明 字長雲,號望蓼,康熙舉人

《贈張別駕夏鍾》云:春滿長安驄馬嘶,朝天紫禁五雲低。二藩聲價荊南並,半刺循良渤海齊。萑苻風清無柝警,桑麻日暖著輿題。飄蓬客路隨車久,灑遍東皋雨一犁。曾氏多詞人,有名渭字嶽樵者,亦工詩。七古尤夭矯恣肆,不落凡響。

張聯元 字捷三,號覺庵,康熙進士,官知府

《天臺雜詠》云:深谷堪避暑,松風時相送。瀑聲入夜寒,不亂山人夢。抱膝詩一吟,對月琴三弄。置身羲皇間,舒嘯疑鸞鳳。

王全臣 字仲山，康熙進士　　弟念臣

全臣少有膽略，大軍討澤旺時，官潼商道，師行日久，餉不繼，軍且譁，全臣貸商錢資軍。事定，司計者諱遲晚之罪[4]，以所貸爲全臣虧私，逮付司寇。一時文武皆自危，全臣毅然自任。上特原之，遣自效於邊。塞外瓜州地坦沃，淪於大漠者數百年。全臣遠引疏勒河水，大興屯種，歲得軍食數萬。

《石城懷古》云：羊侯晉代擅風流，緩帶輕裘控上遊。智取石城如拾芥，誰知德惠是陰謀。

念臣字楓存，康熙進士，官主事。《至寧夏，見仲兄所開大清渠，蜿蜒數十里，可灌田千餘頃，其閘壩竟鼎峙漢唐，即此足爲吾家治譜，敬成一律》云：少小翻經識賀蘭，天涯遠擬不毛看。寧知耕鑿同中土，誰道氈裘近可汗。兩壩原沾唐漢澤，新渠今接斗牛寒。它年我亦庸民社，吏治如兄媿弟難。

衛良佐 字子弼，號鶴洲，康熙舉人，官知縣

《顯陵》云：松林山上無松毛，白者山石青蓬蒿。我生鼎革未十載，猶聞耆舊談前朝。此邦原與兩京敵，天子崗蟠王氣高。世宗皇帝合承統，冥漠先爲驅宸濠。一旦龍飛興王邸，詔下廷臣議大禮。毅宗本是同祖兄，難將濮王故事比。分明繼統非繼嗣，誰云書生昧國體。別立世廟躋興王，易王而帝冠以皇。母后大明門中入，皇后聖母齊顯揚。府故承天儼天室，鍾靈王氣交相望。寢園更增顯陵號，山靈兼之增封誥。牧出令奔並趨蹌，相國承旨監營造。鳩工庀材滿雷封，水或湍石陸嶺嶠。龍樓鳳閣結構奇，魏闕層城匝匝抱。洪河九曲通星橋，麒麟象馬排甬道。武臣甲胄文冠裳，依然生時鵷鷺行。鑿山取石山爲小，峨峨華表連穹蒼。雙冢歸藟五丁護，金銀鳧雁玄堂藏。中使晨夕進珍膳，鈞天大樂聲喤喤。又聞年年清明日，身先

負土皆高秩。車駕曾此展墓來，目擊象設慘胸臆。痛哭松風聲助哀，祭掃不暇更擇吉。守陵熊羆天顏親，滿路人民恩波溢。國號嘉靖真太平，顯親達孝罕儔匹。末造懷宗兵燹遭，盤龍踞虎紛騰逃。豈有石馬捍寇盜，李自成入鄖，先攻破顯陵。久無父老聲烏號。樵童牧豎任來往，荒榛蔓草風颼颼。於戲，帝王興廢尚如此，人生世上任逍遙。不見山外一帶江滔滔，終有塵土堙波濤。

林　鼇 字冠蓬，康熙舉人，官教諭

《丁祭有感》云：暖气初融泮水濱，曉鶯啼樹值新晴。敷天共薦明禋會，老我常淹助祭人。六代樂章存雅頌，千秋儀度肅冠紳。邇聞典載臨雍盛，何日趨蹌附近臣。

胡方峋 字月山，號艮齋，貢生，有《延綠堂詩集》

方峋童子時，與胡抑齋宗伯同受知學使文水鄭公，目爲雙璧。丰姿都雅，而醇樸自守。究心經學，年五十後始事唫詠，居然正始之音，人比之高達夫。

《得風過洞庭》云：歸心更借曉風催，夢裏波聲殷若雷。百丈頻疑魚腹渡，片帆忽似馬當開。凝眸蘆岸人家失，翹首雲間雁字迴。擬上君山憑北望，應驚天外復飛來。

楊亦溥 字宏士，康熙舉人，官教諭

《廬山道中》云：疊嶂崇巖入望初，行行翠靄拂襟裾。雲橫瀑布藏仙徑，鶴憩松根守道書。奇秀已稱天下冠，幽深擬共古人居。每思乘興銷塵慮，石壁香爐縱所如。

谷旦如 字翼宸，康熙舉人，官教諭

旦如性冲夷，與物無競，而信義慷慨，然諾不欺。

《寄蕭三草官麻城》云：我輩寧真愛冷官，於今深隱亦良難。姓名要路多逢忌，筆墨蕭齋好耐寒。蠟屐看花風兩袖，青氊穩夢日三竿。思君此際人千里，江月同依首蓿盤。《坐雨感懷》云：一春佳景雨蹉跎，百丈愁城喚奈河。貰酒錢如晴日少，懷人心似落花多。門關白板誰題鳳，字揭黃庭可換鵝。秖笑年來新燕子，銜泥不向冷齋過。

魏繼宗 字子兀，號大墾，貢生，有《潄沆軒詩集》、《虹村文集》

繼宗幼穎異，名噪一時，而自視欿然。肆力古人之學，貫穿百家，一軌於正。金會公秉鐸郯中，待以老友。所著《張霄幄詩》，門人李蘇刻於江都，王式丹讀之，以爲奇作，淹有明、國初諸家之長。《棄婦辭》云：結髮爲君婦，恩愛如可保。方其矢同心，所願在偕老。事君苦無狀，積漸令君惱。作家遂鮮終，訣絕在中道。笑語溢蘭房，知共新人好。與妾初來時，君心同傾倒。

蔣仡昌 字占五，號輿堂，諸生

仡昌瀟灑簡曠，不問家人生產。作詩如其人，清不傷薄，奧不苦澀。書法極工，直入右軍之室。嗜飲，飲客以盡醉爲快。顏所居曰無悶，平生殆未嘗一日攢眉也。

《舟中》云：雞聲何處是，野岸有人家。衰柳欲無葉，殘楓猶放花。天低霜色重，屋矮爨煙遮。廻首舟航疾，含情水一涯。

李　巒 字亦山，布衣，有《快雨山房詩集》

巒兒時善病，遇異人授吐納導引訣，神采復王[5]。已從長者遊，折節下之。遂工詩，作畫尤稱逸品，然不求聞於人。市隱蕭然，唯以楮墨自娛。高安朱相國重之，以其畫供內庭。卒年九十餘。

《晚眺》云：夕陽生晚景，策杖出林臯。緣岸編籬曲，臨江架屋牢。雲歸青嶂合，沙擁北城高。莫問春深淺，飛花點客袍。《坐石城流雲閣》云：野寺蕭疏傍釣磯，訪僧時一叩巖扉。江山清氣依然在，徒侶白頭何漸稀。秋蝶亂隨黃葉下，水禽斜負夕陽飛。坐深諸妄全銷盡，欲把鶉衣易衲衣。

陳　顥 字孚若，官知縣

《銅雀臺》云：橫槊雄推曠代才，漳河一望土盈堆。緦帷露冷當年月，銀鴨煙銷故國灰。蔓草芊芊迷舞席，野雲漠漠鎖歌臺。後人不問興亡事，牧笛樵謳任去來。

龔維翰 字星五，諸生，翰亦作衡

維翰攻經史，耽唫詠。《友人見過感賦》云：三千客散黃金盡，五六年來白晝閑。《閑居》云：無田久斷催租吏，有病常逢賣葯人。與同里周邦治字東溪齊名，東溪《秋感》前半云：瀟瀟暮雨灑汀洲，孤館殘燈對白頭。江海滔滔空瀉恨，乾坤納納不埋愁。

李　蘇 字眉三，號環溪，康熙進士，官知縣　弟蓮

蘇敦行績學，孝友性生。詩文彪炳，自爲諸生即名噪荊郢。及宰江都，制繁以簡。暇則與客飲於平山堂，風雅作吏而抗事上官。時張公伯行撫

吳，獨心重之。張公去任，每語人曰："江南廉能之官，無李令右者。"且稱其學有根柢，義利公私之辨正，而成敗得失不以介於中也。年七十卒，自挽聯云：父生我，母鞠我。五官百骸，全受全歸。天覆吾，地載吾。月白風清，獨來獨往。可以徵其所守矣。

《讀漢高紀》云：何難醢壯士，尙許烹若翁。餘生稱上皇，伊誰賜太公。所以居禁苑，常時念新豐。既奪愛壻國，復令少子王。母女積怨深，益畏周昌強。所恨人彘禍，貽害兼惠皇。

蓮字石湖，號少峯，康熙舉人，官知縣。《石城》云：晉代衣冠空薜蘿，石城埤堄尙峨峨。鎭雄江漢山增險，藩撒孫吳水不波。混一方知臣力瘁，憂危孰料女戎多？廢興堪下千秋淚，若問浮名心已磨。晉平吳後，賈后之禍旋起，羊祜所謂平吳之後，當勞聖慮者也。鄢陵之役，晉已勝楚，范文子謂外寧必有內憂，即是此意。《莫愁村》云：村鎖寒煙定幾秋，居人尙說錦纏頭。無情最是春來水，流盡桃花不管愁。《國朝詩別裁集》

江曾沂[6] 字樹霞，康熙舉人

《冬夜枕上》云：宿酲猶未醒，城漏已將殘。月色臨窗澹，鐘聲到枕寒。家鄉千里道，歸去一時難。展轉不成寐，披衣問夜闌。

蔣鳳騫 字翔于，號丹峯，康熙舉人

鳳騫性仁厚，凡地方利弊，惻怛相關，如《福田》、《楚田謠》、《長堤賦》皆備陳利害，垂涕言之，以冀當事之採納。事母至孝，以八月之孤依母左右，晨昏色養者六十餘年。僅計偕數月之離，下第歸，母子抱持而泣，後遂絕意進取。

《勸學篇》云：大造生斯人，難將億萬紀。何一不相肖，五官暨百體。胡獨推明哲，超然會萬理。良繇耽古訓，典學念終始。人生及少年，婉孌好童子。將以美其身，所賴有書史。口誦與心惟，焚膏而繼晷。學成稱大雅，馨香擬蘭芷。自愛必愛學,失學非愛己。襟裾被馬牛,外華中則鄙。《送堂弟徒于之滇南》云:汝豈輕離別,生涯在遠鄉。乍歸席未暖,此去路尤長。漫作滇南客,仍攜薊北裝。同行雖濟濟,孤雁自爲行。

張　鏻 字健亭,貢生,官知州

《桐柏山》云:峯迴桐柏夢曾經,遲日東風上翠屏。危瀑千尋仍捲雪,樵人尚說濺珠亭。

胡其著 字景倩,號雪舫

《武當山》云:鳥道梯空入翠微,晴嵐朝拂冷侵衣。石崖欹路危將壓,峰秀凌霄峻欲飛。壑邃無光因雪見,雲開有洞自天窺。三官閣上閒回首,坐待黃冠採藥歸。

胡　梓 字西山,號抱石

《楠木山懷古》云:頻年托跡總無聊,閒倚高峯遣寂寥。都士衣冠矜此日,寺樓風雨黯前朝。天空七澤真難問,魂在三湘何處招。漢水西來衣帶邇,雄心伯業幾沉銷。

李如晟 字向晨,號客鷗,諸生

《山行》云:匹馬山中路,衝泥悵獨行。濃雲作雨態,老樹挾秋聲。野闊人蹤絕,風高鳥翼輕。今宵有明月,對景記歸程。

李根仙 字聘式,諸生

根仙家貧嗜詩,句尚穎警。有"老愁山路險,病覺野風高。紅葉添詩料,青山感舊游"之句。同時王運昌字亘山、楊行方字潔修,稱詩里中,頗與齊名。俱偃蹇科目,欝欝而終。又有聶胡兩明經。聶字冶堂,名本振,《送人修志》句云:逢人未許金為傳,傳信端憑史作胎。胡字卓亭,名克柔,《詠落葉》云:數聲漁笛江楓冷,半夜霜碪嶺樹秋。皆渾脫可誦,而困阨如之。

楊 炳_{字蔚友,號筠谷,雍正進士,以第三人及第}

炳以文藻受憲皇之知,倚畀方隆,疏請養母,林下承歡者二十餘年。

《秋夜同胡石圃訪林一凡》云:蕩滌煩囂夢寐清,蕭疏眉宇紫芝情。幽居杳不離城市,結社還須免送迎。月透窗櫺光焰席,風傳漏鼓響催碪。歸逢醉尉休予詈,故李將軍未有名。

王宇樂_{字堯賡,號怡亭,雍正進士,官知縣}

《同谷謁杜少陵祠》云:遺跡傳聞久,青山到眼新。登臨惟我輩,漂泊自詩人。間道初歸闕,驅車又去秦。誰憐垂白老,盡室在風塵。

林 修_{字一凡}

《石城望西山》云:春禽聲乍圓,春柳綠將吐。抗築臨江樓,褰衣率水滸。石城鬱崔嵬,晉代留梵宇。暮愁歌悠揚,千秋擅樂府。林幽花放遲,寺靜鐘鳴午。片片雲欲流,歷歷帆堪數。淺浦漾白沙,晴風媚深樹。崖嶂狀屢殊,青翠絢若許。儼然泉壑遊,豈必猿鶴伍。結想諸峯間,踟躕空延佇。

歐陽銓_{字山啟,諸生}

《過莫愁村》云:石城二月春光好,遊人競走石城道。翠袖紅裙迷紫煙,金盤玉斝藉芳草。美人歸去易黃昏,欲訪莫愁何處村。樂府不聞狎客散,桃花渡口愴離魂。

李兆錦 字淡圃，乾隆舉人，官知縣　　弟兆鉉

兆錦爲文工，組織藻繢之中，骨力蒼勁。詩才博丽，近似温李。

《詠鏡》云：我與我周旋，面謀賴有此。若云一片心，我自知之矣。

曉南孝廉兆鉉，同有聲聞，詩亦俊逸。《長至江望》有"遠樹殘霞烘醉葉，晚江斜日冷清波"之句。

李兆鈺 字北樓，乾隆進士，官御史　　子潢

兆鈺爲人，貌晳軀偉，眾望之軒軒。霞舉時，婦翁涂巒庵司空方當國，謝弗就也。以翰林轉御史，建言落職，尋外補睢州牧。

《蘭臺》云：楚王臺上陽春樹，楚王臺下漢江渡。郢里爭傳歌雪人，漢臯孰爲解佩處。颯颯西風吼北窗，層層白浪排寒江。夢斷高唐雲已散，冤沉汨水士無雙。今日登臨破冷眼，伊誰馮吊楚些腔。昔人風流屬儒雅，響逸調高和亦寡。且盡一樽助狂吟，興來投筆望空寫。胡爲飄舉玉堂前，胡爲勃鬱窮巷邊？雄雌徒勞大夫辨，興廢都付劫火煙。陽春樹晚葉盡脫，漢江東去空潺湲。

潢字雲門，由翰林官侍郎。少負異稟，讀書十行下，終身不忘，博洽爲當世冠。同時淵雅如彭文勤、紀文達皆斂手推服。尤精算學，著《九章算法細草圖說》十卷[7]。詩才贍藻速，不名一格。工詞曲，有傳奇數種，皆未梓行。父牧海州，卒於任。潢歸，年尚稚，邑豪欲侵其產。治具，招使署券，不應。僕某與爭，竟毆斃。潢以智得脫，訴於宰，反下于理。家人詣視，輒令取書一篋來，逾日更取之，以爲常。李公因培撫鄂，廉知之，始省釋。是科即舉鄉試第一。及貴，豪家已替，竟置不問。在詞垣，大學士公和珅欲延授其子額駙讀，固辭，迫以上命，始強就之。珅敗，卒以詿誤落職。

劉學池 字天漢，號丹峯，乾隆拔貢

《送李三柳村還襄陽》云：慷慨金臺作壯遊，非因書篋暫淹留。襄雲一片生鴻末，楚岫千重簇馬頭。抱泣寧慚新卞玉，囊空莫賣舊吳鉤。匆匆灑盡燕山雪，看我寒氈擁敝裘。《送孫芷鄰歸澧州》云：洞庭三萬六千頃，雨笠煙簑付與君。香草還生公子怨，秋風不夢美人雲。獨憐旅雁歸偏早，却使啼烏曉更聞。聊把一樽燕市酒，窗前涼月白紛紛。《灤城》云：一春強半客中行，行遍東京又北京。高捲珠簾留不住，杏花風裏過灤城。《涿州》云：春風漢水柳萌芽，舟泊樊城上小車。行過河陽二千里，涿州今始見桃花。《邯鄲》云：邯鄲道上面生塵，點醒盧生有洞賓。今日盧生仍在夢，何曾點醒夢中人。

高士熙 字敬輿，號密齋，雍正進士，官知府，輯《湖北詩錄》

《蕭齋雜詠》云：長夏何消遣，詩書日與親。黃農風自古，孔孟道常新。烏几渾閑伴，青山亦故人。北窗容一卧，吾自樂天真。《關山月》云：笛怨笳悲滿戍樓，邊城六月已如秋。遙憐少婦閨中月，炤見征人過隴頭。

李雲鴻 字東石

《秋江送客圖爲白菇先生歸青山作》云：片葉梧桐落素秋，蘆花白水送行舟。鹿門灘下孤帆遠，樠木峰前暮雨愁。三徑蔥青歸石室，一尊浩蕩對沙鷗。聞君更有梁園興，郢樹蒼茫望舊游。先生將有中州之游，故望其重來云。又同時鄧二田《夢龍題》有"江山生白髮，天地入蒼波"之句，亦老健可誦。

胡志章 原名承浩，字稚楓，優貢，官知州

《憶舊遊行寄懷月樵都轉》云：黃鶴樓前江水流，黃鶴樓上仙人遊。仙

人騎鶴去不返，高樓矗立三千秋。青山歷歷漢陽縣，倒景江光如匹練。憶我登樓方少年，酒酣題句呼青蓮。卅年不歸今老矣，樓亦過眼空雲煙。鸚鵡洲，晴川樹，都是平生夢游處。襟上猶題傾蓋名，卷中但有懷鄉賦。江上文藻須人傑，楚國風騷仰前哲。羨君三載駐襜帷，可有芷蘭供采擷。君詩神骨濯冰雪，君家世德光閥閱。想見騷壇主敦槃，定使群材奉圭臬。坐上清言自貫珠，門前流水輪消鐵。擁鼻爭爲謝傅吟，解頤又聽匡衡說。君不見楚地茫茫橫天下，祇今三戶遺民寡。但見青紅蜃結樓，誰憐雲夢鴻嗷野。持籌飲水知君才，召父杜母期君來。綠章早達通明殿，繡谷榮登御史臺。人生久客思鄉里，何況故鄉有知己。雁足頻傳錦字書，猪肝那及蓴羹美。仙人費文偉，辭客禰正平，精爽萬古長如生。我欲趁此江月明，布帆一葉秋風輕。與君仙棗亭邊路，共話傷今吊古情。

劉霽堂

　　唐璞珊學博出詩一帙，中有詠古十餘章，气格老蒼，工力悉敵，歎爲異材。僅注曰：鍾祥劉茂才霽堂作，而不得其名，姑錄存尤佳者，以俟訪。

　　《文選樓》云：青宮韻事屬蕭梁，駕鶴登樓選勝場。唐宋以前誰翰墨，周秦而後此文章。英華不共雲煙散，金粉徒悲露草荒。傳說高齋抄撰富，齊名更有晉安王。《曹操》云：漳河滾滾欲漫空，火德垂垂漸不紅。百代雄才高樂府，一朝賢士入樊籠。天誅終莫逃司馬，人力徒教瘁臥龍。董卓已亡新莽死，漢家气數奈終窮。分香賣履事紛紛，歷劫臺荒剩夕曛。文武能兼曾有子，權奸得志本無君。千秋僭統譏青史，一槩雄心落暮雲。天命敢將周室擬，初心漫說漢將軍。《諸葛》云：人品不居秦漢後，躬畊猶記渭莘年。《王粲》云：半生知己中郎在，一代才名七子留。《孟浩然》云"松徑客隨鶴共返，梅花香自雪深尋"等聯，皆戞戞獨造之作。

聶合鼎 字峙峯，玄妙觀道士，有《亦蓬壺詩集》

　　合鼎本儒家子，詩筆超逸如其人。士大夫頗重禮之，而樂與之遊。

《鴈字詩》不難鬥以纖新，而難出以渾脱。吾楚自袁公安、李京山二公外，唯沔陽費氏伯仲作，雅擅斯題之長。今讀《亦蓬壺集》有《詠雁字詩》三十首，雙管齊下，而能出以大雅，自是可傳之作。因摘錄之，以繼費氏後。句云：豈效回文成蜀錦，偶看寫影掠吳艫。萬里煙霞供點綴，一天風雨想淋漓。無邊煙水添幽興，得意雲山寫壯懷。印雪爪留雙畫鐵，排風翼劃一鉤銀。凍豈須呵霜太冷，機原自活日初温。干霄早結煙霞勢，脱稿全消筆墨痕。天開夜月誰傳柬，人在秋風正倚欄。何時攧得空中筆，隨意揮來塞上牋。萬里關山憑寫怨，九天星斗想揮毫。揚翎那許輕塗乙，入目休嗤不識丁。半村衰草題詩路，一舸秋江問字樓。自許長江憑畫段，好教新月爲添鈎。往還自紀春秋筆，寫照常留雲漢心。體致健應追去鵠，丰神妙欲仿來禽。妙義環生，真具取象繢神手段，吾將字之曰羼雁字。當不使崔鴛鴦、鄭鷓鴣專美於前矣。佳聯如：炊煙萬井晨雞唱，松景一庭孤鶴眠。明月夜深無犬吠，綠楊村遠有人歌。人影低搖三折浪，棹聲亂打一潭秋。竹葉金罇開舊釀，梅花鐵笛惹新愁。晉碣斷隨荒草没，漢江遠繞曲欄回。皆清脱可誦。

　　《懷山中道友》云：有客居何所，迢迢望遠峰。躡雲常采藥，臥月祇餐松。曲徑延幽鶴，空房制毒龍。幾時凌絶頂，蠟屐覓仙踪。《薄暮即目》云：晚霞籠夕炤，有鳥下平原。刷羽穿遙樹，投林入遠村。一枝欣有托，四處寂無喧。息靜神俱澈，忘言對酒尊。

海　雲_{合鼎弟子}

　　海雲詩坿見《亦蓬壺集》，清拔能肖其師，亦有才而隱於黄冠者也。《詠院中牡丹》云：共稱富貴場中好，却向神仙隊裏來。《睡起》云：春光已減梅風後，夏日方催麥雨餘。

【校記】

〔1〕"宋·趙仁甫"條，增訂本刪去。

〔2〕原文中此類案語格式不統一,今統一爲注釋格式。

〔3〕"宋臧質在竟陵作《石城樂》"至"不可不辨"數句,原文被刊刻成正文格式。從文義看,屬於小序,故改爲小序形式。

〔4〕晚,原作"輓",亦可通。"輓"是"挽"的異体字,"挽"通"晚"。

〔5〕王,通"旺"。劉義慶《世説新語》:"謝太傅盤桓東山,時與孫興公諸人泛海戲。風起浪湧,孫王諸人色並遽,便唱使還。太傅神情方王,吟嘯不言。"

〔6〕"江曾沂"條,原目録作"沂",條目作"圻"。此條復見於卷三十,其中,目録作"圻",條目作"沂"。《湖北詩録》"安陸中"作"沂","鍾祥人";《晚晴簃詩匯》卷五十九作"圻","鍾祥人"。今兩存之。

〔7〕"《九章算法細草圖説》十卷"句,據清張之洞《書目答問》"子部"(清光緒刻本),李潢著有《九章算術細草圖説》九卷、《海島算經細草圖説》一卷、《緝古算經考注》二卷。民國趙爾巽《清史稿》列傳二百九十四(民國十七年清史館本)"疇人二""李潢":"著《九章算術細草圖説》九卷,附《海島算經》一卷,共十卷。"

湖北詩徵傳略卷二十六

京　　山

元

程鉅夫名文海，以字行，號遠齋，官平章政事，楚國公，諡文憲，有《雪樓集》

鉅夫先世自徽徙郢京山，宋末元兵南下，隨季父飛卿入燕，授千戶。世祖召試，改翰林。時桑哥專政，鉅夫屢疏諫，出爲閩楚道。而上意眷注甚篤，旋命平章政事，與許師敬同知貢舉。學宗程朱傳注，剗革唐宋文弊，爲一代名臣。《元史》

文憲儀狀俊偉，音吐若鐘。少與吳文正公同門，遭時革命，寵遇優渥，歷事中外者四十年。郢州有白雪樓，嘗以名其所寓，世稱爲雪樓先生。

宋季士習卑陋，以時文相尚。公在朝以平易正大之學，振文風作士氣。近代古文之盛，寔自公倡之。公之致仕也，趙文敏代爲承旨。先往拜其門，而後入院，時人以爲衣冠盛事。虞道園《學古錄》

《秋江釣月》云：荷蓑非避世，持竿不求賞。夙抱江海心，寧爲利名鞅。天明紫煙裏，日暮清波上。四顧無人知，孤舟自來往。《漁翁圖》云：漁翁牽纜漁婦紡，膝上兒看掉車響。溪南溪北趁冬晴，水急船多欠新網。祝兒休啼手正忙，網成得魚如汝長。《題李宗師所藏李仲賓、李雪庵、趙子昂墨竹》云：李侯遊戲竹三昧，葉葉枝枝分向背。卻憶王猷徑造時，一點清風驚百代。雪庵筆力老且堅，神藏氣密如枯禪。繁霜凋林雪積野，虛空宴坐方寂然。最後數竿更森竦,高節猶含老龍種。一枝欲費百金求,松雪道人世所重。二君一朝得三絕,五月對之若冰雪。我但從君覓竹栽,滿植中庭貯秋月。《爲曹仲堅題漁父圖》云:風煙浩渺浪拍天,百帆齊開爭一先。輕舠蕩漾自來去,詩人曾賞古漁父。山圍別浦樹參差,水淨沙明人跡稀。大罾小罟較得失,魴鱮暗作枯魚泣。直針爲鉤餌亦無,煙波不見真釣徒。林中茅屋是誰子,袖手無言方隱几。《送尹生歸江西》云:江漢秋深雁過稀,悠悠歸思夢先知。輸君去住無多事,顧我留行待幾時。野岸曉光千棹急,平湖寒影數峯敧。拍肩試向洪崖說,儻有黃花覓一枝。《長江歸棹圖》云:藹藹天始晴,蒼蒼景將晚。江波日東流,遊子何時返。《山水圖》云:誰能如此住,相對兩忘情。屋上青山色,窗前流水聲。《江山秋晚圖》云:別來事事可名家,獨我空添兩鬢華。天際有山歸未得,遠峰休着淡雲遮。《蚤行圖》云:萬山迴合路紆縈,獨策羸驂款款行。却憶麻源三谷裡,畫橋攜酒聽溪聲。《畫馬》云:耳峻蹄高目有隅,肉鬃磊瑰立奚奴。承平誰用千金買,空使閒人畫作圖。《春江小景》云:翠柳紅桃春滿天,鴛鴦鸂鶒亂平川。東風閱遍開花草,唯有人無再少年。

明

黎永明 字先亨,景泰進士,官知府　子奭

永明守順德,以清廉著聲。以撻中貴人,謫夔州同知。

《送蕭佐赴禮部試》云:鐵網珊瑚碧海東,鮫人持獻大明宮。一團溫潤鍾元气,五色文章炫彩虹。客裏喜同聽夜雨,杏園還待醉春風。明朝夢破江南月,莫惜音書寄便鴻。《送嚴給事出使琉球》云:馳驅萬里不辭難,送出都門曉尚寒。雲捧日華光使節,柳拖春色上銀鞍。帶將雨露天邊去,留得文章海外看。愧我無才登部署,終朝碌碌事盤餐。

奭字師召,正德進士,官侍郎。《偶成》云:故里無消息,空林對落暉。青霜侵客舍,遊子未成衣。

袁　佐 字國佐，成化進士，官僉事

《萬山深處》云：除却樵夫到者誰，畫師詞客幾曾窺。略無十步寬平徑，但訝千崖孔竅奇。轉側豈惟騎馬滑，岧嶤祇覺過雲遲。丹青百斛殊難狀，那得形容入小詩。

王大本 字立之，號冷泉，弘治舉人，官知縣

《洗硯歌》云：秋草與思長，牽緒荒難理。硯滴壯海濤，異采於焉起。視下有蟠蛟，墨池淹歲紀。薄埃倏散之，明窗共淨几。有鋒未挫毫，何書肯停紙。攻石意多慚，敢謂石堪砥。鈍者壽，銳者夭，子西之銘勿爲彼。手不坏，硯不換，東坡之言良有以。

夏　寵 字時承，號海山，正德舉人

《斗南山屋》云：小臺高出一城中，兩面窗迎八面風。坐與青山對終夕，看雲無事過晴空。

王宗載 字時厚，號仲勉，嘉靖進士，官僉都御史

《遊觀音巖》云：古佛棲真處，山泉挾水雲。瀑流懸壁落，梵響隔林聞。枯木森晴靄，新篁翳夕曛。會心不在遠，濠濮此中分。《築室南園》云：蕭然環堵雅宜秋，客至攜尊上小樓。坿郭溪山窗外見，隔簾煙雨座中收。寂寥揚子書千卷，簡達謝公宅一丘。曲徑曾無車馬跡，過從猶自有羊求。

王大韶 字敘之，廩生　子格，孫宗彥

大韶少貧，父令力農。囊書潛走竟陵，從譚氏學二年，父求得之。試，

冠其曹，備員弟子，教二子皆成進士。

《題畫梅》云：挺挺疎花帶雪開，世人休訝是寒梅。會看結就枝間實，神鼎調羹取用來。

格字汝化，號少泉，嘉靖進士，官太僕卿，有《少泉集》。少負才名，以議大禮忤張孚敬，出知永興縣。升河南僉事，分巡河北。世宗南巡不肯賄中官，被逮杖謫，旋授太僕，致仕。里居五十餘年，著文百卷，奉詔存問者再。游峨嵋，遇道人韓飛霞，得吐納服食之術，年近百始卒。

少泉矢口信筆，不費推敲，合作者寡，并非洞庭漁人之比南風，自此繼夢澤而代興者鮮矣。《燈夜曲》云：千金一刻此芳春，况復天邊月色新。曲巷小橋隨意去，明燈何處不留人。《靜志居詩話》

格爲河北道按察，時因世宗南巡，坐行宮火杖黜。隆慶初，授太僕，致仕。《明史·文苑傳》附見《王廷陳傳》末，《千頃堂書目》載格《少泉集》十卷。《靜志居詩話》稱其矢口信筆，合作者寡。今考王世貞序云："公于意非不能深，不欲使其淫於詩之外。於象非不能極，不欲使其游於見之表。才不可盡，則引矩以圉之。詞不勝靡，則爲質以禦之。"玩其語意，殆亦微詞也歟？《四庫書目提要》

李大泌曰：古風醇厚似魏晉，律詩清潤秀逸似高岑。亦時作壯語，而泯其跡。　顧華玉曰：取材於選，效法於唐。　顧玄言曰：陸浚明、屠文升、袁永之、王汝化同時入館，皆有盛名，亦李唐四傑之流。

王庶常少泉劇負才名，嘉靖時館閣體爲之一變。有《漢宮人詩》云："秋入披香玉露濃，晚妝初罷鳳樓中。恃恩醉却昭陽酒，誤把紅繩繫睡龍。"初讀不解作何語，後閱《明史·后妃傳》云：世宗廿一年十月，曹妃及王寧嬪侍寢，宮人楊金英等用繩繫上頸，而以釵股刺胯間。會有走告張后者，后馳往視之。乃磔金英等於市，并殺曹妃。始知詩爲此事作也，此亦可稱詩史。《楚天樵話》

《邊客》云：六郡良家子，三年大漠行。捐軀思報主，辭賞不邀名。白草霜連劍，黄沙雪作城。秋來南雁度，莫倚玉關情。《和少陵蜀中悲秋》云：天畔涼風起，秋來愁恨新。萬方猶有戰，一室總依人。落日催黄髪，寒江老白蘋。安危至尊在,吾道豈終貧。《贈程東盤》云:玄髮投簪世所稀,索居還復傍漁磯。一竿月滿嚴陵瀨,五柳風吹陶令衣。載酒每過湖外寺,彈琴獨掩竹間扉。東山我亦煙霞客,思爾時時上翠微。《游橫寺》云:偶逐樵夫度遠峰,金宮一簇萬芙蓉。香林宿霧巢棲鶴,古洞腥風卧蟄龍。雲壑遍尋前代碣,石樓遙聽夕陽鐘。山僧琴酒能娛客,開户長廊雪滿松。《登大洪山》云:大洪層嶂鬱岩嶢,白日花宮響洞簫。鳥道西連嵩少迥,龍池南注漢江遙。雲中鐘鼓聞三楚,樹杪樓臺傍九霄。譚罷上乘眠石榻,春風一夜玉生苗。《夢登鶴樓有作,寤而續成六絶》之三云:清江泚泚石鄰鄰,月炤當年幕府賓。誰向胡牀誇逸興,西風塵起却污人。武昌城外漢江頭,萬古乾坤萬古流。可笑孫郎魚不食,年年血戰取荆州。鸚鵡洲前草色青,白頭浪裏見揚舲。請看石椁何人骨,夜夜江聲打不醒。《興郢謡》云:莫愁花月郢門西,舞罷春風翠袖迷。悔向盧家門妝粉,鴛鴦飛上五陵啼。

宗彥字時修,號谷堂,舉人。有《遊嵩編》、《皇明風雅集》、《松窗餘談》。領鄉薦,以侍父疾不上公車,直指額其堂曰孝養。詩有家法,《遊觀音崖》有"泉飛晴壑雨,雲作曉田衣。花暖雲房寂,松深石路香"之句。

高　節 字□,正德舉人,官教諭　子岱、啓、罃

《題兩山草堂》云:問君何地卜幽居,天畔青山有舊廬。傲世久拚中散鍛,逃名無奈右軍書。洞庭霜月琴尊外,衡岳煙嵐枕簟餘。却向秋江懷别業,塵冠未挂獨慚予。

岱字伯宗,號鹿坡,嘉靖進士,官郎中,有《西曹集》、《居郢稿》、《鴻猷錄》、《楚漢餘談》。官比部時,衣敝垢,同舍郎多誚之。會董傳策等疏劾嚴嵩,嵩欲致之死[1]。岱力言于尚書鄭曉,得遣戍。又爲治裝送之出郊,嵩怒。會景王之國,出爲長史。岱善屬文,採國家大事爲《鴻猷錄》,又著《光樵論》[2]。《通志》

李伯承云:伯宗擬古諸詩,雖文通不能過。　蔣春甫云:長史詩直與盛唐岑杜頡頏。　冒伯麟云:伯宗富才勁力,與七子爭道而馳。　錢愚山云:

伯宗詩體與李伯承相似，而時多矜厲之語。嘉隆間王李登壇，吾楚詩人相與酬唱者，吳明卿外，有蒲圻魏潤甫裳、京山高伯宗岱。伯宗五言如《出塞》云：雲暗旌旗色，風吹鼓角聲。寒鴉乘月度，邊馬向人鳴。《折楊柳》云：腸隨枝欲斷，魂與絮俱飛。《秋意》云：雨將秋色至，夜與客愁長。《秋夜獨坐》云[3]：暝入盆魚色，秋疏塞雁聲。七言如《送憲卿兵備井陘》云：天作重關嚴虎豹，人從三輔避風霜。《中秋集子畏宅》云：砧杵秋聲連雁塞，關山夜色滿龍沙。《席上對菊》云：樽酒放歌俱白雪，風塵愁鬢又黃花。《涼州曲》云：賀蘭烽火接居延，白草黃雲北到天。一片城頭青海月，十年砂磧伴人眠。皆气格高亮，足抗李王。《楚天樵話》

《感興》云：鴻雁萬里來，翩翩渡彭蠡。海燕去何之，秋風辭故壘。去亦不足悲，來亦不足喜。物性各有適，景光亦何駛。運至疇不興，時過亦云止。世事俱茫茫，靜坐觀無始。《寄懷李師孟水曹》云：別署秋光滿，千帆霽色開。海風吹月上，江雨帶潮來。名著山公啟，詩傳水部才。不知登眺處，誰與共銜杯。《關山月》云：青天一片月，萬里獨相依。風急刀環望，霜寒玉鏡飛。隴河浮夜色，羌笛怨清輝。愁絕閨中婦，高城正擣衣。《吳明卿再謫睢陽》云：謫去君何恨，棲遲今古同。名從遷客重，賦以遠遊工。駿骨傾燕市，蛾眉出漢宮。黃金臺下柳，折贈意無窮。《擬岑參晚發》云：劍北空迢遞，巴南苦滯留。雲山牽客夢，江草喚鄉愁。烟暝荒村樹，風凄古驛樓。王程未可緩，乘月挽行舟。《塞上》云：孤塞烽煙合，龍庭道路開。月明飛羽度，雲暗射鵰來。邊草秋先白，胡笳夜轉哀。匈奴今未滅，暮上望鄉臺。《送元美出使江南》云：海內二三子，天涯去住情。片帆江月冷，孤劍使星明。塞北猶烽燧，江南更甲兵。感時知有賦，還擬寄同聲。《秋夜送梁舍人奉使便道歸嶺南》云：沉沉宮漏夜霏微，風灑離愁動客衣。仙掌乍分秋色去，征帆遙帶月明歸。路經庾嶺梅花發，天入衡陽雁景稀。樽酒薊門須盡醉，明朝空惜故人違。《送徐荊州》云：中原形勝古荊州，露冕看君此壯遊。十載共淹長樂漏，一麾今賦仲宣樓。雲開夢澤浮空盡，天倒巴江入楚流。應念故人頭盡白，風塵獨自滯貂裘。《鸚鵡》云：一入深籠損雪衣，隴雲秦樹事全非。月明萬里歸心切，花落千山故侶稀。樓傍玉樓春晝永，夢廻金鎖曙光微。翩翩海燕羣相趁,廣幕風高得意飛。《中秋集張子畏宅》云:風吹明月散千家,漢闕金莖綴露華。砧杵秋聲連雁塞,關山夜色滿龍沙。元規興劇南樓宴,博望名懸北斗槎。白髮高堂今夕夢,應憐遊子滯天涯。《冬日戴金吾園亭》云:朔風吹雪晝冥冥,車馬聊因訪戴停。樽酒喜逢談劍地,圖書疑是草玄亭。鬢從久客愁邊白,燈向幽人句裏青。却憶江南空別業,移文今愧北山靈。

啓字叔宗,與兄岱同舉進士,官郎中。《山行》云:欲訪山中人,未識山中路。茅屋漏疏林,蒼蒼但煙霧。季弟嵒,字季宗,號雲萍。才不亞於諸兄,年十八,甫舉孝廉即卒。有"岸草平添秋雨綠,澗楓遙襯晚霞紅"之句,頗傳於時。又《自題小像》云:不向江邊弄明月,人間何處著斯人。

李　淑 字師孟,嘉靖進士

《山居雜興》云:風塵顛蹶我從容,日日幽溪訪古松。清嘯遠流空谷響,詠歸常到夕陽舂。丘中有客能調鶴,世外無人解好龍。冷眼看山情畢露,等閑踏遍兩三峯。

劉　侃 字正言,嘉靖進士,官布政使,有《新陽館集》

侃出守成都,平薛兆乾之亂,累官至福建布政。

正言有《七截》云:山樹參差石徑斜,雨餘飛瀑過桑麻。山翁放罷村前犢,倚杖溪頭護稻花。寫田家風景如畫。《楚天樵唱》

《隴西雜興》云:西極秋高白鳥翻,憑欄送目到河源。久無槎景通銀漢,遙見天光下火墩。青海風濤還積石,玉門車馬半中原。崑崙故是征西路,寄語山前吐谷渾。《階州甘泉館》云:風斂長空宿靄消,千山極目思迢迢。滄江雨色收楓葉,銀漢秋聲入柳條。古洞殷雷還吐霧,閑雲擁日故廻潮。坐來一酌甘泉水,欲借山人五石瓢。《春暮》云:風吹山色度簾櫳,指點荼蘼半已空。二十四番花信過,獨留芳草送殘紅。《明詩綜》

黎遵訓字九岡,號漢門,嘉靖進士,官副使

《赤壁》云：三百年來續此遊，水光依舊接天浮。徘徊今夜東山月，仿佛當年壬戌秋。有客得魚歌赤壁，無人載酒出黃州。詩成一笑四山寂，孤鶴橫江掠小舟。

李維楨字本寧,號翼軒,隆慶進士,官侍郎,贈少保,有《大泌山房集》

維楨弱冠登朝，博聞強記。與同館許國齊名，館中語云："記不得問老許，做不得問小李。"為人樂易闊達，愛賓客。其文閎肆，負才气。求者，能屈曲以副其所望。碑版大作，焰耀一代，裒然成集。同邑郝敬殺人繫獄，維楨愛其才，以故人子援出之。館于家，使讀書，成進士，為諫官多建白。初授編修，《穆宗實錄》成，進修撰。出為陝西右參議，遷提學副使，浮沉外僚三十年。致政歸，年七十餘矣，召為南太僕不就。時修《神宗實錄》，復以南禮部右侍郎召，三月進尚書。維楨緣史事起用，館中憚其前輩壓己，不令入館，但遷其官，維楨亦以年衰乞骸骨去。卒於家，年八十。

本寧如官厨宿饌，粗鹿肥麋，雖胹臑備陳，鮮薧雜進，無當於味。《南都》三首云：舊邦偏霸一隅雄，帝命維新自不同。再闢乾坤清朔漠，雙懸日月啟鴻濛。春開蒼震青陽後，斗值黃旗紫蓋中。率土王臣修職貢，江流萬里亦朝東。親提三尺渡江來，宇宙東南帝業開。不盡風雲生沛澤，方升海日見蓬萊。河山兩戒朝宗地，草昧諸臣將相才。高廟神靈時出王，龍文五色正昭回。旌旗劍佩擁椒除，尚想戎衣革命初。綠草不侵雕輦路，紅雲常護紫宸居。金銀宮闕三山外，煙雨樓臺六代餘。誰謂長江天作塹，八荒今日共車書。《靜志居詩話》

錢愚山云：本寧洪裁艷詞，援筆揮灑，又能飢皴曲隨，以屬厭求者之意。雖品格漸下，而聲價騰涌。

李大泌為明季五子之冠，今讀其集，如《別楊元素》云：綠樹三山通御

苑,青樓十里帶橫塘。銀光紙養芙蓉粉,金縷衣薰荳蔻香。《鄜城春望》云:一徑寒煙通古戍,幾枝疏柳帶春城。彎弓月倚欄杆上,列陣雲扶睥睨行。《立秋觀蓮》云:相看菡萏千花色,不受梧桐一葉秋。《文昌祠晚眺》云:雙流江漢含春水,萬井煙花媚夕陽。到門流水清塵鞅,對酒桃花點客衣。溪冷松濤緣岸合,雨晴山气滿樓寒。饒有盛唐風格。《楚天樵唱》

《太和雜題》云:文祖初封嶽,經營十二年。景光如有見,議禮不相沿。畚臿三軍舉,泉刀九府捐。龍髯垂過膝,象帝髮鬖然。《明詩綜》

《野豬峽》云:四塞看如此,當關但一夫。雞聲啼午晚,鳥道入雲孤。暮齒空為客,浮名誤作儒。却憐韓范輩,談笑展雄圖。《贈鄭督府賜告歸》云:自愛小山隱,誰爭大樹功。歸帆江雨白,卧閣海霞紅。架上披香帙,牀頭挂角弓。遙知南斗外,劍气吐雙虹。《病中猶子營道來省,悲喜交集》云:風波江上惡,千里到孤航。家難愁無定,鄉書語不詳。猲來一握手,差慰九迴腸。繞膝諸兒女,團欒夜未央。《魚河堡雪》云:馬毛如蝟落冰花,薄暮西風自噴沙。雨雪城邊身萬里,烽煙戍壘鬢雙華。題書難覓銜蘆雁,倚枕頻驚繞樹鴉。何處千金韣手藥,夜深銀甲撥琵琶。《寄督府宮保塞公》云:璽書三錫策元功,師保班高鶴禁中。肘印舊懸金化鵲,腰章新改玉如虹。風清細柳無飛羽,日御扶桑有挂弓。四十五年身許國,番番黃髮古人同。《郢中》云:觚稜金爵日華中,郊郢天開赤帝宮。信是龍蛇生大澤,不煩雞犬徙新豐。方城漢水寰區勝,白雪陽春絕代工。雨露恩施湯沐地,輕裘肥馬五陵同。天步多艱自武皇,神堯十六起陶唐。觀風廣漢知王化,望气春陵是帝鄉。原廟銀鐺鈎質令,周盧紈綺羽林郎。三朝父老枌榆社,伏臘頻呼萬歲觴。《贈顧生》云:廉吏無家子食貧,天涯風雪夢中身。不知何處逢優孟,雙淚時時向故人。《李留守挹漢亭》云:榮戟高臨漢上城,戈船閑作酒船行。煙波故是天河水,挽向中原洗甲兵。石城城下漢江流,雙槳遲遲送莫愁。鼓吹盡翻新樂府,當筵醉煞冠軍侯。

胡　偉 字邦奇,號一峯,正德進士,官知府

《春日觀海》云:遠近征帆一望收,桃花爛漫海東頭。島雲翠結三千丈,

蜃气霞蒸十二樓。暖逐晴沙開柳市，春隨潮日下漁舟。長空轉眼秋風起，欲繫仙槎問斗牛。

郝　敬 字仲輿，號楚望，萬曆進士，官行人，有《小山草堂嘯歌》

敬幼稱神童，性跅弛，以殺人繫獄論死。李大泌與其父有舊，極力營救得免。館於李家，折節讀書，不數年成進士。初宰永嘉，有惠政，擢御史。論山東稅監陳增貪橫疏十二上，觸帝怒，謫縣丞，尋遷行人。歸築園著書，不通賓客。著《九經解》，一洗訓詁之習。卒年八十有二，自置一棺，題曰"一抔齋"。

王百谷曰：仲輿詩削去雕鏤組繢，獨守性靈，自是可傳。

仲輿難經伉伉，詩非所擅，《讀春秋》云：五伯亂王章，春秋實經始。邦國有遺文，修緝人臣禮。筆削非新義，興亡沿舊史。直道在人心，毀譽吾何事。後儒謾譸張，紛紛凡例起。穿鑿隻字間，褒貶悉由己。匹夫爲素王，何以懲賊子？唯有孟氏言，庶得遺經旨。《靜志居詩話》

《滴水巖贈張晦叔》云：佳士無山住，佳山無住人。幸哉此山水，樂爾有知仁。苦海茫無際，風波十二辰。交契滿朝市，不如山可親。秋風拂石几，涼月炤羅衾。水木靄幽寂，巖穴澹孤情。空林無結構，荒塗自古今。我本風塵客，杖策憩竹筠。因君山識我，因山我識君。愛此人地好，共結煙霞盟。年年花開日，洞口來相尋。直待婚嫁畢，爲君作比鄰。《小池泛舟陪周思皇飲》云：已作糟丘老，長隨荷插行。蓼花新水漲，蓮葉小舟輕。不有杯中物，難消世上情。老來雙白眼，含笑對君傾。《謫居江陰邀友君山秋望》云：老大支離萬願孤，憑高一望四愁俱。手揮落日無還照，目極它山有畏途。鄉語欲憑歸雁寄，腸廻不忍斷猿呼。由來舐犢憂思苦，滿座醺然自向隅。山光縹緲到城頭，萬瓦煙飛雨气收。喚取清樽邀落景，下寧江水漫東流。半生浪跡空芻狗，末路逢人笑沐猴。十載風塵成底事，白蘋閒殺釣魚舟。《西山即事》云：一官瀟灑寄明光，青瑣庭閒白晝長。莫怪拾遺無諫草，看山十日馬蹄忙。春遊芳草動經旬，細雨輕風浣客塵。一樣桃花開洞口，玄都觀裏最愁人。《山中讀書圖》云：投綏歸來萬事捐，銷磨不盡讀書緣。白雲紅葉秋山晚，看到南華第幾篇。

郝氏多才人，嘉靖時有名承健者，字玉吾，由舉人官知縣。亦工唫詠，有"別淚紅添霜後葉，衰顏白入鬢邊秋"之句，為時傳誦。

魏象先 字太易

象先少有異才，李太史本寧見而奇之，謂他日當以文鳴世。稍長辟諸生，與同邑王、謝、譚為黃玉社。詩古文辭，傾其邑中。忌者中以流言，紲諸生。作七律二十章，曰《六等唫》。年三十遽卒，囑其家人曰"必鍾退谷誌吾墓"。退谷題曰"明詩人魏長公太易墓"。

太易高才奇骨，為一時聞人，工詩，兀傲自得。其《六等唫》有云：舉案兩回成宿草，操觚一敗泣秋鴻。場開選佛因緣淺，句就驚人折算窮。聞者傷之。

《中秋獨坐》云：一年風景愛秋晴，獨向空庭坐月明。萬里河山皆在眼，它鄉兒女正關情。燈前有夢難倚枕，客去無心自舉觥。高閣捲簾坐夜半，不知涼露濕冠纓。

魏實秀 字穎超，貢入太學，除典客，有《漱石軒詩集》

《遊如意寺》有"鳥閑深樹寂，僧定草堂虛"之句。同時劉季徵希獻"亂山秋欲退，斷岸石猶支"一聯，格與相似。

王應翼 字穉恭，號天樂，萬曆舉人，官知州，有《采山樓詩文集》

應翼知河南許州，獻逆陷城，與子國力戰死。其詩頗沉鬱有致，《紅螺嶮》云[4]：深深未遑息，已飫羣峯半。一門邃以宏，堅珉森几案。金緪鎖石梯，疊轉疑中斷。驄馬踏青紅，猿鳥亂驚竄。虛谷多冷風，遠樹迎人粲。倦倚賴石支，流泉漱且盥。峭壁神工削，蒼广開玄窾。蹴磴蘿在手，中邃非可料。空響無定時，青蒼自相照。石貌變瞬息，日月驚共曜。人跡所罕過，乃是猿狖道。颯焉過罡風，廻度發清歗。《觀音巖》云：信宿登臨客興奇，香龕珠色借摩尼。論來淨業池魚聽，供罷清齋野鳥窺。自笑竹林唯帶髮，誰從蓮社更攢眉。坐看流水軍持滴，樓外娑羅月半規。

王　制 字幼度，號成日，萬曆舉人，官知州，有《菉竹堂詩集》

《訪李長蕆》云：到門煙月挂藤蘿，露引新桐墜葉多。誰謂清談能誤事，但添禪悅可當歌。果然名下無虛士，賴有詩腸遣病魔。聽得講堂鐘起後，一庭秋影共婆娑。

王　頲 字士直，號青兒，萬曆舉人，官知縣　　子應鼎

《鄴城》云：多年草冷英雄恨，一片香消兒女情。唯有銅雀臺上月，至今猶照鄴南城。《黃山谷祠》云：霜吹遠岫凝楓色，水落平沙冷石痕。山谷詩魂應駐此，數椽寒雨濕孤村。

應鼎字君梅，號理齋，諸生，有《讀史日編》。性孝友，工詩。研精朱程之旨，著《理學纂要》。《題郝仲興天階閣》云：六經如散塵，飄忽隨行轍。姬孔匱光焰，難與商周列。子史漱羣言，浮華空爾掇。天授至人師，樹我寰中臬。幽岫峙泰衡，濂洛俯下垤。危閣倚層霄，藏書無玩媟。位置肅先靈，莊誦欽師說。研心扉晝扃，淨如冰壺徹。談屑後千古，楷蠅工點閱。近夜望藜輝，立殘戶外雪。

鄭友元 字元韋，號淡石，天啟進士，官御史

友元性孤介，爲文別闢蹊徑。詩語高寒，比之孟貞曜。在諫垣，以疏論閹寺變置軍政等事，被逮譴戍。

《陶軒》云：白草牆頭屋，東籬立數峯。傲因窗可寄，安自膝能容。堤引先生柳，徑存處士松。除君杯酒外，何事不如儂？

李作孚 字若玉，天啟舉人，官御史，有《易觀詩起》、《淡山文畧》

《饑民謠》云：去年數米煎，今年突無煙。去年並日食，今年咽糠核。糠核猶自可，縣官租稅還逼我。

李景暘 字東白

東白隱於衣工，有《登黃鶴樓七律》云："西望家山一段容，白雲飛盡楚江空。興饒老子胡床上，秋在仙人鐵笛中。鄂渚霜花沿岸白，漢陽楓樹隔江紅。倚欄拍手招黃鶴，千古登臨感慨同。"姚園客曰："'秋在仙人鐵笛中'一句，可為絕唱。"李宗定每誦之。東白後遊秣陵，歸舟至雲夢蒿臺寺，自唫曰："好山好水來路遠，秋風秋雨到家遲。"拍手一笑，墮水死。《靜志居詩話》

東白以衣工負詩名，同里李尚書兄弟皆雅重而與之遊。《登黃鶴樓》有"鄂渚荻花沿岸白，漢陽楓樹隔江紅"之句。後舟過雲夢，哦詩船頭，一笑赴水死。《漁洋詩話》

譚如絲 字素臣，天啟副貢，官教諭，有《予山齋詩集》　弟如綸

《秋夜宿雨花樓》云：何期塵世客，共臥白雲端。泉瀑晴疑雨，山深暖亦寒。蟲隨孤磬發，風送曉鐘殘。莫厭杯中物，林楓漸欲丹。

如綸字有秩，貢生，有《長思室詩集》。篆隸詩畫，均有所長。《除夜懷汪用章》云：依依殘臘欲除時，更有天涯勞我思。去國已能歌郢曲，繞街猶復賣吳癡。甕頭婪尾無人醉，廚底膠牙祇自吹。相約金吾弛禁夜，好隨明月莫愆期。

胡其恪字聞度，號仙嗣，有《夢春館詩集》

《同客宿雷雲篆澹園新居》云：管領松風半畝餘，恰成高尚境清虛。詩敲夜雨三人夢，篋啟寒沙萬里書。同放歌舷魚復浦，全移井竈鹿門居。名山寂對忘賓主，相與神遊太古初。萬曆時又有名其造者，號石廩，由舉人官參政，亦以詩鳴。

楊文薦字幼宇，崇禎進士，官御史，有《苕溪詩文集》

文薦為南武選主事，弘光移祚，唐王監國，力守贛州，贈僉都御史。城陷被執，不屈死。

《寄弟》云：親舍白雲遮，登山呼予季。荒菊幾枝存，敝廬未可棄。斷雁愴分飛，中宵耿不寐。起坐看吳鉤，獨酌難成醉。

楊鼎熙字伯鉉，號緝庵，崇禎進士，官參議，有《禮記敬業》

《中秋遊滴水巖夜雨》云：馮空御冷興飄然，踏碎雲根碧草煙。霧縠斂容閉玉闕，霓裳秘舞銷鈞天。誰家虛白偏生室，何處空明可載船。且倒金罍醉夜雨，秋思無盡水無邊。

譚 渾字處晦，號敦夫，諸生，有《鷹山詩集》

渾家貧嗜學，工吟詠。才力雖薄，功候劇深。語樸茂，多可傳之作。《寒月》云：寒月如高人，孤嚴反可愛。動搖冰雪姿，俗情莫能耐。木落林薄疏，皎皎光無壞。有時風吹林，景亦為之碎。余起抱影行，白寒水一派。知我者何人，問月月應慨。皎潔清空，孤芳自賞，誠不易才也。又《送人遊武陵》收偶云：到日勿為山水留，好插桃花記歸路。雖眼前語，一經點綴，便覺雋永。

《雨後聞蟬》云：山蟬知節候，又吸露爲聲。密葉吟能穩，高枝送不平。似傳秋澹蕩，益助雨淒清。莫苦炎三丈，微涼自此生。《旅病示孚伯》云：一檠蟲鬧雨，滿枕是秋聲。愁莫憐馮衍，狂誰識禰衡。只攜窮作伴，且倚病爲生。欲學紛紜輩，趨時骨未成。《新釀獨酌》云：燈前惟勸影，花下自論心。不盡杯中意，秋光寂寂深。最能醫白髮，並可駐朱顏。醉後無人和，高歌答衆山。《夏日與弟對弈》云：丸泥爲子紙爲盤，剝啄清風百慮寬。不計輸贏聊取適，兩無爭處各心安。《螢》云：過眼流光不肯停，也曾書卷苦燈青。於今窮老成何用，懶向窗前學聚螢。

張良生字元直，號璜溪，諸生，有《忘夏草》、《假我集》

良生志行高潔，詩亦如之。乙酉之變，不樂仕進，自號九松山人。《田家詠》云：青松植百株，嘉禾種十畞。米薪聊自給，餘以酬賓友。暑來煮菉粥，秋後釀粱酒。老農勤場畦，童僕供奔走。日暮憩西園，堂前蔭榆柳。三爵已頹然，清風響戶牖。天宇夜湛明，高臥看星斗。良會不可期，來朝能醉不？《立夏前日雨》云：春光天亦惜，欲盡景淒然。四月朝朝雨，三村樹樹煙。待晴方刈麥，冒濕且犁田。老我無農事，清閑聽雨眠。《感懷》云：白髮蕭蕭感物華，年年春色問園花。自傷近帙未成草，翻喜新田早種麻。一老已頹猶學古，兩兒將壯不當家。衡門自有吾廬愛，指點閑雲渡水涯。

李玉葉字百琳

《避亂月泊》云：一葦萍踪跡暫安，霜深湖月上林端。藉茵原野烽初定，改纜河干火未寒。老弱同舟人語雜，倉皇出走客衣單。故山蒿目驚禾黍，照影離離不忍看。

國朝

王吉人_{字孚伯,號樸庵,順治進士,官編修,有《樸園集》}

國朝定鼎,開科湖北,以進士入翰林者,自吉人始。

《訪鍾居易先生湖上園居》云:所謂伊人在,客從舊圃尋。是窗堪坐隱,有澤可行唫。水木生閑課,雲煙長慧心。澹然籬落外,種柳續陶陰。《題京邑館壁》云:何年傳楚館,此日近蓬萊。地是黃金築,人從白雪來。上書推董賈,作賦羨鄒枚。車馬逢高會,趨陪愧不才。廿載京華客,飄零憶故棲。豈知留白髮,還復字金閨。孤館寒燈舊,荒簷敗瓦齊。囊餘清俸幾,屋舍各東西。舊是停驂地,閑來作館人。金貂留醉客,玉勒待尋春。上苑鶯花早,河堤御柳新。帝城風物好,那得故鄉親?《飲彭橫山齋中》云:把酒中宵起浩歎,幽人相對雪為肝。文章知己投歡易,草葉憂時痛哭難。話到南柯全是夢,聽來流水向誰彈。當窗恰有藤蘿月,贏得清光入座寒。

王偶亶_{字明勛,貢生,官教諭,有《碧浪軒詩集》}　　于亶

《豫讓橋》云:秤量報恩處,日夜念此滑。當其受恩時,被恩即被殺。宮廁既未竟,漆炭敢辭黷。智氏國可分,豫家橋難拔。《楊又如新簡武選》云:平章軍國事,參理有分曹。時事既悽惻,心情自鬱騷。手揮諸葛扇,腰佩呂虔刀。見說小司馬,相需領節旄。

于亶字仲達,後更名德昌,亦工詩,惜不傳。

尚登岸_{字未山,康熙進士,官同知,有《未山堂詩草》}　　子聲

《過都昌宿長杉凹》云:識透人情險,深知世路難。蘇貂猶未敝,馮鋏豈輕彈。虎嘯空山月,鴉飛野樹寒。永懷愁不寐,起坐視星殘。《別夏升齋還

楚》云：出門同作客，何以不同歸。近事多難解，遊踪強半非。安貧堅石骨，耐險測先幾。莫道江南好，春鴻也北飛。《余小修邀登臥龍山》云：雨過山如浴，天然一畫圖。煙濃疑柳睡，風小愛禽呼。目醉千峯色，衣香百草珠。感君持斗酒，破我客愁愚。

聲字禹鐘，敏慧能詩，頗具家法。

鄭　直 字古愚，貢生

《湏口夜泊》云：小市然燈處，輕舟岸泊初。屋兼蘆葦結，人雜水煙居。貂敝難沽酒，囊空莫羨魚。放流爭候月，假寐枕殘書。《鄢中七夕》云：楠木山前夕照收，居鄰宋玉易悲秋。星河影動高僧塔，禾黍煙寒帝子樓。偶擲殘編浮素蟻，欲將遺事問牽牛。久知天上無餘巧，却怪人間乞未休。《金銀花》云：山家束手困追呼，點石成金恨術亡。幾度摘來長太息，不堪將去償官租。《題畫》云：峯廻徑轉竹溪斜，百尺松杉對酒家。不識仙源居近遠，欲憑流水問桃華。萬壑秋陰一片雲，幽人開閣對斜曛。鶴銜書籍花邊曬，泉帶松聲枕上聞。

胡銘鼎　弟銘鼒

《望惠亭懷古》云：終日青在眼，冷風吹谷松。安石讀書處，烟荒路不通。日暮雲气合，濕翠落城中。

銘鼒字爾調，號樂山，有"蝶影隨花浮水面，鐘聲帶月過山巔"句。

向兆麟 字石村，康熙舉人，官知縣，有《雪麓詩古文集》　平

《雪麓詩集》中多雋句，如：遊魚潛靜渚，倦鳥集高枝。楓葉紅翻殘照冷，蘆花白映碧溪流。《移官永州》云：自古放臣悲汨水，從今名字辱愚溪。又《詠盆松》中權云：咄唶哉此松，爾何不負奇任重，蔚為國家棟梁材？又何

不盤根錯節，終老乎邃谷與幽巖？胡爲落落困塵埃，猶與凡卉同根荄？借物寫照，鐵如意幾欲擊碎矣。

《舟次寄題萬二抱廬兼山堂》云：古人破萬卷，力學足三餘。體用既備具，行藏隨捲舒。今人寡實學，所在盜聲虛。出處成兩負，殊慚七尺軀。吾子抱深警，長嘯歸田廬。豈唯耽泉石，常恐誤居諸。荒山抱古屋，夜月哦殘書。閒唫《梁父曲》，時御花間輿。眷焉辭塵累，允矣遂厥初。賤子何拓落，不才如散樗。失學空老大，能無欺起予。感子入山志，搔首長歔欷。《昭君怨》云：將妾比黃金，黃金不如妾。畫工愛黃金，妾顏等敗葉。君王信畫工，迢迢事遠涉。含悽出宮門，塵沙黯寶靨。只留冢草青，萬古封馬鬣。《長沙懷古》云：長沙多謫宦，自昔動人悲。怨極湘纍水，愁深賈傅祠。雲鐘來嶽麓，石蘚護神碑。我亦紉蘭客，臨風有所思。《江口阻風酬高二抱廬山中聞警》云：惜別情牽郢樹煙，關心更念泛湖船。艱難世路悲戎馬，漂泊行踪付醉天。木榻應穿去遼日，草堂重記下蘷年。知君於我多風義，肯負幽期水石邊。《初秋題畫懷見初諸子》云：藤牀當戶納新涼，暑退閒消一炷香。欲問煙波舊徒侶，白雲紅樹滿瀟湘。《過桃源》云：亂山合沓繞清溪，一徑迢遙東復西。欲訪仙源更何處，桃花不見鳥空嗁。《遊仙夢》云：憐予骨節本珊珊，玉屑和成九轉丹。更欲密傳飛劍訣，夜深同上紫姑壇。瓊臺石淨瀉松醪，仙珮曾經解漢皋。醉把蘭衿追往事，如鉛清淚落秋濤。碧梧高柳夜沉沉，月下遙聞理素琴。彈到海波洶涌後，人間何處哭知音。《楚詩紀》

向氏又有名平者，字坦夫，五律學晚唐，尚不失矩矱。《還居舊廬》云：身似重來燕，依然理舊巢。一椽聊寄托，四壁仍蓬茅。籬菊旋移種，園蔬可供庖。安貧隨分過，不解俗人嘲。

劉 俸 字玆廉，貢生，官知州

《京口寄懷竟陵龔次鴻》云：樓船昨日下滄溟，南國人歸閱使星。五載兵戈无息踵，一城砧杵不堪聽。深秋霧露先霑雁，衰草門牆只度螢。乍接素書思遠道，寂寥長憶《太玄經》。同時田明經浹霖，字兌文，才名與相埒。

有"悲秋重落它鄉淚,看月還登舊日樓"之句。

黎 屾 字菊逸,號山山,有《三費草》 藝,峻

《解嘲》云:莫道寒我肢,鮮衣製沼荷。莫愁飢我腹,秋菊正婆娑。《獨坐》云:花殘人意冷,酒盡客情疏。唯有山頭月,清光入敝廬。

藝字鳩柴,《登洪山》有"西風吹斷千山綠,霜葉飄殘萬壑秋"之句。峻字樵莊,《遠遊贈人》句云:我將五嶽敵宗炳,君以百城傲子長。《秋感》句云:榮枯節候催人易,慘淡風煙入望難。皆清越可誦。

鄒克昌 字□□,雍正進士

《伍員廟》云:江上今看鼓角沉,吳山風雨盡蕭森。可憐國士空懸目,為有佳人正捧心。白馬不來潮故怒,青磷雖老劍長吟。憑誰只灑英雄淚,廻首姑蘇野草深。

黃國聖 字宣遠,雍正舉人

《暮春晚步》云:散步尋幽徑,晴和愜素心。餘霞橫斷壑,新月挂高岑。麥老風成浪,花香春滿襟。橋西漁唱晚,取次過溪陰。《重陽雨歸》云:暫把萍踪步草堂,經秋風雨度重陽。無人送酒衣誰白,有菊當籬色未黃。折屐那堪登鳥道,披蓑聊復上漁梁。西山已見霞千縷,匹馬朝來又啟行。

丁自蘭 字清遙,諸生

《晚步》云:園小堪容膝,縱橫十尺強。舉頭剛見月,移足半侵霜。家是春前別,人當醉後忘。狂來思破壁,一躍任高翔。

王懋夏 字存修，號東濮，諸生，有《愛竹園詩集》

《都城送叔父南還》云：飛鴻何太早，不許客淹留。驛路三千里，關河八月秋。平明濡水別，落日楚山愁。回首風蕭颯，征塵損敝裘。《湖口阻風》云：蒲帆幾幅挂溢城，指點鄱陽路不分。九派江聲齊作勢，二孤風好各爲羣。愁聽湖口兼天浪，留看匡廬數日雲。千里風神如助我，便將飛艇續雄文。

劉 懷 字一巢，有《天外三山草》

懷多才不偶，苦唫。喜以詭異見奇，近世不善學鍾譚者，每坐此病。然神蛇鬼牛，亦能成一家數。摘其較雅馴者，如：鶴鳧或可求長短，天地何從量尺尋。有心游戲驅閑犢，無意風流放紙鳶。蘇子喜聽人說鬼，鄒卿慣對客談天。常信讀書能下酒，但嫌侍女不諳詩。羊公養鶴不能舞，宋子畜雞却善談。江山不用一錢買，歲月都從斗酒銷。遇得意詩吟誦久，不經意事健忘多。數偶皆清脫可誦。

《九日偕友人登山》云：主賓不俗小奚頑，載酒試將藤葛攀。梵語遙聞黄葉寺，雁聲遠過白雲灣。激胸總是清寒水，寓目無非冷淡山。車馬不來驚鳥獸，乾坤獨放幾人閑。《飲酒》云：無風有浪作波濤，軟飽鄉中走一遭。仰首呼天天不應，興酣痛哭讀《離騷》。

劉 弈 字曉崖，號野塘

《綠蓑》云：製成從不入巾箱，雅稱蕉衫與荔裳。疑染岸橋深柳汁，似含村隴曉烟光。亂堆茅舍披殘雪，斜倚蘆花曬夕陽。耕牧漁人多並笠，往來常在水雲鄉。

譚之琥字禮西，號東崖，貢生，官教諭，有《鈐雅方竹堂集》

《秋夜山莊》云：空山人語靜，對影識秋涼。犬吠前村月，鐘鳴半夜霜。觀書存老眼，煮酒得新方。獨喜鐙花結，相看坐竹房。《一身》云：一身如落葉，去住任西東。苦對三秋雨，寒吹八月風。我衰添白髮，兒幼失烏童。俯仰人間世，忘情且學空。《夜坐》云：人間如此夜，獨坐只狂夫。月不憐人老，燈偏照影孤。霜花磨寶劍，竹葉買提壺。抖擻來朝去，荒雞且待呼。

佳句如：怪石連雲動，寒泉帶雪飛。野岸花侵柳，孤舟月炤人。僧歸雲外寺，客過雪中山。看書徒引睡，說劍遂忘餐。人生行樂耳，我意遂悠然。《僧歸》云：千山千水去，一鉢一瓶廻。又《城門虎》後數偶云：虎願一言爲君語，城中之虎何威武。冠而翼焉堂堂府，爪牙凌人孰敢拒，嚼噬小民血肉苦。在晚唐，非王韋莫可頡頏。

丁先兆字枚卜

先兆隱於縫人，詩雋逸，不在李東白下。《老人以詩見示，次韻答之》云：垂老心無事，清風已隔塵。栽花酬遠志，聽鳥趁閑身。酒滿何嫌醉，詩顚不厭頻。高齋午睡足，兀坐誦靈均。

王起幹字湘曲，諸生

起幹天資超妙，性耽風雅。所居鼎彝圖書，古歡遙結。工唫詠，年十七作秦遊，有《阻雪南召道中懷白谷諸友》云：撲面銀沙袖欲凋，行程二月猶蕭條。草廬破壁同雲住，榾柮村爐帶濕燒。策蹇何人詩興勇，閉門有客醉眠高。故園遙羨披裘侶，忍凍尋梅渡野橋。惜逾冠而卒。詩經同邑胡樂山選輯，中多可傳之作。

王奎翰 字西星，號嘯寓，諸生

奎翰性嗜唫詠，與同里黎樵莊、王西漁、劉一巢、胡野崖、黎山山、黎鳩柴、王湘曲及僧鈍鐵於城北白谷洞結詩社。

《秋晚同人集白谷天續堂漫興》云：向晚禪堂集，人閑事事慵。泉聲咽危石，山路倒枯松。鳥宿池邊樹，雲生戶外峯。愛茲清俗慮，攜我豁心胸。《過辛溪同曾瑜坪賦贈胡米山》云：不到辛溪幾歲年，頻懷幽賞此中偏。花邊坐草青鋪地，石上開樽綠到天。可怪今番情更切，莫嫌故態老還顛。裁詩夜午渾忘倦，醉後猶傳五色牋。

王 煒 字孟偉，號西漁

《遊西湖》有"斷橋楓冷人初到，孤嶼霜高鶴未還"之句，爲時傳誦。

王心喬 號鶴莊，諸生

《春日漫興》云：開門岸柳一川通，萬頃煙波與性空。當戶有情芳草綠，隔河无主野花紅。物華撩我頻添飲，詩思催人不及工。鑑水自嘲還自笑，前生端的是漁翁。《秋日湖中雜興》云：草書得意是張顛，不事王侯魯仲連。縱是夢中猶任俠，偶因醉後亦逃禪。山林與我有真契，詩酒逢人多宿緣。隔岸芙蓉三百本，清朝看到月團圓。

王化成 字道久，號真崖，又號息齋

《重宿澡心亭》云：秋蟲聲外雨，一夜響空岑。臺館成何日，湖山繫此心。別來窗竹長，夢到嶺雲深。白髮攖塵事，十年一楚吟。佳句如："九日黃花空寂寞，一潭寒水共淹留。牽引水雲成伴侶，收藏日月住煙蘿。漁火

漸生煙水路,酒瓢長縮醉吟魂。宜著短衣當戶立,偶聞流水傍山行。田空禾黍延殘照,山老雲霞對蓽門。夏蟲吟露疑秋夕,濕葉搖風帶晚凉"等句,尚具唐人家法。

桂鴻烈 字松泉

鴻烈武生,善詩。《謁郝楚望先生墓》云:凄煙漠漠荒凉地,有道碑殘尚可看。一代文章埋骨冷,千秋諫草挾霜寒。劍歸北海憑誰覓,淚滴西風獨自彈。寂寞墓門瞻拜處,只今著述欲追難。

曾鼎亨 字晴湖

《野人居》云:古道獨幽尋,誰家住遠岑。疎籬圍竹色,臥犬吠花陰。有客朝開甕,何人夜鼓琴。得知蕭散意,良足傲華簪。《送人歸湖南》云:碧波中斷望天門,帆影茫茫何處村。五老峯頭雲上下,三江浦外月黃昏。屈生宅畔浮香茝,賈傅堂前長白蘋。擬吊一詞今尚未,是行為我賦招魂。

譚日晃 字郁文,號臥雲　弟日曙

《除夕》後半云:病後却驚蒼鬢改,貧來不說故交疎。呼兒且把桃符換,次第春光到草廬。又《送友》云:酒社漸從春雨冷,離思應逐野雲生。又《旅情》一絕亦有作意,云:落魄風塵苦自持,杖頭日掛酒盈瓻。故鄉今夜情多少,說與空庭明月知。

日曙字寅谷,貢生,官訓導。《春夜宿半村兄新齋》云:久散忽相聚,春光靜夜分。一樽花下酒,半榻嶺頭雲。月色當窗見,溪聲隔座聞。堂成初托宿,幸不悵離羣。

吳家駒 字月凡

《宿太和宮》云：置身何遼闊，七十二峰頭。夢穩雲分榻，神清月入樓。於中能猛省，此外更何求。恰與天相近，鼾聲貫斗牛。

易履泰 字眉川，乾隆舉人，官知縣

《雨中客舍喜丁培風見過》云：百里未歸日，一鐙獨坐時。水雲孤客館，風雨老花枝。來作連牀話，還題分韵詩。明朝春色好，無負此心期。《哭陳桐齋》云：長安三度約，不以我爲顛。車馬風沙路，關河雨雪天。未通冠冕籍，空上孝廉船。再有春官興，何人共拂鞭。《秋蟲》云：秋蟲絮聒無休歇，牀上老人愁入骨。我欲語蟲蟲不語，碧雞唱落一天月。

李 元 字太初，號渾齋，乾隆舉人，官知縣

《詠史》云：吾愛陶淵明，貧居柴桑里。冥報寧乞食，不受五斗米。窮胡不愛米，抱道無苟恥。禮貌衰則去，周之亦免死。取舍夫何常，君子唯其是。

孫 劦 字力三，號笠山，乾隆舉人　謐

《登落鴈山》云：倚杖趨危磴，捫蘿上翠微。水穿山腹出，雲擁石門歸。日冷松杉瘦，年荒鹿豕肥。郢南天一角，零落雁孤飛。

謐字若泉，同時舉人，官教諭。《館夜聞鵑》云：何人促爾歸，夜夜說歸去。畢竟得誰留，年年寄此處。

曾先烈_{字孟陽,號鶴庭,乾隆舉人,官知縣}

《落葉》云：遙天片片斷霞紅，彌望蕭疎眼界空。豈謂漂零同泛梗，不妨旋轉類飛蓬。畫樓好貯今宵月，別浦先吹一夜風。最是孤桐逞高格，蒼蒼猶挂夕陽中。賦成枯樹意如何，名士由來感慨多。客路霜侵榆塞馬，扁舟日落洞庭波。將飛冉冉辭高樹，已別依依戀故柯。劇喜窗前無礙障，斷雲疎處見明河。

譚應甲_{字殿衢,號後村}

《讀長生殿傳奇》云：開元天子忒情多，占盡風流第一科。買得蛾眉心死處，長生殿後馬嵬坡。敢行稱亂陳玄禮，失事官家計亦疏。假若投繯佛堂下，六軍不發又如何。捐軀爲國靖兵威，女禍頹唐續武韋。欲起紫陽書法問，應從末滅赦楊妃。天上人間事渺茫，釵鈿重合亦荒唐。唯餘一片梨花影，留與多情吊夕陽。又"去日等如冬漸短，歸思直與路爭長"一聯，亦有作意。

丁思敬_{字止安,號鶴臯,諸生}　弟思賢

《秋晚遲友》云：悵望人何在，疏林挂夕暉。朔風平地起，黃葉滿天飛。意氣如君少，交遊信我稀。且斟金菊酒，坐待故人歸。

思賢字次修，弱冠舉諸生，即卒。少刻苦於學，《自勵詩》有"百年不死是吾心"之句。它如：愁低雲山千里恨，泣深風雨萬重心。隴麥徐歸新圃淨，天風急捲暮雲收。夭扎之象[5]，已流露字句間矣。

先子嘗詔小子曰："吾宗人才輩出於京，聞嘉慶時，有字裴峰者，力學工詩，留心邑中文獻，有《京山詩鈔》之選。小子其誌之。"余求之有年，今秋始從屈文學湘圃處獲借讀之。搜羅頗富，抉擇亦精，誠爲善本。其自序有云：

"名家子弟多不肖，往往將祖父遺稿匿而不出。或怠忽而忘之，或就蝕於風雨而不知護惜。數年來幾如行僧募緣，寠人乞食，而世且竊笑之。"能道得選家甘苦出，因並錄之。

袁光宇 字竹坪，拔貢

《讀出師表》云：指揮真不數蕭韓，二表臣心世所難。若使祁山星不隕，成都未必祇偏安。又：地鋪通背錦，山插滿頭花。眼前語，未經人道。

吳之犨 字大魁

《號寒吟》云：終朝唯守拙，無計作生涯。煙冷史雲竈，蒿深仲蔚家。袪愁常乏酒，銷恨且尋花。屢受飢驅急，窮途一望賒。

易鏡清 字蓮航，嘉慶舉人，官侍讀，有《慕暉堂詩鈔》

予客都門，館于中翰者凡四年，詩詞唱和，逮無虛日。中翰《春明雜詠》云：元宵火樹燦西園，曲宴宗親及外藩。百戲魚龍陳曼衍，排當直接小紅門。紺轅縂犗重躬耕[6]，秉耒重看大禮成。茶果宴頒鏐帛賜，老農簑笠拜恩榮。海子周廻百里遙，團河行館駐仙鑣。宸遊不爲春田好，帳殿猶聞視早朝。香山樓閣倚雲間，峯石嶔崟水曲環。虎豹列屯時閱武，雕弓親見至尊彎。六街車馬暗行塵，幾處林亭不見春。一入蓬瀛春便早，龍池草色十分新。乳燕高飛拂鳳樓，觚稜曙色碧雲浮。千牛仗下班初立，又說堯階試狀頭。真寫出太平景象。《臥園詩話》

易本烺 字眉孫，道光拔貢，有《一蠹詩存》《紙園五種》

眉孫先生嗜學苦吟，工篆隸書。以聾廢，肆力著述。所傳《紙園五種》，惜未之見,僅得《一蠹詩存》。讀之是自抒性靈,而能不失之纖俳者。詠古尤有識,筆鋒犀利,气又足以達之,亦一時之傑出也。眉孫爲蓮航侍讀季弟,壬辰來訪,風流蘊藉,詩亦如之。贈予七律,錄其兩前半云:不妨作吏溷風塵,河內都知有寇恂。百姓公看如赤子,廿年我始見詩人。然藜管領玉堂春,況奉經師絳帳盈。校士還如門弟子,服官猶是舊書生。《臥園詩話》

《鄆中懷古》八首工力悉敵,藻不妄抒。王郝後勁,乃有斯人。今錄其四云:漢廣襟流勢森茫,西南形勝控荆襄。名分郊鄆今疆域,地接長林古戰場。聊屈孤峰源臼水,石城萬堞鞏金湯。荆門煙樹知何處,分付吟鞭吊斜陽。興王宮殿莽蓁蕪,太息當年惱腐儒。大禮難徵英濮典,平情豈算桂張誣。可憐金齒孤臣淚,不敵青詞宰相圖。石馬嘶風樵唱路,幾人流恨楠山隅。京山經解竟陵詩,南國宗風各矩規。但使文章千古在,豈應品第一人持。後生喜謗山膏性,大樹高擎蚍蟻欺。不廢江河流浩蕩,由來豪傑是吾師。浩然亭下一踟蹰,醉月迷花亦太疏。冀北自能求駿馬,空山不必老疲驢。鄆人早盼風斤削,燕相偏知夜燭書。艷說凌雲工賦手,九重傾動問相如。《确園詩話》

《古錢》云:欲潤先生筆,名流也說錢。形模刀幣古,書法帝王鐫。莽莽青蒼意,遙遙漢晉前。品真鐘鼎上,色浸土花邊。曾買秦時月,長留地外天。助成今世界,呼作老神仙。冷暖看多少,模棱忍棄捐。如兄方有壽,於我似無緣。考典何妨癖,逢時總是圓。補搜金石韻,上下四千年。《木蘭從軍圖》云:不重生男重生女,不在富貴在英武。當窗宛轉九張機,一夕沙場萬里土。金柝鐵衣寒光透,女兒刺賊如刺綉。將軍百戰勒鼎鐘,女兒十載身依舊。去時駿馬歸明駝,妝閣勛較麒麟多。執手爺娘悲白髪,驚心弓箭照黃河。紅妝重整仍嫵媚,刀瘢重灑燈前淚。封侯辛苦味親嘗,他年定不教夫壻。《詠影妻》七律前半云:真成偕老百年春,一體天生伉儷親。多事尚嫌林處士,不言恐是息夫人。典雅稱題,尚不失之纖弱。《覽史》云:庭草空梁絕妙詞,君王而外少人知。男兒如此懷才死,猶勝劉蕡下第時。《蔡中郎》云:王允筵前歡蔡邕,金輪殿裏泣姚崇。傷心知己男兒淚,不在尋常唾罵中。《魏武》云:奸瞞如蟻真千古,第一多情亦讓之。知己不忘喬太尉,憐才偏贖蔡文姬。《天然》云：天然穩種一枝枝，多謝東風好護持。我亦隨人愛富貴，愛它偏是未開時。《涼宵》云：芙蓉開罷已涼時，金鴨香溫篆裊絲。細雨瀟瀟聞不得，紅燈影裏坐填辭。

佳句五言如《詠裁紙刀》云：殺到青無血，飛過白有聲。《水盂》云：但憑清白在，一仍黑朱從。《鎮紙》云：世風多轉變，公度自端凝。《鵝》云：不妨矜潔白，特恐太孤高。《瓜子》云：倘教蒙齒及，便與露心真。可惜張蒼老，難工西子顰。無關飢飽事，先作醬醞陳。又"功夫要熟仁"句，纖小題而能以大雅出之，故妙。七言如《寒燈》云：十載同嘗藜粥味，一生不上綺羅筵。《寒衾》云：爛醉不知風有力，多年漸覺鐵生光。《寒山》云：我如相訪多逢睡，人果來依不是冰。《送人遣戍》云：舉世咸知君子過，防秋終是聖人恩。《寫懷》云：欲向嵇康傳懶譜，早將徐積入聾經。皆能別闢蹊徑，獨抒性靈。

查文經_{字耕麓,道光進士,官漕督,有《木樨香館詩》}

耕麓先生才華富艷，吐納風流，瓣香在玉谿、樊川之間。古體長篇，偏師馳突，輒能拔幟先登。五七字清剛遒上，刻意生新。雖未足抗跡古人，亦可稱一代作手。

《讀史》云：鐘敦雖寶貴，不入贗鼎肆。苟或子房才，竟死壽春賜。毛嬙雖艷容，飛鳥驚而逝。黃祖斗筲人，焉喻正平志。身以待價尊，迹以觀時晦。懷璧苟輕投，必與危機會。二子昧先幾，吾為賢者諱。宵小附清流，亦思分餘耀。摸之使就鎔，未必甘不肖。才人每自矜，矜以成其傲。禍緣文字賈，勢迫門戶校。甘陵與洛蜀，千古有同吊。逐鹿莫走險，走險無強獫。虓虎不可鬥，縛虎及虎倦。黨禁危漢室，其來蓋由漸。甘露謀不臧，遂成肘腋患。謀因密始成，智乃勇之券。偉哉韓魏公，守經能達變。一紙空頭敕，朝野托清晏。一粒太倉粟，萬點農民汗。苦女淚千絲，宮庭錦一段。叔世任桑孔，科條日凌亂。漢有內輸法，唐有除陌算。天道惡常盈，貪酷況互見。所以太史公，不立桑孔傳。《課孫》云：斲輪度疾徐，得之應心手。其中有甘苦，父子不相受。理非遁於無，跡難滯諸有。糟粕求古人，十每失八九。吾力完吾分,吾心即師友。道不外日用,亦無間童叟。士毋溺於得,患得損吾智。士毋戚於失,患失隘吾志。容華與流光,相嬗如趙魏。富貴逼人來,儻來亦儻逝。腐鼠嚇鵷雛,其言有深致。蔭暍無負冰,冰山有時熱。嚮明無趨炎,炎井有時歇。金張與許史,豪華無常赫。西第頌已非,美新意何拙。不見王謝燕,已入百姓宅。風雲爲龍興,蛟鯢不能致。明珠無暗投,希寶無輕試。食羊與飯牛,其言妄且肆。古之賢達人,難進每易退。求之不可得,況肯自炫媚。洪濤無曲流,入海只一派。我心無波濤,江海穩如地。我心無褒斜,蜀山平如礪。武安多陰謀,往往出危計。季子與商君,鱗甲蟠胸際。縱橫志未成,作法已先斃。豈知舉足間,夷險總自致。危人人我危,忮人人我忮。忠信涉呂梁,聖言吾謹識。《釣臺》云:大度劉文叔,羊裘有故人。風雲付諸將,山水得閑身。夷惠無偏拙,巢由亦外臣。先生非避世,無夢學盧生。《西臺》云:欲呼皋羽出,竚立向斜陽。汐社人千古,嚴祠水一方。忠魂何日返,俠骨至今香。讀罷《西臺記》,遙遥酹酒觴。《廣武山懷古》云:陰陵一蹶陣雲愁,成敗於今說項劉。大業任從歸汜水,機謀未肯賺鴻溝。憤王生有英雄气,亞父老輸國士籌。可惜韓彭菹醢盡,紀祠蕪没漢宮秋。《渡河》云:天風一夜掃沉霾,曉樹蒼蒼宿霧開。大海狂颸龍捲去,太行晴色鴈擎來。臨河莫唱公無渡,作楫還思楚有材。萬古英雄淘不盡,功高終許畫雲臺。雪山迢遞不知程,流出蒲昌勢莫爭。九曲遠從天上落,千年一爲聖人清。燃犀溫嶠殊多事,擊楫祖生壯此行。却笑人心不如水,風波雖起有時平。《汴城》云:萬家楊柳枕春城,形勝猶傳古帝京。艮嶽花飛空去鳥,樊樓歌散少啼鶯。嵩雲西接三川雨,河水東流萬古聲。欲訪玉津園畔路,亭臺無際暮煙橫。弔古重聽梁苑鐘,夷門秋意動吟蛩。魂遊故國悲公子,鶴散華亭感士龍。綠酒澆愁寒料峭,青綾眠月夢惺忪。明朝策馬何城路,把盞還應酹嗣宗。《陸宣公祠堂》云:興元良佐幾人存,伏闕陽城有淚痕。魚水早聞尊內相,風雲何待藉長源。萬言悟主無餘憾,一去投閑總國恩。千古屏風山畔路,思君何處與招魂。《明妃》云:英雄昔已封侯去,女子獨爲出塞人。死没胡沙曾不惜,當年勛績是和親。漢宮多少如花女,一閉深宮罕問名。莫怪畫工無直筆,君王原不重傾城。新聲纔罷荔枝香,赤鳳歌旋出洞房。究竟毛生能愛國,不將艷色誤君王。

遠 村_{佚姓名}

《題曹碧〈岑草堂讀書圖〉》云:依山結個小茅廬,處士生涯萬卷書。姓字沉淪隨地隱,鬚眉岸異與人疎。逍遙且作南華夢,混沌相忘太古初。物外心胸羅衆有,千秋事業復何如。味其詞旨高潔,殆懷才而淪落不偶者,並其姓名亦佚於鄉里,可悲也夫!

釋元惠_{號鈍鐵,白谷僧}

《閑唫》云:北風撲寒廬,半醉尋詩去。柴門打不開,中有高人住。

補

明

李維楨_{見前}

《國華王孫約諸詞人集清溪水閣,分韵得侵字》云:水檻雲廊共遣心,清秋風日遞晴陰。小山叢桂淮王賦,空谷幽蘭楚客吟。永夜嘯歌張畫燭,一時然諸貴黃金。人間不朽文章事,坐惜年華白髮侵。《臧晉叔博士過訪》云:交情莫歎白頭新,瑣尾相看意自親。六館當時名下士,十年今夜夢中人。市朝浪跡何妨隱,丘壑蟠胸不患貧。却憶江南花事好,風流誰領武林春。《采蓮曲》云:蕩槳蓮花間,共道花容好。莫將身比花,花容良易老。

許琪標

《鄖中懷古》云:舉世尙同流,蹇修不我語。嬋媛美一人,獨立誰爲侶。

宮苑颯生風,梧楸遍砧杵。宵來江上行,遠水縈孤緒。懷王殊未知,章華今禾黍。《白谷洞》云:幽響傳虛谷,追遊曉露殘。無絃彈野鶴,有語問秋蘭。瀑瀉千崖碧,霞飛萬葉丹。看花生僻徑,尋向古雲灣。

【校記】

〔1〕嵩,原文脱略後一"嵩"字,據《明史》及清陳田《明詩紀事》"己籤"卷七補。
〔2〕《光樵論》,明萬曆《承天府志》卷十一,作《樵論》。
〔3〕此詩又見於明李攀龍《古今詩刪》卷二十七。
〔4〕螺,原作"嶸"。明劉侗《帝京景物略》卷八(明崇禎刻本)作"京山王應翼《紅螺嶮》"。《詩徵》卷四"汪桂":"又有《紅螺山詩》,見《帝京景物略》。"據改。
〔5〕夭扎,即"夭札",遭疫病而早死。《左傳·昭公四年》:"癘疾不降,民不夭劄。"杜預注:"短折爲夭,夭死爲劄。""劄"、"札"通。
〔6〕紺轅緫犗,原作"紺轅蒽犗",據潘岳《藉田賦》改。

增訂

宋

郝　敬　子千秋、千石

敬初官知縣，有能聲，徵授給事中，乞假歸養。起復，頗多陳列，爲要人所惡，謫知江陰。投劾歸，闢康樂園，閉戶著《九經解》百六十五卷、《山草堂》二十八種行世。復起行人不赴，林下四十年，崇禎十二年壽八十二卒。《明史·文苑傳》

所著全書舊藏嘉定陸元輔家，後歸秀水朱彝尊。其《九經解》暨《山草堂》中內編之《易領問》、《易補》、《學易枝言》、《毛詩序說》、《春秋非左》、《四書攝提》、《四書雜言》、《談經撮》，諸經義考皆收入，《四庫全書》亦已著錄。御纂詩經尚書春秋各傳說，三禮義疏等書，皆多所採錄。道光間《皇清經解》出，諸經學家如毛西河、閻百詩、陳啟源、翟灝、焦循無不徵據緒論，以大儒推之。論者謂其精博，實足上埒孔安國、鄭康成，不愧爲通儒云。邑志

千秋字漢田，千石字介甫，皆楚望子。十二三補邑諸生，盛有詩名。秋南遊有詩云：每向崆峒結女蘿，野人行脚信如何。酒腸方大黃金盡，世事纔知白髮多。日冷却嫌孤鶴怨，天寒誰聽飯牛歌。平生還愛於陵子，用拙爲園老一簑。石《詠美人手》云[1]：金釧雙籠半不禁，綠窗時整小眉心。管絃曲裏傳聲細，新月樓前歛拜深。絲帳香殘紅藕膩，嬌黃柔妬海棠侵。秋來幾度挑羅襪，爲憶相思却放針。惜皆中道歿。

明

王應符 字君節，號釜山　　弟應箕

應符年十五補弟子員，即同兄君梅講學磐石山中，喜慍不形，得喪一致。儀部良川曰："此子有吟風弄月襟懷。"父卒，哭絕復甦。徵君陳仲醇曰："盡哀矣，當作志銘以慰子心。"所著有《採雲樓集》、《怡園小草》、《笠叟迂談》。句如：不作風波于世上，自無冰炭到胸中。漫任紅塵忙裏過，且將濁酒醉中眠。皆樂天知命語也。　應箕字稚衍，至孝，有《清遠齋詩》。

王　格 見"王大韶"條　　子宗彥

《遊王莽洞》云：新莽何年至，青山辱此名。漫從小徑入，宛似大羅行。石室依雲敞，煙窗透日明。終朝坐不去，冀有安期生。《勝境山》云：碧嶂開靈境，清秋結盛遊。孤峯壇樹合，千里楚雲浮。策杖窮煙界，燒尊坐石樓。巖前仍借榻，終夜雨聲愁。《富水寺》云：古縣今爲寺，遊人偶解鞍。秋風吹客冷，夜榻伴禪安。孤殿圍青草，蕪城俯碧瀾。山僧供茗罷，月映菊花殘。

宗彥《同羽士游觀音巖》云：福地諧仙客，清秋采綠薇。泉飛晴壑雨，雲作曉田衣。笑語巖聲應，琴尊樹色圍。悠悠白晝靜，蟬送夕陽歸。

胡其造[2] 號石廩，萬曆舉人，官參政

其造官刑部時，值擊梃案，將興大獄，造謂罪止首犯，不宜株連，司寇韙其議。劉貞一被逮，造堅執初議，事因得解。出守武定，參議雲南，均以戰功著稱，遷貴州參政，請歸。坐一室，優游文史，不問外事。

《過白谷洞》云：犯曉霜天路，幽人夢未醒。扣門呼客來，隨秋踏山頂。老僧繩義皇，貌古類彝鼎。引水入竈廚，掃葉辨蔬茗。奇響發空山，養我肝

腸靜。寒光落卉泉，黏我眉髮冷。含露花一巖，坐風秋半嶺。即此傲巢由，不須圖箕穎。如茲丘壑緣，秋燭手雙秉。鐘寒出峯來，閑餘聽自省。

弟其良字叔易，性敏嗜學，工詩。七古歌行，生硬雄奇，一洗谿徑，惜不多傳。

楊鼎熙

鼎熙初宰常熟，有善政，民建祠祀之。及涂擢副使，益政績炳然，至順治元年始卒。所著《禮記敬業》八卷，據朱彝尊《經義考》，收入《四庫全書》，其精要者采入《欽定禮記義疏》。道光年間《欽定國監志》，其《藝文志》中，《御書樓所藏書目》亦與焉，可謂極通經之榮矣。

譚 渾

渾入國朝，隱身巖穴，足跡不入城市。獨吟詠不輟，生平詩最多，晚年自刪爲《鷹山》、《月塘》等集。爲大泌山人女孫壻，因得聞緒論，故所學有根據。其叔素惟與鍾退谷善，退谷每稱京山譚子以別於鵠灣。而渾作詩不屑合於李，亦不屑合於鍾也。姪之琥撰詩序。　之琥贍博嗜古，致力漢唐注疏，著《卜序》、《詩解》、《春秋義解》、《聖祀》、《賢儒錄》、《方竹堂詩文集》，俱未板行，惟《鈴雅》十六卷，宜興儲雄文序而行之，稱其精核詳贍，可翼《爾雅》。江右馮夔颺稱其教子弟以通經之學，可謂知務。官廣濟時，上學政六事。于學使陵榆山知琥爲嗜古之士，索生平著作，琥以《鈴雅》及樂府三十章上。晚年命其子又旦，于東巖山下埋其詩，立石曰東巖詩冢。

王偶亶

偶亶，制子。少受學於楊緝庵，才華富艷。少遭亂離，轉徙南北，與鄭澹石、吳次尾、嚴瀨園、楊幼如、李雲田諸名流唱酬。著有《碧浪集》十卷，中如《左兵》、《悲武昌》、《悲皖城》諸作，其情致不減吳梅村。廬陵劉軒孺序其《泛草》云："'明昺避難留都已，又溯兩姑泛彭蠡。'道途哀傷之作。其悍將橫戈，鯢鯨飈銳，故里丘墟，江干蕭落；如怨如訴，欲憤欲怒，可不謂之詩史哉？"

國朝

尚登岸

《觀音巖》云：飄泊自南歸，風煙敞鶴氅。亭午望巖青，幽氣生林莽。叢篁夾路新，蒼翠溼層網。仙斧劈岣峒，仿佛巨靈掌。巉巖本天生，絕壁開軒爽。泉來入耳驚，耳適聽泉響。雪乳洗石嵐，百丈懸流湃。照徹鬚眉寒，清音靈夢想。老樹喚婆欏，森沉鑒俯仰。扶疏際山巓，餘蔭蔽霄壤。縮煙入谷深，空碧列孤朗。往蹟花草幽，位置殊今曩。池館意悠然，山僧綴塵块。驪然雜女男，禱頌勤稽顙。愛山者何人，支筇自來往。一盂薦泉香，蓮胎和露瀼。朂哉此山川，高深無偏黨。石間水乃奔，水飛石虛敞。寒潭注彩斜，霞日西巖上。

鄭 直

直品端文粹，工書畫，尤長於詩。令尹李蠖菴重之，時過從論文。名流如毘陵毛子霞，沱潛莫大岸、朱悔人，里中王鹿柴、譚鷹山、熊斗公諸人，俱與酬唱，莫能定其軒輊。年八十，無疾終。臨終口占曰：對策歸來已暮年，思親未報淚潸然。五車書負今生債，一卷詩留異日緣。筆硯生涯窮富貴，雲煙供養散神仙。起予手足能無愧，差對先人向九泉。有《梅村詩集》行世，詩精整和平，在國初諸老中最為雅淳。

胡銘鼐

《望惠亭懷古》云[3]：終日青在眠，冷風吹谷松。安石讀書處，煙荒路不通。日暮雲氣合，溼翠落城中。

向兆麟

兆麟工詩，尤長樂府，與鐵巖、西涯抗席。詩古文辭，推倒一世，葉井叔、張石虹、胡抑齋諸人皆重之。善畫，出入郭河陽之間[4]，當世寶之。子學敏，貢生，官訓導，亦能詩。

黎 峻

峻康熙中布衣，性迂傲，不諧流俗。少遊錢塘廣陵，晚居邑北東關山中，題所居曰鶯花藏。躬自耕樵，吟詠弗輟。會有催租吏至，峻題一絕於符後云：山中發虎色斑斕，一嘯清風人鬼寒。昨夜縣官催賦急，有人踏月過層巒。令慚而謝之。著有《樵莊詩稿》、《花滿堂詩錄》，散體文超逸有致，詩淘洗未盡，亦自遠俗。

王心喬 號吹月

心喬負才不遇，有《吹月草》四卷，仲弟心啟字東明，清矯拔俗，詩古文皆超逸可人，以布衣終。季弟化成，性曠逸不羈，貧甚，轉徙無常居。少從邑侯曾私原問詩法，故有根源。各有詩文一卷，附《吹月草》以傳。

黎敦簡

《大盤山行》云：三山海上氣籠嵸，海濤照耀洪濤風。仙人盧敖九節杖，

出入摩挲蒼精龍。一山凜凜岋相向,胸亘元化森浩蕩。一山窈窕鬱嶙峋,
刻削莊嚴迥萬狀。魁岸端重中間出,旁服兩山神肅謐。蛟龍鸞鶴舞繽紛,
澒洞吞吐月與日。中有一人渥且妍,笑語手拍洪巖肩。黃石陰符光爛熳,
絳人亥字語蹁躚。鹿門偕隱歲崢嶸,紫泥之書懸兩旌。青桂扶疏搖霄漢,
桐枝氣作銅龍鳴。三山縹緲與雲連,海水茫茫映碧天。且進先生歌一曲,
勁節與山稱萬年。

易履泰 有《果能堂集》　子鏡清

《重登香山寺》云:盤空尋舊路,曲曲上嵯峨。谷老僧還在,天寒客[5]。《蠕範》八卷,一時通儒皆重其書。又著《算書》數卷。時鍾祥李雲門侍郎方著《九章細草圖說》,乃就質之。侍郎以博大精深許之。　所著《蠕範》一書,博極典籍,甄綜羣動,比物連類,部別州居,分爲門十六,曰:物理、物匹、物生、物化、物體、物聲、物食、物居、物性、物制、物材、物知、物偏、物候、物名、物壽,顏曰蠕範。而自爲之序曰:道範天地,天地範萬類,變幻周通,萬有不窮。如陶斯模,如冶斯鎔,惟妙惟肖,是大造之化。涵以日月之精,暢以山川之英,氤氳磅礴,爰有植鈍而蠕,靈靈之最,其惟人乎?禽獸蟲魚之屬,或寄而或分寄焉者,暫也。分焉者,散也。要之,皆範也。綜其紛紜不齊之數,亦足以包天倪、備民務,故或俯仰而慕之。老子猶龍,不如龍也。莊子夢蝶,不如蝶也。惠子羨魚,不如魚也。夫何故?物之就範也,能其所能,力其所力,守而勿忒,以順天則。天地無心,而成化萬類,乘化而有爲。問之天地,天地不知。問之萬物,萬物不知。無名天地之始,有名萬物之母。橐籥之門,元牝之戶也。賅而存之,其或可思。余題絕句云:造化何心狡獪爲,窺天比類信稱奇。先生自具爐錘手,重補山經海志遺。《考田詩話》

鏡清《子陵洞》云[6]:古蹟多失實,傅會或浪傳。茲洞吾偏信,考古窺一斑。光武起白水,距此才百里。既爲總角交,衡宇應伊邇。富水訛富春,真蹟當在是。我意先生植節高,辭詔或竟故鄉逃。一棹遠適嚴瀨水,書臺空時荊山皋。知爲童時曾遊釣,非是客星來寓僑。又同里李光鑑有"客星曾

犯帝,天子不能臣"句,亦渾脱。

王希元 字桐山

希元嗜吟,雅近溫李,與易履泰交,晚年益貧,騎驢賣藥爲活。每于驢背推敲,過易家即誦其途中作。詩多散佚,如《訪譚雪堂》云:煙霞窟裏松千尺,水鶴巢邊茅一家。《贈履泰北上》云:五雲中史再過[7]。鶴巢門戶靜,雲種子孫多。山翠無人拾,深衣下薜蘿。

涂 煜

《漱玉亭》云:列嶂如屏細菊斑,光懸匹練繞亭灣。風斜老樹常驚雨,雲憩空巖不掩關。心妙衆香花欲笑,響沉萬籟佛俱閑。塵襟淨浣天淵邈,歸路從容看晚山。

王鴻功 字子儀,一字羽可

鴻功事母至孝,機神清朗,不與俗和。工詩,不自存稿,僅傳壁間一絶云:聚散花如匝地茵,朝來白玉想橫陳。彌天雁字驚寒早,書向遙空苦憶人。

李 元

元幼孤貧力學,夜無膏火,則默誦,有遺忘爇香炷以照之。作宰川中,有能聲,旋乞歸。元學博洽,文筆淵雅,著述極富,官蜀時,刻有《渾齋》七種:一《蜀水經》十六卷;二《音切譜》十八卷;三《聲韻譜》十卷,一以顧亭林音學五書爲鵠;四《索》三卷,闡明河洛太極之學,多前儒所未發;五《乍了日程瑣記》三卷;六《通俗八戒》一卷;七奏三策老臣知"等句[8],不減唐音。

譚應甲 邑志："應"作"映"

應甲與同里李天泰字二交號野仙、任光字仲友號丹谷，俱布衣，清狂喜吟詠，不以字面求工。《果能堂語錄》

釋遠山

遠山與邑中本寧曾孫鈨字世佳、劉懷、劉奕、胡昊字野巖、黎峻、黎岫、王起翰爲八男，性俱恬淡，力追古學，陶情詩酒，時往來白谷康樂間，倡和成帙。遠山詩學島佛，尤善琴。

【校記】

〔1〕詠，原作"永"。前文提及兄"秋"之"南遊有詩云"，此處乃介紹弟"石"之作。據改。

〔2〕胡其造，條目作"其造"，正文作"其慥"。卷二十六"胡其恪"條提及此人，原亦作"慥"。後文有"其弟其良"，二人之名取自《淮南子·覽冥訓》"昔者王良造父之禦也"，或應作"造"。

〔3〕原作"望惠懷亭古"。惠亭山，位於湖北京山城南。萬曆《承天府志》卷九云，宋王安石曾爲"京山丞，有惠政及民，去任，民爲立祠於山"。惠亭山因而得名。然而，無其他史料證明王安石曾爲京山丞。另，本卷底本已錄此詩，增訂本復增錄之。

〔4〕胡抑齋，原作"胡抑齊"。《詩徵》卷三十"荆門"部分錄"胡作柄"條附"作梅"，云："作梅號抑齋，康熙進士，官侍郎，有《聽真閣詩集》。"郭河陽，原作"郭何陽"。郭熙，字淳夫，河陽溫縣（今河南孟縣東）人，北宋畫家、繪畫理論家。據改。

〔5〕"天寒客"後，應有脱文。

〔6〕"鏡清《子陵洞》云"段，原置於"王希元"條後，今移置於此。

〔7〕"五雲中史再過"數字，文意難明，應有脱文。

〔8〕"四索"二字，辭義難明，或有脱文。"七奏三策老臣知"句之前，也應有脱文。

湖北詩徵傳略卷二十七

潛　江

宋

畢　漸 紹聖元年進士第一

漸世居安遠鎮，以文學致身，剛介自立。由膳部員外出守荆州，時人以其典鄉郡榮之。《一統志》。　案：宋乾德初陞安遠鎮爲潛江縣，屬荆州。

漸眉目如畫，詩極清拔。使福建，按部過羅原。時南華翁林子山致仕居南華洞，以詩迓之，有"當年春榜首傳名，對御如君有幾人"之句。漸遂次其韵以贈之，云：兒童聞說子山名，將謂先生是古人。海上偶經仙洞府，巖前猶見玉精神。南華久徹逍遙夢，兜率重來自在身。攜得新詩天上去，不教辜負到全閩。《宋詩紀事》　陳子兼《捫蝨新話》

明

李崇信 字貞甫，正德舉人，官知府

崇信任豐縣，有遺愛。守漢中，未久即致仕歸。與二三同志飲酒賦詩爲樂，足跡不履有司之門者三十餘年。

豐縣有兄弟訟者，會其母以貞節當旌，賦詩諭之云：五倫有夫婦，長幼

非細故。一爲物所移，骨肉永弗顧。從一以俟死，孑然見裙布。北堂嬢儀型，勿俾鬚眉惡。

郭 嵩_{字叔中，號少岡，嘉靖進士，官給事中} 子鋏

嵩推官杭州，值倭寇犯城。守者禁勿入郭外民，民號泣震天。嵩倡議開納，全活無算。內遷給事中，分宜當國，憚其戇，以風霾更置言官，謫華亭丞。

《感事詩》有"抒忠諫草終遭蟣，至性文章可格梟"之句。

鋏字長仲，號蒯緱，貢生，有《指鴻軒詩集》。卜居城南，園亭臺榭，意匠所營，極邑中之盛。名流觴詠，殆無虛日。輯唱和之作，題曰《漫園雅集》。

《漫園讌集》云：小築春將半，名流屐偶停。徑通摩詰里，客應少微星。雅令窮《花史》，豹人以花名作觥律。高談罄《酒經》。風和人易醉，禊事繼蘭亭。園極鶯花盛，亭環騷雅聲。一年足春興，五字抵長城。罰不依金谷，仙如遊玉京。漫郎殊懶漫，合結鷺鷗盟。

初 言_{字幼嘉，嘉靖舉人}

言生而能言，故以命名。廉吏之後，負薪自給。一日忘歸，家人覓之。則手持《魯論》，臥儒學東廡下。性至孝，父卒京師，言徒跣扶柩歸，事繼母尤謹。歿後，門人私諡曰文孝先生。

《遊廣化寺》云：初地何年建，乘楂偶一遊。眠鷗依曲渚，巢鶴穩高丘。暗室禪燈寂，浮生老病休。夜深清梵寂，煮茗洗新愁。

歐陽東鳳_{字千仞，號宜諸，萬曆進士，官太僕，有《我乾》、《飛霞閣社草》、《自在居偶筆》、《一枝齋腐談》、《素風居士集》}

東鳳初宰興化，有賢聲。守常州，撰《毗陵人物志》，《四庫全書》稱之。

旋備兵潁上，風節凜然。歸田數載，特起南太僕，三疏乞休。事跡附見《明史·顧憲成傳》。構一枝齋，聚羣從子弟之秀者課之，頗多成就。殁後從祀無錫東林書院。

《秋日即事》云：古庵遙與新齋接，時有疏鐘破野煙。風襲蓼花紅透檻，湖涵秋气碧凝船。於身無累琴兼鶴，令我多情酒與仙。不是月明徒嘯傲，清言至處即真禪。

歐陽燿 字誠夫，號湘茹，萬曆進士

燿素淡宦情，甫通籍，即乞歸。築滄浪閣，與弟爌琴樽嘯咏，極天倫之樂。流寇陷鄖，《感懷詩》有"澄清若是爲期杳，蒲質何須更假年"之句，忠藎之懷，可以少見矣。

張承宇 字幼寧，號啟爾，崇禎副榜，有《牆東樓集》、《廿一史》、《醲秋詞》、《集唐百首》、《鬥龍舟傳奇》　弟承寵

承宇姙十四月而產，穎異過人。工草書行楷，篤好經史，下筆輒數千言。才大心雄，以匡濟自許。鄉闈已獲雋，以策語觸時諱，副之。歎曰："吾經世之志，不复伸矣。"遂不起。疾革，友人柴一德以詩來，尚援筆屬和云：爲問長卿病有無，床前數步賴人扶。曾非開幔如新婦，縱不雕蟲豈丈夫。姓字無聞虛盛世，文章待捲付冥途。煩炎欲得葡萄解，千顆來當酒百壺。

《遊大佛寺》云：蒲團枯坐起，頓使愛心生。弱柳遭風媚，春衣去絮輕。池清魚有影，草細履無聲。來向長楊下，跏趺聽鳥音。《哭舅氏劉納言公》云：當時老父病燕中，襁褓嬰兒付托公。只道有甥酷似舅，何期此子不如翁。唫哦已困身將隱，骨肉相依敷忽終。怕過西州增腹痛，幾行血淚灑寒風。《題閨中雜詠後》吾姊幼慧工詩，適荆門王氏。每有事筆硯，輒焚之。年五十，始寄余詩一帙云[1]：杜陵有妹在天涯，姊亦荆門少見時。三載索書唯寄淚，兩頭白髮始傳詩。從今閨閣傳高適，翻覺鬚眉愧左思。天壤王郎殊足賴，莫因

詠雪便相期。《過舅氏納言公故園》云：依舊芳菲出院牆，無情落日照清觴。可憐池畔烏啼樹，似向人前唱渭陽。淺水倚橋坐小舟，三年路欲斷西州。當時手植青松樹，枝掃高簷瓦墜樓。

承寵字錫九，明經，篤行工詩，《納涼》有"萍開綠沼魚無景，渚綻紅衣荷有香"之句。

閨秀

張　氏 承宇姊

潛江張氏敏慧能詩，有七言截句云：病廢機梭老廢鹽，牙籤緗帙興尤耽。唐詩元曲都收捲，日向窗前誦二南。《詠留侯》云：子房稱病藏機早，只待功成辭漢家。已復韓仇無所事，此心元自在煙霞。《香祖筆記》

氏幼慧工詩，適荊門王氏。每詩脫稿，輒焚之，所傳僅《寄弟》數章。《香祖筆記》所收七絕，歸愚先生亦採入《別裁集》，謂"棄詞藻而重修齊，爲閨中端本之學"[2]。其它佳句如：淚雨怕聽沙上雁，鬢霜獨對鏡中秋。又"故國愁多風馬牛"句，亦可誦。至《燈前》詩中偶云："懶將脂粉同兒女，恨不鬚眉學聖賢。"其襟懷又豈爲不櫛進士已邪？宜其爲歸愚先生所稱也。

《感燕》云：九十春光去，庭前看燕飛。銜泥辛苦意，感激憶慈幃。《慰外》云：香山集裏常稱病，子美詩中屢歎貧。斗酒百篇猶自足，何須屑屑苦唫呻。

國朝

劉肇國 字阮仙，崇禎進士，官編修，國朝起祭酒，晉閣學，有《茭湄詩集》　弟信國

肇國入熙朝爲館閣重望，屢主鄉會試。熊伯龍、梁化鳳文武兩名臣，皆出其門，海內傳爲盛事。

《漂母祠》云：怪哉赤帝子，終輸物色奇。漂母識韓信，乃在貧賤時。鄧侯昧幾先，亦受鍾室欺。前後兩婦人，一生一殺之。生之其恩在，殺之焉怨為。泛覽漢家史，司晨多牝雞。何如虞兮魄，長隨大王騅。《夜雨同六弟作》云：澹泊存吾素，羈棲何所營？春山隨意老，細雨帶愁生。歸雁難成隊，飢烏不定聲。聯牀唯手足，和淚對燈檠。其它佳句如《詠荷衣》云：不識經秋半，能遲幾夕陽。《客懷》云：歲月遲鄉夢，冰霜到客衣。《早起》云：擁書萬卷邀人讀，負劍十年懶自磨。《舟夜》云：入枕沸濤疑驟雨，透篷寒月下繁霜。《初度》云：萬里白雲心上事，九霄明月夢中人。《致仕述懷》云：聖恩放作山林客，世業留為田舍翁。皆能自抒性靈，不肯傍人門戶。

信國字匡居，貢生，官知縣。《偉兒出就外傅，詩以勉之》云：阿兒入小學，蒙教基之始。匪作圭組緣，先須遠俗鄙。爾產讀書家，初志正宜矢。幼不悅紛華，長斯祥視履。不學必無術，君子之所恥。高高者為喬，卑卑者為梓。俯仰若相師，嚴父有佳子。男兒好紙筆，亦由厥性美。美錦不制之，不如麻與枲。

李　覘 字君右，號書城，順治舉人，有《含桃軒詩稿》、《百城煙水集》

覘天性樸雅敏學，與人無畛畦，而有特立之操。宰丹徒，有能聲。官罷，愛其山水，僦屋北固山麓。載酒登臨，樂而忘返。子世兗舉賢書，始迎歸，就先世網台，誅茅營室以居。

《答遐矚》云：四月江南花已殘，却廻來伴子陵竿。室營燕壘歸猶客，夢渡江濤險似官。長夏疏籬搖老綠，短衣曲檻俯廻瀾。此中著述渾閑事，偏耐幽人冷眼看。

劉效曾 號爾思，字東臯，明經，官知縣

效曾初任咸寧諭，即有聲。及宰懷寧，甫下車與民誓曰：“不徇情，不沽名，不愛錢，不惜官。”一時豪猾斂跡。後遷代州，卒以忤權貴罷職。

《送別》云：分手長安道，離亭非故鄉。風沙騰朔漠，戎馬半疆場。憂聽歌聲促，愁看舞袖長。送君傷老大，意緒轉荒唐。《別江非諾清風書院》云：握手方城五月初，清風吹我日徐徐。逢人何敢評高士，對子真如讀異書。南國故人多寂寞，漢江秋浦亦欷歔。君家舊有離情賦，莫寄咸寧老蠹魚。《舟發淦水寄悔人》云：江天一色盡朝暉，指點舟行入翠微。潑潑魚船過夏汭，翻翻濁浪下京磯。羈愁又逐征帆遠，鄉信常緣客路稀。只有塞鴻行陣疾，霜毫頻寄莫相違。《王戢山雪中枉過》云：竟日淹留冒雪寒，腐儒粗糲總相安。非同杜老能來客，自是嚴公禮數寬。《楚詩紀》

朱士尊 字偉臣，號石戶，順治拔貢，有《編柳堂詩集》　子載震

士尊少負異秉，於書無所不讀。經寇難，益以明體達用爲務，經世大典，靡不溯端竟委。顧不得展其所學，一入成均，即歸。晚卜築東浦，自號花農老人。輕財急諾，門多四方之客。家中落而志不少變。所著詩經宋牧仲論定者，子載震已刊行。

《寄莫大岸》云：策杖欲何之，幽尋亦已阻。結構在讀書，奔逐忘今古。漫漫夜初長，積露漸成雨。暗壁響淒蟲，挑燈簡樂府。佳句如《西征》云：廟算未陳平治策，將軍空築受降城。老至難充周爪士，人來不寄蜀當歸。三年介冑思歸馬，四海瘡痍望止戈。天子英同漢武帝，將軍勇似趙廉頗。皆超脫可誦。

載震字悔人，一曰晦仁。由貢生官知縣，有《和山堂詩集》、《東渚詩鈔》。幼承庭訓，博極羣書。始以王又旦爲師，遂梓其遺集以傳。游京師時，王漁洋、朱竹垞皆推重之，爲序其集。潛江自劉阮仙肇國、莫大岸與先後，文學無過悔人者。《通志》

吾楚操詩政，在正嘉時則李賓之，繼則吳明卿，又繼則袁石公、鍾伯敬，凡四變。而賓之、明卿爲正聲，袁鍾而後亦鄶以下無譏焉。晦仁名下士也，其《和山堂詩》矜愼持擇如其人，而磅礴瀇瀁，沛乎有餘。古詩自三謝而還，近體則三羅以上，皆能尋聲按節，茹馥吐華，晦仁可謂篤志斯道者矣。截顧

黃公撰詩序

悔人詩特工五言，嘗爲予作《齋前花木六詠》最佳。昔王筠賦《郊居十詠》，約曰："此詩指物呈形，無假題署。"今之視昔，殆爲過之。官石泉令，卒於蜀，甚可惜也。《漁洋詩話》

悔人工詩，其《澤潞紀行》諸篇，尤力追古作。《漁洋文》

《建蘭》云：叢蘭生幽谷，莓莓遍林薄。不紉亦何傷，已勝當門托。輦至踰關山，滋培珍几閣。掉頭忘閩海，傾心向京洛。輕颺晝廻芳，清泉晚宜瀹。玉軫一再彈，天際如可作。此爲王新城尚書題花木六詠之一也，詩意古澹無跡，不同漫許。《別裁集》

宋牧仲中丞提倡風雅，名士多歸之。觀察通永時，悔人客其幕數月。與吳天章、周屺公輩聯吟觴詠。牧仲有《漫堂唱和集》，附載悔人詩頗夥。

悔人有《曉渡漢江》句云：旅雁影隨秋浦遠，漁歌聲出亂流中。余最愛誦之。《竹垞集》

余嘗於竟陵王逮存家見悔人《東渚詩鈔》，五言如《西征告捷》云：秋草飢鷹疾，寒雲塞馬肥。七言如《秋懷》云：關山漫引鷗絃調，湘澤長連驃騎營。《寄吳延臯》云：書翻蕭寺風前榻，煙冷青谿雨後燈。《答黃湄》云：小築河濱帶汱洄，野梅疏柳得新栽。青蓑已向蘆中去，白舫誰從雪後來。兩地關山清夢杳，數行書札好懷開。沉吟獨倚茅簷下，愁聽溪聲送晚雷。皆極意烹煉之作。《吾同館雜錄》

《雜興》云：生不五鼎食，死不五鼎烹。屠釣與傭販，立功垂令名。丈夫各有志，乘時以匯征。壯往著奇節，顧畏事鮮成。不見負弩吏，行避魯諸生。不見馮軾客，蹲沓走公卿。《君子行》云：孤桐高百尺，托根在厓巘。鳳鳥久不至，華落實離離。一朝化爲薪，爨下結相知。相知豈不貴，相逢亦已遲。良玉琢成器，何如未剖時。泣涕當岐路，悲感遇素絲。古道難具陳，人生慎所持。《漫堂夜坐，出周青士、曾青藜詩箋與牧仲同觀，次牧仲韻》云：迭竭觀四運，久旅忘寒燠。攬衣向空階，雪光搖落木。短檠几閣熒，晚霧層簷宿。有懷歲將晏，沉吟同所欲。圖史恣幽探，燦然豁心目。時復憶貧交，咨訪到巖谷。梅里與易堂，處士名不辱。愛才有如公，廣大同嶽瀆。翻念經年別,時序何太速。迢遥東南望,高會幾時續。大雅今未墜,舉杯爲公屬。裁詩寄二子,令德永相勖。《將遊廬山,牧仲見貽方竹杖,賦謝》云:明日別公廬山去,贈我竹杖隨行縢。體方節堅色滑淨,一条碧玉丰棱棱。側聞分寧邃巖谷,狼虎部曲蒙茸藤。截致頗難形甚古,大樸不雕囊以繒。世間圓柔易爲好,直方誰解堪依憑。我老懶拙無一可,舍藏信宜行未能。大布一領書一篋,漫遊得此真良朋。匡君舊識不我棄,招手高峯穿崚嶒。扶攜萬仞觀天地,大笑齊物無鷗鵬。拜公嘉錫感公意,知己名言永服膺。何當杖頭書歲月,幽尋衡岱嵩華恆。《次達黄公先生》云:白衣還漢水,最愛竹林遊。放艇當深夏,看山恰早秋。顛仍張長史,傲寄漢陳留。江樹繁高嶺,蒼葭遍遠洲。肯將司馬賦,不換醉鄉侯。泉石宜千卷,煙霞護一樓。狂吟忘籍在,長嘯破離愁。商洛真難老,還須訪伯休。《聞西征告捷》云:堅壁驕天險,偏師早潰圍。虎臣方解甲,聖主自垂衣。秋草飢鷹疾,寒雲塞馬肥。嗷嗷鴻雁下,猶向澤中飛。上將權分閫,功高自剖符。有時仍牧馬,無夜不啼烏。荒壘軍成列,孤雲鳥畢逋。長懷羊叔子,端坐亦平吳。《寄莫大岸》云:緒風吹透碧櫺寒,布被誰憐子夜單。漫向窮途飛酒盞,遥期尺素報平安。凄凉月下聽嚴柝,惆悵洄東冷釣竿。莫更登樓頻遠眺,大江無處不楓丹。《雨中過宋牧仲署齋次韻》云:風流不減昔年強,五載相思月照梁。久許心香師宋艷,誰摇健筆短曹牆。操瓠憶往東西路,跋燭論文上下牀。最是戟門清似水,幽花滿院雨蒼涼。《和楊侍御筠湄秋懷詩》云:誰挽天河賦洗兵,從教流峙説堯京。關山漫引鵾絃調,湘澤長連驃騎營。獨遣野鳶號夜月,無勞布穀勸春耕。終年飢走真何益,落葉空階旅夢驚。薄醉江樓懷暫開,家園迢遞首重廻。淡香紅葉霜前徑,細蕊黄花雨後苔。漢祖頻年思猛士,燕昭何日築金臺。不才自應煙霞老,未許天邊鷗鷺猜。《寄家竹垞次懷牧仲韻》云:潮河京東四十里,往來策蹇衝寒風。置身頗慚類刻鵠,過日訝許甘雕蟲。千觴落手興不淺,數帙滿案囊寧空。春盤待我走相聚,黄芽脆並江南菘。《同石城公牛潛子秋日漢上》云:澄陂秋柳帶明霞,茅屋參差野老家。江轉危磯奔駭浪,村鄰小市綴疏花。河魚入饌偏堪飽,濁酒能酬不用賒。贏得山公清興在,停驂閑數後棲鴉。《次延臯先生留别韵》云:南樓壁月照青藤,桑苎人同坐嘯應。爭把新詩傳孝穆,頻舒老眼慰延陵。書翻蕭寺風前榻,煙冷清溪雨後燈。記我追陪芳草路,高枝懸聽鳥呼朋。《夏過北蘭寺》云:寺通野阜轉清幽,壓戶藤梢帶葉抽。最好江洲浮遠綠,孤懸塔景漾中流。短栅逶迤曳履行,晚颸搖颺葛衣輕。老僧送客煙江外,一鳥啼殘落炤明。《簡餘清索筆》云:中山獵罷气縱橫,毛羽紛紛泣管城。江左冢邊餘幾許,野人拾得寫秋聲。《楚詩紀》

向大觀 字望湄,號薳舫,順治進士,官知縣,有《薳舫文集》、《西撐詩説》

大觀提躬範士,動法古賢。作令所至,以培元气正彝倫爲宗,故能化獷悍爲馴良。乞歸,築萍野莊居之。忽一日立水亭,朗唫"水上魚鷗稱社侶,山中木石認居人"句而逝。

莫與先 字大岸,一字粺子,順治進士,官知縣,有《南陂詩》、《郇笈》、《讀史樂府》、《今是堂集》

與先少負盛名,沉酣六籍百氏之書。所爲詩歌古文,詞必己出。奧博之聲,誦服遍海内。歸田奉母,曲盡孝養,結茅月汧之濱。左圖右史,屢空晏如,家多宋槧古本。《四庫書目提要》曰:"王漁洋記湖廣莫進士有《漢上題襟集》,求之弗獲。"收藏之富可想見矣。《吾生篇》云:吾生一腐儒,抱經兼學稼。艱虞迫頹齒,母也耄且耄。追唯牽絲年,嬰疹動顛蹶。臥視凋劫民,念之腸内熱。竊逌尸位罰,悚然籍有黑[3]。曰歸稼下地,水潦謹防畷。亢暵殊不料,澤腹盡坼裂。徂秋野田空,黃雀徒喈喈。年年泛舟役,潛水南支竭。既乏篝牽資,孰尋乾餱責。揚袂安所如,誑飢謀已拙。符訾非土產,亦未饒榆屑。廥枯肺半灼,麴敗喉全螫。此物既充糧,踴貴等一切。草木幸有根,詫見恣採掘。詎諳伊耆經,罕究氾勝策。爲毒則已矣,無害苟日月。吾廬恆晝掩,木落蟬秋咽。飢鳥啄我屋,鼯嘯繞坐側。可笑門東兒,劇啼碎盎甊。平頭數百指,痛於塞垣客。流迸從所務,新主卿審擇。顔厚語喃喃,緩死指牟麥。踆踆此卒歲,種種難具説。歲改蟄漸啟,野梅香遠洩。訪梅泂東鄰,乍喜麥穎折。吾弟散朗人,來往同步屧。老母頗愛梅,一嗅發愉色。譽麥向妻兒,聊慰忍匱闕。匱闕那可忍,天事有叵測。是夜風雨惡,礦碡電光也吁可駭。霾曀且淹旬,硬雨雹也交積雪。朝來田父泣,蕲蘄若抽磔。縱然及首夏,何以飽薋菽。元結詩"爭食菽與䵅","菽"與"䵅"同。惜哉青帝權,而爲司寒竊。三老訝未曾,雪到牛骭没。嚴飈穿緼裔,指直不得結。樵蘇道復斷,勞薪遠莫擷。冰摧中林條,稍稍事楄枂。苦寒亦暫爾,放愁實未得。僵臥了無營,開帙瞀兩睫。耻逢維令掃,翻憶漢使嚙。遥憐隴頭水,千里壚煙歇。近聞武谿深,鼓鼙方震疊。臺軍上牢屯,凍瘃緣嶜嵼。蠋條掛廨壁,科斂溢符牒。哀哀寡婦哭,高高蔀罔徹。大運自古來,吞聲泣勿啜。長篇險韵,出奇無窮,杰作也。

李士儒 字雅修,號次山,後更名煉延

士儒少孤,嗜學工制藝。詩愛葦柳,所著多樸淡如其人。遊梁登嵩,少賦詩,益曠逸。徙江陵,卒,年未四十,論者惜之。與同里朱載震爲硯席交,每商榷古今,砥礪名節,以古人相期勉。聞其遺詩經載震點定藏於家,何傳者竟寥寥邪?

余　經 字正公

《大別山禹碑》云:殘碑尚紀夏王年,近辨苔痕應可憐。古廟簷浮千嶺翠,高城堞隱萬家烟。蛇龍滅没無窮地,猿鶴悲思上古天。桂樹叢中能結伴,相怡只有《蕊珠篇》。

涂　銓 字遴士,號湘巖,康熙進士,官副使,有《唐昌草》、《秋旅詠懷》、《穀詒堂詩文》等集

《遊石室寺》云:淨土幽奇別有天,蒼茫石屋飽雲煙。松盤古殿知何代,

蘚蝕殘碑不記年。秋滿空山驚落葉，水廻絶澗涌奔泉。驅車偶憩高僧榻，暫息勞生半日肩。

段陟雲 字郇五，自號天門丈人，有《段天門詩文集》

陟雲性醇篤，以孝稱。肆力於詩，天然入古，歌行尤跌宕離奇。邑令王黃湄極賞其《屯營堤歎孫豹人徵君，答所贈》之句有："樂府古詩何奇崛，讀罷爲爾聲暗吞。"朱可亭相國宰潛時，亦稱其《沉災紀事》諸詩，哀情苦狀，爲鄭俠所不及圖。名流推重類如此。足跡半天下，詩益奇，傳其詩者益衆，而窮且益甚。本傳

《苦思爲孫豹人徵君作》云：苦思渭北孫焦穫，何處清江持釣竿。南去有書隨痞瘵，北來無使問平安。酒朋仍舊開懷易，詩句如前快賞難。那得再同王給事，重將漢魏論江干。《村居》云：幽階夜月上梧桐，盈耳秋聲泣露蟲。就裏不堪思往事，正襟危坐草堂中。《詩錄》

《西山從軍》云：二年秋九月，賊出西山樊。將軍一戰走，失利悲中原。前日府帖至，四鎮合兩屯。轉運必健卒，嚴程無朝昏。仰頭見妖星，灼灼犯斗垣。上天垂異象，無乃民太煩。去去逐火伴，愴然聲暗吞。晚投蕭村路，行久不逢人。蒼茫見燈火，心怯疑鬼磷。捷徑越荒陌，襦短霜裂皴。柴門獨衰叟，相見發悲呻。自云有二男，轉運南陽津。去秋山賊出，殺掠荆西閫。死者盡運卒，消息翻畏真。聞此轉忉怛，泣下心酸辛。季冬北風嚴，雨凍石路凸。亂石披重崗，危徑行百折。觱栗響賊營，戰不分主客。炮聲飢鶻叫，一子百命絕。顧我非死士，安得不殞魄。《沉災紀事》云：三載苦淫潦，稼穡荒不治。江漢挾雨高，萬里浮天至。東潰復西闕，漂流至再四。何饗與何殣，典賣盡衣器。今復罹斯災，水縮已秋季。有力將誰傭，逃生向何地。斗米十歲兒，肯易寧論直。晝飢已難忍，夜寒那更禁。雙雙小兒女，叫飢傷我心。丈夫遠求傭，雨雪天沉陰。豈無周親在，自救且不任。舍兒入市乞，謇謇詞如瘖。不惟無施與，呵叱蒙惡音。將歸值暮雨，傾跌泥潈潈。飢兒追母失，黃昏無處尋。茅屋捲秋風，穿洞苦寒雨。三日無一食，骨肉悲

相聚。蹇修冒雨來，袖金相謂語。同餓死何益，通權便生路。婦聞賣女兒，零淚應聲落。相商入市糴，飽飯與兒別。孰知雞未鳴，被中強逼挈。可憐兒餓去，阿母腸寸裂。北風起中夜，寒雨凍成雪。紛紛被災民，飢驅鄉井別。傳說山村稔，遙將妻孥挈。傭作非其時，乞丐聊存活。一戶犬吠聲，十家門盡閉。叩頭枉哀求，誰與半黍啜。牽拽逐出門，傾跌衣褲裂。長飢老病親，臥路气將絕。嚴冬米價騰，流民多殍死。老夫扶藜出，遙怪人叢止。向前見餓莩，屍殭溝壑裏。五日無人收，惻隱心難已。力薄無木施，歸撤臥簟子。呼童借鄰鍤，掩掩荒原址。繼見空悲謝，力已盡於此。如絲八口命，雨雪擁其門。窮思歷親投，無一能我援。飢軀往相告，既見難一言。有客自城來，欣欣向主論。今年秋徵緩，明年賦全蠲。更傳發倉廩，賑恤在朝昏。陽春隨言布，泥首謝皇恩。

劉　珏 字兩玉，號木容，明經，官知縣　子逴俊

珏制行高簡，工吟詠，喜清談，重交游。

《遊西湖》云：寒光生衆影，波與月相因。夜冷簫聲澀，天空水態勻。孤星流野火，衰草泣微磷。遙念勞勞者，輸予是懶人。《湖月》。欲盡湖之變，翛然作臥遊。魂搖風雨幻，情曠海天浮。斷續鐘聲怯，高低野唱柔。夜深驚夢醒，枕簟气先秋。《湖夢》。半是耽奇癖，幽情探入微。歸非緣興盡，意不與湖違。野色成今古，溪流無是非。畏人乘夜返，螢火暗相依。《湖遊》

逴俊字遐矚，安貧力學，工詩古文詞，爲朱悔人高足弟子。有權貴慕其名，將羅爲上客，謝之。朱可亭相國招以詩，亦不赴。家居灌園自給，閑唫短詠，卓卓可傳。

《悔人先生移居》云：短柵疏籬冒綠蘿，蒹葭深護水雲阿。槎枒社樹霜中秀，上下風帆屋後多。驅犢幾家來牧笛，采蓮十里發清歌。元龍豪气全銷盡，匣裏青萍不用磨。《網臺》云：曬網臺邊春未殘，閑身仍自持魚竿。且將綠蟻浮三雅，不爲丹砂戀一官。躡屨幾探嵩少勝，揮毫曾汲海門瀾。白頭獎引心偏切，插架陳編許借看。

歐陽沂 字魯川,號二瞻,乾隆舉人,有《趨庭》、《思貽》等草

沂性嚴重,動必以禮。嘗語兩弟曰:"讀書必先立德,立德莫如忠孝。工文字,弋科名,其末也。"

《歸鶴洞太僕公別墅,榜爲董公其昌書》云:鱗鱗石馬草縱橫,陵谷依然世已更。老屋雲多埋夕炤,荒林風動亂秋聲。兩言默石成彝鼎,高士默石子,祭公文有云:"敏而好學,矜而不爭。"識者謂之實錄。千古涇陽識姓名。國史與顧涇陽先生同傳。歸鶴去今長不返,洞中孤月爲誰明。

朱邦彥 字介卿,貢生

邦彥清癯鶴立,工制藝。詩尤雋峭拔俗,顧不輕作,故傳世者尠。《有所思》云:誰謂巫山高,上有雲雨巢。誰謂洞庭深,下有蘭芷心。東園杏花西樓月,春風一去相決絕。《旅燈》云:家事曾勞報喜,愁歌轉惜開花。朔風冷月何處,門閉江天酒家。

劉用賚 號廸庵,乾隆舉人,官教諭,有《朱劉二家詩合選》

用賚以孝稱,嗜古力學。念家世自明迄今多著述,而燬於兵戈,恐就湮沒,極力搜訪,合同里朱氏,並爲一集。而附自作於後,刊行之,亦可謂振奇好古之士矣。劉氏如隆慶進士名玹字達五,崇禎舉人名璔字聲玉、名昌吉字季長,順治進士名廣國字寶生,嘉慶舉人名嵐字翠崖,皆工詩而句多不傳。賴用賚之選,猶有名字可稽。選輯之功,不綦大哉?

余陽瑗

《荊門山》云:十二巫峯到眼青,青螺如黛亦如屏。雲連楚蜀爭天險,人

擅風騷接地靈。磴走驚猿懸欲墮，藤垂啼鳥靜堪聽。江山文藻空憑吊，釃酒臨風醉欲醒。

歐陽錫疇號遁軒，康熙副舉人，有《遁軒詩集》、《銷夏偶筆》

錫疇孝友性生，閭里無間言，以教授生徒自給。雅工吟詠，語沉厚多可傳。

《水上雜詩》云：天心未厭亂，潦水仍橫流。赤日魚龍舞，青林蠣蛤遊。萍花依短楫，帆影走高樓。寥落悲生事，無門可訴愁。一峰橫遠岸，萬水繞孤村。是處橋梁沒，誰家戶牖存。黿鼉吹駭浪，罔象嘯黃昏。租吏偏粗膽，追呼夜到門。

寧熙朝字雙梧，號柑堂，嘉慶舉人，有《江南遊草》、《蜀遊草》、《庚辰草》

熙朝父廷楫，工詩，流寓潛江，有《湖山一袖唫》。熙朝幼承庭訓，嶔崎磊落，意氣自豪，於詩獨拔一幟。計車遊京師，與輦下名公卿遊，得燕趙幽并之氣。既而之蜀之吳越，遍歷名山巨川，開拓心胸，所學愈進，詩亦愈豪。羈愁騷屑，日事苦吟而卒。絕筆有"我輩要須無死法，九州雖大幾雄才"之句，識者哀之。子光坤亦能詩。雙梧以庚辰春遊越時，余客西泠，未相識也。及歸，遇於芝仙座上，恨相見晚，因出《庚辰集》見示。《金陵雜詠》云：莫愁石城女，不住石頭城。何事一湖水，偏爭兩地名。《塘西》云：秋水淡廻環，秋閑人亦閑。夕陽難畫處，明滅石門山。《楊柳渡》云：渡口黃昏月上時，楚天新鴈一聲遲。傍舟正有人吹笛，莫向秋風唱《柳枝》。《石樓詩話》

予丙子同年，莘農而外則唯柑堂，家貧好遊。《過梁武帝施食臺》云：蕭老公招侯景兵，捨身真個一身傾。可憐施盡諸僧食，祇博臺城荷荷聲。《史閣部墓》云：殘局江山歌燕子，蛻形袍笏葬梅花。《于忠肅墓》云：鶗鴂妖徵廻北狩，鷺鷥冤獄起南城。《冬青樹小樂府》云：冬青樹，夜夜烏聲啼不住。烏夜啼，六陵一片草迷離。越水東流自越西，東流那復向西歸。免將骨殖塡泥塔,誰有心肝似布衣。吊布衣,人何處。烏夜啼,冬青樹。《紫霄峯》云:東南日照間,奇峯標第一。石壇鳳不來,松花下崖石。《臥園詩話》

柑堂少苦學,工文,尤溺於詩。性樸實,好交遊。計偕乏資斧,附舟東下,吟覽吳越山水。時有故交劉碩夫邦彥官姚江書招,下榻署齋。因哀途中詩,題曰《庚辰遊草》,爲付手民。《漢江解纜》云:臥聽鄰舟語,起看江水生。催帆挂初日,夾岸應鳴鉦。黃鶴廻頭渺,青山拱手迎。年年吳越夢,今喜遂南征。《漢口叢談》

《荻港書興》云:帆與鳥爭飛,日行五百里。用風不可竭,快意且須止。來日豈無風,再行未晚耳。荻港山色佳,人家枕流水。忽驚幽谷人,絕勝苎蘿美。地僻況家微,重聘焉到此。我亦待嫁身,自嫁素所鄙。輾轉五更頭,又報順風起。《劉梅溪畫扇歌》云:天上兩輪不少延,地下兩輪爭向前。欲行不行繩繫足,欲止難止鞭及肩。妻室兒女一身駕,白首奔忙猶不罷。瞥眼真同野馬飛,廻頭早被鸚哥罵。誰畫此箑指迷津,君我俱爲當駕人。及時開口且飲酒,酒杯以外鴻毛輕。娶妻不必如陰麗華,生兒不必如李亞子。但得草衣木食樂一生,世上三公那易此。君不見富貴浮雲眼前過,牛馬終身羈絏多,羈絏終身奈老何?《岳忠武公墓》云:爺爺生,金人走。爺爺死,金飲酒。三字獄成摧棟梁,一身生死宋存亡。明聖湖前古祠墓,子孫守護隆烝嘗。盡忠報國揭大石,長松四蔭森蒼蒼。秦長腳,王長舌,黨類張俊万俟卨,追得姦魂齊鑄鐵。鐵面唾壞鐵膚殘,鐵可磨兮名不磨。於戲,爲臣不忠報若此,康王何以爲人子。《方文忠公祠》云:君是婦人仁,臣非誤國臣。九原終訴帝,十族任亡身。喬木祠堂古,豐碑謚法新。讀書真種子,端的屬斯人。《過東西梁山望采石磯》云:梁山對峙過如飛,萬樹松攢采石磯。擒虎兵來剛半夜,騎鯨客去剩斜暉。幾朝戰伐鎖金甲,絕世風流說錦衣。只少仙樓拚一醉,江頭酒美正魚肥。《金陵雜詠》云:謝公遊宴日,憂樂本相關。誰肯移文出,東山勝北山。清溪江總宅,空數畫船歸。不及烏衣巷,還留燕子飛。孫楚酒樓傾,年年空月夕。狂呼太白來,同醉落星石。《題襟集》

《登吳山同郭耕梅》云:吳山第一峯頭立,倒捲天風却上吹。左界江潮驚萬瓦,西橫湖翠撲雙眉。何年鶴化丁仙骨,終古鵑啼伍相祠。城郭不須

懷舊詠,白雲散盡萬松枝。《國朝正雅集》

《白鶴池納涼》云:覓涼步鶴池,荷芰匝幽岸。亭檻俏然憑,風吹百憂散。斜陽城外來,木末分濃淡。隔橋蘆葦叢,數聲蟬續斷。人靜境即仙,何必蓬萊館。笑語釣魚翁,有酒不須換。《過段天門墓》云:窮年春郭任棲遲,遮莫哀音續楚辭。經得相公品題後,始知處士老工詩。丹楓環水冷孤魂,死日聲名更勝存。七尺新墳三尺碣,後人爭説段天門。《登景峯寺樓》云:長河帶繞景峯樓,流盡春光送盡秋。惟有利名貪未了,風波不斷往來舟。《大通橋夜坐》云:荷葉荷花匝水濱,石橋月劃一鈎銀。不須更酌荷筒酒,只嗅荷香已醉人。

寧濟川廷楫,雙梧之尊甫也。有《後湖》七截云:四圍軟翠漾湖光,暑後無風天亦涼。最好茶寮深夜坐,月明如水憶瀟湘。風調絕佳。《漢口叢談》

李九苞_{字瑤臺}

劉亦陶語余曰:"潛江李瑤臺苦心孤詣,坎壈以終。所存篇什寥寥,恐久而湮没,君亟錄入詩話。"余感亦陶友誼之重,爲錄其《旅邸即事》云:他鄉初作客,獨坐覺淒然。風捲空階葉,寒生隔水蟬。烟綃籠浦漵,雁字寫雲天。鄉信無由達,愁唫夜不眠。《石樓詩話》

閨秀

劉之琪_{字竟凡,朱明經邦彦之母,有《雙清閣詩草》、《藜閣吟草》}

《詠物雜詩》云:盼到桂花開,一輪秋月白。誰知攀桂人,不向月中摘。《桂花》。圍月作花心,染雲作花色。手招天上人,高照衆香國。《月花》。根向層雲寄,花從急溜開。千竿修竹裏,爲我繡蒼苔。《雨花》。曾織霧爲縠,還裁冰作紈。遥憐青女苦,不畏剪刀寒。《霜花》。不與梨花亂,寧同柳絮柔。却憐清白意,偏爲歲寒留。《雪花》。明鏡本無花,花常入明鏡。原來鏡裏人,生與花同命。《鏡花》。不須空色相,却向剗藤生。化作煙雲去,山山黛色橫。《墨花》。移月畫窗紙,篩風橫砌苔。夜深簾際立,錯認美人來。《花影》《荊湖知舊集》

《感憤》云:《囉嗊》新詞不必哀,蓬門甘守舊蒿萊。青鸞別去終無信,紅葉流來豈是媒。一自蒲團先入定,百年鏡匣肯輕開。幾回想像三生夢,鹽已無絲蠟已灰。

余芳瑶 號三湖詩史,適江陵陳氏

芳瑶,潛江舊家女,與劉之琪唱和,詩頗多雋句。《江陵縣志》

《湖居四時回文》如:"新笋出籬疏插影,古泉流澗冷藏音。《春》"、"架擁飛花香積案,欄遮幽竹翠橫埤。《夏》"、"遒節老松霜染密,淡香叢菊雨披疏。《秋》"、"容斂湖光澹碧虛,峯高聳對南樓畫《冬》"等句,皆有思致。

【校記】

〔1〕"吾姊幼慧工詩"至"始寄余詩一帙"數句,原文被刊刻成正文格式,從文義看是小序,故改。

〔2〕清沈德潛《清詩別裁集》卷三十一:"張氏,湖北潛江人。《絕句》:'病廢機絲老廢鹽,牙籤緗帙興猶耽。唐詩漢賦都收卷,日向明窗誦二南。'棄辭藻而重修齊,閨中端本之學。"

〔3〕悚,原作"慺",應是"悚"異體字"愯"的誤寫。

增訂

莫與先 見前

《南陂詩並序》[1]：僕年踰強仕，尚無升斗之氣。仰佐尸饔，思古人力耕而養，寧不能爲，須也學者。自潛受漢，委昏墊十年，求可耕之田不得。歲己亥，沔人以潛水之口，勢處建瓴，譬諸禦寇，不于室于門良便，乃讙于上，而塞隃。庚子春，雨澤不優，土人將旱是虞，無虞水矣。家有藪澤百畝，在先塋之南千步，命曰南陂。至是，涸與下田等。老農謂可芟闢，遂從事焉。畎澮未修，薙除不力。驕驕惟莠，燁燁其旱。鮮不嗤余農道之弗精，維余亦安夫耕之將繼以餒也。六月，漢水驟漲，嚙潛所塞，堤如腐薺。予鄉距決口纔百里，幸免爲魚，異哉。秋之穫雖不償傭饁費，視比壤爲京坻矣。閔拙者之驗，歌勞者之事，亦如伐木邪許，相忤嗚喑。其悱惻曠適之旨，曾無當于古人，聊以告余耦云爾。云：閑居治我懶，學耕南陂曲。負耒愧無能，合耦咨爾僕。首種今未收，屑豆糝園蔌。宛轉餇力子，驅策亦已恧。及此澤中乾，表畷舊潢瀆。嫋嫋芙渠莖，色比春秧綠。腰鎌罕差擇，薙剪行相續。譬如非所用，殷杜高閣束。矧彼蘳夷徒，羣小慎勿蓄。　周農紀土化，茲理久未論。渴澤兼鹹潟，安得鹿與貆。窾中喘健犢，以人代輓轅。其耕不及尺，芟草有陳根。所憂土不膏，使我苗也髠。且無安鹵莽，相與尋水源。　孟夏草木長，秧旗風徐徐。分栽及未節，秧老則節生如竹。一一受爬梳。老農誨我言，本壯行欲疏。壯以衛竊草，疏行蕃其餘。更抽數尺苗，布之魚梁潴。酒醪慰勞苦，青蓑裹臑腒。嘗其旨與否，安用飾巾裾。　五月北風涼，土潤違其時。豈惟嘆原涇，澤腹裂于龜。可憐雙轆轤，數斗芹根泥。昨夜原上雨，潤過一鋤餘。曉望遠平疇，翠雨炯參差。霢霂無久潤，相告謹堰陂。天施詎不均，勤怠爲盈虧。　溉禾適溉莠，莠長倍于禾。暑熱如沸湯，鉏水當奈何。摩踵休農力，不治時已過。莊莊我禾士，孤特不媕阿。神廋而貌悴，負汝材已多。兩存非善計，太息對阿娜。　促織婦未驚，鳴蜩農乍喜。穗雲耀金色，蕊蕊紛徙倚。往視先種禾，玄黃若瘢痏。甫田穫每遲，地力有恒理。僕人望速飽，輒歆鄰疇美。　漢水幾千里，傾洞奔潛湄。導川昧禹經，捧土以塞之。霪雨增濤怒，長堤爛于糜。哀哉漢南北，魚遊升高枝。吾土匪善防，偶爲馮夷私。小人屬無厭，股引灌枯陂。夜半驚瀧瀧，操鍤立中泥。鄰壑良用愧，垂堂安可嬉。蘊隆雖云虐，念彼子靡遺。曷忍值胥溺，翩翩獨抱爲。　先秋耀新穀，閭閻塞筐籔。公私已多逋，爭出聽所估。憶當春耕乏，斛米千錢取。辛苦安足論，祁寒有懸金。列肆操奇贏，廉賈亦十五。嗟我愚農夫，豐凶竟歲苦。羣鵲遠飛來，止場聲呷喔。短翅越洪波，此焉卜有粟。稚子亦慈豪，罽絲斷不續。吾生何豐嗇，寡欲恒止足。雀鼠真壯哉，廩高困每縮。　少年尚游俠，釁無欲清人。強仕行已過，干祿猶積薪。憒不辨稂稑，惰安給昏晨。尸饔母色喜，歲事百斛盈。酒脀報蜡祖，父昆及諸鄰。雞塒頗狼藉，鷺塘亦幽清。把鐮采土芝，垣槿護霜橙。形勞志未辱，文隱道豈貧。捉鼻語兒曹，淵源安足論。

陳傑昌 字平泉，諸生

傑昌爲乾隆進士陳若璉之孫，少承家學，著述頗富。後人無繼其志者，故稿多散佚，僅見《館中雜興》云：鎮日醯雞處簣中，蕭齋寂靜萬緣空。匡時才短聊充隱，及物功虛且發蒙。伊呂業非貧可建，韓歐文至老逾工。先人清德常知懍，敢以傳經失素風。

寧熙朝

《赤壁懷古》四疊，友人韻詩，先人得意作也。嘗爲人書作屏幛，龍翰臣學使按部郢中，塗次偶步古寺見之，手錄稿去。初嫌次首"覆"字不對，遂更易之,諷誦再四,仍抹去,謂不如各自成對之超妙也。云:一炬焚將戰艦空,紫髯真足折姦雄。若非斫劍排羣論,爭免降旗拜下風。氣焰徑須淩許下,宴安從此老吳中。父兄毅魄應相慰,三世纔成蓋世功。吳。百萬旌旗勢蔽空,順流直下孰爭雄。舉杯慷慨酬明月,橫槊蒼涼賦大風。一着遂教全局覆,熱心盡滅冷灰中。摧袁諴呂驕殊甚,難向江南翊戰功。魏。地無立足計多空,看失荆襄保障雄。恐敵已成強弩末,依人未趁過江風。得雲龍漸飛池上,罹火魚偏脫釜中。千載鏖兵談往烈,協規同力有殊功。蜀。折戟沉銷伯業空,謀臣今尚說英雄。地符諸葛三分策,天與周郎二日風。破陣絃歌烽燧後,揮軍羽扇笑談中。兩家脣齒誰聯結,魯大夫當第一功。合論。《錢塘觀潮》云:秋高氣肅海門開,一線纔明萬水堆。晴日互翻雷雨亂,神鞭齊逐雪山來。錢王枉使三軍力,枚叔誰追七發才。怪底漁人偏習慣,輕舟幾葉弄潮廻。

郭美彥 字夢蓮,道光拔貢,官教諭

夢蓮二十年前與彭佩雙明府題襟漢上,詩酒聯歡,頗極一時之盛。風流雲散,求二君詩杳不可得,方引爲大憾。頃杜蘭泉廣文寄示夢蓮二律,亟錄之。《吉陽留別》云:洑江江口接潰流,捧檄來乘雪夜舟。兩載鷗盟催旅夢,十年鴻爪話前遊。春風楊柳多清眼,秋水蘆花已白頭。愁對碧山無可問,月明懷古一登樓。花鳥尊開問字天,數椽辛苦快吟聯。巢同乳燕居常卜,味美鱸魚信早傳。落日故人分手憶,春暉遊子寸心懸。半江紅樹帆初掛,惆悵櫻桃古渡煙。

張 氏[2]

《絕句》云:病廢梭機老廢鑾,牙籤緗帙興猶耽。唐詩漢賦都收捲,日向明窗讀二南。《留侯》云:子房稱疾藏機早,只待功成辭漢家。已復韓讐無所事,此心原自在煙霞。

【校記】
〔1〕此序見清史致謨光緒《潛江縣志》卷十八。
〔2〕"張氏"條,原置於"莫與先"前,今移於卷末。

湖北詩徵傳略卷二十八

天　門

唐

劉虛白

虛白昔與裴令公同硯席，及裴主文，猶以舉子試雜文。因簾前獻截句云：二十年前此夜中，一般燈火一般風。不知歲月能多少，猶著麻衣侍至公。

虛白少擢進士第，性嗜飲，嘗有詩云：知道醉鄉無戶稅，任它荒却下丹田。《北夢瑣言》

陸　羽 字鴻漸

羽，開元時人，詔授太子文學，徙太常寺太祝，不就。性介而情深，雖獨行，未嘗一日忘忠孝也，觀其自序盡之矣。羽自言慧而通，其用功專而銳，其立志窮而不變，其爲人果於自信，勇於爲人，而慵于周旋。有沈織簾之好學，阮東平之興致，莊漆園之解粘釋縛，王長史之終爲情死，是殆庶乎狂狷者流邪？乃執儒典不屈，至淪辱厮養不悔。負書火門，結廬苕溪，自位於放人佚士，同塵於伶人樂師，一時名流達官如李齊物、崔國輔、鄒夫子諸人皆握手如平生。終以文學徵於朝，不赴。遺文垂後，其亦矯乎克自振拔者矣。

《唐書》謂其生三日而雁銜以來，及長，占於蹇之漸而得姓名。即文學自傳，亦云不知何許人也。後百餘年有希夷摶，冒陳爲姓。蓋古之異人，常有不可解於造物若斯者。

羽嘗自撰《陸文學傳》，宋子京《唐書》本之。趙璘《因話錄》：竟陵龍蓋寺僧積公陸某于堤上得一初生兒，育之，遂從其姓。穎悟多能，積公初不令習儒，百方挫辱而終不懈。遂至火門山從鄒夫子學，旋與皎然爲莫逆交。學贍詞逸，詼諧縱橫，東方曼倩之儔也。其遺文如《君臣契源解》、《江西四姓譜》、《南北人物志》、《吳興歷官記》、《占夢書》、《茶經》，唯《茶經》行世。嘗作歌云："千羨萬羨西江水，獨向竟陵城下來。"故有覆釜洲、陸子泉，皆烹茶品茶處。羽放跡江湖，當安祿山亂中原，爲《四悲詩》；劉辰窺江淮，作《天之未明賦》。

陸文學嘗與顏真卿、吳筠、李萼、楊憑、耿湋、皇甫曾、劉全白、釋皎然諸公爲聯句，詩不盡可傳，然亦可彙紀，以誌一時之盛。《登峴山觀石樽》云：松深引閑步，葛弱供險捫。《水亭咏風》云：動樹蟬爭噪，開簾客罷愁。七言云：漢朝舊學君公隱，魯國今從弟子科。只自傾心慚濡煦，何曾將口恨蹉跎。《辟疆園》逸句云：辟疆舊林間，怪石紛相向。又云：絕壑方險尋，亂崖亦危造。出《海錄碎事》[一]其《題康王谷》有"瀉從千仞石，寄逐九江船"一聯，殊有筆力。又有七截云：月色寒潮入剡溪，青猿叫斷綠林西。昔人已逐東流去，空見年年江草齊。則在會稽東小山作也，神韵尤佳。《竟陵詩話》

《西江》云：不羨黃金罍，不羨白玉杯。不羨朝入省，不羨暮入臺。千羨萬羨西江水，獨向竟陵城下來。《月夜啜茗》云：泛花邀過客，代飲引清言。

宋

張 徵

徵以詩名，所著有《滄浪集》，司馬光、范純仁皆與友善。弟徵七持使節，八剖郡符，公清超邁，以廉節稱。《宋詩紀事》搜採最博，而不及徵。兩滇先生謂其無傳，信乎其無傳也。

明

魯鐸 字振之，弘治進士，官祭酒，諡文恪，有《蓮北》、《使交》、《東廂》諸集　子彭嘉

鐸恬靜端默，於書靡不治。使安南却餽遺，擢司業，進諸生以行勿徒事誦習，病免。尚書林俊薦司成南雍，旋致政歸。累徵不起，築已有園，逍遙晚節，弗與外事。羣盗揭竿，所過成墟，獨相戒勿犯魯祭酒村。爲文典則而軌于道，幅簡意包，神味自足。卒諡文恪。按例四品無諡，鐸以清節得之，蓋異數也。孝感熊相國編《學統》，以鐸附焉。本傳

文恪以清德稱，恒曰：「人嘗咬得菜根，則百事可作。」君子以爲名言。歸田日，築已有園於宅東。自賦云：其蔬則有芥苣葵莧[2]，蘆萉菠菘。芥苗嶺表，山药土中。春間剪韭，秋高摘葱。豆多豇扁，瓜備西東，瓠較五石。爲劣芋，譬蹲鴟，狀同蘇子瞻所云。我與何曾同一飽，不知何苦食雞豚也。又曰：「安予分之所遇兮，求予心之所好。苟没世其有稱兮，奚外身而有校。」又曰：「人生信亦有涯分，嗟世事之莫盡。往者幸于免咎兮，來者可諉於予分。」達生之言，猶恐修名之不立，庶冀乎莊老之旨矣。《靜志居詩話》

鐸子彭嘉編所著，前四卷皆詩，第五卷爲使交稿，六卷以下爲雜文。史稱鐸爲司業日，與祭酒趙永，皆大學士李東陽門生。值東陽生辰，相約以二帕爲壽。索笥無有，有乾魚食過半矣，乃以爲餽。夫司業何至貧不能具二帕，於事理爲不近。殆世欲著其清介，故甚其辭，史因而錄。然亦可見其素行孤潔，遂致影造是語，不能不謂之賢者也。《四庫書目提要》

振之在翰林時，館師試《草堂蛛網》，題句云：草堂蛛網挂虛簷，幾度推窗似隔簾。破向虛風猶裊裊，補當明月正纖纖。燕知巧避渾無礙，蝶爲狂飛或被粘。昨夜蚊虻不安枕，願教疏處更重添。振之詩皆莊整，此獨秀爽可誦。《堅瓠集》

鐸嘗以一童自隨，寒宿逆邸，即引之共被，賦詩云：半破青衫弱穉兒，馬前怎得浪馳驅。凡由父母皆言子，小異閭閻我却誰。事在世情都可笑，恩從吾幼未能推。泥途還借來朝力，伸縮相加莫漫疑。亦可見其宅心仁恕矣。

李本寧云：先生思深而不苦，骨勁而不厲，情婉而不蕩，事核而不僻，气平而不餒，山林廊廟，各適其體。

錢受之云：振之沉潛學問，杜門斂跡。焚香危坐，日夜讀書。屢起屢歸，執持名節，爲翰苑師儒之官，誠無愧焉。

《賞蓮次韻李貽教》云：花神見夢作人語，云是江南水仙女。覺來却憶湖上花，接天映日連漁家。恨無神仙縮地術，坐令清水芙蓉出。謫仙庭院頗虛閒，華峯幻在盆池間。開花差比十丈矮，深秋未見紅衣解。憑陵大叫呼謫仙，我有金龜當酒錢。共君坐花開瓊筵，君須一斗詩百篇。《說劍次韵劉用章》云：人間劍客何有邪，試聽說劍多浮華。由來神物本天造，刺鍾切玉寧須嗟。鵝膏腥穢無所用，陰氣撲眼飛寒花。千年老蛟潛海底，劍芒射水蛟應死。君家古劍真龍泉，苔斑土繡須料理。牀頭白日動地雷，萬金寶匣防批摧。會當提去信君手，蛟螭授首非君誰。《寒夜唫》云：鉐風鑱地地欲裂，橫磨幾許并州鐵。深窗油凍燈不明，出袖手僵挑不得。征東甲士帶霜坐，賊羣却占千家卧。營中凍死不敢嗔，只怕河冰賊偷過。南去干戈何日止，兵賊居民皆赤子。官家詔赦明朝開，盡消殺气陽春回。《閒居》云：別墅成書屋，閒居愛竹籬。野山爭入座，田水暗通池。鳥語花深處，魚遊月上時。夜闌無客到，散步詠新詩。《螺磯祠》云：家世元宜廟兒碓，獨憐不近永安宮。人情竟悔荆州借，天意容教漢祚窮。白浪未應銷憤气，絳幡常自動靈風。憑高感慨心何限，長立寒江夕照中。《九日東莊用杜牧之韵》云：丹楓零落白雲飛，別墅風長酒力微。坐待池菱炊飯出，行逢野菊戴花歸。沙鷗貪看臨秋水，林鵲從教亂夕暉。朝市久違疏散性，欲從漁父問荷衣。《送彭丞獻俘後西征》云：東南京觀已岩嶢，西蜀仍傳破膽謠。匣底青萍應再試，手中白羽未全凋。材官用命思探虎，天子臨寒欲賜貂。從此功高難比竝，漢家麟閣在雲霄。《送劉養和侍御按陝西》云：遙看繡斧下蘭臺，西按三秦用楚材。車後剩懸甘雨去,道傍爭避法星來。醇風漸入青箱載,弊政都從白筆裁。更爲君王作衡鑑,秋場收拾俊才廻。《野望》云:東風吹雨宿塵輕,膴膴村原正曉晴。遠樹有花皆辨色,好峯無數不知名。雲開鴈鶩橫長塞,草綠牛羊上廢城。欲向燕山還極目,夕陽時候更分明。《月夜園池泛舟》云:戴月乘風弄小舠,橋南新水没菇蔣。廻橈更度荷花渚,凉露滿身襟袖香。《陽朔道中志喜》云:輟飯支頤看翠微,人間應見此山稀。無從學得王維手,畫取千峯萬壑歸。《横州》云:來迎官吏説横州,遥立蒼崖石上頭。也欲登高閑縱目,黄昏風雨暗江樓。其它佳聯如:巢卑幽鳥護,樹老怪藤纏。似《東野集》中語。"庭皋鳴落木,遊人感秋風"、"美人在何許,遥憶湘江陰",再"鄉夢落江城"五字,則又駸駸乎爭盛唐而上之矣。

彭字商年,嘉字亨卿,皆舉孝廉,工詩文,能傳家學。嘉有《西塔寺》云:我聞西塔寺,佛子亦多能。一笠歸虛寂,孤鐘感廢興。心淵舟作宅,面壁石爲燈。風月當今夜,蕭然渾似僧。彭著《雁門小橋詩稿》,有"飛花到酒杯"之句,爲時所稱。

鄒　穀 字子美,貢生

《陸羽茶亭》五排中數聯云:繞檻湖爭碧,開軒山送青。鷗馴如對語,鶴倦每梳翎。頗清逸可誦。

徐成位 字惟得,號中庵,隆慶進士,官巡撫,有《沖漠館集》

成位生六歲乃能行,警敏異常兒。隨父任金華,從胡公泉先生受《易》。初授舒城令,累升至雲南巡撫,未之任而卒。

中丞徐惟得先生宏才雅量,整儀高懷,爲海内鸑鷟者五十餘年。未嘗沾沾於詩文,而古今之詩文若不外於是者,此何故哉？嘗記公之言曰:"吾在儀曹,居間寡務,與王敬美、孫月峯諸公切劘爲古學,頗知古人之意。後屠長卿以才豔誨妬,而不腆君苗之硯,亦坐是而焚。人生在世,上則性命不

易之理,次則民物有用之學,焉用是招尤之言爲哉?"今兹集爲公孫所收掇,因序而傳之。截譚友夏撰詩序

《燃燈寺》云:野曠依蕭寺,空齋只短檠。微風生殿閣,疎雨到柴荆。仙梵白雲和,樵歌綠樹迎。天遥江色暮,隱几聽秋聲。《過留河》云:明河斂秋色,鼓枻興悠悠。遠嶼雲中盡,孤村水上浮。風凋丞相嶺,波涌帝王洲。懷古翻蕭索,閑唫斷白鷗。《沖漠館》云:深巷幽棲半野蒿,白衣柔櫓送村醪。開樽洗盞花陰下,旋剪春蔥擘蟹螯。滉漾新泓碧玉寒,白榆初墜五雲端。鱸魚正美無由得,斬取龍孫作釣竿。

吳文企字幼如,號白雪,萬曆進士,官副使,有《菰蘆集》、《絮庵慚錄》

白雪廉吏,守湖州時爨薪不給,課童僕,刈後園豐草折枯樹以炊。偶得石一片,上有"玉筍"二字,其旁題識已滿,乃宋元豐間物。笑曰:"太守落落,有如此石,石應太守將去。"及遷秩,載之以歸,置香稻園,聞至今尚在也。其《菰蘆集》在湖州所著,詩頗饒清韵。《同寮友題資福寺》云:行到寺邊寺,坐看山外山。講堂分戶牖,野席對溪灣。暗水香厨引,高雲絕頂還。茶瓜深話久,欲起更牽攀。《泛舟碧浪湖》云:紺塔高懸山寺,蘭舟不遠人家。載出村莊兒女,折來楊柳桃花。小櫂白蘋洲渡,輕帆碧浪湖風。歸到郡城春望,湖山盡在樓中。《靜志居詩話》

《對酒》云:賀蘭山下古邊頭,獵獵西風醉數甌。白塔光寒餘雪積,黄河浪涌亂冰流。閉關此日無驕虜,繫頸它年想勝籌。寄語諸公須努力,五雲直北是神州。

熊 寅字國亮,號念堂,萬曆進士,官知縣

寅少客京師,遇異人與語,超然有出世之志。登第後,疏請養母。十年母卒,令婺源,有惠政。　寅客長安,與道人遊,已而曰:"我鄒月賓也,他年芙蓉嶺上,復與子期去。"後十餘年,寅令婺源,以事入郡,於峻嶺高峯,忽見

月賓,相與道故若平生。從者屬目良久,乃罷。問其地,則芙蓉嶺也。寅因賦詩云:"廻首長安已十年,相逢嶺上兩茫然。愧予俗骨還爲吏,羨爾丹容合是仙。世事無憑蕉鹿夢,玄談空墜野狐禪。漁郎不久風波裏,煙雨桃花一釣船。"元日,夢道人來,曰:"龍華會邇。"覺而異之,遂自說偈曰:"我外原無我,吾今却見吾。世間多少事,曾了一些無。"端坐而逝。

吳 贄 號蘇嶺,有《閎覽樓》、《盧屈山人稿》

蘇嶺兩中副車,李宗伯大泌雅重之,與鄒五治賦詩相樂。《幽居》云:樹疏媚多姿,水空綠如藻。淡淡臨高臺,亭亭插小島。遠岫雲外來,河流階下抱。飲盡牟尼光,曠然衆緣埽。

吳邦彥 一名有省,字聖甫,有《西溢園草》

邦彥五歲通《文選》,九歲畢群書。未冠備弟子員,飛聲五華三溢間。中年肆力于詩,卓然成家。

《懷陸舟亭》云:東湖煙草鬱青青,城上高臺臺上亭。良友寄情高太峯,新詩清絕似中泠。人間久案籠鵝帖,水底誰摩瘞鶴銘。我望遺踪俱湮滅,幾番廻首不堪停。

鍾 惺 字伯敬,一字退谷,萬曆進士,官提學僉事,有《隱秀軒文集》、《史懷》 弟㤟、忄夬

文人相輕,自古已然,未若牧齋輩與鍾譚詆諆之甚者,其禍端不過爲《詩歸》一書。而《詩歸》之選,果出自鍾譚,尚在莫須有之間。《靜志居詩話》一則曰詩妖,再則曰亡國之音,其污衊可謂極矣。乃稱《詩歸》爲同里諸生某所假托,伯敬見而怒甚,將言於學使除其名。因書已盛行,遂無可如何。羅織之,而復解脫之。古今來有此任意顛倒之清議乎?以耳爲目者

流,執爲口實,一唱百和。少陵無人謫仙死,黑白溷淆三百餘年,而無一定之是非。楚人固不善爲名,其如公道不伸何故？證以諸家之論説以明,非出自鄉里之阿私云。

惺貌寢,羸不勝衣,爲人嚴冷,不喜接俗客。官南都,僦秦淮水榭讀史,有所見即筆之,名曰《史懷》,晚逃於禪。自宏道矯王李之弊,倡以清真。惺復矯其弊,變爲幽深孤峭。與譚元春評選唐人詩,爲《唐詩歸》,又評隋以前詩,爲《古詩歸》。鍾譚之名滿天下,謂之竟陵體。《明史論》

馮伯宗曰:伯敬柬友夏曰:"曹能始覺近日詩文有淺俗之病,亦是名成後不交勝己之友、不聞逆耳之言所致。"近日范仲闇謂自《詩歸》行,無一人敢向伯敬言,誤伯敬不淺。此非名人遞相誚也,人苦不自知耳。《唐堂尺牘》

元歎詩宗退谷,所藏《茶訊詩卷》以"顧渚一片香"爲鴻魚往來之路,真交情中佳話也。而虞山戲題其尾,至比之屠門大嚼。乃寄元歎詩云:"皇天老眼慰蹉跎,七十年華小劫過。天寶貞元詞客盡,江南留得一徐波。"又推服如此。此人前後矛盾,宜其爲兩口蟲也。　閲虞山集中有粗俗語,至于不可耐不可醫者凡百餘條。復看鍾譚詩洗刷殆盡,解衣浴此無垢人,非虞山身蒙不潔者可比。乃其《論詩》截句有云:"不服丈夫勝婦人,昭容一語是天真。王微楊宛爲詞客,肯與鍾譚作後塵。"謂不及北里兩妓也。率口輕薄,目爲浪子不虛。　紀文達謂虞山《列朝詩集》以"記醜言僞之才,濟黨同伐異之奸,黑白混淆,無復公論"。洵爲斥奸之利劍。　昌黎詩筆恢張,而不遺賈島孟郊,故人皆山斗仰之。今談藝家不知視竟陵何如,而鍛煉周内,幾令身無完膚,不意風雅中有此羅織經也。　伯璣《復愚山書》云:伯敬所處在中晚之際,復爲黨論所擠。當時以大行擬科,忽出而爲南儀曹,志節不舒。故文氣多幽抑處,亦如子厚之不能望退之也。黨論以"十亂"呼之,與鄒臣虎諸公同列。皆好學孤行,不肯逐隊之士,幾同子厚見累於王叔文矣。"冷"之一言,其詩其文皆主之,即從古人"清警"出。其平日究心經史莊騷,以官爲隱,以讀書爲官,其人實不可及,而於友誼尤篤。唯徐元歎、張草臣諸君,絶不師古,附和景陵靈樸之説,日趨俚弱,致伯敬獨受惡名。《竟陵詩話》

施愚山《與陳伯璣書》云:昨承寄到伯敬集,適在筍輿中,遂至讀盡。其手近隘，其心獨狠，要是著意讀書人，可謂之偏枯，不得目爲膚淺。其於師友骨肉存亡之間，深情苦語，令人酸鼻，未可以一冷字抹煞。史論諸篇有別解，筆力從《左》、《國》、秦、漢中來。大抵伯敬集如橘皮橄欖湯，在醉飽後洗滌腸胃最善，飢時却用不得。然當伯敬之世，天下文士酒池肉林矣，那得不推爲俊物。伯敬謂後生學中郎不成，不如學于鱗。吾兄又謂近人學于鱗不成，似不如仍學伯敬，皆救時之言。《施愚山文集》

惺少負才藻，有聲公車間。擢第後，思別出手眼，另立深幽孤峭之宗，以驅駕古人之上，同里譚元春爲之應和。海內稱詩者靡然從之，謂之鍾譚體。其所著《隱秀軒詩集》爲海虞沈春澤雨若刊行，蓋奉其教以壇坫於東南者也。

自先生以詩文名世，後進學之者大江以南更甚。然而得其形貌，遺其神情。以寂寥言精煉，以寡約言清遠，以偶淺言冲澹，以生澀言新裁。篇章字句之間，每多重複。稍下一二助語，輒以號於人曰"吾詩空靈已極"。余以爲空則有之，靈則未也。使嘉隆之作者，幸而裙襦獲全含珠無恙；而使今日之作者，不幸而刻畫眉目摩肖冠帶，波流風靡此倡彼和；有識者微，反唇於開先創始者焉，則何不取是集而讀之也？唐齊己好慕韋蘇州，效其語以贄一，再讀輒棄去不省覽。後乃徐出其故草以進，大加賞識曰"子奈何舍吾而學我"？人之針芥相投，臭味相合，大抵在風神清濁、志氣通塞，必不在章句聲韵間。今世之爲齊己者，正復不少，先生將何以待之？余之梓是集而序之也，非序先生之集，而序世之學爲先生集者也。節沈春澤撰詩序

孫月溪先生曰：《詩歸》一書頗爲談詩者所訾，然極可醫庸俗之病。善讀者當有得力，此可爲易言聲韵者告也。《格齋詩話》

伯敬詩原有佳處，如："聽子酣歌徹，知君誦讀成。"又如"雷聲入水圓"之句，皆不愧大雅。顧黃公《耳提錄》

人謂鍾譚論詩入魔，而其佳句自不可掩。如：子姪漸親知老至，江山無故覺情生。《慰人下第》云：似子何須論富貴，旁人未免重科名。俱有風味。《隨園詩話》

伯敬《愛妾換馬詩》云：功名仗驥足，志節略蛾眉。不貴此時意，難於無

後思。疆場方有事,閨閣亦何爲?忍待承平日,明珠換侍兒。真能寫出忠君愛國之忱,而氣格沉渾,雖七子爲之,亦恐不能到。《楚天樵話》

讀退谷《游浮渡山記》如讀應劭《漢官儀》,語森秀而思崎嶇,刻露盡致:"由三曲洞反會聖崖,夜雨,將就枕,念石廊所刻建安雷鯉詩,極佳,相與執燭鈔焉。已從浮山來,更覺浮山好。萬壑染秋雲,乾坤怪未了。遊人無古今,天風醉花鳥。我欲煮煙霞,呼童拾瑤草。"此詩固飄然有仙气,足見真讀書人虛心服善,不肯匆匆放過也。　予於鍾譚二公詩探幽索隱,各取其勝,其尚有奇奥之語,深秀之辭,猶珍如吉光片羽,非拾瀋者比也。五言如:沿岸携初月,登庭及暮鴉。空林行有得,靜坐夜方知。幽思宜孤往,高情多所捐。細火䨩林露,遥鐘過浦霜。湖晚收殘暑,林秋戀夕陽。新水分冰半,孤煙出樹難。酒色藏孤憤,英雄受衆疑。又"天寒抱影微"五字,韋孟所不能到。七言如:竹經絶澗數花落,坐見半山孤鳥翻。蟲自亂鳴非屬和,鷗於相值偶爲羣。譚詩如:慈親漸老無多望,執政方嚴敢亂吁。颯爽時飛千澗雨,蕭森不學衆峯晴。真得古人味外味。意後來詞壇諸公羣吠同噪,忌其名太盛也。使當日不登壇,不著書立説,如陳白雲、宋登春輩,甘心枯落;一旦爲諸公得之,能不歎爲嶔崎歷落之士?《鵠山文略》

僕於近人非不强項,讀古人詩便覺爽然自失。輕訿今人詩,不若細看古人詩。若細看古人詩,便不暇訿今人詩也。每見古人終身爲詩,究其所存,不過一帙或僅數章,則心甚畏。其貴裁也,精於裁,必審于作,慎於示人,乃其高於自處。此予所謂選而後作,毋作而聽人選者也。余閲唐人全詩,畏杜審言之少,而劉眘虛止十四首,其嚴冷之意尤肅如不可犯。《隱秀軒文集》

《再登浦口王茂才山樓望新城》云:水上樓居忽有城,重來翻覺類新城。鶯花每次逢初夏,風日無端屬乍晴。山對層楹還自若,江添脾睨倍多情。亂帆屢向煙邊没,去遠參差却漸生。《舟晚》云:舟棲頻易處,水宿偶依岑。岸暝江逾遠,天寒谷自深。隔墟煙似曉,近峽气先陰。初月難離霧,疏燈稍著林。漁樵昏後語,山水静中音。莫數歸鴉翼,徒驚倦客心。《送邱長孺赴遼陽》云:曲突何曾勸徙薪,烽煙桴鼓重邊臣。全遼三五年中事,爛額焦頭

半楚人。《明詩綜》

《六月十五夜》云：明月眷幽人，夜久光不減。良夜妮佳月，月殘漏愈緩。未秋已高寒，秋至更清遠。逝將齎幽魄，炤此夢魂淺。《省鶴》云：物生既孤遠，秉尚必落落。意不可食飲，肯輕訴飢渴。雙鶴亦何期，忽焉於我托。暫籠置舟中，羈爾良自怍。恥受世人寬，寧爲曠士縛。《宿烏龍潭》云：淵靜息群有，孤月無聲入。冥漠抱天光，吾見晦明一。寒影何默然，守此如恐失。空翠潤飛潛，中宵萬象濕。吁嗟靈昧前，欽哉久行立。《遊茅山》云：山以人得名，去來關隆替。犯雨訪句曲，諒亦有冥契。依夕忽如朝，輿步踏殘霽。天寒百靈肅，山空衆響厲。嶺上自白雪，真人已天際。始悟洞壑跡，只是真山蛻。案圖窮物隱，歲晚冰霜閉。《題林茂之畫壁》云：胸中既有真山水，壁上何知非絹紙。約略山雲膚寸間，汩汩俄焉潤圖史。意所纔見筆輒追，不然過眼將失之。有時伸紙乞君筆，未必風神能若斯。《上巳雨登雨花臺》云：去年當上巳，托集寇家亭。今昔分陰霽，悲歡異醉醒。可憐三月草，未了六朝青。花作殘春雨，春歸不肯停。《烏龍潭吳太學林亭》云：城午亭先晚，園春水欲秋。蜂狂花約束，鶯過柳遮留。雲氣能香石，湖陰半壓舟。良辰多下鑰，閑殺此林丘。《巴東道中示弟恮》云：山中未必雨，雲起已生愁。峽窄天多暮，江高地易秋。連朝皆陟巘，兹路獨臨流。欲盡瞿唐勝，歸途定覓舟。《寒月同友夏叔靜作》云：清切山中月，依稀水際看。入霜惟覺淡，過雨自然寒。夕淨來無累，窗深到已殘。添衣須一出，此後對逾難。《經聊城魯連射書處》云：火牛難再出，嵎虎已垂窮。危矣強弓末，微哉一矢中。城亡終去殺，將死亦成忠。所以爲排難，非他策士同。《自題畫贈陳子素》云：以我雲煙筆，傳君丘壑心。無人山路遠，不夜水亭陰。妙借空齋氣，君有妙氣齋清添四壁音。可言幽曠内，未有客棲尋。《桃花洞》云：商山海上半秦民，何獨桃源是避秦。滿洞仙人一漁子，翻疑漁子是仙人。

恮字叔靜，爲伯敬同懷弟。幼穎敏，目十行俱下。嗜詩，與兄論不合，兄亦不之強。气骨清遒，根柢深厚，終爲兄名所掩，不能馳騁獨步。所著遂不多傳，論者惜之。

叔靜以諸生終，其詩絶有風骨，不染竟陵習气。古詩如《出塞曲》云：大將雖自貴,少小爲奴隸。男兒不殺賊,自應死邊城。夢想通侯貴,意氣始得雄。近體如:桐新春後葉,竹正午時陰。皆佳境。有《半蔬園集》,惜不傳。《香祖筆記》

伯敬《致叔弟忬書》云:"弟詩不學阿兄,甚有氣骨,有志力,有色韵。如《出塞曲》真得老杜骨法,可奪譚二之壘。"後附退谷《舟》[3]。《南遊初泊》如:爐火半消家漸遠,湖天相對意何孤。《初曉》如:帆響客心隨水去,夢餘寒被與霜連。鳥爭晴气飛從日,門擁晨光開向天。五言如:桐新春後葉,竹正午時陰。病中作《徐元歎將到詩》,遂爲絶筆。有《半蔬園詩集》,用譚友夏所贈詩語也。曹能始爲作序,稱其才自成一家有餘,退谷輒以虛聲掩之,使不得稱名於世。《吾同山館雜記》

叔靜五言詩極工,如《欲泊》云:暝色員天地,淒風吹渾淪。《將泊》云:岸隨潮出没,人與夜虛無。《飲文叔草堂》云:席外即春草,山中有暮花。《舟晴》云:暖气專亭午,淒風附夕陽。《楚天樵話》

《寄伯兄秦淮》云:曰歸未歸在秦淮,友朋相守兄弟乖。幾年不見作何想,胸中曾恐多荆柴。先後作詩幾十首,急欲面訂是與否。刻意讀書與下人,踟蹰亦難著心手。兄弟之中求良朋,古人今人多未能。一鄉一國並天下,不如爾我自薰蒸。君是士衡子瞻流,謂我士龍與子由。士龍子由何敢必,常恐暴棄爲君憂。邇來益覺詩書好,自視視人難草草。《月》云:有月何妨夜,孤情多所憐。江低光欲落,人寂景無邊。雪積餘清厚,鳥飛寒照牽。嚴霜難獨立,靜野自淒妍。《贈胡彭舉》云:户庭能幾步,竹石占其多。七十君顔好,三春余病過。茗香生計久,朋友性情和。遠景燈微照,相看奈夜何。清福因人畀,寬然以待之。似君安草莽,自爾到希夷。俯仰求無愧,機緣不畏遲。兒孫陪笑語,見在有如斯。《贈林茂之》云:不惜頻將過,交情病裏深。桐新春盡葉,竹正午時陰。筆墨延余坐,冰霜識子心。支琳憐弱骨,藥餌互相欽。《露坐》云:庵遠鐘難即,階蟲語漸生。暗村遥夜气,晚木易秋聲。野去煙先永,花深露未乾。餘凉經朕理,寒欲到殘更。《生月齋夜坐》云:出門即野气,河水夜光横。帆景從煙去,桐陰賴月成。絪緼花待旦,含蓄鳥無聲。茗碗相傳處,良朋語嘿情。《贈程中道》云:緑盡門前路,柴扉與水灣。友朋相過少,父子自爲閒。直道仍衣食,人情自險艱。共君談頃刻,已覺是深山。筆墨爲尊養,親心亦自安。布衣聊任運,白髮好加餐。草色看柔厚,鐘聲出廣寒。伐檀情已定,豈曰樂河干。《曉》云:晨鐘人語集朝煙,各有營營各欲前。帆響客心隨水去,夢餘寒被與霜連。烏爭晴气飛從日,門擁晨光開向天。此際曉眠誰最穩,披衣愧在衆人先。《深秋示聖修中孚》云:朝朝湖上問芙蓉,對客那知俯仰慵。平野空濛煙有著,小亭蕭寂竹相從。河流不斷門前柳,霜勁先寒遠寺鐘。共語連牀秋一月,看來曾是舊心胸。

快字居易,詩書畫有三絕之稱。亂後草衣木食,如在家僧。京山王虎伯、同里胡君信皆有贈詩。

居易默如入定僧,莊嚴不可犯。訪其家不遇,則湖上尋書畫舫得之。學書學畫談禪皆其所欲者,則與之深語,否亦淡淡而已。《隱秀軒文略》

劉必達 字士徵,天啟進士,官中允

必達器識宏深,壬戌會試第一。捷聞,安坐如平日,賀相逢聖使覘之,喜曰:"是堪儋何天下事者。"[4]

《苦雨》云:竟日門常掩,唯憑舊燕過。那能同客飲,猶不廢吾歌。崖白明寒火,沙黃漲遠波。無聊消永晝,農圃事如何。巢如阿閣小,屋與白雲平。鳥向波中立,魚看樹杪行。晚鐘窺塔近,孤火浴江明。夜半流泉響,都成瓦滴聲。

李 登 字伯庸,隆慶進士,官大理評事

《遊蓮臺寺》有"夢殘松閣磬,倦醒竹爐茶"之句。

譚元春 字友夏,號鵠灣,天啟舉人,有《岳歸堂》、《譚子別詩》、《詩歸》等集　子籍

先生幼通俊不群,嘗貽友書曰:"身圖渾古,視羲皇乃後來耳。"喜言詩,

同里伯敬先生最推服，引爲莫逆交。監司同安蔡公宏才望，伯敬因言之，蔡果大喜，書幣交下，聲名益起。天啟丁卯鄉試第一，主試李太史明睿得卷，擊節謂同考曰："雋此人，吾黨數十年不寂寞矣。"一上春官，不第，卒。

元春《明史·文苑傳》附見《袁宏道傳》中，隆萬以後，公安三袁始攻擊王李詩派，以清巧爲工。惺更標舉幽冷之詞，與元春相倡和。評點《詩歸》，流布天下，亦一時風氣使然也。《四庫書目提要》

徐元歎《落木庵記》云：癸酉十月，與竟陵譚友夏，寓其弟服膺德清署中。曉起盥漱，見余白髮盈梳，云："子從此別，計必住山。請擇佳名，以名其居。"服膺出幅紙俾作擘窠書，友夏執筆擬議曰："子旋吳可謂葉落歸根矣。"遂題此目云。歸後有《寄楚僧寒碧詩》云："楚鬼微唫上峽謠，中元法食可相招。憑君爲譬興亡恨，雨打秋墳骨亦消。"寒碧少遊竟陵之門，此詩蓋爲鍾譚兩先生作也。《池北偶譚》

友夏事母至孝，母年五十三即失明臥牀榻間。友夏躬進茗粥，嘗藥餌，八年如一日。有《病中奉母登紅濕亭詩》云："侍母渾忘身健無，以身作杖任母扶。母坐亭中愛流水，水泥是母與是子。賢母多識古行藏，手指荊花勉諸郎。"亦可見其服勞承歡之一端矣。

竹垞謂友夏別出蹊徑，特爲雕飾，爲不讀書之過。已屬出自偏私，不足折服天下後世。乃錢牧齋直指爲糊心眯目，墮入鬼魔，天喪斯文，爲孽于世，其痛詆之不遺餘力，尤加竹垞十倍。良由牧齋進退無據，身事貳朝，晚年復效桀犬之噬，致爲盛世所不容，專污衊前賢以伸其倒行逆施之憤，固有無足深怪者。蜉蝣撼泰山，與泰山何損？二公著述卒亦收入《四庫》，傳之千秋。以較片紙隻字皆遭禁燬、等之名教罪人者，其顯晦榮辱爲何如邪？《瓶隱齋筆記》

《雞鳴寺贈徐牟父》云：斜巷向鍾山，草色連午陰。君若不在茲，茫茫將焉尋。奇情老乃見，年少老可欽。常恨逝湍中，無數少壯心。終不至大海，此流安用深。愛而與之語，金玉保爾音。《予將山居，幽甚，是宋人方圓庵遺址，與李長蘅嚴無敘同過》云：杳杳一溪水，隨我上空林。可見人境外，青山本易深。幽士縱遠步，息之以清音。一坐仰松竹，泉浮山乃沉。往來古今色,前山石陰陰。《復留吳興與俞彥直同遊》云:我欲乘月發,子忽乘月到。相遇自成留,主人向客笑。尋溪不知返,身心舒一嘯。《鄴中歌追和鍾伯敬》云:北風吹漳漳水明,落日照人心不平。渡口望臺指飛鳥,觸撥從前情杳杳。英雄作事無可隱,恥將仁義換紅粉。分香自是平生事,試想高臺爲誰置。磊磊瑣瑣本一腸,雄心柔骨無短長。銅爵下令少愧恥,怒擁如花看流水。臺上女兒多不俗,魂歸片瓦硯光綠。《登清涼臺》云:臺與夕陽平,同來趁晚晴。隔江山欲動,半壑樹無聲。艇子遙歸浦,庵僧近掩荊。煙嵐處處合,殘興尚能清。《得伯敬書》云:人傳君病甚,亦覺久無書。近始來音旨,中仍略起居。蒻香諸佛下,歸志一官初。我信田園好,山川或未如。《將移往幽處,留示同志》云:招搖多在板橋邊,寶鴨銀筝十五前。野水乍生船弄月,諸峯不動柳殘煙。繁華事作寂寥想,今古人如新舊年。將欲掩關心未了,一留詩問到諸賢。《黃美中從蘄水遠過》云:舟隔朱陳村復村,數年一到易衡門。身經世事荆榛路,袖匣新文風水痕。有月隨君溪上照,看霜在我鬢邊存。自慚靈運心多雜,欲入空山但口言。《金正希學道人也,舟過其家,仲氏招飲》前四句云:六溪春水漲江渾,始見君家溪繞門。久爲茹蔬慚善友,翻因許飲愛諸毗。《答王修微》云:相送萬里碧,月光生道心。始知人意淺,不及雪流深。《飲山中人家》云:荷氣生前座,榴花紅一溪。牧童歸應客,黃犢過山西。《答王修微女史》云:宵燈曉火共西湖,船隔書聲聽又無。歸後憶君先憶此,春晴春雨長蘼蕪。《舟聞》云:楊柳不遮明月愁,盡將江色與輕舟。遠鐘渡水如將濕,來到耳邊天已秋。孤岸漁家已閉門,泊舟洲上近平原。笛聲吹水水吹月,一段蒼茫不可言。佳句如:見人兄弟好,即起別家愁。明月纔生即在水,殘陽不了尚留紅。又《父墓銘》云:不求於人而自銘焉,明乎其有子也。不求乎備而務實焉,明乎其有恥也。於戲,此先君之指也。語言之妙似《檀弓》、《國策》,似史公得意傳贊。謂之不讀書人,可乎?

籍字鹿柴,一字只收。《重過友水園》云:城頭山色遠尤青,傍水幽居列畫屏。百過不嫌傾白墮,半生空擬住滄溟。峯高石墜無完壁,天暮鷹飛有退翎。晨夕煙波都在眼,籬根須結小茅亭。

譚元聲 字遠韵，貢生　　弟元亮、元禮〔5〕

友夏先生諸弟皆能詩，遠韻筆致輕快，尤不囿於家學。其《觀水簾洞》五古前二偶云：山奇多在石，山幽必以水。竹樹與緇衲，俱足助山美。如噉哀家梨，令人聞聲意解。早歲受葛屺瞻、周鉉吉兩學使之知，文名爲寒河之冠。

《訪顧青霞園居》云：高閒成長策，門巷務令窄。故人挨步入，不欲身爲客。周視曲廊間，疑是君筆墨。少刻展君畫，又似幽人宅。園中結構佳，遠塔未曾隔。我欲圖之去，此圖無定格。

元亮字擬陶，副貢官，教諭，有《甑山詩鈔》。《高石階邀同碧公遊荆山》云：脱却冠裳且赴招，荆山久坐更宜宵。疏燈忽出臨風亂，遠樹如吹隔岸搖。擬置石前亭内竹，思添巖下瀑邊橋。三人共對無緇俗，細雨微風酒一瓢。

元禮字服膺，號柘皐，崇禎進士，官主事。初宰德清，端潔方正。以奏最，遷戶部主事，中道卒。

《賣衣》云：已解綈袍去，愧非脱贈情。臨尊謀醉易，向僕喜裝輕。袖貯餘香永，書添半篋平。要知歸信在，寒不耐淒清。

譚元方 字正則，天啟舉人，官兵備副使　　襄世

元方爲友夏先生叔弟，美鬚髯，多機警。才亞諸兄，而治績表著。《述懷》云：臣誼家聲姑兩安，潔身今可入幽巒。杯前搔鬢欣初白，懷裏捫心喜舊丹。野客爭澆松葉酒，老夫新著竹皮冠。縱橫淚墨長唫罷，留與高賢帶笑看。

襄世字初平，雍正舉人。出守柳州，其高祖元方舊治也。有《述祖德詩》云：猶有甘棠舊澤留，鷓鴣塘外白雲浮。荔蕉祭比羅池廟，不獨傷心柳柳州。頗傳於時。

陳　選字鼎升,廩生

《觀競渡》云：鋭頭健兒插艾葉，中流搗鼓齊擊楫。却忘魚腹葬何人，乃扳龍髯拚此身。鱗爪躍水如怒潮，蛟鼉逃匿驚奪標。喧豗兩岸千兒童，旁有拍手垂白翁。今人無乃皆葉公，不好真龍好似龍。又有名通者，著《嘯城詩稿》一卷，中多長篇。

胡承詔字侍黄,號君麻,萬曆進士,官太僕　孫泌

承詔天啟末爲四川左轄時，所在皆祠魏奄。蜀撫尤其私人，鳩工甚急。承詔毅然曰："蜀苦兵，民瘵甚，安敢以公家財急私門役邪？"衆乃止。撫方摘其過失，會奄敗，論最升太僕。

《七里河》云：如遊富春瀨，定發滄浪嘯。東臯亦以望，水木何清妙。問誰濯纓來，一鼓漁父櫂。

泌字西表，貢生，官知縣，有《西園詩集》。《先叔祖孝廉公叢園》云：彭澤猶多此一行，挂冠神武竟歸耕。仍將遺老還前代，止事賡歌樂太平。雨後青山臨净几，夜深白髮對孤檠。四時儘有閒花鳥，茅屋疏籬傍水清。

鄒法孔字景南　昌言

法孔與兄學孔講學里門，遠近歸之。郭正域、倪元璐皆折節與論交。詩功力深厚，惜不多見。

昌言字師禹，貢生，官知州，亦有詩名。《遊餘不溪》云：坐擁湘簾清勝玉，閒看越葛净於脂。

熊　湄字子退

湄母姙六月而父亡，愛之甚，顧溺苦於學。及長，讀《論語》"吾道一以

貫之",慨然深思,遂棄經生業,獨尋性命之旨。與雲夢彭魯岡、孝感楊恥庵、羅東山、葉啟庵、同邑黃于麻、鄒元芝諸君子相講貫服習,往返問答。遠近從遊者數十人,皆率之以爲己。自修邊幅向裏,儒者尊之爲虎嶺先生。

《述懷》云:桐飄三徑暮,蟬報一聲秋。碧落水如沐,青溪雲不流。我原無去住,天亦共沉浮。經史多鯖味,何須問五侯。

王鳴玉 字六瑞,天啓進士,官給事中,有《環草》 鳴琦

鳴玉在諫垣,逆璫側目。外遷隴右參政,懷宗初召還,尋罷歸。所著《環草》,有譚友夏序。

《韋公寺》云:左安門外繞長汀,畏友頻邀過水亭。一片塵羞溪面炤,十分酒入客脾醒。荷含秋意多相向,蟬作鄉音乍可聽。花落燈殘鐘定後,今宵旅夢各惺惺。

鳴琦字小韓,貢生,官知縣。同有詩名,著《浮麓詩草》。以《遊西湖》"煙裏聞簫天上曲,雲邊露寺畫中山"一偶,爲時所稱。

黃 問 字伯素,天啓舉人,官教諭,有《五澹軒詩文集》 子于麻

問少雄于文,在都與同宗汝亨、景昉悲歌燕市,有海內三黃之目。時客魏亂政,皇社將屋,朝賢半虛,欲痛哭陳書一批逆鱗,以同人挽止。然璫已眈眈將噬矣,急南旋以免。所著《醉藥軒遺詩》,有譚友夏序。

熊兩溟曰:伯素先生爲海內三黃之一,與王六瑞太史爲性命友,文章有道,交有神,兩賢豈相陋哉?

《讀魯文恪公詩》云:平生欽清忠,聲氣接此老。遺篇匪近名,素樸收衆巧。追念遐心人,居官亦冥討。掀翻聽時流,元氣私自保。幽幽蓮花莊,煙光存魚鳥。先生所往還,姓字今不曉。乃悟茫茫者,盡受文章夭。《題張母卷》云:峒山有老松,修柯亦何矔。不知霜雪年,元氣厚根株。嗟哉苦節人,輕茲肉血軀。沉痛在恩義,微生意欲無。艱難希有濟,譬彼寧生愚。鬼伯

欽風節,冥報均乘除。曄曄秀三芝,聲價凌上都。幽芳不自掩,豈非松脂餘。丈夫貴忠勤,王國多崎嶇。婦德已如斯,庶用勸簪裾。《吊黃叔度墓》云:古人若寂寞,我應飄風去。胡爲過此丘,低徊若有遇。呫呫汝南賢,聲氣各蟻附。見君鄙吝消,謂君顔子庶。我也靜言思,或能得其故。桑戶不孤子,貨殖多嗜慕。宛彼能樂人,而公能趨步。末世薄囂競,共稱黃叔度。雖消英雄色,恐開模棱路。寄語學古人,中行在何處。《憇閣書懷》云:久客倦清境,移居卜煙樹。歷歷眼耳中,從此悟新故。狂水驟三尺,一夜冷庭戶。名士本蕭寂,波瀾生其趣。閉閣起閒情,披園尋微路。轉眼後溪水,忽與前溪遇。宛彼畫樓人,隔塢不可度。我友云知我,我懷寄何處。《送姚君遴令建始》云:此地烽煙側,須君撫字來。人皆輕小邑,天欲煉長才。峯意隨帆轉,江花向鳥開。聖明均苦樂,但去莫低徊。《杜赤公卒於京邸,仲子扶櫬南旋賦贈》云:別爾異常別,人間生死多。月寒孤叫雁,霜萎半開荷。圖史還堪憶,箕裘不在佗。休將孝子淚,空灑洞庭波。《一碧樓》云:抱屋疏梅橫月景,度湖飢鶴照霜翎。《渡黃河》云:一水沙橫南北岸,同時帆挂去來風。《竟陵詩選》

于麻字用草,號概黍,有《嚴莊鑱草》,爲名父子。幼敏慧,家富藏書,一覽輒了。廣文所與遊皆偉人長德,愛之者至忘分,呼爲小友。值明季喪亂,悲憤塡胸,長歌代哭。及東南底定,乃汗漫關河,遍識海內名宿。與王西樵、方爾止、錢牧齋、陳其年、宋荔裳、吳薗次輩載酒徵歌,風流俊逸,艶稱一時。及歸,幡然易調,偕熊湄、鄒元芝爲講學之會,練要得歸,非復當日跌宕矣。

余讀集中《放言痛哭》諸篇,森森沉沉,皆有淚痕。度其胸中水石相撞,怒而爲濤,噴而成雨,觸腕生哀,不能作和平之音,其所遇者然也。古逸民性情,與世聱牙,清碧谷音,黃岡變雅,率欲言所難言,時時吞吐筆墨間。非其痛心疾首,必不呻吟至此。因深悲概黍,雙瞳血出,塗塘如磷,宜自比於杜鵑,爲最不祥者,如玄宗舞象,昭宗弄猴。及《鸚鵡》、《秦吉了》雜詠,虞山讀之,愧死矣。鍾譚之後,此其嗣音乎?雖然,概黍非學鍾譚也。鍾譚孤潔自愛,而概黍放言悲歌,不求工拙離合,於聲音面貌,亦自成爲概黍之詩而

已。截熊兩溟撰詩序

《焚書》云：始皇乍用人，焚書有妙理。從古英雄血，盡向文字死。自聞鬼夜哭，倉頡合罪悔。傷心糟粕翁，龍馬爲嚆矢。天不生日月，後代有真宰。天不生古皇，後代猶孺子。黃河煮崑崙，虐焰何時已。《得晤元美子韜又復別去》云：一別即痛哭，一哭竟百年。前生後死際，草草事人間。眼枯形景窄，日月不相憐。崢嶸羣醜路，國憯尚未宣。赤腳踏雷雨，奔走同迍邅。偷面古城下，執手倍潸然。不堪問明日，明日又多端。荊榛滿四野，胡以慰言旋。杜陵無家別，園廬總難看。長嘯出郭去，朔雪正漫漫。《甲辰雜感》云：人言鵲噪佞，不及鴉啼忠。吉凶等前知，君子得永終。廿年深讀易，否泰理自通。不聞古聖賢，稽卜仗飛禽。叶。嚴冬方厲節，初陽已廻宮。四時有進退，造化亦何窮。畫蘭不畫土，寫山不寫人。昔人磊落意，歷歷見丹青。入眼風雲幻，誰分古與今。五嶽不填海，何事留崢嶸。髑髏猶有面，羞照紫狐磷。劫裝逢李涉，知名乃索詩。世無憐才人，還餘綠林奇。謫仙混羅網，憔悴夜郎西。獄魂埋正字，胡琴摧以悲。虎不避豪賢，魑魅才名欺。鴻飛弋何羨，天遠正恢恢。《甲申痛哭》云：此身君親外，不肯受人恩。齷齪憂兒女，不如死中原。生平會干戈，崎嶇萬里身。四牡不騑騑，安顯著鞭人。愧無封侯骨，忠孝兩無成。涕泗復涕泗，流落何足論。《狂來》云：狂來誰可束，高嘯倚亭南。側眼山光裂，蒙頭樹景酣。無鵑悲杜宇，有鶴念蘇耽。廻想當年事，華胥夢裏參。《蜻蜓冒蛛網，穉兒解放之》云：一葦蛛絲解，蜻蜓荷汝慈。並生憐大化，養性在童時。險阻人難倚，思讎物共知。密羅滿天下，高舉莫忘危。《甲寅冬日書懷》云：潦倒休無賴，優遊尚一編。是非餘筆墨，歌哭聽山川。大雪披窗入，寒雲壓屋眠。三聲聊仿佛，兒女共纏緜。《哭彭釜山》云：臘前對酒一愁人，風雨銷磨六十春。半卷何年書甲子，厥生初度歎庚寅。衆皆欲殺交還絕，我見猶憐世並嗔。野館欲招今夕魂，魂搖黑水阻荒磷。《丁未元日》云：梅花代歷舊園廬，隨例春風看發舒。草木無情寬歲月，古今有夢托樵漁。貧家節序盤餐薄，好客將迎禮法疏。自愧優遊成老懶，被人強喚是幽居。

魏廣齡 號漢思

《過洞庭》云：蒼茫何處去，一任片帆流。浪涌天如接，風吹地欲浮。湘靈雲外隱，衡嶽鏡中收。二十年來夢，曾先紀勝遊。《辰陽旅懷》云：平生知己遠相依，楚水黔山滯未歸。日景新添慈母綫，天涯舊敝老妻衣。魂銷瘴雨千峯落，望斷蠻煙一雁飛。雲物既殊鄉國異，梅花對我亦歔欷。

譚　學 字訥庵

學與友夏先生同時相友善，實非同宗。友夏為作傳，頗稱其詩。《友夏夜泛蓮湖》云：老人無樂事，遇可亦隨偶。幸茲扁舟去，且得從而後。舟師問所適，一意投蓮藪。南湖夜氣肅，雲靜月光厚。行行過短橋，漸次穿疏柳。時聞潑刺聲，或有魚在笱。荷葉最深處，停橈再問酒。花亦不必摘，子亦不須剖。只此一段香，其臭如蘭友。《別鄢韵於寒河》云：恨相見已晚，胡又遽然離。正值苦寒月，深悲垂老時。浪花皆作霰，霜葉盡辭枝。餘齒雖無幾，諄諄後會期。《蟋蟀》云：淒淒蟋蟀心，秋至輒長吟。愁絕羈人夢，寒催成婦砧。五更風外送，四壁月中尋。底事賈秋壑，平章意太深。

胡　恆 字公占，崇禎舉人，官僉事，有《古歡堂詩集》

恆兵備川南，多惠政。時獻逆陷成都，驅雅州救之。王國臣叛降，賊以兵劫恆，被執不屈死，僕京兒殉。子之華聞變，即率家屬沉於端公河。

予嘗謂公占曰："子之於詩固揩揩然有深力，艷艷然有秀采，翦翦然無塵氛者也。胡不梓之，以志子之勤。"曰："未可也。吾得其句也，未得其韵也。得其韵也，未得其氣也。得其氣也，未得其神也。"若夫才格則得之於天矣，法脈則得之於親矣。蓋其父遂昌公工詩，固以詩為家學云。載譚元春撰詩序遂昌公詩爲兩溟先生《竟陵詩》中所未選，想當時已無傳本矣。附錄鵠灣《南北游草序》以誌景仰，其略云：應侯明府在里中，稱詩先予二十年。及予得從事於詩也，君折行輩而與之。譚以其風華來相掩映，亦足以津逮乎？予如是者十年，君既博雅翔步，遍遊燕趙江淮間，去而爲官。君之子曰公遠、公占者，讀君之書，與予往來談詩，遒秀迫人，予幾不保其壘。而君之詩不相寄者又且數年，私心以爲君力於官而倦於詩。而君自淮東往爲越中令，忽函一帙詩寄予使序，則數年來南北遊之作在焉。

《登崶山拜右軍像》云：山光如水涌，亂後潑人衣。始覺千崖秀，能將一郡圍。磬聲秋寺冷，墨气古池微。逸少風流在，清真照夕扉。《宿香山過來青軒恭覽宸翰》云：才到香山乍啟扉，泉聲颯似雨初飛。僧從磬裏攜燈過，客到松間入月微。雙屐來青花未落，一樽浮白夢將歸。諸峯四面如環拱，畏與先皇御墨違。

胡承諾 字君信，號東村，又號石莊，崇禎舉人，有《石莊詩集》、《讀書記》、《青玉軒集》 子褒

承諾識解超邁，有屹立不移之操。丙子舉於鄉，慨然有舉道易世之意。及計偕入都，見權奸朋結，國事日非。正人君子與齦齦爲難，將激成禍變。即使一第，必將以草芽新進箝其口。于是有鍵戶讀書終老名山之願。南宮試罷，驅車過大明門，下轅揮淚，隱隱以遠方之臣，長謝京華去矣。及國步之改，人皆濯磨求用。承諾獨深自韜晦，謝客著書以卒。

竟陵胡褒手錄其父石莊先生《讀書説》四卷、《繹志》十九卷相寄，屬序其書。亦《申鑒》、《論衡》之流也。石莊博雅工詩，尤長於五古。褒太學生，亦工詩。有寄余八詩，絕佳。余編《感舊集》取石莊五言頗多，褒詩"未假新文充秘府，先將詩格入編題"，謂此也。《居易錄》

"楚人門巷瀟湘色"，竟陵胡君信句也。《漁洋詩話》

石莊《文學泉詩》云："茶井覆金洲，至今淪没久。專祠表祇園，亂後亦何有。清風動孤磬，湖煙散高柳。"乾隆丙戌，漁者淘湖得之，有茶鼎斧片諸

物。邑宰馬君置亭於上,榜曰文學泉。己丑秋,余同譚白畦過笑月庵,望此有句云:"青青覆釜洲,鷗鷺飛不息。微雨城上來,一派西江色。"《楚天樵話》

《詠史歌》云:梁生歌五噫,陶公望三益。丈夫貴軒舉,焉能老山澤。掉我三寸舌,立功存危國。一劍擬齊侯,片言折秦伯。西遊既無因,東說爲上客。意氣驕王侯,賞賜賤珪璧。傾蓋鴻都門,張飲西園宅。如何金石聲,獨藏孔氏壁。《雜詩》云:綠槐覆廣陌,結宇連平岡。細路繞林陰,清池宛在陽。蹢然泥滓中,芰荷吐清香。理感多義蘊,道勝貴葆光。外物忌修潔,內美凌風霜。隱几喪南郭,辟世傳東方。二端非所安,我道在農桑。金風吹大火,衆星皆左旋。仁鳥遠伏匿,剛蟲滿山川。羣木感秋氣,柯葉自相捐。賤子尋故業,稂莠塞中田。飛蓬時竟野,枯莖欲刺天。蒙袂向邦族,抱璧乞千錢。叩門無劇孟,長歎以終年。路出青冥上,鳴聲亂芳芷。樽乏舒州杓,酒無元石美。藉卉就高岡,山風飄紅蕊。淳于一斗慳,阮宣百錢侈。半酣望畎川,扶醉歸栗里。每感於陵言,深明止足理。不知臺上妓,何如羊叔子。深山閟風雲,土石據其巔。大海納涓澮,神龍遊其淵。灼灼桃李華,隨時吐鮮妍。蕭蕭松柏姿,磊砢凌蒼天。貴賤因勢會,美惡與情遷。泗川紀堯禹,緇帷薄聖賢。物情有是非,至道豈其然。《長沙晚春》云:楚國皆奇秀,洞庭雲最多。久爲江上客,無奈晚春何。潭影涵芳芷,山光帶女蘿。紅蘭吹野艇,白鳥下清波。響絶軒皇樂,悲連屈子歌。自傷卑濕地,喪亂復經過。《七里汭》云:名齊嚴子瀬,一展東皋眺。平蕪既蕭散,水木更清妙。豈無幽棲者,異地亦同調。《贈鍾居易》云:此日鍾居士,他時二隱林。癯唯食松子,閑只數家禽。樹葉安禪合,溪雲宴坐深。一燈無障礙,常照妙明心。《至湘潭謝魯玉招飲》云:曲岸浮煙翠篠低,園林深樹隱黃鸝。楚人門巷瀟湘色,遠客歸來梅雨溪。入座杯觴愁裏盡,泊船燈火望中迷。應知別後思芳杜,青草湖南日景西。漁洋山人《感舊集》

《答萬師二秋晚頤莊見懷》云:名譽相因依,舉世沉甘醴。緬懷杵臼間,千載得二士。知我勝自知,秋山惠音旨。駑馬雖十駕,良驥詎可擬。耦俱惜離羣,長鳴思寒水。高張無和聲,古曲鮮近調。心賞偶不諧,忘情付長嘯。君藏太古琴,沉審入精妙。有時匣不彈,獨對天機笑。豈無繁會音,繁音世所好。《俠客行》云：俠客雄劍色如銀，紫髯碧眼膚龍鱗。銜恩不解道姓字，但逢危難思致身。人生一死何容易，此客一死酬衆志。事雖未成人已驚，身餘一擲情猶愧。搏擊能空九世仇，赤丸夜出貪夫憂。漢家方重褒衣士，此客年少今白頭。《鞦韆行》云：道上春光二月天，道上女兒戲鞦韆。已嗟弱質搖難定，更憐婷貌清且妍。俄頃倒投誇行客，碧天爲幬雲爲席。玉釵墮地懶更收，羅裳小開亦不惜。陌上嬌羞常掩扇，却挽長繩凌空轉。縱軀最喜不自由，衆中那避多人見。須臾百擲猶未已，癡絕賭向樂中死。別苑香颺出牆來，大笑落花飛不起。《答友見懷》云：天寒復曠野，而我在汀洲。塍影橫茅屋，河光上小丘。陰池含凍早，晚徑入雲稠。尚有芳蘭訊，無爲歎藪幽。《吳既閑移家相近喜而贈之》云：之子來何晚，山中木落時。清談連夢寐，月色在階墀。汀草吾將刈，舊遊君莫思。寒宵兩客鳥，共對一霜枝。《自浮梁赴饒州》云：百里餘干積翠來，晴江水煖暗生苔。晚猿初起船纜繫，春鳥能言花盡開。洞口澆泉留客賞，雲邊買酒喚童廻。曲中暴謔嫌餘俗，一夜微停畫角哀。《澄湖雜詠》云：西鄰有歸客，落葉滿黃昏。岐路無相識，殘陽送到門。人靜夜還坐，鳥鳴林更寂。但聞花下露，時向月中滴。《湘陰阻風》云：西上喜聞欸乃曲，南遊畏見摩崖碑。湘流解送欲歸客，何事天風却倒吹。《楚風補》

石莊佳篇最夥，有難割愛者，摘句成圖，以仿漁洋舊例。五言如：老有徐來日，窮無送去時。貧非因酒債，老倍忸人情。涼葉疏寒徑，幽花照晚晴。春流縈没渚，輕棹遠隨山。偶嘗園果味，遂聽野禽聲。《初夏》云：無俟避輕暑，有時來快風。七言如《哭姪》云：醉客雙樽餘綠蟻，倚天一劍失秋霜。只愁細雨淹行李，何事長風送斷雲。置之《劍南集》中，幾莫能辨。

褒字嘉言，康熙拔貢，能讀父書。《昔遊》云：路出居庸折幾回，關前流水正喧豗。危峯倍築長城土，曠地驚飛舊壘灰。初熟醳醽連轂至，正肥騏驥逐羣才。山河到此稱天險，向曙愁聽畫角哀。

謝奇舉 字彥甫，萬曆舉人，官御史

奇舉巡按陝西，多所糾參，一時臺省肅然。

《使畢歸宿孫氏齋頭》云：客裏仍爲客，座中偶絶塵。乍來尋曲徑，錯認是閒身。竹暗烟封戶，亭幽月引人。吾家丘壑在，歸路趁餘春。《題壁》云：蒼苔色欲上秋衣，曲巷幽偏車馬稀。寄語園下好護惜，客來漫説主人歸。
《湖北詩錄》

陳大任

《挽胡太學元闢》云：節因銷骨顯，論到蓋棺真。吊客多名士，哀聲鮮婦人。官如當日就，家豈至今貧。撫院張公薦授廬州司李，不就。嶽嶽丈夫气，招魂江水濱。《宿謝伯諧蘭河莊》云：夜漏凉如水，秋蟾遠似霜。笛聲寒漱玉，砧杵怨清湘。蟹眼吹茶嫩，鴟頭燒芋香。藜牀留好夢，吟草滿池塘。

周　璧 字仲完，有《鍾山文集》

《讀家書》云：北望思何極，書來馬首寒。但知言國瘁，時有李可灼紅丸事不及問家安。定策爭周禮，同人盡漢官。寸心如可剖，諤諤著朝端。《應山道中》云：武陽回首繫人思，况望家園不厭疲。樹映晴霞山色好，雪消春澗馬蹄遲。乍穿仄徑征衫濕，小立溪橋落日危。牧犢已歸飛鳥散，停鞭徙倚欲何之。

鄔　韵 字谷音，號怍庵，棄諸生，自號紫渡樵客，有《泛梟草》、《二吹草》

韵自謂一丘一壑，不可附益，不可更改。傍漢水結廬，題曰牽船草堂。
《咏竹》云：羞同草木，徑遂自上。驚颯其秋，不川而浪。鬱確其天，不山而嶂。森疏有節，空洞無妄。斜壓寒雲，與相摩盪。《婦病》云：畏我添愁緒，呻吟莫使知。仍然操井臼，亦復理瓶甒。偕隱寧言命，安貧不問醫。取涼殊自苦，奉倩亦何癡。《賣劍》云：吼夜如騰虎，躍津恐變龍。家貧沽自穩，世亂價纔逢。却落英雄手，休爲盗賊鋒。文人留不住，十載柱相從。

《賣衣》云：徒知堪禦凍，那想更支饑。肘見裁荷補，身寒買酒隨。故新慚桁減，長短任人規。念我經心制，願它著體宜。

鄒　枚 字馬卿，號荻翁　子山

枚穎異嗜學，七歲能文。美儀表，長髯飄飄，有挺立塵表之姿。家饒于財，園亭蔚蒨，圖史彝鼎、金石舊本、名香妙繢，充牣其中。海內名流多與往還，徵歌鬭韵，盛極一時。七上棘闈，兩中副車，乃縱遊秦晉燕趙。及以史學徵，而國步改矣。著述頗富，藏於家者，尚十數種。

《漢上泊舟寄示長兒山》云：蛟鼉潛伏夜多驚，遠向東南水上行。一笑依人分畫舫，滿身涼月聽江聲。麥黃夏口家宜給，磁急潯陽我倦征。爲語慈親無計日，孤帆柔櫓不勝情。

山字宏景，號禹封，順治舉人，官知縣。《初聞罷官》云：到今方賜罷，執政恕微官。覆局終何定，纔休便已安。旁人爲削色，穉子羨加餐。正好賦歸去，移文報北山。又有"微聞孤磬愛僧清"之句，讀之令人意遠。

吳　驥 字既閑，崇禎人，有《浮園集》

竟陵既閑吳先生，行履高潔，終身隱居東湖之上。其煙波晴雨、水鳥樹林、漁歌樵唱之變態，當其會心，以五七字寫之。所爲歌詩數十百篇，其子鼎彥乞予序之。《蠹尾集》

驥雅慕陸鴻漸之爲人，淡泊踽涼，不求榮臙，以七十老翁終于家。阮亭司寇爲作《浮園詩集序》，直以"桑苧"、"西湖"千載相匹，可謂擬得其倫矣。

《方伯徐公寄詩約於漢濱舟次就晤》云：晴翠天門外，江邊一老翁。開扉看去馬，倚棹聽歸鴻。舊夢留雲社，新吟憶渚宮。東風吹酒醒，爲報小桃紅。《九日集浮香閣》云：暖翠澄嵐浸水涯，柳堤香閣俯蒹葭。新蒭試酌重陽酒，舊井同嘗陸子茶。風雨中宵吹皂帽，煙霜晚節護黃花。詞人清宴資遊賞，猶向荊州憶孟嘉。《湖亭送涇陽之鄂渚》云：湖光山色曲欄邊，人上高亭一鏡懸。風過芰荷初入座,月移鷗鷺不驚眠。鐘魚漸出溪頭寺,書畫分題屋裏船。長憶坡公懷潁水,老將顏色照清妍。

陳鎧 字子聲,號學山,有《北圃詩集》

學山,逸士也,好古博聞。家有鏡湖樓、春草堂,藏書甚富。《寒夜抄書》云:瓦霜生屋白,窗月助宵寒。呵筆三更永,籌燈一紙殘。冰堅梅晚節,風勁竹平安。無用煩螢雪,只須倚酒看。

謝中恪 字嚴斯,有《柳村讕草》

《久雨懷琢雪》云:雨聲猶不已,愁聽簷流滴。我室已荒凉,為君念晨夕。念君四壁穿,念君或無食。莫不衣猶單,還愁敝屨濕。志士無柔情,黃金不膠漆。當其秉孤高,已樹飢寒幟。無營安閉戶,寶此清癯質。臨風托長嘯,煙水照殘帙。《感懷》云:漸覺流光度,荒凉白日寒。蹉跎雙鬢改,風雨一燈殘。興豈因貧減,愁常借酒寬。昨朝深樹裏,遙見幾楓丹。《哭概鼗》云:寂寞泉臺下,詞場失此人。雄才天亦妬,峻節鬼尤嗔。淚灑千年碧,詩留萬古春。傷心事幾許,長嘯一沾襟。自從拋側注,君以甲申後棄諸生。落落此柴關。草莽孤臣淚,乾坤義士顏。年書陶甲子,夢繞宋江山。得死君猶幸,悲歌一旦間。《策庵復至阻雨》云:春風翻麥浪,蓬戶偶然開。喜得故人至,恰將山雨來。因之寬信宿,且復恕樽罍。為報鵜鶘鳥,刀頭莫漫猜。《丁卯元日大雪》云:老屋欹傾大似拳,半藏臥榻半厨煙。見賓難覓周旋地,出戶剛逢咫尺天。四壁淒風團瘦景,一番幽憤寫新箋。朝來安得屠蘇酒,澆盡羈愁取醉眠。佳句如:短髮漸增殘雪白,寸心原似老楓丹。志不殉人知己少,愁常似我閉門多。皆妙。

鄒元芝 字殿生

元芝慧性天生,讀書十行並下。嘗去家數百里,讀書九峯山中。以為宇宙大文，根柢六籍。學者誦讀，只循訓詁，是習漢儒之經，浸失先師之意。乃注五經，經各一集，其佗天文地理、音韵律吕、辨譌正謬，皆有成書。與人平易而浩浩落落，往往飲主人之酒忘問其姓名。其出游必策衛，任其所之，不知遠近。詩工五古，雅近栗里。有《三澨精舍初度四十韻》，極奧博。入後數偶云：蠅蠅各有嗜，滅頂則或殃。鹿鹿各有馳，觸藩贏乃傷。緊余生天地，後甲更十霜。鬚髮雖非故，神理方日將。行道不由戶，敢云世津梁。一畝宮不治，誰言闢八荒。自見天心後，幸不事排當。原人識胞與，素位有平康。亦可以見平生之所學矣。《瓶隱齋筆記》

《大壺山》云：淮山遠如歸，羣岫止還起。高爲雲夢宗，遠作江漢襧。登山不見山，盡是竟陵水。《白谷洞》云：穿林有幽泉，漱石成響礐。曲房巖腹開，飛瀑潭心落。捫蘿不逢人，乳水聊獨酌。《觀音巖》云：空龕本天成，中有太古雪。乳水骨半石，老樹根全鐵。車馬塵寰來，相對面猶熱。

閨秀

鄒　氏_{文學法孔女，徐同寅室}

氏割股療夫病，病起數年，夫死，矢志不貳。明季左良玉兵亂，不食死。

《秋日薦夫》云：伏雨暗新秋，岑居添悶惱。禾苗爲水没，終日傷懷抱。兒女累人心，嗟君離别早。但見流螢飛，紛紛出腐草。蟋蟀唫牀頭，雙雙任自保。惟我真薄命，離菀而集槁。反眼天朦朧，秋淚連涕道。杜鵑血未乾，疏紙忙焚稿。

國朝

毛一駿_{字翰如，號槐眉，順治舉人，官知縣，有《拙存堂詩稿》}

《贈松影上人》云：雨花猶記踏春行，香挹蘭芽帶雪烹。陸羽亭邊風月在,可能洗钵共鷗盟。

劉渾孫字厚存,順治進士,官司理　　弟魯孫[6]

《登一杯亭》七律前半云:也買輕舠問古灘,高亭原向石根蟠。江回白雪分山繞,樹擁平沙拂水寒。

魯孫以諸生徵宏詞科,不赴。詩工近體,《答里友寄訊》云:迢迢故友問生涯,也煮香醪也煮茶。人在水邊慵學釣,船牽岸上未成家。雲間樹色迷歸鳥,天際江聲落晚霞。自昔青門風味好,田田種遍故侯瓜。

劉臨孫字繼令,號楫庵,順治進士　　子洵

《題曹溪汪氏園》云:半壁棱棱白石堆,翠微迢遞帶樵回。天開卵色當軒落,樹過溪聲抱石來。煙外竹朧含雨意,山頭楓老見霜才。村村臥犬田田犢,誰話桑麻共舉杯。

洵字繪水,工詩善書。《吟秋園》云:公然獨占浣花居,屋裏青山畫不如。孤櫂一聲殘塔外,歸鴉數點暮雲餘。黃垂橘柚堪持蟹,碧老菱荷且看魚。只有晚菘秋正好,何人猶在月中鋤。

戴　祁字小宋,號南堂,貢生

祁積學工文,思如泉涌。復中繩墨,行草橫絶一世。陳子文奕禧、高江村士奇不能過也。

祁丰致灑灑,拔俗干霄。生平哀喜悲愉一發之於筆墨,工書畫,詩意清新。邑志

南堂手錄《東游草》一卷,為張南村勘訂者,舊從友人處得之。《匕首歌》末二聯云:骨竦毛寒太息久,義氣相傾重把酒。曹專豫讓古何人,霜飛月落空迴首。五言如:芋熟爐移火,禽喧樹落冰。北山殘雪外,南澗夕陽

深。故國哀喬木,荒原没燒痕。苔緣石際屋,春壓雨中花。又起聯云:山豀霞標遠,梅花一磬寒。絕句《訪龔半千》云:雙童匹馬去何探,虎踞關頭冒曉嵐。刺字莫嫌都漫滅,無多耆舊在江南。又佳句如:山城宿溜消殘夢,水榭笙歌遲曉陰。遊興濃如江霧起,客裝薄似嶺雲生。楊柳含青遲燕子,蘼蕪鋪綠上江船。南村謂其夙具原本,隨時觸景,波瀾自生。非虛也。

《雜詠》云:美人挾寶瑟,清夜倚雕欄。香風吐芳林,皓月出雲端。初作鳳凰曲,再歌行路難。棲禽鳴欲遷,蜻蜥愁吟殘。相思隔千里,含悲忽罷彈。玄雲翳明河,白露凋幽蘭。時節良易徂,拂袖起長歎。

陳應善 字裕庵,順治舉人

《雜興》云:鴻舉已千仞,鶴鳴來九皋。神芝連朮采,野蕨和薇挑。處士終全晉,朱公小隱陶。草門無軌轍,一任長蓬蒿。

程峎時 字聲子,號愚谷,順治進士,官知縣,有《嘉禾堂》、《扶柳堂詩文》等集

《別曾恂如》云:何忍遽言別,離情自此深。澗花偏闇淡,林鳥漫沉唫。一夕山川夢,十年風雨心。明朝西去路,遥指隔高岑。夢得"投閑擁几觀身我"之句,因續成云:水檻南開濕柳芽,千章韓鄂映流霞。軒臨積素來初月,坐對深林愛晚花。白鷺相邀飛近浦,蜻蜓任意點汀艖。投閑擁几觀身我,石火新泉試芥茶。

鄒約 號西豐

《王阮亭朝廻過寓》云:騶從雍容過短扉,御香猶繞侍臣衣。遥從苑柳攜風至,近擁宫花帶月歸。此日經筵寬禮數,何人奏議洞軍機。歌詩自有賡颺意,那許雲煙任指揮。

王　珵號琢庵

《留別》云：布帆無恙挂秋風，歸去滄浪作釣翁。落拓乾坤人已老，飄零江海賦徒工。百年意气消杯酒，幾處離愁托雁鴻。它日親朋如問訊，數竿修竹陸橋東。

涂　始號修人，布衣　如曜

始父估襄陽，于童子塾中挈以往，四書尚未竟讀，輒以意會得奇解。工詩善畫，天機流露，不可名狀，一時老師宿儒皆心儀气應。觀察使讀其詩，善之，引爲布衣交，故所在奉爲上客。以布衣老于襄陽，無妻子。性灑落放曠，築室青山下。出入無時，不扃不鍵，人或取所須去，弗問也。

青山涂布衣，初在襄陽未知名。有兩詩人談月夕於江濱，忽見大匏從上游泛泛然來，近岸躍起，宛然美少年。論詩頗洽，罄鍾嶸之評，殫司空之品，語及時輩，極推轂修人。夜深少年仍赴水去，修人之名一時騰踔而起。《竟陵志餘》

《夜歸》云：水聲離閘小，燈火隔林微。驟雨移山去，羈人趁夜歸。村因滑徑遠，星爲濕雲稀。遥想溪橋外，蒼煙冷竹扉。《登樓》云：獨立飛樓仰太清，俯看燈火照孤城。憑欄客倚千秋月，繞郭江流萬古情。歲晚汨羅魂未返，雲遥鄉國賦偏成。可憐猶爲前人哭，不省蕭條是此生。《同諸友夜過寓意齋晤王帶存》云：年來只有夢魂親，此夕逢君却是真。衆裏不堪深話舊，燈前聊慰久傷神。雞棲門巷將迷草，馬度雲山欲暮春。把酒相看猶故態，一般寥落在風塵。《郢中懷古》云：王气銷沉歎楚鄉，殘山剩水色淒凉。冤魂夜哭瀟湘雨，戰骨朝屯赤壁霜。飛盡劫灰存皓月，挽回春夢問黃粱。淫狐窟似仙人墓，百歲浮生有底忙。《九日遊獻陵》云：貴賤千秋土一堆，風塵何恨此登臺。山留狂客交歡坐，鞠背前王帶笑開。畫檻離牆餘想像，斷雲斜日注悲哀。它鄉歲月無情極，我未南歸雁北來。《襄陽南樓作》云：賦罷高樓對夕暉,途窮歲晚悵誰依。碧雲紅葉鄉關遠,白髮青衫故舊稀。野戍秋深花盡落,中原日暮雁孤飛。西風莫遣嚴霜下,客在天涯未授衣。《南樓秋集》云:陸皮芳躅委荆榛,高會南樓邁等倫。萬古雲山新客主,六朝煙月舊精神。雅翻暝色歸麗里,水帶秋聲過孟鄰。不有登臨今日作,風流千載繼何人。《獨上昭明臺》云:漢江繞郭蟠山去,雁陣連天入塞來。峽谷有雲藏虎豹,乾坤何處貯風雷。茫茫白日仍西没,漠漠青冥向北廻。獨倚危欄思帝子,夕陽城下冷猿哀。《隆中》云:千里松濤一徑涼,隴頭喬木轉秋陽。崇山潦倒風雲變,空谷潺湲日色荒。志士從來非隱逸,英雄自古亦興亡。孤猿叫斷無人夜,流水依然抱草堂。《秋日送徐彥深之武昌》云:寂寂雲屯兩岸秋,一江寒雨下孤舟。知君夜泊蘆花渚,多少西風不盡愁。佳篇不能備錄,如:它鄉月色憑誰好,故國梅花想共清。與《客中除夕》云:故國來朝春有信,異鄉今夕我何爲。句法相似,意趣各別。又:遠山青到座,新柳綠沾衣。老喜親無恙,貧嗟子未婚。鳥散高軒靜,花飛逸興多。捲簾明月上,開甕酒人過。一亭幽隔水,三徑曲生苔。羣木翻風來檻外,亂花擁雨到樽前。海燕晴翻簾幕影,溪雲白裏石牀書。青過山城雙屐遠,白浮煙柳幾村低。雙橋人渡前村去,半壁天連一水橫。皆沉實高華,不入浮響。

如曜字易農,嘉慶舉人,官知縣。與漢川李雪坪爲中表,同時稱詩。有"湘浦人歸隨去雁,武陵天遠憶秋菰"之句,與其宗修人詩境相似。

沈　曜字秋堂　佺、倫[7]

曜句如:一官雙鬢改,三徑十年荒。芒冠敝補青山籜,瓦釜盈炊碧澗蕁。佺句如:漁艇廻霜浦,沙燈照月岑。又"僧靜帶雲深"五字,皆戛戛獨造,不落恒蹊。

佺弟倫,字彝士,順治進士,官知府。亦工詩,有《秋心草》、《西來草》。

陳光銘字玉三,號新齋,貢生　怵

《鴻軒懷古》云:謫居留勝概,窮鳥托高軒。上客異張儉,逐臣同屈原。

薔薇空解語,風月本無緣。只有秋來雁,黃州去後魂。

忭字咸和,有《哭友》一聯云:一棺歸帶吳天月,孤冢深埋楚客愁。

唐建中 字赤子,號南軒,康熙進士,官翰林

建中美丰儀,老蒼頭負以觀劇,千人屬目,舞場歌板至爲之停。林將軍閨秀雅辨韵語,奇所著歌行。將軍爲設甥館,贅于其家。未幾聯捷成進士,入中秘。紅雲玉樹,望若神仙。免官,游燕趙齊魯間,詩文愈離奇變幻,惜稿多散佚。

《臨高臺》云:臨高望秋水,寒鏡出塵函。碧蘚淨孤渚,蒼雲陰半崖。風傳隔院笛,葉送下江帆。正有南來雁,離情孰寄緘。《別裁集》

《過祖氏水亭》云:出閣夏猶淺,閉門春已遲。草深騎馬路,花過聽鶯時。遠水白明鏡,亂山青入池。城南風景地,不是少人知。煙生山未紫,取道傍城隈。一片泉聲出,誰家水檻開。遊魚依草戲,宿鳥拂簷廻。留興還謀醉,池荷作酒杯。《鄧尉看梅》云:川原浩渺意閑閑,爲住梅華十畝間。何處疏籬偏界水,誰家高閣正臨山。雪深荒徑騎驢去,月滿空庭放鶴還。遍地玉英春不管,石田冷落鹿胎斑。

盧 俠 康熙進士,官知縣,諡忠烈

俠以才能著稱,令商南,死難,詩稿散佚。

《湖上》云:榮利稍知止,浮名非所期。徒有筆墨緣,閑作聊自嬉。春動湖上綠,青光搖碧漪。橫棹出溪口,鳧鷗與我宜。物閑人意懶,雲去不嫌遲。《哭友》云:未免群情累,何從見古人。大家重璞玉,之子托青磷。徑竹荒無主,帷燈隱有神。延陵空挂劍,莫慰平生親。

龔松年 字心房,貢生　子廷颺

松年古懷恬退,性學淵融,詩書畫皆精,惜不多見。

廷飈字庶咸,康熙進士。幼穎異,敦内行。捷南宫,思母,不對策而歸。守蒲州,年大將軍馬食田禾,懲牧人而償之。雖將軍之尊嚴,亦敬憚焉。《楊忠愍公祠》云:一官未了心偏苦,萬死何傷胆更雄。

程 翅字修齡,康熙進士,官檢討

翅致仕歸,蓬門却掃,座客常盈,專以接引後進爲事。
《之任郴州》云:巖泉飛白練,湖岫擁青螺。清絶好山水,蒼然秋色多。征帆此中去,何處弔湘娥。宛鼓雲和瑟,依稀帶女蘿。《之任施州》云:路入羊腸險,門穿虎穴幽。遥臨巴子國,已近夜郎秋。樹杪飛泉出,峯腰積雪浮。兹遊如太白,問月一傾甌。調高音逸,雅近太白。

徐則論字書評,康熙舉人,官知縣

則論亂後初官星沙學博,有句云:休看北流水,只傷南客情。卑貧吾道在,寥落世情灰。亦可見一官之潦倒矣。

龔健飈字丙三,雍正進士,官御史　子學海

健飈精經學,官臺諫,多所建白。方望溪爲表其阡,極稱之。
《郊行》云:一年頻過此,舊路是邪非。隱隱烟中磬,蕭蕭竹外扉。水消灘作界,天遠樹成圍。霜信增惆悵,雲邊白雁飛。
學海字義溪,號醇齋,乾隆進士,由翰林官監司。有"一江浪白初無月,兩岸烟青忽有山"句。又《送友》云:夕陽郭外青山出,曉月天邊白雁來。皆清琅可誦。

王价修字子問,號書田　遠

价修博聞強識,介然義利之辨。除夕拾金,待至元辰還之。

《送友》云：鳥歸天欲暮，遊子去匆匆。野樹荒煙碧，孤村落照紅。夢隨今夜遠，書自異鄉通。且復斯須立，江湖有朔風。

遠字帶存，有《蹉跎小草》，與高安相國爲布衣交。雍正時以賢良方正徵，不赴。《遊費氏園》有"攲側荷凋綠，勻圓果綴丹"之句。

劉兆元 號笑石

兆元性嗜詩，中歲失明而吟詠不廢如唐汝詢，亦振奇之士也。《寄所思》云：渺渺故人居，庭前有修竹。閒閒故人園，籬邊有傲菊。修竹多清風，不任凡鳥宿。傲菊多烈霜，不與頑豔逐。故人高以遠，怡情在空谷。殷殷寄所思，白雲補茅屋。

王文煥 字訥庵

文煥少孤貧，隨外舅之長沙，困甚，怡然嗜唸，有《味窮》《慰窮》等作。《驚寒》云：露白風清八月初，梧桐半落景蕭疏。却憐多病寒生早，不謂長貧槖久虛。貰酒謾消殘歲月，撚針聊補舊衣裾。孤懷自許黃花似，誰道凌霜節不如？《斷腸吟》云：涼風薄暮透窗紗，良夜誰同此月華。感觸冥鴻生遠思，愁深砧杵隔誰家。階前梧樹頻飛葉，几上銀釭自落花。幾度悲秋常作客，書空脈脈恨無涯。

鄧　林 字東籬，布衣

《山中雜詠》云：半生疏放性，此日倦馳驅。老至幸身健，病來需藥扶。長貧親故失，廢學子孫愚。遺挂廿年在，寒燈嫌太孤。此身可自持，休說數多奇。天意寧傾覆，人心自坦夷。菜根存道味，濁酒見襟期。歲暮風霜起，高松性不移。《漁父辭》云：何人不愛錦江魚，難得幽情水竹居。最是寒秋湖上夜，漁燈數點出芙蕖。

【校記】

〔1〕"出《海録碎事》"句，原被刊刻成正文格式，從文義看，應是注釋。

〔2〕"其蔬則有芥苢葵莧，蘆菔菠崧。芥苗嶺表，山药土中"句，録自《静志居詩話》卷九、《明詩綜》卷三十三。查民國十一年潛江甘氏崇雅堂刊甘鵬雲校補明隆慶元年方梁刻本《魯文恪公集·卷一·賦·已有園後賦》，作"其蔬則芥白葵莧，蘆菔菠崧。芥蘭獲種嶺表，山藥移根土中"。"芥白"與"葵莧"不成對，從文意看，此處應是"韭"的訛字"白"或"苢"。而"芥苗"則爲"芥蘭"之誤。

〔3〕明沈春澤刻《隱秀軒集》"往集·書牘一"《寄叔弟恮》，未見附詩。"退谷舟南遊初泊"數字，文意不清，姑且如此斷句。

〔4〕儋何，今多作"擔荷"。然《文選》臣鉉等曰："儋何，即負何也。借爲誰何之何。今俗別作擔荷，非是。"

〔5〕元禮，原目録作"元籍"，條目及正文作"元禮"。據《帝京景物略》卷三改。

〔6〕弟，原目録無"弟"字，據條目補充。

〔7〕倫，原目録有"倫"字，條目處脱失，據目録增。

增訂

胡承諾

　　先生歸臥天門巾柘間〔1〕,足不出戶庭,窮年閉門著書,著《菊佳軒詩》、《讀書錄》。別有《繹志》十九卷,始志學訖自敘,六十一篇,凡二十七萬餘言。康熙中邑令李念慈序,後幾湮沒。道光時,武進李兆洛、寶山毛嶽生始尊信之。婁東顧錫麟刊行世,始有傳本。《增楚寶》

【校記】
〔1〕"先生歸臥天門巾柘間"段,乃增訂本所增本卷"胡承諾"條內容,且置於其子"褒"之前。今剔出並復列條目。

湖北詩徵傳略卷二十九

天　門

國朝

譚　篆 字玉章,號灌湘,順治進士,官侍講　從子之炎

篆少年詞翰,典試江南,得人稱盛。未幾以母病告歸,縱情詩酒,以高蹈終。

《雨中詠蘭》云:山靄陰雲生,疎林复細雨。習習灌崇蘭,清艷抱寒苦。新叢秘幽花,風過香餘吐。垂簾煙景微,深翠侵虛廡。涼澍不後時,天心眷秋圃。寂寞良辰消,夢遠湘江浦。《荷怨》云:採花不採葉,綠鬢無顏色。採花不採實,阿娘多气塞。拔取葉上花,棄置花後子。可憐葉蓬蓬,將隨秋露委。寄言花自愛,莫念同溪水。花亦謝時芳,低頭色不起。《舟中遇沈友聖》云:徵士江東秀,詩名壓大荒。能賡天寶曲,不炷濟南香。擊筑辭年歲,停雲憶楚湘。逢君猶夢裏,春水蕩沙棠。《春日偶詠》云:過雨舒新綠,林間覓好春。不堪逢世拙,早覺愛花真。晴日宜芳草,溪田没野蕁。飛來雙燕子,依舊瀼西貧。《黃愷伯致書追念先君志感》云:章江悲夢越瀟湘,漬酒荒山舊草堂。挂劍豈無吳季札,遺文還憶孟襄陽。平生師友殘年涙,往事聲名一瓣香。忍讀父書供老母,松楸歲晚踐寒霜。《憶南苑》云:畿南風景近如何,七月郊原鎖綠蘿。獵馬放開金甲暗,彈丸收去野麇多。梵宮冷落無煙火,樵路蒼茫有斧柯。平沼樓船空繫水,白蘋紅蓼老清波。《過滄州贈別

王鶴崖》云：歸帆幾日下荊門，停楫相逢可細論。千里桑麻依海國，十年車馬憶江村。蒼生事業君須力，谷口煙霞我獨存。此去輞川當寄語，好留山水待高軒。《舟中秋興》云：秋來澤國采菰蒲，滿野飛蝗草樹枯。海外欃槍猶戰伐，平原雞犬尚征輸。寒螿日落聲偏急，獨鶴天邊影自孤。高興晚來時一醉，漁歌隱隱出平湖。《無題》云：瓊花臺上涌冰輪，小曲涼州按譜新。鸚鵡教成歌後苑，海棠開罷送殘春。平山搖落橋前樹，湘浦荒涼夢裏人。千里寒濤流不盡，倚欄愁對月如銀。《寄家兄鹿柴》云：往事梅花夢，十年過眼非。空庭留好月，夜夜雁南飛。佳句如：鶴棲松影留明月，帆落江聲送晚天。客路悲歌留醉語，春城寂寞憶風流。三徑名花香草舍，一園涼月照書齋。深夜月明留故友，破窗燈影照閑身。華表仙歸悲故郭，昆明劫盡認殘灰。皆音和調響，雅近錢劉。

之炎字松亭，貢生，有《竹爽軒詩草》。《同胡元馭飲程氏柳舫》云：高隱依城郭，超然心跡寧。水紋風縐碧，柳色雨垂青。貰酒邀詩客，薰香透竹櫺。塵氛渾不到，鷗鳥共忘形。

黃　峘 字小山

《鏡塘泛月》云：移舟深柳外，攜酒落霞間。水泛高天月，雲開隔岸山。蟬吟聲有托，鶴舞意初閒。羽士同清興，乘風一往還。

胡　阮 字省遊，諸生　子同夏

《泛舟》云：何必棲山郭，湖天即是家。琴樽依荇藻，枕簟入煙霞。岸折陰移柳，灘洄浪作花。探幽隨去住，棹倚夕陽斜。

同夏字元馭，《初冬即事》云：閒居遂疎懶，盡日掩荊扉。地僻人來少，松高鶴自歸。嶺梅迎暖放，山蕨待春肥。小飲三杯足，無謀自息機。

陳寶玉　號還璞，諸生

《尋雪坪不遇》云：暫歸翻似客，一徑入蒹葭。遠浦收殘雨，閒門帶落霞。案留初起草，籬護半敧花。之子將何往，應留賣酒家。《歸自武昌》云：江鶴招我至，江風送我歸。到門一長嘯，園中看早梅。

周道河　號鶴汀

《過蓮花寺》云：不空山裏好煙霞，麂眼籬邊放桂花。流水夕陽人到晚，數聲清磬落歸鴉。《同星海泛松石湖》云：臨風招小艇，漁子亦吾徒。魚戲衝波出，鶯嬌隔岸呼。片紅霞散水，一碧藻平湖。爲問老桑苎，西江似此無？

夏式前　字謨甫

式前工詩古文詞，以布衣終。

《月崖過訪》云：好友相關來往數，公評獨覺是非明。雅餘落筆渾難讓，只有論文少近爭。又"野水新鷗鷺，西風舊板橋"等句，尚不落恒蹊。

劉顯恭　字雲峯，乾隆進士　寅恭

《宿修蓮庵》云：大塊同冥寂，嚴威逼遠岑。凍鴉棲未穩，寒犬吠如瘖。孤磬老僧夜，一燈羈客心。何來雲外雁，嘹唳度江潯。雅近賈浪仙。

寅恭有《登文選樓》句云：憑欄易買宜城酒，把盞難澆宋玉愁。

鄒曾輝　字寔旂，號桐軒，嘉慶進士，官知縣

曾輝負時名，而詩不多見。如"風生古樹蟬爭噪，日焪深林鳥亂啼"、

"野外衣冠半耆舊，田家風俗自羲皇"二聯，自是放翁家數。

胡必達_{字孚中，號月巖，乾隆進士，官庶常}

月巖太史暮年唫詠自適，詩多警句。《老將》云：心寒榆塞月，鬢颯玉門霜。《晚眺》云：半潭秋水碧，一樹晚煙青。《秋郊》云：晚烟平斷壠，落木瘦空村。《梅花》云：一枝淡灑煙中寺，幾樹高寒水際樓。《落花》云：燕尋故壘憐疏雨，鶯過新枝剩夕陽。長門春雨燈前淚，紫塞秋霜馬上魂。《客館》云：月當旅邸偏如水，人到中年易感秋。《秋柳》云：紅雨夢遙沽酒市，青燈人靜讀書堂。逼真唐音。《吾同山館雜記》

《花臺寺》云：花雨霏何處，荒臺向晚登。鐘聲黃葉寺，笠影夕陽僧。似我宜初地，憑誰悟上乘。歸途不蕭瑟，煙靄一層層。《登岳陽樓》云：一眺收南楚，人登最上樓。气吞湘水闊，身並嶽雲浮。日落歸鴻陣，天空渺芥舟。臨風懷范老，胸臆大川流。

曾元邁_{字循逸，號嚴齋，嘉慶進士，官御史}

給諫有"紅藕花中頻放艇，青山醉後一登樓"、"花偶過牆風半面，柳因近水日三眠"等句，傳誦人口。又《贈劉將軍》云：縱橫沙塞幾經秋，乞得雲山汗漫遊。愁陣自今能却敵，醉鄉何患不封侯。驊騮已放還安步，鵝鸛無驚有釣舟。莫道雄心除未盡，辟人猶自看吳鈎。皆清峭拔俗。又有名繼祖號蒿圃者，亦工詩。以"山川故國思鄖子，煙月何人愛竟陵"之句，名於時。

馬清亮_{號南軒}

《落葉》云：寂坐觀元化，萬響聚閒庭。颯然疑風雨，片片來疏櫺。山月一縷白，短檠孤夜青。榮枯逐時變，秋意自先零。物候有如此，吾意其沉冥。《送熊兩溟之沔南》云：芳草落花似錦茵，傷心君去勝傷春。最憐長夜沙湖月,煙水迢迢送故人。《過打雁湖》云:菰蒲獵獵峭帆過,鎮日西風捲碧波。擊楫孤吟人不見,鷺鷥飛處夕陽多。《舟行遇風》云:笑擲吾生付怒濤,浪花飛雨灑青袍。雄風萬里灘聲壯,但覺江雲兩岸高。

熊文煥 諸生,有《晚食軒詩》

《村居》云:春雨瀟瀟一徑蒿,柴門白首爲誰搔。金如可散顏猶壯,樽果無空气亦豪。往事何知蕉鹿在,故人已過隙駒勞。遙憐日出天初暖,恰好呼兒典縕袍。

熊士偉 號確莊,諸生　士鳳

《夜坐》云:績縷家人夜,清階坐露融。行雲時犯月,靜鳥乍驚風。吾道浮塵外,世情幽獨中。却疑陶靖節,萊婦豈無同。《冬日閒居》云:愛晴冬气暖,閒慣楚人家。書可鄰西借,酒能村北賒。食貪分鷺水,吟好送鴻霞。幾日柴門掩,寒梅一樹花。《畜鵝》云:山陰誠愛汝,那肯換《黃庭》。我喜右軍帖,書嫌道士經。將錢湖上買,寄跡沼中停。勝畜支公馬,幽居白眼青。

士鳳,嘉慶舉人。《艤黃鵠磯》云:煙波兩岸白,燈火一樓青。黃鵠飛不去,梅花吹欲停。仙人今已往,客子舊曾經。重問辛家酒,臨風灑四溟。

熊士佽 字散齋,貢生　士修

士佽《除夕感興》有"舊歲恒艱新歲好,今人且共古人評"之句。又《誌感》長句五古,沉鬱綿渺,氣味深淳,惜不能備錄。

士修字肇人,有《出谷詩集》。熊氏伯仲競爽,人自有集。清才絶艷,首推肇人。《秋夜溪上》云:羣木影參天,一川清如許。姓名人不知,薄言對溪水。月涼松露白,風定草螢起。多事有蟬聲,夜靜聒人耳。《月夜訪僧參冥》云:月輪何團團,隨我叩禪關。香光散草木,夜靜人語閑。僧雛未解事,問我來何干。老僧叱之止,自愧茶瓜闌。茶瓜亦不須,所來爲盤桓。微微露將濕,熒熒燈欲殘。辭爾且歸去,有閑重來看。《贈魏顛叟》云:何必無人處,方成隱士家。高眠還歲月,平地即煙霞。淡愛中庭竹,狂酣四路花。生平無不爾,暮景恥言斜。《中秋夜遣興》云:昨宵曾對月,今夜乃同雲。細雨挑燈坐,情親獨有君。交疏兼久病,衣冷且微醺。老桂亦愁絕,清香都莫聞。《夜誦杜詩》云:萬事灰心後,公詩入眼青。古稱多感慨,我見有精靈。風雨泣幽賞,鬼神來杳冥。深山窮谷裏,燈火透疏櫺。《九月六日對菊》云:冷落荒齋九月時,清香一種出疏籬。性情欲結同心侶,气味誰來破格知。寒雨商量莫漫打,輕風寄托且徐吹。昨年此日先嚴在,記惜花遲屢作詩。《送易貫九還團山》云:細雨送君歸,門前一葉落。落到君歸處,幾多枝上著。《教童答客》云:茅屋三間戶不遮,客來入座好擎茶。問子蠟屐遊何處,不是尋詩即看花。

熊　蘭 號虛谷,諸生

《登湞川芝山》云:高唐夢本虛,兹更幻中幻。宋玉一寓言,千秋成實案。神女來何方,雨雲空汗漫。巫峰遠在川,胡傳自江漢。我來正新秋,突兀涌層觀。莊嚴匪蓮臺,翠羽明瑱粲。士女雜遝來,乞靈兹山慣。山花自幽香,山鳥自零亂。流傳幾經年,無庸辨真贗。長嘯遄歸舟,含情忍廻看。《泊舟》云:日入霞零亂,遥天望渺然。沿江尋酒店,隨火認漁船。永夜星沉水,殘更月上煙。半酣清興發,我欲叩鳴舷。《感秋》云:故我猶今我,新秋似舊秋。寒蟬空有恨,衰柳自成愁。遠浦涼煙結,空山爽气浮。廻風歌一曲,庭菊可能留。《旅邸鈞月》云:昨夜舟中月,隨予入郡城。不須邀伴侶,樽酒共君傾。《讀曲歌》云:愛妾妾如珠,棄妾妾如土。妾原無兩身,只在郎心口。《春閨》云:妾有憐春心,春光故妒妾。昨朝花底遊,但見雙飛蝶。《即事》云:晚日籠晴雲,渡頭煙欲暮。舟聲起白鷗,飛向水中去。《溪上小立》云:微雨斜風乍薄寒,落紅深處戶常關。多時未向溪頭立,綠淺新添水一灣。

鄧何言 號舌存

何言病失音,緘默自甘有年矣,一日忽執筆書其名。作詩云:文字本來無,思議不可有。誰將渾沌鑿,枉令心肝嘔。倉頡古愚人,乃出造化醜。縱橫遞呈奇,黑白遂難剖。秦乃歸劫灰,漢終覆醬瓿。所以碧翁翁,從此不開口。梗語奇思,大似明之李畯[1]。

周錫疆 字小山,布衣

小山以布衣而名動公卿,一時名士皆與之遊。詩本性靈,出語雋妙,尤雅擅香奩。

小山《次韵香奩詞》可奪韓偓、羅虬之席,其尤佳者如:錦瑟無端五十絃,鴈橋秋水柘皋煙。一雙翡翠相憐影,祇在荷花落照邊。到晚何人喚小憐,風吹長袖獨飄然。捲簾斜指樓頭月,笑問今宵圓不圓。一舟隨意到仙源,滿徑紅情又綠痕。只恐石城吹折柳,重來不見莫愁村。《楚天樵話》

《過王氏山莊喜晤張紹説》云:綠樹參差水一隄,歌聲唱入白雲堆。花迎旅客尋僧去,月送詩人載酒來。鵝好幾時書六角,鱸肥知説是雙顋。醉中應許春眠穩,明月流鶯莫浪催。《三登黃鶴樓》云:十年三到漢江涯,頻上高樓老歲華。鶴不歸來人作主,客曾羈處酒為家。鄂王宮殿自芳草,黃祖關津空落霞。唯有笛聲吹未改,離情依舊是梅花。《春日過楊雲嶠山莊》云:山色空濛水色渾,故人家在綠楊村。東風芳草杳無路,曲澗桃花深閉門。新燕繞過巢上下,舊詩評到月黃昏。拚傾五斗沉沉醉,一任春衣上酒痕。句如:花解我來連夜放,鶴隨僧去幾時還。皆妙。

譚蔚齡 字喬年,號白畦,有《留看草》、《味窮詩集》　孫薳

白畦伯高祖元春,祖襄,柳州太守,父洪早逝。幼奇慧過人,稍長入邑

庠，詩名已遍江漢間。顧性懶散嗜睡，耽葉子戲。間作《狹斜遊詩》，清麗有致，長洲顧牧原亟賞之。素不治生產，得金呼家人與博，負輒仰天笑曰："此當爲汝輩手中物。"以故窮益甚。自題其詩集曰《味窮》，蓋有味乎其窮也。
截熊士鵬撰詩序

白畦《豔浦紀興詩》爲小妓真真作，極清逸有致。如《初見》云：嬉情何處最勾留，小小柴門細路幽。日午風温春睡起，綠楊影裏看梳頭。《私語》云：話同七夕夜茫茫，帳揭流蘇不斷香。坐看燈花紅又落，小疎櫳外月如霜。《過舊》云：小沲楊柳引人來，白板依然映綠苔。不見淩波川上跡，月明昨夜藕花開。《病中》云：豈爲支離損豔華，香紅偎枕竹牀斜。柴門竟日不通燕，落盡溪頭鶯粟花。《宴別》云：急切離懷悄莫言，紅裙座裏酒微醺。當筵唱得關山月，白日如秋下石門。《艷送》云：渡口催人暮景忙，明珠翠袖待帆張。可堪回首疏林岸，灩灩秋波送小航。《題周小山香奩詞》云：沙才董白藐姑姿，長板橋西舊酒旗。題遍桃華扇頭血，更無人比杜紅兒。白畦天才放逸，每秋風團扇寄興掃眉，論者謂不以古今軒輊。雖韓偓《香奩》，羅虬《比紅》，無以過矣。　白畦爲元方先生玄孫，家世風騷。白畦晚出，遂淩諸公之上。詩清渾一气，大有園客獨繭之妙。而神韻天然，不可湊泊。爲人天真自放，落落穆穆中，片語解人頤。《聞蟬詩》云：一聲天地迥，客意故冥冥。滿砌餘秋草，殘陽下小亭。門開潭水白，目斷柘臬青。蛻羽真相愧，吾生那便醒。字字寫蟬之神，可謂不著一字，盡得風流者。　漁洋跋王粲《登樓賦》云："何仲默早歲《渡瀘水賦》，便不減此。"蓋不滿《登樓》也。今襄陽亦有仲宣樓，白畦客樊城，《望仲宣樓詩》云："流寓天涯亦等閑，昔人只解賦鄉關。我來悔不登樓坐，看遍襄陽無數山。"《楚天樵話》

《讀杜茶村今年貧詩感賦》云：怪哉天地大如此，乃令斯人窮欲死。一生不作稻粱謀，疲驢破帽江南遊。燈船鼓吹歌入妙，當時人都推絕調。至今維揚艷稱之，想見得意撚吟髭。兩代詩人君稱首，狂態淋漓更罕有。吞霜嚼雪今年貧，二十五首無點春。飢鳳軒中清瀰瀰，竹箂桐凋鳳不起。才名雖是動人多，區區釜秉奈窮何。掩卷結膺讀不得，天暗林烏聲嘖嘖。吁嗟有才無不窮，何獨傷心水東翁。《除夕破袍吟》云：白畦先生有破袍，榾柮坐暖首頻搔。殘詩半卷吟未了，紙窗楞楞夜風高。燈外瓶枝照清瘦，似不與梅差分毫。竹爆碎盡故鄉意，兒童未免多啁嘈。俯瞰吾衣一大笑，事忌完好補徒勞。直待天明出門去，曳履晴日踏春皋。《飲水南書屋》云：溪雲藏不盡，流影上園柯。雨細瓶雙倒，談深雁一過。高人如水淡，野屋得秋多。忽憶滄浪曲，南湖有舊蓑。《寄熊兩溟》云：相見如薐草，相思定若何。美人秋水隔，野館暮雲多。性懶容鮑繫，愁新夢斧柯。幾時同拍手，醉倚竹枝歌。《送趙竹莊》云：東風吹酒綠，離思與春長。握手難爲別，孤鴻西北翔。梅花間修竹，遲爾返山莊。許有璚華贈，擔來石一囊。《梅川郊行》云：種梅人不見，川上水泠泠。臺草六朝碧，山雲一縣青。秋原堪策蹇，歸意滯揚舲。獨立遠峯望，九江空外冥。《秋夜》云：今宵淡如此，能不見秋心。靜聽空階響，因知落葉深。蛩喧涼竹戶，月上旅客衾。迢遞南征雁，故園空好音。《送王啟山》云：數點臘中鼓，孤帆江上迴。送君歸舊徑，瀹茗對寒梅。何日書還答，此時愁未開。天空春雁影，擬向甑山來。《夜坐觀瀾亭》云：桐葉蕭疏綠漸零，園垣靜對敵雲屏。殘陽過去客憑檻，一雁飛來霜滿庭。病臥川中秋水白，懷人夢裏亂山青。風高戶外堪惆悵，處處砧聲不可聽。《九日看菊》云：鎮日蕭條倚竹扉，寒花照眼故相依。香生柘水秋空老，露冷江州客未歸。顧我蹉跎輪傲節，耐人吟詠對斜暉。愁腸盡在西風裏，黃葉林端一雁飛。《漫興》云：四顧山蒼然，寒濤泛清響。幽人抱琴來，月照孤松上。《望鹿門山》云：舟過不知暮，泠泠凡幾灣。夕陽如有意，獨照鹿門山。《夜雨》云：可知楊柳巾潭曲，濕漲清波翠幾條。殘夢一房燈半落，江州春夜雨瀟瀟。《過伍員教場》云：海嶽祠邊雲影蒼，樊侯城上草荒荒。鴉飛數點行人少，落日重經古戰場。《宿宜城》云：山塵拂却旅衣輕，夜市紅燈酒半觥。醉後霜華初未落，高高冷月照宜城。《懷鹿樵》云：奇雲胸宕海天寬，詠出飢聲樂考槃。小圃黃花開遍未，鯉魚風起美人寒。《題畫》云：霜落凋殘楓樹林，竹窗棐几坐彈琴。西風滿徑無人到，紅葉堆門一尺深。

又有名孫蕡者，亦工詩。《集飲浮香閣》以"幽鳥不知暑，碧筒齊飲荷"一聯，爲時稱誦。

魏正鈺 字琢夫,號滙古,有《寄興詩草》

正鈺與兩溟先生爲性命交,先生稱其詩筆清脫,而困于名塲文中,每深慨之。

伯敬先生《詩歸》稱戰國人士狃于功利之習,不受祿者唯孟子,不受爵者唯魯仲連。滙古《詠史》云"仲父天下才,仲連天下士。才高周有王,士高秦無帝"等句,何奇妙乃爾,真非俗手所能到也。《竟陵詩話》

《大雨行》云:平原四望烟霞迷,鳩夫喚逐鳩婦啼。老龍傳敕紛行部,翻騰上下飛雲霓。噫气怒號不可測,亂飄瓦礴東復西。瞬息澎湃同江海,低禾高黍無町畦。野人斗室大如繭,繩床漏漬如印泥。小兒驚掣雷電疾,叫呼阿耶手雙攜。破簏有書檢不得,移向高凸仍苦低。憶自初春已飢饉,鄉里枵腹充藿藜。造化生成欺貧賤,一雨累月增淒淒。安得縷書疾苦籲,天帝爲我鞭向陽。《石窮端倪客館》云:客館何寥落,鄉思一夕生。雨收殘暑淨,秋入故園清。大海爭趨勢,孤懷恥近名。坐看江上月,皎皎正分明。《春日》云:啼鳥在高樹,山曉行雲度。春泉涌清音,遠峰空翠布。茅屋繞溪陰,旁通漁人路。欸乃何處歌,翛然憶古渡。《雜興》云:暮柝催山雨,寒鴻叫夕烟。天涯書不到,漢水意茫然。對此杯中酒,思耕隴上田。老親頻倚戶,只在白雲邊。

劉本唐 字亦陶,諸生

亦陶居天門之五華山,即伯敬先生故里。書法出入晉唐,兼工蘭竹。寓漢上,避水來黃磯,袖詩過訪,情誼款洽。《寓齋偶述》云:得遇仙人王子喬,同來磯下弄輕橈。漢口大水值王進之歸,遂同至黃磯,主其家。幾回問水將書寄,忽漫看雲把鶴招。夜月移花催好句,秋風吹浪過平橋。一枝權作羈棲計,日寫《黃庭》慰寂寥。佳句云:金盡庸夫侮,詩成志士憐。夜凉蟲語豆花下,雨過水穿爪蔓中。《石樓詩話》

馬致遠 字子猷,號平山,嘉慶舉人,官訓導　達玠

致遠博聞強記,洪素人學使歎爲曠世軼材。司訓應山,卒以窮死。詩筆清越老勁,以"我老才欲盡,山老春復鮮"之句,爲時所稱。《櫻桃道中》云:微月露雲際,秋風生馬蹄。人聲隔禾黍,暝色度林溪。智短形常役,山深路轉迷。歸鞍愁欲絶,何處覓丹梯。

達玠字介石,同時舉孝廉。工詞曲,著《春水船傳奇》。詩筆亦豪俊,《大雪同徐冲之登黄鶴樓》七古長篇,爲集中杰作。惜前路欠爽朗,入後極有興會,云:君是今時仙,君真古知己。千秋遇子雲,古人可不死。安得天公日日剪水作花飛,君作費褘我令威。滿貰辛家酒百瓻,爛醉狂歌不須歸。

張祖騫 字星海,嘉靖舉人,官知縣

祖騫才名艷稱一時,與孫偕鹿、傅野垣、熊兩溟輩掉鞅詞壇,未易定其軒輊。每當春秋勝集,清尊雅詠,望若神仙,幾有座無車公不樂之慨。詩以韻勝,雖才分高邁,學力亦極深醇。妙語天成,不加修飾。如食五侯之鯖,但覺可口稱心,而不知五味調和,出自良工妙手也。

《衛輝早發》云:隴頭天未曙,沙外月如霜。何處雞聲動,蕭然馬背涼。單寒兒女共,辛苦弟兄嘗。深羨忘機鳥,高眠在隰楊。《哭孫偕鹿廣文》云:記得榴花發,思君恰到門。相逢方一笑,得意欲無言。詩骨寒愈瘦,官階冷益尊。衣香今日散,何處吊吟魂。《訪熊覲后》云:雨聲歇林薄,雁影上晴虛。紅樹夕陽裏,思君一叩廬。多情進家釀,隨意摘園蔬。對此難兄弟,銜杯樂有餘。《夜發岳陽》云:水光蕩漾小舟輕,一片風帆自在行。烏鵲羣飛巴子國,星辰遥指岳陽城。煙中人語櫓聲亂,岸上漁歸燈火明。明日泊舟湖口上,試聽張樂洞庭聲。《九日寄招白畦先生》云:記得提樽送酒無,遥聞別後更清癯。一天白雨江聲壯,九日黄花客影孤。吾子飄零如落葉,前人咳唾有遺珠。寒河乘此歸來好,處處秋風唤賣鱸。《別陽曲葛明府》云:簿

領閑時手劈箋，客嘲賓戲總天然。冀州三百神明宰，最愛丹陽葛稚川。我來常領指南針，今日應知捧檄心。端笑詩人新作吏，菊華滿縣跨驢尋。《黃花堰謁魯文恪公墓》云：越裳重譯馬蹄賒，一路題詩感物華。祭酒風流消歇盡，白楊隴上長黃花。佳句如《乞糧》云：雖無和氏貪錢癖，却有顏公乞米書。《卸事留別》云：得代我方爲退鷁，無依人半是哀鴻。《秋泛》云：小艇新如天上坐，垂楊低可掌中攀。《中秋無月》云：稱心事少何關月，得意朋稀竟似星。《道中》云：馬疲一路看山好，村小四圍栽竹多。《登岳陽樓》云：山有九疑都面水，客當八月一登樓。《訪友》云：賃住數間皆破屋，秘藏一枕是奇書。孤燈夜雨連牀夢，落日寒山並馬行。詩人皆有真情性，名士從來苦賤貧。牆頭槐樹綠過屋，湖口荷華紅到門。天霽舟橫泗洲寺，月明人在蓼花灣。碧山紅樹渾如畫，草色湖光並入樓。斜風細雨蘆花夢，白石蒼苔釣艇秋。皆清空嘹唳，不落恆蹊。

熊士鵬字兩溟，號蒓灣，嘉慶進士，官教授，有《瘦羊錄叢書》

士鵬家貧性敏，少即溺苦於學。窮極典墳，著述等身。於詩獨有心得，淡永深微，悠然意遠。獨標唐賢冲夷之韵，一洗明季纖澀之音，當時名賢已有定論。教授武昌，提倡風雅，士歸之若龍魚之趨大壑，經其指授，皆足成家。尤喜培植名勝，闡發幽隱。名滿天下，物望巋然，至今慕之者猶仰如泰山北斗云。

足下竟陵產，鍾提學、譚解元亦竟陵產，鍾譚詩深微孤峭，足下亦何嘗不深微孤峭？然獨綽有神韵，以天分勝邪？抑以學力勝乎？近日楚北詩人最多，吾友許石泉風骨極佳，不幸夭殂。其兄秋崖嘗以詩相切磋，闖入唐賢之室；蔣丹林、葉雲素亦皆成家。十年前孫偕鹿來京會試，無介紹，詣敝廬談詩，終日不休。因及陶選《詩的》之太濫，高選《湖北詩錄》之太儉，欲參訂一集，仿宋蒙泉《山左詩鈔》例。式善極思贊成，而未果也。大集掃除凡近，已自近道。此時不可致力抉摘，但須讀書靜坐，心平气和，有意無意出之。經史粹語，市井俚言，皆我絕妙文章也。式善教子弟作詩，無論古體近體，

長篇短章,押韵堅確,五七字一綫穿之,外間似生鐵鑄成,方是好詩。足下詩深得此秘,尤所欽佩。截法式善尺牘

《擬古》云:如木落葉,不戀故林。如山出水,不歸孤岑。如絃吐響,不依清琴。如郎別妾,不知苦心。木葉霏霏,山水淫淫。琴心偶語,聲淚迸沉。《姑惡辭》云:姑衣綻,采桑飼蠶與姑換。姑食噎,洗手作羹與姑歠。婦德幽,姑心柔,姑又於婦何多求。誰家母不生女,誰家女不爲婦?蠶羹之外寧苦汝,違姑怨姑訴姑惡。叢條發嘖草怒魄,姑惡不可揚,汝惡不可當。今生爲鳥猶長舌,前生爲人舌可截,孝烏慈烏兩淒絕。《悲歌》云:清醒不如濁醉,俯泣不如仰歌。登彼太行,忠孝在阿。涉彼黃河,忠信在波。傷九折與九曲,撫寸心而彌多。《悲歌》云:陽烏光在天,照晴不照陰。明鏡光在室,照面不照心。江深無止水,峯高無靜林。大風爲震蕩,白雲忽浮沉。惻惻發長歎,彈我膝上琴。《月夜泛舟尋魏琢夫》云:江風吹月寒,江水洗月白。不知深夜時,中夜泛舟客。漁火鷺鷥飛,寺鐘林木隔。往尋江上人,來飲江上宅。江上兩人家,扁舟隨去住。寒月依菰蘆,遙天入雲樹。差擬牛渚吟,詎慚《赤壁賦》。俯吟成古今,一鶴橫江去。《泛湖同星海》云:泛此湖上舟,遂爲湖上宅。貰酒飲漁人,烹鱗餽遠客。俗醇物我渾,情愜煙雲適。暝色孤村懸,燈光一水隔。旋歸豈不思,悵望誰相迫?蓮飛螢火青,月泛櫓聲白。沙潊臥驚鷗,蒲秭扶危磧。涼風入奇懷,勞夢成疇昔。何處笛數聲,吹破楚天碧。《鵠山小隱·古詩選》[2]

田秋禾穟云:集中樂府諸作,力追魏晉。如《秋胡行》中有"一笑採桑婦,一哭贈金人。君有父母在,妾無兒女依。君心如蓬轉,妾髮如蓬起。如何同根生,不得同根死"等語,真是樂府神理。《烏哺兒》及《流民歎》諸篇,悲歌淋漓,獨闢畦徑。而五古五律,尤高於七古七律。五古如《頭上幽州雪》一篇,真妙絕一時。《遊湖山寺》及《觀音崖聽瀑布》《泛湖》等詩並皆出入三謝,其餘近陶韋者,亦不少。五律清微淡遠,直可追踪右丞、襄陽。然如"朔風翻野骨,落日射江蛟"、"赤日盤空野,青天落旱雷"、"馬嘶青草少,風響白楊多"、"楚雲漳水隔,燕雪薊門深"等句,其气體沉雄,亦何減子美也。

孫偕鹿甡云：偶讀兩溟詩集，別有會心，不必皆爲它人所同好也。於樂府則愛《休採蓮》云：片片擲流泉，望君廻顧君不憐，憐亦不似前。《貧士歎》云：朝掏木皮，暮掘草根。道逢富人，騎馬如顛。酒肉皤其腹，泉布悍其顏。揚鞭捋鬚向我笑，書不如田，田不如錢。《新婚別》云：啜泣啜泣羞不醻，風亦爲之摧，雨亦爲之碎。人販人歸利三倍，雄者賤雌者貴。《江上吟》云：高樓扇春風，吹我桃李樹。桃李花復飄，春風亦多誤。燕燕相背飛，征人江上去。燕燕相向歸，征人江上住。江上多落暉，歸帆在何處？於五古則愛"探奇如飛鳥，獨入無人境"、"泛此湖上舟，遂爲湖上宅"、"亂山橫面來，奇絶名不著"等句[3]。於七古則愛《釣臺歌》云："東西釣臺兩不遇，淮陰富春持竿處。故人可自釣臺來，大將可向釣臺去。"《春江花月夜》一篇，余詩以簡勝，兩溟以多勝。於五律則愛其諸體具備，無美不臻。於七律則愛其清新俊逸，亦復沉雄激宕。而《月夜同星海登黄鶴樓》云：今夜登樓如此月，昔年跨鶴是何人。與君弄笛猶前日，看我凌風定後身。吟罷欲吞雲夢澤，醉來還憶洞庭春。木蘭艇子沙棠枻，去到煙波采白蘋。一氣揮灑，尤爲七律之冠。於五七言截句，則愛其語近情遙，有王裴輞川唱和風味。

熊虛谷蘭云：家兩溟詩，天才豪放，各體俱佳。而予尤愛其平淡古樸一種，有不可湊泊之妙。五律如：昨夜鄉心切，買舟將戒行。曉煙人外起，秋草客中生。兒獨不依母，家貧空累兄。所思惟椒水，無用五侯鯖。開門一林雪，昨夜朔風寒。客久故鄉遠，家貧兄弟難。幾人飢未起，孤鳥暮求安。終日梅花笑，亭亭立素欄。葉舟湖上去，恰受兩三僧。飛鳥指何處，白雲橫數層。空懷一聲磬，未了六朝燈。予亦抱幽興，臥看明月升。俱非流連光景語。五古如：老人愛生孫，孫入老人抱。遂爲掌中珠，復如明月照。種桑成鵲巢，鵲還欣鵲噪。種黍成子家，子亦欣子孝。求食如欲啼，挽鬚似相告。與之共嘔啞，借以發歡笑。老人向我言，讀書吾所好。異日教我孫，吾去溪邊釣。又如：閣上華嚴經，問僧僧不顧。我有千卷書，紅蟬不知數。僧高吾亦閑，共作月下步。攜手看青天，白雲墮何處。吾意欲高眠，僧亦打鐘去。皆矢口天籟，不假修飾。五截如：獨遊九峯山，時與白雲遇。袖雲下山來，放雲歸山去。春風柳吹綠，秋風柳吹白。人上石城橋，曾經幾回折。俱得唐人三昧，無經營慘淡之痕。

譚白畦蔚齡云：予喜兩溟集中五言多名句，欲仿漁洋作"愚山摘句圖"。如："寒雀不依樹，野雲空上樓。"當呼爲"熊寒雀"。"高柳受霜早，幽苔生月遲"、"人去湖煙白，鴻飛塞草黃"、"平沙鷗夢穩，高柳鵲巢危"、"水光橫遠樹，鳥路入疏鐘"、"鷺影夢秋水，漁衣橫岸霜"、"塔影如孤鶴，山容似故人"、"櫓聲窗外過，漁火樹中來"、"遠水平似掌，落日臥看山"數偶，可謂在泉成珠，着壁成繢，當於右丞集中求之。

張竹樵清標云：予家川邑之南湖，湖有地名荷花渡，從未有人詠之者。兩溟過渡，有句云："雙槳荷花渡，南湖水拍門。白煙孤鷺影，青草遠天痕。犬吠垂楊岸，人歌紅豆村。竹樵有句云：家在南湖紅豆村。草堂來幾度，待月又開樽。"

喻石農文鏊云：江漢間近來稱詩者，以冲澹爲宗，精求五律，幾欲由昌穀、子業上溯青蓮、摩詰、襄陽諸公，野園、林庵、白畦皆然。故其詩境超曠，脫去塵坌，皆程丈拳時啟之也。竟陵熊兩溟詩宗法大抵相同，而稍加矜練，不落活套。五七律並佳，五律如《舟夜》云：涼風起戍樓，中夜漢西流。鳴笛忽沉水，暮鴻齊傍舟。長天生遠夢，獨樹得高秋。共此一江月，依依蘆荻洲。《秋思》云：斜陽猶在樹，新水恰當門。暝色趁蟬語，秋聲懸杵痕。邀來花外客，吟就月中樽。永夜葛衣冷，滿天風露繁。《送燕客》云：夜行河朔地，車馬度城壕。月墮明星大，風吹曉角高。燕人初識面，蜀盜尚如毛。別我西川去，青驄白雪刀。《涌月臺》云：落日大江流，飛鴻響暮秋。羈心如遠水，極目在高樓。煙草楊朱路，沙棠李白舟。升沉君莫問，吾已付沙鷗。七律如《黃鶴樓送彭寶臣殿撰》云：如此江山如此樓，楚天一柱跨滄洲。看君有意招黃鶴，問我何心對白鷗。衡嶽雲連湘水竹，酈湖灑入洞庭舟。都門異日應廻首，芳草晴川並是秋。《訪友不遇》云：集霰霏微濕岸沙，板橋行近故人家。寒塘枯樹不成雪，老屋朔風無數鴉。恰好到門逢稚子，旋疑何處就梅花。欲歸更訂來朝約，不負山陰一葉槎。《答汪雨堂》云：九月黃花又早歸，鯉魚風起冷斜暉。君方有子成佳樹，我已無親失綵衣。白髮漸生兒女大，青山如故友朋稀。年來落拓頻看劍，霜氣橫秋一道飛。佳句如：門掩暮蟲冷，窗生秋月微。樹歸棲鳥閒，秋養暮雲閑。離人見孤月，流水上空樓。鷺舂藕花水,牛飯柳塘煙。七言如:渡頭樹色故鄉近,村裡人家殘炤低。孤鶴安知非道士,古松初悟是禪師。高歌幾見如卿輩,酣飲何曾誤乃公?豎子何堪登廣武,虹蜺空説霸扶餘。飢鼠向人疑有粟,流民如雁已無家。臨水人家花墮冷,近秋天氣鳥飛高。遊雲一縷捷如鳥,怪石幾堆高似人。《鸚鵡洲》云:千人欲殺寧黄祖,四海相知一孔融。《鄴中》云:死慚男子孔文舉,生伯英雄劉使君。兩溟成進士以知縣用,投牒改教職。歸,士論高之。　譚白畦詩善五律,以閑淡清遠取勝,余甚欣賞之。及卒,詩皆散佚。兩溟嘗哭以詩云:故人窮到死,並不愛留詩。白首天難問,青山我詎知。武昌一折柳,風雪正相思。不信江頭雁,聲聲為汝悲。讀此不勝愴然。

傅野園垣云:白畦為兩溟作摘句圖,尚未盡其勝。如"簷晴山入畫,窗夜水生風"、"棹歸流水暮,人去亂蟬鳴"、"草生人去後,木落雁來初"、"簷低當檻竹,窗見對山花"、"春水輕輕燕,疏籬短短花"等句,清空一氣,無跡可尋。鮑覺生先生亟稱其逼真青蓮,如"月涌中流白,一夜武昌雪"數篇,皆所謂"轉石萬仞手"者也。

程維周之楨曰:兩溟先生詩清幽峭逸,有吾楚騷怨之遺。五律尤宕逸可誦,《考田詩話》所錄有未盡者。如《聞砧》云:不解秋風意,難為落葉心。三年蜀山戍,一夜楚江砧。況下杵邊淚,並成空外音。夫君寧不返,夢逐戰雲深。《武昌雨花臺》云:江上笛初動,空山秋月來。何人種桂樹,此夜雨花臺。清磬落燈蕊,苦蟲停酒杯。武昌為客久,白髮數莖催。《友人留宿寓齋》云:落日旅愁滿,蕭蕭原上村。秋風正開菊,野客忽臨門。幽草吐蟲響,空潭生月痕。燈前看白髮,往事倚杯言。《望月湖》云:西風湖上立,樹色漢陽稀。野渡看歸棹,秋山戀落暉。笛哀人遠別,砧動鳥孤飛。吾欲腰笭箵,葰葰魚正肥。《登飛劍亭》云:亭上人孤立,秋風滿武昌。江浮遠天暮,城對衆山凉。落葉依殘壘,歸鴉送夕陽。十年為客早,古劍暗飛霜。《秋至》云:秋從樓外至,切切入禪心。落葉遠山瘦,蘋花江水深。昔人吹玉笛,今我托瑶琴。曲罷月初上,唯君知此音。《得蔣丹林書》云:晴雪散幽渚,山明江外樓。江皐孤鳥下,江水凍雲流。思我都門友,何人戀舊遊。昨宵朔風裏,雙鯉到滄洲。《江上遲客》云:夕陽空水合,沙鳥一行飛。帆影樹邊出,漁燈煙際歸。美人在夏口，明月淡清輝。江上且高枕，夢君還扣扉。《七夕次夜坐涌月臺》云：月涌中流白，風吹兩岸青。長天如此水，昨夜渡雙星。楊柳笛初弄，木蘭舟不停。何人歸未得，離思入空冥。數首皆清雋遙深，風骨遒上，爲足凌轢鹿門，方駕太白。

竟陵自胡君信後作者寥寥，熊兩溟繼起，五言刻意清真。如："頻年如落葉，孤艇又斜陽"、"煙入孤村暮，鴉知落葉寒"、"深院鳥空噪，小橋花亂流"、"溪冷色先暮，竹繁聲易秋"、"竹陰涼小簟，溪色皓疎簾"、"野煙升古木，禽響墜空潭"、"一雁遥天至，高樓秋思多"等句，皆幽秀似永嘉四靈。
《石樓詩話》

蔣祥墀 字丹林，嘉慶進士，官左都御史　　子立鏞

丹林先生文名冠世，書法出入鍾王，詩法時帆先生，有成家之稱，當必有過人之處，惜不多見。

《望衡圖爲熊兩溟題》云：先生飽讀書五車，磊落胸藏天地廬。詩筆縱橫一萬里，山川覽勝神蘧蘧。講學武昌十五秋，間來携酒登南樓。二別中峰盡在目，直欲濯足江漢流。憑欄不盡登臨樂，還向樓頭抱衡岳。洞庭波濤思渺然，十二青螺自卓犖。惜不得平叔紫金丹，遥躡朱鳥控黃鶴。又不得長房縮地方，移取湘帆九面置之几研角。何物丹青工描摹，爲君寫作望衡圖。足踏芒鞋首戴笠，一童抱琴來于于。捫星未觀意氣壯，開雲已覺精誠孚。指點層巒插天出，雁聲幾陣飛過無。擬將振衣祝融頂，仰逼帝座通吸呼。岣嶁禹碑掃蘚讀，石青字赤多模糊。竭來歸訂遊山草，眼界何止空蓬壺。愧我卅年老京洛，僦居久被塵網絡。一覽此圖神欲飛，願與同訂尋山約。《荊湖知舊集》

立鏞字笙陔，道光進士，官修撰。文章品詣，中外交推。

新進士釋褐後，謁國子師，大司成例得坐受。且當新貴展拜時，戒不得動，若頭動則不利於狀元，左右手動則不利於榜探。俚說如此，然輒有奇驗。吾楚蔣丹林先生官祭酒，時笙陔殿撰適舉一甲第一名。父子行此盛

典,莫不羨其遭際。有朝士贈詩云:廻憶趨庭學禮時,國恩家慶喜難支。阿翁不敢掀髯笑,怪底郎君拜起遲。詩雖近諧,亦佳話也。

笙陔典試粵西歸,《登岳陽樓詩》云:洞庭波起夕陽浮,縱目層樓亦壯遊。鴻雁聲隨天共遠,魚龍气與水爭流。神仙有約今朝醉,詞賦何靈終古留。如此長風當破浪,蒼茫萬里是歸舟。殿撰嘗示余《遊衡嶽》七古,最為雄邁。　予家有梅花書屋,繢圖徵題至於三四。笙陔題云:繞屋梅花看不足,枝枝寫作珊瑚綠。張之素壁生畫寒,萬卷書圍窗下讀。暗香疎影何清奇,其人與筆兩得之。年來苦耐燕山雪,一憶梅花一首詩。盤龍山下鬱蒼翠,何年虬幹得其四。君豈五柳七松儔,逢人但道梅為字。《臥園詩話》

笙陔甥少從余遊,性極疏放,常作《天馬行》,激昂悲壯,頓挫不凡,蓋自況也,未幾果魁天下。余之任大梁,甥復作長歌贈行。離奇排奡,如黃河之水從天而下。一時傳誦,驚為異材。截林穆堂先生《西谿文鈔》

《揚州》云:垂柳絲絲綠滿城,依然涼月二分生。六宮秋雨繁華夢,一覺春風薄倖名。不信美人皆絕世,可憐天子最多情。竹西亭外銷魂處,夜半空聞玉笛聲。

別文樸字東和,號霽林,嘉慶拔貢,官知縣,有《問花水榭詩集》

文樸少有用世之志,初司鐸黃梅,晚年始得知縣,任內黃,有惠政。工詩苦唫,有《燕臺詠古》截句二百四十首。《題扇頭芙蓉》有"出入懷中當美人"句,皆為時傳誦。

《對花》云:人對花枝憐花好,花如笑人頭白早。我撚白髭欲問花,一年春色能多少。人老都從少年來,年少不知人暗老。縱是百年亦須臾,百年曾有幾人到。何如無意任榮枯,花開我看落我掃。《生日感賦》云:儒冠寧誤我,箕斗數原奇。年長慚人問,家貧畏母知。天涯半生飯,宦況一囊詩。袖裏青萍劍,蹉跎報主時。《夏夜友人邀過胡蓉村先生姑誦草堂》云:城南草堂靜,夜與高人期。屋古雲來冷,林深月到遲。卜鄰花滿徑,銷夏酒盈卮。吟罷欲歸去,曉鐘初動時。《將入都漢上留贈誦崖》云:美人渺千里,遙望白雲端。漢廣不可泳,嗟哉行路難。瑤琴空自鼓,寶鋏向誰彈？松柏山中友,相期保歲寒。《襄陽道中》云:襄陽楚上遊,戰伐已千秋。耆舊幾人在,漢江空自流。驅車三月暮,廻首廿年遊。爲愛躬耕地,重來拜武侯。《落葉》云:歲華竟搖落,槭槭動寒林。霜露滿天地,難爲遲暮心。月明孤雁影,風急亂蛮音。同是一蕭瑟,何人離恨深。《秋日鄒少府留飲》云:霜飛雁落漸秋闌,射鴨堂開酒盡歡。吳楚江山爭勝慨,古今風月屬閒官。松遮棋局清陰遠,鶴避茶煙瘦影寒。莫道東籬花事晚,來朝還許醉中看。《赤壁謁蘇文忠公像》云:堂堂坡老出峨嵋,父子文章百世師。共拜齊安團練使,誰刊元祐黨人碑？黃泥坂遠簫聲寂,赤壁磯高鶴夢遲。感我閒官頻過此,清風長憶泛舟時。《送譚星浦之武昌》云:樽浮綠蟻燭青煙,唱罷驪歌欲斷絃。十里梅花新蔡驛,半江楓葉漢陽船。才高到處迎王粲,座冷何人訪鄭虔？此去登樓有佳興,好吟黃鶴白雲邊。《有感》云:輪鐵銷殘奈老何,夢魂猶怯惡風波。逢人漸覺呼兄少,識路皆因作客多。俗吏能歸腰已折,空門未入頂先摩。生涯尚有琴書在,懶種桑田八百柯。《思歸》云:七十歸來歸已遲,勾留況未有歸期。天涯何處容逋客,失路無人作導師。骨瘦早經羸馬覺,情多惟許落花知。此身願比黃河水,萬里還留到海湄。《述懷》云:飽即高吟倦即眠,旁人漫道是頑仙。年當垂老如爲客,事到真窮且信天。止水自清明月裏,閒雲不繫晚風前。浮生但得安心法,籠鳥池魚也泰然。《羽林兒》云:射虎歸來月滿弓,羽林年少盡英雄。解鞍沽酒青樓醉,笑看長安折臂翁。《食銀魚》云:家住東西湖水邊,如銀白小網來鮮。竟陵六月好風味,不數江南鰕菜船。《過武昌縣》云:綠楊城郭枕江潭,一帶西山爽气涵。自有武昌魚可食,孫郎何苦憶江南。

劉　淳 字孝長,原名天民,號莘農,嘉慶舉人,有《雲中集》

君姿稟絕人,於書未嘗再覽,下筆萬言立就。　睿皇巡五臺,君以諸生獻詩,拜文綺之賜。試拔萃科,鮑覺生侍郎得其文,大奇之,旋舉于鄉。至都,名大起。偉貌玉立,英辨颷發;酒酣縱談,千夫舌捲;諧謔雜遝,操翰若飛。四方才俊見者，咸歎爲賈蘇復生。久之，不得第，鮑侍郎又歿。傷時無知己，遂放浪湖海，竟無所遇。授遠安學博，不數月棄去。浮沉閭里，意氣稍稍摧頹矣。君嘗謂無得於心者可無言，有得於心，揆之事理而皆中，然後形爲言。當以气爲主，气之積而大者，充宇宙高者，抗星辰雄杰而迅疾者，驅風霆，蹴河海，若龍虎騰踔，鬼神之不可端倪也。故所爲文以意爲起止，馳騁變化而不失法度，其气獨盛世無能敵之者。於詩亦然，鏟除塗澤靡曼之習，一反之正始。神駿超逸，往往似曹植李白。君於詞藝最敏，才識又最高，無覃思沉吟之苦，慷慨懷大略，通知古今時變之異，談天下事，衮衮不休。必度世所可行與行之有濟者，不肯爲高言奇論。性豪邁不屑小節，然事親孝，取與介，交遊信，無賢愚皆暱就之。晚節亦積誠敬，匑匑如畏。語及君父，則肅然動容。君於時輩，論詩獨心折大竹王魯之。魯之歿，君忽忽不樂。今春以書告余約以九月會鄂渚，至期而君卒，時年五十有九。截王冬壽先生撰本傳

孝長詩以太白之豪邁，運少陵之沉思，與古人相追隨，而不肯苟同流俗者。聞其權奇倜儻不拘，故常遊歷梁宋趙魏之都，復往來江淮吳越間。南北諸侯倒屣爭迎，亦天下之雄俊者矣。讀其詩，可想見其爲人。《寄心庵詩話》

孝長少豪放不羈，詩有奇气。《過昆陽》云：虎豹一時皆震恐，風雲千載尚飛揚。《歌風臺》云：猛士且教三族盡，英雄安得四方來。《項王廟》云：毀廟豈無周國老，哭君唯有宋書生。題余詩集云：禀气寡俗好，澹對一卷足。芳澤如幽蘭，清姿濯冰玉。三歎朱絲絃，遺音詎能續。　孝長詩古文並佳，余每慮其散佚，囑付剞劂。近以其所刊《雲中集》見寄，有《贈許山人》七律云：壯心雖在鬢毛殘，客似文淵老據鞍。千古詩人奇气少，一時戎幕將才難。著書天地容高臥，投刺王侯盡聳觀。碎擊唾壺論劍術，星芒直射斗牛寒。最爲奇峭。佳聯如《登洪山塔頂》云：疊嶂有靈橫地出，長江如線劃天開。《金山》云：天塹气吞全楚盡，海門潮壓萬山來。《邢臺秋望》云：樹杪白浮漳水出，城頭青擁太行來。淮浦人歸雙鬢老，廣陵書寄暮潮寒。薊北相思千里夜，淮南獨臥九秋霜。萬里歸人方艤櫂，一時詞客盡登樓。皆調高響逸，有七子之長。《臥園詩話》

《初抵潁昌喜晤方丈靜峯柳村》云：秋風起京洛，吹我至潁昌。零亂飛征蓬，慘裂遊子裳。入境問墟落，慨然非故鄉。鴻鵠整倦翮，依彼雙鳳翔。背負青雲寬，噦噦鳴高岡。豈曰乏明德，無由登玉堂。物各從其羣，在遠猶相望。皓首惜餘日，久要不可忘。《秋懷》云：搖落丹楓萬緒哀，振衣長嘯最高臺。千家斷杵先秋落，八月飛濤動地來。壯志多乖愁倚劍，中原無事任銜杯。誰知明鏡凋璠鬢，欲老甘泉獻賦才。《國朝正雅集》

《悟後作》云：萬古此間气，孤行天地間。形骸尚非我，所值皆偶然。雪鴻本無跡，萍絲漫相牽。澄心對止水，靜照了衆緣。靈煇東升嶠，素魄西没天。木公與金母，別來已千年。樂至固宜節，憂生何用煎。繁華更代謝，聚散終循環。譬我廼頓盡，玄壞奚有焉。窮娥在遼廓[4]，幽恨長漫漫。寄聲各自保，勿爲損朱顏。《赤壁覽古》云：赤壁竟壁立，崢嶸圖畫開。風利未得泊，望古難爲懷。咫尺阻勝遊，臨發空徘徊。兩龍戰江表，年少真英才。錦衣列廣宴，劍舞傾金罍。儀秦爲之詘，賁育爲之摧。雖非帝王佐，壯志亦可哀。南眺武昌郭，草沒吳王臺。阿童下建業，霸府留劫灰。赤烏事已遠，龍虎气盡埋。蘇笠戴風月，葛扇揮塵埃。大賢足萬古，小儒安用哉？《秋夜吟》云：終年恨久別，未若秋宵腸欲絕。豫章船到無尺書，但聞風雨聲嗚咽。嗚咽達曙聲更長，驚起雙宿紫鴛鴦。鴛鴦雙宿尚驚起，何況同心隔江水。《暮遊赤壁歌》云：吾生本有遊山癖，朝遊西山暮赤壁。振衣直上躡天風，曾掃吳王試劍石。江湖積氣白漫漫，萬竅響答松聲寒。日午歸途汗發背，恨少清景留盤桓。雪堂頹久不足觀，臨江絕壁尚可攀。天空木落氛翳淨，惟有片月橫雲端。月從寒溪渡江來，溪光抱月凌九垓。影動中流匹練廻，城郭盡化金銀臺。東飛孤鶴杳難見，玉局仙人安在哉？江山風月勸吾酒，一滴不入孫曹口。公瑾年少非庸兒，聊復停杯一酹之。古人已死吾何望，對此居然忘得喪。七百年來今再遊，姓名誰爲泐壁上。《楚塞》云：楚塞山遮斷，吳天水劃開。一身常作客，何地可容才。漁父思前問，江神怪此來。煙波千萬里，盡與洗塵埃。《和答海樹兄秋夕見月》云：涼夜掩紈素，月華生太空。九州明積水，萬里照歸鴻。漢影斜初轉，砧聲擣未終。關山怨寥闊，唯有此時同。《寄內》云：明鏡照我形，明月照我心。月出故園裏，梅花香滿林。凝望渺何極，紆軫思不任。同心阻天末，迢迢江漢深。《送璧臣之漢上兼訊兩溟大雲》云：武昌春酒綠，夏口夕陽紅。送爾孤帆去，楊花二月風。綺羅芳樹外，絲管玉樓中。爲語陳驚座，清遊幾處同。《懷陳九香潘笛生因感秋舫殿撰》云：西望蘄春道，遙憐二仲才。幽居在空谷，清絶倚寒梅。昔與金閨彥，論詩妙悟開。斯人獨淪喪，同調有餘哀。《對月憶故園》云：挂席已千里，踰淮又積旬。翻愁滄海月，不照故鄉人。歲盡猶爲客，塗長屢問津。珠光滿湖白，何處覓髯秦。《秦淮贈別》云：自古傷心地，無愁亦黯然。莫將桃葉淚，輕灑薛濤箋。子夜歌初冷，丁娘影共憐。春蠶絲盡後，重惹舊纏綿。《太原懷古》云：太原自古稱形勝，遊子登臨亦壯哉。晉國山河相表裏，唐家城闕倚崔嵬。人依野戍黃狐立，目斷春雲紫雁廻。天下英雄李亞子，魂隨風雨一歸來。《遇王縉雲爲述魯之近狀》云：中原二子分飛後，不見滄溟跋浪開。阿大相逢初問訊，王郎落魄使心哀。江山入蜀多奇气，風雨論交必雋才。請爲楚狂盡卮酒，高歌西望故人來。《符離吊古》云：磈磳高懸大將旗，枕戈慷慨士心知。晉家南渡遙開府，漢業偏安屢出師。一旦枋頭威望損，何人采石戰功奇。中興自此無生气，稱姪稱臣總不支。《春潮曲》云：愁共春潮生，不共春潮落。夜夜潮來時，記儂與歡約。《秦淮》云：煙閣雨中麗，雲容月下妍。客魂銷不得，春水板橋邊。《南唐》云：洗面唯清淚，愁多幾斷腸。江南亡國主，獨惜李重光。《送鄧孝瞻泛洞庭》云：楚江南去片帆開，湖水連空浪作堆。愁向夜深吹鐵笛，魚龍驚起月中來。《塞上曲》云：路繞燉煌更酒泉，橫戈誓欲掃窮邊。傷心一片長安月，直向黃河盡處圓。《大風登燕子磯》云：朔風吹鬢上高臺，放眼江山勝處開。磊落壯遊差不負，千年無此謫仙才。

程德潤 字玉樵，嘉慶進士，官布政使

玉樵典試粵東，曾爲予誦其《途中偶成》云：遠山何蒼蒼，白雲常相逐。雲山兩莫辨，山斷雲能續。却愛山中人，夜伴白雲宿。詩情澹遠，頗近儲太祝。《臥園詩話》

夏長青

《投詹湘亭明府》云：石橋霜月影初斜，小閣燈明佛帳紗。望去遙知開士宅，到來却作長官衙。雛僧笑指壁間句，天女如飛空際花。我是侯芭舊門下，敢將奇字對人誇。砥柱狂瀾障百川，道旁碑版紀當年。壬戌水患，得先生力拯，去任後，里人爲之立石。千家已種新堤樹，一榻重橫古寺煙。政績允留鳴雁里，詩情多在釣魚船。竟陵風月長如此，好向湖山結後緣。

胡鼎臣 字子重，貢生，有《姑誦草堂詩集》

鼎臣自其先太僕公以宦學有清望，顯於勝國。其後石莊先生鴻漸槃阿，抱道著書，論者比之江都河汾。子重其裔孫也。少跅弛軼出繩檢外，長乃發先世遺書，縱讀之。尤好樂府漢魏三唐人詩歌，作爲篇章，奇崛偉麗，震蕩驚絕。操觚之士望而却步，不敢角其鋒。性又好金石文字，及卉竹山水繪事。然不樂與貴人接見，衣冠執謁，則曰："吾猶山狙林鹿耳，安能耐此坐。"是困益甚。既則鬻畫，或擁緼袍啜半菽[5]，終日酣吟不絕。或邀朋侶登山臨水，置酒歌詠。雖甕亡粟，突亡煙，不顧也。方伯唐公、故人鄧孝旃，時時餽遺之，久之竟潦倒以殁。門下士唐鄂生廉訪，刊其遺稿於蜀中。截王子壽比部撰詩序

子重古體浸淫漢魏，集中《雪聲堂古硯歌》骨重神寒，時人謂兼有昌黎《石鼓歌》之長。《盧貞女詩》節和音雅，尤爲古樂府之遺。均以篇長礙登。其他佳句如：斷雁叫霜月，孤蛩吟曙星。看劍每當夜，讀書多在秋。鵝鴨嬉春渚，雲霞媚遠村。懷人睡過兼旬雨，放鶴招來隔水舟。新詩脫稿屬誰和，納屐故人殊懶來。皆力厚思沉，不等凡響。

《古詩》云：大道耿元精，日月胎受之。羣著紛以錯，各各媚其私。君子務所安，愚者昧厥時。兹理儻無謬，願言長自持。中庭有桂樹，芳榮葆堅貞。幹直理無頗，葉葉何鮮明。秋風吹萬山，穆然有餘馨。相思不可掇，無

人識此情。虎豹委山麓,雄威損爪牙。鸞鳳遊城闕,文采謝紛葩。舉動乃失據,一朝生怨嗟。高岡多竹實,深谷何谽谺。徙倚步庭中,心焉忽如遘。彈琴理幽衷,俯仰難爲受。竹風颺秋林,花光泫月露。在抱意彌新,去懷迹轉舊。孤鴻飛天末,嘹唳聲遠度。音響一何悲,毋乃傷遲暮。《荆湖知舊集》

《湖堤曲》云:我來當三月,春水泛桃花。停橈漢陽渡,沽酒莫愁家。莫愁何處住,湖堤亘修路。朱扉雙銅環,青山對朝暮。暮暮復朝朝,遊人堤上橋。垂楊三萬樹,樹樹隱鳴鑣。二月李花開,四月黃鸝語。東風湖上來,吹綠門前水。水流落花香,低頭弄鴛鴦。鴛鴦自雙飛,莫愁自斷腸。《送陶漁浦之武昌》云:輕帆開遠樹,落日淡孤舟。別意隨春水,送君上鶴樓。江山餘伯業,詞賦足清遊。莫遣相思發,梅花笛裏愁。《送孝長之吳門謁陶中丞》云:大江流不盡,此去一孤舟。暮雨連溢口,西風下石頭。詩名吾輩重,俠骨幾人投。莫問秦淮水,煙花六代愁。中丞賢愛士,才子壯能文。劍烏春盈座,笙歌夜度雲。轉艘今重地,鎮海古雄軍。倘入奇章幕,音書慰遠聞。《銅雀妓》云:鄴城一何古,漳水一何長。粉黛消伯業,荒臺鬱空香。野狐學歌舞,疑冢失君王。獨有西陵柏,蒼然大道旁。《燈》云:老屋秋風逼,青燈殊自持。書聲聽最慣,清味爾當知。和雨添寒色,隨鐘入定時。分明愁對汝,白髮不吾欺。《秋草》云:空山驚落葉,流水淡孤村。平野秋無際,蒼然欲斷魂。屯軍散宵牧,罷獵餘燒痕。更看牛羊徑,橫煙夕照繁。《題畫》云:老禿松杉藏矮屋,鮮新青翠落遙天。山中讀《易》石爲友,溪上眠琴人是仙。到此清齋應三日,可能避俗住十年。昨朝記得鄰翁約,峯頂西偏聽玉泉。《憶紀生大梁却寄》云:苦憶能詩紀伯紫,遊梁經歲別江村。清時莫訪侯嬴里,好客誰開雪苑樽。河嶽英靈編舊草,鄒枚詞賦謝陳言。幾時歸擁清溪棹,載酒尋花溯舊源。《送瑋公之南漳學博任》云:如君方許冠儒冠,德盛未妨神骨寒。遠道身能騎壯馬,高名心不薄微官。梅花早待雪酣酒,苜蓿遲容春薦盤。靜坐撚髭詎無事,言詩講易且加餐。《湖上》云:片雲拖雨過湖西,湖上人家罨畫低。白鷺一雙浴不浴,烏樟子母蹄連蹄。炊煙瓦屋間茅屋,活水前溪漫後溪。此景此時誰得會,可能無我杖扶藜。《題畫》云:青松澗底青,白雲崖際白。幽人自往還,靜坐契元默。雨來四山黑,雨過千林濕。老僧燒白雲,洗缽趁新汲。刁騷楓樹林,确犖石徑古。空響清天聞,颯颯疑風雨。《清明節舟遊東湖》云:清明時節作清遊,爲問東湖東渡頭。野客纔登米家舫,行人錯羨李膺舟。鐘聲日午水之涯,水面低吟過落花。寒食清明都禁火,船煙偏試雨前茶。

余鳳墀

《浩然亭》云:畫裏蕉衫照眼明,瓣香我欲拜先生。南山自昔偏高隱,北闕由來不負卿。人向鹿門歸去晚,詩從驢背得來清。尚餘一片空亭在,留與人間說大名。

熊 莪[6] 字璧臣,官監司,有《白雲館詩鈔》

莪幼攻舉業,不利於有司,以資郎官江右,著賢能聲。爲人浩浩落落有真气,詩亦如之。兩溟詩序所云:"夷視卿相若儕輩,揮灑泉布如流水。"真足概其生平。

《都中晤沈丹谷》云:詞壇老將久登臺,壁壘還看日下開。舊雨依依鴻印在,新聲一一鶴飛來。疏狂自合名流契,兀傲何嫌俗目猜。臣叔不癡癡轉甚,尺書遙寄劇憐才。季父書來,極稱君才。

張其英 字實甫,號瑋公,拔貢,官教諭,有《角山詩鈔》、《澄遠堂遺集》

角山詩不任气,不使才,中正之則,和雅之音。驟閱之,若無可喜愕者,徐而味之,其蕭寥澹淡之致,悠然有會於筆墨之外,又未嘗不反復而有餘思也。吾聞瑋公晚年好《易》,於詩頗不恆作。顧《易》之爲教,潔淨精微。瑋公悟其旨,宜其詩近有道者之爲,又非可僅以詩人目之也。截馮譽驥撰詩序

竟陵三詩人,皆柏心執友也。孝長詩雄豪,以氣勝。子重詩質厚,以思勝。瑋公詩善往復纏綿,獨以韵勝。孝長爲人英岸俊偉,不屑小節。子重

简寂頹放，瑋公則蘊藉恬雅，渾渾無町畦。善扶人之長，而化人之短，人皆暱就之。瑋公年稍長，弟蓄吾輩。自成童後，才藻贍速，名噪甚，受知鮑侍郎、朱文定兩提學最深。詩秀逸雋遠，情興婉惬。始浸淫魏晉、三唐，既泛濫樂天、眉山、劍南諸家。善體物情，宛轉比附，葩華布濩，而神味恆溢於篇章之表。截王冬壽先生撰詩序

《晚步》云：落日下遙峯，夕煙曖平楚。幽人步屧遲，一一歸鴉數。唯見小橋西，村氓相對語。《贈上人》云：本來無我相，解脫復云何。絶巘白雲在，秋林黃葉多。一燈伴禪寂，孤月動漁歌。問取西來意，長空雁影過。《秋夕》云：星河低近閣，煙定暗螢流。一葉驚微響，涼風漸覺秋。佳人方獨坐，永夜結遙愁。袂冷冰絃歇，搴簾月在鉤。《寧柑堂湘遊草》云：巴陵山色綠，湖水接天長。自古騷人地，於今春草香。夫君鳴畫榜，高詠滿清湘。似鼓雲和瑟，靈飈戛暮篁。《雨泊》云：維舟江上客，聽雨愴孤惊。此夜春江裏，煙波幾萬重。湘娥啼暮竹，巫女下遙峯。扶枕憶捐珮，蘅皋人豈逢。《宜城》云：宜城春酒綠，取醉不論錢。已熟長腰米，還烹縮項鯿。山光浮隔縣，鳥影沒遥天。楚岸多芳草，青青送客船。《闈中贈黃樓》云：萬里長風雁影催，搴衣同上最高臺。茫茫宇宙經千劫，落落乾坤有數才。招手雲中仙鶴返，論心檻底大江來。龍雲會看相追逐，浩蕩天閶四扇開。《秋日懷黃樓》云：伏枕經年惜袂分，相尋安得化為雲。竹窗聽雨秋先到，柘館懷人日易曛。關塞蕭條鴻雁影，江湖阻絶鳳鸞羣。素衣索處懸雙淚，除是思親即憶君。《酬寧小梧茂才》云：交君兩世如羣紀，訪我扁舟發漢潛。經術匡劉清自守，詩才庾鮑妙能兼。論心六月當庚伏，對影三人忘午炎。等是為儒甘落寞，粗繒大布復何嫌。《和王魯之原韵》云：荆臺宋玉歎沉淪，揚馬含悽錦水濱。一例英雄蓬鬢老，不須辛苦作詞人。《金臺驛》云：擊劍狂歌碎唾壺，春風匹馬旅情孤。黃金臺下揮鞭過，去訪荆高舊酒徒。

陳賓選字子岍，號巽之，貢生，有《雲泉集》

己卯夏，與復州龔君青岑同客晴川。一日，出手鈔詩一帙，讀之宕逸生

新,驚爲名作。詢知出竟陵陳子岍明經手。在嘉道時,與李雪坪、王魯之、劉孝長諸先生相友善。孝丈《雲中集》中,尤盛稱之。名位不顯,將就湮没,深可悼已。詩僧孚山爲其高足弟子,藏其遺稿,青岑特摘其尤者耳。

《浩歌》云:歡娛不可再,日暮徒悲傷。悲傷復何益,把酒自相將。雪霜盈我頭,車輪轉我腸。出戶入戶中,中懷仍徬徨。丈夫貴適意,一舉凌穹蒼。穹蒼何遼廓,雲霞爛流光。灼灼紫煙仙,招我飲瓊漿。萬事如流水,桃華滿澗香。清香實可嗅,白晝看茫茫。棄置何所陳,長歎不成章。《蘭臺大雪》云:北風號空宇,高歌且徘徊。臨眺恣古意,遙憐宋玉才。江漢流萬古,大雅復誰來。合沓郢門山,矗立玉崔嵬。茫茫沙水白,黯黯雲不開。雄風長已矣,大雪楚王臺。《對酒歌》云:憂來興轉豪,不知白日暮。斗酒酌高軒,慨焉懷所慕。浮雲捲西北,涼飇迴高樹。離離征鴈鳴,馳景去不住。今我不爲樂,人生如朝露。揮劍舞中庭,歌聲天外度。庶得以自娛,曠蕩還獨步。《秋夜懷李鶴亭羅腴田沈雲枋》云:明月不可寄,流水不可涉。彈琴思遠道,秋風動寒葉。去年城西柳共攀,春醪引滿月在山。平生兄弟湖海氣,一臥滄江異昔顏。《中秋月夜有懷武昌諸友》云:武昌不可到,秋氣滿江潯。一片青天月,空明萬里心。與君傷落魄,渺爾發清吟。忽動扁舟興,相將雲水深。《送劉孝長之郢中》云:君房下筆妙天下,浩瀚詞章不可尋。早歲登壇稱巨手,一時分袂動高吟。雲鴻遠鄉碧空迥,漢水春流落照深。此去征帆三百里,楚王臺上獨憑臨。《題畫》云:山勢鬱崔嵬,潭深不見底。濛濛雨氣來,疑有蛟龍起。《漢上》云:漢水東流去,孤雲一片橫。長空飛鳥盡,白日澹煙生。《江上》云:江空遠樹浮,東南濛夕霧。寒潮初月生,直欲渡江去。《春暮》云:清曉繡鴛鴦,繡成輕移步。春去渾不知,驚紅飛墮樹。《秋凉》云:寒蟬噪秋園,落葉不知數。掃葉出羅幃,靜女安若素。

胡德增 字松門

丈畫名滿天下,詩不多作。《荆湖知舊集》選錄數首,皆雋永入畫。古人謂畫理通詩,於丈益信。丈昔遊鄂,余乞畫《賜書廬圖》。丈忻然命筆,气格老橫,似子久化身。惜未并乞題句。

《題松泉圖》便面云:羣山盤地起,山密雲不開。樹影雲間出,泉聲樹杪來。此中有佳士,攜笻步蒼苔。想見移情處,夕陽帶客廻。《祇林深處》云:逃塵不在遠,靈構足幽奇。況與安禪者,相從習靜時。慧風隨巷轉,定月出牆遲。一洗凡心淨,鐘聲在水湄。《喜陶漁浦歸自漢陰》云:昨夜梅窗入夢頻,曉歸白兆舊詩人。錦囊貯有桃花雨,畫稿攜歸漢上春。山水遊多心地闊,林園別久夢魂親。相逢欲盡連宵話,剪燭還傾綠蟻新。《小集西來精舍賦贈忻然上人》前四句云:梵宮高聳枕江濱,十笏煙霞近作鄰。爲聽秋聲來問竹,偶拈花瓣已忘塵。

釋性慧

《晚投白竹寺》云:問路樵人指,轉灣流水東。小橋紅樹下,古寺白雲中。鳥語如吟客,山蹲似醉翁。主賓相揖罷,新月到梧桐。

閨秀

吳義堃 字蘐仙[7],適同里羅氏,有《漢江》、《粵海》、《篷窗》等詩草

《秋夜》云:夜靜西風緊,秋聲入戶庭。青燈明古壁,冷雨沁疏櫺。瘦比籬邊菊,浮如水上萍。流螢飛閃閃,疑是一池星。《七夕》云:夜闌人靜自閑閑,斜倚闌干淚暗潸。今夕黃姑同嫠會,來朝白帝帶秋還。銀河咫尺家千里,玉宇分明月半彎。我拜雙星非乞巧,安心守拙得清閒。《晨起》云:篆煙偷出紗窗外,又被清風送轉來。

【校記】

〔1〕李晙,明代未聞有詩人名李晙者,或有文字訛誤。

〔2〕"鵠山小隱‧古詩選"句,參看《詩徵》卷五校記。

〔3〕句,原作"篇",後文"傅野園垣"云云,亦作"篇",但從文意看,當是"句"。
〔4〕"窮娥"之說罕見,或指有窮氏之嫦娥,或即"瓊娥"之誤。清李慈銘《白華絳柎閣詩集》卷壬《答王子常同年(詠霓)見贈之作》文中有"摭宿窮娥義"語。
〔5〕菽,原作"茮","茮"是"椒"的異體字,不合文義。據王柏心《百柱堂全集》卷三十四改。
〔6〕莪,原目錄及正文作"莪",原條目作"羲"。《晚晴簃詩匯》卷一百二十二亦作"莪",據改。
〔7〕蘧仙,原作"籧仙",參見《詩徵》卷四校記。

湖北詩徵傳略卷三十

荆　門

唐

毛欽一_{有《欽一詩集》三卷}

欽一或謂名傑，唐詩人多以字行，故其上書當世諸公，皆自稱欽一。有集三卷，見《宋史·藝文志》。原稱荆州長林人，長林即今荆門也。陳振孫《書録解題》

宋

孫　何_{字漢公，淳化進士，官同知制誥，有《駁史通》及詩文集各數十卷}　弟僅、侑

何十歲通音韻，十五能屬文。篤學嗜古，爲文必本經義。在貢籍中頗有聲，與丁謂齊名友善，時輩號爲孫丁。王禹偁尤推重之。嘗作《兩晉名臣贊》、《宋詩廿篇》、《春秋意》、《尊儒教議》，聞於時。登第歷陟津要，頗多獻替。與晁迥、陳堯咨同知制誥，賜金紫，掌三班院。旋以病乞退，不許，賜告，遣醫診視。勉其燃艾。曰："死生有命。"卒不聽，遂不起。何樂名教，勤接士類，後進之有詞藝者，必爲稱揚不置。本傳

《讀杜子美詩集》云：世系留唐史，丘封寄耒山。高名落身後，遺集出人

間。逸氣應天輿,淳風自我還。鋒芒堪定霸,徽墨可繩奸。進退軍三令,廻旋馬六閒。楚辭休獨步,周雅合重删。李白從先達,王維亦厚顏。庖刀盡餘刃,羿彀肯虛彎。聖域分中上,天樞奪要關。逍遙登禁闥,偃蹇下塵寰。麗思蘇幽蟄,神功鑿險艱。語成新體句,才折好官班。誰氏傳軒冕,何人得佩環。朱絃本疏越,黃鳥浪緜蠻。元白詞華窄,錢郎景象慳。蜀峯愁杳杳,湘水恨潺潺。子欲探驪頷,吾思攦虎斑。毛錐應穎脱,燕石竟疏頑。已襲蘭兼菊,無嫌蒯與菅。二南如有得,高躅願追攀。《二泉》云：流出山根徹底清,時時風雨作秋聲。塵心十斛無由滌,聊向池邊一濯纓。穿雲漱石繞方池,五月涼生暑不知。人在綠楊深處立,一溪魚鳥畫中詩。

僅字鄰幾,咸平進士,有詩文集五十卷。少勤學,與兄何俱有名于時。甲科兄弟連冠貢籍,時人榮之。詔舉賢良方正,趙安仁復以僅名聞。策入第四等,拜太子中允,賜緋。北邊請盟,遣使交聘,僅首爲國母生辰使使,旋晉給事中,卒。僅性端愨,中立無競,篤於儒學,士大夫推其履尚。本傳

禹偁贈漢公詩有"明年再就堯階試,應被人呼小狀元"之句,咸平元年,弟僅果廷試第一。

《勘書堂》云：儒家無外事,招客校青編。筆墨東西置,朱黃次第研。頻憂傷點竄,細恐誤流傳。改易文詞正,增加字數全。目因繁處倦,心向注中專。端坐窮今古,披襟見聖賢。疲勞時舉白,遊息或談元。得興忘昏旭,題名記歲年。揮毫思確論,廢卷恨亡篇。魚魯皆刊定,誰人敢間然？《題李德裕蒙泉詩碣》云：孤城深鎖亂雲間,城上雲開面面山。負郭蒙泉誰共賞,衞公詩碣綠苔斑。

侑字公佐,元符進士,官殿中丞。幼聰穎,數歲能屬文,一目十行下。及長,淹貫經史,辯論上下古今,時賢莫及。與兩兄何、僅齊名,有荊門三鳳之目。王禹偁嘗言宇宙精華之氣,盡萃一門。信然。

全　璧_{字天粹}

璧工詩能文章,與黃山谷友善。山谷在荊州時,有《與天粹帖》。又有

《字説》，見山谷《内集》。

吳　簡_{簡亦作源，官統制}　妻盧氏

簡初官統制，以材武稱，尤耽典籍，妻盧氏亦敏慧能詩。咸淳七年，元兵圍襄陽急，朝廷敕簡赴援。簡以兵少未即行，盧氏贈詩云："羨君家世舊簪纓，百戰常懷報闕心。草檄有才追記室，築臺無路繼淮陰。雕橫紫塞邊霜重，馬踏黃沙夜雪深。白首丹衷知未變，歸來雙肘印懸金。"簡讀之，即勒兵至襄陽，衆寡不敵，竟歿於陣。盧氏聞耗自縊。鄉人哀之，號曰"雙節"。先是道梗耗絶，同里柳春時夜行，忽見武士仗劍披甲，從者數百人。春時驚避道左，武士呼之曰："君不識吳簡邪？歿於王事，上帝深嘉，命爲神矣。君幸白于吾家。"因示以鐵券爲信。遂朗唫曰："解劍南歸望古城，半林宿雨夕陽橫。雲邊岫接秦山色，樹底河流漢水聲。墮淚有碑堪駐馬，夢遼無路怕聞鶯。滄桑廻首成陳跡，笳鼓西風愴客情。"春時醒而錄之。《荆門紀略》

案：厲太鴻《宋詩紀事》載此詩，爲才鬼吳簡作，當亦必有所據。而《懷麓詩話》稱爲浦源作，易"岫接秦山"，爲"路繞巴山"耳。源一代作家，未必有心竊掠古句，或偶與微合。唐人中亦常有之。鮑以文《知不足齋》根之以駁東陽，未免太過。

元

李士瞻_{字彦聞，至正進士，官翰林承旨，楚國公，有《經濟集》}

士瞻素有清望，初以布衣薦爲知印，非其志也。由河南行省貢士登進士，官翰林，參知政事。

《題江漢王粲樓》云：大江西下思漫漫，憔悴王郎舊倚闌。貔虎晝嗥沙草白，轆轤夜轉井梧寒。帛書喜托雲中雁，錦字休題夢裏鸞。潦倒江湖羈旅客，可憐無地望長安。《松林午憩》云：松林坐久午風清，溪水潺潺樹有聲。何處小舟撑柳外，來迎潮落去潮生。《紀見》云：榕樹根垂荔葉齊，繞簷宿霧綠初迷。鷓鴣啼徹山頭雨，午夢醒時日正西。

劉　巽字公敏,河南行省貢士,有《詩文集》

《子陵井》云:十里嚴山列畫屏,鬚眉靜對富春青。井中夜半光芒現,熠熠猶疑是客星。

明

費思居字瞿如,崇禎舉人,有《歷朝集句》、《桃花崖集》

思居潛心著述,集古詩最工。避亂攸縣,隱居桃花巖。苦唫多佳句,如:書來憐雁遠,花老怨春遲。頗傳於時。

《寒江》云:永夜朔風烈,朝林集霰微。客情趨歲暮,天意重寒威。遠浦冰堅腹,孤村晝掩扉。稻粱湖上少,鴻雁苦多飢。《寄懷陶仲調先生》云:山深桐老戢霜翎,孤鳳威儀尙典型。三徑未荒尋舊壑,八州餘恨指新亭。曲終湖上湘靈渺,春到村南池草青。此日何從追几杖,江天夜看少微星。《送郭以歌還湘》云:橫經杖策共天涯,痛飲春燈歲又華。社燕營巢終是客,飛鴻踏雪即爲家。曉榮書帶憐芳草,夜續吟牋爲落花。獨倚高樓難作賦,溯洄湘渚望仙槎。《石鼓書院晤周令公袁平仲兩同年》云:佛火青燈古殿幽,同心相見坐新秋。身經多難輕離別,道在深山重寒修。我輩放歌增白髮,古人遺恨總清流。合江亭畔張韓逸,蒸水滔滔去未休。《鴈字》云:鴻濛鬼哭事模糊,羽翰天機洩有無。北操南音誰作譯,銀鉤鐵索漫成圖。汾歌滿目唐才子,錦贄充庭漢大夫。一舉終堪橫四海,莫將毛穎怨菰蘆。《山溪舟行》云:洞口漁人事已譌,碧溪深處野人多。春流無恙桃花水,一葉輕舟帶雨過。

許登明字微之,諸生,官主事

登明博學多才,于彭冢湖中築桃浪園,藏經史百家書,招同學講習其中,稱一時盛。劉肇國輯崇禎癸未以後詩爲《懶道人集》。《哭司馬張公別山》云:廻首白門話別時,存亡兩地各難知。心懸北去十年約,腸斷南來幾句詩。茹痛能留不朽節,思君未解帶愁眉。英魂豈等輕煙散,頸血飛環二祖碑。麾戈力挽日頹時,險阻頻嘗總莫知。九地無慚成子志,二天同叛愧君詩。履危自有椒山膽,赴海難舒世杰眉。直道在人終不泯,也應書建隴頭碑。《草堂吟》云:茅屋破且傾,久雨不能葺。水濁未可烹,遠向湖深汲。愛竹培新筍,翻詩改舊什。漁樵共朝昏,往來無拱揖。門多幽鳥喧,室有涼風入。課圃與呼耕,閒忙如不及。《寄友》云:萬事全消杯酒中,何須更向五湖東?一憑短髮霜欺白,不羨宮袍日映紅。泉石愜心差自得,文章許國竟何功。最憐隻手扶天客,海上空帆百尺風。《獨坐》云:孤琴野鶴共幽獨,流水白雲伴小屋。讀罷道書酒一樽,醉來即對梅花宿。《柬朱王孫》云:文山已死家何在,孟頫猶生國已移。異姓同宗生死別,不知那個是男兒。

江　鶴 字叔子,號三似簡人

少陵《耳聾詩》,古今絕唱也。余目失明,作《目盲詩》云:青白似猶在,逢場已倦看。新詩憑口授,疑字問人難。香過知花發,聲喧識鳥歡。糊塗裝儘好,玄守自平安。

國朝

周　昌 字培公,官參政

昌早失怙,李賊訌荆鄀間,母孫死難。昌入都,充供事。康熙丙辰,固原提督王輔臣叛,大學士圖海出視師。昌時參幕僚,進謀曰:"關陝,天下之脊也。吳逆不從川據陝,而戀棧常岳間,誠出下策。今輔臣舉足輕重,實係天下安危。雖因一時激變,通吳耿二逆。而心念國恩,猶盲之不忘視,痿之不忘起也。倘得能言士諭之,必復降。"圖公首肯而難其人,昌曰:"某願一往。"圖公以聞聖祖,召至乾清宮,親承密旨。單騎詣賊壘,南面拱立,宣布朝廷威德,趣輔臣跽受詔。刀戟夾左右,略無怖色。先是輔臣夜夢白鶴翔集城樓,及見昌衣正一品服,恰與夢符,遂舉軍降。論功授登萊道參政。昌雅工文翰,詩尤奇崛。圖公挽詞,娓娓數百言,鶻起兔落,風發泉涌,一時稱爲傑作。篇長礙錄,附記於此。

《夢友》云:老去辭家事遠遊,經年何故久淹留。燕關秦塞長爲客,露竹風蟬早報秋。半壁燈昏人破夢,一聲雞唱月當樓。此時離思添多少,不見歸鞍到郢州。《簡張箬漢太常》句云:別後孤舟對明月,歸來臥病又新秋。

子家相,字二南,官知縣。工詩,有家法。

楊輝斗 字闇夫,順治進士,官知縣,有《潤丘集》

《雪霽集唐》云:晴明含萬象,向曉白雲收。花落尋無徑,人家到漸幽。日華浮野雪,風靜聽溪流。微焰露花影,松風直似秋。《國朝百名家集》

楊佐國 字荆湖,順治進士,官太僕卿

《同酌桃園》云:同到春多處,豁然天地開。山光隨水去,花色襲衣來。艷染千家錦,紅酣萬樹梅。漁郎何事問,洞口傍山隈。《不寐》云:短檠兀坐旅懷生,飲罷孤吟繞砌行。入耳磜偏今夜急,關心月較故鄉明。殘更鴈過秋無跡,弱葉風吹露有聲。萬戶羅幃香夢穩,長安此地各爲情。《雨》云:涼共枯禪意,鄉兼久客聲。孤舟蘆葉碎,新漲板橋橫。《楚詩紀》

胡作柄 字謙持,康熙舉人,官知縣,有《荆門舊聞詩集》《荆門耆舊紀畧》　作梅

作柄官仁和,有惠政。學博才高,長於詩古文詞,著述甚富。當兄作梅以乞養家居時,作柄及從兄作相與鍾祥李蘇、李蓮、胡光國、涂始、龔惟衡諸公倡爲金河詩會,觴詠風流,藝林傳爲佳話。《古屋》云:南山何崔巍,古屋

何參差。老藤荒曲檻,閑雲濕畫榱。牆宇豈不堅,臺榭亦云麗。日夕斷人煙,風雨嘯愁鴟。不嗟去者早,直問造者誰。　作梅號抑齋,康熙進士,官侍郎,有《聽真閣詩集》。《早朝》句云:清風帶暖輕搖佩,湛露和香細入衣。《司餉出塞感懷》云:閑檢七情銷愛懼,飢忘五味失甘酸。可想見其勤勞王事矣。

胡作相 字代言,號約齋,康熙舉人,有《三峯軒詩古文集》

作相少有才名,詩工近體,爲金會公張石虹所器。以"世上功名何日是"爲起句十律稱於時,中亦頗多佳句可誦。如:千金欲市燕臺駿,一擊思騰塞上雕。但留艇畔孤竿在,長謝人間一屐輕。《春日雜興》云:逍遙童冠兩三隨,流暢機神趁此時。綠柳紅英詩興遠,青山白水道心移。書空咄咄亦何事,天問茫茫徒爾爲。長嘯一聲閉齋閣,夜深月尚隔窗窺。

鄧士璡 字介人,貢生,有《桐陰小草》、《秋草唫館》、《毫筆閑唫》等集

士璡少有文譽,兄士榮亦工詩,有《亦山書屋詩稿》。姪貽楷有才名,時有竹林之譽。

《芙蓉舫坐雨》云:新雨滴新綠,玉聲清可聽。我來凭水閣,客亦共高吟。煙水淼無際,瀟湘思不禁。定知今夕夢,幽趣在山林。《舟發丹陽》云:一聲柔櫓破空濛,叉手閑唫倚短篷。山色送青新雨後,水光搖翠早春中。伯圖從古誇荊國,花事於今憶渚宮。却怪石尤多作惡,鄉情應是兩人同。《馬嵬驛》云:不堪迴首問山河,傾國傾城恨若何。博得三郎能割愛,中興功讓玉環多。

張崇欽 號小郭,貢生,有《講易堂集》、《古字千字文》

崇欽好學能文,工韻語。別有名東林者,亦能詩,惜不傳。

《掇刀石》云：石上月輪高，將軍掇寶刀。志心懸蜀漢，白眼看孫曹。龍影崖邊伏，猿聲澗底號。荆襄思往事，漳水綠滔滔。《福善庵題贈洞野上人》云：四圍山色湧晴嵐，一塔高橫碧玉簪。雀舌橋低溪漲綠，虎牙關聳石堆藍。禪心似水猿先識，塵夢如煙鶴共諳。我是懶殘飱芋客，前緣應向此中參。《普惠洞》云：天際危欄倚碧峯，洞門常遣白雲封。崖撐老樹能藏鶴，壁蜿蒼藤欲化龍。梵唄歇時三弄笛，曇花散處一聲鐘。新詩題就閒憑檻，半看煙巒半看松。

彭玉章

《普惠洞》云：招提幽敞足烟霞，遠上危巒一徑斜。水漲平橋苔沒路，雲封古洞樹藏花。無關塵事山容靜，不礙禪心鳥語嘩。怪底當年軒冕客，每臨丘壑擬爲家。

張增健 字乾夫，乾隆副榜，官教諭，有《又材文》、《蛻詩草》、《鼓缶編》

《歸自鄭商玉宅》云：一帶荒寒路，歸搖馬上鞭。冷雲低渡水，老樹遠撐天。鳥集無僧寺，沙淤有主田。嗟予生計拙，飢走更誰憐。《雨村詩話》

周玉衡 字潤山，嘉慶舉人，官按察使，謚貞恪　子瀚

玉衡本出自瑯琊，少鞠於外祖周氏，遂從其姓。生而英異，讀書十行俱下。喜大節，不事邊幅。初令江西，有政聲。盜起粤西，獨居深念，慨然有憂天下之志。講求兵法，密爲戒備。賊至，連戰皆捷。及陳梟事視師吉安，被重圍，嬰守六十餘日，城陷不屈死。

公生平不多作詩，間一寄詠，亦奇矯自喜。完節時《題壁詩》尤見真性，云：株守孤城閱幾時，瀝心血盡絕援師。兵因食盡難言戰，家望生還未有期。蹈刃方能徵學養，瀕危深恐愧鬚眉。孤臣一死終何補，慚戀君恩報已

遲。繹公詩意，豈免冑倉皇勢出無計而以死塞責者，所可同日語乎？本傳

瀚，道光拔貢。《遊普惠洞》云：林深白日暗，松花落古瓦。牆欹倩雲扶，門額藤蘿挂。老僧面凍梨，肅客泛杯斝。坐久醉忘歸，一鶴晴空下。《遊白雲洞》云：洞口不知處，茫茫盡白雲。臺空餘鳥跡，碣老長苔紋。塔影踞山起，鐘聲隔水聞。倚欄看未足，歸路已斜曛。

黎鳳誥 字鐵愚，諸生

《懷青谿》云：夢想高安十七年，無人肯贈買山錢。何時得遂烟霞癖，願種青溪數畝田。

閨秀

胡貞媛 字秀温，侍郎作梅妹

貞媛幼字張司馬可前季子，將成婚禮，先一月，張公子卒。貞媛守義，依其父兄以居。洎司馬致政歸，始歸於張。著《筠心閣詩》，忠孝慈愛之思，藹然言表。顧深自斂秘，一脫稿，輒付丙如。嗣孫振鐸哀輯散失，僅存什一。《別家大人》云：膝下瞻依忽卅年，牽衣欲別淚潸然。去當守義恩難割，歸已無依志獨堅。蘋藻空留碧澗裏，椿萱遙望白雲邊。懸知此後離愁切，怕見霜閨月影圓。蓋歸張時，守義已十三年，而年已三十矣。及年五十，有司疏聞，詔旌其閭。

《玉壺舟中勵志》云：茲山何嶙峋，茲水何澄澈。山堅不可磨，水清不可涅。嗟哉薄命人，蓬闈褵未結。忽來破鏡凶，永作死生別。微軀那復珍，拚同朝露滅。堂上特鍾情，永夜俱環列。從容顧兒言，阿兒何太決。豈謂能輕生，遂命閨中傑。張氏上有翁，暮年垂耄耋。張氏下須嗣，枯樹滋萌蘖。惟難在立孤，而易在死節。斯言豈不然，毋乃多周折。老淚日未乾，苦口日未輟。委順白髮心，匍匐臨衰絰。樽酒奠良人，肝腸寸寸裂。瑤琴絃未張，

高曲已終闋。生未綰同心,死當瘞同穴。何以報良人,凜此方寸鐵。登堂拜舅姑,鬖鬖雙鬢雪。入室撫孤兒,煢煢一點血。仰事俯育間,何忍輕棄結。甘心茹荼苦,黽勉完名烈。我聞古媧皇,隻手補天缺。

胡瓊萼 蔣兆登妻,編修胡兆蘭妹,有《危苦吟》

瓊萼五歲隨其兄讀,三年即能詩。作《深閨吟》云:深沉院宇那求寬,小小妝樓志易安。夜靜無人簾不捲,清光一縷上闌干。父見之,謂此女幽靜,必以節著。歸蔣氏十年而寡,性耽書史,不任生產事。子不肖,家遂中落。自敘有云:滿腔悲憤,欲觸不周之山。一點辛酸,難填無涯之海。然境愈逆而節愈堅。《書懷詩》云:簷前寡鵠語軥輈,每借孤吟遣百憂。白璧同珍清似水,黃花相對澹如秋。患深敢怨乾坤窄,命薄且隨歲月悠。苦節能完吾何望,從來生世等浮漚。

補

明

方有楨 字鷺濤,庠生

《旅次柬姚帝簡》云:不省身垂老,索居東復西。情深千里雁,夢破五更雞。肥遯非巢許,猖狂近阮嵇。相期襟再撫,共話夕陽低。

方鳳時 字梧生,號芰圃,貢生　弟麟時

鳳時性敏慧,生當明季,不求仕進。與弟麟時酬倡,皆一時高尚。麟時字栗其,一字劍子,崇禎舉人。甲申後,絕意公車,屏跡湖山,黃冠野服,吟詠自適。別號牧石道士,有《葉香亭集》。《雨中與張山若王季豹投僧舍》

云:帶雨到禪宮,支吾挾兩童。蹣跚防徑窄,剝啄羨聲雄。階落穿雲月,簷廻過樹風。笑言殊不寂,棋影拂燈紅。

郭占春字用梅,貢生

《遊泉亭喜蕭邵二子並至》云:胸各溪巒具,到亭無後先。碣殘摹以意,泉寂聽爲禪。拂影留僧語,穿香選石眠。晚攜餘興返,酒茗亦悠然。

胡克寬字東易,康熙舉人,官知府　從弟克齊

《對月書懷》云:紛紛繡轂激征塵,寂寞揚雲只自珍。榻畔長酣千日酒,人間難值九方歅。晴雲帶雨朝昏變,花樣隨時次第新。獨掩陳編憑几坐,眼前霜月白於銀。

克齊字敬一,《題淨慈寺僧樾堂山舫》後四句云:虛白生道心,淡焉遺世故。何用買扁舟,日向六橋渡。

甘調元字諧卜,庠生

《寄胡濟川》云:我本耽窮者,窮愁日以多。乾坤當老大,人世足風波。婦病寧爲累,囊空奈若何。老親三十載,未穩葬山阿。

周克昌字二周,貢生

克昌以純孝聞於鄉里,《謁顯陵》有"爽鳩有恨天同老,蜀魄無情吊豈孤"之句。

張　勛 字心一[1]，康熙舉人

《題毓芝堂》五排中四偶云：風入虛窗細，人行曲徑偏。興酣邀月飲，吟苦抱詩眠。李泌書常擁，陳蕃榻豈懸。棄官輕似屣，澄慮靜於淵。

江曾沂[2] 字樹霞，康熙舉人

《冬夜枕上》云：宿醒猶未醒，城漏已將殘。月色臨窗淡，鐘聲到枕寒。家鄉千里道，歸去一時難。輾轉不成夢，披衣問夜闌。

王能任 字仔重，官主事，有《倦遊集》

《旅夜》云：春寒襆被滯天涯，渺渺關河歸路賒。短榻夜深鄉夢醒，愁聽風雨打窗紗。

閨秀

胡秀蕙[3] 字定庵，鍾祥龔維衡室，有《枝巢和稿》

秀蕙幼慧能詩，兼工折枝花卉。

《效古》云：日月逝矣，人生幾何。會時苦少，別日良多。但得恆少壯，亦不恨蹉跎。《自君之出矣寄外》云[4]：自君之出矣，蕭瑟渾無那。不整垂雲髻，誰聽《子夜歌》？山川清夢繞，愁病一身多。歲暮征途苦，歸來意若何。《雨不絕》云：寒雲變長夏，積雨暗新秋。天意渾難問，人間只欲愁。青苔生到榻，黃葉散當樓。何日看晴景，蒼煙帶郭浮。

當　陽

元

衛應宸 布衣，自號臨沮散人

應宸工吟詠，善屬文。隱居自樂，名重一時。
《重鐫玉泉碑次張曲江韵》云：先賢碑碣在，遠寓白雲岑。閱歷干戈久，消磨歲序深。春風廻劫運，山月照禪心。寺復追前世，人今嗣好音。宏詞傳自昔，美事見於今。殊跡幾磨滅，高人重討尋。斯文無泯絕，萬事有升沉。屹立招提境，堪勝布地金。

張　灝 官江西道廉訪使

灝，至順中以才德舉，使江西，振揚風紀，名冠於時，惜詩不多傳。《題畫梅》云：逸少池邊發興新，管城別作一家春。臨風玉笛無人會，鬢髮空歸想太真。筆端喚醒玉梅魂，滿袖春風不見痕。未許捲簾新月上，却教煙雨惱黃昏。

明

楊　志 字石甫，諸生

志力學工詩，不習舉子業。及壯，喜遊覽，足跡常在湖湘間。以布衣取重一時，郡邑有司造廬欲一面不可得。詩宕逸有致，樸質自喜，在晚唐雅近方干。

《坐東郊》云：人境各氛雜，絕無開口笑。蕭蕭草莽間，寂寂抱幽妙。藉地作穩眠，登高極清眺。俯仰從所欲，滄浪與同調。宿鷺解避人，潛鱗不上釣。所以山澤心，何曾慕廊廟？有酒滿金罍，欲醉復大叫。何物送殘杯，明月出孤嶠。《遊玉泉寺》云：鐘磬門初啟，松蘿道半遮。泉清堪洗耳，地勝欲移家。客指前朝鼎，僧傳乳鉢茶。未須求證果，生滅在聞鴉。《高園》云：野情終不厭，乘曉理芳蕤。土渴受鋤淺，泉乾抱甕遲。露花低壓帽，風蔓軟扶籬。有道存吾拙，惟應圃者知。《遊麥城》云：霽月分江口，長歌走麥城。野花誰是主，芳草不知名。路轉人煙隘，沙乾馬足輕。勝遊咸已醉，村笛兩三聲。《答誨公》云：共坐梅花甕底春，山中風景幾經新。卓來錐子已無地，敝盡貂裘患有身。嗜酒耻尋元亮社，賦詩欲就已公鄰。開門日向堆藍望，玉色瓏瓏見臥輪。《湖泊》云：沅湘飄泊已無家，客裏深杯鬭歲華。日落江聲春到岸，風吹月色蕩平沙。五湖霜冷初飛葉，三徑秋遲欲作花。此夕壯心將折盡，疏林啼殺未棲鴉。

宋公玉 字長石

《夏日再至雙峯訪晦和尚期樸園不至》云：重來疑是虎溪東，路轉峯廻約略同。徑草猶含經宿雨，山花已放去年紅。徒煩載酒招陶令，且喜焚香對遠公。話到無言渾未倦，幽懷還寄鳥聲中。

釋正晦 字無聞，玉泉山僧

正晦道行甚高，人亦和易。其《寄楊石父》云：水有源頭便是泉，人無私欲那非天。買山支遁十分俗，閉戶揚雄一味玄。世眼直看金面佛，阿誰肯問石頭禪。知君亦是攢眉者，和尚開池自種蓮。語語禪機，非得正法眼藏者不能道。

《尋響水泉》云：到處名山挾策行，歸來還愛玉泉清。乞錢買得黍三畝，流水聲中過一生。斷崖曲水石粼粼，好向茅廬寄此身。綠樹不迷紅葉徑，青山還照白頭人。

國朝

楊州彥字倩公,一字宣樓,順治進士,官知縣,有《澹園詩文集》

州彥幼穎悟,風流瀟灑,一令雅非所堪。作宰山左,以疏節獲罪上官,報罷歸。家徒壁立,苦吟自適。縱橫跌宕,刻意生新。奇氣坌涌,出入於盧仝、李賀之間。有"山不嫌人靜裏看,片雲拖雨過山來"等句,為時傳誦。

《古意》云:鷄鳴高樹顛,遊子束裝去。借問來何時,此去向何處。衣裳未可牽,縱橫皆是路。陰雲覆高岡,不見前村樹。入門固多愁,出門何所慕。妾是三春花,常畏三春暮。《醉吟》云:陶潛誤之官,嚴陵誤結友。呫呫兩老夫,棄余如敝帚。折汝瀨上竿,拔汝門前柳。喚取浣紗人,爲我小垂手。一曲留儂歌,勸儂一杯酒。《古意》云:春風吹人夜未央,繰絲欲繡雙鴛鴦。穿針卷袖越練長,廻身顧影意茫茫。去年寄書傷遠別,直至於今音信絕。挑燈試揀舊時踐,蠹魚蝕盡字漫滅。博山沉水不成煙,繡被難溫幾幅鐵。啼烏啞啞曙窗寒,門外楊花亂似雪。《同友夜酌》云:千古英雄局,掀髯一笑中。沛公三尺鐵,范蠡半檣風。席捲空潭夢,燈吹不聚蟲。君平緣底事,瑣瑣說窮通。

楊州儒字汝爲,諸生

《獨立》云:獨立久不悟,出門問秋草。古人自不來,令余懷抱老。秋菊淡無言,入門百思杳。《月夜》云:夜深月自出,蕩漾輕煙裏。是時花下人,心襟好如此。掬水自烹茶,沉吟對月華。月華如欲語,香送白蓮花。人喜月同圓,月不隨人老。澀澀理枯桐,冥心托秋顥。《采蓮曲》云:朝來白雲滿湖北,暮來湖上棱棱黑。野人曉起愛湖光,一隻小艇閒不得。輕風臨淺不須楫,次第船頭攀蓮葉。攀蓮葉,摘蓮子,澹兮心流兮水。調高響逸,清雋遙深,是能於此道三折肱者。所著惜不多見。

　　同時唱酬頗多,騷雅之彥,如粟明經引之字長伯,有《大雲樓詩稿》;郭司馬孫俊字章庵,有《涉趣園詩草》;梁明府山金字麗生,夫婦皆能詩,有《種梅軒詩草》;劉文學續祖字二史,古詩道煉,出入鮑謝。求稿未獲,附誌姓氏,以俟搜訪。

聶子英 字安業,有《安業詩草》

　　子英勵志苦學,讀書必抉其精蘊。嘗謂讀經如侍嚴師,讀史如對法官。人能以史通經,以經定史,方不愧爲根柢之學。暮年益工詩,自漢魏以降至唐宋,皆詳加考訂。論晰微茫,閉戶研吟,垂四十年。所著惜不多傳。

　　《青溪夜讀》云:徑僻麕遺角,林深虎嘯風。閉門窮典籍,忘在萬山中。

郭之都 字天若

　　《柴紫庵》云:信是隋朝寺,禪房劇靜幽。竹鳴驚鶴夢,梧落報蟬秋。鐘曉山還暝,雲沉水自浮。袁家兄弟好,選勝愧吾儔。

趙　瑄 字璧六,號介庵,貢生,官訓導

　　瑄少能文章,敦内行。司訓南漳,志行高潔。《遊肘足亭》句云:懷璧誠有罪,一獻亦已可。胡不衛其足,愚哉物喪我。可以見其趨向矣。

補

釋正晦 見前

　　正晦於玉泉山建度門寺,禪誦一室,與雷何思太史、袁中郎吏部昆仲詩

酒酬唱，著有《入識略》、《莊子注》。

《度門漫興》云：天詔曾聞下玉泉，一回經此一潸然。斷碑有字埋荒草，廢塔無名起暮煙。衣自六傳滄海變，法當千載鬼神憐。今人不識唐朝寺，只把金沙作墓田。

遠　安

明

簡而可 字敬所，萬曆舉人，官知府

而可居官清介自矢，以事謫知安寧，復忤權貴，罷歸，遇流賊不屈死。同時令蓬萊死賊難者，有張海若明府大受，亦以詩名。

《九日登鳴鳳山遲王明府》云：使君爲政足循良，相待登高共舉觴。斗氣近占周柱石，風流遠憶漢田郎。繞城白水明高潔，插帽黃花發異香。白髮休辭佳日醉，人生難得幾重陽。

張斗樞 字天都，萬曆舉人，官主事

斗樞少有雋才，讀書無間寒暑。仕魯山，多惠政。清介不撓，舉天下廉幹第一。

《登魯姑洞》云：倦來小試登山腳，古柏蒼蒼蔭欲移。興到不須頻索筆，碧紗換盡幾人詩。又《青溪秋夜》有"天開一鏡月，雨送半空秋"之句，頗傳于時。

楊瑯樹 字孝齋，有《愛菊堂詩集》

瑯樹鼎革後，隱居不仕。性好游，足跡半天下。所至題詠著作等身，惜

稿多散佚。

《登鳳山宿飲明月閣》云：鳳山秀聳侵碧落，眾嶺連緜莫能學。如無眾嶺獨高寒，縱使凌空亦寂寞。遊人領略有深心，不登山頂登山腳。一灣流水一灣雲，水雲淡處孤亭著。野風時掃翠微煙，丹青畫出明月閣。與君對酌候月來，靜聽幽禽啼亂壑。《遊壽隆寺》起語突兀，云：眾山圍一寺，到寺覺山無。寫得深山古寺出。

國朝

傅青藜

《青谿晚步》云：微雨晚復晴，疎林淨如洗。躡徑覓幽踪，人在滄浪裏。低迴戀斜陽，煙橫暮山紫。落木吹野風，山月澄秋水。日夕獨歸來，行行復止止。

周光祿 字阮亭，貢生

《垂釣》云：一把綸竿事事休，無風無浪坐磯頭。而今世上多香餌，莫似遊鱗誤上鈎。

李林楨 字峙亭，貢生　子甲煊

《蓮渡庵納涼》云：地靜涼歸蚤，林深月到遲。科頭團坐露，促膝語移時。柳幄陰常護，蓮塘氣暗滋。堆盤檎果美，雅可助吟思。

甲煊字南屏，少負雋才，工詩，爲邑令詹湘亭所知。前此稱詩者，如談明府經正，字復齋，有《山中》、《出山》、《還山》等草；姜明經開齊，字渤南，有《砌字唫》；李明經國恪，字筠岑，有《稻香齋詩》；喻布衣慈昌，字碧峰，有《待月樓詩》。求其所著集，皆不可得。

周維翰 字柳溪,貢生,有《牧兒語》　子汝珩

維翰學問淵博,性情忼爽,講學青溪,門下多知名士。

《溪上懷羅夢生》云:鰷魚躍清泉,好鳥鳴深樹。豐林擁危巒,絶景斜陽暮。同心三五人,溪上行且住。妙理參玄微,清言吐深愫。故人綠蘿村,遠隔堆藍路。何時策蹇來,重語雲生處。《青溪雜咏》云:橋側容枯坐,群囂儘寂然。琴聲枝上鳥,禪意水中天。勝地能消福,幽棲肯讓仙。也知根太淺,淬劍斬塵緣。

汝珩字石卿,道光舉人,官知縣。《青谿寺古柏》云:大可三人抱,陰遮一畝圓。劫逃唐宋火,種記漢秦年。幹直宜爲棟,心空定悟禪。每當風雨夜,龍嘯近諸天。

【校記】

〔1〕字心一,原文闕,據涂宗流《荆門历史风貌》之"張宏璧及其子孫"條補。

〔2〕江曾沂,原目錄作"圻",條目作"沂"。參見《詩徵》卷二十五校記。

〔3〕原書在"當陽"之"釋正晦"條後,設"補·荆門·閨秀"欄,收"胡秀蕙"條。今移置於"荆門"末尾。

〔4〕寄外,原文刊刻成正文格式,從文義看,應是注。

湖北詩徵傳略卷三十一

江　陵

東漢

朱　穆 字公叔

穆五歲以孝稱，壯耽文學，舉孝廉，兼資文武。自樹忠清，祿仕數十年，家無餘資。蔡邕與門人輩私謚爲文忠先生。

《與劉伯宗絕交詩》云：北山有鴟，不潔其翼。飛不正向，寢不定息。饑則木攬，飽則泥伏。饕餮貪污，臭腐足食。塡腸滿臆，嗜欲無極。長鳴呼鳳，謂鳳無德。鳳之所趨，與子異域。我從此訣，各自努力。

晉

宗　羨

羨思桑娣不見，徘徊川上。見大魚浮於水面，戲囑曰："汝能爲某通一問於桑氏乎？"魚遂仰首，奮鱗開口作人語曰"諾"。羨出袖中詩一首，納其口，魚若吞狀。是夜桑娣聞扣閨聲，從門隙視之，見一小龍據其戶，驚而入。達旦視之，見地上霞牋一幅，有詩云：飄飄雲中鶴，遙遙慕其儔。蕭蕭獨處客，惙惙思好逑。愁心何當已，愁病何當瘳。誰謂數武地，化作萬里脩。誰謂長河水,化作纖纖流。誰謂比翼鳥,化作各飛鷗。悲傷出門望,川廣無方舟。無由謁余款,馳想托雲浮。

宋

宗　炳 字少文

炳祖承宜都太守,父繇之湘鄉令。炳居喪過禮,爲郡閭所稱。宋高祖辟主簿,不就。善畫,常曰:"吾老矣,恐名山不能遍登。"乃畫行障以當卧遊。古有《金石弄》,爲諸桓所重,桓氏亡,音遂絕,惟少文傳焉。

《登白鳥山》云:我祖白鳥山,因名感昔擬。仰升數百仞,俯覽眇千里。杲杲羣木分,岌岌眾巒起。《登半石山》云:清晨陟阻崖,氣志洞蕭灑。巇谷崩地幽,窮石凌天委。長松列竦肅,萬樹巉嚴詭。上施神農蘿,下凝堯時髓。

齊

蕭　總 字彦先,官中書舍人

總自建業歸江陵,值宋廢帝元徽中,四方多難。遊明月峽,愛其風景,常於峽下枕石漱流。忽聞林下有人呼蕭卿者再,驚顧,去坐石四十餘步,有一女把花招總。總知地有神女,異而從之。悅然行十餘里,見溪上有宮闕台殿甚嚴,侍女二十人,並神仙之質。其寢卧服玩之物,俱非世有。綢繆至曉,出戶將窺舊路,見煙雲正重,殘月在西。神女執總謂曰:"妾此山之神,上帝三百年一易,不似人間之官。一易之後,遂生他處。今與郎契合,亦有因也。"因脫一玉指環贈總曰:"此妾未曾離手,願郎穿指,慎勿忘。"總曰:"幸見顧錄,感恨徒深,執此懷中,終身是寶。"總乃拜辭下,數步廻顧宿處,宛見巫山神女之祠。他日持玉環至建業,因話於張景山。景山驚曰:

"吾常遊巫峽，見神女乞后玉環。覺後告帝，帝遣使賜神女。吾親見之，今卿得之是矣。"

《江陵舟中思神女》云：昔年巇下容，宛似成今古。徒思明月人，願濕巫山雨。

梁

劉之遴 字思直　孫斌

之遴虯子，八歲能文，沈約、任昉異之，曰："荆州秀氣，果有奇才。"初除南郡太守，武帝曰："卿母年德俱高，故令卿衣錦衣還鄉，盡榮養之禮。"轉湘東太守，以弟之亨代之。荆士懷之，不復稱名，號大南郡、小南郡。侯景亂，爲僧，尋爲湘東王所酖。有《春秋大意十科》、《左氏十科》、《三傳同意十科》。

《酬江總》云：上位居崇禮，寺署鄰栖息。忌聞曉騶唱，每畏神光趚。高談意未窮，晤對賞無極。探志共遨遊，休沐忘退食。曷用銷鄙吝，枉趾邁顏色。上下數千載，揚搉吐胸臆。

斌有詞藻，官信都司功書，佐竇建德，署爲中書舍人。後復爲劉黑闥中書侍郎，與黑闥亡歸突厥，不知所終。《和謁孔子廟》云：性與雖天縱，主世乃無由。何言泰山毁，空驚逝水流。及門思往烈，入室想前脩。寂寞荒堦暮，摧殘古木秋。遺風暖如此，聊以慰蒸求。《送劉員外賦陳思王詩，得好鳥鳴高枝》云：春林已自好，時鳥復和鳴。枝交難奮翼，谷靜易流聲。間關纔得性，繒繳遽相驚。安知背飛遠，拂霧獨晨征。《詠山》云：靈山峙千仞，蔽日且嵯峨。紫蓋雲陰遠，香鑪煙氣多。石梁高鳥路，瀑水近天河。欲知聞道理，別自有仙歌。

宗 夬 字明敭

夬少好學，有局幹。舉秀才，歷行參軍。齊司徒竟陵王集學士於西邸，並見圖畫,夬亦預。尋管書記,歷遷鄆州治中,以父老去官。南陽王引爲別駕,義師起,遷西中郎。高祖師發雍州,遣使出揚口。面奏經略,甚禮重之,遷五兵尙書。

《別蕭諮議》云:別酒正參差,乖情將陸離。悵焉臨桂苑,慭默瞻華池。輕雲流惠采,時雨亂清漪。耿耿追蘭徑,悠悠結芳枝。眷言終何托,心寄方在斯。《荊州樂》云:迢遞樓雉懸,參差臺觀雜。城闕自相望,雲霞紛颯沓。章華遊獵去,紀郢從禽歸。溶溶紫煙合,鬱鬱紅塵飛。朝發江津路,暮宿靈溪道。平衢廣且直,長楊鬱裊裊。《遙夜吟》云:遙夜復遙夜,遙夜憂未歇。坐對風動帷,臥見雲間月。

宗 懍[1] 字元懍,官車騎大將軍

懍性至孝,遭母喪,哭泣嘔血。有羣鳥下集于舍,哭則鳴,止則去,論者以爲孝感所致。少警敏嗜書,晝夜不倦。語輒引古事,人呼爲小兒學士。元帝鎭荊州,求士于劉之遴,以懍應召。使制龍川廟碑,一夕即成,帝嘆美之。

《和歲首寒望》云:旅騎出平原,征鐃遍野喧。接里開都邑,連車駐小門。稻車迴故塢,獵馬轉新村。古碑空戴石,山龕未上旛。所言春不至,未有桃花源。《早春》云:昨暝春風起,今朝春氣來。鶯鳴一兩囀,花樹數重開。散粉成初蝶,剪綵作新梅。遊客傷千里,無暇上高臺。《春望》云:日暮春臺望,徙倚愛餘光。都尉新移棗,司空始種楊。一枝猶桂馥,十步有蘭香。望望無萱草,忘憂竟不忘。《麟趾殿詠新井》云:當爲醴泉出,先令浪井開。銅新九龍殿,石勝凌雲臺。

庾肩吾 字子愼,官義陽太守,武康縣侯,有《采璧記》三卷

肩吾父易爲齊徵士,即徙家南郡。八歲能賦詩,初爲晉安王國常侍,與劉孝威、江伯搖、孔敬通、申子悅、徐防、徐摛、王囿、孔鑠、鮑玉等抄撰衆籍,號高齋十學士。張懷瓘《書斷》謂:"肩吾嘗撰《書品》,與子信皆工草隸。"

肩吾字叔愼,才華既秀,草隸並善,累紀專精,遍探名法,可謂贍聞之士

也。弟於陵,字子介,清警多才,與兄黔婁皆有盛名。

《侍宴餞張孝總應令》云:層臺臨迴漲,耿耿晴煙上。欲送分符人,翻似河堤望。寒雲暗積水,秋雨蒙重嶂。別念動神襟,華文切離貺。慚無寡和曲,空陪郢中唱。《賽漢高廟》云:昔作唐山曲,今承紫貝壇。寧知臨楚岸,非復望長安。野曠秋光動,林高葉早殘。塵飛遠騎沒,日過半峯寒。徒然仰成誦,終用試才難。《長信宮草》云:委翠似知節,含芳如有情。全由履迹少,并欲上階生。

岑之敬 字思禮,官東宮學士,諮議參軍

之敬五歲通孝經,每焚香獨坐,長老嘆異之。十六擢高第,博涉文史。性謙謹,時以篤行稱。《南史》

《折楊柳》云:將軍始見知,細柳繞營垂。懸絲拂城轉,飛絮上宮吹。塞門交度葉,谷口暗橫枝。曲成攀折處,唯言怨別離。《洛陽道》云:喧喧洛水濱,鬱鬱小平津。路傍桃李節,陌上採桑春。聚車看衛玠,連手望安仁。復有能留客,莫愁嬌態新。《對酒》云:色映臨池竹,香浮滿砌蘭。舒文泛玉盌,漾蟻溢金盤。簫曲隨鸞易,笳聲出塞難。唯有將軍酒,川上可除寒。《烏棲曲》云[2]:驄馬直去沒浮雲,河渡冰開兩岸分。烏藏日暗行人息,空棲隻影長相憶。明月二八照花新,當壚十五晚留賓。

庾仲容 歷尚書左丞,諮議參軍,出為黟縣令

《柹》云:發葉臨層檻,翻英糅花藥。風生樹影移,露重新枝弱。苑朱正葱翠,梁烏未銷鑠。以下闕

北周

庾 信 字子山,官開府儀同三司,洛州刺史

信祖易,父肩吾,皆負文章盛名。信幼而俊邁,聰敏絕倫。博覽羣書,

尤善《春秋左氏傳》。容止頹然,有過人者。起家湘東國常侍,轉安南府參軍。時東海徐陵及信有盛才,文並綺豔,故號爲徐庾體。聘於東魏,文章辭令盛爲鄴下所稱。遷爲東宮學士,領建康令。台城陷,信奔還江陵,來聘於我。屬大軍南討,遂留長安。孝閔帝踐阼,封臨清縣子,出爲弘農郡守,遷驃騎大將軍,開府儀同三司,司憲中大夫,進爵義城縣侯。信多識舊章,爲政簡靜,吏民安之。時陳氏與朝廷通好,南北流寓之士各許還其舊國。陳氏乃請王褒及信等十數人,高祖乃放王克[3]、殷不害等,信及褒並留不遣。世宗、高宗皆雅好文學,信特蒙恩禮。趙滕諸王周旋款至,有若布衣之交。羣公碑誌,多相請託。惟王褒頗與相埒,其餘莫有逮者。雖位望通顯,常有鄉關之思,乃作《哀江南賦》以致意。《周書》本傳

　　信集六朝之大成,導四傑之先路。自北遷以還,閱歷既久,學問彌深。所作皆華實相扶,情文兼至。抽黃對白之中,灝氣舒卷,變化自如。當世雖徐庾并稱,實非陵之所能及矣。張説詩曰:"蘭成追宋玉,舊宅偶詞人。筆涌江山氣,文騒雲雨神。"杜甫詩曰:"庾信文章老更成,凌雲健筆意縱橫。後來嗤點流傳賦,不覺前賢畏後生。"其推挹之詞皆甚至。固未可以歷世多艱,漫訑其爲詞賦之罪人也。《瓶隱齋筆記》

　　信初至北方,文士多輕之。信示以《枯樹賦》,始無敢言者。時温子昇作《韓陵山寺碑》,南人問以北方文士。信曰:"惟韓陵片石堪共語,薛道衡、盧思道少解把筆,餘驢鳴狗吠,聒耳而已。"《朝野僉載》

　　唐崔塗《讀庾信集詩》云[4]:四朝十帝盡風流,建業長安兩醉游。惟有一篇《楊柳曲》,江南江北爲君愁。　信本梁臣,入東魏又西魏,歷後周,凡四朝十帝。　其《楊柳曲》云:"君言丈夫無意氣,試問燕山那得碑。"蓋欲自比班固從竇憲。又云:"定是懷王作計誤,無事翻覆用張儀。"蓋指朱异釀成侯景之亂也。後之議者,悲其失節,而愍其非當事權。詩云"爲君愁",是也。

　　子山詩"羊腸連九坂,熊耳對雙峯";鮑照詩"二崤虎口"、"九折羊腸",可謂工矣。比之杜工部"高鳳""聚螢"、"驥子""鶯歌"之句,則杜覺偏枯矣。

　　庾信之詩爲梁之冠絶,啓唐之先鞭。史評其詩曰"綺豔",老杜稱之曰

"清新",又曰"老成"。綺艷清新,人皆知之。而其老成,獨子美能發其妙。余嘗合而衍之曰:"綺多傷質,艷多無骨。清易近薄,新易近尖。子山之詩綺而有質,艷而有骨,清而不薄,新而不尖,所以爲老成也。" 子美稱庾開府曰"清新",清者流麗而不濁滯,新者創見而不陳腐也。試舉其略,如:文昌氣是珠,太史明如鏡。凱樂聞朱雁,鐃歌見白麟。楊柳歌落絮,鵝毛下青絲。覆局能懸記,看碑解暗疏。池水朝含墨,流螢夜聚書。含風搖古度,防露動林於。古度、林於皆竹木名,自來人罕用之。漢陰逢荷蓧,緇林見杖挐[5]。濁醪非鶴髓,蘭肴異蟹胥。冬嚴日不暖,歲晚風多朔。建始移交讓,徽音種合懽。螢排亂草出,雁拾斷蘆飛。羊腸連九坂,熊耳對雙峯。澗底百重花,山根一片雨。峽路沙如月,山峯石似眉。荷風驚浴鳥,橋影聚行魚。木影搖叢竹,林香動落梅。水似桃花色,山如甲煎香。路高山裏樹,雲低馬上人。酒正離悲促,歌工別曲悽。山明疑有雪,岸白不關沙。學異南宮敬,貧同北郭騷。蒙吏懽秋水,萊妻紡落毛。《詠杏花》云:依稀映林塢,爛熳開山城。《寄王琳》云:玉關道路遠,金陵信使疏。獨下千行淚,開君萬里書。《望渭水》云:樹似新亭岸,沙如龍尾灣。猶言吟暝浦,應有落帆還。此二絶即一篇《哀江南賦》也。又《別周尚書》云:陽關萬里道,不見一人歸。惟有河邊雁,年年南向飛。《詠桂》云:南中有八柱,繁華無四時。不識風霜苦,安知零落期。唐人絶句皆仿效之。《升庵詩話》

　　子山于琢句中復饒清氣,故能拔出流俗之中。尤妙在造句能新,而使事無跡。《對酒》云:春水望桃花,春洲藉芳杜。琴從綠珠借,酒就文君取。牽馬向渭橋,日曝山頭脯。山簡接䍦倒,王戎如意舞。箏鳴金谷園,笛韻平陽塢。人生一百年,歡笑惟三五。何處覓錢刀,求爲洛陽賈。作意嶔崎,終歸平順,風氣使然也。《擬詠懷》云:疇昔國士遇,生平知己恩。直言珠可吐,寧知炭可吞。一顧重尺璧,千金輕一言。悲傷劉孺子,悽愴史皇孫。無因同武騎,歸守霸陵園。搖落秋爲氣,凄凉多怨情。啼枯湘水竹,哭壞杞梁城。天亡遭憤戰,日蹙值愁兵。直虹朝映壘,長星夜落營。楚歌饒恨曲,南風多死聲。眼前一杯酒,誰論身後名。無窮孤憤傾吐而出,不專擬阮也。《重別周尚書》云:陽關萬里道,不見一人歸。惟有河邊雁,秋來南向飛。

《烏夜啼》云：促柱繁弦非子夜，歌聲舞態異前溪。御史府中何處宿，洛陽城頭那得棲。彈琴蜀郡卓家女，織錦秦川竇氏妻。詎不自驚長淚落，到頭啼烏恒夜啼。漁洋《古詩選》

隋

庾抱

抱仕隋，爲元德太子學士。唐高祖起兵，太子封隴西公，以抱爲記室，文檄皆出其手，俄爲東宮學士。貞觀初徙趙王友。

《驄馬》云：櫪上浮雲驄，本出吳門中。發跡來東道，長鳴起北風。迴鞍拂桂白，赭汗類塵紅。滅没徒留影，無因圖漢宮。《卧痾喜霽，開扉望月，簡宮内知友》云：秋雨移弦望，疲痾倦苦辛。忽對荆山璧，委照越吟人。高高侵地鏡，皎皎徹天津。色麗班姬篋，光潤洛川神。輪輝池上動，桂影隙中新。懷賢雖不見，忽似暫參辰。《别蔡參軍》云：人世多飄忽，溝水易西東。今日歡娱盡，何年風月同？悲生萬里外，恨起一杯中。性靈如未失，南北有征鴻。《和樂記室憶江水》云：遥望觀濤處，猶憶採蓮歌。無因觀塞葉，共下洞庭波。

唐

蔡允恭 有集二十卷

允恭有丰采，善綴文。仕隋，歷著作佐郎、起居舍人。煬帝屬詞賦，多令諷誦之。遣教宮人，數稱疾。授内史舍人，俾入宮，固辭，由是疏斥。入唐，爲文學館學士，貞觀初除洗馬。

《奉和出潁至淮應令》云：久倦川塗曲，忽此望淮圻。波長泛淼淼，眺迥情依依。稍覺金烏轉，漸見錦帆稀。欲知仁化洽，謳歌滿路歸。

劉孝孫 字德祖[6]，有集三十卷

孝孫少知名，與虞世南、蔡君和、孔德昭、庾抱、庾自直、劉斌等登臨山水，結文酒之會。武德初，官虞州參軍。貞觀中，遷太子洗馬。别撰《古今詩苑》、《二儀實録》、《隋開皇曆》、《七曜雜術》等書，俱見《唐書·藝文志》。

武德四年太宗爲天策上將軍，寇亂稍平，乃作文學館，收聘賢才下教。以杜如晦、房玄齡、于志寧、蘇世長、褚亮、姚思廉、陸德明、孔穎達、李玄道、李守素、虞世南、蔡允恭、顔相時、許敬宗、薛元敬、蓋文達、蘇勖、薛收並以本官爲學士。五年收卒，復召劉孝孫補之。命閻立本圖象，使亮爲之贊，題名字爵里，號十八學士。藏之書府，以章禮賢之重。時人榮之，謂之登瀛洲。《新唐書》

《遊清都觀尋沈道士》云：紛吾因暇豫，行樂極流連。尋真謁紫府，披霧覷青天。緬懷金闕外，遐想玉京前。飛軒俯松柏，抗殿接雲烟。滔滔清夏景，嘒嘒早秋蟬。橫琴對危石，酌醴臨寒泉。聊袪塵俗累，寧希龜鶴年。無勞生羽翼，自可狎神仙。《冬日宴于庶子宅》云：解襟游勝地，披雲促宴筵。清文振筆妙，高論寫言泉。凍柳含風落，寒梅照日鮮。驪歌雖欲奏，歸駕且留連。《全唐詩》

岑文本[7] 字景仁，官中書令，謚曰憲，有集六十卷　孫羲

文本年十四，詣司隸稱父冤，召對明辨，試令作《蓮花賦》，合臺歎賞，父冤得雪。貞觀初，擢中書舍人。或急中草詔誥，六七人並寫，各盡其妙。後拜中書令，有憂色，母問之，曰："非勳非舊，責重位高，所以憂也。"有來賀者，輒曰："今日受吊，不受賀。"或勸治生産，嘆曰："吾漢南一布衣，以文墨位宰相。俸已過矣，尚欲殖産業耶？"太宗將伐遼，凡所籌度一以委之。文本受委既深，神情頓竭。太宗見而憂之，謂左右曰："文本與我同行，恐不與我同返。"至幽州暴終。《新唐書》

岑氏其先爲南陽人，自祖善方徙襄陽，更徙江陵，故《唐書》以文本爲江陵人，不復係之南陽矣。《楚寶》

《奉述飛白書勢》云：六文開玉篆，八體曜銀書。飛毫列錦繡，拂素起龍魚。鳳翚崩雲絶，鸞驚遊霧疏。別有臨池草，恩霑垂露餘。《冬日宴于庶子宅，各賦一詩得平》云：金蘭篤惠好，樽酒暢生平。既欣投轄賞，暫緩望鄉情。愛景含霜晦，落照帶風輕。於茲歡宴洽，寵辱詎相驚。《奉和正日臨朝》云：時雍表昌運，日正叶靈符。德兼三代禮，功包四海圖。踰沙紛在列，執玉儼相趨。蹕清喧輦道，張樂駭天衢。拂蜺九旗映，儀鳳八音殊。佳氣浮仙掌，薰風繞帝梧。天文光七政，皇恩被九區。方陪瘞玉體，珥筆岱山隅。

羲字伯華，官尚書門下三品。歷神龍、景雲之世，兄弟子姪在清要者數十。嘗歎曰："物極則返，可以懼矣。"後竟坐太平公主事被逮。詩工麗，多應制之作。

岑　參_{天寶進士，官嘉州刺史}

參，文本曾孫，少孤，及長，博覽能文。初官大理評事、監察御史，出刺嘉州，有善政。宰相杜鴻漸表置幕府，爲職方郎中，罷。居杜陵山時，中原多故，因著《感舊賦》，自敘生平。至德中，裴垍、杜甫等薦其識度清遠，議論雅正，佳名早立，時輩所仰，可以備替獻之官。《楚寶》

參博覽史籍，尤工綴文。屬詞清尚，用心良苦。其有所得，往往超拔孤秀，度越常情。每篇絶筆，人爭傳諷。集十卷，有杜確序，見《唐書・藝文志》。《讀書志》

殷璠曰：參詩語奇體俊，意亦造奇。至于"長風吹白茅，野火燒枯桑"，可謂逸才。又"山風吹空林，颯颯如有人"，宜稱幽致也。

《韋員外家花樹歌》云：今年花似去年好，去年人到今年老。始知人老不如花，可惜落花君莫掃。君家兄弟不可當，列卿御史尚書郎。朝回花底恒會客，花撲玉缸春酒香。《白雪歌送武判官歸京》云：北風捲地白草折，胡天八月即飛雪。忽如一夜春風來，千樹萬樹梨花開。散入珠簾濕羅幕，狐裘不煖錦衾薄。將軍角弓不得控，都護鐵衣冷猶著。瀚海闌干百丈冰，愁雲慘淡萬里凝。中軍置酒飲歸客，胡琴琵琶與羌笛。紛紛暮雪下轅門，風掣紅旗凍不翻。輪臺東門送君去，去時雪滿天山路。山迴路轉不見君，雪上空留馬行處。《寄東山嚴許二山人》云：雲送關西雨，風傳渭北秋。孤燈燃客夢，寒杵擣鄉愁。灘上思嚴子，山中憶許由。蒼生今有望，飛詔下林丘。《寄左省杜拾遺》云：聯步趨丹陛，分曹限紫微。曉隨天仗入，暮惹御香歸。白髮悲花落，青雲羨鳥飛。聖朝無闕事，自覺諫書稀。《送張子尉南海》云：不擇南州尉，高堂有老親。樓臺重蜃氣，邑里雜鮫人。海暗三山雨，花明五嶺春。此鄉多寶玉，慎莫厭清貧。《奉送李太保兼御史大夫充渭北節度使》云：詔出未央宮，登壇近總戎。上公周太保，副將漢司空。弓抱關西月，旗翻渭北風。弟兄皆許國，天地荷成功。《初授官題高冠草堂》云：三十始一命，宦情多欲闌。自憐無舊業，不敢恥微官。澗水吞樵路，山花醉藥欄。秖緣五斗米，辜負一漁竿。《武威春暮聞宇文判官西使還已到晉昌》云：片雨過城頭，黃鸝上戍樓。塞花飄客淚，邊柳挂鄉愁。白髮悲明鏡，青春換敝裘。君從萬里去，聞已到瓜州。《送郭僕射節制劍南》云：鐵馬擐紅纓，旛旆出禁城。明王親授鉞，丞相欲專征。玉饌天厨送，金杯御酒傾。劍門乘嶮過，閣道踏空行。山鳥驚吹笛，江猿看洗兵。曉雲隨去陣，夜月逐行營。南仲今時往，西戎計日平。將心感知己，萬里寄懸旌。《和賈舍人早朝大明宮》云：雞鳴紫陌曙光寒，鶯囀皇州春色闌。金闕曉鐘開萬戶，玉階仙仗擁千官。花迎劍佩星初落，柳拂旌旗露未乾。獨有鳳凰池上客，陽春一曲和皆難。《和祠部王員外雪後早朝即事》云：長安雪後似春歸，積素凝華連曙輝。色借玉珂迷曉騎，光添銀燭晃朝衣。西山落日臨天仗，北闕晴雲捧禁闈。聞道仙郎歌白雪，由來此曲和人稀。《首春渭西郊行呈藍田張二主簿》云：回風度雨渭城西，細草新花踏作泥。秦女峰頭雪未盡，胡公陂上日初低。愁窺白髮羞微祿，悔別青山憶舊谿。聞道輞川多勝事，玉壺春酒正堪攜。《日沒賀延磧作》云：沙上見日出，沙上見日沒。悔向萬里來，功名是何物。《行軍九日思長安故園》云：強欲登高去，無人送酒來。遙憐故園菊，應傍戰場開。《逢入京使》云：故園東望路漫漫，雙袖龍鍾淚不乾。馬上相逢無紙筆，憑君傳語報平安。《春夢》云：洞房昨夜東風起，遙憶美人隔湘水。枕上片時春夢中，行盡江南數千里。《獻封大夫破播仙凱歌》云：漢將承恩西破戎，捷書先奏未央宮。天子預開麟閣待，祇今誰數貳師功。日落轅門鼓角鳴，千羣面縛出蕃城。洗兵魚海雲迎陣，秣馬龍堆月照營。《虢州後亭送李判官使赴晉絳得秋字》云：西原驛路挂城頭，客散江亭雨未休。君去試看汾水上，白雲猶似漢時秋。《磧中作》云：走馬西來欲到天，辭家見月兩回圓。今夜不知何處宿，平沙萬里絕人烟。《送人還京》云：匹馬西從天外歸，揚鞭只共鳥爭飛。送君九月交河北，雪裏題詩淚滿衣。《赴北庭度隴思家》云：西向輪臺萬里餘，也知鄉信日應疏。隴山鸚鵡能言語，爲報家人數寄書。《山房春事》云：梁園日暮亂飛鴉，極目蕭條三兩家。庭樹不知人去盡，春來還發舊時花。

劉　洎字思道，官散騎常侍，有集十卷

洎性疏峻敢言，貞觀中拜給事中。太宗嘗宴羣臣，賜飛白字，或乘醉爭取於帝手。洎登御座，引手得之。帝笑曰："昔聞婕妤辭輦，今見常侍登牀。"後遷侍中，與褚遂良不相能，被譖賜死。

《安德山池宴集》云：平陽擅歌舞，金谷盛招攜。何如兼往烈，會賞協幽棲。已均朝野致，還欣物我齊。春晚花方落，蘭深徑漸迷。蒲新節尚短，荷小蓋猶低。無勞拂長袖，直待夜烏啼。《全唐詩》

衛　象

象大曆間爲長林令，與司空曙厚善，官至侍御。

楊升庵曰：衛象《吳宮怨》云："吳王宮闕臨江起，不捲珠簾見江水。曉氣晴來雙闕間，潮聲夜落千門裏。句踐城中非舊春，姑蘇臺上起黃塵。只今惟有西江月，曾照吳王宮裏人。"此詩與王勃《滕王閣詩》相似。少時誦

之,知爲初唐人,而未有明證。偶閱《李嶠集》,有《詠衛象錫絲結》[8],知爲巨山同時,高棅收之晚唐,謬矣。

綦毋潛 字季通,有集一卷

潛,開元進士,由宜壽縣尉爲集賢待詔,遷右拾遺,終著作郎。

殷璠曰:潛詩如屹崒峭蒨,善寫方外之情。至于"松覆山殿冷",不可多得。又"塔影挂清漢,鐘聲和白雲。"歷代未有荆南分野,數百年來獨秀此人。

周聖楷曰:潛詩如《冬夜寄儲太祝》云:自爲洛陽客,夫子吾知音。盡義能下士,時人無此心。奈何離居夜,巢鳴悲空林。愁坐至月上,復聞南鄰砧。《春泛若耶溪》云:幽意無斷絶,此去隨所偶。晚一作好風吹行舟,花路入溪口。際夜轉西壑,隔山望南斗。潭煙飛溶溶,林月低向後。生事且瀰漫,願爲持竿叟。妙語妙境,心手俱閑。如此等詩,真不厭百回讀也。《棲霞寺》云:南山勢回合,靈境依此住。殿轉雲巖陰,僧探石泉度。龍蛇爭奮習,神鬼皆密護。萬壑奔道場,羣峯向雙樹。天花飛不著,水月白成路。今日觀身我,一作我身。歸心復何處。《送賈恒明府兼寄溫張二司戶》云:越客新安別,秦人舊國情。舟乘晚風便,月帶上潮平。花落西施石,雲封句踐城。明州報兩掾,相憶二毛生。《送宋秀才》云:冠古積榮盛,當時數戟門。舊交丞相子,繼世五侯孫。長劍倚天外,短書盈萬言。秋風一送別,江上黯消魂。《送鄭務拜伯父》云:名公作逐臣,驅馬拂行塵。舊國問郧子,勞歌過鄀人。一川花送客,二月柳宜春。幸料竹林興,寬懷此別晨。《宿龍興寺》云:香刹夜忘歸,松清古殿扉。燈明方丈室,珠繫比丘衣。白月傳心靜,青蓮喻法微。天花落不盡,處處鳥銜飛。《經陸補闕隱居》云:不敢要君徵亦起,致君全得似唐虞。讜言昨歎離天聽,新象今聞入縣圖。琴鎖壞窗風自響,鶴歸喬木隱難呼。學書弟子人何在,點檢猶存諫草無。《早發上東門》云:十五能文西入秦,三十無家作路人。時命不將明主合,布衣空染一作惹洛陽塵。

薛　據 開元進士，官太子司議郎

據骨硬有氣魄，爲文亦卓犖不羣。嘗著《古興詩》以見志，殷璠極稱之。天寶間，與弟播、摠相繼登科，時人榮之。

《懷哉行》云：明時無廢人，廣廈無棄材。良工不我顧，有用寧自媒。懷策望君門，歲晏空遲廻。秦域多車馬，日夕飛塵埃。伐鼓千門啟，鳴珂雙闕來。我聞雷雨施，天澤—作下罔不該。何意斯人徒，棄之如死灰。主好臣必效，時禁權不—作必開。俗流實驕矜，得志輕草萊。文王賴多士，漢帝資羣才。一言並拜相，片善咸居臺。夫君何不遇，爲泣黃金臺。《古興》云：日中望雙闕，軒蓋揚飛塵。鳴珮初罷朝，自言皆近臣。光華滿道路，意氣安可親。歸來宴高堂，廣筵羅八珍。僕妾盡綺紈，歌舞夜達晨。四時固相代，誰能久要津。已看覆前車，未見易後輪。丈夫須兼濟，豈能一作得樂一身。君今皆得志，肯顧憔悴人。《泊震澤口》云：日落草木陰，舟徒泊江汜。蒼茫萬象開，合沓聞風水。迥沿值漁翁，宛窕—作噉嘯逢樵子。雲開天宇靜，明月照萬里。早雁湖上飛，晨鐘海邊起。獨坐嗟遠遊，登岸望孤洲。零落星欲盡，朣朦氣漸收。行藏空自秉，智識仍未周。伍胥既仗劍，范蠡亦乘流。歌竟鼓枻去，三江多客愁。《古興》云：投珠恐見疑，抱玉但垂泣。道在君不舉，功成歎何及。

崔道融 以徵辟爲永嘉令，官至右輔闕，有《申唐詩》、《東浮集》，自稱東甌散人

道融與司空圖爲詩友，唐季避地入閩，依王憲知，自稱東甌散人。雅善黃滔，其卒也，滔爲文祭之，有云：識通龜策，耀握靈珠。國風騷雅，王佐謀訏。袁安之涕泣泫然，劉氏之宗祧莫扶。《十國春秋》

《唐音戊籤》、唐宋志載道融《申唐詩》三卷、《東浮集》九卷。《申唐詩》皆四言，述唐中世以前事。事爲一篇，篇各有小序，凡六十九篇。《東浮集》乾寧乙卯永嘉山齋所編，自稱"東甌散人"，時蓋避亂於永嘉，故云。高棅謂

爲永嘉令,誤也。又考王審知福州金像碑,幕客中有道融名。而碑成於天祐四年,又在乾寧後,則其終於閩可知矣。《四庫全書提要》

道融有句云:如今却羨相如富,猶有人間四壁居。楊萬里《詩話》

道融《邊庭雪詩》:萬里一點白,長空鳥不飛。俱爲人傳誦。《詩格》

道融《讀杜紫微集》云:紫微才調復知兵,常遣風雷筆下生。猶有枉抛心力處,多於五柳賦閑情。梁昭明太子序《陶淵明集》云:"白璧微瑕,惟在《閑情》一賦。"杜牧嘗著《孫武子》,又作《守論》、《戰論》、《原十六衛》,皆有經濟之略。故道融以此絕句少之。○杜牧嘗譏元白云:"淫詞媟語,入人肌膚。吾恨不在位,不得以法治之。"而牧之詩淫媟者,與元白等耳。所謂睫在眼前,猶不見乎?

楊誠齋愛唐人崔道融《詠梅》云:香中別有韻,清極不知寒。方虚谷云:"惜不見全篇。"余近見雜抄唐詩冊子,此首適全。今載之:數萼初含雪,孤標畫本難。香中別有韻,清極不知寒。橫笛和愁聽,斜枝倚病看。朔風如解意,容易莫催殘。《從軍行》云:穹廬雜種亂金刃,武將神兵下玉堂。天子旌旗過細柳,匈奴運數盡枯楊。關頭月落橫西裔,塞下凝雲斷北荒。漠漠邊塵飛眾鳥,昏昏朔氣聚群羊。依俙蜀杖迷新竹,仿佛胡床識故桑。臨海舊來聞驃騎,巡河本自有中郎。坐看戰壁爲平土,近待軍營作破羌。楊升庵《詩話》

《擬樂府子夜四時歌》云:吳子愛桃李,月色不到地。明朝欲看花,六宫人不睡。凉軒待月生,暗裏螢飛出。低回不稱意,蛙鳴亂清瑟。月色明如畫,蟲聲入戶多。狂夫自不歸,滿地無天河。銀釭照殘夢,零淚霑粉臆。洞房猶自寒,何況關山北。《班婕妤》云:寵極辭同輦,恩深棄後宫。自題秋扇後,不敢怨春風。《春閨》云:欲剪宜春字,春寒入剪刀。遼陽在何處,莫望寄征袍。《春題》云:青春未得意,見花却如讎。路逢白面郎,醉插花滿頭。滿眼桃李花,愁人如不見。别有惜花人,東風莫吹散。《春晚》云:三月寒食時,日色濃於酒。落盡牆頭花,鶯聲隔原柳。《江村》云:日暮片帆落,江村如有情。獨對沙上月,滿船人睡聲。《旅行》云:少壯經勤苦,衰年始浪遊。誰憐不龜手,他處欲封侯。《夜泊九江》云:夜泊江門外,歡聲月下樓。明朝歸去路,猶隔洞庭秋。《西施灘》云:宰嚭亡吳國,西施陷惡名。浣紗春水急,似有不平聲。《寄人》云:花上斷續雨,江頭來去風。相思春欲盡,未遣酒尊空。澹澹長江水,悠悠遠客情。落花相與恨,到地一無聲。古樹春風入,陽和力太遲。莫言生意盡,更引萬年枝。《江鷗》云:白鳥波上栖,見人懶飛起。爲有求魚心,不是戀江水。《長門怨》云:長門花泣一枝春,爭奈君恩別處新。錯把黄金買詞賦,相如自是薄情人。《楊柳枝詞》云:霧撚烟搓一索春,年年長似染來新。應須喚作風流線,繫得東南西北人。《西施》云:苧蘿山下如花女,占得姑蘇臺上春。一笑不能忘敵國,五湖何處有功名。《馬嵬》云:萬乘淒涼蜀路歸,眼前珠翠與心違。重華不是風流主,湘水猶傳泣二妃。《寓題》云:海上乘槎便作仙,若無仙骨未如船。人間亦有支機石,虛被聲名到洞天。《郊居友人相訪》云:柴門深掩古城秋,背郭緣谿一徑幽。不見小園新竹色,君來那肯暫淹留?《天臺陳逸人》云:絕粒空山秋復春,欲看滄海化成塵。近拋三井更深去,不怕虎狼惟怕人。《寄李左司五季在臺》云:柏臺蘭省共清風,鳴玉朝聯夜被同。肯信人間有兄弟,一生長在別離中。《對早梅寄友人》云:憶得前年君寄詩,海邊三見早梅詞。與君猶是海邊客,又見早梅花發時。憶得去年有遺恨,花前未醉到無花。清芳一夜月通白,先脫寒衣送酒家。《釣魚》云:閒釣江魚不釣名,瓦甌斟月暮山青。醉頭倒向蘆花裡,卻笑無端犯客星。《雞》云:買得晨雞共雞語,常時不用等閒鳴。深山月黑風雨夜,欲近曉天啼一聲。

渚宮士子_{佚其名姓}

士子有美姬,將遠遊,戒其姬曰:"我若五年不歸,任爾改適。"後五年未歸,遂爲刺史所納。明年士子歸,乃爲詩寄之云:陰雲漠漠下陽臺,惹著襄王更不廻。五度看花空有淚,一心如結不曾開。纖蘿自合依芳樹,覆水寧思返舊杯。惆悵高麗坡底宅,春光無復下山來。刺史見詩,遂給妝資遣還。

五代

高若拙

若拙善詩，從海辟致幕中，常作《中秋不見月》云："人間雖不見，天外自分明。"從海覽之，謂賓僚曰："此詩雖好，不利于己，但恐有喪明之戚。"後果然。《大定錄》

《咏雲》云：片片飛來靜又閑，樓頭江上復山前。飄零盡日不歸去，點破清光萬里天。《五代詩鈔》

宋

唐 介 字子方，由進士官參知政事，諡質肅

介由平江令入爲殿中侍御史，會張堯佐以女寵驟遷宣徽[9]、節度、景靈、羣牧四使，介疏諫不報。與諫官包拯、吳奎等七人論列殿上，卒奪宣徽、景靈兩使。加一品服，以旌敢言。未幾堯佐復用，獨爭之。復言文彥博以燈籠錦媚貴妃致位宰輔，今又私結堯佐，請逐彥博而相富弼。又言諫官觀望，語涉宮掖。仁宗怒叵測，介猶固爭不已。時蔡襄修《起居注》，立殿陛，進曰："介誠狂直，然納諫容言，人主之美德，必望全貸。"遂貶英州別駕，仍以彥博薦入爲參知政事。與王安石論事不合，憤鬱卒。

介赴英州，侍御李師中送以詩，有"去國一身輕似葉，高名千古重如山"之句。由是直聲動天下，稱"真御史"。

《碧落洞》云：余生本孤拙，所志在雲石。薄宦偶纏鎖，未遂林泉適。邇來備臺選，幸一當言責。狂愚抵罪辜，遽從邊徼謫。區區數千里，車馬倦行役。湞陽頗善地，解轡喜安席。官散無所事，度日多閑隙。太守蘇宣甫，邀我訪奇跡。西山有石室，疑是靈仙窟。翛然煙徑入，谺若天門闢。中瀉一

溪清,傍映千峯碧。萬穴滴瑤乳,兩崖張翠巒。爽氣來秋先,昏嵐生未夕。不知造化意,何爲置窮僻?周生說到難,斯文不虛摭。怪容誠莫狀,勝踐今始獲。暫已瑩耳目,久覺生虛白。拂拭纓上塵,回頭謝朝客。雖非吾土樂,聊以慰奇癖。聖恩未放還,屢遊君莫惜。《渡淮》云:聖宋非狂楚,清淮異汨羅。平生仗忠信,今日任風波。舟楫顛危甚,魚龍出没多。斜陽幸無事,沽酒聽漁歌。《宋詩紀事》

介子淑問、義問,孫恕,皆有盛名。史稱淑問難進、義問強敏、恕高行不隕家聲,有足美云。予謂難進者爲其敢言,有父風也。強敏爲其文章通時務也,高行爲其甘貧不苟求仕也。昔人謂盧懷愼三世清節不易,若介家世,展也無媿,因各以其美著焉。《楚寶》

夏侯嘉正 字會之,太平興國進士,官右正言

嘉正少有俊才,常使江南,撰《洞庭賦》,徐鉉見之曰:"是木玄虛之流也。"太宗問其名,召試詞賦,擢右正言。元夕觀燈,獻五言十韵,其末云:"兩制誠堪羨,青雲侍玉輿。"上依韵和之。

崔遵度 字堅白,太平興國進士,官左諭德,贈侍郎,有《琴箋》及詩文集廿卷

遵度純介好學,始七歲,授經於叔父憲。嘗以《春秋》編年史、《漢》紀傳之例問於憲,憲曰:"此兒他日成令名矣。"祥符初爲左司諫。遵度與物無競,口不言是非,淳澹清素,於勢利泊如也。善鼓琴,得其深趣,所僦舍甚湫隘,有小閣,手植竹數本。朝退,默坐其下,彈琴獨酌,翛然自適。九年,仁宗以壽春郡王開府,與張士遜並爲王友。儲宮建,兼左諭德,未幾判司農寺。性喜讀《易》,嘗云:"意有疑,則彈琴辨其數,筮《易》觀其象。"

《屬疾》云:李白羹初美,相如渴漸瘳。八甎非性懶,三昧減心憂。筆宛多批鳳,詞鋒勝解牛。舊山疑鶴怨,畏日想雲愁。廣内勞揮翰,通中羨枕流。使星方屢降,客轄未容投。好奏倪寬議,何須莊舄謳。朝衣熏歇否,侍

史待芳洲。《宋詩紀事》

高　荷_{字子勉，官直龍圖閣，有《還還集》}

　　荷詩宗少陵，黃魯直極愛賞之。嘗和其六言云：張侯文潛海内長句，晁子無咎廟中雅歌，高郎少加筆力，我知三傑同科。又《與李端叔札》云：比得荆州一詩人高荷，極有筆力，使之淩厲中州，不減晁張，但公不識耳。序餘

　　後村劉氏曰："子勉親見山谷，經指授。記覽多如《麥城詩》，押險韻，略無窘態。集中健語層出。紫微公《詩派》乃以殿諸人，何耶？"

　　山谷《跋高子勉所作詩》云："以杜子美爲標準，用一事如軍中之令，置一字如關門之鍵。而充之以博學，行之以溫恭，蓋天下士也。"又《跋歐陽元老詩》："此詩入淵明格律，頗雍容。使子勉追之，或未能然。子勉作唐律五言數十韻，用事穩貼，置字有力，元老亦未能也。"其推許如此，惜未得全集讀之。《楚寶》

　　荷有《詠山谷國香亭》七古，頗婉麗，惜篇長不及錄。

項安世_{字平父，淳熙進士，官直龍圖閣、湖廣轉運判官，有《平庵悔集》、《易玩辭》}

　　安世先世括蒼人，遷江陵。初除秘書正字，任事敢言。朱熹甫侍經幄，即予祠。上書切，留不報，旋以僞黨罷。後以直龍圖閣爲湖南轉運判官，未上奪職。嘉定元年卒。所著《易玩辭》及他書多行于世[10]。

　　《糟蠏和潘德父》云：大戴笑汝無穴空雙螯，小戴笑汝有筐如子皋。《太玄》笑汝長郭索，入穴慚蟺升慚猱。知心但有畢吏部，卧起與汝同酒糟。後來愛者蘇長公，亦只許汝中山醪。固知合向一丘老，安得上與三辰翱。長公貌喜心未敬，雖羨微生尤惡饕。我疑吳儂修稻怨，和秫醖汝償民膏。雖然因此得長醉，痛貶未必非深褒。又疑畢叟妒劉掾，曾以螟蛉輕二豪。故回左手就箕踞，持蟹藉糟或兩高。《永州》云：日月長沙岸，看雲祗念家。如何永州夢，偏愛在長沙。《欸乃曲》云：欸乃出深樹，湘山日落時。若非堯女

哭,即是楚臣啼。《次韻羅鄩州送別》云:江上相留不肯留,渡江沿岸卻回頭。漢江東去人西去,不見高城始是愁。《春日隄上》云:高高下下十五里,白白紅紅千樹花。總在疏籬斷垣裏,背隄臨水小人家。《吹帽臺》云:千山搖落萬林空,數點黃花酒盞中。半破接䍦誰耐管,已將身世付西風。《抛毬》云:綵毬丹柱倚東風,寒食清明罷繡工。漠北將軍貪蹋鞠,豈知兵法在吳宮?《雨夜》云:夜窗疏雨不堪聽,獨坐寒齋萬感生。今夜故人江上宿,如何禁得打篷聲。《宋詩紀事》

揚冠卿 字夢錫,有《客亭類稿》十五卷

冠卿,《宋史》不爲立傳。陳振孫《書錄解題》載有此集,而亦不詳冠卿之始末。故事蹟無可考見,今以集中詩文參互考之。劉季岑《手帖》云:"紹興初,假守南徐,楊君季洪爲理掾,後三十年見其子夢錫。"則冠卿,爲季洪之子。其《紀夢詩序》云"戊戌年四十",戊戌爲淳熙五年,推四十年,則冠卿當生於紹興八年戊午[11]。其《與傅漕詩》有"鄉書憶昔獻賢能,姓氏曾叨天府登"句,則嘗舉進士。其《上執政啟》云"奉命領州,奪符而歸",又有《祭廣東主管衙土地文》,則嘗出知廣州,以事罷職。而姜夔贈冠卿詩有"長安城中擇幽棲,靜退不願時人知"句,則解官以後又嘗僑寓臨安者也。其集世頗罕傳,惟浙江採進書中有舊刊《客亭類稿》,爲巾箱小字本,檢勘尚係原刻,分《四六編》、《雜著編》、《古律編》,皆所作詩文。冠卿才華清雋,四六尤流麗渾雅。張端義《貴耳集》載其掾九江戎司時,趙溫叔罷相帥荆南,道由九江。守帥合宴,冠卿作《致語》云:"相公倦臺鼎,喜看繡袞之。東歸潯陽無管弦,且聽琵琶之舊曲。"溫叔再三稱道。知其以是體擅長矣。又京鏜、何異、李結諸帖,極稱其集杜之工,而稿中乃無一篇,豈當時別本單行而今佚之耶?《四庫全書提要》

朱 昂 字舉之,晚號退叟,官侍郎

昂好學有清節,先是有朱遵度好讀書,號"朱萬卷",因目昂爲"小萬

卷"。愛誦陶潛《閑情賦》,常廣其辭而賦之,頗傳于時。太宗時,以工部侍郎乞歸。真宗優詔,留俟秋凉。比行,錫宴玉津園,應制賦詩。著有《資理論》三卷。弟協以純謹稱,仕至主客郎中。兄弟同歸,年皆八十。時人號"渚宫二疏"。

元

董　恢 官丁角酒税副使

恢生于晚季,仕非所好。戊寅己卯間,僑寓太原,任丁角酒税。伶行苦吟,以自遣其抑鬱牢愁之致。

《俶屋》云:白髮蒼顔一腐儒,行無轍迹住無廬。鄧林萬頃青青木,肯爲鷦鷯借一枝。翠閣朱樓盡掩扉,尋巢燕子不能歸。落花吹泥東風雨,遶遍雕簷無處依。蔣正子《山房隨筆》

明

劉　儁 字子奇[12],洪武進士,官尚書,贈太傅,諡愍節

儁初從成國公朱能討安南黎季犛,能道卒,儁以印授張輔,合謀奏捷,封平南伯,固辭。未幾餘孽簡定作亂,乃命黔國公沐晟率師,仍以儁贊軍事。至大安海口,遇颶風被執,罵不絶口,賊以刃加腹,腸潰死。《湖北詩佩》錄公《詠石灰七絶》,即世所傳于忠肅公作也。句云:"千碪百煉出名山,烈火光中走一還。粉骨碎身都不惜,要留清白在人間。"詩刊公祠宇壁上,已二百餘載矣。謂公爲諸生時所賦,距時已先忠肅數十年。世以二公剛烈之氣相近,故有互相傳稱之譌。定爲公作,計無復疑。

何　忠字廷陳,永樂進士,官御史,諡忠節

忠以御史出知正平州,會交趾叛亂,薄城。藩鎮以忠有膽識,入朝乞師。方縋城出,內使徐訓洩之,被執不屈,支解死。臨難寄藩鎮諸公云:萬里邊城受困時,腹中懷奏請王師。紅塵路隔關山遠,白日心懸天地知。死向南荒應有日,生還北闕恐無期。英魂不逐西風散,願助天兵殄叛夷。

公嘗曰:"天下第一等事不可讓人作。"及聞劉愍節之變,有"哲人先逝不勝愁"之句,公可謂克踐其言矣。《詩佩》

汪　穎號雲溪,弘治進士,官知府

穎少有文名,嗜詩,力追正始,以陶謝為宗。致仕家居,足跡不入城市。太守袁定山祖唐渡江訪之,與為唱酬。已乃裒集一時倡和之作,曰《玉林清賞》,張太岳為之序,亦一時林下美談也。

張楚城字鼇卿,隆慶進士,官太僕

楚城官科道,劾時相張四維邪僻,上嘉其忠直。分巡臨鞏,按察山西,皆有惠政。歷遷雲南布政使、晉太僕卿,致仕楚城。長於詩賦,其《教民紡織詩》有"自今七夕秋風起,吹落孤城織女多"之句,人傳誦之。《詩佩》

《鄆郊答孫兆孺》云:問奇遙憶子雲亭,江閣何人報聚星。廿載有懷君忽到,一春長醉我初醒。花間啼鳥多牢落,天外飛鴻自杳冥。倚杖放歌渾不厭,白雲回首若為停。《白鷺湖登舟》云:買得魚舟三尺寬,荷衣長挂釣魚竿。從他漂蕩從他泊,高枕南風五月寒。

司　鏜字振之,號月泉

月泉性任俠,好讀書,嗜詩苦吟。嘗董豨皇之役,得山左張氏子而養為

子。長冒其姓成進士，累官福建巡撫，始復姓更名汝濟。尋訪所自，終弗得。先是月泉以宅西隙地欲作塾以課，汝濟夜夢地生芝草，寤擬召工相之，而工適至，曰："昨夢公宅有鳳來巢，故走賀。"因結宇焉。亦事之前定者也。《郢書》

《過天津》云：去去舟扳北，天津望轉懸。片帆秋帶雨，孤郭暮生烟。霜信楓先得，鄉書雁未傳。授衣當此際，范叔竟誰憐。《秋日登木觀亭》云：散步尋幽勝，高亭此一登。寒花依短砌，夕鳥戀枯藤。野水清涵月，陰林遠見燈。酒酣猶不返，往事問山僧。

張汝濟 字澤民，號傅野，隆慶進士，官巡撫，有《萬玉山房集》 子教

汝濟累官至都御史，方為吏部考功時，每焚香告天，杜絕私交。及撫閩，朝鮮告警，往平之。佐大司馬泛海征倭，皆有功。旋乞歸，築萬玉山房，終老焉。初為司氏所育，通籍後，始復本姓，至今稱司張家。

《麗陽道中》云：雲沙十里望，客路入鄉園。古樹低殘照，寒烟淡遠村。倦遊裘馬敝，荒徑菊松存。此夕高堂上，懸知蠆倚門。《送郝元鶴郡守西歸》云：白簡能銷骨，青山可乞身。時危頻借箸，事往獨傷神。寒雁聲連楚，邊笳思入秦。并州一回首，雲樹滿江津。《秋日雅集釣魚臺》云：千山佳氣夕陽前，與客開尊杜若邊。傲吏自成中散癖，空亭誰見子雲玄。廻塘雲影沉秋水，高柳蟬聲帶暮烟。無限滄波漁父興，何年乞得鑑湖田。《請告南遷留別孟義甫》云：悠悠客路總難期，燕市逢君又別離。猿鶴幾經湘水怨，菊松終愧北山移。自憐涉世風塵老，敢謂為郎歲月遲。回首故交雲萬里，半生心事海鷗知。《夜雨不寐》云：寒雨孤窗攪不休，無眠百感到心頭。虛同蔣詡開三徑，實擬張衡賦《四愁》。官似黃楊遷厄閏，身同蒲柳早知秋。年來骨肉彫零甚，猶作風塵汗漫遊。《客舍新遷，傅黃二考功同奕者方生，攜具過集》云：幽居慚擬草玄齋，詞客翩翩並馬來。萬里萍踪成小築，百年華髮幾深杯。月明睥睨烏初定，風急關河雁未廻。漫藉一枰淹笑語，星文今聚帝城隈。《九日同登仲宣樓》云：晚霞遙散萬楓稠，旅服佳辰此共遊。漢

殿佩荑三滯酒,中原懷土一登樓。綵毫欲紀青山勝,白鴈先傳鶴澤秋。何事獨懸叢菊淚,側身天地總沉浮。《太暉道院》云:郊原晴日堪幽賞,策杖行吟興不孤。鴈帶寒雲投別浦,楓搖落照散平蕪。遠心有客開三徑,浪跡何人長五湖。頻唱步虛山色暝,桃源回首意踟躕。《大江泛舟》云:一水涼生白苧衣,蒹葭秋色淨依依。沙邊返照明孤嶼,天外晴空出翠微。匹練靜懸輕舸渡,暮帆遙掛片虹飛。停舟漫話滄洲趣,蔦目流亡半掩扉。《紀南答宇春民部》云:憶昔同聞長樂鐘,憐予丘壑興偏濃。一官漫擬張平子,百石何如邴曼容。已拚漁樵同放浪,詎期陶謝許過從。青山最是堪行樂,載酒遲君信短筇。《月夜偶成》云:青燈共誰語,瑤琴堪自弄。關山渺萬里,不阻還家夢。起草官仍愧,傳經事已非。客懷秋更遠,愁說雁南飛。

教字孝甫,性敦樸,雖席華腴,恬若韋素,學問淵淳,品詣高潔。與雷實先、鄧石田、崔易之、歐陽孟韜諸君,文酒往還酬倡,率多佳篇。子之增,字山若,苦志積學,與胡在恪以詩文相切劘。入國朝,舉孝廉,有《漫興草》。

劉楚先 字衡野,一字子良,隆慶進士,官尚書,卒贈太傅,諡文恪　孫亨〔13〕

楚先居近宋狀元畢漸故宅,一夕家人夢漸來謁,而楚先適生。幼穎敏挺出,為張文忠居正所賞異。成進士,授檢討。時神宗欲易太子,楚先疏一月七上,皆不報。乃率百官伏闕堅請,帝怒甚,欲立抵於法,宰相力救。從晨至夕,始得皇長子冠婚來春舉行之旨,儲位定,海內多其羽翼之功。俄為言官所擊,家居十六年,始起為禮部尚書。狂人張差執梃入宮,廷臣交言鄭妃謀危東宮,欲窮治,神廟震怒。楚先言張差擅入皇宮,自有應坐之律。當即時行法,何必猶豫,使張大其事以傷國體。疏入,上悅,即召見百官,呼皇太子出,示羣臣且加溫諭,事立判。眾賀曰:"公真老臣,能斷大事,吾儕不及也。"未幾乞歸。先是中人盧受方用事,人皆奔走其門,楚先獨不與交。大學士吳道南每見楚先,必執後輩禮。言官言輔臣不應下部臣,道南揭言:"部臣劉某在臣七科前,品行學識巍然師表,臣未敢以一官而忽長者。"屢召不起,年八十四卒。致政後,學益不倦,建青藜閣,圖書山集,手自丹

鉛，不通賓客。卒之夜，有星如布長數丈，自天而下墜於宅後之清風池。節賀逢聖撰本傳

《過當陽信宿聶見龍山房》云：旅館霜空月倍明，丹楓搖落夜烏驚。無端漫作羈棲客，愁聽山城漏五更。

亨字康侯，有《雲林堂集》。敏穎多才，不求仕進。洪經略承疇出楚先門，順治初督師入滇，道出江陵，辟亨參幕府，稱疾不赴，亦振奇之士也。

張居正字叔大，號太嶽，嘉靖進士，官太師、大學士，謚文忠，有《太嶽集》　子敬修

居正十五為諸生，巡撫顧東橋璘奇其文，曰國器也。因出句屬對曰："雛鶴試飛萬里，風雲從此始。"應曰："潛龍初起九天，雷雨及時來。"未幾舉於鄉，璘解犀帶贈曰："他日貴過我也。"嘉靖舉進士，徐階輩皆器之，授編修。嚴嵩為首輔，忌階；善階者皆避，居正自如，嵩亦善居正。尋進禮部尚書兼武英殿大學士。神宗時代高拱為首輔，力籌富國，太倉粟可支十年，太僕寺積金至四百餘萬。成君德、抑近倖、嚴考成、覈名實、清郵傳、核地畝，一時相績炳然。嘗纂古治亂事百餘條，繪圖以俗語解之。復屬儒臣紀太祖列聖實訓實錄，分類成書，凡四十。辭多精切，請以經筵之暇進講。又請立起居注，記帝言動日用。翰林官四員入直，應制詩文及備顧問。因進《肅雝殿箴》。帝皆優詔報許。柄政十年，海內肅清，蠻夷帖服，進中極殿大學士。一日居正在直廬感病，上親調椒湯賜之。盛暑御講，上先就居正立處，令內史搖扇殿角。隆冬以氈片鋪地，恐其立處冷也。自奪情後頗干清議，以病乞歸，帝復慰留，稱太師張太岳先生。病劇，薦尚書潘晟及梁夢龍、徐學謨、曾省吾、張學顏，侍郎余有丁、許國、陳經邦、王篆等可大用，帝為黏御屏。及卒，帝為輟朝諭祭，贈上柱國。未幾遭削奪，并籍其家，子孫且不保。時比之霍氏驂乘。本傳

江陵以奪情為清議所不容，然能自任天下之重。定陵沖年請大閱京營之士，時掌中樞者，山陰吳尚書兌也。尚書繪圖藏之家，予曩從尚書孫錦衣使國輔處見之。及戚武毅鎮薊，大臣行邊，簡閱士馬，隨上功狀，疏恩晉秩，

烽火不徹於甘泉者一十五年。江陵之秉國成，可謂安不忘危，得制治保邦之要矣。近靈壽傅尚書維鱗撰《明史記》，乃與分宜合傳，毋乃過歟？于文定《與邱尚書書》云："江陵以蓋世之功自豪，固不肯甘爲汙鄙。而以傳世之業期其子，又不使濫有交游。其平生顯爲名高，而陰爲厚實。以法繩天下，而間結以恩。其深交密戚則有賂，路人不敢也；債帥鉅卿則有賂，小吏不敢也。當其柄政，舉朝爭頌其功，而不敢言其過。及其既敗，舉朝爭索其罪，而不敢言其功。皆非其實情矣。"此足以當爰書。聞有題詩于故宅者云："恩怨盡時方論定，封疆危日見才難。"二語足稱詩史矣。《靜志居詩話》

《送黎忠池》云：余有歸與興，抱病掩朝秩。君懷濟世心，攬轡辭皇邑。以茲負羈羽，羨彼搏雲翼。況多感慨情，世慮纏胸臆。盈盈別淚泫，漫漫岐路及。不惜去日遠，我懷誰與析。世路方嶮巇，修名苦難立。願以皓首期，無爲素絲泣。《江上送楊別駕之瀘》云：去去西征客，蠶叢路幾千。江流通白帝，劍閣倚青天。解纜驚秋早，維舟憶月圓。時清官況好，不似渡瀘年。《送初幼嘉還鄖》云：黃鶴樓中憶舊行，白蘋江上此離觴。天邊日氣殘鴟鵊，帝里星華照鸒鷞。燕士從來先郭隗，漢廷那得老馮唐。思君何處堪情切，草色青青滿建章。《潛江憫澇》云：水囓平隄沙岸迴，野田空見荻花開。江濤挾雨秋仍壯，鴈影衝寒暮獨來。歲晚風霜敲客枕，夜深燈火傍漁臺。悲時亦有江南賦，愁聽荒城鼓角哀。《元日感懷》云：青鏡流年惜暗移，江湖潦倒負心期。被嘲揚子玄猶白，未老安仁鬢已絲。直北烟雲占斗氣，隔江梅柳媚春姿。閑愁底事淹芳序，且盡尊前柏葉卮。《送譚少石之湘潭》云：別思迢迢不可任，湘江湘浦碧雲深。春湖水泛桃花色，沙岸烟含苦竹陰。鼓瑟幾聽江上曲，登樓一寄日邊心。青霄遲爾雙鳧翼，吊古休爲楚客吟。《泊漢江望黃鶴樓》云：楓霜蘆雪淨江烟，錦石遊鱗靜可憐。賈客帆檣雲外見，仙人樓閣鏡中懸。九秋槎影橫清漢，一笛梅花落遠天。無限滄洲漁父意，夜深高咏獨鳴舷。《山居》云：林深車馬不聞喧，寒雨瀟瀟獨掩門。秋草欲迷元亮徑，清溪長遶仲長園。蒼松偃仰雲團蓋，白鳥翻飛雪滿村。莫謾逢人語幽勝，恐驚漁客問桃源。《明詩綜》

《述懷》云：豈是東方隱，沉冥金馬門。方同長卿倦，臥病思梁園。蹇予秉微尚，適俗多憂煩。側身謬通籍，撫心愁觸藩。臃腫非世器，緬懷南山原。幽澗有遺藻，白雲漏芳蓀。山中人不歸，眾卉森以繁。永願謝塵累，閑居養營魂。百年貴有適，貴賤寧足論。《送高廉泉之任》云：秋風振燕山，念子當遠征。離鴻遵別渚，驚呼求其朋。征馬鳴蕭蕭，僕夫促嚴程。願言不能終，揮涕沾長纓。歡觴爲悲酌，清絃動哀聲。攜手陵廣陌，含情各酸辛。風塵何擾擾，世途險且傾。勉哉崇令德，慰此離索情。《漢江》云：漢江東流風作波，南船北檥愁經過。舟師縮手抱雙槳，對客唱公無渡河。襄陽渡頭春可憐，襄陽城北花含煙。大堤高樓酒初熟，歡今且駐木蘭舟。《郊寺送客》云：禪關幽寂甚，一到隱心生。禮佛爐烟細，烹茶鼎火明。萬緣空裏息，半偈靜中清。落日催歸騎，依依鐘磬聲。《登仲宣樓》云：搖落憐鄉思，居諸感宦遊。蓴鱸江國渺，砧杵漢宮秋。步月愁看影，瞻雲愛倚樓。有懷唫不就，惆悵晚風颼。《月夜登城》云：一葉已落人間秋，夜澄江空烟霧浮。月光入水影明滅，霜氣薄人風蕭颼。沙鳥欲宿寒未穩，城烏驚棲啼不休。酒酣對客發幽興，清嘯劃然滿滄洲。《送楊生南歸》云：清時不獻太平書，爲復還從江上居。芳草暗隨鄉夢合，孤雲爭似客情疎。南山霧雨文初變，溟海扶搖翮未舒。知子少年思養晦，歸來不是憶鱸魚。它如：雲物共憐燕市客，風流遙憶謝公樓。碣石孤峰雲外去，蓬萊雙鶴斗邊還。唐叔桐圭初啟晉，漢皇簫鼓憶橫汾。疎籬兩見黃花發，絕塞重驚白雁來。音節清蒼，風骨適上。"白雁"一偶已爲空同作先導，文章勛業孰云有分途哉？

　　敬修字炎洲，萬曆進士，官主事。當籍没命下，刑侍邱橓等至荆，於酷暑烈日中掠治慘烈，因諷以誣所不快，且旁摭荆大姓。敬修獄中報橓書有"先人在國數十年，賞賚之外，無私入。賜第之外，無別椽。剛介之節，海內共知"等語，橓得書，考掠愈急。敬修乃咋血作書報諸鄉人，決計一死以快怨者之心。謂時相張四維也。四維以居正薦居政府，至是傾擠無遺力。敬修投繯死，事聞，詔留田十畝、室一區，贍其祖母。《三楚文獻錄》

張懋修 字子樞，萬曆進士，官修撰，有《墨卿談乘》、《寄園詩略》　　弟允修、嗣修

　　懋修，文忠第四子，積書好古，清約如寒素。中遘家難，冤憤墜井不死，

不食者累日又不死。手抱遺籍，淚漬紙墨。遂脫屣一切，閉門不與世接。懷宗時，文忠墓忽白氣如雲煙亙起，未幾而昭雪令下，年已逾八十矣。《三楚文獻錄》

《青溪秋夜》云：敢愛科頭出，偏宜秉燭遊。天開一鏡月，雨送半窗秋。洗菊催花綻，裁詩定酒籌。夜深雙鶴下，有字寄浮丘。《飲江津寄園有感》云：暮色滿林皋，霜天雁唳高。客懷同菊淡，酒興值秋豪。白雪知孤調，青山有二毛。從來仲蔚宅，匝地起蓬蒿。

允修字建初，蔭尚寶寺丞。學問贍博，至性天成。崇禎甲申獻賊掠荊州，憂憤不食死。有《絕命詞》云：八十空嗟髮已皤，豈知衰骨碎干戈。純忠事業存先遠，捧日肝腸啟後多。今夕敢言能報國，它年漫惜未掄科。願將心化錚錚鐵，萬死叢中氣不磨。可想見其忠義之氣矣。

嗣修萬曆進士，官編修，《登仲宣樓》云：仲宣曾此賦登樓，誰復憑臨續舊遊。千載詞華爭皎日，四鄰砧杵動清秋。銷憂有地身多病，報國無緣志未休。回首長安都不見，風塵滿目迥生愁。

王端冕字服先，萬曆舉人，官知州

端冕知趙州，懷宗丙子，兵薄城下，力戰不屈死之。

《冬月聞陳石房自南歸，詩以迎之》云：聞君倦歸我黯然，適越適燕又一年。樸被嘗隨鷗鷺眠，接鬚及袖寒可憐。解裝急問寄所宣，楚詞九辯何淵淵。長歌扣舷悲遠天，停雲釣雪思無邊。憶自同學親丹鉛，恥將腰領供貪緣。世上裘馬愛新鮮，何人卻道二子賢。安得此身共一船，送老江湖蝦菜前。

裴叔度字复晉

《紀夢》云：玉闕瑤宮有路通，簪花鞭石白雲中。相逢話却長生秘，不羨靈丹鼎內紅。

【校記】

〔1〕原目錄"宗懍"條后有"宗羈"條,但正文未收。今刪去該目錄。

〔2〕"《烏棲曲》"云云,據郭茂倩《樂府詩集》卷四十八載南朝岑之敬《烏棲曲》:"驄馬直去沒浮雲,河渡冰開兩岸分。烏藏日暗行人息,空樓只影長相憶。明月二八照花新,當壚十五晚留賓。"《詩徵》衍"當壚曲云"、"廻眸百萬橫自陳"數字。民國四年版丁福只《升庵詩話·弁言》"好偽撰古書",指出《升庵詩話》錯誤:"又如岑之敬《棲烏曲》載《樂府詩集》,有'明月二八照花新,當壚十五晚留賓'之句。升庵截此二句,添'廻眸百萬橫自陳'一句,別題爲岑之敬《當壚曲》。"《詩徵》承《升庵詩話》之誤。

〔3〕王克,原作"王充",據《周書》卷四十一改。

〔4〕唐崔塗,原作"唐盧中"。據五代殷元勳《才調集補注》卷七、《全唐詩》卷六百七十九,此詩乃崔塗所作。

〔5〕緇,原作"細",承楊慎《升庵集》卷五十八(文淵閣四庫全書補配文津閣四庫全書本)之誤。據《庾子山集》卷五(四部叢刊景明屠隆本)改。

〔6〕德祖,原爲缺文,明胡應麟《少室山房筆叢》乙部"史書佔俾四"(明萬曆刻本):"劉孝孫字德祖。"

〔7〕正文此條前復列"唐"欄目,今刪之。

〔8〕《全唐詩》李嶠無此篇,此詩收錄於《全唐詩》卷二百三十九司空曙名下。

〔9〕宣徽,原作"寧徽",据文淵閣四庫全書本宋包拯《包孝肅奏議》卷六《再彈張堯佐》:"臣伏見張堯佐除宣徽南院使、淮康軍節度使、兼景靈宮使,又同羣牧制置使,制命一出,中外驚駭。"

〔10〕原目錄作"易玩辭",原正文作"易玩詞","詞"、"辭"二者通。

〔11〕戊午,原作"己未",紹興九年方爲己未年,《四庫提要》推算錯誤,《詩徵》承之。

〔12〕子奇,原爲缺文,明廖道南《楚紀》卷三十四"樹節内紀後篇"(明嘉靖二十五年何城李桂刻本):"劉僑字子奇,江陵人,父感異夢書僑字,是夕生子,遂以爲名。"

〔13〕原目錄作"子亨",正文作"孫亨",據光緒《荊州府志》卷七十四改。

湖北詩徵傳略卷三十二

江　　陵

明

蘇維霖字雲浦，萬曆進士，官案察，有《兩淮游草》、《西遊草》

維霖幼穎異，事親以孝聞。諸弟碌碌，守先業不足。維霖宦成，所得祿賜，盡均給之。歸田後，優遊小龍湖。與公安袁宏道、京山李維楨、同里吳道昌諸人相倡和。道昌字全甫，萬曆進士，官福建學道。儒雅風流，公明取士，一時知名宿學皆出其門。《詩佩》

《答李脩吾尚書》云：莫以三投故，而忘九塞塵。應憐天予我，不爲老閒身。聖主深相識，浮生非不辰。此情須鄭重，一念一愴神。《同郭天谷夜話》云：我客并州君向燕，回頭楚水總茫然。辜它一片新秋月，獨照瀟湘萬點烟。

曹忭字子誠，號紀山，嘉靖進士，官巡撫，有《翰林集》

忭文譽政聲，赫煊一時，與兄性皆以孝稱。

海豐楊夢山尚書巍，詩遠法右丞，近取蘇門，而集不甚傳。近王新城、謝德州爲鏤板，始行於世。夢山自言初不知詩，補晉臬時，學使者曹君紀山謂詩當以唐人爲宗，且辨其體格，相與倡和，方明此道。紀山詩未見，以夢

山推許若是,度其詩必有可觀。惜無好事如王謝兩公,刻之以傳也。《靜志居詩話》

《遊東郭招提呈左丞周公》云:步出城東門,秋容澄夕霽。遠峰含綠烟,衰叢隕青蒂。物候已若斯,人生感同逝。酌酒臨高臺,撫景多深契。河流有急湍,日暮無長繫。朔風抑何淒,寒月倏焉墜。欣茲塵外鑣,似挹雲間袂。感念奏長謠,聊復紀芳歲。《謝人餽橙橘》云:珍重江南味,來頒翰墨房。香浮吳苑桂,寒帶洞庭霜。病裡腸沾潤,吟餘齒漱芳。投桃施未報,老病媿相將。《答徐太府寄題便面》云:一從郢甸賦閒居,屢枉瑤華到草廬。避地那嗔門外雀,讀書已老案頭魚。天涯舊侶誰知己,詩社新逢獨起予。聞道山公將啟事,嵇康莫著《絕交書》。

錢　鍏 字鳴叔,嘉靖進士,官知縣,死倭難

《習家池》云:鳳凰亭枕峴山頭,雁自高飛客自遊。獨有習家池上月,不隨江水向東流。

鄭天佑 字一卿,號七樓,嘉靖舉人,官知縣,有《漁風集》

天佑宰銅梁,有政聲,晚居三湖,以詩酒自娛。

七樓辭官歸棲隱,不與世接,放情詩酒。其警句如:雞聲欲動樹霜白,人影漸長山月低。清夢已忘身外蝶,閑情先結海邊鷗。雖唐賢莫之過也。《紫騮馬》云:驊騮玉作鞍,驃騎出長安。萬里成功易,千金遇主難。風塵從變色,霜雪肯辭寒。辛苦沙場跡,麒麟畫閣看。《漫興》云:長嘯歸來鄭七樓,五陵書劍罷豪游。薄田餬口聊生計,故紙藏身拙道謀。梅子雨晴行酒市,桃花水長汎漁舟。瓦盆倒影趺沙坐,不向人間覓五侯。書亦勁爽似山谷。《郢書》

《和李龍洲寄答石塘公懷舊之作》云:班聯朝雨侍龍飛,同出明光曝繡緋。轉眼風花隨逝水,掉頭煙月下漁磯。江湖白髮春堪惜,故舊青雲日覺

稀。爲倚新聲傷往事,知君情切寄萊衣。《晚行紀南志感》云:不寐中宵起振衣,漫驅羸馬過前溪。雞聲欲動樹霜白,人影漸長山月低。客久風塵憐自得,梦回溪路覺真迷。都亭誰是埋輪手,豺虎中原有夜啼。《章臺懷古同東皋作》云:野寺招邀詞客過,楚宮遺事漫搜羅。雲深香井沈花靨,月冷琱臺失嘯歌。鐘鼓聲中流水咽,綺羅塵外夕陽多。當時玉砌金鋪地,肯信東風舞薜蘿。

雷叔聞字實先,萬曆舉人,官推官,有《雷子小言集》、《綠蘋園詩集》、《郢里陽春集》

　　叔聞七歲能文,里中稱神童。知灌縣,以治最,調成都,不避權貴,有強項風。遷同知,乞養歸。嘗自跋其詩曰:"五言律童子能習之,而白首不能造其境。唐人唯杜少陵群推律聖,出有入無,合乎自然,所以難及。其次王摩詰、孟襄陽亦頗警絕。明如大复、昌穀、庭實、蘇門,可與王孟比肩。崆峒雖才冠諸公,而體枯气迫,未是當家。庶幾與少陵狎主齊盟者,意在斯乎?"其自負如此。晚逢喪亂,陷賊,拘赴襄陽,以老放還,卒於家。
　　《春日漫興》云:萬里三城道,風煙浩蕩間。寒隨歸雁盡,春共落花還。旅況頻消酒,官程一看山。百蠻烽火急,鎖鑰未應閒。《石橋驛》云:石橋經雨斷,驛路入烟蘿。白髮侵春出,青山傍晚過。荊襄重險隔,漢沔別流多。望望鄉關近,歸心奈夜何。《憶梅》云:江館長吟日,梅花開不稀。已憐清到骨,猶覺冷侵衣。側想美人怨,其如斜月輝。誰能吹短笛,招得玉魂歸。《秋夜邀吳山人對菊》云:虛堂短榻圖書靜,爛熳黃花開滿枝。香淡自宜風細細,影疎偏共月垂垂。閒情似我輕簪紱,高興逢君倒接羅。三徑故園何日理,郢城風雨負深期。《舟泊石頭》云:水國春寒入敝裘,夕陽帆影下荒洲。江烟月出含城動,海色風驅遶檻流。黃葉映山低見寺,暮雲收雨靜依樓。六朝舊恨空回首,夜夜潮聲滿石頭。

李開先字石麓,天啟舉人

　　開先性至孝,尚氣節。崇禎癸未闖賊陷荊襄,羅縶名士,將污以僞職。

開先不屈,既而曰:"如是而死,何異螻蟻。當至襄面罵逆闖,以頸血報朝廷耳!"乃以所愛姬贈友,別家人入城,不食不言。賊禁之,不即遣。開先恚甚,呼曰:"奴輩胡不殺我,而令鬱鬱居此邪?"書絕命辭云"國破忍全身,臨危憶古人。留將清白在,地下見君親",以自明。氣結而死,讀者哀之。

《喜張止文過訪》云:冷落湖山別有天,布衣芒屩自蕭然。投竿嬾獻《三都賦》,訪戴先乘一葉船。有限佳懷休再擲,無多良晤莫輕旋。興酣洗盞重斟處,夜半推窗月正圓。

歐陽明_{字孟韜,諸生}

明倜儻負氣,與同里雷叔聞、夷陵雷思霈以詩文相砥礪,二子每心折之。後客死長沙,叔聞選其詩入所撰《郢里陽春集》。《詩佩》

《古離別》云:洞庭生春草,揚州三月時。殷勤執君手,與君生別離。別離亦何苦,迢迢隔長浦。日暮起愁雲,含情不能吐。《螺川驛》云:今夕復何夕,明星耿在天。愁繁容易醉,思遠不成眠。留滯還如此,飄零亦可憐。山城傳鼓角,鄉淚猶潸然。《人日寄內》云:感慨逢人日,將書寄雁羣。無心看剪綵,有淚織廻文。金盡難為客,舌存可慰君。莫愁中饋事,猶有嫁時裙。

傅汝為_{字于宣,崇禎進士,官知府,有《淡思居集》}

汝為少負才名,工詩。《村居》有"孤燈遠接寒潭月,老樹猶橫古渡雲"之句,為時所稱。守汝寧日,值闖賊攻城。時左良玉駐軍襄陽,檄救不應,城陷死之。《絕命詞》云:汝南烽火接天紅,望斷援軍一月中。破塊冀資蛟鱷雨,借籌竟似馬牛風。笙歌鄰境春如海,忠義危城氣吐虹。破碎山河無復補,揮戈枉自哭英雄。

胡克敬_{字孟常,有《韓詩外傳注》《尚書析疑》}

克敬性孝友,淹貫羣書。嘗言學者立身當從踐履上著腳跟,立言當從經史中討本領；尊德性，道問學，二者不可偏廢。於考亭之學多所發明。孝友義方，爲世推服。

《登落帽臺》云：九日同登落帽臺，金飆蓬鬢一徘徊。虬螭碑碣千秋外，貔虎旌旗十載來。竹杖誰人能避地，白衣是處且銜盃。良辰勝友年年事，莫放菊花開復開。

朱憲㸅 嗣遼王，太祖七世孫，有《味秘草堂集》

憲㸅善書畫，工唫詠，以奉道爲世宗所寵，賜號清微忠教真人，予金印。御史劾諸不法事，奪真人號。復以淫虐僭擬，廢爲庶人，錮禁高牆，國因以除。

《望龍山》云：桓公展高宴，乃在龍山巔。大會文武士，冠蓋相周旋。誰知孟參軍，天質任自然。墮帽了不驚，請筆詞翩翩。茲風已千載，朝市幾遞遷。山前有故邑，化爲陌與阡。我欲矯隻舄，荊棘誰可搴。延佇發長嘅，萬壑生寒烟。

朱憲燮 字叔和，號萃軒，遼藩鎮國將軍，有《哀黍離詩》

《過故遼藩味秘草堂》云：憶昔牙簽聚草堂，終年披誦味何長。縱教身作書中蠹，萬卷何曾救國亡。《真人府》云：叢桂巖幽玉露寒，欲探鴻寶憶劉安。雲中雞犬無消息，歲歲青苔護石壇。

魏士章 崇禎進士，官御史

《章臺古梅歌》云：我昔章臺曾繫馬，紛紛繁雪空中瀉。今日梅花欲妬人，自枯自菀臺之下。枯是何荄菀何根，溯厥來由存焉寡。豐碑偃卧楚王宮，寒潭古寺墜鴛瓦。芳疏綺井埋香塵，紫雲忽凍碧山赭。姍姍宛見絕纓人，化爲冰姿魂灑灑。梨雲晝掩蝶翾飛，仙乎仙乎疑去也。卻月凌風事已非，濯香弄影態皆假。東風不語泣紅鵑，寒食無情怨白打。以茲惆悵問蒼霓，亭亭此地胡爲者。我來訪君君應悲，一曲紅羅聲已啞。吾家舊有阿陵尊，移向臺邊繼三雅。眼前雲物任升沈，嚼碎梅花手自把。

田山雲 字雨伯，號頤齋，有《自適草》、《綠綺心傳》、《松風覽餘》

山雲擅琴工書，行楷分篆，皆入神品。

《夜坐梅溪草亭》云：野色連荒徑，煙雲入洞冥。簹隨千嶺碧，苔接一庭青。石漏琴弦韵，茶酣酒氣醒。蕭蕭風雨夜，萬籟雜松聽。

金先聲 字五鍾，官知縣

先聲博通經史，工詩文，官訓導，教士有法，作宰關中，尤著能聲。《張子房》云：忠孝如柁師，功名水與風。祖龍不吞韓，子房布衣終。一椎天下震，圯上何從容。智勇冠人杰，韓存韓亡中。此意漢莫識，而豈望重瞳。是時芒山雲，佳氣正蔥蔥。《嚴先生》云：二京漢之東，誰爲風厥始。憶昔帝故人，如鶴翔千里。加腹狂態耳，高實不在此。所貴從龍時，一絲老烟水。至今桐江上，貪夫慚未已。

萬曆間有金侍郎名秉乾字元甫者，亦以詩名。《答友》云：漫說金閨彥，能書玉版箋。問君十七帖，傳到幾千年。是作家舉止，惜不多見。

朱術珣 字均焉，遼簡王植七世孫，輔國中尉，改授通判，遷主事，有《綦組堂集》

明初舊典，宗室子不與內外銓除，因御史李日宣奏請援換授之法，均焉始得通仕籍。官戶部時，曾召對平台，奏請仍設漕運總兵，不允。後賊陷秦，廷臣議撤寧遠守關門。使關門有備，漕運有兵，互相聲援，何至巨寇如入無人之境哉？然則均焉所對，亦曲突徙薪之一策也。均焉詩多至數千首，率爾而成，不費持擇。《元夕燈詞》結句云：聽到眾中喧笑處，老年人少

少年多。與白傅"歌舞屏風花障上,幾時曾畫白頭人",同一慨已。《静志居詩話》

陳治紀 字道立,號石房,天啟舉人,官參政,有《放庵奏議》、《吳越吟》、《西湖外史》 子懋撲

《九日招服先同遊置酒上壽》云:我來問黄花,花開無所語。仰視孤雲飛,高秋邈何許。美人在一方,同心而索處。折束將招之,花意隨欲吐。陶公如不達,白衣亦自阻。落英斯可飱,百年吾與汝。

懋撲字端夫,少游別山張公及句曲山人之門,有《十丈樓存稿》。《送友之粤》云:故園秋自好,遊子去何方。客路輕帆遠,雲山萬里長。聽潮知海近,過嶺見梅香。幕府思君甚,高天雁一行。

朱儼鏵 字啟宇,遼簡王八世孫,國變後易姓名爲孔自來,字伯靡,又自號句曲山人

儼鏵大父鎮國將軍憲爗字怡棠,以詩名。儼鏵少孤,母教極嚴,遂折節攻苦,讀書務窮秘奥。補江陵弟子員,與宋學洙、姚士升、汪光蛟爲友,一時聲名藉甚。流賊起,明命移,乃變姓名微服遯,放浪三湖間。邑志

伯靡著述甚富,如《讀史問疑》、《檮杌紀略》、《江陵先賢傳》、《荊事搜佚》、《江陵志餘》、《兩都遊紀》、《郢書》、《荊雅葯房瑣錄》、《呂齋脞語》、《匝山偶筆》、《碧落山房閒筆》、《魚譜》、《藝花譜》、《種樹經》、《野菜考》、《咏物詩》、《句曲山人詩》,多散佚不傳。《志臘》

《龍山懷古》云:山亦有隱見,兹山靜者流。獨與物外人,遠結無心遊。宣武匪俗吏,良宴集羣謀。脱然狂參軍,囚首傲公侯。衆賓豈不誚,乃爲山靈收。是知今古士,要以清真優。静言念菊秀,寒鳥聲啾啾。《宋玉宅》云:秦隴亦戎狄,何獨無楚風。誰知江漢篇,已在二南中。屈子奮飛蘭江澌,騷經不復數鄒魯。景差唐勒續後塵,楚詞遂作文章祖。中有宋玉稱高足,郢門獨唱陽春曲。招魂九辨憂愁多,容與思君及其屋。短牆遙映東鄰花,夢

繞陽臺誰是家。過客那看秋草白，風流何處空咨嗟。《秋夜獨哭》云：兀坐清羣聽，秋聲靜可尋。玄蟬依樹老，黃葉閉門深。凉氣全歸枕，愁心半在砧。虛堂燈火寂，山鬼和孤吟。《午日雨中讀離騷》云：蘭湯不洗舊荷衣，風雨喔呷守釣磯。湘水已無香草夢，楚歌空望美人歸。魚龍投壑聲增壯，蕭艾當門色正肥。安得靈氛挾龜策，爲余一決早年非。《寄懷陳士業》云：江城風雨論文日，回首章門又五年。爽氣西山應自肅，暗香束閣爲誰妍。枕邊心史書皆鐵，篋底卮言字亦玄。天際美人勞寤寐，由來邢尹解相憐。《江陵相公祠》云：唯楚多材佐帝宸，文章勛業見斯人。兩朝定策安危繫，十載阿衡肺腑親。積毀可憐終鑠骨，先憂誰信未謀身。只今聖主圖功日，麟閣將無憶老臣。《東灣草堂隱居》云：自愛此灣湖水好，清秋有月浩如烟。一聲蘆笛斲樵客，幾處棹歌打網船。蓮子花開遮浦口，彫胡米熟蔭溪田。鸂鶒翠碧皆爲伴，日日閉門只醉眠。明月在天天在水，水光天氣涵絪縕。隔鄰清杵數聲急，繞屋寒蛩一夜喧。有時獨坐自垂釣，無事杖藜還扣門。眼前落葉聚復散，石上看雲安所論。

張同敞字別山，官少司馬，有《純忠堂集》

同敞，居正曾孫，父夢熊入室而生，因小字熊，號元六。幼負異姿，九歲侍重陽宴，叔祖懋修命賦紅菊，有"赤心常捧日，不畏夜來霜"之句。家雖中落，而雅好積書。同郡陸侍御師贄特器之，語人曰："別山視聽不苟，器宇深潛，一代偉人，文忠爲不死矣。"一夕忽狂吟曰："丈夫三十未成名，腰下常懸帶血刃。"乃泣下沾襟，謂客曰："先太師十年拮据，先儀制懸書死孝，先王母剔目明節。今忠孝雖在人心，而鄉祠無主，公道之謂何？此余家事也。況寇氛未靖，國家養士三百年，卒無出死力相急難者，余等生何以副時望，死何以見先人？將伏闕上書，少引子臣之義。"叔祖允修、陸公師贄壯其志，贊之赴都。會邊烽正熾，朝廷思文忠相業，旌復文忠父子官爵，授同敞中書舍人。數月，章凡數上，輔臣切忌之。適上欲遣使存問豫楚親藩，即以同敞名應。比反，而李闖犯闕，烈宗已殉社稷。將拔劍自刎，妻許阻之曰："國仇方深,死何足以塞責。"乃至南都。弘光中,與相臣言事不合,解組去。與瞿公式耜立桂王於粤,拜少司馬。永曆兵敗,被執。定南王孔有德溫語誘降,正色拒之。令爲僧,亦不從。孔復百計屈辱,卒不奪。臨刃頭顱三躍,屍立不僵,人爭異之。同敞著述甚富,《全集》外有《古今詩選》、《册府元龜纂要》、《十三經注疏補》,奏牘詩策尤夥,兵燹無存,所傳誦僅與瞿公唱和詩數十首云。《家傳》

同敞有文武材,意氣忼慨,每出師輒躍馬爲諸將先。或敗奔,獨危坐不去,諸將復還戰,或取勝,軍中以是畏服。桂林陷,式耜端坐府中,同敞至,式耜曰:"我爲留守當死,子盍去!"同敞曰:"昔人恥獨爲君子,公顧不許以同死乎?"式耜喜取酒與飲,明燭達旦。被執不屈,幽之民舍,兩人日賦詩倡和。有《絶命詞》云:彌月悲歌待此時,成仁取義有天知。衣冠不改生前制,姓字空留死後思。破碎河山休葬骨,顛連君父未舒眉。魂兮莫指歸鄉路,直往諸陵拜舊碑。忠義正氣溢於毫端,文忠之澤,固久而未斬也。

《寄武攸山僧》云:遇本無真幻,身原有後先。死生皆屬性,忠孝已成禪。慧業澄殘梦,文名種夙愆。網羅天地外,燒盡舊詩篇。《潘梦白過訪全陽軍中》云:夜寂聞刁斗,故人風雨灣。爲言經百死,終歲隱千山。多難天涯淚,傷心國士顔。不堪鬚鬢舊,一半已成斑。《寄懷楊彤宣司馬》云:青溪曾憶户當江,釣得溪頭鯉一雙。湖豆將黃能飽客,山蘭初白恰迎窗。離情萬里懷詩史,痛哭三年別酒缸。爲問故人天近遠,危疆舊友憤盈腔。《寄文鐵庵相國》云:與公同地讀公詩,故國烽烟有所思。治亂累朝留舊學,艱難千里詔王師。二陵吾郡符先後,公夷陵,先祖江陵,皆荆屬。九廟多年賴護持。想到恢京如拯溺,蒼梧風景晚秋時。《武陵楊侯席上》云:一年不到令公堂,穉子能文書滿床。江上數峯晴欲雨,瓶花香入舞衣裳。《漂母祠》云:進食登壇較快哉,最憐不望報塵埃。一般都是婦人眼,吕雉何因不愛才。頗慚血食非男子,莫訝鬚眉拜婦人。受胯受餐同受辱,少年亦應祠淮津。

曹國樸[1] 字櫺之,諸生,有《守約唫》　弟國椮

國樸博學嗜古,砥礪名節,以屋漏不愧自矢。亂後浮家三湖,著述終

老。弟國榘、國楓皆有詩名。

《章台古梅》云：堪歎孤榮失，何能慰寂寥。風來春不受，香去夢無聊。傷逝歌三闋，澆愁酒一瓢。最危逢世難，暮詠馬蕭蕭。《九日飲孔伯靡東灣草堂》云：老去能從舊酒徒，一壺相對泣菰蒲。江湖九日身雖健，戎馬三年困未蘇。殘照遠鷗浮積水，淒風新雁起平蕪。須知不上高臺望，愁見中原八陣圖。

國榘字叔方，隱居三湖，以漁釣自娛，有《止園詩草》。

蕭　榮 字符長

《詠茘枝》云：曼倩經傳百尺冰，朔方寧有火雲升。天南嘉果應禪定，劫焰燒空水自澄。

王泰徵 字聖嵩，又字嘉生，崇禎進士，官主事

《亂後寄許微之》云：不用登臨泣楚囚，須知人世等虛舟。異鄉風景唯書共，故國山河託夢遊。感義徒含三斗血，揮毫難盡一腔愁。丈夫自有千秋骨，肯使青山笑白頭。

王文南 字季豹，號赧庵，崇禎舉人，有《居俟堂》、《小雅堂》等詩文集

文南明亡隱居龍灣，屢徵不起。與朱儼鏽伯靡、王泰徵蘆人、竟陵譚元亮擬陶、荊門方鱗時劍子，郵筒唱和，以名節相淬厲。論者謂不媿逸民云。有《觀雲水圖》七古長篇，集隘不能備錄。

劉國任 字五草

《歲暮寄贈孔伯靡》云：東林有故侯，種瓜成五色。逃隱豈名高，貧賤有

盛德。狐狸嘯荒臺,銅駝埋荆棘。洞口春色鮮,桃花杳難即。惆悵武陵源,問渡胡可得。《湖興孔伯靡、曹叔方、宗伊在分韵得疏字》云:百里湖光淨,陰雲細卷舒。我心清若此,潭水欲焉如。秋老林聲健,天空雁字疏。素琴消静夜,寂寞冷樵漁。《喜槎道人復至》云:相逢長嘯亦孫登,五嶽雲封屐齒能。看盡溪邊花是主,攜來天外劍爲朋。浮生椒荔青何似,香水魚龍化未曾。共道於今良晤好,燒藜煮酒蹋溪藤。

釋崇端 字開子,有《等庵詩集》

開子馬氏子,父隸湘陰郡王校籍。開子生不茹葷,爰捨入天皇寺。長而兼通儒典,一時薦紳多與之遊。會寇亂郡,王罹難,著《五忠錄》,誌王祖孫父子殉國事甚詳,是不徒以寂滅爲宗者。所著《等庵詩》,冲夷淡遠,頗無蔬筍氣。《名僧錄》

《等庵雜興》云:春宵梦未醒,頭上皆霜雪。賓筵酒正濃,室中聲哽咽。眼底且難憑,何況書史說。矧茲廿年來,山河幾分裂。忍見此乾坤,空縣名與節。貪競履危機,水深火益熱。顛覆不移眸,前車即後轍。唯有過關人,情同而意別。鈍鳥戀寒蘆,痴蟲集苦蓼。螽斯富子孫,蜉蝣壽昏曉。冥數奪生基,鮮能超物表。靈蠢各有偏,情想勘多少。陽焰誑渴鹿,檗繫滋纏繞。有令楚國墟,復致吳宮沼。英雄亦自瞢,所托誠卑小。美人西北方,香風來縹緲。夜静碧天清,冰霜明月皎。《元旦兀坐》云:勞生空自夢騰騰,幻海情波不易澄。斂跡一庵歡有我,低頭終日愧爲僧。世方多故師垂暮,學已無成歲又增。浮習未能移此日,湖居依舊拜香燈。

釋瀚著 字宏章

《過瓢室》云:大麓秋風起,輕帆落暮濤。長空孤雁遠,隔水片雲高。有客歌彈鋏,何人解佩刀。江皋今夜月,誰爲讀《離騷》。《六和泉》云:水明石碧灌林丘,迢遞松陵尚可遊。野鵲亂鳴寒食路,山泉閒繞夕陽樓。當年聞道清如洗,此日來看咽不流。往古聖賢得見否,空餘池上月輪秋。

閨秀

陳　素 字素君,荊藩邸宮人,有《秋顏草》

素幼選入荊邸,工詞翰。有《病起詩》,讀之如見其鬢影凋殘、欹側不勝之狀。詩云:今朝病微可,扶起看游鱗。自恨形如竹,蕭蕭負此春。羣鴉屯晚樹,一鶴瘦湘濱。步屧知何日,空階草繡茵。

故宮女

遼王故宮沙橋門外,有宮人斜,宮嬪埋香處也。每風雨晦冥,過者輒聞紅愁綠慘之聲。有少年乘醉步月入舊宮,經素香亭下,見一美人霓裳練裙,倚欄歌曰:"明月滿空階,梧桐落如雨。涼飇襲人衣,不知香幾許?"

國朝

李世恪[2] 字共人,順治舉人,官推官,有《謀笑軒詩》　子震生

世恪博洽典墳,詩名藉甚,阮亭司寇採入《感舊集》。父國華,字含章,前明明通進士,有《體友園集》。性端潔,強學力行,爲士林師表。善畫山水,與同里郭非赤士瓊同師徐鼎,而遒勁過之。

《送曹宸青之思恩》云:嘯山自有雲,雲向蒼梧轉。風雲夢中來,形容知近遠。《感舊集》

《無絃琴》云:有琴必有絃,陶公胡不喜。辟如工語人,豈能廢唇齒?中郎解焦桐,相如抱綠綺。三十六鳳凰,叫徹碧天耳。安有無耳人,却領無舌旨。吁嗟廣陵絕,嵇康亦已矣。雖有明光曲,艷俗不宜此。乃知彭澤心,廢

絃良有以。不見方子春,縹緲海東水。善移伯牙情,絲桐非所恃。所以雪堂翁,聲外悟聲理。琴在匣不鳴,聲亦不在指。我則因無絃,聿想無琴始。假如蠶不絲,木不生桐梓。未雕與未琢,此聲何自起?茫茫太古心,忘言坐隱几。《漳水吟》云:策馬寒流眺空陌,烟卧西陵風瑟瑟。英雄嘯咤走風雷,帳底美人泣明月。月照魏宮曾幾時,漳水千年流不歇。《季春偕諸子散步三鴉寺》云:風雨連三月,春光強半差。量晴呼好友,衝濕趁桃花。紅斷鐘聲接,煙深鳥路斜。林香吹未歇,機息欲忘家。《白螺磯》云:舟過磯頭問野村,萬山青藹恰當門。地連夏口東流急,水滙巴陵北勢尊。外府栝杉開榷例,人家蚌蛤送朝昏。荒郊纔聽遺民語,兵後含辛未忍論。《梅燈》云:一捻芳心寄爾栽,玉缸分照自徘徊。宮中夜剪紅雲落,烟裏人歌白雪來。誰倩春風搖暗影,特邀明月上花堆。不妨此夕吹羌管,環座清香傍笛開。《卧龍岡草廬》云:我讀梁甫辭,夷然思抱膝。何處認吟聲,落葉西風急。佳句如《有感》云:欲尋遼海誰容榻,何處桃花好結村。《落葉聲》云:無限榮枯經白眼,莫驚騷屑損紅顏。《贈僧也顛》云:花濺英雄千古淚,天涵海嶽一僧圖。人傳崔顥登樓句,我識支公愛馬心。又《送友》云:炙笙理哀絲,絲急不能理。中情欲告誰,夜半寒山雨。皆清遒可誦。

震生字一男,號慎庵,順治進士,官員外,有《蘇門草》、《燕都草》、《江上吟》。少即與孫徵士奇逢訂交。權龍江關,脂膏不染,力蘇商困。公餘則櫂小舟躡峻探奇,文采風流照耀一時。詩與嚴顥亭、張素存兄弟相切劘,龔芝麓宗伯愛其才,稱爲畏友。卒,年未四十,士林惜之。

《贈家康侯》云:長安秋高日瑟瑟,金門誰是求仙客。宦海淪沈骨漸癯,掬盡銀泓洗不得。我家伯氏氣清真,袖拂烟霞藏古春。樓頭欵吐光如虹,老鶴洽翩儀形新。丈夫千秋長如此,肯作悠悠逐隊人。《贈嚴都諫》云:北極乾坤正,西垣柏葉森。批鱗猶細事,補衮是臣心。雪落晴峯冷,雕翻紫殿陰。莫嫌敷奏苦,霄漢有知音。《感事》爲丁飛濤出關賦云:灑血相看事若此,曠觀天地亦蜉蝣。向南楊柳依然長,近北河山倍覺秋。一代是非他日定,百年恩怨大江流。憑君莫擬懷沙賦,春度遼關未白頭。《春日登九山同劉公勇》云:絕頂鐘聲出岫間,飄然雙鶴叩禪關。高原日落天依樹,大壑雲深豹領山。堞遠欲浮春色上，川明不礙野鷗還。老僧若問真消息，碧井龍吟起夜潺。《即事》時駕幸天津云：南江烽火未全消，輦響驚聞下九霄。珮響散搖沙外月，旌光初濕海東潮。行天弧矢侵雲動，帶雪笳吹出仗飄。爲問何人司鎖鑰，太平天子肯逍遙。《簡王考功》云：美人相隔在雲端，望裏朱門積雪寒。皎鶴一聲天似水，何人不作鏡中看。《豐臺看芍藥醉歸》云：春歸翻擬效春遊，得句還從爛熳收。莫謂苦吟銷鬢髮，花前能白幾人頭。《江上吟》云：木落懸崖跨頂行，短蓑孤笠望中迎。江鱸不是無情物，管領秋風屬步兵。

胡在恪號念蒿，順治進士，有《真懶園集》

在恪生而穎敏，官江右鹽道，年餘即以母老乞養歸。囊無官物，茅屋數椽，晏然自樂。於書無所不窺，好爲詩，有《真懶園集》。節趙申喬撰墓誌

《江舟風雨》云：不作烟波客，焉知江上愁。半帆黃鵠雨，千里洞庭秋。惆悵一離別，蒼茫自去留。空囊輸碎璧，何事怒陽侯。《早發舒州懷郭大令》云：舒州城外水交流，坐擁寒沙憶舊遊。遠霧自迷千里色，驚颷空送一天秋。時多好絹碑難寫，客少黃金書未收。傾蓋如君真好我，高懷何日更同舟。《楚詩紀》

《張翁止宿》云：檜雲鬖鬚倚江邊，籬菊蕭疏暮柳前。漢上抱來空有甕，成都卜後並無錢。榻懸客夢生殘月，酒醒鄉關隔曉天。莫道一廛猶小隱，青羊相憶計何年。

李懋緒字汝時，號止所，有《荊樹居詩文略》

懋緒少補諸生，遊中州，私淑孫徵君奇逢，學問深醇，涵養有得。既卒，門人刻其語錄詩文，爲《荊樹居文略》。邑志

《荊樹居稿》乃懋緒門人楊士瓊所編，凡語錄五卷，詩文五卷。懋緒與趙御衆、漆士昌爲友。御衆，孫奇逢弟子也，故耳目濡染。其語錄亦宗姚江

之學,然不爲明季門戶之見,以奇逢亦不立門戶故也。至於文格樸拙,詩多說理之作,則講學家之舊派,不自懋緒始矣。《四庫全書提要》

徐一經 字履常,順治舉人,官御史

《伯靡〈志餘〉刻成,喜賦》云:古鼎繪龍吻,璀璨耀其魄。寶刀錯魚腸,精瑩劈雙腋。神物天所珍,呵護肩金石。北海多奇踪,振衣高岸幘。著書效《潛夫》,沈酣在典籍。斗室獨晏如,嘯歌寄今昔。始知林泉人,遠與塵泥隔。震雷小醢雞,廻川淪蜥蝪。一卷足千秋,慚余空役役。安得揮素琴,期君共晨夕。

嚴以立 字方山,明經　　弟以方

嚴氏伯仲皆能詩,以方山爲最。《漲湖同三弟小莊限逃字》云:生不出湖內,去湖何所逃。一帆流夜月,四壁立秋濤。日暮魚蝦闊,天空水木高。萬家烟火失,僦屋向平皐。

以方字小莊,《楚山感興》云:尚自留雲氣,不堪故國非。環巖鐘磬在,閱世杜蓀肥。野鶴侵晨出,蠻騎罷獵歸。出中樵牧客,誰識楚宮扉。

劉繼昌 字念生,順治舉人,楚先孫,有《清湖放言》

《乙酉金陵度歲》云:粟貴客難醉,兵驕國易貧。萬方皆帶甲,一境獨爭春。出劍吟新雨,折梅憶遠人。艱辛終不免,惆悵越鄉晨。直瀆堅冰合,方山苦雪侵。時危關主術,事去賴民心。絲竹聲何促,樓臺氣亦陰。帝城多樂事,歸路恐難尋。《野泊》云:秋滿平湖落日斜,晚風吹散一天霞。幾林霜氣侵楓葉,一帶寒光冷荻花。但得烽烟寬水國,何妨樵爨傍漁家。一廛肯向勞人授,供取青門五色瓜。

李一生字無險,明經,官訓導

《中秋水汜,侍家嚴攜諸弟放舟望月》云:木蘭舟上思依依,極目狂波萬慮非。望遠已憐烟火斷,沽醪遙認酒帘稀。湖天百里光如湧,樹色千重影欲微。乘興臨流歸欲晚,夜深膝下露沾衣。

洪之傑字龍洲,順治進士,官巡撫

之傑性剛果,有局幹。諫草陳言,洞中機要。用能致位方鎮,以功名終。

《送雷左佩還江陵》云:曉來鼓角報新晴,鈴閣風生兩袖清。鶴羽翩翩窺短髮,龍文弈弈動雙旌。故鄉春色梅猶待,江上扁舟浪不驚。回首京華添別恨,桃潭珍重古人情。

張可前字箸漢,順治進士,官侍郎,有《宛在軒詩集》　子毓衡

可前少穎異,力學篤行。初除瑞州推官,有惠政,旋洊升卿貳。向留意天下扼塞鎮戍,及任兵曹,益博訪將才,疏列遷斥,軍政肅然。

《新昌縣寄朱啟宇》云:負郭三家市,窺城萬木村。水春喧雨急,山燒入雲昏。露草蛇盤徑,風林虎嘯門。何時荒僻地,歸與故人論。《鶴湖離興》云[3]:隨緣聊寄傲,何必定名山。竹杖倚風立,柴門帶雪關。野梅多冷艷,疊岫聳高鬟。萬籟無聲息,蕭然圖史間。《鶴湖吟》云:鶴湖深且潤,恰與門相對。荷香鳥掠來,月影風蕩碎。

毓衡字沼湘,貢生,著《退庵草》。同時羣季競秀,人自有集。毓霍字南副,官知縣,以廉明稱。毓瑞字雨亭。皆以詩古文詞,著聲一時。

劉愈修 字敦秩，有《痴狂子稿》

愈修本農家子，年逾三十始識字。久之學爲詩，日唐詩一卷，所著雅近韋孟。

《問夢予病》云：所幸無妻子，復愁寡唱酬。一扉閑午寂，孤帳似虛舟。聞說遊能遠，知君病漸瘳。半湖叢葦月，直待爾同遊。《賦得歸帆出霧中》云：晨起鄉心切，茫茫烟雨圖。不愁江路濕，應畏客程殊。初日翻難定，層巒似覺無。鄰舟聲漸近，相與計前途。

張旋均 字惟甄，貢生，有《茶園詩鈔》

旋均，可前孫，弈葉簪纓，豪華競尚，旋均獨以文學老於著述。嘗與黃岡王于琰搜輯鄉先達遺詩曰《詩佩》，刊行於世。慨自滄桑屢見，文獻罕徵。重賴掯擸之力，使蓬槁吟魂，不與白骨同灰。其澤至遠，宜其詩之久而猶傳也。

《送查君遇還越》云：一水清且漣，一桐高且深。中有如玉人，端坐神不淫。翩然生遠想，江上鳴玉琴。初彈綠水曲，再作楚妃吟。七絃冷冷發，百靈蕭其音。我欲從之去，蒼茫不可尋。《秋夜歌》云：江上一片心，江心一泓月。月空秋亦空，江流月不歇。《納溪懷劉遐曬》云：出門相憶遠別離，況復遙贈青松枝。明月照人入深夜，夢魂到君君不知。日日思君情何極，蜀江水流無盡時。《曉過承天寺》云：鐘鳴人半起，曙色漸升東。月落孤城外，雲生古寺中。雜花披曉露，高樹捲秋風。自是禪堂靜，塵心到此空。《登紫霞閣》云：野寺靜如此，瞥然塵慮消。岸風低拂樹，嵐影倒遮橋。日抱河津轉，天圍海戍遙。老僧閒指點，來往半漁樵。《寄懷舅氏吳伊垣先生》云：落日孤城紫塞斜，秋來風雨折蒹葭。庭虛風下蕭蕭葉，水淨烟含漠漠沙。萬里關山成契闊，五陵衣馬自豪華。金門亦有東山客，應斂邊愁入暮笳。《磨鏡詞》云：街頭喚老翁，磨拭菱花鏡。憐爾好光輝，怎生照薄命？《秋風》云：秋風一夜起,沙磧路漫漫。寄語南樓婦,邊城別是寒。《雲水居》云:灌木陰陰屋角斜,當門一帶野人家。春潮退後溪風急,破網無魚掛落花。

　　渚宮才人輩出,如前明天啟時陳參政治紀,字石房,有《吳越吟》。張副車樹聲,有《得月亭集》。順治沈孝廉延標,有《種瑤草》。汪耐園嗣聖,有《春暉堂詩文略》。孫明經萬春字照堂,有《澡雪山房草》。葉布衣迪光字旦庵,佐大帥平吳逆,序功不受。與宋太史學洙字長修、李侍御永庚字煉庵,各有詩一卷。劉明府三傑,有《漢上》、《閩中》、《海上》等草。姚文學慎典字徽五,有《肄鶴軒詩》。子士升字子上,順治進士,有《燧園集》。姚氏又有名學灝者字天如,善墨蘭,工詩,著《詠竹》百首。戴大紳名縱,康熙進士,有《雲齋樓詩集》。鮑儁字又參,有《鮑葉庵集》。劉廣文靖獻字公從,康熙舉人,有孝行,著《湄村詩集》。官零陵時,地有唐僧懷素綠天庵,嘗吟憩其間。偶撥草得石,類蕉葉,作《蕉石詩》,和者甚衆。又有《梧集堂詩存》,爲余宣作。皆一時表表者,《詩佩》皆網羅未及,豈當時即已求之不獲耶?抑果諏訪之未廣歟?恐並其姓名之俱就澌滅也,坿記之。

劉　昇 字遂初,諸生,有《近思堂詩》

《春思》云:榆莢妝樓淨,晨興理博山。鶯花懷遠戍,羅綺惜紅顏。粟鈿盤雲重,珊瑚錦帳間。思君若細柳,嫩綠感春攀。《感事》云:曾聞樞要地,戰守託干城。智勇臨機定,寬仁自古行。幕前非豎子,天下盡蒼生。痛惜長江水,何由洗甲兵。大塊連雲物,陰風日未休。角弓封戰士,歌舞聽諸侯。城闕旌旄蔽,莊馗烟霧浮。蹣跚看士女,感激罷登樓。《秋風》云:秋風起西北,吹夢滿江陵。此意當孤往,何時還獨乘。杵深林葉亂,天險暮雲蒸。大事存開濟,誰能解李膺。《呈督學魏子存先生》云:桅檣誰遣泊孤城,一往飄萍事可驚。蒲柳昔年逢化雨,幨帷此日拜諸生。尋花南國霜偏重,矯首東樓雪未晴。曠士當官憑一膽,千秋艷說黨人名。絳帳傳經五月歸,紅荷花發柳陰圍。當時浪跡人初定,別後憐才事頗稀。以我鬢毛懸夜月,感公江海泣秋暉。鄉山日暮無消息,拜手荒城暫挽韃。《聞警》云:南州斜日柳含烟，封豕憑江列控弦。屏翰提兵十萬衆，荆襄安堵幾何年。戰場春暮無青草，幕府更深舞翠鈿。謀國豈無陰雨計，江間猶自盛樓舡。

任 鵬 字培風

鵬少負奇氣，有大志。應童子試不售，從事刀筆，充制府掾吏。從綏遠將軍蔡公毓榮定吳三桂之亂，贊畫中機宜，比之幕中上客，未敘功而卒。

《月夜書懷》云：月色如湖水，幽光冷竹牀。懷人雙淚濕，作客五更長。燭影搖空壁，砧聲碎曉霜。不須怨飄泊，今夕始他鄉。《師次辰陽道中》云：春漲初添後，谿流濺杜蘅。盤山憐馬力，占雨辨禽聲。萬里伏波地，三軍挾纊情。桃源去漸遠，回首暮烟平。《蜀宮感事》云：錦城春色草芊芊，夜月凄涼老杜鵑。風雨綠楊皆輦道，蒿萊白骨盡金鈿。落花似寫當年淚，隴麥空傳故國篇。莫謂古今無舊恨，咸陽猶有未消烟。《春日》云：庭花零落點征衣，又見穿簾燕子歸。岐路人情難似舊，殊方節物未全非。十年烽火魂初定，萬里萍踪鳥倦飛。遙憶故園風日好，綠楊影裏尚斜暉。《和陸放翁梅花詩》云：芳心如水氣如蘭，肯向樽前訴曉寒。冷艷合教憑月瀚，幽魂原不怨春殘。已抛高士山中老，聊供詩人雪後看。剝盡鉛華歸太古，癡肥未許共凭闌。

袁 向

《寄雷何思》云：龍山春雨鶻磯霜，離那那禁歲月長。愧我蕭蕭合鬢客，羨君楚楚秘書郎。才名自昔誇龍劍，詞賦於今重柏梁。明月清尊能念我，洞庭時有鴈南翔。

黃光業 字序其，號雲庵，貢生

光業少受業於徐侍御養心，極器重之。崇禎己卯庚辰間，彙其詩爲《杞吟》，感時憂憤，居然《離騷》之遺。順治初官常州府經歷，旋罷歸。工填詞，有《白樓子》、《赤脂劍》、《海烈婦》等傳奇，梨園子弟稱爲曲子相公。詩爲《黃雲安集》，悲涼激楚，不忍卒讀。《詩佩》

《野泊》云：何物留鄉思，荆榛是處同。舊村移夜夜，新草没重重。石齒鳴江碎，蓬心咽露空。客情寄一醉，缾罄悵途窮。《渡黃河》云：滔滔界大地，今古閱升恒。曲折經夷夏，波瀾變谷陵。生來居澤國，利涉值堅冰。岸遠沙遙接，信然一葦登。《濟寧舟發》云：寧計歸途遠，且宜身在舟。臥開山水眼，唫送短長洲。斷梗飄從泛，浮鷗輕逐流。風吹天欲暮，開雪亦舒愁。《牛渚白衣庵》云：石閣江天雨，涼生五月秋。風高樹舞罄，江闊浪吞洲。苔氣時侵座，川光虛入樓。由來山水癖，留滯亦舒愁。《同王宜生夜月泛湖》云：水氣淡於秋，兼之夜色幽。流同天去住，波與月沈浮。散影陵千頃，欒光趁一舟。扣舷歌正急，驚躍出潛鯈。《辛園和韻贈魯桐聲》云：掩關深樹裹，曲徑點蒼苔。引水兼鳧至，移花和蝶栽。孫哺雛似鶴，妻病影如梅。抱甕東籬望，山藍色色堆。

宗　湄 字伊在，號西村，康熙貢生，有《西村詩略》

湄性超逸豪放，喜游，題其齋曰春水船。博涉書史，善詩文，工書。與同邑王山翁、曹莫明、李方山、鄧鹿莊、劉公從輩倡和，一時壇坫翕然歸之。

《沈香井》云：朝汲井泉甘，暮汲井泉冽。纖手曳素綆，轆轤井聲咽。鬢影亂井花，井花團如纈。可憐井邊人，丽魂難再熱。輸與閒衲子，烹茗挹芳潔。攜取鬭茶圖，七碗飽饕餮。《青楊巷》云：何地無青楊，此巷獨稱述。枇杷已云多，更有千頭橘。數物相比論，品第孰居一。物以地重輕，地因人甲乙。歎息枯楊摧，芳聲亘緗帙。至今閭巷中，隱隱有居室。其人安在哉，我欲呼之出。《白楊花》云：君歌楊白花，妾詠梧桐葉。葉上書有相思字，秋風幾度吹難滅。楊花逐水不復歸，翻身化作雙蝴蝶。《和胡岱東》云：乾坤老去總難羣，恥向江城又賣文。地僻衣冠逢客嬾，山深風雨帶愁聞。寒星夜動篋中劍，孤鶴朝分嶺上雲。除卻一囊冰雪句，年來何事不輸君。

同時胡孝廉彥穎，字玉栗，有《舟次道士洑》，句云"鴻鵠羽毛雲作伴，黿鼉窟宅水爲鄉"[4]。西村嘗舉以示人，因坿錄之。

王　釀字醉翁，號山翁，有《山翁詩集》、《赤溪樵唱》

釀性曠達，不樂仕進。嘗遊齊魯吳越間，唫詠自適。觀察祖仁淵，顏其廬曰雲中白鶴。工石書，胡墨顛師之，名噪一時。著作甚富，尤精於詩。邑孝廉鄧以琢集而序之，且誌其墓。

山翁嘗登黃鶴樓作擘窠大書，末題云：龜兮蛇兮莫漫雄，吾家有山山是龍。見者無不咋舌。《詩佩》

《送友致仕歸江南》云：同是乾坤浪跡鷗，何分楚尾與吳頭。虞卿書是窮愁著，杜甫官因老病休。囊底清琴曾伴鶴，匣中寶劍尙寒牛。東都樂處應憐我，一枕江聲茅屋秋。《金陵懷古》云：幾年觀樂洞庭春，瑟聽湘靈更有神。把酒欲澆吳季子，風流談笑屬何人。歌殘鐵板大江東，愁聽濤聲戰晚風。狐頂粉髏深拜月，年年花草怨吳宮。幾朝都會此相承，馬糞高齊大帝陵。欲問衣冠誰得見，青山明月舊時曾。金陵風景舊堪憐，坐對新亭思黯然。不信只今江海上，英雄何處哭青天。秋雨秋風夜寂寥，石頭猶打舊時潮。短船不寐東遊客，細聽江聲話六朝。角巾投老謝家墩，乘興騎驢款客門。早識青苗成底事，鐘山多著幾書存。《章臺寺》云：章華臺上晚鐘遙，章華臺下草蕭蕭。柳條不解興亡恨，猶向東風舞細腰。《江陵竹枝詞》云：沙市江邊草市河，發船打鼓更鳴鑼。內通襄漢外川廣，載得離愁何處多。峯廻畫扇土門頭，倚北湖中舊臥遊。城上鋒高三管筆，從天寫出渚宮秋。

鄧自松字駐鶴，號鹿莊，貢生

自松少孤苦志，博極羣書。詩流利芊綿，清脫自喜。性狷介不與俗和，晚年築別業於潭子湖，自號百花莊主。

《龍山謠》云：龍山上，稊麥黃，平坡細草千頭羊。龍山下，野燒赤荒荒，白鳥爭朝夕，勝賞無古今，賢俊發高耀。莫怪此地風，獨落參軍帽。《章華臺》云：楚王臺榭昔繁華，今日長堤幾樹鴉。故苑烟銷餘野麥，廢塘春盡有梨花。殘雲落日孤亭迥，暮雨疎鐘古寺斜。詞客年年寒食節，香魂無處吊宮娃。《三湖漁家》云：夕陽影裡認荊扉，苦竹黃蘆遶四圍。萬頃海田秋蛤美，幾家生事鱖魚肥。閒歌明月呼樵和，臥看青天數雁飛。公稅無征私債少，白頭浪裡棹船歸。《題章華寺壁》云：長隄走馬何年事，芳草斜陽幾度人。若使細腰魂尙在，月明應自哭殘春。

譚　暐 號曉堚，乾隆舉人，官教諭，有《斑竹園詩集》、《四瑞亭集》、《寸岳堂集》、《郢樵雜著》

暐富有才華，著作等身，詩亦清越，惜不多見。

《白水河見鴛鴦》云：暖逐晴煙飛落日，寒交錦翼睡春池。鴛鴦卻是多情鳥，那解相思在別離。《題驛壁》云：春風楊柳對城樓，驛路高低迴動愁。客過橋頭都勒馬，清笳畫角看荊州。紅板山橋野店橫，毿毿楊柳拂行旌。東風吹散黃金縷，不繫歸心繫別情。誰唱驪駒長短歌，江陵名士鯽魚多。楚天漠漠黃昏雨，王粲登樓可奈何。十里長亭欲斷魂，昏鴉無數向前村。可憐青笠紅衫客，斜日寒天度楚門。

張士楸 字勳堂，乾隆舉人

士楸少孤嗜學，工詩古文詞。出沈歸愚先生門，卒年未三十。先生哭詩有"似此才華年竟促，欲將消息問青天"之句，所以重哀之者，其才必有以過人也。所著惜未之見。

鄭若檀 字香川，有《浣心詩草》

若檀幼穎異，貧而好學。長失明，猶耽書史。工唫咏，嘗使人日誦於其側,兀坐靜聽,悉領旨趣。性尤豪邁,興酣耳熱,歌聲出金石。與婁東姚春木、監利王子壽、潘子尙諸公賦詩贈答,稱神交焉。《長沙寺題壁》云:東郊寂寞長沙寺,鐘磬蕭然閉院門。古鼎香煙沈白晝,空堂鼪鼬嘯黃昏。愁聽梵唄驚風雨,欲揭碑文没字痕。四十年來憔悴客,一龕燈火易銷魂。《東華樓覽古》云:清冷湖山畫不成,樓頭吹角片雲生。驚風萬里秋無迹,斜日重關雁有聲。漠漠晚烟沙渚市,蕭蕭故壘楚王城。憑欄怕惹興亡恨,更聽漁歌向月明。《過何恭人墓》云:淒淒春草掩芳魂,楚水淪漣傍野村。枉識風流袁太守,小桃花下一孤墳。

張應宗 號魯峯,乾隆副貢,官教諭

應宗讀書穎敏,自經史外旁及兵算樂律諸書,無不究覽。工詩古文,所著《韵衡》三卷,於古韻頗有發明。其以沈約《鍾山應教》諸詩,證四聲八病之言不出於約。又謂反切本非梵音,以"華嚴字母乃中華譯經之文,並非天竺本義"為說,尤為精確。詩善七古長篇,崛奇排奡,兼韓李之長。有《護國寺古鼎歌》,尤稱於時。《通志》

陳 黌 號芹溪,諸生

黌聰慧敏捷,屬對工巧,匪夷所思。天性高逸,不以貧故干人。將軍某嘗屏騎從造訪談詩,卒未往報一刺也,人兩高之。

《橄公桅歌》云:橄公桅,堅不摧,城頭屹立高崔巍。棟折榱崩明社屋,此桅長此凌風雷。明之末葉妖氛惡,羣醜跳梁恣剽掠。河山破碎天地昏,公時正司荆南鐸。奔濤旗鼓捲地來,屠城城陷生靈災。藩鎮偸生達官走,而公百折氣不回。髮指齦穿眥欲裂,矢窮身縻胃不絕。縱使生無三命榮,何惜死報一腔血。强魂毅魄為鬼雄,桅末憑臨生悲風。令公不死乞苟免,今之朽與草木同。彼時降者已枯骨,化作青燐易滅没。成仁取義死猶生,如公遺憾無毫髮。自非精神矢日曒,一木焉能耐昏曉。天將正氣存兩間,欲爲人臣樹之表。君不見，寺中鐵，化爲神，相傳舊是烈女身。又不見，盧公皮，蒙石碑，碧血如新千古垂。吁嗟公節不如石，石猶可轉節不易。吁嗟公忠不如鐵，鐵猶可鍛忠不滅。感公忠，慕公節，能使頑懦爲人杰。我來澆酒歌徘徊，桄下凜然有餘烈，於戲橄公桄不折。《秋懷》云：西風隨雁影，吹落洞庭波。黃葉一林滿，清霜昨夜多。美人夢涼月，之子隔煙蘿。秋思長無極，徘徊倚瑟歌。《邊馬》云：四起邊聲急，都隨陣馬來。寒雲迷雁磧，暝色上龍堆。青海飲無際，北風嘶獨哀。草枯蓬斷後，愁過李陵臺。《邊柳》云：春不斷邊城，沙場柳亦生。綠圍都護馬，青到亞夫營。何事愁攀折，無人解送行。空餘羌笛怨，吹入玉關情。《章臺寺題壁》云：柳老梅枯蘚徑斜，路人指點說章華。細腰高髻空秋草，舞榭歌臺剩晚霞。照破興亡沙市月，開殘今古渚宮花。我來欲問靈王蹟，十畝荒田幾樹鴉。《龍山題壁》云：寺門黃葉落紛紛，帽影鞭絲對夕曛。鴻鴈聲中樓獨倚，茱萸風裏酒微醺。渚宫臺榭空秋草，楚國山川秪暮雲。前代風流半蕭索，愴懷不必問參軍。《上李紅嶢先生》云：秋風唫斷柳門煙，誰識紅嶢是謫仙。知己每懷千載下，取人多在六朝前。君攜綠綺尋鍾子，我乏黃金鑄鄭虔。會向承平作文獻，客途何事感華顚。乾坤皓首獨飄零，五嶽遊筇已半經。南國風騷留碩果，東流身世指浮萍。胸餘滄海一杯白，眼帶金焦兩點青。莫歎式微惜先澤，太常墓上有碑銘。

程　炌　字曉山，別號默子，嘉慶舉人，有《款花居詩文集》《默翁晬語》

炌本明道先生裔，生平以理學自勵，致謹於念慮之微。晝之所爲，夜必書之。辭章冲和恬雅，古今體詩直得唐賢三昧。

默子雅擅七古長篇，集中如《古鼎》《古鐵》《橄公桄》等作，皆激楚蒼凉，風骨遒上。闖韓規杜，獨出冠時。近體清峭拔俗，亦宕逸可誦。《初發長湖》云：秋色遠無際，長湖思渺然。人行龍口樹，鳥破海門煙。水闊孤帆定，天青一笠圓。囘頭望沙市，已在白雲邊。《南樓》云：庾公尚清興，靜夜坐南樓。客去月仍好，我來風正秋。江深明似鏡，舟小穩如鷗。誰識憑欄意,蕭蕭蘆荻洲。

陳緒達字素泉,嘉慶舉人,官教諭

緒達幼孤貧無所依,雜市井小兒,提筐行賈。同里鄧士琮奇其狀貌,召入家塾,與子貽耀同研席,後皆舉孝廉。緒達性尤穎異,以詩賦擅名一時。

《送程畊雲回漢陽》云:故人如梅花,歲寒始一見。梅花開未闌,故人遊已倦。扁舟繫河渚,把酒遞相餞。良會難久同,離悰易繾綣。風雪千里程,穩借一帆便。東望盡青山,何處漢陽縣?《九日用工部韻和鹿苹》云:萬木無風響亦哀,百年流水去難回。且聽白雁傳霜信,莫遣黃花笑客來。蟹稻關心連故國,江湖極目上層臺。豪唫更聚人千古,爛醉還傾酒一杯。《秋懷次唐梦仙韵》云:一臥雲烟歲又深,生涯同費短長吟。江山易動秋來感,日月難消老去心。開甕寒花聊可對,閉門落葉莫相侵。比君幸是覉愁少,也怕霜天處處碪。《黃鶴樓夕眺》云:夕眺凌風散酒顏,朗吟身在白雲間。長空雨霽鴈初到,橫笛秋高人未還。煙樹西浮洞庭水,帆檣北達漢陽山。時清不作登臨慨,卻羨仙家意自閑。《昆陽懷古》云:一鳴雄雉起南陽,十世炎劉祚再昌。事業高光同創建,旂旗宛洛入飛揚。金刀廟社靈猶在,銅柱河山界未荒。千載成功無此易,尚傳北渡厄王郎。《荆湖知舊集》

陳銓字幼山,康熙舉人,官訓導,有《敬齋詩》

《還里》云:曰歸歸未得,歸矣淚汍瀾。豈必官能瘦,都緣病減餐。鬚眉驚老大,肺腑話辛酸。爲我除三徑,人間行路難。

劉士璋字南赤,嘉慶拔貢,自號三湖漁人,因以名其集

士璋初以部曹用,不就。家藏書萬有三千餘卷,顏其藏書之樓曰富猗。歸讀藏書,一意著述,有《夢竹軒筆記》、《三湖漁人集》、《瘦羊錄》、《荆湖詩

舊》、《雪案自警》、《漢上叢談》、《郢小紀》等書。子經裕，字小村，舉孝廉。工詩古文辭，能傳家學，有《小漁村詩稿》。

曩從京師歸，物色楚中人士，於黃岡得喻石農，於漢陽得葉雲素，於黃岡得王徒洲、萬三峯，最後於江陵乃得劉南赤。石農于詩爲篤好，其用力於詩也亦最深，故所成就獨勝。徒洲、雲素、三峯、南赤皆兼爲詩古文，而徒洲廼於家累，雲素翺翔於仕途，或無以知其所至。三峯、南赤一意著述，而南赤尤绳绳焉不自足者，無惑乎其日進而未有已也。截陳詩撰詩序

《早發》云：羣鷄遠村叫，聲徹遊子耳。解纜呼榜人，殘月猶在水。收罾漁戶集，破夢沙鷗起。遠看長湖帆，沒入朝煙裏。漁歌斷仍續，送客到蛟尾。《將入都詠懷》云：古人貴好官，謂可多得錢。得錢亦有道，何必登班聯。朱公逃卿相，致產累巨千。郭縱出鐵冶，猗頓起鹽煎。販脂與賣漿，富比陶衛肩。遨遊都市中，衣絲策肥堅。名在貨殖傳，豈曰非大賢。入世務生理，鬼笑何其偏。吾今志升斗，磬折屠沽前。得猶不償失，況當未定天。逝將早歸來，持籌從計然。《廣武》云：悲風動地起，浩蕩關河秋。上有廣武山，下有黃河流。太行遠屈鬱，成皋近蟠螬。茲實衝陀地，險阻環九州。中原昔鬥爭，天地皆簸踩。關險不可失，萬夫扼鴻溝。展轉白骨盡，瞬息青山留。至今古戰場，餘血腥山丘。空餘昔人恨，徒令來者愁。英雄與豎子，千載同浮漚。《荊門別王峻封》云：下馬郵亭飲君酒，君醉不辭酌以斗。故人情篤重分手，並行共宿三旬同。長途渺渺隨秋風，河梁一賦嗟西東。人生聚散豈非數，它日相逢定何處，我返自崖君且去。《湯陰岳武穆祠》云：大將含冤日，天心厭宋時。中原無北戍，古墓有南枝。納幣朝廷小，藏弓父老悲。千秋桑梓地，風日尙淒其。《周世宗陵》云：何年弓劍杳，落葉亂山飛。古木叢秋气，荒陵上夕暉。一傳當世僅，五代此君希。太息韋囊識，天心竟早歸。《送陳鳳亭北上兼訊都門諸友》云：藉甚陳無已，才高數不奇。還題曲江塔，去借上林枝。風雪驟車稳，鶯花席帽宜。故人京洛在，問訊及芳時。《江行雜詠》云：問訊樂鄉縣，蕭蕭江上秋。詩傳陳伯玉，鎮想陸荆州。古樹連雲擁，奔濤帶雨流。如聞晉兵馬，深夜踏潮頭。《登東山寺》云：飄然天半劃長風，萬壑千巖遠近通。峽口濤聲來座上，荊門樹色落盃中。遙看

壁壘連三國,遠憶烽烟鬥七雄。回首可憐征戰地,香林下界雨空濛。《晚次安鄉縣》云:西風搖落鴈行分,向晚移舟酒半醺。水護懸樓秋柝出,林藏古寺暮鐘聞。來朝便鼓湘柂舵,何日踏開衡岳雲。欲向重湖看明月,洞庭木葉落紛紛。《荆州懷古》云:何人忼慷借荆州,百戰山河犄角收。西蜀幸成新割據,東風甘負舊同仇。縱令鳴櫓來江口,旋見降旛出石頭。太息江東多將相,都亭洟泗竟橫流。《襄陽懷古》云:萬山高處俯銅鞮,對此茫茫百感悽。孟子才名江漢幷,龐公德望斗山齊。城荒尚記夫人築,樓廢仍標太子題。陵谷遍尋碑盡杳,翻憐好事杜安西。《奉送洪素人夫子還都》云:天書早下自鑾坡,為促星軺驛路過。幾日簪豪趨絳闕,計時征櫂渡黃河。荆門柳色鴻邊盡,洛苑山光馬上多。最是歸裝真穩便,五車書籍載明駞。《湖村》云:湖村不知暑,蕭瑟過微雨。午夢欲回時,空梁閒燕語。《西勝庵牡丹》云:百寶彫欄未許同,年年碧草共春風。可憐一種傾城色,零落空門暮雨中。《題甘泉寺》云:姜祠寂寞枕荒塗,躍鯉疎泉迹已蕪。風雨欲來江欲暝,四山黃葉叫慈烏。《汝墳橋》云:楓林作態遠蕭蕭,郢路烟花恨最遙。瘦馬荒雞秋欲盡,西風重過汝墳橋。《宜城道中》云:序入初冬感乍生,荒榛夾路水縱橫。舊時冠蓋相望地,斜日寒風到鄢城。《襄陽竹枝詞》云:襄陽城外大隄西,灼灼桃花柳作稊。滿地月明人未散,沿街聽唱白銅鞮。涌月高亭一望閒,鴨頭初漲綠彎環。州人猶墮羊公淚,日日城南望峴山。舸峨艑小帆齊收,齊泊漢江江不流。買得宜城新販酒,瓦盆篷底鱠槎頭。半遺相抛長嘆嗟,漢江有女空如花。歡今若問宿何處,風雨樊城賣酒家。

　　南赤先生才華富贍,吐納風流,瓣香實在玉谿、樊川之間。第貪多務博,間有榛楛勿翦之憾。然不儕而及於古,偏師馳突,卒能拔幟先登。其刻意生新,風骨遒上,殊非一時才士所能望其項背。佳篇不能備錄,摘其句之宕逸可誦者,以饜侯鯖之嗜:騰隨殘雪盡,春共大江來。《元日登黃鶴樓》。雄渾天成,唐人勝境。它如:花气穿簾入,泉聲隔座聽。家貧為客早,歲長讀書遲。亂山盤楚塞,急浪撼荆門。孤櫂尋春桃葉渡,百錢沽酒杏花村。小樓人靜聞秋雨,遠戍碪催報早寒。荆門柳色鴻邊盡,洛苑山光馬上多。濤聲下注迴滄海,山色中流落太行。《黃河》。河邊曙色千峯出,塞上秋聲萬馬來。《蘆溝曉望》。皆奇矯自喜,不落恒蹊。

鄧承宗 字孝旂,道光拔貢,有《藻香館詩詞鈔》

孝旂世以高資甲一郡,宗人多長者。君獨意气豪邁,又贍於文辭,藻思英逸,試數千言不淹晷。名噪甚。喜交當世賢俊,然以文行相切劇。心敬不衰者,落落不數人。累舉不第,放意山水。再往燕臺,浮舟長江以歸。載唐樹義撰小傳

《長歌行爲沈丹谷作》云:沈郎沈郎,爾既不能入山射猛虎,力挽強弓挾勁弩。又不能入海狎鯨鯤,怒濤狂捲天欲崩。丈夫得志會有時,向人何苦低雙眉。行過萬里路,讀破萬卷書。問年年不滿五十,胡爲戚戚長嗟吁。去年我作漢上客,秋風秋雨秋瑟瑟。黃葉聲中蠟屐歸,白蘋江上載愁泊。今年君來沙頭市,黃雲催雪雪滿地。南北東西走且僵,入門驚見狂欲死。楚之頭,吳之尾,梅花吹落杳難尋。仙骨如君毋乃是,我欲呼君同上楚王臺。日日江頭看江水,一洗萬古心胸塵緣不得滓。淘盡多少古英雄,碌碌何況吾與爾?《武昌舟中》云:騰盡回春暖,天高去雁沈。遠帆出樹直,寒雨落江深。故里空巴曲,殘年別漢陰。扁舟遲不發,歸思苦相尋。

鄧廷彥

《惠城懷古》梁元帝時名金城,五代高氏名子城,明初湘獻王封此爲湘城,遼藩改號遼城,後封惠藩,今稱惠城云:白馬青絲賊气煽,故宮回首正淒然。處堂但欲傷同室,坐井何曾忿戴天。戎服談經歸下策,土囊遺憾到千年。金城自古傷心地,只在湘東舊苑邊。乘時割據快稱孤,半壁荊南愜遠圖。傳舍五移天子籍,金甌一統帝王符。歸朝車馬扳難駐,故國河山夢已紆。七百年來猶廟食,令人惆悵子城隅。痴兒至此總堪憐,人入深宮寶玉捐。聞樂縱教能置對,燃箕知不免相煎。鱉靈死魄終移蜀,望帝生魂已化鵑。樓下有人拾灰燼,湘陵猶自鎖寒煙。就封天步已艱難,鼎沸中原羣盜歡。祠祀尚然勤

土木，宦閣漫爾溷衣冠。棄城走已同亡虜，玩寇人尤辱蓋棺。欲話前朝末造事，大江今日水猶寒。

陳蔭慈 原名馨本，咸豐舉人

蔭慈少英敏能文，負氣不羈。既而折節力行，爲時輩所信仰。晚年究心經世之學，工詩古文辭。邑志

《形勢》云：玉帳牙旗鎮渚宫，建瓴形勢壓江東。五千餘里縱横外，二十名州控引中。水劃雙流穿地塹，城當四面扼關雄。大藩兵賦强天下，開府誰爭羊杜功。《江上》云：晴空彌望劇蒼茫，渺渺虹隄一綫長。山勢西來蟠楚甸，江流東下絡朱方。城頭畫角催秋色，樓上笙歌送夕陽。安得普天無戰伐，盡紓疲困樂耕桑。

釋智考 字巢鳴

《訪慈一》云：黄葉滿山路，無人夜叩扉。撥雲時獨往，枕石欲相依。梅瘦寒能耐，禽孤倦欲歸。令余起清想，梵響入林微。《中夜同爾微》云：禪心印明月，好景助清游。萬里皆無滓，良宵誰汎舟。江山堪入畫，天地已成秋。悟徹空明相，何須面壁求。

釋惟梁 字宏度，號慎庵

《登永嘉雁蕩山》云：策杖躡嶙岣，登高望越閩。海帆隨浪近，山鳥與人親。路險留仙跡，泉飛洗客塵。蕭蕭聽落木，遊子易傷神。《登一覽樓》云：客在天涯久，難勝一覽情。故山歸夢遠，落日片帆横。四野多秋色，孤鴻獨遠征。舊游何處是，極目亂雲生。《癸丑西水除夕》云：野寺臨溪迥，難勝故國情。愁連湘水渺，夢入越山清。梅萼虛簾影，笙歌隔岸聲。不知殘漏盡，旅館燭頻更。

閨秀

許貞女

《絕命辭》云：脩短同歸盡，爭差在早遲。虛生徒自苦，不死復何爲。望眼懸三峽，愁雲嶂九嶷。將尋泉下約，報以斷腸詩。

【校記】
〔1〕樸，原目錄作"璞"，條目及正文作"樸"，據光緒《荆州府志》卷五十七改。
〔2〕世，原目錄作"士"，條目及正文作"世"，據光緒《荆州府志》卷四十三改。
〔3〕鶴湖離興，"離"或應作"雜"，因詩中未涉及離別之意或黍離之悲。
〔4〕原文在"黿鼉窟宅水爲鄉"後有"之句"二字，文義重復，故刪去。

增訂

王樹滋 字我園　子自仁

我園先生以畫名,而詩特工古體,力學漢魏,逼真蕭選。《答孝長》云:客館坐遙夜,孤琴生遠塞。泠然扣清角,哀怨不勝彈。仰懷慕同氣,垂翅青雲端。抗節崇往哲,陶素適所安。寄我尺素書,佐以雙琅玕。琅玕豈不美,何如相見歡。顧言春水淥,揚波搴木蘭。無爲感離索,獨守增長歎。

自仁字子靜,官訓導,善寫蘭,詩不多作,如"靜中生意滿,織竹護雞孫"、"不知芳草色,何故怨王孫",頗俊潔可誦。

李　鏞 字笙友,號序東,嘉慶副榜,官教諭,有《仰止軒筆記》、《嫏嬛軒詩稿》、《集唐離鸞吟》

鏞素嗜易,研究至老不倦。詩不甚經意,偶有所作。如"梅花憐獨瘦,茶味憶雙清"、"神凝秋水清如許,人比梅花瘦幾分"等句,極儁永可誦。

李超羣 字一峯,貢生,有《一峯詩賦文集》

《沅江道中》云:荏苒秋光老,棲遲客路長。江湖成獨酌,風雨度重陽。雲在鄉關白,花仍故里黃。塞鴻如有意,隨我渡瀟湘。又句如"書傳鴻雁雲中路,人醉芙蓉江上秋"、"有限春從愁裏過,無聊花在雨中看"亦佳。

李　珩字玉屏，號朗山，有《春陽詩草》

珩積學能詩，倜儻不羣，筆致磊落近古，仿唐人小詩，最超逸可喜。

《偶題》云：春水引人愁，春風吹人懶。自懶還自愁，東君何暇管。春到百卉香，秋來衆芳歇。萬古常不變，皎皎一輪月。《尋天竹寺》云：匝地紅稠花，漫天白飛絮。鳥啼日未西，已到雲深處。《夜坐》云：春晴暮若朝，煙清羣峯小。萬籟寂無聲，明月掛樹杪。《春晚》云：宿鳥爭茂林，人語喧渡口。一徑寒煙消，明月窺松牖。粉蝶戲林間，揭來花迎送。東風搖金鈴，驚醒梨花夢。對花不能飲，負此山中月。醉臥寂無人，梅花香不歇。《古意》云：人事有盛衰，月華亦盈缺。世上離人心，莫向明月說。行樂貴及時，金貂可換酒。夢中尋蝴蝶，醉同漆園叟。

鄭　機字春園，貢生

機性端愨，少即有志聖賢，讀經史必窮究其原，嘗謂經濟不本之學術，必非真經濟。當世以爲名言。嗜詩，以自然爲宗。螺洲先生題其卷云："歌哷皆天籟，英華總道腴。"可想見志趣所在。已中年，即無志用世，肆力著述，於九經諸史皆有著論。身後篋笥填溢，計手自錄訂者，分纂著編選二類，計四十七種二百十八卷，惟《續史提要》梓行。子世炷、世灼皆舉於鄉，能繼其學。

《勵志》云：天地有至文，妙手偶得之。當其未落紙，却宜費苦思。思精逢樂趣，振筆皆新辭。始若春蠶繭，囫圇無端倪。探之忽有緒，層出衆妙滋。順從歸條理，渲染成色絲。繡譜從人看，根柢不在斯。線裝倘多讀，俗氣已先醫。六籍有至味，饜飫不吾欺。詩歌中原菽，采之宜及時。筆花才豈盡，懶散徒被嗤。《拳石》云：拳石固非山，所異含衆妙。盆水養其根，清波收奇陗。隱几靜坐餘，玲瓏見孔竅。光明邁艮占，緇瘦評復肖。惟應蘊藉人，領悟從心照。嶽峙與淵渟，動靜探理要。莫謂如拳小，一拳抵海嶠。

《漢水爲硯》舟發沙陽遇風，驚濤入船窗，濡筆賦之云：古人曾以漢爲池，漢水千年無涸時。今人直以漢爲硯，濡染大筆何淋漓。高浪蹴天太作惡，躍入船窗墨潝落。不畏風波江上生，只愁筆底波瀾多。寂寞滴水雖作一滴用，其中疑有蛟龍動。造物從來性不慳，點滴亦能助豪縱。此硯宜寶傳無窮，沉鬱頓挫生奇雄。漫爲翡翠蘭苕戲，試掣鯨魚碧海中。歌罷擲筆一諷誦，但聞耳邊浩浩來天風。《人日》云：陶鑄從天地，生生譔吉辰。化機流不息，物我意同春。度日休虛日，爲人只在人。襟裾牛馬異，七尺敢辜身。《吊林立甫》云：能遂疆場死，真酬國士知。人材憔悴盡，狗盜草茅滋。武事文儒備，軍威故土思。兩年傳屢勝，贏得沔陽祠。《讀孔伯靡〈江陵志餘〉》云：爲感滄桑獨著書，先生高調有誰如。黍離潛墮興亡淚，蘭佩偕登屈宋廬。風土謳吟多話舊，陵泉憑眺未忘初。史才信可徵文獻，不負三餘是《志餘》。《感懷》云：衛道干城力怕孤，幸哉有子衆能扶。攖懷俗務幾先審，用世襟期亂後無。種樹觀魚皆樂事，評文課讀即長圖。風塵那識心千古，一任揶揄到老夫。

隗希璋 字次如，有《江樓酬倡集》

希璋性至孝，母慈懦，制於悍妾，希璋不得於其父，委宛順承，卒無閒言。善詩，慷慨悲吟，呼天自咎，沒年未四十也。

《訪孔希甫不值》云：雨過夕陽西，暑收歸鳥盡。月色曖空階，桐聲滿清聽。所思人不逢，佇立蒼苔徑。《詩思》云：秋光涼似水，詩思動相關。月小當階靜，江清入夜閑。風聲搖落處，螢影有無間。誰捲濃雲起，飛來望若山。《送兄入粵省視大人》云：離鄉已逾三千里，望眼欲窮十八灘。幾載干戈悲澤國，七年車馬憶南安。風塵骨肉音書隔，雨雪關山道路難。兄得趨庭賢過我，愉顏差可慰親歡。《與友小酌》云：閑來共飲杯中酒，醉後同觀江上春。長笛緩吹風送響，虛堂久坐月留人。詩能避俗清逾好，交到忘形淡倍真。掃盡尋常才子氣，鋒芒收斂使歸醇。《記夢》云：五十年來無限事，此心默默有餘悲。可憐夢裏識親面，猶是生前未展眉。

湖北詩徵傳略卷三十三

監　利

明

裴　璉字汝器，官侍郎，有《野舟集》　子綸

璉弱冠知名，舉秀才，靖江王入賀，見而奇之，召與同舟濟江，賦詩留別。薦入太學，爲御史，不避權貴，成祖謂之"真御史"。與少保楊溥[1]、尚書劉儁、知州何忠、尚書張純齊名，時稱荆南五君子。溥稱其以豪杰之資、敏達之才，能得失不介於心，夷險不易其節。當世謂爲知言。

綸字景宣，永樂進士，官布政，贈尚書，謚文僖，有《泊庵集》。入翰林，直聲勁氣，卓有父風。正統中，王振擅權，綸與劉球數忤振。以他事中球罪，而扼綸不得朝見。英廟問曰："白面裴綸何在？"振始不敢加害。《過新冲》云：籬外寒山映夕暉，清幽真與世相違。中田牧唱驅牛入，遠浦漁歌罷釣歸。石磴雲開山露翠，楓林霜重葉含緋。交游未稔誰猶健，此夜能來賞月輝。《過車鼓湖》云：極目平湖漾綠漪，清陰四面拂朝暉。雲封浦樹人家遠，河繞荒村客櫂稀。蒲葦水寒侵布被，蒹葭霜重潤琴衣。偶逢小艇溪邊過，滿載漁牢蕩槳歸。

劉　忠字良臣，弘治舉人，官知縣，有《橘坡集》

忠宰資縣未幾，即乞歸，長於詩。時寧藩萌異志，禮聘不就，繪《採樵

圖》答之,題句云:婦囑夫兮夫轉聽,採樵須放擔頭輕。昨宵雨過蒼苔濕,莫向陰巖險處行。《柳亭詩話》謂爲夔妃作,語太不經。邑志

李先芳 字伯承,號北山,嘉靖進士,官少卿,有《東岱山房稿》《清平閣集》

先芳,荆州府、監利縣志"選舉門"於進士皆列其名,而舉人未之及,以曾寄籍濮州也。《明史》、《静志居詩話》稱爲濮州人者,殆未溯其原始耳。

伯承與元美、于鱗同舍,皆故等夷。既而七子盛名,狎主壇坫,元美收之廣五子之列,意寖不平。晚逃於詞曲。觀其《詩雋》一書,詳於淮北,遠及巴蜀,而獨黜大江以南。蓋以吴楚揚粤之間,七子實居其五,其微意可窺也。《鄱陽湖》云:吴人臨古渡,湖水接天開。一夜南風起,扁舟萬里迴。波漂星子縣,雲没大孤臺。卻望蒼茫裏,匡廬秋色來。《再過玉河隄》云:馬蹄日日逐紅塵,白髮青山應笑人。昨日玉河隄上過,杏花開盡不知春。《静志居詩話》

于無垢曰:吾里兩李先生,其稱詩不同。歷下以氣骨合神,湛涵萬有,而發以雄迅,意嘗超於象之表。濮陽以才情赴調,融洽衆采,而出以和平,力嘗畜於法之中。譬之五音,歷下則軒轅之鼓,素女之琴,高張急節,鏗鏦駘蕩,足以駭耳洞心。濮陽則昭華之琯,嬴臺之簫,肅雍和鳴,可使龍吟鳳下。蓋所謂異曲同工者。

錢虞山曰:伯承未第時,詩名藉甚。嘉靖七子之社,伯承其若敖蚡冒也。厥後李王之名已成,羽翼漸廣;而伯承左官落薄,"五子"、"七子"之目皆不及伯承。伯承晚年每爲憤盈,酒後耳熱,少年用片語挑之,往往努目齚齒,不歡而罷。邢子愿以臺使按吴,訪弇州而歸。伯承與極論其始末,語已,目直上視,氣勃勃頤頰間,拍案覆杯,酒汁沾濕,子愿逡巡不敢應。後爲伯承誌墓,亦略及之。今之論者,奉歷下爲晉楚。揶揄伯承,使之捧盤盂而從小邾之後。此耳食之口論也。

先芳所著《讀書私記》、《江右詩》,皇甫汸所選《李氏山房詩》,皆採入《四庫書目》、《提要》稱:嘉隆詩社,先芳首倡,厥後王李踵興,遂擯斥不與七

子之列。繼以憤激,乃收之廣五子中。于慎行謂其詩與李攀龍異曲同工,邢侗亦謂歷下名愈高,濮陽苦爲所掩,然修戈偫精,未嘗一日忘于鱗也。

先芳事跡坿見《明史》李攀龍、王世貞等傳,《李傳》云:攀龍始官刑署,與先芳、謝榛、吳維岳倡詩社。王世貞初釋褐,先芳引入社。《王傳》云:世貞好爲詩古文,入王宗沐、李先芳、吳維岳等詩社後,遂各爲標目,有前五子、後五子、廣五子、續五子、末五子之稱。所稱五子,吾楚興國吳國倫、蒲圻魏裳、京山李維楨并先芳而占其四,亦可謂極一時壇坫之盛矣。《瓶隱齋筆記》

夏　茂_{字仲享,嘉靖舉人,官知縣}

《楚江別意卷》云:抱郭村流漲,山扉宿雨收。江光平野色,烟渚浴蘭舟。夢落吳雲曉,人歸楚樹秋。乘高望不極,明月下汀洲。

李　蔚_{字仲文}

蔚工詩能文,與雷檢討思霈相友善。

《贈道者》云:輕裘已敝馬已疲,男子不復少年時。虛教清世逢黃石,何處深山無紫芝？客裏煢煢名暫隱,醉中咄咄意難持。道傍貰酒留君醉,日暮高歌和漸離。

劉在朝_{號長孺,字廣乘,天啟進士,官副使,有《蘭心堂》、《喚蝶齋》諸集}　弟在京

《桐際聞蟬》云:聽蟬覓蟬棲,乃在桐葉下。物苟秉至潔,寄託不易假。桐風揚遠清,響益疎以雅。何言一葉落,玉露遲高瀉。《春愁》云:積雨銷園綺,春愁未有涯。缾空翻畏客,麥盡敢憂花。纔喜鶯初喚,旋看雲更遮。重陰有如此,不獨念桑麻。《客去》云:客去自成睡,村幽天屢陰。湖風吹夢闊,茅屋受秋深。裝薄居頻換,衣單寒轉侵。故人在天末,椷椷想遙音。

《新柳》云：春氣初噓柳，柔條近浦抽。畏扳先照水，學舞早臨流。影短難隨浪，情含欲縮舟。莫隨春日長，嫩碧正堪留。《秋蝶》云：西園無復舊芳菲，鳳子誰教更款扉。欲嗅餘香隨葉墮，幾番清夢挾霜飛。疏林月白穿何見，團扇風涼撲亦稀。荏苒籬邊驚粉褪，沈娘秋老不堪依。

在京字野師，諸生，有《餉耕集》《露草吟》，事母至孝。鼎革後，抗志高尚，《感興詩》有"薇蕨清時容螻蟻，江湖閑夢繫魚蝦"句，爲時傳誦。《浮家》前半云：瑟瑟鳴沙雨，春初水氣寒。已頒秦正朔，同泣楚衣冠。《避寇梁震土洲》云：司空避老山中谷，梁震遺榮漢上洲。予亦白衣蘆荻裡，捕魚沽酒弔新秋。可以悲其遇矣。

張本豫 字清野，萬曆舉人，官知縣

《渝江夜泛》云：江上輕帆向晚開，青山周匝繞溪迴。清風識得遊人意，吹送商歌水面來。

謝 璉 字君寔，號韶石，萬歷進士，官巡撫，有《夢草堂集》

璉初官御史，以忤時相罷歸。會山東兵亂，廷議起璉巡撫登萊，反兵攻陷萊城，因及於難。

《飲嶽麓齋》云：陳氏才名舊，風流君太丘。院深塵自遠，花密徑常秋。遺蹟存先代，藏書滿故樓。偏宜狂客至，樽酒爲淹留。《許昌吊魏武》云：竊據雄圖勢凜然，老奸末路亦堪憐。才名父子無軒輊，篡局君臣止後先。橫槊氣消原上草，分香花冷路傍烟。黃昏車馬牽愁處，烏鵲還飛月滿天。

戴 羲 字馭長，貢生，官署丞，有《陶照軒集》

羲事母以孝聞，國變後放浪山水，終於白下。

《過陳眉公白石山齋》云：峨峨白石山，宛宛虬龍澤。三泖亙迂迴，九峯

環拱幪。穿雲構巖扃,疏石引泉脉。爰彼高人居,禽鳥共朝夕。朝夕此棲遲,松老雲貌古。萑莽蔚蕭森,怪石羅窗戶。窺戶寂無人,圖書滿阿堵。外物有深情,適志在烟墅。烟墅洽招尋,言泛崑山陰。寒陂無異采,扣壑有幽音。盤遊愒昏曉,言論漱淵深。坐此消蓬累,於焉愜我心。我心洵所諧,尊罍復傾瀉。山雨滌松帷,苔髮蒙古瓦。夫子但寥寥,皤然槐陰下。和氣備四時,寧論冬與夏。

謝　邁_{崇禎拔貢,官知縣}

《遣懷》云:丈夫天地在,不必歎遭逢。拙豈詩書誤,休因老病重。陶潛何潦倒,柳惠太疎慵。霜月荒荒白,窺窗一笑從。

國朝

劉懋彝_{字稚恭,順治舉人,有《桂堂詩草》}　弟懋夏

懋彝在京子,年十二以《玉蘭賦》得名。九上公車,名□都下。詩文力攻秦漢,不假時趨。嘗示子弟輩曰:"近人多宗鍾譚,其格纖靡,即到至處,亦不過晚唐。學詩者不可不知。"

《晚登寶和樓》云:清曠離烟樹,浩然得我情。稻香隨浦遠,河影倚闌生。岫色偏當榻,秋光未入城。幾株松欲老,一抹淡烟橫。《曉起》云:啟戶納朝光,衆香環小几。山鳥啼落花,若爲春所累。物理自枯榮,人生浪愁喜。我心何漠漠,此念無起止。鵬鷃孰大小,瞶瞶笑莊子。《禽言》云:提葫蘆,沽美酒,溪上活魚園中韭,萬事等閒且到口。豪家歌舞旦復昏,奈何饑人皆泣走。安得釀黍萬餘石,既醉復飽家家有。泥滑滑,白雲稠。百步一山轉,十步一溪流。春來三月付閒遊,壚婦十八晢以柔。笑勸王孫歸去休,風和草軟君莫愁,繫馬垂楊且上樓。不如歸去,歸去勿回顧。風雨值春殘,短翮無高步,況復北山羅。爲爾頵頵故歸去,且歸去。佳山佳水傍,應有還

鄉路。《麥熟煅磨》：麥熟煅磨，稚子拾穗壯者荷。春來挑菜始炊烟，風雨閉門惟高臥。今日舉家各欣欣，應知小飽勝於饑。泥深秧爛轉堪愁，煅磨煅磨莫浪作。《確齋書至》云：之子今何若，佳音到草堂。亂離愁八載，顛倒札千行。問友名多鬼，全生術是狂。挑燈隨作答，不盡筆倉皇。《雁字》云：遮莫三秋後，書空處處飛。水經隨地注，白簡帶霜威。雨急文多闕，天高理亦微。欲圖中澤苦，嘗爲蔡池揮。法帖稱兄弟，劬勞有刺譏。野謀存路史，塞曲寫征衣。宿蓼花生夢，穿雲編絕韋。一鈎和月上，數畫載蘆歸。駭陣疑魚豕，從人問是非。入春農務曠，封事到皇畿。《真定道中作》云：古墓爲田老樹空，獨餘翁仲立西風。不知何代王侯骨，飛作麥花客路中。

懋夏字公蕃，有《竹齋集》，與兄彝同舉於鄉，才亦相埒。

楊自欽 字端叔，康熙進士，官知州，有《鳴鶴堂集》

《確山曉發》云：依微殘月伴征鞍，濕露侵人怯曉寒。早有耕夫忙似我，鳴鞭驅犢出林端。《雪夜宿三元殿》云：薄暮春寒急，停橈款竹扉。庵深無俗韻，僧古得天機。劇語爐相伴，傾樽雪暗飛。三更歡未歇，曇影正依微。

曾三壽[2] 字山偕，貢生，官教諭，有《月軒草》

一宵風雨春聲惡，桃花落盡枝蕭索。起問桃花開幾時，過眼須臾遂飄泊。桃花無語蛺蝶飛，紛紛不言覓芳菲。花氣隨風忽過墻，東鄰飛蝶已成行。詠落崑至者，成絕調矣。

劉鴻誥 康熙進士，官知州

《文漪齋》云：竹裏小橋一徑通，鳥聲人語憶山中。朱絃綠綺聞湘瑟，碧澗清流隱梵鍾。午枕半窗蕉葉雨，夕陽三畝藕花風。塵喧咫尺全消署，欲擬閑情賦未工。

胡象鴻字顓木,號巢嵐,雍正舉人,有《雲皋詩鈔》

顓木素有名行,邑令故貪濁,輒假詩酒招延邑士,而潛行苞苴。於顓木有加禮,獨拒不與接。令再造廬,鑿坏踰垣,未嘗一面。

《與友人夜泛洪湖》云:偶得閑中侶,蓬然作此遊。浦虛初受月,風定欲眠鷗。避藻頻移櫂,逢荷漸駐舟。遲回來去路,溪口更尋幽。《春齋》云:高齋運甓更誰同,雅意由來負此公。久笑行藏成首鼠,空勞去就問飛鴻。思添短榻孤燈下,魂斷新林細雨中。滿目繁華容易去,啼禽閒自惜春風。《泛舟馬伏波廟》云:輕颿吹浪散平川,古廟間尋蕩小船。樹色曉縈香刹露,山光晴轉翠屏煙。應知西蜀英豪去,已識南陽曆數綿。獨怪桐江風月叟,只留清節釣臺邊。《秋夜資菴堤上閒步》云:清江依岸柳婆娑,微拂涼風暑漸和。嵐氣遙含秋影重,水光靜斂月華多。漁舟細火緣蘆葦,野廟疎燈照薜蘿。當夜百蟲聲滿路,未妨幽伴幾經過。《洪湖欸乃歌》云:新收菰米佐鮮鱗,兒采芰菱婦采蓴。頭白老翁閒醉飽,不知官吏是何人。荇藻灣頭鄰女過,輕橈緩楫漾煙波。撞頭競問漁郎好,今日打魚誰更多。尋取雞頭港汊迷,徘徊歸去晚炊遲。呼兒哺食無尋處,卻在灣前理釣絲。

潘有鯤字圖南,號波村,康熙布衣

《贈歸元和尙》云:高僧罕人事,終日閉其門。一室守明月,半榻臥山村。偶放籠中鶴,依松看白雲。《飲劉氏山堂暮歸》云:飲罷歸來晚,空山夜氣森。月微高樹隱,霜冷薄衣侵。一水斷荒逕,孤螢明野岑。鄉思將欲斂,何處動寒砧。《濯纓臺懷古》云:薄暮寒郊野色蒼,荒臺百尺枕滄浪。鴉號古木西風急,鴈下平皋落日涼。漁父煙波誰和曲,詞人香草漫尋芳。濯纓猶指平湖水,楚些招魂此故鄉。《秋興》云:萬壑秋聲動地號,蕭蕭木葉下平皋。天低南浦雲容斂,雨歇西山日色高。千里歸程空燕壘,九霄風力起鴻毛。我生世路傷多梗,拔劍悲歌強自豪。

胡象龍 字占六

占六生於康熙時，雄才健筆，同輩鮮與爲敵。身既不遇，後嗣又不振，無力梓行，故所著多散佚不傳。

占六嘗於黃鶴樓賦詩云：秋色凭欄入畫圖，神仙何必數方壺。兩峯挾漢南肩楚，一匹長江東走吳。酒價騰高思鶴舞，笛音飄渺倩風呼。長留明月一輪滿，俯看奔濤興亦孤。某中丞見之，深賞"兩峯挾漢"一聯之雄傑，推爲才子。而以"興亦孤"，卜其後起之無人，謂"亦"字當改"不"字。訪其後裔於邑宰，果皆力農。世服中丞之識。然就本詩而論，究不若"亦"字之有神韻也。

程之洛

《譙樓落成，侯童麓邑侯中秋讌集》云：秋色宜於月，秋月宜於樓。古人良有以，登眺恣嘯遊。玉沙城中秋色多，玉沙城頭月自過。自昔有月無月樓，夜長夜短如月何。使君愛月如愛己，特地譙樓對月起。月旋天際漏旋地，聲聲響徹銅壺裏。銅壺裏月月滿壺，金石絲竹交懽呼。樓月相得渾賓主，月色照人美且都。爲樓爲月發高歌，高歌一曲興婆娑。願言樓月長千載，願言對酒挹金波。行矣哉，待漏金門下，金門月皎皎。玉沙一片明，無忘樓月曉。

朱昌時 字亦常，諸生

有《春日示園丁》句云：紅滿林端綠滿坰，好乘佳氣示園丁。荷鋤可使除非種，汲水須教掃浪萍。帶雨澆蔬和露長，隨烟植柳共雲青。忍寒勿負梅花月，瘦影深宵待草亭。

曾紀常 字端銘,號石顛,貢生,官知縣,有《全櫟堂集》

《雜諷》云：鼠託社,蜂寄稷,社稷不食蜂鼠食。汙神之衣嚙神膝,除之未得嗟何及。紅女投梭娼婦被,農夫力田倉鼠費。巧鵲爲巢拙鳩睡,智者造物愚者敝,聖人惡用爲深計。斗粟尺布,櫌鉏德父。一毛可增,千里徒步。吁嗟,揮金非細故,屢櫛不如一沐,羣居不如獨宿。聖人不貴,安知非福。庸人不賤,安知非辱。高歌不已,安知非哭。《過漂母祠》云：韓侯決妙策,神異古莫比。登壇只數言,燎如在掌指。豈其未遇時,一飯無謀理。自來邁俗人,失意類如是。世人眼盡肉,事後論而已。韓侯終貧賤,母也焉至此。一飯至今傳,所遭母幸矣。獨念雉兒驕,弓藏走狗死。等是婦人心,險夷難一視。我行經此地,浩浩長淮水。憑吊古今情,憂傷萬感起。母其可復生,不少無雙士。《種竹》云：以少物爲貴,雖多君亦珍。依然同卉植,所具獨精神。和豈皆從俗,清非不近人。閒居能有此,似亦未全貧。免俗纔今日,成林更幾春。塗窗微有致,掃月邈無塵。肅肅常秋氣,亭亭即偉人。阿誰能徑造,野雀與苔鱗。《賣劍》云：王孫艱一飯,長劍不離身。我故非雄杰,君今向甚人。無顏光共黯,減價氣難伸。莫訝時時吼,應憐但濟貧。《謁楊升庵先生祠》云：時論無如繼統平,天倫爲重位爲輕。臣心愛主常多激,子道尊親亦至情。泣諫原非辭一死,投荒無復倖還生。斯人不向此中老,今日憑誰俎豆榮。《虞美人花》云：數枝窗外結芳叢,名姓堪憐霸業空。舞袖自沾春草綠,殘脂猶滴淚珠紅。秦關寒雨迷荒苑,漢地秋風冷故宮。戚氏含冤呂雉穢,也應有面見江東。《秋扇》云：若謂人情薄,先除天氣涼。此中如悟得,悔不早深藏。《胥江夜泛》云：春江風月自夷猶,兩岸清聲笛倚樓。伍相祠邊空有恨,吳儂歌舞未曾休。《始皇焚書》云：文章有用終難滅,謨典焚餘到底傳。但使等閒將覆甕,不如齊付祖龍烟。

潘家驄 字駕臣,諸生

《讀漢高祖本紀》云：運籌自喜臣三傑,議禮偏難屈兩生。講學臨雍他日事,漢家人物讓東京。《讀博陸侯傳》云:大計頻煩社稷臣,衣冠圖畫冠麒麟。已輸安世爲驂乘,何似阿衡早乞身。天子竟亡微日劍,元勳誰徙突前薪。蓋棺功罪猶參半,徒使乖崖戒後人。

龔傳黻 字雲舫,嘉慶進士,官知縣

《題雪天行乞圖》云:高乞何愁風雨侵,板橋流水氣蕭森。飡霞鎮日希仙骨,嚼雪空山証道心。豈必臥袁驚令尹,還疑訪戴出山陰。關心最是寒梅友,饑忍溪頭策杖尋。

蔡以倬 字卓人,嘉慶進士

卓人天資學力俱超凡品,文筆高華典寔,光采照人。古今各體詩,瑰麗豐碩。所爲樂府,奇逸豪放,雅近陳其年、蔣苕生。

《聞馬柏坪大令出塞感賦》云:初聞姓字入彈章,有詔微臣出朔方。自是聖朝寬執法,從來名士半投荒。天垂落日臨關紫,風捲驚沙入塞黃。知爾夙耽懷古癖,好尋殘碣到燉煌。敢道清時有棄才,沙場真見幾人回。怨深楊柳春風斷,吹落梅花曉角哀。立馬高臨星宿海,射鵰遙過赫連臺。可憐一片關山月,流照還從故國來。看遍祁連十萬山,征人遠上白雲間。夢尋骨肉歸汾水,生捧頭顱出玉關。萬里孤臣悲貫索,重幃雙淚望刀環。君恩不作風霜苦,會看金雞放赦還。

蔡以偁 字黃樓,號季舉,有《蔡季舉遺集》

以偁生具騷才,少年初學爲詩,落筆便古,出語便奇,驚材絕艷,遺世獨立,真有不可一世之概。惜以陸機入洛之年,即赴李賀玉樓之召。邑宰唐公子方爲刻其遺稿以行。

《南郭古梅銘》:吾邑城南有三百年古梅一株,臥地半死半甦,寒甚時著

兩三花。乃爲之銘云：朝涼暮涼霜霰白，大寒小寒窖冰雪。古蘚瘦瘤漬紅血，誤筆墨龍奔救月。上下鎖鈕生銅鐵，古魄現影幽吟咽。嵌心如洞人可越，土怪髮綠鬚焦墨。或左或右立觥觝，二百七十年不蹶。有明正嘉年始植，古城荒濠陰風黑。黃月微微蘇冷魄，我繪形神失顏色，古媚莫肖肉強倔。《冬夜懷人》云：白頭吟望苦憐才，袒褐論交酒一杯。兩目已空天下士，一燈親見古人來。名山風雨懷程雪，今古文章只絳臺。六百言詩情鄭重，開函如聽夜猿哀。吳湄丈。萬人擁看劉才子，君有才名我亦僊。如此牢騷何處著，果然名下不虛傳。平居怒髮三千丈，狂倒江山七百年。此去揮毫金殿上，清平遮莫詠三篇。劉天民。一帆天外下雲霄，離思篝燈子細挑。三載夢魂今夜雨，千秋性命兩人交。大名宇宙艱難得，絕世文章福命消。可訝分馳南北後，相思何處各深宵。宗滁樓。記曾黃鶴高樓夜，一笛梅花吹汝來。歌哭江湖同作客，風塵性命孰憐才。十年夜雨青燈影，幾日春風白玉盃。不訝秋來少鴻便，鷓鴣應上越王臺。龔侍彤。天壤王郎雄一代，大言在舌不能捫。才名霸楚萬人敵，詩勢強秦六合吞。磨蠍孟韓同立命，河梁蘇李劇消魂。不將姓字留文苑，天意蒼茫那可論。王筠亭。武昌門外柳絲絲，惆悵名園話舊知。江上青山才小別，秋風紅豆最相思。匡廬晴瀑三千丈，古硯心香十二時。一紙瓊箋遲未報，夢魂難忘蓼花詩。陳九香。榆村才大今坡老，虎視詞壇氣不羣。十載瀟湘先我客，九嶷風雨正思君。張皇幽渺燃長夜，寢饋周秦作古文。一種青山黃鶴夜，有人彈劍淚紛紛。秦榆村。賤子悲歌重慷慨，先生跋扈太飛揚。窮廬悲嘯天空曠，猛士中宵劍激昂。千古是非容易定，一生知己最難忘。文章萬丈光芒在，何物羣兒敢謗傷？韓慕廬。匆匆曾記送行舟，殘照江聲共一樓。貧賤交情離別苦，神仙殘夢酒杯留。得君纔有滄浪館，似我能翻鸚鵡洲。不是男兒慣凌轢，素心原不博公侯。劉蔭喬。雲中吾楚無雙士，每誦君詩愛似珍。我過重湖平蜀道，天開山峽出才人。結交浪說黃金少，相馬終慚伯樂真。顏色屋梁能憶我，南尋李白定相親。王魯之。有客瀟湘獨奇樓，淋漓十指滿滄洲。短衣我愧歌牛角，畫壁人爭說虎頭。湖海平生霜鬢短，關山到處雪鴻留。何時添我茅屋住，待約先生共聽秋。邵薌白。每從詩卷想南村，因折梅花憶故園。李杜文章光焰大,古今名士布衣尊。神仙騎鶴猶爲客,風雪如君好閉門。何日雞豚歸有約,一尊相對細重論。郭南村。如此大江如此月,神風何處引君來。一從李白騎鯨去,千古英雄安在哉？我輩詞場真跋扈,側身天地試登臺。茫茫四顧休回首,愁絕金尊爲爾開。潘子尚

郭　譜 字南村,布衣,有《南村詩鈔》

南村少喜聚書,治圃築室,羅致花竹,不樂進取。喜吟詩,尤嗜淵明集,章仿而句範之。久乃氾覽唐宋至國朝諸家,以精刻警鍊爲宗。性簡澹恬逸,遇高人勝士,舉觴聯吟,窮日夕不少倦。長吏聞其才名,欲一見之,即鑿坏而遁,其高節如此。《壺天閣觀元資福寺鐘》云:天吳赫怒移海水,駭浪倒卷五千里。荒江華鐘鱗之而,化作蛟龍蹴浪起。電激雷擊猝難伏,八九雲夢飽饞腹。磨牙一怒黿鼉奔,戰血玄黃滿巖谷。百年傲性差能馴,瓊宮日與黿螾親。赤帶不赤翠鱗盡,依然面目全其真。搜奇我來披荆棘,幾度摩挲等銅狄。歘忽長愁霹靂飛,尋常未許鯨魚擊。鴻文寶字留皇元,風雨辟易不敢蝕。乃知靈物自神奇,撝詞不假鬼神力。東方道士今難逢,俗眼誰識鐘非鐘。安得嶄然現頭角,巫掣金蛇驅雨工。鐘明季大水自西江浮來。《聽琴》云:微風吹夜月,冷照石潭陰。何處聞流水,美人彈玉琴。雷翻巴峽急,雪捲海門深。千里昔相憶,今聞絃外音。《崇勝寺題壁》云:萬松圍不住,絕頂露禪關。繫馬日初落,看雲僧未還。昏鴉無去志,古佛有慈顏。不解清泉意,奔流總出山。《月夜湖上訪友人不遇》云:遠移松葉屋,老住石塘烟。終歲飽菱芡,全家疑水仙。夜涼新過雨,澗小略通船。載月偶相訪,弄鷗猶未還。《讀鵠山小隱詩》云:雲霄無意逐鵷鸞,廿載緇帷息羽翰。薄宦不妨稱隱士,名山剛好築詩壇。定從韋柳門中出,謾向鍾譚壁上觀。團扇傳神金鑄佛,人間未信賞音難。《登壺天閣》云:振衣直上白雲層,十二闌干取次憑。奇氣最宜天外吐,高樓難得故鄉登。三巴雪浪當簷落,七澤蛟涎帶雨騰。疏鑿忽思神禹蹟,摩挲古碣問山僧。《題龔小雲詩》云:千里趨庭劍外秋,登臨一洗浣花愁。詩情雅愛清如雪,曾向峨眉絕頂遊。

龔潤森 字木民，道光拔貢，官知縣，有《大螺山人集》

木民英姿卓犖，氣概不凡。工詩，在輦下，諸公皆推之。文豐贍爽達，尤長論事。日未移晷，草數千言立就，犂然曲當人意。

王柏心云：樂府各章，其雅懿者似陸清河、傅鶉觚之擬古，其深摯者直埒西漢歌謠矣。五古力追正始，婉約淵微，唐則射洪蘇州，明則仲默君采，神骨風采，靡不畢肖。唯投贈數篇，有稍軼繩尺者，然雄駿博辯，亦不減蔡澤之說應侯也。

《獨滰篇》云：獨滰獨滰，泥深陷足。不畏陷足，但畏没腹。没腹猶可，滅頂及我。文鷟鍛翮，燕雀挪揄。騏驥縶足，不如蹇驢。虎遊深山，弱肉強食。我欲彎弓，奈無神力。狂風不休，毋渡中流。何爲懷憂，念與子同舟。《鏡換刀歌》余曩得牟將軍寶刀，潘紱庭見而愛之，易以宋宮鏡，因作此歌云：寶刀三尺横秋水，明鏡一盒絕塵滓。刀能立功鏡照心，適用何須分彼此。君不見牟將軍，當年叱咤生風雲。此刀曾殺百萬賊，巍然身作開國勳。潘公子，今詞宗，謂我寶刀詩甚工。索刀再三勤拂拭，重是神物隨英雄。袖中出視宋宮鏡，一堂清若寒冰映。遽思以璧假許田，未屑徒爲烈士贈。解刀奉君心鄭重，感君豪邁特殊衆。世上已無事不平，吾儕得此將焉用。君試挂壁伴高吟，夜夜助作風雷音。我亦時將青銅拂，照出百煉金石心。《寄懷寧海王香坪明經》云：語溪春酒別同袍，三載相思首重搔。江漢水趨吳地遠，東南雲阻越山高。重來感事凋雙鬢，何處逢君醉濁醪。聞道傳經多勝概，未妨垂白臥蓬蒿。《國朝正雅集》

龔經墀 字丹廷，號小雲，拔貢，有《味外味齋詩集》

《懷蔡蘅湘》云：蜀道青天上，崎嶇我向經。老猿啼夜月，急瀨走驚霆。念爾從兹去，斯聲不可聽。吾廬修竹好，佇待醉芳醽。《九江雨泊有懷白太傅》云：孤篷竟日雨瀟瀟，弭櫂潯陽暮色饒。薄霧遠迷廬阜影，雄風直湧大江潮。城頭鼓角聲悲壯,亭裏琵琶響寂寥。苦憶當年白司馬,青山無恙水迢遙。《蕪湖舟中懷南村芷裳黃樓冬壽》云:布帆無恙指鳩玆,碧水青山動客思。濁酒不辭今夕醉,愁懷祇合故人知。吳江波闊魚鱗杳,楚塞雲寒雁影遲。底事天涯淪落久,風饕雪虐誤歸期。《西湖絕句》云:行宮金碧燦樓臺,山色湖光望眼開。羨殺此間閒草木,十三度見翠華來。聖祖凡七巡浙江,至高宗復經六巡。《秦淮泛舟》云:黃梅雨止晚晴生,一舸秦淮載酒行。樓上珠簾樓下水,橫波相映不分明。《荊湖知舊集》

潘學植_{字子尚,號芷裳,道光舉人,有《欲然堂集》}

學植天姿英邁,學問深宏,於文諸體皆工,王霞九學使以全才目之。生平篤於內行,人無間言。邑志

兄生而穎異[3],髫齡作韻語,為先世父駕臣公所器。嘗以先從高祖波村公期之,用是深自淬厲,經史制藝而外,特溺苦於詩。

《古意》云:秋霜一以肅,丹楓蔭長陌。妾心楓樹丹,妾髮秋霜白。苦恨青銅鏡,但照妾顏色。《座右銘》云:瘦狗不投河,狂馬不觸木。飛燕不幕巢,飛鴻不樹宿。物性固蠢然,禍機戒輕觸。愚者昧履冰,達人憚臨谷。九天一何高,大地一何寬。如何攖塵網,坐令彫朱顏。含沙不在水,白額不在山。人心有戈矛,乃在談笑間。《送晴舫》云:之子如寒鳥,並無枝可依。鄉心驚落葉,江色上征衣。明月漢陽樹,白雲黃鵠磯。著書須更富,吾道豈全非。《古寺夜坐》云:童子垂頭睡,老僧攜缽歸。寺荒門閉早,夜冷客來稀。鶴夢不離樹,花香時上衣。悠然鏡明月,清磬發禪機。《山寺看桂懷南村》云:上方如此靜,零露濕庭柯。涼夜得秋早,古香供佛多。美人共明月,何處發高歌。欲摘一枝寄,遙遙湘水波。《懷人詩》云:風雪送君去,江梅笑向人。思君今日苦,楊柳為誰春。故里荒榛滿,良朋墓草新。_{謂蔡薇薌。}魚書遙寄我,一字一傷神。_{王子壽比部。}楚江煙雨渺,詞賦易悲秋。遲暮美人感,別離兄弟愁。昨余得雙鯉,聞子已荊州。良夜共明月,扁舟何處遊。_{蔡黃樓茂才。}高歌常擊筑,小隱愛逃名。白屋仍如故,朱顏忽已更。豪情爭髮短,

春草共愁生。載酒尋詩地,迢迢古郢城。陳琴希文學。草檄頭風愈,彎弓金石開。侯封屯骨相,吏隱老雄才。冷帳孤鸞夢,殘年舐犢哀[4]。愁聞天末鴈,清怨却飛來。左季穎通守。《冬夜》云:黃葉蕭蕭下,聽鴻獨倚欄。薄雲不成雨,暈月易生寒。客思爭宵永,人情共歲闌。料應小兒女,計日數征鞍。《題藻湖垂釣圖》云:蓼花開上岸,秋意洗塵襟。垂釣者誰子,藻湖深復深。橫吹老漁笛,高和水仙吟。吾亦多幽興,煙波何處尋。《湧翠樓晚眺》云:餘暉澹將夕,秋閣易生涼。殘果留寒翠,空山近老蒼。詞華梁苑盡,霸業渚宫荒。焉識後來者,高歌有楚狂。《重陽獨酌》云:當杯不飲惜蹉跎,載酒高樓獨嘯歌。千杵寒砧催歲暮,滿城黃葉奈愁何。至今楚客悲秋易,終古重陽苦雨多。記插茱萸偕二妙,謂南村、小雲。晚風涼月醉煙蘿。《題桃花扇傳奇四首》云:歌場舞席快須臾,三百年來此樂無。曲寫烏絲關廟算,詔求紅粉急兵符。偷安半壁魚遊釜,多難中原鳥集枯。老去詞人留史筆,眼看麋鹿上姑蘇。玉樹南朝首重搔,家居撞壞惜兒曹。藩鎮有權爭雀角,寧南縱死貌鴻毛。元戎一綫千鈞挽,血淚澪澪濕戰袍。滿地烽煙殺氣驕,秣陵風景頓蕭騷。美人亦附清流重,狎客能成古道高。舊恨難淘淮海水,重遊不見武陵桃。二分明月真無賴,曾照笙歌飲興豪。軟水溫山夢不留,繁華金粉忽回頭。桃花歷亂成紅雨,紈扇荒涼已素秋。商婦琵琶新曲恨,宫人天寶暮年愁。管絃爲譜興亡事,歌哭當筵感未休。《詠史》云:座上交遊酒不空,平生肝膽與人同。如何巢覆無完卵,獨有元升哭孔融。擊筑高歌壯士驚,圖窮匕首竟無成。何如巾幗英雄氣,白日都亭血刃橫。

龔紹仁 字九曾,道光進士,官主事,有《龔農部詩稿》

九曾少英邁,弱冠舉於鄉。及改官户部,不樂處郎署,假歸。息意仕進,沉酣古籍,盡發之於詩歌。資稟絕人,益以覃思深造,上溯風騷,下迄杜韓。凡有作,務殫其思之所能鈎致、力之所能追躡,奧衍閎深,瑰麗雄鷟,必與古人貌合神肖,然後出之,意乃大愜。于輩流中少所許可,狹其體格,或不一盼睨,其刻意如此。

《布裙歌》康熙初周總戎士元幼依外舅蘇,時夫人亦幼,勸使從軍。周官貴,有妻子,還鄉聞夫人尚在,乃迎取而去,年五十餘矣。布裙蓋臨別信符也云:農家那得有此女,布裙離合節獨苦。我尋舊幅煙霧銷,道著黃裳繫萬古。錦袍金甲周將軍,飄然長往音不聞。白首歸來亦何意,月凉擬聽秋唱墳。豈知盤錯根株存,罡風幽谷揚蘭芬。爺孃没後女安托,夕趨野樹晝趨郭。毁形倐忽成魑魅,覓食艱辛采藜藿。最是窮冬朔風寒,冰天雪窖夜漫漫。敗葉任隨縞衣捲,修竹曾無翠袖單。瘦骨百煉鐵,布裙猶牢結。思親泉下花斷腸,望夫山頭石流血。畢生倘弗將軍面,從容義詎怨貧賤。沉埋故劍胡爲求,蒼茫真宰完璧酬。女史荆布管彤煒,況茲破布泣神鬼。寸麻升葛天地經,濯盡湘江九派水。嗟哉藍縷褒丹綸,七襄今化支機雲。離布裙,合布裙,奇女乃有蘇夫人。《土洲懷古》邑北五代梁震棲隱處云:吾邑沮洳環洞庭,六朝始見今邑名。蕭詧偏隅曾置郡,地無人傑安能靈。嗟我衹隨草木朽,歸養苦饑復奔走。昨者璚臺仙觀過,勝迹欣逢土洲口。層城縹緲凌碧空,碑承贔屭琳瑯宫,大書荆南處士梁公退居於其中。何年舍宅以奉道,公之隱見出没亦猶龍。廣明妖讖生羣凶,岷峨遙望悲途窮。自稱唐時前進士,同時亮節羅江東。孤踪本軼塵埃外,豈容相混高無賴。昔聞邑有離騷湖,又有伍里鄰申胥。荒煙蔓草風景殊,疑信空傳枌與榆。孰若遺構巋然殿存魯,寒陵況共片石語。誅茅宋玉定如許,此與鹿門足千古。韋杜徒誇天尺五,我來但見秋澂皓月照公宇,香送幽蘭滿公户。杯酒澆公荆州土,匹練橫飛劍起舞。

龔縑緗 字星槎,官知州

星槎少有逸才,不規規於繩尺,爲文洸洋放恣,不可一世。佐唐公鄂生軍,由諸生薦授州牧。

《登獅子山有感》云:巉巖勢聳碧雲霄,江上雄風撼夕潮。南紀雲開衡嶽近,東陵波蹙海門遥。兵戈擾攘愁奔馬,身世蒼茫感敕貂。翹首湘靈何處是,千秋長憾水迢迢。

王柏心字子壽,一字冬壽,道光進士,官主事,有《漆室吟》、《百柱堂集》、《樞言》 子家仕、家遇

柏心幼警敏,長通經史百家之言。爲諸生時,著《樞言》十七篇,婁縣姚椿、益陽湯鵬擬於《申鑒》、《中論》。林文忠則徐督楚,令諸子師事之。邑志

先生品學高卓,蔚然名儒。釋褐還山養母,當道交辟皆不赴。同治初元,應詔進經,論封事得旨,存宏德殿備乙覽,時人榮之。古文駢儷,各體皆工,而詩尤精。孫芝房侍讀序謂"雄麗深博,源出漢魏,要歸於杜"。蓋確論也。少作皆未存,刊行者斷自咸豐壬子。凡時政之得失,用兵之方略,具見於是。即贈答寫景之章,時露憫時憂國之意。喜誘掖後進,片善寸長,稱誦不絕於口。海内以詩文求正者,戶限爲穿,曲成獎借,無不滿意而去。沒後,湘陰爵相奏請入《國史·文苑傳》[5]。近代文人言行相乎、終始享令名而無慚似先生者,鮮矣。世居螺山,當時學者稱爲螺山先生。

彭漁叟曰:吾鄉近代稱詩者,自劉海樹、孝長兩家而後,首推子壽。子壽於四方交游,謳吟贈答,恒無虛日。以故四方之懷珠握玉者,莫不挾一卷以贄於其門。風雅所宗,隱然東南一壇坫也。陶樑云:余之至楚也,楚中士大夫無不譽子壽者。既而子壽來荆南,與余相得益歡。察其志,恬靜寡營,外和而内介。其各體文皆工,而詩尤雄秀峻整。世皆以何大復目之,子壽益退然不以自高。所教者行己之節,所講求者古今賢豪之出處、政事設施之本末,其意欲有所用於當時,非止爲詩人而已。

余在京師讀子壽詩,鍾聲煉響,有前明何李餘音。楚北故宗鍾譚,而公安一派人亦奉爲圭臬。子壽不爲所囿,殊可貴也。集中有學太白者,如《送員八歸華陰》云:蓮花不可掇,余欲躡蒼龍。子去雲臺下,門臨太華峯。飛泉搖石月,晴雪挂崖松。爲我拂幽磴,將期跨鹿從。《寄心菴詩話》

先生律詩步伐整齊,音節高亮。如《寄唐子方先生》云:使君投袂起烟蘿,壯志真如馬伏波。聖主頻煩丹詔重,老臣惟仗赤心多。風雲大旆晨籌筆,冰雪滄江夜枕戈。早識功成辭上賞,扁舟仍返舊山河。以投袂起,以扁

舟收，結構尤密，允爲七律典型。《言志詩輯》

張仲遠觀察與先生文章氣誼當世無兩，觀察没於滬上，先生哭詩有"槎懸博望天邊節，聲散成連海上琴。楚詞哀些成孤唱，吳語清談失此人"句，極沉痛。《苦雨》云：無石補天漏，何人挽陸沉。"陸沉"、"天漏"，真強對也。五律多沉著渾穆之作，別有一種冲澹雋逸，置之王孟集中所不辨者。《曉渡裡湖》前半云：旭日破湖煙，湖光淨可憐。客心喜蕭曠，風物助清妍。七次首入手云：至潔不可唾，吾尤愛此湖。起五字如置身冰玉壺中，謂非仙才耶？《瓶隱齋筆記》

佳句如：柳競晴皋綠，花先戰地紅。遙峯延落日，疎雨送歸雲。雲根棲岫冷，峯影倒江深。離心將夜月，流影度重湖。挾風霆四擊，穿雨電橫飛。莽莽川原合，沉沉天地寒。凉月又將墮，幽人殊未來。天圍平壤綠，日浴晚波紅。光到極清處，興當孤往時。漲走千巖瀑，江吞萬里天。九天驚戰略，萬馬蹴秦雲。袖攜五老月，帆挂九江雲。奇傑多兵死，朋游半國殤。東風吹眾綠，著意媚晴湖。微雲不捲斜侵漢，凉雨無聲暗度秋。閑中閱世成孤憤，醉後論才隘九州。不必江郎工賦恨，自然楚客易悲秋。世事尚憂烽火赤，家山遙隔洞庭青。披君藻思千重綺，坐我松風萬壑陰。蕪約遠青浮隴合，柳搖晴綠過江來。幾樹早花明戰地，一江新水送春愁。《送左宮保西征》云：秦塞貪狼芒盡斂，唐家回鶻運方衰。《感事》云：不惜黃金填壑盡，惟期白骨換功成。赴難猶慚陶太尉，尊周空慕管夷吾。避地浮湘同太史，長歌入楚悼靈均。烟雨鷗波春泛棹，風雷虎幄夜談兵。皆格高調響，經百煉千錘而成者。

《新安行》云：二十萬軍作降虜，一夜盡化冢中土。降將三人獨不死，秦人痛之入骨髓。嗟乎秦人汝安知，長平鬼哭當怨誰。禍莫大於殺已降，古來蹈此皆天亡。楚人屠秦楚亦斃，子弟無復生還鄉。君不見入關約法父老喜，長者西來作天子。《竟陵遇徐仲章》云：飛蓬相遇古滄浪，短髮驚看漸欲蒼。千里行吟雙涕淚，十年知舊半存亡。天垂廣澤星辰大，秋盡平原草木霜。地下龔生嗟竟夭，如聞楚老泣蘭芳。自註兼悼孝旗。《寄春木丈鄂州》云：七澤棲棲歲已闌，鄂王城下盛風湍。游談不慕燕烏集，姓字將傳楚鵙冠。永夜羈懷天地迥,高歌江國雪霜寒。羅含庾信猶堪訪,搴佩期君擷芷蘭。《大別山》云:一自山名題大別,人心對面忽千重。何當橫剷山頭石,更造人間會面峯。禹跡初開誰送別,湘娥去後總銷魂。山臨江漢流難盡,疑是開天古淚痕。《國朝正雅集》

《答耀卿》云:當風鼓瑤瑟,嫋嫋朱絃音。曲調亦何古,江水亦何深。誰人為此奏,遠道貽朋簪。峽江下荊渚,連山多嶔岑。江山杳無盡,離思浩難任。烽塵暗南北,戎馬猶交侵。遊麟未服軶,飛鳳不在林。豈無俊與傑,草間多銷沈。世難且未息,安知真宰心。願言保金石,無事徒沾襟。《古詩二首贈黃生耀廷》云:翾飛萬羽族,見此孤鳳凰。天生九苞采,五色為文章。振翮必千仞,一鳴中歸昌。百鳥愕且愧,相與革其吭。自從岐周來,下逮漢與唐。此鳥久不至,戢翼丹山藏。萬象欲闇沒,樂府無宮商。孰知邂逅際,覯此希世祥。我乃重此鳥,羽儀邦家光。誰其拜表獻,致之阿閣傍。昔我駕車出,北上黃金臺。風雲何莽蒼,寥落復歸來。世事若網解,宴安俄召災。弄兵起赤子,白骨丘山堆。中夜每太息,空悲年力頹。節鉞鬱相望,撥亂何人哉。昨者見吾子,蘊蓄誠雄恢。隱然負國器,被褐猶塵埃。願言擴遠略,經綸應雲雷。文字不足役,汩沒徒堪哀。縱然儷楊馬,詎當公輔才。《枕上喜雨》云:空外雨聲猶未至,風聲已挾翻盆勢。初聞淅瀝斷復連,俄頃天瓢注平地。犀軍萬弩金鼓鳴,鐵騎蹴踏沙場行。漂疾震蕩未若此,耳中但作波濤聲。帝命百靈夜奔走,蓱翳當前豐隆後。海倒江翻萬瀑飛,溝奔渠溢百泉吼。朝來老農定色喜,喜見鷗鳧浴田水。昨者槁禾今更青,秀色郊原欝然起。《師克金陵志喜》云:空中赤焰流天關,天狗隆隆河鼓間。奔騰直度女牛次,東南正墮金陵山。獍穴梟巢逾十載,一朝天意付葅醢。猛士休誇不世功,黃金填壑骨填海[6]。先是五月廿七夜,天狗起,河鼓下,赤焰燒空,有聲隆隆東南墮,滅賊之兆也。天生龍虎帝王宅,豈汝么麼敢稱逆。跳梁自負頭觸山,禍至安能逃裂磔。赫赫朝廷拱百靈,妄矜詐力盜關扃。妖腰亂領何須惜,徒使山川蒙穢腥。增陴累堞高至天,塢金窖粟何連連。怒行屠戮喜歌舞,自謂坐支年復年。九天赤電燒蛇穴,垂死豺狼自相齧。兇魂雨黑無號聲,霹靂一震萬鬼滅。捷書飛奏甘泉宮,何數周家江漢功。告廟賜酺頌懋賞,虎臣方晉侯與公。兩宮歡顏慰文母,陛下神龍復聖武。冲齡撥亂成中興,更望憂勤法聖祖。《病中志愓》云:曰余違攝養,憂切倚閭心。親老慈彌篤,兒疎咎實深。自期歸信宿,猶涉病侵尋。小愈即趨侍,從茲跬步欽。《秋夜聞蛩》云:微蛩爾何怨,苦調夜方遒。訴盡古今恨,吟殘天地秋。金牀回斷夢,玉管輟清謳。壯士且悲咽,何言兒女儔。《僧邸》云:名冠中興將,勳高異姓王。聞聲啼乞活,卷甲蹴奔亡。不覿騷除易,誰知殺伐張?人言師過處,隴畝自耕桑。《奉憶申甫師零陵》云:豺狼仍率野,麟鳳未歸朝。迹異衡山隱,心寧魏闕遙。潘輿隨轉徙,蔣徑任蕭條。時有巖廊夢,猶依北斗杓。《耀卿所業益進於古,詩以策之》云:駸駸駒隙度,志士惜馳暉。門外落紅滿,不知花盡飛。淵懷超意象,古義測深微。力掃牛毛盡,方成麟角稀。《舟次對月》云:身外惟明月,揮杯聊勸之。古來人不見,今者我爲誰。光到極清處,興當孤往時。長庚下窺飲,吾醉亦安知。《即興》云:草色乘煙雨,翁然綠一山。朝來擁新黛,窺我雙扉間。靜聽鳥皆樂,始知春已還。頓令清興發,遊屐莫教閒。《留滯》云:萋萋芳草外,迤邐帶煙潯。野暗綠無縫,汀回雲更深。悲歌消壯氣,留滯損春心。已是紅芳謝,何堪風雨侵。《至日抵家》云:老尙諸侯客,文章詎療貧。猶欣長至節,得作遠歸人。雲擁松蘿翠,天回竹柏春。倚閭寬望眼,笑語慰慈親。《病聞鄂州水軍大捷》云:閉門節序丹榴發,臥病滄江白髮生。忽報奇兵焚賊艦,遙傳殘孽泣圍城。天涯亂氣全當掃,枕上沈疴頓自輕。未覺頹年殊少壯,猶思淬劍往屠鯨。《悲歌》云:唐家畿甸化爲烽,不失河山四塞封。猶幸江淮通轉運,未妨關輔闕租庸。豈聞飛輓諸方梗,但倚滄溟萬里供。廩廩軍儲籌不易,徒勞仰屋大司農。趙佗臺畔啟戎機,颶母風號海水飛。軍似棘門真可襲,節隨橙客竟無歸。冠裳鱗介寰中雜,城郭人民眼底非。欲斬長蛟無利劍,空教志士日歔唏。鑿空奇情鄂渚喧,夸艘入泊楚東門。鮫人濯錦臨江漢,鼉族移潭挾子孫。百變水嬉成曼衍,雙流天塹撤籬樊。珠盤玉敦交歡甚,鈴閣樓船送舉尊。登壇再起應河魁,慷慨臨戎尙墨縗。廬墓詔催鵬舉出,收軍人慶子儀來。指揮立變旌旗色,奇傑先羅幕府才。破膽威名堪走敵,今看楚塞廓氛埃。《古愁》云:真人黃鉞下燕關,於鑠神功宇宙間。玉檢告天標日月,金甌括地鞏河山。千年文軌通諸夏，重譯梯航走百蠻。列聖聲靈猶赫濯，甄虞陶夏迥難攀。天威無外讋滄瀛，誰料波臣敢弄兵。跋浪盡驅蛟蜃族，傳烽直薄鳳凰城。八關都尉環畿甸，七萃戎車列禁營。聞道柏梁臺盡燬，離宮炬火徹宵明。家世陰山貴且強，出身爲國埒橚槍。親提代北沙陀部，羣倚汾陽異姓王。直奉心肝扶社稷，不容鱗介易冠裳。捷書早晚迎鑾速，送喜騰聲遍萬方。《贈余楷堂》楷堂江都人，以避亂客吾里云：二十四橋無覓處，一千餘里未歸人。暮年回首昇平夢，故里傷心戰伐塵。鐵甲照殘邗上月，瓊花吹斷廣陵春。東還莫作蕪城賦，萬代千齡最愴神。《彭漁叟觀察還自成都出示蜀中近詩題云》：三休臺下回帆泊，萬里橋邊載酒還。檄草未開滇瘴癘，吟毫猶壓蜀江山。凌煙人詡飛騰速，枕石天教歲月閒。盡斂經綸詩卷裏，豈惟餘策足平蠻。《僧親王戰没濟陰》云：威名上將河魁宿，貴族陰山日逐王。忠慰龍顏勞戰伐，禍輕蠆蠱失周防。飛書昨尙馳三捷，猛士今誰守四方。圖像麒麟終已矣，蹶蹄天馬竟摧傷。徵兵朔漠度燕關，鐵騎雲騰甲盡擐。百戰澄清半天下，十年鋒鏑老行間。親聯肺附恩尤重，志決身殤事益艱。涕淚誰扶天日月，英靈長護漢河山。《寄淵甫雲梅醇夫耀卿仲深》云：垂老滄江擊楫行，征西幕下許論兵。人言捫蝨無卿比，自笑屠龍枉技成。天下風塵猶擾攘，望中丘壑有豪英。會須痛飮章臺畔，狂態雄談莫遽驚。《送曾沅圃宮保謝病還湘鄉》云：撐天七十二芙蓉，下有湘流繞碧重。間氣英豪能汗馬，一門兄弟總人龍。棣華競耀千秋烈，茅土同膺五等崇。小耿威名如大耿，手提江表入堯封。《晚泊》云：墟落露沙尾，榜人道可艤。雲陰垂遠蕪，送綠一江水。《亂後志哀》云：二郡蕭然荆棘裏，縱橫賊壘遍郊坰。鯨鯢血作江中水，風雨寒濤不斷腥。《舟過赤壁》云：輕浪東流故自閒，烏林赤壁曉雲開。春風不管英雄事，吹綠年年江上山。《渡頭》云：楊柳依依覆渡頭，清陰低護往來舟。一壺幽綠無人惜，傾作連天碧玉流。

家仕字信甫，有《彤雲閣遺詩》。家仕誕時，母感異兆，生而有紫胞之祥。方髫齔，奇悟過人，沈敏寡言，風神四照，皎如玉樹。八歲其母亡，粵寇起，舉家竄避，兒亦荒廢失學。比成童，智識猶昏昏也。余初以廢才目之，娶婦於江陵鄧氏。甫踰冠，忽銳意博覽載籍，自經史諸子百家衆說，瓌奇怪瑋一切秘笈，窮探力索，鈎考融會，忘寒暑，廢寢食，不少休。如是者五年，乃始馳騁文字。余偶見其與人書，雄直有秦漢間氣，始大驚。以太學生兩應鄉舉不得志，又悼亡黯然神傷，得咯血疾，猶力學如故。黔陽唐鄂生廉訪有知人鑒，見而賞之，許字以從妹。遣使來迎，扶病入蜀，僅能成禮。再閱月，疾甚，乃攜新婦泛舟歸，抵家七日而死。兒初治古文，好經世學，後忽置之。治雜體詩及駢儷文，不輕示人，且多不留藁。死後余於綏孫所掇拾蒐輯得若干首，曰《彤雲閣》者，其詩也，曰《絳雪齋》者，其文也。兒嚮學稍晚，而學成乃最速。不假師友之指授，不蹈他歧之回惑。獵微窮精，僅五稔遂能頡頑千載，跨越羣流。藝苑中搴旗陷陣，居然見孫伯符、李亞子之英風，可謂異矣。節子壽先生自撰家傳

　　子壽先生諸子皆饒家學，工詩古文詞。長孝曾廣文家遇，次仲興文學家隆，信甫其季也。生而岐嶷，材大氣豪，清言屑玉，劇似六朝中人。摛詞古艷，亦兼徐庾之長，先生尤愛之。余與孝曾同客任小沅中丞幕，道義切劘二十年如一日。每鄉試來鄂，必延諸昆季說詩論藝，作竟日雅集。信甫麈柄獨揮，雄談驚座，人望之若神仙焉。乃信甫先朝露，仲興亦繼之，猶幸孝曾無恙。今試期又值而元方不至，詢其鄉人，詎孝曾舊春已赴修文詔矣。秋風永隔，腹痛曷勝。輯信甫詩，益不禁感舊傷逝，老淚之琅琅。　予於子壽先生有私淑之誼，而信甫平居論經史疑義，與予尤有針芥之合。每偶聚，輒流連而不忍別。初以爲君固深於情者，遽今日竟踐身後定文之約耶？痛哉！

　　《登黃鶴樓》云：斜陽江樹渺無極，鸚鵡年年芳草碧。危欄俯瞰藐塵寰，隱約梅花橫玉笛。畫棟凌虛跨彩虹，般倕巧與神爲功。鳳騫龍鶱出霄漢，呼吸已覺太微通。興廢有時淚暗灑，況復當時躑銅馬。飄零三戶等晨星，天邊黃鵠飛難下。庾亮陶公事偶然，繁華電捲速江煙。江山文藻煥仍新，東海近已桑爲田。蜃窟蛟宮迷漢水，屑火積薪胡致此。眼前風景可憐朝，乾坤莽蕩悲歌裏。《寄唐鄂生廉訪，時駐師黔南》云：定遠君應燕頷侔，長纓已繫夜郎侯。霜飛虎戟長城峻，月照熊旗大樹秋。鬥智囊儲三術略，攻心籌著七擒謀。中興年少推荀羨，朱鷺歌翻競病傳。丞相瀘南五月勤，千山

赤羽射朝曛。瑂戈電掃三苗瘴,鐵騎星飛六詔雲。緩帶風流羊太傅,投壺禮樂祭將軍。登壇頗牧紓宵旰,武庫文雄世罕聞。《再寄鄂生》云:衣錦題橋誇馴馬,何如仗鉞駐歸驂。河山泣下新亭感,兵甲胸饒武庫譜。僰音匐道捷馳天闕北,弧星威照夜郎南。依劉幕府容王粲,捫蝨思從座上談。當關持節比唐蒙,卬僰山河破碎中。羽戚珉階敷帝德,油幢玉帳啟元戎。方驚闢澤名標月,待草陳琳檄愈風。羣盜莫窺韓范壘,尊前形勢聚山同。盜弄潢池絶徼攻,相如馳檄早乘驄。星橋佩虎三刀貴,露冕圖麟八寨雄。表餌諸猺龍可豢,梯航重譯雉還通。磨崖頌媿無英藻,待紀燕然漢將功。《詠史》云:景陽宮裏奈何春,朱雀航南莽戰塵。六代蟠龍山祀蔣,一時擒虎衆平陳。堪憐璧襯趨降虜,定悔瓊花賦美人。當水朱門亡國怨,江都遺憾未爲倫。《輓姊丈蔡小樓》云:零落朱陳累世婚,山丘華屋慨生存。泉途暮夜芙蓉國,寒雨秋江橘柚村。縱有騎郎堪作誄,幾曾騷客擬招魂。雞豚未酹喬玄墓,愁聽山陽笛到門。《呈張子衡廉訪》云:使君擁節桓南郡,飛將彎弧李北平。萬里鵝湖歸講學,三年龍塞未休兵。何來白簡成婁斐,長有丹心答聖明。小草何曾無遠志,東山還爲起蒼生。《漫興》云:但有驚人句未工,此行還負峽遊雄。排空石骨環蒼兕,浴日波光捲白虹。暝色孤猿啼樹杪,鄉心歸雁入雲中。吟魂怕問東流水,日暮河梁任轉蓬。又前半云:霜風獵獵拂征裘,強半離情付酒樓。百道飛泉趨海嶠,千山殘雪照梁州。《戲題畫蟬》云:瑟瑟西風颭稻芒,一燈空照水雲鄉。長卿没後文君寡,任是無腸亦斷腸。《夔門夜泊》云:血色羅裙玉色柔,夔州風月勝江州。孤帆明發青山道,不載銀箏總載愁。酒痕襟上曉猶濃,回首雲山思萬重。好夢易隨流水去,清眠愁攪梵王鐘。霄漢舢稜閶闔迥,江山文藻亂離多。霜前白雁寒驚我,月下黃花瘦認君。變楚風騷開屈賈,游梁詞賦重鄒枚。

【校記】

〔1〕與,原文脱略,據文義補。

〔2〕曾三壽,原目録作"曾壽三",條目及正文作"曾三壽",據同治《直隸澧州志》卷十一"監利縣"改。

〔3〕"兄生而穎異"段,潘學植並非丁宿章之"兄",此處摘引潘氏家族所提供之資料,未注明出處,亦未改變敘述身份,容易導致誤解。"波村公",即是本卷之潘有鯤。

〔4〕舐,原作"甜",與"舐"形近而訛。

〔5〕"湘陰爵相奏請入《國史・文苑傳》"句,原文"奏"字後復衍"奏"字。

〔6〕填壑,原作"壑填",據王柏心《百柱堂全集》卷二十四改。

增訂

楊自欽

自欽弱冠爲博士弟子[1]，年垂五十，始掇第。寢饋經史，以古文名。尤能以古文爲時文，高渾雅淡，追蹤震川。詩沖逸樸茂，亦入晉人之室。刺曹州，頗著政績。

《雜興》云：晨起立階除，秋風襲我襟。北方寒意早，悄然動客心。客心何所觸，俯仰古與今。子晉緱山鶴，子春海上琴。悠悠千萬載，古意渺難尋。隙駒忽已逝，辜負簷前陰。我欲遊朱門，閽人目如電。我欲入闤闠，喧雜令人眩。往來摽聲氣，交道存一線。周旋修世態，飲食歡筵宴。貌親中不親，肺腑不如面。冷眼成疏慵，閉門自消遣。不敢受人恩，責報情易倦。不敢受人侮，立身畏苟賤。同我素心人，晨夕弄筆硯。《讀鸚鵡賦》云：炎德將終群雄起，龍騰虎驤摽姓字。曹公舉網弋賢豪，軼跡駿骨汗千里。閫外幕中盡英奇，指揮能將山岳移。咄咄禰生稱奇絶，浩氣千秋獨抗之。兒命融修奴視操，當年撾鼓氣縈豪。胸中止痛漢天子，眼底寧知忌賊曹。舉座震驚歌舞罷，烈腸憤激吐奇罵。鬼蜮氣奪怒變嘻，驅逐才人走江夏。江夏凶狠如虓虎，適逢隴西獻鸚鵡。奇禽遭際獲奇文，揮寫風流驚儕伍。漁陽弄後氣未平，慷慨忽作變徵聲。毛羽自憐悲飄泊，音調渀然最淒清。吁嗟乎，邦國殄瘁人已去，曰是先生求死處。求之不得發奇狂，遂令碧血化烟霧。黨錮諸君樹芳名，清流後勁屬正平。自是俠腸不苟活，黃祖烏敢殺先生。君不見鸚鵡洲前芳草碧，長江悲哽咽危石。祇今秋雨夜瀟瀟，猶聞投筆長太息。《避風》云：秋氣結雲雲痕濕，西風吹江江波立。蘆折葦摧鳥驚啼，濤嚙石根山岌岌。落帆廻舟趨小港，舟師奮呼蒼龍縶。夜半烈烈復淒淒,冷月黃昏鬼神泣。銀濤雪浪撼遙天,長鯨奮鬣衝浪急。挑起篷窗望長干,寒風雜面旅魂澀。港邊老翁抱魚罾,穩坐磯頭捫蓑笠。《酌酒漫賦》云:初春去底急,芳歲任蹉跎。休問梅花信,只贏酒盞多。乾坤容懶癖,風月是詩魔。不盡平生意,酣餘自浩歌。《下太行山》云:山行經幾日,山盡得平原。十里紅垂柿,千家柳護門。馬羸頻喘路,客倦欲投村。更是驚心處,東南掛雨痕。《檢杜工部年譜》云:奇人底事老風塵,楚水巴山秋復春。家國關情詩數卷,兵戈滿地客孤身。半生歲月愁相絆,千載騷壇道不貧。止剩當年遺譜在,秋風何處覓斯人。《汀洲登雲驤閣》云:雲驤高閣踞城隈,繞閣風光向曉開。山峙臥龍當北鎮,江橫鄞水獨南來。萬家煙火圍春色,四壁峰巒落酒杯。自昔甌閩稱奧壤,望中形勢亦雄哉。《潮州謁韓文公祠》云:文章風節許誰攀,屈指先生第一班。佛骨若辭倡讜議,鱷魚焉肯靜波瀾。風披海國綿遺澤,祠對山城鎖急湍。此日升階重下拜,千秋生氣肅衣冠。《夜飲》云:連朝濕霧暗春城,花徑蕭疏落葉橫。為覓新詩尋好友,卻逢歡飲洽幽情。文章千古天難問,風雨今宵劍欲鳴。遮莫笑儂狂興熱,高談相對足平生。《偶感》云:蠛蠓紛紜趁日光,僵屍無計避針鋩。買山欲向山深處,朗月秋風伴虎狼。

李　衢 字亨甫,乾隆舉人,官知州,有《務滋堂詩古文集》　子懋莘

衢少從武進莊綸渭遊,得其指授,詩古文詞皆卓然成家,令江西多善政,擢任知州,即致仕歸。

《書建昌旅壁》云:鳩性由來拙,鵲巢詎可營。一官當暮景,萬里且宵征。襆被驅羸馬,停鞭啜冷羹。低徊往日事,欹枕聽雞鳴。《宿通遠驛》云:去路險如此,吾行安所之。山城秋雨驛,燈火古人詩。糧絕無餐授,諸甘作米炊。吁嗟爾黎庶,何以免啼飢。《阻雨》云:落葉憑風捲,濃雲壓嶺平。漫經三日雨,空憶九江城。屋老寒蟲集,林昏野火明。晨興聞鵲噪,應喜放新晴。《潛山道中》云:日出山城曉,秋風快馬蹄。雲開樵嶺峻,水漲板橋低。竹筏人爭渡,霜林鳥倦啼。桐鄉何處是,茅店午鳴雞。《出章江門有感》云:

一官落拓幾經春,到老徒餘薑桂辛。蠡水風波原可畏,廬山面目那能真。只求清白無慚我,何暇乞憐更向人。行橐漫嘲仍舊物,此間各自有傳薪。

　　懋莘字果山,道光拔貢,官廣西州判。值髮逆初起,任龍州,與戰屢捷。城陷死之,妻蔡聞耗身殉,夫婦雙節,當世稱之。詩多散佚,僅於令子殿春廣文求得《題岳忠武王廟》云:碑碣森森廟貌崇,入門人自仰精忠。呼天冤獄埋三字,絕域離魂吊兩宮。十載功勳成夢幻,一家兒女盡英雄。興亡氣數傷今古,淚灑秋風夕照紅。又句如"宋室偏安知已定,英雄結局竟如斯",皆凜凜有生氣。

龔紹仁

　　九曾農部由翰林改官[2],即乞養不出,家居廿四載,主講宜昌日最久,大府檄司榷算不就,敝衣蔬食晏如也。時有感觸,一發之詩,亦非無意於天下理亂者。遊張胡諸大帥之幕,受金養母,不敢以剡黃污也。門人私諡為孝逸先生。

　　《雜詩》云:秋氣悲今古,今秋氣更悲。豈自憂其寒,篋中有敝衣。衣敝雖弗暖,猶耐朔風吹。仰天暗白日,俯地迷黃埃。之子何時還,茫茫音信稀。有鳥弗能擊,無為貴此鷹。有鷹弗能養,何以快飛騰。世已無鳳凰,梟音日夕增。點素與嗜血,餘孽被蚊蠅。秋原呼獵者,臂鞲馴可曾。草木憐同枝,狐兔憐同類。如何萬物靈,相忍以為利。利見害不見,害甚食烏喙。韡韡棠棣花,餘風久墜地。父虎親兄狼,此語禍萬世。市上兩狂人,相對互絕倒。一人哭不休,一人笑不了。鼓掌歡動雷,拊膺血殷草。力竭聲息無,餘勢猶擾擾。為問苦笑因,市人皆莫曉。景慶誰云祥,慧孛誰云異。杳杳任天心,彰彰察人事。人事克協天,見妖適資治。不爾瑞非時,麒下宣尼淚。稽古帝堯典,欽若無餘思。元化運無窮,確然有定理。將亂福與盈,不盈亂不起。干戈彌宇宙,先機藏簠簋。狃常安其危,何嗟及後悔。晝夜本循環,傷哉河清俟。良冶淬鋒銛,良御策神駿。豈物性自然,有作物自奮。末俗貴大防,四維無人振。駬騮氣衰朽,吳鉤氣遲鈍。彈劍發高歌,方軌懷炎運。裘葛俱在笥,取用隨夏冬。用苟非其時,傷人復何窮。新機天日出,故轍地日封。智者不泥古,損益而變通。漢唐師魏絳,邊庭血流紅。人生無百年,今已歷其半。縱使常安居,尚復愁日旰。內戰饑寒攻,外戰烽火竄。翻厭年命長,萬劫此一旦。菌也朝欣榮,臨風幾回看。招魂何人招,遊仙何人遊。吾窺作者意,愀然懷百憂。體顯用斯微,心苦辭乃瘦。上真排雲島,幽靈淪遐陬。九方馬善相,勿以驪黃求。《題呂氏春秋》云:著作居奇貨,咄咄陽翟賈。壟斷登聖堂,仁義且巧取。時則有諸儒,戢翼困網罟。忽延東閣賓,又稟大官秅。聯翩競獻納,興會共軒舉。久鬱塵霾氣,方籍風雲吐。審音聰代聾,察毫明代瞽。旁竭耳目力,為謀何太苦。理得書遂傳,實沒名莫主。稱號曰春秋,命氏獨系呂。市金昔懸價,月令今列部。顛倒經神祀,不祧秦政父。誅心詎能宥,立言良可與。試叩諸儒故,半受饑寒侮。千載捉刀人,感此淚如雨。《寒月謠》云:朔風吹雲雲凍坼,霜氣逼天天慘絕。銀河已涸丹桂凋,高寒欲墮瑤宮月。層冰峨峨雪山頭,哀鴻嗷嗷滿汀洲。月本無愁月亦愁,獨有寒梅月下開。明年春信來未來。《彝陵夏雨遣愁作歌》云:女丁夫壬世婚絕,官不能炎屬不熱。玄冥矯誣泣穹蒼,化為淫雨千日沒。山中猿鶴窘若囚,巢木洞石水氣浮。食無所得夜何宿,坐視老蛟宴長虬。我欲抉雲豁昭曠,天門閉兮悲歌放。豫章拔地高百尺,得氣磅礴體金石。分枝接葉密重重,老幹經霜色愈碧。倘滋膏沃培靈根,八千可以春秋論。陽和不遇瘠土惡,婆娑生意愁黃昏。錦樹欣榮者誰子,我愧飄零北山梓。《還家》云:還家喜奔北堂前,小邑風光亦可憐。賈傅洞觀薪厝火,衛巫深恃口防川。戍樓人散鳥聲樂,春野田荒草色妍。旦夕偷安滿天下,避秦何地奉高年。《除夕祭詩》云:鬼神爾何事,祇助我成詩。筆抵風霜勁,年奔鼓角衰。秦灰□焦土,湘水渺靈祠。除夕幽情發,椒花且薦私。《感時寄莊方伯》云:行在今何許,論都總寂然。不知八州督,可赴五雲邊。涉險履忠信,扶危杖聖賢。痛維昔防決,竟致此冰堅。自議珠崖棄,即開桂海先。鼉傾裂輿稿,鯨掣碎樓船。比落新秋葉,紛乘太乙蓮。郊關壁壘滿,宿衛爪牙捐。市變競談虎,巢孤恐逐鸇。車爭趣駕避,斗未人熒躔。雁塞寒飆廻,龍沙冷月圓。鐘聲渺長樂,炬烈縱甘泉。一統悉臣主,三句各地天。塵氛愈擾擾,瓦礫亦漣漣。留守外援絕,求成上客延。卵愁擊石破,羊或啟門牽。盟好尊壇坫,鄰交厚幣錢。戲軍猶弗罷,帳殿已頻遷。刷恥須嘗膽,偷安忍息肩。深機遍張弩,鉅鑊萃烹鮮。宗祖勳華並,東南巡幸連。其時極豐豫,倏爾值屯邅。相洛非周卜,營咸少漢權。千官坐塗炭,九廟委烽煙。岱嶽腥吹嶺,吳江血漲川。岸衝楚最偪,峽倒蜀常懸。每歎金甌缺,當思寶籙綿。廬漕且卑處,去絳莫高眠。作怒蛙憑軾,習勞馬著鞭。既懲居者逸,獨罪己之愆。禍悔庸工誤,哀祈古后憐。錐刀停筭算,屠釣擢旌旟。義感鴞懷甚,誠孚蟻慕羶。同心聯子弟,眾志轉乾坤。夏配神功禹,春祠舊宅燕。草茅空挾策,輔弼尚更弦。辰告維公等,殷憂早力宣。淒涼至日仗,迢遞朔方氈。雪白光搖刃,梅紅夜奉筵。側聞前席處,快睹中興年。《送從女隨蔡塏南觀》云:本意當留女,頻年特屈甥。尊章遲往謁,信使遣來迎。楊柳青仍系,瀟湘綠尚生。牽衣辭宛轉,倚纜訓分明。賓禮眉齊案,慈歡手作羹。功修在蠶織,漱盥始雞鳴。遇事切毋忽,發言尤匪輕。小姑如愛弟,家嫂若恭兄。蘋藻虔襄廟,詩書謹封縢。儒宗奚長物,經術即前程。變化騰騰上,成虧息息爭。賢常師樂婦,美況似陳平。汝伯久衰暮,而翁非盛榮。並無半玉種,各止一珠瑩。星悵嫠嫋隔,花憐姊妹縈。寬懷且隨鳳,偶別莫啼鶯。抵岸榴霞映,歸寧梅雪盈。沂沿曾幾日,去住亦恒情。但願揚彤管,何殊接繡袞。仙源洞可覓,合宅尔同行。《感事》云:中邦禹迹盡揚州,交廣何年起蜃樓。寶氣風雲南海絕,銀河星宿北辰流。盤傾珠泣俘圭瓚,室織綃寒襲衮旒。倘早閉關能謝使,刀兵那向利旁求。河渠歷歷有萑苻,粳稻年來海上輪。東汛春帆隨鷁扇,南池夏運阻鵬圖。三山若不通徐福,九賦安能轉漢都。焦石沸泉珠粒罄,薊門遙望暮天呼。《題李空同七言古詩》云:詩人久不識風騷,疑怪咸訾北地豪。沒世身猶叢蠱毒,生時命已付鴻毛。筆撐鐵石千年榦,墨走泥沙萬里濤。獨愛遺音歌小雅,明星落落鳳樓高。《芻辭》云:方今大計首征徭,拉雜篝邊四海搖。民悴春風膏盡刮,兵寒朔雪腹仍枵。入林誰搏山中虎,仰屋空嗟座上貂。歷久勢窮應善變,可能無罪獻芻蕘。最苦年年浪戰爭,老謀深算總無成。安危擲似拇蒲易,進退攜將傀儡輕。路上旗紅剛報捷,天邊雲墨已崩城。漢家七國何人破,堅臥依然細柳營。功名審處始張弓。狐鳴定起夜篝紅。就給渠儂獼狩苗。裁饟增兵豈外招。安居況畏事長征。新恩挾纊喜春榮。簡兵一粒不虛縻。眞教起死國能醫。隨憑呼獵縱鷹揚。元調還慶屢金穰。兵連九服亂啼烏。澤流江國樂潛夫。《秋信》云:洞庭猶幸不揚波,邊信秋風日夜過。白草黏天飛羽箭,黃花散地起金戈。能軍忍說雄才少,建節空添武號多。宋玉心悲悲莫遏,有人睇笑倚山阿。秦關消息苦難真,回部猖披亦有因。久列編氓盈漢地,獨違聖典祀袄神。林皋秋豁羣狼逞,鄉里西通眾吠狺。充國出師宜迅速,元侯入陝莫逡巡。湖山秋氣總蕭然,況復滇黔瘴海連。絕域幾時逃覆載,中原此日沸戈鋋。局危子莫閑棋著,病雜醫當急脈先。殷憂只願啟宸聰,宏濟艱難在變通。膏流泉玉開珊網,氣奮城金衛紫宮。

兵原不識畝南東,況引遊民入伍中。自誇豪俠金揮土,豈肯胼胝髮散蓬。通計沿邊路各條,爲農土著擇雄驍。泉府網才開一面,茅簷梃已奮崇朝。民團往往說難行,既出貨財又出兵。若蠲穧稌公家賦,自結枌榆里社盟。藩籬已固且班師,鈴閣從容措置時。澂清玉水泥沙汰,培養瓊枝雨露私。一隅小警莫張惶,自有民兵守故鄉。羅胸武庫神奇出,破膽威名鬼魅藏。相時大舉展雄圖,觀變沉幾審要樞。人心牢結金湯起,天意昭回日月扶。

富貴倡時方發軔,狼顧倘耕春野綠,即將彼處租庸調,乘亭守障彌親切,力作那供填巨壑,徵調不勞耕鑿奠,選士百金懸重格,自此脂膏民可免,倘使合圍紛蟻附,坐鎮只須揮玉麈,財匱十年叢積蠹,功冠雲臺數高密,乾斷化裁天下福,秋吟唧唧訴西風。《悼僧親王》云:持重都知說老成,畏難何以對蒼生。極窮富貴勞偏耐,迫救瘡痍戰即輕。四月霜摧東郡木,十年草沒北庭旌。天人絕代光戎夏,族類同悲哭嶂瀛。《歸舟口號》云:歸舟西風順,來舟西風逆。順逆只隨人,何事與風伯。

李祥麟[3] 字芝岩,道光举人,官知府

祥麟由部郎出守嘉興,有惠政。詩瓣香東坡,擬《荊州詩》最神似。云:

烽火三巴遠，雲山萬里通。春花開府宅，秋色楚王宮。落葉留寒井，登高想大風。升平論前事，日夜水流東。地襟三楚闊，萬戶擁南州。蠶月人家閉，江煙橘柚稠。魚蝦收晚稅，穲稏聚春疇。民事知勤苦，於今歲有秋。章華臺上望，迢遞控蠻荊。野火猶燒草，平川舊駐營。帆檣收遠岸，煙柳覆春城。兒女英雄盡，蒼茫極塞橫。落木楚江秋，徵人南渡頭。紅塵柳門道，明月曲江樓。燈火喧長夜，旌旗接上游。遙天憑放眼，長嘯發吳謳。

王家遇

家遇字孝曾[4]，貢生，官訓導，爲子壽光先生冢子。詩有家法，《中秋月》云：關山同照映，吳楚尚烽煙。《聞金陵賊酋爲其黨所屠》云：今日羣凶當授首，何人電發洗膻腥。《蘆花》云：江上蘆沿岸，花開不耐秋。西風一夜急，大雪滿滄洲。又《湖村值雨》云：晨起看山山不同，湖光山淥兩空濛。二三野鶴自來往，無限蕭騷風雨中。尤有神無跡。

【校記】

〔1〕"自欽弱冠"及此後兩段，乃增訂本所增"楊自欽"條內容。今剔出並復列條目，且置於"增訂"部分之首。

〔2〕"九曾農部"及此後兩段，乃增訂本所增"龔紹仁"條內容。今剔出並復列條目，且置於"增訂・李衢"條之後。

〔3〕"李祥麟"條，乃增訂本在"龔紹仁"條後所增，今仍置於"龔紹仁"條後。

〔4〕"家遇字孝曾"段，增訂本所增"王柏心"條附錄"子家遇"內容。今剔出並復列條目，且置於"增訂"部分之末。

湖北詩徵傳略卷三十四

公　安

宋

張　景字晦之，官廷評

景少從河東柳開游，悉出家書畀之，嗜學益力。時富春孫僅、沛國朱嚴、成紀李庶幾，景與麗益[1]，聲華日振。真宗詔有司計偕天下士，景居首列。調館陶簿，坐累謫。陳堯咨知其才，薦爲寶應簿。天禧二年卒，著《洪範》《王霸》數十篇。《楚寶》

晦之師事柳仲塗，學爲古文，名震一時。詩亦工麗，有詩文集二十卷，王禹偁所編并爲之序。晁氏《讀書記》

仁宗嘗召見景，問曰："卿家江陵地，有何勝景？"對曰："兩岸綠楊遮虎渡，一灣芳草護龍洲。"又問所食何物，曰："新粟米炊魚子飯，嫩冬瓜煮鼈裙羹。"韵捷如此，而風景土俗瞭然矣。《明一統志》

景以古學尚氣節，走河朔，與冀州一俠少游。後俠者不軌，事敗，景亦株連，捕之甚急。遂改姓名李田，遁竄四海，所至即題曰："我非東方兒木子也，不是牛耕土田也。欲識我踪跡，一氣萬物母。"蓋景嘗撰《河東柳先生集序》，有"一氣萬物母"句，世盡知之，欲以導所知也。後終于一散官。陳康肅堯咨憐其道窮，爲葬之龍山。後裔凋零，傷哉，陸魯望所謂莫倚文章庇子孫也。《湘山野錄》

金

侯大中[2] 號損齋

大中金大定初應詔建醮,授師號,工詩,有集二卷,學士元善爲之序。

明

王 恂 字伯宣,宣德進士,官祭酒,有《誠齋集》

恂才名藉甚,初入館選,有廿八宿之目。

《寇公祠餞江編修還蜀》云:仙舟西去溯流遲,江上還吟吊古詩。錦纜纔牽巴子國,椒園先拜寇公祠。垂楊烟鎖圍芳徑,修竹雲連長茂枝。司馬名高濯錦里,歸來猶記題橋時。

王 軾 字用敬,順天進士,官尚書,贈太保,謚襄簡

軾爲大司農時,貴州苗婦米魯倡亂,廷議進兵。上曰:"欲紓南顧憂,非軾不可。"督師進剿,親冒矢石,賊遂以平。《楚詞錄》云:德業功勛,一時與劉華容大夏齊名,洵一代偉人也。

《寇公祠》云:大事當頭只自知,誰能協力濟艱危。君王不肯爲孤注,宗社將應到色絲。也有通天犀作帶,更無插地竹生枝。尋幽坐徹風篁影,山鳥山花總寄思。

何 珊 號梅莊,弘治進士,官布政

珊少有奇徵,初官敘瀘道,有能聲。致政歸,以詩酒著述自娛。

《送鄒司徒致政歸里》有"崇階要秩鄰三少，全節完名更幾人"之句。

鄒文盛字時鳴，弘治進士，官尙書，贈少保，謚莊簡，有《默庵存稿》、《黃山遺稿》

文盛性端凝，器量宏遠，夙爲王襄簡所賞識。爲御史，遇事敢言，以忤劉瑾出守保定。及巡撫貴州，適諸苗蠢動，次第討平，不妄殺一人。晋尙書，即乞白蓮莊構倦還亭，與何梅莊詩歌唱和。享林泉之樂者八年，始卒。

《寇公祠餞江編修還蜀》云：名在當時虜亦知，北門鎖鑰寄安危。摧鋒聊試千鈞弩，補袞應須五色絲。奸骨已消炎海瘴，忠魂猶託渭川枝。崖州咫尺還相遇，天道分明可再思。

成　己字仁卿，諸生，有《七洲詩集》

己少有奇氣，家貧力學，工詩。少所屈服，與江陵相有舊，寓書猶字之。至京，江陵留飲時，貂蟬盈座，己踞坐不少讓，江陵頗爲難堪。一日酒後登禁城樓，狂呼大罵當事。有司繩以法，遞解回籍，極受窘促。而奇情逸致，終不少貶。《郢史》

《南遊舟中寄呈鄉友》云：南遊烟水孤帆遠，百里長風破浪輕。浴鷺飛鳧行處狎，岸花汀草望中明。漁舟未合藏身世，酒肆從教識姓名。回首故人休見訝，滄浪早晚濯塵纓。《懷友人》云：懷君不見苦低垂，漫倚瑤琴寄所思。天遠幾時靈劍合，月明無那洞簫吹。孤村碧樹劉郎浦，淡日蒼雲寇老祠。追憶同袍舊遊地，雞鳴僧榻夢回時。《江上値風》云：風色清秋發，河聲白日懸。舟航渾泛海，波浪驟兼天。萬死蛟龍狎，孤誠魍魎憐。不才非祗柱，何以濟商川。《誦趙大州先生紫山之句奉懷》云：憶別江州杜若青，題詩何處訊山靈。天涯逐客無消息，嶺表傳書竟杳冥。炎海三年披瘴霧，秋霄萬里動文星。湘流不盡憂時淚，賈傅何堪哭漢庭。《曉渡臨江驛館》云：衝泥曉向臨江館，山翠飛來濕酒旗。千里飄零春欲暮，十年奔走路多岐。閒雲擁樹鴉棲靜，流水分橋馬度遲。明日章華一回首，洞庭瑤瑟不勝悲。

龔大器 字容卿，號春所，嘉靖進士，官布政

大器爲諸生時，即拓落有大度。家酷貧，舌耕不給，環堵蕭然。于于然，略無幾微侘傺。性舒緩，善詼諧，雖至絕糧斷炊，猶晏然笑語。其發奇中，令人絕倒。或橫逆之來，人大不堪者，怡然受之，旋即不復省記。以刑部主事爲河南布政使，平易近民，所之號爲龔佛。始若若，久多去後之思。時仲子舉於鄉，季子舉進士拜監察御史，外孫袁宗道會試第一，爲太史，宏道成進士，皆集於里。公以藩長致政歸，年七十餘矣。每至四節之會，簪袍爛然，時人榮之。公能詩，與諸子諸甥唱和，推爲南平社長。一日孝廉、御史偕同社及諸甥遊石湖，以公老弗約。已至洲拾石子，俄見雪浪中有小船迅疾而下，中一老翁踞胡床，指麾江山，旁若無人。逼視，則公也。公於舟中大呼曰："何爲遂棄老子也。"登洲，即於洲上舞拳數道以示勇，諸人皆大笑，極歡至夜深乃歸。各分韻紀游，公歸，詩已成，即於燈下作蠅頭細字書之。明日黎明遣使持詩遍示諸人，俱以遊倦晏起不得一字，無不僉服。八十三無疾化。《游谷昇寺》云：憶昔尋春古寺邊，而今楊柳隔晴煙。上方鐘磬自朝夕，客路琴書空歲年。松月夜聞華鶴語，隴雲長伴老僧眠。幾時得遂青山約，醉傍梅花草太玄。

劉　珠 字福井，隆慶進士，官主事，有《疑庵集》

珠故與張太嶽封翁同諸生相厚善，及辛未江陵主會試，珠始登第，年已七十矣。太嶽不欲拘座師禮，珠終以公義執門生禮甚恭。其《壽太嶽詩》有云："欲知座主山齊壽，但看門生雪滿簪。"太嶽爲之莞爾。《敝帚齋常談》

《過襄陽》云：高城百尺倚雲霞，夾道垂楊盡宿鴉。春雨綠添習池水，晚風紅落大隄花。橋橫畫舫明江岸，人唱銅鞮過酒家。景物不殊鄉土近，高堂猶自憶京華。《漁翁》云：白頭憔悴臥汀沙，自卷絲竿繫小槎。爲問江河新禁釣，始知征斂到魚蝦。

李開芳字秋實,泰昌舉人,官知州,有《治略》、詩文諸稿

開芳少以文章名,由鄆縣遷壽州,政聲甚著。雖簿書叢雜,不廢吟嘯。嘗有句云:"五年作吏腰千折,萬里歸來鶴一雙。"蓋自況也。

袁宗道字伯修,號石浦,萬曆進士,官庶子,贈侍郎,有《白蘇齋集》 子祈年

宗道初生之夕,祖母夢一美人首自天飛來,若今所畫天人菩薩之飾,寶髻交垂。以襟承之,甫覺而宗道生。生而慧甚,十歲能詩,喜讀先秦兩漢之書。是時濟南、瑯琊之集盛行,一閱悉能熟誦。甫擬操觚,即肖其語。性耽賞,適文酒之會,夜以繼日。踰年,抱奇病幾死,有道人教以數息靜坐之法,有效。閉門息觀,棄去文字障,遍閱養生家言。是時海內有譚冲舉之事者,先生欣然信之,謂神仙可坐而得。移家長安里中,栽花蒔藥,不問世事。癸未,父強之赴試,行至黃河而返。還至荊門,舍於逆旅。夜半夢有神人語之曰:"公速起,吾老人為公特來。"微以杖敲其足,足隱隱痛,擁被大呼而出。甫出,屋崩床碎為塵。人以此識先生非常人,然先生亦翻然若有所悟曰:"吾其以幾死之身,修不死之道也。"習靜久,體氣愈充。父謂之曰:"昔淨名依於忠孝,自古之冲舉者豈盡枯槁耶?"曰:"諾。"始拈筆為制舉義,窮工極變,丙戌遂舉會試第一,年甫二十七。官翰林,求道愈切。逾年,偶於張子韶與大慧論格物處有所入,急呼中郎與語。甫擬開口,中郎即躍然曰:"不必言。"相與大笑而罷。至是始復讀孔孟諸書,乃知至寶原在家內,何必向外尋求,因著《海蠡篇》。慕白樂天、蘇子瞻為人,所之以白蘇名齋。居官,省交遊,簡酬應,栽花種竹,掃地焚香而已。性嗜山水,燕中山剎,及城內外精藍無不到。遠至小方小西天之屬,皆窮其勝。詩清潤和雅,文尤婉妙。書法遒媚,畫山水人物有遠致。作小詞樂府,依稀辛稼軒、柳七郎風味。舊有傳奇二種,置之笥中,為鼠子嚙壞,鳳毛龍甲不存於世,可為永歎。

嘉靖七子派盛,徐文長欲以李長吉體變之,不能。湯義仍欲以尤蕭范

陸體變之，亦不能也。王百穀、王承父、屠長卿雖迭有違言，然寡不敵衆。自袁伯修出，服習香山、眉山之結撰，首以白蘇名齋，既導其源；中郎小修繼之，益揚其波，由是公安流派盛行於世。《静志居詩話》

宗道四十二卒於官，以光廟東宮舊學贈禮部侍郎，予祭葬。自少識度清遠，其學儒墨雜進。爲人修潔，屢卻百金之餽。及卒，囊無一錢，故舊爲之營斂。萬曆丁戊間，有東倭關白之警[3]，時議封貢，歎曰："石尚書其不免乎？"李卓吾刻《藏書》成，曰："禍在是矣。"已而皆驗。有二弟，曰稽勳宏道、儀部中道，時稱公安三袁。當宗道在詞垣，正王李詞章盛行之日，獨與同館黃昭素厭薄俗學，於唐好香山，於宋好眉山，名其齋曰白蘇，所以自別於時流也。其才或不逮二仲，而公安一派實其所開云。《列朝詩集小傳》

《遊百丈泉》云：青嶂岩嶤赴郢中，寒泉飛處鬱嵸巃。諸天晴灑千林雨，六月涼生萬壑風。小入傍崖驚浴鷺，斜穿曲磵挂飛虹。片時倚徙翻成惜，只合移家老此中。《懷南平社師友詩》云：風神直似壯齡時，鶴髮丹顏古接羅。此日南平白社長，當年中土紫薇司。燈前歷歷蠅頭字，篋內翩翩近體詩。江月江花時共賞，非仙非隱使人疑。外大父方伯公。少年經術兼詞學，中歲空門又道家。服藥前身應許遜，博聞夙世定張華。懷中明月珠堪售，望裏神仙路不賒。只恐鳳池須綵筆，難從勾漏問丹砂。孝廉舅惟學。懶慢人間惟叔夜，閒居膝下似安仁。雲霄調外沉冥客，花月尊前感慨身。圃學東陵瓜欲結，家通北渚蕙堪紉。長卿此日遊將倦，醉月吟風幸托鄰。侍御舅惟長。前年羽獵獻長楊，歸去三湘問雁行。作賦麗如袁彥伯，通經精似蔡中郎。角巾領袖高陽侶，麈尾憑陵俠少場。夢草真堪對小謝，種花無那去河陽。中郎弟進士。卻憐射虎人難偶，祇覺雕蟲技益工。白日悲歌燕市筑，青春失意楚人弓。隴西不媿稱金友，僕射從今避火攻。如此無官窮亦得，高名誰復杜欽同。小修弟文學。

袁宏道字中郎，號石公，萬曆進士，官部郎，有《瀟碧堂》、《瓶花齋》、《破硯齋》、《敝篋》等集　子彭年

宏道母夢月入懷，故小字月。少時即具倍年之覺，母卒不數哭，一哭即

痛絶，人以是知其有隱慧焉。總角工爲時藝，入鄉校年方十五六，即結文社於城南，目爲社長。社友年三十以下者皆師之，奉其約束不敢犯。時於舉業外，爲聲歌古文辭，已有集成帙矣。舉進士不仕，與兄宗道還里，居石浦。偕外祖春所龔公及舅惟學惟長輩，終日以論學爲樂。謁選爲吳縣令，妙於得情，一縣大治。宰相申公時行嘆曰："二百年來無此令矣。"予告得請，走吳越，覽西湖天目之勝，觀五泄瀑布，登黃山齊雲，戀戀烟嵐，如飢渴之於飲食。時與石簣諸公商證，遞相取益，而間發爲詩文，俱從真源中溢出。別開手眼，一掃王李雲霧。天下才人文士始知疏瀹心靈，搜剔慧性，以蕩滌摹擬塗飾之病，其功偉矣。城南得下窪地可三百畝，絡以重堤，種柳萬株，號曰柳浪。潛心道妙，閒適之餘，時有揮灑。皆從慧業流出，新綺絶倫。而遊屐所及，如匡廬、太和、桃花源，皆窮極幽遐，發於詩文，烟嵐溢毫楮間。蓋自《花源》後詩，字字鮮活，語語生動，新而老，奇而正，又進一格矣。入都，補驗封司主事。會吏私一姻戚，已罷官而仍留之。曰"如此則銓柄盡歸此輩矣"，令兩隸持之入刑部，即繩之以法。冢宰孫公知公爲大用器，甚重之。旋給假南歸，定居沙市。治樓曰硯北，取段成式"杯瀝之餘，常居硯北"意也。卒年四十三。海内知己謂其識如王文成，膽如張太嶽。而不逮下壽以殁，天下惜之。龍湖李卓老謂其識力胆力皆迥絶於世，真英靈男子，足以擔荷天下之事。其相推重如此。《明史·文苑傳》

宏道，宗道弟，年十六補諸生，即結社城南而爲之長。間爲詩歌古文，有聲里中。成進士歸，益下帷讀書。除吳縣令，聽斷敏決。公庭鮮事，與士大夫談說詩文，以風雅自命。已而解官去，起順天教授，歷國子助教、吏禮兩部主事。移病休沐，不數月卒於家。《列朝詩人小傳》

傳有言"琴瑟既敝，必取而更張之"[4]。詩文亦然，不容不變也。隆萬間王李之遺派充塞，公安昆弟起而非之，以爲唐自有古詩，不必選體。中晚皆有詩，不必初盛。歐蘇陳黃各有詩，不必唐人。唐詩色澤鮮妍[5]，如旦晚脫筆硯者。今詩纔脫筆硯，已是陳言。豈非流自性靈與出自剽擬、所從來異乎？一時聞者渙然神悟，若良藥之解散，而沈疴之去體也。乃不善學者取其集中俳諧調笑之語，如《西湖》云："一日湖上行，一日湖上坐。一日湖上住，一日湖上臥。"《偶見白髮》云："無端見白髮，欲哭翻成笑。自喜笑中意，一笑又一跳。"《嚴陵釣臺》云："人言漢梅福，君之妻父也。"此本滑稽之談，類入於狂言，不自以爲詩者。乃錫山華聞修選明詩，從而擊賞歎絶。是何異棄蘇合之香，取蛞蝓之轉耶？仲弟小修云："錦帆解脫意，在破人執縛。"間有率意游戲之語，或快爽之，極浮而不沉。情景太真，近而不遠。要出自性靈，足以蕩滌塵坌。學者不察，效顰學語，其究爲俚俗，爲纖巧，爲莽蕩。烏焉三寫，弊有必至，非中郎之本旨也。《静志居詩話》

鍾伯敬曰：今稱詩不排擊李于鱗，則人爭異之。猶之嘉隆間不步趨于鱗者，人爭異之也。或以爲著論駁之者，自袁石公始與李氏首難者，楚人也。夫于鱗前無爲于鱗者，則人宜步趨。之後于鱗者，人人于鱗也。世豈復有于鱗哉？勢有窮而必變，物有孤而爲奇。石公惡世之羣爲于鱗者，使于鱗之精神光焰，不復見於世，李氏功臣孰有如石公者？今稱詩者遍滿世界，化而爲石公矣，是豈石公意哉？

錢受之云：萬曆中王李之學盛行，黃茅白葦，彌望皆是。中郎昌言排擊，大放厥辭，論出而雲霧一掃，其功偉矣。特機鋒側出，矯枉過正，於是狂瞽交扇，鄙俚公行。竟陵代起，以淒清幽獨矯之，而海内之風氣復大變。陳臥子云：石公才情本自流麗。　沈山子云：牧齋尚書論詩派之壞，動以何李、王李並舉。以愚觀之，王李可非，何李似難輕議。袁中郎詩云："草昧推何李，卓爾良足師。"則中郎亦不專非何李矣。

大抵物真則貴，真則我面不能同君面，而況古人之面貌乎？唐自有詩也，不必選體也。初盛中晚自有詩也，不必初盛也。李杜王岑錢劉，下迨元白盧鄭各自有詩也，不必李杜也。趙宋亦然，陳歐蘇黃諸人有一字襲唐者乎？又有一字相襲者乎？至其不能爲唐，殆是氣運使然，猶唐之不能爲選，選之不能爲漢魏耳。今之君子乃欲概天下而唐之，又且以不唐病宋。夫既以不唐病宋矣，何不以不選病唐、不漢魏病選、不三百篇病漢、不結繩鳥跡病三百篇耶？果爾反不如一張白紙！詩燈一派，掃土而盡矣。夫詩之氣一代減一代，故古也厚，今也薄。詩之奇、之妙、之工、之無所不極，一代盛一代。故古有不盡之情，今無不寫之景。然則古何必高，今何必卑哉？　詩则不肖，聊戲筆耳。信心而出，信口而譚。世人喜唐，僕則曰唐無詩。世人喜秦漢，僕則曰秦漢無文。世人卑宋黜元，僕則曰詩文在宋元諸大家。昔老子欲死聖人，莊生譏毁孔子，然至今其書不廢。荀卿言性惡，亦得與孟子同傳。何者，見從己出，不曾依傍半箇古人，所以他頂天立地。今人雖譏訕得，却是廢他不得。不然糞裏嚼渣，順口接屁，倚勢欺良，如今蘇州投靠家人一般。記得幾箇爛熟故事，便曰博識。用得幾箇見成字眼，亦曰騷人。計騙杜工部，囤紮李空同。一箇八寸三分帽子，人人戴得。以是言，詩安在而不詩哉。不肖惡之深，所以立言亦自有矯枉之過。公謂僕詩亦似唐人，此言極是。然要之幼于所取者，皆僕似唐之詩，非僕得意詩也。夫其似唐者見取，則其不取者，斷斷乎非唐詩可知。既非唐詩，安得不謂中郎自有之詩，又安得以幼于之不取，保中郎之不自得意耶？

　　蘇公詩無一字不佳者，青蓮能虛，工部能實。青蓮唯一於虛，故目前每有遺景。工部唯一於實，故其詩能人而不能天，能大能化而不能神。蘇公之詩，出世入世，麤言細說，總歸玄奧，怳惚變怪，無非情實。蓋其才力既高，而學問識見又迥出二公之上，故宜卓絕千古。至其遒不如杜，逸不如李，此自氣運使然，非才之過也。今代知詩者，徐渭稍不愧古人，空同才雖高，然未免爲工部奴僕。北地而後，皆重儓也。　蘇公詩高古不如老杜，而超脫變怪過之，有天地來一人而已。僕嘗謂六朝無詩，陶公有詩趣，謝公有詩料，餘子碌碌無足觀者。至李杜而詩道始大，韓柳元白歐詩之聖也，蘇詩之神也。彼謂宋不如唐者，觀場之見耳，豈真知詩爲何物哉？　文章新奇，無定格式。只要發人所不能發，句法、字法、調法，一一從自己胸中流出，此真新奇也。近日有一種新奇套子，似新實腐，恐一落此套，則尤可厭惡之甚。然弟所期於兄，實不止此。世情當出不當入，塵緣當解不當結。人我勝負心，當退不當進。若只同尋常人一般知見、一般度日，衆人所趨者我亦趨之，如蠅之逐羶。即此便是小人行徑矣，何貴爲丈夫哉？　少陵真法魏晉者，坡公真法班馬者，若直取其形似，是今之多髯者皆孔子，而面如瓜者皆皋陶也。《中郎說詩牘六則》

　　《梨雲館》摘句圖

青溪六七里,白袷兩三人。
竹裏乍香新茗椀,榻前猶藉舊荷衫。
江通夔子國,潮打武侯祠。
幾年夜雨慈恩寺,十度春風奈子花。
文章妻子怪,姓字友朋嗔。
且與共聽幽澗水,休教驚散隔溪雲。
乾坤東逝水,車馬北來塵。
野鶴神清因骨老,鴛鴦頭白爲情多。
高天鴻鵠舉,世路馬牛呼。
心如止水堪容月,身似寒林也著花。
騷雅命難達,江湖迹易孤。
甘草雖甜終傍苦,蜘蛛縱巧不離羅。
世事窮來見,文章病後工。
空巖壁冷長留雪,古屋雲昏尚鎖龍。
黃金憎賦客,青眼謝時人。
山臞未老身慚鶴,雪頂歸來杖有龍。
水纔驅熱去,月適送風來。
消愁莫問弓蛇影,對境聊觀夢幻身。
樹老春無態,雲生山有衣。
好事每揮林下麈,清齋長試雨前茶。
鄉心隨日暮,望眼盡天低。
數莖白髮春前長,一點青巒雨後眞。
海闊羈魂度,天昏怪雨來。
興來學作春山畫,病起重箋秋水篇。
禮法讎狂士,乾坤侮雋人。
青山不許談新事,白鳥如曾狎故人。
山月領歸棹,江雲湊晚潮。
榻邊石骨抽枯笋,盆裡松根露淺山。

檢葯神方少，疏經悟語多。
夢裡風窗聽似語，山中烟樹念如人。
閉門春草長，高枕白雲驕。
低棋動欲求先著，鈍鳥焉能不早飛。
官意如霜草，鄉心折晚鴻。
螢火幾時能脫腐，醯雞無日得離酸。
琴孤將贈客，鶴慣不疑人。
便與青山堅作誓，免勞白水更移文。
夜月呼山鬼，秋墳咽楚歌。
柳態美如新櫛髮，山容親似遠歸人。
管庫名伊呂，閉門讀老莊。
率爾扣門常誤姓，偶然題壁不書名。
白石連雲煮，青苓帶雨鋤。
幾回寺裡尋花去，獨自江頭看水還。
放開雙孔眼，閱盡一時人。
孤塔自來當沔口，高僧相過說廬山。
霸氣吳宮盡，濤聲震澤秋。
避客偶然拋竹屨，邀僧時一上花船。
痛民心似病，感事淚成詩。
鑿窗每欲當流水，詠物長如畫遠山。
銀塘驕水鴨，羅幄護風蘭。
花前屢泛擯愁酒，架上聊存引睡書。
橫將無厭雨，淹殺有情春。
殘帙有芸猶被蠹，空蘭無蕊亦招蜂。
秋水人人月，春風面面花。
鶯花又作新晴看，山水閑將舊譜温。
柳光吹綠焰，溪雨作紅烟。
春塘雨過波紋亂，花塢風回蝶翅香。

冥漠烟如醉,空濛日帶青。
天高未覺鵬營曠,松老方知鶴夢長。
小石含山意,柔風寓冶情。
清言屢射當場覆,艷語頻勾隔座香。
爲花常駐馬,有字即題襟。
種葯且收曾效子,修花惟去最低枝。
獵心生翠管,冶習露春詩。
蓮葉漏中傾研汁,木香花底讀方書。
岩敧天古拙,石瘦月高寒。
叢筠傍屋多藏鳥,小市通江易得魚。
風傳初稻信,雨應熟梅潮。
老至青山爲眷屬,生來白社有因緣。
兔葵傷故國,狐粉嘯空台。
漸老始知窮本草,多閑方喜讀淵明。
竹深存廢碣,僧老話前朝。
佳言屢似飛香屑,往事真如繹故書。
魚閑知浪靜,鳥喜覺風來。
老去無心防白髮,衆中開口問青山。
霞光紅漲壁,水氣綠浮山。
梨花雨漲春流急,柳絮風香畫槳輕。
漁樵分氏族,花果認支干。
楚客由來衰鳳鳥,漢郊何日狩麒麟。
雲腳纔收雨,秋容漸上詩。
夫人南國空湘水,處士東鄰是宋家。
幽夢通巢鶴,閑心繫沼魚。
我已銷魂千里外,那堪重別故鄉人。
世情搔首過,秋色閉門來。
三湘踪跡枯藤杖,二岳烟霞老布衣。

寒氣衝筵入，鄉心冒酒生。
柳因有絮絲還在，蓮到無心苦始休。
入門花自媚，出谷鳥先知。
西風蘭杜香流水，落日雲霞浣客衣。
空潭不受暑，野竹半捎雲。
野店無人花自發，秋江有路夢先歸。
出入心猶在，炎涼態已非。《秋扇》
百年日月徒婚嫁，萬里雲霄有網羅。
不知今夕醉，消得幾年愁。
劍空孤匣聽龍泣，客吊寒山有鶴歸。
離鄉吳語變，入詠楚騷多。
征馬晚嘶梁苑月，孤帆晴指洞庭秋。
苦心真學者，出世好男兒。
桐陰恰好當窗覆，柳色終宜近水看。
薄俗論交盡，秋風閱世多。
落花拂面都如雪，密樹宜亭不礙風。
花猶香廢苑，石莫話前生。
老子本將龍作性，楚人元以鳳爲歌。
琴裡高山韵，詩中瘦鳥吟。
天下文章憐爾老，瀟湘風雨動人愁。
縱風生水態，任月織波紋。
天下豈容知己二，百年真上洞山三。
好夢因凉得，閑愁到水忘。
白日共驚頭上雪，青衣爭掃鬢間塵。
人歸烟雨寺，春到海棠花。
倦鳥早辭燕樹雪，閑花又上武谿船。
埋憂覺地小，量恨與天長。
月逐好懷來。

高人時有乞花書。

閏月能通夢,邊烽易入詩。

潮涌天難定。

閑情多賦落花詩。

夢惡憑奴解,衣單借手溫。

樹老夜屯風。

窗前時有不歸雲。

魚寧愁水闊,鳥豈畏山深。

花如失意人。《苦雨》

閉門且自寫秋詩。

雲開智者寺,山表潤州城。

雲澄天自澈,月上海先明。

茶好臨泉試,松宜帶雪看。

易消惟黑髮,未了是名心。

禪夢來清磬,秋心動夜弦。

夢廻牛渚月,書達敬亭雲。

酒病花消去,詩心竹引開。

《傷周生》吳人呼妓爲生云:溪頭曾見浣春紗,珠泊於今天一涯。紫陌重邀千寶騎,青樓無復七香車。美人南國空湘水,處子東鄰是宋家。記得西廊香閣裡,瓶花長插一枝斜。《小婦別詩》云:弱柳輕帆快送人,巫山原是女兒神。願隨潑火清明雨,洗却錢塘十里塵。《本事詩》

《短歌燕中逢樂之律作》云:下馬一言,不及暄寒。昔年毛羽,今日肺肝。我懷如痁,君懷幾許。登堂直視,無心可舉。明月浮空,清霜墮地。將軍北園,金吾西第。羅屏晝掩,金罍夜開。呼盧射覆,飛爵流杯。吾爲若舞,若爲吾歌。劍去龍沉,逝將奈何。情長刻短,爐寒火青。欹尊亂筯,誰是主人。鵬飛九萬,爲鷽鳩笑。我欲攜君,連翩海嶠。《別石簣》云:古今只四倫,大抵缺朋友。誰識楚越人,萬里爲奇偶。我腸寄君心,君心出我口。覓同本自無,異於何處有。君攜我如頭,我從君若尾。不是西看山,便是東涉水。誰家薄福緣,生此兩狂子。受用能幾何,苦他雙腳底。不即凡,不求聖。相依何,覓性命。三入湖,兩易令。無少長,知性命。湖上花,作明證。別時衰,到時盛。後來期,不敢問。我好色,公多病。氣嘘爲風,雲流爲水。人之小人,天之君子。鴨不能飛,蚓不能躍。梟哭非愁,鶯歌非樂。無曰升天,天卑於淵。無曰瞰淵,淵高於天。即佛即聖,非儒非禪。能再相從否,若駕相思車,當問白門柳。《哭臨漳令王子聲》云:窮冬夜冷蘭烟黑,死字傳來聽不得。白日誰防鬼射人,昏荒頗怪天如墨。憶昨與君發長安,白齒青眉吐肺肝。小杯擊筑大杯舞,優兒牙板角盤盤。別來愁絕湘鱗字,蠟花箋子無高翅。銅雀臺邊萬縷腸,館娃宮裏千行淚。麒麟蹶地青鸞叫,不得生書得死報。帝前金管豈無人,何必如花一年少。天公錯注不回頭,銀匣沉沉地下愁。漳水萬年嘶石馬,虎號龍愁兩廢丘。《橫塘渡》云[6]:橫塘渡,郎西來,妾東去,感郎千金顧。妾家住紅橋,朱門十字路。認取辛夷花,莫過楊柳樹。《妾薄命》云:落花去故條,尚有根可依。婦人失夫心,含情欲告誰。燈光不到明,寵極心還變。只此雙蛾眉,供得幾廻盼。看多自成故,未必真衰老。譬彼後開花,不若初生草。《沙市觀競渡》云:金鱗圻日天搖波,壯士揮旄鳴大鼉。黃頭胡面錦抹額,疾風怒雨鬼神過。渴蛟飲河猊觸石,健馬走坂丸注坡。傾城出觀巷陌隘,紅霞如錦汗成河。妖鬟袖底出巾冠,白顛髯下立青娥。朱閣玲瓏窗窈窕,輕言倩語隔紅羅。北舟絲管南舟肉,情盤景促歡奈何。雲奔浪激爭撫掌,亦有父老淚滂沱。渚宮自昔稱繁盛,二十一萬肩相磨。西酋中璫橫幾載,男不西成女廢梭。琵琶賣去了官稅,健兒半負播州戈。笙歌沸天塵捲地,光華勝較十年多。耳聞商禁漸遲緩,努力官長躅煩苛。太平難值時難待,千金莫惜買酒醝。君看至德中興後,幾人重唱天寶歌。《夏日雜詠》云:最憐山氣爽,徙榻傍窗紗。徑僻能全草,簾疎不障花。無痾常伏枕,小冗爲煎茶。堪歎東陵客,休官始種瓜。《感事》云:湘山晴色遠微微,盡日江頭獨醉歸。不見兩關傳露布,尚聞三殿未垂衣。邊愁自古無中下,朝論於今有是非。日暮平沙秋草亂,一雙白鳥避人飛。《歸來》云:歸來兄弟對門居,石浦河邊小結廬。可比維摩方丈地,不妨揚子一牀書。蔬園有處皆添甲,花雨無多亦溜渠。野服科頭常聚首,阮家禮法向來疎。《江上》云：桃花春水滿江頭，獨擁佳人翡翠樓。誰抱琵琶江口上，聲聲彈出《小梁州》。《經下邳》云：諸儒坑盡一身餘，始覺秦家綱目疎。枉把六經灰火底，橋邊猶有未燒書。《別龔散木》云：梅雨濯江干，江風細吐寒。紅亭一杯酒，慘無主賓歡。天風吹子墮，倏忽送子還。遊蹟如電影，閃爍太無端。子曰爲官苦，予嗟行路難。名自相慰勞，言言沁心肝。與子如林鳥，升沉各羽翰。別子如湍水，東西異波瀾。何如一合併，白首臭春蘭。萍散有時聚，雲老終還山。江頭風日雨，容易凋朱顔。《小竹林》云：蠟屐先春試，新詩倍日吟。爲花常駐馬，有字即題襟。竹老雲辭去，廊空月到深。將何伴幽冷，水響與柯音。細鳥藏窗葉，幽花綴靜枝。獵心生翠管，冶習露春詩。爲髮添塵冐，因寒罷講期。貪嗔真可去，何事并除癡。《菊花影》云：一片籬花譜，吳綃墨未成。何人工點染，添我作淵明。月浪沉沉路，風香淡淡情。騷魂多念汝，夢裏屈先生。《赤壁懷子瞻》云：夜深清拍嫋揚枝，驚起澄江白鷺鷥。過客爭澆赤壁酒，幾人曾和雪堂詩。山民自種元修菜，石榻剛存乳母碑。見欲鑄金範老子，柳浪湖上拜新祠。《暮春偕同署諸君子飲郭外》云：滑滑春流瀉縠紋，嵐光映照石榴裙。今朝正許談風月，何日相從問水雲。細雨乍收山鳥喜，亂畦行盡草花薰。海棠枝底烏紗側，未覺飛觥到十分。

袁中道_{字小修，萬曆進士，官郎中，有《珂雪齋集》}

小修才遜中郎，而過於伯氏。《鄴中送春曲》云：總以堂堂去，何容緩緩歸。隔溪鶯對語，掠水燕雙飛。野草香沾屐，修篁翠濕衣。山花一樹好，游女摘來稀。《七夕同彭長卿中郎》云：清談閒送可憐宵，竹戶斜通宛轉橋。白水青林秋澹澹，好風涼月夜蕭蕭。貧來野客傷時序，老去詩人怨寂寥。驚鳥不鳴更漏靜，如聞銀浦弄輕潮。《靜志居詩話》

中道十歲著《黃山》、《雪》二賦[7]，五千餘言。長而輕俠，以豪傑自命。窮覽燕齊吳越之地，歸學於李龍湖。有志出世，久困瑣闈，萬曆丙辰始成進士。錢牧齋謂有多才之患，朱竹垞謂其才不逮中郎，而過於伯氏。皆定評云。

《遊青溪詩》云：儘有幽棲地，堪怡草木年。逢巖思結屋，愛水欲求田。白甕石溪淨，青螺壁影妍。飛禽不到處，猶自有樵烟。《遊便河》云：十里濃陰路，殘鶯佐酒巵。過橋添柳色，近岸損花枝。頗憾舟行疾，偏嫌月上遲。天皇蘭若在，披草覓遺碑。《讀錦帆集寄卓老》云：世事玲瓏說不周，慧心人遠碧湘流。都將舌上青蓮子，摘與公安袁六休。六休，宗道子。《贈龔散木舅謝諸生歸隱》云：黃雞唱罷慘無歡，萬事勞人轉覺難。君自愛看高士傳，予今欲溺腐儒冠。朝耕西嶺雲千畝，夜釣南湖月一灘。身似閒鷗心似水，纔離火宅便輕安。《柳浪館》云：過橋三五次，門徑宛村莊。曲水纏茅屋，深林護粉牆。雨煙荷葉徑，風露稻花香。未可全無事，疏經也學忙。《武昌坐李龍潭邸中》云：比來三食武昌魚，今日重留靜者居。我有弟兄皆慕道，君多任俠獨憐予。尊前鸚鵡人如在，樓上元龍傲不除。芳草封天波似雪，捲簾對雨讀新書。《阻風登晴川閣，予兩度遊此皆以不第歸》云：苦向白頭浪裏行，青山也識舊書生。相逢誰勝黃江夏，不死差強禰正平。天外雲山金口驛，雨中楊柳武昌城。漢濱父老今安在，只合依他隱姓名。《漢陽感舊》云：拍天白浪淨無塵，惟有孤巒塞去津。芳草偏憐禰處士，桃花不夢息夫人。江頭鼓枻機全息，漢上題襟迹已陳。屈指光陰今二紀，無情癡淚漫沾巾。《別須水部日華還朝》云：移沙取石貯輕舟，清冷何曾似宦遊。春雪歌成辭鄀里，梅花落盡別揚州。東風自護桓公樹，明月誰登庾信樓。兄弟凋殘知己別，枇杷門外淚交流。《渡黃河》云：如雪寒沙千里平，猛風雖靜浪猶驚。草經青女全無色，鴈過黃河別有聲。騎馬久無浮宅夢，倚篷忽動蕩舟情。可憐廣武山常在，寂寞誰知豎子名。

彭年字述之，號特丘，崇禎進士。官總憲，入國朝督學廣東，擢布政，有《草間集》、《史屑》、《土風堂遺稿》、《詩細》、《官語》等集。十歲隨中郎過廬山，見其和詩，喜曰："此子律度，似將來知詩者。中郎兒可不科第，可不詩乎？"作詩多令屬和。中郎晚年移居沙市，地故佳麗，好狹斜遊。常拉酒人，服繡衣，闌入青樓酒肆，有小杜之風。小修聞而弗善也，語江陵，令撲責之。大憾，乃發憤下帷，舉於鄉。數上公車不第，益復閉戶柳浪湖中，究心經史，足不出閫者數年。咯血如縷，不少息。作爲文章，深確有根據，而韻度淹遠，非區區舉子逐時高下博一第者也。甲戌成進士，授淮安推官。彭年門第高華，而文章能自堅立，東南人士皆嚮慕之。陞禮部主事，纂修會典，請假家居，則益讀書作詩，與友人毛壽登唱和。假滿赴補，上召對，面陳欲於大河以南建立藩鎮，如唐故事，使便宜置吏，各自爲守。上首肯之，改授禮科給事。北都陷，弘光立，馬士英當國，外結高劉等三鎮以挾制朝廷，欲援引三案小人變亂朝政，彭年疏陳三案始末，分別邪正，以逆折士英之謀，時論韙之。士英黨阮大鋮等銜之特甚，因諫廠衛疏降級調外。後避難播遷，由海道入閩，爲時鉤致。入粵，雖屢受事任，然念世難未夷，每退署輒祖衣露頂，坐風露中，冀以病死。彭年好學深思，讀書務爲精鑒。雖兵戈搶攘中，手不釋卷。晚年詩益進，指事言情，博於故實，不爲浮焰，一滌王李叫囂蹈襲與近時幽冷佻小之音。而中郎瀟灑俊逸之風，亦少減矣。嘗謂公詩工於用事，而波瀾未闊。故長於近體，而躓於古。然當其得意，新異精穩，卓有雅人深致，亦近所未有也。爲人高簡意忌，不樂與俗人語。意所不合，寒溫外但張髯傲睨而已。本傳

《壬辰元日》余時尚羈藩邸，歲內得家信云：羈棲依舊隔年身，過眼風光跡又陳。題句忽驚更甲子，振衣猶憶上星辰。烟深兔苑三冬迥，歲晚鴻音萬里新。歸夢已隨梅信往，青山應笑倦遊人。《喜門人程周量舉南宮第一》云：捷書萬里下江瀕，往事曾驚相馬數。豈是吳平先獲陸，須知奚入定空秦。銅駝棘裏花前客，烽火城邊劫外身。風度一時推領袖，中原文物曲江新。

祈年字田祖，號未央，嗣爲宗道後，天啟舉人，有《梅花奧集》、《南游草》。嗜古工詩，喜施與。事嗣父母以孝聞，中年不祿，鄉人惜之，謚曰文孝先生。

《水心崖》云：怪石貯盂作清供，何異夷望繞巖側。清濁二流映山明，五色之外更有色。且起細雨滴舸艚[8]，溪流可望不可即。舍溪升巖路欹仄，燕騰鵠湧失喘息。以縴繫身始能行，以手爲足始能陟。船入軫星十度中，升顛更與軫星逼。俯望前水與前山，一如蟻垤一溝洫。聲光所得亦已深，漫勞長年簡石墨。岩下有石墨。下舟老僧痛戒子，命輕鴻毛搜奇特。《寄人》

云：胎骨生來實木艾[9]，道人披毳懶餐霞。他時兜率閒揮麈，勅斷天娥莫散花。

王 輅字以明，貢生，官別駕，有《小竹林詩文集》

輅十歲能屬文，稍長即契無生之旨。中郎小修皆肄業其門，一時如李卓吾、陶石簣、袁伯修，俱爲性命交。甫任別駕，即歸茂林著書，以高逸自處。崇禎初，遺子上萬言書，上頗嘉納。嗜詩，功力湛深，譚友夏爲序而行之。

侯偉時字異度，號令丘，崇禎進士

偉時少即介然自異，訥於詞辯。然丰姿標舉，義所不可，輒勃發不可遏。北都破，走湖湘。從永明王於武岡，授太常，兵敗被執，誘降不屈死節，甚慘。

《臨難詩》云：天乎人事苦難留，眉鎖滄江水不流。煉石有心嗟一木，臨湘無計慰三洲。河山滿目風悲角，冠冕懷人雨溢秋。盡瘁不成身已逝，年年鵑血染皇州。

毛壽登字恭壽，號廓庵，崇禎貢生，官主事，入國朝爲天津監司，有《廓園詩集》

《避亂湖中過報慈寺》云：乘閒訪老宿，意象不無神。梵誦魚龍度，威儀虎豹馴。接機摻小艇，避難託羣身。獨放桃花色，莊嚴劫外春。

洪子彥諸生

《先主營》云：漢家中葉幾凋枯，帝子稱戈起義圖。一代史才空右魏，千秋憾事失吞吳。烟生斷岸平蕪合，日落荒村舊壘孤。極目江干嗟往事，蕭蕭苦竹間黃蘆。

國朝

馬　芝 號紫崖，順治進士，官知縣，有《紫崖詩集》

《送周來公之任》云：文氣日凋敝，吾子特善鳴。因茲濂洛後，暗室一燈明。懷道不自私，君子尚其貞。勉莫爲仕貧，冰雪寧錚錚。

陳文燦 字含輝，康熙進士，官知縣，有《寔齋詩文略》

文燦性樂易，與物無競，好學工詩。

《行宮應制賦得佳氣滿山川》云：洛道東巡玉輦來，出關紫氣望中開。恩高嵩嶽雙峯霱，澤滿黃河巨浪催。是處絪縕縈綵仗，無邊景色接仙臺。休徵自應昇平象，遙聽歡呼遍草萊。

鄒養赤 字幼心，順治進士，官知縣

養赤少有才名，碑版文字一時無兩。侯偉時墓銘云："生不必其不朽，死不必其不壽。孰重孰輕，孰先孰後。苟不愧其皛白之心，而何患乎悠游之口。"亦可以概其生平矣。

《晚歸》云：江城漁價減，日落獨歸船。遠火如浮水，孤村不辨烟。書聲出竹裏，酒客聚花前。隔岸時驚犬，開門月在天。

侯家璋 字澧南，官知縣

家璋少耽吟詠，令有政聲。詩各體皆工。石首張銘謙評之曰："其風雅本乎性情，感慨深於閱歷。雄直悲涼之氣，則得於江山之助。"惜未訪其集

而錄之。

侯家光 有《偃蓋山房詩賦草》

《柳浪懷古》云：柳浪湖上柳如烟，柳浪湖下浪接天。浪花柳絮交春色，沿湖多泊釣魚船。可憐湖岸釣魚翁，去來打槳浪花中。豈知浩渺烟波裏，當年曾此住袁公。我聞昔日油江口，三袁弟兄耽詩酒。湖邊特起水心亭，陶潛門外多種柳。伯修小修擅文詞，中郎更具開天手。天馬行空不可羈，遊戲騷壇世罕有。三百年來景物非，人去亭空水四圍。湖山如故今誰主，碧浪惟餘鷗鷺飛。白鷺沙鷗紛起落，九原才子不可作。東風吹送碧參差，畫棟雕梁成蕭索。君不見柳枝猶是舊腰肢，萬縷千條瘦不支。誰載詩人踏浪去，月明重認舊鬚眉。

龔三捷

《萊公祠古竹》云：寂寞修篁寇相祠，春風猶發舊時枝。彝陵江上蕭蕭竹，即是羊公墮淚碑。

李文清

《月夜獨坐》云：水國波平夜氣清，客情無那漏三更。金風故故催殘夢，揉碎芭蕉作雨聲。

鄒美中 字華亭，自號西林山人，貢生，有《燕石藏稿》、《唐詩中聲集》、《西林雜著》、《華亭韻通》、《切韻表》、《音韻支折》、《史志舉要》　子崇泗、崇漢

美中少孤，能讀父書。年三十即謝舉子業，肆力詩古文詞。嗜書，多搜善本。日坐二分水竹屋中，丹黃不去手。於經義、說文、韻學，多發前人所

未發。貪奇多識，且旁通天官家言，制《中星》、《儀星》、《漢平儀》，辨古今之垣宿，考中西之異同，著述凡十餘種，均不拾糟粕，能成一家之言。子崇泗、崇漢能傳其學。

　　《西林偶題》云：閉戶絕塵想，檢點齋中書。白雲如過客，明月落前除。羲皇今已遙，古道一編餘。即此愜幽興，心遊天地初。《偶讀昌黎"凡爲文辭，宜略識字"二語，感賦示崇泗》云：古文重小學，六書掌保氏。相沿及漢代，篆隸備六體。說文編叔重，宮商分呂李。聲音析微茫，點畫判形似。如何洎於今，字韻乖元始。南北各殊風，同文而異執。嗟余徒好古，終歲鑽故紙。小學書研尋，於中悟至理。岷山九派分，發源濫觴水。黃河天上來，星宿濁浪起。東注渺無涯，滄海爲之委。由委而溯源，有本乃如是。江河無本原，斷港絕潢耳。登高必自卑，行遠必自邇。勉旃復勉旃，養正基於此。《醉賦》云：上下三千年，縱橫九萬里。韋曲杜陵文物盡，紛紛古人呼不起。出門一笑向青天，飽蘸新墨吊煙水。《晚發御路口》云：劃出滄江路，歸舟落照邊。天空秋在水，客久日爲年。薄暮催帆急，中流得月先。誰歟羨魚者，獨自釣寒烟。《春日簡易松濤》云：短長亭畔話離筵，小別匆匆動隔年。消息難忘分手日，光陰又到賞花天。交從淡後真如水，人在春中半是仙。步屧東風盤馬地，海棠一笑柳三眠。《春感》云：東風未惜馬蹄遙，踏破青山路幾條。送遠不堪南浦水，銷魂況上灞陵橋。鶯爭出谷緣求友，柳不迎人亦折腰。憶得杏園春晝永，賣花聲裏是今朝。《題管清軒澤年灃南詩存》云：嫋嫋秋風撼素波，江皋馳馬竟如何。窮途淚向愁中盡，憶舊詩於別後多。山鬼猶然依薜荔，美人空自舞婆娑。繁絃急管聲聲唱，不是《離騷》即《九歌》。《秋日餞涂東洲維揚東歸》云：東去江流悵逝波，烟塵況復屢經過。氛通三楚關山暗，秋入重陽風雨多。是處黃花爭晚節，幾人赤手挽長河。亦知兒女英雄淚，不灑別離奈別何。《江漢曲》云：花開不見郎，花落郎纔到。花落復花開，郎情太顛倒。《別雷松堂瑢儀》云：行行重行行，長短亭邊路。一笑對斜暉，風吹烏白樹。《晚步沙湖》云：落照斂殘魂，土花凝瘦骨。蒼涼一片秋，山鬼哭明月。《春閨》云：庭種合歡樹，窗開並蒂花。憶春春到否，春色在兒家。《書懷》云：星辰握手三層閣，肝膽酬恩七寶刀。香草美人何處是,小窗燈火讀《離騷》。《無題》云:高樓西北連天起,孔雀東南傍日飛。醉倚春風尋舊約,垂楊深處綠成圍。秋水白蓮能解語,春風紅豆最相思。一生贏得淒涼在,月落參橫夢醒時。《大河灣竹枝詞》云:伯勞飛燕各西東,昨日今朝事不同。江畔一聲泥滑滑,儂家愁雨爾愁風。斜風細雨恰春初,釣得雙雙赤鯉魚。底事故人音信斷,腹中不寄數行書。煙波江上蕩輕橈,一半春愁不上潮。忽聽吳孃相憶曲,風風雨雨度花朝。佳句如:君自能文焉用隱,世無可語肯言才。醉中合唱還家樂,病後轉愁行路難。一夜東風吹別夢,十分春色壓征鞍。東風屈指當三月,舊雨關心又一年。人來舊巷斜陽外,秋在寒林落葉初。皆一片性靈,不假雕飾。

崇泗字學源,號魯溪,貢生,有《桃花山莊詩草》。少負材不羈,父以禮嚴折之,始就範。益憤志力學,所爲詩古文詞無不根柢經史,祖述風騷。乃困於一衿,致名不出於鄉里,惜哉!

《題鍾馗圖》云:雄在心,威在目。拔劍一顧,百鬼懾服。視尋章摘句之進士,抑何碌碌。《題扇》云:天風勢震蕩,大海波濤壯。一鶴橫空飛,羽衣凌漭泱。仙人坐仙槎,漉酒心彌曠。閑揮白羽扇,遙指青冥上。《題〈桃花源記〉後》云:非秦漢魏晉之世,是無懷葛天之民。先生獨有千古,後此何從問津。《小市晚歸》云:離却塵囂地,飄然策蹇還。早涼新入樹,落日半銜山。林暗昏鴉集,花疎白鷺閒。前溪開畫本,流水響潺潺。《夜渡漢江》云:天空夜氣浮,乘興下鄂州。帆指西樓月,水泛漢江秋。回首七百里,繞城萬餘舟。蒼茫人獨立,鷄唱五更頭。《和張江陵閑居詩》云:神龍未變蟠泥日,黃鵠初飛刷羽年。豈有雄才甘隱遯,斷無名世作神仙。金針好補千絲袞,奇石能完五色天。休道順風收纜易,詎真容易說歸田。《春日即事》云:不衫不履步村莊,愛逐輕鳧過野塘。春水有波隨意綠,好風吹送菜花香。

崇漢字雲章,號星溪,道光舉人,有《辛畦居士稿》。性穎悟,文有奇氣,語多寄託。尤長於詩,喜讀屈子《離騷》、庾子山《哀江南賦》。故詩多哀怨感憤,有"亂離兒女翻成累,落拓文章那見功"之句,卒以善病早逝。

《讀莊》云:山以木自寇,膏以明自煎。蹩蹩塗中龜,曳尾僅自全。咄咄櫟社樹,不材終天年。斯言類矯激,慮周理無偏。巧者禍之根,拙與福爲緣。卑下水所鍾，高明鬼垂涎。已矣勿復語，吾將幾自然。《贈汪仲閎以鑑》云：有客翩如南飛鵲，飛飛不住何處樂。東風一炬肆摧殘，毛羽凋零氣蕭索。汪侯意態秋雲高，東風結客皆雄豪。屛開雲母燒高燭，酒壓珍珠滴小槽。有時醉宿平康里，日高酣眠呼不起。巫山高處一段雲，桃花潭下千尺水。豈知歡樂成憂患，轉眼浮雲多變幻。黑山白波捲地來，昔日歌舞今塵埃。黃鶴晴川渺何許，羈愁萬斛撥不開。相逢何事輒淒絕，不信芳華遽銷歇。羽書昨夜飛荊山，竟陵毛賊就撲滅。從此擴清江漢塵，高參戎幕資勳烈。《男兒》：身不平賊歸無家，願將腰劍靖風沙。安能鬱鬱作羈旅，坐擁愁城泣風雨。《贈張虔齋致誠》云：行路難，如此逢人喚奈何。風塵滿天地，身世阻兵戈。白髮垂垂老，青春寂寂過。相思不相見，鎮日淚滂沱。《報慈寺夜起》云：夜闌不成寐，起步出前楹。斷木疑人立，微風誤雨聲。境如僧入定，心與月同明。萬木蕭森處，啾啾一鳥鳴。《舟行》云：野望何空闊，舟行任往還。天光低墮水，湖勢遠吞山。身外名皆淡，鷗邊夢亦閒。老漁相狎慣，把酒一開顏。《湖堤漫興》云：人生行樂耳，吾道是耶非。鷗鳥頻頻狎，鱸魚漸漸肥。江湖年老大，風雨願乖違。且趁扁舟興，還家自款扉。

沈賜鈞

《塔岡廟》云：蕭寺何年傍古驛，收剔殘碑無片石。相傳真武自西來，曾於此地卓雙錫。又傳明有進士公，自言家住洱海東。維時張李氛正惡，滇黔蜀道梗未通。祝髮寺內棄桑梓，題額西崑走筆鋒。高僧因緣結香火，廟貌因之愈穹隆。百年剝蝕驚風雨，殿宇荒涼啼鼯鼠。居士擲取黃金磚，轉眼丹堊復舊觀。吁嗟乎，我不佞佛佛亦得，恰有禪機向佛說。自來禪語比水傾，惟有因緣理最澈。安知自前衆蘭陀，非即當年舊檀越。我作蓮社客，讀書近十年。既無坡公玉帶贈佛印，又無白傅詩集藏佛龕。只合捉筆題句溯緣起，留此飛鴻指爪，一參西來禪。

袁　照 字萬皆，諸生，官同知

《過長湖》云：懸帆向東北，行行六十里。水闊天漸低，風輕雲將起。回顧湖上村，如墜煙波裏。漁舟若泛鳧，四望無所倚。生涯奚足論，差可適其體。我來掉輕舠，浮家愧難比。欲藏萬卷書，無畫終輸米。何日解征帆，行歌安素履。

釋巨峰 別號吟蒼，有《吟蒼詩草》

巨峰髫歲即落髮住二聖寺，工詩。予刪存其半，後有續《江湖小集》如陳起者[10]，當采入《高僧詩選》中。巨峰餅盛遍天下，而負性傲岸，所至輒齟齬。入京師，與明爕、虛中、曉堂諸老宿遊。《調梅語錄》中載其詩，即都門所傳之《禪餘偶集》也。既困游而歸，年已八十。見客從不道一字，予屬寺僧伺暇日具紙筆，諷令追錄舊作。記憶雖小誤，差幸篇章完具。今刪存者，是其底本也。節劉士璋撰詩序

【校記】

〔1〕李庶幾，原文作"李庶"。《楚紀》卷四十三作"李庶"，《楚寶》卷十八、《詩徵》皆承其誤，據宋祁《大理評事張公墓志銘》改。"景與麗益，聲華日振"數字，出自《楚寶》，大約源自"麗澤之益"一語，但"麗益"說法罕見。

〔2〕中，原目錄及條目作"宗"，正文作"中"。元吳澄《吳文正集》卷十七"莊子正義序"（四庫本）："玄學講師侯大中，蜀產也。"明王圻《續文獻通考》卷一百八十三"經籍考"："侯大中詩集，公安人，號損齋，金大定初應詔建醮，授師號，其詩集學士元善爲記。"清錢大昕《元史·藝文志》卷四："侯大中詩集，號損齋，公安人，金大定初應詔建醮，授師號。"所記有差異。

〔3〕東倭關白之警，在萬曆十九年、二十年、二十一年，即萬曆二十年壬辰年前後，而丁亥年戊子年是萬曆十五年、十六年。此處時間有問題。

〔4〕清朱彝尊《明詩綜》卷六十二"袁宏道"："詩話傳有言。"清朱彝尊《靜志居

詩話》卷十六"袁宏道"："傳有言。"此語出自《漢書·董仲舒傳》："竊譬之琴瑟不調甚者,必解而更張之,乃可鼓也。"此譬喻後世常被詩話引用,流傳頗廣。

〔5〕詩,原作"時",文義不通。但清朱彝尊《靜志居詩話》卷十六、朱彝尊《明詩綜》卷六十二均作"時"。《詩徵》承朱彝尊之誤。

〔6〕清朱彝尊《靜志居詩話》卷十六"袁宏道"、朱彝尊《明詩綜》卷六十二"袁宏道"所載同此。明袁宏道《袁中郎全集》卷二十六(明崇禎刊本)《橫塘渡》："橫塘渡,臨水步。郎西來,妾東去。妾非倡家人,紅樓大姓婦。吹花誤唾郎,感郎千金顧。妾家住虹橋,朱門十字路。認取辛夷花,莫過楊梅樹。"多出數语,且"柳"作"梅"。《詩徵》承朱彝尊之誤。

〔7〕二,原作"三"。據袁宏道《袁中郎全集》卷一《敘小修詩》改。

〔8〕舼艚,一般作"桐艚",均有使用。清張豫章《四朝詩》明詩卷五十二五言律詩三《武溪》："好載桐艚酒,沿山看晚晴。"民國徐世昌《晚晴簃詩匯》卷二十四《新灘歌》："西來舼艚去如箭,死喪之色人人面。"

〔9〕艾,原作"乂",與"乂"形近而訛。"乂"通"艾"。木艾,即普通香草香木。漢揚雄《蜀都賦》："木艾椒蘺。"

〔10〕陳起,原作"陳江鈿",誤。南宋陳起一再續刻《江湖集》,清人輯爲《江湖小集》、《江湖後集》。而南宋江鈿,編有《聖宋文海》,並不相關。

湖北詩徵傳略卷三十五

石　首

明

韓守益 字仲修，號樗壽，官中允，有《樗壽集》

守益明初以儒士攝教宜都，膺賢良文學聘，擢僉事，取爲御史。諫激，上怒，命力士鎚擊臥地，旋命醫調治。及卒，謂楊溥曰："爾鄉韓中允，千百人中無此人也。"《明史》

中允無詩名，七言如：幽禽曉聚岸花動，錦鯉春肥溪水温。柳葉雨晴鸚鵡語，木棉風暖鷓鴣飛。隔簾花影散棠棣，何處鳥聲啼栗留。具有風致。《静志居詩話》

《樗壽集》中多佳句，如《繡林亭》云：汗馬英雄思附翼，赤龍江漢志升天。《文丞相祠》云：黑光蕩日陳橋變，青氣移星海島悲。語何等沉痛。《登宜都一覽樓》云：千里鶯花連隴蜀，一江風月接荆吴。大類李西涯。《楚天樵話》

《過九江》云：夷險休渝節，勤勞莫問家。暮船維柳樹，春水泛桃花。廬阜依霄漢，江洲對渚沙。多情白司馬，曾此賦琵琶。《明詩綜》

《過采石磯懷李白》云：製作隆中古，寥寥大雅音。文章關有道，天地豈無心。白也才何逸，時哉陸易沉。蛾眉亭外月，還照大江濱。《登一覽亭》云：層臺飛構收雄都，雲影天光入畫圖。千里鶯花連隴蜀，一江風月接荆吴。煙霏山色時濃淡，雨雜灘聲自有無。落日憑欄倍惆悵，白雲飛去寸心孤。

楊　溥 字弘濟，建文進士，官大學士，諡文定，有《詩文遺集》十六卷

溥建文時官編修，靖難後轉太子洗馬。宣宗即位，與楊士奇共典機務，遷尚書。英宗初立，進少保武英殿大學士。溥後楊榮、士奇二十餘年入閣，至是與之并。時王振尚未橫，天下清平，國無失政，中外臣民翕然，稱"三楊"。以居第目士奇曰"西楊"，榮曰"東楊"，而溥嘗自署郡望曰南郡，因號爲"南楊"。溥質直廉靜，無城府。性恭謹，每入朝循牆而走。諸大臣論事爭可否或至違言，溥平心處之，衆皆傾服。時謂士奇有學行，榮有才識，溥有雅操，均人所不及。鄭端簡公論曰：南楊安貞履節，調羹釀醴，參合成名，洵不媿爲賢相云。

溥謙謹小心，吏卒不敢慢。嘗曰："士君子一言一行，幽明可質，方無負父母生成之恩。"

史稱三楊同相，士奇有相業，榮有相才，溥有相度。確論也。

《明史·藝文志》載公有詩文集共十六卷，爲公薨後三十年，憲使項公刊行，有彭時序。《居易錄》云："友人令石首，囑訪楊文定遺集，僅得其五世孫所錄文五首、詩九首而已。"項公所刻原書，此時已無存矣，況又逾二百餘年後乎？

初監利劉景星魁爲諸生時，從溥游，甚重之，曰："景星吾老友，不應在弟子之列。"及舉于鄉，不求仕進。溥疏魁名，命有司勸駕，不赴。後有詔督責，不得已出授四川訓導，旋乞休。溥知不可強，繪《幽篁古木圖》，題句貽之曰：老幹棱棱飽雪霜，蒼苔深處倚幽篁。此生不作明堂夢，贏得山林歲月長。

溥執政，子自家來省，問一路守令賢否。對曰："兒道出江陵，令爲天臺范理，殊不賢，其待兒苟簡甚矣。"溥默識之，即薦升德安知府，甚有惠政。或勸理當函謝，理曰："宰相爲朝廷求人，非私也，何謝！"爲時人兩賢之。

《楊思敬東郭草亭燕集》云：芝蘭本同氣，桃李自成蹊。感彼歲易邁，肯

與心賞違。迢迢禁城東，桑麥連重畦。聯轡縱遐覽，我懷浩無涯。惠風煦澄景，微雨浥芳姿。人生有至樂，舉觴歌於斯。《扈駕巡邊途中感興》云：策馬登崇岡，一覽洞八荒。山川限南北，華夷有定疆。猗歟商周盛，以德爲保障。秦隋勤遠略，禍亂起蕭牆。《東征》云：櫖槍耀齊分，龍御勤六師。出門馳馬去，不暇告妻兒。親友送我行，欲語難爲辭。死生豈不恤，國事身以之。《過儀真》云：維揚風雨曉開晴，南去金陵半日程。萬里波光隨海去，半篷山色逐船行。垂楊夾道人家集，芳草連溪水鳥鳴。獨倚危檣望鄉國，塞鴻飛處暮雲橫。《送張伯原》云：湖海星霜入鬢絲，九重優詔許歸時。甘盤學術商規範，甪里衣冠漢表儀。玉佩聲閒山月曉，松濤夢覺畫陰遲。江鄉秋到飛鴻早，天際停雲正爾思。《沙河野望》云：誰問溪南處士星，獨居山谷久忘形。寒花背客生閒地，野鳥窺人立淺汀。漁棹遠歸千頃碧，樵歌高入數峯青。年來幸與鄉鄰慣，不弃清貧舊草亭。《送素庵給諫還里》云：湖海風霜四十年，九重優詔許歸田。扁舟後夜維揚宿，戀闕心隨海月懸。故家譜牒自關西，清白相承世共知。潞水孤舟歸去日，行囊總是故人詩。槐陰滴翠滿前除，芸閣涼生暑雨餘。啼鳥數聲清畫永，北窗睡起課兒書。繞屋寒梅盡著花，喬林雪後玉槎枒。里胥不到重門掩，信是山中宰相家。《畫竹寄李朝宗教授》云：春滿江皋雨露深，此君別後每關心。何當養就凌雲節，製作簫韶協鳳鳴。

劉寓生_{字奇進，弘治進士，官僉事}

寓生初官御史，抗直敢言，以忤劉瑾免歸。嘉靖初，起爲福建僉事，與湛若水、穆孔暉講明性理之學。

《六湖山》云：石林分秀入平蕪，千疊青山繞六湖。兩岸人家烟靉靆，一川花柳錦模糊。江連虎渡扁舟遠，水落獅巖曉月孤。好景欲同鷗鷺狎，半帆搖曳落菰蒲。

王　綖 字少儀，號江埜，嘉靖進士，官御史，有《食研堂集》　子喬吳、喬桂

綖入諫垣，值太宰汪鋐用事，綖糾同列疏發鋐貪污狀，上迫於公議，罷鋐。轉怒科臣之彈劾者，綖因免歸。家居二十餘年，屢薦不起。因遊太學時，曾以詩文受知於嚴分宜，值其當國，故托疾以避之也。

《晚泊團風先訊稚欽、士希諸君》云：舟繫團風樹，深江暮更流。天隨千嶂静，風落一帆秋。漁火星分店，洞簫月滿樓。故人無恙在，喜極見黃州。又如"江山生白髮，風雨上孤舟"句，亦渾脫。

喬桂字引瞻[1]，隆慶進士，官參議，有《蟬芬軒詩集》。學問賅洽，在詞館，大學士趙貞吉每以疑義相質辯，應聲而對，坐客避席。《北上別兩兄》云：逆旅相逢醉夕曛，不堪策馬又離羣。池塘夢繞澄江月，鴻鴈音連朔塞雲。涕淚已從天際落，關山何意客中分。獨憐忠孝傳家久，須遣芳聲日共聞。

喬吳字越瞻，嘉靖舉人，官通判，著《海巖詩鈔》。《登繡林山》有"杖屨自憐塵世迥，嘯歌偏喜谷聲通"之句。

袁宗皋 字仲德，弘治進士，官大學士，贈太保，諡榮襄

宗皋初充興邸長史，興獻嘗曰："袁長史厚内方外，盛德長者。"肅宗入繼大統，扈蹕至良鄉，禮部具儀注。帝謂宗皋曰："遺詔嗣位，非為皇子。"宗皋舉手加額曰："誠如睿論。"次京城，請由中門入，人以周昌目之。

《龍山曉鐘》云：山深野寺幽，月落鐘聲早。遠度寒城來，驚殘清夢曉。《石城暮雨》云：幾登石城上，雨打梧桐秋。不堪鄉思重，直此是神州。

張　璧 字崇象，正德進士，官尚書大學士，諡文簡，有《陽峰家藏集》　孫世懋

璧當夏言、嚴嵩相持之時，入閣不及一年而卒。《明史》不為立傳，豈其

人果無所短長者耶？《陽峯集》有卅五卷之多，典裔博贍，才稱其位，古今體詩尤傳誦一時。

《尹巽峯遣祀衡山》云：天王御宸位，相國熙帝載。維時肇初元，秩禮肆禋類。皇皇遣近臣，肅肅將遠賷。顧玆南嶽鎮，而與朱鳥配。星分當翼軫，地望等恒岱。坤維得艮止，后土資負載。祝融正盤紆，靈爽豈茫昧。巽峯天下士，祇命壖壤內。晨裝發潞河，夕舸達江匯。犧宰設衡幅，虞人剪荒穢。再宿整襟冠，三薰潔醇醥。樂張洞庭野，紉憶蘭芷佩。探歷道彌廣，登覽神愈倍。禮成眷桑梓，敬止重風概。秋徂命佔人，星言理征駾。于皇念啟沃，遲子曰展對。悽惻懷修塗，音塵慰寮寀。《明詩綜》

《劉郎浦》云：當年留滯行兵處，今日悽涼賣酒家。每想壯圖無處問，晚風殘月櫓呀啞。

世戀字元賞，《簡徐子裁》云：兀坐愁風雨，孤燈祇自親。簡編虛歲月，裘馬任風塵。金盡難忘俠，文成擬《逐貧》。誰憐依白社，猶是倦遊人。《春日園居》云：自分無經術，明時合陸沉。春寒侵病骨，暮雨碎愁心。差比休文瘦，何堪寧戚吟。東風太無賴，一夜落花聲。《彭長卿過訪》云：歲華寥落後，有客到滄洲。來問維摩病，還披季子裘。詩成飛郢雪，義重託吳鉤。莫話章臺柳，王孫已倦遊。《喜虞子墨再過》云：緘書幾載漢江濱，此日相看意更真。別後頭顱憐我老，到來肝膽向誰陳。黃金薄俗寧妨妬，白酒空齋且共親。清世向聞思策士，未容明月暗投人。《寇元之席上同邱長孺小集》云：飄零久矣滯幽燕，杯酒招邀意氣偏。世路紛華雙眼外，故人肝膽一尊前。謾從上苑占星聚，愁向天涯看月圓。此夜相逢俱郢調，不知誰和《帝京篇》。《無題》云：花滿燕山春滿樓，長干風月六橋頭。虛名贏得張公子，垂老逢人說舊遊。

秦維正 字兆谷

維正家貧嗜學，充縣掾吏。喜詩，詩成輒焚其稿。有"身賤詩名小"句，蓋自悼也。稿一卷，高學使世秦序而傳之。

《冬日雜感》云：富不能濟窮，與不富者同，嗟嗟晉石崇。才不能全身，與不才者倫，嗟嗟楚靈均。《天柱峰醉吟》云：曾將此柱為吾杖，拄向青霄雲霧上。踏破神州幾點烟，偶遇祝融君一放。君不見杞人去後幾經秋，至今湖南湖北天無恙。吁嗟兮，世道摧崩亦欲傾，安得如此柱者相支撐。遼陽屢歲連烽火，腐儒抱經猶瑣瑣。《過香疏館贈羅君實》云：日暮西風起，長歌出竹扉。遠霞聯水動，孤鳥伴烟飛。倩月隨君轉，將風送我歸。明朝無俗事，共採北山薇。《題畫代贈鄒寅之》云：浦口抱琴回，月明村路迴。隔江夜氣中，露出青山頂。

王啟京 字兆來，貢生，有《鶴厓集》　啟遵

《感興》云：聶政與荊軻，千古稱同軌。余謂不其然，秦非累可比。慷慨壯軻行，易水悲風起。尚論古之人，政乎安足擬。員憤復奢讎，沫懷侵魯恥。良為報韓圖，讓因酬智死。所重在君親，鴻毛非可已。俠累初無纖芥嫌，捐生抉面胡為爾。成仁取義豈如斯，徒為仲子千金使。

啟遵字因是，崇禎舉人。與京皆都諫絍曾孫，徵君啟茂從兄。《寶劍篇》云：攜來神物暗飛霜，不為無魚客孟嘗。三尺獨含風雨氣，雙龍時挾斗牛光。報恩遮莫酬公子，斬佞何須借尚方。莫道書生無俠骨，論心到爾自昂藏。

王啟茂 字天根[2]，貢生，有《渚宮拙修堂集》、《玉㡬齋樂府》、《茶鐺三昧》、《曬書瑣語》、《松窗錄》　弟啟棠、啟芬

天根為御史絍曾孫，崇禎末以明經薦，不就。父冲，兄啟京、啟遵[3]，弟啟棠、啟芬，皆有才名，人稱五鳳。天根性獨淡素，工詩詞。避兵湖南山中，年七十餘卒。

張江陵救時之相，功過原不相掩。"恩怨盡時方論定，疆圻危日見才難"二語，竹垞稱為詩史，不知乃啟茂《謁文忠公祠》句也。全詩云：袍笏巍

然故宅殘,入門人自肅衣冠。半生憂國眉猶鎖,一詔旌忠骨已寒。恩怨盡時方論定,封疆危日見材難。眼前國是公知不,拜起還宜拭目看。《考田詩話》

漁洋見《題江陵相故宅詩》有"恩怨盡時方論定,封疆危日見才難"二句,初不知爲何人作。余讀《渚宮集》,乃知王天根詩也。華容嚴平子首昇序其詩,曰:"王子以語言妙天下五十年,博物似雅,輕財似俠,善謔似諧,好辯似放,樂善似厚,汎愛似通,久遊似浪,無營而不憂似達。趺坐七日,朗吟而逝,似有所得。不善飲而有飲致,不學琴而有琴心,不佞佛而日與禪僧爲侶。漢之大北海,宋之小東坡歟?"《楚天樵唱》

《門有車馬客行》云:門有車馬客,見余多怒嗔。非爲禮數簡,亦知肝膽真。祇慚餽贈少,未能療客貧。余貧客所見,徒免甑中塵。結交二十載,典鬻奉佳賓。西鄰豈不富,叩戶何曾應。願客早富貴,爲余作主人。輕財若埃沫,致賄如丘陵。門下三千客,各賜千黃金。人人無惡聲,薄俗庶乃敦。《搗衣曲》云:城中萬戶隨秋風,家中搗衣聲不同。東鄰搗練西鄰布,一種辛勤有貧富。富家牆高聲隱隱,貧家淒淒霜露冷。富家衣篋長高閣,貧家搗衣待衣著。《枚友貽方竹因製爲杖作歌》後半云:我持此竹裁作杖,勒銘鏤字琅玕上。葛陂靈壽如等閒,筇竹鳩形氣凋喪。世人貴圓不貴方,我生與爾毋相忘。廉隅猶存真可倚,五岳三山從此始。《西施嘆》云:洞房屈戌黃金鍍,碧紗曉色如烟霧。房中慵臥最嬌人,曾在越溪茅屋住。珊瑚枕上夢歸寧,猶見溪邊梓花樹。舊鄰女伴朱顏同,別日悲啼送登路。一入深宮便上天,人間那得通情愫。有姿無命亦徒耳,知向何村作新婦。《對湘樓即事》云:客裏仍多事,高樓暫閉關。春隨飛絮盡,心與落花閒。樹外遙見水,月中猶看山。武陵溪上住,已似隔人間。《月夜同四弟》云:積陰稀見月,今夕對清輝。留客竹風細,近人螢火微。話長移樹影,露下濕苔衣。箕坐俱高逸,何當拂玉徽。《由水溪口尋秦人洞》云:洞口呼仙子,秦人聞不聞。田廬堪着我,耕鑿願隨君。幽靜惟聽瀑,徘徊空見雲。兵戈今滿地,羨爾鹿麋羣。《冬日同友人遊君山》云:且莫辭幽阻,能來已夙因。幾年遊未遂,今日到方真。寺遠鯨音杳,沙平鳥跡新。深深靈境去,回首笑紅塵。《舟中即事》云:武陵溪水碧如天,幽興狂來自扣舷。海岳橐裝無俗物,元真奴婢有仙緣。深防好事傳爲畫,定被凡人喚作顚。把臂便應從此遠,只今南北甚風烟。《族祖南陽翁,年九十四矣而善飯,躍馬無異少壯,詩以壽之》云:但尋庚甲便堪驚,天上神仙地下行。身尙如童孫已老,髮無可白面猶赬。百年榮盛經雙眼,五帝昇平過一生。桐帽棕鞋靈壽杖,間中閱盡幾公卿。《過袁中郎卷雪樓》云:庾信羅含宅尙垂,小樓廻首更淒其。澄江曾入驚人句,華屋堪增過客悲。千載後知聞笛處,十年前記倚闌時。文章不盡風流盡,盼盼於今屬阿誰。《聞都下以中元日追薦遼兵陣亡者》云:身亡猶得荷皇恩,新鬼何緣近國門。多少人家秋雨裏,紙旛江上哭招魂。青詞唱畢鼓喧闐,上徹青霄下徹泉。將士近年無賞賚,好來都下受冥錢。《看女郎作畫》云:玉纖呵凍未曾閒,意在烟林水石間。袖裏一丸螺子黛,雙蛾不畫畫青山。《西園旅懷》云:弱柳初花故國遙,山窗誰記剪蒲苗。客心如酒春如夢,風雨閒園又一朝。《旅思》云:連宵客夢有誰知,篷雨蕭蕭就枕遲。花片打窗蕉葉響,尋常香閣點燈時。《聞雁簡陳季叔》云:孤燈寒雨二更天,塞雁初聞思悄然。便好乘風向南去,西齋愁客正無眠。

石壇王天庚,閒雅淹博,有古名士風。飲不一蕉葉,而能竟夜快譚,以故流輩多親之。著述最富,尤長艶詞。《西園樂府》及《髮香》、《睡鞋》二賦,膾炙人口。七言佳者《純忠堂》、《捲雪樓》二律已載《志餘》。他如:荷鋤千嶂曉,洗藥一溪香。留客竹風細,近人螢火微。秋深晴日少,鄉遠僕夫愁。墜葉鳴兼雨,寒花欹向風。女侍一時催繡褓,宮中三日散金錢。沉水泛時爲楚客,澧蘭香處過佳人。移竹童歸沾翠雨,賣花人過剩香風。清齋坐玩空香晚,野望行穿古樹陰。依然佳水佳山地,誰是無愁無事人。皆爲警句。又《絕句》二首:出郭未亭午,到門星月斜。非關行步緩,一路看梅花。餉君岕山茗,但少惠山泉。城中無好水,留待雪時煎。此先生寓余雍臺別業,信筆代束者,清幽一氣,非復人間烟火矣。近過白下陳伯璣,遺我《詩慰》,中選天庚《渚宮集》數十首,庶幾嘗鼎一臠云。《郢書》

啟棠字子韡,萬曆進士,官知縣,有《韡庵集》。《秋日閒居》云:門掩垂蘿靜,微軀一葛巾。谿雲陰傍戶,林鳥冷依人。白日侵簷短,青山入座勻。

秋聲落葉裏，寂寞著書情。《春日登繡林山》云：雅有少文癖，憑高意不禁。山光憐雨霽，樹色識春深。野曠行人少，江空落日陰。興來還抱膝，天地付孤吟。《殷珍卿自郢中至，感賦慰之》云：柴門欣枉故人車，爲話酸辛淚滿裾。春色况逢湘浦燕，鄉心倍憶武昌魚。已知朱戶難投刺，仍是青山好著書。但有茂陵詞賦在，豈容貧病老相如。《武昌同稚昌江樓晚眺》云：高樓聊極目，尊酒故人同。疎樹寒烟裏，孤城落照中。霞蒸雲氣紫，日射水光紅。坐久天風下，鐘聲出梵宫。《寄懷遠叔弟》云：亂峰深竹閉門居，詩卷棋枰爾共予。雨雪一揮千里淚，風烟遙隔數行書。萊衣塵滿看花後，姜被寒生夢草餘。聞道比來離索甚，友生兄弟定何如。又句如：晴烟薰岸草，空翠影江流。皆有父風。

啟芬字遠叔，諸生，有《眴園詩》。《同友對月述懷》云：明月幾來去，羇人尚在茲。空懸歸路裏，又是苦吟時。烏夢林稍霧，香生簷外枝。一鈎同寂寞，和影落清卮。

曾可前 字退如，號長石，萬曆進士，官編修，有《且孺堂集》

可前自辛丑以第三人及第，中秘十年，囊無餘物。病篤，手書遺子鳴世云：「德好命不好，顏回任貧夭。命好德不好，盗跖同腐草。太史五十一，非貧亦非夭。經史付兒曹，何事掛懷抱。」遂端坐而逝。非素養之定，何能臨危不亂如此。《郢書》

《贈陳御史歸衡山》云：豈是鄉心爲雁聞，歸輿欲傍懶殘羣。餐錢中秘時能繼，桐酒黄封好共醺。去去便攜麗德婦，望望那忍狄公雲。丹砂煉處雙榼綠，爲愛仙禽五色文。《悶坐報蔡宏甫館長至，亟迓之，非也，戲寄》云：風翻芍藥兩三花，細雨新晴早放衙。卻笑兒童虛擁帚，蔡經容易到人家。《送客》云：毿毿堤柳拂車塵，一向西川一向秦。路過鄉園應繫馬，瀟湘春色爲愁人。

子鳴世舉孝廉，能世其家學，有《石楠館集》。

夏雲鼎 字四雲，天啟舉人，官知州

雲鼎爲人脫落無繩尺，下筆數千言立就。嘗試《地動解》，引漢儒《洪範》、五行及歷代災異故實，典雅該洽，一時無兩。

《登仲宣樓望峴山羊叔子碑放歌》云：仲宣樓頭江嶺分，仲宣樓下流寒雲。雲流廣漢瀉海日，千山萬山樹中出。君不見昭華宮，晨鐘暮鼓響禪叢。又不見龍山臺，朔風黃葉下蒿萊。何如羊公一片石，嶔崎磊落山之隈。淚亦不必墮，心亦不必哀。滄海爲田生茂草，伊人如在襄陽道。峴首蕭蕭猿夜啼，榮名不共青山老。嗚呼，羊公既去誰與歸，江山猶是風景非。吾寧爲臥龍躍起投明主，安能爲仲宣鬱鬱向人依。又句如：江津水落平沙闊，峴首山高木葉稀。殊有唐人風味。

國朝

袁向 字胅如，諸生，有《擊筑集》

向少負奇氣，與同里曾退如、夷陵雷何思相友善，文藻冠絕一時。《詩佩》

《病臥》云：何物能爲祟，沉綿二月殘。牛衣當夜雨，雞骨怯春寒。兒女啼饑苦，親朋寄訊難。彼蒼何可問，寧作塞翁看。《送歐陽孟韜遊長沙》云：烟波渺渺洞庭寬，帆挂西風去住難。失意可憐愁日暮，放歌況復值秋殘。中洲明月湘妃瑟，枉渚幽香屈子蘭。無奈名山婚嫁累，禹碑那得共君看。《寄曾退如》云：縱橫彩筆鳳城東，才子乘春集禁中。楚吏自誇雲夢澤，漢家初起柏梁宮。含香曉拂龍唇月，視草晴披雉尾風。萬里青雲何以附，肯因文字薦揚雄。

傅丕長 字延伯,號永孚,貢生,官知縣,有《中州草》

《中州歌》云:中州遠太行,驅車盡羊腸。中州非瀚海,黃沙滾白浪。瀚海風濤有時息,中州白浪翻無極。太行峻坂上鹽車,中州羊腸何偪側。十二時中驚夢魂,唇焦口燥廢眠食。廢眠食,空爾力。羊腸前路難,白浪浩莫測。道逢轢軻君不識,牆傾軸折徒困踣。君不見古來封侯盡如鉤,豈容骯髒如弦直。長歌廻策歸去來,赤霄冥鴻高羽翼。浪倒風顛登彼岸,夢回酒醒何嗟嘆。東皋之麓營菀裘,北窗欹枕足優遊。《歲暮同李士伯話舊》云:窮達舊交新,天涯共幾人。孤萍浮宦海,浪跡信沙塵。路暗欺魑魅,波平仗鬼神。鄉心逢歲盡,歸急故園春。《登汴梁樓》云:地迴樓高切太虛,浮雲一望渺愁予。勇辭五斗貧無恙,閒羨三竿臥有餘。但可烏烏歌下酒,何須咄咄字空書。東皋素業菀裘穩,歸醉黃花興不疎。

鄭家夔 字定韶,號莪懷,康熙舉人,官知縣

家夔幼穎異,工詩古文詞。官河南,有善政。工詩,不多見。《晚步》後半云:愁緒憑誰訴,剛腸祇自知。鄉關千里望,何日慰歸期。《子胥臺》云:倒行何太甚,凶虐恣吳兒。縱使鱠深海,胡為鞭及屍。父兄誠可念,君國竟如斯。江上鴟夷泛,蒼蒼自有知。

熊開楚 字蔚菴,號文友,康熙進士,官知縣

初令江都,廉介之聲直達當寧。積勞沒於任,無力歸葬。上特諭巡撫遣官護櫬回籍,異數也。

《赤壁懷東坡》云:笠屐風流望若仙,清遊誰復繼蘇傳。嵐光曉白雉城霧,波影遙青雀舫烟。羈旅秋風人幾輩,江皋詞賦客經年。山川如故英雄杳,閑與漁翁話暮天。

王　循 字耘圃

《送友南歸》云：落梅風高槐花雨，枝上聲聲叫杜宇。芳信聽殘燕市春，鄉心揉碎吳門櫓。雲泥一夜泣同袍，馬首相逢笑鼓刀。幾見仙廚烹玉鯉，誰聞滄海釣神鰲。泥金報字驚雷吼，半肩行李蒼黃走。屐齒遙尋蔣徑三，杖頭先挂齊煙九。紅蓮香引一帆遲，犬吠花村人到時。高堂拜起重含乳，小閣垂簾又畫眉。古帖奇書澹清晝，名心漸老詩情瘦。一竿斜影坐鱸鄉，十里輕烟泛鷺脰。知子江湖眷魏闕，文章未免由中熱。重來共對菊花秋，莫向樓頭聽飛雪。《將歸里門留別湘亭》云：一別渺難即，十年今見之。相看同老大，深語各淒其。試吏應非偶，踐言欣在斯。讀書有真得，當境復奚疑。

李樹瀛 字香洲，貢生，官訓導，有《棲雲山房詩鈔》

《西歸不果，夜登黃鶴樓》云：故鄉杳何處，相憶路漫漫。皓月當窗出，征人掩淚看。江光千里碧，秋色一樓寒。不作關山客，誰知跋涉難。《黃鶴樓》云：危樓百仞立嵯峨，每到清秋輒數過。風雨半空排檻至，江山千載閱人多。壁間題詠都陳迹，客裏光陰感逝波。誰道謫仙曾擱筆，我來偏欲倚欄歌。隔江山欲渡江過，奈此層樓砥柱何？蜀楚帆檣金口下，東南天地水鄉多。洲邊芳草千年憾，笛裏梅花五月歌。愁絕畫欄憑弔處，幾朝宮殿鎖煙蘿。《曉過鶴樓兼訊曉樓月峯消息》云：飛雁高樓過影忙，晴川山色曉蒼蒼。朦朧煙樹迷金口，歷亂風帆下漢陽。清磬一聲黃葉寺，懷人千里白鷗鄉。茶棚酒幔添多少，又是清秋選佛場。《登斗姥閣》云：崔嵬傑閣動高秋，縹緲仙雲曉未收。金口峯巒煙際合，漢陽城郭樹中浮。數聲疏磬諸天靜，一線長江劃地流。自古登臨遷客意，狂歌濁酒半句留。

香洲稱詩荊郢，藉甚才名，及司鐸興國，始與訂交。性慷爽，敦氣節，論詩尤有針芥之合。嘗謂其鄉嘉道時人材輩出，著作林立。如劉星五孝廉振奎,工書能古文詩,學王孟有心得,著《芙蓉閣集》。李藍田雄詩各體皆精,性倜儻,善畫。李棉莊德純有詩二卷,避賊了髻山,愛其深秀,即以自號。傅星田孝廉炳南之《華山草》、劉乙閣明經之《浮萍草》,皆戞戞獨造,許為傳人。惜當時未逐一索讀,以備今日之選。香洲墓有宿草,蒐訪無從[4],憶錄姓名以誌吾過。

釋源曉[5] 字無無,有《石浪齋集》

無無曾受詩學於王徵君啟茂,故出語清道,不等凡響。

《湖居》云:漁火空明楚竹燃,鸕鶿穿破一湖煙。看來深到無深處,只聽鐘聲入水圓。

釋浩乾 字笠渡

浩乾為源曉高弟,有《鷗吟詩略》。

《宿石頭庵》云:岩邊一座滿,細話各逢春。松響鶴無夢,梅香月有鄰。山情開眾想,鐙火聚同人。撲撲風吹幕,傳來花信頻。

閨秀

曾素蓮 字潔君,有《柟枝閣集》

素蓮為退如太史女孫,適劉孝廉鴻慶。慶客湖南,值吳逆之變,道梗不知所終。鏡鸞隻影,其哀怨一寓之於詩。

《和嚴平子春閨》云:自從春去不看花,一任紗窗日影斜。睡起忽聞人語小,侍兒樹底數新鴉。自從春去不聽琴,深怪相如錯用心。記得茂陵風雨夜,令人歸怨《白頭吟》。《春夜渡江宿樸叔小阮宅》云:再訪桃源認舊鄰,當年曾此共清貧。漁翁莫笑扁舟客,三千年來兩問津。重來輕蕩木蘭舟,楊柳依然倚舊樓。世事紛更人面改，鳥啼花落水長流。

宜　都

明

吳守約 字卿父，號六橋，嘉靖進士，官知府

《雪中同黎惟敬歐楨伯集文休承館》云：不淺山陰興，相逢脫紫貂。鶯花正月少，風雪九關遙。濁酒供休沐，新詩慰寂寥。天涯還去住，無奈旅魂銷。《次涿鹿遇羅憲副譚邊事》云：走馬西來駐夕曛，何緣意氣一逢君。燕山擊筑吹寒雪，碣石譚天落暮雲。萬里胡烽天外盡，七陵佳氣望中分。籌邊憶爾多雄略，飛檄曾驅虎豹羣。《送閔北渠都轉兩淮》云：黃金臺畔柳毿毿，匹馬臨岐思不堪。已似賈生還漢室，更煩長孺臥淮南。軍儲今日須鹽策，玄理何人接麈談？秋入山中叢桂發，好將詞賦寄瑤緘。《得許雙塘舍人書》云：去鴈頻將錦字題，美人遙憶薊門西。行邊芳草誰同藉，春盡桃花路卻迷。授簡應殘梁苑雪，含香日捧漢宮泥。天涯雲樹何由見，月下清樽爲爾攜。《秋夜偕劉侍御曾繕部集劉司勳宅》云：玉珂同散紫宸班，遠客鄉心對酒閒。擊筑寒雲生易水，捲簾涼月滿西山。最憐意氣頻攜手，未擬風塵好駐顏。滿酌共君歌楚調，誰能騎馬獨醒還。

劉芳節 字聖達，號元度，萬曆舉人，有《雲在堂集》

芳節博學洽聞，與公安袁氏兄弟齊名。嘗客江陵張相國邸中，一夕集唐成詩百首，相國命子允修輩咸師事之。壯歲無子，捨宅爲廣福寺。癸丑禮闈，條策指陳時事，爲主司所抑，僅置副車，憤鬱而卒。《閨情集》句最工，袁小修曾爲之序。《詩佩》

《閨情》集句云：綠慘雙蛾不自持，曉庭和露折殘枝。長疑好事皆虛事，莫遣佳期竟後期。舊曲聽來猶有恨，柔腸結盡轉相思。遙知更有難忘處，射雉春風得意時。纖纖初月上鴉黃，不把雙眉鬭畫長。素奈花開西子面[6]，芙蓉不及美人妝。對題錦字添新恨，閒對幽花識舊香。欲說春心無所似，池邊顧步兩鴛鴦。《同徐上舍陪雷太史宿紫蓋寺》云：衡嶽飛來第一峰，峰形如蓋紫蒙茸。樵山舊侶迎徐孺，蓮社新盟侍次宗。百丈倒窺丹井碧，一龕深照佛燈紅。松篁也解廣禪韻，卻共簷鈴話夜風。

國朝

李呈玉 字崑山，官教諭

《自水簾洞觀瀑晚宿九仙觀訪皓白道士》云：靈源高閣洞冥冥，響徹空林靜者聽。玉練飛霜寒映月，珠光噴雪冷搖星。崖磨奇字驚龍爪，路夾蒼松帶鶴翎。薄酒不辭留客醉，遙山還送晚來青。《楚詩紀》

李侃 字月亭，諸生，有《鴻雪堂詩集》

侃生際粵逆之難，武昌不守，陷賊中者兼旬，詩益激昂悲憤。皖方宗城、監利王柏心皆推重之。

宜爲古西道地，自吳劉消歇，遂鮮聞人。入國朝，自乾嘉以還，作者稍稍起，如劉明府光榮之《黎香閣詩文集》、姚布衣自章之《竹溪集》，皆清矯絕俗。向見於蔡黃樓案頭，匆匆一讀，未及借抄。黃樓又言邑中易氏爲著姓，名玉權者有《崑圃集》，名如俊者有《荊門集》，至今皆無從搜訪矣。

《沙頭曉發》云：維舟夜已深，擊楫天將曉。殘夢墮空江，歸心疾飛鳥。沿堤漁火紅，傍岸星光小。誰爲掃塵緣，鍾聲山寺早。《靜夜思》云：世緣勞逐逐，午夜自捫心。豪氣須除盡，名場怕入深。淡交言有味，往哲語堪箴。嗤彼非非想，終同幻影沉。《訪友不遇》云：訪舊情何切，蠟屐遍塵境。伊人隔雲深，梅花淡孤影。《班婕妤》云：姊妹新承寵，君恩已漸非。猶留長信月，照冷舊羅幃。《惜別行》云：欲別難為別，揮手心愴絕。何處慰相思，空階淡明月。《春閨》云：小院花飛黯，含情獨倚樓。何來新燕子，相對話春愁。《文選樓》云：巫蠱埋遺憾，書樓峙太清。蕭梁無片土，韻事說昭明。《讀漢趙營平侯充國傳》云：烽火蒼黃煽隴汧，招降先已扼中權。金城方略勤三上，幕府軍機出萬全。不戰屈人羌授首，以奇制勝將屯田。王師整旅還京日，決策終資宰相賢。《赤壁》云：橫槊氣吞吳蜀雄，中流戰艦蹙東風。天心早定三分局，國祚能延一炬功。得雨蛟龍徵變化，繞枝烏鵲散冥濛。夕陽返照空江爛，猶似當初烈焰紅。《猇亭》云：一葉舟隨返照來，猇亭回首劇堪哀。王師敗績皆天意，豎子成名豈霸才。戰壘蕭蕭炎火盡，陣圖隱隱蜀江開。石頭幾日降旗出，局勢三分總劫灰。《題烹茶鶴避烟圖》云：茶烟出深林，一鶴發天籟。身倚古松間，心遊白雲外。流水小橋旁，偶作烟霞主。名山有傳人，松鶴亦千古。《暮相思》云：不見故人久，臨風理素琴。清聲鬱哀怨，薄暮動遐心。月上簾櫳靜，宵深蟋蟀吟。一樽期共酌，天際白雲深。《江干晚眺》云：長江昨夜秋風起，散步江干情何已。天氣更愛晚來新，餘霞貼波明如綺。卻喚漁翁殊不應，一舟蕩入蘆花裏。《同友人遊青谿》云：無計覓神仙，谿山結勝緣。泉聲砭俗耳，松翠落吟肩。冷澈三橋月，青浮半壑煙。叢林幽絕處，開闢問何年。徑古堆黃葉，谿寒瀉碧流。山靈開畫本，雲氣擁僧樓。指悟禪中偈，心清笛裏秋。僧文印善笛。此間風月好，十日足句留。

松　　滋

明

伍文定 弘治進士

文定幼即工詩，以氣節自許。守吉安，值宸濠之變，與都御史王守仁倡議討賊。迎戰於王家渡，文定立石矢中督戰，砲火燎其鬚而不爲動。濠遂就禽，進都御史。旋擢尚書，提督川雲。欲乘兵伸威百蠻，遽召還。文定孤忠自信，遇事敢爲，不能與時俯仰。故功烈雖顯，而牴牾終身[7]，爲志士所深惜。乞休里居，不談國事，惟以詩歌自娛。《楚寶》

吳瑞登曰：宸濠之平，孫許勵其節，王伍大其勳，而中其機宜、奮其忠勇，則尤文定之力也。昔雷萬春面中六矢而不動、文定火燎須眉而不驚，以故保全睢陽與誅鋤寧賊者，曠世一例焉。

田　紱 字大章，弘治進士，官行人

紱，瓊子也。瓊字廷珮，以童子登宣德鄉科，有名於時。紱善承家學，負才名，與同邑王孝廉之相稱詩荆鄂。之相以第一人舉於鄉，善畫龍。父本義，工制藝，亦成化時解元。父子相繼領解，亦盛事也。

謝　佑 字□□[8]，嘉靖進士，官參議，有《澄源集》《退食軒草》

佑居官，仁而能持法。嘗言興利除害，當清其源，補偏救弊抑末也。所至汲引後進，多所成就。工詩古文詞，鎔鑄《騷》、《選》，一時掉鞅詞壇，罕與爲敵。同時范水南孝廉希賢，少嗜學勵行，尤長於詩。北上遇佑喪車於途，意忽忽不樂。即返里閉門著書，不復仕進。亦篤行士也，有詩文集數卷。

潘游龍 字鱗長

游龍博覽有經世志，明季流寓吳門不復返。平生著述甚富，詩集外，如《康濟譜》、《治要錄》、《史學提要》、《宋元史刪》四書，申註古今。《詩餘》等書，皆爲時傳誦。

國朝

李自郁 字文叔，順治進士

自郁本出自江夏，僑寓松滋。依外舅李氏，遂從其姓，蓋黃子澄裔也。《桃花源》云：舊夢荒唐說避秦，桃花辜負幾千春。人間那有仙源路，多事劉郎枉問津。

龐世颺 字聞起

世颺幼穎敏，工詩能文，名重當世。康熙丁巳、戊午間，吳三桂據衡岳開僞科，世颺避居湖濱。僞將軍馮某遣使召之，詈曰：「滇犬返噬，行且就烹，吾豈爲若用耶？」馮怒將執之，走免。旋以明經廷試第一。平生著述甚富，皆燬於兵。

陳昌言 字禹廣，有《看奕草堂詩》

昌言少溺苦於學，博通載籍。吳逆據衡岳，荆州江南諸邑皆淪於賊。仇家誣昌言與賊潛通，坐大辟。將軍貝子章泰廉其枉，釋之。張可前駕部延入橘莊，訓諸子經，疑義多得其剖析云。

《宿河溶觀音寺》云：山路多迂折，籃輿竟日征。殘霞明遠嶠，返照淡孤城。催暝鴉飛疾，隨風葉落輕。遙投烟寺裡，欹枕聽鐘聲。《籠中畫眉》云：柳葉新裁叫莫愁，年年山月照歌喉。無端綺語偏招忌，謫向人間作楚囚。

龐洵 字信也，乾隆拔貢，有《依綠園詩文集》

洵積學多材，善詩古文，兼工繪事。家居構別業，書史充棟，朝夕讎校。

晚益怡情詩酒,與名輩相唱和,不復知有人世間事,一時高曠之士多歸之。

門鎮國,漢軍人,康熙間宰松滋。初不識漢字,既留心筆法,臨摹不間寒暑,久之成家。常懸一筆窗間,鋒頭忽燦爛若花,蓋其精神專注,故管城效靈耳。喜作徑丈"鵝"字,所過名勝輒書之,黃鶴樓石刻其一也。泂句云:石碑刊法書,橫縱勢經丈。曾聞五色花,幻自筆頭放。蓋謂此也。《府志》

《張公來》云:鵲爭噪,張公來,千百聚觀何壯哉。我公倅松飲,松水感公之德深入髓。飲食教誨經歲時,呱者成童童者髭。昔去官,攀留難,今此相見破愁顏。舊成傑閣稱崔嵬,奎文閣係公重脩。兒童尾之登層臺。走相告,張公來。《風返火》范母陳氏,國學文紘妻,夫歿未葬。城西火延及氏廬,氏撫棺痛哭不去。俄風轉火滅,精誠之感,故宜有是云:光燭天,城西火。妾夫骸,厝堂左。風翻火猛焰方張,家人走告情倉皇。牽裾挽袂誓不出,甘與夫骨灰中堂,仰天長號天為傷。俄焉風返火亦滅,啟戶視之淚成血。君不見,伯姬嫠居遇宋災,一死烈,一生節。《鐵匠銀》邑侯毛公萬銓蒞松兩月,以微眚去官,都人士方倡義為贐。朱市鐵匠楊善長首輸五金,比鄰縫人某以二金繼之。懷仁好義出自若輩,亦足風矣云:鐵匠銀,積艱辛。長官掛,吏議羈,江濱首先輸之不復珍。中心誠,匪由強。比鄰居,亦相仿。囊無餘,成衣償。德不孤,情一往。懷金殊乖循吏心,選錢猶感父老情。風慳雨嗇各殊狀,義薄雲天一鐵匠。

余宗曾 貢生,官訓導

宗曾性樸訥,嗜學。斗室中左圖右史,無間寒暑,披吟不輟。詩古文詞雅健超逸,有集二卷,鍾祥李學士潢嘗稱之。學士又稱康熙時進士楊中臺禹傳詩為國朝松滋之冠,有《懷玉山房詩文集》,均未之見。

謝德超 增生　子元淮

德超通經能文,詩亦清拔。然有作輒焚,曰:"是不足存也。"意氣恢宏,振困扶危,如顛連之在其身。

《游仙女洞》云：曉霧濛濛濕山田，蠟屐捫蘿瞰澄淵。嵌空玲瓏相挂牽，洞裏仙人自嬋娟。雲鬟霧鬢知何年，洞外流水長潺潺。中有清泠滌塵緣，上有圓隙光且圓。聞說遺迹昔猶全，我欲鼓勇陟其巔。幽深恐有蛟龍潛，且覓遺刊剔苔錢。壁鐫萬曆邑令尹佐之作。題吟百載幾變遷，剝蝕誰肯重雕鐫。況夫世遠徒口傳，獨立石磴望朝煙。雲嵐幻渺何紛然，安得霽景開中天。《題虞氏渡》云：虞帝昔南巡，光華映此川。二妃隨之往，環珮何娟娟。從兹望九疑，竹染淚痕鮮。今欲尋遺迹，漠漠瀟湘煙。

元淮，號鈞緒，字默卿，官廣西鹽道，有《養默山房詩文集》。幼敏悟，初以巡檢需次吳門，踽蹙風塵者四十年。爲總督陶公澍、林公則徐所知任，年逾五十，始尹無錫，尋遷同知。粵逆陷吳，多軍功，授廣西鹽道。因病乞休，卒於家。元淮居常以經濟自許，而人顧稱其詩。詩不規規於聲律體裁，抒寫性情。善用意於無字句處，可謂作者[9]。七古尤爲擅場。《謁盧忠肅公祠》長篇，棘句鉤章，是合韓杜爲一手。氣局宏肆，無懈可擊。摹寫忠肅氣節，激昂處尤爲頰上添毫。惜不能備錄。

《讀史雜詠》論斷持平，似漢廷老吏。意遠韻長，淵然古樂府之遺。聊登一二以概其餘。《嚴陵釣》云：披我羊裘，釣彼澤濱。澤水清淺，俯察潛鱗。名不可隱，身不可臣。士各有志，歸耕富春。故人天子，公斯強起。天子故人，公則逝矣。咄咄子陵，不可助理。千古高風，巢父洗耳。《座中歡》云：忠能與中官忤，孝能使兔馴墓，不能當董卓之一怒。琴能悟捕蟬心，桐能識爨下音，不能知座中之歡爲罪深。朝發座中歡，暮送獄中死。只可刊石經，不容續漢史。亂世多才反禍身，令人追憶揚子雲。《舟過青溪遇漲，泊大王灘上》云：峯影壓船重，鼓棹登青溪。水濁上江漲，波涌漂鳧鷖。山中夜雨足，高浪山與齊。浮舟入天漢，陡覺前峯低。橫流競東注，倒瀉何時西。平生慣江海，見此重慘悽。空令舟楫在，滔滔歸路迷。仰愧飛鳥翔，俯愁斷猿啼。懸崖阻棘岸，萬仞何由躋。《留別醒蕉》云：頻年踪跡囿塵埃，塊磊難消濁酒盃。白首漸憐詞客老，青山同哭故人來。雲煙屢幻身猶梗，霜雪重經念已灰。遙指楚江天外遠，風波如此片帆開。《冬夜》云：烈烈風沙吹滿城，酒闌燈灺旅愁生。果然冬夜長如許，夢到江南未五更。《國朝雅正

集》

《畫溪春曉圖》云：在山不知春，捲簾憐春早。東風幾日吹，已綠溪上草。輕烟靄恬波，野色悅曙鳥。中有淡蕩人，凭欄對春曉。君看溪外山，極望春未了。何日共扁舟，相將肆幽討。《送家大人歸里》云：總爲兒孫累，空將歲月磨。可憐垂老日，猶自涉風波。菽水承歡少，星霜入鬢多。茫茫歸路遠，涕淚滿關河。善病憂慈母，輕離悔客兒。迎將猶未遂，去住總堪悲。旅寓慚烏養，歸途托雁隨。低徊帆漸遠，愁煞野風吹。《喜韋君繡至》云：木落雁飛急，天寒雲不開。正深殘歲感，恰好故人來。翦燭吟新句，移樽發舊醅。纏綿對牀語，莫聽漏聲催。《白門樓懷古》舊邳城云：鞍馬無時定，重圍殺氣騰。階前生縛虎，轞上飽揚鷹。父子猶難保，婚姻詎可憑。白門終自賣，何事怒陳登。《泗水亭》沛縣云：漢祖龍潛日，蕭然四海空。寬仁真帝者，嫚罵亦英雄。有酒從王媼，無錢賀呂公。可知亭長貴，端在大言中。《沛宮故址》沛縣云：富貴還鄉里，恩榮草木知。慨慷天下事，歌舞沛中兒。老去心猶壯，歡來意轉悲。如何思猛士，卻感大風吹。《送常兄還東山》云：昔我離家出，焉知父母悲。即今憐子去，重憶別親時。雨雪途方滑，風潮纜且維。莫禧椒酒夜[10]，應念久胼胝。《遊隨園》云：一代文章伯，飄零剩此園。依山高下屋，編竹短長垣。地僻峯多靜，溪渟水不渾。匠心知獨運，妙悟欲忘言。列岫仍當牖，疎梅恰對軒。禽魚今尙樂，車馬昔何喧。壯歲真辭組，中年竟閉門。煙霞成痼疾，詞賦具仙根。碧海鯨誰掣，青天手莫捫。才華千古艷，壇坫幾人尊。六代饒金粉，三吳富芷蓀。當場空笑郭，此事遂推袁。惜我生偏晚，無從與細論。敢矜聲律貴，終愛性靈存。種樹爲奴僕，看花到子孫。爲尋江令宅，重問謝公墩。晻靄雲將暮，低徊日又昏。莫愁歸路遠，新月露春痕。《讀張江陵集》云：謾云剛愎性多殘，子產原將猛濟寬。貢市方來俺答馬，彈章忽出惠文冠。消除薄海妖氛易，解釋中朝習氣難。功罪分明輿論在，一編留與後人看。孤身自許繫安危，敢任何嘗愧呂伊。兒輩科名如倖得，官家爵賞肯堅辭。奪情未免貽臣累，固位終成報主知。莫與鈐山堂並讀，高文典冊屬青詞。《題熊夢華詩集》云：生同江漢本爲鄰，展讀遺編訝古人。奇想都從天外落，素心早向卷中親。雲間仙樂傳新調，夢裡琪花悟舊因。何事纏綿多感慨，遭逢煉出性情真。三百篇中佚楚風，楚人歌楚大王雄。由來屈宋能哀怨，論到鍾譚有異同。李氏茶陵矯空摩健鶻，杜生茶村悽絕弔寒蟲。繼聲擬和陽春調，千古清才願折衷。《斬蛇澤》云：真人被酒興方豪，大澤風腥草木號。三尺斬蛇開帝業，一時屠狗建功高。山中雲氣成龍采，戲下將軍練豹韜。老嫗當年聞野哭，斷烟零雨長蓬蒿。《短簿祠和韻寄湯海秋侍御鵬》云：放眼天涯有幾人，飄然書劍渡江濱。遨遊暇日思前事，憂樂中年寄此身。桑梓奇材追李茶陵杜茶村，苕棠遺愛感陶文毅陳芝楣宮保。六朝勝蹟三吳秀，併作奚囊句入神。刁斗森嚴月似霜，每思飛劍割魚腸。君休慷慨爲騷怨，我已蹉跎類楚狂。天上樓船何日下，海隅鯨鱷噴波長。相期力掃妖氛淨，萬里澄清接混茫。《琵琶亭》云：商婦琵琶淚濕衣，潯陽風景已全非。江州司馬何人繼，惟見蘆花滿路飛。從來秋士慣悲歌，客子懷鄉淚自多。我是楚狂人不識，欄杆獨倚涕滂沱。《露筋祠》云：白蘋紅蓼映漣漪，一棹重尋日暮時。絕世風流同不朽，女郎祠屋阮亭詩。《桃花盛開》云：淡紅香白滿枝頭，鎮日無言水自流。開到十分春太好，看花人轉替花愁。《村舍》云：竹林茅屋是誰家，門對河橋一徑斜。燕子來時春正好，野風開遍碧桃花。《晨發高郵》云：一帆如鶩浪交馳，兩岸垂楊嫋嫋吹。分付長年牢把柁，覆舟多在順風時。

黃士瀛 字仙嶠，道光進士，官監司，有《僑鶴軒詩文集》、《詞鏡》

予客都門有句云：僕尙思歸何論我，囊雖漸澀恥求人。近仙嶠太史亦有"豈真魯酒能消恨，縱有韓文不返窮"之句，皆進一層寫法。《臥園詩話》

《晚過磨溪望陡山寺》云：暝色從西來，漚波淡千頃。夕烟藹落暉，蕩漾信孤艇。迤迆接遙峯，雲木時引領。梵宇凌諸天，結構依層嶺。雙松盤其巔，亭亭翠蓋影。下有仙人踪，草荒沒丹鼎。清磬隔林端，餘霞媚晚景。遙矚神已移，高吟志彌騁。便欲泝溪流，一造桃源境。《九日岱輔廟登高》云：旅雁橫空紫塞長，茱萸插帽又重陽。一年容易逢秋日，半世艱難壓鬢霜。古寺扣門松掩翠，深林覓路葉堆黃。年來多少無家客，莫更登樓望故鄉。

《游白雲觀》云：潭潭紫府訪清脩，野色蒼茫愜健遊。繞郭蟬鳴紅樹晚，倚樓人語白雲秋。疎花隔浦寒猶放，夕照衡山淡不收。幾輩逍遙慵補衲，丹臺何處著閒愁？《舟次磨市訪紅廟舊跡》云：夷猶一舸任追尋，荻港蘆灣入翠深。日夕幾家沽酒旆，秋聲何處擣衣砧。白沙過水明如拭，黃葉經霜瘦不禁。一十五年重到此，低徊往跡自沉吟。《月夜登城》云：浮圖幾級倚孤城，雉堞嵯峨古上明。雲掃九天鋪月色，水傾三峽走江聲。秋來亭閣涼先覺，亂後關山感易生。欲下譙樓一回首，茫茫積潦斷堤橫。

枝　江

明

楊一新 明正德貢生，有《懷陽子集》、《道安樓集》

一新從王陽明先生講學南贛，多所發明，爲姚江門下高弟。工詩古文詞，多散佚。枝江地濱荆水，代產異才，每隱居不仕。南北朝劉凝之尚矣，在前明亦傳人輩出，如余明彝有《拙存軒草》、閻彰善有《團湖詩草》、楊士瓊有《漁浦老人詩草》。卞勤，少穎敏嗜學，嘉靖時以明經官縣丞，江陵相國有銜官屈宋之惜。楊琨初，名舟，字載之，別號嵩丘生。學問淵雅，有孝行。萬曆時以明經受知董宗伯，游北雍，聲名藉甚。集均不傳。昔人云楚人不善爲名，不信然耶？

王　泮 國學生

《春日郊行有感》云：漠漠春雲黯四垂，那堪愁思正離披。千家有室皆懸磬，百里稀烟半絕炊。白雪臺荒萋蔓草，黃陵花落掩空祠。哀鳴鴻雁空悽切，肉食何人解濟危。

國朝

曹廷鎬 字西伯，康熙舉人，著《四書講義》、《北游草》

廷鎬舉於鄉，一上計車即絕進取。教授生徒，躬行實踐，以聖賢爲歸，學者翕然宗之。工吟詠，嗜古功深，幽然意遠，劉南赤謂其詩境在建安七子之間。

李世蔚 字方山，有《蓉湖草堂集》

世蔚七歲能書，弱冠補諸生。僦居郡城，從胡觀察在恪遊，在恪每心折之。嘗夢緋衣人謂之曰："子宗臣後身也。"寤而語人曰："吾才不逮子，相意者三十七其死乎？"屆時果然。《詩佩》

《雨中自遣》云：已似泥沾絮，何曾雪點鴻。琴書三月暮，風雨萬山中。排悶添詩稿，澆愁憶酒筒。頗憂前徑險，隔水問溪翁。《閒居雜咏》云：窗閒展卷讀黃庭，長對鷗汀與鶴汀。湖上天連平野大，樓頭山入玉泉清。索書有客貽紈扇，問字無人叩草亭。却笑好名心未了，無端求應少微星。《黃譽來過訪湖村信宿》云：踏殘霜葉到孤村，潦倒行藏兩弟昆。別後面容驚老瘦，樽前家計入寒溫。兒尋市脯朝衝雨，爐爨枯薪夜閉門。詩律半生辛苦在，好將心力與君論。《春寒憶實公客維揚》云：榾柮烟生白屋貧，煨寒欲盡滿林薪。老風挾雨頻穿牖，飢鳥巡簷懶避人。閉戶誰憐終日坐，看花愁負一村春。因思騎鶴揚州客，醉狎紅肌擁玉茵。《少司馬張著漢先生梅花園亭賦贈》云：侍郎別墅沙頭市，離郭千家似野村。佐就太平還聖主，老將丘壑乞君恩。一林曲徑斜通水，萬樹梅花香到門。欲擬調羹嫌頌腐，知公幽興在黃昏。《累居贈胡念嵩先生》云：我方弱冠飲香茗，稽古桓榮是老更。全楚貞淫存史筆，三吳臺閣半門生。獎成末學多餘論，咫尺騷壇藉主盟。自課菊松成獨尚，不勞粉本說淵明。《贈楊宣樓先生》云：廿年襆被賦歸來，水石幽棲取次裁。蕉鹿夢回消五柳，爛羊人見擁三槐。熙朝黃髮存詩史，故里青山送酒杯。共道先生仙骨重，只緣臞瘦久如梅。

毛士鸞 字翼公，有《易堂詩草》

《中秋對月懷人》云：今夜他鄉月，光輝減昔年。故人近何似，江水兩悠然。時事驚戎馬，音書斷往還。雲山空悵望，竟夕不能眠。《夢中得句醒後續之》云：平疇入望遠，閒步問村農。天靜一江水，月明萬里峯。似難羣燕雀，聊且混魚龍。寥廓真無際，誰堪跨鶴從。《與楊元次甥訂玉泉遊》云：商量蠟屐覓雲巘，好趁垂楊二月天。新譜細評陸羽茗，舊械多貯薛濤箋。聯翩白帢探金谷，次第青溪達玉泉。但使山靈休厭客，春來未少杖頭錢。

【校記】

〔1〕根據原目錄及條目，喬桂在其昆仲中是弟，并有《北上別兩兄》詩作，在正文却列于前。這也是兄弟順序混亂之例。

〔2〕王啟茂，字天根。原文下節兩處又作"天庚"，如"石壇王天庚"、"選天庚《渚宮集》"。清同治九年刻本清葉廷琯《鷗陂漁話》卷四"張江陵祠堂題壁詩"："寒碧山莊劉氏藏明季人詩一紙，字作行草，題爲《拜江陵張文忠公祠》，款署石首王啟茂，旁注元庚二字。蓋作者里籍姓氏也。詩云：袍笏巍然故宅殘……近見黃梅喻文鏊《考田詩話》亦紀此詩，云王啟茂字天根一字天庚。則舊鈔元字爲譌。"

〔3〕上文"王啟京"條，未說明啟京、啟遵關係。且云啟遵乃啟茂從兄，並非親兄弟。而此處却說五人是同父兄弟。據光緒《荊州府志》卷五十七"王啟茂"條，引《湖北詩佩》"小傳"，云"弟啟棠、啟芬、啟英、啟遵，皆以才名，人稱五鳳"，又云"從兄啟京"。

〔4〕覓，原作"菟"，形近而訛，據文意改。《詩徵》有數處如此，後不再說明。

〔5〕釋源曉，原目錄作"釋曉源"，條目作"釋源曉"，據條目改。"釋源曉"、"釋浩乾"條目，原目錄作並列格式，正文分置。今依正文處置。

〔6〕花，原作"胡"，據《全唐詩》改。《全唐詩》卷三百王建《故梁國公主池亭》："素奈花開西子面，綠榆枝散沈郎錢。"《全唐詩》卷四百九十九姚合《題梁國公主池

亭》："素柰花開西子面，綠榆枝種沈郎錢。"《明詩綜》卷十一載明代劉芳節集唐詩，其中有"素柰忽開西子面"。

〔7〕 牴，原作"粗"，是"牴"或"齟"之訛字。明周聖楷《楚寶》（明崇禎十四年刻本）卷六"名臣"三云，伍文定"故功烈甚著，然以齟齬終其身"。

〔8〕 謝佑，據清謝元淮《養默山房詩稿》卷九"守黙集"（清光緒元年刻本）："五十一世祖佑，公號偉齋，嘉靖乙未進士，授兵部主事轉工部郎中，擢河南參政郎官。"光緒《荆州府志》卷七、卷十三、卷四十五、卷五十八、卷七十四均提及谢佑，可補其資料。

〔9〕 可謂，原文脱"可謂"二字，文義不順。

〔10〕 禧，原作"釐"，"禧"、"釐"通。

湖北詩徵傳略卷三十六

襄　　陽

東漢

陰長生 漢和帝后曾祖也

長生隱居好道術，嘗求見馬明生於太和山中，執役二十年不懈，偕入青城山。馬以神丹授之，丹成，著書九篇，遂羽化。　黃庭堅《書長生詩後》曰：忠州丰都山仙都觀朝金殿西壁，有天成四年人書陰真君詩三章。云：維予之先，佐命唐虞。爰逮漢世，紫艾重紆。予獨好道，而爲匹夫。高尚素志，不事王侯。貪生得生，亦又何求。超跡蒼霄，乘飛駕浮。青要承翼，與我爲儔。入火不灼，蹈波不濡。逍遙太極，何慮何憂？遊戲仙都，顧憫羣愚。年命之逝，如此波流。奄忽未幾，泥土爲儔。馳走索死，不肯暫休。

龐德公[1] 字子魚

德公有重名，司馬徽兄事之，與郭有道交，稱心友，常稱孔明伏龍、士元鳳雛、德操冰鑑。居峴山南，未嘗入城府。荆州刺史劉表數延請，不出，乃就候之。龐公耕於隴上，妻饁於前，相敬如賓。表問何以遺子孫，公曰："人皆遺之以危，我獨遺之以安。"乃攜妻子隱鹿門山，採藥不返。子煥，晉太康中拜牂牁太守。

《於忽操》云[2]:於忽乎,不可以爲,其又奚爲。離婁之精,夜何有於明。師曠之耳,聾者亦有爾。束王良之手兮,後車載之前行。險既以覆兮,後逐逐其猶來。雖目盱而心駭兮,顧其能之安施。委繩墨以聽人兮,雖班輸亦奚以爲。於忽乎,不可以爲,其又奚爲。椽櫨楯櫋之累重,顧柱小之奈何。方風雨之晦陰,行者艱而莫休,居者坐而笑歌。不知壓之,忽然兮其謂安何。於忽乎不可以爲,其又奚爲。謂雞斯飛,誰得而羈。謂豕斯突,何取於縛。是皆以食而得之,吾於饑而後噫[3]。雞兮豕兮,死以是兮。

晉

習鑿齒_{字彥威,官衡陽太守,有《漢晉春秋》}

鑿齒博學洽聞,以文章著。桓温深器之,辟爲從事主簿,轉治中別駕。忤旨黜官,以病廢。符堅破襄陽,與道安同載。曰:"晉氏平吳,利在二陸。今克漢南,獲士不過一人半耳。"鑿齒有腳疾,故云半。

《詠燈》云:煌煌閑夜燈,脩脩樹間亮。鐙隨風煒燁,風與鐙升降。

杜　育_{字方叔,官國子祭酒}

育,襲孫,幼號神童。及長,有才藻,時人爲之號曰杜聖。劉令言入洛見諸名士,嘆曰:"周弘武巧於用短,杜方叔拙於用長。"爲時品藻如此。

《贈摯仲洽》云:之子於歸,言秣其駒。矧及斯人,乃邁乃徂。雖非顯甫,餞彼百壺。雖非張仲,將膾河魚。人亦有言,貴在同音。雖曰翻飛,曾未異林。顧戀同枝,增其慨心。望爾不遄,無金玉音。

梁

王臺卿

臺卿與江仲舉、蔡遵、庾仲容俱爲南平王世子恪賓客,寵被接遇。　臺卿詩多與簡文倡和，《廣弘明集》曰：「雍州民前臣刑獄參軍王臺卿。」襄陽於東晉時改置雍州，梁置南雍州，載《一統志》。

《陌上桑》云：鬱鬱陌上桑，盈盈道旁女。送君上河梁，拭淚不能語。鬱鬱陌上桑，遙遙山下蹊。君去戍萬里，妾來守空閨。鬱鬱陌上桑，裊裊機頭絲。君行亦宜返，今夕是何時。《雲歌》云：玉雲初度色，金風送影來。全生疑魄暗，半去月時開。欲知無去所，一爲上陽臺。《和簡文帝賽漢高祖廟》云：沐芳事椒醑，駕言遵壽宮。瑤臺斜接岫，玉殿上凌空。樹出重巖影，竹引帶山風。階長霧難歇，窗高雲易通。所悲樽俎撤，按歌曲未終。《奉和望同泰寺浮圖》和簡文，下同云：朝光正晃朗，涌塔標千丈。儀鳳異靈鳥，金盤代仙掌。積拱成雕桷，高簷挂珠網。寶地若池沙，風鈴如樹響。刻削生千變，丹青圖萬象。煙霞時出沒，神仙乍來往。晨霧半層生，飛幡接雲上。遊蜆不敢息，翔鷗詎能仰。贊善資哲人，流詠歸明兩。願假舟航末，彼岸誰云廣。《山池應令》云：歷覽周仁智，登臨歡豫多。穿渠引金谷，闢道出銅駝。長橋時跨水，曲閣乍臨波。巖風生竹樹，池香出芰荷。石幽銜細草，林末度橫柯。《詠箏》云：依歌時轉韻，按曲動花鈿。促調移輕柱，亂手度繁絃。惟有高秋月，秦聲獨可憐。《蕩婦高樓月》云：空庭高樓月，非復三五圓。何須照牀裏，終是一人眠。《南浦別佳人》云：斂容送君別，一斂無開時。只應待相見，還將笑解眉。

柳　　惲惲字文暢

惲少有志行，好學善尺牘。與陳郡謝瀹鄰，瀹曰：「宅南柳郎可爲儀表。」初爲太子洗馬，梁武至建業，謁石頭，請城平之日先收圖籍。與沈約共定新律，雅工篇什。爲詩曰：「亭皋木葉下，隴首秋雲飛。」王融見而嗟賞，因書齋壁及所執團扇。仕至吳興太守，有善政，人稱爲柳吳興。武帝嘗謂周捨曰：「吾聞君子不可求備，若惲可謂具美。分其才藝，足了十人。」有集十卷。《南史》

柳氏自元景曾祖卓於河東解州遷襄陽[4]，代有傳人。至世隆尤折節讀書,性愛涉獵,善彈琴,世稱"柳公雙瑣",爲士品第一。嘗自云:"馬稍第一,清談第二,彈琴第三。"風韵清遠,甚獲世譽。子悅字文殊,及惔、惲、憕、忱,皆有名於時,各有集行世。

《江南曲》云:汀洲採白蘋,日暖江南春。洞庭有歸客,瀟湘逢故人。故人何不返,春花復應晚。不道新知樂,只言行路遠。《贈吳均》云:寒雲晦滄洲,奔潮溢南浦。相思白露亭,永望秋風渚。心知別路長,誰謂若燕楚?關候日遼絶,如何附行旅。願作野飛鳥,飄然自輕舉。《擣衣詩五首》云:孤衾紛思緒,獨枕愴憂端。深庭秋草緑,高門白露寒。思君起清夜,促柱奏幽蘭。不怨飛蓬苦,徒傷蕙草殘。行役滯風波,游人淹不歸。亭皋木葉下,隴首秋雲飛。寒園夕鳥集,思牖草蟲悲。嗟矣當春服,安見禦冬衣。鶴鳴勞永歎,採菉傷時暮。念君方遠遊,賤妾理紈素。秋風吹緑潭,明月懸高樹。佳人飾浄容,招攜從所務。步欄杳不極[5],離堂肅已扃。軒高夕杵散,氣爽夜砧鳴。瑤華隨步響,幽蘭逐袂生。踟躕理金翠,容與納宵清。泛艷迴煙綵,淵旋龜鶴文。淒淒合歡袖,冉冉蘭麝芬。不怨杼軸苦,所悲千里分。垂泣送行李,傾首遲歸雲。

惲,武帝讌宴,必詔賦詩。嘗和《登景陽樓》云:太液滄波起,長楊高樹秋。翠華承漢遠,雕輦逐風游。深見賞美。帝好弈,使惲品定棋譜。登格者二百七十餘人,爲《棋品》三卷。　子偃,字彦遊,幼讀《尚書》。帝問有何美句,對曰:"德惟善政,政在養人。"帝異之,詔尚長城公主。《楚寶》

閨秀

王　氏[6] 《南史·宋齊》,衛敬瑜妻

氏,襄陽霸城王整之姊也。嫁敬瑜時年十六,而敬瑜亡。父母舅姑欲改嫁之,不許。乃截耳置盤中爲誓,始止。遂手爲亡婿種樹數百株,墓前柏樹忽成連理,一年許,還復分散。女爲詩曰:"墓前一株柏,根連復並枝。妾心能感木,頽城何足奇。"户有燕巢,常雙飛來去,後雄傷於鷙,雌孤飛。女

感其偏棲,以縷繫足,曰:"新春復來爲吾侶也。"後歲果至,猶帶前縷。女爲詩曰:"昔年無偶去,今春猶獨歸。故人思義重,不忍復雙飛。"雍州刺史西昌侯蕭藻嘉其美節,乃起樓閒,題曰"貞義衞婦之閭",又表於臺。《南史》附見《張景仁傳》

陳

柳　莊 字思敬

莊博覽墳籍,有遠量。濟陽蔡大寶有重名於江右,爲岳陽王蕭詧咨議,見莊嘆曰:"襄陽水鏡復在於兹矣。"以女妻之,辟爲參軍。歷吏部郎中。莊明習舊章,雅達政事,爲時所重。

《贈劉生》云:座驚稱字孟,豪雄道姓劉。廣陌通朱邸,大路起朱樓。要賢驛已置,留賓轄且投。光斜日下霧,庭陰月上鉤。

隋

柳　䎗 字顧言,初仕梁,入隋官東閣學士

䎗俊辯嗜酒,言雜俳諧,爲太子所親狎。煬帝立,封漢南縣公。帝與嬪后對酒,輒召入,與同榻席,猶恨不能夜召。乃刻木爲偶人,施機關,坐起拜伏以像䎗。

《奉和晚日楊子江應制》云:詰旦金鐃發,驂駕出城闉。鮮雲臨葆蓋,細草藉斑輪。千里煙霞色,四望江山春。梅風吹落蕊,酒雨減輕塵[7]。日斜歡未畢,睿想良非一。風生疊浪起,霧捲孤帆出。淡藻麗繁星,高論光朝日。空美鄒枚侶,終謝淵雲筆。

《奉和晚日楊子江應教》云:大江都會所,長洲有舊名。西流控岷蜀,東汎邇蓬瀛。未覩纖羅動,先聽遠濤聲。空濛雲色晦,浹疊浪華生。欲知暮

雨歇,當觀飛斾輕。《陽春歌》云:春鳥一囀百千聲,春花一叢千種名。旅人無語坐簷楹,思鄉懷土志難平。唯當文共酒,暫與興相迎。

唐

席　豫 字建侯,官尚書,襄陽縣子

豫性謹畏,與子弟屬吏書,不作草字。初爲襄陽尉,奏事闕下。會節愍太子難,安樂公主請爲皇太女,豫復具疏劾之。太平公主聞其名,將表爲諫官,遁去。旋拜吏部侍郎,選拔寒畯,多至臺閣,號知人。玄宗嘗登朝元閣賦詩,羣臣屬和,以豫詩最工。詔曰:"詩人之冠冕也。"《新唐書》

《奉和敕賜公主鏡》云:令節頒龍鏡,仙輝下鳳臺。含靈萬象入,寫照百花開。色與皇明散,光隨聖澤來。妍媸冰鑑裏,從此媿非才。《江行紀事》云:江汛春風勢,山樓曙月輝。猿攀紫巖飲,鳥拂清潭飛。古樹崩沙岸,新苔覆石磯。津途賞無限,征客暫忘歸。《漢江送客》云:蕭蕭蘆荻花,郢客獨離家。遠棹依山響,危檣轉浦斜。水寒澄淺石,潮落漲虛沙。莫與征途望,鄉園去漸賒。

杜易簡 咸亨進士,官員外郎,有集廿卷

易簡九歲能屬文,及長博學有高名,姨兄岑文本推重之。坐裴行儉黨,遷開州司馬。

嘗見《唐科第題名考》,咸亨元年進士五十四人,狀元杜易簡,進士杜審言,杜氏科名亦云盛矣。易簡有集廿卷、《御史臺雜注》五卷,今皆不傳。其《湘川新曲》頗清婉可誦。又《御史臺古柏贊》云:爰有貞柏,徙植清臺。麋條霜動,蠱葉風開。始逢鶴喜,終見烏來。《楚寶》

格輔元由御史遷殿中。充使,次龍門遇盜,行裝都盡,袒被而坐。易簡戲詠之云:有恥宿龍門,精彩先黝渾。眼瘦呈近店,睡响徹遙林。垤囊將舊

識，制被異新婚。誰言驄馬使，翻作蟄熊蹲。《全唐詩》

《湘州新曲》云：昭潭深無底，橘洲淺而浮。本欲凌波去，翻爲目成留。願君稍弭檝，無令賤妾羞。二八相招攜，采菱渡前溪。弱腕隨橈起，纖腰向舸低。自解看花笑，憎聞染竹啼。

杜審言 字必簡

審言，易簡從弟。擢進士，恃才傲世，見嫉于蘇味道。嘗語人曰："吾文章當得屈宋作衙官，吾筆當得王羲之北面。"其矜誕類此。累遷洛陽丞，坐事貶吉州司戶參軍。司馬周季重、司戶郭若訥構其罪，繫獄將殺之。季重等酒酣，審言子并年十三，袖刃刺季重於坐，左右殺并。季重將死曰："審言有孝子，吾不知，若訥誤我。"蘇頲傷并孝烈，誌其墓，劉允濟祭以文。審言免官還東都。後歷國子監主簿，修文館直學士，有集十卷。卒，詔贈著作郎。子閑，閑生甫。《新唐書》

審言詩"始出鳳凰池，京師易春晚"，奇句也。蓋言繁華之地，流景易遷。李頎詩"好在長安行樂地，空令歲月易蹉跎"，亦此意耳。近刻本改作"陽春晚"，非也。

審言《早春游望》詩，《唐三體》選爲第一首是也。首句"獨有宦遊人"，第七句"忽聞歌古調"，妙在"獨有"、"忽聞"四虛字。《文選》殷仲文詩"獨有清秋日"，審言祖之。蓋雖二字，亦不苟也。詩家言子美"無一字無來處"，其祖家法也。《升庵詩話》

《登襄陽城》云：旅客三秋至，層城一作樓四望開。楚山横地出，漢水接天回。冠蓋非新里，章華即舊臺。習池風景異，歸路滿塵埃。此杜子美乃祖詩也。"楚山""漢水"一聯，子美家法。中四句似皆言景，然後聯寓感慨。不但張大形勢，舉里臺二名而錯以"新""舊"二字，無刻削痕。末句又傷時俗不古，無習池山公之事，尤有味也。晚唐家多不肯如此作，必搜索細碎以求新。然審言詩有工密處，如：淑景催黃鳥，晴光照綠蘋。風光新柳報，宴賞落花催。下釣看魚躍，探巢畏鳥飛。葉疏荷已晚，枝亞果新肥。鹿麛銜妓席，鶴子曳童衣。園果嘗難遍，池蓮摘未稀。日氣含殘雨，雲陰送晚雷。皆有味。壯語如：雨雪關山暗，風雷草木稀。據鞍雄劍動，插檄羽書飛。不宰神功運，無爲大化懸。

八荒平物土，四海接人煙。文物驅三統，聲名走百神。禹食傳中使，堯樽遍下人。則晚唐所無。此等句若置之子美集，無大相遠也。欲述杜詩源流，故詳及之。《旅寓安南》云：交趾殊風候，寒遲暖復催。仲冬山果熟，正月野花開。積雨生昏霧，輕霜下震雷。故鄉踰萬里，客思倍從來。此杜子美乃祖詩也，子美曰："吾祖詩冠古"，家法如此。《和康五望月有懷》云：明月高秋迥，愁人獨夜看。暫將弓並曲，翻與扇俱團。霧濯清輝苦，風飄素影寒。羅衣一此鑒，頓使別離難。起句似與其孫子美一同。以終篇味之，乃少陵翁家法也。"一此"二字，杜集不分曉，今從《文苑英華》本。《七夕》云：白露含明月，青霞斷絳河。天街七襄轉，閣一作關道二神過。袨服鏘環佩，香筵拂綺羅。年年今夜盡，機杼別情多。審言又有《七夕侍宴應制詩》，有云：天迥兔欲落，河曠雀停飛。那堪盡此夜，復往弄殘機。　　《瀛奎律髓》

王　迥 號巢居子

迥隱居鹿門，與孟浩然友善。孟《喜王迥見尋》詩有云：有客款柴扉，自云巢居子。問君何所之，采藥來城市。聞道鶴書徵，臨流還洗耳。又《寄王山人迥》末聯云：不知王逸少，何處會神仙。其推重如此。蓋鹿門高隱也。《府志》

李　質 字公幹

《得日觀》在寧州旌陽山下云：曾入桃源路，桃源信少雙。洞霞標素練，蘚壁畫陰窗。古木疑撐月，危峰欲墮江。自吟空向寂，誰與倒秋釭？

張子容 唐開元進士，官樂城尉

子容與孟浩然相友善，同隱鹿門山。

《四庫全書提要》稱子容爲襄陽人，謂子容全集及孟浩然集中諸詩班班可考，因趙諫《東甌詩集》中誤以爲永嘉人，特辨及之。子容詩不多見，如《春江花月夜》：林花發岸口，氣色動江新。此夜江中月，流光花上春。分明石潭裏,宜照浣紗人。清婉簡妙,與張若虛之長篇排宕可稱勍敵。又如《泛永嘉江日暮回舟詩》:無雲天欲暮,輕鷁大江清。歸路煙中遠,回舟月上行。傍潭窺竹暗,出嶼見沙明。更值微風起,乘流絲管聲。俱雅雋之作。《楚寶》

《送浩然歸襄陽》云:東越相逢地,西亭送別津。風潮看解纜,雲海去愁人。鄉在桃林岸,山連楓樹春。因懷故園意,歸與孟家鄰。《貶樂城尉日作》云:竄謫邊窮海,川原近惡谿。有時聞虎嘯,無夜不猿啼。地暖花長發,巖高日易低。故鄉可憶處,遙指斗牛西。《永嘉作》云:拙宦從江左,投荒更海邊。山將孤嶼近,水共惡谿連。地濕梅多雨,潭蒸竹起煙。未應悲晚髮,炎瘴苦華年。《送孟六歸襄陽》云:杜門不欲出,久與世情疏。以此為長策,勸君歸舊廬。醉歌田舍酒,笑讀古人書。好是一生事,無勞獻子虛。《自樂城赴永嘉在路泛白湖寄松陽李少府》云[8]:西行礙淺石,北轉入谿橋。樹色煙輕重,湖光風動搖。百花亂飛雪,萬嶺疊青霄。猿挂臨潭篠,鷗迎出浦橈。惟應賞心客,茲路不言遙。《璧池望秋月》云:涼夜窺清沼,池空水月秋。滿輪沈玉鏡,半魄落銀鉤。蟾影搖輕浪,菱花渡淺流。漏移光漸潔,雲斂色偏浮。似璧悲三獻,疑珠怯再投。能持千里意,來照楚鄉愁。《水調歌第一疊》樂府云:平沙落日大荒西,隴上明皇高復低。孤山幾度看烽火,戰士連營候鼓鼙。《梁州歌第二疊》云:朔風吹葉雁門秋,萬里煙塵昏戍樓。征馬長思青海上,胡笳夜聽隴山頭。《水鼓子第一曲》云:雕弓白羽獵初回,薄暮牛羊復下來。夢水河邊青草合,黑山峯外陣雲開。

席豫

《霜菊》云:時令忽已變,行看被霜菊。可憐後時秀,當此凜霜肅。淅瀝翠枝翻,淒清金蕊馥。凝姿節堪重,澄艷景非淑。寧袪青女威,願盈君子菊。持來汎樽酒,永以照幽獨。

孟浩然 字浩然

浩然骨貌淑清,風神散朗。救患釋紛,以立義表。灌蔬藝竹,以全高尙。隱鹿門山,年四十乃遊京師。王維私邀入内署,俄而玄宗至,浩然匿牀下,維以實對。帝喜曰:"朕聞其人,而未見也,何懼而匿?"詔之出,問其詩。再拜自誦所爲,至"不才明主棄"之句,帝曰:"卿不求仕,朕未嘗棄卿,奈何誣我。"因放還。採訪使韓朝宗約偕至京師,將薦諸朝。會故人至,劇飲歡甚,或曰:"君與韓公有期。"叱曰:"業已飲矣,遑恤其他。"卒不赴。朝宗怒,辭行,浩然不悔也。張九齡爲荆州,辟置於府。無所遇,以布衣終,卒於開元二十八年,年五十二。事蹟具《新唐書·文藝傳》。王維過郢州畫浩然像於刺史亭,名浩然亭,鄭誠更署曰孟亭。

　　明皇世,章句之風大得建安體,論者推李白杜甫爲尤,介其間能不愧者,惟吾鄉之孟先生也。先生之作遇景入詠,不鉤奇抉异令齷齪束人口者,洒洒然有干霄之興,若公輸子當巧而不巧者也。北齊蕭愨:芙蓉露下落,楊柳月中疏。先生則有:微雲淡河漢,疏雨滴梧桐。《樂府》美王融:日霽沙嶼明,風動甘泉濁[9]。先生則有:氣蒸雲夢澤,波撼岳陽城。謝朓之詩句精者,有:露濕寒塘草,月映清淮流。先生則有:荷風送香氣,竹露滴清響。此與古人爭勝於毫釐者也。他稱是者,不可悉數。嗚呼,先生之道,復可言耶? 謂乎貧則天爵於身,謂乎死則不朽於文。爲士之道,亦已至矣。節皮日休《孟亭記》

　　襄陽詩從靜悟得之,故語淡而味終不薄[10],此詩品也。然比右丞之渾厚,尚非魯衛。《別裁集》

　　孟集有"待到重陽日[11],還來就菊花"之句,刻本脱一"就"字,有擬補者,或作"醉"、或作"賞"、作"泛"、作"對",皆不同。後得善本是"就"字,乃知其下字之妙。　浩然"草堂時偃曝,蘭枻日周旋",偃曝,謂偃卧曝背也。用《文選》王僧達"寒榮共偃曝"之句。今刻孟詩不知出處,改作"掩曝",可笑。而謬者猶曰:"詩刻必去注釋,從容咀嚼,真味自長。"此近日強作解事小兒之通弊也。蓋頤中有物,乃可言咀嚼而出真味。若空腸作雷鳴,強爲戛齒之狀,但垂涎耳。《升庵詩話》

　　《適越留别譙縣張主簿申屠少府》云:朝乘汴河流,夕次譙縣界。幸因西風吹,得與故人會。君學梅福隱,余隨伯鸞邁。别後能相思,浮雲在吳會。《送從弟邕下第後歸會稽》云：疾風吹征帆，倏爾向空没。千里去俄頃，三江坐超忽。向來共歡娛，日夕成楚越。落羽更分飛，誰能不驚骨？《夏日南亭懷辛大》云：山光忽西落，池月漸東上。散髮乘夜凉，開軒臥閒敞。荷風送香氣，竹露滴清響。欲取鳴琴彈，恨無知音賞。感此懷故人，中宵勞夢想。荷風竹露，佳景亦佳句也。外又有"微雲淡河漢，疏雨滴梧桐"句，一時歎爲清絶。《萬山潭》云：垂釣坐磐石，水清心益閒。魚行潭樹下，猨挂島藤間。游女昔解佩，傳聞於此山。求之不可得，沿月棹歌還。不必刻深，風骨自異。《宿楊子津寄潤州長山劉隱士》云：所思在夢寐，欲往大江深。日夕望京口，煙波愁我心。心馳茅山洞，目極楓樹林。不見少微隱，星霜勞夜吟。《晚泊潯陽望香爐峯》別本亦作律詩，然終是古格云：挂席幾千里，名山都未逢。泊舟潯陽郭，始見香爐峯。嘗讀遠公傳，永懷塵外蹤。東林精舍近，日暮空聞鐘。此天籟也。已近遠公精舍而但聞鐘聲，寫望字意悠然神遠。《採樵作》云：採樵入深山，山深水重疊。橋崩臥查擁[12]，路險垂藤接。日落伴將稀，山風拂薜衣。長歌負輕策，平野望煙歸。"橋崩"十字，寫出奇險之狀。《題融公蘭若》云：精舍買金開，流泉繞砌迴。芰荷薰講席，松柏映香臺。法雨晴飛去，天花晝下來。談玄殊未已，歸騎夕陽催。《陪姚使君題惠上人房》云：帶雪梅初暖，含煙柳尚青。來窺童子偈，得聽法王經。會裏知無我，觀空厭有形。迷心應覺悟，客思未遑寧。浩然於佛法亦深有所得，此篇五六語，意明白無礙。《張丞相經玉泉》長韻云[13]：聞鐘鹿門近，照膽玉泉清。尤佳。《上巳日洛中寄王山人迥》云：卜洛成周地，浮杯上巳筵。鬭雞寒食後，走馬射堂前。垂柳金堤合，平沙翠幕連。不知王逸少，何處會羣賢。浩然作此詩時，其體未甚刻畫，但細看亦自用工。第二句下"浮杯"字便著題，"平沙翠幕連"一句初看似未見工，久之乃見祓禊而游者甚勝也。尾句用逸少事，所寄之人適又姓王，切矣。《赴京途中遇雪》云：迢遞秦京道，蒼茫歲暮天。窮陰連晦朔，積雪滿山川。落雁迷沙渚，饑烏噪野田。客愁空佇立，不見有人煙。規模好《臨洞庭湖》一作岳陽樓云：八月湖水平，涵虛混太清[14]。氣蒸雲夢澤，波撼岳陽城。欲濟無舟楫，端居恥聖明。坐看垂釣者，徒有羨魚情。予登岳陽樓，此詩大書左序毬門壁間，右書杜詩，後人自不敢復題也。　《瀛奎律髓》

《九日懷襄陽》云：去國尚如昨，倏然驚杪秋。峴山不可見，風景令人愁。誰採籬邊菊，應閑池上樓。宜城多美酒，歸與葛強遊。《宿來公山房期丁大不至》云：夕陽度西嶺，羣壑倏已暝。松月生夜涼，風泉滿清聽。樵人歸欲盡，煙鳥棲初定。之子期宿來，孤琴侯蘿徑。山水清音悠然自遠，末二句見不至意。《秋登萬山寄張五》云：北山白雲裏，隱者自怡悅。相望始登高，心隨雁飛滅。愁因薄暮起，興是清秋發。時見歸村人，平沙渡頭歇。天邊樹若薺，江畔洲如月。何當載酒來，共醉重陽節。《南陽北阻雪》云：我行滯宛許，日夕望京豫。曠野莽茫茫，鄉山在何處。孤煙村際起，歸雁天邊去。積雪覆平皋，饑鷹捉寒兔。少年弄文墨，屬意在章句。十上恥還家，徘徊守歸路。《送朱去非遊巴東》云：峴山南郭外，送別每登臨。沙岸江村近，松門野寺深。一言余有贈，三峽爾相尋。祖席宜城酒，征途雲夢林。蹉跎遊子意，眷戀故人心。去矣勿淹滯，巴東猿夜吟。

杜　甫_{字子美，官工部員外郎}

甫爲審言孫，少貧不自振，客吳越齊趙間。李邕奇其才，往見之。玄宗時，獻《三禮賦》，帝奇之，授右衛率府冑曹參軍。祿山亂，避走三川。肅宗立，走鳳翔，上謁，拜拾遺。房琯罷相，甫上疏言罪細不宜免大臣，帝自是不甚省錄。後流落劍南，嚴武再帥劍南，表爲參謀檢校工部員外郎。武卒，蜀亂。大曆中，出瞿唐，因客耒陽，遊衡嶽。大水遽至，涉旬不得食。縣令具舟迎還，饋牛炙、白酒。大醉，一夕卒。年五十九。少與李白齊名，數嘗寇亂，挺節無所汙。爲歌詩，傷時撓弱，情不忘君。人憐其忠，世稱詩史，謂三百篇後一人而已。有集六十卷，小集六卷。《唐書》

子美世居襄陽，客於吳越齊魯秦蜀間，蹤跡所至，皆有詩可據。少壯游山東，從父任，所謂"東郡趨庭日"是也。又與高適、李白往來，有《吹臺仙南唱和集》。遊吳越，所謂"越女天下白"是也。寓關中少陵，因以爲號焉，客京師。避安祿山亂，徙居陝西鄜州。州南六十里有杜甫宅，即三川也。又綏德州有杜甫故宅，後又寓居秦州同谷。流落劍南，築草堂於浣花溪。嚴武鎮蜀，入幕府。武歿，客雲安，復寓夔州。奉節縣有杜甫故宅祠堂，至今爲蜀名勝。後出瞿塘、下江陵[15]、泝沅湘以登衡山,所謂"十暑岷山葛,三霜楚戶砧"是也。因寓耒陽終焉,今亦有祠堂。觀《囘棹》詩云:清思漢水上,凉憶峴山巔。吾家碑不昧,王氏井依然。其憶舊所作,非若孟浩然之常住襄陽者比也。崔淦撰《襄陽縣志》

　　工部集詩之大成,玉振金聲,光熖萬丈,已千秋論定。家有其書,固可勿俟贅錄。亦不敢妄逞一得,臆爲去取。惟儘所見評騭家語、足以抉其神髓允當精詳者彔之,爲入山之導,且以甄開繼楚風者之自有真博也。按楊升庵賅博淵通,在明諸家上。偶讀其詩話補遺中論杜詩者,除《麗人行》數條已爲前人糾彈外,其餘神解之超,真足引人入勝,摘入廿則以爲說詩之助。　　老杜高自稱許,有乃祖風。上書明皇云:臣述作沈鬱頓挫,揚枚可企。《壯游詩》則自比於崔魏班揚。又云:氣劘屈賈壘,目短曹劉墻[16]。《贈韋左丞》則曰:賦料揚雄敵,詩看子建親。甫以詩雄於世,自比諸人,誠未爲過。至"竊比稷與契",則過矣。史稱甫"好論天下大事,高而不切",豈自比稷契而然耶?至云"上感九廟焚,下憫萬人瘡。斯時伏青蒲,廷爭守御床",其忠藎亦可嘉矣。　　子美詩"不嫁惜娉婷",此句有妙理,讀者忽之耳。陳后山衍之云:"當年不嫁惜娉婷,傅粉施朱學後生。不惜捲簾通一顧,怕君著眼未分明。"深得其解矣。蓋士之仕也,猶女之嫁也。士不可輕於從仕,女不可輕於許人也。著眼未分明,相知之不深也。古人有相知之深,審而始出,以成其功者,伊尹孔明是也。有相知不深,確乎不出,以全其名者,嚴光蘇雲卿是也。有相知不深,闖然以出,身名俱失者,劉歆苟或是也。白樂天詩"寄言癡小人家女,愼勿將身輕許人",亦子美之意乎?　　陳僧慧標《詠水詩》:舟如空裏泛,人似鏡中行。沈佺期《釣竿篇》:人如天上坐,魚似鏡中懸。杜詩:春水船如天上坐,老年花似霧中看。雖用二子之句,而壯麗倍之,可謂得奪胎之妙矣。　　錦城絲管日紛紛,半入江風半入雲。此曲只應天上有,人間能得幾回聞。此子美《贈花卿》句也。花卿名敬定[17],蜀之勇將,恃功驕恣。詩譏其僭用天子禮樂而含蓄不露,有風人言者無罪聽者足戒之旨。　　《後漢·鄭玄傳》:袁紹總兵冀州,遣使要玄。大會賓客,玄最後至,乃延升上座,飲酒一斛。紹客多豪俊並有才說,玄依方辨對,咸出問表,莫不嗟服。杜詩"江上徒逢袁紹杯",公以玄自比,爲儒而逢世亂也。須溪批云:如此引袁紹事,不曉。噫,須溪眯目之言,不曉真不曉矣。王洙註引"河朔飲"事,尤無干涉。不讀萬卷書,不能解讀杜詩,信哉。 《韵語陽秋》:子美《西郊詩》云"無人竟來往",或云"與來往",或云"覺來往"。"與""覺"皆常談,"竟"字,非子美不能道。蓋煬者避竈,有道之所驚;舍者爭席,隱居者之所貴也。 韓石溪廷延語余曰:子美《登白帝最高樓》詩云:峽坼雲霾龍虎卧,江清日抱黿鼉游。此乃登高臨深,形容疑似之狀耳。雲霾峽坼,山水蟠挐,有似龍虎之卧。日抱清江,灘石波蕩,有若黿鼉之游。余因悟舊注之非,其云雲氣陰黯,龍虎所伏,日光圓抱,黿鼉出曝,真以爲四物矣。即以杜證杜,如"江光隱映黿鼉窟,石勢參差烏鵲橋"同一句法、同一解也。蘇子《赤壁賦》云:"踞虎豹,登虬龍,攀栖鶻之危巢,俯馮夷之幽宫。"亦是此意。豈真有鳥鵲、黿鼉、虬龍、虎豹哉? 杜"步檐倚杖看牛斗","檐"即今"簷"字也。蓋用相如《上林賦》"步檐周流"之語,俗子不知古字,乃改"檐"爲"蟾"。且上句有"新月猶懸",而此又云"步蟾",太重復。況"步蟾"乃時俗舉子坊牌腐語,杜公詩寧有此惡字面邪? "落月滿屋梁,猶疑照顔色",言夢中見之而覺其猶在,即所謂"夢中魂魄猶言是,覺後精神尚未回"也。詩本淺,宋人看得太深,反晦矣。傳神之說非是。 謝宣遠詩"離會雖相雜",杜子美"忽漫相逢是別筵"之句實祖之。顔延年詩"春江壯風濤",杜子美"春江不可渡,二月已風濤"之句實衍之。故子美《諭兒詩》曰:"熟精文選理。" 《和裴迪登州東亭送客逢早梅相憶見寄》云:東閣官梅動詩興,還如何遜在揚州。按遜傳無揚州事,而遜集亦無揚州梅花詩。但有《早梅詩》云:兔園標節序,驚時最是梅。銜霜當路發,映雪凝寒開。枝横卻月觀,花繞凌風臺。應知早飄落,故逐上春來。杜公以裴廸逢早梅而作詩,故用何遜比之。又以卻月、凌風皆揚州臺觀名耳。所謂東閣官梅者,乃新津之地也,非揚州有東閣也。宋妄人假東坡名作《杜詩注》刻之,一時爭尚杜詩。而坡公名重天下,人爭傳之,而不知其僞也。其注此詩云:"遜作揚州法曹,廨舍有梅一株,遜吟詠其下。後居洛思之,因請再任。及抵揚州,梅花盛開,相對彷彿終日。"按何遜未嘗爲揚州法曹,是時南北分裂,遜爲梁臣,何得復居洛陽。洛陽乃魏地也，既居魏，何得又請再任。請於梁乎？請於魏乎？其說之無稽如此，略曉史冊者，知其僞矣。近日邵文莊寶乃抄其注入杜律刻行，豈不誤後學耶？僞蘇注之謬，宋世洪容齋、嚴滄浪、劉須溪父子、馬端臨《經籍考》，皆力辨之。而文章鉅公如文莊者乃獨信之，亦尺有所短也。僞蘇注中如謂"不分桃花紅勝錦"爲李夫人語，"十年厭見旌旗紅"爲四皓語，架空妄說，如盲人風漢之言，然猶借古人名也。又謂"碧山學士"爲梁章襃，又"昏黑應須到上頭"爲隋常琮語，並人名亦杜撰之。又妄撰景差五言律一聯，尤可笑。蘇李始有五言古詩，而楚襄王時乃有五律乎？"側生野岸及江蒲，不熟丹宮滿玉壺。雲壑布衣鮐背死，勞生害馬翠眉須。"杜公此詩蓋紀明皇爲貴妃取荔枝事也，其用"側生"字，蓋爲庾文隱語，以避時忌，春秋定哀多微辭之意，非如西崑用僻事也。末二句蓋昌黎感二鳥之意，言布衣抱道有老死雲壑而不徵者，乃勞生害馬以給翠眉之須何爲者耶？其旨可謂隱而彰矣。山谷謂"雲壑布衣"指後漢臨武長唐羌諫止荔枝貢者，此俗所謂"厚皮饅頭夾紙燈籠"矣。山谷尚如此，又何以責黃鶴、蔡夢弼輩乎？《滕王亭詩》：春日鶯啼修竹裡，仙家犬吠白雲間。"修竹"用梁孝王事，"犬吠雲中"用淮南王事，人皆知之。予嘗怪修竹本無鶯啼字也[18]，後見孫綽《蘭亭詩》"啼鶯吟修竹，游鱗戲瀾濤"，乃知杜老用此也。讀書不多，未可輕議古人。　杜詩"江平不肯流"，意求工而語反拙，所謂鑿混沌而畫蛇足，必夭性命而失巵酒也。不若李羣玉《樂府》云"人老自多愁，水深難急流"也。又不若巴渝《竹枝詞》云"大河水長漫悠悠，小河水長似箭流。"詞愈俗愈工，意愈淺愈深。　包佶詩"波影倒江楓"，與杜詩"石出倒聽楓葉下"同意，二句並工，未易優劣也。　《龍門奉先寺詩》"天闚象緯逼"，或作"天閱"，殊爲牽強。章表臣詩話據舊本作"天闚"，引《史記》"以管闚天"之語，其見卓矣。余又按《文選·潘岳秋興賦》"闚天文之秘奧"注引陸賈《新語》楚王作"乾谿之臺闚天文"，杜子美精熟《文選》者也，其用"天闚"字正本此。況天文即象緯也，不但用其字，亦用其義矣。子美復生，必以余爲知言。天闚，闚天也。雲臥，臥雲也。此倒字法也。言闚天則星河垂地，臥雲則空翠濕衣，見山中之殊於人境也。　韋述《開元譜》云：倡優之人取媚酒食，居於社南者，呼之爲社南氏。居於北者，呼之爲社北氏。杜子美詩"社南社北皆春水"，正用此事。後人不知，乃改"社"作"舍"。　杜詩古本"野艇恰受兩三人"，淺者不知"艇"字有平音，乃妄改作"航"字以便於讀，謬矣。《古樂府》云：沿江有百丈，一濡多一艇。上水郎擔篙，何時至江陵。艇音廷，杜詩蓋用此音也。故曰胸中無國子監，不可讀杜詩。彼胸中無杜學，乃欲訂改杜詩乎？　杜詩"關山同一點"，點字絕妙，東坡亦極愛之。作《洞僊歌》云"一點明月窺人"，用其語也。《赤壁賦》云"山高月小"，用其意也。今書坊本改"點"作"照"，語意索然。且關山同一照，小兒亦能之，何必杜公也。幸《草堂詩餘注》可證。　晁以道家有宋子京手書杜詩一卷，"握節漢臣歸"乃是"禿節"，"新炊間黃粱"乃是"聞黃粱"，以道跋云前輩見書自多，不似晚生但以印本爲正也。愼按《後漢書・張衡傳》云"蘇武以禿節效貞"，杜公正用此語。後人不知，改"禿"爲"握"。晁以道徒知宋子京之舊本，亦不知"禿節"之字所出也，況今之淺學乎？《冬日懷李白詩》"裋褐風霜入"，惟宋元本仍作"裋"，今本皆作"短褐"。裋音豎，二字見《列子》。　杜詩"楓樹坐猿深"，又"黃鶯並坐交愁濕"，"坐"字奇崛。張說詩"樹坐參猿嘯，沙行入鷺羣"，前人已云矣。《合璧事類》載杜詩云：三月雪連夜，未應傷物華。只緣春欲盡，留著伴梨花。此詩舊集不載。又：寒食少天氣，春風多柳花。又：小桃知客意，春盡始開花。則今之全集遺逸多矣。　不及前人更勿疑，遞相祖述竟先誰。別裁僞體親風雅，轉益多師是汝師。此少陵示後人以學詩之法。前二句戒後人之愈趨愈下，後二句勉後人之學乎其上也。蓋謂後人不及前人者，以遞相祖述日趨日下也必也。區別裁正浮僞之體，而上親風雅，則諸公之上轉益多師，而汝師端在是矣。此說精妙，杜公復生必蒙印可。然非予之說也，須溪"語羅履泰"之說，而予衍之耳。

敬讀《四庫書目提要糾摘》，自宋以來注杜詩語有足與《升庵詩話》相發明者，錄入以明杜聖詩境高遠、其藩奧有非後世所能漫爲窺測者。　宋人喜言杜詩，而注杜詩者無善本。蜀人郭知達集王洙、宋祁、王安石、黃庭堅、薛夢符、杜田、鮑彪、師尹、趙彥材之注爲《九家集注》，頗爲簡要。知達序稱"屬二三士友隨是非而去取之，如假託名氏，撰造事實，皆刪削不載。"陳振孫《書錄解題》亦曰：世有稱老杜故事者，隨事造文，一一牽合，而皆不言所自出。其詞氣首末出一口，蓋妄人僞托，以欺亂流俗者，殊敗人意，此本獨削去之。所云與序相合，知其別裁有法矣。　宋林越有《少陵詩格》，發明篇法，穿鑿殊甚。如《秋興八首》以第一首爲接頂格，謂"江間波浪兼天湧"，爲巫峽之蕭森。"塞上風雲接地陰"，爲巫山之蕭森。已牽合無理。第二首爲交股格，三首曰開合格，四首曰雙蹴格，五首曰續後格，六首曰首尾互換格，七首曰首尾相同格，八首曰單蹴格。隨意支配，莫測自來。《詠懷古蹟》、《諸將》諸詩，亦每首標立格名，此真強作解事者也。　《集千家注杜詩》前載王洙、王安石、胡宗愈、蔡夢弼四序，所采實不滿百家，蓋務誇摭拾之富，如魏仲舉《韓柳集注》亦虛稱五百家之類是也。其句下篇末諸評悉劉辰翁之語，朱竹垞謂爲夢弼所編入。然夢弼所撰本名《草堂詩牋》，其自序内標識注例甚詳，與此本不合。宋牧仲謂杜詩評點自劉辰翁始，劉本無注。元大德間有高楚芳者刪存諸注，以劉評坿之此本，疑即楚芳所編也。辰翁評所見至淺，其標舉尖新字句，殆爲竟陵之先聲。漁洋比之郭象注莊，殆未爲篤論。　《杜律注》舊本題元虞集撰，卷首楊士奇序稱其解題《桃樹》一篇，瞭然於仁民愛物之旨，深得杜意，必伯生所爲。然歐陽元撰集墓碑，不載其有此書。觀其詞意亦皆淺近。考元趙汸學詩於集而所注杜詩，乃無一語及其師。董文玉爲趙注作序，亦疑虞注之非真，然不云實出誰手。案曹安《讕言長語》稱元進士臨川張伯成著《杜律演義》，曾昂夫作傳。有此名，又有刊版，惜其少傳，往往誤以爲虞伯生。李東陽《懷麓堂詩話》亦云：徐竹軒以道嘗謂予曰《杜律》非虞伯生注，宣德初已有刊本，乃張姓某人注。渠所親見。合二家之言觀之，則此注實出張伯成手，特後人假集之名以行耳。王士禎《池北偶談》謂伯成名性，江西金谿人，嘗注《尚書補傳》。吳伯慶有《輓詩》云：箋疏定令傳杜律，誌銘誰與繼唐碑。此尤可爲明徵也。　《杜詩攟》，明唐元竑撰，爲其讀杜詩時所劄記。所閱蓋千家注本，其中時載劉辰翁評，故多駁正辰翁語。自宋人倡"詩史"之說，而箋杜者遂以劉昫、宋祁二書據爲稿本，一字一句務使與紀傳相符合。夫忠君愛國君子之心，感事憂時風人之旨，杜詩所以高於諸家者，固在於是。然集中根本不過數十首耳。

《詠月》而以爲比肅宗，《詠螢》而以爲比李輔國，則詩家無景物矣。謂"紈袴下服"比小人，謂"儒冠上服"比君子，則詩家無字句矣。元竑所論雖未必全得杜意，而刊除附會，涵泳性情，頗能會於意言之外。如"白鷗没浩蕩"句，必抑蘇軾而申宋敏求。"宛馬總肥秦苜蓿"句，正用漢武帝離宫種苜蓿事，而執誤本"春苜蓿"事，以爲不對"漢嫖姚"。大旨合者爲多，遠勝舊注之穿鑿。《讀杜愚得》，明單復撰，乃剽掇《千家注》。於詩義無所發明，每篇仿《詩傳》之例注，興賦比字尤多牽合不經。與張綖所注《杜詩通》，均未足以窺見崖略。惟《詩通》本范德機批點，原例先明訓詁名物，後詮作意，頗能去詩家鈎棘穿鑿之説，爲差強人意耳。又趙統之《杜律意注》首論七律拗體，謂爲杜之粗律，是全然不解聲調者。所詮釋每多臆度，皆不甚得作者之意。而指謫處，亦漫無考證。其專以注律見收者，如顔廷榘《杜律意箋》、陳與郊之《杜律注評》、紀容舒之《杜律疏意箋》者，以意逆志之義，其譏僞虞注之草草，持論者良是。然核其所解，與僞虞注，正復相等。注評者因元張性《杜律演義》，略施評點，大致皆劉辰翁之緒論。容舒所撰，因顧宸《辟疆園杜詩注解》繁碎太甚，乃汰其蕪雜，參以己意，字字句句備爲詮釋，體近注疏，故有是名焉。 林兆珂《杜詩鈔述》，巨製名篇往往不録，而於《杜鵑行》、《虢國夫人》二詩向因黄鶴、陳浩然二本誤入者反並登選。注中援引事實多不注出典，殊爲疏略。 國朝黄生《杜詩説》乃分體注釋，於句法字法逐一爲之剖别，大旨謂前人注杜求之太深，皆出於私臆，著此以闢其謬。其説未嘗不是，然分章别段，一如評點時文之式，又不免失之太淺。與吴見思《杜詩論文》失之敷衍者，同一詞費也。 又盧元昌所注《杜詩闡》，其自序稱杜詩有因注而顯者，有因注反晦者，一晦于訓詁之太雜，一晦於講解之太鑿，一晦於援引之太繁。反是者又爲膚淺凡庸之詞，曰吾以杜注杜也，則太陋。持論甚當。然其注如四書講章，其評亦如時文批語。説詩不當如是，説杜詩尤不當如是。 張遠《杜詩會粹》，因採諸家之注而成，其分折段落，訓釋文意，頗便初學，然不脱尋行數墨之習。 宋蔡夢弼《草堂詩箋》、《草堂詩話》皆論説杜詩，其采自宋以來詩話語録文集説部，而所取惟《韻語陽秋》爲多。《宋史·藝文志》載方道醇《集諸家老杜詩評》五卷，方銓、方道源又各續五卷，又《杜詩發揮》一卷，皆不及其詳贍。再明安磐《頤山詩話》以少陵母名海棠，故不作海棠詩，尚沿小說之誤。至以"朝叩富兒門"四句，譏其致君堯舜之妄，則益失之固矣。　《讀杜心解》，浦起龍撰，自昔注杜詩者，或分體或編年，是編則於分體之中，又各自編年，殊爲繁碎。如《江頭》、《五詠》以二首編入五古，三首編入五律，尤割裂失倫。其賦及雜文，舊本皆繫卷末，乃亦散附各詩之後。如《雜述》附《送孔巢父詩》後，《秋述》附《秋雨嘆》後，《祭房琯文》附《別琯墓詩》後，《說旱》附《大雨詩》後，《封西岳賦》附《贈獻納使田舍人詩》後，事尚相屬。以《三大禮賦》附《贈崔國輔子休烈詩》後，因詩中有"謬稱三賦在"句，以《皇甫淑妃碑》附《宴鄭駙馬宅詩》後，因公主爲淑妃所生，以《華州試進士策問》附《洗兵馬》後，因所問乃中興之政，已爲牽合。至以《天狗賦》附《靈湫詩》後，以《雕賦》附《義鶻行》後，以《畫太乙天尊圖文》坿《李道士松樹障子歌》後，則強綴之甚矣。自有別集以來，無此編次法也。其間考訂年月，印證時事，頗能正諸家之疏舛。而句下之注，漏略特甚。篇末之解，繳繞亦多。又詮釋之中，每參以評語。近於點論時文，彌爲雜糅。殆好學深思之士，而不善用所長者歟？

　　唐興，詩人承陳隋風流，浮靡相矜。至宋之問、沈佺期等研揣聲音，浮切不差，而號律詩，競相襲沿。迨開元間，稍裁以雅正。然恃華者質反，好麗者壯違，人得一概，皆自名所長。至甫渾涵汪茫，千彙萬狀，兼古今而有之。他人不足，甫乃厭餘。殘膏賸馥，沾丐後人多矣。故元稹謂詩人以來，未有如子美者。甫又善陳時事，律切精深，至千言不少衰，世號詩史。昌黎韓愈於文章慎許可，至歌詩獨推曰"李杜文章在，光芒萬丈長"。誠可信云。《新唐書·贊》

　　子美上薄風騷，下該沈宋，古傍蘇李，氣奪曹劉。掩顏謝之孤高，雜徐庾之流麗。盡得古今之體勢，而兼人人之所獨專矣。時山東李白亦以奇文取稱，時人謂之李杜。予觀其壯浪縱恣，擺去拘束，模寫物象，及樂府歌詩，誠亦差次也。至若鋪陳終始，排比聲韻，大或千言，次猶數百詞，氣豪邁而風調清深，屬對律切而脫棄凡近，則李尚不能歷其藩翰，況堂奧乎？節元稹撰墓銘序

鮑　防 字子慎，官尚書，謚曰宣，有詩五卷，《雜感詩》一卷

防少孤志學，善辭章。及進士第，爲太原尹、節度使，人樂其治，詔圖形別殿。入爲御史，拜左散騎常侍。從德宗奉天，以禮部侍郎封東海郡公。貞元元年策賢良方正，得穆質、柳公綽等，世美防知人。時比歲旱，策問陰陽愆沴。質對"漢故事，免三公，卜式請烹弘羊"，指當時輔政者。右司郎中獨孤恦欲下質，防不許，曰："使上聞所未聞，不亦善乎？"卒置質高第。帝見策嘉歎，授防工部尚書。卒贈太子太保，謚曰宣。於詩尤工，有所感發，以譏切世弊。與中書舍人謝良弼友善，當時有鮑謝之稱。《新唐書》

時天彝《書唐百家詩選後》諸評，深知唐人詩法，謂防詩在唐中葉爲鐵中錚錚者。洵篤論也。吳師道《禮部詩話》

《雜感》云：漢家海內承平久，萬國戎王皆稽首。天馬常銜苜蓿花，胡人歲獻葡萄酒。五月荔枝初破顏，朝辭象郡夕函關。雁飛不度桂陽嶺，馬走先過林邑山。甘泉御果垂仙閣，日暮無風香自落。遠物皆重近皆輕，雞雖有德不如鶴。《人日陪宣州范中丞傳正與范侍郎傳真宴東峯亭》云：人日春風綻早梅，謝家兄弟看花來。吳姬對酒歌千曲，秦女留人酒百杯。絲柳向空輕婉轉，玉山看日漸徘徊。流光易去歡難得，莫厭頻頻上此臺。《送薛補闕入朝》云：平原門下十餘人，獨受恩多未殺身。每嘆漢家兄弟少，更憐楊氏子孫貧。柴門豈斷施行馬，魯酒那堪醉近臣。賴有軍中遺令在，猶將談笑對風塵。

朱　放 一名仿，字長通

放，宰相樸之裔。隱越之剡溪，曹五皋鎮江西，辟節度參謀。貞元初，召爲拾遺，不就。有詩一卷。《文獻通考》

《萬首唐詩》選其五七絕十首，惟《銅雀伎》、《亂後經淮陰岸》與《別李季蘭》三詩可誦[19]。《別季蘭》云：古岸新花開一枝，岸傍花下有分離。莫將

羅袖拂花落，便是行人腸斷時。季蘭女伎，見《藝文略》。

《剡谿行卻寄新別者》云：潺湲寒溪上，自此成離別。迴首望歸人，移舟逢暮雪。頻行識草樹，漸老傷年髮。唯有白雲心，爲向東山月。《經故賀賓客鏡湖道觀》云：已得歸鄉里，逍遙一外臣。卻隨流水去，不待鏡湖春。雪裏登山屐，林間漉酒巾。空餘道士觀，誰是學仙人。《雲門寺贈靈一上人》云：所思勞旦夕，惆悵去湘東。禪客知何止，春山幾處同。獨行殘雪裏，相見暮雲中。請住東林寺，彌年事遠公。《早發龍且館舟中寄東海李司倉鄭司戶》云：沙禽相呼曙色分，漁浦鳴榔十里聞。正當秋風度楚水，更值遠道傷離羣。津頭卻望後湖岸，別處已隔東山雲。停艫目送北歸翼，惜無瑤華持寄君。《題竹林寺》云：歲月人間促，烟霞此地多。殷勤竹林寺，更得幾回過。《毗陵留別》云：別離非一處，此處最傷情。白髮將青草，相隨日日生。《銅雀妓》云：悵唱歌聲咽，愁翻舞袖遲。西陵日欲暮，是妾斷腸時。《送溫臺》云：渺渺天涯君去時，浮雲流水自相隨。人生一世如流水，何必今朝是別離。《九日與楊凝崔淑期登江上山[20]，會有故不往》云：欲從攜手登高處，一到門前意已無。那得更將頭上髮，學他年少插茱萸。

劉言史[21] 字棗強，曾辟棗強令，世因以爲字，見《楚寶》

言史善爲詩，美麗恢贍，與李賀齊名。王武俊鎮冀州，敬禮之，辟爲從事，不就。嘗觀俊射鴨於蒲稗間，一發疊中。俊曰："俊之技，先生之詩，可謂文武之會矣，盍賦一詩？"言史於馬上賦之，俊大喜，將表授以官，復固辭。卒後，郡人劉永高述其事，皮日休爲撰墓碑。

棗強《射鴨歌》今已不傳，猶幸託日休以傳其事。古詩人之泯滅無聞者，又可勝道哉。

《與孟郊洛北野泉上煎茶》云：粉細越筍芽，野煎寒溪濱。恐乖靈草性，觸事皆手親。敲石取鮮火，撇泉避腥鱗。熒熒爨風鐺，拾得墜巢薪。潔色既爽別，浮氲一殷勤。以茲委曲靜，求得正味真。宛如摘山時，自歠指下春。湘瓷泛輕花，滌盡昏渴神。此遊愜醒趣，可以話高人。《竹裏梅》云：竹與梅花相並枝，梅花正發竹枝垂。風吹總向竹枝上，直是王家雪下時。

張　繼 字懿孫

繼大曆末檢校祠部員外郎，分掌財賦於洪州，《文獻通考》。著詩集一卷。《唐書·藝文志》

《洛陽作》云：洛陽天子縣，金谷石崇鄉。草色侵官道，花枝出苑牆。書成休逐客，賦罷遂為郎。貧賤非吾事，西遊思自強。《江上送客遊廬山》云：楚客自相送，沾裳春水邊。晚來風信好，併發上江船。花映新林岸，雲開瀑布泉。愜心應在此，佳句向誰傳。《會稽郡樓雪霽》云：江城昨夜雪如花，郢客登樓望霽華。夏禹壇前仍聚玉，西施浦上更飛砂。簾櫳向晚寒風度，睥睨初晴落景斜。數處微明消不盡，湖山青映越人家。《送鄒紹充河南租庸判官》云：齊魯傷心地，頻年此用兵。女停襄邑杼，農廢汶陽耕。使者乘軺去，諸侯擁節迎。深仁佐君子，薄賦郲黎甿。火燎原猶熱，波搖海未平。應將否泰理，一問魯諸生。《感懷》云：調與時人背，心將靜者論。終年帝城裏，不識五侯門。《楓橋夜泊》云：月落烏啼霜滿天，江村漁火對愁眠。姑蘇城外寒山寺，夜半鐘聲到客船。《紫陽宮》云：紫陽宮女捧丹砂，王母令過漢帝家。春風不肯停仙馭，卻向蓬萊看杏花。

繼詩雖不多見，而皆深於比興，切於事理。楊升庵曰：「《國語》『室無懸耜，野無奧草』，《尉繚子》兵法『耕有春懸耜，織有日斷機』，言用兵之妨於耕織也。繼詩『女停襄邑杼』聯，蓋祖《尉繚子》語也。」《楚寶》

章孝標 太和中官山東道從事，大理寺評事　子碣

孝標元和間下第，時輩多為詩以刺主司。乃獨作《歸燕詩》留獻庾承宣，云：舊壘危巢泥已落，今年故向社前歸。連雲大廈無棲處，更傍誰家門戶飛。承宣諷詠，恨遺才，及重典禮闈，擢第。《東歸題杭州樟亭驛》尾句云："紅花還似白頭人，且曰我將老成名。"似此芳艷[22]，詎能久乎？及襄遂

逝[23]。《全唐詩話》

《蜀中上王尙書》云：梓桐花幕碧雲浮，天許文星寄上頭。武略劍峰環相府，詩情錦浪浴仙洲。丁香風裏飛殘草，邛竹煙中動酒鉤。自古名高閒不得，肯容王粲賦登樓。《和滕邁先輩傷馬》云：浮雲變化失龍兒，始憶嘶風噴沫時。蹄想塵中翻碧玉，尾休煙裏掉青絲。曾同客舍吞饑渴，久共名場踏峻巇。今日櫪前興一嘆，不關行李乏金羈。《少年行》云：平明小獵出中軍，異國名香滿袖薰。畫檣倒懸鸚鵡嘴，花衫對舞鳳凰文。手擎白馬嘶春雪，臂竦青骹當作鸇入暮雲。落日胡姬樓上飲，風吹簫管滿城聞。《小松》云：爪葉鱗條龍不盤，梳風幕翠一庭寒。莫言只似人長短，須作浮雲向上看。

碣《觀錫宴》云：傾朝朱紫正駢闐，細杏青莎映廣筵。不道樓臺無錦繡，只愁塵土撲神仙。魚銜嫩草浮池面，蝶趁飛花到酒邊。日暮驊騮相擁去，幾人沈醉失金鞭。

皮日休_{字襲美，自號閒氣居士，咸通進士}

日休咸通中上書二通，一請以孟子爲學科。其略曰："孟子之文，聖人之微旨也。請命有司去莊列書，專以孟子爲主。有能精通其義者，其科選視明經。一請以韓愈配饗太學。"因射策不上第，退居別墅，編次其文，將復貢於有司。發篋叢萃，繁如藪澤，因名其書曰《文藪》，凡二百篇，爲十卷。又著《鹿門隱書》數十篇。崔璞守蘇，辟爲軍事判官，吏牘一清。日與陸龜蒙輩結社，有《松陵集》。自號鹿門子。休貌不揚，初至場中，禮部侍郎鄭愚戲之曰："子之學甚富，其如一目何？"對曰："侍郎不可以一目而廢二目。"性嗜酒，自戲曰醉士、曰醉民。子光業，字文通，爲吳越相。孫燦，官鴻臚卿。《明志》

皮襲美，晚遯吳越，死焉。有子光業爲吳越相，四世孫公弼在慶曆間，名士也。方吳越時，中原隔絕，乃有妄人造謗謂襲美隳節巢賊，宋景文喜取小說入正史。公弼欲辨之於朝，不及而卒。皮陸《松陵集·小傳》。著《春秋決疑》十篇、集十卷、《胥臺集》十卷、《宋志》作《滑臺集》。《文藪》十卷、詩一卷、《松陵集》十卷、《皮氏鹿門家鈔》九十卷、《唐書》。《吊江都賦》一卷。《宋史》

　　日休居鹿門山，自號"醉吟先生"。唐書稱其降於黄巢，後爲所害。尹洙《河南集》有大理寺丞皮子良墓誌，則稱日休避廣明之難，奔錢氏。子光業爲吴越丞相，生璨爲元帥判官，子良即璨之子。陸遊《老學菴筆記》亦據皮光業碑，以爲日休終於吴越，並無陷賊之事。皆與史全異，未知果誰是也。其文集自序稱"咸通丙戌不上第，退歸州墅，編次其文。發篋叢萃，繁如藪澤，因名《文藪》，凡二百篇"。宋晁公武謂其尤善箴銘，今觀集中書序論辨諸作，亦多能原本經術。其請孟子立學科，請韓愈配饗太學二書，在唐人尤爲卓識。不得僅以詞章目之。詩僅一卷，蓋已見《松陵唱和集》者，不復重編，亦如《笠澤叢書》之例耳。王士禎《池北偶談》嘗摘其中《鹿門隱書》一條、《與元徵君書》一條，皆"世民"二字句中連用，以爲不避太宗之諱。今考之，信然。然後人傳寫古書，往往改易其諱字，安知日休原本非"世"本作"代"、"民"本作"人"，而今本易之耶？是固未足爲日休病也。《四庫全書提要》

　　日休又自號醉吟先生，以文章自負，尤善箴銘。乾符喪亂，東出關，爲毗陵副使，陷巢賊中。遣爲讖文，疑其譏己，殺之。晁公武《讀書記》

　　日休性嗜酒，居鹿門山，以山稅之餘繼日而釀，終年荒醉，自號醉士。以腒艠載醇酒一甔[24]，往來洞湖，遇興即酌，因自諧曰醉民。《山堂肆考》

　　《該聞錄》言日休陷黄巢爲翰林學士，巢敗被誅，今《唐書》取其事。按尹師魯作《大理寺丞皮子良墓誌》，稱曾祖日休避廣明之難，徙籍會稽，依錢氏，官太常博士。祖光業爲吴越丞相，父燦爲元帥府判官，三世皆以文雄江東。據此，則日休未嘗陷賊爲其翰林學士被誅也。光業見《吴越備史》頗詳，孫使容在仁廟時仕亦通顯，乃知小說繆妄無所不有。師魯文章傳世，且剛直有守，非欺後世者，可信不疑也。故表而出之，爲雪污謗於泉下。《老學菴筆記》

　　《十國春秋·吴越·皮光業傳》："世爲襄陽人，父日休有盛名。唐末爲蘇州判官，遂家焉。"據此則廣明之難，日休家蘇州久，遂避地會稽，依錢氏，無由陷賊中明矣。小說繆妄原不足信，《唐書》取其事入史，過矣。

日休嘗遊江漢間，時劉允章鎮江夏，幕中有穆判官者，允章戚也。或贊，日休薄焉。允章素使酒，一日方晏，忽怒曰："君何以薄穆判官乎？君知身之所來乎？鸚鵡洲在此，非黃祖沈禰衡之所乎？"一座皆驚，日休雨涕而已。《玉泉子》

日休謁歸仁紹，數往不得見。因作《詠龜詩》云：硬骨殘形知幾秋，屍骸終是不風流。頑皮死後鑽須遍，都爲生平不出頭。《詠螃蟹呈浙西從事》云：未遊滄海早知名，有骨還從肉上生。莫道無心畏雷電，海龍王處也橫行。《全唐詩》

《遊棲霞寺》云：不見明居士，空山但寂寥。白蓮吟次缺，青藹坐來銷。泉冷無三伏，松圍有六朝。何時石上月，相對論逍遙。《送從弟歸復州》云：羨爾優遊正少年，竟陵煙月似吳天。車螯近岸無妨取，舴艋隨風不費牽。處處路旁千頃稻，家家門外一渠蓮。殷勤莫笑襄陽住，爲愛南塘縮項鯿。《館娃宮懷古》云：艷骨已成蘭麝土，宮牆依舊壓層崖。弩臺雨壞逢金鏃，香徑泥消露玉釵。硏沼只留鸂鳥浴，屧廊空使野花埋。姑蘇麋鹿真閑事，須爲當時一愴懷。又《絕句》云：綺閣飄香下太湖，亂兵侵曉上姑蘇。越王大有堪羞處，只把西施賺得吳。《奉和送羊振文先輩往桂陽歸覲》云：桂陽新命下丹墀，彩服行當欲雪時。登第已聞傳禰賦，問安猶聽講韓詩。竹人臨水迎符節，風母穿雲避信旗。無限湘中悼騷恨，憑君此去謝江蘺。《鴛鴦》云：雙絲絹上爲新樣，連理枝頭是故園。翠浪萬回全過影，玉沙千處共棲痕。若非賚恨佳人魄，即是多情年少魂。應念孤飛爭別宿，蘆花蕭颯雨昏昏。《夏景無事因懷章來二上人》云：佳樹盤珊枕草堂，此中隨分亦閒忙。平鋪風簟尋琴譜，靜掃煙窗著藥方。幽鳥見貧留好語，白蓮知臥送清香。從今有計消閒日，更爲支公置一牀。《題潼關蘭若》云：潼關罷警有招提，近百年無戰馬嘶。壯士不言三尺劍，謀臣休道一丸泥。昔時馳道洪波上，今日宸居紫氣西。關吏不勞重借問，棄繻生擬入耶溪。《春夕酒醒》云：四絃纔罷醉蠻奴，醽醁餘香在翠爐。夜半醒來紅蠟短，一枝寒淚作珊瑚。《楚風補》

龐 蘊 字道立

蘊性嗜浮屠,與丹霞禪師爲友,初謁石頭、後參馬祖於言下頓悟、無生之旨。元和中北遊襄漢。有女名靈照,常鬻竹漉籬以供朝夕。蘊嘗云:"難難難,十石油麻樹上攤。"其妻云:"易易易,百草頭邊祖師意。"其女云:"也不難也不易,饑來吃飯倦來睡。"又云:"易復易,即此五蘊有真智。十方世界一乘同,無相法身豈有二。若捨煩惱入菩提,不知何方有佛地。"蘊將入滅,謂女曰:"視日早晚及午。"女曰:"已中矣,而有蝕也。"蘊出戶觀,女即登父座合掌坐亡。蘊笑曰:"我女機鋒捷於吾矣。"於是更延七日。州牧于公頓問疾,蘊謂之曰:"但願空諸所有,慎勿實諸所無,好住世間,皆如影響。"言訖,枕于公膝而化。有詩三百餘篇傳世。

偈云:世人重珍寶,我則不如然。名聞即知足,富貴心不緣。惟樂簞瓢飲,無求澡鏡銓。饑食西山稻,渴飲本源泉。寒披無相服,熱來松下眠。知身無究竟,任運了殘年。中人樂寂靜,下士好威儀。菩薩心無礙,問凡凡不知。佛是無相體,何須有相持。但令心了事,遮莫外人疑。如人渴飲水,冷煖心自知。

張柬之[25] 字孟將,舉進士,官中書令,封漢陽郡王

柬之官鳳閣侍郎,年七十餘,武后欲訪奇士,狄仁傑薦柬之宰相才,即拜同平章事。與桓彥範誅張易之兄弟,晉漢陽王。尋爲武三思所構[26],貶新州司馬,卒。

《大隄曲》云:南國多佳人,莫若大隄女。玉牀翠羽帳,寶袜音末,女人脇衣蓮花距。魂處自目成,色授開心許。迢迢不可見,日暮空愁予。《出塞》云:俠客重恩光,驄馬飾金裝。瞥聞傳羽檄,馳突救邊荒。歘野山川動,囂天旌旆揚。吳鉤明似月,楚劍利如霜。電斷衝胡塞,風飛出洛陽。轉戰摩笄俗,橫行戴斗鄉。手擒郅支長,面縛谷蠡王。將軍占太白,小婦怨流黃。

騣裏青絲騎,娉婷紅粉粧。三春鶯度曲,八月鴈成行。誰看坐愁思,羅袖拂空牀。《與國賢良夜歌》云:柳臺臨新堰,樓堞相重復。窈窕鳳皇姝,傾城復傾國。杏間花照灼,樓上月徘徊。帶嬌移玉柱,含笑捧金杯。

釋法常

法常本襄州鄭氏子,幼從師玉泉。初參大寂,問如何是佛。寂曰:"即心是佛。"常大悟,遂之四明梅子真舊隱,縛茅以居。貞元中,鹽官會下有僧,迷路至庵所,問和尚在此多少時。常曰:"祇見四山青又黃。"又問出山路向甚麼處去。曰:"隨流去。"僧歸,舉似鹽官。官曰:"我在江西時曾見一僧如此。"遂令招之,常答偈。一日謂其徒曰:"來莫可抑,往莫可追。"須臾聞鼯鼠聲,乃曰:"即故物非他物,吾今逝矣。"

《辭招》云:摧殘枯木倚寒林,幾度逢春不變心。樵客遇之猶不顧,郢人那得苦追尋。

才 鬼

于頔鎮襄陽時,選人劉某入京。逢一舉人,同行數里,意相得。舉人指歧徑曰:"敝廬密邇,能左顧乎?"劉辭焉,舉人因賦詩贈別云:"流水涓涓芹努牙,織鳥雙飛客到家[27]。荒村無人作寒食,殯宮空對棠梨花。"明年劉過襄陽尋訪舊逕,惟殯宮存焉。

襄陽妓

賈郎中與武補闕至峴山,召妓同飲。妓自稱襄陽人,與補闕留連竟旬。臨別贈詩云:弄珠灘上欲消魂,獨把離懷寄酒樽。無限煙花不留意,忍教芳草怨王孫。

無名氏

《習家池》云:高陽池邊春欲暮,銅鞮坊裏花如霧。惆悵山公喚不醒,紅日西沈漢江渡。漢江渡口將別離,拍手尙有攔街兒。小姬願隨遊子去,駿馬不受庸人騎。大隄煙柳易零落,峴山殘碑委溝壑。鹿門高致久銷沈,隆中老子不可作。明日東歸謝所知,人生得意須行樂。

宋

劉　過 字改之,淳熙進士,官教授,有《龍洲集》

過詩見於宋陳思《兩宋名賢小集》及陳起《江湖小集》者,皆骨力堅勁、意致蒼涼者居多,洵一代作手也。

改之《送王簡卿歸天臺》二律,辛稼軒謂爲"橫空排硬語,妥帖力排奡"者也[28]。詩云:欲數人才難屈指,有如公者又東歸。班行失士國輕重,道路不言心是非。載酒青山隨處飲,吟詩玉麈爲誰揮。歸期趁得東風早,莫放梅花一片飛。千巖萬壑天臺路,一日分爲兩日程。事可語人酬對易,面無慚色去留輕。放開筆下閒風月,收斂胸中舊甲兵。世事看來忙不得,百年到手是功名。予以爲可繼王廬溪《送胡澹菴》詩後。又高九萬《送方秋崖以諫去國》詩,時人以爲不下龍洲《送王侍郎》詩。然規模機軸,皆自李師中《送唐御史詩》來[29]。又《多景樓詩》云:江流千古英雄淚,山掩諸公富貴羞。蓋自吳晉以來,立國于南者,恃長江天險,兢兢保守。北望中原,置之度外。況沙漠之境、氈毳之域哉。詩意蓋深寓此恨也。瞿存齋《歸田詩話》

《多景樓》云:金焦兩山相對起,不盡中流大江水。一雙坐斷天中央,收拾淮南數千里。西風把酒閒來遊,木葉盡脫人間秋。關河景物翼南北,神京不見兩溪流。君不見王勃詞華能蓋世,當時未遇庸人耳。翩然落拓豫章遊,滕王閣中悲帝子。又不見李白才思真人天,時人不省爲謫仙。一朝放跡金陵去,鳳凰臺上望長安。我今四海遊將遍,東歷蘇杭西蜀漢。第一江山最上頭,天地無人獨登覽。樓高意遠愁緒多,樓乎樓乎奈爾何。安得李白與王勃,名與此樓長兀突。《和劉叔擬》云:不醉何勞飲,無詩只自吟。百年爲客老,一念愛鄉深。草露青原淚,煙波白鷺心。班超歸未得,想見舊家林。《遊石山》云:信步作幽討,有庵如此深。佛燈明老屋,秋日淡疏林。柏樹祖師意,松楸老子心。十年棄鄉井,灑淚一悲吟。

張　問 字昌言,仁宗時任大名府通判,官正議大夫,提舉嵩山崇福宮

問處己廉潔,入元祐黨籍。由進士起家,累官秘書監給事中。

《耆英會》云:槐庭二老樂堯仁,盛集高年洛水濱。華袞具瞻雖禮絶,白頭序齒却情親。清閑几席同禪院,山野巾裘似隱淪。尊酒椒香纔過節,池塘草色已催春。白公酣暢吟哦内,衛武康強笑語頻。豈獨丹青傳不朽,潛欣風俗欲還淳。芝田鶴戲調形健,蓮沼龜遊納息匀。商皓寂寥拘小隱,漢疏局促止家人。莫因氣貌疑丹竈,自有光陰寄大椿。復得兼謨爲重客,恐遺元爽在編民。神仙可學今方信,道術相忘久益真。滿座交歡視眉壽,羣生五福托鴻鈞。《宋詩紀事》

魏　鵬 字寓言,舉進士

《閨情》云:春閨曉起淚痕多,倦理青絲髪一窩。十八雲鬟梳掠過,更將鴛鏡照秋波。侍女新傾盥水湯,輕裝雪腕立牙床。都將隔宿殘脂粉,洗在金盆徹底香。紅綾拭鏡照窗紗,畫就雙眉八字斜。蓮步輕移何處去,階前笑折石榴花。薰風無路入珠簾,三尺冰綃怕汗粘。低喚小鬟推繡戶,雙彎自濯玉纖纖。

趙汝州[30] 字君牧

汝州少有才名,過訪詩妓謝金蓮,見庭中紅梨花盛開,因賦詩云:換却

冰肌玉骨胎，丹心吐出異香來。武陵溪畔人休說，只恐夭桃不敢開。金蓮見詩感慕，乃答和云：本分天然白雪香，誰知今日却濃妝。秋千院落溶溶月，羞覷臙脂睡海棠。遂委身焉。

陳智夫

智夫宋人，長于歌詩。遇異人授吐納之術，佳句多於夢中得之。云：花笑似留客，鳥啼如喚人。野花臨水數枝恨，芳草連天千里情。《宋詩紀事》

師　嚴 字道立

嚴讀書識大義，善槊射。自圍中拔身詣行在所，上書論事，不報，拂衣去。客死武陵。

《藺五見訪》云：漢陰美人青兕裘，獨騎瘦馬尋荒丘。花前下馬迎一笑，珠玉在側形骸羞。酒酣散髮箕踞坐，錦帶爛爛懸吳鉤。剺蛟刺虎好身手，碧瞳如水涵清秋。惜哉科目大脫略，壯士豈為章句囚。中原鬭格困不已，江波木落寒悠悠。《武陵客居》云：浩蕩千年調，饑寒八尺身。不愁逢魍魎，可笑繫麒麟。殘雪江村路，空山澗水春。時危終遠去，道在豈全貧。《公安早發》云：去國秦公子，窮途阮步兵。別離如昨日，豪俠異平生。江月為誰好，巴船何處行。高秋伴搖落，早發若為情。《宋詩紀事》

《庚午三月五日朱尙書席上醉歌》云：天風浩蕩何處來，荆南府中好春酒。我公此日盛賓佐，但飲無勞問升斗。座中十萬無下箸，烏帽朱衣馬牛走。妙舞清歌如有神，翠爛金明各回首。人生行樂須壯年，小人再拜為主壽。滿堂淚落起挽鬚，臨饋三歎成鬱紆。干戈未定郡國破，亂臣賊子何代無。主憂臣辱坐感激，忍對花鳥調歡娛。近聞士卒願一戰，猛氣正倚風塵麓。丈夫行事動千古，快意一飽非雄圖。

張　嵲字巨山,官提舉太平興國宮,有《紫薇集》

嵲宣和三年上舍中第,紹興九年除司勳員外郎,累遷敷文閣待制,知衢州,終於提舉江州太平興國宮,事跡具《宋史‧文苑傳》。嵲爲陳與義之表姪,少時嘗從受學。故劉克壯《後村詩話》謂其詩句法與簡齋相似,而於五言古詩,尤極賞其語意高簡,意味深遠。又克莊所摘七言絕句如《故園墳樹想青葱》諸篇,尤能以標格見長。而集中似此類者尚多,大抵絕句清和婉約,較勝與義。其他雖未能遽相方,而氣體高朗,頗足以自名一家。《四庫書提要》

《夷陵》云:吳越相持地,江山直險固。昔聞焚夷陵,今茲但遺堵。山遠欲連天,江寬疑侵樹。左顧渚宮塗,右眺襄陽路。野迥無居人,荒村但豺虎。依依念鄉井,愴愴悲墳墓。月淡江風寒,雲深楚山暮。佇立小踟躕,蒼蒼歸鳥去。《防江》云:大漠與吳越,天南天北頭。虜尤涉吾地,飲馬長淮流。飲馬尚猶可,莫使學操舟。《絕句》云:犖确南山路,叢筠冒水生。寒梅銷落盡,猶有數花明。十日濃陰飛細雨,清川初漲水平沙。幽人閉戶春已半,開遍山南山北花。故園墳樹想青葱,寒食風光淚眼中。自痛不如傖父子,紙錢猶掛樹頭風。一行疏樹對柴門,又見荒煙上晚村。日日牆陰觀日影,人生消得幾朝昏。日炙櫻桃已半紅,更薰花氣滿襟風。路傍謁舍蹲遺獸,應有荒墳在麥中。《宋詩紀事》

魏　泰字道輔,一字通甫,有《臨漢隱居集》、《襄陽題詠》、《隱居詩話》、《東軒筆錄》、《括異志》、《訂誤集》、《倦遊雜錄》、《志怪錄》

泰嗜學,幼爽邁,能屬文,米元章稱其與王平甫并爲詩豪。著述九種,皆傳於時。《文獻通考》

泰爲曾布婦弟,故嘗托梅堯臣之名,撰《碧雲騢》以詆文彥博、范仲淹諸人。及作詩話,亦黨熙寧而抑元祐。然詩話論梅堯臣《贈鄰居詩》不如徐鉉，則亦未嘗不確。他若引韓愈詩證《國史補》之不誣，引《漢書》證劉禹錫稱衛綰之誤，以至評韋應物、白居易、楊億、劉筠諸詩，考王維詩中顛倒之字，尤多可採。《四庫書目提要》

泰恃才薄福，終身堙鬱。而黃山谷極力推重，多與之唱和。《楚寶》

道輔少與徐忠愍、黃山谷友善，博極羣書，尤能談朝野可喜事，亹亹終日。作詩自成一家，其間有：博山燒沉水，煙爐氣不滅。日暮向門前，楊花散成雪。不減江左諸人語。《潘子貞詩話》

《挽王平甫》云：海內文章傑，朝廷亮直聞。黃瓊起處士，子夏遽修文。貝錦生遷怒，江湖久離羣。傷心王佐略，不得致華勳。《題黃魯直集》云：端求古人遺，琢抉手不停。方其得機羽，往往失鵬鯨。《荆門別張天覺》云：秋風十邑望臺星，想見冰壺照坐清。零雨已廻公旦駕，挽鬚聊聽野王箏。三朝元老心方壯，四海蒼生耳已傾。白髮故人來一別，却歸林下看昇平。《寄米元章》云：綠野風廻草偃波，方塘疏雨淨傾荷。幾年蕭寺書紅葉，一日山陰換白鵝。湘浦夕同要月醉，洞湖還憶扣絃歌。緇衣化盡故山去，白髮相思一倍多。《宋詩紀事》

米　芾 字元章，官員外，有《山林集》、《丹陽集》、《寶晉齋集》、《海嶽名言》、《書史》、《畫史》、《硯史》　子友仁

芾博洽記聞，爲文務崖絕魁壘，要必己出。工書，竹簡、篆籀，法秦正書，魏晉而下無取焉。蓄王謝真跡，右軍紫金石硯。善畫古聖賢像，及寫山水。知雍丘，乞監中嶽廟，自號中嶽外史。召入爲書畫學博士，賜對便殿上。其子友仁所作《楚山青曉圖》。芾精於鑒裁，書畫器物，一經品題，價增數倍。冠服效唐人，風神蕭散，立吐清暢。而好潔成癖，至不與人同巾器。知無爲軍，見奇石驚喜，取袍笏拜之，呼爲石兄，人以"米顛"稱之。預知死期，臨卒曰："衆香國中來，衆香國中去。"《宋史》

芾以書畫名，而文章亦頗不俗。曾敏行《獨醒志》載其嘗以詩一卷投許冲元，云：芾自會道言語，不襲古人，年三十爲長沙掾，盡焚燬以前所作。平

生不錄一篇投王公貴人，遇知己索一二篇則以往。元豐至金陵識王介甫，過蘇州識蘇子瞻，皆不執弟子禮云云。其自負殊甚，殆猶顛態然。吳可《藏海詩話》引韓駒之言，謂芾詩有惡無凡。岳珂序引《思陵翰墨志》曰：芾之詩文，語無蹈襲，出風煙之上。其詞翰同有凌雲之氣。案：此條今本《思陵翰墨志》不載。敏行又記蘇軾嘗言：自海南歸舟中，聞諸子誦所作古賦，始恨知之之晚。蓋其胸次既高，故吐言天拔，雖不規規繩墨，而氣韻自殊也。《四庫全書提要》

元章風神散朗，服唐人冠衣，眉宇軒然，進趨襜如，音吐鴻暢，雖不識者，皆知為元章也。晚為王臨川、蘇眉山所深知。臨川絕愛其詩，摘句書於便面。眉山有云：元章奔逸絕塵之氣，超妙入神之字，清新絕俗之文，相知廿年，恨知公不盡。答云：更有知不盡處。修楊許之業，為帝宸碧落之遊，異時相見，乃知也。元章為江淮發勾[31]，揭牌於行舸之上，曰"米家書畫船"。山谷贈詩曰：滄江盡夜虹貫月，定是米家書畫船。　秀水范長康輯元章遺事，為《米襄陽志林》，分十三目，為十三卷。《楚寶》

操觚家略能拈弄，便自詡三唐，不知宋人詩亦有不易及者。如米襄陽《甘露寺》云：兩州城郭青煙起，千里江山白雪飛。海近雲濤驚夜夢，天低月露濕秋衣。《望海樓》云：幾番畫角催紅日，無事滄洲起白煙。三峽江聲流筆底，六朝帆影落樽前。琴詩空山墮涼月，五字尤有弦外音。今談藝家皆一筆勾之，新城所謂"耳食紛紛說開寶，幾人眼見宋元詩"也。

元章之書法，人皆知之。其詩律之妙，人或不盡知也。予愛其《望海樓》一詩云：雲間鐵甕近青天，縹緲飛樓百尺連。三峽江聲流筆底，六朝帆影落樽前。幾番畫角催紅日，無事滄洲起白煙。忽憶賞心何處是，春風秋月兩茫然。又《詠潮》云：怒氣號聲迸海門，州人傳是子胥魂。天排雲陣千家吼，地擁銀山萬馬奔。勢與月輪齊朔望，信如壺漏報朝昏。吳亡越霸成何事，一唱漁歌過遠村。又《垂虹亭》一絕云：斷雲一葉洞庭帆，玉破鱸魚霜破柑。好作新詩繼桑苧，垂虹秋色滿東南。又《宋詩鈔》"小傳"："王安石愛其詩，摘書扇上。東坡云：'元章奔逸絕塵之氣，超妙入神之字，清新絕俗之文，相知二十年，恨知公不盡。'答曰：'更有知不盡處。'其風致可想也。有

《山林集》十卷,恨未見其全。"《秋林伐山》

《雜詩》云:揚清歌,發皓齒,北方佳人東鄰子。且吟白苎停綠水,長袖拂面爲君起。寒雲夜捲霜海空,長風吹天飄塞鴻。玉顏滿堂樂未終,館娃日落歌吹濃。絃歌興罷拂衣還,棄米何嘗有俸錢。恩自大鈞能逐物,只應訪藥是優賢。《貞娘墓歌》云:何不學仙冢纍纍,白楊西廊陰風悲。虎丘一叩貞娘墓,薜荔援牆委蘭露。千歲蒙茸幾樹花,夜飄鬼火曉啼鴉。向憐挾瑟彈清月,猶憶吹簫乘彩霞。吳閶少年往來道,黛娥釵燕誰能好。酒滴春雲夢不消,泉聲幽咽鐘聲老。陌上行遊緩緩歸,昨日紅顏今日非。東望閶闠穿葬處,玉鳧欲化湛盧飛。《除書學博士初朝謁呈時宰》云:半生湖海看青山,慣佩笭箵攬彎艱。曉起初馳朱雀路,霜華漸綴紫宸班。百寮卑處瞻丹陛,五色光中望玉顏。浪說書名落人世,非公那解徹天關。《甘露作呈夷曠》云:欲雨氣不透,庭梧有棲煙。迴首望北固,雲藏淨名天。呼童速具輿,憑高覽山川。隱見豈不好,開霽景固全。須臾剛氣流,湛湛清露圓。歸塗知有伴,華月上丹淵。《題濮王畫蘆雁》云:偃蹇汀眠雁,蕭梢風觸蘆。京塵方滿眼,速爲喚花奴。野趣分弱水,風花翦鑑湖。塵中不作惡,爲有鄴公圖。《甘露寺》云:六代蕭蕭木葉稀,樓高北固落殘暉。兩州城郭青煙起,千里江山白鷺飛。海近雲濤驚夜夢,天低月露濕秋衣。使君肯負時平樂,長倒金鍾盡醉歸。《答劉巨濟》云:劉郎收畫早甚卑,折枝花草首徐熙。十年之後始聞道,取吾韓戴爲神奇。邇來白首進道奧,學者信有髓與皮。始知十襲但遮壁,牛馬便可裹弊帷。峨峨太平老寺主,白紗帽首無冠蕤。武士後立肅大劍,宮女傍侍顰修眉。神清眸子知寡欲,齒露唇反法定饑。世人見服似摩詰,不知六朝居士衣。後人忽把亂唐突,梁時筆法了可知。道子見之必再拜,曹劉何物望藩籬。本當第一品天下,卻緣顧筆在漣漪。《開先寺觀瀑布》云:度峽捫青玉,臨深坐綠苔。水從雙劍下,山挾兩龍來。春暖花驚雪,林空石迸雷。塵纓聊此濯,欲去首重迴。《中秋登海岱樓》云:日窮淮海氣如銀,萬道虹光育蚌珍。天上若無修月斧,桂枝撐損向西輪。《拜中岳命作》云:雲水心常結,風塵面久虛。重尋釣鰲客,初入選仙圖。鼠雀真官耗,龍蛇與眾俱。卻懷閑祿厚,不敢著《潛夫》。《瑞巖庵清曉》云:西山月

落楚天低,不放紅塵點翠微。鶴唳一聲松露滴,水晶寒濕道人衣。《宋詩紀事》

友仁幼年,黃山谷贈詩曰:"虎兒友仁小字筆力能扛鼎,教字元暉繼阿章。"遂字元暉。其書畫天機超逸,不事繩墨,風骨極肖乃翁。每自題曰"墨戲"。父芾爲書畫博士,時召對便殿,獻友仁所作《楚山清曉圖》,賜御書畫扇各二事。宣和中爲大名少尹,官工部侍郎,敷文閣直學士。年八十神明不衰,無疾而逝。弟友知亦善楷法,《豫章所刻法帖》呂企中跋云:"米氏心畫之妙,得於家傳,父作子述,論者謂宋之有元章、元暉,猶晉有羲之、獻之。"《丹陽集》

元

楊士弘 字伯謙

士弘選《唐音》十四卷,書成於至正十四年,虞集爲之序。凡《始音》一卷,《正音》六卷,《遺響》七卷。李東陽《懷麓堂詩話》曰:"選詩誠難,必識足以兼諸家者,乃能選諸家。識足以兼一代者,乃能選一代。一代不數人,一人不數篇,欲一人選之,不亦難乎?選唐者,惟楊士弘《唐音》爲庶幾乎?"《四庫全書提要》

明

蘭以權[32] 字世衡,洪武初以才能薦官,至應天府尹

以權安撫廣西,宣布德威,潛消亂萌,有經世材。

《延石上人》云:村深無客到,今日喜公來。卓錫當松徑,談禪坐石臺。晴看江鷺浴,暖愛野梅開。休笑無清供,溪頭水一杯。

任亨泰 字古雍，洪武進士，官尚書，有《使交稿》

亨泰年十三即賦《朝天詩》，廷試爲太祖自擢狀元。重其學行，每呼襄陽任，而不名。初吳伯宗使安南，以名德爲交人重。亨泰復使，交人以爲榮，并稱吳任。介不受賄，交人益重之。

《寄李文郁侍郎》云：有刀莫剷峴山雲，有尺莫量漢江水。雲無定，水不移，繫我鄉心幾千里。美人遠在山水間，僑居兩鬢霜華班。昔向芹宮飛化雨，今承天寵容歸閑。揭來夢過衡山下，杯酒高歌自瀟灑。莫遣秋風吹柳枝，留得他時繫歸馬。《舟次匡廬寄同朝諸公》云：翰墨同時集禁闈，恩榮寧謂及寒微。舍人舊掌絲綸誥，御史新裁錦繡衣。天上鴛鴻還接武，江邊鷗鷺已忘機。他年行部如相覓，秋水蘆花是釣磯。《奉使安南過岳州》云：十二危闌架沆瀣，楚雲巴樹隱周遭。洞庭春闊煙浮海，巫峽天低雪漲濤。秋士悲深騷怨古，大江浪擁月輪高。登臨已極江湖量，未許元龍氣獨豪。《送高麗貢使還國》云：文軌初同泰運開，藩邦傳令動風雷。三韓舊控玄菟險，重譯今隨白雉來。使節秋風辭殿陛，樓船春水泛蓬萊。金章珠翟承殊渥，專對從來得俊才。

諸葛鯨 字君騰

《渝城人日簡孛給事》云：訪舊來何晚，輕帆落驛亭。江迴劍外白，山繞漢中青。萬里逢人日，孤城感客星。知君懷諫草，翹首望明廷。《明詩綜》

呂　昇 字明遠，天順進士，官參議

昇祖義，永樂時任綏州衛千戶，父貴預復辟功，授錦衣衛指揮僉事。昇幼學於邢簡，由戶部郎中擢雲南參議。蒲蠻叛，奉檄宣諭，蠻人帖服，以病歸。訪李東陽商榷詩法，東陽推重之，身後爲銘其墓。《府志》

王從善字承吉，號鳳林，嘉靖進士，官主事，有《鳳林詩文集》

從善有詩文集七卷，爲其子之瑞所編。《千頃堂書目》不著錄，殆偶未見歟。《四庫全書提要》

曹　璘字廷暉，成化進士，官巡按，有《西泉存稿》

璘爲言官，不避權要，上頗曲從。及因災異請罷大學士劉吉，帝浸不悅，出按廣東。訪陳獻章於新會，服其言論。引疾歸，山居三十年，閉戶讀書，不入城市。

《春日登萬山》云：萬古胸開萬古山，登臨萬古幾人閑。湘妃解珮名空在，杜預沉碑績已闌。南向孤城臨漢水，西來雄巘枕秦關。垂楊不解當春別，生就柔條待客攀。

何宗賢字邦憲，成化進士，官知州，有《西峯類稿》

宗賢博學工詩文，性耿介，不與俗諧，晚號太華山人。求所著《西峯類稿》不獲，《詩錄》採入《題冠蓋里》七律。其前半云：淡淡林煙日已斜，柳陰深處是誰家。山蹊數點無情雨，村落幾枝薄命花。

鄭繼之字善夫，一字伯孝，號鳴峴，嘉靖進士，官尚書

繼之初宰餘干，下車即揭於門曰："管餘干一縣事，春生秋肅。受百姓半文錢，地滅天誅。"及遷副使，尤潔己愛人。以養親歸，服除，不出。用陳尚象薦起，官至銓部。時言路閉塞，惟爭門戶。繼之有清望，無黨援，累疏乞休不允。次年復稽首闕下，出郊待命，始令乘傳歸。與同里戴進士牾競擅詩名，有集二卷，《于少保祠》云：太傅立朝初，讜論多了了。英皇巡朔方，

虜騎日俶擾。黃雲厄塞垣,仙杖迷周道。法駕一蒙塵,恣意索金寶。京城既搖動,紛紛議和好。公時贊戎機,決策守隍堡。耀兵扼居庸,鐵馬不能搗。坐令虜計窮,食盡師遂老。翠華果南歸,社稷功非小。功高殺其身,實爲青蠅嬈。神衷啟後聖,殊錫達幽渺。反覆靖康事,公業彌皦皦。廟食帝城東,巍峨天人表。

黃體元 字長卿,萬曆進士,山東按察副使,有《四然齋集》

體元自編所著詩文,取《中和集》"身心世事謂之四緣,委身寂然,委心洞然,委世混然,委事自然"之語,故以四然名齋,因以名集。蓋明季士大夫耽二氏者十之九也。《四庫全書提要》

馮舜臣 字五餘,貢生,官知縣,有《衣帶集》

舜臣宰宜黃,有善政。負才忤上官,罷歸。閉門謝客,惟耽吟詠。所著《衣帶集》,世不多傳。《頌夢》云:我仇偶見夢,執手且歡悅。夢時方油油,醒來忽觖觖。不知歡者誰,是我當謝絕。云胡醒夢間,歡憎一何別。因悟夢時平,不似醒時烈。若知醒是夢,怨恨俱消滅。審如夢無咎,審如夢無孽。因作頌夢詩,兼爲醒者揭。下睇華胥邇,高臥羲皇垺。成周有太和,想亦夢所結。悶悶龍抱珠,咄咄鳥反舌。不見野戰龍,喋者玄黃血。世事問莊子,盎錯俱無說。廻首看燕丹,壯士多張設。好將匕首鐵,付與洪爐雪。

汪始亨 字月掌,天啟進士,官御史

始亨髫年善屬文,官博士,不附魏閹,黨人列其名於《同志錄》,罷歸。璫敗,起補諫垣。崇禎初官給事中,正色立朝,抗章發閹黨太僕李魯生之奸。工詩,與江夏郭美命齊名,多酬唱,惜未見。

米雲卿_{字君夢}

雲卿，竹垞謂爲楚人而不名。何邑《潛庵筆記》指爲元章裔孫，必有所本。《定名錄》

君夢晚寓吳興，往來無定跡。《撥悶詩》云：十年湖上社，雙屐泖東山。有子癡難教，無家老不還。後卒於崃山之枯木庵。《秋柳》云：搖落天涯正此時，蕭疏多見路旁枝。一朝染露全無色，何處含煙尚有絲。漢苑也應隨日短，隋堤難道入秋遲。陰陰滿眼河山暮，愁絕那堪帶雨垂。一夜西風那便凋，他鄉何處不蕭蕭。依稀有葉還無葉，搖落長條復短條。難忘折來情脈脈，更愁看去路迢迢。經過若問傷心地，涼雨寒煙鎖灞橋。《靜志居詩話》

《荆卿》云：荆卿本神勇，意遠度亦別。酣飲燕市中，歌哭以爲節。何期燕太子，磬折來相結。禮殊報應重，義感心遂熱。紅爐淬匕首，濡縷試人血。秦庭計不諧，易水無留轍。天命不可爲，劍術何巧拙。《楚風補》

國朝

淩　哲_{字元亮，號榴園}

哲順治初入國學，工詩古文詞，與王謹微、黎美夏、劉體式、徐聯習結詩社。年六十失明，著《襄陽遺話》。子煙字瞻士，孫聚士[33]，皆工詩。體式字公度，著《墨莊集》。聯習字二眉，博學善書。均一時翹楚，而所著多不傳。

陳聯璧_{字珏庵，前明員外，入國朝官知府，有《紫雲山房畫舟草》、《言息堂》等詩文稿}

《登寓樓遠眺》云：風光偏泥客，極目寸心舒。老入春猶健，貧惟酒不疏。雲歸千嶂合，水受一舟盧。安得乘風去，鹿門有敝廬。《種樹》云：半畝閒閒地，從人乞樹栽。高低隨野性，軼散任天材。度月枝連影，棲禽去復來。陽和生雪後，瘠壤自堪培。《別陳賡明玉瑲》云：客路驚華髮，相依念白眉。醉堪從夜卜，歸及與秋期。薄霧開江練，輕舟散雨絲。應知重握手，花發上林枝。《楚詩紀》

袁　奐 字參嵐，順治貢生，官訓導

奐初爲左寧南記室參軍，國初受學使彭禹峯之知，疏舉於朝，僅以廣文終。

《雨宿上封寺》云：人來蟻附柯，寺如蝸黏壁。登頂覺坦然，形神益爽適。白雲山腳生，空濛共一碧。入夜心茫茫，前山走霹靂。萬木瀉秋濤，煙鐘殊壯激。屋瓦作飛鳴，衾裯交洗滌。嗒然七尺軀，宛與百靈覿。空中仙樂聲，笙簫聽歷歷。須臾明月光，露白空林滴。欲睡惱秋螿，孤鐙起自剔。《登衡嶽》云：滿山木葉下涼飀，正值楓丹橘綠時。地未冰霜先槁枿，天如雲水上罘罳。臺平絕頂曾磨鏡，澗響寒潭勝絡絲。禹後明王封禪少，漢秦無復斷殘碑。《石霞應徵至鄂》云：那能長不字，良女亦懷春。赤羽趨新詔，青山別故人。易甘惟宦拙，難忍是才貧。攬轡澄清想，知埋何處輪。《禹峯師納姬》云：爲攬章華勝，空羣見細腰。恩光新似虢，姓字艷同喬。螺髻將雲擁，春山帶雨描。戎裝驄馬上，若個插輕貂。《長沙秋夜》云：榛莽潭州路，十年舊戰場。幽魂銷鐵甲，閨夢冷邊霜。鼓瑟空彈淚，懷騷易斷腸。悲涼今夜月，何苦照熊湘。《衡陽歲暮雜述》云：百丈祝融雪，蠻雲捲霸圖。雁聲廻潊浦，龍氣暗蒼梧。興逐年光盡，腸隨岸草枯。將軍簫管急，酣醉擁氍毹。《落花》云：偶然爛熳易蕭森，已往幽香不可尋。甘受摧殘安命薄，廻思雨露識恩深。黃金誰買驊騮骨，金谷難灰粉黛心。消渴文園傷寂寞，花魂亦有白頭吟。漏盡鐘殘或似之，不堪廻首重淒其。粉消西子歸湖日，腸斷明妃出塞時。敢學霜華終化水，恐同柳絮竟沾泥。不煩好鳥啼春住，無復銜來再上枝。《九日獨登岳陽樓》云：洞庭湖水遠連天，獨倚危欄氣萬千。斷石荒碑今姓字，空林落葉舊山川。孤帆遠渡夕陽外，叢菊雙開淚眼邊。

廊廟江湖無限意,悲涼不獨爲秋憐。《同吳賀蘭往鹿門訪蔡玉虹山亭》云:泠然清淺鹿門坡,爲送春歸許放歌。一帶西江秋雨色,幾家南浦舊漁蓑。停橈問道茅亭小,策杖穿林曲徑多。數載江風攜兩袖,留人其奈白雲何。《壬午榜後》云:中原逐鹿滿金戈,慚愧空言設制科。遇拙敢云臣尚少,時艱可信命如何。青樓粉黛年空誤,白首英雄氣自磨。東去帝鄉白水在,吾將長嘯老煙波。《蔡陽館》云:歌館人傳白水邊,夕陽一片草芊芊。關山滿目知非舊,只有詩篇說浩然。《哀嚴羽宜》云:分照臨川筆,雄心未肯降。予與羽宜皆臨川管勛登師所拔士。朱顏爭第一,白璧愧成雙。家第稱三戶,節推拜九江。爰乘青翰舫,竟擁碧油幢。破賊頻傳檄,懸軍每渡杠。匡山雲夾路,蠡水月開窗。一灑鼎湖慟,長挑永夜釭。餘情工嘯詠,晚節重鄉邦。歌館如歸孟,鹿門未隱龐。溯洄春草夢,汗漫水雲艭。菽向高堂奉,鐘聞古寺摐。居近白水寺。秋風辭壘燕,落月吠門尨。旅襯歸千里,孤懷憤一腔。乾坤同破絮,歲月等奔瀧。鸚鵡洲邊蛻,羽宜卒於漢陽。驌驦橋畔椿。章陵豐草內,白水咽淙淙。《哀牛虎溪》云:藉藉才名盛,縱橫擅一時。天心騁驥足,世態妒蛾眉。毀譽來原眾,光明照不疲。羊腸九折早,雞肋一麾遲。異績神京近,清心聖主知。艱難才去國,慷慨忽登陴。血戰孤城破,分飛絕艷悲。元方空有弟,伯道竟無兒。散佚篇章盡,周殘池館移。空梁飛紫燕,斷柳囀黃鸝。萬卷知何付,百身贖是誰。山陽吹笛罷,悽絕有餘悲。

黎嘉會 字美夏,自號山鴈,有《知非集》

嘉會幼穎異,司馬阮涵奇其才,以國士稱之,工詩善書畫。五試不遇,絕意名場。築西圃,讀書其中。晚作《焦氏易林原》,務由焦詞歸象彖,由象彖歸爻卦,頗傳於世。蔡九霞贈詩有"千秋王佐思諸葛,一代詩豪屬茂秦"之句。九霞非漫譽人者,其人固不獨以詩名也。

鄭師濂 字鴻雲,明經,官訓導

《同毛子霞先生遊章臺有贈》云:弇洲不作中郎往,風流韻事空遺響。

宮井漸湮臺址隤，居人過客嗟榛莽。毗陵一士清且孤，著書未改舊頭顱。擔簦負劍作楚客，來問章臺梅有無。我亦鹿門踏雪人，偶騎羸馬逐風塵。班荊古道開口笑，五年不見情何親。多君意氣饒軒舉，漢陽晴樹借石補。摹取岣嶁峯頂文，直將龍鳥伴鸚鵡。勝跡興衰良有時，楚宮遺檣已無枝。憑誰更試補天手，莫使春風怨別離。《春日同楊際春登庚臺望江》云：落落孤踪未肯降，偕君登眺酒盈缸。竹光和露浮樽斝，山色連雲靉法幢。囊有龍精誰得買，居如鶴窟豈容雙。東皇不解遊人恨，何日乘風遠渡江？《讀朱伯廱江陵志餘》云：已見滄田幾變更，過都難作不平鳴。直將遺事傳詩史，漫以閑情寄酒名。禾黍離離千卷廢，江湖泛泛一舟輕。余生亦有煙霞癖，願共雞壇問主盟。

王謹微 字堯錫，號峴椒，康熙進士，有《峴椒集》

謹微官銅仁，有善政。邃于說詩，著《漢皋詩話》。《過米家莊》云：三尺殘碑臥道旁，淤泥認是米襄陽。一船書畫何由訪，半畝莊田已就荒。

楊起雲 字岫青，明經

《夜宿南樓聽雨》云：柝聲喧子夜，月色隱湘城。簷淺窗全濕，燈殘榻半明。撫心悲世網，抱膝愧躬耕。滴滴芭蕉響，銅鞮夢未成。《劉雲先自沅江改任武昌賦寄》云：三載沅湘客，孤帆向鄂州。雁飛雲夢澤，月涌漢江樓。署冷堪驅署，愁多怕近秋。山陰如有興，雪夜問輕舟。《秋夜對月》云：流火逢今夕，秋聲落井梧。衣單雲並薄，庭靜月同孤。對酒愁差減，聞鐘病亦蘇。棲遲聊自適，無用泣窮途。《送別彭立人》云：江干擊筑且高歌，秋水盈盈泛碧波。萬戶砧聲愁裏聽，十年鼙鼓夢中過。同心乍恨孤帆遠，世事還憐歧路多。最是難堪客送客，尊前休訝淚滂沱。《秋日飲袁參嵐草堂》云：三徑閒吹兩部蛙，桃源相對噉胡麻。滄桑眼底六朝事，萍水舟中萬里家。姓字仍傳陶處士，才名不愧賈長沙。東陵莫憶侯封地，到處青門可種瓜。

《寄劉夢經》云：良月高秋苦自吟，西風吹動故園心。與君花下銜杯酒，只向瀟湘夢裏尋。

劉應霖_{字小峯}

《鍾菊潭學博招飲黃鵠山麓，即題其鴻爪圖》云：黃鵠磯頭客，翩然騎鶴來。江城五月暮，共聽笛中梅。屐想南樓著，樽從北海開。武昌秋月滿，長憶謫仙才。百戰文壇傑，如今六十強。諸公皆袞袞，此老故堂堂。名在儒林傳，經傳弟子行。奉觴還一笑，故態未嫌狂。我家襄水曲，君住沔江邊。拙宦徇微祿，歸耕憶薄田。閒耽山水趣，願結笠簑緣。何日辭官版，追思一惘然。雲夢浩秋煙，清貧守一氈。浮蹤千里合，流水廿年前。飲酒慚陶令，稱詩對鄭虔。知音今幸遇，羞澀伯牙絃。《同聲詩鈔》

楊　杰_{字拱北，諸生}

杰能詩兼工書畫，王已山選其詩入《清詩大雅集》，《湖北先賢詩錄》中亦登數章[34]，信一時之俊也。《野梅》七律頷聯云：點額難添村女媚，調羹空惹腐儒酸。尤爲時傳誦。《龍潭早發呈博陵夫子》云：萬頃茫茫渡此身，龍潭倚棹換征輪。馬行平嶺逢崖怯，舟歷洪濤到岸親。樵径山橫詩外意，漁莊柳拂畫中春。廣陵遊遍金陵去，幸許彭宣逐後塵。

顧夔璋_{拔貢生，有《曲尺軒詩集》}

璋幼有神童之目，受知於學使宋邦綏。與陳炳、張先登、白其光、汪德位、蕭宅俊號樊川六拙，有《六拙合草》。客吳門，從沈確士先生遊，一時名士競與交懽。及歸，先生序其詩而送之。

夔璋，鹿門寒士也。有《擁爐》云：酒錢盡付買烏薪，求暖何如向火親。莫笑車候門下客，世間耐冷是何人。語極有味。《雨村詩話》

魏　敏字健庵,號獨善學人

敏品詣高潔,非友不友。惟與吳全、鄭涓相倡和,人稱襄陽三布衣。而詩皆不傳,惜哉。全字乾若,博學工詩古文詞,尤精於書。涓字放夫,穎敏嗜詩,潔己安貧,隱居自樂,喜遊山水。

張宏仁字德恢

宏仁少嗜學,身丁晚季,忠義自許。有《題壁詩》云:"盡己方爲忠,激義始成烈。雖然惜名分,卻是大關節。邪正判幾希,屈伸在頃刻。精氣冲漢霄,豈以死塞責。"可以徵其所詣矣。

黃虞世字則先

虞世工詩,有"天際雨暘榮細草,隴頭日月磨殘碑"之句,人多誦之。又萬明府采六名瑄,舉康熙進士。家有瞻薇園,致政歸,與同人結杜聯吟。詩學老杜,亦多不傳。

劉滋生字碩田,貢生,官訓導

滋生八歲能文,篤志理學。主講乳泉書院,講學外不及他事,知府尹會一、黃修忠皆雅服之。著《襄陽後耆舊傳》、《襄南詩集》二卷、文集一卷。

張其舉字宗高,號竹亭,諸生,有《竹亭詩草》

其舉才識高卓,尤邃於詩。嘗謂學人必先免俗,乃不爲世情所累。性好遊,登覽山川之作,人以方之孟夫子。同時武生呂三田名律,以善射名,而通經史，工詩，著《清谿詩鈔》。尤精六法，乞之者必乞書其所作詩。寸楮尺縑，人爭寶之。

樊雄楚字雲坪，由進士授侍衞，官總兵，有《半畝山房詩》

鹿門樊總戎，儒雅能詩，從百菊谿相公辦賊海上，獻《粵海蕩平歌》云：三聲衙鼓開公堂，軍門獻馘兵氣揚。公曰元凶罪宜磔，爰書凜烈嚴秋霜。百二十人賊黨與，駢首就戮國憲彰。是時觀者咸股栗，謂公威德宣遐方。公曰降者皆免死，吁嗟此亦吾赤子。彼獨身陷賊中耳，孼非自作改則已。聞者感歎降者喜，自此南人不反矣。惜篇長不能備錄。　孫應棻，字賜莊，工詩，有祖風。

單懋謙字地山，道光進士，官大學士，諡文恪，有《峴雲山房遺稿》

文恪與其弟懋德皆早年成進士，罷廣東學使任，遵養時晦近二十年。復起，遂躋臺閣。乞歸，享林泉之福者又六年，始考終里第。老圃秋容，可謂貞而彌永矣。

文恪工應制詩賦，於古今體，間亦爲之。五七律舂容和雅，氣局渾成，在本朝雅近初白。句如《承暉園》云：萬樹花含新雨露，一家人住小蓬萊。《送友》云：海天路遠宜鵬息，湘浦秋高有雁飛。《病起》云：芩連誤用非醫罪，脾胃難調況世情。皆清越可誦。

《聞夷船入虎門》云：慘澹風雲氣，驚聞失虎門。何心甘縱敵，失計已孤恩。兵甲成灰燼，河山有淚痕。籌邊須畫策，蒿目與誰論。《太平店早發》云：未了風塵債，驅車度此關。浪花襄水渡，黛色穀城山。曉霧征衣濕，晨鐘野寺間。故人家未遠，迴首白雲間。《山蝶》云：不見巖花放，漫山蝶自飛。秧田雙翅軟，草露一身肥。竟作林泉友，無嫌粉黛衣。南園風景好，此去莫忘歸。《樊城抽釐助餉示同事諸君》云：漢水去滔滔，帆檣聚萬艘。艱難籌國計，珍重念民膏。自昔論藏富，於今敢憚勞。相期持大體，勿與競錐刀。《晚憩滁州》云：星軺來憩古滁州，繞郭林巒萬象幽。五代干戈消晉漢，四時花木自春秋。溪山原許才人領，父老能傳太守遊。豐樂自關恩德厚，醉翁何止擅風流。《過深河驛有感》云：千里風塵兩鬢霜，長途老境黯然傷。支離病馬嘶荒驛，瑟縮寒鴉下夕陽。不盡悲歌增感慨，欲將憑弔寄蒼茫。青燐白骨都消盡，莫問當年古戰場。《曉渡瓦哈木河》云：破曉衝寒渡，春深擁敝裘。山仍含雪睡，河尚帶冰流。遠塞愁羈客，衰年愧壯遊。此行亦自笑，並不爲封侯。《與王小淦話別即題其金華秋泛圖》云：夜泛金華月，披圖感舊遊。悲歌燕國士，浩蕩蜀江秋。有夢應尋鶴，忘機不問鷗。元唱有"機心今已盡，不必問沙鷗"句。飄飄從此去，天地一扁舟。難得重歡聚，衰年易浪過。與君論出處，使我感蹉跎。何日歸心遂，當前別恨多。盧溝今夜月，相對意如何。

崔　淦 字春瀑，道光拔貢

淦少孤嗜學，文踔厲風發，詩賦出入騷辨，人亦廉介自持，洵後來之俊也。邑志

《峴山懷古》云：自有宇宙便有峴，羊公未來山不顯。謂公必賴峴山傳，視山太高視公淺。輕裘緩帶鎮襄陽，暇攜僚佐升崇岡。公乎山乎兩美合，山名曰峴山姓羊。公今何歸山不變，山既足傳公亦見。識公那不識山名，對山還如對公面。口碑載道淚碑傳，大書深刻立山巔。龜頭剝落荒苔綠，歷殘風雨年復年。俯仰江山風景改，落落賢豪幾人在。羊公而後繼者誰，君不見征南將軍杜元凱。《昭明樓》云：帝子耽遺墨，樓臺尚識梁。文章千載艷，金粉六朝荒。古鬼長生籙，才人選佛場。高齋抄撰富，更有晉安王。《夫人城》云：符寇揚兵日，夫人策預防。干城偏婢妾，片土亦金湯。保赤真民母，瞻烏集女牆。至今崇仡仡，巾幗有遺光。

【校記】

〔1〕原作"後漢·龐德公"，因前已列東漢條目，故不必再分列後漢。

〔2〕此詩出自宋王令《廣陵集》，詩中假托司馬德操之口而爲之。宋吕祖謙《宋文鑒》卷第一百二十九、宋王令《廣陵集》卷一、清楊守敬《湖北金石志》卷十都視爲王令之作。然明清時期一度廣泛被誤歸入爲司馬德操作品。如明馮惟訥《古詩紀》卷十五"漢"第五、明蔣一葵《堯山堂外紀》卷九"三國"、明梅鼎祚《古樂苑》卷三十一"琴曲歌辭"、清陳祚明《采菽堂古詩選》卷四、清康發祥《三國志補義》卷二"蜀書"、清王闓運《八代詩選》卷十五"漢至晉雜言第一"等。

〔3〕"後"字，原爲闕文，據宋王令《廣陵集》卷一改。

〔4〕元景曾祖卓，原作"元景中曾祖卓"。《宋書》卷七十七《柳元景傳》載："柳元景字孝仁，河東解人也。曾祖卓，自本郡遷於襄陽，官至汝南太守。"《詩徵》原文"中"字應爲衍文。柳元景，南朝劉宋名將，柳世隆爲元景之侄，柳惲爲世隆之子。

〔5〕欄，徐陵《玉臺新詠》卷五作"櫚"。

〔6〕原文此處多了一個"梁"欄目。"閨秀·王氏"條，原置於"梁·柳惲"條前。今刪重復之"梁"欄目，且移置於"柳惲"條之後。

〔7〕酒，原作"洒"。宋李昉《文苑英華》卷一百七十九（明刻本）等均作"酒"。

〔8〕松陽，原作"松楊"，據《文苑英華》卷二百一十九（明刻本）改。

〔9〕濁，原作"燭"，據《文苑英華》卷八百二十六改。

〔10〕淡，原作"談"，據清沈德潛《唐詩別裁集》卷一改。

〔11〕待到，原作"到得"，明楊慎《升庵集》卷五十六、明胡震亨《唐音癸籤》卷四等亦作"到得"。據《全唐詩》卷一百六十改。

〔12〕據《全唐詩》卷一百五十九，"查"一作"槎"，水中浮木。

〔13〕《張丞相經玉泉》，《全唐詩》卷一百六十題《陪張丞相祠紫蓋山途經玉泉寺》。

〔14〕涵，原作"含"，宋蔡正孫《詩林廣記》"前集"卷八、宋計有功《唐詩紀事》卷第二十三、元方回《瀛奎律髓》卷一"登覽類"亦作"含"。據《全唐詩》卷一百六十改。

〔15〕陵，原作"陽"，據《舊唐書》卷一百九十一下本傳改。

〔16〕曹，原作"蕭"，據《全唐詩》卷二百二十二改。曹劉，即曹植劉楨。

〔17〕花卿名敬定，原文脱"花卿"二字，據文義補充。

〔18〕《史記》卷五十八《梁孝王世家》："大治宮室，爲復道，自宮連屬於平臺，五十餘里。"《集解》："今城東二十里臨新河有故臺址，不甚高，俗云平臺，又一名修

竹院。"《漢書·藝文志》著錄"枚乘賦九篇",今僅存《七發》、《柳賦》、《菟園賦》、《忘憂館柳賦》等篇。枚乘《梁王菟園賦》:"修竹檀欒夾池水,旋菟園,並馳道。"梁園其他諸賦今存如公孫詭《文鹿賦》、路喬如《鶴賦》、孔臧《楊柳賦》、劉勝《文木賦》等。均無"鶯啼"内容。

〔19〕別李季蘭,原作"別季季蘭",據《萬首唐人絕句詩》卷三十八(明嘉靖刻本)改。

〔20〕此題中,"江上山",原作"江山",脱"會"字,據《全唐詩》卷三百十五改。

〔21〕劉言史,原目錄、條目、正文,均脱失"史"字。明周聖楷《楚寶》卷十七"文苑":"劉棗疆襄陽人,或傳其名爲言,唐時曾辟爲棗疆令,故以邑呼。"亦失"史"字。《詩徵》承其誤。據元辛文房《唐才子傳》卷四改。《詩徵》原條目云"字強棗,曾辟強棗令",錯,據《唐才子傳》及《詩徵》稍後正文"棗強射鴨歌",當爲"棗強"。棗強,今屬河北省衡水市。且"棗強"亦非其字,乃"以邑呼"之。

〔22〕此,范攄《雲溪友議》卷下作"花",《唐詩紀事》卷第四十一、《全唐詩話》卷三作"我"。

〔23〕"及襄遂逝"句,唐范攄《雲溪友議》卷下(四部叢刊續編景明本)、宋計有功《唐詩紀事》卷第四十一(四部叢刊景明嘉靖本)、宋尤袤《全唐詩話》卷三(明津逮秘書本),皆作"及還鄉而逝"。又云:"或曰前有八元後有孝標,皆桐廬人,復同姓,而皆不達。"則章孝標既非湖北籍人,亦非亡故於襄陽,不該收入《詩徵》。然宋洪邁《萬首唐人絕句詩》卷第十九(明嘉靖刻本)"雍陶"作:《寄襄陽章孝標》"青油幕下白雲邊,日日空山夜夜泉。聞說小齋多野意,枳花陰裏麝香眠"。明周聖楷《楚寶》卷十七"文苑"(明崇禎十四年刻本)"許渾"徑作:"章孝標襄陽人。"亦引"雍陶寄襄陽章孝標詩"云云。不知所據。《詩徵》承《楚寶》之說,遂作"及襄遂逝"。

〔24〕䑿艒,原作"舺艒",《文苑英華》(明刻本)卷七百九十一"皮日休"《酒箴》注:"上目下宿,小船也。"清張英《淵鑒類函》卷三百九十三"食物部"六(清文淵閣四庫全書本)亦作"舺艒"。但"䑿艒"更常見。揚雄《方言》:"小䑿艒謂之艇。""舺艒",或是"䑿艒"訛。

〔25〕張柬之是武則天時期人物,從次序上看,不應置於此。查看隨後安排的幾位人物,"釋法常"、"才鬼",南宋之"劉過"條,大約也因此錯置於北宋之首。"襄陽妓"、"無名氏",應該是唐代欄目之後的補充資料,却又未再單列補充欄目,散置於此。

〔26〕構,原作"摘"。據《舊唐書》卷九十一"張柬之傳"改。

〔27〕雙,據宋洪邁《萬首唐人絶句詩》卷第六十六、清潘永因《宋稗類鈔》卷十九作"西"。唐段成式《酉陽雜俎》"前集"卷之十三(四部叢刊景明本)、宋計有功《唐詩紀事》卷第五十八(四部叢刊景明嘉靖本)、宋阮閱《詩話總龜》"後集"卷之四十二引《酉陽雜俎》、宋謝維新《事類備要》"前集"卷六十七"墓地門"(清文淵閣四庫全書本),皆作"雙"。

〔28〕"横空排硬語,妥帖力排奡"句,語出韓愈《薦士詩》。辛棄疾《與劉改之書》引用。

〔29〕原文"來"後有"挖"字,或是衍文。明瞿佑《歸田詩話》中卷"皆自李師中送唐御史詩來",無"挖"字。

〔30〕州,原目錄作"洲",正文作"州",依清陸心源《宋詩紀事補遺》卷九十二改。

〔31〕"元章爲江淮發勾"句,原文"元章"前有"軼"字,或是衍文。明周聖楷《楚寶》卷十八"文苑":"崇寧間,米元章爲江淮發勾",亦無"軼"字。"勾",或作"運"。宋祝穆《事文類聚》"別集"卷十三"書法部"(清文淵閣四庫全書本)、《楚寶》亦作"勾"。然宋黄庭堅《山谷内集詩注》"内集卷"十六:"崇寧間元章爲江淮發運"作"運"。據《宋會要輯稿》"職官",北宋江淮發運使,其屬官增减頻繁,曾經設置有管勾文字官、勾當公事官、糶糴官等。宋徽宗建中靖國元年至崇寧二年,米芾在江淮間任發運司屬官,"發勾"之說更爲合適。

〔32〕明劉仔肩《雅頌正音》卷三(清文淵閣四庫全書補配清文津閣四庫全書本)"蘭以權世衡(西河人)"錄其詩《延碩上人》:"村深無客到,今日喜公來。卓錫當松逕,談禪坐石臺。晴看江鷺浴,暖愛野梅開。休笑無清供,溪頭水一杯。"正是《詩徵》所選之詩。據此:一,蘭以權是西河人。二,此詩題爲《延碩上人》。《御選明詩姓名爵里一》"蘭以權"亦云:"字世衡,西河人,洪武中選授中書省照磨,歷禮部員外郎、應天府尹。"然而,明李賢《明一統志》卷六十(清文淵閣四庫全書本)云:"蘭以權襄陽人。"

〔33〕士,原作"土",據文意改。

〔34〕湖北先賢詩錄,據《续漢口叢談》卷三,嘉慶時,湖北學使洪素人編有《湖北先賢詩錄》,或是此書。不過,高士熙《湖北詩錄》"襄陽"亦錄其詩二首。

湖北詩徵傳略卷三十七

宜　　城

周

宋　玉

玉,《史記》謂楚鄢人也,今宜城地。屈原弟子,雋才辨給,善屬文,爲楚大夫。閔其師原忠而放逐,乃作《九辯》以述志。唐勒讒之於襄王,復著賦以自見,後世修辭者祖之。《通志》

《大言》:襄王與唐勒、景差、宋玉遊雲陽之臺,王令各賦大言[1],唐、景皆不如王意。玉乃賦曰:"方地爲輿,天爲蓋。彎弓挂扶桑,長劍倚天外。"玉休歸,唐勒讒於王曰:"玉爲人,身體容冶,内多微辭,出愛主人之女,入事大王,願王疏之。"王責玉,玉乃佯陳主人之女,述其艷歌云:"歲將暮兮日已寒,中心亂兮勿多言。"

東漢

王　逸 字叔師,元初中,舉上計吏,官侍中　子延壽

逸有雋才,著《楚辭章句》,其他賦、誄、書、論、雜文,凡二十一篇。逸集屈原以下迄劉向之文,晉摯虞繼爲《文章流别》,昭明太子祖述之,以爲《文

選》。又作《漢詩》百二十三篇。《山堂肆考》

《琴思》云[2]：盛陰修夜何難曉，思念糾戾腸摧繞，時節晚暮年齒老。冬夏更運去苦頹，寒來暑往難逐追，形容減少顏色虧。時忽晻晻若騖馳，意中私喜施用爲，内無所恃失本義。志願不得心肝沸，憂懷感結重歎噫，歲月已盡去奄忽。亡官失禄去家室，思想君命幸復位，久處無成卒放棄。

延壽字文考，一字子山，少富材藻。遊魯，著《靈光殿賦》。嗣蔡邕亦爲此賦，未成，見延壽作，甚奇之，遂爲輟翰。時有異夢，惡之，乃作《夢賦》以自厲。後溺死，年二十餘。《後漢書·文苑傳》

延壽與父逸至泰山，從鮑子貞學算；至魯，賦靈光殿。歸度湘水，溺死洞庭湖。《博物志》

《桐柏廟》云：泫泫淮源，聖禹所導。湯湯其逝，惟海是造。疏穢濟遠，柔順其道。弱而能強，仁而能武。聖賢立式，明哲所取。定爲四瀆，與河合矩。烈烈明府，好古之則。虔恭禮祀，不忒其德。惟前廢弛，匪恭匪力。災眚以興，陰陽以忒。陟彼高岡，臻兹廟側。肅肅其敬，靈衹降福。雍雍其和，民用悦服。穰穰其慶，年穀豐植。望君興駕，扶老攜集。慕君塵軌，奔走忘食。懷君惠貺，思君罔極。于胥樂兮，傳於萬億。

唐

柳　識_{字方明}　弟渾

識篤意文學，蕭穎士、元德秀、劉迅同時齊名，而練理創端，往往詣極。雖趣尚非博，當時作者服其簡拔。與弟渾互相師友，并以詩稱於時。

渾字夷曠，初名載。天寶登第，官同平章，封宜城伯，謚曰貞。志學棲貧，性喜放曠，不樂檢束。官尚書右丞，值朱泚之亂，匿終南山。泚執其子，榜笞之。奔行在，授平章，與張延賞同列。延賞怙權矜己，嫉渾守正。遣親厚謂曰："明公舊德，第慎言，位可久。"渾令謝張公："渾頭可斷，舌不可禁。"遂罷爲常侍。渾警辯好談謔，與人交，意向豁如。然性儉樸，多質直，少威

儀，不營產利。善詩文，有集十卷。《弘簡錄》

　　渾早孤，方十餘歲，巫告曰："兒相夭賤，爲浮屠可緩死。"諸父欲從其言，渾曰："去聖教爲異術，不若速死。"學愈篤。與遊者皆有名士。《新唐書》本傳

王仕源

　　仕源，襄陽處士。天寶元年，詔號《亢桑子》爲《洞靈真經》，而《亢桑子》求之不獲。仕源謂莊子作"庚桑子"，太史公、列子作"亢倉子"，其實一也。取諸子文義類者，補其亡，爲二卷。《唐書·藝文志》

　　仕源，宜產也。藻思清遠，深鑒文理。所撰《孟襄陽詩序》，其文清綺似魏晉間人。詩尤超拔可喜。王阮亭《蜀道驛程記》

明

郭　綬 字朝儀，正德舉人，官知縣

　　《故襄城》云：英雄事業委丘墟，禾黍秋風匝四隅。兩眼塵沙封舊井，數家煙火傍荒渠。鳥啼花落今何在，水咽山愁氣未舒。立馬不勝傷往事，夕陽牧笛數聲餘。

邱　瑜 字德如，天啟進士，官大學士　子之陶

　　瑜崇禎時屢進讜言，多採納。及爲侍郎，因召對，言督師孫傳庭出關，安危所繫，愼勿促之輕出；俾鎮定關中，猶可號召諸將，相機進討。帝不能從。旋與范景文同入閣。都城陷，爲賊所執。《絕命詞》有"讀書萬卷知何益，留取先賢正氣歌"，榜掠不屈死。

　　之陶少有膽略，自成陷宜，之陶被獲。自成甚愛其才，用爲兵政府從

事，守襄陽，委以留務。襄陽尹牛佺，賊相金星子，其倚任不如也。之陶潛以蠟書與督師孫傳庭，約與戰，以圖反正。傳庭報書爲賊所得，事敗。之陶罵曰："吾恨不斬汝萬段，豈從汝反乎？"支解死。

國朝

關　寧_{字幼安，號龍渦，拔貢，官通判，有《木香吟》}

寧家木香村，故段成式別業。嗜古溺學，工詞章，撰《段園詩話》。官廣西平樂，值吳三桂入寇，強授僞官不從，逃隱深箐以終。

易炳蔚

《走馬堤懷古》云：武安驅動咸陽兵，秦人飲馬下宜城。城東築堤如龍形，形如遊龍走馬名。沿堤虎狼列秦營，畫角一聲秋月明。千騎萬騎隊已成，猛將猊甲歐刀橫。騏驥汗血眼方睛，鞭揮珊瑚逐風輕。潮涌踏鐵蹴踏聲，守陣楚人心膽驚。秦楚往矣代幾更，此堤非芊亦非嬴。堤上更無秦人行，惟餘春草年年生。

周輝先_{字蓮湖，貢生}

《鄖子臺》云：鄖子分封舊，荒涼尚有臺。殘蝸留碧篆，斷礎蝕蒼苔。堞影移雲過，鐘聲送月來。杜鵑啼不住，吊古有餘哀。

張樹藩

《九日同寶田楊少尉宋玉宅登高》云：良辰古屋一樽開，騷怨離愁強放懷。入座寒花迎客至，傳聲旅雁作賓來。幸無風雨宜良會，如此山河要賦才。經語齊諧兼雜笑,風流我最愛蘭臺。

南　　漳

明

周夢暘字啟明,萬曆進士,官知府,有《青溪詩集》、《水部備考》、《考工記評》、《常談考誤》等書

夢暘督學河南,有衡平鑑清之譽。以參政分守徐州。迎母不至,遂乞歸,跬步不離膝下者十五年。

《瀟谿》云:路盡不知寺,到門生遠情。是山皆樹色,無地不泉聲。鳥語閒時聽,鐘聲靜夜鳴。翛然成獨往,陡覺夢魂清。《夏日遊靈泉寺》云:一碗泉歇馬,三涌井供僧。吸入郊原去,焦枯得未曾。

魯　　點字子與,萬曆進士,官郎中,有《澹齋草》、《黃樓草》、《齊雲山志》、《杜詩類韻》

點初除廣州推官,折獄忤時,拂衣奉母歸。起補休寧令,邑有堤有亭有祠,皆以魯名,御史金聲為之記。擢戶部郎,主滇試。督漕徐州,卒於官,所遺惟圖書數簏而已。

點所編《齊雲山志》、《黃樓集》,紀曉嵐先生皆錄入四庫。徐州黃樓,為東坡在官日所築,點因哀東坡詩文之作於徐州者為此集,故以黃樓標名也。

嶺南湛若水先生偕新安諸生,講《孟子·盡心章》於齊雲山之天泉,因賦之以示同志云:逍遙訪名山,早晚到天泉。天泉泉何如,天一為之源。天以一而清,泉以一而靈。物以一而生,心以一而明。明者心之德,三才同一極。自得還自昭,天然絕人力。此泉君自酌,自酌還自得。中味鮮人知,人莫不飲食。

方叔壯字芑田，萬曆舉人，官知縣

《白馬洞懷清豁》云：淩空磴道千盤擁，古洞幽深草樹連。白馬經過來此地，赤烏僧住是何年。石嵌雪乳沾吟袖，鳥蹴山花落講筵。因憶蘇門清嘯者，洞靈千載藉丹鉛。

魯憲學字爾章，崇禎舉人，有《煙波江上草》、《紫塞篇》、《瀟溪集》

憲學博學善屬文，精書畫、詩古文詞。

爾章從漢上攬轡中州，歷宛雒之勝，擊筑燕薊，觀京國之光。匹馬出居庸，道上谷，至雲中，探馬邑、雁門之險，所至輒有詠。自題曰："《紫塞》志壯遊也。丈夫苦無四方志耳，苟有志四方，足蹟所至，學問經濟，何事不可辦？"爾章至一地，輒與其賢士大夫遊。一方史乘必盡心目之力搜討數囬，登高眺遠則尙友古人，問俗采風則近延時彥。抑何麗而則、婉而多風也！
節劉夢桂撰詩序

《喜聞官兵退賊和范大夫新作》云：干櫓林林遍斗城，鳴弓飲羽著威名。朱絃坐靜山皆響，公好琴。清嘯樓虛月滿楹。曉郭不驚全隊肅，春流無恙小橋橫。軍中一范懸時望，玉嶺風聲草木兵。《臨沮山謠》云：地爽宜秋色，山高易夕陽。雲來蕭寺裏，泉石散幽香。杖策來山徑，山深徑欲窮。野橋人跡斷，得問采芝翁。絕頂望長江，非馬亦非練。縹緲千峯端，微茫百里見。四壁無立地，真真是石莊。好尋赤松子，端坐學休糧。《東城凱歌爲守備戴熙和賦》云：霹靂衝锋震地鳴，憑將雙手障孤城。旗鎗閃閃紅巾落，奪臂千山共一聲。

國朝

鄭子恭字孟肅

葉文敏《方藹集》有《京都贈鄭孟肅詩》云："禁裏秋光似水澄，校書終日對良朋。恩深共擁三重席,寒重先思半臂綾。暮齒自羞識路馬,俊才真羨得霜鷹。相看詩興誰偏健,儘讓螫弧及早登。"自註名子恭,南漳人。文敏文章勳業冠絕一時,登其門者皆當世材俊之士。味其詩意,孟肅似以文學之士供事內廷而出公門下者也。乃邑志竟佚其姓名,益慨夫士負著作之才,以金榜無名,而每湮没於鄉里。使非挂名名賢集中,鮮有不與草木同腐者。孟肅若無著述可稱,文敏何心折如此。錄文敏贈詩以爲蒐訪之券。

秦士鶴字松巢

士鶴以詩歌擅名,尤喜琴工書畫。兵備監司魯公之裕嘗稱其書法好用枯墨,蒼勁有雲林畫意。畫則不株守古人成法,隨意揮灑,皆有神味。有彭瑤者不知何許人,亦善畫。館於士鶴家十餘年,卒,士鶴以禮葬之。

張尚治[3]字平軒,貢生,有《釬齋集》八卷

尚治少孤力學,事母以孝聞。九闈不售[4],老於明經。

《漢孝子丁蘭刻木橋》云:至孝通天地,愚誠動鬼神。橋頭古明月,猶照漢時人。

楊　濯字石齋,諸生,有《所見詩集》

石齋苦學嗜詩,雖四壁蕭然,而吟哦不倦。其詩清微淡遠,視時下之無面目可尋者,奚啻霄壤?石齋以黔婁之貧,抱伯道之恨,抑塞幽悶,極其思之所至,往往見山水花鳥魚蟲,悉托而見之於詩。詩或不盡可傳,而其苦心孤詣,自有不可泯滅者。節曹湘蓮撰詩序

《水鏡莊懷古》云:突兀擁層峯,峭壁石色古。人語響空山,僻徑塞芳杜。嵌空穴玲瓏,鑴削疑鬼斧。積翠浮孤煙,風光時吞吐。雲樹蒼茫中,高士誰接武。琴聲寂不聞,惟見牧與豎。《水鏡莊有懷》云:勝地絕人寰,幽居

世慮刪。溪深流水靜,洞古落花閒。無復騎牛去,空嗟躍馬還。村煙何處鎖,樵逕雜嵐斑。

袁　敏字蒼水,諸生,有《索笑山房詩集》

敏守介履端,以友愛聞。工詩畫,有"孤帆月一雙"之句,學使洪公擊節稱賞,至有"黃絹幼婦"之評。家貧授徒,簞瓢不繼,淡如也。

《水鏡莊漫興》云:選勝何須定蓬島,置身蓬島無人曉。雨餘拾翠洞天寬,風過尋香林麓窈。絕俗喜與猿鳥親,無絃韶濩溪聲繞。閒如水鏡坐相陪,許我默應稱好好。

何玉田字成魯

玉田工詩善畫,寫水山松柏,老筆蒼然。家貧清苦自甘,喜與後學談藝論詩,竟日夕不倦。

《水鏡莊》後半首云:一徑何曾埋隱跡,三分到底屬虛名。從知心鏡明如水,流入長江萬古清。

棗　陽

漢

劉　珍字秋孫,一名寶

珍少好學,永初中為謁者僕射。鄧太后詔使與校書劉騊駼、馬融及五經博士校定東觀五經、諸子傳記、百家藝術,整齊脫誤,是正文字。永寧元年,太后又詔珍與騊駼作《建武以來名臣傳》,遷侍中、越騎校尉。延光四

年,拜宗正,轉衛尉,卒。著誄、頌、連珠凡七篇[5],又撰《釋名》三十篇,以辯萬物之稱號。《楚寶》

明

袁 坦 字牧庵,明經

《賦別毛子霞先生》云:商歌拂劍橫秋水,浩然歸向雲山裏。丈夫行意安苟容,漫等平原門下士。江漢東連震澤波,鹿門樹入郢門多。翻因作客頻相對,倐任扁舟去則那。庾公見月同登處,疏雨梧桐相憶何。《楚詩紀》

袁宗伯

《送管明府擢廣州》云:佐政羊城去,蒼生擁道遮。民皆失所怙,公亦視如家。尨靜千村月,鶯啼一縣花。桐鄉多少淚,痛灑向天涯。

國朝

謝兆蘭

《白水村懷古》云:新室竊據非其有,民急去之脫虎口。蟻聚蜂屯紛妖魔,盜名字者十八九。火德幾灰無復存,卯金鼎折等拉朽。人心思漢天運回,鴻業仍歸赤龍冑。絳衣大冠起草萊,白水真人作元首。天戈所指失險夷,關西河北持牛酒。攀龍附鳳攬英豪,投戈講藝傳檄走。一代中興豈偶然,力無大小德薄厚。君不聞四七之際火爲主,雲臺列宿照萬古。又不聞赤劉之九會昌符,當日曾上封禪書。

劉峨

《夏日登青峯山》云：西北多平衍，東南美谿山。茲峯最突兀，矗立青雲端。羣山如拱立，羅列而巑岏。其陰有習洞，石泉聽潺湲。吾性嗜山水，支笻屢躋攀。足力覺已疲，小憩盤石間。憑高極瞻矚，履險愁心顏。好風從西來，飄飄六月寒。吹我毛髮動，愁絕葛衣單。欲去心夷猶，言隨飛鳥還。

衛瞻淇

《寺莊懷古》云：落日宜秋聚，停鞭問古風。人猶習忠孝，地昔產英雄。四野烽煙靜，千年壁壘空。丹楓林外樹，猶似戰旗紅。

史策先 號吟舟，道光進士，官御史，有《寄雲館詩鈔》《夢餘偶鈔》

吟舟先生少即溺苦於學，窮討典墳，博通經濟通籍。登朝慨然有用世之志，一麾出守，踽踽簿書。乃決意歸田，肆力著述。詩宗晚唐，而《采石》一篇又酷似太白，才人固不可以一格繩也。

給諫詩學香山，慣道俗情，所謂老嫗能解者也。造詞選語，望似淺易，而寄托深遙，音流弦外。如《煙水亭》、《不倒翁》、《仲翁》、《門神》、《燈蛾》、《流鶯》、《感懷》、《歸鳥》、《詠蟹》等作，諷諭勸懲，一唱三歎，皆得風人之遺旨。

趙雲崧[6]《簷曝雜記》載儀真縣地名仙人掌，有柳耆卿墓。王阮亭《真州》詩云："殘月曉風仙掌路，何人為吊柳屯田。"指此。然《獨醒雜志》："柳耆卿風流俊逸，聞於一時。既死葬於棗陽縣花山，每遇清明，人多載酒殽飲於墓側，謂之吊柳會。"然則柳墓不在真州也。雲崧《過仙人掌詩》云："一丘兩地共爭高，只為填詞絕世豪。漢上有墳人吊柳，漳南多塚客疑曹。金荃名竟移沙渚，鐵板聲休唱浪淘。我趁曉風殘月到，縱無魂在也蕭騷。"觀此，則柳墓在棗陽無疑。按花山在縣東南三十里，才人故跡半墮微茫。若好事者為之鐫石以誌其處，亦詞苑之美談也。余賦詩云：章陵軼事說清明，都向花山拜柳卿。殘月曉風何處岸，荒煙蔓草此間塋。紅牙共唱銷魂曲，金掌偏留弔古情。《獨醒》一篇廬陵曾達臣撰真據在，從今兩地不須爭。《夢餘偶鈔》

《白水寺謁漢光武帝祠集唐》云：白水龍飛已幾春，韓愈。鳳樓回首落花頻。李郢。曾經轉戰平堅寇，楊巨源。重與江山作主人。張籍。片石孤雲窺色相，李頎。荒祠古墓對荊榛。劉禹錫。相逢莫話金鑾事，韓偓。魯酒何堪醉近臣。鮑防。水態含青近若空，蘇頲。棲鶯樹杪出行宮。蘇頲。行人莫問當年事，許渾。聖主偏知漢將功。韓翃。幾處園林蕭瑟裏，杜甫。數聲雞犬翠微中。劉威。三千年後知誰在，羅隱。一體君臣祭祀同。杜甫。誰送春聲入櫂歌，元稹。門前不改舊山河。趙嘏。客星辭得漢光武，徐夤。勳業終歸馬伏波。杜甫。渭水晴光搖草樹，賈曾。漢南春色到灤沱。李益。娟娟知有西林月，劉滄。望斷平時翠輦過。李商隱。山水空言是故鄉，皮日休。數聲鐘鼓自微茫。張泌。愁看地色連空色，司空圖。便下襄陽向洛陽。杜甫。官舍已荒秋草沒，劉長卿。翠簾初捲暮山蒼。杜渾。至今南頓諸耆舊，溫庭筠。猶自千回問漢王。沈彬。一上高樓萬里愁，許渾。白雲猶似漢時秋。岑參。百年雨露承恩澤，失名[7]。萬國衣冠拜冕旒。杜甫。翠輦不來金殿閉，雍陶。香煙欲傍袞龍浮。王維。君王舊跡今人賞，杜甫。寺下春江深不流。杜甫。雲臺高議正紛紛，李商隱。瑞氣東移擁聖君。陳上美。四尺孤墳何處是，許渾。一渠流水數家分。項斯[8]。金吾舊侶君先貴，許渾。漢閣笙歌日又曛。沈彬。龍虎勢衰佳氣歇，李羣玉。子孫相約事耕耘。李商隱。千里關河百戰來，吳融。安危須仗出羣材。杜甫。牆頭細雨垂纖草，張蠙。岩畔古碑空綠苔。許渾。沙鳥不知陵谷變，劉長卿。簷花應待御筵開。宋之問。神靈漢代中興主，杜甫。欲棹漁舟近釣臺。李郢。白水青山空復春，杜甫。還符白水出真人。姚崇。榮華不肯人間住，薛逢。水木空疑夢裏身。宋邕[9]。百丈遊絲空繞樹，盧照鄰。數家煙火自為鄰。朱灣。傷心不忍問耆舊，杜甫。何處南陽有近親。韓愈。《采石磯太白酒樓》云：生不願封萬戶侯，願向酒泉築糟丘。死不願作芙蓉主，願化酒星依牛斗。長鯨吸海去不還，人間何處覓酒仙。滄海桑田有時變,此樓足支三千年。鸚鵡杓,葡萄盞,百年三萬六千朝,日日杯中物常滿。有時仰天大笑歌落梅,興酣落筆玉山頹。有時醉眠長安沽酒市,天子呼之不肯至。心中早識郭汾陽,眼底那知高力士。東臥浮雲泰岱巔,搔首問天天亦憐。西遊踏碎峨嵋月,熱腸冷沁古時雪。遨遊人間不稱意,老向江南作狂客。上有百尺不搖之高樓,下有萬丈不測之清流。左牽五花馬,右擁千金裘。一醉累月不知醒,夢中時作天姥遊。嫦娥催我還,招我上青天。著我醉墨淋漓之宮袍,駕我鳳笙龍管之樓船。我欲天閽尋玉女,投壺賭取玄霜杵。更訪瑤池阿母家,飽看千秋碧桃花。笑認青天作江底,翻身跳入蛟宮裏。足跨六鼇頭,鞭驅九龍尾。狂真欲死死仍狂,從此吟魂呼不起。吁嗟乎!吟魂不起已千年,高樓依舊枕江邊。采石磯荒石不滅,耿耿星精懸太白。《感懷》云:悔煞雲山說壯遊,傷春未了又悲秋。愁如夜月隨時滿,跡似飛鴻到處留。夢裏邯鄲誰借枕,眼中滄海怕登樓。此心安得頑如石,任說法華不點頭。《蠡磯孫夫人廟》云:長江鐵鎖下艨艟,環珮聲沉夜月中。西蜀君王原贅壻,東吳兒女自英雄。魂銷江右流難轉,淚灑巫雲夢已空。千古無窮家國恨,年年銅雀怨東風。《景州董子祠》云:匹馬西風過廣川,江都祠宇暮雲邊。六經而後無文字,兩漢之間見大賢。首對天人真健者,恥談功利已超然。《春秋繁露》名山業,我愧園林負少年。《艾人》云限門字:尋常蕭艾滿衡門,略肖人形氣便尊。不礙出山稱小草,可真竟體襲芳蓀。升堂許結芝蘭契,在野曾沾雨露恩。一樣青衫艾衫好顏色,薰蕕臭味不堪論。鋤艾傷蘭且漫論,香山詩"鋤艾恐傷蘭"。深山一出便朱門。人雖玩世常青眼,草可通靈有慧根。儘許俾耆稱壽考,不煩慕少費溫存。孤芳賞處誰憐爾,且泛菖蒲醉一樽。草草隨緣跡偶存,栽培深處總天恩。山林久住無妨老,殿陛能容也自尊。擁綬艾綬定依千佛座,題糕艾糕曾上九天門。良時令節長如舊,看取清芬到子孫。《新秋書感》云:晚景催人歲易周,占星又看火西流。少時曾射將軍虎,老去翻爲孺子牛。覓句羞逢大京兆,擁書權抵小諸侯。人間萬變無窮事,只合掀髯一笑休。早愧疏慵百不能,那堪顧影見鬅鬙。光陰漸逼投林鳥,意氣渾如退院僧。世事難看惟白眼,此生不負是青燈。回頭漫說抽身早,已落人間第二乘。《高郵露筋祠》云:

十里白蓮風露香,扁舟小憩吊貞娘。高郵城外蚊如市,愁過新秋一夜長。《村景》云:池内慈菇新長芽,牆頭扁豆亂開花。蹇驢側挂溪橋酒,一路蟬聲送到家。《莫愁湖》云:莫愁湖上雨蕭蕭,莫愁湖下蕩輕橈。愁人莫向湖邊過,不見莫愁愁不消。《花船竹枝》云:雲水何心恨路長,阿儂生小住江鄉。等閒不怕風波險,爲要風波留住郎。《珠江竹枝》云:珠江江上總宜樓,多少名姝住上頭。信是人間花世界,只生歡喜不生愁。言語侏㒧聽不真,閒關花鳥自鳴春。就中鸚鵡舌偏巧,也學人言解罵人。《三春》云:三春屈指殘三日,五十平頭又五年。歲月易銷春易盡,夜深惆悵海棠前。《拳石山房》云:一拳怪石聳权枒,細草蒙茸路漸遮。燕子不來春又暮,等閒開過碧桃花。《不倒翁》云:俯仰隨緣不自由,人言此老太沉浮。只因方寸泥團重,故向人前亂點頭。《翁仲》云:頑石硜硜竅不通,居然屹立自豪雄。世人慣仰崇高勢,無怪爭呼作仲翁。《門神》云:一紙功名那當真,傍他門戶總勞神。翟公貴賤尋常事,看盡炎涼世上人。《燈蛾》云:赴熱逼真熱未曾,飛蛾到死尚薨騰。可憐蟲是人間滿,惜少一張暗室燈。《流鶯》云:曾入簫韶雜鳳笙,上林高處最關情。自從驚落黃金彈,未肯人前得意鳴。《感懷》云:英雄老去每飯禪,世事無心漸自然。只到於今方醒悟,饑來吃飯困來眠。《歸鳥》云:权枒老樹碧雲巔,衆鳥翩翩意自閒。不解當時彭澤令,如何飛倦始知還。《蟹》云:世人莫漫笑雌黃,此老無腸勝有腸。甲冑渾身全不用,橫行一世是文章。

史仲先_{字臥雲}

家兄臥雲少時與余共習舉子業,甲申奉諱,遂絶意進取,屏棄帖括,惟以吟詠自娛,有《吟香堂詩》四卷。在常山署中,勸余刻《寄雲館詩集》,並題二律於卷後云:廿載辛勤作宦遊,閒將筆墨寫清愁。長歌每當窮途哭,愛國難舒杜老憂。卷裏《離騷》千古恨,眼前風月一囊秋。使君莫笑清如水,百寶新裝五鳳樓。池塘春夢草如煙,似弩光陰太可憐。老我吟懷頭欲雪,驚人豪氣骨成仙。青燈有味趨庭日,白首相隨共被年。檢點一編偕隱處,聖朝原許賦歸田。《夢餘偶鈔》

《黃鶴樓》云：高高亭子暮雲邊，故國煙波在眼前。檻外江城收畫稿，座中風月結詩緣。吹殘今古一枝笛，撐起東南半壁天。到此欲詢滄海事，鶴仙飛去已千年。

穀　　城

宋

王之望 字瞻叔，紹興進士，官侍郎，有《漢濱集》　**孫學可**

之望父綱，字振冲，元符進士。金立張邦昌，綱不書名，亦錚錚之士也。官徽州通判，贈少保，王十朋爲誌其墓。

之望登紹興八年進士第，累遷太府少卿。孝宗即位，除戶部侍郎，充川陝宣諭使，洊擢至參知政事。勞師江淮，爲言者論罷。乾道元年，起爲福建安撫使，加資政殿大學士。移知溫州，卒。事蹟具《宋史》本傳。錢溥《秘閣書目》載有之望《漢濱集》，而佚其冊數，焦竑《經籍志》作六十卷。然趙希弁、陳振孫兩家俱未著錄，則宋代已罕傳本，後遂散佚不存。今從《永樂大典》中採撮裒綴，所存什之三四而已。之望當秦檜柄國時，落落不合，咸稱其有守。其歷官亦頗著政績。惟在隆興時，力主和議，與湯思退相表裏，而極沮張浚恢復之謀。考宋南渡之初，自當以北取中原爲務，然惟岳韓諸將可冀圖功。張浚很愎迂疏，急於立功以固位，實非可倚以恢復之人。一敗於富平，再衄於淮西，三挫於符離，前後喪師至五十萬之多。僨轅誤國，其驗昭然。講學家以張栻之故，回護其父，殊未免顚倒是非。之望之沮浚，不可不謂之知人。至其詩文，則皆疏暢明達，猶有北宋遺矩。諸劄子亦多足以考見時事，與正史相參。《四庫全書提要》

《浯溪中興頌碑》云：蜀日既衰洛日亡，前星靈武騰光芒。元功百戰兩京復，萬里阿瞞歸故鄉。干戈紛紛遍四海，浯碑已立湘江旁。太師艱難喜初定,作此大字龍鸞翔。紙摹縑搨四百載,家家傳寶踰琳琅。唐文中世未變古,燕許偶儷爲班揚。次山之文可也簡,此頌未追周魯商。祿山滔天等窮澆,春秋之法誅無將。騁兵二字斥邊將,此語豈足懲奸強。末篇三章頗辭費,筆力不復能鏗鏘。磨崖勒銘亦何有,反復自贊乃爾詳。向來名人過許與,舉世附和無雌黃。淮西仆碑無墨客,惜哉不得逢鍾王。《房公湖》云:金雁橋南二頃湖,房公遺墨未湮蕪。人遊杜牧晚晴賦,境對王維別墅圖。經始園林心自巧,折衝廊廟術何迂。常時只作幽人計,留得陳濤四萬夫。《過石城》云:滄浪渡口莫愁鄉,萬頃寒煙水落霜。珍重使君留客意,一樽芳酒醉斜陽。江上危亭思黯然,追歡陳迹欲經年。別來西望應相憶,鄂樹荆門共一川。《宋詩紀事》

學可字亞夫,淳祐間爲臨安府倅,有詩名。《洞霄宫》云:天柱峯高萬壑分,故留九鎖限塵氛。泉飛窗牖長爲雨,日上岡巒半是雲。洞擘陰崖通遠岫,石生暗暈作奇紋。聖朝每爲民祈福,絶笑求仙漢代君。《石橋》云:天巧何年路,千峯亂入雲。瀑飛雙澗合,崖斷一橋分。樹色春猶凍,猿聲夜或聞。靈蹤如可見,煮茗共爐熏。《題蘇端明書乳泉賦後》云:蘇公早聞道,文章乃其戲。乳泉出重海,作賦聊記異。玉池嚥中夜,挈瓶非小智。氣者水之生,此語可深味。《宋詩紀事》

明

楊　舟 永樂舉人

舟再上公車不第,即隱居高頭堡,以漁爲樂,人因呼之爲高頭漁隱。《釣臺歌》云:青山兮悠悠,河水兮去不休。松枯兮石爛,上玉京兮駕海舟。

方岳貢 字四長,號禹修,萬曆進士,官文淵閣大學士,謚忠介,有《古文國瑋》、《經世文編》、《是政編》、詩古文集

岳貢先世爲浙金華人,七世祖文俊,洪武間宰穀城,與正學先生爲族昆

季。正學族誅，文俊坐死，旋得減，戍五開衛。卒葬縠城，子孫家焉。神宗赦靖難謫戍，開禁錮，岳貢父顯達，始爲邑諸生。岳貢幼聰穎，丰神閑雅，倜儻有大志。鄉舉出江西繆西溪之門，一見目爲國器。官戶部時，值魏璫擅權。西溪與楊左諸公同被慘禍，門人故舊莫敢往視，公爲之殯殮如禮。出守松江，多善政。喜獎拔寒畯，護持善類。暇與諸生講學，於聖賢經義多所發明，學者稱爲襄西先生。行取召對稱旨，三遷入內閣，參贊機務。時天下已不可爲，甲申之變，自縊不即死，賊多方逼降，不從。逾月，聞皇太子遇難，乃扼吭以卒。浙商李廷獻倡義，始克成殮。先是張獻忠陷城，踞岳貢第，搜括惟圖書數十櫃，歎曰："使天下官盡如公清，吾輩何苦作賊耶？"本傳

《格壘》云：何處高堅可駐師，筑陽格壘至今奇。李家僕戶劉家將，不屑人呼作健兒。

劉夢桂 字九畹，號雲嶺，崇禎進士，官大同巡撫

《登華山》云：不料置身萬仞峯，凌空緩步任從容。回頭不見初登路，知在白雲第幾重。《軍中口占》云：白馬坡前百萬兵，紅羅帳內一書生。而今方識文章貴，臥聽元戎報五更。

閨秀

劉　氏

同知于玭配，文定公慎行母也，封太夫人。博通載籍，工吟詠。

《故城》云：暮雲深瑣故城春，綠樹蒼煙舊白蘋。昔日高樓雙燕子，定巢無處往來頻。《明詩綜》

國朝

李　洵 諸生

洵天姿敏異，諸子百家，一覽輒能成誦。下筆千言，目無餘子。人因以"顛"呼之。

《題陽谷軒》云：筑山山翠接篔簹，修竹凌霄隱鳳皇。千尺碑傳羊叔子，一船書載米襄陽。鹿門有客踏明月，驢背何人吊夕陽。修得渭川作湯沐，樵青合賜理茶鐺。

陳　浩 貢生

《仙人渡》七律格高調響，卓然大家，惜他作不多見。云：才子好奇不憚險，仙人渡口高吟時。奔流觸石浪花急，逆水轉灘帆影遲。雲起峯頭忽黯黯，雨來窗外紛絲絲。停舟且爲買村酒，君與仙人同飲斯。《榕村詩話》

方曰璪

《南川夢中得句》云：廿載行蹤等觸羊，學書學劍兩茫茫。狂奴故態今猶在，國士酬恩志未忘。常笑送人頻作郡，不聞捧檄快登堂。肉生髀裏因循老，傀儡何堪更入場。

方其敬 貢生

《筑陽懷古》云：事關桑梓誼難忘，文獻無徵劇可傷。江漢之間分土地，洪荒以後幾滄桑。周分爵伯穀山下，《春秋》"穀伯嬴綏來朝"。漢建侯封筑水旁。蕭何少子延，封筑陽侯。欲問故城何處是，夕陽煙樹兩蒼茫。此地從來用武鄉，延岑亂後故城荒。縣西有延岑城。田端聚眾終烏合，帖木行軍建鳥章。田端反，帖木耳討之。漢水橋成知趙敗，赤山戰勝卜元昌。山川如故朝廷改，憑吊心傷古戰場。劉石么麼肆橫行，西山屯據實堪驚。溝名天子當年跡，地號將軍舊日坪。劉千斤、石和尚叛，有天子溝、將軍坪諸遺跡。穴蟻居然能抗命，井蛙安敢遽稱兵。至今大小旗山外，依舊春深綠野耕。斗粟纔過蝎塊來，張羅李惠禍重胎。張獻忠、羅汝才、李自成、惠登相，先後距穀。孤城將寡同摧朽，古塞風高作劫灰。鬼域蒼皇原靡定，妖氛飄瞥渾難猜。萬家碧血餘腥在，時有青磷照綠苔。議撫招降計未工，楊嗣昌、熊文燦皆主撫獻忠者。楊熊瑣瑣作元戎。獻忠僞降，閱年復叛，知縣阮公死之。誰教引虎來門內，何異驅羊入口中。遍市凶橫防已晚，闔城焚掠室皆空。可憐一死全忠烈，留得荒祠祀阮公。大定非同逐鹿秋，元戎何事起戈矛。總兵楊來嘉叛據縣城。賊心未變還成賊，來嘉係海寇餘黨。謀事不臧豈善謀。荼毒軍民皆赤子，弁髦君父作仇讎。卒令敗死西川地，奏凱人提血髑髏。妖氛消滅已多年，故老猶能說白蓮。市虎生疑無淨土，磨驢相望盡烽煙。漂流幾處悲鴻雁，屠戮連村泣杜鵑。猶幸未搖根本地，滿城燈火徹宵然。《過穀伯廟有感》云：廟貌於今尚儼然，荒涼萬古漢江邊。頹垣淅淅含疏雨，老樹蕭蕭帶晚煙。屛國也分周室瑞，遺民猶種墓前田。一杯寒食誰澆飯，夜夜空山泣杜鵑。《水南荒寨》云：數萬貙貅入益州，蛇矛誰敵漢桓侯。三分割據消沉盡，舊壘荒涼日暮秋。

光　化

宋

石　潊

潊，光化人[10]，博通古今，詩淡泊，時出偉麗，有《滄浪集》，官朝散郎。《續文獻通考》

張士遜 字順之，淳化進士，官同平章事、太傅，鄧國公，諡文懿

士遜知襄陽、射洪等縣，有善政，累官至中書門下平章事。性寬和，爲政持大體。以救曹利用，出守江寧。復入相，言禁兵久戍邊，應恤其家在京師者，帝出內藏十萬緡賜之。又請遣使安撫陝西，帝命韓琦以行詔樞密院行邊事，與遜參議。尋乞病歸，就晉太傅。帝飛白書"千歲"字賜之，因建"千歲堂"，自號"退傅"。值范仲淹出守鄧州，過里門，置酒高會，時人榮之。子友正以書名，神宗評其草書爲當時第一。

公生百日始能啼，襁褓失怙恃。少孤貧，讀書武當山。有道士語之曰："子有道氣，可從我學仙。"公不欲，道士曰："不仙，亦當位極人臣。"及登第，久困選調，年五十始知邵武。還朝以文贄楊公大年，三日不得見。值大年於窗隙中目之，知非常人。延入款語，觀所爲文，許爲大器。薦御史，遂躋臺輔。遊武當時，借宿村舍主人，將殺以祀鬼。安臥室中，誦六天北地咒，巫者見星宿覆其上，怖而卻走。公孫堉呂誨言。《青箱雜記》《江鄰幾雜志》

公性喜山水，宰邵武時，多遊僧舍，至則吟哦忘歸。嘗至西庵寺，題詩有"密密石叢盤小徑，涓涓雲竇瀉寒流。松皆有節誰青蓋，僧盡無心也白頭"句。又公嘗至寶巖寺，亦留題曰："身爲冠冕留，心是雲泉客。每到雲泉中，便擬忘歸跡。況茲寶蓋巖，天造清涼宅。稅車官道邊，誰知願言適。"又公嘗奉公牒至建寧縣，道洛陽村，而山路險峭，穿絕不可名狀。亦題二韻於村寺曰："金谷花時醉幾場，舊遊無日不思量。誰知萬水千山裏，枉被人言過洛陽。"仁宗篤師傅，恩遇公特厚，致政後每大朝會常令綴兩府班。公時已八十餘，而拜跪尚輕利。仁宗悅，乃飛白"千歲"二字賜之。公遽進歌以謝，優詔答之。雖漢顯宗之遇桓榮，不是過也。《青箱雜記》

公年屆七十八，有詩云："八十光陰有二年，煙蘿門戶喜開關。近來無奈山中相，頻寄書來許綴班。"後四年而卒，乃八十二歲之讖。此詩史所載也，而《避暑錄話》乃云，士遜致仕年八十六，恐誤。《甕牖閒評》

文懿既致政，而安健如少年。一日西京看花回，道帽道服，乘馬張蓋，

以女樂從。入鄭門，監門官不之識者，且禁其張蓋。以門籍請書其職位，文懿以小詩大書其紙末云："閑遊靈沼送春回，關吏何須苦見猜。八十衰翁無品秩，昔曾三到鳳池來。"監門即以詩進，仁宗遣中使賜以酒饌問勞。

《題寶巖禪師丈室》云：泉邊開丈室，巖下誦金經。舉目閒雲冷，揚眉眾嶠青。百途皆有礙，一戶獨無扃。誰學嵩林者，齊腰雪滿庭。《卓錫泉在大庾嶺》云：靈蹤遺幾載，卓錫在高岑。妙法歸何地，清泉流至今。苔花生細細，雲葉映沉沉。桂魄照清夜，分明六祖心。《致政後寄文惠公》云：楮案當年並命時，蒹葭衰颯倚瓊枝。皇恩乞與桑榆老，鴻入高冥鳳在池。《經乾興寺》云：桐枝手植老精神，二紀重來愧此身。三代衣冠聯貴士，十州軒冕接清塵。桑麻墾處多新隴，耆舊逢時少故人。蕭寺門前題粉壁，又書丁巳對壬辰。

國朝

盧正德 字香山，道光拔貢

《贈牧雲山人》云：我性愛山水，曾無山水緣。靜境時一遇，往往成留連。遊賞苦不足，過時心拳拳。常擬煙雲窟，茅屋撐數椽。饑飯山中粟，渴飲山下泉。春山迎我笑，秋山向我妍。山鑪榾柮火，山窗薜蘿牽。屐著山雨滑，笠戴山月圓。山翠襲衣袖，山風拂几筵。有時山客至，古意忘周旋。俗塵飛不到，何自驚烽煙。結想入夢寐，誰借買山錢。惟羨牧雲子，與我殊凡仙。巖阿豈初志，頗聞燭幾先。非乏藏春塢，毅然肯棄捐。竟挈旌陽宅，鷄犬升雲巔。我願所未遂，先生能獨專。我心所抱恨，先生得天偏。溪毛與山蕨，色養怡華顛。吟嘯愜登陟，軟轆欣聯肩。佳兒早秀拔，在泮調琴絃。為述山居樂，臨穎亦垂涎。何當躡芒屩，繪圖入輞川。

均　州

明

鍾岳靈 萬曆貢生

《登憑虛亭》云：高處復登高，軒翔若羽毛。乾坤無四壁，霄漢有層皋。長發蘇門嘯，狂歌楚客騷。一朝風景別，清興屬誰曹。《楚風補》

國朝

王重彥 順治貢生

《天柱峯看雲》云：縷縷山雲起，須臾萬壑平。天難窮混沌，地不辨陰晴。白抱峯生浪，青浮樹點苹。恍居塵世外，鐘磬但分明。

朱　琪 康熙貢生

《雨宿太子坡》云：雲密山谷斂，香消夜漏殘。猿啼悲暮雨，鶴唳激空湍。絕巘驚秋早，飛泉入夢寒。何由尋帝子，閬苑共驂鸞。

郭嘉屏 字崢山，有《嗣斯集》

嘉屏明季為諸生，才華贍富，噪聲士林。詩以性靈勝，淺而真，清而不俚，一洗纖塵叫囂之習。獨立不倚，信為一世豪傑。惜產於偏陬，又生當末造，無賢士大夫表而出之，遂久而姓名不彰。味其詩意，當國朝龍興之會，猶能守夷齊之節[11],養晦居貞,洵有明逸民之最。

《元旦》云:宇内遵皇紀,啣杯感盛時。山川無瘴癘,吾道有鬚眉。筆苑花應放,墨莊賦較遲。又看節序改,消息幾人知。《和張郡伯春登太岳山》云:擁篲推賢牧,明禋重北天。春高千樹綠,山暖百花然。雨露隨車潤,災祲計日遷。聖朝隆岳祀,紀勝白雲邊。《秋夜浪河舟中》云:忽有臨流興,添衣上小船。涼風吹白月,野水泛青天。樹裏星辰度,巖邊鷗鷺眠。乾坤同一靜,幽渚幾茫然。《夜度老營庄》云:野路無更鼓,風敲落葉頻。村煙迷曉樹,山火照行人。短夢荒橋斷,歸鞭故里親。松杉冬不管,霜下自爲春。《元旦朝陽洞黔史》云:攜得春光試紫毫,登臺一笑古今勞。陶唐無德及巢許,湯武有功愧節旄。海水何如杯酒闊,泰山不怪野雲高。良辰幾度新皆舊,懶看穰穰醉濁醪。《仲春山中阻泥》云:積雪憐春化去忙,小橋流水帶煙光。十旬作客山爲侶,百里離家酒是鄉。細綠平分原上色,新紅亂點樹頭香。農家晝日渾無事,爐火頻燒話短長。《哭姊》云:婆娑白首猶相慰,寒雁中宵愴竟分。垂老同胞兄是姊,半生幽德布爲裙。泉臺有路爭先後,世味無心似水雲。烏桕村邊人跡少,秋風誰吊女嬃墳。

【校記】

〔1〕王,原作"玉",據《藝文類聚》卷十九·人部三(文淵閣四庫全書本)改。

〔2〕《琴思》,明馮惟訥《古詩紀》、明梅鼎祚《古樂苑》等誤以爲王逸作品。此内容源自王逸《楚辭章句》卷八《九辯章句》,是對宋玉《九辯》"靚杪秋之遙夜兮"數語的解說。

〔3〕本卷中"張尚治"、"楊濯"二條目,"袁敏"、"何玉田"二條目,"史策先"、"史仲先"二條目,"方岳貢"、"劉夢桂"二條目,在原目錄中分別以並列格式出現,但正文是分置,今依正文。

〔4〕闌,原作"闌",《楚辭·招魂》云:"君無上天些,虎豹九關,啄害下人些。"王逸注:"天門九重,使神虎豹執其開閉,啄害天下欲上之人而殺之也。""九關",即九重之宮闌。據改。

〔5〕"著誄、頌、連珠凡七篇"句,原作"著誄、頌、連珠、古詩凡七篇",據《後漢書》卷八十上、《楚寶》卷十五"文苑"改。

〔6〕崧,原作"松",清代史學家趙翼字雲崧。

〔7〕《全唐詩》及諸補編中查無此句。

〔8〕斯,原作"師",誤。

〔9〕五代韋縠《才調集》卷四"古律雜歌詩一百首"收"曹唐二十四首",其中《大遊仙》十一首之第一首《劉晨阮肇遊天臺》有"水木空疑夢後身"句。金元好問《唐詩鼓吹》卷四將《大遊仙》十一首都收入宋邕名下,亦有此句。在《才調集》中,"曹唐二十四首"之前即爲"宋邕一首《春日》",元好問或因此誤會。

〔10〕宋王象之《輿地紀勝》卷第八十七(清影宋鈔本):"石潀字會川,光化人,博通古今。其詩淡泊,時出偉麗。仕既不遭,晚歲自晦於田裏,官至朝散郎。有《滄浪集》十卷,陳與義去非爲作集引。子嶸字巨山,陳去非少學詩於會川,巨山復問詩於去非。既登科,以文學受知當路,終敷文閣待制,嘗上《中興復古詩》。"宋有名張嶠者,字巨山,終敷文閣待制,有《紫微集》。參看《直齋書錄解題》卷十八"《張巨山集》三十卷"條、《宋史》卷四百四十五本傳、宋李心傳《建炎以來繫年要錄》卷一百五十八(清文淵閣四庫全書本)、《詩徵》卷三十六"張嶠"條。故《輿地紀勝》有誤,可能將張嶠事跡嫁接到石潀之子身上。因此,其他文獻中一般不再載錄其子事跡。如明李賢《明一統志》卷六十"石潀":"石潀光化人,仕爲朝散郎,博通古今。其詩淡泊,時出偉麗。仕既不遭,晚自晦田里,有《滄浪集》。"

〔11〕"齊"后,原文復衍"齊"字,今刪去。

增訂

宜　城

邱　瑜

《寄題蠡園》云：水國人家冰鏡裏，蘭堂深向鏡中開。歸雲似愛庭柯色，閑鶴偏依花徑苔。豈謂明時堪大隱，暫將幽事試清才。逃喧知爾能疏放，日上蓮舟去幾廻。

湖北詩徵傳略卷三十八

東　　湖

南北朝[1]

夷陵無名氏

《三峽謠》云：朝見黄牛，暮見黄牛。三朝三暮，黄牛如故。

《女兒子歌》云：巴東三峽猿鳴悲，夜鳴三聲淚沾衣。又云：我欲上蜀蜀水難，蹋蹀珂頭腰環環。《古樂府録》

《流頭灘歌》云：灘頭白勃堅相持，倐忽淪殁別無期。《水經注》

唐

何　參

參博學孝義，隱居當陽，稱處士。

《通士人篇》云：龍宮既入道，鳳闕且辭榮。禪龕八想淨，義窟四塵輕。香蓋法雲起，花燈慧火明。自然忘有著，非止悟無生。《別才法師於湘還郢北》云：乘杯事將遠，捧袂忽無聊。南楚長沙狹，西浮郢路遥。離庭花已散，別戍馬新驕。明日分千里，相思非一條。《春日從將軍遊山寺》云：蘭庭厭俗賞，茶苑矖年華。始入香山路，仍逢火宅車。慈門數片葉，道樹一林花。

雖悟危藤鼠,終悲在篋蛇。

彝陵女子

文明中竟陵掾劉諷夜投夷陵空館,月下忽來四女郎,彈琴擊筑,更唱迭和。諷舉聲連咳庭中,無復一物,明旦拾得翠釵數隻。因記其歌云:"明月清風,良宵會同。星河易翻,歡娛不終。綠樽翠杓,爲君斟酌。今夕不飲,何時歡樂?"又云:"楊柳楊柳,裊裊隨風急。西樓美人春夢中,翠簾斜捲千條入。"

明

陳禹謨 字嘉猷,號九山,隆慶舉人,官知州　子正言

禹謨事繼母至孝,兄弟無間言。行誼素著,復以經學顯。歷知鄭、忠、涿三州,治河賑荒,屢著循績。晚歸,詩酒自娛,有陶謝風。
《西陵峽》云:我登最高處,四顧接雲煙。荊門排十二,江水瀉三千。鬱鬱隴頭樹,濛濛峽裏天。勝概雄今古,蒼茫不可攀。《東山寺》云:嘯侶遊東山,登眺日初起。且歌且銜杯,探奇恣所履。極目心俱遠,四面皆紅蕊。人言春日佳,素秋亦可喜。謝安來往間,王維圖畫裏。《赤溪》云:迢迢望赤溪,溪水逝悠悠。宇宙何寥廓,我舟任遨遊。獨坐整釣竿,釣彼魴與鰌。翹首望嚴陵,願言溯長流。高風如可親,於焉相夷猶。《黃牛峽聽棹歌聲》云:舟人歌欸乃,江空天籟鳴。一歌江水綠,再歌江水清。巍巍神禹績,咿咿舟子聲。厥聲何慘慄,翻令客心驚。順下荊門去,懌懌有餘情。

正言字鹿野,官川東副使。里居好義,鄉里式之。劇賊過其門,相戒勿犯。年七十卒,遠近會葬者千餘人。官蜀,多善政,至今尸祝之。
《執笏山》云:山下看秋光,秋光在山頂。山上看秋光,秋光歸一迴。今古此浩然,曠觀入平等。萬籟發其中,星河動炯炯。靜測所由然,於茲得清醒。

劉一儒字孟真[2]，嘉靖進士，官尚書，諡莊介，有《瑞芝堂集》　**子戡之**

　　一儒初任戶曹，爲太宰楊溥所知，屢官刑部侍郎。張居正當國，嘗貽書規之。居正沒，親黨皆坐斥，一儒獨以高潔名拜南司空，半歲移疾歸。初居正女歸一儒子戡之，珠琲紈綺盈箱篋，一儒扃之別室。及居正籍入官，乃發向所緘物還之。身歷華膴，家若寒素，天下仰之。御史李一陽請還一儒于朝，以勵恬退。帝可其奏，一儒以疾辭。

　　石首王尚書之誥，字告若，嘉靖進士，與文忠亦有姻婭。當文忠秉用隆赫時，嘗正言規切。及以父奪情，杖言者闕下，歸葬還闕，之誥仍以召還直臣、收人心爲勸。其不避嫌怨，斯異于瑣瑣膴仕矣。孟真視新婦奩具如浼己，扃鐍一室以待封還，若預知張氏之必敗者，其識不尤卓然哉。《楚寶》

　　《秋日尋三遊洞》云：羣峰斜枕郡城樓，石洞高懸最上頭。秀削芙蓉天外出，青連雲樹鏡中浮。濤聲東注翻巫峽，雨色西行暗楚丘。鷗鳥狎人閒自舞，亦知吾意已虛舟。

　　戡之字元定，號石華，以蔭官知州。少敏達，刻意制舉業。以張居正壻引嫌，不與試。蔭授郎中，奉使秦中，修《華山志》。出知德州，建遊龍館以課士，一時名流皆赴之。既謝歸，與海內名士相酬唱，袁宏道爲序其詩以傳。子昇有父風。

　　元定體中有四反，家世楚人而有江左風格，蠹粉敗墨，殘溝古瓦皆有精賞，一反也。楚人面棱棱，令人不欲近。元定溫克，見者惟恐其去，二反也。生長朱門而具丘壑勝情，三反也。楚人有飲量而無飲才，有飲才而無飲韻，元定卓然有之，四反也。諸名士之目元定如此，余笑謂元定詩亦爾。楚聲多怨，而元定之詩和雅。楚人長才盛氣，而元定之詩多逸趣。爲曲澗幽嶼，毋爲滔莽。爲輕陰淡月，毋爲雷霆風雨。是又一反也。世人之詩自與人二，而元定非也。元定之詩，其人之注腳也，布置鬢眉，形影皆好，是謂詩具。明窗靜吟，花開獨飲，是謂詩料。寤寐山水，流連煙月，是謂詩骨。余何以序元定哉？不知元定者觀其詩，不知元定之詩者，觀其人而已矣。節袁

宏道撰詩序

《和陸放翁〈題峽州甘泉寺〉》云：勒石存遺孝，江山壯此州。泉當幽澗落，路入古城遊。寺靜全宜暑，楓多最艷秋。范家湖面闊，十里可行舟。《春杪與葛更生過三遊洞步白太傅》云：作計留春春欲去，山行歷盡復臨川。欲乘幽興尋幽地，共御冷然適灑然。靈杖曳隨居士屩，錦帆高揭孝廉船。嵐紛浪渾遊魚呷，沙暖蛙恬浴鷺眠。今日朋儕偕二五，他時禮樂奏三千。世珍杞梓巴人國，圖索騏驪冀塞邊。椽筆動搖千氣象，荷衣獨釣老林泉。清光滿眼分臺上，紫氣衝星挂斗前。怪爾逍遙工指點，漫從浩汗譯聯篇。磨崖頻掃仍窮底，絕壁危登直透顛。復磴乍迴雙洞扃，奇聲忽報萬峰連。酣歌綠玉葡萄酒，重席青氈首宿筵。日昃空濛涵泛泛，江深遠近瀧湲湲。石黏繡草稱爲虎，谿冷蠻花號似鵑。宿峽陰雲翻驟雨，没竿新水漲冥天。縱歸鷁首千家火，擁樹荆門一派煙。儘許遊情通晝夜，可無片語寄當年。

劉　昇_{字彥昇，號懶雲，選貢，官通判}　子廷僖

《絲網浮鯊有引》彝陵正月，江中小魚乘雨而出。圓身細鱗，長可五六寸，用絲網取之。過此育子，則瘦削不堪食矣。即《詩經》謂鱒鯊也云：風雨暗煙汀，漁歌答杳冥。鱗飛千片雪，網亂一江星。白小供廚積，紅肥滿市腥。烹鮮諳食譜，不數五侯鯖。

廷僖字自怡，貢生，官訓導，有《秋草》、《天放堂詩集》。少隨官吳門，與丁澎、高世泰遊，詩名滿吳越。家世華膴，淡泊自甘，洵篤行好學之佳公子也。

《東山謁先莊介公祠》云：萬峰迴合處，峽水自西行。歷歷湖光遠，瀟瀟樹影橫。雲開孤寺出，日落半山明。煙火秋城裏，無端百感生。孤性與雲同，山山迷望中。綠蘿緣石磴，白日畏秋風。遺世停閑鶴，恩榮想舊松。攜壺自斟酌，一指大江東。《古佛庵》云：秋空涉水履高岑，澹煙漠漠秋水深。飛鳥翦波投遠林，櫓聲淒切江之陰。人漱柴門修竹裏，歸鴻目送欄干倚。沙淑蕭疏篆奇文，楓落寒江煙灑灑。松鳴斜日隱山巔，山巔石穴白雲穿。

晚來醉把黃花後，踏破蒼苔上小船。

王維章 字于天，萬曆進士，官巡撫

維章仁厚清廉，所在詠思之。川東不守，卒于獄，天下冤之。

《遊墨池飲陳公調聚星閣》云：迎人爽氣照深杯，徙倚慚無作賦才。榻上遺書充棟起，堦前叢桂倚雲栽。仙池滌墨痕如篆，古鼎沉煙碧似苔。百尺樓高無限好，東山圖畫爲君開。

陳嵩極 字芥舟，貢生，有《栗園閑草》

嵩極，正言季子，少英敏，卓犖不羣，能紹家學。世居深山，擅林壑之勝。日以圖史自娛，名流過訪，樂與訂僑札之交。

《宿黃陵廟》云：黃陵夜色昏，剝啄呼僧起。片帆破浪來，驚魂若千里。寒雨濕征衣，疏鐘搖定水。亂石塞江頭，何處采蘋芷。《陸司馬重新甘泉祠招飲觀躍鯉》云：廟貌已殊昔，寒泉尚洌然。衣冠留古制，城郭帶秦煙。幾度梨園曲，尋常兒女傳。使君新往跡，簷雀亦蹁躚。《登東山》云：薄暮踏寒雨，攀躋到上方。迷離江郭白，慘淡野雲黃。擐甲開邊壘，輿尸載國殤。廿年安戶牖，陰雨莫相忘。《雨宿山寺》云：遠村不覓酒，岑寂焉能勝。風雨無聊夜，醉醒幸共僧。鐘殘依客枕，林缺透漁燈。信宿翻難別，喜無俗可憎。《白馬廟》云：古廟斜陽入，輕煙散晚汀。寒江一派白，老樹半邊春。地僻僧常懶，時澆鬼易靈。諸峯飄渺立，隔岸影亭亭。

雷思霈 字何思，萬曆進士，官翰林，有《百衲閣》、《歲星堂》等集

思霈博極羣書，爲文不涉草，纏纏數千言，操觚立就，行草書入神品。城東隅邕閣，其著書處也，時嘯詠其中。與公安三袁以詩歌相往還。著述甚富，鍾惺、鄒之麟皆出其門。

先生嘗自云：性不泥古，學不蹈前。順自然之性，一往奔詣。其識力卓而突，能超世。其才力大而沉鷙，能維世。其膽力堅忍而神，能持世。其骨力重而不軟媚，能振世。其氣宇閒，而其肝腸熱。其心在眉睫，而其舌在肺腑。居然有一聖賢豪傑之神，悠悠忽忽、疏疏落落然，流于詩文者。節鍾惺撰詩文序

《暮春郊遊》云：惟暮之春，百卉如綺。平楚蒼然，山嵐四起。羽厄縈廻，嘉樹徙倚。我思古人，在彼沂水。《滴水巖同公孝伯舉》云：絕巘危巖客到稀，狐蹤虎跡萬山圍。陰風吹壑雲朝度，白月橫谿僧夜歸。癖性自來耽勝地，懶心端合返初衣。家園亦在荆門裡，石洞淙淙瀑布飛。《湖北詩錄》

《登玉泉來青閣》云：石磴幾千級，瀹勃夾長柏。奔流冷出骨，臥聽知水脉。夕陽空翠生，滿身衣變色。倏鼓豐隆怒，四顧積雲黑。驚起老蛟精，倒捲銀河瀉。素朝天門霽，亭檻俯石壁。乍聞深澗濤，吼山山欲劈。峯饒林木青，溪借沙路白。我家萬山中，終日對山碧。別來已四載，見此欣有得。塵土污緇衣，城中車馬客。《黃牛山圖歌》云：予登黃牛之山兮，重嵐疊靄，鬱鬱勃勃，髣髴乎舟師之指。但見巴江自天而來，雷奔電曳，蕩巖觸石，澴流矗怒而不可以已。遠眺兮千峯蔽日，萬籟黏空，若繆篆狂草，淋漓滿紙。又若絳虹之升輕霄，與靈氣相雜。仸僑雄傑，非霽朝停午而莫辨首尾。巖腰壑腹常有光怪兮，疑僊靈之往來，神鬼之出入，颯然而風雨。三聲之猿，連臂而學掛。九頭之鵁，眾竅而欲語。鹿張其角，馬缺其耳。虎化道人，魚爲婦子。石破而赤鱗飛，檻呼而玄龜起。紫芝丹草，言刈其薪，而往往爲幽棲者之所深取。廟貌煌煌，在山之阯。賈兒遊子，刲羊灑酒。考鐘鼓，視舟航，墨客騷人觸目娛心，與山川而鬬奇詭。爰有天葩，名曰金蓮。葉羌芭蕉而肥，華倍芙蓉而綺。葳蕤扶蘇，土乃中墒，其事甚誕，其言成理。蓋已數百年兮，而不知植於何紀。旁建梵宮，湫隘而不可居兮，予獨愛其流泉淙淙乎竹裏。有一上人字悟空者，邀我以楸局，飲我以薌醑，贈我以玲瓏，咍我以石髓。予之爲茲遊兮，聞江聲而畫沙磧。殆類顏平原之遇懷公，而得筆法於張長史。今訪我於醉石之齋兮，我乃題牛山之圖以送之，恨不及買扁舟而蠟屐齒。《偶題贈當陽次飛李子》云：泉如玉溪，如玉山，如玉人，如玉

泉,如玉纑,葉流膏釀醰醻溪。如玉盤虹瀉月練光燭山,如玉積翠堆藍侵沉綠。人如玉,冰膚綽約瑤池浴。學書君家李北海,學詩君家李羣玉。但取神來與情生,不藉皮毛驚世俗。直當置爾於五城十二樓之間,佐爾以瓊飛,假爾以玉局。有人問爾何如人,予對曰是能爲豐年玉而不必爲荒年穀。《竹窗吟興卷》云:瀟瀟淡淡數竿竹,高高下下幾茅屋。主人有時發高吟,浮入酒杯相對淥。雨葉風稍寸寸秋,霜清雪艷叢叢玉。此卷攜來西峽中,行盡三湘洞庭曲。《九日宿東山寺》云:九日東山寺,無花却有歌。峰巒朝雨後,鈴鐸晚風多。峽口生秋水,湖心老芰荷。舊時遊息地,竹素已婆娑。木葉未全脫,水流故自閒。纔登高閣望,便覺大江環。風細如聞梵,雲垂莫辨山。晚來松徑裏,隱隱一僧還。《觀土城寺》云:登樓間到寺,分嶺勢如城。幽石生雲細,寒溪瀉月清。黃花含雨色,紅樹亂秋聲。地主偏留客,相攜信宿情。《南津關用子美韻》云:夜宿下牢岸,春遊下瀨船。一江爭劃石,萬里忽開天。有客尋谿洞,何人共几筵?遙看明月峽,知在白雲邊。《黃牛山》云:牛星不合開生面,龍漢何年有畫師?攘袂督郵分界後,懸巖爐竈繫舟時。一江萬里獨當險,三峽千峰無此奇。青點石泉甘且洌,山經水志未曾知。《東郊飲陳悅甫和陶孝若羅服卿韻》云:南郊東嶺地偏奇,水閣茅堂醉更宜。野菜當茶親煮鼎,村醪如乳遞傳卮。雪殘竹葉迴松葉,春送梅枝到柳枝。我欲荷蓑兼帶笠,莫教樵子牧人疑。《讀荊軻傳》云:片言心許報燕丹,酒侶歌徒壯士冠。客子不來誰可待,先生已死我何難。虹霓未白衣先白,賓從皆寒水不寒。卻笑始皇天亦惜,副車銅柱有遮攔。《荊門山》云:荊門十二古江關,上合下開如一山。不似巫山作雲雨,石橋仙洞野花閒。《蝦蟆培》云:袁崧怪石驚三峽,陸羽茶經品四泉。如此山川須領略,及秋吾欲賦歸田。《題畫》云:雨打茅齋葉亂飛,黛山煙樹是還非。村中盡日無人到,橋畔斜看一笠歸。

郭維藩 字价卿,號寓庵,萬曆舉人,官監司　子鍵

維藩修内行,篤宗誼。初宰古田,有能聲。入主戶曹司農,倪元璐奇其

才,薦司九江榷務。時寇氛充斥,維藩極意招徠。及國變,制府袁繼咸檄署兵備道。命甫下,左良玉兵變,乃退居廬山。國朝屢辟不起。

《秋日登葛道山》云:石削芙蓉倚碧空,空林黃葉落重重。欲尋勾漏還丹處,兩屐秋雲一短筇。

鍵字孟開,有《傭字堂詩文集》。高才博學,爲士大夫所敬禮。工詩,陳士望爲集序,稱其骨秀神蒼,湘回岳立。

《賊退還河西舊莊作》云:連年衝短屐,又向故園行。世亂無文草,山深有舊盟。留春遲閉戶,帶月晚催耕。十畝叢篁碧,齋窗間鳥鳴。《虎牙懷古》云:漢將功難繼,秦人逝不同。潺湲依古戍,剌刃俯層垓。水漫荊門出,山崇峽路開。樓船追往日,保障借新才。曠野猿啼滿,寒燈月影來。當時征戰地,一嘯萬峰哀。

文安之 字汝止,號鐵庵,天啟進士,永明官大學士

安之器質宏遠,同時皆以公輔期之。崇禎末,進南大司成,爲薛國觀所構,罷歸。弘光立,詔拜詹事,唐王授尚書,皆不赴。永明王以瞿式耜薦,虛相位以待,安之強起。日以忠義激勵諸鎮,銳意興復,間關戎馬,不失臣節。及譚弘降於我朝[3],王遁入緬,遂賚志以卒。

《九日平江閣宴集得裘字》云:涼秋曉露滋,傑閣諸天迥。寒林初魄澄,高霞散溟涬。尋菊經茶寮,寒香雜烹茗。偶聞松風生,飛濤驚絕頂。明燭戰楸枰,觴行恣酩酊。繁吹凌山椒,垂漢景逾烱。有客矜逃禪,深語戒獨醒。起視荇藻光,人與竹月並。婪飲湛餘瀝,坐愛白衣裘。欲補龍山亡,予其愧匡鼎。《姜詩溪別業》云:汲取甘泉浣鬢絲,北窗桐院夜涼時。夕陽江閣山中帝,明月深溪孝子祠。百折孤峯輕竹杖,數家煙火隔疏籬。莫言日暮非長馭,春盡看山正未遲。《山居漫興》云:每愛行雲冒籜冠,不將歲月擲槐安。畏人自解慚雞肋,學道何妨試馬肝。卻厭鶯簧多嫵媚,翻愁鶴背太高寒。長安株笏如麻竹,撒手何人問釣竿。斜陽倒影上莓苔,鳥鳥相呼客未來。怪石但逢閒處有,好花剛揀勝時開。關山曉角猶悲壯,鞏洛名城半

草萊。欲寄牢騷愁西莽,暗中撾鼓作輕雷。《將歸先寄同社》云:綠樹青溪舊隱居,十年兩趁石城魚。偶尋奇勝依華渚,久向交遊缺素書。著似東方客難後,賦慚楊子逐貧餘。鱗鱗新水還家近,芰制香迎夏簟初。沙邊繫舸計新晴,半壓圖書舉棹輕。署冷不妨歌鳳出,江寬堪與狎鷗行。帆臨青草霏煙渡,家在黃梅細雨程。搔首天南望天北,近緣飛雨益心驚。花濺紅泥樂事違,青鞵怯濕晝忘歸。攜家無地難兼隱,有淚憂時敢盡揮。流瀨挾雲寒作勢,野田將石亂成圍。徘徊欲問蘼蕪道,江路空濛隔翠微。《卓刀泉》云:磷火連天夜夜紅,斷碑猶泣舊英雄。可憐平楚荒荒月,那有寒砧度晚風。又句如:泥醉厭聞河朔飲,劫灰愁望洛陽煙。自惜清時依釣艇,豈因薄宦老漁簑。皆可誦。

李　雲 字衡岳,萬曆舉人

雲以武功擢潁州牧,既去,廟祀之。居恒秉禮自持,言笑不苟。晚知明祚將終,大書"名義至重,鬼神難欺"八字,揭之牖上。癸未之變,賊執不屈,逼至荆州,不食死。

《三遊洞和石上韻》云:呼兒酌酒待詩成,靜裏秋光分外明。五客重尋三友洞,四山迴合一溪鳴。碑殘苔護驚人句,樹老猿啼出峽聲。日暮拂衣還徙倚,懶於石上自題名。

王永禩 字山如,號葛山,崇禎舉人,官知縣

永禩敏于才,讀書十行并下。著述甚富,熼于兵。尤擅風雅,所撰《詩燈》,一洗楚人攻訐之習,學者多宗之。與漢陽熊伯龍爲兒女姻,以詩文酬酢,相得甚歡。

王席民 字安生,有集二卷

席民少補彝陵州學生,遭亂,辟匿山中。胡際亨保湖南,令掌書記。城

陷,胡不屈死。諸客咸縛將刑,皆涕泗被面,席民獨慷慨就死。監者壯而釋之,隸卒伍。參將趙某奇其才,引爲賓客。間爲詩歌,奉唐人爲師,多感時嫉俗之言。輒自焚其草,存者僅二卷。節朱竹垞撰墓誌

楊　紘 字祖緔

《惜歡曲》云:攀樹折桃兒,懷底襟頭各所私。分爭總不持,姊挽小妹耳,小妹亂姊笄。

龍爲紀 字在羲,有《蠶齋》、《懶庵》、《古翠堂》、《勸影亭》等詩稿

爲紀詩文以宋人入手,蔚然深秀,亦自可採。同里中與遊者如陳正言、郭鍵輩,皆一時名雋。

《雙泉道中》云:履入深山山漸深,碧空蒼翠落層陰。榛迷小徑無人跡,石隱危橋有鳥吟。靜侶擔從溪外歇,良朋宅向樹邊尋。依稀谷口炊煙起,雞犬交傳喜不禁。

國朝

羅宏備 字我生,順治拔貢,有《習靜堂》、《荊門山人》等集　子應箕

宏備性孝友,博學能文。及入成均,縱游燕齊吳越間。吟詠日富,所詣亦日進。考授州判,以將母不就。

我生詩宗劍南,如:照水春衣薄,移燈晚市紅。懶能消俗累,貧且傍幽棲。苦吟消永晝,野步送閑愁。習靜宜澆圃,留春莫閉門。臨風數歸鳥,隔樹認來人。《三游洞》云:吳蜀戰功隨水逝,白蘇芳躅引人來。皆雋雅樸茂,似放翁興至即景成句,不事鍛煉,自然渾成之作。七古沉鬱排奡,實大聲宏,則又力追韓杜,駕王李而上之矣。

《陸城行》云：出峽荒城背江渚，傳是陸抗舊開府。英雄雲散竟丘墟，割據無人自今古。西南蛇豕渡江來，蜂屯蟻聚倚城隈。周遭鹿角憑深塹，鐵騎千羣踏不開。水列樓船岸立馬，健兒酣戰堅城下。火雷霹靂若天崩，百里猶能落屋瓦。降將無聞戰血漂，馬頭枯骼作河橋。利鏃自穿三尺土，裹尸誰解舊征袍。烏蠻頭，并兒首，同築京觀哀速朽。兩魂相泣不相爭，夜半燐淒風雨後。憶昔城畔好園廬，柑林蔬圃自成居。桃花水漲麥苗綠，遊人爭看赤鬣魚。去年流寇共抛棄，士卒刓精塗此地。何時厭亂解兵戈，耕起遺金鑄農器。《醉示箕兒》云：懶拙成余性，羈棲底事忙。家貧曲禮廢，世亂小兒荒。笑作陶潛父，難期陸賈郎。若翁弗及處，不在老能狂。《虎牙懷古》云：楚塞西門峻，江流南紀雄。崖吞巴子水，帆閱大王風。獨石無心立，諸濤盡力攻。山容爭作隊，鷗陣排廻空。嵐氣浮仙侶，潺湲亂签工。長波傾夢渚，餘險佐鼉叢。莫問蕭梁事，何如蜀漢功。艱難圖割據，容易委漁翁。《過王敬敷辟兵處》云：孤岸原同癖，招尋匪易期。攜筇過短徑，問字補前詩。老雪凝成石，輕煙散作絲。莫嗟長守寂，好共閱幽奇。《納涼》云：夜壑冥羣動，秋河圻彼蒼。得霑星露影，漸覺枕衾涼。石作幽人懶，螢如熱客忙。坐觀微物性，靜躁本殊量。《秋夕》云：新月陷籬缺，涼風搜壁根。倩人尋酒舍，抱病倚柴門。雲氣當秋潔，蛩音會夕繁。此中無俗物，幸不累詩魂。《清明》云：兩度移居未獲全，孤心冷節倍依然。花殘風雨逢寒食，人老兵戈異舊年。溝水碧分原上麥，野魂淒斷墓門煙。一春農事徒聞說，十畝猶荒負郭田。《兵後過栗園訪陳五玉介中》云：河山破碎總滄桑，猶復騎驢問辟疆。半夜鳥聲棲壞木，一堆馬骨補頹牆。鶯花應作先時業，詩酒仍餘此日狂。獨念元龍豪氣在，更於何處置匡牀。《郡城雜感》云：饑鶴胡爲托市廛，食爭雞鶩感今年。有妻羞割東方肉，無客徒攜子敬氊。比尸自多消渴酒，探囊終少賣文錢。壺飱雖小寧非惠，烈士傷心在一憐。《觀兵入蜀》云：貔虎中流擁戟鋋，鼉叢魚腹總喧闐。火雷燒斷公孫鎖，鐵甲堆成鄧艾氊。諸葛陣圖新壁壘，巴人貢道舊樓船。嶺猿具有將軍臂，十二峰頭學控弦。《泊青草灘》云：江頭落日浣春衫，對此茫茫思欲芟。山勢似曾加九錫，水聲端不守三緘。經年戰骨埋青草，幾處烽煙斷白巖。笑引寺僧間極目，來舟不是舊征帆。《宿孝子祠》云：祠内荒臺作佛居，祠前古渡冷樵漁。殘碑無字同秦立，巋殿靈光異魯餘。出壑鐘聲依浪遠，隔江燈影入林疏。逢僧懶說逃禪事，獨立甘泉憶往初。《再遊三遊洞》云：蕙服芒鞋早辦裝，重來攜酒興猶狂。臨風野嘯隨溪響，出谷春衣帶草香。洞口上花封古字，山腰人影動斜陽。捫巖姓氏誰堪語，一片寒碑白侍郎。

應箕少即穎敏嗜學，詩工力悉敵，蒼蒼茫茫前無古人。是能獨承家學，不墜宗風，洵一時之雋也。

《同周柳溪靜夫昆仲青谿寺夜話》云：夜靜泉更響，燈殘翳復吐。久別盡殷勤，坦懷忘爾汝。寒鷄若關情，唱遠音何許。野風打窗紙，欠伸共延佇。缺月下西峯，山影卧煙渚。空濛淡靄間，清景妙難語。團蒲坐睡人，警起安禪侶。《登天然塔望江》云：大江一瀉走東海，百折千囘窮真宰。直驅彝陵四百灘，岷山之源始一涯。荆門十二何崔巍，龍蟠蛟逸西向來。山勢水勢不相下，終古澎湃起風雷。如此江山清且閒，形勝漫誇百二關。估客帆檣飛駭浪，却輸漁翁一釣竿。孤塔突兀雄相向，乘興登臨干霄上。眼闊由來置身高，千山萬山非一狀。鬱塞我有萬古情，江濤洶洶何時平。男兒心思無今古，俯仰虛憐短鬢生。當年幾輩務割據，戰血都擁寒潮去。餘霞斷靄晚峯青，英雄豎子今何處。拍手天半發狂歌，白日欲墮奈愁何。便思棲息峨眉頂，遠溯江源踏洪波。驀聽疏鐘隔岸聲，空江不見有舟行。蜀道三千蒼茫外，金波鱗鱗孤月明。《遠安道中》云：孤城勢鬱盤，碧障地天寬。路入秦關險，山夷蜀道難。田腴河水溜，村散樹林團。古戍濃陰裏，行人每解鞍。《送笨山和尚主席青谿》云：杖錫名山去，諸方眾口芬。寸心千尺水，兩屐萬峯雲。慧業資龍象，宗風斷見聞。願將鐵如意，高舉示紛紛。《龍女祠》云：懸崖遺跡在，香火渚宮留。月上三潭曉，窗空一鏡浮。谿光團野色，客思淡虛舟。想像安禪叟，蒼龍話古湫。《青溪方丈小坐》云：去住靈山近廿年，棲心未許便安禪。龍潭氣挾峯頭雨，鬼谷雲封洞裏仙。藏影溪流今古月，留春樹老漢唐天。空門寂寞風塵苦，結想誰知各境牽。《宿龍女祠》云：老僧留客宿，蘿屋傍巖洞。就枕不成眠，泉聲繞幽夢。《夏日青谿雜詠》云：雲沉谿壑樹，晴響寺樓鐘。趁客來么鳳，穿林避簪龍。招鶴窗三面，遮天柳十圍。生涯僧院靜,閒話篆煙微。熱雲催急雨,薄靄捲輕風。數聲啼鳥亂,滿澗落花紅。泉清魚可數,石欹樹疑扶。策杖人何往,眠琴客未孤。

陳士望 字斗南,號友韓,明經,官訓導,有《芝雲亭詩略》

士望天才超軼,于書多所瀏覽,旁及象緯墳典諸家,以古學起衰爲任。《仿白雲歌贈友》云:東山臥白雲,山前忽遇君。君行已到雲深處,雲卻辭君渡江去。我招白雲雲不來,請君樓上一尊開。《宋山》云:壁立數峯起,迴環二水交。寒煙飛處斷,清磬聽中遙。猿鶴干雲嘯,松杉入夜潮。茗香僧院靜,逸思滿江皋。《春怨》云:飛盡梨花又柳花,流鶯聲裏日初斜。遊人滿卻春風願,獨擁春愁是妾家。《秋日小憩童公橋》云:一望江天曉,蒼茫度野橋。雲殘峰勢起,石落浪痕消。瘦蹇迎秋健,晴帆出峽遙。村翁知我倦,攜酒坐相招。《平江閣觀江濤》云:哀猿夜叫巖壑怒,神蛟隱隱拏煙霧。眼底奇山一半浮,扁舟木末如杯度。槎帶雲奔飄渺間,出沒洪濤只等閒。虛閣靜涵千頃勢,晚風橫截一江瀾。堨前積雨苔痕起,一榻宛然水中沚。忽憶元圭未錫時,禹之明德誠遠矣。《西城閒眺》云:高樓重關俯江流,峽口煙濤一望收。樹色參差舒倦眼,水光上下寫清秋。雲間孤岫看成塔,沙際輕舟望若鷗。倚遍危欄逢老衲,枯禪也自雪盈頭。《感遇》云:與世誰相知,不如且飲酒。尚友古之人,古人復何有。

羅宏鑰 字南宮,宏備從弟,有《了閑詩集》

《元日州城即事》云:東山紅上千林旭,北郭青浮萬井煙。老我鶯花經歲眼,看人裘馬正芳年。平原草色凝霜濕,隔苑梅梢間柳妍。一段勝因閒裏結,茗香怪石點清泉。《荊門》云:灘響猶疑萬馬奔,傷心中有未招魂。羣山依舊翻江影,亂石排空落水痕。莽莽寒雲迷峽口,荒荒白日下荊門。即今西塞烽煙絕,幾度停舟感夜猿。

毛一驄字天選，號杏山，雍正拔貢，有《晴雪堂詩集》

一驄博聞強識，制府邁柱以博學鴻詞薦，中道卒。

《登筐覆山》云：翹首峰如削，晴嵐景倍清。到山纔有路，問樹半無名。犬自雲中吠，僧來谷口迎。奚童猶解事，一杖引前程。《峽中吟》云：好友形骸外，劇談肺腑中。江山同逆旅，天地一樊籠。有我皆爲累，因人不算窮。君平卜肆近，細問定行踪。

何毓秀字鍾嶽，號岱樵，雍正武進士，由侍衛官都司，有《岱樵詩集》[4]

毓秀入典宿衛，出掌戎旃。性嗜經史，喜詩歌。晝校士卒，夜接詞人。雅歌投壺，有儒將風。尤善書，出入兩文敏間。尺幅斷紈，珍若琪璧。

《三遊洞》云：化工留勝跡，騷客費登臨。碑碣存魚豕，壺天自古今。陰巖流水靜，風磴落花深。撫景懷元白，他時共此心。《歸次吳城登望湖亭》云：一帆斜掛古彭蠡，湖上孤亭取次躋。秋水平鋪吳地盡，遠山橫襯楚天低。浮雲渺渺風方北，倦鳥飛飛日未西。壯歲乞身蒙聖澤，高堂春酒正堪攜。《一見》云：一見春風一改顏，春來春去老人間。不堪回首三更夢，最易驚心兩鬢斑。投筆已慚班定遠，臥雲終愧謝東山。頻年更有終天恨，馬齒空增十二閑。《簡郭梅豁乞竹》云：爲愛浮筠覆藥欄，肯燒玉版佐朝餐。南湖杜若香同瘦，西郭荼蘼月共寒。問字客來陰作席，抱琴人至籜爲冠。奚童草就平安報，日日柴門一探看。

戈保泰字叔安，貢生

保泰文章博雅，尤工詩，駢體亦追踪徐庾。與羅宏備、劉廷僖、陳士望爲邴管之交，詩歌酬唱無虛日。

《郭洲春望》云：選勝汀洲載酒過，埜航風細引晴和。無端怪石衝人立，不斷遙峰學水波。芳草連天沒馬跡，暮煙匝地起漁歌。醉來亦有兒童興，拾得藦蕪幾許多。

馬一德 字元襄，號白巖

一德少孤，受學于里人張琦，得其指授。

《宿筐覆山》云：憑高凌古寺，夜靜覺山清。客坐聞鐘磬，僧來叩姓名。瀑寒千尺瀉，月出萬峰迎。小閣茶煙碧，殷勤慰遠程。

郭相業 字元勳，號梅谿，有《梅谿詩略》

相業肆力詩古文詞，以布衣老于幕府。

《過天堂山》云：爲訪山間勝，同過逸老堂。柳深鶯語滑，花落燕泥香。汲水供茶竈，移尊就石床。塵氛飛不到，麈尾話偏長。

覃宏澤 字蒼霖，國學生，有《筠圃詩略》

宏澤杜門著述，所與遊皆一時名宿。旁通繪事，尤工竹石。

《即目》云：雲樹下荊門，風帆時隱見。斜陽滿江村，人立斜陽岸。

郭 江

《長夏偕同人遊悠然亭》云：三徑未云荒，猶存舊松菊。池館蕭以疏，紛爲冪林屋。野水滋新篁，鴉聲噪古木。疇昔淵明公，歸來遂初服。飲酒數晨夕，親戚相徵逐。烏衣子弟佳，翩翩勤誦讀。雲情北山北，雨意南山南。雲雨不可測，逸興從中參。蒼江遠水動，薄暮幽鳥還。物理信無常，盛衰在其間。人生及時樂，莫遣損朱顏。《春夜舟宿屏風閣下》云：江村殘照外，小艇立蒼蒼。雨氣歸青草，濤聲走白洋。山煙分雁路，獵火照漁梁。獨睡何能著,愁禁此夜長。《送官軍南征》云:一紙軍書萬騎知,長驅戎馬出關時。三年數困征蠻卒,六月徐興問罪師。雨洗湘江停節鉞,雲飛嶽麓暗旌旗。功成演就平南曲,仁聽鐃歌唱健兒。《萬年寺訪小空上人》云:參禪終日不言禪,好懶身披破衲眠。借問綠蘿溪上月,經秋曾見幾回圓。

顧綸炳

《白燕》云:霓裳竟出烏衣種,練質殊超越鳥胎。掠地乍疑團雪舞,銜泥似抱寸珠回。應從昭陽宮中見[5],曾向開元夢裏來。不是尋常天女伴,等閒鷹隼漫相猜。

望世高

《暮春渡江飲劉範維山房》云:臨流呼渡抱琴來,爲訪劉伶共把杯。賈客船從巴峽下,幽人門傍楚江開。一年花散春將盡,九陌塵多願已灰。酒伴雅宜賦招隱,世間何處有蓬萊。

劉祖敬

《望洲山歌》云:上山山路逼,下山山路陡。上山與下山,遍多行人走。莫言山路窄,莫言山路永。世路繞羊腸,人忽不自省。

閻大鏞

《西陵晚眺》云:策杖登高岡,江城盡在目。夕陽鴉背紅,秋水鴨頭綠。蟾光離海角,影已掛松竹。山頭鳥飛還,溪畔人止宿。林叟淡忘歸,對景暢所欲。緬懷桃源人,同此無拘束。漁歌杳不聞,樵唱自成曲。隔江來鐘聲,穿林風斷續。

楊可大 貢生

《峽江對雨》云：密雲一望碧於油，雨氣氤氳送客舟。岸上猿聲巫峽暮，煙中樹色楚臺秋。風喧石瀨波逾折，霧亞蒲帆濕未收。愛趁漁歌新霽後，篷窗曉日度黃牛。洪素人《江漢風騷錄》

【校記】

〔1〕原文將此處分爲"北魏"、"南北朝"兩欄目，不合適，北魏即屬於南北朝。故予合並。

〔2〕孟真，明過庭訓《本朝分省人物考》卷七十九、清萬斯同《明史》卷三百十八列傳一百六十九作"孟真"；清穆彰阿《大清一統志》卷三百五十及《詩徵》正文中"孟貞視新婦奩具如浼"句，皆作"孟貞"。

〔3〕"及譚弘降於我朝"句前，原文衍"即"字，今刪去。

〔4〕岱樵詩集，原作"待樵詩集"。徐世昌《晚晴簃詩匯》卷五十九云"何毓秀，字鍾嶽，號岱樵"，據改。

〔5〕昭陽宮，原作"昭漢宮"，錯，應是漢代之"昭陽宮"。

增訂

王又新 字詠齊，諸生，有《筦居詩草》

又新性曠達，嗜酒苦吟，居貧而有介節。子壽先生稱其詩得香山之冲逸、劍南之遒健，嘗誦其《暴雨》句云：一天分顯晦，四野各陰晴。《新灘》云：水落石益高，駭此猙獰狀。出峽臨灘前，停橈不敢放。巨浪迎面飛，船頭急倒向。倏驚船影滅，半瞬煙霧障。水勢與人敵，人力與浪抗。幾度顛復存，疑有神靈仗。過灘各相慰，扁舟幸無恙。

王基鋐 字珍卿，諸生

基鋐性篤孝，山居養母，讀書蒔植自娛，惜未及中壽而沒。王子壽先生稱其詩"五言勝于七言，感懷詩高駕兩京，蘇李而後，此爲嗣響"。《懷羅夢生》有"月欣千里共，花悼一人孤"句，爲時所稱。

《山居》云：素慮絕繁喧，耽志林壑趣。清波數遊魚，沙渚狎浴鷺。縱步信所之，徘徊垂楊渡。綠竹俯清泉，紅橋識歸路。蓬茅四五間，松梅兩三樹。居巢類拙鳩，營窟豈狡兔。山靜日如年，紅顏何須駐。讀書樂四時，罔用垂三顧。山水助清心，經籍開妙悟。扶筇立移時，西山日正暮。仰首視太虛，清風撥雲霧。《存心篇》云：我心如止水，偶搖輒復渾。又若無羈馬，稍縱即馳奔。雜擬叢草集，紛比亂雲屯。斬之弗能斷，操之弗能存。惟有謝萬慮，天君自然尊。大賢禁非禮，視聽與動言。神禹惜寸陰，勤不間寒喧。保之若美璧，養之若澄源。身不理庶務，耳不聽繁喧。譬如身已死，焉能計晨昏。又如遠遊客，豈猶督家園。況復日用事，皆屬細務繁。何若詩與書，澄慮探本原。日思騰驥足，時防走心猿。心存氣自足，氣足力自敦。精意悉靜討，微言必細論。須臾無或間，長守此靈根。倦時閑行坐，常將此心捫。久之存養熟，光明若朝暾。《感懷》云：出門無所見，道路荆棘生。厥思一剪除，瓦礫亂縱橫。潔哉許由耳，高矣子陵足。耳洗帝之言，足加王者腹。吁嗟當世人，何事苦馳逐。屈志希榮名，折腰慕微祿。得寸而失尺，堪爲長痛哭。臨水狎白鷗，入山抱黃犢。芬馥花襲人，扶疏樹繞屋。時晤東方生，笑指蟠桃熟。《秋江夜泊》云：舟泊秋江晚，情生漢水濱。浦遙天壓樹，窗破月窺人。塞雁驚心早，家山入夢頻。故園何日返，魚鳥定相親。《風箏美人》云：誰將雙足繫紅絲，淡宕春風不自持。弄玉蹁躚跨鳳日，綠珠宛轉墮樓時。夕陽繡陌人爭羨，暮雨巫山妾未知。小立柳堤頻悵望，輕盈體態動余思。

楊蔚春 字子相，諸生

蔚春嗜古工詩，尤精篆刻，惜天靳其年，成就無多。

《晚眺》云：出門無取營，登城偶閑步。遐心寄雲霄，舉目窮煙霧。水落羣峯高，石觸寒濤怒。鴉噪隱空林，人聲喧晚渡。遠水夕陽沉，幽巖皓月露。景色一何新，氣候已非故。崖谷有清音，悠然澹吾慮。徘徊悟妙理，長歌慰歸路。

何毓秀 見前

毓秀少受詩法於監利龔九曾農部[1]，農部於人少所許可，曾向予屢稱說之。子壽先生亦盛推所著，有"神龍天飛、目瞻兩角之異耳"之者[2]。近二十年今始讀其抄稿，風骨勁挺，神力遒健。洵足並驅北地，固不僅齊軌韓門矣。

《奉酬子壽先生》云：山必躡泰華，乃笑部數小。水必測滄溟，乃知賤行潦。先生倡宗風，聲華溢八表。穆如善氣迎，藹若春陽曉。每慨弋譽流，剽竊以爲巧。自詡文章雄,學豈淵源討。當轍怒螂臂,搶枋奮鳩鳥。高談管中天,駭俗徒矯矯。豈知達觀者,緣督即至道。洞然萬象並,外視深且窈。含宏中乃虛,智斂神無擾。峽江兩載歷,聆論率傾倒。瑤華慰飢渴,愊哉大業紹。真修時或勤,榮名安足寶。願附圖南翼,聳身向晴昊。《子壽先生案上小石》云:奇峯崒崒不盈尺,五岳鎔歸一拳石。颯颯陰風几席寒,坐我蛟龍之窟宅。螺洲先生補天手,早歲受書圯上叟。抱策能措盤石安,砥柱欲障狂瀾走。懷中文石墮雲端,煉成五色何斑斕[3]。蕩胸奇氣逞光怪,如椽筆力排丘山。罡風橫吹天柱折,陵谷翻騰石流血。中有完璞挺冰雪,抱獻無由空愁絕。老尋石交來峽中,萬峯獨拾一奇峯。高歌不忘丘壑美,臥遊時入煙霧重。石乎托根白雲裏,終當興雲彌萬里。爲霖澤沛瘡痍起,案頭屹立何爲爾。《變兵行》云:楚江惡浪萬雷激,積陰蔽天天爲黑。游魚釜底活西江,掉尾頓作長鯨擊。都城邑城晝不開,道是豫章官兵來。殺人劫貨如取懷,軍吏制之吏立摧,將軍軍令何有哉?此輩金陵舊凶黨,勢窮宣詔爲開網。入檻餓虎反噬狂,禍水翻騰坤輿蕩。嗚呼!兩間戾氣生亂徒,亂徒只合誅與屠。屠之弗盡亂弗止,殘民實自好生起。君不見白起佐秦秦業成,四十萬人玩長平[4]。《題汪壽山畫山水》云:淡煙疏樹人家少,峯橫瘦影秋波繞。遠岫微茫抹黛痕,輕帆繹絡現林杪。獨羨江干倚樓人,心與閒雲入浩渺。《答葉侯韻生刻石章見遺歌曰》云:懷中奇崛不肯秘,數載一官猶散置。寸鐵驅使萬蛟龍,盤據片石恣游戲。葉侯摹印擅絕技,那數漢章與秦璽。鄂宮遠寄雙崑玉,令我姓字生精采。開函龜螭□朵雲,論舊金石鏤肌髓。春夜張筵燭影紅,狂呼爾汝芥帶融。漏盡扶歸月朦朧,醉中尚叱金樽空。搜古論文三載同,離愁又值春光濃。峽山花月對寥寂,候更偃臥荒江側。獨酌還能憶故人,千里印心資刻劃。刻骨深情寫蜿蜒,撐腸侯氣出峻特。荊楚民瘼待蘇息,宰割尚勞操刀力。侯乎慎保新硎鋒,指顧金章循吏錫。《輪船歌》云:燒空高突衝紫煙,江濤却退雷駢闐。龍宮出水赤縣巔,迫近始識采海船。不帆不掉人安眠,兩日計程已三千。樓櫓高聳城周環,橫貫鐵軸翼雙輪。有柱扼軸承中權,陪貳小柱夾兩邊。首軒尾輊却且前,三柱齊力萬牛牽。柱尾機括鐵筩聯,船中烈焰肆熬煎。船底沸湯激怒瀾,水激機撼柱移山。轆轤飛轉輪雙旋,深目虬鬚黑裹氈。胡狀高踞船之巔,收發操縱何閑閑。是何神工奪倕般,風伯屏息海若潛。真宰不敢秘乾坤,下瞰南極窮星躔。並軌七曜周穹圜,亥步未到夸杖捐。幽宮冰窟日不宣,船之所歷彌崖垠。掉弄坤軸如轉丸,乃知鄒衍談空元。《穆傳》《山經》皆妄言,交通萬島流貨泉。界混華裔失防關,超海越江疾鳥騫。羲和力絀墮其鞭,輪船竅鑿混沌穿,斡運無權泣帝天。《喜聞金陵收復》云:運啟中興烈,氛開兩曜清。誰戡江表亂,竟下石頭城。天意羣凶殄,王師巨業成。堪憐龍虎地,歲久始除兵。《遲子潤不至》云:歲除寄我病中書,相約尋春過敝廬。遲爾不來春更暮,可曾病與歲俱除。雨塞邃谷鶯聲寂,花落清江水漲初。幾日侯豈能載酒,玄亭惆悵子雲居。

【校記】

〔1〕"毓秀少受詩法於監利龔九曾農部"及此後數段,原置於"楊蔚春"條後。瀏覽文意,"毓秀"其人與王柏心關係密切。查王柏心《百柱堂全集》卷二十四(清光緒十九年刻本),有《寄贈楊子堅毓秀茂才》詩。民國徐世昌《晚晴簃詩匯》卷一百八十一:"楊毓秀字子堅,东湖诸生,有《縈清樓集》。"清劉錦藻《清續文獻通考·卷二百六十二·經籍考·六》(民國景十通本):"《平回志》八卷,楊毓秀撰,毓秀字子堅,湖北東湖人,諸生。"正是此人。今復列條目。

〔2〕"子壽先生……者"句,語意不清,當是高度評價"毓秀"之著述,"所著"或應改爲"其著"。

〔3〕"煉成五色何斑斕",原文脫"色"字,據文義補。《淮南子·覽冥訓》"女媧煉五色石以補蒼天"。

〔4〕"平",原作"年",據白起長平之戰故事,當爲"平"字。

湖北詩徵傳略卷三十九

歸　　州

西漢

王　嬙 字昭君

嬙，元帝宫人也。帝令毛延壽等圖畫後宫，按圖召幸。宫人多賂畫工，昭君不與。及匈奴入朝，選宫人配之，昭君以貌醜當行。入辭，帝見之，悔恨不及，毛延壽等即同日棄市。《西京雜記》

昭君冢在歸化城東南黑河峯，胡中地多白草，而冢草獨青。《歸州圖經》

范史《南匈奴傳》載：昭君入宫不得見御，因單于求女，乃自詣掖庭令求行。與匈奴生三子，而呼韓邪死。其前閼氏子欲妻之，昭君上書求歸，成帝敕令從俗，復爲後單于閼氏。與《西京雜記》毛延壽昭君索賂之說不符。《前漢書》亦云單于長子雕陶莫皋立，復妻昭君，生三子。惟《琴操》言嬙南郡王穰女，端正閑麗，足不窺門。年十七進于宫，未及見御。會欲賜單于美人，嬙越席請往。後不肯妻其子，吞藥自殺。《初譚集》亦載之，未知孰是。

昭君《怨詩》，將出塞時作也。詩云：秋木萋萋，其葉萎黄。有鳥處山，集於苞桑。養育毛羽，形容生光。既得升雲，上遊曲房。離宫絶曠，身體摧藏。志念抑沉，不得頡頏。雖得委食，心有徊徨。我獨伊何，來往變常。翩翩之燕，遠集西羌。高山峨峨，河水泱泱。父兮母兮，道里悠長。嗚呼哀哉，憂心惻一作慘傷。沈歸愚謂若明訴入胡之苦，不特說不盡，說出亦淺。

呼父呼母，聲淚俱下。視石季倫擬作，瑣屑不足道矣。

尤西堂曰：世人多作《昭君怨》，予獨非之。觀匈奴遣使請一女子，帝謂後宫欲至單于者起。昭君喟然而歎，越席而起。其毅然勇往，略無難色。所以愧漢天子，而實毛延壽之罪也。假使昭君終不自薦，一白頭老宫人耳。即幸而被幸，如戚夫人且害于吕雉，如班婕妤且擯于趙飛燕，豈若可汗閼氏夜郎自大哉？虬髯客寧王扶餘，不與褒鄂比肩，亦雞口牛後之意也。後如御溝紅葉，戰袍金鎖，巧慧女郎，多用此法。不然上陽長信埋没紅顔者幾何，内人斜冢纍纍，何如三尺青塚，尚供古今才人歔欷憑吊也哉？

唐

繁知一

白樂天除忠州刺史，自峽沿流赴郡時，秭歸縣繁知一聞樂天將過巫山，先於神女祠粉壁大書曰：忠州刺史今才子，行到巫山必有詩。爲報高唐神女道，速排雲雨候清詞。白公覩題悵然，邀知一至，曰："歷陽劉郎中禹錫三年理白帝[1]，欲作一詩於此，怯而不爲。罷郡經過，悉去千餘詩，但留沈佺期、王無競、皇甫冉、李端四章而已。此四章者，乃古今之絶唱也。"與繁生吟諷而濟，卒不賦詩。

釋懷濬

唐乾寧初，秭歸有草聖僧懷濬，知來藏往，皆有神驗。愛草書，或經或釋或老子，至於歌詩鄙瑣之言，靡不集其筆端。與之語，呵唯而已。里人以神聖事之，刺史于公以其惑衆，繫而詰之。以詩狀云："家在閩山東復東，其中歲歲有花紅。而今不在花紅處，花在舊時紅處紅。家在閩山西復西，其中歲歲有鶯啼。如今不在鶯啼處，鶯在舊時啼處啼。"郡牧異而釋之。繹其詩意，殆海上之飛仙乎？《北夢瑣言》

國朝

向鴻翥 號小華山子,拔貢生

《遊大慈寺》云:古寺曾鄰宋玉家,江濤門對碧蓮花。雲含牛角峯頭雨,日射雞籠岫外霞。幾卷經殘思白馬,數層塔迥集烏鴉。貪看山色歸來晚,屢乞禪堂獻佛茶。《屈子祠》云:直欲排雲閶闔呼,鵁媒何事妒鴻儒。賢徒幾輩騷相祖,令姊千秋祀與俱。白水鳴心終自潔,丹心貫日究非誣。至今祠宇從清烈,忠節猶堪起懦夫。《吊昭君》云:嫵媚眉痕認遠山,昭君毓秀此村閒。金釵信可安沙漠,鐵甲何勞守玉關。曾自曲中傳素願,休從書裏憶紅顏。若教內治垂徽範,漢史修成不讓班。《步陳刺史昭君怨韻》云:請行壯志有誰同,臨別豐容動六宮。自嫁單于知命薄,不因延壽致途窮。心源抱赤天垂鑒,塚草含青地顯忠。持節馮媛堪並美,錦車來往朔庭空。

向國序 號謹齋,拔貢

《西陵》云:清波溪遠曉烟凝,萬壑東來勢鬱嶒。一路輕舟依石轉,猿聲聽盡是西陵。又"瓦窗漏月知雲散,木葉呼風疑雨來"句,甚清越可誦[2]。

王正笏 拔貢

《河南道中》云:路入中州沙磧荒,輪蹄磨碎客心長。故宮禾黍前朝殿,廢壘烽煙古戰場。白水涓涓佳氣盡,黃河滾滾大風涼。信陵已去侯嬴少,回首停車望汴梁。

王樹桐 字琴軒,咸豐舉人,官同知,有《綠陰山館詩鈔》

樹桐少穎敏嗜學,工詩古文詞,善六法。才名藉甚,公卿折節。及由孝廉官蜀,年已幾艾,歸田後著述益富。

詩經蜀僧雪堂所選刻者爲初集,歸田自刻者爲續集。雪堂評曰:清遠似王孟,而雄奇則蘇陸。其寄興獨往,妙自天生,尤似禪家正法眼藏。王螺洲評曰:五古冲澹得之自然,七古才力富健。五律絶,尤多高調,其工者可駸駕初盛唐人間。七律絶整贍雅煉,圓警流暢,可謂峻坂走丸,長袖善舞者矣。

佳句如:高情屬霄漢,離思渺滄洲。天遠水雲淨,花開鐘磬幽。江流巴子國,日落仲宣樓。官閑猶作客,臣壯不如人。繞屋松陰分綠去,隔江山色送青來。一曲梅花雙管笛,片帆風雨滿船秋。客思不隨流水去,離情翻比亂山多。門無私謁客來少,庭有餘閑花落多。一種秋容癯似我,十分風韻淡於人。賞菊。　山色看當新雨後,書聲聽到夕陽斜。容我讀書原是福,與人謀醉不辭貧。夾岸波濤回赤壁,重陽風雨客黃州。三更夜氣清如水,一色天光碧到秋。素琴三弄水雲淨,孤鶴一鳴天地清。雨餘竹徑添新笋,風過柴門掃落花。近水樓臺涼欲雨,倚窗楊柳瘦于人。縱令蓧竹深留客,未免梅花冷笑人。皆清新雅健,可仿錦囊[3]。

《陳烈婦詞》云:生同衾,死同穴。不同穴,淚成血。一解。眼中血,指頭鐵。不可屈,腸斷絶。二解。斷妾指,代妾死,魂兮歸去如我已。三解。潭有水,瀾不起,血泪啼痕長如此。四解。《題紡燈課子圖》云:萬木盡蕭瑟,空階明月秋。書聲出户牖,燈火隱蘭篝。孤露悲黃口,嚴霜滿白頭。披圖慕慈孝,長爲後人留。《題痛飲讀騷圖》云:天意已沉醉,空山落酒星。三閭悲古調,一盞惜餘馨。書可隨時讀,情難忍獨醒。我家屈平里,幽韻却愁聽。《風便將歸,辭友賞菊之約》云:花爲人留客,風吹我別君。今宵彭澤酒,不碍共論文。日落孤帆影,秋空旅雁群。大江東去水,隔斷鶴樓雲。《別友之楚南》云:薄暮起風雨,孤舟生晚涼。與君江上別,隔日是重陽。白露侵衣薄,青山笑客忙。茲游殊草草,秋信寄瀟湘。《出京》云:到此成何事,空嗟歸去來。風霜雙鬢蝕,歲月一鞭催。失路渾如寄,行歌且莫哀。燕山連楚塞,千里首重回。《竹下撫琴圖》云:大地驚烽火,行囊剩劫灰。我思留客處,誰與抱琴來。離亂滄桑變,奔忙歲月催。披圖感時事,幽興爲君開。

《王郎》云：王郎天壤賦歸歟，鳥倦知還翼未舒。到處看山雙蠟屐，閉門謝客一蝸廬。性情爭奈嵇康懶，禮法休繩阮籍疏。樂與良朋相對飲，南樓清話夜窗虛。《答劉愚安》云：落落襟懷只自知，出山仍是在山時。疏慵未改狂奴態，清麗偏投幼婦詞。太息劉蕡登第晚，翻嫌陶令去官遲。歸心好寄秋江水，露白葭蒼慰所思。《屈大夫祠》云：澤畔行吟遠帝閽，三閭心事向誰論。地亡空自餘臣憤，天問終難悟主昏。祇許賈生堪合傳，却憐宋玉爲招魂。美人香草傳忠愛，賴有《離騷》一卷存。《訪楊升菴故宅》云：西風落日太蒼涼，薄薦蘋蘩寄慨長。一哭同聲驚北闕，千秋大筆付南荒。簪花聊釋孤臣憤，叢桂空留故宅香。三百餘年老文獻，至今猶說狀元坊。邑中有狀元坊。《雪竹》云：六出雪花飛，低壓萬干个。清風颯颯中，定有高人臥。《過山莊》云：石徑傍山斜，結茅三兩家。門前溪水綠，流出野桃花。《訪友》云：花下尋幽徑，花迷路不通。那知幽士宅，即在萬花中。《早行》云：板橋人跡往來稀，獨着吟鞭馬上揮。紅日未升清露滑，滿山空翠濕人衣。《即事》云：春來春去柴門靜，花落花開小院幽。一片白雲山下起，被風吹過水東樓。《西陵峽櫂歌》云：千山千水朝白狗，三朝三暮見黃牛。黃牛白狗色如故，灘上漁人多白頭。《舟過鴉磯》云：卸却征鞍泛小舟，秋深孤渡蓼花洲。可憐夜夜鴉磯月，照送行人盡白頭。《晤聶丙生》云：瞥見潘郎鬢已絲，老年同話少年時。夷陵洗墨池邊水，曾浣丹毫共賦詩。

長　　陽

明

彭世璵

《漫興》云：黃葉前村路，何年此結廬。行吟流水遠，耽寂故人疏。心事三更月，風雲一卷書。門前無俗客，問字有停車。

劉正甲

《望香爐山》云：何年煉金鼎，縹緲結靈峰。塞雁一聲過，寒山深萬重。晴開雲壑透，瘦失午烟濃。會約好奇侶，相携訪竹筇。

國朝

饒世榘

《西陵》云：江流觸石浪成堆，帶繞孤城實壯哉。山勢遠從煙際束，峽門高向日邊開。累朝霸業埋焦壞，萬古灘聲走巨雷。天險由來藉人力，時清不必問雄才。《石門洞》云：洞天闢破一峰青，中有仙湫地最靈。谷應虯鳴泉助響，潭飛龍沫水餘腥。懸巖曾散崇朝雨，碎石長留萬點星。我欲求仙訪月峽，煉丹人去剩空亭。

馮廷鎬

《山行得句》云：我生有奇尚，未許置丘壑。茲行入山深，亦且快心目。山色多鮮明，一一避平熟。山背掩山面，山頭枕山足。長藤纏山腰，險石破山腹。巨山巍然尊，小山俯而伏。一山爲前驅，衆山若追逐。兩峰判陰晴，半嶺互寒燠。岩幽通古泉，澗斷臥枯木。高低形屢換，橫側景不復。千態與萬狀，詎可數更僕。嗟予本勞人，輪蹄久碌碌。此中得佳趣，已占清閒福。以詩紀其事，愧未脫陳宿。誰與興方酣，落筆搖五嶽。

劉　珏 貢生

珏少負雋才，溺苦于學。詩古文辭，卓然成家。而顛躓場屋以老，士論惜之。

《山行雜詠》云：一徑入層雲，俯視但深黑。參天松萬株，拔地百千尺。時聞啼鳥聲，不見人行迹。捫蘿踏秋月，仄徑圍深松。夜半聞清籟，有鶴盤孤峯。寂然招不下，浩欲乘天風。

譚　楚 字翹庵，貢生，官訓導

《官山晚眺》云：數聲風笛起漁歌，鼉渚西沙奈客何。白鶴觀前芳草歇，青龍寺外暮烟多。詞人深致絲絲柳，估客歸懷疊疊波。欲訪隋唐沿革地，荒苔斷碣一摩挲。

彭　淑 號秋潭，乾隆舉人，官知縣，有《秋潭詩集》、《蟾芝集》

淑善書，工詩古文詞，有治才。官江右廿餘年，所至有聲。清愼自持，不事奔競，故僅以百里終。

馮星實先生曰：學欲博，才欲贍，氣欲養，膽欲煉，格律聲調欲變化揣稱，皆詩人後天之事也。求於性情，則可謂知言矣。秋潭之不可及者，其在性情乎？

胡雒君曰：王李靡天下之風，億口同聲。公安、竟陵一新耳目，七子幾於絕響，不可謂非一時之豪。近有命壇坫者，爲靡靡之音，輕薄少年趨之若鶩矣。風雅正宗，一燈未息，吾知他日長陽廓清之功，未屑與公、竟同論也。

楊少晦曰：近日所號詩人，皆鶩於語言馳騁之功而止，未有能爲秋潭之所爲者。如《去弋陽》云：從古斯民無厚薄，祇今此事最艱辛。又云：估客休誇水碓米，秋田半種落花生。又云：芻多心事難言說，有底循良愧頌聲。《生日》云：不求時世賢，誰能缺正供？《示諸生》云：但念風氣頹，挽回力無餘。豈無一杯酒，中懷慘不舒。凡賢者，憂民之誠，忠於民之事，與所不得爲而不能自已之意，惻然具見。他如：稻氣水風凉，山深六月寒。《暨宿五臺庵》詩，皆力追唐賢，蟬蛻塵濁。　又曰：七言古體之豪健，近體之流逸，足與宋元名家相上下。五言則本之晋魏,而天機清妙,得力於唐人尤深。古體中《聞鄰船夜語》一篇,尤爲卓絕。其指事類情,告哀托風,固達於小雅詩人之志。而辭氣高古,節族微妙,正使人得諸繁復迂拙之間。

趙竹岡曰：少晦所標舉皆爲允愜,《鄰船夜語》一篇,洵尤沁入心脾。就近作論之,如：使者心肝能奉主,將軍廉恥可論兵。罪言兵論宜今日,更憶平生杜紫薇。辛苦何曾怨行役,祇如原是看山來。此類數十聯,樂天之志,憂世之懷,肫然在抱。

惲子居曰：秋潭沉毅喜學問,能文章,切言高論。所歷弋陽、崇仁、瑞金、吉水,振綱舉凡,鼇條搜目,期于大適而後已。

佳句有可採者,《秋風》云：長松夕照忽搖影,落葉空林時有聲。《懷人》前四句云：照人肝膽存青眼,臥病江湖狎白鷗。苦憶通州官舍樹,難忘燕市酒家樓。病起江湖生別夢,秋來天地入孤吟。故人已有他年約,世事須關我輩心。朋尊剪燭聯今雨,幕府論詩憶古人。百粵遊回雙鬢短,諸侯客遍一身貧。相思舊雨非今雨,惆悵逢君是送君。青藤老作諸侯客,小杜偏工幕府詩。官身苦似服輓馬,世路難于上水船。風日佳時思客共,江山好處覺身輕。《籠鶴》云：素羽雖然能潔白,青雲何計得縱橫。《修禊》云：上巳號爲名士節,暮春原是麗人天。年年草色如江水,處處花枝是故人。青衫白髮人間有,快雨清尊我輩同。《寒食登滕王閣》前半云：江干飛絮替人愁,有客傷春最上頭。插柳人家多近水,吹簫天氣獨登樓。《闈中詠藍筆》云：只道丹心能化血,却看良玉已生烟。五言如：風雨思君子,江湖惜故人。江山歸著述,事業在林泉。《贈陳愚谷》句也。又第五首云：於此一扁舟,平生黃鶴樓。行吟聊澤畔,揮泪即江流。此夕爲何夕,今遊感舊游。烟波無限好,渺渺共予愁。桐陰山路淨,稻氣水風涼。將秋蟲已覺,未老髮先知。數十聯俊逸沉雄,各極其妙,洵開山巨手也。《瓶隱齋筆記》

舒白香曰：讀《書彭家口草廬詩》,清聲亮節得之天。人賞其才,我賞其才力所不到處。《觀奇石詩》,想見作者具許大智慧,讀破萬卷,俯視浮雲,舉目有千秋之歎,爲可敬耳。《上張大夫》古風七首,興寄高朗,不亞山谷。《上子瞻》古詩,"轉至散材效微勞,亦復豐藜蒿",尤見卓識。《院中賞桂花懷錢香樹詩》"花下定知無俗骨，人間何處求仙踪"，與"即此花身是香樹"等語，酷似坡公。《廬州哭王鬱林》詩，格昧是漢魏閒人，熱腸冷眼落落難合者，乃情至耳，讀之使人增傾蓋之誼。《廬州戲詠詩》云：花枝艷雪小家女，鵝兒淺黃釭面春。不辭醉倒金釵側，亦恐難爲臥甕人。戲詠，詩人多不經意，此真深味唐音，有得心應手之樂。看他對起雙收，自然合拍中意匠。又《定光縣曉行聽擔上雞鳴詩》，題目奇，詩奇，意絕可痛。至能作"時至不肯閟其聲"、"物性至誠無利害"等語，則又非詩人矣。

《定光縣曉行聽擔上雞鳴》成句云：野人籠雞入市賣，出門一燈茅店明。霜花壓擔春寒曉，肩上胭膊雞猶鳴。此豈知命有懸處，時至不肯閟其聲。物性至誠無利害，細推可以感人情。《風波港謠》云：東風上水懽，西風下水樂。君看歡樂時，終愁波浪惡。《雜詩》云：上山採薇，與子療飢。日暮途遙，苦雨沾衣。結交雖多，不如獨處。我思古人，可與晤語。月落烏啼，閶闔門開。羣仙招手，花影蓬萊。一飯沾恩，没身不朽。天下之士，豈無杯酒？載馳載驅，勿忘步塵。將安將樂，勿忘故人。《雨後》云：雨餘爽氣生，夕陽照林薄。野泉奔別磵，晴虹下幽壑。已看庭草滋，更惜巖花落。延佇空搔首，春情自漠漠。《摸椿行》賊初起時，將至一村集，必先得其里一人。夜則縛以入其里，使之以姓名捶門，門啟即殺先縛者，而又縛此人。入其室搜殺已，即又以所縛者叩鄰之門，門啟亦如之。搜殺盡，一村人無覺者，謂之摸椿云：夜半黑風吹怪雨，前驅豺狼後猛虎。鴟鵂嘯羣作人語，妖狐頭戴髑髏舞。犬不吠，雞不號，鬼伯叩門求其曹。以火來照揮霜刀，殺人如草無喧囂。東鄰殺盡西鄰及，問客何來開門揖。千門萬戶排闥入，男婦駢頭但柴立。尸骸撑拄如丘山，祝融入夥飛炎烟。以人爲燭光灼天，羣魔血牙飽腥羶。千牛炙，萬石傾，上馬捫腹腹彭亨。平原廣廣縱且橫，不聞哭聲聞笑聲。摸椿摸椿在何處，千村萬落條條路。白蓮花死不迴顧，搖旗打鼓前頭去。《秋夜讀書圖》云：秋林不可極，茅屋亂峯深。指點讀書處，幽人何處尋。風吹松桂響，鬼伴薜蘿吟。君聽寂寥夜，琅琅空外音。《守風大孤山懷謝讓堂》云：美人隔秋水，白日澹湖光。岸遠蟬聲細，天高雁影長。晴波捲霜雪，別浦入青蒼。憶爾一尊酒，篷窗詠夕陽。《九日蘄春舟中懷陳愚谷》云：山色近黃州，西風吹暮秋。大江重九節,獨客一孤舟。古意憐鷗靜,鄉心與雁謀。因懷愚谷子,久被白雲留。《風木圖》云:樹靜風不止,孝子怨何深。寫出終天恨,能傷萬古心。夕陽照流水,萬壑動哀音。苦調題圖畫,淒淒不可吟。《偶吟》云:東風未送柳條綠,已有南雁鳴北林。春至誰知二月好,別來況是三年深。天寒翠袖倚修竹,日暮幽齋橫素琴。徑欲從君摘杞菊,煙波淼淼愁人心。《謝弋陽縣事》云:如此江山如此人,一回酹酒一沾巾。夷吾江左陳丞相,處士皇元宋逸民。尚想精靈猶昨日,只論文筆已千春。吾曹不朽知何在,陵谷空勞悵望頻。《縣齋後圃寓目漫興》云:爛草堆邊瓜苦肥,成蹊樹下綠陰稀。黃鶯選樹工調舌,白鳥嚌人巧避揮。有約風隨飛絮走,無情水逐落花歸。悠然駐目寥天外,一片晴雲過翠微。《傅靳溪山行》云:信美山中採蕨薇,麥田驚起野雞飛。東風似遣知春晚,亂灑桃花上客衣。《士女》云:天然格調是天人,一朵頹雲看不真。寫出名花如靜女,東風吹曉漢春宮。《京口望秣陵》云:風月三千碑萬本,江南才調擅風流。秦淮夜雨秋墳哭,京口詩人也白頭。《道中詠新柳》云:枝上晴烘雪未乾,行人走馬店門看。千絲萬縷春無主,約住東風作晚寒。却上臨淮舊酒樓,風枝和影蕩簾鉤。天涯與汝真相識,青眼看人到白頭。又句如:秋風簿領人空老,舊雨江湖夢亦稀。與世浮沉聊復爾,令公喜怒又何人。西風殘醉吹難醒,曉日青山喚欲應。古來天地存青眼,我輩江湖有素心。乾坤浩蕩容名士,時勢艱難出異人。軟塵隨我渡春水,倦馬依人立夕陽。我輩窮愁惟有骨,詩人歌哭豈無端。愁多安得有酒伴,才退漸覺無詩情。好把功勳歸汗簡,難將官職換名山。難脫青山還酒債,都將白髮換才名。江山好處多秋興,戎馬中間有故人。皆妙。

《風騷續編》

《雨後》云:雨餘爽氣生,夕陽照林薄。野泉奔別澗,晴虹下幽壑。已看庭草滋,更惜岩花落。延佇空搔首,春情自漠漠。《空館對雪懷故園因憶城南諸友》云:小圃積瑤華,霽雪澄清夕。清光射巖扉,寒色帶松石。飢烏啄枯樹,凍犬臥簷隙。挑燈動微吟,幽意忽不適。迢遞射堂村,蕭條楊子宅。南村數枝花,板橋幾兩屐。歲暮關河深,歸夢阻疇昔。一聞蕭寺鐘,更懷城南客。《晚泊九江》云:寒碧一江橫,餘霞向晚晴。秋深元亮里,潮落灌嬰城。暗浪搖燈影，迴風帶雁聲。蘆化溢浦岸，桹觸去年情。《送徐玉田寶麟署南安郡丞》云：太息天涯日暮雲，故人落落少知聞。相思舊雨非今雨，惆悵逢君是送君。也恐青衫愁司入馬，誰將蠻語問參軍？好烹一掬芙蓉水，消受梅花到夕曛。《束軒題壁》云：露下木樨香滿庭，秋堂燈影夜深青。微寒又作瀟瀟雨，聽到梧桐酒忽醒。《黃州憶章門諸子》云：大江春水拍天流，萬頃波中一葉舟。南浦故人相憶否，斜風細雨過黃州。《湖海詩傳》

《鄖陽》云：岸嶼雲低夕照沉，烽煙凝望氣蕭森。泛舟轉粟關河晚，牧馬防江歲序深。豺虎風生窺月暈，魚龍水落偃秋陰。金城千里思飛將，徙倚難為上堵吟。《晚泊九江及送弟還里即呈長兄，時寇氛未熄，兄猶領鄉勇從征也》云：黃柏山前擐甲趨，不知消息近何如。弟兄垂老干戈裏，妻子驚魂涕淚餘。病臥風塵悲伏枕，愁深兵燹盼來書。二千里外春三月，歸夢隨君到舊廬。《國朝雅正集》

李宗瓚　萬華

《靖安道中》云：千畝蕭蕭竹籟寒，孤村閒抱夕陽殘。亂山滿目客行路，溪水一篙舟在灘。雞犬聲從雲外落，松杉影在鏡中看。不須更問桃源渡，此地由來號靖安。

萬華《舟泊靖安，聞竹林書聲》云：深山靜無門，幽岩搖空青。時聞竹籟響，入耳清泠泠。誰與帶笠者，且行且讀經。蕭然若世外，栩栩遊虛冥。豈獨輕軒冕，且復忘其形。倦臥竹根石，閒憩竹下亭。俯仰皆自得，天地亦空靈。鳶魚活潑潑，鏡月常惺惺。嗟余冪塵網，奮飛無羽翎。何時從之遊，默坐叩玄扃。

李氏代有作者，別有名之芳者，亦工詩。

譚大勳　字力臣，道光拔貢，有《習靜齋詩稿》、《力臣駢體文》

力臣性敏嗜學，博通載籍，留心經世之務。名場坎壈，旅食諸侯，非其志也。詩力追盛唐,于婉麗之中,極夭矯嶔崎之致。七古間師坡老,澎湃浩渺不可涯涘。秋潭名滿天下,而力臣以窮老終。才人有幸有不幸,至境地所至,則未容漫爲軒輊也。

　　古近各體皆精,錄其尤者。如《和張曉峯都轉重陽後一日同登黃鵠磯作》云:黃鵠磯臨大江水,高凌垣堞低頭陀。使君招我同登眺,蜿蜒徑闢青巒過。兵燹之餘始一到,頽堛敗瓦悲崇阿。舊雨大半青燐化,或終牖下戕矛戈。冷巷潛行避年少,裘馬時時防嗔呵。茶舍寬閒容小憩,但有茗飲無笙歌。收拾乾坤入望眼,吐納湖海添層波。江山四顧莽空闊,鷓鴣不來噪燕雀。菊花未向尊前開,紅葉偏從天外落。仙人樓燬笛無聲,才子魂銷筆久擱。今日與君補重陽,也算姑行及時樂。君不見江濤日夜東南流,人物銷歇千萬秋。登臨徒生廣武歎,感慨誰共長沙憂。又不見唐季遠煩回紇助,原野歲苦繪幣搜。吐番裹甲劫盟會,將相自啟參商讐。藩鎮跋扈軍帥弱,興元道險奔龍驦。乃知外患基内閧,遍逃人都奸宄尤。安得鞭笞中行背,木梟元海頭。西望瑤池見王母,招回霞帔雲裾儔。走也覽古增感喟,靖邊策獻途末由。就令破格用人國士待,也應位卑言高來衆咻。何如從君覽名勝,捫蘿附壁探岩幽。置身絶頂招黃鵠,狂歌豪飲凌滄洲,一洗今來古往之深愁。《荆州旅感》云:風雨荆南暮,淒涼滯客舟。疆迷熊子國,秋老仲宣樓。芳草滋離夢,斑衣愧遠游。故鄉三百里,漂泊感閒鷗。宋玉悲秋日,桓公宴客年。風騷千古思,賓從幾人傳。落帽臺仍在,誅茅宅已遷。我來空灑淚,今古此山川。《劉乙閣藜照文學詩草》云:奇士今東野,名山古繡林。土風唱流水,小雅托哀音。遊子關河淚,美人遲暮心。陽春儕下里,淒絶鳳鸞吟。《荆州》云:華籙分封地,菁茅入貢州。蠻方周小國,伯業古諸侯。夢澤遊何屢,夷陵火未休。扞關仍載甲,徒倚大江流。鼎足爭炎運,三分此一方。江山留正統,風火翼真王。兒女情何有,蛟龍志未忘。白衣搖櫓日,誰識漢封疆。王氣無江左,蕭梁此建壇。附庸開小局,大敵倚長安。萬卷圖書盡,全家骨肉殘。渚宮尋故事,江水不勝寒。太息羅城啟,藩封一代尊。分桐來帝子,泣路感王孫。龍種銷兵劫,鶯花念舊恩。杜鵑歸不得,何處爲招魂。《有感》云:海宇恬熙日,蠻方蠢動時。烽煙傳桂嶺,兵甲盜滇池。撲滅非無策，招安亦有詞。四郊民困久，何以慰瘡痍。劫奪村村急，萑苻處處屯。煙迷三里霧，鬼哭幾家魂。陸掠舟仍繫，廬空火尚溫。亦曾嚴緝捕，情事總難言。五嶺峯藏霧，三江水聚波。龍眠春夢穩，豹隱夕陽多。雜氣鍾劉龔，雄風啟趙佗。天生強悍種，獼薙待如何。地擅金珠利，家藏械鬥資。揭竿皆此輩，賣劍有前師。蟻穴堤能潰，烏巢幕豈支。冥冥炎海望，陰雨未來時。草竊成奸宄，先聲壯綠林。達官汙賊手，小挫失軍心。任負荷戈重，憂來伏莽深。常山能伏節，望古一霑襟。兵將不相識，誰能軀脰捐。戰爭非素習，召募亦徒然。鐵騎充羸卒，銀槍舞妙年。可憐村舍護，處處斷炊烟。大將從天下，番夸靖海濤。橫腰無珮玉，報國有鞸刀。士氣千秋壯，勳封五等高。長城金共倚，慎勿厭戎韜。望遠愁羈旅，憂時感布衣。才難盤錯試，計拙去留非。黨惡誅仍在，家書到更稀。故山真樂土，何日寄當歸。《重有感》云：嶺外萑苻擾，蠻中歲月遷。空齋餘涕淚，獨坐感烽煙。觸目皆封豕，傷心托杜鵑。星岩一憑眺，淒絕此山川。沴氣鍾妖蠱，蠻天釀夕陰。禍生千里外，癰養十年深。種落皆蕃衍，邊陲懼陸沉。時平高坐鎮，誰切豫防心。火雉投營畔，池鵝鬧水涯。兵糧齎寇賊，士卒幻蟲沙。撫劍凋虹氣，抽刀愧虎牙。平生名將數，刁斗夜頻撾。團練非無將，山林亦有才。老臣仍執戟，國士豈登臺？流俗紛相妒，英雄肯自媒。鼓鼙聽日夜，望眼幾時開。《重至漁洋關，晤賴鏡河，話舊有作》云：二十年前廣座賓，三千里外倦遊身。名山遍閱歸仍客，舊地重來夢亦真。親故凋零紛涕淚，田園寥落悔風塵。飛鴻爪跡漁關在，誰是黃公壚畔人。《鸚鵡洲吊禰正平》云：詞客久隨鸚鵡去，我來憑吊此芳洲。才難濟世文何用，狂竟成名死不愁。季漢聲華無七子，大江封樹已千秋。漳河疑冢今仍破，莫向阿瞞罵未休。《郢中雜詠》云：南汝金商割郡州，三邊控制小諸侯。百年節鉞誰名宦，萬古荊襄此上游。廣谷大川分地險，秦鋒楚銳劃邊愁。我來憑眺思原傑，祠宇荒涼感暮秋。極天橫地古巖疆，作鎮今仍重此方。鼙鼓頻年思將帥，妖氛累代起均房。營開細柳春風暖，旗換深秋夜月涼。千里金城籌未雨，從來謀國慎邊防。《九日獨登滕王閣》云：崇阿猶在閣公逝，百尺崚嶒眼獨開。豈有賓朋千載盛，幸無風雨一身來。珠簾畫棟仍仙館，秋水落霞誰異才。天外茫茫憑眺共,夕陽無限雁飛回。《江南春思圖送人還吳》云:溪山無恙問姑蘇,花柳千行證畫圖。歸思定緣春思長,不關江上有蓴鱸。皆不朽之作。

《習靜齋集》中如《五代史》、《樂府》、《生日》、《仿少陵七歌》、《湘蓮曲》,皆足頡頏古人,不愧作者。其《詠春柳》有"十分春護水邊樓"句,尤婉麗。

彭人檀 字香樹,道光舉人,官訓導

《課諸生》云:蓓檻招羣彥,東風橐筆來。斯人都沉瀣,此地接蓬萊。苦勵三年學,狂思一石才。池中有神物,隱躍待輕雷。《木杪仙人洞》宋寶祐中,清江郡守王公挈僚佐遊摩崖題名,迄今幾五百年,無問津者。夏五,偕友共詣,賦詩紀遊云:卻訪仙家洞口春,輕輿小駟問前津。江山暇日容吾輩,賓從高風憶古人。尚有烟雲通尸牗,能無金石委沙塵。林巒如此偏蕪没,莫爲方隅悵隱淪。彭氏亦多俊才,有名溁字麗亭者,以"絕巘雲隨人上下,長江天塹蜀西東"句,傳于時。

李鴻敏　嗣濟

鴻敏有才名,僅傳《觀音閣》句云:露滴飛泉晴蘸雨,陰流古殿暮浮烟。李氏多聞人,又名嗣濟者,有《藏書洞》云"洞門生意常留草,隴樹春風不到秋"句,亦有作意。

楊福煌 號暉庵,拔貢,有《六山詩草》、《漁洋小記》

福煌詩才雄傑,惜不多見。《卓筆山贈關鼎三》七古後半云:山靈愛君詩胆大,佐君善詩兼善畫。詩中有畫畫中詩,詩畫雙清筆無價。卓立孤高氣象尊,衆峯羅列似兒孫。漢水爲池天作紙,倒寫雲烟無墨痕。君有筆,山有峯,筆力健,山勢崇。君自握筆山之東,試問山峯與筆孰豪雄。尚有興會。

關 福號鼎三,諸生,有《補閑吟》

《峽口漁唱》云:峽口層巖欲暮天,漁郎盡似武陵仙。歌聲半雜溪聲遠,一樹垂楊一釣船。《連山晴雪》云:連山積雪白如銀,恰到天開景愈新。斜日石梁巖畔路,梅花香送跨驢人。

饒錫光字東樵,拔貢,官府經歷,有《東樵贅語》

錫光與兄覲光夢石孝廉,有雙璧之稱。

《舟發資址》云:大灘吼奔雷,小灘激飛鏃。怪石猛虎牙,蛟脊勢起伏。一葉下中流,奔騰電影速。膽落駭驚濤,據舷蝟毛縮。耳邊獰颷號,眼底怒波簇。灘過浪欲平,形神仍觳觫。仰視峽堂惶,嵌空潰懸瀑。宿霧補斷崖,野猿啼深谷。仄徑稀人烟,危嵌結茅屋。櫓背認桃花,老樹雜惡竹。我本烟霞客,江湘任信宿。北逾黃河險,南窮洞庭目。西行溯巴峽,東流指淮瀆。怓憛事多違[4],半生徒碌碌。灘勢雖云惡,舟楫猶往復。以此感人心,風波日反覆。平地坎窞生,談笑機械蹙。舉足一不慎,此身何可淑。非不愛林泉,何時成小築。垂釣水悠悠,採樵山矗矗。桑麻話村翁,錦囊負奚僕。薄田收黍稌,一甕春酒熟。《任少府邀同楊審巖大令遊觀音閣》云:傑閣臨江一徑開,塵衫破帽共追陪。花分潘岳城間種,人自陳琳幕裏來。野水聲流烏石澗,晴嵐光墮白雲杯。談深那計歸途晚,戒夜山鐘不許催。《秋夜》云:繞戶溪流淨一涯,荒園薜荔四圍遮。半池露冷圓荷葉,滿架風涼扁豆花。琴劍歸來猶有夢,江湖老去已無家。長空雁斷懷人遠,思向烟波訪客艖。

興　山

國朝

彭光烈

光烈少年嗜詩古文詞,應試赴郡,恥其鄉學之陋,毅然有志於聖賢。發憤向學,習俗爲之一變。詩筆苕秀,有"三月桃花人薄命,一村流水客消魂"之句。

李　華 字實生,同治舉人,官主事

華本浙人,父官邑尉,有惠政。没,貧無以歸,遂著籍。性敏嗜學,尤工書,惜未中壽而卒。

實生爲吾友劉璞齋孝廉高弟子,曾誦其《題山居圖》五律云:讀畫萬峯巓,幽棲别有天。煙霞三島外,雞犬五雲邊。不改羲皇俗,何知晉魏年。瑯環清福地,望氣已如仙。

巴　東

唐

巴佚民 姓字不傳,疑出三唐

《峽中行者歌》云:巴東三峽巫峽長,猿鳴三聲涙沾裳。巴東三峽猿聲

悲,鳴至三聲,聞者淚沾衣。《楚風補》

明

楊遇春_{永樂舉人,官司諫}

《野寺踏青》云:春晴踏翠過清溪,茂樹風輕幽鳥啼。弱柳幾株臨淺水,落花數片點香泥。莓苔曲徑逢僧話,寺壁浮埃待客題。倒著接䍦山簡醉,夕陽歸馬小橋西。

向九州_{嘉靖貢生,官同知}　維時

《次寇公題山寺韻》云:青山環古寺,江水杳津涯。倦鶴投孤嶼,驚猿過別枝。花香風外渺,樹影月中移。騷客分僧供,殘鐘不失期。

維時,明季諸生。《定亂》云:定亂知何策,中宵淚眼橫。死生原有命,憂樂總關情。鹿逐天難問,梟鳴夜有聲。賈生今不作,痛哭枉談兵。

朱　相　登用

《題山寺》云:春簪曉鵲聲錯落,一洗江天散雲幕。愛取梨花春酒香,攜樽無負山中約。花盈高樹柳盈川,尋芳自有春風樂。歌殘酒散喚奚奴,荷鋤雲裏尋靈藥。

登用《遊壽寧寺》云:李白桃紅鬪春麗,禽聲自合香風細。勝景撩人逸興生,踏翠溪頭笑連袂。一杯酒勝身後名,春光肯遣蹉跎逝。狂歌大笑出山門,巖穴雲歸雨初霽。

司世教

《秋風亭故址》云:秋風亭上秋風起,風散荒亭咽江水。臨風懷想構亭

人,將相勳名垂宋史。於今宋祚已成空,漫道雷陽老寇公。惟有巴山頭上月,年年依舊伴秋風。

湯　相

《遊山寺》云:尋幽覽勝愛攜朋,小店馨香酒甕澄。花笑溪頭遙迓客,馬穿雲裏屢逢僧。遊人癖有風騷樂,老衲空談小大乘。坐石山門看絕景,古松高掛倒天藤。

譚　祿

一川野草添新色,兩岸啼鶯感舊遊。

國朝

柳大蔭

《黃牛峽武侯祠》云:西川誰薄帝王州,亘古風雲最上頭。缺陷伊周一孺子,卑微管樂兩諸侯。荊江勢阻偏安蜀,天日光分尚帝劉。異代蕭條祠廟在,灘聲猶自咽黃牛。

長　樂

明

田九齡 字子壽,有《紫芝亭詩集》

九齡同懷八人均習儒,少從華容孫太史學,萬曆間補諸生。耽書史,喜交游，足跡遍兩都，相與倡和者多當時名彥。詩冲淡大雅，聲調諧和，武昌吳明卿爲之序。容美司以詩名家者自九齡始，田元以下及五峯司張之綱輩，皆繼起者也。

《秋色》云：秋色隨鴻到，人情逐水流。滄浪洲上月，身世兩悠悠。鴻雁天邊度，流年暗裏過。黃金與白髮，莫漫怨蹉跎。《登五峯山懷鵬初兄》云：步出遙天騁望奇，白雲寒色坐相思。談詩澤國銜杯處，折柳章臺握手時。對客何曾羞犢鼻，逢時翻自悔蛾眉。怪來不遣三秋鴈，南望蒼梧莫可期。《醉後即事》云：試摘繁香泛叵羅，夜來明月隱天河。愁臨弦管歡娛少，坐老風塵慷慨多。棄婦豈應工媚態，酒人時復發狂歌。乘酣拔劍聽雞舞，卻怪雄心未耗磨。《閨怨》云：郎逐征人去，書隨塞鴈來。莫將沙漠外，劃卻望鄉臺。

張之綱字中孚，五峯土司

之綱父應龍，常從胡宗憲于萬曆間出征播州，封武略將軍。雅好詩書，手不釋卷。工四六，善詩歌。五峯張氏代以文雅相尚，皆其所開也。八子均延名師教之。之綱性剛寡欲，博通經史，廣交名士。羣從皆能詩，之綱尤清矯拔俗。《世述錄》稱其人人有集，奕葉清芬。蕞爾山徼間，尤非易致。惜集多不傳。

田　元 字太初，容美司，有《秀碧堂集》　子霈霖、既霖

元世襲宣撫使，崇禎初年，中原寇發，遣子霈霖輩援剿襄、鄧、房、竹間，所至有功，晉宣慰使。嗜文喜士，春秋佳日，名流宴集，笙歌酬倡，爲當時所艷稱。

《甲申除夕感懷詩有序》歲運趨於維新，老人每多感舊。余受先帝寵錫，實爲邊臣奇遭。赤眉爲虐，朱芾多慚。悲感前事，嗚咽成詩。以示兒子霈霖輩，各宣欲言。遂相率步韻，命曰《笠浦合集》云：飛光悲臘盡，一夕向今年。坐歎龍髯杳，誰攀羲轡還。

舊恩難遽釋，孤憤豈徒懸。縱說青陽好，笙歌輟市廛。兒童未解意，柏酒過相勞。曾飽誰家粟，難看改歲桃。酸心聽畫角，伏枕厭鈴軹。逆數經年過，驚蓬轉泛舠。終歲蹉跎晚，重新可奈何。愁先青鳥至，眼轉白駒過。往事歸春夢，流光付逝波。未堪言代謝，意氣隱消磨。隔宿分新舊，斯時匪往時。閑心嗟過客，冷眼盼殘棊。虛抱三閭憾，誰將一木支。許多慷慨意，寂寂壓雙眉。燈燭輝如畫，庸關守歲心。繁華暗欲歇，歌鼓漫催深。柏酒仍同昔，辛盤少頌今。等閑佳節候，歡喜變悲吟。《送文鐵菴先生往施州》云：對此新亭酒，寧堪麥秀悲。救時雖有略，用武欲何施。遵渚瞻鴻羽，宣麻輟鳳池。愁聽望帝血，淚灑峴山碑。北闕勞魂夢，東山暫委蛇。幸邀安道訪，難釋紫芝眉。炊黍遵前約，牽衣問後期。竹郎餘勝概，石室有芳規。教澤原無遠，從來照不疲。又《贈相國》有"文能移俗居何陋，經可傳人隱亦賢"句，亦蘊藉可人。

霈霖字雙雲，官本司宣慰使，有《鏡池閣詩》。《和大人除夕感懷》云：心惝無所似，梅蕊飽胸酸。共濟憐秦越，和衷愧范韓。危言朝野少，死事古今難。白馬清風渡，何人問故官。皇皇堪自吊，痛在失君時。往事三更夢，浮名一局棋。長吁歷魏晉，屈指算干支。莫作宜春字，看來不展眉。兵戈驚滿眼，都是赤眉塵。長嘯書空字，捫心叩淨因。鬼呼新夜雨，人怯早花春。但得親甞健，長纓自許身。轉眴光陰疾，難更不染心。山河愁世改，帶礪想恩深。歷數渾非舊，人情頓是今。《離騷》聊自展，一讀一悲吟。《陪文相國觀雨中白蓮》云：淨洗鉛華曉鏡中，清香披拂倚微風。不移玉井千年色，較勝西湖十里紅。贈佩解憐珠粲粲，凌波偏稱雨濛濛。當筵幸有瀛臺客，詠賞應拚醉碧筒。

既霖字夏雲，元仲子，繼兄為宣慰使，有《止止亭詩》。《和大人除夕感懷》云：獨憐將盡夜，反側自忘勞。莫問連昌竹，空悲露井桃。堂階停舞袖，樂部罷鳴軹。把舵無三老，驚風任掣舠。書生敦大義，豈盡諉儒酸。繭足誰存楚，揮戈孰戰韓。遐思創業苦，方信守成難。漫遣今宵憾，能言不繫官。承平十一葉，令節鬧紛奢。詎意鴻鈞轉，俄成鑄錯差。愁聞新曙鼓，痛惜舊天家。定省今宵事，明王夢已遐。歲序將分日，留連共此時。樽前頻看劍，燈下懶敲棋。誰任神州責，還祈半壁支。五陵佳氣在，未必盡朱眉。坐歎山河舊，蕭蕭舉目塵。杞人憂已久，梅市諫無因。祖享誰家臘，王正改歲春。來朝望北闕，還是歷朝身。獵火照山林，梅花驚我心。唧杯留夜永，剪燭忘更深。魚袋佩猶古，銅駝感見今。壁間蟲語響，唧唧似秋吟。《淮陰侯》云：四百炎劉一手提，侯生難保況王齊。從來縛虎屠龍客，未有機權制牝雞。《鄂城懷古》云：百戰山河感慨中，荒臺何代舊王宮。霸基幾度歸秦火，故物千年泣楚弓。月冷兔園賓客散，香銷巫峽雨雲空。相過無事頻回首，自古興亡恨總同。《楚詩紀》

田　圭字信夫[5]，容美土司　子商霖

圭，元弟，沉重喜學，好賓客，耽文史，詩娛酒情，著作富有。與姪輩人自一集，經東湖文鐵庵相國、華容嚴平子太史評騭點定，爲一家言。

長樂舊爲長陽地，禹貢荆梁之域，秦漢皆入版籍。《通志》謂元以前爲蠻荒地，明初始置土官以羈縻之，國朝雍正始改土歸流。土官多尚武略，容美田氏頗事詩書，至圭尤崇尚風雅。舜年酷嗜文藝[6]，善爲古文詞。嘗徵江漢名流，輯《廿一史補遺》。計日自課，某日讀某經閱某史至某處，用小印志之。故所著撰，皆典贍風華。

《山居詩》云：編竹爲籬壁，自愛樸而古。烟雲繞我廬，趺坐鳴天鼓。一溪鴨頭水，兩岸鶯嘴花。有酒常閑酌，宛然陶令家。《留別伯兄》云：雙溪橋下杜蘅香，雙溪橋上客斷腸。馬首西東各分向，欲行不行春恨長。

商霖字珠濤，博士。《天鼓鳴感賦》云：上天本無言，奚爲敷有聲。搔首問碧落，毋乃亦不平。既非絲與竹，又非鏞與鉦。陰陽自摩蕩，其音何錚錚。初如風雨驟，又如波濤驚。須臾似蜂攢，變作沸金羹。仿佛非一狀，使我心怦怦。嗟彼殺機發，淫氣干太清。星辰木石怪，亦足兆佳兵。矧此變非常，敢信是休徵。烽燧三十年，歲歲苦相攖。若更罹陽九，寧不哀此惸。我念高高上，皇矣必好生。願回赫然怒，聽此蟣蝨鳴。

國朝

田甘霖 字特雲，有《敬簡堂集》　子舜年

甘霖，太初第三子，性警敏，嗜書，弱冠補博士弟子員。先朝壬午入楚闈，以荒服之土裔，應賓興之制科，洵振奇之士。入本朝，相繼領本司宣慰使。詩在義山、長吉之間。

《和家大人除夕感懷》云：痛惜中朝黨，相傾枉自勞。文人誇御李，勇士但爭桃。遂覬周遷轍，誰爲魯播鞉。花源如可問，還願引漁舠。《忠溪雜詠》云：不愛奔競各奏能，一溪流水在家僧。草亭未許探奇字，宗旨還憑說上乘。已任馬牛隨世喚，寧藏面目免人憎。少年萬斛愁分半，日逐村醪減數升。

舜年字韶初，號九峯，宣慰使，有《白鹿堂集》、《歡餘吟》、《清江紀行》等詩稿。善詩文，喜交游。康熙壬戌，以功晉太傅左都督。

楚地之容美，在萬山叢中[7]，阻絕人境，即古桃源也。宣慰田舜年頗嗜詩書，予友顧天石有劉子驥之願，竟入山訪之。盤桓數月，甚被崇禮。每宴必命家姬奏《桃花扇》，亦復旖旎可賞，蓋不知何由傳入也。《云亭山人筆記》

《山居》云：一榻宜閒性，攤書興未降。村農勤覓酒，熟客厭驚尨。水落添清響，樵吟送遠腔。山容多變幻，不憚日臨窗。帶影尋溪上，閒心數泳魚。選藤充几杖，品石伴圖書。緩步乘佳興，孤遊勝索居。雖云殊汗漫，自喜得常如。《聞蔣玉淵先生與嚴平子、毛子霞諸先生同集黃鶴樓爲九老會，兼有清詩之選》云：遙聞江漢聚耆英，黃鶴樓前杖履輕。高士舊爲三徑主，德星近傍九秋明。方瞳待辨荊山璞，直釣應收渭水璜。捧袂青雲難驟得，渴中長自仰金莖。《寄子霞先生》云：江城風物近時青，爲有奇人把袂行。上客由來令楚重，仙翁端合作韓兄。優游極浦蘭舟遠，縹緲高樓玉笛橫。誰道在山爲遠志，僅從天際望長庚。

田泰斗 字一山

《讀九峯公一家言》云：橫絕英雄筆，干霄氣象遒。一朝宏典策，半部小《春秋》。宣慰邦之彥，將軍儒者流。摩崖碑在否，洞口水悠悠。欲徵千古信，須備一家言。石走星胡墜，詞荒事莫論。汗功收塞外，血泪洒都門。如此忠勤迹，差堪示子孫。我亦周遺子，豪情鄙孟嘗。葵心甘向日，槐穴恥稱王。雨露熙朝渥，衣冠漢代香。抱經懷祖德，非敢聘詞揚。

鶴　峯

國朝

龔傳瑜

《田九峯宣慰墓》云：異代英雄多奇特，破碎山河自成國。陌際中原逐鹿時，一隅猶爾甘草澤。夜郎自大膺專城，蝸角蠻觸皆簪纓。田氏累葉雄容美，九峯將軍尤錚錚。將軍制作藏內府，舊事翻成新曲譜。紅梅白鹿風雅擅，惜哉再傳失疆土。阡碣矗立溪橋邊，苔封碣字紛不全。石馬縱橫臥榛莽，松風蕭槮搖蒼烟。陌上過客行行止，太息冢中人不起。有兒高建歌舞樓，曾擬仲謀與亞子。歌殘舞樹空悠悠，深山杜宇春歸愁。欲訪遺跡故老盡，溪聲日夜西向流。

部生檩[8]

《望鄉臺》云：蜀山趨入彝陵止，鶴峯山附蜀山尾。勢如江流欲出峽，盤折奔騰逞奇詭。就中望鄉臺最高，巍巍峨峨入青霄。斗州廣袤八百里，挺拔居然羣山豪。此山正當我門牖,終日瞻眺卯至酉。今來躡足高峯高,始見羣山下界走。林風颼颼振長空,呼吸之間通蒼穹。極目天低鳥沒處,中隔雲烟千萬重。峭壁老樹欹不折,怪禽飛出虎豹穴。暗泉淅瀝晴如雨,陰岩猶留太古雪。我行至止方清晨,石室人語猶可聞。獨立蒼茫百端集,嗟爾東西南北人。

田福康　士選[9]

有《龍潭古鼎歌》,尚奇矯可誦,而他著不多見。又有名士選者,《挖蕨》云:得飽不須天雨粟,積勞勝獲禹餘糧。鋼團絳雪千溪月,杵發輕雷萬谷霜。典雅稱題,惜不多傳。

李靜安[10] 水寨諸生

靜安喜讀書,父力田,輒命之舂。靜安手一編,且舂且讀,米無完粒。後爲名諸生,鶴峯設學額,自靜安始。

《紫雲宮》後半云:北臨古洞禪心寂,南挹中峯道法崇。日暮鐘聲林外聽,有人說法似生公。

田玉疇

《重過韭菜壩》云:朝經宿雨人初過,晚值新炊客欲分。

毛峻德

《啞酒》云:板屋團圝坐,歡呼挈一瓶。白波揚寸管,紅友吸仙醽。雅勝郫筒集,魂招楚客醒。吹噓力不藉,一任笑酩酊。

洪光燾

有"野老新傳栽蓣訣，土人初譜插秧歌"之句，尚清越可誦。

【校記】

〔1〕歷陽，原作"歷山"，據唐范攄《雲溪友議》改。

〔2〕可，原爲闕文，據文義補充。

〔3〕佇，有積蓄之意，《文選·孫綽〈遊天臺山賦〉》："惠風佇芳於陽林。"此處也可能是"貯"之誤。

〔4〕恅愺，亦作"愺恅"。

〔5〕字信夫，原文脱"字"字，據同治《宜昌府志》卷十三"上"補。

〔6〕"舜年酷嗜文藝"句，此段乃總述田氏文士杰出者，故而涉及舜年，其主要資料見下一條"田甘霖、子舜年"。這則文字復見於民國楊鍾羲《雪橋詩話》"續集"卷五："特雲子舜年嘗征江漢名流，輯《廿一史補遺》。日自課，某日讀某經閱某史至某處，用小印志之。有《白鹿堂集》、《歡餘吟》、《清江紀行》等詩稿。"

〔7〕在萬山叢中，原無"叢中"二字，據清孔尚任《桃花扇本末》補。

〔8〕檉，原目錄作"雲"，原條目及正文作"檉"，依改。

〔9〕原目錄作"田福康、田士選"，且爲並列格式。正文也未單列"田士選"條目，只將其視作"田福康"條目附屬項。今依《詩徵》條目慣例，刪"田"字，作"士選"。

〔10〕"李靜安"、"田玉疇"、"毛峻德"、"洪光燾"四條目，原目錄分別作並列格式，但正文分置條目，今依正文。

增訂

歸　州

向國庠

《石門塘》云：刁斗傳石門，門從石壁闢。磴道來往通，於中置古驛。山腰一俯仰，上下數千尺。不少捫蘿人，應多勒銘客。巴蜀春水生，巖嶂生新碧。《八斗灘》云：秭歸接三巴，險灘數八斗。失勢在江干，舟楫嘆立朽。水挾驚沙飛，濤翻亂石走。似虎磨其牙，如龍翕其口。長年誇最能，視之若無有。

王正本 字立齋，拔貢

《觀音寺對月》云：息淨山僧老竹齋，禪門底事不常開。等閑待到清光滿，推進詩人放月來。又"江明知月上，風遠送鐘來"句，亦雋妙可誦。

長　陽

彭世璹 字仁山，拔貢

《漫興》云：黃葉前村路，何年此結廬。行吟流水遠，耽寂故人疏。心事三更月，風雲一卷書。門前無俗客，問字有停車。

劉正甲_{貢生}

《望香爐山》云：何年煉金鼎，縹緲結靈峯。塞雁一聲過，寒山深萬重。晴開雲壑透，瘦失午煙濃。會約好奇侶，相攜訪竹筇。

饒世榘_{字子方，貢生}

《西陵》云：江流觸石浪成堆，帶繞孤城實壯哉。山勢遠從煙際束，峽門高向日邊開。累朝霸業埋焦壤，萬古灘聲走巨雷。天險由來藉人力，時清不必問雄才。《石門洞》云：洞天闢破一峯青，中有仙湫地最靈。谷應虯鳴泉助響，潭飛龍沫水餘腥。懸巖曾散崇朝雨，碎石長留萬點星。我欲求仙訪月峽，煉丹人去剩空亭。

馮廷鎬

《山行得句》云：我生有奇尚，未許置丘壑。茲行入山深，亦且快心目。山色多鮮明，一一避平熟。山背掩山面，山頭枕山足。長藤縋山腰，險石破山腹。巨山巍然尊，小山俯而伏。一山爲前驅，衆山若追逐。兩峯判陰晴，半嶺互寒燠。巖幽通古泉，澗斷臥枯木。高低形屢換，橫側景不復。千態與萬狀，詎可數更僕。嗟予本勞人，輪蹄久碌碌。此中得佳趣，已占清閑福。以詩紀其事，愧未脫陳宿。誰與興方酣，落筆搖五嶽。

譚啟垣_{字辛才，貢生，有《辛才詩文稿》}

啟垣，力臣先生_{大勳}子。余廿年前於張明府孔修幕中得交先生，欽若山斗。初不知東坡之後，猶有斜川也。頃得邂逅先生文孫靜皆明經，文鎬讀所著詩古文詞，皆有家法。喜祖武克繩，爲欣慰。久之既出其尊人《辛才集》，誦之彌興老鳳益清之慨。古文胎息漢魏，駢體兼擅徐庾之長，古詩實大聲宏，極離奇排奡之致，近體亦不肯作中晚以後語，洵鐵中錚錚也。且一門風雅，三代有集，求之近世，實不多見。士之不遇者，每有彼蒼抑扼之慨。不知可扼者一時之遇，不可扼者千秋之名。於譚氏，信之矣。

《秋窗夜讀圖》云：何年老宅柳陰住，一燈夜閃秋光寒。有時舒嘯山風滿，樵子過聽依闌干。披襟兀坐亦自得，雲開葉落天爲寬。似將粉本傳真跡，爲惜塵世知音難。《送人從軍》云：謂子書生掩且走，謂子俠烈額雙手。將軍帳下聽呼名，寶刀佩左寶弓右。子行送子江水流，三千里路曉發舟。贈子無他子努力，聞子妻卜歸封侯。《荊州水患》云：連月陰雨江水惡，衝打荊堤不肯落。濤頭萬丈浮天高，七縣相望五沉郭。荊州自古稱膏腴，男耕女織供所須。一年收藏三年食，一日兩度酣市衢。我逢流民訴咨怨，家鄉蕩盡絕粥飯。昨日省災大吏來，已聞供帳費盈萬。《早發》云：殘夢搖虛枕，迢迢夜未央。片帆清漢月，孤棹暮秋霜。宿鷺驚潮起，飛鴻避岸翔。鄰舟何處客，微語近三湘。《呈家君，時客廣南》云：殊方消息得來難，冉冉春暉思萬端。劍策聲依雙足勁，風塵色逼二毛寒。江鄉故舊憐詞客，海國音書托驛宮。草檄只今滯南裔，歸雲何日覆層巒。《抵夔州》云：西征泊棹雲安郡，日暮登臨少故人。魚浦風高迴夾岸，龍岡霧集鎖荒闉。爭傳寇盜旌旗遠，暫理村郊菽黍新。八陣圖前我瞻望，漫天匝地忽沙塵。《龍山九日》云：叱咤雌聲曠代才，建牙荊郢偶登臺。涼飆入管羣僚集，落日懸旗野宴開。十里雄關仍渚岸，千年廢壘尚城隈。只今不見元戎約，出郭車塵滿道來。交遊幕府半零星，十二年來重屐停。破竈薪添僧榻墨，荒園菜共佛燈青。朝鷹北擊迴襄浦，暮雁南征入洞庭。獨憶參軍闌檻立，烏紗帽落酒無醒。《即自》云：雲氣滿空山，釀陰不成雨。攜鋤向小園，手把花陰補。《偶占》云：我有一丸藥，枕中不敢語。欲將雙手攜，賣與成都女。《長陽竹枝辭》云：大河漲水小河渾，幾個漁舟入裏村。世事而今有灣轉，留些地步與兒孫。紡綫婆來促織吟，油燈點到夜更深。冬晴也自皴雙手，寒在指頭疼在心。郎行十里莫相思，若得歸來莫太遲。自古清江清到底，妾心如水要郎知。年年請得七姑娘，了髻女兒扶上堂。問了年成問行客，各人心事各燒香。好語仍防背後聽，高談不要眼前爭。我言栽樹莫栽刺，君若買田先買鄰。又《詠落菊》句云：從我徑中嫌我傲，寄人籬下恥人憐。具見我輩身分。

力臣先生諸子皆工詞翰，次啟塾字書眉，季啟壓字殿雲，皆以弱冠備弟子員。贍博能文，詩有家法，均多才不祿，當世惜之。塾《遠歸書懷》云：輾轉孤衾夜不溫，畢生相識幾人存。三彈下舍難爲曲，一飯中途易受恩。遍地水山餘菜圃，滿天風雨到柴門。摩挲袖裏龍泉在，每吐光芒澈九閽。《土逆田士珺倡亂屯株栗砦，官軍圍勦不能下，余奉檄往諭，歸途有作》云：束髮從戎願早孤，而今一試手中屠。深山大澤龍蛇隱，列幕懸巢燕雀呼。安得盛才皆杞梓，似因寬政逮萑蒲。同行膽已書生破，快有三峯挈與俱。落日西行路上天，爲言家世讀書賢。狐鳴不礙由陳涉，鶚薦曾教視戴淵。四塞風狂朝設宴，重門月冷夜安眠。歸來幸脫封狼口，更語當關警燧煙。壁，龔九、曾農部評其詩在嘉州、昌谷之間。《阻風》云：黃沙如雲擁山脚，日色凄涼大風作。峯遠舟廻帆搖空，萬篙聲喧下無著。水濺孤篷篷壓舟，舟行水面如浮漚。客坐舲艙俯仰礙，破浪險作天際游。此時托命惟舟子，帆檣傾側色半死。東海已看精衛飛，北溟將與冰夷齒。平生忠信任風波，吁嗟值此當奈何。會乞昌黎訟風伯，不然正則悲湘娥。漂泊從來有時命，帆懸中流小鎮定。值須擁被同安眠，一任焚輪勢強橫。君不見物理自古有成虧，狂飇安能終日盛。《舟中》云：長道一千里，及時天早秋。大江堪濯足，初日速開頭。人語鳳凰嶺，我思鸚鵡洲。男兒看世事，叩榜在中流。從子啟運字春樓，啟壁字立軒，皆能詩。運《即事》云：正是烏啼葉落時，空階上面月華滋。而今遠道成何事，夜夜燈花喜照眉。壁《江眺》云：清晨西渡大江頭，兩岸蘆花一葉舟。長笛當風人不見，綠楊陰裏小紅樓。文鎰字蒔生，辛才次子。《梁湖泛舟》云：梁子雙湖接汈寥，更無笙版度虹橋。低頭蓮子新聲絕，撲面楊花舊影消。大別橫來煙淡淡，長江直下木蕭蕭。乘風我自胸懷樂，滿引壺尊看晚潮。

李宗偉字幹卿,諸生,有《不自見齋小草》

《倚樓晚眺》云:歸鳥一聲先耳聞,天高日午氣如薰。振衣搔首倚闌望,九十九峯多白雲。

補

彭　淑見前

秋潭《鄖陽詩》氣足神旺,筆力雄健。云:落日空山炮火鳴,風吹殺氣作秋聲。弓刀齊擁良家子,袴褶多隨漢將營。秦隴羽書傳箭下,均房鳥道與雲平。只今父老思原傑,徵調何時罷用兵。《考田詩話》

湖北詩徵傳略卷四十

鄖縣

明

劉　俊 成化舉人，有《山居集》

俊謹訥不妄交，閉戶讀書，時人希識其面，工詩，語多雋峭。邑志

曾得祿 弘治進士，官主事，山海關副使，有《鎮東草》

得祿性磊落，不務瑣細。出鎮山海關，威惠并著。有詞翰名，所著《鎮東草》，惜不傳。

鄒　浩 隆慶舉人

浩博學能文，寡言笑。志恬退，不樂仕進。平居以詩酒自娛，足跡不履城市。

王思沉 貢生，官訓導

思沉官襄陽，獻賊陷城，謂妻羅氏曰："吾官雖微，敢辱國求活耶？"同赴

明倫堂,書絕命詞于壁曰:"殺賊雖無勇,報國同有心。夜臺攜手去,應免白頭吟。"對縊于楹之左右,月餘面如生。

《柬袁篸嵐》云:羨君敲句似參禪,掉鞅文場四十年。酒泛青樽來舊雨,歌成白雪入新編。山頭老屋蒼松覆,檐際飛泉白練懸。何日閒身扶短杖,相逢一笑落花前。

國朝

楊應祚 順治貢生,官知縣,有《南游草》

《旅夜聞杜鵑》云:千里夢回家自遠,五更啼罷月初低。誰言鳥是無情物,也似殷勤勸客歸。

張淩雲 字舒翼,乾隆拔貢

淩雲以孝友聞,春秋佳日,與同里藍樹、趙晉基、劉澤源,花墅聯吟,詩裒然成集。

張　澤

《訪竹》云:平安消息竟難通,惆悵園西更畝東。塵世難逢君子節,舊山還問故人風。門尋蘭若千重綠,路隔桃花一面紅。似我清狂原不俗,也應相見笑吟同。

方信遠

《畫竹》云:誰畫青青竹數竿,堂前日日報平安。潑將水墨痕都活,染出生枯筆未乾。別有春秋千日醉,並無風雨一庭寒。主人珍重時藏篋,客到誰能不問看。

房　　縣

宋

三朵花

三朵花，房州人。許安世嘗通判其州，以書遺東城。謂吾州有異人，嘗戴三朵花，莫知其姓名，郡人因以三朵花名之。能作詩，皆神仙意，又能自寫其真。《畫經》

姓李氏，隱於福溪巖，每戴紙花三朵入市，市人圍繞爭呼之。但笑云"休打裏，休打裏"者，房人方言猶云"莫要如此也"。有二三老翁常從之遊，間入山，邀之入城飲酒。輒語使先去，"我當便來"。翁還城，李已先在。同詣酒家，錢盡而興未已。李探手於腰間小竹篓中取錢，索酒至醉。三翁竊視其篓，空無所有。李自取，依然隨手滿案。如是久之，忽與人告別，不知所屆。原隱處石壁塑像猶存。郡人記其一詩，云：戴花三朵鎮長春，誰識玄中不二門。醉裏自傳神似活，終當不老看乾坤。尾句或云："不知不覺到黃昏。"蓋每醉時必寫真，雖兵戈之後尚有藏之者。《夷堅志》

蘇軾《三朵花詩》：學道無成鬢已華，不勞千劫漫烝砂。歸來已看一宿覺，未暇遠尋三朵花。兩手欲遮瓶裏雀，四條深怕井中蛇。畫圖要識先生面，試問房陵好事家。《東坡居士集》

明

陳良公

良公性迂納，而以孝聞，續學爲當時冠。詩古文詞、書畫鐫篆，無不工妙。

國朝

徐兆奎

《澆竹》云：似君清節有誰儔，更洗簀篔萬个幽。泉脈細疏三徑石，水光分潤一簾秋。風塵肯令淹佳士，湯沐從新到故侯。各有心苗資灌溉，澡身同作七賢游。《對竹》云：偶顏寒碧作軒名，涼夜披襟見性情。直節自成千古契，高風相對六朝清。鶴眠蟬定各無語，茶鼎琴絃時一鳴。獨坐幽篁人不識，舉杯邀月話平生。《聽竹》後半首云：琴絃不動忽如雨，鶴夢乍醒微有風。永夜瀟瀟清不寐，秋心搖曳月明中。

竹　山

明

薛　緯 嘉靖舉人，官同知，有《牽絲集》

緯初試令西安，嘗曰："治疲民當用恩，恩則人感而易興。治劇邑當用嚴，嚴則人畏而易服。"可以觀其治術矣。歸田以著述爲事，詩古歌行，豪邁有金石音。《鄖小紀》

王　諍 嘉靖進士，官貴州巡撫，僉都御史

諍七歲即能屬文，文典麗堂皇。及入詞林，一時制誥皆出其手。歷官中外廿餘年，丰骨凜然。詩雅近義山。《三楚文獻錄》

國朝

杜世英字瓊友,號蓮亭,雍正貢生,官訓導　　理[1]

《寫意》云:晝長何所賴,觀物寓情微。幾樹榴花艷,一池魚子肥。尋窠蜂結隊,採食鳥防饑。浮蟻憑深酌,能驅睡魔稀。《峽山道中贈別周魯貽》云:路出秦關山萬層,西南何幸得良朋。埜花香剩三春雨,草榻光分一夜燈。並馬披襟談往事,斜陽慕古拜荒陵。而今忽作江頭別,繾綣離情不自勝。

理字炳文,號敬庵,乾隆舉人。《蜀中送人歸山左》云:浪跡天涯道路偏,三年看遍蜀山川。雲迷楚岫思千里,月冷岷江夢一船。作客我猶同斷梗,曰歸君已著先鞭。家園秋色知相待,何惜囊中買酒錢。

張其達字再敏,雍正貢生,官訓導　　弟其慶

《寄錫蕃弟》云:十載傷心路,酒杯不復雙。夢隨湞口雁,人隔漢陽江。皮骨知誰健,鬚眉未可降。偶然歌一曲,清冷自成腔。

其慶字錫蕃,雍正貢生,官訓導。《辛巳冬殘,北陸景短,青袍漸故,白髮日新,慨年光之冉冉,撫人事之寥寥。乍涉筆以成趣,時擊壺而為歌》云:老去關心事,霜天喜早晴。竹窗迎霽色,鳥語雜春聲。手煖常臨帖,朋來時對枰。茅簷共孫坐,笑語信天生。《暮懷》云:出門何落寞,難得性情真。不謂人皆醉,復誰我與親。長竿淹碧浪,孤劍老風塵。渺渺懷焉寄,梅芳坐夕晨。

張源浚字亦樓,乾隆拔貢

《鏡湖泛月》云:閒泛何須問簫鼓,開樽傾倒得吾儕。湖平漾漾天如水,

河淡垂垂夜似秋。月上聞鐘來玉宇,風迴移我坐瓊樓。應知今夕爲何夕,枕藉還同夢鶴舟。

杜觀德_{字輔長,號霍麓,乾隆進士,官布政使}　弟光德

《關山月》云:關山月,明如畫,白如雪,不照金閨照城窟。秋風颯颯起征衣,行人山上寒凜冽。秦樓歌管何紛紛,夜半高燒紅燭新。爲唱邊歌遠不聞,長枕大被愁殺人。《巫山高》云:巫山高,與天齊。秦之東,楚之西,地近崑崙望欲迷。涇渭水,流湯湯,我欲從之訪高唐。朝雲暮雨空彷徨,使我泣下沾衣裳。《遠如期》云:遠如期,望春歸。春燕來,春雲飛。春燕來有時,春雲飛無依。竚立空庭心悄悄,滿徑落花無人掃。花開花落總不知,如玉容顏妝前老。《暮春》云:南國春云暮,羈愁逐日新。砌花開笑客,梁燕語譏人。消渴寧無酒,解饞卻有蓴。漫將佳歲月,老我在風塵。

光德字晉齋,號虹山。《東方漸明》云:牆上寒鷄號喔喔,門前車過搖征鐸。強起加衣僵手腳,老僕爲我收囊橐。東方漸明星灼灼,殘月半天猶未落。《送張亦樓、劉丹峯、�川何松亭、李雲門北上,兼寄恕堂、南暄》云:富貴誇庸目,低頭愧固窮。一門凋畫戟,十載賣花驄。路出幽燕險,人多慷慨雄。憑君求舊侶,知我寶雕弓。九尺須眉客,儒冠不誤身。黃金天下士,青草夢中人。棄取惟明主,行藏只老親。楚雲千片白,回首及餘春。_{亦樓。}楊柳門前路,東風去一朝。青山催酒盡,白雁付書遙。仙侶遺瓊佩,金昆得錦標。可從歌舞地,山水憶漁樵。_{丹峯、潨川。}捧檄如毛義,家貧仕轉難。夕陽千里暗,村雨一人寒。黃草收騏驥,朱門引鳳鸞。御橋三日騎,都傍少年看。_{松亭、雲門。}鴉帶朝陽影,瓊林借一枝。帝城雲裏夢,春樹雨中詩。騰躍瞻龍虎,遷流撫歲時。故人楊與李,何以慰相思。

竹谿

國朝

李昌平 字小魯,號東山,嘉慶進士,官郎中

昌平捷南宮,初授中書,入樞垣。值三藩用兵,頗資贊畫。詩宗中晚,具有家法。《九日陪司慎五廣文暨及門諸子登龍山》云:上方避俗少風塵,雅集何須論主賓。白髮無情先到我,青山有意更留人。小詩自笑難酬債,此會須知亦夙因。且喜吾門賢弟子,強拈險語鬭清新。

謝思謙 號秋谷,嘉慶拔貢

《山中與諸子秋夜步月》云:難得當頭見,能生絕壑幽。幾人今夕月,萬古此山秋。觸處成追憶,隨時足唱酬。從知仁者樂,妙理靜中求。

李榮春 字雲橋,道光拔貢

《九日登文昌閣效迴文體》云:秋山萬樹捲寒濤,木落吟風對濁醪。幽菊有香新綻蕊,艷才驚爾獨題糕。樓通碧徑雙林出,岸繞青峯一塔高。流水映空飛雁遠,洲蘋白泛冷颼颼。《山中雜詠》云:頗怪錦屏遠障,翻疑畫軸遙橫。炊烟收時月上,山雨過處寒生。又云:長松撐老幹,蒼蒼占孤嶺。鳥鳴林壑幽,寺古煙霞冷。有時白雲歸,半峯看鶴影。四圍峭壁空,中有仙人屋。招尋入深幽,古洞迷修竹。戀影澹松風,鬢眉淨寒綠。

盧志道

《種竹》云：繞屋都宜著此君，和煙和雨當花耘。秋扶籬落青全活，春隔人家綠乍分。踏影忽迷三徑月，搖空新補一窗雲。從今贏得蕭閒味，燒筍香中酒半醺。

保　　康

明

杜文寧 字謐軒，萬曆歲貢，官知縣，有《春暉堂詩集》

文寧少穎異，屢困棘闈，以歲貢除開縣令。廉慎嚴明，在官八載，盜緝民安。雅工吟詠，所刊《春暉堂集》，惜未之見。

國朝

陳　策

策讀書十行並下，有神童之稱。撫治楊公懋勳以百韻面試于清美堂，俄頃立就，惜未冠卒。

王明善 字元夫，道光舉人

明善少失怙，事母至孝。勤學敦品，善詩古文詞。與兄明福友于甚，至一日偶離，輒悵然若失。由拔貢領鄉薦，年未四十卒。易簀時，猶有"蹉跎未畜三年艾,零落空悲一樹荆"之句。

汪文雄 字彝仲

《燕京歸興》云:欲焚游俠傳,空羡五陵豪。歲月荒三徑,風霜逼二毛。隱當知老拙,禪不爲名高。燕市謝知己,歸山匣寶刀。不再勞車馬,扁舟即是家。風沙依水淨,花鳥入春賒。暫臥灘頭月,閒看江上霞。五湖原有路,漁釣亦生涯。

吳聯祥 字雲千,咸豐拔貢　樹棠

《懷劉夔丞》有云"秋深楓葉路,人瘦菊花天"之句,尚可誦。

樹棠字潤蒼,諸生。《贈林岱青邑侯》云:軍興十餘年,最酷惟捐政。光溪本瘠貧,輸將漸告罄。使君慎持籌,寬平勝嚴峻。上不誤轉輸,下不爲民病。案牘無羁留,虛堂高懸鏡。好惡與民同,仁愛關至性。樹靜鳥安棲,波平魚游泳。政成在民和,觀斯言而信。

鄖　西

明

寇　玳 嘉靖歲貢

玳除廣元令,吏治簡靜,不喜紛更。引年歸,頗事吟詠。有"松蔭肥苓終歲果,苔生子貝四時茶"之句。

熊魁楚_{字半庵,崇禎歲貢,官訓道}

魁楚工書善詩,教授生徒,實踐躬行,不徒以文藝見長。嗜詩苦吟成癖,有"行驚狼虎逼,宿覓樹林遮"、"樹深禽語亂,溪漲水聲狂"之句。

國朝

溫秀儒_{字碧泉,貢生}

秀儒少倜儻淹博,文筆豪放,迥異時蹊。適情詩畫,善寫梅竹。即畫成詩,無不膾炙人口。家赤貧,以教讀供饘飱。即竟日斷炊,直囂囂如無事者。然嘗語人曰:"士貧而多才,生秉天地之清氣也。彼膏粱子有幾通人與?其富而濁,何如貧而清。"故出語輒不落凡響,著述甚夥,皆燹于兵。

梁桂林

《石人山》七絕頗有寄托,云:巍然獨峙萬山尊,顛倒滄桑事漫論。天柱東西傾已久,要憑隻手補乾坤。

李成林

《擬古》云:山上無蘼蕪,山下多荊棘。攜筐行復行,愁向春風立。春雨艷林花,春水漾溪藻。芳原不見人,斜日低歸鳥。

李玉蘭_{字春谷,歲貢}

玉蘭悃幅無華,讀書務實學。雅工吟詠,遺稿成帙,惜燹于兵。有《勵學詩》十首，頗傳于時。句如云：從知道理無窮極，豈得功夫有盡頭。志願不隨流俗囿，功名只作等閒看。煉材要鑠鎔金火，成器須磨琢玉刀。鑿開理窟諮詢切，打破疑團講辨多。磨窮玉骨天應泣，瀉盡珠胎海亦愁。功如涉遠須從邇，勢若登高必自卑。白首無聞徒已矣，青年不再卻如何。皆有得之言。

吳步雲_{字乙峯，道光歲貢，有《詠史詩鈔》}

步雲少嗜書，而厄于貧。遊市廛，爲人作簿記傭。夜輒讀書達旦，十年不懈。遂冠童軍，爲弟子員。性儉樸，有古風。博學工詩，著《詠史》百篇。

許禮容_{字了夫}

禮容少岐嶷嗜學，工詩古文詞。有《天馬山歌》，爲時傳誦，云：山簇簇，水淙淙，鄖山萬古留奇蹤。臨河怪石峛崒數千仞，昔人云是天馬所駐之高峯。馬自何時來，洪荒既闢後。馬從何處馳，煙雲供奔走。君不見巨魚縱壑鴻乘風，厥初亦溷泥塗中。又不見尺蠖求伸龍奮跡，飛騰不礙乾坤窄。壯哉天馬曾稱王，房星耿耿分瑤光。麟虎爲姿壯神氣，巖巘潛伏庸何傷。食場縶維不可得，九天隱爲鐫銘勒。世有騏驥與驊騮，聲稱在德不在力。控秦蜀，馭荊衡。羈絆詎從塵世受，顧視直同雲水清。既不爲駃騠泛駕縱狂走，又不爲駑駘伏櫪長哀鳴。天骨開張氣深穩，養晦羞與羣驥爭。天生神物不終匿，會遣風雷助行色。九皐伯樂爲憑式，授以轡兮增以飾，大起鴻圖佐皇極。又歌云：天風吹墮房星圓，欲落不落蒼崖巔。幻出神駿肆狡獪，有時躪藉馳雲煙。巨靈贔屭小伸手，劃然一聲崖洞剖，鑿開萬古之胚胎。第覺沙石飛雷雨吼，天公鞭叱龍媒走。龍媒龍媒今未還，天然片石留人間。嵌空三字大如斗，蘚紋零落苔花斑。噫吁嘻，天生騏驥自有數，萬里一息千金顧。安能羈絆巖壑間，雲深月黑無人處。君不見天馬西來東道通，上簫雲漢追天風，俯視九陌紅塵紅。《憶竹》云：苦從林下憶前因，難得吳儂作主人。可有平安通舊訊,定知瀟灑健閒身。別來千畝饞猶在,涼到三湘夢未真。五月十三生日日,莫應沉醉洞庭春。《買竹》云:輸值容分別院春,萬竿涼月賺來新。論將風骨原無價,拼得金錢爲買鄰。在我祇償名士聘,有人翻笑故侯貧。幾家池館難賒取,畢竟看須問主人。

夏世槐

《游竹筏寺》云:險僻躡危巖,風月開晴宇。峯巒互廻合,蕭寺偎山塢。扣關入禪室,樹石皆蒼古。樵唱別溪梁,漁歌隔秋浦。煙雲起目前,變幻誠難數。萬慮霎時空,徙倚坐廊廡。清磬一聲圓,松花濺如雨。《渡春橋晚步》云:甘老衡門伴薜蘿,每當佳日涉春坡。此心久證巖巔石,不礙煙雲變幻多。

鄧秉忠

《過天河馬頭巖》云:舟泊天河水,羣山列囘互。一峯劈面來,怪石巖巔露。傍人謂馬頭,稱名何謬誤。既具騏驥材,合翔天衢步。胡爲羈巖阿,維繫甘朝暮。不鳴溪水澄,鼓鬣風雷怒。踟躕亦可悲,何由馳雲路。聞鐘發深省,古寺渺煙樹。

葉年葇

《冬初遊懸鼓觀》云:望裏皆圖畫,閑亭客到稀。風吹黃葉下,鳥逐白雲飛。北郭橫蒼藹,南山挂夕暉。煙嵐看不盡,樵唱隔林歸。《登山尋春》云:六十年來放浪身,天涯走遍事尋春。尋春那管春何處,路不桃源亦問津。

楊卿雲_{字星衢,貢生,官郎中}

《華蓋山謁張丞相祠》云:華蓋山圍丞相宅,荒涼人吊夕陽岑。參差碧樹自煙雨，變幻白雲空古今。徑草淒迷愁過客，野花開落養春禽。遭逢白首休嗟晚，何處重聽《梁父吟》。

陶煥甲

《山居漫興》云：結廬差喜對巖阿，佳日何人載酒過。芳草當春沿路長，垂楊臨水縮愁多。雲生山麓深藏寺，日暖茅簷近倚柯。風雨遠從鄰叟約，頻將笠屐學東坡。

陳宏謨　弟宏猷

《北隅耦耕》云：濕雲起斷巖，細雨灑芳陸。不見城北隅，萬頃春畦綠。薄藹山前路，新晴雨後天。人來頻叱犢，青劃一犁煙。山居敦古風，但識力田好。漠漠青疇中，舉趾天方曉。《溪居即事》云：起居惟自適，心與世緣疏。磐石坐流水，垂竿不在魚。小步循山麓，鐘聲出翠微。日斜雲斷處，荷笠一僧歸。天曠開晴霽，幽溪暮藹生。水枯蓮葉老，留聽作秋聲。

宏猷《從軍行》饒有古樂府遺音，云：年少羽林兒，騎馬刀出鞘。誓掃賊巢空，留買青樓笑。去國三千里，辭家五易春。豈不念父母，黃金戀殺人。甲士空林立，無計挽天河。將軍別有意，其奈蒼生何。

林正蕙

正蕙少有詩名，如"塵夢隨流水，詩情戀夕暉"、"馬上殘陽憐過客，水邊叢木集昏鴉"等句，殊不媿爲作者。

梁尚華

《黃山遠眺》云：黃山橫郭北，列巘繞城東。芳草易爲綠，夕陽無限紅。

鐘聲搖冷月,花韻舞回風。觸目多生意,春來便不同。

姚松齡 字趾厚,諸生

松齡雅擅詩名,性好游,足跡幾遍天下。友人誦其《春日登天臺山》二絕云:振衣一嘯踏香塵,澗水流紅慣引人。寄語東風休孟浪,桃花零落不成春。落花流水自閑閑,百折丹梯任往還。啼鳥一聲春去了,煙雲何處辨神出。吐屬風流,丰神跌宕[2]。而寫劉阮事,在若有若無之間,亦極得詠古之體。

恩 施

宋

詹 邈

邈邑乘"鄉賢"、"選舉志"僅誌:"元祐三年,應博學鴻詞科第一。"而不及其他,何其略也。邑饒子維比部有《過詹鴻博胡里》詩,比部名應祺,同治進士。

明

童 昶 字明甫,官總鎮,有《周正考》、《樊川詩集》

昶本合肥人,曾祖輔,永樂時調施州衛指揮,世襲僉事,遂占籍焉。昶性孝友,博學能文,有勇略,平獠向能及蜀寇粵彝俱有功。宜賓李石琴先生曰:"舊藏童都督所著《周正考》,其考據精賅,筆法酷似《檀弓》,洵爲善本。

至楚詢之,竟無人知者。邊徼生材湮没,尤多可慨也。"

《清江》云:清江之水來施州,與君夜宿江上舟。我與清江最知己,戀戀欲流欲不流。君不見清江水淺蜀江深,蜀水不似清江清。清江若有蜀江大,此水當擅天下名。我昔與君別,又似別此水。來年我若還,此水鯤當起。《奉憶黃溥》云:人與春皆去,鶯花惜別離。馬便來日路,民有去思碑。蘗苦還堪味,歧多慎勿悲。一言能悟主,洗耳豸冠時。《石乳山》云:界分楚蜀控喉咽,諸葛遺踪俗尚傳。一鎖南封千里地,雙峰高拄九重天。華夷今古關防立,草木春深造化權。我忝書生有邊寄,瓣香心緒托前賢。《羊角山》云:羚羊溪口石為門,度馬盤多欲礙雲。未信陰崖春不到,幽花偏自笑斜曛。《都亭山》云:竊慕平泉力不支,好奇心與物皆奇。愚公豈是真愚者,見好溪山便欲移。《畫屏山》云:雲屏四面逐春開,匹馬先尋嶺上梅。忽見好山如素識,十年殘夢記曾回。瓦倉東接畫屏山,山信多緣我再看。喚作畫屏猶未識,郭熙重起畫應難。《仙女池》云:鶴質雲容去渺茫,遠山如對蜀宮妝。絳紗不繫當年臂,池上紅蓮歲歲香。

李一鳳 字岐陽,萬曆舉人,官同知

一鳳初知貴池,以廉惠稱。致仕歸,築大莫園以課子弟。徜徉溪山,人罕得見其面。

《大觀閣》云:樓船不繫欲何之,高閣中流一柱支。勢挾浮雲廻燕雀,影沉滄海駭蛟螭。鶯花好助三春色,山水能開萬古奇。信是大觀名勝地,錦帆涇接竹王祠。

陳　止 字對滄,貢生,官州判

止博學工詩,《硃砂溪》云:煉藥山人失名姓,硃砂化石溪如鏡。早來溪上訪仙踪,何必覓除勾漏令。

張問禮號立齋,萬曆舉人,官知州,有《虎溪居士集》、《澄心錄》

問禮知睢州,以忤魏璫降通判。告歸,鄉人稱爲"金玉君子"。邑志

《成山書院》云:解組研經志未灰,對山小築讀書臺。掃將天外塵氛去,引得源頭活水來。展卷夜闌燈映月,栽花雨後翠侵苔。十年不翦當窗草,萬種生機且自培。

國朝

褚上林號春農,貢生,有《香雪山館詩》

上林制行不苟,淡於仕進。而性嗜吟詠,曾客游江漢間。有所作,人多傳誦,詹湘亭《賜綺堂集》中采錄尤多。馮展雲學使訪求遺稿,深加賞識,樊鑒庭軍門爲梓其詩以傳。《登連珠塔》有云"四面煙雲空倚傍,一城樓郭認高低"之句,可以概其襟懷矣。

《湘亭夫子以所作〈施州兩生行〉賜示,賦呈誌感》云:凌雲才筆溯當年,賜綺榮叨制錦先。甲辰召試行在,曾拜文綺之賜。吏老漢廷無黑獄,人言蜀道有青天。一官證到心如水,七字吟成骨亦仙。底事經綸偏小試,山城處處聽歌絃。相得驊騮過北原,駑駘無力愧攀轅。未從虛室邀冰鑑,敢向玄亭載酒樽。地僻那堪懸馬帳,才疏妄欲托龍門。三生幸傍經帷侍,一瓣心香盡日溫。《下榻湘亭師箚齋,蒙以盆蘭作伴,且寵以詩,依韻奉酬》云:桃李春城滿,幽花種自官。鋤分絲雨細,窗護絳雲寒。手植饒清艷,心香結素懽。托根欣得地,蕭艾莫同看。葉翦分青盎,牙抽挺碧簪。寫來詩格老,夢到國香深。玉立風生佩,珠拋露滿襟。盆山依小桂,各自抱芳心。

王家篁字竹田　弟家筠

《湘亭夫子以所作施州兩生行賜示,賦呈誌感》云:抵掌籌邊腹貯兵,相

如諭蜀筆縱橫。閒招山影來浮白,除是江流許比清。我到扶風真後起,人言問月印前生。夜郎例有詩仙謫,載酒誰傳弟子名。

家筠字滋圃,嘉慶拔貢,有《聽雨樓詩集》。敦行嗜學,爲邑侯詹湘亭所知。肆力詩古文詞,馮展雲學士爲序其集而刊行之。

《清江樓晚眺》云:清江城似畫,向晚一登樓。挂樹啼猿小,歸林去鳥幽。萬山斜照冷,孤澗暮煙收。古月今宵問,杯中影自留。《奉和湘亭夫子招同門諸生載酒奎星閣集飲金粟花前之作》云:猶是談經奪席容,眼光秋色氣千重。閒情雅愛琴隨鶴,法曲遙聽笛引龍。北郭少年邀器識,南樓老子許追從。登臨正值催詩雨,飽蘸天香筆露濃。高寒詩骨聳唫肩,何止文章北斗懸。四境棠陰雲結舍,三秋桂影月當筵。難攀丹轂同梯遠,敢向朱衣借鉢傳。今日香名天上記,雙鳧飛去便凌煙。

尹其璋 字禮南,貢生,官訓導

其璋篤志經史,老而不倦。性方嚴,不苟言笑。晚年學益粹,躬行實踐,爲後學矜式。

《奉和湘亭夫子奎星閣集飲之作》云:四圍山色寫秋容,奎斗光臨第一重。此地高寒宜跨鶴,幾人聲價許攀龍。振衣頂上金鼇冠,搖筆毫端玉兔從。幸踵後塵連步進,憑欄指點桂香濃。此日登樓笑拍肩,樓頭四面彩雲懸。雲中咳唾生珠玉,雨後香光泛几筵。金粟前身參妙相,青蓮雅曲得真傳。南州高會留佳話,醉墨淋漓氣吐煙。

周炳先 字星橋,貢生,官訓導

《奉和湘亭夫子奎星閣集飲之作》云:洗到秋山雨後容,登梯直上最高重。樓無暑氣能留鶴,樹引風聲欲化龍。分得清香誰管領,拈來佳韻謝賓從。一襟涼露涓涓滴,吹落枝頭桂子濃。先生雅愛聳詩肩,珠玉頻霏顆顆懸。此日斵輪操玉斧,幾人懷筆侍瓊筵。冠山力弱輪鼇戴,閣在鼇脊峯頂。

畫壁詩成待雁傳。遙擬來秋重奉杖,木犀影拂鄂江煙。

田岱雲 字作霖

《奉和湘亭夫子奎星閣集飲之作》云:玉樹煙含帶雨容,秋光一抹影重重。振衣此地來攜鶴,破壁何人看畫龍。樓上三層憑汲引,香分兩袖喜追從。欄杆自有天香拂,不比尋常露氣濃。幾度循牆止及肩,登臨不見月初懸。丹黃一樹歸詩筆,蒼翠千山撲酒筵。悟到妙香參鼻觀,敢忘嘉植附心傳。戴筐同看光芒爍,掃盡南州百里煙。

賴朝陽 字丹鳴

《奉和湘亭夫子奎星閣集飲之作》云:鼇山鷲嶺大包容,也抵滄洲一萬重。閣外天香幡引鹿,尊前人影筆雕龍。斲輪匠氏裁成妙,推轂門生少長從。料得朱衣先點首,墨華更比露華濃。後塵敢望齒隨肩,七字驪珠百顆懸。秋色平分星入座,古香團結月張筵。由來丹桂三生籍,澈底清江萬口傳。便擬勒碑鼇脊負,瘴雲消盡藹墟煙。

張光杰 字偉人,貢生,官訓導

《全秀才福殉難辭》時年七十二云:老秀才,老秀才,時危矣,避速哉。秀才答言君不曉,一生讀書已到老。猾賊如此恣猖狂,貐貙嗜人如刈草。蚩霧蔽青天,妖氛迷白日。大府誠何心,一卒竟莫出。草莽欲起一旅師,無人可賦同仇詩。傷哉氣節鬱未張,中途遇賊殊倉皇。賊眾直縛秀才往,謂是妖頭脅之降。秀才罵賊不絕聲,蠢爾幺麼何縱橫[3]。一時忠義憤發身不顧,聲泣風雨,氣挾雷霆,激昂慷慨輕死生。一賊起云殺之快,老頭巾耳何足愛。一賊起云釋之便,畜老憚殺況人面。秀才之節窮且堅,不畏威武不受憐,怒罵之聲仍凜然。不恤頸血濺賊刀,忠魂飛散雲天高。秀才頭銜不足奇,秀才一死有維持,無官無守且如斯。嗚乎,無官無守且如斯。

段延澤 字春圃,詩生

《邑侯王筱華殉難詩》云:倚劍空城力不支,援兵望斷羽書遲。濠梁一片無情月,照見孤城喋血時。收骨時經秋復春,紛紛士馬盡成塵。凜然面目還生氣,呵護端知有鬼神。

胡正棻 字芷塘,貢生

《雙古銅印歌》云:清江水擁蠻雲走,幪布佽錢俱腐朽。剩有青銅雙印存,時移已落田夫手。田夫見之輟耕歎,忭躍祥金獻長官。彝鼎大書太師爵,蜀鏡鐫記乾德年。始知元代金甌破,西國精夫距寶座。吹角驚降巴子蠻,提刀割據夜郎大。懸持此印耀山中,樊覃相鄭拜英風。願貢黃連三千石,願輸赤米十千種。想鈐此印為符籙,僰僮筰嫗皆奔懼。甘心負弩先前驅,甘心吹蘆從野獵。天星忽墮旄頭妖,風捲狼煙頃刻消。那識沉沙千載鐵,猶堪磨洗認前朝。唐絲屈曲宋文古,蟃尾龍鱗起起舞。龜頭之上尋年譜,印兮印兮留完膚。身備蠻王命官書,光暈人爭誇古物,摩娑我更發狂呼:當時若削撐犁號,手捧鹽山奉漢詔。白狼能歌歸義詩,錢王定入昭忠廟。君不見將軍肘後懸黃金,史官列傳紀功臣。公孫妄自尊西蜀,終是蛙鳴井底春。

宣　　恩

國朝

田文錦 字子城,貢生

文錦父璉,富而好禮,崇師尊儒,鄉里賢之。文錦幼穎敏嗜學,工文能詩,喜施與,能承父志。著有詩二卷,惜未見。

文錦有《寨峯記》,文筆鬯衍,具柳歐之長。又有《晚坐》,句云:"峯高先得月,柳瘦不禁秋。"

胡惇詩 有《理趣亭詩集》

惇詩性明敏,敦内行。工舉業,精詩古文詞。晚年究心理學,躬行實踐,里黨稱之。

來 鳳

國朝

王廷弼 號斌夫,嘉慶拔貢,有《寸丹吟》、《碧秋山館詩稿》 子煜

廷弼博學,能文章,有幹濟材。嘉慶元年,白蓮匪起,佐邑令剿賊,以功敘官。母老不赴,時論高之。

《有憶》云:萬里玉門關,流人幾見還。大荒飛鳥外,殘驛夕陽間。此地難埋劍,何年看賜環。英雄流血淚,落草即成斑。《詠懷》云:朝聞横吹曲,夕唱敕勒歌[4]。秋風送都尉,落日吊伏波。中軍懸將令,明當渡黄河。酣戰資黨進,說降賴隨何。好生不好殺,天心仁愛多。長平四十萬,念之淚滂沱。《甘學師殉難詩》云:廣文學官耳,一死不爲愚。守土雖無責,尼山亦有徒。讀書明大義,臨難識真儒。愧彼干城侣,空留血肉軀。《奉親命赴郡乞師》云:遠害非無計,難違白髮親。教移忠作孝,未許我猶人。蕭蕭風盈袖,團團露壓巾。書生圖報國,敢憚馬蹄塵。故國難回首,孤哀自激昂。淚零嗟楚覆,椎奮痛韓亡。菽水虧春晝,征鞍帶曉霜。如何甘效逆,猶信禮空王。

煜字曉樓，拔貢生，有《冬青館詩草》。狀頎而黑，目炯炯，精光外射。賦性聰穎，讀書目數行下。于左騷漢魏之書，無不成誦。工詩古文辭，排奡縱橫，動與古合。陳愚谷太史序其詩，有杰材之目。

嘉慶丙辰之亂，予年尚幼。家大人道軍中本末甚詳，乃捃拾故實作《樂府》四章。《白巾賊》，備述脅從之冤也，云：裹白巾，披白衣。懸白帳，豎白旗。一身挂白一家白，道是白蓮臺上蓮花師。拜燈誦經咒，一飲醉似泥。得死以爲幸，異哉氓蚩蚩。無字空中賊之旨，賊中老母尊莫比。但知飯佛不知身，引頸餐刀笑不止。就中亦有呼號聲，半皆鄉曲脅從耳。賊中脅從多復多，可憐無知罹網羅。焦頭爛額等閑事，洞腑穿胸可奈何。錄囚爭送司命府，受降殺降誰活汝。迷途一入無生途，盡室駢誅何自苦。天可憐，幾人雪爾盆下冤。他生生長太平年，再莫佛前拜白蓮。《野有屍》，傷死者，不盡國殤也，云：朝殺人，暮殺人。賊兵鬭殺人，鄉兵仇殺人。生靈十萬幾家存，無處紙錢吊新鬼，無處淨土尋荒墳。死不得葬，葬亦不得保其身。可憐屍骸如山積，春草芊芊都化碧。杜鵑啼斷枯樹枝，明日便作西歸客。《莊令尹》，歎縣官之能報國也，云：臘月來，二月死。官不及七旬，令尹事畢矣。令尹不要錢，雖死賊手賊亦憐。全屍瘞牆下，時平歸骨九仙山。公子麻衣易棺看，先軫如生萬人歎。駕鶴應來丁令威，持矛空感公孫瓚。丈夫讀書當報國，城亡與亡令尹職。太山鴻毛一死分，靈旗壯哉山川色。《甘廣文》，幸見危之能授命也，云：廣文老無力，難禦跳梁賊。日閉冷署不出聲，賊脅公降不可得。賊曰不降便殺之，公曰丈夫死耳肯降賊。讀聖賢書學何事，如此偷生愧臣職。賊勸不絕口，公引三尺綬。明倫堂上授命時，英靈聯步莊公後。莊公先亦廣文官，琴堂鱣舍兩相歡。一時同入昭忠祀，名在豐碑神在天。

張　峻 字小山，拔貢生

《登廻龍山訪唐開元寺遺跡》云：羣山起伏乘雲走，矯若游龍昂厥首。欷然囘顧從西來，天公暗銷黃金紐。頭角崢嶸向碧天，舒張鱗甲生雲煙。

偉哉造化鍾靈怪,其中應有飛來仙。傳聞古佛曾居此,梵王宮殿參差起。借問駐錫來何年,三郎沉醉爲天子。版圖庸必附明皇,寺號開元屬渺茫。我登絕頂尋遺跡,恍同末世談洪荒。樵夫拍手向余笑,胡爲灑淚來憑弔。阿房仁壽俱塵埃,千桑萬海誰能料。一聲長嘯謝山靈,斷碣殘碑目未經。金粟如來何處訪,斜陽一片數峯青。《九日與友人登飛仙閣》云:凌空傑閣鎮崔嵬,此日登臨倦眼開。我輩相尋佳節到,名山也幸可人來。消除俗客塵千斗,奉勸金仙酒一杯。爭笑劉郎狂興減,題糕不敢負詩才。飛來高處作重陽,共笑狂奴老更狂。入眼雲山供嘯傲,側身天地感滄桑。聊斟濁酒酬千古,欲上層霄覽八荒。仙佛有緣同一醉,歸家各帶菊花香。《登望遠峰》云:仙人招我躡丹梯,絕頂高吟望不迷。腳底雲扶飛鳥上,耳邊風送斷猿啼。峰如健馬奔三蜀,水似游龍下五溪。但恐謝公游不到,驚天奇句共誰題。《亂後登城》云:豺狼盤踞亦稱雄,西勇南兵競戰功。無數樓臺經劫火,有情花鳥怨春風。圍城短樹參差綠,繞郭夕陽寂寞紅。何事饑烏啼不住,人家寥落淡煙中。

張　鈞 字蓮舫,貢生

《天聖石柱歌》云:羣山如龍不肯住,飛騰都繞富陽去。一山戴石作虎蹲,上有天聖立石處。石柱胡爲在此邦,州分富順境相望。蠻觸所爭僅蝸角,虔劉豈憚盤羊腸。天禧之中略用武,夫子桓桓來夔府。窮鳥已見號琱弓,小河無須畫玉斧。股慄耳帖垂十年,蠻雲墨墨生烽煙。邊吏不敢告天子,羽書夜達刺史前。刺史指揮出雲棧,蠢爾小醜何足辦。天上將軍下史方,馬前夷長降田晏。巋巋之石堅且圓,爲之界破混沌天。詳記叛服分畛域,大書歲月深雕鐫。南人自此不復反,七女柵前春風滿。持護常同神物看,摩挲敢忘天威遠。蠻方撐拄經元明,毛髮畢見光晶瑩。一朝變化挾雷雨,響徹林木藏山精。吁嗟乎,金人何處長承露,石馬誰家終守墓?白石黃金有盡時,天傾地陷亦常數。此物當年在人間,久與咸平鎮百蠻。我今駐馬尋殘柱,洞雨溪風暗二關。《亂後歸來蒿萊滿目,登城四顧愴然於懷》云:

麂子鳴空峽，將軍盡斷頭。生還無勇士，死戰惜良謀。野火青燐聚，春波碧血流。西樓時縱目，怪石不勝愁。吾愛劉光世，臨危敢策兵。一軍橫隘巷，羣賊泣孤城。不忍原燎火，胡爲夜拔營。至今橋下水，嗚咽有哀聲。高鳥翔朱雀，殷然夜入城。三更乘鼠竄，一怒作蛙鳴。有土誰司命，無家更苦兵。搔頭問天意，何以慰蒼生。舉室生還日，風光漸不同。柳迎虛巷綠，花待故人紅。民氣蘇新霽，天心兆屢豐。綢繆須未雨，澤畔尚飛鴻。《鳳山泉》云：一脈香通鳳嶺巔，在山泉勝出山泉。洗來俗耳人應笑，清到詩脾我欲仙。候鼎時聞風颯颯，不波自浸月娟娟。從今要與生公約，調水無符莫浪傳。

何盛矩 字伯方，道光舉人

《遊佛潭》云：山色蒼蒼高浮天，溪聲汩汩平入川。山耶溪耶兩清絕，巖端忽湧千葉蓮。城東古寺壓山腹，牟尼隱現珠光圓。鬼伯蠻君列四壁，金身趺坐中高懸。丹壁無梯那可上，奇哉造化工雕鎸。飛樓湧殿奪天巧，直自林麓窮其巔。手刴苔蘚尋斷碣，字跡猶識咸康年。憶自胡羯犯嵩洛，司馬家兒方南遷。中原衣冠化塵土，夜郎萬里無烽煙。帛姓妖僧來身毒，奉持神咒誇通玄。腹孔拔絮發光怪，錦衣雕輦事尤虔。聽民奉佛制非古，遂令荒徼遙相沿。歷億萬劫恒不壞，眉放白毫照大千。坐閱滄桑數千載，面目剝落神常全。偶來小憩借僧榻，到門六月風蕭然。老藤翻空瘦蛟舞，簷端滴溜聲濺濺。潭水炫綠深不測，舊聞此處沉鐵船。大旱欲雨禱輒應，簫鼓驚起癡龍眠。道人延客忘禮數，苦茗新汲溪流煎。擾擾塵世苦醉夢，雲山佳處心神便。繁華過眼喜清淨，英雄末路思逃禪。我思不朽可立致，人壽何須金石堅。如來聞言應大笑，不圖作佛逼云仙。《烈女井》云：白蓮花，在泥滓。偶出污泥生，誓托清流死。花落香風拂井水，井水無波，風來苦多，古井無波風奈何。我於兒時聞孫烈女，父溺母出，女時年十五。莫慰母心，謂他人父，烈女之生遇獨苦。曹娥碑，凱風詩，女以一身兩兼之。母不貞，生何爲。兒完貞，死已遲。身是女貞木，豈容鶺鴒巢其枝。飲泣訣母，披髮呼天。母也不諒,下從阿父黃泉。是時六月,晝忽冥冥。雷砰砢風悲鳴,一躍入水天爲驚。水不波,雲密布,一屍在水神常護,屍出三日面如生。蛟龍遠避,蠅蚋無聲,只恨難回慈母心。亦如古來忠臣不得於君父,汨羅江上哀屈平。江水濁何如井水清,井以人傳千古名。碑已折,泉已竭。烈女之名常不滅,女媧石補天缺。《避亂山中感懷》云:干戈阻絶寄山村,蕢紙來招亂後魂。起舞聞鷄呼祖逖,對談捫虱愛桓溫。酒漿已罄哀東國,鎖鑰誰堪付北門。寄語南來諸將帥,好乘元夕奪崑崙。

楊逢祥 字吉人,嘉慶拔貢

《大旺司館中》云:野館寒燈夜未眠,更闌猶聽水潺潺。遠村鷄唱雲深裏,山寺鐘鳴夕照邊。千个竹斜朝雪影,一林春暖午晴煙。靜中妙趣知誰得,不用高僧也學禪。

黃宗器 字板橋

《遊鳳山大觀寺》云:鳳嶺廻翔意氣橫,翠光直鎖半邊城。閑花滿野風無色,好水環山月有聲。秋早忽聞來旅雁,春深記得語流鶯。禪關解脫非難事,更失千秋寂寞名。

張鴻範 字羽儀,貢生,官訓導,有《培桂山房詩集》

鴻範詩經陳愚谷太史序行,惜不多見。太史稱其《武昌懷古》七律、《過洞庭》七古爲杰作,必非虛譽,惜未之見。

《募勇爤柴峒示諸同事》云:釃酒將心白,椎牛歃血紅。與君盟皎日,大樹起雄風。家國仇須報,安危志要同。自慚才術短,弩力望羣公[5]。

何遠鑒 字葆山

《南郡書院對月》云：瀰漫山色擁青螺，夜靜江聲聽轉多。我有遙情寄明月，人間天上總蹉跎。地僻宵長更鼓遲，橫天北斗影參差。一庭風月無人管，塔影凌霄自主持。

饒 琳 字月樵，諸生

《哭莊明府》云：乾坤莽蕩起烽煙，為國捐軀豈偶然。宦轍已悲春夢短，遺民爭頌使君賢。危疆自昔無城郭，曠典于今享豆籩。閩海忠魂飛不到，子規啼血自年年。《哭甘廣文》云：苴蓿堆盤苦備嘗，何期厄運邁黃楊。官非守土生何害，職在明倫死不妨。縱使招魂滿天地，可憐延頸報君王。聖朝曾錫褒忠典，俎豆長同泮藻香。

咸　豐

國朝

蔣士槐 貢生，官訓導

士槐司訓漢皋，與彭棟塘、趙秋苹諸名士文酒之會，酬唱鉅篇，艷傳人口。

利　川

國朝

牟承五 字建極,號龍五,貢生

承五少有遠志,不讀無用之書。嗜詩,工制舉文。聞夏觀川太史主講江漢,往從之游,學益富。詩古文詞,尤博大淵深,聲名藉一時。後生多所成就,而以明經終。所著盈尺,亦多不傳。

鄧賢才 貢生

賢才有著作才,而性肫誠,以孝聞。聞撰著甚富,惜蒐訪未得。

李耀瑚 字伯珊[6],嘉慶進士,官知縣

耀瑚少岐嶷,能文,通籍始留心著作,而詩尤工。官雲南,有政聲。

建　始

國朝

秦應光 康熙舉人,官知縣

應光幼穎慧,八歲能詩。家貧甚,值全川多事之日,苦志力學,艱險備

嘗。及官淅川,勤敏有政聲。仕不廢學,著述頗富。

《春日山行》云:時清身暇作郊遊,寶騎銀鞭山徑幽。寒氣逼梅開燦爛,倦林棲鳥叫鞠輈。無才自合甘貧賤,玩世呼憑作馬牛。白髮催人春易老,長歌行樂莫夷猶。

范述之 字泉麓,乾隆舉人,官訓導,有《自有堂詩草》

述之篤內行,以孝聞。再任江夏訓導時,夢蛇盤井闌,隨擊以杖,而蛇腹現三千三百七十三七字。因口占云:清福世間消不盡,惟予涼德更何堪。從茲歲月當珍惜,三千三百七十三。

《元夜》銅鼓凸作云:雪霽寒猶冱,村醪供取攜。卻看明月上,不覺晚風淒。四井餘燈火,三川尙鼓鼙。總師新拜命,傳是舊安西。《巡戍至野三關贈龍一菴》云:山雞佐饌屢稱觓,極目干戈白髮生。烽火南通巴子國,羽書西過酉陽城。借才釁序勞冰鑒,蒐甲田疇尙水耕。一菴練鄉兵禦寇,兵集而民不擾。毋惰毋驕君自省,腐儒未許妄譚兵。盈盈一水壓層巒,橫劍高峯並馬看。小醜漫云同瓦注,雄關此日藉泥丸。戈鋋晝擁溪雲動,刁斗宵沉嶺月寒。兩字功名何敢論,男兒莫負此心丹。

范佑正

《朝陽觀》云:朝上西峯霽色鋪,琳宮紺宇卽蓬壺。蕩胸雲氣成文錦,到眼嵐光入畫圖。樹引清風醒鶴夢,花含細雨濕蜂鬚。呼童掃葉煎新茗,水挹天池味自殊。

范佑廉

《弔晏升墓》云:衰草迷離古墓寒,殘碑未讀意先酸。匹夫慕義心何壯,下隸殉君世所難。邃谷無人收骼胔,荒原有地葬衣冠。佳城纍纍知多少,正氣如公永不刊。

【校記】

〔1〕原目錄"杜世英"後附"杜理",而原條目處脱失,今補入。

〔2〕宕,原爲闕文。明楊琢撰《心遠樓存稿・卷六・詞調》(清康熙三十九年楊湄等刻本):"《壽友人滿庭芳》:畫燭煌煌,芳樽灔灔。問公喜氣如何,豐神跌宕,對酒且高歌。"據補。

〔3〕幺麽,明清俗詞,即"妖魔"。

〔4〕夕,原作"名",据文意改。

〔5〕弩,可借作"努",此处亦或是"努"之誤。

〔6〕"伯珊",原爲闕文,據光緒《施南府志續編》卷十下所録《舉人李耀瑚辭舉孝子事書後》文中,有"施南伯珊李君"云云,據改。然而,清陶樑《國朝畿輔詩傳》卷六十(清道光十九年紅豆樹館刻本)載查林(林字松生,號花農,宛平人,淳子,官雲南州判,有《花農詩鈔》)《寄李大耀瑚》:"奇絕洪都李伯珊,四年不見一書還。拓邊樓外西風起,誰共尋秋太華山。"或是此人。但"洪都"之說,不明所以。

附録一：丁宿章資料

丁星海中翰詩集序

國朝詩學康熙中爲最盛，漁洋竹垞諸鉅公提倡宗風，以唐音汰明季之餘習。時同登壇坫相酬和者有邵子湘、李武曾兩先生，子湘久客商丘太宰幕，武曾則屢遊公卿間，後依昆山尚書於洞庭者也。或謂兩先生詩固佳，亦藉太宰、尚書以張之。噫嘻，必附青雲而始顯，惡足以云不朽之業哉？毋論兩先生之恬淡，必不肯挾策干諸侯以增長其聲譽，且以太宰之清節、尚書之宏通，豈末學皮傅之士所能倖其賞識與？蓮出淥波，形色之相侔，實清秘之體不二也。同里丁星海中翰，弱冠擅文名，不樂仕進，爲岳陽鍾都轉記室者數年。今五月遇於漢皋，出詩一冊屬爲序。予曰：詩以理性情，子詩之溫柔敦厚也，不必溯宗派之爲何，可以所主之賢決之矣。憶壬子甲寅之際，粵寇躪楚中，至乙卯一炬，漢口數十萬生靈、二十餘里之闤闠，一旦並遭浩劫。賊退偶經其地，爲流連太息者久之。及都轉來守郡，建城堡、通商旅、集流亡與夫寒畯之失所者，莫不量材位置。比歲大水，輒捐葦蓆舍難民，自大別至梅嶺，彌山遍谷，如蠣房。又設粥廠、施藥餌、建節局，使饑有食、病有醫、嫠婦有所歸。蓋以實心行實政，綜太宰、尚書之恤民愛士者，一以身兼舉之。昔魏冰叔作《伯子文集序》，謂范公之勳業，客與有力焉，其信然耶！夫金入冶則流，芷近蘭而馥，以子之才之學，又日薰陶於名卿碩德之前，仁人之言藹如，其發而爲詩者，必溫柔敦厚無疑也。繼展讀之，其情款款然，其音泠泠然，殆直抒性靈而不屑爲恢奇要眇之態者。美矣哉，足與《青門》、《秋錦》兩集並壽矣。抑有聞之，漁洋由蜀至南海詩語多奇絕，竹垞遊太原雁門後作文益豪，遊覽之益人如是。今都轉移節廣州，吾楚格於例，不能借寇。吾子盍往從之乎？他日道庾嶺登羅浮，攬滄海珠江之波瀾，以拓胸襟

而添詩興，吾知論詩者必位子於漁洋竹垞間，不第與邵李兩先生為蓮幕中佳話也。《棠谿文抄》卷一

劉神木詩集序

詩以言志，無古今，無宗派也，而真偽分焉。何謂真？志之所及，氣即副之。詠《蓼莪》，必能銜恤靡至也；賦《北山》，則必賢勞靮掌也。至其氣之所磅礴，利害不屑計，生死不能渝，發為詞章，能薄雲天而沮金石。不如是也，雖連篇累牘，直風雲月露焉耳矣！漢陽劉君琪峰，由拔萃起家，令神木，民咸歌舞之。甫解篆，逆回大至，代者留佐，籌捍禦，城陷以身殉。丁子星海，兒女姻也，哀遺詩將付剞劂，屬余序。展讀之，格不拘唐宋，派不襲李杜蘇黃，獨攄性靈，雍容淡蕩。其五七古體，又時見突屈蟠鬱之奇。窺公之志趣，殆善養其剛大而不欲以詩名者。不欲以詩名，詩之所以真也。我朝詩學之盛，卓越前代。軍興以來，學士文人，與夫投橐釋劍之士，感時憤事，欲以詩史繼少陵者，不可枚數。公宰神木，凋劫之區，值蔦賊交訌之際，顧豪情勝概，絕不泣灑新亭焉。何也？豈太阿巨闕，寶光不欲外鑠，及一發其函，遂能倚天射斗邪？明季李自成攻保定，督師大學士李建泰將取知府印投牒降。同知邵公宗元，江北貢士也，方權府事，堅不與，且痛哭面責之，余昔讀其傳而壯焉。距二百餘年，又得公。然則，貢士中固大有人哉！惜邵公殉節時，無能收其著述者如吾丁子也！《棠谿文抄》卷一

程維周廣文詩集序

江夏程維周先生幼以孝行聞，登賢書後，謁選人，得縣令，以養親不赴，改補黃岡教諭。黃岡，茶村山人故里也。當明神宗時，詩學榛蕪，吾楚鍾譚二子，特標性靈之旨拯其弊，說固本諸《滄浪》也。顧不主性情，而專言性靈，久之，遂入於幽僻。於是，登騷壇執牛耳者，以沉雄博大相矜尚，而集矢竟陵，至謂楚人為厲階，不亦太過矣乎？山人勝國逸民，抱逢萌周黨之志節，流寓江左，與梅村貽上孝升諸鉅公相角逐，諸公皆引重焉，何也？詩以理性情，性情之發為忠孝，猶天之有經緯、地之有泰華也。矇瞽不能視，而

談日星之光華，輒昂首眙瞻焉。十丈之蓮、五大夫之松，躄者聞之亦思扶杖一觀爲快。伊古來忠臣孝子有單詞隻字留落人間，自非喪心病狂，不齒名教之徒，莫不愛之敬之，什襲珍藏之，況諸公之卓卓歟？然則詩有山人，可識性情之正；黄岡有山人，足稱張楚也已。山人既沒百餘年，而程先生官其地。先生孝子也，孝子之工詩者也，以潔白養其親，循陔餘暇，間及吟詠，格不拘唐宋，而獨抒性情。其致渢渢然、嫋嫋然，如膏雨之潤物，而不聞淅瀝也；皎月之當空，而無微滓也；又如乘小艇漾平湖，大聲雖作於水上，不至波濤震撼也。嘗取《變雅堂集》並觀之，辟之氣，先生得其春山，人得其秋。秋多悲憤，春則微和。時扇白華，絳跗被陵陂，令人嗅攬不盡。而衡以大鈞之洪運，則易地皆然，有不容妄爲軒輊者。嗚呼，詩道之亡久矣。三百篇之經，三代下之杜工部，惟其有真性情，故《蓼莪》六章，一廢於王哀，再廢於顧歡，工部獨以聖推之。數百年來，詩家如恒河沙數，能者矜才氣而無性情，否則無疾呻吟，作憂國憂民之腐詞，以襲工部面貌，求夫宗族鄉黨無間言。著述堪繼《蓼莪》者，百不一二人焉。孝爲庸行，何鮮能若是耶？毋亦婉容愉色，不可僞爲，較之致身，尤難耶？山人集，世多有之，不具論。咸豐中，楚撫胡文忠公舉先生孝行，再三懇辭，蓋昊天罔極，先生之隕涕也，久矣。棹楔之旌，豈其素志哉？先生生平詩不下數十卷，辛未手自刪訂，定爲十六卷。世之讀斯集者，知本性情以論詩，吾策其愛之敬之，什襲珍藏之，必不令智出瞽聾下也。昔河東陳慥居岐亭，東坡謂光黄間多異人，山人與先生固產於黄、官於黄者，蘇公之言其信然乎？然而非異人，詩人也。非獨詩人，逸民也，孝子也。

維周廣文余卅年金石交也，壬申春疾革，執余手囑曰："吾詩稿皆手自編訂，頗無遺憾，惟舊序未愜予懷。當代著作手無過君友沈君棠谿者，能爲乞一言易之，死不朽矣。"余敬諾，棠翁重感遺言，爲撰此文，俾余不負死友。詎獨文品高出時流，即其陳義，亦足方駕古賢矣。同里丁宿章注。　《棠谿文抄》卷一

程維周廣文墓表

江夏有孝子任黄岡教諭者，姓程氏諱之楨，維周其字也。居官七年，今三月以疾返鄂，卒於里，年五十有四。執友丁星海中翰與先生居同井，作詩

同社,避患難同行,知先生最悉。懼孝行不彰,且悼人師之亡也,屬增爲文表諸阡。其言曰:先生純孝人也,幼喪父,家貧食苦,母令入鄉塾。先生有至性,善體母心,夜篝燈,紡績誦讀聲相間也。弱冠入邑庠中,咸豐辛亥鄉試,不欲計偕,母促之行,揭曉即遄歸。未數月,鄂城陷於賊,先生奉母遠避,旅棲五六年,母無流離戚戚意。楚撫文忠胡公,將以孝行聞於朝,再三懇辭乃止。同治元年大挑,得知縣,以養親請改教諭,乙丑選授今地。先生廉介自持,課士之暇,即承歡膝下,其婉容愉色,如孩提之戀慈母者,蓋五十四年如一日也。病革時,口授十六字曰"尚有母存,何堪早死;許多詩債,留待來生"以自輓。言至此,丁子愴然不自勝。沈用增曰:五十四年如一日,事親若先生可謂純孝矣。吾聞孝子之有深愛者,必有和氣。氣之和莫如春,當夫三陽畢至,景象冲融,熙熙然蓬蓬然,自翾飛蠕動側生旁挺之屬,以及翔者泳者枯蹶而頑鈍者,靡不欣欣各具生意。即猝有震雷電霧之變,而祥和之宰,莫之能撼焉。孝子得之斯,晨昏出入,悉春氣所彌綸。啜菽飲水,奉之者怡然、受之者暢然。且有時以鐘鳴鼎食易其啜菽飲水而不可得者,是故,夏德爲孝,氣猶隨候爲轉移。惟孝子發於深愛者,能歷終身而不變。夫歷終身而不變,是無二也,無雜也,所謂純也。純即至誠之無息,何論賦年之永不永歟?嗚呼,求純孝於三代下非易易矣。庠序之教不謹,爲校官者,既非古者徵辟之儒,足爲人倫模楷。士自束髮受書,即中於科名利祿之說,一旦致身通顯,或效絶裾立功名,否則宦海浮沉數十年,不識老親面貌。間考歷代之史,忠臣數倍於孝子,孝子又多出於耕氓編戶中。以有明二百七十餘年,易名之典難以枚數,其膺孝謚者,僅四人焉,可勝浩歎哉?先生早歲講求經濟,著《史賸》及《時勢鑒古》諸書。當胡公訪舉時,士大夫之帕首衣短後從戎,不數年而任方面者,不可一二數也。先生倘亦逐隊其間,當久顯貴矣。即不然,因謁選,已得之縣令。引喤就道,庶幾榮親一端。顧戀戀冷官,不甘以彼易此,豈非孺慕之誠無二無雜,如春氣之在草木,霜雹不能侵,並非旭日和風之所能益邪?丁子又言,先生性和易,無疾言怒色。然交遊最慎,居省會不知干謁。即共講肄者,無過數人也。喜作詩,自抒性靈,寓鋒棱於猶夷駘宕中。有集十六卷,子景熙景勳方付梓。嗚呼,人師難求，自黃歎之。先生人倫模楷也，中道云殂，未獲終其孝養，可痛已。夫余往來鄂城五十年，稔知先生孝行。今有感於自輓語，故綜丁子之言，特表其大節彰彰者，以爲士林法。其他懿行不能備書，亦不必書也。《棠谿文抄》卷六

丁太宜人墓表

吾友丁子宿章，孝行著鄉里。咸豐中銓授黔南縣佐，以親老乞養不就，余已識而賢之。丁卯夏，遇於鄂渚，持其母太宜人行實，乞文以表墓。因揭其大凡曰：太宜人姓侯氏，年二十歸封翁紹雅公，生二子宿章奎章。奎章生四歲，封翁卒。丁氏雖以科第名吾邑，家世寒素，產無及中人者。太宜人飲冰茹蘗，日倚紡績作生活。宿章稍長，令就傅，歸則篝燈督夕課，誦聲機聲軋軋相間也。冬夜寒不得火，輒以胸貼兒背使溫，不任廢讀。故宿章雖不以科第顯，亦頗以才能著聲當世。洎宿章之居省幕，移家武昌，事無鉅細，理之秩如。宿章自館歸，惟以敦品勵行爲訓，不及家常瑣事。宿章喜交遊，有過者厚款之，饋食豐潔，客不知其家之窘也。每於廳事後，察客言論舉止，以示去取，宿章所交是多道德之士。壬子鄂城陷，宿章兄弟將赴難，太宜人涕泣語之曰："爾志誠嘉，未亡人視息偷生者，欲爲丁氏宗歲時奠一盂麥飯耳！姑俟之，脫不得全，吾早自決，不令爾輩食不義粟也。"卒匿破屋承塵中獲免。旋出避黃陂山中，令宿章出，參制府軍，以功保縣佐。乙卯賊再熾，時宿章館光化，間關迎養。未幾，襄陽土匪又起，延擾鄖竹。宿章奉太宜人，輾轉奔避，幾一千里。審所止，每爲賊蹤所不到，若有先見者。當其之竹山也，同舟有母女終夜泣，叩之不應。或謂其父負舟人金，已以女爲償，詰朝將別故耳。太宜人惻然思所以援之，而資斧適乏，乃盡撤所御簪珥，以代償，母女始獲全去。方宿章之辭黔南，適奉中丞胡公教，權稅應城。太宜人誡之曰："權稅濟餉，爲朝廷不得已之政，寧寬勿刻，毋擾累桑梓。"宿章終其事惟謹，受中丞知，晉五品銜。奎章亦以佐軍幕授巡檢，需次吳門。均以器識爲時見重，蓋習於太宜人之教者深也。昔毛義捧檄色喜，張奉心鄙之，後以母卒不出，始歎賢者不可測。夫義誠賢矣，吾觀東漢名賢如崔實

范滂輩，皆得之於母教，義之母獨無所見焉，何也？然則天下賢母湮沒不傳於後者，蓋不少已。宿章之出處與義殊途，而江漢間無不稱其孝者，豈知太宜人之寓慈於嚴、訓誨保護如此之賢且哲耶？予故列其最者表於隧，以備他日女憲之續云。《棠谿文抄》卷六

棠谿文抄跋

同里棠谿沈先生性穎敏嗜學，寢饋於班馬陳范之史、唐宋大家之文者，幾四十年。所爲文精深樸茂，成一家之言。惲子居先生所云："無一語有意似古人，又無一語不來自古人。"非於此中三折肱，而能若是耶？余以鄉後進，承其下交，道義切劘，老而彌篤。丙子重聚鄂垣，索觀所著，已五六百首。先生年且逾七十矣，將走二千里外，赴賀幼甫太守虔南之約。余懼其久而散佚也，慫恿付梓，乃刪存百五十餘篇，畀余屬爲刊定。余才慚敬禮，奚當斯役？重以諈諉，謹次其後先，釐爲八卷，授之手民。經始於丁丑冬，藏工於己卯秋。至點畫而辨及黍粒、訛誤而差鮮魯魚者，稚珉部郎悉心檢校，寔再越寒暑云。光緒五年桂秋丁宿章星海跋。《棠谿文抄》

人鏡類纂序

古人非讀破萬卷，不敢下筆爲文。當其鉤玄提要，觸類旁通，洞吾心體之明，廓之家國天下，往無不利。窮年矻矻，豈獨延一日方聞綴學之譽哉？彼世之挾兔園册自豪者，固不免大雅之嗤。而見聞所囿，當亦有以原之。寒畯起草野，安所得窺中秘之藏？井蛙不可語海，識有以限之也。即世所傳各類書，不過捃拾四部。或繁而蕪，或簡而陋。誠不足以探天下之賾，窮學人之變。故紙雖鑽，耳目終隘。欲求宏通淵雅之儒，以救文辭學術之陋，殆亦戛戛其難之矣。自朝廷以帖括取士，英雄歲月，半銷磨於應舉之文。縱坐擁百城，又誰肯以南面易之哉？維周老友，少岐嶷，讀書十行俱下。家貧不能得善本，一紙之借，必窮日手鈔。洎秉鐸齊安，輯平時所鈔數千萬紙，爲《人鏡類纂》四十六卷。秘之枕中，從未出以示人。壬申捐館，令子景熙始謀付手民以公於世。謬以余與其先人相知最深，力乞一言殿諸簡。余

俯而讀之，見其取材宏而制體嚴，卷帙不繁而條目賅備。蓋與《淵鑑》《類函》相表裏，以視李氏《金鑰》、皮氏《家鈔》，皆等而上之。士得熟覽焉，文辭學術，不患不倍蓰。昔人譬之醫師，必丹砂溲渤，並蓄無遺，方足以起痛者於沉疴。是書出，不脛而走，奚待余言。第維周忠孝誠篤，學有根據，留意於經世之務，以闡明正學爲心。才豐遇蹇，天又促之以年。使僅以方聞綴學延譽當時，其亦重可悲也夫。錄自《湖北文徵》卷十三。《湖北文徵》又錄《田秉之先生鳴籟集題語》一文，《詩徵》卷八"田均"條有載

八千卷賜書廬圖爲丁星海中翰題

中翰從高祖湯銘公以畫名於時，高宗南巡，徵赴行在，畫稱旨，隨鑾入都。供奉内廷，凡十四年。年八十七，放歸。賜帑金五百兩，固辭。乞賜《御纂圖書集成》一部。上悦，如所請，仍賚金如數。歸，卜居鄂城，今武昌。築"八千卷賜書廬"奉之。曾祖析產時，以賜書與沃田一區，各爲一分，祖願捨田就書。今藏石陽山中。

　　福地瑯嬛此大觀，千秋知遇布衣難。書田當產推虞仲，祖業傳經羨子安。四世天恩金簡貴，一燈夜雨杼絲寒。青箱茅屋淒涼處，中有慈孫淚血丹。

　　愛書伏勝還藏壁，抱卷桓榮屢避鄉。寶笈仍尊周柱下，劫灰不蝕魯靈光。蠹魚有福留仙蛻，黄鶴無家問夕陽。愧我未曾東觀讀，買鄰應許借文章。《維周詩抄》卷六

鄖陽旅次贈丁星海中翰

　　曾向元戎隊裏來，羣公上客重鄒枚。馬頭作草還飛槊，筆底生花更薦才。擾攘乾坤詩格變，流離朋輩酒樽開。請纓不負終童願，血污刀瘢殺賊回。

　　天涯遊子嘆飄蓬，破帽尋詩襄水東。芳草叢祠蕭相國，夕陽斷碣米南宫。春歸異地驚疎柳，夢入鄉關有斷鴻。一樣仲宣樓上客，扁舟南下幾時同。

　　鑪香吹斷月湖冰，堠火蒼涼兵氣騰。黄鵠無家山剩雪，白頭有母夜挑

燈。江南枯樹愁開府,城上寒砧怨少陵。好寄尺書早迎養,板輿差勝屺頻登。《維周詩抄》卷七

題丁星海中翰鴨魚湖莊園即步其先奉政公述祖德詩元韻

漢東小築三間廬,湖雲如練搖階除。到門似入樊噲里,謂其始祖故明濟陽將軍。避世好讀瑯嬛書。家有賜書,壬子亂後,輦歸湖莊,今無恙。葦花月落曉呼鴨,荷葉露香宵打魚。我若移家賦招隱,那數紫府神仙居。《維周詩抄》卷八

題戴仙舟遺詩後

我客漢川之四月,星海寄我仙舟詩。開函蠅字發光燄,一一排比瓊琚詞。綜其生平所賦詠,疇昔恍惚夢見之。星海曰吁且勿讀,慷慨聽我陳悲思。岳陽一破豺貙突,武昌羽檄紛交馳。季冬寒氣被江郭,完卵勢莫孤城支。戴家父子持短劍,嚴霜午夜來登陴。大師整軍匝一月,賀蘭不救睢陽危。殘旗凍鼓慘無色,亂雪如掌霏江湄。書生罵賊憤切齒,背城一戰猶能為。礮聲出地忽山坼,火光上郭如星飛。賊打城門辟兩扇,父子拒賊決巷戰。白髮提刀苦力窮,兒手刃賊身父捍。羣賊揮刀向兒吭,兒頭父臂一齊斷。父死忠兒死孝,九地相隨各含笑。裹屍不用灰釘埋,載喪那屑輀車弔。眉山軾轍生齊名,卞家盱眕死同調。客言未畢刺我心,鬼雄來瞰燈影沉。掩卷一拜一慟哭,招魂徑達荒江潯。君詩妙擷湘花香,集名《湘花館》。前身小住蓬萊鄉。明月鍊魄冰濯骨,春蘭吐馥珠含鏘。黃鶴仙人久不返,樓頭屢召長庚狂。有時縱筆發幽豔,或為翠羽為珩璜。東鄰偶託宋玉諷,媌娥獨寄靈均傷。亙古君臣與父子,固結天地皆情場。我向茂陵求遺稿,幸從敬禮搜文章。其言芬芳而斐惻,其思挂腹而撐腸。吉光片羽拾灰燼,一字一句珍縑緗。才子心肝嘔不盡,滿腔熱血殷詩囊。《維周詩抄》卷九

星海囑題《秋風歸夢圖》,久不報,因書以還之

星海索我歌秋風,兩年閣筆成頑聾。尺書三至苦不答,詩債竟與追逋同。豈知我生異嵇懶,亦非狂效阮嗣宗。宋玉吟魂銷不得,踟躕掩卷心憧

憧。不如笱束置高閣,差免芒角森填胸。昨夜秋風登古堞,新紅臥地搖霜楓。黃牛峽高明月上,九十九洲灘聲洪。長江浩浩日東下,秭米置我塵盎中。遠望鄂州但煙水,況聞墟里生蒿蓬。明年流寓更何處,疇能泥爪測飛鴻。斗城三鼓遊既倦,石梯獨下頹垣東。急取斯圖作行草,字如蚯蚓吟如虻。數語贈君不敢贅,就枕夢度臙脂峰。《維周詩抄》卷九

星海藏書多燬繪圖索題數月未報秋夜挑燈展玩走筆得七古一章却寄

大江繞郭山枕城,蚴蟉老樹嵌空青。乃祖積書八千卷,排書滿屋如畫屏。機聲續續書琅琅,機絲一梭書一行。書中黃金用不窮,撐此單寒繼汝父。千秋文字付灰燼,奇禍誰訴蠹魚冤。滿腹便便邊孝先,八千卷書捫在此。勦賊曾磨盾頭墨,借箸羣推幕府才。我家亦與黃鵠鄰,先人故宅湮荊榛。野鼠白日常墮地,戰鬼黑夜來窺人。今夏我旋武昌棹,值君僑寓黃州濆。襄陽一面亦偶然,聊爲家鄉話疇昔。扁舟遙指暮江頭,是君當日讀書處。焦土剩此麥光潔,倪迂大筆瘦於鐵。鬼神呵護風雨寒,一幅孝子心頭血。中有翼然一椽屋,鱗鱗古瓦蟠紫藤。而父早沒門如霜,孤兒讀書坐母旁。白頭臨燈向兒語,汝父絕無錢畀汝。槐槍入楚黃埃昏,赤舌獵獵烏巢焚。爲書爲廬今已矣,孤子文名長不死。荒江謀養劇可哀。豺虎塞路生蒿萊。天然驊騮有俊骨,長風莽蕩拳毛開。樓棟雖未碧煲燎,斷礫無復頹垣存。破書一樓如雲散,溝壑埋我平生文。可憐七載各爲客,遠遊都被勞薪迫。曰歸復不與君遇,西門楊柳青如故。君今回鄂我在荊,雙屐仍在圖中行。儼然張華入琅環,不爾徑鑿二酉穴。程生放歌歌且長,何日傾蓋同故鄉。願借令威來歸之仙鶴,兩家結屋高觀陽。高觀,山名。《維周詩抄》卷九

黃州秋夕答星海中翰見懷之作

一雁新秋下遠天,漢皋雲樹極蒼然。才人例合稱詩史,名士何堪守硯田。愛日頓悲毛義檄,橫流要著祖生鞭。韓城巷裏相逢處,白袷青衫兩少年。

十年夢繞襄江上，幾度黃花惜別離。山色青蟠諸葛廟，河聲秋咽鄧侯祠。櫪猶伏驥毛空落，事到亡羊路總歧。只有壯懷銷不盡，白銅鞮唱憶當時。

流光都向亂離過，白髮慈親奈老何。半席恥爲村學究，一官冷似定頭陀。城無庠序文章賤，地控江淮帶甲多。幸有作人賢太守，芹宮簧鼓靖干戈。

令威此地著英名，君曾館黎衡甫太守幕。五載鴻泥感昔盟。赤壁天開烽火劫，臨皋月瀉暮江聲。林逋放鶴還招客，林岱青明府招君遊，旋以奉諱不果。王粲依人又苦兵。謂雨丞司馬。何日鷗羣尋舊約，晴川樓上話平生。《維周詩抄》卷十六

以楚人輯楚詩者

以楚人輯楚詩者，從前代有之，今則久不聞矣。然前此所輯，多有其名而佚其書，彌覺可惜。其尚存者，或多屬湘鄂合編之書，或爲湘人自輯湘詩之書。故此事在吾鄂，殆可云絕響。就今所見，如廖大隱之《楚風補》、《楚詩紀》，此合編者也。鄧湘皋之《沅湘耆舊集》及爲寶慶一郡之《資江耆舊集》，此專屬湘省者也。若吾鄂所傳，只孝感丁氏之《湖北詩徵傳略》一編而已。其書雖不饜人意，然在作者搜求頗苦。吾鄉亦幸有此書之存。光緒中，黃岡殷東坪廣文雯，聞擬輯未成。同里潘四梅明府《臥園詩話》稱："成廟時，吳門陶鳧薌侍郎梁，觀察黃州，爲吾楚風雅主持。曾招王子壽比部，王香雪明經入幕，爲《湖北詩徵》之輯。未幾內遷，遂攜稿北去。近聞已散佚淨盡矣。"此亦擬議有成，而卒不竟其事者。其專輯湖北成書而傳世者，惟乾隆中，黃岡王二思學博如琰與江陵張惟甄明經旋均同輯有《楚北詩佩》十卷。丁星海輯《傳略》時，曾假之於天門劉孝長明經淳。其書必有傳者。法梧門《槐廳載筆》中引用書目，有鍾祥高密齋太守士熙《湖北詩錄》。余在都下曾詢之荊門蔣員外楷，云家有其書。旋亂作，未寄出。故此二書皆未之見。丁氏《傳略·凡例》稱："湖北著作家，從前留心風雅，纂爲闔省闔府闔縣之詩者，不下十餘種。"此類余只見夏槐《廣濟耆舊詩集》十二卷，及熊兩溟編文曰

《竟陵文選》、曰《詩話》二種。頃徐星槎欲仿此輯孝感詩文，余力贊之。余皆未之見。他如熊兩溟之《荊湖知舊集》成書近在嘉、道，必有可觀。洪素人《江漢風騷錄》及《湖北先賢詩錄》亦未之見。至於吾郡先哲，如蘄水李元瑩孝廉見璧之《宏圃楚詩》，蘄州汪蘭友明府蘅之《楚中風雅藪》十卷，及陳愚谷工部之《湖北詩載》十卷，皆未之見。今則篇章零落，國學頹亡。時事至此，更無復究心此事者，此道殆將滅跡矣。法梧門《與熊兩溟書》稱有《陶選詩的》，今未之見。又孫偕鹿欲爲《湖北詩抄》，亦未果。此事苟非有大力者爲之援，不易著手也。《續漢口叢談》卷三

孝感丁湯銘

孝感丁湯銘，以畫名於時。高宗南巡，應徵赴召於行在，進畫稱旨，隨扈入都。供奉內廷十四年。年八十七，放歸。賜帑金五百兩，固辭。乞賜《古今圖書集成》一部。上允所請，仍賚金如數。歸，卜居鄂城，築"八千卷賜書廬"藏之。其子析產時，以賜書與沃田一區，各爲一分。其孫願舍田就書。咸豐中，避寇氛，藏石陽山中湖莊。乙卯，尚無恙。戊午後，仍被毀。其從玄孫中書宿章，字星海，繪爲《八千卷賜書廬圖》徵題。毀後，又爲圖徵題紀之。《續漢口叢談》卷四

擬輯湖北詩徵序例

惟楚建國，拓宇《離騷》。大輅椎輪，萬世師祖。錙毫溢黽，日月爭光。玉質金相，百世無匹。其自天之溠溠，地之嚚嚚。駉蚓乘翳，崑崙流沙。豐隆宓妃，鳩鳥娀女。康回夷羿，木夫土伯。夸誕譎怪，愉佚愕駭。有動於中，形而爲言。莫不朗麗以哀志，綺靡以傷情。瓌詭而惠巧，耀黷而深華。故漢宣歎其皆合經術，揚雄謂其體同風雅。天下文章莫大乎是，衣被詞人非一代也。楚產多才，紛紛繼起。憲章祖述，厥制益繁。南國振風，體凡數變。托旨興懷，深悽婉至。酌奇而不失其真，翫華而不墜其實。則宋玉景差之爲也，其源出於屈平。抑亦鷥鳳之片羽，蘭芷之芬芳。及王逸父子爲之，文而不華，質而有體，芬芬乎雅頌選也。少而知名，笙簧文苑。臨難操筆，詩成乃免，則庾肩吾之爲也，與悕憚爲儔。及其子信爲之，則綺而有質，

豔而有骨，清新而老成。俗者之囿，而古是抗。奇才秀出，牢籠一代，席豫孝孫弗能過也。傷時撓弱，情不忘君；渾涵汪洋，千彙萬狀，則杜甫之爲也，世號爲詩史。上薄風騷，下該沈宋。古傍蘇李，氣奪曹劉。古今之變既賅，而文人之能備矣。及孟浩然爲之，則納靈沖襟，仗儒傑立；河漢梧桐，妙絕千古，豈與夫岑參、薛據、戎昱、衛象同年而議豐確哉？滿城風雨，興敗催租，則潘大臨之爲也，其源出於江西。及林敏功、敏修爲之，並衍宗派，法嗣不墜。居仁之圖，非竺論也。綺錯婉媚，委自天機；朗月初升，明漪見底，則三袁之爲也，其源出於白蘇。然空疏者相與尸之，旦握管而夕已盈篋，則俚之徒也。野火燒桑，寒猿飲水；幽深孤峭，古無人蹤，則鍾惺之爲也，其變源於公安。然傑格拮掇，鉤子菆梧。譬猶厭菽粟而吞馬肝，毀冠裳而衣木葉。雖取駴時哲，未足多矜。蓋詩至竟陵，而體之變極矣。聖清宰世，耆宿方駕。荆玉隋珠，頗可纂述。故長人發名於廣濟，于皇埰藻於黃岡。雲田耀采於漢陽，傳人蜚聲於蘄水。元亭、環度華萼交輝，香崖、秋崖如驂之靳。並與共人、伯建感舊於漁洋，雨方、秋潭傳詩於湖海。確士持衡，奮其創見。匯千古之騷雅，聚一時之壇坫。其時，元度、會公、無易、子重、黃公、百年之屬，鷹揚於翰苑。兩山、悔人、孟穀、赤子、少峰、文淵之屬，虎視於詞場。綜其菁華，總歸詩囿。於是有《國朝別裁》之選。符氏南樵補所未備，上起鴻博，下逮近代。廣搜博採，亦云周備。於是有《國朝正雅》之選。然而蘭亭、金谷，觴詠一時。詞客之名，散見總集。徵文考獻，未有專編。亦有《漢上題襟》、《荆南唱和》、《丹陽大集》，惟錄鄉人。鍾儀南冠，不忘楚語。而矜擇未慎，僞體錯出。承學之士，目爲外編。操觚之家，束之高閣。等之自鄶，亦無譏焉。自時厥後，代有篇翰。韻語連綴，無乏於時。不有表章，何昭來許。一旦殞落，允替陵蔑。姓名淪於荒榛，文字磨乎浩劫。風流精爽，沉翳厚地。後之君子，與有責焉。是用臚舉條例，分別流罨。翰藻久著者，錄其本傳。姓字稍僻者，間附遺篇。以至房中之歌，世外之詠。前修綜輯，不廢茲體。但使無乖正始，靡墮魔障。清辭麗句，有取焉爾。惟彼淫濫，務塞其源。勿令厄言，飛馳俗聽。庶使杜若江蘺，與梗枏齊秀。羽毛齒革，共珠玉爭輝。是亦詞林之雅致，文囿之殊觀也。至於詩社標榜，去取任臆。鍾嶸以求譽不遂，巧致訛諆。劉勰以知遇獨深，繼為推闡。石林隱排乎元祐，冷齋曲附乎豫章。文人相輕，亦所不取。故別白存之，各核其實。將使神理共契，政序相參。英華彌縟，萬代永貽者矣。嗟乎，舒文載實，來者難誣。標心三百以上，抗懷千載以下。金石靡矣，聲其銷虖。

荊楚之地，方廣千里。窺吳瞰蜀，實曰奧區。山高尋雲，谿肆無景。間氣所噓噏，隆風相煽颺。江漢炳靈，代產人傑。舂陵歊其佳氣，璿玉燭其魂光。偉異魷風，黼黻河漢。詞人盛藻，喬皇星雲。淩轢乎中州，渲湎乎檮杌。雲夢可吞八九，斗南豈獨一人。夫洛下耆英，口碑膾炙。潯陽三逸，齒頰徽俹。表彰先德，自古已然。豈可使盛衰古帙，雲散煙消。鄒郭殘縑，代今謝昔。於是上搜舊聞，傍摭遺逸。發潛德之幽光，致高山之仰止。美人香草，日進於御。陽阿采菱，洋溢宮縣。至如張文忠之鴻猷，熊襄愍之駿烈，文章小道，匪曰專家。然楚水明珠，莫遺其寶。荊山片玉，孰云非珍，數典不忘，敬桑梓也。錄鄉賢詩第一。

天地蘧廬，萬物逆旅。名流居處，隨遇而安。乃有懷鄉去國，憂煎百慮。流離遷斥，刑禍交胸。甚或日星照臨，而鬼門下淚。山水名勝，而囚山作賦。達人知命，安有是哉。楚地幽秀，山川在矚。荊襄漢沔，冠蓋輻輳。晉宋以降，代為重鎮。四方名士，鯽魚過江。遷客騷人，多聚於此。楚歌郢曲，澤畔同吟。若二程之生於黃陂，二宋之產於安陸，宦遊而復歸本土也。諸葛公隆中之廬，蘇學士臨皋之宅，寓居而未經著籍也。若斯之類，咸以略諸。惟夫始產他邦，終歸楚甸。庾信故宅，世著家風。梁震土洲，自號隱士。趙臺卿，荊州壽藏。方山子，光黃高冠。故鄉之白非雲，騷客之碧不化。流風遺烈，代壽名山。豈得與牧歌樵唱，並付之衰草寒煙中也。錄流寓詩第二。

《卷耳》懷人，風行周南。喬木休息，肇始江漢。錯薪秣馬，遊女貞而難求。蕙帶荷衣，美人鬱其誰語。鄧墟慘綠，淒淒荊武之魂。樊家收青，黯黯王孫之樹。楚媛多才，由來舊矣。至於申申善罵，女嬃菉葹之言。妻妻工愁，明君琵琶之曲。代有徽音，並高彤管。斯實蛾眉之韻事，縞紵之香荃也。若夫淫如夏姬，妒如鄭袖，是名妖蠱，污我佳麗。而前人諸選，貞淫奪位。或青樓失行,而恣詠月露。或之子不淑,而盛稱山河。雖嬋娟此豸,殷勤好麗。綠衣三百,色如之何?未免擬人不倫,歌詩不類。豈所謂勸善懲惡、作範垂訓者乎?茲編所錄,首取貞靜,次取博洽。庶足上追大家,高掩韋母。其有但詠香奩,有傷名教,雖稱雅麗,概無取焉。錄列女詩第三。

懷素綠蕉,頗好筆翰。齊己白蓮,最耽吟哦。曰詩僧矣,不繫湖北也。慧遠振錫於襄陽,忍祖授鉢於黃梅。慧安之鶴舉枝江,法聰之蟬蛻新野。佛慧霹靂之舌,法嘗齪鼠之聲。曰湖北矣,不盡能詩也。自紫金瑞像,殿陛飛行。白馬精藍,山雲割秀。蓮花貝葉之藏,旁行半滿之字,頓與六經等列矣。嗣是東方聖往,南國衣傳。龍象蹴踏,周遍區宇,楚之宗風蓋大振矣。然雖置身雲漢,坐斷三界,混跡市塵,心超萬有,而語錄傳燈,靈談鬼笑。大雅宏達,何以稱焉。國初詩僧,棄儒逃禪。其於詩也,錚錚自鳴。歷更選政,莫之廢也。其有念賈島佛還作詩人,思靈運言無慇慧業。脫口半偈,嘔心斷詞。並廣搜羅,以張藝囿。錄方外詩第四。《经心书院续集》卷十二,雷以震撰

擬輯湖北詩徵序例

孟子曰:"王者之跡熄而詩亡,詩亡然後春秋作。"然則詩之亡也,其無有繼之者乎?曰楚人之《離騷》繼之。然則《離騷》又曷足以繼詩也?曰太史公嘗有言矣:"國風好色而不淫,小雅怨誹而不亂。若《離騷》者,可謂兼之。"此非謂《離騷》之足以繼詩耶?炎漢之興,說詩者四。楚人龔舍獨習申公之學,以魯詩教授鄉里。而南郡王叔師、漢陽趙元叔,俱以能詩著聞。叔師之詩,所謂"漢詩百二十三篇",已亡於梁代。惟元叔《秦客詩》尚見本傳中,合乎河梁之體,此則吾楚北言詩之鼻祖也。唐之杜子美、孟浩然,宋之宋元憲兄弟,皆為一代大宗。而子美號稱詩史,尤為千世所取法。即明之公安竟陵,以言詩為世所詬病。然其所選《詩歸》、《明詩歸》諸編,朱竹垞《靜志居詩話》及王阮亭《池北偶談》已定為淺人偽托。則詩妖之誚,固非二先生之咎,乃不善學先生者之咎也。國初,杜于皇、顧黃公、胡君信、王孟轂諸老輩出,導清源,騁麗思,聲溢金石,采錯元黃。藩夏連鑣,頡頏名輩。簡

文有言，"文章未墜，必有英絕領袖之者"，非此之謂與？顧楚自芈氏建國以來，距今幾三千餘年，其間不乏陳王潘陸之儔。而文獻無徵，風雅放失，從無有裒以成集者。即近日丁中翰星海探錄史志，搜輯遺書，刱爲《湖北詩徵傳略》，其次第俱以今郡縣標目，縣各十數人，通係爵里身世，而間及其詩，如漁洋《五代詩話》之類。然乾嘉而上，本諸志乘，其事詳。光咸以還，多憑口授，其事略。甚且官閥故實，十訛八九。蓋此書之不足徵信也，審矣。嗟乎，吾楚號多材之區，其方聞緻學之儒，每足轉移夫風氣。無論引商刻羽屬和者，或難其人，即鳳兮之歌，尼父尚爲之改容，而況其他乎？然則聚風什、開集雅，固鄉校輩之責也。於是不辭委瑣，竊仿朱氏《明詩綜》、厲氏《宋詩紀事》之例，更爲博採諸家之書，以補丁氏之所未及。其事實、評語則以小字夾行並注於姓氏爵里下，編目則另以大字標。題曰《湖北詩徵》，示不沒其實也。書成凡得若干人，共若干卷，而識其例於左。《经心书院续集》卷十二，賀汝珩撰

湖北詩徵傳略序

詩以理性情，無古今，亦無畛域也。然三百篇後，自漢魏六朝迄唐宋，論者已有升降焉。孔子刪詩，十五國並列。而後世選其鄉人之詩者，黃黎洲有《姚江》，黃俊升有《嶺南》，梁崇一有《廣東》，王慎人有《莆田》。清籟煌煌，鉅軼流播人寰焉。夫梨洲、俊升諸君子，非不知詩以理性情，無古今，即無畛域也；而猶懷鉛握槧，矻矻不休者，蓋憫搢紳先生與夫山林憔悴之士，終身抱膝撚髭，欲傳其詩而未必傳；即傳矣，未必能遠且久。於是搜其遺稿，拾其斷簡殘編，無論爲漢魏爲六朝爲唐宋，但能溫柔敦厚，不失聖人刪詩之旨者，皆甄錄之。始一邑以及一郡，俾搢紳先生山林憔悴之士，生平著作不致湮沒而弗傳。其事雖似詩人標榜之習，實則仁人君子之用心。使五季時有創是格者，則方雄飛輩當稱慰九原；謂不朽之權操之自己，豈屑張文蔚身後及第之請哉？吾楚在唐時稱詩人藪，宋元作者代不乏人。自明季鍾伯敬譚友夏，矯何李之弊，變爲幽深，後來詩家遂以竟陵爲口實，楚風之不競者二百餘年焉。余友丁星海中翰，楚中之工詩者也。少與程維周廣文寓

同閭學同師,談詩同宗派。庚午辛未之際,廣文將刻其詩,屬中翰論定。或有勸中翰亦刻己作者,中翰瞿然曰:"吾詩果可傳乎哉?吾詩而可傳,則楚中宜傳之詩不少矣。楚自鍾譚二子後,能爲漢魏爲六朝爲唐宋者,殆不可以什百計。今皆湮沒而弗傳,何楚人之多不幸耶?吾將旁搜博採,凡遺稿殘編中有溫柔敦厚、不戾聖人刪詩之旨者,都爲一集,傳之四方。倘有聞風而起者,則搢紳先生山林憔悴之士,數十年抱膝撚髭之苦心,庶幾不致糊窗紙而化脈望乎!"蓋自庚午至今十二年,徵湖北詩,刊爲四十卷計。

昔閔景賢輯有明韋布之作刊之,題曰布衣權。嗟乎,布衣有何權?能以一卷詩與公卿並傳,則無權而有權,且其權非公卿所能奪,吾猶惜其僅以權予布衣耳!假令綜搢紳先生山林憔悴之士,無論其詩爲漢魏爲六朝爲唐宋,一一節取而傳之,其權不且更大哉?吾是以讀《姚江》、《嶺南》數集,而歎梨洲、俊升諸君子之善用權也。雖分畛域,而其心實不欲分畛域也,得斯意者,可以讀中翰《詩徵》矣。光緒七年辛巳冬同里沈用增撰,時年七十有五。《湖北詩徵傳略》增訂本,沈用增撰

附錄二:人名索引

A

| 安 北 | (714) |
| 安 照 | (735) |

B

巴佚民	(1194)
白鼎胤	(41)
鮑 防	(1104)
畢 漸	(834)
畢紹昌	(587)
畢十臣	(583)
邊居誼	(764)
別文樸	(909)
部生檯	(1201)

C

才 鬼	(1111)
蔡驥德	(469)
蔡孔緒	(94)
蔡溶如	(203)
蔡紹江	(593)
蔡爲都	(231)
蔡馨明	(449)
蔡以偁	(1011)
蔡以倬	(1011)
蔡允恭	(947)
蔡作桂(弟作杞)	(719)
曹本榮	(488)
曹 忭	(969)
曹 閭	(15)
曹大瀔	(485)
曹 珪	(445)
曹國樸(弟國槩)	(977)
曹 璘	(1121)
曹 善	(266)
曹廷鎬	(1082)
曹宜溥	(493)
曹胤昌	(624)
岑 參	(949)
岑文本(孫羲)	(948)
岑之敬	(944)
查文經	(822)
常道性	(264)
常居敬	(17)
陳 柏	(412)
陳寶玉	(894)
陳本先	(187)
陳陛謨	(391)
陳賓選	(917)
陳 策	(1216)
陳昌言	(1076)
陳楚產	(620)
陳大任	(879)
陳大章	(498)
陳大中	(753)
陳 道	(338)
陳第聯	(335)
陳鼎元	(579)
陳敦詩	(93)
陳芳烈	(495)
陳光亨	(195)
陳光銘(忭)	(886)
陳 沆	(593)
陳 沆	(608)
陳 浩	(1150)
陳宏謨(弟宏猷)	(1221)
陳鴻基	(236)
陳 黌	(991)
陳嘉說	(40)
陳傑昌	(852)
陳 鎧	(881)
陳聯璧	(1123)
陳聯璧	(761)
陳良公	(1211)
陳孟青	(314)
陳夢弼	(533)
陳夢璦	(135)

陳夢瑗 …………… (155)	陳文燦 ………… (1052)	陳宗夔 …………… (191)
陳其棟 …………… (342)	陳文濤 …………… (655)	成　己 ………… (1035)
陳其雯 …………… (542)	陳文燭 …………… (413)	程　秉 …………… (265)
陳　溱 …………… (565)	陳文燭 …………… (435)	程　翅 …………… (888)
陳　銓 …………… (993)	陳緒達 …………… (993)	程從龍(弟元龍) …… (82)
陳仁近 …………… (567)	陳　選 …………… (871)	程大呂(弟大㚖) …… (374)
陳儒樸 …………… (625)	陳以聞 …………… (636)	程大中 …………… (741)
陳汝楫 …………… (110)	陳蔭慈 …………… (997)	程德良 …………… (714)
陳　瑞 …………… (80)	陳應善 …………… (884)	程德潤 …………… (913)
陳瑞琳(子昌綸) …… (642)	陳　愚(子仰可) …… (759)	程　封 …………… (33)
陳瑞球 …………… (641)	陳　愚 …………… (772)	程鳳金 …………… (468)
陳山秀 …………… (135)	陳　顒 …………… (786)	程光寵 …………… (347)
陳紹瑞 …………… (597)	陳禹謨(子正言) … (1159)	程光鉅 …………… (382)
陳紹治 …………… (401)	陳　運 …………… (247)	程峚時 …………… (884)
陳師泰 …………… (451)	陳運鎮(子紹治,孫先	程懷璟(子齊訥) …… (731)
陳師泰 …………… (470)	瑜) …………… (406)	程鉅夫 …………… (795)
陳　詩 …………… (580)	陳運鎮 …………… (392)	程　珏 …………… (92)
陳　詩 …………… (602)	陳　瓚 …………… (166)	程　炌 …………… (992)
陳時懋 …………… (248)	陳占祥 …………… (766)	程立中 …………… (83)
陳士望 ………… (1170)	陳肇昌(子大華) …… (488)	程　蓮 …………… (94)
陳士元(子階) …… (740)	陳貞媛 …………… (292)	程良籌(子正隆、正巽、
陳　氏 …………… (474)	陳貞媛 …………… (302)	正萃) ………… (359)
陳式勳 …………… (744)	陳正烈 …………… (43)	程明渤 …………… (392)
陳　壽 …………… (343)	陳之芬 …………… (486)	程齊詰 …………… (733)
陳　壽 …………… (764)	陳之楫(弟之杞,子炳	程啟朱 …………… (486)
陳雙泉 …………… (625)	雲) …………… (154)	程　煮 …………… (326)
陳嵩極 ………… (1162)	陳　止 ………… (1223)	程廷材 …………… (307)
陳　蘇 …………… (245)	陳治策 …………… (179)	程廷棟 …………… (308)
陳　素 …………… (980)	陳治紀(子懋揆) …… (975)	程廷栻(子煜) …… (309)
陳廷鈞 …………… (505)	陳智夫 ………… (1114)	程怡孔 …………… (362)
陳廷鈞 …………… (706)	陳中杰 …………… (704)	程義莊 …………… (401)
陳　瑑 …………… (586)	陳中龍 …………… (702)	程翼士 …………… (590)

程應璜(弟應琪) …… (718)	鄧楚望 ………… (614)	杜世農(弟世捷) …… (461)
程正度 ………… (374)	鄧何言 ………… (898)	杜世英(理) ……… (1213)
程正揆(兄正隆) … (380)	鄧 林 ………… (889)	杜文炳 ………… (770)
程正揆 ………… (365)	鄧士璉 ………… (927)	杜文寧 ………… (1216)
程之洛 ………… (1009)	鄧廷彥 ………… (996)	杜 濟(弟芥) …… (472)
程之楨 ………… (50)	鄧賢才 ………… (1234)	杜 濟 ………… (455)
初 言 ………… (835)	鄧雲程(子之愈) … (453)	杜 濟 ………… (477)
褚文亮 ………… (55)	鄧雲和 ………… (345)	杜易簡 ………… (1090)
褚于杜 ………… (746)	鄧自松 ………… (989)	杜 育 ………… (1086)
儲嘉珩 ………… (766)	丁崇略 ………… (151)	段 燦 ………… (42)
傅青藜 ………… (938)	丁光偉 ………… (383)	段嘉梅 ………… (235)
崔道融 ………… (953)	丁鶴年 ………… (68)	段嘉梅 ………… (260)
崔 泩 ………… (1130)	丁 濟 ………… (266)	段延澤 ………… (1227)
崔應階 ………… (38)	丁 節 ………… (188)	段陟雲 ………… (844)
崔遵度 ………… (957)	丁思敬(弟思賢) …… (819)	
	丁 松 ………… (310)	**F**
D	丁先兆 ………… (815)	樊維甫 ………… (451)
戴亨遠 ………… (727)	丁耀南 ………… (271)	樊維師 ………… (468)
戴 金 ………… (200)	丁之鴻 ………… (362)	樊維域 ………… (490)
戴 經 ………… (778)	丁自蘭 ………… (813)	樊雄楚 ………… (1129)
戴利和 ………… (727)	東岡生 ………… (778)	繁知一 ………… (1180)
戴利均(弟利玉) … (730)	董 旦 ………… (700)	范述之 ………… (1235)
戴隆支 ………… (418)	董 恢 ………… (960)	范佑廉 ………… (1235)
戴夢月 ………… (292)	董 樸 ………… (614)	范佑正 ………… (1235)
戴 祁 ………… (883)	董少玉 ………… (628)	方逢時 ………… (86)
戴 義 ………… (1005)	董 紳 ………… (702)	方鳳時(弟麟時) … (930)
戴 儼(弟俊) …… (417)	董應軫 ………… (616)	方宏履 ………… (418)
戴喻讓 ………… (238)	杜 甫 ………… (1096)	方 來 ………… (416)
戴毓瀛(弟毓瑞) …… (49)	杜觀德(弟光德) … (1214)	方其敬 ………… (1150)
單懋謙 ………… (1129)	杜國柱 ………… (41)	方叔壯 ………… (1139)
鄧秉忠 ………… (1220)	杜 芥 ………… (460)	方 燧 ………… (235)
鄧承宗 ………… (996)	杜審言 ………… (1091)	方 塘 ………… (333)

方　陶 …………… (316)	傅淑訓 …………… (356)	高士濂 …………… (598)
方信遠 …………… (1210)	傅燮鼎 …………… (136)	高士熙 …………… (791)
方一鳳 …………… (343)	傅燮鼎 …………… (160)	高思忠 …………… (485)
方　鏞 …………… (512)	傅以成 …………… (44)	高錫恩 …………… (611)
方有楨 …………… (930)	傅以忠(從弟述鐘)… (154)	高致中 …………… (695)
方曰璪 …………… (1150)	傅　垣(弟培、均)… (319)	高自昇 …………… (599)
方岳貢 …………… (1148)	傅　源 …………… (143)	戈保泰 …………… (1171)
方仲公 …………… (521)	傅在智 …………… (133)	耿定向(弟定力)…… (519)
費　昶 …………… (10)	傅卓然(子梯)…… (428)	耿　光(啟屺) …… (521)
費尚伊(弟啟緒) …… (414)	傅紫璘 …………… (404)	耿應衡 …………… (524)
費思居 …………… (924)	傅紫璘 …………… (544)	耿宗塤 …………… (522)
馮炳時 …………… (718)	傅紫璘 …………… (560)	龔　柏 …………… (577)
馮德煌 …………… (735)		龔傳黻 …………… (1011)
馮國恩 …………… (268)	**G**	龔傳瑜 …………… (1201)
馮　京 …………… (12)	甘　簹 …………… (698)	龔淳孚 …………… (230)
馮其世(弟其昌) …… (714)	甘調陽 …………… (150)	龔大器 …………… (1036)
馮　杞 …………… (200)	甘調元 …………… (931)	龔斗南 …………… (506)
馮瑞錦 …………… (181)	高　翀 …………… (696)	龔逢祥(弟逢烈) …… (117)
馮士淑 …………… (770)	高登先 …………… (781)	龔縑緗 …………… (1017)
馮世雍 …………… (16)	高登雲 …………… (473)	龔健颺(子學海) …… (888)
馮舜臣 …………… (1122)	高福澇 …………… (769)	龔經墀 …………… (1014)
馮廷鎬 …………… (1184)	高　荷 …………… (958)	龔潤森 …………… (1014)
馮廷鎬 …………… (1205)	高　華 …………… (62)	龔三捷 …………… (1053)
馮廷鋆 …………… (718)	高　騫 …………… (370)	龔紹仁 …………… (1016)
馮　瑄 …………… (733)	高　節(子岱、啟、嵒)	龔紹仁 …………… (1028)
馮永裕 …………… (716)	………………… (799)	龔　湜 …………… (131)
馮雲路(子永明) …… (454)	高　鈞(弟銓) …… (766)	龔書宸(弟書田) …… (234)
馮之圖 …………… (178)	高　鑾 …………… (780)	龔松年(子廷颺) …… (887)
馮之圖 …………… (194)	高沛霖 …………… (510)	龔　臺 …………… (204)
傅大魁 …………… (243)	高　銓 …………… (780)	龔維翰 …………… (786)
傅丕長 …………… (1069)	高汝堂 …………… (238)	龔維三 …………… (117)
傅汝爲 …………… (972)	高若拙 …………… (956)	辜　皋 …………… (14)

谷旦如 …………(785)	郭相業 …………(1172)	何天衢 …………(703)
故宫女 …………(980)	郭占春 …………(931)	何顓之 …………(441)
顧景星(子昌)……(569)	郭昭封 …………(25)	何復尚 …………(772)
顧夔璋 …………(1127)	郭正域 …………(17)	何詢之 …………(215)
顧綸炳 …………(1173)	郭正域 …………(30)	何迎崇 …………(772)
顧如華 …………(305)	郭之都 …………(936)	何迂叟 …………(441)
顧天錫 …………(567)	郭中孚 …………(712)	何玉田 …………(1141)
顧 問(弟闚)……(566)		何毓秀 …………(1171)
顧咸泰 …………(579)	**H**	何毓秀 …………(1176)
顧永貞 …………(581)	海 雲 …………(793)	何遠鑒 …………(1233)
顧 摠 …………(65)	韓守益 …………(1059)	何 忠 …………(961)
官應震(子撫辰、撫極、	韓繡雲 …………(553)	何 譔(弟謙)……(453)
撫邦)…………(466)	韓 章 …………(212)	何宗賢 …………(1121)
關 福 …………(1193)	韓 準 …………(45)	何宗彦(子敦伯)…(771)
關 鈞 …………(275)	韓 準 …………(60)	何宗彦 …………(765)
關 寧 …………(1137)	郝 敬(子千秋、千石)	何宗頤 …………(225)
關 橋 …………(264)	…………(826)	何宗頤 …………(227)
桂鴻烈 …………(817)	郝 敬 …………(804)	賀斐觀 …………(119)
桂如琥 …………(175)	郝師宣(子謙)……(727)	賀逢聖 …………(22)
桂繩生 …………(600)	郝守正 …………(566)	賀青蓮 …………(124)
桂嗣宜 …………(514)	何 參 …………(1158)	洪成鼎 …………(763)
桂 震 …………(486)	何操敬 …………(214)	洪光燾 …………(1203)
郭 從 …………(578)	何操敬 …………(772)	洪之傑 …………(984)
郭道閶 …………(398)	何定漢 …………(352)	洪周祿 …………(468)
郭嘉屏 …………(1154)	何閎中 …………(447)	洪子彦 …………(1051)
郭 江 …………(1172)	何槐孫 …………(109)	侯大中 …………(1034)
郭美彦 …………(853)	何 隆 …………(170)	侯家光 …………(1053)
郭 譜 …………(1013)	何祿芳 …………(153)	侯家璋 …………(1052)
郭 慶 …………(445)	何履仕 …………(453)	侯偉時 …………(1051)
郭 綏 …………(1136)	何 遷(子宇度)……(692)	呼文如(姊犖)……(31)
郭 嵩(子鋏)……(835)	何 珊 …………(1034)	呼文如 …………(26)
郭維藩(子鍵)……(1164)	何盛矩 …………(1231)	胡必達 …………(895)

胡璧華 …………… (609)	胡 潤 …………… (36)	胡作舟 …………… (37)
胡 采 …………… (249)	胡 潤 …………… (58)	許承欽 …………… (203)
胡承諾(子褒) …… (876)	胡三台 …………… (159)	許承欽 …………… (227)
胡承諾 …………… (891)	胡紹安 …………… (233)	許登明 …………… (924)
胡承詔(孫泌) …… (871)	胡紹鼎 …………… (387)	許 渾 …………… (677)
胡 醇 …………… (671)	胡維宗 …………… (415)	許 俊 …………… (245)
胡大順 …………… (445)	胡 偉 …………… (803)	許禮容 …………… (1219)
胡德增 …………… (918)	胡文健 …………… (81)	許立瓊 …………… (245)
胡鼎臣 …………… (914)	胡問仁 …………… (455)	許琪標 …………… (824)
胡 定 …………… (129)	胡象鴻 …………… (1008)	許上通 …………… (204)
胡篤生 …………… (661)	胡象龍 …………… (1009)	許紹沆 …………… (62)
胡惇詩 …………… (1228)	胡秀蕙 …………… (932)	許文壯 …………… (716)
胡方岍 …………… (784)	胡堯元 …………… (114)	許圉師 …………… (677)
胡 珙 …………… (454)	胡應辰 …………… (181)	許兆椿(弟兆棠) … (722)
胡 官 …………… (529)	胡遠秀 …………… (269)	許兆桂(子熙) …… (720)
胡 恒 …………… (875)	胡曰發 …………… (420)	許貞女 …………… (998)
胡 鋐(子翔藹) …… (633)	胡允同(子繩祖、念祖)	許之豫 …………… (219)
胡 江 …………… (370)	…………… (183)	華 清 …………… (739)
胡克敬 …………… (972)	胡在恪 …………… (982)	黄道開 …………… (224)
胡克寬(從弟克齊) … (931)	胡 章 …………… (100)	黄耳鼎 …………… (585)
胡夢發 …………… (186)	胡 章 …………… (81)	黄光業 …………… (987)
胡夢發 …………… (197)	胡兆春 …………… (280)	黄國聖 …………… (813)
胡鳴臯 …………… (37)	胡貞媛 …………… (929)	黄鶴鳴 …………… (250)
胡鳴旭 …………… (188)	胡鎮鏾 …………… (544)	黄 岠 …………… (893)
胡銘鼎(弟銘甫) …… (811)	胡正菜 …………… (1227)	黄開昭 …………… (81)
胡銘甫 …………… (830)	胡之太 …………… (492)	黄可久(子正色) …… (584)
胡其恪 …………… (808)	胡志潔 …………… (242)	黄利通 …………… (533)
胡其造 …………… (827)	胡志鵬 …………… (391)	黄利通 …………… (554)
胡其著 …………… (788)	胡志章 …………… (791)	黄 倫 …………… (484)
胡瓊蕚 …………… (930)	胡 梓 …………… (788)	黄 倫 …………… (631)
胡如范 …………… (232)	胡作柄(作梅) …… (926)	黄色中 …………… (166)
胡 阮(子同夏) …… (893)	胡作相 …………… (927)	黄士瀛 …………… (1080)

黃嗣翊 …… (287)	江顯宗 …… (249)	寇 鑰(鈁) …… (704)
黃素臣 …… (632)	江 湧 …… (244)	
黃體元 …… (1122)	江源長 …… (726)	**L**
黃廷煜 …… (156)	姜宏紀 …… (419)	賴朝陽 …… (1226)
黃圖昇 …… (116)	蔣恩瀛 …… (540)	蘭以權 …… (1119)
黃文琛 …… (294)	蔣鳳騫 …… (787)	雷 烈 …… (237)
黃文旦 …… (361)	蔣魯傳 …… (217)	雷 琦 …… (153)
黃 問(子于麻) …… (872)	蔣鳴奎 …… (233)	雷叔聞 …… (971)
黃彥士 …… (342)	蔣士槐 …… (1233)	雷思霈 …… (1162)
黃錫祖 …… (286)	蔣 文 …… (532)	雷坦任(弟坦健) …… (247)
黃映秋 …… (382)	蔣祥墀(子立鏞) …… (908)	雷 驤 …… (244)
黃虞世 …… (1128)	蔣仂昌 …… (785)	雷以諴 …… (102)
黃與堅 …… (41)	金德崇(子啟江) …… (663)	黎敦簡 …… (830)
黃與堅 …… (59)	金德嘉(子啟汾) …… (664)	黎鳳誥 …… (929)
黃載華(弟載嶠) …… (578)	金德嘉 …… (675)	黎嘉會 …… (1125)
黃在瓚 …… (741)	金光杰(子國均) …… (350)	黎 峻 …… (830)
黃宗器 …… (1232)	金如璧 …… (167)	黎 岫(藝,峻) …… (813)
黃祖企 …… (312)	金 聲 …… (88)	黎永明(子奭) …… (796)
	金先聲 …… (974)	黎遵訓 …… (802)
J	金振遠 …… (532)	李本植 …… (558)
紀 瓊 …… (301)	金振祖 …… (592)	李必晃 …… (227)
駱思白 …… (580)	靖道謨 …… (502)	李 標 …… (123)
駱中渠 …… (312)		李炳然 …… (568)
簡而可 …… (937)	**K**	李 滄 …… (83)
江曾沂 …… (787)	康茂才 …… (565)	李曾馥 …… (408)
江曾沂 …… (932)	柯光澍 …… (187)	李昌國(子康年) …… (13)
江存禮 …… (108)	柯 瑾 …… (186)	李昌平 …… (1215)
江峯青 …… (300)	柯茂枝 …… (98)	李昌祚(子必果) …… (210)
江漢瑞 …… (635)	孔 拱 …… (170)	李長庚(子中黃) …… (618)
江 鶴 …… (925)	孔 儒 …… (83)	李超羣 …… (999)
江 蘭 …… (291)	寇 玳 …… (1217)	李成林 …… (1218)
江 蘭 …… (301)	寇學海 …… (652)	李呈玉 …… (1073)

李承芳(弟承箕) …… (85)	李 侃 ………… (1073)	李樹瀛 ………… (1070)
李承勛 ………… (86)	李 覘 ………… (838)	李嗣泌 ………… (376)
李澄觀 ………… (399)	李林芳 ………… (95)	李 蘇(弟蓮) …… (786)
李 充(從弟式) …… (29)	李林楨(子甲煊) … (938)	李 蒜(弟𦯕) …… (725)
李 充(子顒) …… (9)	李 欒 ………… (786)	李 堂 ………… (421)
李崇信 ………… (834)	李戀泗 ………… (92)	李天根 ………… (205)
李春江(子中素) … (629)	李戀緒 ………… (982)	李廷錫 ………… (707)
李萃然 ………… (15)	李孟臯 ………… (389)	李爲臣 ………… (84)
李大同 ………… (82)	李夢松(作圻) …… (158)	李維紀 ………… (420)
李德一 ………… (135)	李 鼐(弟鼒) …… (746)	李維楨 ………… (802)
李德一 ………… (155)	李能哲 ………… (214)	李維楨 ………… (824)
李 登 ………… (867)	李 蟠 ………… (322)	李 蔚 ………… (1004)
李芳蕃 ………… (238)	李鵬翔 ………… (78)	李文清 ………… (1053)
李 臯 ………… (430)	李 玭 ………… (528)	李文祥 ………… (614)
李根仙 ………… (788)	李 樸 ………… (577)	李 爔 ………… (699)
李 顥 ………… (232)	李其先 ………… (361)	李先芳 ………… (1003)
李何煒 ………… (415)	李 瓊 ………… (301)	李先華 ………… (318)
李 珩 ………… (1000)	李 衢(子戀莘) … (1027)	李 翔 ………… (174)
李 弘 ………… (110)	李日生 ………… (204)	李向中 ………… (780)
李鴻敏 嗣濟 …… (1192)	李榮春 ………… (1215)	李 洵 ………… (1150)
李 華 ………… (1194)	李如晟 ………… (788)	李祥麟 ………… (1031)
李 彙 ………… (115)	李若愚 ………… (201)	李 巖 ………… (668)
李既昌(文啟) …… (164)	李 昇 ………… (12)	李 沇 ………… (11)
李見璧 ………… (583)	李士儒 ………… (843)	李耀瑚 ………… (1234)
李階平(從弟道平)	李士瞻 ………… (923)	李一鳳 ………… (1223)
………… (707)	李 氏 ………… (165)	李一生 ………… (984)
李景暘 ………… (807)	李世鰲 ………… (202)	李 沂 ………… (87)
李靜安 ………… (1202)	李世恪(子震生) …… (980)	李以篤(弟以籍,子奕韓、
李九苞 ………… (849)	李世蔚 ………… (1082)	序韓) ………… (206)
李鈞簡 ………… (504)	李守南 ………… (708)	李 英 ………… (725)
李開美 ………… (1037)	李 淑 ………… (801)	李應泰 ………… (117)
李開先 ………… (971)	李淑貞 ………… (736)	李應熙 ………… (178)

李 邕 ……………（11）	連 庠（兄庶）………（756）	劉崇文 ……………（42）
李 邕 ……………（29）	梁 棟 ……………（67）	劉楚先（孫亨）………（963）
李 鏞 …………（999）	梁桂林 …………（1218）	劉傳瑩（從子世仲）
李永昇…………（577）	梁 木 …………（766）	……………（276）
李 玉 …………（100）	梁尚華 …………（1221）	劉 淳 …………（910）
李玉蘭 …………（1218）	廖道南 …………（111）	劉醇驥 …………（655）
李玉葉 …………（809）	廖 俊 …………（111）	劉大章 …………（709）
李郁文 …………（188）	廖正一 …………（689）	劉定裕 …………（401）
李 元 …………（818）	廖志基 …………（510）	劉 侗 …………（623）
李 元 …………（832）	林 鼇 …………（784）	劉 峨 …………（1143）
李元奮（弟元獻，子莘）	林長嵩 …………（307）	劉芳節 …………（1072）
……………（716）	林敏中（弟敏功、敏	劉 俸 …………（812）
李 雲 …………（1166）	修）……………（563）	劉勇仁 …………（30）
李雲鴻 …………（791）	林 盛 …………（344）	劉敷仁 …………（19）
李 藻 …………（492）	林維昌 …………（334）	劉 皋 …………（699）
李占解 …………（91）	林祥絞 …………（327）	劉光書 …………（704）
李昭敏 …………（751）	林祥瀧 …………（328）	劉國任 …………（978）
李兆錦（弟兆鋐）……（790）	林祥璹 …………（328）	劉國香 …………（432）
李兆鈺（子潢）………（790）	林 修 …………（789）	劉 過 …………（1112）
李之泌 …………（465）	林正蕙 …………（1221）	劉 洪（子檠）………（778）
李 質 …………（1092）	林正紀（子德仁）……（308）	劉鴻誥 …………（1007）
李中孚 …………（637）	林之華 …………（469）	劉 懷 …………（814）
李中杰 …………（524）	淩 哲 …………（1123）	劉渾孫（弟魯孫）……（883）
李自郁 …………（1076）	令狐揆 …………（688）	劉 洎 …………（951）
李宗魯 …………（200）	劉 鼇 …………（187）	劉 績 …………（16）
李宗孟 …………（12）	劉本唐 …………（901）	劉繼昌 …………（983）
李宗偉 …………（1208）	劉必達 …………（867）	劉霽堂 …………（792）
李宗璜（萬華）………（1189）	劉必選 …………（781）	劉家柱 …………（353）
李祖材 …………（307）	劉秉銓 …………（259）	劉 縉 …………（559）
李 佐 …………（633）	劉伯生 …………（697）	劉景韶 …………（128）
李作孚 …………（807）	劉伯燮 …………（697）	劉景韶 …………（144）
連南夫 …………（757）	劉成美 …………（202）	劉 珏（子逴俊）……（845）

劉　珏 …………（1184）	劉　禧(弟祺) ………（359）	劉正甲 …………（1184）
劉　俊 …………（1209）	劉賢佑(子崇斌) ……（333）	劉正甲 …………（1205）
劉　儁 …………（960）	劉顯恭(寅恭) ………（894）	劉之彬 …………（401）
劉　侃 …………（801）	劉孝孫 …………（948）	劉之遴(孫斌) ………（942）
劉　康 …………（359）	劉效曾 …………（838）	劉之琪 …………（849）
劉康明 …………（698）	劉　諧 …………（615）	劉　忠 …………（1002）
劉臨孫(子洵) ………（883）	劉興藻 …………（424）	劉鍾蓉 …………（621）
劉戀彝(弟戀夏) …（1006）	劉虛白 …………（855）	劉　珠 …………（1036）
劉夢桂 …………（1149）	劉學池 …………（791）	劉滋生 …………（1128）
劉命赤 …………（699）	劉　巽 …………（924）	劉子杜 …………（662）
劉南金 …………（532）	劉言史 …………（1105）	劉子楨 …………（183）
劉南呂 …………（23）	劉　掞 …………（419）	劉子壯 …………（479）
劉　浦 …………（514）	劉錫麟 …………（510）	劉宗賢 …………（36）
劉慶餘 …………（285）	劉養微(弟養吉) ……（656）	劉祖敬 …………（1173）
劉汝祺(汝鶴、汝皋)	劉一煌 …………（640）	柳　晉 …………（1089）
…………（156）	劉一儒(子戡之) …（1160）	柳大蔭 …………（1196）
劉　珊 …………（329）	劉　弈 …………（814）	柳如權 …………（74）
劉紹恤 …………（697）	劉映丹(子宗沆) ……（669）	柳　識(弟渾) ……（1135）
劉　昇(子廷僖) …（1161）	劉應霖 …………（1127）	柳維欽 …………（715）
劉　昇 …………（986）	劉用賓 …………（846）	柳　惲 …………（1087）
劉士璋 …………（993）	劉有勛 …………（352）	柳　莊 …………（1089）
劉　氏 …………（1149）	劉玉豐 …………（352）	龍　見 …………（492）
劉　氏 …………（627）	劉寓生 …………（1061）	龍仁夫 …………（442）
劉世斗 …………（178）	劉愈修 …………（985）	龍爲紀 …………（1167）
劉世系 …………（171）	劉在朝(弟在京) …（1004）	龍文玉 …………（306）
劉淑頤 …………（630）	劉澤宏 …………（782）	盧存惠 …………（550）
劉樹鵬(傳薪) ………（159）	劉　增 …………（705）	盧爾悌 …………（547）
劉樹森 …………（353）	劉兆元 …………（889）	盧爾愷 …………（548）
劉順昌(兄必昌) ……（215）	劉肇國(弟信國) ……（837）	盧　洪 …………（550）
劉泗道(子興樾) ……（421）	劉　珍 …………（1141）	盧繪雲 …………（527）
劉天和 …………（613）	劉振智(子象益) ……（310）	盧　績 …………（549）
劉廷俊 …………（136）	劉鎮鼎 …………（134）	盧　鑑 …………（551）

盧洽 …………… (552)	呂大夔 …………… (71)	梅念殷 …………… (620)
盧經 …………… (523)	呂德芝 …………… (506)	梅圻 …………… (620)
盧經 …………… (552)	呂隆 …………… (780)	梅生 …………… (628)
盧爌 …………… (551)	呂昇 …………… (1120)	梅氏 …………… (552)
盧乾元 …………… (213)	呂庭栩(子其錦) …… (745)	梅文(子天鈞) …… (542)
盧如鼎(子絃) …… (569)	呂禧(孫元音) …… (449)	梅應春 …………… (649)
盧昇 …………… (546)	呂映珠 …………… (667)	梅之煥 …………… (619)
盧秀 …………… (194)		梅之熉(子鉞) …… (617)
盧綎 …………… (523)	**M**	蒙發正 …………… (147)
盧堯臣(從子之懍)		蒙正發 …………… (131)
…………… (520)	馬清亮 …………… (895)	孟登 …………… (71)
盧堯臣(子爾惇) … (547)	馬淑昌 …………… (119)	孟仿 …………… (70)
盧俠 …………… (887)	馬一德 …………… (1172)	孟琪 …………… (763)
盧永畿 …………… (546)	馬有紱 …………… (187)	孟浩然 …………… (1093)
盧雲鳳 …………… (550)	馬之鵬 …………… (118)	孟乾德 …………… (75)
盧振新 …………… (251)	馬芝 …………… (1052)	孟紹甲(子進) …… (73)
盧正德 …………… (1153)	馬致遠(達玠) …… (902)	孟壽湄 …………… (75)
盧志道 …………… (1216)	毛峻德 …………… (1202)	孟廷柯 …………… (70)
魯點 …………… (1138)	毛三代 …………… (740)	孟習孔 …………… (72)
魯鐸(子彭嘉) …… (857)	毛士鶯 …………… (1083)	孟養浩(弟養蒙) … (79)
魯士俊 …………… (352)	毛壽登 …………… (1051)	孟雲卿 …………… (66)
魯憲學 …………… (1139)	毛文鵬 …………… (313)	米燦 …………… (153)
陸湘水 …………… (300)	毛一驄 …………… (1171)	米調元 …………… (134)
陸羽 …………… (855)	毛一駿 …………… (882)	米調元 …………… (149)
路釗(弟錞) …… (243)	毛欽一 …………… (921)	米芾(子友仁) … (1116)
羅宏備(子應箕) … (1167)	毛鈺龍 …………… (627)	米雲卿 …………… (1123)
羅宏鑰 …………… (1170)	梅德音 …………… (513)	閔新 …………… (750)
羅俊 …………… (234)	梅國淳 …………… (649)	閔新 …………… (754)
羅世材 …………… (767)	梅國樓 …………… (617)	閔衍 …………… (761)
羅世材 …………… (773)	梅國楨 …………… (616)	明保 …………… (44)
羅世珍 …………… (232)	梅國楨 …………… (638)	明睿 …………… (25)
羅世珍 …………… (260)	梅見田(弟儒寶) … (506)	明通 …………… (44)
	梅茂南 …………… (635)	

莫與先 …………… (842)	潘煥榮 …………… (648)	彭湘懷 …………… (229)
莫與先 …………… (851)	潘家驄 …………… (1010)	彭心錦(子湘懷、榮)
牟承五 …………… (1234)	潘 岭 …………… (699)	…………… (220)
N	潘 茂 …………… (46)	彭旋齡 …………… (36)
	潘紹經 …………… (592)	彭 焱 …………… (368)
南昌齡(子心恭) …… (606)	潘 氏 …………… (599)	彭一楷 …………… (230)
南光發(子昌齡,孫心	潘學植 …………… (1015)	彭玉章 …………… (928)
恭) …………… (588)	潘衍祚 …………… (58)	皮日休 …………… (1107)
聶大煐 …………… (312)	潘永祚(弟國祚、衍祚)	**Q**
聶合鼎 …………… (792)	…………… (34)	
聶其浩 …………… (370)	潘游龍 …………… (1075)	綦成周 …………… (350)
聶子英 …………… (936)	潘有鯤 …………… (1008)	綦毋潛 …………… (952)
寧熙朝 …………… (847)	潘子安 …………… (442)	錢 錞 …………… (970)
寧熙朝 …………… (852)	龐德公 …………… (1085)	錢韓雲 …………… (231)
O	龐世飈 …………… (1076)	錢 璜 …………… (414)
	龐 洵 …………… (1076)	錢 珊 …………… (78)
歐陽燡 …………… (836)	龐 蘊 …………… (1110)	喬用遷 …………… (392)
歐陽東鳳 ………… (835)	裴 璉(子綸) …… (1002)	喬遠炳(弟遠瑛) …… (389)
歐陽明 …………… (972)	裴叔度 …………… (967)	欽士佃 …………… (502)
歐陽銓 …………… (789)	彭大壽 …………… (363)	秦篤輝(弟篤新) …… (336)
歐陽暹 …………… (214)	彭光烈 …………… (1194)	秦敦原 …………… (327)
歐陽暹 …………… (306)	彭 衡 …………… (428)	秦士鶴 …………… (1140)
歐陽賢 …………… (495)	彭 琅 …………… (674)	秦 氏 …………… (432)
歐陽錫疇 ………… (847)	彭人檀 …………… (1192)	秦維正 …………… (1063)
歐陽沂 …………… (846)	彭瑞毓 …………… (47)	秦文樸 …………… (43)
鷗邊人 …………… (287)	彭瑞毓 …………… (61)	秦應光 …………… (1234)
	彭世璹 …………… (1183)	秦之炳(子敦承) …… (311)
P	彭世璹 …………… (1204)	覃宏澤 …………… (1172)
潘大臨(弟大觀) …… (439)	彭 淑 …………… (1185)	邱今芳 …………… (119)
潘煥吉 …………… (648)	彭 淑 …………… (1208)	邱齊雲 …………… (615)
潘煥龍 …………… (645)	彭崧毓 …………… (46)	邱 坦 …………… (618)
潘煥媚 …………… (647)	彭維炯 …………… (719)	邱 瑜(子之陶) … (1136)

邱　瑜 …………(1157)	沈賜鈞 …………(1056)	釋彼岸 …………(339)
瞿　甲 …………(529)	沈光宇 …………(698)	釋超乘 …………(290)
全　璧 …………(922)	沈煥翔 …………(46)	釋崇端 …………(979)
全紹聞 …………(156)	沈會霖 …………(363)	釋大農 …………(598)
	沈際華(世薰,定時)	釋道恒 …………(346)
R	…………(157)	釋道惺 …………(598)
饒　豐 …………(670)	沈開第 …………(376)	釋德修(廣純,餐霞)
饒嘉元(弟嘉繩) ……(654)	沈　寬 …………(376)	…………(290)
饒來中 …………(668)	沈明陟 …………(388)	釋二定 …………(77)
饒　琳 …………(1233)	沈維炳 …………(358)	釋法常 …………(1111)
饒世槩 …………(1184)	沈維煌 …………(380)	釋方澹 …………(581)
饒世槩 …………(1205)	沈祥祖 …………(398)	釋孚山 …………(437)
饒世則 …………(157)	沈　烜 …………(267)	釋古淵 …………(544)
饒探春 …………(76)	沈　曜(佺、倫) …(886)	釋廣志 …………(289)
饒錫光 …………(1193)	沈　宜(子岐昇) …(363)	釋海聰 …………(339)
饒雲鵬 …………(673)	沈　韻 …………(35)	釋瀚著 …………(979)
任亨泰 …………(1120)	沈　韻 …………(59)	釋浩乾 …………(1071)
任弘震(子喬年) ……(87)	師　嚴 …………(1114)	釋宏度 …………(164)
任家相 …………(19)	石　燦 …………(535)	釋懷濬 …………(1180)
任　鵬 …………(987)	石　溧 …………(1151)	釋蕙旦 …………(289)
任　潤 …………(351)	石建點 …………(195)	釋輯光 …………(289)
任　寅 …………(61)	石崑玉 …………(530)	釋寂恪 …………(290)
任之奎 …………(38)	石　礪 …………(533)	釋巨峰 …………(1057)
阮龍光 …………(246)	石璞玉 …………(725)	釋律慭 …………(164)
阮向葵 …………(249)	石文德 …………(236)	釋明明 …………(626)
	石學洙 …………(542)	釋明宣 …………(636)
S	史策先 …………(1143)	釋明照 …………(346)
三朵花 …………(1211)	史　辭 …………(67)	釋千仞岡 …………(533)
尚登岸(子聲) ………(810)	史　驤 …………(688)	釋融旨 …………(165)
尚　絅 …………(269)	史仲先 …………(1146)	釋如愚 …………(25)
尚登岸 …………(829)	釋白崖 …………(562)	釋勝學 …………(760)
邵際然(子希棠) ……(61)	釋本晝 …………(648)	釋曙山 …………(560)

釋曇章 …………… (403)	舒芝生(弟并生、觀生) …………… (667)	**T**
釋鐵橋 …………… (403)	帥遠燡 …………… (543)	談必泰 …………… (72)
釋惟梁 …………… (997)	司世教 …………… (1195)	譚　楚 …………… (1185)
釋無夢 …………… (68)	司　鐘 …………… (961)	譚大勳 …………… (1189)
釋無爲 …………… (354)	宋德輝 …………… (579)	譚登元 …………… (134)
釋響山 …………… (751)	宋德銘 …………… (329)	譚登元 …………… (166)
釋性慧 …………… (919)	宋公玉 …………… (934)	譚鳳祥 …………… (214)
釋性曇 …………… (77)	宋林緝 …………… (158)	譚　渾 …………… (808)
釋續燈 …………… (402)	宋敏求(敏道) …… (491)	譚　渾 …………… (828)
釋一了 …………… (626)	宋　祁 …………… (681)	譚　祿 …………… (1196)
釋儀容 …………… (165)	宋如辰 …………… (501)	譚啟垣 …………… (1205)
釋印川 …………… (81)	宋紹珖 …………… (337)	譚日晃(弟日曙) …… (817)
釋元惠 …………… (824)	宋　庠 …………… (679)	譚如絲(弟如綸) …… (807)
釋元祚 …………… (736)	宋　玉 …………… (1134)	譚　暐 …………… (990)
釋圓炅 …………… (288)	宋　愿 …………… (109)	譚蔚齡(孫蕫) …… (898)
釋源曉 …………… (1071)	蘇維霖 …………… (969)	譚　學 …………… (875)
釋遠山 …………… (833)	孫　貢 …………… (441)	譚應甲 …………… (819)
釋願輝 …………… (132)	孫朝宗 …………… (467)	譚應甲 …………… (833)
釋蘊宏 …………… (31)	孫承則 …………… (503)	譚元春(子籍) …… (867)
釋湛淳 …………… (576)	孫　漢(弟潞) …… (246)	譚元方(襄世) …… (870)
釋真常 …………… (626)	孫　何(弟僅、侑) … (921)	譚元聲(弟元亮、元禮) …………… (870)
釋真詮 …………… (365)	孫　㐬(謐) …… (818)	
釋正晦 …………… (934)	孫　潞 …………… (261)	譚曰爲 …………… (179)
釋正晦 …………… (936)	孫　牲 …………… (743)	譚之琥 …………… (815)
釋智端 …………… (180)	孫　牲 …………… (753)	譚　篆(從子之炎) … (892)
釋智考 …………… (997)	孫世恪 …………… (202)	湯　相 …………… (1196)
釋仲殊 …………… (690)	孫爲鈴 …………… (231)	唐建中 …………… (887)
釋宗蓮 …………… (781)	孫　煦 …………… (254)	唐　介 …………… (956)
舒逢吉(弟峻極) …… (666)	孫錫蕃 …………… (487)	唐　烈 …………… (356)
舒弘緒 …………… (190)	孫鐘琇 …………… (153)	唐　音(弟言、有章) …………… (69)
舒其志(子默) …… (655)		
舒顯胤 …………… (358)		

陶煥甲 …………（1221）		汪如璧 …………（144）
陶　甄 …………（431）	**W**	汪若海 …………（726）
滕　賓 …………（442）		汪始亨 …………（1122）
田岱雲 …………（1226）	畹　蘭 …………（64）	汪士倫 …………（498）
田　紱 …………（1075）	萬邦維 …………（631）	汪世綸 …………（150）
田福康(士選) …（1202）	萬　昌 …………（723）	汪特昌 …………（233）
田甘霖(子舜年) …（1200）	萬昌言(弟燦) …（464）	汪特昌 …………（309）
田　圭(子商霖) …（1199）	萬承宗 …………（505）	汪文盛(子宗伊) …（126）
田九齡 …………（1196）	萬爾昌(弟爾昇) …（451）	汪文雄 …………（1217）
田　鈞 …………（277）	萬法周 …………（724）	汪　涯 …………（199）
田山雲 …………（974）	萬方春 …………（333）	汪以淳 …………（214）
田泰斗 …………（1201）	萬化成(子震) …（726）	汪以鉉 …………（48）
田文錦 …………（1227）	萬繩祜 …………（633）	汪引撫 …………（510）
田玉疇 …………（1202）	萬壽祖 …………（473）	汪　穎 …………（223）
田　元(子需霖、既霖) …………（1197）	萬希槐 …………（465）	汪　穎 …………（961）
	萬引年 …………（491）	汪育馨 …………（276）
	萬曰吉 …………（454）	汪宗元(弟宗凱) …（127）
田制禄 …………（716）	汪必誠 …………（242）	汪祖敬 …………（425）
童　昶 …………（1222）	汪必東 …………（127）	王　𨨏(子喬吳、喬桂) …………（1062）
童承斅 …………（410）	汪　炳 …………（543）	
涂　綱 …………（703）	汪　昶 …………（298）	王柏心(子家仕、家遇) …………（1018）
涂　銓 …………（843）	汪　桂(子際煲) …（130）	
涂　始(如曜) …（885）	汪　桂 …………（145）	王本邰 …………（237）
涂天相 …………（372）	汪國瀠 …………（450）	王炳章 …………（426）
涂文鈞 …………（93）	汪國瀠 …………（471）	王材任 …………（496）
涂　煜 …………（832）	汪珩聲 …………（426）	王材升 …………（500）
屠道昕 …………（402）	汪基遠 …………（490）	王承爵 …………（237）
屠道珍 …………（403）	汪　楫 …………（725）	王承時 …………（632）
屠　沂(弟溶) …（375）	汪　樾 …………（133）	王　琟 …………（885）
屠　沂 …………（381）	汪　樾 …………（148）	王崇灼 …………（397）
屠應守 …………（372）	汪　鍊 …………（245）	王從善 …………（1121）
屠之連 …………（402）	汪霖道 …………（436）	王大本 …………（797）
	汪　美(弟勛、灼) …（531）	

王大謨(子逢年) …… (650)	王謹微 ………… (1126)	王起明 ………… (75)
王大韶(子格,孫宗彥) ………… (797)	王近敏(弟近訥、近思) ………… (143)	王啟京(啟遵) …… (1064)
		王啟茂(弟啟棠、啟芬) ………… (1064)
王道大 ………… (132)	王 迥 ………… (1092)	
王道明 ………… (493)	王鈞萬(鑑善) …… (159)	王 嬾 ………… (1179)
王得臣 ………… (690)	王可象 ………… (568)	王瓊瑤 ………… (478)
王德新 ………… (45)	王克敏 ………… (236)	王全臣(弟念臣) …… (783)
王德滋 ………… (738)	王奎翰 ………… (816)	王仁裕 ………… (198)
王端冕 ………… (967)	王 蘭 ………… (709)	王如琮 ………… (446)
王封權 ………… (514)	王 麟 ………… (727)	王如琰 ………… (501)
王封淑(封權) …… (485)	王 旒 ………… (700)	王三登 ………… (210)
王風徽 ………… (501)	王 鉻 ………… (1051)	王三聘 ………… (661)
王奉誥 ………… (395)	王 鑾 ………… (284)	王上训 ………… (231)
王 格(子宗彥) …… (827)	王 鑾 ………… (477)	王士龍 ………… (469)
王公塏 ………… (731)	王 鑾 ………… (494)	王士乾 ………… (205)
王光運 ………… (640)	王懋夏 ………… (814)	王 氏 ………… (1088)
王國洽(納諫) …… (152)	王明善 ………… (1216)	王仕源 ………… (1136)
王 玆 ………… (15)	王鳴鳳 ………… (395)	王 軾 ………… (1034)
王鴻功 ………… (832)	王鳴玉(鳴琦) …… (872)	王守貞(子甸、疇) … (125)
王華平 ………… (523)	王銘臣(弟銓臣) …… (234)	王守正 ………… (38)
王化成 ………… (816)	王命選 ………… (79)	王樹桐 ………… (1181)
王 煥 ………… (78)	王能任 ………… (932)	王樹滋(子自仁) …… (999)
王基鋐 ………… (1175)	王 釀 ………… (989)	王思沉 ………… (1209)
王吉人 ………… (810)	王 寧 ………… (231)	王素雯 ………… (403)
王家筐(弟家筠) … (1224)	王偶亶(于亶) …… (810)	王台彥(弟鼎彥) …… (116)
王家遇 ………… (1032)	王偶亶 ………… (828)	王臺卿 ………… (1086)
王嘉賓 ………… (398)	王 泮 ………… (1081)	王泰生 ………… (781)
王嘉亨 ………… (397)	王佩杰 ………… (396)	王泰徵 ………… (978)
王价修(遠) ……… (888)	王佩蘭 ………… (396)	王天翼 ………… (503)
王 戩 ………… (215)	王佩蓉(弟佩蒲) …… (397)	王廷弼(子煜) …… (1228)
王 戩 ………… (228)	王彭澤 ………… (243)	王廷陳 ………… (442)
王 諫 ………… (304)	王起幹 ………… (815)	王廷揚 ………… (108)

王廷瞻 (445)	王應斗 (146)	王重彥 (1154)
王頲(子應鼎) (806)	王應符(弟應箕) (827)	王 周 (198)
王同軌 (449)	王應翼 (805)	王追美(追驥) (446)
王維章 (1162)	王永禩 (1166)	王追騏 (490)
王 煒 (816)	王 游 (75)	王追騏 (514)
王渭鼎(弟鄭鼎,子涵) (74)	王又新 (1175)	王宗璟(子佐臣) (395)
	王宇樂 (789)	王宗載 (797)
王文煥 (889)	王 煜 (640)	王遵度 (489)
王文南 (978)	王曰琪 (60)	望世高 (1173)
王文寧 (257)	王 雲 (607)	危煥樞 (258)
王文壇 (338)	王 瓚(子國源、國浩) (396)	危映奎 (42)
王希元 (832)		韋成賢 (484)
王席民 (1166)	王造周 (492)	隗希璋 (1001)
王顯懿 (525)	王澤弘 (483)	衛均執 (69)
王心喬 (816)	王兆春 (397)	衛天民 (244)
王心喬 (830)	王兆麟 (335)	衛良佐 (783)
王 恂 (1034)	王兆偉 (397)	衛 象 (951)
王 循 (1070)	王兆雲 (638)	衛應宸 (933)
王 言 (636)	王 袗 (203)	衛瞻淇 (1143)
王衍治 (661)	王鎮新 (154)	魏楚翹 (249)
王 儼 (566)	王正本 (1204)	魏恩有 (762)
王一才 (465)	王正笏 (1181)	魏 閱 (305)
王一鳴 (447)	王 靜 (1212)	魏方振 (118)
王一鳴 (470)	王之斌 (350)	魏 觀 (109)
王一寧 (41)	王之梅 (345)	魏廣齡 (875)
王一鷟 (447)	王之望(孫學可) (1147)	魏珩如 (116)
王一鷟 (474)	王之佐 (599)	魏繼宗 (785)
王一鷟 (477)	王植經 (76)	魏晉封 (204)
王宜觀 (270)	王 制 (806)	魏 敏 (1128)
王 逸(子延壽) (1134)	王 質 (175)	魏 鵬 (1113)
王郢玉 (234)	王 質 (193)	魏 裳(子樸如) (112)
王應斗 (130)	王仲瑄 (528)	魏實秀 (805)

魏士章 …………(973)	含)………………(650)	吳振起 …………(591)
魏　說 …………(115)	吳　琳 …………(518)	吳正治(弟開治,子
魏　泰 …………(1115)	吳夢材 …………(129)	宗豐)…………(211)
魏文徵 …………(390)	吳夢材 …………(166)	吳之驥 …………(603)
魏象先 …………(805)	吳　卿 …………(532)	吳之犖 …………(820)
魏應昇 …………(159)	吳　榮 …………(511)	吳之珍 …………(522)
魏澤霖 …………(465)	吳升東 …………(485)	吳　贄 …………(861)
魏正鈺 …………(901)	吳士伸 …………(554)	吳中復(子立禮、則
溫秀儒 …………(1218)	吳世雄 …………(150)	禮)……………(174)
文安之 …………(1165)	吳仕潮 …………(257)	無名氏 …………(1112)
文師汲 …………(222)	吳守約 …………(1072)	無名氏 …………(777)
鄔　昶 …………(73)	吳壽平 …………(171)	伍文定 …………(1074)
鄔　銓 …………(299)	吳廷舉 …………(84)	仵　瑜 …………(112)
吳邦彦 …………(861)	吳廷詢 …………(248)	武昌妓 ……………(67)
吳步雲 …………(1219)	吳　童 …………(115)	
吳燦如 …………(540)	吳吐鳳 …………(334)	**X**
吳長庚 …………(279)	吳　偉 ……………(16)	奚祿詒 …………(480)
吳　徹 ……………(13)	吳　偉 ……………(30)	席　夔 …………(1093)
吳　佃 …………(264)	吳文企 …………(860)	席　豫 …………(1090)
吳光瀚 …………(167)	吳　瑄 …………(527)	習鑿齒 …………(1086)
吳國倫 …………(176)	吳義埊 …………(919)	夏長青 …………(914)
吳翰嗣 …………(760)	吳　億 …………(563)	夏　寵 …………(797)
吳宏初 …………(526)	吳　瑛 …………(564)	夏　琮 ……………(73)
吳　化(子光龍)…(520)	吳應庚 …………(526)	夏　鼎(弟鼐)……(356)
吳　化 …………(553)	吳應鵬 …………(171)	夏光沆 …………(386)
吳　紀 …………(133)	吳永述 …………(541)	夏侯嘉正 ………(957)
吳　驥 …………(880)	吳　鈺(弟鑠)……(541)	夏嘉瑞 …………(374)
吳家駒 …………(818)	吳元俊 ……………(42)	夏克咸 ……………(76)
吳　簡(妻盧氏)…(923)	吳　嶽 ……………(37)	夏力恕(子扶英,孫端
吳聯祥(樹棠)……(1217)	吳　嶽 ……………(60)	棆)……………(383)
吳亮思 …………(651)	吳則禮 …………(193)	夏　茂 …………(1004)
吳亮嗣(子敏功、敏	吳兆澧 …………(526)	夏　倪 …………(562)

夏世槐 …………（1220）	蕭海藻 …………（409）	熊賜履（從弟賜瑛）
夏式前 …………（894）	蕭 鍊（弟鎮）………（394）	…………………（371）
夏 煒 …………（361）	蕭良有（弟良譽,子丁	熊 羕 …………（916）
夏熙臣 …………（376）	泰）………………（201）	熊 桴 …………（70）
夏雲鼎 …………（1068）	蕭履中 …………（270）	熊 光（炳）………（247）
夏 正 …………（669）	蕭 榮 …………（978）	熊 吉 …………（619）
夏之勛 …………（257）	蕭 書 …………（297）	熊開楚 …………（1069）
襄陽妓 …………（1111）	蕭雲澤 …………（435）	熊開元 …………（90）
向大觀 …………（842）	蕭貞明 …………（416）	熊魁楚 …………（1218）
向 古 …………（347）	蕭 總 …………（941）	熊 蘭 …………（897）
向光振 …………（760）	蕭祖蔭 …………（421）	熊 湄 …………（871）
向國庠 …………（1181）	謝丹書 …………（238）	熊奇生 …………（313）
向國庠 …………（1204）	謝德超（子元淮）…（1077）	熊如岡 …………（236）
向鴻矞 …………（1181）	謝 昊 …………（72）	熊 時 …………（259）
向九州（維時）……（1195）	謝 蕙 …………（1006）	熊士鵬 …………（903）
向日丹 …………（183）	謝 璉 …………（1005）	熊士俠（士修）……（896）
向日紅 …………（182）	謝奇譽 …………（878）	熊士偉（士鳳）……（896）
向在江 …………（344）	謝師啟 …………（114）	熊世玉 …………（155）
向兆麟（平）………（811）	謝思謙 …………（1215）	熊天植（弟天楷）…（242）
向兆麟 …………（830）	謝 炎 …………（509）	熊廷弼 …………（20）
向 孜 …………（759）	謝天知 …………（584）	熊文煥 …………（896）
項安世 …………（958）	謝童子 …………（565）	熊五緯 …………（645）
項大德 …………（219）	謝 佑 …………（1075）	熊 壎 …………（252）
項 翻 …………（219）	謝兆蘭 …………（1142）	熊 寅 …………（860）
項始震 …………（628）	謝中恪 …………（881）	熊埈仁 …………（251）
蕭丁泰 …………（227）	辛 泌 …………（199）	熊則禎 …………（129）
蕭秉楷 …………（391）	邢世銘（弟世鏽）……（194）	熊之贇 …………（245）
蕭炳甲 …………（427）	邢世銘 …………（180）	熊鍾祥 …………（157）
蕭德樹 …………（244）	熊 霏 …………（463）	徐寶賢 …………（270）
蕭德宣 …………（271）	熊伯龍（子正笏,孫祖	徐本俾（子立蘇）……（587）
蕭光詠 …………（641）	旂、祖斾）………（208）	徐步周 …………（271）
蕭廣昭（弟企昭）……（213）	熊楚荆 …………（577）	徐陳謨 …………（594）

徐成位 …………… (859)	薛 據 …………… (953)	楊 構 …………… (634)
徐 聰(弟志) ……… (240)	薛 緯 …………… (1212)	楊洪才 …………… (361)
徐登元 …………… (135)		楊洪士 …………… (159)
徐登元 …………… (167)	**Y**	楊 紘 …………… (1167)
徐二南 …………… (600)	鄢 韵 …………… (879)	楊輝斗 …………… (926)
徐家麟 …………… (632)	閻大鏞 …………… (1173)	楊繼經 …………… (586)
徐 礦 …………… (171)	閻 海 …………… (645)	楊繼經 …………… (600)
徐溥文(子光煜) … (292)	顏 木 …………… (771)	楊繼經 …………… (606)
徐溥文 …………… (300)	顏 木 …………… (765)	楊 杰 …………… (1127)
徐如蕙 …………… (291)	嚴承皋 …………… (493)	楊金聲(兄金通) … (358)
徐儒模 …………… (597)	嚴華祝 …………… (392)	楊可大 …………… (1174)
徐儒榮(弟儒楠) … (608)	嚴静山 …………… (69)	楊瑯樹 …………… (937)
徐儒榮(子崇文) … (595)	嚴 璉 …………… (355)	楊 漣 …………… (757)
徐尚彝 …………… (345)	嚴士真 …………… (124)	楊鵬業 …………… (137)
徐勝祖 …………… (410)	嚴士真 …………… (143)	楊 溥 …………… (1060)
徐仕英 …………… (591)	嚴以立(弟以方) … (983)	楊起莘 …………… (170)
徐 韋 …………… (399)	嚴正矩 …………… (367)	楊起雲 …………… (1126)
徐 暹 …………… (584)	晏霱明 …………… (467)	楊卿雲 …………… (1220)
徐熊飛 …………… (269)	燕遺民 …………… (115)	楊儒魯 …………… (193)
徐一經 …………… (983)	揚冠卿 …………… (959)	楊士弘 …………… (1119)
徐元象 …………… (662)	楊秉萃 …………… (494)	楊世英 …………… (727)
徐元英 …………… (348)	楊 昺 …………… (125)	楊 坦 …………… (371)
徐 躍 …………… (592)	楊 炳 …………… (789)	楊蔚春 …………… (1176)
徐雲彰 …………… (469)	楊楚珍 …………… (596)	楊文薦 …………… (808)
徐則論 …………… (888)	楊大鼇(子晉) …… (651)	楊熙業 …………… (137)
徐 昭 …………… (250)	楊 旦 …………… (232)	楊襄業 …………… (137)
徐兆奎 …………… (1212)	楊鼎熙 …………… (808)	楊襄業 …………… (163)
徐肇岷 …………… (611)	楊鼎熙 …………… (828)	楊 勛 …………… (662)
徐子有 …………… (488)	楊逢祥 …………… (1232)	楊耀瑚 …………… (719)
徐佐廷 …………… (242)	楊鳳章 …………… (424)	楊一新 …………… (1081)
許之豫 …………… (228)	楊福煌 …………… (1192)	楊亦溥 …………… (784)
薛 漢 …………… (582)	楊高椿(弟高梓) … (106)	楊應祚 …………… (1210)

楊遇春 ……………（1195）	彝陵女子 ………（1159）	余鳳墀 ……………（916）
楊兆昌 ……………（350）	易寳善 ……………（252）	余國楷 ……………（185）
楊兆傑 ……………（34）	易本烺 ……………（820）	余國柱 ……………（185）
楊　芷 ……………（696）	易炳蔚 …………（1137）	余鴻緒（啓立）……（158）
楊　志 ……………（933）	易道暹 ……………（455）	余　經 ……………（843）
楊　舟 …………（1148）	易鏡清 ……………（820）	余慶長（弟慶遠）…（701）
楊州儒 ……………（935）	易履泰（子鏡清）…（831）	余　闕 ……………（639）
楊州彥 ……………（935）	易履泰 ……………（818）	余　氏 ……………（291）
楊　濯 …………（1140）	易爲鼎 ……………（465）	余世楠 ……………（339）
楊自欽 …………（1007）	易　雍 ……………（232）	余廷蘭（弟錫椿）…（539）
楊自欽 …………（1026）	易兆義（子廷斌、廷	余　宣 ……………（103）
楊佐國 ……………（926）	望）……………（212）	余　宣 ……………（96）
姚楚山 ……………（649）	殷必達 ……………（509）	余學益 ……………（534）
姚締虞（孫之珣）…（347）	殷海鶴 ……………（380）	余陽瑗 ……………（846）
姚發祥 ……………（38）	陰長生 …………（1085）	余玉節 ……………（182）
姚明恭 ……………（582）	欽士佃 ……………（502）	余肇錫 ……………（706）
姚繩虞 ……………（347）	尹賓商 ……………（304）	余宗曾 …………（1077）
姚松齡 …………（1222）	尹　珩 ……………（184）	俞德懋 ……………（240）
姚文錦 ……………（276）	尹　迥 ……………（304）	庾　抱 ……………（947）
葉方蕙（子存仁）…（37）	尹民興 ……………（88）	庾肩吾 ……………（943）
葉　封（子道復）…（481）	尹其璋 …………（1225）	庾　信 ……………（944）
葉繼雯 ……………（250）	尹奇逢 ……………（88）	庾仲容 ……………（944）
葉繼雯 ……………（261）	尹悟棠 ……………（736）	喻典掖（從孫同模）
葉俊傑 ……………（56）	尹　煜 ……………（184）	……………………（558）
葉俊傑 ……………（63）	游　□ ……………（478）	喻　恕 ……………（515）
葉名琛（弟名澧）…（274）	游士任 ……………（23）	喻文鏊（子元鴻）…（535）
葉名澧 ……………（294）	於斯和（子心匡）…（498）	喻文鏊 ……………（555）
葉年菜 …………（1220）	余朝蓋 ……………（542）	喻　鐘 ……………（539）
葉廷芳 ……………（260）	余承柱 ……………（197）	喻　修 ……………（622）
葉廷芳 ……………（286）	余承柱 ……………（77）	喻於義 ……………（641）
葉　相 ……………（190）	余承柱 ……………（98）	袁光宇 ……………（820）
夷陵無名氏 ……（1158）	余芳瑤 ……………（850）	袁宏道（子彭年）…（1038）

袁 奐 ……………(1124)	曾 泰 ………………(14)	張斗樞……………(937)
袁 敏 ……………(1141)	曾天仁 ……………(503)	張 杲 ………………(55)
袁素亮 ……………(567)	曾先烈 ……………(819)	張光璧 ……………(467)
袁 坦 ……………(1142)	曾元邁 ……………(895)	張光杰 …………(1226)
袁文伯 ……………(446)	曾 玥 ……………(219)	張 灝 ……………(933)
袁文煒 ……………(474)	曾 岳 ……………(779)	張宏仁 …………(1128)
袁希變 ……………(446)	曾 震 ……………(636)	張鴻範 …………(1232)
袁希祖 ……………(280)	詹大衝(弟大衢) …(490)	張 徽 ……………(856)
袁 向 …………(1068)	詹 邈 …………(1222)	張 畸 ……………(578)
袁 向 ……………(987)	詹士懿 ……………(492)	張 繼 …………(1106)
袁 巘 ……………(715)	詹 同 ……………(517)	張柬之 …………(1110)
袁 照 …………(1057)	张瑮光 ……………(140)	張 京 ……………(203)
袁中道 …………(1048)	章煥然 ……………(345)	張 景 …………(1033)
袁宗伯 …………(1142)	章孝標(子碣) …(1106)	張居正(子敬修) …(964)
袁宗道(子祈年) …(1037)	張百程(子希良) …(554)	張君房 ……………(678)
袁宗臬 …………(1062)	張葆森 ………………(62)	張 鈞 …………(1230)
袁 佐 ……………(797)	張 本 ………………(45)	張 峻 …………(1229)
遠 村 ……………(824)	張本豫 …………(1005)	張開東(弟開懋,孫至
岳東瞻 ……………(310)	張 璧(孫世懋) …(1062)	曙) ……………(120)
Z	張秉鈞 ……………(668)	張開東 ……………(141)
	張伯程 ……………(522)	張可大(子遺) ……(357)
曾得祿 …………(1209)	張步雲(皆然) ……(650)	張可前(子毓衡) …(984)
曾鼎亨 ……………(817)	張承宇(弟承寵) …(836)	張奎華 ……………(715)
曾發祥 ……………(780)	張 誠 ………………(13)	張瑮光 ………………(93)
曾紀常 …………(1010)	張崇欽 ……………(927)	張聯元 ……………(782)
曾繼蘭 ……………(730)	張楚城 ……………(961)	張良生 ……………(809)
曾可前 …………(1067)	張楚髦 ……………(663)	張 鏻 ……………(788)
曾 明 ……………(782)	張楚偉 ……………(660)	張凌雲 …………(1210)
曾若洺 ……………(634)	張達仔 ……………(119)	張懋修(弟允修、嗣
曾三壽 …………(1007)	張大海 ……………(240)	修) ……………(966)
曾省吾 ……………(779)	張道清 ……………(739)	張明道 ……………(640)
曾素蓮 …………(1071)	張東周 ……………(114)	張 楠 ……………(502)

張　嵀 ……… (1115)	張同敞 ……… (976)	張宗崑 ……… (80)
張盤基(瓊基)……(668)	張萬璧 ……… (247)	張祖騫 ……… (902)
張其達(弟其慶)…(1213)	張惟金(子禮源、溥	趙　復(子月卿) …(691)
張其舉 ……… (1128)	源) ……… (666)	趙繼抃 ……… (132)
張其英 ……… (916)	張文光 ……… (19)	趙連城 ……… (768)
張奇勳 ……… (119)	張文峙 ……… (375)	趙南金 ……… (49)
張　謙 ……… (74)	張　問 ……… (1113)	趙仁甫 ……… (777)
張清標 ……… (314)	張問禮 ……… (1224)	趙汝州 ……… (1113)
張仁熙(子佳晟)……(657)	張希良(弟希聖)……(525)	趙士泰 ……… (540)
張任湛 ……… (233)	張錫穀 ……… (419)	趙士泰 ……… (557)
張日暹 ……… (362)	張孝坦 ……… (526)	趙　湘 ……… (263)
張汝弼 ……… (719)	張　秀 ……… (64)	趙　瑄 ……… (936)
張汝濟(子教) ……(962)	張旋均 ……… (985)	褚上林 ……… (1224)
張三異(子叔珽)……(209)	張　勛 ……… (932)	鄭　機 ……… (1000)
張尚治 ……… (1140)	張　掖 ……… (108)	鄭　佶 ……… (342)
張士楙 ……… (990)	張　因 ……… (56)	鄭繼之 ……… (1121)
張士遜 ……… (1152)	張應斗 ……… (413)	鄭家夔 ……… (1069)
張　氏 ……… (837)	張應宿 ……… (632)	鄭明循 ……… (106)
張　氏 ……… (853)	張應宗 ……… (991)	鄭若檀 ……… (990)
張世祐 ……… (343)	張有孚 ……… (470)	鄭師濂 ……… (1125)
張世謙 ……… (40)	張源浚 ……… (1213)	鄭天佑 ……… (970)
張仕淑(弟仕渾)……(579)	張　瓚 ……… (355)	鄭文藻 ……… (287)
張　璹 ……… (688)	張　澤 ……… (1210)	鄭先慶 ……… (463)
張樹藩 ……… (1137)	張增健 ……… (928)	鄭　獬 ……… (685)
張素臣 ……… (591)	張兆安 ……… (142)	鄭　錫 ……… (198)
張泰來 ……… (418)	張之綱 ……… (1197)	鄭　猶 ……… (687)
張　鏜 ……… (335)	張之沂 ……… (334)	鄭友元 ……… (806)
張　濤 ……… (341)	張織雲 ……… (553)	鄭之諶 ……… (80)
張　燾 ……… (199)	張　芷 ……… (760)	鄭　直 ……… (811)
張天祐 ……… (14)	張志中 ……… (237)	鄭　直 ……… (829)
張廷蘭 ……… (324)	張鍾靈 ……… (70)	鄭子恭 ……… (1139)
張亭然 ……… (660)	張子容 ……… (1092)	鍾　惺(弟恮、快)…(861)

鍾琇 …………… (524)	周思久 ………… (613)	朱期至 ………… (582)
鍾岳靈 ………… (1154)	周損 …………… (622)	朱琪 …………… (1154)
周璧 …………… (879)	周統 …………… (762)	朱日濬 ………… (452)
周炳先 ………… (1225)	周維翰(子汝珩) … (939)	朱紳 …………… (568)
周昌 …………… (925)	周暹 …………… (313)	朱盛溁 ………… (31)
周埠 …………… (439)	周誠 …………… (344)	朱士尊(子載震) … (839)
周大鈞 ………… (92)	周延奇 ………… (599)	朱術珣 ………… (974)
周道河 ………… (894)	周錫疆 ………… (898)	朱憲燭 ………… (973)
周光禄 ………… (938)	周錫晋 ………… (634)	朱憲㸿 ………… (973)
周宏禴 ………… (617)	周應曦 ………… (624)	朱相(登用) …… (1195)
周輝先 ………… (1137)	周玉衡(子瀚) … (928)	朱性 …………… (674)
周際聖 ………… (635)	周雲鳳 ………… (76)	朱儀鏄 ………… (975)
周嘉謨 ………… (303)	周照 …………… (63)	朱衣 …………… (200)
周克昌 ………… (931)	周振壽 ………… (513)	朱元瑜 ………… (687)
周揆源 ………… (436)	周之麟 ………… (36)	朱曰眉 ………… (93)
周禮 …………… (631)	周之甦 ………… (625)	朱在鎮 ………… (241)
周蓼邺 ………… (184)	周之訓 ………… (450)	朱澤楠 ………… (670)
周茂建 ………… (504)	周中(弟申) …… (583)	朱珍 …………… (621)
周夢暘 ………… (1138)	周宗颺 ………… (660)	朱正振 ………… (640)
周寧爾 ………… (182)	朱昂 …………… (959)	朱之楫(子萬仰) … (191)
周起瑱 ………… (591)	朱邦彦 ………… (846)	朱志先 ………… (189)
周蓉 …………… (318)	朱伯驥(子廷立) … (189)	朱子敬 ………… (236)
周汝楫 ………… (437)	朱昌時 ………… (1009)	諸葛鯨 ………… (1120)
周若鴻 ………… (326)	朱放 …………… (1104)	渚宫士子 ……… (955)
周詵 …………… (344)	朱國俊(子學孔、士	祝希賢 ………… (41)
周時舉 ………… (70)	曾) ………… (205)	宗炳 …………… (941)
周士皇 ………… (75)	朱華圉 ………… (24)	宗夬 …………… (942)
周士望 ………… (312)	朱惠 …………… (252)	宗懍 …………… (943)
周氏 …………… (751)	朱景星 ………… (597)	宗湄 …………… (988)
周世建 ………… (622)	朱孔照 ………… (761)	宗羨 …………… (940)
周世遜(弟世進) … (621)	朱良崑 ………… (117)	宗彝 …………… (765)
周壽明 ………… (585)	朱穆 …………… (940)	鄒曾輝 ………… (894)

鄒法孔(昌言) ……… (871)
鄒　穀 ……………… (859)
鄒觀光 ……………… (713)
鄒　浩 ……………… (1209)
鄒克昌 ……………… (813)
鄒茂林 ……………… (634)
鄒　枚(子山) ……… (880)

鄒美中(子崇泗、崇
　漢) ……………… (1053)
鄒　氏 ……………… (882)
鄒維魯 ……………… (394)
鄒文盛 ……………… (1035)
鄒養赤 ……………… (1052)
鄒詒詩(子廷堯) …… (273)

鄒應錫 ……………… (118)
鄒元芝 ……………… (881)
鄒　約 ……………… (884)
左長鎮 ……………… (734)
左　瑛 ……………… (734)
左　源 ……………… (731)

附錄三：引書書目

白茅堂文集
百名家詩選
葆醇堂文集
抱節軒類記
北江詩話
北夢瑣言
本事詩
敝帚齋常談
博物志
蠹尾文（蠹尾集）
曹潔躬筆記
陳愚谷太史文集
池北偶談
楚寶
楚風補
楚會存書
楚詩紀（詩紀）
楚天樵話
怵園詩話
春暉餘話
啜薇閑談
詞林紀事
大定錄

丹陽集
道聽錄
東坡居士集
東坡志林（志林）
東軒筆記
洞霄續志
耳提錄
二鶴山莊叢錄
二酉堂集
范仲闇集
方望溪先生文集
風騷續編
浮槎集
皋廡文集
稿簡贅筆（稿束贅筆）
格齋詩話
庚溪詩話
古歡錄
古今詞話
顧黃公詩注
歸田詩話（瞿存齋詩話、存齋詩話）
歸州圖經
国朝先正事略（先正事略）

國朝詩別裁集（別裁集）
國朝詩人徵略（詩人徵略）
國朝正雅集
果能堂語錄
漢口叢談
漢南詩約（漢南詩抄）
漢上題襟集（題襟集）
漢陽五家詩評
合肥學舍札記（陸祁孫合肥劄記、陸祁孫札記）
弘簡錄
侯鯖錄
厚德錄
後村詩序
後漢書
湖北詩錄（詩錄）
湖北先賢詩錄
湖北先賢詩佩（湖北詩佩、詩佩）
湖海詩傳
鵠山小隱古詩選
鵠山小隱文略（鵠山文略）
花箋錄
宦林玉露
揮麈詩話
寄心庵詩話
寄園寄所寄
堅瓠集
見聞雜錄

江漢風騷
江鄰幾雜誌
江西詩社宗派圖錄
姜如須集
金石錄
金壇張公亮集
荆湖知舊集
荆門紀略
竟陵詩話
竟陵詩選
竟陵志餘
靖康緗素雜記
靜志居詩話
居業齋集
居易錄
筠廊偶筆
郡齋讀書志（讀書志、晁氏讀書記）
考田詩話
老學庵筆記
冷齋夜話
李氏詩評
棟堂文集
梁湖文略
列朝詩集小傳
柳絮集
隴蜀餘聞
呂紫薇詩話
漫堂說詩（宋牧仲說詩）

梅盦筆記	確園詩話
捫蝨新話	羣雅集
夢溪筆談	蓉沚集
夢餘偶鈔	榕村詩話
名僧錄	三楚文獻錄
明詩綜	山房隨筆
明史	山堂肆考
明史論	沈志
明一統志	升庵詩話（楊慎庵詩品）
墨莊漫錄	澠水燕談
默記	施愚山文集
南史	施注蘇詩
能改齋漫錄	詩觀
潘子貞詩話	詩人小傳
彭南畇文稿	詩人玉屑
彭湘懷文集	十國春秋
瓶隱齋筆記（瓶隱齋隨筆）	石樓詩話
蒲褐山房詩話	石清詩話
潛庵紀事	世說補
錢牧齋有學集	守瓶齋筆記
遣愁集	書斷
青瑣集	書法苑
青箱雜記	書史
清一統志（一統志）	蜀道驛程記
秋燈叢話	說逋
全唐詩	說儲
全唐詩話	說鈴
闕里志	四庫全書提要

松心日錄
宋百家詩存
宋景文筆記（筆記）
宋詩百一鈔
宋詩紀事
宋史
宋文鑑
隨園詩話
臺州府志
唐書
苕溪漁隱叢話
聽松廬詩話
同聲詩抄
突星閣詩選
圖繪寶鑑
王船山詩話
緯略
文獻通考
甕牖閑評
臥園詩話
唐堂尺牘
吾同山館雜錄（吾同山館雜記）
吳次尾文集
吳郡志
吳禮部詩話（吳師道禮部詩話）
無聲詩史
西湖志
西京雜記

西清詩話
西谿文鈔
熙朝新語
香祖筆記
湘山野錄
湘山野錄
襄陽縣志
新齊諧
新唐書
行述
熊文端公尺牘
序餘
續本事詩
薛諧孟集
雪浪餘音
雪濤詩評
旬甫詩話
言志詩輯
嚴齋筆記（嚴齋筆談）
剡溪野語
夷白齋詩話
夷堅志
秋林伐山
藝苑卮言
隱秀軒文集（隱秀軒文略）
瀛奎律髓
郢史
郢書

湧幢小品　　　　　　　雲夢志餘
愚谷詩話　　　　　　　雲望堂集
漁洋感舊錄(感舊錄)　　郢小紀
漁洋山人古詩選(漁洋古詩選)　在山堂文集
漁洋詩話　　　　　　　增楚寶
漁洋文略(漁洋文)　　　鄭肯崖文集
語林　　　　　　　　　直齋書錄解題(書錄題解)
玉壺清話　　　　　　　志賸
玉泉子　　　　　　　　中郎說詩牘六則
淵鑑類函　　　　　　　朱竹垞集(竹垞集)
元百家詩選　　　　　　樝山詩話
元史　　　　　　　　　竹坡詩話
粵文紀　　　　　　　　麈史
雲夢十書

（括號內爲此書在《詩徵》中的其他用名）